钱鹏喜　著

钱鹏喜文集

武汉大学出版社

图书在版编目(CIP)数据

钱鹏喜文集:全三册/钱鹏喜著. —武汉:武汉大学出版社,2023.9
芳草文库
ISBN 978-7-307-23747-6

Ⅰ.钱… Ⅱ.钱… Ⅲ.中国文学—当代文学—作品综合集
Ⅳ.I217.2

中国国家版本馆 CIP 数据核字(2023)第 097226 号

责任编辑:杨 欢

出版发行:**武汉大学出版社** (430072 武昌 珞珈山)
(电子邮箱:cbs22@whu.edu.cn 网址:www.wdp.com.cn)
印刷:武汉邮科印务有限公司
开本:720×1000 1/16 印张:63.75 字数:1178 千字 插页:9
版次:2023 年 9 月第 1 版 2023 年 9 月第 1 次印刷
ISBN 978-7-307-23747-6 定价:158.00 元(全 3 册)

《芳草文库》序

刘醒龙

武汉有一批年纪不算太老，但肯定不再年轻的作家，既往作品每出无不风行江汉，后来平淡了些。二〇一五年年初，恰逢一场小聚，其间有老朋友提议给这些在文学创作上颇有成就的作家出版文集，且当场做出关键决策。老朋友提及的作家也是我的朋友，他们的处境很有代表性。

世事流逝到今天，说一点不残酷是不真实的，说太残酷似乎也不科学。值此宁翔雁前羞跟牛后世风，普天之下莫不借口追求日新月异，其实是乡下俗语说的，人人都想一锄头挖出一口井。宁肯臭名远播，哪管丑态百出。忘却不该忘却的，强化不该强化的，是世情中一大不敬。这几年为一位已故作家出版文集，好不容易才成，一来二往之间，见识了足够多的现世生态。似这等才华出众的作家，若非上苍失察，弃之英年，敢不是当今文坛大旗一帜？同理，那些在喧嚣背后悄然尘封的作品，谁能说不是日后人有所诵的典范？天地同根，不是没有高下之分，而是天有天的高度，地有地的厚重。

常住武汉三镇之人，最能体会大江东去、流水落花深意。也是体恤的缘故，又于旷野之间留下高山流水千古知音，以为勉励，兼作念想。朋友提议，饱含诗情，深藏灵性。没有太多商量，三言两语之间，就达成共识，以《芳草》杂志名义，逐年排选，将这批作家的代表性作品编成文集出版。只是由于执业所限，本套书只能以《芳草文库》相称，名头虽小，相信分量不轻。

哲学教会人们认知正确与错误，自然科学是要让人懂得成功与失败。然而，短短人生，包罗万象，其善其美，何止兴衰胜败！文学的存世与流传，其意义正是超然前二者，不以成败对错为目的，也不以卑微尊贵定价值。人非草木，却如同草木，这是文学理由之一，生命不能永恒，却绝对永恒，这是文学理由之二。文学根本理由是，协助芸芸众生在庞杂得无可把握的宇宙间，在神与鬼、灵与欲、虚与实等一切冲突与对立之间，寻找适合每一个体的美妙平衡。

二〇一五年十月十五日

钱鹏喜文集

①

目　录

长篇小说

长 篇 小 说

河　祭

序章　祭　河

有一天，一条小帆船在一条河里突遇狂风恶浪，眼看就要翻船死人，船夫急忙疯捶一面铜锣，"哐当"之声惊天动地。旋即，船夫一手执斧，一手擒住一只事先预备的活公鸡奔向船头。船夫口中念念有词，单腿跪地，面河而拜。他举起斧头，正欲斩断鸡头以鸡血淋沥于河中祭河神，祈求保佑。不料风浪打得船头猛一下沉，船身猛一倾斜，把船夫掀倒在船舷处。那只公鸡趁机挣脱束缚飞翅逃去，坠落在丈余远的河中沉没了。船夫失去了祭河的牺牲，狂风狂浪便不得止怒。"咔嚓嚓！"樯帆折断了。在这生死存亡的关头，船夫毅然重新举起锃亮的大斧，以一只手置于锋利的斧刃下。斧头劈下来，斫断了船夫自己的手腕。他"哐当"扔了斧头，腾出剩下的那只手，拎起血淋淋像个五足怪兽的断手，跪行着将断手之血洒向河中……须臾，河里果然风平浪静。船夫牺牲一只手保全一家老小及赖以栖身的命根子——船。

那个船夫祭的便是汉水。汉水默默无闻，任由近邻长江尽夺世人眼目。殊不知汉水也乃一条极富传奇色彩的长河。

其实汉水并非小河，而是一条世世代代被奉作神明祭祀的大河。作为长江的最长支流，捐去枝枝丫丫，还长一千五百七十公里，流域面积覆盖三省十余县，共一十七万四千三百平方公里。

说到汉水来源便充满神话色彩但又不能不信其真。自混沌初开的某年某月某日某时，陕西西南有一座名山因地壳运动突然迸裂，辐射出巨束白光。闪光现象过后便有灵水源源不绝，此即汉水之源也。恰逢河南西南的一座伏牛山也发生了惊人相似的造山运动，同时向两麓的方城、嵩县喷射两股奇水，百转千回之后，竟与汉水汇合。汉水左右逢源，气势大长，浩浩荡荡直奔湖北西部而来，穿凿成一道汹汹天堑。其上游乃经汉中盆地，水量极丰。中游奔至丹江口，忽如一匹白马驰骋，蹄踏千里平原，又如万练银蛇疾走，在沙滩和卵石滩间东缠西绕。下游则曲流发达，与沟渠湖泊贯通一气。其尽头直抵华中腹地，翻腾到九省通衢的武汉。这时，它与长江遥相呼应，齐头并进，执鬼斧，动神工，将偌大一座都市造化成两水相隔、三足鼎立的天下奇境。尔后，它纵身长江，去修炼其汪洋大海的千秋功名去了。

汉水这一路上沸沸扬扬，高歌长泣，灌溉了袒露在它两岸的原野草木，哺育了芸芸众生。其汛期每每与长江洪峰相约相遇，水泄不畅，便咆哮泛滥，噬撕身旁的村镇田禾，劫掳它以自己的乳汁喂养的无数生灵……汉水就这么恩威并施、反复无常。于是人们便向河祈祷，臣服汉水的淫威，乞求汉水的恩赐。

汉水流经的三省十余县芸芸众生，恪守一条古老的训诫——靠水吃水，便吃出了一些豪绅巨贾、才子官宦，便吃出了更多如犬如鼠、似牛似马的平民百姓，也吃出了一些虽布衣粗食却血浓性烈、胆大心高的好汉、强人……其民俗风情、奇人、怪物、巧事，积淀成别具特色的汉水文化。

在这蝼蚁一般的人群中，便有一个河上部落——汉水船帮。南方和北方的汉族多数都祭灶王爷，水上部落和紧傍汉水而居的百姓却祭水神杨泗。汉水两岸，杨泗庙多如土地庙。陆地上的人们祭天祭地，部落船民却祭河祭船。每当逢年过节、新船下水、远航，或过洞庭湖、鄱阳湖，或天象水情骤变，或遇吉凶未卜之事，船帮部落便祭河。

祭河必以活禽为牺牲。将祭物斫头倒悬，沥殷殷热血于河中及船头，呼请河神和船上神器饮之。庄重肃穆的集体祭河仪式由河上部落的首领——船帮帮头来主持。锣鼓轰鸣，帮头率众参拜河神，拜毕焚香秉烛诵祭文。

祭文事先写在一段黄绫或黄表上，届时诵读，抑扬顿挫，将拳拳之心、殷殷之情诉诸河神，婉转而刚烈，诉尽衷肠。

作者据传说的祭河仪式，仿拟一篇祭文于下：

公元一千九百八十七年仲夏，傍汉水而居某先烤妣之不肖子，即某汉水部落船夫之四世孙，亦乃凡汉水之中弄潮船夫之曾孙，凡汉水之滨弄土农夫之玄孙，以殷血佳酿酹汉水之滔滔，遥呼河神水怪、龙鱼虾蟹。凡水族生灵，尚飨。汝汉水，灵水也。彼经天行地，迄今流历百载千秋；泽及苍生，殃及苍生；恩德浩荡，罪孽深焉。皆浪花一簇，必有河神隐其间笑靥灿烂；皆漩涡一轮，必有水怪匿其穴陋相狰狞。盖涟漪其纹亦荡漾无以附形之英魂；盖厉涛其声亦啸吼莫能雪恨之冤鬼。呜呼哀哉。彼流其深兮，淤泥沉沙沤积列祖列宗之骨骸；彼流其中兮，优哉游哉之鱼腹饱裹舟楫部落之皮肉；

彼流其浅兮，浮滓泛沫飘荡河畔百姓之血汗。悲夫，壮夫。知遥呼难闻，惟太息不已。伏维尚飨，伏维尚飨。时维当今，河图洛书。犹忆四十载前，凤鸟不至，河不出图。予假得舟楫，载以三牲，溯河而上，顺流而下，仰天长叹，潸然泪下，慨然行吟长歌……

这是一篇冗长的祭河文。下文便是追祭四十年前汉水和汉水部落的故人故事。

第一章 光棍犯法，自绑自杀

1

汛期的小河发情了。它像一头巨大的看不见首尾的千年怪兽，绿腻腻的鳞体上冒出无数白毛茸茸的手爪，锋利透明的爪趾撕扯着自身的血肉往上空抛洒。它骚躁不安地低吼着，从袒露在它两岸的汉川和汉阳两县之间挤过，一气冲过星沟镇，突然以九十度的转角急侧身，汹涌奔东而去。

赵家湾离河岸有三五里路。赵家湾的风水宝地紧挨在河沿。那是一道临河的高岗，高岗上是一片酷似子母堡的坟冢。一座小山丘似的大坟，像盘踞在高岗正中的制高点上的母堡。大坟包从四面八方拱卫着子堡似的密密麻麻的小坟包。母堡里安然躺卧着赵家湾人最早的鼻祖。子堡里是志愿伴护鼻祖圣体的任何赵家湾人的藏身掩体。

墓地里覆盖着绿森森的蒿草，被天顶的日头燎着，一股河风扇来，绿色的火焰便在坟茔上下庄严地燃烧跳跃。

这时，母堡形状的大坟包下垂立着一群俘虏似的人群。虔诚的赵家湾男女老少全体集合，正在拜谒一堆泥土。泥土里可能埋藏着几根烂骨头，烂骨头据说是来自这个家族很早以前的太上老祖。

三叩九拜完毕，人们在一小块子母堡火力交叉点的平地上围成一圈。

圈子里有人开始掘坟坑。

人群中开始啜泣、呜咽。

圈子里跪着一个披麻戴孝的少妇。少妇旁跪着一个上十岁披麻戴孝的孱弱的男孩。少妇在低嚎，男孩也跟着嚎。

掘墓者只有一个人，一个三十几岁的壮汉子，正奋力挥舞着一柄银晃晃的铁锹。

其余的人都冷漠地或热情地袖手旁观。

人圈内外并没有停一尊楠木寿材或一口杉木薄棺或一卷芦席裹着的尸身。

那孤独的掘墓汉子裸着油光水滑的黝黑的身子，吭哧吭哧地挖着，粗实的胳膊肌腱一鼓一暴，油光水滑的背脊像一条竹扁担压弯下去又弓似地弹直。

坟坑掘到齐胸深了。

勤奋的掘墓人忽然觉得挖掘进度太缓慢，便卖力得发了疯，舞得银锹上下乱闪，泥块愤怒地从地底向坑沿上喷射，溅得人圈慌忙向外边退缩，但旋即合围得更严密。

披戴重孝的少妇见状，嚎声便更加高亢。直到人圈中一位飘着山羊胡子的令人肃然起敬的长者从鼻孔里哼出一声休止符，少妇的变调才又压抑下去。

这个深深的坟坑要掩埋谁呢？朝通往湾子的蜿蜒的小路上瞄去，小路像一条灰白的死蛇，并没有一支出殡抬棺的杠子队伍走过来。

坟坑里要捂死一个活汉子！活埋坑里的这个只露出一个脑壳的掘墓人自己。

这个场面，唤作光棍犯法，自绑自杀。

2

这位自绑自杀的光棍，便是祖父。以此类推，那个泪涕涟涟的可怜巴巴的少妇自然是祖母。青皮光头顶中央蓄了一撮揪揪辫的孝子，当然就是尊敬的父亲大人。

为祖父骄傲！他是一条光棍，而且乐于自绑自杀。

在汉水沿岸，光棍泛指尚未婚娶的强壮的单身汉子，特指有力气又有胆量的硬汉子，后来又专指血气方刚的硬汉子。不论婚娶与否，光棍便是好汉一条。

自绑自杀，也是源于汉水上游的一种好汉风尚，后来又演变成一种惩治过错的规矩和族法，也就是好汉做事好汉当的英雄壮举。

不过祖父并没有犯法。

祖父大号赵斌记，小名记娃子。讨得老婆赵王氏，接得种子赵昌文。家住清一色赵姓人家、没有半个杂姓杂种的赵家湾。老天爷有眼，众乡邻作证，祖父清清白白，并没有犯下哪条王法，但是他触犯了族规。

起因是一条野狗。那条公狗窜到祖父的老宅门前勾引出父亲喂的一条小母狗。时机正值天蒙蒙黑，两条狗影躲在门外山墙脚下搭成一条狗影。

偏二叔公府上的那个王八羔子少爷眼尖，他必定是撵着野狗的屁股跟过来的。他瞧见了狗搭桥还不算，又凑到跟前去蹲下来，鼓着眼珠看，皱着鼻子闻，并大声嚷嚷到山墙上头窗子里头的祖母的耳朵洞里。

"乖乖儿吧——你今晚才把屁眼撅起来了？把它的骚家伙夹进去了，才晓得快活吧？往日里我把家里的小公狗牵来几多回，你都假正经不撅屁股，可怜你把我那痴心公狗的狗鞭急得红尖尖都翘出来了！"

这王八羔子一则嚷嚷得自己都邪了，二则又料着祖父必还在河里摸鱼没回家，竟拍着窗棂直呼祖母的小名说："香伢，香伢，你也出来瞄瞄，瞄你家的骚母狗搭桥。"

哪知祖父这一晚手气不好没摸着鱼，悻悻地早一步回湾子来了。

活该有祸。不迟不早，他刚摸到家门口，王八羔子的话音就撞着他的耳鼓膜了。

祖父是一条血性汉子。他二话不说，操起扁担逼过来就夯下去，却只夯死了自家的小母狗。那头野狗掉头死逃，祖父拖着扁担死追，追过了半边湾子。野狗纵有四条腿，到底刚刚泄了精气，被祖父堵在一家门前高高的石门槛上。祖父又一扁担闷闷地夯下去，野狗就七窍流血，趴在朱漆大门下安息了。

森严的大门"哐当"敞开，两只狗眼不偏不斜正好盯着二叔公府宅的堂屋。

王八羔子少爷一口咬定，这条瓜子脸上绽开了很好看的红花白彩的野犬是他精心喂养、格外宠爱的四蹄如梅花瓣的家狗。

二叔公便一口咬定祖父打狗欺主。

祠堂的大门便洞开了。第二日绝早，要审一桩狗案。族里的三朝元老都盛装而来，神情肃穆。厨子涮洗着大铁锅，鼎锅里的开水已烧得翻滚。祠堂议事，照例要打牙祭。

祖母慌慌张张挽了一篮鸡蛋赶到祠堂门口，正撞着二叔公府上杀翻了一头猪，着人"嗨唷、嗨唷"地抬过来。

祖父见状大怒，过去一脚踢飞了祖母的蛋篮子，鸡蛋便爆得稀溜溜、黄灿灿、白花花。有几个青壳儿很坚固的臭蛋没有爆破，骨骨碌碌滚到很远的树根下。一只猫很兴奋地交替用两前爪逗着那臭蛋玩滚球。

族长正襟危坐，清嗓试音。德高望重的长辈们组成了陪审团，霸占着八仙桌的四面八方。供案上香烟袅袅，红烛流着血泪欢笑。祖宗的灵牌至高无上地供在中央。

轮到祖父答辩时，他说得并不笨。——诉说二叔公家的那位论年龄更像他的孙子的宝贝儿子，如何三番五次调戏祖母，如何在某晚趁祖父不在家翻墙入室，搂住了祖母的腰，扯断了她的裤腰带。祖母急得朝少爷的手背上啃了一口，才没

7

被扯脱裤子。祖父如何第二日早上归家听了祖母的哭诉，如何一碗砸在她的额头上……

说完祖父便扔出那一截扯断的裤腰带，祖母便跪着扒开头发亮出额角的疤痕。少爷却说他左手背上那条毛虫似的伤疤是狗咬的。

不偏不倚的遗老们等族长将着数清了山羊胡子的每一根白须毛，便开始公断。祖父所诉事出有因、查无实据。莫不是祖母行为不轨？少爷年轻顽皮、孺子当教。狗因主命大，宜极哀厚葬。祖父须置一狗棺，祖母应摇幡哭丧，父亲宜披麻戴孝。

族长的瘪嘴还没闭，祖父早掀翻了八仙桌。那四脚朝天的桌子离二叔公的脚尖还差尺把远，二叔公不知怎么也四脚朝天了。

当夜二叔公就死了。二叔公享年八十有四，去岁起哮喘频发，郎中和神汉都说他熬不过年关。偏偏他在这天夜里提前去了，或许他是耍赖自缢的，或许是王八羔子趁机勒死的。王八羔子看中了二叔公去年娶的很俏的三娘，湾里人多半都知道。反正二叔公的颈子上有一道奇怪的绳印。

祖父就犯下了逼死族老的忤逆大罪了。

祠堂门再次洞开。二叔公府上又将一头肥猪放了血抬来。议决要么把祖父绑了送官衙；要么用麻袋装了，坠上石头沉到河底，这是家族的正法大典。

祖父便跪下请求援引古例自绑自杀。赵氏家族曾行效过自绑自杀的规矩，不过祖父和他这一辈分的人都没亲眼见过，只是听上一辈的老人有鼻子有眼地说过。

祠堂里便一番骚乱，一阵苍蝇嗡嗡。乡邻们一向默默地忌恨二叔公和王八羔子父子田多钱多，横行乡里，心里又油然冒出一睹光棍自绑自杀场面的渴望。那些有头面的叔伯们便仗着"怕活二叔公，不怕死二叔公"的义勇，开口替祖父求情。族里长老们沉思良久，直至大铁锅里炖肉的香气呛鼻时，毕竟也怜惜祖父好歹是远近闻名的一条光棍，又念一向与外姓邻村争田争水时，斗殴争雄都赖了祖父的骁勇直前，于是大发慈悲，允诺成全祖父。

3

坟坑掘到高出祖父的头一尺深了。

祖父攀着坑沿爬上来。他抖开一盘丈余长的麻绳，取绳子中段挂在脖子上，两端交叉缠住胸、腰，又绕了几匝。而后将握着两条绳头的手膀子反到背后，跨到一个汉子跟前，默默地望他一眼，侧转身子，单腿跪地，将背后的手伸给那汉子。

那汉子慌忙跟在祖父屁股后头扑腾跪下，眼球在眶里碾出了豆大的泪珠子。他的手指忽然发了一阵子羊癫疯，磨磨蹭蹭地总算把祖父的胳膊和手腕缠起来了。

"搂紧呀——"祖父突然不耐烦地嘶叫一声，吓得那汉子绷着屁股往后一弹。

祖父这一声鬼嗥般的招呼并非充好汉找罪受，而是害怕。但凡自绑自杀的好汉，意志上并不怕死。但是当他蹦进坑里，黄土慢慢埋到胸前时，如果憋不住那股难受劲，说不定会丧失理智挣扎起来。假若绑绳太松被挣脱了手膀，他就可能如蚯蚓一般从土里拱出来。那么这条光棍就算毁了，不是被人用锹锄石块砸死在坑里，就是爬出坑逃走了。

据说沿河往上游几百里，几十年前就有那么一条光棍：憋不住从坟坑里挣脱逃走，自觉没脸见人，索性去当了杀人不眨眼的土匪，犯下弥天大罪，最终被官府逮住大卸八块。

祖父这么一叫唤，把人圈子都叫瘪了。另外两个汉子疾步上前，在第一个汉子左右扑腾跪下。

"记哥，你忍耐些。"说着，六只黄惨惨的手爪搭在祖父的背上，勒紧绳头，从祖父的手腕关节缠到胳膊肘，又缠到腋窝下，在祖父的手指绝对够不着的上脊梁骨处打了几个死结。

祖母使劲挤着眼珠子死死盯着五花大绑的祖父，突然不屑山羊胡子猪哼一般的鼻音，肆无忌惮地扯起年轻女人尖利的高音。父亲的号啕呈第二性征未成熟的假女中音，低音帮唱的是人圈子中的嘶哑呜咽。

在这悲怆的葬礼进行曲中，祖父一个趔趄站立起来，跌跌撞撞地跑到鼻祖的山坟前，把榔头形的脑壳在坟包上狠捶了三下，啃了满嘴满鼻满眼的泥巴，再转回来向人圈子告别。他的膝下像装了滑轮，跪着急剧地旋转了一周，以三百六十度的全方位角磕拜了赵氏家族的男男女女、老老少少。

这时的天象并不阴沉悲壮。除了丝丝柔和的河风，悬浮在天空的太阳极其鲜艳明媚。太阳安详地懒洋洋地望着岗外的汉水。绿得极酽的汉水上一条六丈高桅的大河南扁子抖落大翼般的白篷悄无声响地泊进阳光灿烂的河岗。

太阳宁静地慈爱地照抚着祖母。祖母像一头被打断一条腿的疯狗，歇斯底里地爬滚过去死死缠咬住祖父的双脚。她像一条被暴雨翻笞过的烂泥地里暗红色的蚯蚓在痛楚地扭曲着，鼻涕、臭汗、手肘和膝腿被地上的石子硌出的血、慌出的尿、骇失禁的粪便和粪便一样黄黄的泥巴糊满了她的全身。她的裤子上还豁开了一道破口子，阳光便淫邪地直勾勾地盯着破口处绽露出的一块直角三角形的雪白的屁股。总之她变成了一个丑陋的女妖。

父亲也跟着爬过来，搂着祖母的脖子哭，像个小妖骑在母妖的背上。

祖父一脚踹翻母子两人："你要是有情有义，就守着这棵独苗把他栽大！"

说完，他像飞机扔的一枚哑巴炸弹，直挺挺地插进深深的坑里。

人圈子一起矮下来统统朝消失在土坑里的祖父跪下。

"劳驾几位兄弟了，给我捧几捧老土吧。成全了大哥，来生再报大恩大德！"祖父在坑底凶狠地喊着，声音像从地狱里传来的。

依然是绑他的那几个汉子，互相交换了一下眼色，默默地拢去，用锹、用手、用脚，把坑沿的土坷垃掀下坑去，泪坨子也纷纷砸下坑去。索祖父命的这三个壮汉，是祖父事先郑重拜托的，他们都是自小和祖父一起厮混大的最要好的朋友。

黄土便压不见了祖父的脚丫子，压不见了腿柱子，压不见了肚皮子。

祖父像打进地里的半截粗实的木桩，黄土如魔沼陷住了祖父。

祖父像田里长的一个大红萝卜，只露出半截夯着萝卜缨子的青头。

祖母已准备好黄表、纸幡。父亲身旁的篮子里有三碗两碟供品。

人圈子橡皮筋似地缩紧了。大家惊恐或惊奇地眼睁睁地盯着双目紧闭的祖父，期待着从十八层地狱下伸上来一只魔手，只要捏住了祖父的脚脖子往下轻轻一拽，他便会轻巧地从地平线上消失。

4

这时，人们的头顶上晃悠出一个人影。那人影扯着嗓子吼了一声，人们才抬头愣住了——那人是不是从鼻祖的坟里头冒出来的？

"这是咋啦？老少爷们，甭忙——"

随着这几句瓮声瓮气的河南腔，那人双手抱拳一揖，腾身从坟包上蹦进了人圈子。

这个不速之客满脸细麻子，一件白府绸对襟小褂掖在宽大的青色灯笼裤里。裤腰上箍着一拃宽的硬帆布腰带，腰带上别着一杆烟斗，烟杆上缀着一个油腻腻的绣花烟袋，烟袋吊在裤裆上晃荡。一个河南侉侉。

众人都缓过神来并已勃然作色。外姓人且还是一个傻乎乎的外乡河南佬居然敢来骚扰赵姓家族的正法大典！

人圈子里的男人们都愤怒地向前跨了几步，包围成第二道人圈子。那三个停止掀土填坟的汉子则一左一右一后，把闯入者团团围定在第三道圈子里。

河南侉侉并不在意，他指指坑里的祖父说：

"俺就只几句话说说。这记娃子，欠了俺五十块现洋，俺要问他讨回来。"

众人面面相觑。

山羊胡子哼哼鼻子发话了："杀人抵命，欠债还钱。你拿出凭证来，赵斌记有田有屋可抵押。光棍犯法，自绑自杀，是我们赵氏家族的老规矩，也是成全他。外乡外姓人不能来多话。你走开！明早你来祠堂清账。"

"好，话说到这个份上，俺也不再绕弯子。从河南到湖北，俺杨大麻子也算一条有名的光棍。说外乡外姓人也好，本地本姓人也好，俺和列位都是喝一条河水的朋友。记娃子欠俺白花花五十块现洋，今儿个高低要趁他红口白牙说个丁是丁卯是卯。俺可不愿缺德欺侮孤儿寡母，去打那几亩田几片瓦的主意……俺这里先给朋友们的老祖宗三叩九拜。"说着他趋前几步，有模有样地朝那座大山坟行礼罢了，清清嗓子，又唾沫子直飞，"说到光棍犯法，自绑自杀，可别说是贵姓贵族独有的规矩，沿着这条河岸往上水走，都有这一说。俺北方也兴这一道……"河南侉侉咽了一口涎又跺跺脚，"明说吧！俺刚才从星沟镇上赶来，是咋回事俺都从镇上打听啦。说记娃子犯了法，那个公子哥儿可是犯人在先嘛。列位老少爷们，都把手摸着心口评评理。这个抱不平——俺今儿个打定啦！"

人圈子里顿时议论纷纷。族长的每一根山羊胡子都抖起来，他想说一句什么话却急得说不出来，便从鼻孔里狠狠哼出一声来，并把两只枯槁的手举起来朝空中抓舞着。三圈人群便义愤填膺地呐喊着扑向围在中心的河南侉侉。

河南侉侉"嘿嘿"一笑，掏出烟杆一摆，第三圈人群外便围上了第四圈人。他们都执着橹，扛着桨，拽着长戟一般的篙子，早做好了厮杀的准备。这伙人的打扮都同河南侉侉大同小异，原来是行水路来的唐河帮子。

赵氏家族的男儿们岂甘蒙此奇耻大辱？他们浑身上下的血都奔涌到脸上，要从俩凹眼窝里喷射出来。里圈的三个汉子立即扭住了稳着不动的河南侉侉。其余的男人都掉转身去，脱掉衣衫要同唐河帮子拼杀。

但这时河滩上又蜂拥上来第五圈人，都执着与第四圈人相同式样的武器。这是些黄帮、孝帮和本县的中帮。

第五圈人迅速挤进第四圈，这些水路队伍都是河南侉侉的烟杆指挥来的。无论从兵员还是从武器上相比，被突然袭击的赵氏家族的队伍是居于劣势了。山羊胡子立刻将举着的手垂下来，两军便僵持住了。

河南侉侉不失时机地用左右肩掀开劫持住他的汉子，又是双手抱拳一揖，龇出满嘴的大黄牙：

"嘿嘿嘿，天下一家，都别伤了朋友和气，俺刚才忘记交代一句，星沟镇公所的镇长大哥托俺捎话给赵家湾的长辈大爷，赵斌记欠俺现洋的事他愿意来帮俺了结。星沟会馆也备了一份薄礼，明早都来拜会族里的长辈爷们。"

于是祖父便被拔萝卜一般拔出来了。

第二章　河　南　侉　侉

1

其实祖父并不欠河南侉侉的现洋。

他俩是大前年在河上萍水相逢的。

祖父有一身泅水好本领。打从殁了曾祖父曾祖母，祖父就成天在河里玩水。那时赵家湾紧靠河沿，祖父才七八岁。小河忽发大水，一夜间把赵家湾的人冲走了一半。曾祖父和曾祖母也被大水冲走了，撇下祖父孑然一身。幸亏还留下几亩薄田一栋老宅。也幸亏二老在世时已为祖父与邻庄的王家令媛订了褓褓婚姻。那王家人也算善良厚道，代替不谙世事的祖父料理那几亩田地。少年的祖父便落得个虽孤苦伶仃却也清闲自在，日日泡在河里，把一条汉水当作娘老子亲热，练就了不得的潜水泅浪本领。直到后来成家立业，操劳起田里生活，他的魂还迷在河里。每日黄昏，总要到河里去捕一碗下酒的河鲜。

那个夏日的傍晚小河真迷人，祖父的运气也真好。日头落在水里摇曳着，河面漂逸着一匹金碧辉煌的彩缎。祖父泡在河里，只露出一个刮得光光的头，像个葫芦瓢一浮一沉。头天晚上他在河水里布了拦钩。这会儿，他的膀子朝水底一探一揽，头颅在水中一沉一冒，手上便举起一尾尺把长的银鳞闪闪的鲤鱼。

祖父逮一条就往沙滩上扔一条。光屁股的父亲就手忙脚乱地去抓住那活蹦乱跳的鱼，往鱼篓里塞。泊在岸边的唐河帮上的人眼馋得直喝彩。

祖父又沉进水里，好半天没冒出来，水面上连气泡也没冒一个。唐河帮船头船尾瞧逮鱼的人正大惊小怪起来时，祖父却冷不丁地冒出水面，左手右手各抓了一条鱼，嘴里还叼着一条，得意洋洋地登上河滩。

那个河南侉侉便立在他的船头，搭讪着招呼了一声："大兄弟，给俺换两条鱼喝酒。"随着喊声朝沙滩甩过来两瓶老白干。

祖父没睬他，只朝躺在沙滩上的两个酒瓶扔去三五尾鱼，便挎起沉甸甸的鱼篓，拉着父亲哼哼呀呀地走了。

第二天傍晚，候在河滩上的河南侉侉便一把拽住祖父上船去喝酒。

两个酒鬼的历史性相会，造成船上的酒瓶酒坛酒壶全部底朝天的后果。

以后一年半载的，凡唐河帮下来了，河南侉侉与祖父必互相邀约着喝酒。

不过，两人就只有杯酒交情，并没有戳手指喝血酒。河南侉侉这回大义救祖父，全然是凭了北方好汉路见不平拔刀相助的秉性。

当然，后来祖父便与河南侉侉拜了把子。再后来又结成儿女亲家，这个满脸芝麻麻子的河南侉侉便成了外祖父。

2

外祖父本是豫南重镇驻马店人。

从前，驻马店有艄公艄婆两口子，在一条小河口上摆渡为生，以船为家。艄公艄婆会生娃儿不会养娃儿，前后生了九个只养活了一个。这个活的老九养到三岁时，出天花出得两个鼻孔只有一根茧丝那么细一缕气，悠悠断断。烦得那艄公一把掐住娃儿比拇指粗不了多少的脖子，从艄婆子怀里夺过来，扑通扔到河里。

河边一个摆摊子卖狗皮膏药的老头子见了，跳进河里抢着把娃儿捞走了。

老头子是个鳏夫，卖假药的囊中也有真药，他治好了娃子的天花。但娃子落得一脸细细碎碎的麻子。

老头子姓杨，也赐娃儿杨姓，却不曾给取个名儿，直叫他小麻子。小麻子跟着老头儿跑江湖，跑高了个头跑壮了身架，却就是跑不会江湖上见风使舵、阴阳怪气的一套混饭本事。这一年爷俩跑到唐河后，老头子再也跑不动了，便寻个窝儿长住了下来。

小麻子长成了大麻子，老头子死了。杨大麻子硬不愿再干卖假药坑人的营生，便去唐河船行拉纤卖力气挣饭钱。拉纤拉出他浑身的肉疙瘩和忒大的胆量。

有一回拉纤拉到天煞黑，河道很窄，二十来吨的唐河扁子擦着两岸的高粱地慢慢腾腾地走着。

突然，高粱地里一阵乱响冒出仨土匪，个个举着红绸子裹着的王八盒子，惊惊乍乍地拦住了船。

纤夫们轰地逃散了。杨大麻子没逃，他担心船老大上了岁数，不知咋过这个土匪关。他更牵挂船老大的黑黑胖胖的女儿。那黑妞的屁股圆鼓鼓的，俩奶子肥嘟嘟的。

他诳土匪说："俺是船老大的儿。"

土匪头子赶紧把王八盒子戳着他的腮帮骨。一个土匪爬到凉棚顶上叉腿叉腰站着望风，另一个土匪猴着腰，膀子伸得长长的比画着手里裹着红绸子的王八盒

13

子，戳着船老大的脑门，怪腔怪调地喊：

"快拿金环子、银镯子、黄条子！"

船老大忙朝凉棚里叫唤，艄婆子和黑妞都躲在后舱里。艄婆子听到叫唤忙摘下耳环，脱下玉手镯扔出来。黑妞却小声骂着，但咋说也不取下颈上的项圈和脚脖上的银镯子。艄婆子急，又把钱匣子端出来。

土匪不依。船老大把头朝船板磕出鸭蛋大个的青疙瘩。土匪头子一跺脚，扭头冲着舱里喊："没得黄条子就拿妞来抵！"

那土匪应了一声，一脚把船老大踹倒，撅起屁股就往凉棚里钻，边钻边把王八盒子往屁股后头吊的皮套里塞。杨大麻子眼尖，瞧出那土匪塞进皮套的王八盒子是假的，是红绸子缠住的扫帚头子。

杨大麻子暗骂一句，脚下使个绊子一掌推翻了土匪头子。土匪头子的王八盒子脱手摔在甲板上，先是"哐当"一声，紧接着"叭"的一响走了火，枪子儿把船舷打了个洞。谁知土匪头子使的是真王八盒子！杨大麻子骇得浑身一激灵，那土匪头子便像条狗似地急蹿过去，伸手抢住王八盒子。幸亏杨大麻子马上回过神来，没等土匪头子抠火，他就蹦得老高地跳过去，一脚把土匪头子手里的王八盒子踢进河里。土匪见事黄了，又见杨大麻子举着篙子逼过来，打一声呼哨逃下船，钻进高粱地跑得没影子。

杨大麻子腰窝上挨了土匪一拳。船老大使唤黑妞拿来酒瓶，把酒倒在钵子里，划根洋火点燃了酒，抓着蓝火苗子往杨大麻子腰上揉，边揉边说："您是俺的救命恩人，想要啥尽管说。"

杨大麻子就死死瞅着黑妞说："俺啥都不想要。俺是个没爹少娘的寡汉条。老板您俩老岁数都大了，缺个摇橹撑篙的，俺愿留在船上做个长久帮工。不知大妹子肯不肯？"

黑妞皱皱鼻子瞪瞪眼不愿意。

船老大明白了，瞅着杨大麻子壮牛一样的身骨架怪满意。又听说论原籍杨大麻子还是他的驻马店老乡，心里更欢喜，当下便说："俺俩老手脚不利索啦，早想回驻马店乡下老家去。就把俺妞和这条扁子都送给你过活吧。"

从此杨大麻子便成了一条唐河扁子的船老大。船老大便是那个河南侉侉，便是外祖父。十八岁的黑妞变成外祖母。

3

外祖父得了一条扁子犹如骁将谋得一匹宝马。几年工夫，生意红得发紫。驾船十年，小扁子换成大扁子，混到唐河帮极受人尊重的帮头。

外祖父在外祖母眼里却不值得尊重。打从十年前斗败土匪那天晚上，老船老大即他的岳父大人让他下到前舱和外祖母睡觉起，外祖母就没给过外祖父一个好脸色看。那天晚上外祖父是厚着脸皮强解开外祖母的贴身小褂的，当时他的手指头被她咬了一口。

外祖母并非嫌弃外祖父脸上的麻子。平心而论外祖父虽然满脸麻子，但那麻点点很细很浅很平，像满天星星一般好看。且他的脸方方正正有棱有角，更何况他有一副高高大大的威武身架。外祖母是容不得外祖父的刚强性格。若要究问原委，恐怕皆因外祖母也有一副刚强怪异的秉性，凑到一堆，铁碰铁，如刀切。用外祖母自己的话说，他俩是前世的冤家对头，八辈子的鬼打架。

外祖母好强气盛，不愿在外祖父的名声下做个窝窝囊囊的艄婆子。她宁可不享安神福，凡把舵、摇橹、撑篙都抢着干，甚至去挽了袖子扯起嗓子吆喝着拉纤。外祖父不让她干她就拍着膝盖蹦起来骂。

外祖母常说："男的会的女的咋就不会？男的会打架女的咋不会打？花木兰还会替父从军，穆桂英还挂帅杀人哩。女的会养娃子男的还不会哩！"

外祖父也不迁就她，两人互相指责对方存心找碴儿作对。他要吃扁食她偏擀面条，她要蒸馍他偏要吃烙饼。针尖对麦芒。

有一回吃晌午饭，那是热季，照例把饭端出凉棚来吃。吃饭的有船上请的帮工橹精怪和外祖父的三朋四友。

外祖父忽从碗里挑出了一根长长的头发，便勾头朝凉棚里头骂："这碗里是咋的啦？猪鬃也没恁长！"

凉棚里立刻回敬一句出来："这便是老娘的毽毛又咋的？"

"砰！"外祖父摔了碗，"我日你的先人！"

外祖母立刻从凉棚里跳出来："我日你先人的妈！"

外祖父便扑过去，外祖母便迎上来扭作一团。他揪住她的头发，她撕住他的对襟背心的领口，头死死抵住他的肚皮。他腾出一只手狠捶她撅得老高的屁股。她就使劲扭屁股，把裤腰从裤带上扭脱了，结果裤子后腰慢慢垮下——外祖母毫不在乎露出了白生生的大胯丫子，仍不松手去扯自家裤子。外祖父无奈，只好松了手，可外祖母不依，仍不松手。

橹精怪和朋友们看外祖母的屁股看得过瘾但不过意了，劝又劝不开。其中有个老者叫账房先生的，朝橹精怪使个眼色，橹精怪便使激将法说：

"存心不叫俺们吃饭就直说，早知你们恁小气俺们就不来。走！俺们赶早上坡找馆子去！"

外祖母这才松手，没事儿般赔着笑扯客人坐下。外祖父悻悻地往嘴里塞烙饼，塞得满满的嘴缝里就挤出一句："你露出光腚就不害臊？"

外祖母便把脸一垮："臊啥？谁个男人没瞅过光腚？俺要是手软啦，叫人以为怕你揍才叫臊哩！"

不过，常在船上的帮工和外祖父的朋友、唐河帮里的船老大们，都不知咋的格外敬服外祖母。外祖父在外头的响亮名声，恐怕有一半是叫外祖母给闹腾起来的。

<h1 style="text-align:center">4</h1>

外祖母跟外祖父过活六年就盼了六年的儿。

头二年生了大妮子，后二年生了二妮子，再二年生了三妮子。

外祖母没生出儿子，气得眼泪汪汪，每每呵斥妮子们时就说："俺宁可要个儿做土匪，也不要你们仁死妮子！"

第七个年头，她盼到了个儿，取名金哥儿。

外祖母把金哥儿含在口里怕化了，顶在头上怕飞了。顾不得找外祖父扯皮了。

金哥儿三岁那年，船走下水到汉口。天麻麻亮时靠到汉阳，那船还没靠拢，外祖母已抱着金哥儿立在船头，不等帮工先跳上滩去系缆，她就一把搡开帮工抢先蹦上岸，抱着金哥儿去归元寺数罗汉了。

到吃晌午饭时她才欢天喜地抱着金哥儿回船，手里捏着兜里塞着买给金哥儿的吃的玩的。她不顾外祖父没吃上晌午饭阴沉着脸，笑眯眯地把金哥儿塞给他，钻到后艄去一边烧火涮锅，一边隔着水与邻船上的人搭讪：

"傻妞她妈，俺抱金哥儿去数罗汉啦！您说数着个啥？数着个胖菩萨抱一本书！"

"俺说鸭屁股，引您娃儿去数罗汉呗！俺金哥儿数着个胖菩萨抱本书哩！"

谁知船一回唐河，金哥儿便蔫蔫地病了。外祖母花光了几个钱去求医问药、烧香许愿，还是没保住金哥儿的小命。

外祖母抱着硬邦邦的金哥儿哭了三天三夜，怕是哭疯了。

外祖父一看不中，吆喝了橹精怪等几个朋友，拼死从她怀里夺过金哥儿，钉进一个木匣子，撑划子撑到斜对岸的荒坡上深深地埋了，也没垒个坟包。他断然不准外祖母去上坟。

死了金哥儿，外祖母夜里再也不让外祖父沾她身子的边。她认准命里无儿，便没了闲心思干那号事，也不好舍外祖父，两人便常常深更半夜里忽然在舱里吵闹打将起来。这日一早，外祖母瞅着外祖父上坡到会馆去了，便不声不响解了艄后系的划子，独自一个过对岸去寻金哥儿的坟。

她寻不着，便回头撵到会馆，戳着外祖父的鼻尖骂，把唾沫子啐到他脸上。外祖父把茶壶砸到外祖母的头上，她头上的乌血冒出一尺多高。

碰巧驻马店来了个报丧的后生叫水水，是外祖母一个沾着一点边的亲戚，甜甜地管外祖母叫姊娘。水水说姊娘的爹过世了。

外祖母立马打了包袱，要同水水回驻马店乡下老家，并声称再不转来。她死活要带了仁妮子一起走，一个也不给外祖父留在身边。

外祖父没法，跑到船行里借了满满一钱褡子现洋回来塞给外祖母。外祖母抓起钱褡子扑通扔到河里。外祖父跟着钱褡子一起扎猛子扎进河里，捞出水淋淋的钱褡子。他把现洋哐哐当当抖到甲板上，一把把抓起将三个妮子的衣兜塞满。余下的都赏给了水水。

外祖父一手抱住三妮子，一手拉住二妮子，水水拉着大妮子，外祖母挽着个蓝花布包袱腾腾地跑在前头。

外祖父送了很远，撂下三妮子时他才发现自己会流泪。两颗眼虫似的泪珠子从俩眼沟里爬出来，爬到鼻沟旁的麻子窝窝里。

5

外祖母果然一去不复返。

外祖父落得个无牵无挂，便一门心思扑在船上。大把挣钱，三文不值二文地花钱。不跑船他就日夜混在会馆里。会馆里有吃有喝有玩的，会馆里还能使钱唤来俏娘儿们睡觉。

他倒真忘了自己还有婆娘和娃儿，成天乐哈哈的，广交朋友，仗义疏财，最好打抱不平。他在汉水上下播开了唐河帮帮主杨大麻子的赫赫名声。

第三章　迷失的河流

1

星沟镇坐在汉水的臂弯里，还骑在府河的头上。

府河是汉水的小脚趾丫子，是一条极窄极浅的小河。枯水季节，小脚婆婆可以一步从河这边跨到河那边。纵是夏季旺水，河里浅滩也多。光着屁股玩水的小伢们从浅滩处蹚到河中心挺立着，鸡屁眼似的肚脐还露在河面上头。

不过府河可不短。沿其注入汉水处的府河口上溯，便见府河宛若一条黄绫。绫结左边缀着汉川，右边缀着汉阳。往上顺着系刁汉湖拴着应城。再往上串的依次是云梦、安陆、随州。随州就挨着河南的一边了。

靠着府河吃府河，各个县份都有驾船营生的人家。应城的有道帮、应帮，云梦的称云帮，安陆有安帮，随州有随帮，还有汉水上来的孝感孝帮、黄陂黄帮。汉川的中帮脚踏汉水、府河两条河，更是帮大船多，把个府河挤得何等热闹。

麻雀大的星沟镇，盘踞在两水交接的咽喉处，人烟稠密，百业兴旺。烟铺、茶馆、酒肆、戏园子、南货店、当铺，还有棺材铺子，总之肝呀胆呀一应俱全。尤其有一间足以显示小镇非凡的公共茅坑，也挤在一条直肠子似的青石板铺的窄街上。

镇上一个很热闹的去处是船行会馆，设在街南一幢起了两层楼的脊顶飞檐的木楼里。船行是船帮揽生意谈交易的场所，会馆则是船夫们的聚乐圈子。别处的船行和会馆均是分开单设的，有势力的大船帮往往还专设本帮会馆。星沟镇既小，就合二为一了。

这几天船行会馆里可谓各帮大会师。大门口赛过蚂蚁洞，那黄帮、孝帮、中帮、道帮、应帮、云帮、安帮、随帮的船夫们，蚂蚁一般出出进进。原来官府在汉水河道转弯的北岸修筑堤坝，各船帮都来抢那运石装砂的生意。

船家各帮，既据乡土结帮，便分帮派同党，泾渭分明。各行各的路线，各泊各的码头，各有各的路子和势力范围。明争暗斗，寸水必争，互相倾轧，但又互相提携，沆瀣一气，交往彬彬有礼。尤其是水上有船遇难，便不分帮派拼死搭救。在会馆里遇着了更是称兄道弟。

帮头是推选的，也有老帮头禅让或父子、兄弟相袭的。

帮头地位至尊，权势至极，作用重大。揽生意，讲价钱，探门路，乃至与兄弟船帮之间争斗或周旋，都依赖帮头。帮一日无头，有如船脱了舵、漏了舱、断了桅、乱了套。不过帮头也驾自家的船摇自家的橹赚自家的血汗钱，并不剥削船老大们一分钱的好处。自然，帮头免不了常常无端地被各船请去海吃海喝，像轮流坐庄一样到各船上去跷着二郎腿坐，这倒算是赏给那些个船老大的殊荣了。帮头还能干预船上各家的私事，说一不二。各船上自有船老大当家主事，帮头却俨然是船老大的老子。船老大最敬畏帮头的是他吸收一条船入帮和驱逐一条船离帮的权力。

2

这天傍晚，各帮帮头和一群船老大谈笑风生地涌进船行会馆里来。

船行会馆里打杂的伙计王二，急急出来闯到斜对街的酒肆。他大模大样地分派酒老板："招呼手艺高的师傅弄三五桌好酒好菜！都搬到船行会馆里头来！"

"包圆包圆！"酒老板白胖的脸盘子上立刻旋出两个酒窝窝，满漾着醉人的笑意。

于是跑堂的跑到街面上吆喝起来，酒伙计们搬着酒坛子、饭蒸笼、大碗肉、大盘鱼地穿梭着往船行会馆里送。一时间阻断了交通，过往行人纷纷驻足，吸吮着飘逸满街的肉香。

订下酒席的东家正是唐河帮帮头外祖父大人。客人们除了几个帮头，都是午间大闹赵家坟的黄帮、孝帮、中帮三拨人马。

原来这三帮帮头都和外祖父厮混得熟。唐河帮昨日早上还在汃阳卸从沙洋运到的货，夜里便赶到星沟镇码头，也想抢两趟沙石生意。外祖父今早刚刚来到船行会馆便听说了赵家湾的不平之事。他不忍坐视酒友记娃子遭难，便搬了三帮朋友飞舟驰救。这会儿劫持了祖父大胜而归，外祖父就来犒劳各帮援兵。

众人受之无愧，便大嚼豪饮起来，并拿午间千钧一发的械斗格局来聊着助酒兴。

外祖父一边不住气地吆喝添酒添菜，一边把单独要来的大蒜坨用食指和拇指捏着碾成蒜瓣，摊在桌沿伸巴掌"啪啪"拍碎，再一个个拾起往牙缝里塞蒜仁，嗑瓜子似地吐着蒜皮。

祖父坐在外祖父的左肩旁。他满身的泥土也没拍打，脖上的青筋还鼓暴着，滴酒不沾，坐着发懵。

中帮的朱帮头靠着外祖父右肩坐着，都快进伏天了他还穿着一件蓝洋布大襟长衫。此人长得精瘦白净，蓄长发，模样不像个驾船的倒像个斯文的教书先生。他矜持地细嚼慢饮着，正想着心思。

酒席将残时，赵家湾的农夫赵斌记摇身一变变成了船夫。祖父的几亩田、一栋老宅由船行会馆的老板作中间人换了翻倒在府河滩上晒帮底的一条府河兔子耳朵。

但是祖父差一点又掀翻了桌子，亏得外祖父的大巴掌按稳了桌面才没掀动，祖父只好砸了一个酒碗。

人到难处，再硬的汉子也得低头。祖父放下架子，朝论年龄论辈分都比他小的朱帮头行了两次跪拜大礼。第一次拜他，他勉强收祖父入中帮。多拜一次求他，他仍要逼祖父甩单边不改口。

原来这黄、中、孝三帮，黄帮孝帮都是在老家有田有宅有家眷的，由船老大带了能出力气的子弟或婆娘出来驾船挣钱。这中帮却不同，都在乡下老家无一寸田一片瓦，连婆娘带伢包括爹爹婆婆的米坛子尿罐子都搬来船上，船即家、家即船。祖父既典了田卖了屋，入这中帮本正是归宿。在座的中帮船老大们也都乐意帮里添一个硬邦邦的光棍。但朱帮头自有他的忧虑。都是汉川同乡，中帮又常在这本土跟前混，那赵氏家族人多势众，今日吃了亏明日少不了要找麻烦图报复，他怕因祖父而炸了帮。还有一层忧虑他藏在更深的心底：一只笼里装不下两只闹公鸡，他担心日子长了压不住祖父这条铁打的光棍。他这后一层，祖父一时尚揣不透味儿，外祖父和在座的几个帮头却都闻到朱帮头腋窝下的汗味儿了。

朱帮头要祖父先甩单边，入帮不随帮，自揽生意单行船，过两三年再谈随帮的事。可是祖父虽泗水摸鱼是好手，但摸不着装船卸货揽生意的门路，连驾船把舵都不会，不随在帮里混几年怕是不翻船也得饿人。

祖父把酒碗一摔，朱帮头的面子就破了，而且是当着他的中帮船老大们的眼跟前破的。他的白白净净的脸皮子就被祖父贴上了两片乌红的腥猪肝。

摔成两半的酒碗当即被伙计王二拾走扔了。王二后来下河入了中帮，他能代表瓷碗片见证十几年后汉水河上的一段恩仇。

外祖父嘿嘿嘿地从嘴里向大伙的鼻孔喷出热烘烘的蒜臭打了圆场。他说星沟河堤上的这笔砂石生意他就留给列位帮头朋友，他不凑热闹了，明日就开船回唐河，又说记娃子兄弟如不嫌弃就先随了唐河帮再说吧。

3

第二日，祖父赶回赵家湾捆了铺盖，挑了一担锅碗勺瓢，扯起父亲就走。祖母也不敢问去哪儿干什么还回不回，慌忙抖开一块布包裹了衣帽鞋袜，一只温驯的毛驴似地跟着父子俩的脚后跟。

三人绕到祖坟上来，朝那座高大的山坟捧了几抔土，磕了几个头，便顺着河岸直奔星沟镇。

府河滩上，外祖父早着人把那条府河兔子耳朵掀回河里了。

午饭过后，外祖父鬼嗥似地长喝一声，一篙子撑开船打头走了。唐河帮的船老大们便纷纷拔锚解缆，一群鸭子似地跟上去。

祖父愣在船头手足无措，好在外祖父事先打发两个船老大过船来给父亲当师傅，一个掌舵，一个撑篙。

虽是逆流，好在顺风，唐河帮张了满帆。

朱帮头此时正蹲在他那条大扁子的后艄拉屎。他冷冷地望着那条兔子耳朵怯生生地跟在一群麻鸭子的后头。

船帮经过赵家坟时，那座母堡一般的山坟尖上还立着一个人。可惜母堡里喷不出火舌，他只得以手加额搭了个瞭望棚，用眼光恨恨地射着唐河帮那抖开翅膀远走高飞的一群鸟。

4

兔子耳朵是一种很小很窄的船，满载时也只装得上十吨。因其翘得高高的后艄分成两个形似兔子耳朵的尖叉，故得名。

兔子耳朵一般只在府河里跑，轻易不走到汉水来。唐河帮的扁子、驳子后头跟上一条兔子耳朵，像威武的水龙却拖着一条猪尾巴，惹得沿路相遇的过往船老大们指点着哂笑。

祖父便很狼狈。更叫他狼狈不堪的是，他一向自夸自傲河中本领，上了船原来是个旱鸭子，脚虽有蹼却站不稳船头，过不得尺把宽的船舷。

赖了外祖父托付的两个船老大都有一副北方人的热心快肠，耐着性子一招一式地使给祖父看。祖父到底是灵光人心里开着窍门，十天半月过去，便将那掌舵、撑篙、摇橹、荡桨、拉纤，以及扯帆、爬桅、绞缆、抛锚、吊水、洗船舁舱等一整套招式都学得半生半熟。船过了沙洋，他就试起爬桅解结、碾缝堵漏的刁难活计。

祖母却似被关进了水牢笼险些憋死了。夜里困在后舱里像关在黑咕隆咚的木箱子里闷着，又像躺在摇窝里晃荡着但并不舒服，那拍着船舱的水声哗哗啦啦的，直如灌进了耳朵洞里。她无时无刻不担心波浪会把脆薄的船板凿穿一个大窟窿涌进舱里，灌老鼠洞似的，把她和父亲给灌死。祖父又独自睡在前舱里不来伴她壮胆。别离自家藩篱的最后一个月夜以来，她夜夜睁着眼挨到天明。

白日里她更犯难。整天围在几尺宽齐头高的凉棚里转，比起家里老宅那空空荡荡的堂屋、宽宽敞敞的烧火屋和亮亮堂堂的庭院来，凉棚比她的猪舍还小。她感到手和脚都伸不直。

突然变成个艄婆子，必得腿长。必得一脚踩在凉棚里一脚伸到凉棚外，一手执了锅铲烧火煮饭，一手抓住舵柄扶舵。船上的规矩，船老大和帮工向来只在船头摇橹撑篙，纵遇上顺风顺水歇了手，也只管在船头坐着抽烟躺着打呼噜。不遇着大风大浪，断不轻易跑到后艄亲自掌舵把方向。

　　祖母把舵的样子可笑得像耍猴。不是她在掌住丈余长碗口粗的舵柄，而是河水扳着舵叶左右摇晃舵柄来撩拨她，拦腰把她扫过去扫过来，她便像扮了个孙悟空抱着金箍棒，半屈膝盖急踩碎步演猴把戏。

　　祖母忙不赢心里就发毛，一毛三快，快了就马马虎虎。祖母原本凡事很过细蛮爱干净，上船后她学得最快的是邋遢，简直和唐河帮的河南艄婆子一模一样，袖口揩鼻涕揩得发白发亮发硬，衣衫大襟上沾着油酱醋、菜汁米汤和涎水绘成一幅不规则的画。头发里繁衍了数以千万计的快活的虱子，痒得没法子才泼洋油染死。

　　祖母依旧特别会哭，哭肿了的眼像两个小灯笼一般红亮。可她不敢哭出声，更不敢当着祖父的面哭。祖父一直闷得像个哑巴，不是吃饭喝酒他不钻凉棚，钻进凉棚也只拿眼传话。祖母懂得祖父的眼语，随着眼光的指使倒酒添饭，端过盛了热水泡着毛巾的小木盆。

　　祖母没长出第三只手抓住父亲不掉进河里，便取一根结实的布带子拦腰拴住父亲的腰，一头系在舵柄上。父亲的后腰上还系着一个竹节浮筒，像腰鼓。父亲便觉得好玩，随时"砰砰"地拍打着。其实真正的船上人家只这样拴着刚学会走路的伢，到了父亲这个年龄的甚至都肩上套了绳索去拉纤了。

　　祖父自然没让父亲跟他去拉纤，量瘦得像个莴苣似的父亲也拉不动。父亲上船来倒是很开心，虽说被一根绳子牢牢地拴住了，那丈余长的绳索却足够让他跑到桅杆下玩。他便烧直一根细竹枝甩参子鱼，或爬到凉棚上打滚。再不就舱里舱外地蹦，趴到艄后看船屁股底下的舵叶像一条龙尾巴摇晃。

　　不过新奇几天他就厌了。他百思不得其解：怎么往日在老家时他坐在沙滩上望河心的船帆望傻了眼，羡死了船帆的轻巧波浪的柔滑，恨不得一脚蹬上船去，怎么今日坐在船上又迷望着河岸上拽着风筝撒腿欢跑的小伢望花了眼，馋死了那绿树黄土黑牛，恨不得插翅飞回岸上去？

　　他已经三回掉进河里，回回都被祖母大惊小怪地拽起来。他迷迷糊糊湿湿淋淋地趴在甲板上，按着鼓鼓胀胀的肚皮回味着呛进嘴里的河水的滋味，方知河的阴险凶狠，那柔和光滑的一层层波浪原来都是软刀子。

　　父亲从此惧怕下河。早先祖父带他去摸鱼时他还会狗蹄乱爬似的在河里浮着闹腾几下，上船以后他大热天也不下河洗澡，宁肯吊几桶水从头顶浇到脚底过瘾。以至于后来父亲驾船几十年还是一个旱鸭子，这在船夫中实属罕见。

　　总之父亲从此郁郁寡欢像个小老头。他只悉心甩参子鱼，从日头升起甩到月亮升起。甩的参子鱼吃不完就喂猫，喂肥了一只又黑又白的花猫，壮得像一头小虎。猫吃不完的就用索子串了挂在凉棚上晾干，白花花的参子鱼干鳞光耀眼，像一只只银簪子。

外祖父时不时过来要去一挂，丢在油锅里炸得黄爽爽的脆焦脆焦好下酒。父亲颇有诡计，见外祖父嘴馋便嚷着"大人不能白占小伢的便宜"，叫外祖父拿娃娃书来换。外祖父理屈，又被绝妙的佐酒菜参子鱼撩得心痒，无奈，一路上但逢抛锚泊岸便忙不迭地起坡上街去寻买娃娃书。倒是这对老少乐，给载满一船沉闷的府河兔子耳朵平添了些许活意。父亲便靠甩参子鱼看完了全本封神、水浒、三国、济公、西游、聊斋、七侠五义、三言二拍，装了一肚子人神妖鬼怪。

祖父不屑知道祖母的愁绪和父亲的忧郁。船帮离开故土走了几天，他便倚着旗杆般猎猎招展的帆桅苦思冥想了几天，终于把个呆滞发懵的脑壳想得像船头的河水一般流畅：既然山穷途尽来走水路，求死不得就歹活着吧。何况船头虽小，水路却长天却大……这些为人处世的道理，岂需说与妇人小伢知晓？

梗得脖子僵直粗肿的恶气既已顺出，祖父脸上便现出渐淡渐浓的笑色。祖父可怜又可爱，昨天他从土井里逃出时是个半死不活的瘟神样，故土的乡亲族人硬把他逼到河里泡水牢，倒把他泡得今天活蹦乱跳。喏，他又开始使出十八般手段捉鱼捞虾去佐酒。

5

外祖父觅到祖父这个酒友朝夕相处，只当是凑成了一对贪杯活宝。加之唐河帮的船老大们争相对祖父表示迎接和笼络，对外祖父献以孝敬和巴结，每日里两人便从这条船喝到那条船，一帮船都喝遍了又轮着从第一条船喝起。

"喝！大兄弟！依俺说这河里的饭比您田里的饭吃得省心。有水就漂船，漂船就喝酒。河不枯酒壶就喝不干……"外祖父每每喝到酒劲发作时便喋喋不休地吹嘘着宽慰祖父。他端不稳的酒碗已是飞流直下三千尺了。

祖父这时便有八分醉了，他的愁绪结肠恐怕就是这么借酒浇愁给浇化的。他倒握着一个空酒瓶颈仍与外祖父撞杯："喝！杨大哥！既是土疙瘩埋不死我，我这后半辈子就跟大哥一起做水鬼吧。横了心，泡在酒河里醉死过去……管他是喂乌鱼还是喂王八！"

祖父语无伦次，逗得船老大们哈哈大笑。唐河人好客而不欺生，何况祖父这个南蛮子酷肖北方汉子的炮筒脾气。加之祖父踏上哪一条船都不是空手打巴掌，每当他提着施绝技猎获的一大嘟噜河鲜造访时，在唐河帮船老大眼里他便颇有几分可爱。于是一条土狗子与一窝水蛇打得火热。

一日正午，祖父反客为主，特邀身为唐河帮大帮头的外祖父屈驾来他这条猥琐的府河兔子耳朵小酌。祖父煞费苦心整了一席答谢佳肴：三只蒸得金红的河蟹，两尾煎得焦黄的武昌鱼，一只炖得乌黑的大鳖。最妙的一道菜，是酒至半酣时祖父信手从船舷沉下去又捞上来的一个筲箕里乱蹦的虾子。鲜活的透明的河虾，浑身的盔甲和武装到牙齿的刀枪剑戟都在祖父无敌的巨掌中败落了，被活剥成晶莹雪白细嫩的虾米，蘸上暗红的酱油，祭外祖父的满口餐牙。有一只拃把长的大虾拼死复仇，用锯刀锯破了祖父的指头。

外祖父为祖父淌出的殷血而怦然心动，并为精美绝伦的南国烹调感慨不已，便也啃红萝卜似地啃破自己的指头。于是碧血烧红了杯中烈酒，并烧红了两个水路英雄袒露的胸膛，酒气熏天，醉坠了毒辣的太阳。

府河迷失于汉水。两水相邀相携相碰相撞流向漫无边际的天涯。

府河便是祖父。

汉水便是外祖父。

两条河就像两条巨蛇，疾疾爬行着，紧紧交尾，忘形地宣泄着不可遏止的情欲。

第四章　唐河好风光

1

唐河帮这一遭走上水所遇顺风甚少，全靠拉纤行船，慢腾腾像拉着一头头犟牛的鼻子。

一群寄生于汉水的木兽缓缓爬行而上，不觉早已爬过了汉川。爬过沔阳爬过天门爬过潜江。爬到沙洋装得满船满舱的货，再爬到钟祥爬到宜城。爬到襄樊把货卸得精光入了唐河口。忽然顺风大作，赋予呆笨的木兽以灵性，纷纷如鸟展翅。

一只府河"兔子"，冒冒失失地尾随一个"河兽部落"到了异乡陌地生水——河南省有名的唐河。

船帮一入唐河口，外祖父格外活跃起来。跑这一趟远水别离唐河约莫有半年了，走下水在沙洋耽误了几个月。在外祖父看来，跑遍汉水上下所有的码头，还是唐河称心。

外祖父深深感到他回到了能一呼百应的老窝。

"回——啦?"

"回啦!"

"啥时来跟俺喝盅酒?"

"中!赶明儿就来!"离唐河镇码头还远着哩,外祖父已立在船头,吧嗒着烟杆,此起彼伏地与来往相会的船只和沿岸码头上的人打招呼。

祖父也立在船头卷起一支烟吸着,他吸得局促不安。一连狂饮烂醉十几日之后,他有些醒酒了。船尾拖曳着如丝如梦的汉水,毕竟甩不脱淡淡的乡思。而船头涌来的浪头层层叠叠,望眼欲穿也看不到尽头……含湿了半截的烟使他陡然生气,伸手从嘴边夺掉扔进河里。到唐河该缝补一下这张兜不住风的破帆了,他抬头望望桅尖思忖。

2

湖北佬,尤其是湖北的汉口佬最喜欢奚落河南人不洗澡,却不知河南的水稀贵如小磨香麻油。河南人当然格外吝啬水。如果湖北的水也如小麻油一般清香光滑,爱洗澡的汉口佬守着长江、汉水两条河日夜洗,不洗成油光水滑、香艳绝伦的世界第一流美人才怪!

不过,即使长江和汉水真那么如脂如泉,唐河水洗出的唐河人也敢与汉口佬比个谁俊谁丑。

唐河便是如此这般一条富有魅力的美女河。唐河流过的地方叫唐河县。唐河的玉体雪肌上最惹男人爱抚的地方叫唐河镇,唐河镇是豫西南物资由水路集散的重镇。

唐河镇的繁华一半繁华在唐河上。河面樯帆如林,戳破天的桅杆上张着的风帆如巨幅大旗。旗帜之下是汉水中上游的唐帮、襄帮、宜帮、天帮,汉水下游的黄帮、孝帮、中帮及府河各帮,还有天涯海角远航来的船队,如外河吴越的下江帮、湖南的湘江帮及株河帮、闯三峡下来的川帮,都沿着弯弯曲曲四通八达的水路列队游行而来,到唐河镇览胜。

河面上便漂泊着各种款式怪模怪样的船,仿佛在召开万船博览会。

最多的是扁子船。襄河扁子的后艄圆圆地翘出水面,像撅着黑黢黢的水牛屁股。唐河扁子的后艄则像一把惩大的木梳子的梳背。外河来的驳子宽宽平平,船尾如斗船头似铲。辰船的船头如削得尖利的长矛。堪称奇形怪状的是湖南扁子,湘江扁子也好株河扁子也好,恐怕都是捏糖人的艺人捏成的,其前头后艄被拉得细长细长,再向上拉弯,弯成个半圆圈,捏成两个木钩子钩尖相对着。只能装几吨货的小蚱蜢船，后艄的两叉如贴着小腿用力屈着的大腿胫，伸出船头躺着的篙子像细长的触须。湖南刀把子羞羞答答，从船头到船尾用油布蒙得严严实实，由左舷至右舷绷起半圆顶的拱篷。而各类打鱼捞虾的渔划子，搬罾的也罢撒网的也罢滚钩的也罢撮网的也罢，几尺丈把长的船身极窄极浅，船前船后斜插满了竹篙子鱼叉子，扯着网丝挂着钩串，其船本身倒酷肖一只大虾子。

一天煞黑时分，在这些泛滥于唐河的生灵精怪中，又悄无声息地挤进了一条很不起眼的府河兔子耳朵。它的两只尖尖竖着的长耳朵惊惶地战兢着，在众多具有伟岸风采的船只中自惭形秽，度过了晃晃荡荡惊疑不安的一夜。

<h1 style="text-align:center">3</h1>

唐河帮回到唐河镇的第二天早上，天麻麻亮。祖父在半睡半醒中忽然听到像是外祖父在河滩上大喊大叫。他连忙探头出舱看，只见外祖父舞着烟杆在嚷嚷："跑了一趟远水回来，列位船老大歇歇身子骨。修船的修船，补篷的补篷。不愿歇想跑短水的，照例自个儿邀伴，甩单边也行。有啥事要俺合计生意的，上会馆去吭一声……"说完他便把手背在身后大步流星地朝镇上走去。

祖父伸伸脖子想招呼他一声，又咽下一口涎止住了。

外祖父却又掉头招呼着祖父转来了。祖父慌忙应声去搭板，外祖父早一脚蹭上船来，踩得船两边晃荡。

外祖父打船头绕左舷走到后艄，又从右舷转回前甲板再跳进货舱里。祖父纳闷地跟在后头，见他并未仔细瞧瞧什么。

"大兄弟，您这船非得碾缝打油啦。俺看甭费事拽上坡啦，船帮子刚在星沟晒过，不咋地。就在河里打油吧，这船用不上两年啦。过了晌午俺请师傅来。"

"这帆只怕也要缝……"

"啥？补篷？那是您婆娘的事！"

吃过晌午饭果然来了一位年长的师傅，带着两个穿得像叫花子的徒弟，拎着桐油桶，挎着刮刨、锤子、凿子。

祖父忙上前迎住师傅说话，师傅却只朝他点个头，只顾向徒弟一句句交代活路。师徒沿着船舷走着边说边查看船舱和船帮子。

师傅闭口不谈修船的工钱，祖父忍不住便问，师傅憨厚地笑笑说："工钱已照杨帮头出的价说妥啦，杨帮头交代修船钱归他认账。"师傅告辞道，说妥了他只管派活，干活由两徒弟来，照规矩，船老大得打帮手，跟两徒弟一起忙活。

第二天绝早便动工。两徒弟干活一声不吭像拉磨的驴，手脚却麻利得赛过猴子。相形之下，祖父简直似一头笨熊，气喘吁吁地瞎学瞎做。

使刨子，嘎嘎刨光船身起皱发黑的老油皮子。使凿子，哐哐凿净船板缝里干涸的旧油灰渣子。使锤子，叮叮当当敲打铁砧碾油灰。油灰是用雪白细腻如洋面粉的优质生石灰兑桐油搅拌的，再用刑具一般骇人的锋利钉板把一截截烂麻绳抓撕成纤细柔软如蚕丝的细麻瓢。麻瓢碾入油灰中，油灰碾进船板缝里。一千块船板一万道缝隙都碾得严实缜密滴水不漏之后，再用油抹布蘸着稠乎乎粘涎涎的异香呛鼻的红桐油涂抹船体，一遍又一遍地涂，直把个立体的船身上下左右前后内外旮旮旯旯儿都抹遍，再置于日头下暴晒，晒得通红透亮像个裸得精光的不害臊的肥胖女人的胴体。

祖父算是尝够了打油的滋味。他暗地叹息道，原指望驾船图个洒脱自在，种田不过是撅屁股拱腰，哪知这船上的活路得跪着屈着趴着仰躺着干。他确实累得够呛，腰酸腿疼胳膊抬不起来脖子扭了筋，五大三粗的汉子夜里竟偷偷地呻吟。当他的一身衣裳被桐油渍成硬邦邦的盔甲后，他才明白何以两个修船徒弟老穿破破烂烂的百衲衣不洗不换。

祖母日日在沙滩上垒石为灶，做好酒好饭款待两个修船徒弟和自己的男人。

足足闹了二十来天，船便焕然一新。

4

祖父手上的钱很快花光了，花的是在沙洋装货跑襄樊的跑船钱。离开星沟镇时，手头的一些零碎钱掏尽买了两箩筐米。扔在赵家湾老宅的一头半糙仔猪和一群鸡鸭，都送给湾里几个穷朋友了，他们一时兑不出钱给他，他也断然不要。

眼看米箩筐也见底了，祖父着急起来，想找外祖父讨讨主意。

可是外祖父打那天一早上坡去会馆再没回过船。祖父蹲在船头寻思：他杨大哥刚破费了修船钱，这时候再找他说揭不开锅了分明又是伸手讨。非亲非故的一个朋友，人家已是很慷慨。我记娃子闯到异乡来也还是一条硬光棍！哪能靠别人的周济过活？

祖父对船头哗啦啦的流水说："不慌去找杨大哥，先到船行去打听打听看有有得短水好跑。"在祖父的船打油期间，唐河帮的船都陆续开走了，唯独留下外祖父这条空无一人的扁子和祖父的小船泊在一起。祖父估计别人都跑短水去了。

祖父打听到船行在镇里大街上，但在河边又搭了一间小屋方便过往船只问事谈生意。祖父便急急奔小屋闯进门去。一个正把算盘拨得噼啪响的老爹抬头告诉祖父，大伙都管他叫账房先生。账房先生客气地说，唐河船行一向只承揽跑长水的大宗货，且一般只与帮头打交道，不与船老大谈生意。账房先生倒有一副热心肠，他说他一看便知祖父是刚摸上水路的本分船夫，让祖父到码头上找装货卸货的货主打听打听，看有没有短水货。

祖父便谢辞了，又转到码头上去打听。谁知找了几个货主都没遇上一个账房先生那样的好人，都欺他是外乡人。祖父若不是脑壳灵光就会被他们耍了开心。

第二天一大早，祖父便赌气去码头上扛码头卖力气，谁知他那一口浓重的湖北汉川口音，让几个扛码头的河南愣头青一听就乐。

愣头青们先朝他伸出大拇指："嘿——啧啧。天上九头鸟，地下湖北佬！"

马上又伸出小指头撇撇嘴："奸黄陂，狡孝感，又奸又狡是汉川！"

祖父火了，一抖肩抖落背上压着的棉花包，拦住几个愣头青要打架。忽然他被人从背后扯住膀子，扭头一看，正是那账房先生。

"大兄弟，杨帮头使唤人扛了一袋白面半袋小米到您的船上去啦。他叫俺捎话说，大兄弟有啥话就寻到会馆里找他说去。"

账房先生眨巴着眼朝他笑笑后蹒跚着走了。祖父想，必是这位账房先生去对外祖父说了他的窘态，便有些感激又有些恼怒。

船上，祖母接过一个长臂过膝的陌生汉子送来的小米白面。她喜不自胜，但又愁吃不惯且不会做北方饭。记得补篷时，鸭屁股的婆娘曾给她念叨过一回北方饭的做法，她当下便试着蒸得一笼没发好的放多了碱的死面馍，还熬得一锅放少了水煮过了火的稠浓粑子小米稀饭。

祖父打码头上一回来，便抓了一个硬砖头似的馍掰了半头咽进喉咙，喝了小半碗稀不稀干不干的小米饭，那样儿吃得好没滋味。扭头又见父亲蹲在船舷边皱眉，把馍掰碎了扔进河里喂鱼。祖父肚里便鼓鼓胀胀的有气，他过去扇了父亲一耳刮子骂道："白面在北方是细粮你晓不晓得？怪只怪你姆妈活转去了不会烧火只会糟蹋东西！"祖母和父亲都不敢吱声。祖父闷闷不乐地寻思：男子汉大丈夫光棍一条哪能白吃人家的饭？得去找外祖父说个清楚明白，粮食算借他的！

当下他就要上坡去会馆。又转念一想，外祖父只管托人捎话捎东西，意思是并不想见他。账房先生说有啥话去找外祖父说，怕是说没啥要紧的话就别去。便又打消了主意，钻进前舱躺着辗转反侧，胡思乱想着恨那二叔公父子害得他漂泊异乡。不觉迷迷糊糊睡了一夜。

天亮后，他又跑去扛码头。扛到天黑回船来，船上早有一人在等候他。

"赵老板回啦！幸会朋友幸会朋友。俺叫橹精怪，在会馆里混饭吃。昨日来您的船上时无缘相见，今日杨帮头托俺捎话来，请赵老板立马去会馆合计要紧事。俺打头里走先去备饭啦——"自称橹精怪的来人嘴里放完连珠炮，也不等祖父开口说一个字便揖揖拳笑呵呵走了。

祖父便上坡往镇上去。

转眼来唐河镇一个多月了，他还没去镇上逛一回。祖母几次拉着父亲的手拐弯抹角地对他说父亲吵着要娃娃书，他也没允许他们娘儿俩去逛镇。其实不用上街，船上缺什么河里有什么。每日从早到晚，河上做小生意的划子叫卖油盐酱醋、纸烟洋火、冰糖点心的应有尽有，就是薪柴煤炭、衣帽鞋子、锅碗器皿，都有划子送到船边来。甚至你想听戏听书也只需招招手，那划子便忙不迭地应答着把说书的唱戏的送上你的船头。只要你舍得花钱。

祖父刚走进镇上的街面心下不免一惊：唐河镇竟如此热闹！街面宽得足以过牛车，长长的似无尽头，还连着几个岔口窄巷。夜色虽浓却灯火一片、行人成堆。蜡烛罩灯、马灯、松油火把辉煌灿烂。做夜生意的摆满了街面，多是叫卖小吃的。这里也卖湖北芝麻烧饼，不过家乡的烧饼巴掌大，这里的烧饼箩筛大。卖擀面条的盛面的粗瓷碗像个瓦盆。整个卤熟的猪头红通通挂满了摊头，食客抱定一个，蘸着瓦盆里捣得稀烂的蒜汁就啃，似与那猪头在亲嘴贴腮帮子。烤红薯甜蜜蜜的香气呛得鼻子痒。足两斤重的白面蒸馍滚圆滚圆的，上头还插着一枚红枣，看花了眼便以为那是胖女人裸露的乳房。

祖父毕竟是个土包子，没见过繁华大街的洋市面。他东张西望磨蹭了好一阵子才找到唐河会馆。

会馆像个客店。长长的走廊上一间房挨着一间房，挤着一堆堆放浪形骸的人，都是些掷骰子赌博的、猜拳喝酒的、饮茶议事的、闲扯聊天的、胡说八道的快活船夫，说话像放炮、笑声如炸雷般放肆张狂。有一个扭着脖子翻着白眼扯着嗓子在唱河南梆子，有几个就歪着头闭着眼抿着嘴捣着下巴有滋有味地听。

祖父朝各个门里张望，并不见外祖父的影子。正欲开口问人，橹精怪从身后拽住他：

"赵老板来啦！先跟俺去吃饭。俺大哥那儿正在吃的饭怕是已吃残了。"

他不由分说，亲亲热热地拽着祖父的手来到一间房里。

"来来来，先坐下喝盅茶。俺使唤人备饭去啦。"他没等祖父的屁股挨着板凳，又拽起祖父凑到耳边小声说，"俺大哥怪着赵老弟哩！说咋的啦？说捎了几回话请赵老弟到会馆来说话，咋不见来？说咋的啦？不吭声就去扛码头何苦来着……"橹精怪说到这儿，一拍膝盖："依俺看俺大哥该怪哩！别说赵老弟是俺大哥接来的湖北朋友，就是过路的，吭一声，俺大哥兜里的铜板儿就没分过你我。赵老弟呀，账房先生说，幸亏扛码头的不认识您！若是听说您是俺大哥的朋友，不小瞧了俺大哥才怪哩！"

祖父一直不语，听任橹精怪噼里啪啦说着。他觉得这个自称橹精怪的人很好笑，不过凭直觉，他敢肯定橹精怪此人与账房先生一样，也与外祖父一样有一根热心肠。听着听着，他心里便热乎乎的，惭愧自己不该多心去猜忌外祖父。他一撂茶盅站起来：

"不麻烦橹……橹大哥准备饭了，我就去和杨大哥一起随便扒两口饭吧。我有个把月没见着杨大哥的面了。劳驾，引我去找杨大哥。"

橹精怪本正说在兴头上，见状先一愣，随即便开心地笑起来，不住地拍着祖父的肩膀：

"嘿嘿嘿。中，中！俺大哥那儿还有个常客，您可是个稀客。兄弟您先去，俺随后也来陪着说说话。朝前头走，拐弯朝北那扇门便是。嘿嘿嘿，嘿嘿嘿。"

祖父有些诧异，怎么外祖父请他来还另有客呢？橹精怪无端地笑得有些邪，他不便问也懒得问。径直走到长廊转角处，果然有一扇朝北的门半掩着。正欲推门，却听见门内似有女人在咻咻笑。他犹豫片刻，心里有些发毛，一掌推开那门。

正是外祖父坐在桌沿一边喝酒。他不曾注意到祖父进来，只顾把眼直勾勾瞅着挨在他肩旁坐的一个女人。他的脸烧成一盆火，一只手捏着酒盅，一只手搭在女人的背后。女人穿着大红大绿的荷花衫子，她只顾亲亲热热地给外祖父斟酒，也不睬谁进来了。

祖父很尴尬，转身朝门外走。忽听外祖父喊了一声，便驻足回头。

谁知外祖父不是喊他，是摇晃着头哼起了小调：

"邻家的妹子叫王花姑，王花姑扭着大屁股……"

祖父的胸膛里猛地蹿起一团火苗，浑身上下一股燥热难耐。他气冲冲地闯出去，顺手"哐当"带上门。

外祖父撵了出来："正等您哩！走啥？"说着没事似地拽着祖父的膀子进屋。

"俺俩合计合计，过两三天要跑长水……"他嘴里说了这一句，眼却又去瞅那个忙着给祖父添筷子斟酒的女人，半晌也没接上下一句话茬子。

祖父见状心里愈加燥热，便起身说："我刚才在街上多喝了几杯，明早再来会馆找杨大哥商量吧。"

外祖父忙把祖父按到凳子上："多喝了没啥，今晚就甬上船啦。"说着，祖父见他对那女人努努嘴，不明不白地说："您那干妹子咋没来？"

"来——啦——"没提防橹精怪接过话茬子撞进来，学着酒馆里跑堂的吆喝一声，乐颠颠地拽着那个女人跑走了。

外祖父举盅邀祖父喝。祖父心里正焦渴，也不谦让，抓起酒盅一口抽干了。

两人就接二连三地赛喝起来。祖父察觉外祖父的脸上并无一丝不快，倒还洋溢着一种满意的神态。祖父想，杨大哥这是满意我能陪着他开怀畅饮吧？

但祖父发现外祖父不能再喝了，他的眼已乜斜了，不过祖父看得不大清，因为外祖父的眼在上下移动，它一会儿长在眉毛上头，一会儿又长在鼻翼两边。

后来祖父就看到那个大红大绿的女人转回身来了，櫓精怪没来。那女人穿着荷花衣衫，她错认他是外祖父，挨着他坐下来劝酒，把下巴搁在他的肩头咻咻地笑。他心里好笑，板着脸推她到外祖父身边去。可是外祖父的肩头明明也搁着一个尖下巴，外祖父的臂弯里明明也搂着一大把荷花。祖父觉得两眼火辣辣的，浑身发烧烧成一摊烂泥。他的屁股从板凳上滑落到地上，穿荷花衫子的女人忙把他搀到床上。他看到那女人的屁股绷得太圆太鼓很刺眼，便厌恶地伸手狠狠地拧了一把。那女人便又咻咻地笑起来，笑得他再次感到浑身燥热不安。他恼怒地把她按倒在床上，想开口逼问她那二叔公家的王八羔子是不是偷到了她的便宜。但女人似乎知道他要问什么，不待他张口，她便赌气似地自动把身子剥得精光，强拽起他的手在她浑身上下摸寻看被偷走了什么。他粗暴地甩脱她的手，猛力扒开两扇沉甸甸的门，便露出深深的窝，窝旁掩映着蓬乱柔软的青草。他以一个跋涉回归者的极度疲乏和极大满足，一头钻进深窝里，鼾声大作……

5

祖父醒来时天已光亮。他这才知道不是躺在船舱里，而是躺在一个陌生女人的身旁。女人正望着他憨笑，脚头堆着一团红红绿绿的荷花色衣衫。

他惊讶地坐起来："你不是杨帮头的相好吗？昨晚怎么睡到我这里了？"

女人扑哧一笑："俺是杨帮头相好的干妹子，俺夜里跟您相好来着。"

祖父仍不明白，他一时更糊涂了："那……我是哪一个？"他似乎不认识自己了。昨日的一个挖泥巴泼粪的土包子，今日怎么会嫖起街上的漂亮女人？这似乎是不可能的事。

女人也给问糊涂了："咋的？您不是杨帮头的湖北朋友船老板赵老大？"

哦，对了，我是杨帮头的一个朋友，自由自在地漂流到这异乡异河来，我是一个船老板……他忽然感到一种超脱的轻松。

祖父完全清醒了，他慌忙下床穿上衣服。正好外祖父拍响门板叫唤他，他拔掉门闩出去。

祖父一见外祖父就不住嘴地抱怨。外祖父只顾龇着黄牙笑，笑得祖父满面通红。

祖父便愤愤不平地说："修船的钱算我借的欠着，小米和白面就算杨大哥帮助兄弟的。昨晚的花销明明是你杨大哥和橹精怪串通了捉弄我，我不认这笔账！"

橹精怪突然嘿嘿嘿地来到祖父面前："好一个赵老弟！您咋恁精明？恁会算账？您一个子儿也甭想算计俺橹精怪的。"

说着笑着，唐河帮的船老大们都赶来了，当下大伙就合计跑生意的事。

唐河帮揽着了唐河粮行的大宗货，装小麦走襄樊，这是从好几个船帮争夺中抢到手的一块肥肉。船行的账房先生和会馆的橹精怪都帮外祖父使了劲，一个说通了船行老板，一个去粮行通了关节。粮行老板也说，唐河帮有大小十好几条船，杨帮头名声好讲信誉靠得住。

这一年河南年景好，小麦收成好，大车小车拉到唐河边上来。粮行要运到襄樊去的小麦，得跑几趟水。

外祖父问祖父要不要请一个帮工，祖父摇头，说上水撑篙下水摇橹的他也能对付了，说拉纤时就让昌文跟在屁股后头拉总能加四两劲。

两天后唐河帮就装上小麦启程了。

6

跑襄樊前后跑了约一年光景。外祖父凭着他广交朋友的本事，托襄樊会馆的朋友通风报信，揽着些南方的土产杂货往唐河带。十回总有七八回带了货回唐河，往返都不跑空趟。

这一年河里也风平浪静好跑船，乐得唐河帮的船老大们成天把笑挂在脸上，也越发敬重外祖父，念叨他是一个好帮头。

祖父腰里很有了些积蓄。每每船回唐河了，他也会去会馆里混上一两夜，叫了那相好的女人搂着喝酒睡觉。

倘若祖父第一次没搂那女人睡过，照理说祖父会在哪一天半夜把祖母叫到前舱去或煞黑时把父亲支到前舱去。祖父是个三十大几的精力正旺的汉子，自从在赵家湾的那个晚上二叔公家的王八羔子扯断了祖母的裤腰带，祖父便憋着一股气再没挨着祖母睡过。祖父大约不是个好色之徒，但也不是个禁欲主义者之类。唐河会馆教他学会了喝茶，使他成为一个精于抽烟酗酒嗜茶之道的合格的船老大。唐河会馆还给了他一个女人，他只要一个女人就够了，不再要旁的什么女人。

祖母在后艄和面做馍。她双手奋力搓着面团，脸颊沁出两朵红颜。其实祖母闻出了祖父身上沾的野女人的味道，但她不吭声。祖母本年轻尚且貌美，但她变成了艄婆子后在性格上也变得苍老了。她也发现了自己的邋遢，但她无力改变且自惭形秽。她认为祖父会搞野女人是男人的本事，她只是奇怪自己怎么再没有一点女人的欲望。

祖母从此安于做烧火洗衣掌舵的艄婆子。

而唐河会馆的那个女人自然不养娃，这就决定了只有父亲一棵独苗。

祖父驾船的本事也学得熟透了，且憋得出夹生半熟的河南腔与人打交道。他见祖母也好歹把得稳舵了，便敢甩单边跑几回短水。他总记着欠了人家的修船钱，他是一个踌躇满志的驭手却只有一头跛腿瘦驴，他得换马——买一条中号的船。

父亲蹲在艄后入迷地甩着参子鱼，一根竹苗子鱼竿甩得呼呼地响。可怜的父亲昨天才刚刚重新拿起他的鱼竿。那根长长的绷得像坚硬的钢丝似的纤绳，不仅勒烂了他的肩胛也勒伤了他的一颗童稚之心。想初到唐河时，刚刚解脱了腰上那根拴狗链似的绳索的束缚，他得到一种新生般的自在快活。他从七侠五义、水浒梁山中寻着他的人生哲学，解着他的船帆与堤岸之谜。娃娃书上证实人活着就是东游西逛、到处打架、到处吃喝、到处玩耍。于是他发现：脚踩的船也像一张犁，河也是一片田，也同在家乡的田里一样在犁来犁去。凭着十二三岁的男孩独有的幻觉，他得到娃娃书上豪杰壮士的许诺和鼓励，相信自己会长成一条力大无穷的威风汉子，至少要比祖父还魁梧高大。可是令他痛苦痛恨痛哭的是，如今笼套加身、背上负重、脖子被纤绳勒着，他才发现自己如此孱弱，又无缘遇着神力暗助、侠客搭救。拉纤拉脱了父亲肩上的几层皮，走河滩走得两条腿肿得像一对吊水桶。拉一天纤下来，他便累得一头躺进舱底不吃不喝。祖母心疼不过却不敢说什么。祖父毕竟也怜爱这个独儿子，就咬咬牙请了一个帮工，说让父亲再长年把，让身子骨长结实一点。

于是父亲这一阵子便乐得只管晨钓太阳晚钓月亮。甩参子鱼甩得无聊了，他便一手执竿，一手抱书。河里的鱼把他的肥饵夺跑了，娃娃书把他的心钓走了。

7

又一年，祖父的积蓄又充实了一些。船却烂了，一天不舀水，船底便渗进小半舱。

一日，祖父请外祖父过船来吃扁食。外祖父说这船该换了，祖父回答说他想把船再修修对付两年，再换一条大些的船。说着他摸出一包现洋："俺先把欠大哥的修船钱还清了。亲兄弟明算账，这钱也拖欠两三年了。大哥再推托，兄弟也不过意。"

外祖父只顾一口一个地吞扁食，连吞了两大碗，才打着饱嗝说："俺估摸您手头现有的也换得起一条船啦，不如趁手头有钱横横心换了算啦，往后说不准生意少了。再说这条烂船再修就不值啦。欠俺的，俺看就用这条烂船抵吧。俺卖给船坊拆船板子，卖贱了俺认，卖好了您也甭眼红。"

当下合计换一条船，祖父说自然是换一条唐河扁子，外祖父却直摇头。

"俺看还是换一条您家乡的湖北扁子。落叶归根，兄弟好歹是要回湖北的，迟早要随中帮。听了俺这话您可别多心，俺是说过两年您自己要说回湖北的话。"

祖父半晌不语。

当下，外祖父也无话。

第二天，外祖父却把账房先生和橹精怪都请来合计祖父买船的事。

账房先生掐指一算，说："依俺的买船不如打船。从上水山里头放排来的筒子树有恁粗！去谋它一二十棵来请修船师傅现打现造。工钱带吃喝钱一回说妥，不管饭也省心。这打船比买船很要便宜几个。现打的船也牢实，是真东西！"

"中，中！咋？姜硬是老的辣。俺算是服了账房先生，新船下水时俺们可得热闹热闹！中，就这么说定啦。您说啥？听听赵老弟咋说？嗨——他的事俺当得一半家……"橹精怪抢在祖父和外祖父的前头眉飞色舞地嚷嚷。

8

约半年光景新船打造好了，像一条木龙似地趴在河坡上，船身油得透亮，散发着呛鼻的桐油芳香。

择定了吉利日子下水祭河神。

新船下水是船家的隆重大典。这日一大早，橹精怪使唤着几个愣头青，咋咋呼呼地张罗着给新船披红挂彩。

这时账房先生爬上船来，使唤橹精怪他们几个贴对子。

主桅和二桅上贴的是：

　　　　大将军八面威风
　　　　二将军谨守乾坤

船头两舷贴的是：

　　　　船头无浪行千里

船后生风走九州

船尾两舷贴的是：

九曲三弯随舵转
五湖四海任舟行

艄后还贴上一条横批：

顺风相送

　　这三副对子的写法和贴法都是照船家的规矩来的。有些讲究的大船老板，是花大钱请工匠把对子刻在船板上。若依橹精怪的意思，也要抖抖穷阔气，大伙凑几个钱请工匠来刻对子。祖父听了直摆手，账房先生便拦住橹精怪，自己花了三块现洋请街上颜体写得好的私塾先生写来这三副对子。
　　账房先生也喜欢热闹，又在新船凉棚的门上贴了一副亲笔写的对子，一手柳体倒也写得怪有模样：

生意兴隆通四海
财源茂盛达三江

　　橹精怪想显摆他半猜半认也识得几个字，便打趣说："账房先生，咋的就多出一副对子？您显能咋就不会写个新鲜的？咋就和饭馆布铺杂货店的对子一模一样一字不差？"
　　账房先生却正经地回答："您有所不知，这副对子，最早本是源出俺船家。后来倒是坡上的生意人见好爱好学去啦。您咋不见这'通四海''达三江'几个字用得多巧？不驾船咋能通海达江？"
　　橹精怪无言以对，总算闭了嘴。他像个猴子似的利索地爬上船桅用红布条子扎了一个大花球。但他的嘴到底闲不住，立刻又哼起一支不正经的曲儿：

花妹子，穿花衣，
您哥俺想死您娶不起；
要嫁妹子可别远嫁，

夜里头俺悄悄去会您……

祖父和修船师傅们一起正忙着修滑坡。他们从河里挖来稀溜溜的河泥，从船帮底下往河边铺成一条滑溜溜平展展的斜坡。

橹精怪惊惊乍乍地放响了一串恁长的鞭炮，恁半天的爆响把人的耳朵都震掉了似的好一阵子不管用。

噼噼啪啪的声音骄傲地宣告一艘新船横空出世。一条蛟龙将倒海翻江，一尾鱼儿得水，一条泥鳅拱回泥巴水里打滚。

鞭炮之声的宣告是庄严的。唐河帮的一二十条船和附近滩头上的外帮船都闻声而动，船夫们鱼贯而来。

船老大们特地换了一身囫囵衣衫。

艄婆子们一大早就用篦子沾刨花水篦光溜了头发，鞭炮一响就拽着娃儿们跑上坡。对于艄婆子和船上的闺女媳妇们来说，今日便是节日。她们终于跨越了船舷之间尺水天堑的阻拦，走到一起来说笑搭话。话题是那么丰富多彩，由议论新船的船老大和一家子说起，及至谁个船老大的本事大、谁个媳妇丑、谁个闺女俊、谁个娃儿孝顺、谁个昨天请算命先生算过命。

祖父便逐一向来宾作揖酬谢，往男人手上散纸烟，往女人手里塞坨坨糖。

锣鼓敲将起号令。男人听令分成两拨，一拨在船头两边用两根粗棕绳往河里拽船，一拨在艄后推船。围观的女人和娃娃则使劲喊着助威，场面很是壮观。

一堆木头构成的船形，终于感应到船夫们的虔诚和力量赋予它的灵性。它先是慢慢地滑动了一下，接着便在滑道上猛窜，直冲河里。

船头上立着鸣锣开道的橹精怪。他屈膝弓腿，一双赤脚丫子铆钉似地铆在船头稳稳立着，有节奏地擂响一面铜锣。哐哐哐，震得浪头匍匐，鱼虾深潜，警告上下游开过来的船只：远远避开啦！新船下水啦！正拦腰冲向河心啦！当心撞翻您啦！

后艄则立着外祖父，他紧张地把着舵。在船头猛地撞着河面的那一刹那，船身剧烈地晃荡，溅起呼呼啦啦的水花，箭似地朝河心射去。舵手要凭高超的本领牢牢把稳舵，不失时机地顺着流水转舵调向，稍有闪失便会弄翻了船。

新船下水既已成功，祭神仪式便在滩头举行。

账房先生乃主持祭祀的司仪。他正神情肃穆地立在祭台一侧，闭目静待着他想象中最佳时辰的来临。

祭台就是新筑的一个灶台，木质框架，观音土糊的灶膛，灶台面上铺了砖。新灶台即将搬到新船后艄去，它像个小长方桌，也像个供天地君师祖宗牌位的神案。

受祭的神灵乃水神杨泗。船家人世代相传说，杨泗原是商纣朝管水治河的名将。幼时他被某神山仙洞的玄真道人收徒授艺，"七岁下海斩蛟龙"，本事不在哪吒之下。君主拜将后，他率水中百族，呼风唤雨，降龙伏妖，救苦救难……这可不是瞎侃，汉阳归元禅寺五百罗汉里有一尊便是杨泗菩萨的金身，怒睁圆眼，倒竖浓眉，手执利斧。凡赖汉水生存的百姓都对杨泗顶礼膜拜，沿汉水两岸，隔几里便修有一座杨泗庙，是为佐证。

祭台上早供了一个"水神杨泗在此"的牌位。账房先生吩咐祖母摆上祭品：一个在锅里熬瞎了眼的整猪头，两条连鳞带腮一起煎好的肥鲤鱼，三个码得整整齐齐的二斤重一个的白面馍。

账房先生忽然圆睁双眼仰天寻望，口中念念有词，似乎他已感应到虚无缥缈中上天值日之神的指点。果然，他舞蹈着双臂宣布"焚香"。浴身更装的祖母慌忙接过父亲手里捏得方方正正的泥巴坨子上插的几炷青葱似的香，恭恭敬敬地摆在祭台上点燃。香烟袅袅，熏得祖母倒退几步，接着父亲与她一起忙不迭地下跪磕头作揖。

账房先生旋即展开一张黄表纸，干咳几声润润嗓子，吟哦起他自写自书自成一格的祭文：

> 唐河镇唐河帮新船船老大赵斌记率独子赵昌文顿首磕拜俺船家佑神杨泗菩萨，供上好酒好饭好菜一应供品。托您水神福荫，今日打得一艘新船下水，以船为家，漂游三江四海五湖。俺乃慈善人家，信神信佛，乞求杨泗将军保佑河里常年风平浪静，无灾无难……阿弥陀佛尚飨。

随着账房先生抑扬顿挫的声调，那些艄婆子都拽着娃儿们跟在祖母和父亲的后头跪下，嘴里念念有词地向水神倾诉各自的苦衷和愿望。

河滩上黑压压一片人头，一派肃穆虔诚的气氛。

男人们却并不参加这种祭神仪式，甚至不屑一顾；兀自三五个一堆，指点着漂在河里的新船品头论足，或是揣测着今后的生意前景。

账房先生诵毕祭文，捧起满盅的酒洒向天空，捧起满盅的酒泼在地上，捧起满盅的酒倒进滚滚的唐河。

9

祖父驾上新船，连着两年却生意清淡。岸上连年天旱歉收，河里就没啥货好运。上游虎牙滩的河道，浅得没法子过船。

不过好歹有些短水可跑。成天风里来浪里去，祖父的湖北扁子有一回掰断了舵，有几回脱了橹断了篙子漫了舱。担惊受怕在所难免，吃喝穿用却都不曾犯愁。

第三年风调雨顺年景好，河里生意也好。再一年又是干旱。天象水情如此周而复始，也不知几年过去了，总有七八年吧。船是浮萍，船夫们随遇而安。

喏，祖母正在后艄熬猪头。肉香味装了一船，漂了一河。

祖母已做得好面食，彻悟了北方正宗烹饪的奥妙。一顿蒸馍擀面条，一顿烙饼熬小米稀饭，隔三差五地穿插摊煎饼卷大葱或面片面疙瘩之类的花样，十天半月包一次扁食做一回韭菜盒子。一家人吃惯了北方饭，也香喷喷养人。馋还是馋老家的大米饭，就是地道的河南人也馋南方珍珠似的白米。馋狠了，祖父便上坡去花大价钱谋一点回来。祖母便吝啬地量出半竹筒，掺和着萝卜丝或红薯干或豇豆米焖一锅大米干饭。一月里头，祖父总要去镇上提一个猪头，神气活现地拎回船。

祖母把整个猪头闷在大鼎锅里熬得烂熟，使火钳戳进猪鼻孔里捞出来。她一边吹着烫得通红的手剐下肥嘟嘟的猪头皮肉，一边把剐碎的肉屑塞满一嘴嚼着。末了，她操起斧头把猪头骨剁烂重新扔进鼎锅里熬肉汤。待会儿，她将往沸汤里浇上萝卜或藕或苕粉，能吃上好几天哩。

祖父正和外祖父在船头东一句西一句侃着什么。祖父忽然住嘴，他仿佛知道祖母刚刚把猪头肉熬好刚好了似的，扭头朝后艄瓮声瓮气地喊："娃他妈——磨蹭个啥？给俺把猪头肉端过来！"祖父不知不觉中把一口河南腔模仿得惟妙惟肖，就是和祖母、父亲对话时，也淡忘了汉川乡音。

"来啦！"祖母高应一声，接着嘟哝一声，"急猴似的，咋像饿牢里放出来的？"她也是乡音已改，嘟哝着便把抹了香油蘸了蒜汁的猪头肉端过去。

船头，祖父早从前舱摸出一枚手雷似的烧酒瓶子竖在甲板上。

"昌文这娃呢？"祖父瞅瞅艄后，没见一根竹苗子鱼竿在晃动，便问祖母。

"怕是又跟他橹精怪大伯看戏去啦。"

祖父便无可奈何地叹息一声。父亲因祖父的慈悲暂时摆脱了纤绳的桎梏后，愈加喜书入迷，索性扔下鱼竿，瞅空便溜上坡去听书并和橹精怪搭上了帮。橹精怪这号人并没耐性听书却喜欢看戏看热闹，便也拉父亲去看过几回。谁知父亲见演戏的都是演的娃娃书上的故事便上了瘾，背着大人日日缠橹精怪带他去看戏。橹精怪也乐得脚前脚后跟一个小狗似的伴。好几回船急着起航，父亲赶掉了船，索性食宿在会馆橹精怪那里玩掉了魂。船转回时，祖父操起洗把揍父亲，又被橹精怪做好做歹地百般护短。

趁喝酒的工夫，祖父便与外祖父商量咋管教父亲。外祖父的嘴能有滋有味地嚼猪头肉，哪能嚼出家事的道道？便又请账房先生来讨教。

账房先生义不容辞，急忙去镇上寻着了大没大样小没小样的两人，把橹精怪训了个狗血淋头，当即把父亲引去拜了个私塾先生。

私塾先生见父亲未发蒙已颇能识文断字，很是惊奇。原来父亲看娃娃书记得滚瓜烂熟，再去听书看戏，反过来又把那娃娃书上的字半猜半认竟识得差不多了。这确实也是父亲的一种天赋。

橹精怪这号人没记性，挨了臭骂没两天又去找父亲玩耍。他从私塾先生那里得知父亲无师自通，上气不接下气地跑回来告知账房先生告知祖父告知外祖父，并借机报挨骂之仇，说他如何早看出父亲能无师自通，如何带父亲去听书看戏意在点拨，如何有功却被罚过冤得他险些抹脖子吊颈。直到账房先生断喝一声，他才闭上臭嘴，惹得大伙哈哈大笑。

众人大喜，遂赐重金给私塾先生，敦促其严加管教父亲，尽管打手心罚跪搓板直至笋子炒肉鞭笞虐打，唯要使父亲能成大器。私塾先生却冷静，见父亲捉笔像捏糨糊刷子涂不出一个大字，便不再教他识新字，日日只管临帖磨墨，等磨完半缸水再论道理。

于是父亲便在坡上舀着唐河水兑墨喝。

祖父依旧和外祖父及船老大们一起泡在唐河里沽酒喝酒。

唐河这地方真不赖，唐河水恁养人。

第五章　东洋鬼子来啦

1

父亲去读私塾约半年光景，唐河忽然冒出石破天惊的传闻。说东洋鬼子打过来了，国军节节败退，狗日的们白吃粮饷却丢了半边国土。

唐河帮这一阵子走宜城走襄樊走了个把月。等返回唐河镇时，已是谣言四起，沸沸扬扬。

船帮泊岸时天已漆黑，外祖父和祖父的船刚刚抛锚便听先行靠岸的鸭屁股过来传了消息。两人似信非信，也来不及搭跳板，蹭蹭地蹦上岸，急忙去找账房先生讨教。远远地便见账房先生搭在半坡上的小屋灯光摇曳，原来账房先生日夜都在盼着外祖父的船帮回来。

账房先生说："这话有准，下汉口跑郑州的都回来说大街上成天过队伍。不打仗过队伍干啥？甲午年间东洋鬼子就打海里来过，凶得很……唉！兵荒马乱啦，老百姓要遭殃啦……"

长衫拖地的账房先生像个疯疯癫癫的预言家，语调格外悲怆。

祖父说："俺跑俺的船，东洋人也是人，能把俺咋的？"

账房先生闭目摇头，他从长袖里伸出鬼爪子一般枯干的手指头颤抖着掐算着什么，口中念念有词。昏黄的灯芯像一支羊毫笔在他脸上写着，写出一副怃苍老的面容。

外祖父不语。

又过了一阵子，听逃兵荒过来的人说，驻马店来了东洋兵。外祖父便忧心忡忡，弃船不归，成天在镇上乱窜着打探消息。他极不愿意信那些耸人听闻的传说，又怎顶真地对每一种说法打破砂锅问到底。

"东洋兵是打南边过来的，还是打北边过来的？难道是打天上飞过来的？"他诘问。

"可不！东洋兵要不是坐铁乌龟打铁路上开过来的，就保准是开飞机打天上飞过来的！"又·批逃兵荒过来的人这么说。

但那些叽叽喳喳的人又都说没亲眼见着东洋兵。是见别人跑了，就埋了粮食，提了讨饭篮子，拖了打狗棍子跟着跑。

外祖父不吭声了，跑船人更知无风不起浪。他想，东洋兵打兵营，占镇攻城，打不打乡下呢？跑马庄离驻马店只几十里……

跑马庄便是外祖母和三个妮子住的地方。东洋鬼子的到来，使外祖父发现他并非寡汉一条，他还有婆娘和三个闺女。他为她们的身家性命寝食不安，昨天夜里他爬出后舱尿尿，刚立在艄后把胯乡开，便听见船前头娃娃鱼叫，哇哇地叫得瘆人。烦得他搂着裤腰把尿憋到船头去朝水里一阵乱射，果然把娃娃鱼给尿跑了。但后半夜他满心疑惑再也睡不着。娃娃鱼的叫声酷似婴儿揪心的号啕，一向被船家视为大不吉利的象征。

外祖父对祖父说："俺要去驻马店乡下瞧瞧三个妮子，不中就接她们上船。"

外祖父是吃晚饭时说的这话，夜里头他就不吭声地走了。

2

驻马店有一条自南边逶迤过来的小河。小河又朝北蜿蜒几十里流到跑马庄，绕过庄子东头的一片高粱地后，河流突然不见了。跑马庄的长辈说，三十年前的一个晚上那河明明还在，远远地流过南边的十墩八庄，第二天一早那河便飞走了。其实那河是潜入地下了，在地底默默滋润着跑马庄和远近十墩八庄的土地。

跑马庄可好。平平展展一大片肥土，方是田圆是塘，高高大大的是杨树。清清静静的一个庄子，稀稀落落几十户人家。各家多少都有自己的田，各家照各家的老章程过。

外祖母也拉扯着三个妮子过日子过得舒舒坦坦的。

沿着那条恁浅恁窄的小河，还有一条通向跑马庄的官道。浸满野芳的黄土官道上，突然开来一小队东洋队伍，扰乱了跑马庄人的宁静……

3

外祖母那一年回跑马庄葬父。过一年她的妈也谢世了，留下宽宽绰绰的房子够住，留下的几亩地却折腾不了。

大妮子那年才十二三岁，只能帮外祖母烧火添柴照引两个妹子。虽说外祖母斥骂起妮子们来嘴像刀子，心却软得像豆腐，生怕她们穿得不刟刟吃得不舒坦。外祖母里里外外强撑了一年，秋收后便累得趴下了。

乡邻们便来出主意，叫外祖母请个帮手干田里活，都说现成的有一个水水正合适。水水原是外乡人，自小双亲早故，到跑马庄来投奔一个穷亲戚住下，一向靠给村邻挑水跑腿打杂维持生计，是个无牵无挂的寡汉条。

外祖母也念叨水水前年去唐河报丧接她们娘几个回乡的情义。那回一路上厮混熟了，沿途多亏他端茶送水驮三个妮子，殷勤得很，且一口一声婶娘叫得恁亲热。经乡亲们这么一说，外祖母就答应下来，说让水水先帮上一年试试，便拾妥一间屋子让水水搬进家里来住。

第三年的日子就好过了。水水果然勤快且能干，地里的活儿几乎就没让外祖母插手，还包揽砍柴担水的杂活抢着干。外祖母便闲散下来，捣鼓着做伏汁酒。外祖母的伏汁酒做得恁好。一样的酒曲子，别人不是做老了便是做生了，她却从不曾做过孬的，回回都酿得甜赛蜜酸似橘。当年在唐河，就是外祖父这个死对头喝了她酿的伏汁酒也英雄气短，不得不当面叹服她的手艺。

外祖母做了伏汁酒，拎到通往驻马店的官道上吆喝着卖，赚些零用钱。外祖母很得意，她想，这都得亏水水帮衬。她看水水就咋看咋顺眼。

水水帮工一年到了岁末，外祖母自然不愿辞他。第二年，水水更勤快，对外祖母也更孝顺，说话轻言细语的，叫咋干就咋干，口口声声喊婶娘更喊得甜脆脆的。

外祖母越发疼他。先是晚饭管酒，后来他脱下的衣衫子也叫妮子们给洗。外祖母常常当着他和三个妮子的面念叨："俺要是有这么个儿该多好!"念叨着便想起金哥儿，便流泪。水水便趁机甜言蜜语劝导。

三个妮子被水水夺去宠爱，都生了妒意。

二妮子拉着姐和妹子蹲在茅屎坑想出一番计谋。结果，吃饭时姊妹仁的三双筷子便成了三对刀枪，专去好菜碗里争斗格杀，凡有肉腥味的眨眼便被抢得精光。蒸白面馍时，六只爪子连吃带偷，一个也不剩给水水。洗衣呢，水水的衣衫常常是洗了忘记晾，得要穿时才知还绞麻花似地扔在盆里；要不就是搓了忘记清了，晾干的衣服像一块脏抹布。

外祖母见三个妮子存心坑水水，索性将好菜好饭单另盛了给水水留着。他的衣衫由她自己来洗，晚上总不忘在灶房留一口热水给他擦澡。

割麦子时节，水水忙活不过来。

这天，外祖母也去麦地里打个帮手。晌午和晚上两顿饭，都是大妮子送到地头上。

眼见日头落下去了，地里忙活着的人们都吆喝着"歇工啦"走了。外祖母说："水水，俺们也歇了吧。"水水说："婶娘先回，俺再割一垄就歇。"外祖母说："俺也再割一垄。"

两人便勾着腰使着镰呼哧呼哧地齐头并进。割着割着，外祖母倒渐渐抢到水水前头去了。

水水见外祖母超到前头了，抹一把汗暗暗攒劲撵她。撵到外祖母屁股后头时他闻到一股汗味儿，汗味儿是从外祖母的胳肢窝里钻出来的。外祖母只穿了一件没袖儿没领儿的绿花褂儿，盘在头上的发辫儿散落下来滑在背上，汗湿了的裤子印出撅着的两瓣扭得怪好看的屁股。

这时满天星儿都眨巴亮了眼睛。月牙儿像金钩钩，明晃晃地照得麦地里黄灿灿的一片。四野的蛐蛐叫得正欢，啾啾啾，啾啾啾。

"俺还不知婶娘今年高寿多大哩。"水水从背后盯着外祖母，想起了一句话。

"虚岁三十五。咋? 显大还是显小?"

"俺看婶娘不显大也不显小，就像三十五的人，精精神神。"

水水小声回答着，似在自言自语。

说话间就割到地头了。

"水水，俺们歇了回。"外祖母抖着衫子的下摆扇着风说。

"婶娘先回，俺捆了割倒的麦子就回，摊在地上潮。"

水水说着，又深深地闻着外祖母身上的汗味儿吸了一口气。

4

外祖母回家一看，三个妮子都不知野到哪儿去了。她扯开嗓子喊了一声："死妮子——"

没人应。她见锅碗都涮净了，屋里也拾妥了，便没再喊。她觉着浑身叫麦芒草屑沾得怪难受，便去揭开锅盖舀水擦澡。

河南人称洗澡为擦澡，叫擦澡确乎更贴切。皆因水稀贵，且薪柴也少，不是大热天不轻易擦澡。擦澡时在一个小木盆中舀进刚够盖住盆底的几碗热水，将土布汗巾在盆里蘸湿了，往身上反复拭，便谓擦澡。擦完了那盆底的水已稠成黑泥浆。即便是外祖母在船上生活了十几年用水泼辣惯了，回乡后也认了"只有人恶水，没有水恶人"的惜水道理。

当下外祖母揭开锅盖，见那锅底的水也太少了，只有两碗水。她知道是妮子们存心不给水水留水，便又骂了几句。她无可奈何地都舀进木盆，把木盆搁到灶台上，解开对襟小衫的纽扣，也不脱下来，只用一只手撩起衫子的后摆，一只手蘸湿了汗巾反手勾在背后擦起来。

没提防水水在脖子上搭了汗巾风风火火闯进来。外祖母慌忙掩住衣衫，脸唰地红了，说："死妮子没多烧水，俺说您先擦吧，您出了大汗。"

水水忙说："婶娘您先擦吧。婶娘身子干净，俺身子肮脏。"说着，垂下眼睑偷偷斜睨外祖母衣衫下没遮住的一段雪白腰身。

"那好，俺马马虎虎擦几把。"

水水便转身出去，顺手带上了灶房的门。

外祖母重新撩起衣衫，松了裤腰带，一手提了肥大的前裤腰，一手拧了湿汗巾在裤裆里擦起来。后裤腰却松垮下去，露出磨盘大的白屁股。

门"砰"的一声被撞开，水水发邪劲冲进来，一把搂住外祖母的大腿跪下。

外祖母懵住了，但她顷刻缓过神来，两手左右开弓，在水水的左脸和右脸上各扇出五道血印子。同时她的裤子已垮到膝下。

"您邪完啦！俺是把您认作俺的儿疼哩。您的心让狗给叼走啦？"她骂着，瞪着两只眼珠子恨不得一口吞掉他。

水水的手并没松开，他昂起泪流满面的脸："婶娘，您狠得下心，就喊人绑了俺送官吧！俺坦白说吧，婶娘啥时擦澡俺都憋不住偷看啦……婶娘，婶娘，您知道俺多大？俺都三十出头啦，您是俺的啥婶娘啊？"说着他便拽着外祖母的衫子爬起来。他打着赤膊，只穿条短裤衩……

外祖母浑身战栗着，泪珠儿扑簌簌地掉下来："您个狼心狗肺的！您个丢丑卖国的！"她哭着骂着，双手在他的胸脯上抓出一道道血口子。

水水任她抓着。她的手指头却佝偻着软了，一头栽在水水的怀里。

5

外祖母和水水的事没瞒住二妮子。那天她起夜尿尿，忽听见水水屋里有说话声。她觉得蹊跷，便借月光扒着门缝朝里瞧，瞧见水水搂着外祖母滚在床上。二妮子虽小不懂事，平日里却见着鸡踏蛋狗搭桥，便也明白了外祖母和水水是咋回事。

二妮子怼精怪，她并不向姐和妹子吭一声，却不再使水水的坏。使坏本是她带的头，大妮子和三妮子自然学她的改了样。

乡邻们绝不知道一点风声。庄里各户之间并不紧邻着，外祖母的家又在庄子最西头的官道旁，没人议论什么。且乡邻们都很忠厚淳朴，不爱说三道四。

水水和外祖母偷情却偷得谨慎。外祖母其实并不害怕，她说她和外祖父早已一刀两断，水水又不是一个顶真的亲戚。外祖父睡得女人，她也能和男人相好，但她也不愿张扬出去。她原本不曾料到雇帮工却雇来个汉子养着，既养了汉子她也春心萌动，想生个儿的念头又强烈滋长起来。

车到山前必有路，等腰身不利索了就跟水水明着过活。她思忖。

可是盼了两个年头，转眼又到夏季收麦子时节，外祖母的肚子总鼓不起来。她大失所望，便心灰意懒，不情愿让水水再纠缠。

水水没提防外祖母的突然冷淡。他很恼怒，却不敢吱声，蔫巴了一阵子后便强打起精神，改而和三个妮子亲热。没事儿就给三妮子摘几个酸枣儿野葡萄，和二妮子说话逗乐儿，帮大妮子搭一把手喂猪打青饲料。

外祖母却敏感地觉察到水水老在跟大妮子套近乎。由此她也注意到大妮子的胸也突啦，屁股也鼓啦，脸也俊啦，是个十七八岁的大闺女啦。外祖母格外提防起来。

那天外祖母去割了肉。吃夜饭时，水水瞅着空儿挤到大妮子身边向她献殷勤，往她碗里夹了一大块肥嘟嘟的蒸肉。外祖母便把面盆掀翻在水水的身上，烫得他杀猪似地直叫唤。大妮子尚不明白是咋回事。二妮子品出一点味儿来了，眼珠子盯着外祖母骨碌碌直转。三妮子则瞅着水水的狼狈样儿哧哧憨笑。

外祖母早已闯到水水房里，抱起他的铺盖掀到大门外，嘴里爆蚕豆似地算出水水开春以来帮工的天数，最后把一句话也扔出门："打了麦子来拿工钱。"

6

外祖母头天晚上撵走了水水，第二天早上庄里就来了东洋鬼子。或许东洋鬼子就是在夜里悄无声息地进庄的，夜里曾有一阵很凶的狗吠。

天要亮不亮时，外祖母睡得正沉。她上半夜没睡，愣坐在床沿胡思乱想。撵走水水，她若有所失，便想到金哥儿，无声地流了几串泪。又猛想起水水说过捆在地里的麦子他打算吃了晚饭去挑的。水水走了，她便自个儿扛条扁担摸到地里，谁知地里的麦捆都叫人挑走了。她狐疑地摸到打麦场上去看，十几捆麦捆方方正正码在自家的麦垛上。一个人影往麦垛后一闪，不吭声朝远处走了。那是水水没错。外祖母忽然觉得自个儿把事做绝了，水水毕竟对大妮子没啥不规矩的。她快快地转回家，又恨恨地想起了外祖父……直到后半夜才躺下。

外祖母睡得沉，就没听见窗外杂乱的脚步声伴杂着狗吠声。直到有人咚咚直捶窗户她才惊醒。她听见有人在低沉地喊她，便一个激灵爬起来，竖起耳朵听。

"婶娘！婶娘！东洋兵来啦！快带上仨妹子跟上大伙钻高粱地吧！"

是水水的声音。外祖母赶快开门出来瞧，水水已跑得没了影。只见影影绰绰的人群跑动着，乡邻们搀着老的拽着小的，都不敢吭声，惊惊慌慌地朝西头庄外的高粱地跑。

咋没听见枪响马叫？庄里前一阵子也议论过东洋鬼子打过来了，过后也平静下来。外祖母此刻有些不信，便逆着人群朝东头走了几十步。想站个高处瞅瞅，但她瞅不清。这时，一阵风传来叽里呱啦的洋话，是打庄东头传来的。

"说来真个来啦？这些天杀雷打的！"外祖母这才慌张起来，风风火火跑进屋里，几巴掌扇醒还死睡着的妮子们。她拽起懵头懵脑的大妮子推到灶台前，伸手在锅底抓了一把锅末烟子抹在大妮子的脸上，大妮子的脸立刻变成狰狞的鬼脸。

外祖母拽着三个妮子，跟着大伙后头跑，一头钻进了高粱地。

7

大伙都朝密不透风的高粱地深处钻，上气不接下气地喘着，肚子像个气袋子鼓气。后来实在跑不动了，又估摸着再往里钻就会从高粱地另一头钻出去，这才三五一群屙屎似地蹲着，一边互相打听东洋人是咋进庄的，一边竖起耳朵听外面的动静。

东洋兵是咋来的？来这荒村野地干啥？有人说是坐铁乌龟打铁路到驻马店，再从驻马店沿官道过来的。但马上有人抬杠说，头日去驻马店镇上还见满街的国军，哪见过东洋兵的影儿？又有人说是坐飞机从天上落下来的，落错了地点，没落到驻马店却落到俺乡下了，等等他们就会开拔走的。还有人说，也不知邻庄进了东洋兵没有？

有两个胆大的汉子不吭声摸到高粱地边上张望，望不清，又爬上路旁的树杈望，望得清清楚楚：

那队东洋兵正在龙王庙前的空地上规规矩矩地操练。清一色一身土黄色狗皮，扣着盖不住后脑勺的小帽，帽舌很短，钉着一颗黄五星。东洋兵纪律森严，三五个一堆，个个抓着明晃晃的带刺的长枪。有的木柱子似地傻竖着，有的学狗趴着纹丝不动。横走一条线，直走一根绳。一个腰里别着小王八盒子、屁股后头挎着马刀的军官，挥着胳膊嘴里叽里呱啦吼着说啥。那些兵都乖乖儿似地听着，一声不吭像一群哑巴……

两个汉子溜下树钻进高粱地对大伙说了。

大伙便小声咒起来：

"狗娘养的！这是在东洋的兵营里操练还是咋的？这是俺们的庄子哩！"

"操练个屁！操他娘的个蛋！操练精了好打俺中国！"

骂归骂，还得躲着别动，谁也不敢出去。

大伙在高粱地里蹲了一晌午，日头都偏西了，没听见外头有啥动静。又有人爬出去张望后回来说东洋兵没走，说东洋兵咋发魔了，都在毒日头下直挺挺站着，也不嫌烤人。

大伙大半晌没吃啥喝啥，又饥又渴。毒日头像是要把高粱地燎起火来。大人娃子们都汗透了，汗珠子像肉虫似的从胳膊上、脖子里、脸上、手背上的汗毛孔里钻出来，裤裆里汗得尿湿了似地沤着难受。那些闺女和年轻媳妇，脸上都抹锅末烟子抹得像个阎王，这会儿淌汗淌成了唱戏的大花脸。

大人们可以忍忍，娃子们被憋得没法子。大点的娃子，饿急了就将一把高粱穗子塞在嘴里嚼，嚼干了就趴在地上，用手刨开干泥巴坷垃，抠出湿泥巴浆子往舌头上舔。可苦了奶娃子！大人的手堵住小嘴怕他们哭嚷，堵久了又怕憋死，忙把奶头塞进他们的小嘴里。可奶头咋也吮不出奶来，只有汗珠子顺着往奶头上淌，那娃子就吧唧吧唧地使劲吮着又咸又涩的汗珠子。

外祖母先是把三个妮子死死箍着不让动弹，后来没法子，就叫她们也去嚼高粱穗舔泥浆。她也渴死了。她素来性子急火气大，一气嗓子眼就冒烟，要咕咚咕咚喝两大碗水润喉咙压火。这会儿她把牙巴骨咬得咯嘣响却仍强忍着。

前面的高粱秆一阵乱晃。只听人群中一阵低声喊叫，接着便是女人的哽咽。二妮子勾着腰过去瞧了回来说："一个奶娃子怕是发痧，眼一横，腿一扑棱，就昏死过去了。掐人中掐出了血也不中，怕是没气啦。"

大伙都摇头叹息了一阵，便沉默不语了。

外祖母像是被二妮子的话给说烦了，顿时喉咙里燥得要炸裂似的，她一把拽脱了三妮子的裤子，伸手在她裤裆里捧着："三妮子，你尿泡尿给妈喝喝！妈再不喝立马非得渴死！"

三妮子便憋红了脸使劲尿。可不知是肚子里的水都给流汗流干了，还是胯缝里给高粱籽籽钻进去塞住了，一滴也没尿出来。

二妮子扬起下巴尖把脖子伸到外祖母的嘴上，外祖母便抱住她的头，像一头狼叼着她的脖子喝血似地舔她的汗珠子。

又有人出去望了风钻回来报信：狗日的东洋鬼子在树荫下歇了一阵子，这会儿又操练起来，排着齐刷刷的队伍两头走。没一丁点开拔的意思！

外祖母耐不住了，她猛一起身："俺死也不憋死在这里头，死得窝囊！俺出去透口气。仨妮子听着：要是东洋鬼子一颗枪子儿崩了俺，你们就跟大伙一块逃！没啥事呢，俺一忽儿回头来接你们。"说着她往脸上抹了些泥，撩开密密麻麻的高粱秸，哗哗啦啦地闯出去了。

大伙提心吊胆地等她回来看是咋回事。好像等了小半晌，又像只等了一袋烟的工夫，高粱秸儿又窸窸窣窣地晃起来，果然是外祖母钻回来了。她手里捧着个从沟里捡的破瓦罐，罐里舀着半罐泥浆子水。

"东洋鬼子没瞧见俺。狗娘养的还在操练！咋也不知累？"说着，她把罐子递给几个妮子轮流喝几口，又叫二妮子把剩的水送去给前头那个奶娃子的妈。

"二妮子、三妮子跟俺回，大妮子还蹲这儿甭动！天煞黑俺叫二妮子来接你。"说着，外祖母拽起两个妮子就走，走了几步又回头对大伙说："俺说乡亲们待会儿都不吭声回去。憋在这里渴死、饿死，不如回家喝口热汤再看咋办。"

就有几个胆大的和上了年纪的与家里老小商量了几句，牵着娃儿犹犹豫豫地跟在外祖母后头钻出了高粱地。

外祖母拽着两个妮子，远远地绕着田埂转回家里。她舀了两碗凉水安顿妮子们将就着啃昨夜的现馍。自己反带上门摸出去，张张望望地沿官道朝东走了几十步，趴在一堵院墙的豁口上偷偷朝龙王庙那头瞧。她瞧见那些东洋兵似乎也结束了操练，一排儿在龙王庙门前的石阶上一个挨一个坐着，伸着脖子听那军官叽里呱啦说些啥。她还瞧见庙顶的脊瓦上冒起了袅袅的青烟。

东洋鬼子今天怕是不会走啦？她自言自语地转回家去，见两个妮子还在狼吞虎咽地啃冷馍啃得正香，便也抓一个啃起来。啃了几口，满嘴里嚼锯末渣子似的没味，又扔下剩馍出去张望。她见天已黑下来，心一横，跺跺脚叫二妮子："去唤你姐回！还从俺刚才的路绕圈子走！"

二妮子钻进高粱地时天已是黑咕隆咚的了，啥也瞧不见，也不敢出声叫唤。她抬头望望天上的星辰想想，便估摸着方向摸过去，果然就摸着了大妮子。

"姐！妈叫回！"

大伙见大妮子这一走，都壮起胆悄悄钻出高粱地，鬼魂儿游荡似的，趁着夜色，三三两两溜进庄子。

各家各户都闩了大门，也不敢点灯，也不敢烧火，都就着凉水啃了冷饼冷馍。也不擦澡，也不脱衣，大气不出地躺在床上。

8

外祖父便在这时悄悄摸进跑马庄。

他是从驻马店撑一条划子来的。划子陷在干涸的泥河里不动了，他便弃舟上岸，沿着官道摸到庄东头。他记得这条官道从东到西穿过跑马庄，外祖母住在庄西头。

走近庄口的龙王庙跟前时，他察觉气氛不对头。龙王庙里灯火辉煌。咋的？是在祭龙求雨？风调雨顺的求啥雨？他忽然听到叽里呱啦的洋话声，心里猛一惊，闪到路边的树后躲了一会儿，清清楚楚瞧见了庙门前的鬼子哨兵。哨兵的刺枪明晃晃的。

他赶紧钻进麦地里，绕田埂子往西头摸进庄。庄子里黑洞洞死沉沉的，像个人都跑尽死绝的荒弃沉寂的庄子。外祖父只到跑马庄来过一遭，那是十几年以前的事了。眼下他记不得庄子西头哪一家是外祖母的住处，又不敢喊门问人。他像个贼似地猫着腰，闪到这家的门前扒着门缝瞧瞧，溜到那家的墙下贴着窗子听听。摸到最西头官道旁的一家窗下时，他隐隐听见外祖母在小声斥骂妮子们。他轻轻地喊门：

"大妮子——"

屋里立刻鸦雀无声。

"二妮子——"

屋内一阵惊慌的小声猜疑。

"三妮子——"

屋子又归于沉默。

"妮子她妈——"

"谁?"

"俺。"

"谁呀?"

"俺是妮子她爹。"

"谁呗?"

"俺是您男人。"外祖父心里早毛了。

"报个名号。"

"俺是杨大麻子!"外祖父低吼起来。

二妮子便拔了门闩,移开顶门杠子,拉开一道门缝。祖父便仄身闪进屋里。

外祖父摸不清黑灯瞎火的屋里谁在哪儿坐着,还没开口,外祖母已劈头盖脸地骂起来:

"您咋回啦?您个狼心狗肺的!还知道您还有仨娃?刀都搁到俺娘四个的脖子上啦!您只顾在外头乐逍遥,只顾自个儿吃喝嫖赌。您走!俺不认识您!"外祖母越骂声越高,竟震得耳朵嗡嗡响了。

二妮子吓得忙去捂住外祖母的嘴。大妮子摸摸索索地给外祖父端来一碗凉水、一个冷馍。三妮子则伸手到他兜里去掏坨坨糖。

外祖父始终一声不吭。

外祖母便也闭上嘴。五个人影耗子似地躲在黑洞似的屋子里,一时都沉默了,只听得清三妮子嘴里吮着坨坨糖的咂巴声。

外祖父开了口:"您看咋的好?俺是来接你们回船去的,唐河没有去东洋鬼子。"

外祖母半晌不语,后来还是开了口:"您带上大妮子走吧。大妮子大啦,惹眼,可别叫东洋鬼子撞见糟蹋啦!俺可不愿再去坐您那个水牢!谁知啥时东洋鬼子也会窜到唐河去?这兵荒马乱的年头,俺就和两个妮子死守老土吧。东洋人能把俺撕啦?吃啦?"

她顿了顿,咬咬牙说:"要走连夜走吧!"说完一头倒在床上,三个妮子便呜呜哭起来。

外祖父一见没啥好说的了,他剐掉衣衫子,解下紧缠在腰上的鼓鼓囊囊的钱褡子,嘱咐二妮子说:"往后地里怕是靠不住啦,这几个钱藏好慢慢用。"

大妮子便自己跑去锅底抓了一把锅末烟子又往脸上抹了抹,扑通跪到外祖母的脚下磕了个响头:"妈!俺们啥时再见面哪?"

外祖母垂泪不语,大妮子便抱着二妮子、三妮子的头哭成一团。

外祖父拽起大妮子，一前一后悄无声息地消失在门外的黑暗里。

9

跑马庄挨过了一个惊惊惶惶又平安无事的长夜。

拂晓。各家各户都叫大闺女、年轻媳妇跟着撑门立户的壮男人，带上干粮水壶又钻进高粱地里躲起来。上了岁数的爷、奶跟娃子们就紧闩住大门躲在屋里不动。

外祖母睡在床上没动弹，两个妮子也不敢吭声。

东洋鬼子又在操练，仿佛他们只是来借跑马庄这块地盘操练的。

到了后响，外祖母见馍啃光了，便壮着胆子烧火烙饼。她的屋顶上烟子一冒，各家各户瓦上也都冒起烟子。天煞黑时，各家的娃子们就钻进高粱地，唤回自家的娘老子和哥、姐。

这时庄东头的地主刘老爷就来到各家各户串门。他叫大家把灯掌上吃饭，说跟东洋人说上话了，明早起各户都在门前挂上一面小膏药旗便没事了，再别去钻高粱地，该忙啥事还忙啥事。

这刘老爷一向和和气气的，在庄里人缘好。也不知是他去找上东洋人呢还是东洋人找上他的？但大伙都信他说一句话算一句话。

外祖母便找着一块方方正正的白土布做膏药旗，可咋寻也寻不着一小块红布。二妮子从床垫底下翻出一块三妮子垫的花布尿片子，三妮子夜里老尿床。二妮子把花布尿片子上的一朵红荷花铰下来，铰成一块圆不圆瘪不瘪的膏药粑粑。外祖母把它缝在白土布中间。

第三日一大早，二妮子把膏药旗挂在门檐。

各家各户门上都挂起这"护身符"。有风呢它像个猪尾巴欢甩乱晃，没风呢它像个猪耳朵蔫巴巴耷拉着。

到了晚上，几个胆大的娃子在屋里憋不住了，都诓大人说去厕屎尿尿溜出门玩耍。娃子们爱瞧稀罕，见庄子东头灯火辉煌，就绕着圈子往龙王庙跟前凑。愣娃子们胆忒大，躲到龙王庙一侧山墙的墙根下朝庙前瞧，瞧了便都捂着嘴乐。

乐啥？乐那些东洋兵咋像奶娃子似的，胯下都夹着一块骚尿片子！

原来，今个晚上怪热，东洋兵都脱光了身子擦澡，只穿着一条短裤衩。仔细瞧不是短裤衩，是一块尺许宽的布条子，一头掖在裤带后腰窝上，一头兜住屁股，从后胯裹到前胯，遮住羞处，再从小肚皮上肚脐眼处掖在裤带上。

东洋兵擦洗罢了，都围在庙门前的空地上坐着，哭似地咿咿呀呀哼起歌子。有一个真在哭，边哭边捏着雪白耀眼的汗巾揩泪，哼歌的就哑了。一个东洋鬼子拨弄起一个啥弦琴，放响屁似地呜呜叫。地上摆满圆的瘪的洋铁盒子花花绿绿的，有几个东洋兵站起来撬开洋铁盒子对着嘴伸长脖子喝。喝够了就啊哈啊哈傻笑，笑够了又跟着呜呜琴声歪歪晃晃地哼，胯下夹的骚尿片子就松松垮垮的有点夹不住了。

缩在墙根下的娃子们都伸出乌龟头来瞧着乐，谁忍不住"扑哧"笑出一声，乌龟头吓得赶紧缩回去，互相盯着眼埋怨。

但那些东洋鬼子已发现他们了，都扭过头来，极感兴趣地召唤他们，个个脸上都闪露出惊喜而慈爱的眼光。

"小孩，来！太君的，欢喜欢喜小孩。"

"害怕的不要，米西米西的有。"

能不害怕吗？有两个娃子赶紧顺着墙根溜走了，剩下的都是愣头愣脑天不怕地不怕的，仍伸长脖子张望着。

一个两眼细长眯得怪好看的东洋兵，甜甜地微笑着朝墙根这头走了几步，拍拍手唤娃子们过去。

娃子们的头立刻又龟缩回去。

坐着没动的东洋兵叽里呱啦地唤回眯眼睛责怪着，意思好像是说别吓着娃子们。

东洋兵又抓起明晃晃的洋铁盒子和大把花花绿绿的方块糖摇晃着，极友善极耐心地招呼娃子们过去。

娃子们瞧见东洋人的长相也不骇人，鼻子啊眼啊和俺中国人没啥两样，又都怪和气的，胆便壮了。胆一壮，眼便被那些花洋铁盒子惹得直眨巴，心里也痒痒的，便轻声嘀咕着互相推搡着站出来，畏畏缩缩朝前走了几步。

他们胆再大也只是娃子的胆量，又怯生生地钉着脚不动了。

东洋兵见状，叽里呱啦商量了几句，叫眯眼睛捧起几个洋铁盒子和一把方块糖，鸡啄米似地不住地点头笑着，慢慢地走拢来塞给娃子们接着了。眯眼睛逐个地摸摸娃子的头，跷起大拇指说："太君的，欢喜欢喜小孩。明天，统统的小孩来。米西米西的，大大的多多的有。"说完他转身过去坐下，又喝着唱着。

娃子们争吵着瓜分了吃的喝的洋玩意儿，嘻嘻嘻地撒腿溜跑了。

10

第四天晚上。

三妮子就着三根香葱吃了三张烙饼，又剥了三颗蒜瓣喝了三碗稀稀溜溜的小米稀饭。她恋恋不舍地撂下筷子，小肚子隐隐地胀痛，便嚷了声尿尿溜出门。

出门便撞见了几个愣娃子。

"三妮子，跟俺去瞧东洋鬼子好不？"

"俺怕。"

"甭怕！东洋鬼子模样跟俺大人一个样。笑死人，他们光着身子胯里夹着一块骚尿片子！"

"不害臊！"三妮子啐了一口，不再搭理，提着裤腰要躲到墙根下去尿尿。

"东洋鬼子给俺的方块糖酸不酸咸不咸甜不甜，可好吃哩。"

"蒙人！啥时给的？"三妮子没回头，但停下没走了。

"谁蒙你？昨晚给的。还给了洋铁盒子，盒里装的冰糖水甜津津的。"娃子们你一句我一句，还摇晃着手里的空洋铁盒子炫耀。

三妮子这回信了。她跑转来要过洋铁盒子，盒皮上画的花花朵朵怪好看。她伸出舌尖在盒子口上舔了舔，果真甜。外祖母的三个妮子，数大妮子最俊也最勤快，二妮子最丑却最机灵，三妮子则最憨且最馋。

当下三妮子便忘了尿尿，跟着几个野娃子朝龙王庙跑去。

庙门前的空地上，东洋兵光着身子胯里夹着骚尿片子，又在咿呀呀地唱，呜呜呜地弹，咕噜噜地喝。地上摆满花花绿绿的洋铁盒子，圆的瘪的都有。

一群娃子们——比昨夜多出好几个，从墙根钻出来，立刻被张望着的东洋鬼子发现了。

还是那个眯眼睛先招手唤他们，其余的东洋兵的脸上也都绽开热情缤纷的笑靥。

"欢迎欢迎的！"

"小孩，太君，朋友朋友的！"

于是娃子们都拢过去。东洋兵一人拉一个娃子到跟前玩耍，给他们吃花纸包的方块糖，给他们喝洋铁盒子里装的甜水。东洋兵又掏出皮夹子，捏出薄薄的小画片给他们瞧，画片上画着又俊又白的娃子和挺俏的媳妇。东洋兵比比画画高兴得不得了，那意思是说画片上是他们养的娃子和女人。

昨晚哭过的那个东洋兵也真好哭，他把画片往脸上嘴上贴着，又哭出一串猫泪。三妮子喝了眯眼睛给她的一洋铁盒子甜水，又玩耍了一阵子，这才觉着尿憋得慌，她便跑开去尿尿。

她躲到一棵大杨树后头，蹲下来一边尿一泡恁长恁久的牛尿，一边远远地瞅着场地上东洋兵扭着腰哼歌的怪模样憨笑。

天上的满月恁亮堂，大杨树前头一片浓荫。三妮子躲着尿尿的大树后头没多大荫，树荫只盖住她的头和胸前及屈着的膝腿。月光刚好照着三妮子撅得老高的两瓣小白屁股，像照着两个怎香怎甜的白面馍。

三妮子正畅快地尿着，屁股上忽然被哪条狗舌头凉爽爽软溜溜地舔了一下，她听到狗呼哧呼哧的喘气声。

当下三妮子也不回头，只嘻嘻笑着骂狗："俺尿尿哩！您当俺屙屎？不嫌臊气就到前头来接着，俺朝您嘴里尿！"笑着笑着，三妮子觉得不对劲，咋狗舌头舔在屁股上不动了？它在咬俺的屁股？三妮子猛一回头，没尿完的尿憋住了——

啥狗舌头？那是一只毛茸茸的手在她的屁股上摸！手后头是一张东洋鬼子的脸——就是那个眯眼睛！这会儿他的眼可不眯，鼓得爆圆，通红通红的。他的嘴角淌着拃把长的涎水。

跟前一堆草丛里冒出一股臭气，这家伙怕是刚屙完屎。

三妮子愣过神来，尖叫一声，提起裤子想跑。可是眯眼睛已连手带腰把她箍住，轻轻巧巧地提起来，搁在他的凸肚子上挺着。三妮子一个扑棱扭过身子，眯眼睛就势面对面地搂着她，啊哈啊哈地怪笑着，朝空地上的东洋兵堆里走去。

三妮子挣扎着把两条腿死踢狠蹬，结果把没系上裤带的裤子给蹬脱了，鞋也踢飞了。她吓得乱哭乱嚷，但她的哭嚷声被围拢来的东洋兵的狂笑声淹没了。

正玩得有趣的娃子们都吓傻了，哄地四散逃开。

眯眼睛被冲过来的东洋兵簇拥着、推搡着，捉着一条乱咬乱叫的狗娃似的，牢牢捉着三妮子回到原地坐下。他用膝盖头夹定三妮子的两条腿，把毛森森的胸脯压住她的头，抽出一只手来在三妮子光溜溜白胖胖的腔尖上轻轻地贪婪地摸着捏着。

别的东洋兵们却像拱槽抢食的猪猡，叽叽哇哇叫着挤过来七八只手爪子，在她的两腔上抓着揪着拧着。

三妮子已吓得昏死过去，憋着的半泡尿失禁般射出来正射在眯眼睛胯里夹的骚尿片子上，射得他稀里糊涂。

眯眼睛浑身一战栗，疯狂了似地吼了一声，一把将怀里的三妮子掀翻身。三妮子便软塌塌地仰靠在他怀里，像春天的野娃子们剥掉了绿皮的白嫩嫩的杨树丫子一样，叉开了光溜溜的白胯丫子。

眯眼睛咆哮着脚端头撞逼上来的东洋兵们，伸开一只大巴掌死死按住三妮子的胯丫子不让他们瞧。东洋兵们忽然变成了扑食的饿狗，一个压一个地压在他身上险些把他的身架骨压碎。他们齐心协力把他掀翻在地上，拽着脚脖子手脖子颈脖子夺去了三妮子。

三妮子被仰面八叉地摔在地上，四五双刀戟一般尖利的手爪刺进她的血肉……

11

等外祖母接到娃娃们报的信，跑得披头散发像个女鬼赶到时，三妮子已像个白嫩的肮脏的死乳猪娃给扔在地上。

她的头被皮靴子踩瘪了，扭在一边。挨地的一只眼睛珠子挤出了眼眶，滚在唇边沾着像嘴里吹出的一个气泡。上身的衣衫仿佛是被气鼓鼓的肚子胀开的，对襟两摆分别朝两边胸肋外多展着，像两片折断的翅膀。两条腿依然极嫩极白，但交连在一起的胯丫缝处撕裂了，绽露出一摊猩红的血肉，酷似一团灼眼的火苗子。

三妮子今年满十二进十三岁。

外祖母捧起发酵的面团儿似的软塌塌热乎乎的一堆死妮子，她麻木地捧着搂着揉着捏着一时不知这是啥。

但她到底明白过来这是一个死妮子，是她亲生亲养的嫡亲的娃。

"老天爷，睁睁眼！睁睁眼，老天爷!"她全身痉挛着，嘴里念经似地喃喃重复着，两眼凶光毕露四处扫射，两腿踩高跷似地战兢着团团转着寻找东洋鬼子。

场地上没一个鬼子的影儿，只摆满一大堆花花绿绿的圆的瘪的洋铁盒子，还支着几支长枪。

拱着的天空是深蓝色的，星星睁着千万只俏丽的亮眼，睁得最亮的一只独眼的是月亮。

外祖母把三妮子夹在腋下，扬起一只手臂怒指着亮晃着灯火的龙王庙，嘴里嗳嚅着闯过去。

龙王庙里静悄悄空荡荡。外祖母踏着满地的铺盖寻了个遍，也没见到一个鬼子的影儿。

12

东洋鬼子捏死了三妮子后都疯了。他们扔了三妮子，叽里呱啦地叫着顺着官道往庄子里头跑，跑着跑着就跑到道南边的地主刘老爷家门口。刘老爷一家子正在吃晚饭，刘老爷听到咚咚撞门声忙去开门，门一开他就被蜂拥而进的东洋兵撞翻在地上昏死过去。刘家大少爷没来得及从饭桌旁站起来，一个端着长枪的东洋兵早已把枪刺抵着他的背心窝不叫动。别的东洋兵嬉皮笑脸地把刘老爷的媳妇和闺女拽到两个厢房里去糟蹋,剩下的兵端着枪分头绕到别的家户去砸门寻人去了。

昏死在地上的刘老爷醒过来了。他两手抖着爬起来,不吭声拔下门闩,朝背身立在厢房门口的一个东洋兵的后脑勺砸去。只听扑棱一声闷响,那个东洋兵慢慢地坐倒在地上。拿枪逼住大少爷的东洋兵勾头一瞧,调转枪口"咔嘣"一枪撂倒刘老爷。大少爷也横了心,趁那个东洋兵背着身子没留神,一掌掀翻了他,腾身扑上去死死卡住他的脖子。厢房里的东洋兵闻声跑出来,三条枪刺一起把他挑起来,挑死在饭桌上。

地主刘老爷家里传出的一声枪响,把跑马庄人几天几夜狐疑不定的心击穿了一个豁亮的窟窿。东洋鬼子的吼叫声全庄已听得清了,接着便是哭喊咒骂鸡飞狗跳。没遭殃的乡邻惊惊慌慌,扶着牵着哭着唤着背着驮着朝西头的高粱地逃去。

13

外祖母抱着三妮子站在场地中央,望着枪响的方向发愣。

这时,水水拽着二妮子上气不接下气地跑过来。

"妈!妈——!快逃吧!大伙都钻高粱地逃啦!"二妮子使劲拽着外祖母的膀子,外祖母却像个木头人。

"婶娘,顾住没死的吧!东洋鬼子杀人不眨眼。"水水咬牙切齿地说着,伸手就去夺外祖母怀里的死妮子。

这一夺,似把外祖母夺惊醒了,又似把她夺疯癫了,她死死护住死妮子不让夺。她把手指头戳在二妮子的额头上哭骂:"大妮子哇大妮子!您咋就不是个儿呢?要是个儿该多好,十七八岁的汉子一条!能叫他东洋兵小鬼子欺负您妹子?"她又跺着脚指着水水的鼻尖骂:"杨大麻子哇杨大麻子!您三妮子叫鬼子咋作践死的?亏您还是啥帮头!逞啥威风?摆啥名声?人家东洋鬼子把俺三妮子剥葱头似地给剥啦!把三妮子捏小鸡娃似地给捏死啦!您真有本事就给俺去,去把东洋鬼子的手掰下来给俺瞧瞧!"

水水一听,认定外祖母是指桑骂槐在说他。他浑身上下一激灵,脖子上的粗筋暴得像一条蚯蚓在扭着。这时,他看到官道那头,东洋兵列着队急急地朝这边走来。他拿眼一扫,盯住了架在地上的几杆长枪。他跑过去抓起一杆,虎着脸挺着肚子端着枪冲过来:"婶娘骂得好!您瞧,东洋鬼子过来啦!您再不护着二妮子快走俺就先捅死您!您若是快走,俺就拼着这条命捅死一个东洋鬼子给俺三妮子报仇,也不枉俺水水跟婶娘相好一场!"说着他把枪刺逼得外祖母和二妮子连连倒退。外祖母这会儿更糊涂了，她不知水水咋的恁凶，也根本没听明白水水说的些啥。

水水便递给二妮子一个眼色，二妮子立马惊叫一声："可不得了啦！俺忘了往脸上抹锅末烟子啦！瞧瞧！那边来的东洋兵盯上俺啦！"喊着喊着她捏住外祖母的胳膊死拽。外祖母这才慌了，由二妮子拽着跌跌撞撞地逃去。

水水见她娘俩去了，赶紧跑进龙王庙里躲着。他先去打开了庙后门，再回到大门后头，扒着门缝朝外瞅。

东洋鬼子已回到庙门口，齐刷刷地排成一条线。鬼子军官板着脸挥着手叽里呱啦吼了一阵子，便转身气冲冲朝庙门里走。

东洋兵仍乖乖地排成一条线不敢动。

鬼子军官一脚踹开庙门跨进庙里，他身后的庙门自动地慢慢掩上了。他奇怪地回头一望，躲在门角落的水水趁势一枪捅进他的背心。水水使尽全身的劲捅，枪刺从后心窝捅进去从前心窝冒出来。那鬼子军官命很大，他双手握住胸前冒出来的血淋淋的枪刺尖叫了一声，像捂着蹦出来的心在惊讶。水水有些慌神，他松了枪托反身闩上虚掩的大门，伸手看看满掌的血污，咬咬牙重新抓住枪托，一脚踏在鬼子军官的尸身上拔出了枪刺。

这时门外的东洋鬼子已在咚咚砸门。水水的嘴角一撇，脸上露出一丝冷冷的笑。但他不敢磨蹭，赶紧从鬼子军官的身下拽出一只胳膊，竖起枪刺乱戳一阵，那条胳膊被戳得稀烂却戳不断。水水的眼已红得像夜里的狼眼，他凶狠地瞪了一眼快被鬼子砸垮的沉重的庙门，"哐当"扔掉长枪，赤手抓起那条血肉模糊的胳膊狠狠地绞着掰断了。

等东洋鬼子砸塌了庙大门冲进来，水水已握着截烂树杈似的人手跑出了庙后门。

等东洋兵撵出庙后门，水水已跳进官道旁的干沟里跑出几丈远了。

那条干沟很浅，东洋兵借着月光隐隐看清了干沟里勾腰拱背逃着的水水。东洋兵一阵乱枪扫射，水水的人影晃了一下，似乎就栽倒在沟底。

东洋兵叽里呱啦乱叫着搜寻过去，晃着电筒满沟照，干沟里却没了人影。

14

二妮子拽着外祖母，跟着乡邻们后头在高粱地里乱钻乱转，一直钻到五更时分也不知钻到哪里去好。钻进高粱地里逃兵荒的老乡越来越多，说是邻近的两三个庄子都进了东洋兵。

外祖母还搂着三妮子，三妮子睡熟了似地把头枕在外祖母的肩上。外祖母半闭着眼，由着二妮子拽着她的衣角到处钻。二妮子也半闭着眼，她也不知往哪儿钻好，只知往人多的地方钻，跟在一大群人后头攒，胆就壮一些。她的两条腿都跑麻了，头沉得像一块大石头往下坠。她昏昏沉沉地边拽着外祖母跑边打瞌睡。

迎头一个人跌跌撞撞地朝她身上一撞，撞得她倒退几步才立稳。二妮子睁大眼正欲开口骂，那人却一头栽在地上，蹬了几下腿便直挺挺地死了。他手上还紧抓着一只血淋淋的死人的胳膊，背心上满是蜂窝一般的枪子儿洞，洞眼里汩汩地涌冒着血。那是水水。

水水已不能张口告诉他钟爱的婶娘：他背上挨了东洋兵的乱枪子儿后，咋还有力气从干沟里翻进麦田里，又从麦田里滚出来爬进高粱地里？恁巧！就在刚才，他爬着找着了她们。他高兴得爬起来又栽倒了。

天已大亮了，太阳照例升起来。

外祖母和二妮子在高粱地里刨了一个坑，让水水屈着腿躺在坑底，让三妮子扑在他怀里睡着。她俩把他俩埋了，垒了一个很低的坟堆。坟堆前庄严地供着人血人肉的牺牲，供品是外祖母插在土里的一截枯树杈似的死人之手，仿佛是从地狱里伸出来的索命魔爪……

第六章　河　　盗

1

外祖父去接得大妮子回船不过十天半月光景，汉水两岸的匪盗忽多如野狗。这也是东洋鬼子作的孽，兵荒马乱出恶人。好比茅缸里有恁多蛆拱屎，红头绿头苍蝇也就到处嗡嗡乱飞。

早在刚有了汉水河那一天，这世上便有了匪盗。陆上打劫的为匪，河里行凶的称盗。河盗谋财害命的本事尤胜于土匪，胆大心黑，行踪诡秘，其巢穴漂泊无定。纵犯下天大的案子水上逃路穷尽了，还有高招——弃舟登岸，遁入茫茫荒原野林摇身变为土匪。

在这一带，有名有姓有身世的河盗头子有三个。一个是河南嵩县靠河庄的陈大田，强奸了自家的俊俏嫂嫂，自觉无脸见人，顺着白河漂游下来作盗。一个是陕西宁强县西南山人刘山才，他本出自富家却好吃懒做，从小偷针长大偷金，跑进山里邀众聚伙。后来土匪窝里斗不赢，便下河为盗。再一个是湖北沙洋的船夫李仁尚，他的船翻了死了一家子，无家可归，便撑划子干上了河盗。

不过这三人都断然否认关于他们的身世姓氏名号的说法。只说他们是土坷垃里冒出来的，石头缝里蹦出来的，水鬼生的。

那刘山才、李仁尚都过世了。唯那陈大田几年前突然去当兵，投在张自忠将军的麾下，听说混到了团长。

河盗水上打劫往往是在深夜，荡一只大划子鬼魂似地游过来对单帮独船下手。一般只"打秋风"，猎物可以是一卷盖货的油帆布、一只橹、一盘缆绳，甚至一副锚链，当然都应是值钱的八成新货。如果是白天吊眼线吊准了的，则猎获船上载的一包棉花、一袋米面或一桶香油。顺手牵羊简单得很：划子轻轻飘飘贴上了船舷，两三条篙子钩住船拽紧，货就搬到划子上去了。尽量别弄出声响，让船主一觉睡到天亮再知道遭劫了。倘若不慎弄出了声响也不怕，量那船主人也不敢出来，只敢躲在舱里大声咳嗽。河盗便把篙子敲得甲板梆梆响，以示警告。然后主动开口，话说得轻轻巧巧："是夜里行船赶路的！篙子撑在您老板的船舷上借一篙子力！"船主人听了咳也不敢咳了。

也有河盗的划子刚刚贴拢来，正巧船上的主人爬出舱起夜的时候。河盗照样毫不含糊地伸出篙子拽住船舷，咚咚跳上船来，拔出明晃晃的攮子说："船老板！借您的一张油帆布用用，明日赶早送来。"船主人的尿便吓得憋回尿泡里了，还必得连声应答："来搬，来搬。船上正闲着没用。"再得补充一句："多用几日再还。"说错一句就糟了，眼睁睁瞧着船上的东西掀到划子上漂走。有实在气愤不过的，等那划子漂到上十丈远了，量河盗们不会再划转来，便从甲板上蹦得几尺高骂几句泄泄气。河盗们便立刻回敬过来："您等着，明日来捅攮子放您的血！"但那只是虚张声势而已。

"打秋风"之外是"收账"，可谓光天化日明火执仗了。船正在河心走着，一条划子冷不丁横到船头挡了道。一条汉子立在划子头上抱拳问礼："船老板生意兴隆！去年或前年或大前年，您船上欠的多少多少钱粮，该收账了！"船主人慌忙朝河下张望，只见船前船后船左船右，出现了好多泅水的汉子。这时划子已靠拢了，泅水的都扒住了船舷，嘴里叼着吓人的攮子。划子上先报出一个数目来，双方可以讨价还价。但必须迅速成交，交账的钱或物就乖乖地扔到划子上。

河盗"收账"一般只敢拦上水船。若拦了下水船且船又顺风，船老大若是胆大的，敢迎头把那划子撞翻了，并唤得全船老小齐上阵，举起篙子呀桨呀棍子棒子的，不住地往船舷上敲打，泅水的河盗不敢把手扒到船舷上，怕敲断了手指头。但要有把握闯得过去，估准河盗们撵不上。

河盗也欺软怕硬，尤其忌讳血光，认为动了攘子毕竟不吉利，总只敢在荒野无人烟的河段上捕猎单只小船。河盗的模样倒也吓人，一色的文了身：胸上文的血盆大口的老虎，胳膊上文的腾云驾雾的青龙。脸上抹着黑灰，一顶毡帽或草帽低低地压住眉毛眼睛，绝不让人对出"模子"。

河盗最毒的一路招数据说是会念咒。他们在夜里靠近泊岸的船，先举起一条死人胳膊在船头上空画上几道弧线，祭起魔圈，口里再念起咒语。船上的人立刻就会被鬼迷住，躺着的爬不起来，坐着的挪不动屁股，站着的脚底板被钉住了。似睡非睡，似醒非醒，任由河盗们洗劫一空。据说只有极少数阳气极重的人可不受惑，若能上前一把夺过死人胳膊，河盗的咒法就破了，只得反过来匍匐于地磕得头破血流求饶。

外祖父不信河盗会念咒。他说河盗手里的所谓死人胳膊，其实不过是个猪腿骨或年蹄子，再不就是狗从坟堆里叼回的一根白骨。至于那念咒声，他说大概是放屁咳痰嚼牙巴骨之类的响声。

2

本来，吃匪盗这碗玩命饭的黑心人毕竟不多。匪盗忽多如野狗，全怨东洋鬼子步步进逼，前线选下来的散兵游勇为非作歹、四处乱窜，渐而似匪似盗了。其实自古兵匪一家，谁分得出公的母的？眼见的那些土匪河盗，好多都穿上"老虎皮"，拉起队伍号称自卫队、保安团、司令部。且鸟枪换炮，一伙子总有一两个挎王八盒子的。

到处都在传说，当年去投军的河盗头子陈大田在河北打了败仗，一团兵马被东洋鬼子干掉一大半。国军队伍退到湖北宜城后他又拉了十几杆枪，开小差时叫张自忠的卫队营给打坏一条膀子。他拖着七八杆枪逃回原籍重操旧业，干这水上无本经营的勾当。

陈大田仍以团长爷自称，赶跑了一条敞篷子戏船上的戏班子，敞篷船成了他的团本部。船头垒了齐胸高的沙包，架着七八杆长枪。团长爷守在窝里，泊在离唐河镇上游百余里的虎牙滩河心不动。他的手下有十几个小河盗，荡着划子满河上下乱窜，杀人越货，掳年轻女人。

外祖父从跑马庄回到唐河镇时，船家说起河盗已是谈虎色变了。甩单边的已不敢再甩，跑短水的纵只一两日的路程，也要邀齐三五条船壮胆子起航。河下有盗，坡上自然也有匪，一般的货栈都关闭了。生意萧条，胆小的干脆弃船登岸别择生路。唐河帮里已少了好几条船，一时船价大跌。

外祖父见状闷闷不乐，也不常逛会馆了，神志恍恍惚惚的，眼前总是出现一片无边无际的高粱林，外祖母拽着两个妮子在里头乱钻乱转……他成天就在船头半坐半躺着喝闷酒，反正有大妮子在后艄烧火侍候，下酒菜也就是一碟子炒黄豆。他手头的几个钱都带回驻马店乡下去了，又好强爱面子，自己可以大把大把地掏出钱接济别人，却断然拒绝别人一个子儿的回赠。就是账房先生、橹精怪来送几吊钱，他也翻脸不认人地骂回去。偶尔祖父送几条鱼几只虾来，他倒不吭声。

这一日前半晌，外祖父又在船头喝酒。橹精怪到船上来，说船行有一笔生意，寻到会馆里找船，在场的几个帮头都不敢接，要请外祖父去合计。外祖父听了把酒盅狠狠一摔，趿着鞋子上坡了。

外祖父到天煞黑才回船，一跳上船就扯着喉咙喊唐河帮的船老大们："当家的在船上的听着，都过俺船上来说话！"

大伙就咳嗽着应答着过来了。大妮子慌忙点亮一盏"气死风"递给外祖父提着。

外祖父开口说，船行老板看得起他这一帮，特别请了他去合计一笔生意。货主催着要装货运到唐河镇上来。货在上水八十里的拴马铺，货主是个店铺老板，在拴马铺开了一爿布铺和一爿南货店。只因天下不太平，风声日紧，拴马铺又太偏僻，隔三差五地闹土匪闹河盗，店铺老板要把店铺和家什用具一伙子盘到唐河镇上来。坏就坏在拴马铺就在虎牙滩团长爷那伙河盗的眼皮底下，怕走漏了风声。别的船帮不敢接这笔生意，会馆的会首指望唐河帮给唐河会馆驾船的汉子们撑个面子。

事情一摆，外祖父提高嗓子说："咋能说风就是雨？河盗又咋的？有河盗俺就干饿死？量他不敢把俺给吃啦！有啥事俺杨大麻子担待着！"

说着他提起"气死风"挨个儿把大伙的脸面都照了一遍："今儿个来了七八个船老大，那些货装船占地方，还有家什用具，也得七八条船才装得下。有不愿去的吭一声，装五六条装紧凑些估摸也够了。说好了，明早三更开船。俺看天象估摸明日可跑风，后晌赶得到。装完船连夜往回开。"

他一直蹲着，说完猛地站起来。随着他的手抬得高高的"气死风"晃荡着，把船头和蹲着的大伙身上照得亮堂堂的。而他的半截上身却耸立在"气死风"照不着的黑黢黢的夜空，不知有多高多大。

祖父接上他的话茬："没啥好说的，河盗也不能叫俺不驾船！"

鸭屁股也啐了一口说："呸！跟着俺杨帮头走，俺怕他河盗个毬？"

大伙便都说："中！"

3

翌日凌晨果然是顺风。七八条空船扯起篷来，后晌就赶到拴马铺。装货却很费事，等把那些布匹、杂货、油篓、酱坛、酒缸和拆卸的柜台木箱都搬到船上，已是吃晚饭时辰。大伙都不敢歇气，又把店铺老板的老的少的一家子和用具衣物细软、鸡呀猪呀鸭呀杂七杂八都盘到船上，天已是黑咕隆咚的了。

外祖父是在劫难逃。当下各船抽了跳板，正待撑篙开船，这时，岸上响起长长的一声鬼叫般的呼哨。

七八条黑影窜上了河滩。为首的一个，箭步飞上外祖父的船头，接着又飞上来一个。其余的刚够每条船飞上一个不多不少。

正是一伙河盗。

为首的河盗飞上船头，落下来正好与外祖父的脚尖碰脚尖。他手里端着的王八盒子对住了外祖父的胸窝：

"俺看出您就是帮头。您招呼列位船老大都别动，俺单找店铺老板收账！谁是店铺老板？您过来！俺看您不够交情，也没招呼一声就要走，您自个儿说说今夜这账咋收？"

此人正是团长爷。他牛高马大的个子，左撇子端着尺把长的王八盒子，右膀子耷拉在袖子里，黑暗中看不清他的嘴脸。他说话蛮不讲理，腔调却有板有眼的。

跟着团长爷的那个小河盗就把攮子戳住店铺老板的背心，戳透了衣衫顶着了背心骨。店铺老板吓哑了，只会跪到团长爷的脚下磕头，磕得捣蒜似地不歇气。小河盗就朝他的屁股上端了一脚："团长爷不稀罕您磕头！麻利交账是正经的事。"

店铺老板这才想起了啥似地愣了愣神，哆嗦着手解下腰上箍的拃把宽的帆布皮带，龇牙咬着撕开夹缝，抖出一个金戒指、一对金耳环、两根银簪子、一枚红玛瑙烟袋坠子、一副绿玉石烟杆嘴子、一个白金烟锅、一个银挖耳。

店铺老板把这些宝贝疙瘩捧在手里，递到团长爷跟前说："这些玩意儿都孝敬团长爷……您手下的爷们要啥布只管扛几匹去做件衣衫。"

团长爷只见他的手伸着，捧着些啥瞅不清。小河盗就把攮子叼在嘴上，划了根洋火给团长爷照亮。

团长爷瞅了一眼："咋？您老板这是过年打发娃子们还是咋的？"

那小河盗就用攮子在店铺老板的背脊骨上划豆腐似地划开一道口子。店铺老板感觉背上一股汗似的热乎乎黏稠稠的啥东西顺着背往下溜，溜到屁股沟里。他两腿一软，扑通跌坐在甲板上。"唉——"他长长地叹了一口气脱下鞋磕鞋后跟，一只鞋底磕出一块八字形的金砖，乒乓滚到团长爷脚下。那小河盗又划洋火，划了半天划不亮。

团长爷便不耐烦，挥挥手叫店铺老板退到一旁跪着，朝后艄吆喝一声："那后艄的谁，把灯提出来！"

后艄就只有大妮子一个，店铺老板家的老小都挤在前舱里躲着。大妮子无奈，只得提着"气死风"出来。她战战兢兢地来到船头，远远地就伸手把灯递给河盗，慌忙倒退着避开。不料她退得惶急，腿绊在背对着她跪在船舷边的店铺老板身上，竟从他的头上翻滚到河里去了。

祸真正是打这里开始的。

大妮子会水性，两脚一蹬便从河里冒出来，一个猴子攀藤，就抓着船舷爬上船来，浑身水淋淋地往后艄跑。

正在低头瞧那金砖的团长爷，斜眼瞟见大妮子——大妮子的湿衫湿裤全贴着肉裹在身上。八月间穿的夹褂薄薄的，给水浸透了更是软塌塌的像一层薄纸。她那圆滚的膀子胯子奶子和肥鼓鼓的屁股小肚子全都凸显出来，如赤裸着一般周身线条毕露。

团长爷瞅大妮子把眼都瞅斜了。他忙叫小河盗把金银珠宝收了，笑着招呼大妮子过去说话。小河盗立即过去把大妮子拽到团长爷跟前，团长爷便笑眯眯地从头到脚仔仔细细打量大妮子。

大妮子把胳膊紧紧地护在胸前。

外祖父脸上的麻窝窝默默地通红起来，额头的汗珠子一嘟噜一嘟噜往下垮，贴在裤缝上的两只手慢慢地握成拳头慢慢地提起来。

祖父忽从后艄出现了。他双手抱拳走过来，给团长爷作揖说："俺这侄女有啥冲撞着两位爷的俺来赔罪。俺和俺哥兄弟俩就这个傻妮子一根独苗，春上好歹说妥了个倒插门上船的憨子女婿，秋后就完婚。团长爷抬抬胳膊俺驾船的老百姓也就钻过去了，俺给您烧一炷高香。"说着他的两个膝盖"咚"地磕在甲板上。

外祖父暗自纳闷：他是咋过到这船上来的？

祖父的船只和外祖父的船隔着一条船。一个河盗飞上船头时，他和父亲正在船头使着篙子。河盗拿攮子抵住祖父，呵斥父亲蹲下别动。祖父一听到隔船上团长爷吆喝大妮子提灯出来，就料知今夜这瘟神难送。他斜眼朝两边船上瞧，见河盗们手里并无王八盒子和长枪，都只握着一把攮子。他便暗自琢磨着要想法儿过来。

河盗们咋没带枪？原来，河盗的眼线早就吊住了店铺老板。一听说大鱼要漏网，团长爷便亲自出马。团长爷狡诈多疑，生怕他出窝后万一有谁去砸窝，便把河盗分作两拨，七八条枪全留给一拨人马守稳敞篷船。他带的一拨都只别着攮子，他夸口说有他那把弹无虚发的王八盒子今夜肯定顺手。

　　祖父琢磨透了，便提着裤子对河盗嘿嘿一笑："俺刚才喝了两碗现稀饭，咋这肚子里就闹腾起来啦？俺去艄后屙泡屎。大爷若是不放心，就跟俺去艄后守着俺。若是放心，您守着俺这娃是一样。嘿嘿。"

　　那河盗自然不愿意去瞧祖父的屁股闻臭气，何况今夜只找店铺老板收账，看住船老大不让他们打岔就行了。他便不吭声，只拿眼瞅定坐在甲板上的父亲，算是准许了。

　　祖父摸到艄后，急忙脱下褂子顶在头上，抱着舵轴摸下河，悄无声息地踩水踩到外祖父这船的艄后，攀着舵叶爬了上来。他又急忙拧干裤子上的水，穿上干爽的褂子，躲在凉棚后头张望了一阵子。瞅见外祖父似要动手，怕他吃亏，才跑出来诓河盗，以便见机行事。

　　外祖父听祖父这么诓着河盗，也合掌抱拳接过话茬子："俺也听说了团长爷的本事了不得。俺杨大麻子一向敬英雄重朋友讲交情，您今儿个高抬贵手放过俺这个帮头的闺女，俺唐河帮从唐河到襄河去给团长爷扬扬名声，叫满河上下十八帮的船家朋友知道团长爷的侠义！"

　　团长爷见后艄冷不丁又冒出一条七尺汉子，心里已暗自一惊。听祖父、外祖父说完，他便似冷笑又似提醒众河盗似地"嘿"了一长声，大拇指头叭地掰开王八盒子的保险机关，朝小河盗扬扬下巴，依然憋着有板有眼的腔调吩咐他："您听清没有哇？这可是大帮头的千金哩！给俺小心侍候好！可别让她生气跑了！"

　　那小河盗立马扭住大妮子的胳膊扳到背后逮住她。

　　祖父朝外祖父递了个眼色，外祖父向祖父使了个眼色。

　　祖父便忙不迭地朝团长爷磕头，脑壳撞得甲板咚咚响。他磕一个头朝前悄悄移一步，磕着磕着就磕到团长爷的脚尖了。

　　祖父最后一个响头磕下去时猛地抱住了团长爷的两条腿杆子，头抬起来时手也就势一掀，团长爷仰面八叉跌倒，他"咔嘣"开了一枪，枪子儿射在祖父的肩膀上血直冒。

　　团长爷抬手准备再开第二枪，但外祖父早盯准了那王八盒子，抢先一脚把它踢飞了，飞到老远的河心喂鱼去了。外祖父就势扑到团长爷身上，两人搂在一起滚坛子。

　　大妮子趁河盗慌张时扭脱身一个猛子扎到河里。

那河盗的攘子还叼在嘴里，他望望河里的水泡，再望望滚打着的团长爷和外祖父，他想了想该咋办。终于想妥了，便一只手小心地捂住怀里揣的金银珠宝，把另一只手上提的"气死风"砸向祖父，腾出手来拔出嘴里的攘子。

祖父正蹲在地上捂着血淋淋的肩膀。灯没砸着他，砸在船舷挂的橹上碎了。橹上却起了火，火苗了提醒了祖父，他一手捂住肩膀，单手摘了那只带火的橹举起来："日您河盗们的妈！俺爷们今儿个拼了！"

那些劫持住各船船老大的河盗们，听到这边船上的枪声厮打声都愣住了：咋？打劫的遇着打劫的了？从来拦河收账，只当是老子打儿，哪有敢还手的道理？趁他们扭头伸脖子朝那边船上看时，船老大们都快手快脚地抢了篙子和桨在手上，各条船上都对峙着。

外祖父本有一身好力气，团长爷虽伤了一只膀子也有一身好手段。两人你压我我压你谁也压不住谁，滚来滚去滚到跪在地上忙着"筛糠"的店铺老板身上，三人滚成一堆谁也分不清谁是谁。外祖父趁机滚到一边爬起来，他两脚一蹬身子一腾蹿到桅杆上攀住，亮开喉咙高喊一声："各位船老大听着，招呼后艄把灯都提出来挂上！"

这一声吆喝提醒了船老大们。他们手上抓着篙子和桨，眼盯着河盗的襟子，嘴却空着好使唤哩，便纷纷朝后舱打招呼。艄婆子们都壮起胆子把"气死风"提出来挂在凉棚上，船和河面被照得亮堂堂的。

这时，大妮子已汹到艄后爬起来，也尖声喊起："后舱前舱的婶娘大伯老哥兄弟们都出来！河盗的王八盒子叫俺爹踹进河里了！有俺爹做主，俺们都别怕这伙河盗！"

鸭屁股的船上率先打开了。听见他使着啥家伙与河盗对打着的撞击声和他嘴里不住地啐着的"呸！呸！"声……各条船上都响起了格斗打骂声。

拴马铺也被枪声惊动了，那些好事的胆大的便提着灯站在远远的岸上吆喝着。

团长爷这时才知道他扭住的是店铺老板，见势头不对，又怕收到手的"账"飞了，便掀开店铺老板爬起来，夺过小河盗怀里的一包金银掂了掂，狠狠地一跺脚说："俺今夜算栽在您船上啦！俺记住您杨大麻子的大名了！哼！"

说完他把左撇子手的食指勾着，衔在嘴里打了一个响亮的呼哨。七八条黑影便跟着他燕子展翅般飞到岸上，消失在沉重的夜幕里。

4

河盗一走，祖父便抱着橹一起栽倒在地，大妮子慌忙重新点亮一盏"气死

64

风"来看。这时各位船老大都过来了，只见祖父左肩上豁开一道枪口，像一张大嘴似地冒着血。血水流到压在他身下的橹上，浇得烧焦的一截木头直冒热气。幸好店铺老板有止血裹伤药，大伙七手八脚地把他抬进凉棚里包扎了。

船帮不敢停留，连夜离开拴马铺。

第二日天亮船走到一处地方，外祖父认识一个郎中，撑划子去接来瞧了祖父。说是失血过多，没伤着骨头，开了补血养神的方子。

船帮煞黑才回到唐河镇。船行老板、会馆会首和橹精怪、账房先生一堆人，都守在码头上候着。

外祖父只当是他们已听到船帮遇上河盗的信，都来宽慰的。谁知众人上得船来，立在船头寒暄几句后，便请外祖父到后艄凉棚里头商量大事。

原来今日上午，一个打鱼的老头子到会馆门口吆喝着卖鱼，见没人搭理他，扔下一条大鱼掉头跑了。众人都说稀罕，把鱼肚子刺开一看，鱼肚里塞了一张纸条，纸条上写着团长爷要拉几窝土匪来唐河镇血洗唐河帮，剐外祖父的心摘祖父的肝做下酒菜。不过团长爷看中了大妮子，若是答应许给他，就算梁山好汉不打不相识。三日后自有人来讨个回信……

外祖父听着听着，牙巴骨咬得咯咯响，满脸麻窝窝又涨得通红。他跺跺脚说："俺就是把大妮子卡死了扔到河里喂鱼，也甭想俺答应他团长爷！呸——"不料他一口刚啐出去，接着就咯出一口乌红的血来。但凡争强好胜的人怄不得气，外祖父咋也没想到凭他恁硬一条光棍，竟有人敢骑着脖子拉屎拉尿。这口火气憋不住，就在心窝里炸了。

众人忙扶着他在祖父身边躺下，纷纷劝解。

橹精怪却骂着蹦了起来，不提防一头撞在凉棚顶上，额头上顿时隆起个肿包。

"俺晌午扔下那条鱼就撵到河边，没撵着那打鱼的老头子。只怪俺没瞅清他那副嘴脸，他戴着顶大斗笠把脸盖得严严实实的。要不，甭等三天回话就给捎去啦！他团长爷又咋的？仗着他娘的几杆枪抖威风！依俺的，俺也拿白花花的现洋找大兵换枪来使使！枪子儿没长眼，也不认团长爷那狗杂种当龟孙子……"

账房先生摇摇烟杆拦住橹精怪的话头，他沉思着吸完一锅烟才开口："自然那团长爷是瞎诈唬。俺唐河镇自古以来是水路连陆路的交通要道，官家的重镇。量他团长爷没吃豹子胆，他也拉不拢几窝土匪给他打阵。橹精怪老弟您别犯急，使刀弄枪是兵匪小人的勾当，俺正经百姓学不会。不过那团长爷心狠手辣说得出做得出，俺不得不防。晌午那个打鱼老头子？甭说，是河盗的眼线！嗯……俺说大伙今晚是不是先散了去歇着？让杨帮头和赵老板也养养神，俺们明日再慢慢合计。"

大伙便都散去。

橹精怪见外祖父这时已缓过精神来，便跑到镇上拎回几瓶酒，拿荷叶包回一大包卤猪尾巴、酱驴肉、花生米。

账房先生也没走。他蹲在凉棚外左舷旁，愣望着河面吧嗒着烟杆出神。

大伙慢腾腾喝着闷酒。

账房先生开了口："俺看杨帮头不如带着大伙走沙洋去，先避一避。人狠不缠，酒狠不喝，俺惹不起还躲不起？杨帮头在沙洋有恁多朋友，码头几深几浅心里也有数……"

外祖父和祖父都不吭声。橹精怪这回破例地没吱一声。

大伙又闷喝了一阵子。

外祖父忽然咬牙切齿地说："中！俺走沙洋去。依俺的脾气，一把火烧了这船！老子俺就坐在河滩上等着，等俺的团长爷女婿来了好扇他的耳刮子！再一寻思，俺不能砸了唐河帮老少爷们的饭碗。大妮子她妈把大妮子托付给俺啦，万一有个闪失她妈不得依。俺走沙洋去，过一年二载的，俺唐河帮再回来！"

账房先生兴奋起来："对头！留得青山在，不怕没柴烧！还有一桩，嗯……这大妮子，得给她说个主子。女大不中留嘛……"说了一半，他留下话茬子，拿眼睊睊外祖父又睊睊祖父。

祖父不明白账房先生眼里的话，外祖父却心领神会，他想了想便说："俺早有心把大妮子许给昌文这娃，你们瞧瞧合适不合适？"

账房先生和橹精怪都击掌叫好。

祖父心里这才透亮，他朝众人询问的目光点点头。

账房先生便说："这桩婚事说定了就搁着，俺看走沙洋的路上瞅空办了算了，要排场排场就到沙洋办去……"

"不——明天就办！热热闹闹地办排场，办了俺后天好开船！"外祖父毅然决然地说。

5

第二天一大早唐河帮人就张罗开了喜事。

船家嫁娶，本也有一套与岸上人家大同小异的规矩，但比岸上稍逊色的是没洞房好闹，舱房太小，然则比岸上更光彩的是新娘打水路来，那迎亲花船张灯结彩像皇帝的御舟行宫，一路吹奏，闹得满河欢腾，两岸路人驻脚行注目礼……外祖父说这一套繁文缛节一概免了。

外祖父的船上，几个伶俐的艄婆子在给大妮子盘辫子，用两根细索子在大妮子脸上拉锯似地绞着汗毛开面。

店铺老板送来一匹红缎子，船老大们在祖父的船头和凉棚上扎了彩。

橹精怪从镇上戏班里请来的一伙艺人，就在河滩摆开架势吹奏起欢快的乐声，引得河上河下的人都来看热闹。

外祖父叫鸭屁股唤来他的艄婆子假做了媒人。媒人往浑身上下穿成一团红火似的大妮子头上蒙了一块红布，便拽着大妮子的膀子扶出凉棚亮相。忸忸怩怩的新娘子怎宽大的屁股怎细窄的腰，胸襟下两奶子肥嘟嘟地拱隆着，确实光彩夺目。

"啧啧！怎俊！"

"俺瞅得都守不住魂啦！嘻嘻嘻。"

"哟！这是个凡人还是观音娘娘？"

……

在众人一片粗野的喝彩声中，五六个艄婆子护卫着一个皇妃似的大妮子，前呼后拥去拜外祖父。

外祖父在船头横了一条马凳跷着二郎腿坐定，账房先生香喷喷地吧嗒着烟杆，笑眯眯站在一旁。

十七岁的父亲，央求橹精怪一步也不离地陪着他壮胆。他怯生生地扯着嘻皮涎脸的橹精怪的衣角，硬着头皮踏过跳头迎娶大妮子——应改称她为慈母大人。父亲傻乎乎地穿着一件肥大拖地的簇新的宝蓝大襟长衫，额头上还缠着纱布，那是前日夜里被河盗踹伤的。他的模样很滑稽，活像被橹精怪擒住的一个贼，两眼惊惶地四处张望着。

于是送亲鞭炮和迎亲鞭炮同时在两条船头轰然大作，压倒了高亢凄惶的唢呐声。

娃子们野蛮地扑向滩头，手脚并用，抢着未燃的散炮和坨坨糖、花生果。

这时，账房先生突然发现，从密匝匝的围观人群中挤出一个头戴斗笠的老头子，他跳上渔划子划向河心。账房先生便指点给橹精怪看，橹精怪冲向后艄，跳到船尾系着的小划子上，欲解缆去追。账房先生厉声喝住了他。

船头，祖父也在桅下横一条马凳坐着，伤臂托在脖颈吊下的一圈布绳上，背靠着桅杆。

媒人率领父亲母亲敛衽行礼，仰首拜天君，低头拜河神，屈膝拜父母大人。礼毕，众人猛然悟到忘了请祖母也坐在祖父身边并肩受拜，都嚷嚷着要重新再拜。祖父摆摆手说:"罢了,你们二人到后艄去给妈再磕个头吧。"

其时,祖母正在凉棚门口瞧着。她斜倚着舵柄安然站在她自己的位置上,眼眯成一条缝在笑,挤出两颗硕大的喜泪珠子。她见众人簇拥着父亲母亲来跟前磕头,忙扶起她的儿媳妇,说:"你就只当俺是你的亲娘吧。"婆媳俩便抱头痛哭。

乐声在哭声中戛然而止。

6

晌午,外祖父和祖父联袂,在唐河会馆大宴宾朋,但他俩同时又是席上贵客。船行老板和会馆会首宣布联合筹办这个婚宴,后来账房先生声称他当为东家之一,跟着橹精怪申明,他也要做东。随后店铺老板也捧着一包现洋来央求认了酒水花销。再后来鸭屁股领着唐河帮船老大们应邀蜂拥而来,个个背着白面袋子抱着酒坛子要打平伙。

于是客即主、主乃客,客主不分,有钱同花,有酒共喝,喜酒喝成了告别酒和饯行酒。

可是酒过三巡气氛依然闷得慌,人们窃窃私议着河盗头子团长爷。

外祖父见状便端起酒盅,爽朗一笑说:"今儿个咋说也是那个啥团长爷撮合了俺闺女的婚嫁大事,既是喜酒就该喜滋滋地喝!这酒盅子一撂,俺就去走沙洋了。俺本是驾船汉子,四海为家,漂到哪儿算哪儿。就冲着去湖北再咋的每日总可以逮几碗大米干饭,俺敬他团长爷一杯!"说着他仰起脖子把一盅酒倒进嘴洞里。

大伙都笑得哗然,于是清洌的白酒就哗啦啦地畅泻于杯盏,谈笑风生回荡于席间,猜拳行令爆响于大鱼大肉之中。

外祖父在酒席之间周旋了一番,折身返回上席入座,依次与船行老板、会馆会首、账房先生、橹精怪、由父亲搀扶着的祖父、店铺老板等人相互敬酒。

轮到橹精怪跟前,橹精怪已喝得酩酊大醉了。他掷酒盅于地,趔趔趄趄地换了一个大碗来斟满,捧到外祖父跟前:"大哥!俺这唤作壮行消灾酒。"

外祖父也换了大碗斟满:"兄弟!俺这唤作别君躲难酒。"

两人豁然撞碗,饮马似地喝干。

谁知橹精怪竟一头栽倒在桌子上涕泗滂沱。

众人默然。

7

第三日是团长爷讨回信的日子。

凌晨，唐河还沉睡在静谧之中，静得甚至没有一丝河风。唐河帮十几条船的艄后冒起的炊烟纹丝不动地斜竖着，像船屁股上翘起的一条条黑毛茸茸的尾巴。

船老大们都早早地蹲在船头吧嗒着烟杆。

"开——头——哇——"外祖父突然豪壮而悲怆地长号一声，河与岸为之动容。

船老大们便抽跳起锚，反身点出细长的篙子，狠狠地撑开了悬浮在船头的唐河岸土。

没风可张帆。笨重的大橹划破了唐河雪白的血肉，摇响刺耳而动听的吱呀吱呀声。

一个水上村落，一群牧马游牧者，涉着迢迢水路，徐徐漂向唐河下游。

第七章　青 帮 理 门

1

唐河帮被迫离开唐河顺流而下。提防河盗撵来，沿途也不停靠码头也不揽生意装货，日夜兼程走出唐河进入襄河才松了口气。

进入襄河这天清晨，河上蒙蒙的有些薄雾。船老大们都立在船头小心张望，招呼后艄掌好舵。

忽闻前头传来隐隐约约的娃娃哭叫声。

待船开过去，那哭叫声愈惨愈烈听来心悸，声音是从靠南岸的荒滩上传来的。船老大们在各自的船头上互相招呼着，说怕是娃娃鱼在叫，听得晦气；又说哭声恁响亮，怕是哪个作孽的扔的私生子。

外祖父不吭声地侧耳辨听着，听得满腹狐疑，他招呼后艄的鸭屁股把舵打过去上跟前瞧瞧。母亲嫁到祖父的船上后，外祖父船上便没了个掌舵的。外祖父执意不让祖父叫母亲过船来帮着掌舵，说嫁出去的闺女泼出去的水。鸭屁股便自告奋勇来帮忙掌舵，他的大小子已牛高马大的，招呼得住他那条船了。

船拢到离岸七八丈远时，隐隐约约望见荒滩上像有一个给浪打上去的溺水者，半浮在水里半趴在河滩上。船再往跟前拢时便瞅得清清的：那不是一具溺水的尸身，而是一条恁大恁骇人的娃娃鱼精，个子足有一个五尺高的汉子长！浑身上下红不红黑不黑的，滑腻腻的背上乌黑的花斑有碗口大。真是个娃娃鱼精！有手有脚有蒜瓣大的脚丫子，头宽宽扁扁的像一把铲子正张着恁大的嘴在叫唤。

外祖父看得脸色惨白，这是极不吉利的兆头。他不语，只挥挥手叫鸭屁股打舵避开了。外祖父素来不大信迷信，他常大大咧咧地说，信则有不信则无。但从唐河去驻马店乡下那回的头天晚上，他听见娃娃鱼叫了一夜，心里就七上八下的。赶回驻马店乡下果然就碰到东洋鬼子开进跑马庄了……这一回竟撞着了一条娃娃鱼精！只怕是唐河有啥凶讯？要不就是前头的沙洋又有啥鬼名堂……

外祖父心里狐疑不决，改主意叫在襄樊找了个码头停船。他嘴里只说看能不能揽到一笔跑下水的生意，心里却在想着停在这里等候啥人啥音讯，许是一种心灵感应？他后脑勺上似有一颗眼依稀瞅见谁跟在远远的船帮后头撵唐河帮。

果真叫外祖父给等着了。过了三五天后的一个晚上，有个衣衫褴褛的半瞎老婆子荡着一条小划子来到襄樊，她往各个码头打听上游下来的唐河帮。

这时外祖父正邀了祖父和鸭屁股等几个船老大在他的船上喝酒。直到半瞎婆子的划子划到后艄大声叫唤大妮子时，外祖父和船老大们才钻出凉棚瞅着她惊呆了：这半瞎婆子竟是外祖母！

母亲闻讯猴急地从祖父的船上蹦过船来，一头撞在外祖母怀里。外祖母便抱着她的头号，娘俩比赛着号够了，外祖母便开始哭唱。唱了三妮子唱水水，唱了水水唱二妮子，唱了二妮子唱橹精怪，唱了橹精怪唱账房先生，足足唱了一夜。她拖着尺把长的鼻涕眼泪唱得酣畅淋漓。

2

橹精怪挥泪送别外祖父和唐河帮后，当夜一整夜心神不安，浑身烦躁。他总觉得唐河帮走得太匆忙，外祖父有件啥要紧的事忘了交代给他，是啥事他咋想也想不起来。他睡不着便用手托着头头枕着手怔怔地回忆起他与外祖父的生死交情……

橹精怪是河南源潭人。家乡的白河水恁养人养得他腰圆膀大，他有力气却天生做不来种田活。庄里的乡亲便都说他好吃懒做不成器，他躁得没法子，便跑到白河上帮人拉纤摇橹混饭吃。橹精怪两条胳膊长得怪异，长可垂在膝盖骨上，滚圆滚圆跟小腿肚一般粗，胳膊上力大无穷，能把粗笨的大橹摇得像个风车。有一回他与人赌力气赌一个猪头，他独自一人摇橹把一条装得满满的扁子从白河一气摇到唐白河，五百华里水路走了两日两夜。他赌赢了一个卤猪头，还得了个"橹精怪"的绰号。后来谁都喊他这个绰号，谁也不知他的本名本姓。有细心的人问他："您到底叫啥?"他嘿嘿一笑说忘了，他只怕真的忘了。

橹精怪初识外祖父是在跑白河的外祖父船上帮短工。外祖父见他有憨力气又嘻嘻哈哈的一脸乐相，就留他在船上帮长工，让他跟到了唐河，外祖父看橹精怪咋看咋顺眼，有心帮他混成个船老大。偏偏橹精怪好吃好喝成天猪头肉不断顿，混了几年也没攒上几吊买船钱。外祖父见他不中，便自己换了一条大船，把岳父老子留给他的小扁子白让给了橹精怪，从此橹精怪算是混成了个唐河帮的船老大。那一年天旱，唐河上生意少，唐河帮碰巧连跑了几趟唐白河赚了几个。外祖父就规劝橹精怪别三文不值二文地花，攒几个钱回源潭乡下去娶个媳妇来船上烧火。

这一天，船行伙计引来一个贩粮老板，说有几包大米急着要运走，要一条跑得快的小船跑一趟短水，跑鸡鸣铺。外祖父便说："叫橹精怪甩单边去吧，他摇橹摇得快。"那贩粮老板忙说："中，中! 俺就想他去。"橹精怪当天晌午装船走的，天煞黑就到了鸡鸣铺。贩粮老板没跟船走，船到那儿他也等在那儿了。卸完货，贩粮老板把脸一垮，说："橹精怪，这米包咋就少一包? 您在路上偷走藏在哪儿了您说!"橹精怪没偷自然说没偷。贩粮老板便说："这趟装船钱赔那一包米还不够，俺那是珍珠米，是御稻，是皇帝西太后吃的那号米，您知道不知道？缺的您欠着，明个儿送到粮行去。"橹精怪听了一拳便揍掉了贩粮老板嘴里的门牙，那是一颗镶金牙，掉在地上黄灿灿的。橹精怪见贩粮老板狗似地趴到地上摸起金牙，又像个俘虏似地爬起来高举起双手，手掌心向外，连喊两声求饶："别打! 别打!"橹精怪正得意不过，却不知贩粮老板喊的使的是黑话暗号，随着喊声立马围拢来一伙横眉竖眼的汉子，使着棍子棒子就朝橹精怪身上夯。橹精怪摘了船舷上挂的大橹就跟他们干起来，从船上干仗干到河里又干到坡上。有人趁机拎了一桶洋油跑上船泼了，划了根洋火烧起来。橹精怪回头一看，船烧了! 气得直跺脚。趁他愣神，背后来了几杠子把他夯昏了。

橹精怪醒过来时是第二天早上，他被捆成一坨扔在一个茶馆里。那伙凶汉子正围着桌子在喝酒，这时外祖父带着唐河帮的船老大们赶来了。半夜里有条划子赶到唐河报了信，他们是打早急如星火赶来的。唐河帮的船老大们把茶馆门前围得水泄不通，外祖父跨在门槛上叉着腰问："谁是茶馆老板？谁是这里当家的哥哥？俺先礼后兵说一句：俺杨大麻子可是'在理'的，俺唐河帮的船老大们也都是'在理'的。唐河理门的六哥是俺干爹，这橹精怪是俺兄弟。立马放了他赔了船钱，俺们掉头就走，要不俺们就也烧了这茶馆。"那伙喝酒的汉子便乒乒乓乓砸了酒碗，举起长凳掏出攘子拉开架势。

一场拼杀好戏正要开锣。这时，账房先生随一个人急急闯进阵来隔开了刀枪。那人看模样比账房先生小十几岁，账房先生却孝敬地唤他三哥。三哥真有脸面，他只挥挥手，说："咋的啦？大水冲了龙王庙啦？"干戈便平息了。那一伙汉子乖乖地坐下来，账房先生就拽着劝着气哼哼的外祖父，船老大们背着扶着一头病牛似的橹精怪撤了兵马。

账房先生咋就搬得动有脸面的三哥？

账房先生早先是唐河帮的老帮头，五十多岁跑老河口翻了船死了一家子，后来也懒得续弦，独自无牵挂，有钱自个儿花。他说交个三朋四友比再讨婆娘娃儿强，不会老记着往事伤心。再后来岁数大了他就上坡到船行混了个账房差事。他与外祖父交往甚厚，他向外祖父禅让了帮头的交椅，外祖父认了他做干爹。不过账房先生年轻时喝过半口墨水，有些迂腐，以君子自居，开口仍礼称外祖父为杨帮头，外祖父也只好称他为账房先生。后来橹精怪也认了他做干爹，也跟着外祖父叫他账房先生，账房先生却称他为兄弟，这干爹义子都嘻嘻哈哈的倒像一对顽皮的娃娃。

账房先生和外祖父把橹精怪弄到账房先生屋里好生养息，橹精怪嘴里不住地叫唤："俺冤俺冤！"

账房先生并不搭理他，在床沿默坐了半晌才开口对外祖父说："俺打听明啦，那通城老九见唐河帮赚了两趟生意钱眼馋不过，跑去对红旗老五插签子使坏。这不，荷叶子就飞来啦！他们不知橹精怪不'在理'，也飞了一张荷叶子到他船上。那是大前天早上的事，橹精怪不在船上，谁就把荷叶子扔在他凉棚里。橹精怪回船见了也不认识荷叶子上写的啥，也不问俺们一声，只当是哪个船老大忘在他船上的戏单子，怕是拿去擦了屁股。老五老九错怪橹精怪架子大请不动，就串通了来找碴。偏偏，您说被橹精怪打落大牙的贩粮老板是谁？是红旗老五他爹……"

外祖父愤愤不平地问："咋？这事就算了啦？"

"忍忍算啦，心字头上一把刀。俺找三哥和会馆的会首说妥啦，让橹精怪上坡到会馆去混个打杂的事。往后会馆有个自己人，给俺船帮透个信打个交道，生意就活泛啦。再说，较真的俺们也较不赢那帮爷。"

外祖父便恨恨地吞了声。

账房先生又说："俺忘说啦，俺也给橹精怪在理门捐了二十块现洋，往后他也算'在理'的啦。"

橹精怪在一旁听得似懂非懂，就说："您俩说些啥？俺听着咋像在听念天书？"

账房先生起身说："您先好好养几日，俺自然会慢慢教给您。"

橹精怪不依，一把拽住账房先生要他立马说个明白："俺心里正冤，您今儿个不说透，俺今夜就得冤死在您床上。您怕是要老子先给儿送终啦!"

账房先生无奈，重坐下来打开了话匣子。

外祖父却懒得听，兀自从床底摸出一瓶酒，噘起嘴对着瓶嘴儿，一口一口慢慢喝寡酒。

3

原来，这内河沿岸到外河上下，凡水旱码头一概都要分个青红皂白。青乃青帮，红乃红帮，皂乃黑帮，白乃白帮。这便是神出鬼没、本事通天、官府衙门惧怕三分的帮道门会，世人皆闻大名。账房先生说："若要论这四大帮的根根梢梢，都是早先的哥老会繁衍的枝枝丫丫。"

账房先生从烟袋里挖满一锅烟丝，划根洋火嗤啦烧起来，先吧嗒几口，才摆开架势说起汉水帮门的来历。

一早在乾隆同治年间，广东出了叛乱，朝廷遣邻省湖南兵勇水陆齐进去平叛。粤匪既平则湘勇撤营，哪知朝廷见广东平静下来，便忘了忧虑也忘了湘勇的功劳，不但没有好好犒劳，连军旅回程的粮草都没人接济了。湘勇穷于衣食之途，怨声载道。水路将士就联络陆路将士招纳四方游闲之徒，聚党合伙唤作哥老会。哥老会第一次举事便惊天动地。那时正碰上李鸿章的胞弟刮得民脂民膏自广东回京，金银财宝、锦丝绸缎、古玩玉器、歌妓美人装了满满百余条船，自湘水而下。哥老会便学着梁山好汉劫生辰纲拦江劫下不义之财，掠得官船八十余艘，从此哥老会声势大增，朝廷灭绝不得。后来哥老会头目不和，便分亲疏、按字派、拉山头、占地盘各自为王，再后来便闹闹打打、分分合合演变成四人帮门。有洪家者称洪帮，即红帮，是哥老会的正统；自夸不害良民专袭富豪的青帮是集了大族潘氏兄弟门下的团伙，如安庆的道友会等，专营秘密贩盐，偷税牟利；黑帮又叫江湖团，是一帮看似可怜巴巴其实窃技高超的乞丐，以盗窃为业；白帮则是拆白党，只会拐骗诈唬、坑人哄鬼。这四大帮门，以青红二帮势力为大，视黑白二帮为不齿于帮门的下流杂种。

不知从何时起，一条外河便被青红二帮拦腰截成两段分霸了。以汉口为腰，汉口以上到重庆是红帮的势力范围，汉口以下至下江皆为青帮的天下。汉口则由青红二帮平分秋色、龙虎恶斗打成平局。只说红帮大头目杨庆山，人称杨大哥的，便声名显赫。他老爱穿一件长衫带几房老婆却不带分文走水路出远门。他带钱没用处，走到哪里，哪里就有人管吃管喝管睡管屙屎，不用花一个铜钱。

账房先生直咂舌头，啧啧地说："他杨大哥成天前呼后拥地跟着一群徒子徒孙。他看江里哪一层浪不顺眼，只屑跺跺脚，那江水就吓得直翻腾……"账房先生说这话时自然不知杨庆山的末日，直到十多年后汉口解放，杨庆山逃到重庆，被捉回汉口吃了枪子儿，那威风劲儿才被灭了。这是后话。

青帮与红帮瓜分了外河，青帮却独霸了内河。内河有个青帮的大头目，大号王风云，人称王爷，住在沙洋。此人是一条山东汉子，性子急躁豪爽，说一不二，拜在他门下的徒子徒孙不知凡几。这年头他都过六十花甲了，还声如洪钟，眼似明灯，腰板硬朗宽大得像一扇门板。

账房先生磕磕烧尽的烟锅说："都说王爷此人武艺高强，修得长生不老之道……"账房先生说过这番话的十多年后，王风云的一副好身架被用到沙洋劳改农场去凿山石烧石灰，王爷才变成阎王的小鬼。这也是后话。

青帮既独霸了汉水，便把汉水看作他们私家的水盆，认作是祖上花钱买的，就会说："过往人等，留下买水钱！过往船等，留下买路钱！"跟河盗便是一回事了。汉水船夫们只得诚惶诚恐地乖乖拜在青帮门槛下。船老大纷纷央人说情引路子，捐出白花花响当当的现大洋请求入帮。谁入了帮就叫"在帮"；不入帮也可以，但得入门，青帮有个分支叫理门，谁入了理叫"在理"。帮或门之下又分字派，如大、潘、通、吾、学等。在帮在理的在哪个字派，出门在外就要改了本姓姓字派。船夫们起坡上街、进船入会馆，与人碰面了或遭人刁难盘问时，便有一番对话：

"您在帮？"

"俺在理。"

"贵姓？"

"姓潘。"

"是内潘还是外潘？"

"出门姓潘在家姓胡。"

不在帮不在理的便应答不上来，那么船行会馆你就别去了，门槛太高你的脚迈不进去。你街也别上岸也别上了，街上岸上尽是绊脚石会绊得你栽跟头，就守着你的空船喝河水填肚子吧。

船夫们糊里糊涂入了帮入了门，多数并没照规矩经过拜堂盟誓、戳指头喝血酒的仪式，也不认识本帮本门本字派当家的首要头目。礼节倒很多很大，逢年过节必得备上礼品孝敬当家的哥哥，送礼去还得下跪磕头，孝顺得像乖乖儿。船老大们便愤愤地骂："俺日他的祖宗八辈子！拿了钱去买个爹供着，还要改姓。"不过只敢在私下悄悄骂，图个嘴巴快活消消恨。若让帮里门里的头目听见了，不撕烂嘴扭歪脖子才怪哩。

帮门头目们一般都沿河开饭馆、会馆、茶馆、船行、柴行、粮行做生意，把持了船夫们的生计，专掏船夫兜里的风浪钱，这也罢了，还要敲竹杠。帮里门里当家的大哥大姐，凡生日大寿、贵体小恙，乃至他们的儿子闺女孙子外孙们结婚生娃、长尾巴做周岁、换牙齿拉稀，都是一个好名目，那"荷叶子"便满天乱飞……

听到这里，橹精怪问账房先生啥叫"荷叶子"？账房先生正说得起劲被他打了岔，便白了他一眼，把那杆烧了好几锅的烟杆绾起烟袋，说："下帖子请你呗。请？说得多好听！趁早凑够了钱送过去，送晚了送少了人家脸一垮就算白送啦。"

橹精怪听得直眨巴眼皮。他早先在乡，何曾听说过这些稀罕名堂？他也不喊冤了，咧着嘴直乐，忽问："账房先生，您在唐河理门里头算个啥？"

"算啥？俺算个老六呗。"

"俺的妈吔——"橹精怪伸出长长的舌头抖着，竟不顾身上的疼痛爬起来，在床上扮着怪相下跪磕头道，"不知不怪，俺拜见六哥。"

账房先生也乐了，顺手在橹精怪的脑壳上磕了一烟杆："跪啥？老六顶没用，叫做'百事不管老六'。这还是看俺唐河帮船多势大才给的个空位子！"

他说着便边扳起指头数着边告诉橹精怪唐河理门有些啥头目："……大哥、当家三哥、四姐、红旗老五、百事不管老六、七妹、老八、通城老九、小老九。"又说了些头目按座次各有些啥权势。

橹精怪好奇地问："咋没二哥？"

"那宋江本尊晁盖为长。晁盖打祝家庄中毒箭死啦，宋江便做了大哥。后来宋江接卢俊义上山做大哥不成，做二哥大伙也不服他。这二哥的位子不好坐。"

"您咋说起书来啦？"

"这理门不是学的梁山上排座次呗？"

橹精怪恍然大悟，又问："那大哥是谁呀？"

账房先生摇摇头说："早先是个开镖行的，后来那镖行改成了镇公所，镖行老板也老死啦，不知他把大哥的位子传给谁啦。别说是俺，俺估摸老五、老九也不知道。这理门的规矩大，不该问的谁敢问？"

账房先生说得得意，又教橹精怪一些帮门内的应酬礼节和茶碗阵。

外祖父自始至终在一旁黑丧着脸喝寡酒，喝干了酒瓶没发一言……

4

橹精怪不知自己是啥时入睡的，醒来天已光亮。他猛然想起外祖父临走没交代的事——东洋鬼子打进了驻马店，在街上、乡下到处抓人杀人，好多逃荒过来的人都这么说。外祖母和两个妮子会咋的？那娘仨会不会逃到唐河？

怎巧！正想着，二妮子就真来了！拍门拍得砰砰响。橹精怪慌忙起来开门，二妮子闯进门就惊惊乍乍地喊："大叔，俺妈和俺来啦！俺们是逃兵荒逃来的！到河里头咋也寻不着俺爹的船，都说俺爹嫁出了俺姐，唐河帮走沙洋去啦。俺妈听说了就坐在河滩上又是哭又是骂，俺拽俺妈上会馆来俺妈不依俺。大叔大叔！您快随俺去瞧去！"

橹精怪急忙随同二妮子往河滩跑，老远就望见一伙人围着坐在河滩上的外祖母看热闹，老远就听到外祖母的哭骂声："杨大麻子！您的心咋怎坑？您没跟俺吭一声就把俺大妮子给逼走啦？您把她嫁给谁受罪去啦？三妮子没啦！大妮子走啦！扔下俺和二妮子去讨饭，您远走高飞享福去啦！您到沙洋去赶杀场……"

橹精怪和二妮子赶紧跑拢去拨开人群。

一个戴斗笠的老头子见来人了，便挤出人群走到河边，踏上一条渔划子荡桨走了。

橹精怪和二妮子拉拉扯扯好歹把外祖母拽到会馆。橹精怪和外祖母分别把两边的事说了个一清二楚，会馆里众人听了都唏嘘不已。

橹精怪劝外祖母娘俩立马去沙洋，说去河上寻一条顺路的船，这几日是顺风，撵得快说不定追得上唐河帮。

一旁的大伙都说中。外祖母却只管破口大骂东洋鬼子黑心烂肝、凶如狼毒如蛇、猪狗不如，橹精怪等不及与外祖母搭话，便急着去拿来盘缠。

这时外祖母便断然拒绝去沙洋。她说她跑了好几百里路腿都跑断了，再一步也挪不动。说杨大麻子忘恩负义忘了她娘俩，她也不去招他的嫌弃。说她去唐河边上帮人缝缝洗洗也能糊住两张嘴。末了，她只央求橹精怪去河上找一条破船借给她娘俩先安个身。

橹精怪素知外祖母的脾气，知道拗不过她，便领她们去河边给修船师傅招呼了一声，找了一条要修没修的破船。他帮着外祖母吊了几桶水把凉棚冲洗了。

这时日头快落到河里了。橹精怪便说："您娘俩早些歇吧，这些钱先花着。"说着，把预备的一包盘缠递给二妮子。外祖母正待开口推辞，二妮子却抢先把钱包塞回橹精怪手里，说："俺不缺钱花哩！"橹精怪诧异地瞧着二妮子，这才注意到她长得精精瘦瘦的，穿件夹袄却鼓鼓囊囊的像个大胖子。

外祖母也很纳闷：明明没钱二妮子咋说有钱？她不便当着橹精怪的面盘问，便说："他大叔您先回吧，明儿个要花钱俺再使唤二妮子去找您借。"

橹精怪心里有事，"嗯"了一声便急忙上坡走了。他估摸账房先生去拴马铺收账该回了，便径直去找他。

账房先生刚刚回来，听橹精怪一说，他寻思良久方才开口道："恐怕那船上住不得。码头上有河盗的眼线，俺去拴马铺收账也听到一些风声，那团长爷听说外祖父带着唐河帮远走沙洋了，恨得咬牙。那娘俩若是叫河盗的眼线给吊着了，就怕他们要来绑票……"当下二人合计：明早上就叫她俩搬到会馆里头住下，再慢慢劝她俩去沙洋。

5

外祖母和二妮子把后舱收拾妥了。外祖母说："明早俺就去码头上吆喝，揽些单身汉子的缝补浆洗的活做做。二妮子你过对岸去拾些枯枝柴火，摘些野菜。"

二妮子听了不吭声，她脱下夹袄，从衣缝里撕出几十块现洋来。又脱下鞋子，从鞋帮里掏出上十块现洋。再脱下裤子，从裤腰里抖出亮铮铮的现洋。还翻倒讨饭篮子，从篮底的篾层里抠出硬邦邦的现洋。"哐当哐当"，白花花的现洋滚落在铺上堆成一大堆。

外祖母看二妮子变戏法看呆了。"怪不得你说不缺钱花！这钱是打哪儿偷来的？"她怀疑地喝问。

二妮子像个小大人似的不慌不忙地叹口气说："唉！这一路上逃荒俺带着钱没对您说，怕让人看见了惹眼。再说两个穷讨饭的掏钱去买啥也不像……您别打岔，听俺慢慢说。还在跑马庄俺妹子给东洋鬼子害死那天，俺见妈跑到龙王庙去找俺妹子去啦，就知道背时了闯祸了遇着大难了，俺忙去找水水。走到半路听见枪声响，俺就猛地想起俺参来接俺姐时留下的钱褡子，俺回头去把钱褡子从灶洞里掏出来。俺想，把它扔进茅屎坑吧，可保险！谁会信臭茅屎坑里有白花花的现洋呢？可俺又一想，这一走，只怕难得再回这屋来。俺就抓了一个篮子，把钱褡子藏在篮底，盖上几个馍遮严实啦……"

外祖母听着心想：这二妮子可真机灵！俺倒是早把那钱褡子忘啦，便说："既有这些钱，就留着慢慢花。俺也不去帮人缝洗了，俺还是做伏汁酒，你每天早上提到镇上去吆喝着卖。啥时唐河帮打沙洋转来，俺看上你姐一眼。啥时听说东洋鬼子走了，俺俩还回跑马庄去，给俺三妮子和水水守着坟……"说着说着她又眼泪汪汪的了。

这时，河滩上传来高声吆喝："谁要黄鳝——活蹦乱跳的哩！俺贱卖了好赶路回去。还剩二斤——谁要谁拿去。"

那叫卖人停在船头不住气地吆喝着，仿佛是专喊给外祖母娘俩听的。

二妮子说："妈，这一路逃荒逃得苦，俺去把那二斤黄鳝称来给您补补身子。"

二妮子便提着个篮子上坡去，一个戴斗笠的打鱼老头子把她引到渔划子上。

"娃，你自个儿到舱里去拣，怕还有三四斤哩！你都拣去，俺只算你二斤。"戴斗笠的老头子和和善善地说着，便走到河里，站在浅水里洗腿上的泥浆子。

二妮子跳上划子，见后艄坐着个划桨的渔婆子，她勾头勾腰地在河里洗刷着啥。二妮子瞧瞧中间的舱里，果然有一小堆黄鳝在蹦腾，便跳进舱里去拣鱼。

二妮子勾腰往篮里扔鱼。快扔完了时，忽听河里呼啦一声，抬头便见河里上来一个黑大汉跳进舱里，正是那个戴斗笠的老头子。二妮忙起身要问他做啥，老头子早一把扭住了她的胳膊。她张嘴要喊，却被一条黄鳝塞进嘴里堵着。她顿时感觉嘴角和舌头被黄鳝翅刺破了，满嘴的腥气和烫乎乎的血往喉咙里钻。黄鳝是那个渔婆子塞进她嘴里的——啥渔婆子？原来是个满脸兜兜胡子的凶汉子！

恁机灵的二妮子上了当。两条汉子七手八脚把二妮子绑成个肉坨子，拿一条麻袋从头至脚把她装起来，把篮子里的鱼倒在麻袋口上扎紧了。

渔划子箭似地射向河心。

6

橹精怪睡得迷迷糊糊的，忽被一阵砰砰的捶门声惊醒，他慌忙下床去拔掉门闩，外祖母连门一起撞进来撞在他身上。她上气不接下气地说："二妮子丢啦！二妮子丢啦！"橹精怪惊愣了一下，知道是叫河盗给绑票了。

橹精怪的头嗡嗡乱响。他已顾不得再搭理外祖母一声，扭头便往河边跑。他跑到河边，解开了一条不知谁家的小划子。这时外祖母撵上来，塞给他一包现洋。他划起桨向上游撑去。

橹精怪的两条胳膊抽风似地推拉着桨柄，桨叶像两条怪腿在河面上疾走。

撑到天麻麻亮时，远远地望见前头有一条渔划子。再近一点便瞅准一个戴斗笠的汉子坐在后艄，也不撒网也不下钩，悠悠闲闲有一下没一下地荡着桨。橹精怪有些兴奋，加紧撑着渔划子。

离那渔划子约二丈远时，戴斗笠的汉子——其实是一个上了岁数的老头子，便不住地扭头朝后张望。大约他瞅清了橹精怪的模样，慌慌张张把渔划子朝岸边划去。

橹精怪心里有数，也不喝一声，只顾把桨摇得飞旋，摇得划子翘起头像河面上蹦起的一条黑脊背的鱼追过去。渔老头子傻了眼，咋也没想到后头撵来的划子恁快，那人恁会划桨。眼看后头的划子要撞着渔划子的屁股了，渔老头子一个猛子扎进河里不见了。只见那个斗笠漂在河面上打转转。

橹精怪眼尖，瞅见那人是头朝着岸扎进河里的，便盯着河里冒出的气泡追。那一串气泡像一串断了线的珍珠撒滚得老远，才咕咕咚咚地炸开水面冒出恁大的水花朵来。橹精怪知道这是渔老头子在河底憋不住气了，要冒出河面来，便斜着身子探进河里。等一个光溜溜的脑壳像在开水里煮熟了的扁食刚漂上来，他伸手一把卡住渔老头子的后脖子，拽着水淋淋的扑腾着的一条身子拖上划子扔进舱里。谁知他使劲太猛，渔老头子的手心还牢牢捏着一把攘子，嘴里却只有出气没有进气了。橹精怪摇晃着他的肩头，吼问着叫他应答，他只将一双死鱼似的眼珠子瞪着橹精怪，似在说："您恁快就把俺卡死啦，俺咋来得及说啥？"

橹精怪后悔不迭，伸开自己那两张小笆扇似的手掌恨恨地瞅了半天，才用它们把渔老头子抓起来，举过头顶，狠狠砸破河面，砸得河水"扑通"一响。

橹精怪又把划子划到兀自漂荡着的渔划子跟前察看，鱼舱里空空荡荡的并无二妮子的影子，但他看见一个踩瘪了的篾篮子。他掐指一算：虽说撵上了渔划子，可也有好几个时辰了。他寻思二妮子已被河盗接应的划子转走了，说不准这会儿快到团长爷的窝里了。他自语道："撵是撵不上了，估摸团长爷绑票总会等着叫拿钱还是拿人赎票，一时不会撕票吧……"

他也不知这是到啥地方了，便朝岸上张望。天已大亮，他见岸上有一条顺着河的街像是拴马铺。拴马铺他没去逛过，他心里有了主意，就把划子朝岸边划去。

拴马铺是一条不大不小的街，街中间是一爿茶馆。世道不太平，那个店铺老板和几个做生意的都关了店门搬家走了，一向并不热闹的茶馆里的茶客更加稀落。茶馆老板是一个吃斋的老婆子。橹精怪听账房先生说过，这个老板娘其实是唐河理门的四姐。可橹精怪哪里知道，渔老头子还是四姐的老公哩！当然，此刻橹精怪冒冒失失闯进茶馆时，老板娘亦尚不知他把她的老公喂了河里的王八。

橹精怪稳稳神跨进门去，把脸上杀人的凶气和救人的勇气都收藏在笑容里：

"嘿嘿嘿，俺橹精怪拜见四姐。"他行了个帮门内的跪拜大礼。

老板娘先只当是进来一个喝早茶的老茶客，也没忙着抬头招呼。待猛一听到一个粗喉咙大嗓子冒出这句话，心里一惊，忙抬头打量了橹精怪一眼：

"咳咳咳，咳咳咳。您疯疯癫癫说的啥？咳咳咳。"说着她厌恶地扭过头去，起身端起针线箩走进里面的门。

橹精怪尴尬地立在那儿。

这时，里面门口钻出一个伙计端来茶盘。他把茶盘往橹精怪跟前的茶桌上一搁："客人请用茶。"说着端出茶盘里的一壶茶和一摞茶碗，斟满一碗茶。

橹精怪杀了人，见了飘逸出清香的绿茶顿觉口干舌燥，便把怀里沉甸甸的一包现洋掏出来摆在桌上，伸手要去端茶喝。但他的手又缩回去了，他见那伙计斟满一碗茶又斟满一碗，不停地斟。他想：这是要把俺灌死还是咋的？他正纳闷着，便瞅见那老板娘从里头门口闪出来了，倚在门槛上冷冷地瞧着他。这里头有名堂！他想。他猛地想起账房先生教给他的茶碗阵，恍然大悟地摸摸后脑勺，在心里骂了一句："俺日您的先人，别当俺不会这茶碗阵！"他稳住神儿一屁股在茶桌旁坐定，摆出不在乎的架势。

果然，那伙计把一摞茶碗都斟满，一共有七碗。便摆了一个阵式，摆完也不吭声，只把手叉腰逼视橹精怪。

橹精怪一瞅，这叫"七神女降下阵"，他取右边的一碗茶喝了，顺手给那伙计也摆了一个阵式叫"患难相扶阵"。伙计见了冷冷一笑，取放在茶盘外对着茶壶嘴的一碗茶搁到茶盘上四碗中央，然后端起喝了，接着叉腰又摆出一个阵式。橹精怪认出那叫"七星剑阵"，他知道左右两端茶碗不可饮。他小心翼翼地把尖端上一碗茶端起，摆到横排着的三碗的中间那一碗对着的直线上，然后取两尖端之茶饮了。

这"七星剑阵"帮门内一般人都不识，只有少数人如头目之类才识得。那伙计见橹精怪破了此阵，很不甘心，接连又摆出赵云加盟阵、顺逆阵、双龙争玉阵、五虎将军阵、太阳阵、英雄入栅阵……橹精怪瞧得眼花缭乱，肚子里灌的茶水也胀得痛。他强忍着，指望求得四姐相助去救回二妮子，便都照账房先生教的识阵法一一破了。

末了，橹精怪见伙计不再摆阵，便端过茶壶斟满一碗茶，自己又摆了一阵，唤作"单鞭阵"。

此乃求救之意。能救者饮之，不能救者泼了茶再自斟一碗饮之。他急切地拿眼瞅着伙计和正在与另一伙计耳语的老板娘。

谁知伙计端起茶碗要泼，橹精怪正大失所望，这时老板娘过来拦住，接过茶喝了。

橹精怪大喜，他赶忙把桌上的那包现洋推过去，说："这是孝敬您的。俺听说那团长爷也是'在理'的。四姐本事高、人缘好、面子大、心肠软，求求四姐去说说情。他团长爷要多少赎金只管说！俺如数凑来。四姐这里俺也多多孝敬……二妮子她妈都哭瞎了眼，二妮子回不来她妈非哭死不可……"

老板娘听着听着便惊骇起来，她那像个瘪南瓜的脸盘子顿时变得惨黄忽而又苍白猛地又通红。

她呜呜了几声又慌忙忍住了，脸上使劲挤出和善的笑说："咳咳咳。俺先使唤一个弟兄去打探打探，看人藏在哪儿？抓着他的把柄俺才好叫他放人。咳咳咳。等晚上弟兄们都回啦，俺们合计合计，就去要人。您既是'在理'的弟兄又是六哥的义子，俺咋说也要亲自走一趟。咳咳咳，咳咳咳……"说着她吩咐伙计把那包现洋收了，张罗酒菜。橹精怪一夜一晌午空着肚子，饭一端上来就狼吞虎咽起来，酒却只喝了一小盅。老板娘也不相劝，兀自慢慢喝着慢慢咳着。她不住地挤着浑黄的眼珠子打量橹精怪，好像在打量他那两条膀子上的肥膘有几寸厚。

橹精怪连吃了三海碗饭才放下筷子打起饱嗝来。嗝没打完又接着打呵欠。他想起身，可是忽然觉得头怎重像一块大石头，压得脖子都举不动了。他一头栽在桌沿上呼呼大睡起来。

那伙计见状忙问老板娘："把他捆起来给团长爷送去?"

老板娘一听，放下酒盅便嚎，她嚎得怎伤心，把刚才憋着的泪都嚎出来了。嚎了好一阵子才住声，怒不可遏地喊道："咳哼咳哧咳，给谁？给团长爷送去？给他？给他俺那可怜的老头子咋闭得上眼？咳咳咳。给俺！给俺留着喝他的血！"她又猛咳了一阵子，接着低声说道："天一黑就拖到河边去。您去给俺蒸几个白面馍，搁篮子里装好。咳咳咳。"

橹精怪到天黑也没醒，他被伙计背到河边，便躺在河滩上打着香喷喷的呼噜。

老板娘手里捏着明晃晃的攮子。她咋的就不像一个佝偻着腰的骨瘦如柴的痨病婆子了，倒像一个武艺高强的侠女。她说酒里的药上多了，要不这会儿他醒了该多好。她说："俺巴不得他能睁睁眼瞧瞧，他这是给俺的老头子抵命，是用他的血给他的四姐治病。"

说完她把一条腿的膝盖屈起，顶在橹精怪的胸脯上，另一条腿直直地蹬进沙泥里陷着，一只手死死揪住他的头发按住他的头，将另一只手上的攮子杀猪式地麻利地捅进他的喉管里插着。她立起来喘着粗气把两手在胸前揩了揩，弯下腰去剧烈地咳嗽了一阵子，然后接过伙计递过的馍。伙计上前用力拔出那把杀猪刀似的攮子，橹精怪喉管里的血便冒出一尺多高，还冒着腥热的水红色的气泡子。老板娘把一个馍掰成两半，就蹲下去蘸着热血吃起来。

可怜橹精怪在理门一场，到头来却死在理门兄弟姐妹同姓人手里，还不自知

81

是咋惨死的。

老板娘连吃了三个人血馍。伙计见她吃饱了噎得直翻白眼，就一脚把血淋淋的橹精怪踹进河里。

恁浓恁酽的血把河水染红了一大片，但河水很快又把血水染得浑黄。

7

二妮子被鱼腥味熏死过去又被鱼腥味熏醒过来，她呕心呕肝似地呕出了嘴里的鱼。她心里憋得慌，便用牙齿在麻袋上咬开一道缝，透进了几口新鲜空气才没被憋死。

二妮子想想橹精怪说的外祖父咋被逼走沙洋的事，明白自己被河盗绑了票。她挣扎着动动手动动脚扭扭腰。脚上的绳子绑得很紧，手脖子上的绳子却扭得有些松动。她慢慢地抽脱了一只手，又抽脱了另一只手，手背上的皮都勒破了，又摸索着解开了脚上的绳结。她兴奋得浑身发抖，悄悄地从麻袋缝里钻出头来，像个出洞老鼠似的贼眉鼠眼地到处瞄。她瞄见划桨的不是那个渔老头子也不是那个假渔婆子，而是一个傻乎乎的独眼龙，他正脸朝天望着边划边哼哼呀呀地唱着不成调的曲儿。划子也不是那渔划子，换成了小扁叶划子。麻袋里的她被扔在前舱里，船很扁舱便很浅，轻轻一翻身即可溜进河里。麻袋旁还扔着一只瘦瘦高高的鱼篓子。她轻轻地撕开麻袋钻出来，躺在舱里小心翼翼把那鱼篓子塞进麻袋里鼓胀着。她瞧着那麻袋里真还像装着个人，忍不住捂着嘴轻轻一笑。

她翻过身来，紧贴着独眼龙的瞎眼瞧不着的舱一侧卧着，打算麻利地溜下河去，要溜得独眼龙不晓得一点音讯。

偏偏这时，她听到一声严厉的喝问声和独眼龙的应答声。接着，划子咚的一声撞在一条大船旁。迟了！到了团长爷的敞篷船了。唉！

二妮子气得眼泪汪汪，爬起来一屁股坐在麻袋上闭着眼等死。

独眼龙这才发现二妮子，惊奇得脖子伸得老长打量着她问："噫！俺这统住个妞的麻袋上头咋又多出您这个姐？"二妮子懒得睁眼搭理这头憨猪。独眼龙便过来淫邪地揪着她的脸蛋把她揪起来，纳闷地使劲踢了踢鼓鼓的麻袋，那麻袋便轻巧地骨碌碌一滚。独眼龙这才吓得脸色发黑，他慌张地抬脸瞅瞅敞棚船上七嘴八舌喝问他的河盗，一边胡乱应答着搪塞，一边装作没事似的把二妮子的手扭到背后重新绑了。

独眼龙把二妮子倒举起来，敞棚船上的河盗伸手拖住她的腿把她提上去，扔进一个黑洞洞的舱里。

团长爷这会儿正和河盗们围坐在一起喝酒,他不吭声,众河盗也不敢吭声,都闷闷地喝着。船上静静的,只听得见像是群猪在槽里拱食的骇人的咀嚼声和河风的轻吼,顶棚上挂的一盏"气死风"摇曳着,照在团长爷的脸上忽明忽暗,像是脸在变幻着怪模怪样。

团长爷这会儿又气又恼。他叫人去绑票绑来二妮子,嘴里说是要出口气,给唐河帮一点颜色看看,肚里却另有打算。他鬼迷心窍似的咋也忘不了那个丰满俊俏的大妮子。他指望外祖父闻讯会从沙洋赶回来赎票,那就逼他拿大妮子来换二妮子。他寻思那时不怕外祖父倔强:是拿一个来吃香喝辣享福的人换一个囹圄人回去呢,还是由俺撕死这妮子?量你杨大麻子会好好掂量掂量!

不料他的如意算盘正拨算着,却被拴马铺茶馆来报信的伙计给扒乱了珠子。他料定橹精怪今夜必死在四姐手里无疑,绑来的二妮子这张票就别指望等人来赎了。

想到这里,他心里越发烦躁,嘴里像是自言自语又像是使唤人地冒出一句:"撕票算啦!"

众河盗一听,便去把二妮子从舱里拽出来推到船头。独眼龙转来问:"团长爷,这个票咋撕法?"

"啥?咋撕法?您说撕票咋撕?"团长爷喝得昏昏沉沉的,好一会儿才听明白独眼龙问的啥,他勃然大怒:"俺日您的先人您个龟孙子!还得叫俺去教你们这些饭桶咋撕票是不是?爱咋撕就咋撕呗!"骂完又扬起脖子喝酒,喝得歪歪倒倒的。

河盗们便把乱踢乱叫的二妮子抬起来要往河里扔。

独眼龙说:"别忙,这妮子是泡在河里长大的。怕是绳子松了,再紧紧!别扔下去让她跑了。"

便有人提来一盏"气死风"照着,把二妮子胳膊上的绳子拽紧。独眼龙拿来一截绳头要去绑二妮子的脚,顺手就在二妮子的屁股上捏了一把。别的河盗便都学他的样子在二妮子身上乱摸乱抓。

二妮子躲闪着哎哟哎哟直叫唤。她见眼前只有死路一条,也不害怕了。便学着大人骂架的样子把脚一跺,往河盗的脸上吐着唾沫:"呸!呸!呸!你们有姐有妹有闺女没有?没有你们总有妈!有娘养没娘教的东西!咋不去摸你们的姐妹闺女抓你们的妈呀?"

谁知这一骂倒把河盗们的淫邪劲更给骂上来了。他们原本就是一伙没姐没妹缺囡少妈无媳妇的强盗,转眼间,竟你一把我一把地把二妮子的衫子和裤子撕得稀烂。

二妮子气得昏死过去了。那伙畜生就提着"气死风"围着她的身子贪婪地瞅着，心里痒得没法搔，嘴里便乱唱起唐河上流传的一曲淫邪小调：

愣小二（来），二十八，
娶个媳妇还是娃。
一觉睡到日三竿（哪），
不知她裤裆里是个啥！
是个啥（来），您嘴参参，
尿一泡骚尿您当喝茶……

唱乐了他们就嘻嘻哈哈地疯笑。

在后头喝酒的团长爷也听乐了，他醉眼昏花地跑到船头一瞧便皱起眉头不笑了：二妮子身上已被扒得光溜溜的，抓出一道道血印子，在昏黄的灯光下她像个怕冷的白猫娃缩成一坨睡着了。团长爷心里咋就顿生怜悯之情，他感觉喉咙管里滋滋的有啥在往上爬，有些胀有些痒，鼻子里也酸溜溜的。他团长爷五十出头了，这一辈子女人睡了不少，还没谁给他下个蛋养个娃。他瞅着二妮子，咋就联想起自己断子绝孙起来，咋就疼起这个人家一泡尿一泡屎养大的娃子起来。

他扇了独眼龙一耳刮子，把喽啰们都吼开了。他说："这娃子别慌撕票，等明日再说，你们都挺尸去吧。"说着他弯下腰去把二妮子抱在怀里下到后舱里。

他把软塌塌的二妮子轻轻放到床上，解开她手上脚上的绳子，心疼地用手指头去抚着她满身的血印子。这时，他咋就想起他要把她收养起来。

团长爷见二妮子躺在昏黄的灯光下恁安静恁中看，她赢瘦、娇小，脸上安着小鼻子小眼睛，却一副小大人的模样。他还瞧见她的胸前也不太显地隆起来了，摸着她的臀上也厚墩墩有两坨肉。瞧着、摸着，他那怜悯咋就变味了，他的眼珠子发亮了，酒在他的心头烧起来，他的嘴里很焦渴。当他的手指头摸到她的大胯上时，他摸着了啥手指头就不动了。

团长爷心想，还是不收养她吧，这敞棚船上咋好收养一个哭哭闹闹的小妮子？想着想着他那热烘烘的嘴就拱到她脸上去舔，边舔边烦躁地脱光了身子压在二妮子的身上。

二妮子被啥钻心的刺痛刺醒了，她睁眼一瞧啥都明白了。她立马想到：俺可还是个娃哩！真养出一个小河盗奶娃子可咋办？她急得拼命蹬腿，但腿被压着蹬不动。手没被压着，她就用手使劲掀压在身上的大肥猪，可哪掀得动？她又想张嘴骂，嘴上却被一个圆溜光滑的啥堵着。一股酒臭熏得她完全清醒了。她感觉到下身像被啥钉住了似的一动也不能动，一张看不清的嘴脸贴在她的额头上，两只手的指头梳子似地插在她的发辫里。压在她身上的那人睡着了，堵在她嘴上的是那人的喉包。二妮子这才想到那人已把啥事做完了。她又羞又恨，浑身一激灵，张嘴狠狠咬住了塞在她嘴跟前的喉包，同时伸手箍住了那人的脖子。

二妮子像咬住一个红糖包子，糖稀子流满她一口。团长爷疼醒过来，鬼嗥似地惨叫一声，揪住她的头发想抬头起身。可是二妮子的牙已深深钳进那坨软骨喉管肉里，她的胳膊像一圈铁箍子，她的下身也痉挛起来，两腿像一把钳夹子死死夹住了他……

第二天太阳都丈把高了，团长爷也没睡醒出舱来，河盗们咋叫也叫不应就跑下舱去叫。等他们把缠绞在一堆的团长爷和二妮子掰开时，团长爷的血都从喉管里流尽了。二妮子的嘴唇僵硬地龇翻着，牙缝里塞满了猪肝似的冷血块子。

杀人不眨眼的河盗们也被这死人场面给吓呆了。

他们过了好一阵子才缓过神来，便哄抢着你争我夺地瓜分了劫来的金银财宝，放一把火烧了敞篷船，逃上岸，钻野林子为匪去了。

等账房先生和外祖母随着千求万求央求来的理门头目红旗老五、通城老九等一伙人赶到拴马铺再赶到虎牙滩时，河心的敞篷船烧得正旺。

他们喘着气，干瞧着火在水里跳跃，干听着火噼噼啪啪、呼呼呜呜地在水里唱歌。直到河浪龇着獠牙噬尽最后一团火苗，又在河面上呕出一摊黑乎乎的秽物。

这时，河上出现了奇象，一条幽灵似的空划子从下游慢慢地往上游漂来。近了，天哪！那是橹精怪扔在拴马铺河边的划子！稀罕稀罕，虽说唐河在这一带水情变幻莫测，有一股极汹涌的暗流倒淌作怪，可这条划子咋恁巧，硬是被逆流推着反漂了二三十里漂到虎牙滩来了。瞧瞧！这鬼使神差的划子不住地旋着转着，竟朝大伙站着的这边河岸泊过来！

众人惊得面面相觑。

账房先生猛地狂叫一声："橹精怪！"接着便祷告似地颤动着嘴皮子："好兄弟！您死啦也没忘记来搭救二妮子！您使唤划子给俺报信来啦？俺知道您死得冤，是俺哄您入了帮门坑了您哟！俺有罪俺有罪……"说着说着，他冷不丁地扑通一声栽进河里。

众人慌忙下水去救，摸了半天连影子都没摸着。

账房先生若不自尽也逃不脱理门家法的惩罚，只可惜他到死也还不知眼下这理门大哥是谁哩——就是团长爷。

外祖母一直憨憨傻傻地愣在那儿。

偏偏这时河心乱礁石间传来似奶娃子哭闹的尖啼声。

"在那儿！在那儿！"外祖母猛然哭喊起来，惊慌失措地乱摇着众人的肩膀指点着河里。

众人都说那是娃娃鱼在叫。外祖母断然不信："别蒙俺！俺听见二妮子在叫唤！"外祖母挣脱众人的手，哭喊着冲向河里。她爬上那条自动泊在岸边的空划子，慌慌张张朝河心划去，边划边嘶哑着叫唤："二妮子——橹精怪——账房先生——你们在哪儿呀？俺来收你们的尸来啦！"

任由大伙咋唤也唤不回她。

那一叶扁舟颠颠晃晃、漂漂荡荡。远了，远了，消失在绵绵长长、无头无尽的河上……

第八章　三帮争码头

1

唐河帮离开襄樊码头，载着一个沉重而悲怆的故事来到沙洋。来得正是时候，也来得真不是时候。

时值武汉失守前夕，沙洋成了大后方。

沙洋乃一繁华大镇，位于湖北荆门县东南汉水中游的西岸。除水路把河南、湖北这南北二省贯连起来，另有官道东通华中腹地大商埠汉口，西抵外河的滨江之城宜昌。荆门及毗邻十几县皆为鱼米之乡，盛产大米棉花。沙洋镇赖其水路陆路交叉纵横，成为鄂中物资集散重地。

而如今武汉在东洋兵的狂轰滥炸下岌岌可危、朝不保夕。这一战争局势倒给沙洋带来一派空前的繁华景象。官府和国军一面溯长江往重庆撤，一面溯汉水往沙洋方向撤。沙洋上头的钟祥一带驻扎满了队伍，张自忠将军把他的队伍拉到了宜城。转移的和逃跑的、务公的和营私的、官家的和百姓的人流车船，把个沙洋官道挤得车水马龙、扬尘蔽日，把个汉水河填得船帆如梭、横舟壅流。

沙洋镇一时间何等热闹。商人贩子、逃兵游勇、流氓无赖、灾民乞丐、三教九流趋之若鹜。占此地利，逢此天时，沙洋镇的水码头旱码头可谓生意兴隆、财路宽广。

不过，沙洋可不好蹚码头。这地方的水旱码头向来深不可测，等闲之辈不知深浅来试脚，掉进去沉了连气泡也不冒一个。如今各界人物纷至沓来，码头争斗更趋激烈。

单说这水码头，以往占了地主优势的沙洋帮，年初跑汉口又跑外河到岳阳，被东洋炮舰飞机拦进洞庭湖不敢回内河来。而汉水下游的黄帮、中帮、孝帮都遭了东洋飞机的俯冲扫射，七零八落地退避到沙洋来。其中以朱帮头的中帮船多势大，各帮纷纷依附。朱帮头先下手为强，占了沙洋最大的码头泊船。被东洋飞机堵在内河里回不得外河的还有川帮和湘帮的十几条船，也都退到沙洋。那川帮下帮头也是一条争强好胜的汉子，联合了湘帮竖起一帜与中帮较劲。川帮也不另寻码头避开中帮，却把十几条船紧挨在中帮一起挤着摩擦。而后，外祖父的唐河帮也笼络了襄樊帮的几条船浩浩荡荡而来。外祖父也不另寻泊船滩头，竟然相中了中帮和川帮之间象征性隔开的丈余宽水面的缓冲泊位，杀气腾腾地把一二十条船都挤进去停着，挤得中帮和川帮的船舷与船舷之间碰撞得吱吱呀呀乱响。外祖父垮着一张麻脸立在船头，向左边冷眼立在船头的朱帮头和右边冷眼立在船头的下帮头抱拳左右一揖，冷冷地道歉一声："得罪啦——"

祖父的船紧跟在外祖父的船后头。祖父这会儿正倚桅抱着一个酒瓶子，他任由父亲一人在船头手忙脚乱地准备抛锚泊船，只顾旁若无人地与酒瓶嘴对嘴地灌着。在河里泡了近十年之后，他这个浑身上下油光水滑的十足的老水鬼，与朱帮头隔着船舷默默对视着阴沉的目光。

三帮争码头的阵势由此摆开。

本来，欲争水码头的霸主地位，那船行老板的态度有举足轻重的作用。船，是船夫们的饭碗，船行老板手里却捏着舀饭的勺子，船夫们的鼻子闻船行老板放的屁都是香的。怎奈眼下这沙洋船行的林老板年事已高，船行做生意多半是他的儿子林少老板在当家。林少老板年初去汉口跑一笔生意，遇上东洋飞机空袭被炸死在汉口码头上。林老板悲儿不幸，悲痛得已不会节哀，哪还有心力支撑船行？眼见船行瘫痪了，沙洋镇上有来头的几个人物都有取代之心。沙洋船行的招牌虚挂了，并难不倒神通广大的帮头们自行承揽生意，倒是方便了各帮之间你争我夺，好叫你嘴里叼着的被我抢跑了，他喉咙里正吞着的又被你卡着脖子吐出来。

唐河帮来到沙洋没几天便跟川帮、中帮乱打了一架，祸是鸭屁股惹起来的。

2

鸭屁股这人，一张嘴好吐涎，说三句吐两坨涎，蛮像鸭子的屁股挤屎似的一会儿挤一坨。别人问他："您咋就不能忍忍不吐？"他说："俺心里龌龊不过，嘴里像含着一坨屎似的，不吐憋得住吗？"外祖父嫌他邋遢不过，不大愿跟他在一起喝酒。但鸭屁股能干，摇得急橹、掌得险舵，一副铁肩背起纤绳拽得船飞跑。他喝酒也中，仰脖子一抽一瓶不含糊。他长相恶、胆忒大且性子耿直，故而外祖父也把他看作一条光棍，认作帮内好汉。

那天一大早，鸭屁股爬上桅去把篷上的缆绳解了。他硬说他那半新半旧的囫囵囵囵的篷布烂了得缝补，央人帮着他扛大炮筒子似地扛上坡。

他也不让人扛远一点，扛到坡上头宽敞的草地去，刚扛下船头停在滩上就不让扛了。他急急忙忙把篷在岸上铺开，催吼着他的艄婆子来补篷。结果，硬是把不大的一块河滩和一条上坡路都占满了。川帮和中帮的船老大们要上坡，只得都从他的篷上踩过去。空手轻脚地踩踩篷布也没啥，篷也踩不烂，走路的也不觉碍事。过了一会儿，中帮的几个船老大扛着背着东西回船，见一条道全被补篷的挡住了，篷上横七竖八地拦着竹竿子，他们嘴里便嘟嘟哝哝地不高兴，也不客气一声，踩着篷布踢着竿子就过。鸭屁股倒主动"嘿嘿"地歉笑着说："踩踩没啥，踩踩没啥，俺这张烂篷也不值啥啦。"说着吐了一口涎。

这时，川帮的几个船老大也打坡上回船来，他们揽着了一笔生意，引着旱码头上几个扛码头的抬着沉沉的木箱子过来，见中帮的踩着篷在走，便也跟着往篷上踏。

鸭屁股顿时变脸了："咋的啦？呸呸。俺这篷招谁惹谁啦？打哪儿来的猪蹄子狗腿子糟践俺的篷？俺日他妈！谁再敢往俺这篷上走一步，俺的竹杠子敲碎他的脚踝骨！呸！"他破口大骂、狠狠吐涎，随手抢起一根丈余长的竹杠子拦住了几个川帮汉子的去路。

川帮汉子也是惹不起的爹，他们把货箱子一停，抽出抬杠抢在手上："大路朝天各走半边嘛，你占满了路就得由老子走！"

"大清晨的嘴巴臭，到茅屎板上去擦嘴巴嘛！"

"前头的龟孙子走得蛮好，郎格老子就走不得？"

"趁早卷起你堂客的骚尿片子，不让路莫怪老子踩个稀巴烂！"

鸭屁股一张嘴招架不住众嘴，唐河帮的船头立马跳下来三五条大虫咆哮起来："大路朝天，您爷俺抢了先就归俺占！"

"俺嘴臭您闻着啦？您的鼻子咋恁尖？您咋不去闻闻您妹子的屁股骚不骚？"

"谁瞎了眼说俺这篷是骚尿片子？您咋不说这篷是您那没开缝的大妹子的裤衩子？您那腿咋就伸到您亲妹子的裤裆里去啦？"

走在前头的几个中帮汉子被人骂成龟孙子，自然也不依，也回头拿粗言秽语回敬。川帮的自然也回骂。唐河帮的汉子误以为中帮的也骂篷挡了道，又分兵舌战中帮。结果互相踩着脚疯骂，搅成一团，谁也不知谁骂谁了。

鸭屁股见那篷布真的被踩得稀烂，顿时气急火起，也懒得再费口舌再吐涎，抡起竹杠子狠狠一横，拦腰扫倒了几个川帮汉子。

于是恶斗乍起。棒喝棍舞、拳脚交加、血肉横飞，惹得旱码头上几个扛码头的在一旁惊叫喝彩、拍掌大笑。

外祖父、朱帮头、卞帮头三个帮头都待在各自的船上装聋作哑，暗暗观战。

三帮援兵驰尽，愈战愈勇，交手了十几个回合，打得难分难解。眼看都豁了胆红了眼要闹出人命，三个帮头这才姗姗来迟出面干预。仿佛他们都是刚才听说顽皮娃子们在外头扯皮打架似的，垮着当老子的威严面孔训斥着，厉声喝回了各自的人马。

这一场恶斗不分胜负。唐河帮先发制人占了一点小便宜，各帮都有几个人被抬着扶着回去找药罐子煨药治伤。

事后，人们瞧见外祖父把缠着破头揉着伤腰的鸭屁股拽过船去，头挨头亲亲热热地喝三七泡的酒。

3

中帮的朱帮头工于心计，瞅准眼头媚上了沙洋镇上的押运官。

押运官原是张自忠司令手下的一个团长。他奉命将全团人马调遣到从宜城到沙洋的水陆交通要塞上督运军需，自己则亲率一个卫队排匆匆赶到沙洋来，在这水陆交叉的枢纽设押运站监运从汉口和江汉各县过来的粮棉军械。

朱帮头认了押运站卫队排的一个汉川籍兵娃子为老乡。老乡便穿针引线，谎报军情说沙洋水码头上的船民推举代表朱帮头求见押运官陈述民情，于是朱帮头便进见这位铁腕人物。

被允准去押运站拜见这天，朱帮头进门一眼便看出押运官是个投笔从戎的秀才军官，年龄才三十出头。他猜此人是个自律严格的标准军人，这个带兵的军服笔挺，皮带束得很紧，手不住地端正大盖帽在头上的最佳位置。他又猜押运官是个以儒将自诩的人，喜欢与人谈论时局。朱帮头刚刚鞠躬礼毕，尚未落座，那押运官已侃侃地谈开了："不能听信社会上蛊惑人心的谣传而丧失抗战的信心！眼下政府和军队从武汉大撤退，这不是仓促逃跑，而是有条不紊的大转移！是转移不是逃跑！蒋委员长一边不得不安抚民心，随着社会各界高呼保卫大武汉，一边冷静地自知武汉迟早难保，不如弃卒保车，蓄积抗战实力……"

朱帮头洗耳恭听。

"卑职奉张自忠将军之命前来执行周密的汉水撤退计划。值此非常时期，民夫和船工都应听从军令，同仇敌忾……"

朱帮头耳里听出了名堂，嘴里咂出了味道，心里掂出了押运官的分量：这小子是个自诩先天下之忧而忧的、血气方刚的、不知天高地厚的忠臣勇将呢！他本是长衫里藏着诱饵来的，指望相机贿赂押运官。他随机应变，改用明修栈道、暗度陈仓计。

他趁押运官住嘴喝茶的工夫接过话茬子，故作慷慨激昂状故意文绉绉地附和道："长官少年英雄，一言九鼎。国难当头，与东洋人打仗要粮草先行，小民朱帮头代表船民们愿为义勇将士效犬马之劳！"

他这一席话果然很对路子，竟说得押运官拍案叫好："有劳父老乡亲了，本押运官当率武装保护百姓安居乐业……"

接着押运官又说古喻今，朱帮头凭着读过几年私塾的老底子搜刮枯肠地应付他。押运官见朱帮头一身长衫斯斯文文的模样，也还知书达礼，与他偶尔碰到过的几个粗鲁帮头大不相同，便也另眼相看。

朱帮头往押运站连跑了几回修开了栈道，便欲度兵陈仓。

有一回朱帮头听押运官谈到时局日紧，便趁机献计说："眼下沙洋河里船帮杂乱，人心不齐。可由押运站把民船编为河运队，每条船都编个号码。再把沙洋的大码头划为军用码头统一泊河运队的船，便于押运官令行禁止。编余船只不得混杂在军用码头停泊。河运队净收入的三成充作押运站开支或犒劳官兵。"押运官见他说得头头是道，当即赞许，并委托他先去筹划编河运队事宜，改日详谈。

这天午后，费尽心机的朱帮头在镇上酒肆里备了一席好酒菜恭请押运官和他的副官，说是编河运队万事俱备，今日详细禀报长官定夺。押运官听了很高兴地来赴宴，副官答应来却迟迟未到。押运官开口说不必久等，稳操胜券的朱帮头便与他逢迎的权贵对酌起来，一心要借用一支兵力抢占码头。

饮到酣畅时，朱帮头忽见副官引着川帮的卞帮头走进酒肆来。他惊得失手碰翻了酒瓶："这卞帮头来得蹊跷！"

4

原来卞帮头也是蹬的与朱帮头同一条路子。他虽没认到一个当兵的同乡，却谙熟江湖上的一套交际手腕。他提着酒瓶颈穿针引线，穿上了押运站副官的鼻孔。不多时，便与副官厮混得烂熟，并掏出一大沓票子把副官欠酒肆老板的酒账一笔勾销。副官本是个贪杯爱交际的人，又见卞帮头豪爽慷慨，便与他拜了忘年之交。卞帮头见水到渠成，便说了码头上的事，副官便拍胸打了包票。

不料直到上午朱帮头到押运站递帖子，副官才知卞帮头落在人后了，他急忙寻到卞帮头的船上报信。卞帮头听了急得直搔后脑壳，搔了半天，他忽然发问："押运官有冇得家眷女人跟在身边？"副官说"并无"。卞帮头猛一脚跺得船直晃荡："要得！"说着他抬头朝后艄连声吼漂妹子出来。

这漂妹子，卞帮头说是他的幺妹，模样儿才十六七岁，但她说她足有二十岁。她自己对川帮的伙计们摆龙门阵说："涪陵老家的爹妈老糊涂了，逼妹子嫁给奉节码头上一个扛码头的凶汉子。嫁过去半年，挨不得那个狼心狗肺汉子的揍，才逃出来。逃回涪陵家里，爹妈怕那个汉子来扯皮，撵妹子回婆家去。没法子哒，这才逃到哥的船上来哒。哥也没讨婆娘，没得个烧火洗衣裳的……"有几个船老大不信她的话，说这个小婆娘讲话爱扯白。说莫看她年龄不大，却已嫁过几个男人并跑过几回，不晓得搞的么名堂。总之，川帮船老大们只晓得卞帮头百般娇惯她，吃随她点、穿随她要、钱随她大把地花，美得她像个小妖精，脸蛋似苹果，皮肤若凝脂。

这时，漂妹子正在凉棚里梳妆，任凭卞帮头吼得紧，她只"哎"了一声应他。过了好一会儿，才打扮得清清爽爽地出来，扭着腰发恼："哥吔，你催命，有么子事嘛？"

卞帮头却不作声，只管狡黠地笑着把一尾鲜鱼似欢摆着的漂妹子指给副官看够。然后他对副官耳语了一阵，副官开心地笑了。他又过去亲热地拍着漂妹子的背耳语，她忸忸怩怩地轻骂了一句什么。他又捉着她的手摸着哄她，她便乜斜了他一眼羞涩地笑起来，脸盘子兴奋得像个旭日。卞帮头也得意地笑起来。

三人笑完便趁着酒肆里宴席半残的时机来了。

5

朱帮头惊讶地望着闯进酒肆的不速之客，顾不得扶酒瓶。押运官诧异地起身去扶酒瓶，并顺着他的眼光也看见副官一行人过来。

副官疾步趋前，毕恭毕敬地向押运官立正敬礼，敬得一向讲究军人仪表的押运官满脸悦色才开口说："团座，俺结拜了这个仗义的兄弟卞帮头。他想找团座请教时局，刚才提了两瓶四川陈年老窖找到押运站，俺干脆领他来了。这是他的妹子，兄妹俩亲热得很，兄长走到哪里妹子跟到哪里。"说着他把卞帮头推到押运官一旁坐定，向朱帮头打了个招呼："你们都是水路朋友。"

卞帮头像初次相识似的，潇洒地抱拳一揖："幸会幸会！"

朱帮头尴尬不过，只得起身客气了一番。

漂妹子机灵得像个鬼，趁机抢占了朱帮头的位置挤在押运官另一旁坐下。

朱帮头站也不是坐也不是，副官假意礼貌地拉他到自己肩旁坐下，实则把他撇到了一边。他脸上红一阵白一阵，长衫里头的胸脯气得一鼓一鼓的。

押运官被嘻嘻哈哈的漂妹子纠缠着，浑然不觉。

众人坐定，便将残酒泼了来品四川老窖，漂妹子忙着殷勤斟酒。卞帮头又反客为主，招呼跑堂的将残席撤去换上佳肴。副官则并不让押运官开口谈时局，一味只把话题往四川的风俗奇闻上扯，好让卞帮头接过话茬子大谈天府之国，押运官听得饶有兴味。

漂妹子意欲再撩拨押运官的酒兴，便百般相劝。押运官这人雅爱小酌，但没酒量，且又能自度。他记着已与朱帮头对酌了几杯，这时只轻抿慢呷唯恐失态。

卞帮头察言观色，又吼起川江号子。公道地说，论好汉气概川帮帮头略胜在座的朱帮头一筹，也不逊色于缺席的杨帮头。他抖着浑身的骨头，放开洪钟般的嗓门，吼得高亢激昂、粗犷豪迈。

押运官正击掌叫妙，漂妹子忽唱起川江情歌。她唱着绕到卞帮头跟前，搭起他的肩膀作桨边划边唱，两颗眸子秋波荡漾，频频顾盼押运官，真可谓唱得情真意切。

果然，押运官不醉于酒却醉于南国情调。他和副官都听得如痴如醉，连酒肆老板和跑堂的伙计也凑拢来看热闹。

唯独朱帮头没听入迷。他见一人斗不过三人，只好托词不胜酒量而悻悻告辞了。

副官吁了一口气说："团座，该休息了。"说着拿眼斜睨卞帮头，卞帮头便拿眼斜睨漂妹子，漂妹子便拦住起身离席的押运官调皮地问："长官吧，妹子唱得有冇得味道嘛？"

"有韵味，有韵味……若非亡国之虞，商女之歌未尝不可……"押运官若有所思。

漂妹子见他不上路，干脆一把拽住他的胳膊撒娇："有味道郎格白听便宜吗？嗯……对头！长官教妹子骑马要要，要得要不得？"

副官趁机撩拨："团座文武双全，有一匹难得的枣红宝马……"正说着，见没沾过女人边的押运官被滑腻腻两条白胳膊纠缠得似有些愠怒，忙改口假意说："团座疲倦了，改日再来吧。"

正在一旁啧啧弹舌的卞帮头，赶紧朝漂妹子的后脑壳扇了一掌，呵斥她莫胡闹。

漂妹子奔拉下胳膊，却旋动眼珠子滴溜溜直转，眼睛里便碾出纷纷的泪珠。

有些窘态的押运官听副官一夸，胸膛里便填满豪气，又见天真的漂妹子伤心落泪，心里便有了怜悯护卫之意。他不满地盯了卞帮头一眼："不可恃强凌弱。副官，去遛遛马也好。"

漂妹子破涕为笑。

众人来到镇外官道上。押运官整理一下衣领、帽檐，跨上副官牵来的枣红宝马。那马扬脖子长啸一声便踏蹄远去，变得像一条野犬在田野里急窜，那犬窜近时又像一条赤龙搅腾起黄尘自天而降。

众人惊叹不已，那马听了便趾高气昂地喷响鼻、踢蹄子，押运官听了便得意洋洋地召唤漂妹子，欲下马让她试骑。

漂妹子畏缩着退避，不提防撞在卞帮头身上。卞帮头趁势从背后拦腰抱起她，举到押运官背后的马屁股上。

漂妹子尖叫一声，一把搂住押运官的腰。

押运官一愣，正待回头，副官一拍马屁股，马便驮着二人笃笃地跑开去。

押运官很狼狈，觉得背有芒刺，腰上像被人用绳索紧紧拴住了，脖后根爬着一只蚂蚁，不止一只，浑身爬出的汗珠像无数蚂蚁在蠕动。

漂妹子不知他的狼狈样不管他的狼狈样，只管把手捏他的腰，把头搁在他的肩上摩挲，把嘴和下巴尖擦着他的颈项钻过去，斜仰着脸瞄着他的眉眼笑。

押运官这才发现副官和卞帮头已不知何时随着夕阳悄然离去，留下他和她在黄昏时分静穆的天庭地殿信马由缰。当然，还有一股他闻所未闻的撩人的异香和阵阵搔得人痒的野风……这很尴尬，也很美妙，他想勒马挣脱她的纠缠，又想策马驮着她远驰……

6

第二日这个时候，漂妹子又来缠押运官去骑马；押运官犹豫着不敢去。他是个没有经验的童男子，他很腼腆。他一向注重军容军纪、军风军貌，作为张自忠将军的麾下，他鄙夷那些好色之徒。他担心今日若再去骑马，昨日爬在他背上的漂妹子今日说不准会钻进他怀里，于是他彬彬有礼地谢绝了。漂妹子并不失望，改而邀请他去荡舟。他认为军人也应有欧美绅士礼待小姐之风度，他便彬彬有礼地答应了。

卞帮头那条高桅大船不知怎么离开靠岸泊着的川帮，单独泊在远远的河中。

漂妹子嘻嘻哈哈地把押运官拽到一条极浅极窄的小划子上。押运官坐船像漂妹子骑马一样惊慌，漂妹子划船像押运官骑马一样威风。她扶他背着舟头面对她坐着。她一边吱吱呀呀地荡桨,一边朝他做出各种媚态。可惜他惊慌甫定,便只顾张望着被落日染得胭脂一般的河面,俯身去掬一捧清粼粼的河水。

漂妹子见他依旧不入巷,她嘴角划过一丝偷笑。忽然,划子猛一颠晃,把押运官泼落河中。

押运官在河里被呛得迷迷糊糊的。有谁塞给他一条干毛巾,他三把两把擦干满头满脸的水,才看见漂妹子正望着他一副落水狗的狼狈样乐不可支,才知他正坐在大船上的凉棚里。他慌忙起身张望,漂妹子歪着头诡秘地说:"这船上除了长官哥哥和妹子,再没第三人……"

押运官正欲问什么,却被雪白的两条胳膊两条腿刺得眼睛生疼,原来湿淋淋的漂妹子只穿了件无领无袖的薄花衫和花裤衩。他慌忙扭头闪到一边去整理湿漉漉的军装,可那雪白的东西却粘住了他的眼光,似在紧拉他的眼睛。他担心拴不住心猿意马,急忙朝凉棚外逃去。

不料那雪白之物又堵在凉棚门口:"长官这模样回去郎格不把人笑死?洗澡水都打好了嘛,洗干净了,妹子送哥哥上岸。"

凉棚里一隅果然有个盛满热水的大木盆。押运官惊讶地看见盆旁整整齐齐叠放着他的换洗军服,他回头疑惑地盯着漂妹子。漂妹子羞赧地一手捂胸一手遮腿,努努嘴说:"哥哥快脱光洗嘛!"说着便钻出凉棚反带上门。

押运官有些懵。他略一犹豫,心想不如尽快洗了穿衣再说,便闩上门,猴急地脱掉湿衣跳进水盆。正埋头呼呼啦啦洗着,忽听到跟前似有漂妹子轻轻慢慢的声音:"长官哥哥,也帮妹子拭拭背嘛!"他猛一抬头愣住了,可能是那四条白物变的?一堆雪白晶莹的东西,神秘地拱露在他的鼻尖下使他发呆,呆得静悄悄地听得见极其轻微的爆炸声。不过押运官毕竟是个极有灵性的成熟的雄种,他顷刻明白了这堆白物是剥去了花衫裤衩的漂妹子。她弯腰弓背像那匹枣红马似地静待他跟前,赤条精光的身子上堆满偶尔胀破一个的细腻的肥皂泡泡。他的手自然地伸出去,在她那两瓣表情极为丰富的地方不太自然地轻拍了一下。漂妹子便被烙着了似地哎哟一声,急转过身来跳进他的澡盆……

卞帮头此刻正把自己盖在前舱里闲听着襄河拍打船板的骚响窃笑。

7

外祖父正在他的船上独自喝夜酒。他闷闷地呷着,两颗眼珠子烧得通红,满脸的麻子窝窝充满了血,显得麻子很大麻坑很深。他这是在喝今日第三顿酒。一日三顿,他顿顿都喝酒,且只喝酒不吃饭。自来到沙洋后他顿顿都是这个喝法,一改过去喝热闹酒的习惯，不喊一个朋友来陪酒。若是哪个船老大来请他过船去喝酒，他脸上便极勉强地挤出一点难看的笑容，似乎想说几句客气话谢绝，但出口的话却很呛人："咋？俺缺酒喝？您喝您的，俺喝俺的。俺自个儿慢慢儿喝得怪舒坦！"就是祖父赔着笑来请，他也是拿这话回敬。若是祖父搭讪着想在他的身边蹲下去喝他的一杯时，他又说："咋？您缺酒喝？到俺前舱里提一瓶去。"把别人支走了他就没完没了地猛喝。

喝酒这号喝法就难得侍候，下酒菜咸了淡了、生了烂了、冷了烫了的有许多挑剔。外祖母说她再咋忍也侍候不了这号酒疯子，她一赌气索性不再烧火，每日从早到晚只在后艄坐着，竖起耳朵听着河水的流声，似乎听出了些啥名堂。祖父见状便叫母亲过船去侍候外祖父一日三顿喝老酒。

外祖父确实喝昏了头。今夜这顿酒他从太阳偏西喝到月亮爬上中天，喝翻了三个酒瓶子还不罢休，仍闷不吭声地咕咚咕咚着，嘴里虽不哼不哈的，心里却在高声嚷低声咒痛苦地呻吟：

"咋的啦？俺杨大麻子争强好胜十几年，咋就落个家破人亡的下场叫人耻笑？老天爷眼瞎啦？俺啥时都和气待人，大把的票子帮人从没小气过，朋友落难俺拼着性命打抱不平，咋做好事没个好报？东洋鬼子！团长爷！俺啥时得罪你们啦？你们咋就做得出咋就恁毒？哼！朱帮头您瞒不过俺，您串通了东洋鬼子！卞帮头您狗日的跟团长爷是一伙子您别装糊涂，俺杨大麻子不得依您……"

他确实喝得颠三倒四了。

那一日在襄樊，当外祖母声泪俱下地将长长的咏叹调唱完，记得他只说了两句话：

"中！俺兄弟橹精怪跟俺二妮子真中！两人端了他狗日的团长爷的窝，中！"

"水水也中！算得上一条光棍！俺每年七月半给他烧一炷高香！俺三妮子死得冤。俺们两条命才挟了他东洋鬼子一个狗爪子，这笔账欠着，等俺杨大麻子去算清！"

说完他把牙巴骨咬得咯嘣响，吓得挤满凉棚的船老大们和艄婆子们半天不敢吭一句劝慰的话。与其说外祖父是被酒烧得犯迷糊，不如说他是借酒在浇心里烧得难受的仇火。

酒毕竟浇不熄仇火。他的眼火辣辣地望哪儿都不顺眼，眼下朱帮头和卞帮头只当是钻进眼角的两颗沙子硌得他难受。他赌咒要收拾这两个杂种！他不知咋的就觉得收拾了这二人就跟收拾了东洋鬼子和团长爷一样解恨。从此他的性格中的宽厚和善良被怨恨和狂怒取代了。他急于让他的唐河帮在沙洋站稳脚跟，急于跑生意，急于挣大把的钱。然后他要做一桩天大的事，是啥事他也说不清，反正他日夜想着要拼出全身的劲去做一桩不做心不甘的事。

8

第二天一大早，外祖父便去沙洋会馆拜访马会首。

虽说外祖父曾在沙洋码头上交过朋友，然而眼下这沙洋水旱码头已今非昔比。譬如他的旧交会馆马老会首和船行林老板一个死了一个老了，他非得重蹚这沙洋码头的深浅不可。头一遭要做的，当是去拜见会首马老五。

马老五是个回民，不过他吃肥膘有两寸厚的猪肉却吃得香喷喷的，倒嫌那牛肉太瘦尽是筋子，太费嚼塞牙齿。他能吃能喝能交朋友，前些年一向不落窝，只在江湖上到处闯荡。马老五是会馆老会首的长子。去年尊父归天，他似乎到处闯荡累了，奔丧回来干脆孵窝，子袭父爵做起会馆新会首。先父生前不大敛财，只留给他一栋兼做会馆的老宅，一爿小茶馆和一处柴行，并无其他现钱。而他除了奉养一家老小，还带回一大帮朋友住下，每日得几斗粮食打发。河里各帮船老大一年摊的几个没有定数的会费远不够花销，他便把带回的朋友分作三拨，一拨煮水卖茶，一拨经营柴行，一拨随他维持会馆，兢兢业业地守着上辈传给他的一份家业。

然而等闲之辈鲜知，马老五在外头闯荡了几年闯成了青帮吾字派的头目。马老五的师傅便是沙洋青帮的王爷，王爷看重他这个徒弟。他还跑到汉口入了红帮，脚踏两只船，可见他本事不一般。他带回来当伙计的穷朋友其实都是帮门兄弟。此番回窝绝不止于守父业，他眼下正觊觎船行老板的位子，并分派兄弟打进水旱两码头，要坐这沙洋"水泊"头一把交椅。

外祖父经人指点，就到马会首府上来投石问路。

外祖父进了茶馆，并不往会馆里头走，走到后头寻一个茶桌坐了。立在柜台后头的跑堂伙计见来了喝早茶的茶客，便提了茶壶过来要给他斟茶，外祖父起身拦住了，他行了个理门内的见面礼，开口不说要见马会首却说求见马大哥。

跑堂伙计一愣，见外祖父的麻子脸上不喜不怒、不哭不笑、不愁不乐地写着一个谜字，料知有些来头，便穿过天井去后头禀报。

不一会儿，跑堂伙计转回引着外祖父去后头那间密室。马会首已在一把太师椅上坐定，几个伙计慌忙跑进来，立在马会首身后摆开架势。马会首并不觑进来的外祖父一眼，只顾闭目养神。

外祖父见状也不管他睁不睁眼，行了一个礼寒暄一声"拜见大哥"，便闭目思忖着看他如何开口发问。

马会首还没睁眼，但他已动嘴了："不知你哥哥旱路来水路来？"

"兄弟俺旱路也来水路也来。"外祖父沉着应答。

"旱路多少湾？水路多少滩？"

"雾气腾腾不见湾，大水茫茫不见滩。"

马会首睁眼了。他见外祖父对答如流，便摆摆头示意上茶以缓缓气氛，然后又问道："请问有何为证？"

"有凭为证。"

马会首重新闭目沉思了一会儿。他初以为来人必是哪方的朋友托付来的，路过此地伸手讨一些盘缠或求求食宿。一见来人一口北方腔一身船夫打扮，便已猜中几分来意。来人又称手上有凭，一副不容回绝的神情，不知他对自己是否有用？马会首再次睁开眼盯着外祖父打量了半晌，差不多把外祖父脸上细麻子的颗数都点清了，这才慢腾腾地说："拿凭证来看。"

外祖父略一思索，背诵出四句话来：

> 大哥赐我一凭文，
> 牢牢稳记在心中，
> 各位哥哥要凭看，
> 普通天下一般同。

念完便掏出"海底"递了过去。

原来，唐河帮来沙洋之前，外祖父和账房先生对沙洋码头的风声已有所闻。动身前夜，账房先生假托唐河理门当家三哥的名义伪造了给马老五的一封信。当家三哥目不识丁，几个头目也胸无点墨，但凡捉笔弄文的事都由老六账房先生代拟。故账房先生偷巧是容易的，但不知他是怎样天衣无缝地假造了当家三哥的画押印鉴。总之账房先生坏了帮门内的规矩，冒了抠眼剁手之险写了一笺凡人看不懂的天书——这叫"海底"，是帮派门道内部的秘密文书。外祖父匍匐于地，磕着响头，破例庄重地喊了一声"干爹"，接过"海底"，塞进夹袄领缝里用针线缝得牢牢实实。这"海底"无异于唐河帮头领与两个外帮头领斗法的杀手锏，此刻便派上大用场。

马会首展开"海底"先看尾上的落款，果是唐河理门当家三哥画押的文书，便仔细地阅起来——

……我兄弟来得鲁莽。尔哥哥高抬一膀，恕过兄弟的左右。我闻你哥哥

97

有仁有义、有能有志，在此招旗挂帅，特差兄弟来与你随班护卫。初到贵镇宝码头，理当先用草字单片。到你哥哥龙虎宝帐，请安投到，禀安挂号。我这兄弟交接不到，理义不周，子评不熟，钳子不快，衣帽不正，过门不清，长腿不到，短腿不齐，跑腿不称。所有金堂银堂，衙是门堂。上四排哥哥，下四排兄弟，上下满园哥弟。恕过我兄弟请安不到，拜会不周。金伏称哥子，金阶银阶，金副银副，与我兄弟出个满堂上副……

这信上写的一套隐语黑话和这张"海底"本身，是各帮之间探码头、拜访、识别等联络行动的接头方式。

马会首瞧了半天，一字字瞧完了"海底"，没看出什么差池，便笑着开口道："好说好说。"

外祖父赶紧学着他笑笑，说他与马老会首也素有交情。

马会首真高兴起来："原来杨帮头是家父的旧交，得罪得罪！"说着便吩咐备酒备菜。

马会首与外祖父在酒席上密商至天黑。

9

朱帮头一眼便看出了卞帮头的美人计。离开酒肆后，他急忙弯到押运站支使那个汉川籍兵娃子去打探情报。兵娃子哄醉了副官，从他嘴里把押运官的艳遇掏了个一清二楚。败下阵来的朱帮头恨卞帮头恨得牙痒，比恨那个麻子帮头还要厉害。他气得一天一夜干躺在舱里不吃不喝，肚子胀鼓鼓的。不过朱帮头是极聪明的人，昨天早上这个识时务的俊杰便上坡了，守在街头候卞帮头。卞帮头果然在他算计的时辰准时出现，他便笑着拦住他热情地邀请到茶馆里。后来两人出来了，又钻进酒肆里。

这几天三个帮头各自忙碌，各帮的船老大们闲着没事好喝酒。无论哪条江河撑船汉子的皮囊都是用来装酒的，他们热热闹闹地相互招呼着从一条船疯喝到另一条船。

不过，再醉再疯的船老大都惧于帮头迁怒而改了串帮喝酒的习惯，只谨慎地跟本帮伙计在一堆喝。唯独祖父酗酒酗得忘乎所以，竟嘻皮涎脸地喝到中帮的船上去了。偏偏中帮又有个不争气的王二喜欢搭理他。

先是，那一日三帮械斗时，喉咙大胆子小的王二远远地避在一边不动手，祖父也在那里袖手旁观，两人曾搭讪了几句，都说："同是一身河腥味，何必打得头破血流。"前日两人在街上相遇了，祖父便拉他到酒肆叙旧，问他何以也下水混饭吃。王二便一五一十相告。王二是个不成器的滑稽货，本在星沟镇上酒老板的店里做伙计做得好好的，忽一日穷快活，当着酒老板的面调戏徐娘半老的老板娘，被酒老板打得抱头鼠窜，便到中帮的船上去帮工拉纤吃嗟来之食，竟也混了七八年。在朱帮头眼里，他还算不得一个正经的船老大。王二大言不惭地抖露了他的业绩，便问祖父上十年来混得如何。两人谈得亲热，王二便约祖父改日喝回敬酒，祖父说不如就在船上喝得自在。

于是王二便约了中帮几个不大服帖朱帮头的船老大作陪来款待祖父。祖父很是兴奋，憋着早已生疏了的乡音问老家这多年的变化，吹嘘闯荡唐河十载的惊险曲折。

……

今日一早，码头上突然出事了。

码头上小山似的一堆旱路来的粮包囤了好几天，说是要装船运到钟祥部队的兵营。各船帮都虎视眈眈地盯着这块肥肉看发落给谁。今晨扛码头的早早来把盖粮包的油布掀开，然后三五一群指点着河里的船只交头接耳。

这时，来了几个押运站的兵，二话不说在码头上贴出一张告示：

> 兹征用川帮和中帮船只编为河运队，延聘卞帮头、朱帮头为正副队长。其余船只一律暂离听候征用。违者以阻碍军务论处……

那个带兵的大约是卫队排排长，立在河滩上捏着一叠花名册点卯，指名道姓叫川帮、中帮的船老大搭跳板装粮。

那些个兵则跳到唐河帮的船头上，挨船喊着叫唐河帮的船老大都撑到上游小码头去泊船。可是唐河帮没一个船老大在船上，一伙都早早上坡走了。问艄婆子和娃子们，有的说是看郎中抓药去了，有的说是上当铺典衣当絮去了，有的说是寻算命瞎子算八字去了，有的说是剃头、挖脚掌上的鸡眼去了。

排长听得不对劲，焦躁地叫兵娃子们统统分头去茶馆、酒馆、戏园子找人。

这时河运队正、副队长走马上任，笑容可掬地向扛码头的散发纸烟，见人一盒。扛码头的喜滋滋把烟往怀里一揣，搭肩一抖便扛起沉甸甸的粮包，吭哟吭哟地一溜烟小跑，却都把粮包扛到唐河帮的船上。队长、副队长、排长慌忙阻拦，说装错了装错了，扛码头的偏都说没错没错。三人拦这个扯那个，急得团团转却拦不住。恼怒的排长正欲拔枪警告，那气愤至极、忍无可忍的卞帮头已抢先揪住一个扛码头的操了一把，也不知这一把有几轻几重，只见这个扛码头的连同粮包一起栽倒于地，扑通一声昏死过去了。

"不得了哇！打死人了！"

所有扛码头的统统掀掉了肩上的粮包，怒吼着团团围住卞帮头和朱帮头闹事。

川帮、中帮的船老大们也吼着冲上坡来解救他们的首领。

排长阻止不住混战，"砰"地朝天鸣了一枪。

枪声一响，镇公所的便衣队伍神速赶来，驱开众人，不由分说抓起卞帮头、朱帮头就走。排长见势不对上前干预，竟也被缴械抓走。

押运站的那些个兵在街上没逮着一个唐河帮船老大的影子，听见枪响也火速往码头上赶来，却迟了一步，只得撤回押运站告急。

押运官大惊大怒，下令卫队排紧急集合。他急忙跨上枣红马，欲陈兵镇公所。紧要关头副官匆匆闯回来，见状吓得死死拽住马绊："团座息怒，团座息怒！虽说是兵贵神速，但团座也说过用兵之道不可躁。人家那边机枪都架上房顶啦！"说着他举起手上的请柬："必是惹了地头蛇。沙洋青帮的王爷刚刚飞来荷叶子，邀团座赴宴。只怕眼下赴宴比打镇公所重要。"他见押运官仍气咻咻不肯下马，便急中生智："团座！咱们单刀赴会！"

码头上还乱作一团，川帮、中帮的船老大们都糊涂了。他们的艄婆子倒有主见，认定出了人命要吃官司，纷纷哭喊着上坡拖各自的男人回船待着莫惹是非。那些胆小的和另有心事的船老大借机假意揪打着自己的女人退回船作壁上观。鲁莽的船老大则一脚端翻了艄婆子，吵吵骂骂地一窝蜂跑去镇公所要人。

扛码头的也不散去，冷冷地坐在各自扔在地上的粮包上等待着什么。

这时外祖父和祖父不知从哪儿冒出来了。

外祖父站在坡上放开了喉咙："这是咋的啦？都是为了混口饭吃，别伤了和气。既说好货是给中帮装船的，俺唐河帮决不抢朋友的饭碗。依俺看你们哪条船愿意装的还是装，丢了这笔生意怪可惜。旱码头上的朋友们也听俺说一句，往哪条船上扛都是扛，大伙早扛完了早歇着吧。"

祖父便吆喝一声朝扛码头的招招手，早有中帮七八条船的船老大应答着要装船。原来这些船老大都是祖父几天来在王二的撮合下串通了的，他们一向不满朱帮头的狭小气量，处处受他掣肘过得很不舒坦，便附和王二的举荐，推祖父做个帮头，从中帮中拉出一帮船来另树一帜。

扛码头的早就心中有数，便由着祖父的指引扛起粮包直往中帮几条船上掀。那个昏死过去的汉子也活过来了，吭哟吭哟地扛得格外起劲。

到下午那几条船便装得满满的。祖父的扁子也装满了，祖父抽了跳板撑起篙子，喊了一声："开船吧！"拉起一帮船跑钟祥去了。

天煞黑时，卞帮头、朱帮头由押运官出面给放了出来。

卞帮头是打着赤膊一路拍着胸膛骂不绝口地回船的。

朱帮头似还忍耐得住，长衫大襟的纽扣依旧紧扣在左腋下。但他刚踏上船头，便听说祖父拉了中帮七八条船走了。他的心里一炸脑壳一嗡，朝前踉跄几步抱住桅杆，哇地吐出一口狂血。

三帮至此结怨益深。

10

唐河帮抢得几笔大头生意，出资帮马会首盘过了林老板的船行。唐河帮便有船行、会馆做后台，还有旱码头的势力暗地助劲，一时占了大势。中帮、川帮背后则有押运官撑腰，毫不退让。时局日趋紧张，押运站又补充了一个押运排的兵马加紧押运粮食军火。押运官手下的人马一多，中帮、川帮亦气焰嚣张。卞帮头扬言要报一箭之仇，于是三帮勾心斗角愈烈。

不过，三个帮头虽恨不得你吞了我我吞了你，但谁也吞不了谁，只好假意握手言和。船行易主，重新开张那天，三个帮头同去庆贺。外祖父特地关照另一个中帮帮头祖父别去，给朱帮头留一点面子。押运官和副官也到了。马会首居然请动了王爷出场，王爷果然是大侠风度、隐士风采，三个帮头结伴参拜了王爷。然后三人手拉手围住一张桌子，嘻嘻哈哈喝酒，亲亲热热撞杯。

但背地里三个帮头却在加紧互相猜疑、互挖陷阱。据说卞帮头瞒着押运官带着他的漂妹子又去唱川江情歌给马会首听。而朱帮头则指使一个机灵的船老大潜回汉口摸门路，企图接近红帮大亨杨庆山，弄个"海底"来去拜见王爷。

沙洋水码头的争斗难分难解，直到有一天忽被铺天盖地、劈头盖脸的炮火轰作鸟兽散。

第九章　沙洋大轰炸

1

大武汉是民国二十七年秋冬之交一个阴沉沉的早晨败给东洋人的。那天，外河水惊得翻黑发灰，而内河汉水慌得反卷起浪头倒流逆淌。

官府和部队的大驳子、小火轮、铁炮艇，轮船公司大老板的客轮和囤船，天门、荆门一带船夫的扁子、棚子船，渔民的渔舟和摆渡的小划子，都像一群惊惶的雏野鸭在水面上扑腾，逆着汉水往沙洋逃，往更上游的襄樊、钟祥逃。

沙洋镇喧嚣空前。码头上拥挤不堪，船挨船泊着扎成曹操的连营阵，覆盖了滔滔河水。官道上成天过着队伍，蚂蚁搬骨头似地拽着炮车，拉着沉沉的辎重。

东洋飞机也撵着撤退军民的屁股追到沙洋来。隔三差五的天上便飞来一个形影闪闪的雷公似的，在高高的云头上使魔法炸响一串雷火，劈死岸上或船上的几条人命。

这一日，两架东洋飞机又飞到沙洋镇轰炸。飞机飞得恁低，被押运站的官兵在房顶用机枪射中了一架，那飞机屁股后头拖出长长的浓烟尾巴，斜栽到河心溅起一棵大白树似的水柱子。另一架恨恨地逃走了。

第二日一早，东洋飞机便来报仇。这一回来了三架，盘旋在高空不俯冲，把炸弹坨子尽往镇上房多的地方扔，比哪一回都扔得多炸得毒。会馆也挨了炸，一颗炸弹准准地落在天井后头的屋瓦上，屋架垮下来把马老太太给砸死了。马会首龇牙瞪目，赌咒发誓说，要么摘东洋人的心肝，要么就把他的心肝自剜出来，用油锅爆炒了祭他的妈！他果然就明着拉出一支便衣队伍。便衣队伍便端着枪挨家挨户要粮饷，逼河里每条船也照捐一份。押运官骂马会首的队伍是乌合之众，双方手下的兵马时有摩擦。

沙洋镇也兵荒马乱了。

唐河帮的船老大们怕死，都动了思乡的念头。这天早上便都过外祖父的船上来，说要向杨帮头讨个主意。外祖父犹犹豫豫地，说这半年抢生意，大伙好歹都挣了几个，说瞅哪一天好跑风他们就回唐河去吧，说那团长爷已死啦他们还怕谁。

唐河帮嚷着要走却磨蹭着没走。外祖父不大情愿走，他正跟中帮、川帮较劲较得凶。他觉得争码头争得痛快但还不解恨，他不想缩头退出来，只想拼个你死我活的。船老大们没揣准外祖父的心思，他们也有些舍不得离开。眼下这襄河里生意多，张司令的队伍忙着往宜城调军粮，调汽油，调武器药品、棉花布匹，沙洋朝不保夕，要把仓库囤的货都搬空。队伍上怕船夫们不干都照规矩给船钱，船夫们不信法币他们就给现洋。祖父也犹豫着不知走还是不走，他拉的一帮船明着与唐河帮分开，暗地里还是在一堆，母亲，住在外祖父的船上。

忽有一天听说唐河也进了东洋兵，河两岸都修了炮楼，也不知是真是假。唐河帮一时不再提回唐河的事。

2

一日，押运站有一批汽油急着要运到襄樊。中帮的船有好几条跑短水去了，朱帮头一时召集不拢来，押运官便叫川帮跑。

谁知早上说妥了的事到上午也没装船。原来川帮有一个横了心的船老大犯上顶撞卞帮头，吵嚷说卞帮头克扣了大伙几趟船钱。卞帮头大怒，一拳将造反的汉子揍倒，叫众人将他绑在桅上逼他悔过谢罪。那倔强的川江汉子死活不张嘴认罪，把时间给误了。

押运官见卞帮头贻误军令，气得也没了标准军人的风度，帽子也歪了，衣领也扯开了，嘴里还不干不净地骂着粗话。

这时，恰好唐河帮空船返航抵港，押运官改令唐河帮立马装汽油走襄樊。外祖父乐呵呵地应答下来，叫大伙麻利地装船。

启程时已过正午。走到半路，冷不丁被坡上林子里一支队伍拦了路要劫船，枪子儿砰砰地往引头船上打。

引头船是外祖父的扁子，枪子儿蹦到油桶上就轰地烧着了。外祖父和母亲拽起外祖母蹦到河里，后头船上忙伸出篙子和橹让他们搭住手水淋淋地拽上船。

这时押运站的一条小炮艇听见枪响赶来，林子里的队伍给吓跑了。

炮艇上的水兵说那是一伙土匪。可一个拿望远镜的官望望说，那像是新四军的游击队，又像是马会首的便衣队伍。外祖父见那拿望远镜的官像是押运站的副官，他摇摇头断然不信是马会首的队伍，他说马会首再咋的也不会劫唐河帮发黑心财。到底是啥号队伍船老大们都搞不清楚，反正外祖父的船给烧得精光。

母亲和外祖母哇哇地哭。河里的船乱成一团，船老大和艄婆子纷纷隔着船高一声低一声地劝慰。

外祖父却若无其事，脸上还挂着温和的笑容："瞅，天快黑了。过对岸有人家的地方湾船歇着吧。明早接着跑，跑到襄樊再说。"

到襄樊卸了货是第二天傍晚。船老大们就过船来围着外祖父合计，纷纷掏出怀里揣的现洋说："杨帮头，凑凑钱再买一条船吧。"

这时，祖父从沙洋赶来了。祖父这一阵子领着中帮的七八条船单独在跑。他昨日在沙洋从小炮艇上的水兵嘴里得了信，就到官道上扒汽车赶来了。

祖父说："这兵荒马乱的日子慌着买啥船？听炮艇上当兵的说，沙洋怕也是守不住的，到时候俺们这些船还不知往哪撑往哪停哩……杨大哥您仨一伙子过俺船上来吧。让大妮子歇歇，您掌舵。俺帮里几个船老大都合计了，还是跟唐河帮合在一起好，遇事有个商量，都照应着点。"

外祖父想了想便说："中，就这么着再说吧。"又对大伙说："这船立马也不好买，大伙的心意俺领啦。这些个钱还是攥在各人手里预备着断粮时用吧。"

船老大们听了都神情黯然。

谁家的奶娃子在哭，哭得恁凶，哭声揪心像娃娃鱼在叫。

3

外祖父便和祖父合到一条船上。外祖父掌舵，祖父在船头带着父亲撑篙拉纤。夜里头都挤在前舱里睡，两人倒像一对老兄弟，赚的钱不分你我。

这么着又过了一年光景。

虽然是风风浪浪、枪林弹雨，但只要胆子大，生意依旧有的跑的。到了这年冷季那现洋不觉得积攒了一木匣子，祖父、外祖父便叫母亲悄悄把后艄的灶扒开砌在里头藏了。

外祖母一双眼瞎枯了。那一回烧了船被一惊一吓，人就变得疯疯魔魔的。她啥也瞧不见，心里却透亮得像啥都瞧得见，摸着啥不顺手不顺心就唠叨。母亲把她那一张碎嘴真没法子。

外祖母不知咋的就知道现洋藏在灶里，她发了疯魔劲，就在凉棚里屙一堆屎用手去扒着揉着，嘴里念念有词："分分，分分。"

祖母不知咋的就病了，极有可能她的病因起于亲家母的碎嘴和臭屎。真是怪事，她身上不痛不痒的，就是蔫着个脸，瘦得像一架骷髅，不能吃不能睡，全赖着往嘴里灌几口面汤米汤度命。有时汤水也灌不进，怕是没几日的事了。这便累坏了母亲，日夜服侍两个娘一点也不敢偏心。

恰巧这一日外祖父和祖父到会馆去时，碰见棺材铺子的老板说，他要关了棺材铺子不做生意。外祖父便打趣说："这年头一天死好几个人，都得棺材睡，生意正好您咋就不干啦?"老板摆摆手说："唉，要棺材的是多，就是都没钱都叫赊着。昨天一个主子来赊，今日他也死了，赊的钱没人认，这生意做不起。"老板说着也打趣道："有一口好寿木，用拃把厚的红木料子打的，您要便宜让给您。"外祖父当真与祖父一合计买下了。这是给祖母预备的，就停在桅下用破油布遮着。

谁知这棺材一买下，外祖母的神智就更糊涂了。她每日里都要摸到桅下去掀开油布把棺材从头至尾摸个遍，她唠唠叨叨地说她咋的也要抢在亲家母头里去死。

她一回回地说:"俺若是死迟啦怕也会跟橹精怪和二妮子一个样,保不住一个全尸啦!"

众人都只当她说疯话。

这天半夜,母亲被老鼠啃啥的声音惊醒,她起身隐约看见不是老鼠,是外祖母爬起床在摸摸索索地干啥。她便问:"妈——天没亮您起床干啥呀?"说着要去点灯。

"死妮子!谁起床啦?俺腰睡酸了起身坐坐,点灯干啥?你睡你的。"

母亲便迷迷糊糊地又睡过去了。

第二天一早外祖母不见了。

母亲船头船尾地喊着找不着。祖父、外祖父、父亲都从前舱爬出来,掀开一块块货舱盖板找了个遍也找不着。船离岸丈把远泊着,划子牢牢地系在船尾,外祖母若不会飞就不会上岸去了。

祖母吞吞吐吐地对母亲说:"你妈她会不会……落到河里啦?"

船老大们都过船来叽叽咕咕猜议着。鸭屁股望着外祖父说:"俺们撑划子到下游去寻寻吧?"

外祖父不吭声,只顾吧嗒着烟杆出神想着什么。他突然把烟锅朝鞋底一磕,大步走到桅下,掀开盖得严严实实的油布,搬开合缝盖着的棺材盖子,望着棺材盒子摇摇头,长长地叹了口气。

大伙忙拢去瞧——

外祖母直挺挺地躺在棺材里头,她的头篦得光溜溜的,一身衣衫干净囵囵,连脚上的袜子鞋子都收拾得怎齐整。

母亲大声哭嚷起来,却不敢拢近黑森森的棺材:"妈——您这是咋啦?您快起来吧!好死不如歹活着,您咋就为一口棺木想着去死?赶明儿您真就落在俺婆婆后头走啦,俺爹俺公公俺男人再咋的也会置一口好棺木呀!"

见外祖母不搭理她,她便壮起胆拢去伸手要拽外祖母。

外祖父拦住她:"别拽啦,你妈她走啦。"

众人大惊。

祖父不信,把手指头放到外祖母的鼻孔跟前试试,没一丝儿气。再摸摸额头,都冰凉了。

外祖母真的就这么抢先去死了。船上断没有砒霜,更没有敌敌畏、乐果、安眠药,那时候不兴这些东西。她也没拿剪子戳喉咙、用绳子勒脖子,她身上完完整整的,脸色像活人。就是眼闭着,不过她活着时自从眼瞎枯了后眼皮就是这么闭着。她爬进棺材后又是咋把油布遮严实,咋把棺盖合好缝的呢?

这些都是谜。唯一可靠的解释是，她到底以她刚强霸道的秉性成功地抢占了她相中的棺材。

于是所有致哀的唐河帮人耳际都响起了外祖母生前的预言。

不祥之兆像太阳投在卷成一筒沉重地横在头顶的篷上的阴影，浓浓地堆在船老大们棕色的脸上。

这天夜里奶娃子们莫名其妙地哭得凶。娃娃鱼也莫名其妙的多，在船头、船尾、船舷叫得不绝于耳。

4

过了几天，当人们脸上的阴影被刀子似的河风刮走后，猛仰头间才知散去的阴影都密布在天上。这时天阴沉沉的，父亲不知这会儿是上午还是下午，是早上还是黄昏。

这一会儿他没了时间概念，他只知夜里睡觉白天忙活，他累得够呛。到沙洋的这两年决定了他的成丁。尽管他发育不全，两肩瘦削，个头比祖父外祖父矮一截，但他依然成为一个十足的船夫和纤夫。他把腰弯下去弯成一道拱桥，把屁股撅起来撅得老高，两条腿战战兢兢、摇摇晃晃，拽不动脖子上的吊颈绳似的纤绳，拽不动笨重巨大的木犁似的船，船也犁不动深沉凝固的河面。他只好把两条上肢也支撑到河滩上，把手掌变成两个蹄子。四肢并地，四个蹄子戳着柔软得阴险的沙滩和尖硬得恶毒的石滩，才扯动十几丈后头的船像个乌龟似地爬动几步……昨天他拉了一天的纤，头吊在胸前的肋骨上晃悠了一天，晃得昏昏沉沉。

这会儿他不知自己是刚起床呢还是准备躺下。

这时，他便听见了一阵奇怪的嗡嗡声。起先以为是苍蝇在嗡，不对头！寒冬里哪来的苍蝇？可那嗡嗡声就像是有数不清的苍蝇围着一个爬满蛆的粪缸在嗡，嗡得人心怵肉麻，浑身起鸡皮疙瘩。不对不对！那嗡嗡声更响了，震得船都微微颤动起来，震得两个耳洞里疼。

父亲奇怪地爬出舱前去张望。嗡嗡声已变成沉闷急促的呼呼呜呜声，又响成尖利悠长的嘘嘘曜曜声。

他看见所有船上的人都在仰头望天。坡上的也在仰望，有的人已奔跑着喊叫起来，似乎看见了什么。

父亲没望见什么，他看到船上的人有的站到凉棚顶上望，有的爬到桅杆上望。这时恐怖的怪声已响成噪耳的呼啸，活像天下所有的木匠都聚到一起拿锉子伐他们的锯子，尖啸声刺得人要把心呕出来。

这时他听见朱帮头或是卞帮头或是鸭屁股猛喊了一声：

"东洋飞机来了——"

接着他便看见河里的船都被慌乱的脚步踩得乱晃荡。有人朝船头跑，有人朝船尾跑，有人跳上坡逃了几步回头看看船扔在河里没跟着逃，又转身跑回船上。有人慌忙扯油布盖舱盖货，有人起锚解缆，撑起篙子急忙划船，有人气急败坏地捞着落到河里的东西。男人吼，女人叫，娃儿们哭。

父亲也慌了，也船头船尾地乱跑一气。当他的眼睛瞄着了天上的飞机时他便不跑了，他抱着桅杆死死地盯着天空——

飞机是从襄河下游飞过来的。恁多恁大一群飞机，像一行行整齐的大雁飞成一横排一竖排，像个人字像个一字。那些飞机灰不灰白不白的，翅膀底下涂着红星洋字和膏药旗。飞机已飞到头顶上了，飞过去了，又掉头飞转来。

飞机都飞散了。不是灰白色的是灰黄色的，像一群老鹰多展着巨大的翅膀栽下来。恁大的翅膀恁多的老鹰，把天都遮满了、把天都压低了、把天都压垮了。

这时父亲的耳洞已震麻了震聋了，啥也听不见了。他只看到那群凶猛的老鹰扑下来后变成一群乱飞乱撞的盐老鼠。

那群雁子、那群老鹰、那群盐老鼠屁股底下屙屎坨子似地砸下一个个棒槌。砸到河里冒起丈把高的水柱子，砸到河滩上迸起一团翻转着的暗红色的烟雾；砸到街上的房顶上蹿起一蓬火焰；砸到船上使砸碎了的船板、橹、舵、篙子都飞舞起来，燃着的桅和篷布像一面迎风招展的大红旗。

接着天上就下暴雨了，是急刷刷的乌红色的血雨。不是雨，是带火的冰雹，是天上拖曳下来的一挂万响不绝的鞭炮噼噼啪啪地炸落。

父亲紧蹲在桅下抱着桅杆，望着一架飞机怪叫着倒着头栽下来，像是要往河里栽，栽着栽着又抬头爬上去，尾巴险些擦着了他紧紧搂着的桅杆的桅尖。

父亲这才想到守在这船上是躲不过去的，但能扔了船往坡上跑？跑到坡上又往哪里躲？祖父和外祖父都上坡到会馆里去了。祖母和母亲都躲在后艄凉棚里，不知她们咋样？

他猫腰朝后艄跑去，才跑了两步又吓得后退两步靠在桅杆上骇呆了——一串枪子儿从他的后脑勺擦着他的头发飞到凉棚门口。凉棚门口正移动着一块后舱的盖板，盖板后头露出祖母的半个脑壳。枪子儿飞到盖板上把它钻成蜂窝，穿成筛子，嵌进祖母的五脏六腑。祖母搬来舱盖板本想挡住凉棚门口飞蝗一般的枪子儿，早上她把门扇取下，褙了纳鞋底用的布衬子，晒在凉棚顶上。她死也不明白，这寸把厚的柘木板怎么就挡不住碎石子似的子弹头子？她的血从蜂窝眼里冒出来，从筛眼里筛出来，像过滤着热气腾腾的豆浆。黄澄澄的拃把长拇指粗的弹壳砸在凉棚顶上，又乒乒乓乓地滚到甲板上骨骨碌碌。

母亲跪在祖母的头前呼天抢地。

又一架飞机俯冲下来，尖利的呼啸似看不见的尖刀直刺耳洞，父亲跑过去揪住母亲的后衣领往凉棚里头拖着躲。母亲把鼻涕眼泪一抹，反揪住父亲要往后舱里跳。父亲到底有男人的见识，暴跳着吼道："躲进舱里好闷着挨炸？"可是他拖着母亲在凉棚里团团打转却不知躲到哪里才好。

母亲急中生智，她拉起父亲钻出凉棚后门钻到艄后，摔开父亲的手扑通跳进河里。

她抓住舵叶冒出头来喊父亲："快蹦下来，快蹦呀！"

父亲急得直跺脚："你不知道我是旱鸭子吗？我不会水！"

"俺吓糊涂啦！俺忘啦！你快扒住舵轴柱子往下滑！俺在下头扶住你！"说着她踩着舵叶站起来，一手抱住舵轴柱子，一手伸上去拽父亲的裤腿。父亲勾头往河里望望便趴下，撅着屁股倒爬下去用脚摸索着勾住舵轴柱子。母亲催促着，伸出巴掌兜住他的屁股盘子叫他快往下滑。

父亲学着母亲的样抓紧舵叶全身埋进河里泡着。他俩只露出嘴脸朝天漂着，像一头公牛和一头母牛泡在泥塘里只露出黑洞洞的鼻孔。

这时凉棚上蓬起了一团火烧得吱吱响。

母亲猛想起藏在后艄灶里的钱，惊叫一声，又踩着舵叶要扒上船去。父亲死死扯住她的一只脚："你想死，要钱不要命了？"母亲急得用另一只脚狠狠踩他的手："那钱若给炸烂，没钱也没命啦！"她抱着舵轴柱子猴似地往上攀爬。

父亲不吭声了，也踩上舵叶子跟着她往上爬。她扒住船沿趴着，探出半边脸不动了。他很奇怪，也从她的半边脸后头露出半边脸朝前望，这时他望见祖父和外祖父从坡上跑下河来，跑到船头跟前便看不见了，被船头挡住了。

他又从母亲的头发上望过去，看到凉棚后门正对着的凉棚前门外，祖父和外祖父都跳上了船头，两人赛着劲往后艄跑。祖父跑得利索跑在前头，外祖父跟在后头撵，撵到桅下时脚下绊倒了，一头栽倒发出咚的一声闷响。祖父回头望了一眼没管他，直奔后艄一头钻进凉棚。

这时父亲听到一架飞机的吼叫声压下来，像一座无形的山垮下来。他朝凉棚里大叫一声，他听到母亲同时也大叫了一声。可是叫声被淹没了，他只感到一股火浪和一阵炒蚕豆爆黄豆似的噼啪声把他掀下河去，他下意识地死死拽住母亲的肩膀，把她也拽下河了。

他被咕咕咚咚灌了一肚子水灌迷糊了。好半天他才感觉到他没灌死在河里，早已被母亲水淋淋地拽上船了。他揉着胀得像个西瓜似的鼓肚子愣了好一会儿，方知自己坐在凉棚里。

他看见凉棚顶上烧穿了一个圆圆的洞，母亲正拎了一桶水泼灭了洞口一圈红而黄的火环。烟雾散去，他看那洞里的天像一眼井，井水湛蓝平静。不见了狂飞乱舞的盐老鼠，不见了耀武扬威的老鹰，轻盈潇洒的大雁也摆着人字摆着一字蹒跚而去。

他扭头看见身旁躺着祖父，他的一条胳膊血糊糊的像一根肮脏的搅屎棍。外祖父正在给他包扎，说他的拐子骨给打碎了。外祖父满头大汗，他的屁股底下坐着那个用拐子骨换的木匣子。

5

河里重新响起嗡嗡呜呜声，沉闷而尖利而疯狂。这不是飞机在叫是人在叫，千家万户都在同一时刻死了人，都在齐声哭丧。

"船沉了哇！船沉了哇！"

猛然一片吼声压倒了哭叫声。

父亲、母亲和外祖父都站到凉棚门口去张望。

中帮的一条船正在慢慢地往河里沉。那船的船头被炸了个大洞，前舱灌满了水把船头压进水里。后艄翘得老高又慢慢沉下去，水都漫到船舷了。

沉的是朱帮头的湖北扁子。他的一家子都被炸死了，独他命大还活着，但他丢了一条腿。这会儿水已漫进凉棚了，他拖着一条血糊糊的腿挣扎着顽强地往凉棚顶上爬。他像一条拖着尾巴的老蛆爬粪池，爬上去跌下来，又爬上去又跌下来，终于蠕动着身子爬上了凉棚顶。他累了，用尽最后一口气力翻过身躺倒在凉棚顶上，不再动也不喊叫，安静地等待着被他踏着踩着驾驶了几十年的河流如今把他掀下背去再一口吞噬他……

那条扁子沉了，只剩下一个凉棚顶还冒在水面上像一个孤岛。远观近看的人们都眼睁睁地望着他被遗弃在孤岛上，孤岛也即将沉没。谁也没想到去搭救他，满河里都是需要救的半死不活的人，每个幸存者自己也需人救援，谁也救不了谁。

外祖父朝那个孤岛望了好半天。这时他看到一条断了缆的划子正打船舷漂过，便纵身跳上划子，唤母亲递过一根篙子，他把划子朝孤岛撑去。

外祖父一步跨上了孤岛："咋，站不起来啦？"

朱帮头瞪着两颗鹅卵石似的浑黄呆硬的眼珠子，无动于衷地望着外祖父一声不吭。

外祖父朝他那条血糊糊的腿踢了一脚，用脚尖碾着推着查看伤势。那条腿已经稀烂，只是大腿根处还有一块肉皮子连着屁股才没掉下来。外祖父一把抓住他的脚脖子使劲一绞一掰，那条腿就被掰断了。朱帮头惨叫一声，两只手乱抓着要抢回他的腿，但他没抢着，外祖父一扬手把那条腿扔进河里扔得扑通一响，然后他把朱帮头拖到划子上撑回船上来。

朱帮头这人挺有意思，先是不吭不吱现在又哭又叫，他还不住地勾头望向河里，寻找他那条腿。

他那条死腿在河里半浮半沉，挤在翻着白肚的死鱼和死猫死狗死鸡及死人半死人堆里悠悠游着。河水轻柔地洗刷着他们和它们身上的血，血把浑黄的襄河水染成淡淡的嫣红。河床像蒸发着腾腾腥气和硝烟的肉锅，锅里还煮着烂船板、断桨破橹、碎成一截一截的篙子和盆碗勺瓢及油抹布似的衣衫棉絮。倾倒的长桅像锅铲的长柄恶毒地插在血汤里搅动着。一个大澡盆像一只迫不及待地等着分羹的海碗在河里旋转着，澡盆里载着一个篾篮子，篮里塞着襁褓，襁褓里裹着一个安然无恙的奶娃子在亢奋地啼哭。

两岸的残火像釜底之薪还在烧着，一堆灭了，又一堆被河风呼呼地扇燃。

6

水上人家死人也是土葬的。驾船佬所拥有的泥土就是上坡回船时鞋底在跳板上刮下来的一抔，他们临死前最大的愿望便是钻进一口棺木里抬回老家，埋进老土里永远躺着歇着。治丧中殓棺的一套，是由一老妪假意高一声低一句地与尸身说着话把尸身洗了梳了，裹上青色寿衣抬进铺过一层生石灰面、撒过一把五谷的棺底，垫一摞纸钱给死人枕好头，往死人的左右手上各塞一杆烟杆一个馍，是女的则把烟杆换成一把枣木梳。收拾妥帖了便合上棺盖，用拃把长的铁钉钉严实。这些都与坡上人家死人入殓大同小异，而水上人家的出殡壮举却与坡上人家迥然不同。以汉水上游一带阔绰排场的北方船家为例，出殡前那黑森森的灵柩头朝前竖停在船头。一匹几丈长的白绫取中线缠在棺头上，两端绕棺木两则朝后长长地拖向船之两舷，死人的嫡亲至亲、三亲六戚、七姑八舅凡沾亲带故的都依次揽住白绫像拔河比赛似地紧拽在手里。而棺头上巍巍然跨坐着死者最年幼的儿或女或孙或重孙，手里捧着一面镜子，镜面上贴着一个剪子铰的纸人，意思大约是代表死者的遗像尊容或是魂之所系。料理停当了，先是鞭炮骇然炸响，噼啪声中，由死者最年长的儿或孙或曾孙猛地抢起一根绞车用的绞杠，哐当砸烂船头那一只盛了供品的大海碗，宣告出殡开始。于是吹鼓手伸长脖子吹起呜呜咽咽的哀乐，纷纷扬扬的纸钱如轻盈的燕子拂着河面，满载一船的哭丧声带动长河上下的水族为之送葬。更有八丈高桅的大船家，还要在桅杆上往船头和后艄牵黑纱黑幡，在被风兜得鼓鼓胀胀的篷上扎起恁大的黑纱球缀着吊着摇晃着招魂引魄，极尽哀荣……

可眼下船家遭了东洋飞机的天火之劫，沙洋河里滩上死人如死鱼，满河上下水鬼出没、冤魂缭绕。幸存的船民把捞着的尸身捞上岸，把炸飞炸跑的死腿死胳膊寻认拢来拼成完整尸身以后，连给死人刨一个坟坑的力量都没了，就休说置棺殓尸出殡那一套。结果河滩上暴尸暴了几天没人收，恶臭熏天。后来还是押运站开来一乘汽车把烂得不成形骸的尸身拉走，拉到荒岗上掘一个大坑统埋了。

幸存者唯能办丧的一桩事是给死者漂河灯。

漂河灯原是汉水中上游一带部分渔民的习俗，是家人死后埋葬完毕的一种追悼仪式。取木板凿一尺许船形或裁油纸叠折成纸船，也有以海碗大的小木盆代之的，称灯船。把浸透了香油或洋油的棉团或一截红烛头子点燃置于灯船上轻轻放到河里漂。船夫们相信，亡人之魂依旧恋着他生前的船缠绕不散，一盏河灯能引渡着死鬼航向冥府地河。当那河灯熄灭沉没时便是进入了地河，死鬼将借以在暗无天日的地河里得到一线光明。

这天天黑，披麻戴孝的船家老少一伙一伙地往官道旁的荒岗去，朝那一座小山包似的万人坟给爷奶爹妈、哥姐弟妹的百家姓氏合葬墓磕了头捧了土回来。不知由谁带头，众人便都鸦雀无声地跪在河滩上做灯船，有纸叠折的，也有的是一块烂板子或一个豁口瓷碗。河滩上阴沉沉黑漆漆的气氛格外虔诚肃穆。

今夜的襄河恁平静，流水缓缓的，没有一丝河风一朵浪花。在渐渐而起的一片唏唏嘘嘘、凄凄惨惨戚戚的轻泣声中，恁多恁多的河灯漂起来。豆大的灯火苗子闪闪跳跳于谜一般的夜的河面上，忽而幽绿忽而猩红忽而惨黄，酷似河底冒起的一蓬阴冷的鬼火。其实那就是鬼火，每一团惊疑不安眨闪着的火苗子上，都瞪着一只冤死船夫恐怖而仇恨的眼睛。

7

事后，被突然袭击的手无寸铁的船老大们才慢慢得知：沙洋大轰炸是东洋鬼子由武汉进逼沙洋的前奏。而这次以汉水为飞行线路地面参照系的东洋飞机，正是奉"空中扫荡"之命来猎捕船帮、船夫们的——见船即烧，见船即炸。

第十章　襄河遗恨

1

"烂船还有三千钉"这话不假。那些沉在河底的浸透血腥的黄锈斑斑的船钉，救了劫后余生船夫的命。

几十上百条船被炸烂被烧成灰烬，炸不碎烧不化的船钉都沉到了淤泥里。不知是哪个船老大饿急了就想到铁钉能换钱、钱能换粮食，他先带头下河捞，船夫们便鸭群下河似地都扑棱扑棱跳进河里捞起来。一堆一堆的铁钉水淋淋地堆在滩头像一座座坟堆，可以说它们就是坟堆，是打捞不着尸首的船夫的衣冠冢。

沙洋镇上便应运而生了好多收破铜烂铁的荒货贩子，专守在河滩上收船钉。国军队伍和东洋队伍都需要铜铁锡造枪造炮。

母亲眼羡别人捞钉卖钱。她也不顾外祖父和祖父的阻拦，往腰上拴个篮子，下到河里捞起来。她一天捞的铁钉就换了一布袋大麦粉子。

第二日她接着捞。父亲守在船舷绾一根钩子绳，待她的篮子捞满了他就往上拽。

外祖父只顾心事重重地蹲在前舱里喝寡酒不出来。

祖父无奈，只好支着一条胳膊去烧火煮饭。

晌午时，祖父便叫父亲催母亲上船吃饭，又去前舱叫外祖父。

当母亲水淋淋地爬上船时，父亲、祖父和外祖父同时首次发现母亲贴在肚皮上的湿裤腰绷得紧紧的，肚皮挺得很圆很鼓，肚子里头肯定长着个啥。

母亲的大肚子提醒幸免于难的船夫们开始考虑日后的生计。船钉也捞完了，船老大们都去找帮头讨生意。其实好多人都算不上船老大了，船被炸了，他们在坡上搭了个席棚子，连一条小划子都没了，但他们都还眼巴巴地望着河里。他们的命运他们的立身之地只寄托在那颠簸不安的浪头上。有船和没船的船老大们都去找他们的头领。

川帮的卞帮头失踪了。川帮的船被炸烧了一大半，卞帮头的船也挨了一颗炸弹，不过没沉。卞帮头肯定也没挨着炸，船上没他的尸身。卞帮头跑到哪儿去了呢？他船上的帮工说飞机一来他跑上坡就再没回船上过，船上值钱的东西他都用一个包袱包走了。川帮的船老大们就骂起来，说他席卷了大伙的几趟船钱溜了。押运站的副官也来船上找过他，押运官问他要漂妹子，原来他带着他的妹子逃了。那漂妹子跟着押运官做了几天太太，戴着押运官给添置的一对金耳环和一对玉镯子跑了。

其实卞帮头也不是蓄谋已久的，而是临时起意逃的。他躲飞机躲到坡上，回看河里已是一片火海，便当机立断不要船了，趁乱到押运站拖着漂妹子跑了。

但他走得不仗义，船老大们都愤愤不已。有人便说："漂妹子郎格是他的亲妹子？是他认的干妹子，背地里是他的野堂客嘛!"有的又说："郎格不是亲妹子？我还不晓得？我的舅子和他的爹是街坊，在涪陵镇上隔壁打隔壁住嘛。"又有的说："对头对头，这漂妹子嫁了三回跑了三回，回回都跑到卞帮头的船上，让婆家的男人到鬼那里去找？"曾经因顶撞卞帮头挨了揍的那个船老大便赌咒发誓地说："漂妹子做姑娘时就跟他的哥不干净，跑到船上来就跟她的亲哥一个舱里困觉……"

川帮汉子们怒不可遏，都说卞帮头丢了川帮的面子。那些船被炸毁了的船老大就一窝蜂搬到卞帮头的船上去住，抢霸了他的船。

中帮被炸得最惨，只剩下四五条船和六七个船老大。朱帮头虽还活着，但在中帮船老大们的眼里他已废了。他变成了个整日打坐一言不发的哑和尚，呆坐在外祖父的船头，夜里被外祖父拽进前舱，他依然打坐着直到天明。

唐河帮丢了大小九条命。鸭屁股的大小子死得冤，那天他躲在前舱掀起舱盖朝外望时，一块小巴掌大的弹片飞下去嵌进他的脑门，他直到今早才断气。唐河帮好歹保住了八条船，外祖父发话叫没了船的船老大都匀着挤上了这八条船。鸭屁股丢了大小子但船却安然无恙，这条汉子也不哭也不嚎，只是不住地吐着唾沫子对外祖父说："杨帮头，俺们回唐河吧。死的死啦，没死的该死就回家门口去死吧!"船老大们纷纷附议。外祖父问问卧床不起的祖父，祖父抚着他的伤胳膊艰难地点点头。外祖父就说："说走就走，明早开船。"

川帮的船头天晚上就顺着流水往下走了，据说他们大伙推举了新帮头。新帮头说："飞机丢炸弹也见过了，枪筒子射弹头冒火药也见过了，还怕个么鬼名堂？老子们拼了这条命闯外河回川江去!"有人敢出头，川帮的船老大们明知凶多吉少也都跟着走了。

中帮几个失去了船的船老大谢绝了同帮朋友的挽留，打旱路逃荒回汉川去了。剩下的几条船，有两条船是王二和祖父拉的一派。祖父说事到如今也别分哪帮哪伙了，外祖父说："大伙愿意的话随俺唐河帮走唐河去再作打算。"王二倒有闲心思打趣，说："朱帮头都依附了唐河帮，我们小喽啰自然要跟随帮头走。"众人苦笑着点头称是。

谁知唐河帮走到半路被小炮艇挡住拦回了沙洋。押运站的副官在小炮艇上，他说前头襄樊河口上拦了卡子谁也过不去。说沙洋的押运站撤到了襄樊码头上。说押运官已被张司令调回部队当师长了，他现在是新任押运官。说河里的大小船只都要听他的命令在沙洋码头上等待装军粮军火，有小炮艇护航往襄樊运。

外祖父心想，拦了卡子俺也要闯过去！不过带一趟生意走也好，便叫大伙耐着性子泊在码头上等了十来天。可是只见被小炮艇陆续赶来的七八条船，却不见有啥人来码头上说有货装船。眼见吃的喝的都没了，别说码头上，就是街上都死气沉沉的没有人做生意。东洋鬼子的飞机又来了，天上总有一架飞机飞来打转转。船老大们已识得东洋飞机的模样了，那灰灰绿绿的长翅膀大肚子的是轰炸机，那灰灰白白的圆脑壳上翘着一根长针的是战斗机，而这几日飞来飞去的短翅细腰的是侦察机。

鸭屁股这号人粗中有细，这一天他过船来对外祖父说："杨帮头，俺看这东洋侦察机老在头上飞来飞去的怕是有事，东洋鬼子看着这码头上船又多了怕是又要来炸！"

外祖父也用手搭个凉棚望着天上，对鸭屁股说："嗯嗯，俺也是在估摸，俺俩想到一堆去啦。"

当天夜里，唐河帮不吭声地离开了沙洋码头。

也就在当天夜里，东洋飞机再次空袭了沙洋码头。这一回扔的尽是燃烧弹，河面上烧成一片火海。

2

唐河帮离开沙洋往上水跑，夜里有顺风，船帮扯起满帆跑风，但没敢挂夜航灯。船老大们都紧张地立在船头，各人把眼珠子瞪成两个小灯泡，小心翼翼盯着船前的水情。

唐河帮在黑漆漆的夜里摸索着航行。虽说刚刚侥幸地逃脱了东洋飞机的再次轰炸，但这却是一次盲目的航程。

每一条船头上都眨闪着一个不安的亮点，像幽幽的鬼火，那是船老大们在一锅接一锅不停地吧嗒着烟杆。他们不是在熬瞌睡，是在苦苦闷闷地想心思。那每一个亮点又像一只熬得通红的独眼，焦灼地望着打头的那只黑乎乎的船，头船上也眨闪着一只茫然的独眼。外祖父这个帮头也不知漂泊到哪里去、靠哪个码头湾船才是生路。

天麻麻亮时唐河帮行到一个荒野地方，外祖父说这地方叫野渡林，估摸离襄樊码头还有百八十里水路。这时前面传来一阵吱吱呀呀的摇橹声，不一会儿便看见上游下来一条小扁子。会船时，那船上的船老大远远地打招呼说："喂——掉头吧，别往襄樊跑了，东洋飞机刚刚炸了襄樊码头。"果然，过了一会儿又有两条船惊惊惶惶地从上游开过来，一问也都是这么说。

外祖父摇摇头，长长地叹了一口气。他看见南岸有一片密密的野林子，想起那野林子里头有一个河汊，便叫大伙落下篷朝南岸靠，把船湾进河汊里躲起来。

这是一个很长很隐蔽的河汊，汊口被拂着河面的柳枝遮得严严实实。河汊一边是长满野树林子的沼泽，一边是一道荒岗。荒岗外头是一片多半荒闲着的农田，远远的农田尽头是几户稀稀落落的人家。这倒是一个湾船躲飞机的好地方，东洋飞机的眼再尖也寻不到这个荒野的河汊子里来。

3

唐河帮在野渡林一躲就是半年，船成了一个孵窝、一个遮风挡雨的藏身茅庵。

船不动便没了灵性，如一具木尸泡在死水里腐烂。船老大们也蔫儿巴叽地成天躺在船头晒太阳。无所事事最易惹起酒瘾，而酒坛子酒壶却干了，兜里亦不剩一枚好换酒喝的铜钱。早在刚躲进野渡林头几天，帮头就吩咐船老大们把积攒的几个钱一股脑儿都拿去买了粮食以防断炊。然而瘾如病酒如药，不灌黄汤就口干舌燥、心烦血冷、六神无主、浑身的骨头要散架。于是便剐下身上半新的棉袄或钻到后舱里劫得值些许钱的劳什子，在艄婆子们的哭骂声中跑几十里去小镇上换酒。喜滋滋换回的哪是酒，分明是自己的性命自己的魂！一向跟着杨帮头学得落落大方、大把大把花钱的船老大们如今各啬了，甭说邀个伴来把自己换回的酒让人抿一口，就连瓶嘴的酒香味都包捂得紧紧的，一头钻进前舱躲着独享。自然不敢奢望再有下酒的菜——喝寡酒。要说不想好菜下酒也是假话，小口小口地呷着，便想着走船跑生意啃着红通通肥嘟嘟的猪头肉嚼得香的好日子好事。想着想着，口腔里就泛起寡淡的白涎水脏兮兮地从嘴角流出来。河里好汉都成了孬种。

艄婆子们便英雄起来逞能起来。她们在荒岗上开一小块地点上茄子点上辣椒点上萝卜，不几天那菜秧子真的嫩黄渐而翠绿地冒出来。她们天天挽上篮子去挖野菜，回回必满载而归，那覆盖着野韭菜、灰灰菜、卷心菜的篮底却藏着偷猎的红薯、蚕豆荚和麦穗子。

日头一天天暖和起来，裹着破衣烂衫的娃子们也不怕冷不缩在后舱里灶台旁了，都爬到荒岗上去摘野葡萄和楂桑子等野果果腹。他们发现原来陆地比河里有趣得多，陆地上放眼望去恁开阔，脚踏上去恁坚实，陆地是凝固的陆地流不走，陆地上蓬勃生长着怎茂密的花草庄稼和大树。中帮随帮的王二似乎与屁不懂的娃娃有同样的发现和志向。他倒不像船老大们那样愁眉苦脸，而是成天领一群快活的娃子们蹚过沼泽往密林子里钻。野林子里有白蘑菇、黑树菌、绿青蛙和肥嘟嘟的花水蛇。

然而粮食是一粒也没了。艄婆子们将最后一把面搅面糊喝了，将最后一把米熬野菜米汤喝了。幸亏荒岗上的菜地倒是可以收获白菜秧子小萝卜了，顿顿都熬汤喝。

母亲肚子里的一个小囡囡就在这种日子里挣脱出来，她响亮地啼哭着向唐河帮汉子、荒岗和野林宣告她的横空出世，然而这世道不容她。母亲没吃的哪来的奶水？这奶娃子——大姐，她饿得嗷嗷叫。

父亲便拼命甩参子鱼。母亲是一只猫，专叼那拃把长的参子鱼。

鸭屁股的艄婆子过船来说："参子不发奶，得用黄鳝煨汤发奶最好。"说着她教给父亲一个沉黄鳝的法子。

父亲便照那艄婆子说的，把鼎锅口上蒙一块布扎紧，在布上挖了一个小洞洞，锅底放了一坨捣烂的黄豆，拴一根绳子把鼎锅沉到艄后河里引黄鳝。沉了大半晌却没引来一点黄鳝腥味，倒把个鼎锅撞在舵叶上撞破了一个洞，母亲心疼得直埋怨。

外祖父见状深深地叹了一口气。他从母亲怀里抱过大姐，瞅着她的小鼻子小眼咋怎像三妮子的模样。他下意识地摸摸衣兜，衣兜里空空的，没坨坨糖没有花生果。

三妮子！三妮子！他嘴里念念叨叨，脸色惨白，两手不知不觉紧紧地捏着大姐的小胳膊，捏得她哇哇直哭。

母亲不满地嘀咕了一句什么，一把夺过大姐护在怀里哄着。

外祖父很尴尬，他恶狠狠地盯着母亲盯了好一阵子才悻悻地走开去。

他走回船头骂了打坐在那里的朱帮头一句，叫他挪一挪位置。朱帮头不嗔不怒，默默地朝前蹭了蹭屁股，依然打坐着一丝不动，蛮像船头竖着的绞缆起锚的木车。外祖父便心事重重地在他的身边仰躺下来。

外祖父这时想起了那个钱匣子。他一个骨碌翻身爬起来跑到后艄凉棚里，嘴对着祖父的耳朵小声嘀咕着什么。

当天夜里外祖父揣上十几块现洋上坡了。

第二天太阳落山时外祖父还没转来。父亲挽着祖父，母亲抱着大姐立在荒岗上朝远处寻望，望到天色黑咕隆咚也没见个人影。

船老大们闻讯也慌了，乱糟糟地挤到荒岗上来猜议纷纷。末了，鸭屁股和王二喊了两个伴，举一根火把去找人。众人等到半夜，才见鸭屁股一伙垂头丧气地回来。

帮主下落不明，荒凉的河汊今夜又添了惶惶不安的气氛。娃娃鱼躲在深沉凝重的黑暗中彻夜尖啼不休，只有遥远处偶尔传来的稀疏的枪声短暂地打断它难听的哭叫。

4

第三天日上三竿时，外祖父疲惫不堪地回来了，众人问啥话他都懒得搭理。只见他满身灰尘满脸愠怒，小心翼翼从兜里掏出一把稻草。稻草里缠着三个鸡蛋，两个囫囵的一个只剩蛋黄了，蛋白稀溜溜地流在他的衣兜里装着。

外祖父接过母亲端来的一碗萝卜汤，一口气咕咕噜噜喝完，抹抹嘴才开口：

"俺日他的先人！是人咋就变成了畜生？俺日他先人的妈！怀里揣着哗哗响的大头像换不着一只鸡几斤肉。俺日他八辈子的先人！咋有这号怪事？白花花的现洋咋就不认啦？"

外祖父怕是气疯了，不会说话只会骂话。

咣当！那只粗瓷碗遭了殃。

外祖父又带回坏消息。外祖父前夜出走，临行前对祖父说好只去附近的小镇上买点荤食给母亲发奶，可一上路他就改变主意直奔沙洋。他想去打探打探风声，又想去找找马会首合计船帮的出路。第二天小晌午时他冒冒失失赶到沙洋，才知沙洋已被东洋鬼子占了。他险些被东洋兵抓了夫，幸亏遇上马会首手下的一个伙计递给他一块蓝布牌子当护符。原来这护身符是王爷从汉口青帮老巢里弄来的，汉口青帮总头目已与东洋军官约定不抓帮门内的人充夫。王爷解除了马会首赌的咒发的誓，马会首便把复仇的心肝喂了狗，做了个没有心肝的维持会长。外祖父从伙计嘴里打听到马会首当了汉奸，没了指望，便把那蓝布牌子掷在地上啐了一口，骂道："俺只当您是一条光棍哩！谁知您是个缩头乌龟！"他想去买两只鸡称两斤肉赶紧走，这时才知占领区都用上了日币。日币上印着老东洋鬼子的叫老人头，印着东洋娃娃的叫小人头，买卖人只认老人头和小人头，法币和现洋都废了。手里捏着法币的只当捏着揩屁股的草纸，捏着现洋和镍币零碎角子的只能当破铜烂铁卖。一种新职业已应运而生：背着钱褡子的贩子穿街走巷、跑村串户吆喝着："收现洋——收镍币——"外祖父那一包能换整匹猪肉的现洋竟被贩子过秤称去，换了两枚小人头买回仨鸡蛋。

祖父丢了一条胳膊保住的一匣子现洋就这么黄了，像一蔸苔花开得好看，却是婆婆打伞爹爹拄拐棍，老了不中用了。外祖父受不了这般刺激，愈加暴躁癫狂起来。白日里又开始没命地喝酒，喝了就撒酒疯骂天骂地骂人。夜里常做噩梦，惊惊乍乍地醒来，便胡乱喊着三妮子、二妮子、橹精怪、账房先生的名儿……

忽一日听说襄樊还认现洋就是拿着钱买不着啥，唐白河口那儿现洋值钱换得回船来。外祖父惊喜不过，与祖父合计着要拿现洋去买船。

母亲插嘴说："爹，您是咋想的，要船干啥？您怕是喝多了酒说疯话？俺这船还闲着卖给谁才好哩！再说几百里路队伍，土匪东洋鬼子说遇着就遇着啦。俺说留着这条命比啥还值钱！"

祖父说母亲的话在理，父亲不吭声。

外祖父说："大妮子，你爹这会儿没喝酒心里透亮。俺这个帮头不能眼看着大伙老躲在这儿停着饿死，就是不管大伙俺们自己一家子也得饿死。还得想法子开出河汉去找生意跑船！这船上有一个跛腿一个断胳膊一个奶娃子的，老的老、小的小、残的残咋好跑生意？俺弄一条小船回来把朱帮头接过去掌舵，你就跟你男人伺候好你公公，养好这奶娃子……你就只当你爹没啦。俺今儿个先跟你掏个底，你爹说不着啥时就杀几个人陪着去死啦！到时候你别哭，哭也没用……"外祖父说得好好的突然口吐狂言，吓得母亲嘤嘤地哭起来。

父亲不解地望着外祖父那张一会儿和善一会儿凶狠的麻脸，唯独祖父听出了一些啥名堂，他的眼里流露出一丝忧虑。第二天早上，外祖父把现洋装在一个篾箕里盖了些牛粪马屎，将一个锄头撅在肩上就上坡。船老大们纷纷送行，千叮咛万嘱咐愿杨帮头一路平安早早归来，领着大伙把船开出河汉子去找生意。

过了十来天，外祖父果然顺顺当当地回来了。他是打水路回来的，独自一人驾着一条小小的湖南刀把子回来了。

5

外祖父的湖南刀把子打头，蛰伏了半年光景的唐河帮钻出河汉子往襄河上游走。

朱帮头给外祖父掌舵。他用胳膊缠住舵柄半趴在舵柄上，一条独腿蹦过来蹦过去像个断腿蚂蚱。外祖父则昂头挺胸立在船头高举着长长的篙子。篙子头上套着倒人字形带反齿的铁钩，那铁钩锋利锃亮，像战士的长矛刀戟。

唐河帮是清早开航的，走到半晌午时分就找到了生意装船。不，应该说是生意找着唐河帮拦住船叫装货。队伍上的两乘卡车在官道上被东洋飞机炸瘪了胎，卡车上装着满满的粮包。那一段官道靠着襄河，押车的几个老总就守在河边吆喝着拦住了打头的刀把子。

那个当官的老总倒显得挺和气，他叫身后的两个兵收了枪退到一边，自己赔着笑问明了谁是帮头，便跳上船递给外祖父一根纸烟，说："请船老板们帮忙，把两车粮包扛到船上装船跑到襄樊，一条船给一包大米。"

外祖父没接他敬的烟。他瞅瞅河边总共才三个老总，那当官的说官道旁的车上还有两个。他心想：您总共才五个人，俺有一二十号船老大，不怕你们，便板着脸回答说：

"一包就一包俺不还价。俺把丑话说到头里，俺这一伙船老大都是快饿死的人，挨枪子儿死跟饿死是一个样！白装船不给粮抵船钱可不依。"

外祖父故意大声说着好让隔船的大伙儿都听清，鸭屁股和几个船老大便都帮腔喊起来：

"先给粮后装船开船！"

"不给粮俺不白装！"

那当官的老总也是北方人，说话爽快，他对外祖父说：

"君子一言，驷马难追。杨帮头您就招呼船老板们先装船，一说装完了各船上就扛一包去倒进锅里再开船。您扛两包。"

正晌午时两乘车上的粮包都装上了船。船老大们抽了跳板刚说要开船，突然东洋鬼子的炮舰就嘟嘟嘟地开过来了，机关枪哒哒哒老远地射过来。那当官的老总赶忙趴在粮包上，掏出王八盒子砰砰地还了两枪。见打不赢，他挥挥手带着几个兵扔下粮食逃了。

东洋炮舰靠拢来，一个曹长跳到外祖父的船上来伸腿踢踢粮包，拔出刺刀捅开一包，见是白花花的大米流出来，他又跳回到炮舰上。不一会儿又带着三个东洋兵跳过船来，再招招手叫抬过一挺机关枪来，那炮舰就嘟嘟嘟开走了。

这时已是后半晌了，曹长嘴里咕噜着比画着手势指指下游叫外祖父开船。外祖父坐在船头吧嗒着烟杆儿，把两条腿吊在船舷外晃荡着。船老大们明白了这是叫掉头往沙洋运，都立在各自的船头踮脚勾头瞅着他等他拿主意。

他磕了磕烟锅站起来，走到曹长面前说："刚才那几位老总说好啦，俺们不白装船，一条船给一包米抵船钱。这粮归你们啦，俺们给您装也得要一包米，大伙都饿着没饭吃也跑不动船。"

大伙都替外祖父捏一把汗，赶紧瞅瞅那曹长。曹长是个鼓眼睛，他鼓着眼珠子瞪了外祖父好一阵子才点点头。

不料外祖父又说："刚才那几位老总答应啦，俺是帮头，给俺两包。"

曹长一听那鼓眼珠子差点儿就要鼓暴出来。他绕着一根柱子似的外祖父转了三圈，鼓着眼睛打量外祖父的身材，长筒皮靴踩得甲板嘎吱嘎吱响。三圈转完他又看看天，见天色已晚，便又狠狠地点点头。

外祖父便对大伙扬扬烟杆说："大伙听着，各船上都把货舱里的粮包扛一包到后舱去搁好，扛了俺好开船。"

各船上就扛起来。朱帮头也从后艄挂着拐棍过前头来，他拽起一包粮费劲地拖着，像个老鼠拖木锨。外祖父看着像没看见似的，双手抱在胸前站着也不去帮他。那曹长就叫一个东洋兵帮着跛子把两包粮扛到凉棚里去了。

船帮掉头朝沙洋开去。河里没风，沉重的大橹摇得吱吱呀呀的。外祖父边摇橹边拿眼斜睨那挺稀奇古怪的机枪，机枪架在几包粮食上，一个东洋鬼子趴在机枪上。

眼见天黑下来，外祖父挂了橹操起篙子，扯长声吆喝带头的船打舵靠岸。那曹长一听气冲冲地跨过来朝外祖父扇了一巴掌，这一巴掌扇得很响很脆，后头的船上听得清清的。大伙的心怦怦乱跳，紧紧地握着手中的篙子等待着外祖父发怒。但外祖父吭都没吭一声，过了一会儿才听见他又招呼道："把'气死风'点亮挂在桅上！船舷的灯也挂起来！"

夜色茫茫的襄河上亮起一长串昏黄的灯火，晃晃闪闪地向下游移去。

那曹长便笑了。他掏出一盒东洋纸烟叼起一根吸燃了，又友好地递过一根给外祖父。外祖父只当没看见，他从腰里抽出自己的烟杆伸到烟袋里挖满一锅烟丝，又用手指头捏了一撮，把烟锅按得严严实实地点燃吧嗒着。

几个东洋鬼子紧张地朝两岸张望着，遇到河边有野林子就哒哒哒地射一阵子机关枪。

这时河里起了顺风，船老大们都挂了橹张帆跑风。外祖父便坐在船头歇了，把两条腿伸在船舷外望着河面出神。北岸河滩上又传来娃娃鱼的叫声，有好多娃娃鱼在叫，叫得恁凶恁久。

6

襄河一夜就这么过去了。

天麻麻亮时曹长松了一口气，外祖父冷眼瞧着他靠在粮包上打了一会儿盹，天亮时又瞧着他伸了一个懒腰叫停船往南岸的沙滩上靠。外祖父就招呼朱帮头打舵。船一靠岸，东洋鬼子都跳上滩头去拉屎拉尿，撬开罐头吃干粮。

这时外祖父赶紧跳进货舱。他把舱底板撬开一道缝，水立刻慢慢渗进舱里。他爬出舱口时看见朱帮头慌慌张张蹦着跛腿往后艄跑，便追上去一把揪住他的衣领子低声吼着说："回后舱里去蹲着！您要是敢吭一声俺就把您这条独腿也给掰断！"

朱帮头冷着脸像啥也没听清，他狠狠地摔开外祖父的手蹦到一边去，靠着油摺子卷起一根烟抽着。外祖父困惑地瞅了他一会儿便走向船头。

这时祖父的那条扁子已从鸭屁股的扁子后头抄到前头来。祖父跛着腿靠在凉棚门口，他把刚才外祖父揪朱帮头衣领的情形瞅得清清楚楚。他摇摇头长叹一声，缩进凉棚对母亲耳语了一句。

母亲便探头出来高喊："爹——过船来喝一口热米汤哩！"

"不喝！"外祖父恶狠狠地应了一声。

东洋鬼子在滩头吃了喝了屙了便重新跳上船叫开船。船走出不远，外祖父突然惊叫一声："舱里进水啦！"等曹长过来看时，那水已灌了半舱泡着粮包了。外祖父也不等他说啥，扬扬手招呼跟在后头的鸭屁股的船："您打头里走吧！"喊了便跳进舱里，掀开几个粮包就舀水，舀了一阵子舱里没多少水了，船却掉在最后头了。

这时，祖父的船也掉在后头了。祖父立在艄后大声喊："大哥——把粮包过到俺船上吧！"母亲也抱着大姐扯着父亲跑到艄后拖着哭腔喊："爹呀——您正犯着心疼病，可别累伤身子骨呀！"

外祖父气急败坏地跳出舱来，指着祖父的船破口大骂："俺日您的妈！您瞎啦眼啦？反了您啦？您敢抢俺帮头的生意？您再磨蹭着不快走，俺叫东洋人一枪毙了您！"

骂完他立刻跳回舱里使劲舀水。

曹长在一旁半听半猜着两船间的对话，似听得懂又似听不懂。这时他见前头河边又有一大片树林子，顿时焦躁起来，叽里呱啦不知乱叫着啥话。外祖父也不搭理，只管低头舀水。曹长便招手叫正犹豫着走还是不走的祖父的船靠拢来，叫两个东洋兵把机枪移到祖父的船上去，只留一个东洋兵在外祖父的船上，他自己也跳过船去，比画着手势叫祖父把船赶到顶前头去打头里走。

这时，曹长扭头发现外祖父从舱里露出半张麻脸来悄悄张望着他偷听。他狐疑地盯了外祖父一眼，又盯了盯紧张不安的祖父、父亲和母亲，歪头想了想，又跳过外祖父的船上来。他挥挥手叫祖父的船朝前赶。

祖父无奈，叹息一声叫母亲打舵开船。母亲有气无力地一推舵柄，便倒在舵柄上哇地哭出声来。

父亲颤抖着手举起篙子，点在外祖父的船舷下撑开船去。

祖父忽然想起了什么，他朝船后紧跑几步，艰难地抬起歪胳膊朝外祖父船上正扶着舵的朱帮头拱手作揖："朱帮头，您照应照应俺大哥吧！"

朱帮头缄默着望都不望祖父一眼，嘴角却有一丝轻蔑的嘲笑。

7

曹长见祖父的船开走了，又挥挥手叫东洋兵下舱去舀水，却叫外祖父上来摇橹开船赶路。

外祖父正使劲舀水舀得挺卖力的，舀得舱底隐隐露出一道破缝来。他便指给站在舱口的曹长看，比画着手势说要上坡挖一坨泥巴来糊住破缝。这时朱帮头已打舵把船靠近河边了。

曹长挥挥手，外祖父便拎了个吊桶跳上坡。他挖来满满一桶黄泥巴倒在舱底糊粑粑似地糊起来。泥巴还不够，他把吊桶扔到东洋兵的脚下叫他再去挖。东洋兵白了他一眼站着不动，但曹长的鼻子里哼了一声，东洋兵赶忙提起桶跳上坡去。等东洋兵搬来一桶泥巴，外祖父便接过去捏了一坨，用手指头捻着说这泥硬了，他冲东洋兵嘿嘿一笑，解开裤腰朝桶里尿了一泡尿再伸手在桶里搅起来。东洋兵慌忙捂住鼻子嘻嘻地哂笑着。

曹长抬头望望那帮船已走远了，便警惕地端起枪走到船头朝岸上张望。

舱里，东洋兵立在外祖父身后饶有兴致地瞧着他把泥巴搓成泥团、捏成泥饼、拉成泥条，往船缝里碾着砸着。瞧着瞧着，外祖父将手里捧的一团稀泥高高地举过头顶，怎么没砸向船缝却叭地砸在他的脸上粘着，把他粘成一个没鼻子没眼没嘴巴的泥面人。东洋兵还没弄明白是怎么回事，头上又被扣上了装满烂泥的桶，像戴上了个钢盔。他张嘴想叫唤，可泥巴浆子灌满了他的嘴。他急得浑身汗一炸，猛蹲成一个骑马式站稳脚跟，双手抱住头上的泥桶使劲往上脱。但外祖父的手使劲按在桶底上，他咋脱也脱不掉，急得团团转并伸手乱抓。

这时外祖父便把斧头像劈柴似地举过头顶，他很兴奋，一字一顿地低骂了一句："俺、日、死、你、东、洋、鬼、子、的、先、人，你、也、有、今、天！"骂完了那举得高高的斧头便恶狠狠地对准东洋兵像个木柱头似的头顶劈下去，那斧头扯着风闪着寒光，要把那个头颅劈成两个葫芦瓢或一株两瓣红叶的人参……

外祖父的计策是很高明的，他使了拖延麻痹计、声东击西计、诱敌深入计、调虎离山计。这会儿他得了手，打算先劈了东洋兵再躲进舱旮旯里蹲着，等曹长跳下舱来找人时再劈了曹长，一举报完一巴掌之仇、三妮子和水水之仇、沙洋大轰炸之仇。

但外祖父犯了一个致命的错误，他刚才不该慢腾腾地骂那一句延误了时间。

在他咬牙切齿的骂声中那个健壮的东洋武夫已感到了灭顶之灾。趁他骂人的工夫，东洋兵猛一躲闪，用力托起头上的泥桶朝对面狠狠一砸。没砸着外祖父，但他连人带桶一起都砸在舱壁上，砸得轰隆隆一响。

曹长闻声赶到舱口，一枪便射掉了外祖父手中的武器。

曹长的鼓眼珠完全鼓出了眼窝，像两个灯泡子挂在脑门上射出逼人的光彩。他搂着枪打算再朝外祖父的胸口射，但他又垂下枪口退了枪栓。他习惯于用枪刺挑人，他要不慌不忙地挑死这个坏了良心的船夫。

外祖父感到他的脸上的麻窝窝里溅满了稀泥巴点子，他伸手往脸上揩了揩，不料揩了满脸的血，揩成了个狰狞的鬼脸。他的舌头伸出来舔舔嘴角的血，咂了咂那血的腥味，然后对着曹长急促地啐了一口："呸！俺日您东洋鬼子的祖宗！您下来！"

骂完他那血糊糊的手又利索地摸起斧头举起来。斧刃上的血水顺着斧柄滴落在舱水里，吧嗒、吧嗒、吧嗒。

曹长倒真被外祖父的凶样子给吓住了，他愣了一会儿，大概在想是跳下去与外祖父拼杀一场呢，还是干脆一枪打死算了。

外祖父也在想：趁他往下跳俺就赶紧一手抓住他的枪筒子，一手举斧劈死他！手脚要麻利！

但是外祖父忘了躺在舱底的那个泥面人。他刚才跌倒在舱里头撞在舱壁上撞得太重，被撞昏了。这会儿他清醒过来，伸手抠出眼窝里的两坨泥巴便看清了外祖父的后腰。他在外祖父的背后从胳肢窝底下一把箍住了外祖父的腰，呀呀呀地举起来。

曹长见状就挺了挺枪刺，叫东洋兵把外祖父甩到甲板上来。而就在这时，曹长的背心窝突然被一根篙子戳了一下。可惜这一篙戳得不太重，他打了一个趔趄，身子朝前闪了几下又朝后闪了几下，没栽倒。他及时把长枪的枪刺撑在甲板上立稳了脚跟。

曹长回头一看，从背后袭击他的是独腿朱帮头。朱帮头再次举起篙子要戳他，一见他的眼珠子凸出来了便吓得扔掉篙子朝后艄蹦去。曹长很痛恨这阴险的一篙！他扔下外祖父去追打独腿。

外祖父没提防被人从背后拦腰拖住，他两脚腾空乱踢乱扑棱却挣不脱东洋兵那铁箍子似的手臂。外祖父急中生智用斧头朝自己的前腰狠剁了几下，结果把东洋兵的手指头剁胡萝卜似地剁得稀烂。东洋兵惨叫着松了手，外祖父反身一斧头劈在他的脸上劈得血光一闪！

曹长把朱帮头逼进凉棚又逼到艄后用枪刺把他挑进河里，便又端着被血烧红了的枪刺冲到船头来。

这时外祖父正抓着那把红烙铁似的斧头扒着舱沿往上爬，他爬得怎费劲怎艰难，爬了半晌也爬不上来。他已泄了元气，他劈破了自己的肚皮，流了一舱的血。

他仿佛没看见曹长的嘎吱嘎吱的黑长筒靴踩过来，他仿佛不知道曹长已居高临下地端着枪刺虎视眈眈地看着他。他还是爬他的，斧头捏在手里很费事，他就咣当一声把斧头撂在舱口的甲板上。

他终于爬出舱口，趴在甲板上喘着气。曹长用打了铁掌的靴底轻轻一推，把他推翻身仰躺在船舷处。这时曹长便看见他的裤腰脱了露出肚皮子，肚皮子上已剖开一道口子，一嘟噜肠子从破肚子里慢慢滑出来。那肠子粗的细的直的曲的盘绞在一起，裹着厚厚的白板油，冒着丝丝腥热气，跟猪肠子一模一样。

外祖父感觉到自己的肠子流出来了。他瞪着怎大的惊奇的眼睛用力低头想瞧瞧自己的肠子，但他的努力纯属枉然，他的力气都随着肠子溜出腹腔。他明白了这个道理，不知是不甘心地还是下意识地用双手托住肠子往肚子里塞。那肥嘟嘟的肠子塞不住，五脏六腑都从这个弄潮汉子的血肉之躯里奔涌出来……

曹长后退几步垂下枪刺，若有所思地俯视着这个满脸麻子的中国船夫。

外祖父的遗恨是永恒的。这个鲁莽汉子指望再咋的拼着他的一条命总能杀两个，赚一个好给三妮子和水水赔本。

唐河帮首领张张嘴龇出难看的黄牙又使劲一咬，运足最后一丝气力，双掌撑着船舷，弃船翻身滚进襄河里……

第十一章　船　役

1

东洋鬼子是在武汉失守的第三个年头占领沙洋的，接着便攻下襄樊，打红了眼的东洋鬼子又逼进宜城。国军司令张自忠将军也打红了眼，把他的队伍统统拉到襄河南岸血战一场，结果为国捐躯。

汉水因失却张自忠这条硬邦邦的汉子而使以往清澈碧透的光彩黯淡了。从此，汉水这块漂浮的、流动的地盘算是整个儿被东洋鬼子霸占了。

东洋人安然无虞地来往于汉水之上。连东洋汽车也从河里来了，汽车是坐撮瓢船来的。撮瓢船是坐"海虾子"坐到下江口被掀进外河，沿着外河开到汉口又挤进内河来的。撮瓢船恁宽恁长，船身恁矮，远看像河里漂的木排，船头敞开活像个撮瓢，撮瓢嘴里含着汽车。撮瓢船的撮瓢嘴还含来了汽艇和飞船。汽艇嘟嘟嘟像在水里跑的汽车，飞船开起来从河面上腾起几尺高，眨眼就来了眨眼就去了，像河里的飞机。

汉水上从此多了三个河怪。

河怪专逮河里的船，从大扁子到小划子都逮。逮着了船就逮着了船夫，逮去做船役。跑上水装洋油炸弹、白糖洋面，运到沙洋、襄樊的东洋兵营给东洋队伍和他们的枪炮吃喝，他们和它们吃饱喝足了好跟国军及新四军游击队打仗；跑下水装大米、棉花、药材，押运到汉口卸到撮瓢船上。撮瓢船堆得像一座山时就往下江口开。下江口停泊着东洋的"海虾子"，它那稻场一般宽敞平坦的铁甲板上竖着的"蚱蜢棍"把撮瓢船上堆积如山的货轻轻一吊，便吊到铁箱似的深舱里码起来。码满了就启程，漂洋过海运到东洋国去。

没多久，襄河里的船夫都被河怪逮住做了船役。钻进白河远远地逃到河南源潭和新野的船算是溜之大吉，东洋鬼子也没打到白河里头去。听说连头年想闯过汉口回外河的川帮也被逮住了。其实没被逮住的船也自投罗网，给东洋人运货，东洋人照例给船钱，不给东洋人干，河里就没别的生意，只有干守着空船饿死。也有人狠狠心扔了船拖老带小逃上坡的，但上坡也是死路一条，东洋鬼子守在路上抓夫，抓住夫子捆在撮瓢船上开到外河去，开到湘江前线去打长沙。

唐河帮打那一回给国军装粮被东洋汽艇劫持到沙洋，再也没逃走过，乖乖地沦为枪刺下的苦船役。

外祖父罹难，唐河帮没了帮主。船老大们六神无主，公推祖父继位做新帮头。王二嚷得最起劲，催祖父快快应允下来，照规矩众人行个盟誓喝血酒、拥君称臣的礼仪。祖父却缄默良久不语。祖父自从废了一条胳膊后便是一脸愁苦相，后来外祖父死后他更是蔫里巴叽的，连说话也没个高腔。

这天，祖父见王二和鸭屁股等人催他领衔催急了，这才嘟嘟哝哝地开口："唉——俺是个瘸手，自家的船都驾不稳了，还做啥帮头？依俺的……就叫鸭屁股做个帮头吧。"见众人不吭声，他顿了顿又说："有啥事，俺，还有王二、鸭屁股，俺们仨在一堆合计合计是一样。"

众人便依祖父的意思拜鸭屁股为新帮头。

东洋鬼子也认了鸭屁股这个帮头，凡装船卸货、开船泊岸都叫鸭屁股引头。王二奚落鸭屁股身为帮头只当是东洋人的一条狗，统船率众容易得很，只需尖着耳朵听主子的使唤。王二这话刻薄却在理，东洋鬼子啥事也不让鸭屁股拿主张，连开船、湾船的时辰都不由他的意，更不准他把船老大们拢到一堆说啥话。开口便习惯吐脏涎的鸭屁股嘴臭脾气也丑，嚷嚷着不愿做这个徒有虚名的窝囊帮头了。只碍着祖父一再相劝，才不情愿地背着帮头的名声。岂止帮头的交椅形同虚设，连船老大也是徒有虚名。每条船都上了一个押船的东洋兵，东洋兵倒成了船老大，啥事都得问他们，啥事都得照他们说的办。真船老大做了假船老大的伙计，成了帮工，成了龟孙子。

唐河帮就这么忍声吞气做船役，一做就是三年。

2

祖父的扁子上有了大小六口人。

外祖父还没死之前母亲生了大姐，外祖父死后母亲生了长兄。一老一夫一妻一子一女的水上船家，船上还有一个东洋兵。

押船的东洋兵都管船老大叫船老板，都自称太君，船老大也管东洋兵叫太君。祖父船上的太君看模样怎年轻，他自报岁数三十有二，祖父说他充大，怕只有十七八。父亲说太君也没那小，估摸太君同他的年纪相差无几。这个太君不吸烟不喝酒，养生有道，脸盘子长得白白净净，母亲便称他为白脸太君。

母亲起初看白脸太君的眼光是冷漠含恨的，日子久了，在她眼里白脸太君的模样、行为又很可笑。她见他从早到晚筒着一双皮靴呱叽呱叽的，开船他就立在船头一个劲做操，停船他就在河滩上疯疯癫癫地跑得满头大汗。有一回母亲忍不住问他："太君您咋不嫌腿累？不嫌费鞋？没来由白跑腿干啥？歇着养养身子骨咋不好？"他听了咧着嘴直乐，指着母亲笑得直不起腰来。他还有一根长笛，喜欢夜里盘腿坐在船头吹弄它，吹出的调儿呜呜咽咽的，听来怪凄凉。

大姐和长兄倒不嫌白脸太君是杂种，怎喜欢他。实际上是两个娃娃招得白脸太君疼爱，大姐的嫩脸蛋粉红透白像个熟桃子，长兄胖乎乎、黑乎乎、傻乎乎的格外顽皮。白脸太君的手痒不过，摸摸大姐的脸蛋，捏捏长兄的鼻子。大的没大样，小的就没小样，大姐敢揪白脸太君的耳朵，揪得他直叫唤，长兄便敢箍白脸太君的脖子骑他的背。白脸太君听任两个娃抢过他的长笛耍猴棍玩，就是长兄把小雀雀塞进长笛窟眼里灌尿他也不生气，还拍拍手直乐。

不过母亲听鸭屁股的艄婆子说，别的船上的太君也跟白脸太君一个样，格外喜欢娃娃。

大姐和长兄吃的砂糖、饼干都是白脸太君白给的，一包还吃剩着他又塞给母亲一包。对慷慨的馈赠母亲都收受了。起初她怕白脸太君居心不良，又见祖父和父亲的态度暧昧，拒收过一两回。谁知把个白脸太君气得白脸翻成红脸，嘴里嘟哝着骂："良心坏啦坏的！朋友的不是！"母亲听了便害怕。他骂过之后又笑着哄着把东西塞给大姐或长兄。母亲见别的船上艄婆子们都喜滋滋地接太君送给娃娃的东西，心想不接白吃亏。母亲自然没忘她的妹子三妮子是咋死的，她一直防备着。但她心里琢磨，就像中国人有好坏之分，东洋人自然也有好的歹的，她以为白脸太君当属好的之类。母亲便也帮着白脸太君缝缝洗洗。

这天，母亲正在凉棚里忙着给白脸太君的一件衣裳缀扣子，祖父走过来重重地哼了一声，母亲慌忙抬眼望祖父，祖父却已走过去。他倚在凉棚门外半靠半躺着，从怀里摸出个扁瓶呷了一口寡酒。母亲便犹犹豫豫地低下头去继续缀她的。

祖父对白脸太君与娃娃的纠缠、对母亲的礼尚往来之举，见了总要皱着鼻子哼一声的，但他仅只哼一声而已。他对儿媳主持的家政不愿多嘴。他常说他老得快又是个瘸子，啥事也不能做干脆啥事也不管。前舱腾给了太君住，他也不愿去船头跟忙碌的父亲当帮手了，太君成天待在船头他见了心烦。后艄自有母亲扶舵，他无所事事，每日只半躺半坐在凉棚门口喝老酒打发时光。唉！祖父失去一条胳膊又失却了患难与共的外祖父，从此也失落了光棍胆魄、好汉气概。偶尔鸭屁股和王二夜里悄悄摸过船来找他合计啥事时，他只像个偷安图静的病汉，尽说些凡事要敷衍、马虎的劝话。东洋鬼子上了船，在他看来只当是卧床的瘫子干瞅着臭虫往身上爬，浑身直起鸡皮疙瘩却没法捏。想想外祖父他自叹弗如。"胳膊拧不过大腿，干犟也白搭，就这么熬着看哪一天是个尽头吧……"他安抚着胸中那颗曾何等刚强的心说。不过祖父也觉得白脸太君天性喜欢娃娃，像和两个孙子有缘分。伸手不打笑脸人，再说娃娃不懂人事。俺懒得理睬你，他想。

父亲背对着白脸太君坐在船头一舷甩参子鱼。父亲也懒得理睬白脸太君，船头的这两个男人年龄虽相近，但除身份水火不相容之外，志趣也大相径庭。父亲摇橹拉纤忙完出力气的活后，漫翻出一本破书看或垂钓静思，像个雅士，相比之下，白脸太君却是个起起武夫。瘦弱的父亲一向好思考却没什么主见，凡事母亲拿了主意便也算他的意思。他觉得有帮头有王二，有祖父有母亲，与太君打交道的事不用他操心。他的职责只在于代替祖父独自驾驭住这条看似驯服实则桀骜不羁的河马……白脸太君跟娃娃亲热他倒不在意，他答过母亲的问话说："这杂种整日闲得无聊又没谁搭理他，不与娃儿作伴找谁说话解闷？"这会儿他心不在焉地甩着参子鱼，却在苦思冥想：那刘备本乃汉室正宗，既有天下无敌的五虎将又有神机妙算的诸葛亮，为何就不得天时而难以匡扶汉朝？张自忠是有名的会带兵打仗的人，怎么也败在东洋队伍的手下……

鸭屁股说太君塞吃的东西给娃娃们是黄鼠狼给鸡拜年，王二却说这叫收买人心哄乖乖儿。祖父不说好歹。

这天晌午卸了货吃了饭，母亲见祖父懒洋洋地躺在凉棚门口打盹，她便哄长兄睡着，然后朝蹲在艄后甩参子鱼的父亲言语了一声，便牵着大姐起坡，上街去买些针头线脑及盐、酱。

等母亲转回船来时，凉棚内掀开的被窝里只有长兄的一摊尿，长兄的人影却不见了。祖父依然躺在那儿鼾声大作，父亲仍迷在忘我的境界里垂钓。

母亲顿时惊慌起来，一边拖着哭腔呼唤长兄，一边出语不恭地埋怨祖父和父亲。他们二人从梦境和迷境中惊醒，也吓得在后舱上下、凉棚内外乱找一气。

正吵吵嚷嚷，大姐却在船头哆声哆气地朝母亲招手："俺妈呀——快来看！"

母亲似有所悟，咚咚咚地跑到船头。她顺着大姐的小手所指朝前舱里探头一望，便呆了似地立着不动了——

长兄蜷曲在白脸太君怀里侧身睡着，睡得恁香恁甜。白脸太君也坐在那里靠着眯着了，但他还有模有样地搂抱着长兄，一条胳膊的大臂让长兄的头枕着，胳膊肘弯在前面，手掌曲着抚在长兄额上遮挡刺眼的光线。另一条胳膊的臂弯兜住长兄的屁股，手则轻轻拍打在长兄的背上。

大姐爬下舱去轻轻摇醒了白脸太君，母亲哑然无语地接过长兄。白脸太君笑了笑，他很得意，说小孩哭啦哭啦，说太君抱抱乖乖地乖乖地睡啦。说着他掏出手巾揩揩胸前，胸前湿濡濡、热潮潮地印着一幅墨画似的轮廓，那是尿渍。

祖父的五口之船家中就这么混居着一个外国军人，别的船光景也大同小异。野猫钻进了家鸡窝，惊怕之后，忧也罢、烦也罢、仇也罢、和也罢，就这么挤着。总之，船役生涯苦难艰险，但也还是跑船漂河。几尺宽的船头被长枪刺刀占据着，但也有炊烟绕白帆、长笛逐流水的景象。唐河帮在战火中苟且偷生。

3

与白脸太君撕破脸是装盐那一回。

那一回打老河口装盐走沙洋，中间的货舱漏了，舱底渗进的河水浸了压在舱底的两个盐包。从头天一大早直到第二天下午，父亲才发觉漏舱了。父亲忙问祖父咋办，祖父叫父亲拽出两个湿淋淋的瘪瘪的草包给白脸太君看。

谁知太君变得恁不通人情，他的白脸翻成红脸又叠成青脸，一口咬定盐是父亲偷了。父亲辩白说："明明是舱漏了水浸了盐，太君不信去舱里看看，咋说是偷了？"

白脸太君叭的一巴掌扇在父亲的左脸上，父亲感到左半边脸皮被烙了似的火辣辣地发麻。他用一只手捂着脸跳进货舱里，伸出另一只手指头蘸了舱里的渗水咬在嘴里含着，对白脸太君说："太君不信尝尝？这舱里的水咸得发苦！"

白脸太君又朝父亲的右脸扇了一巴掌。父亲觉得嘴里含满了涎水，含不住了便呸地啐出来，原来不是涎是血。他用手背使劲一抹嘴角的血，又说："太君不信拿锅来熬熬舱里的水，保准熬得出盐渣子来。"

这时祖父见势头不对早抢过了母亲手里的舵打舵靠岸，并大声叫唤前头船上的鸭屁股。鸭屁股一招呼，所有的船都靠了岸，船老大们纷纷跳到岸上朝祖父的船跑过来。这一下糟了！各船上的太君也都跳上岸，叽里呱啦地吼着逼赶船老大们上船继续航行。

白脸太君见状大怒，他一把揪住父亲的衣领，把父亲拽到坡上绑在河边的一棵杨树上。

鸭屁股和船老大们就吼起来，搡着嚷着要冲上去解救父亲，太君们纷纷端起枪呀呀地叫着，把枪刺比画着堵住他们。太君们很惊讶，他们不知道船老大们早窝着一肚子火烧得难受。他们的倔强脾气发作了，不管他刺刀是铁打的胸膛是肉做的，一个劲朝前挤着，逼得太君们连退几步。

这时，祖父抚着一条软塌塌垂着的废胳膊过来，像一只断臂螳螂踉跄着挡住了鸭屁股他们。祖父突然明白了太君的刺刀绝不会退缩，他要制止这场血灾！他浑身大汗淋漓，急得牙巴骨乱锉着挤出断续地嘶喊："让他们捆……让他们去……惹不得呀……忍住……忍住呀！"他知道应该牺牲儿子的皮肉来保住儿子和大伙的性命。

天色急忙黑下来，河林子阴森森的。刚才吓得乱哭乱号的艄婆子们和娃娃们都屏住了呼吸，不安地躲在凉棚里朝岸上偷望。

太君们在河边烧起一堆篝火来拷问父亲。白脸太君没有鞭子，也不用枪托打人，他爱惜他的枪，每天擦几遍藏在船头他的睡舱里不轻易拿出来。他就用他的两个巴掌交替打父亲的左脸和右脸，父亲的脸立刻肿起来，肿得像个猪嘴巴拱得老高。

母亲吓傻了眼。她咋也没想到白脸太君变得恁凶恁毒，她竟一时以为他是另外一个人。当她愣过神来认清他确实是两个娃子的亲密朋友白脸太君时，她赶紧抱着长兄拉着大姐上坡，不顾祖父的阻拦，强行跑到白脸太君跟前跪下。她叫娃子们也学着她跪下，但大姐和长兄颇有傲骨，都不给打他们爹的太君下跪，却跑去抱住父亲的腿哭。

母亲指望错了。白脸太君翻脸不认她，也不认哀容惹人柔肠寸断的长兄和大姐，他烦躁地挥挥手说："小孩哭啦哭啦的太君头疼！"他嫌娃娃哭声噪他的耳朵。长兄和大姐也确实会哭，啼声像杀猪、像夜里叫春的猫似地听来瘆人。不过太君总算没再扇父亲的耳刮子了，他也气得汗颜，帽子歪了，脖子上的纽扣扯脱了，呼哧呼哧直喘气。

母亲见白脸太君上船找水壶喝水去了，忙立起来对父亲说："太君不讲理俺们挺不过去，您就照他说的认啦，盐是偷啦，再看他咋说？"

父亲跺跺脚把脸扭向一边不吭声，他也不能吭声，他的牙被打落了两颗，含糖块似地含在嘴里没吐出来。

这时白脸太君喝了水擦了脸又跳上坡来。他瞧瞧捆在树上的父亲，瞧瞧母亲、长兄、大姐和冷冷地立在一旁的祖父，又瞧瞧对峙着的那群船老大和东洋兵。他的眼光又凶狠起来，逼到父亲跟前。

母亲也使劲瞪了父亲一眼催他开口，她见父亲不睬她，便自己硬着头皮朝白脸太君很惭愧地笑笑："俺问俺男人啦，他认啦盐包不是给水浸啦是叫他偷啦，他说他好吃好喝、偷盐换酒换肉米西米西啦。太君肚量大大的，他的心眼小小的。"

白脸太君点着头很仔细地听母亲说完，便仰着脸闭着眼长长地舒了一口气，满意地搓搓手掌绕到树后头给父亲松了绑。

拷问出乎意料地结束了，白脸太君和所有的太君都回到船上去了。

父亲用手捧着吐出了嘴里的两颗牙。

船到沙洋卸了货。白脸太君见父亲拱着的猪嘴不消肿，牙龈出血，便塞两张纸币在长兄的小手上，叫父亲去治病。父亲接过那钱，却扬到河里打漂漂给白脸太君看，转身去找母亲要了钱上坡找牙医。父亲被打落了一颗上门牙和一颗下门牙，他把手里攥着的两颗牙递给医生，问这牙还能不能让它长到嘴里去？医生说这牙没用了但可以镶金牙。做苦力干活自然没钱买金子，于是父亲就让门牙豁着像个落了牙的糟老头，一张嘴说话便露出豁洞，像个写歪了的"8"字。自小就不多话的父亲由此愈加羞于启齿。

父亲成了个豁巴齿，还把那两颗打落的牙包在纸烟壳里藏着。直到后来白脸太君走了，他见那两颗牙都发了霉才扔进河里。

母亲忙乎了几天。她把中间货舱里的盐水都舀起来留着，盛满了大桶小桶、大盆小盆、坛坛罐罐。她在河滩上架起铁锅熬盐，熬出的盐末子细细白白的像洋面粉，装了满满一布袋子，还给了鸭屁股的艄婆子一大钵。那艄婆子也来帮忙熬盐，故意阴阳怪调地喊："哟——如今这盐价可不便宜！没听说张自忠的队伍掏大价钱到处买盐？"母亲便接过话茬子大声嚷嚷："俺这盐甭掏钱！是俺男人的两颗牙换的！"

白脸太君明明看见了母亲熬盐也听见了她嚷嚷，但他装作没看见没听见。母亲不再搭理他，也断然拒绝他对娃娃的恩赐。大姐和长兄也怕他躲避他，再也不敢去船头玩耍，有时在船舷、桅下撞见他，便吓得哇哇哭着掉头飞逃。

但母亲仍在暗地里关注白脸太君的举动。她发现他很寂寞，一副失魂落魄的鬼样子。她见他咋就也不做操也不跑步了，却会吸烟会喝酒了。她惊讶他那酒量竟比祖父还大，不分白天黑夜地昏喝。他喝醉了就抱着那根长笛疯疯魔魔地吹，却又吹不成个调儿，忽高忽低时断时续的，母亲听来感觉很古怪很不吉利。

4

两个月后果然应验了白脸太君的鬼笛子吹出的凶兆，是装粮食走襄樊那一回。那一阵子打仗打得邪乎，打得粮食多珍贵！无论是坡上还是河里有运粮的车船，就好比是驮着金子走夜路，国军、新四军、游击队、土匪，啥号队伍都要来劫。

那一日是渡风，襄河里水也流得急，拉纤行船，船帮紧靠在河边摆一长串慢腾腾走着。走到半路经过一道河岗，岗上高粱林子里突然冒出一支队伍。队伍里的人很多都穿的是便衣，不像土匪像是游击队。那个喊开火的是为首的，使一把王八盒子枪法怎准，砰的一枪便打断了鸭屁股的引头船上的纤绳，接着枪子儿便雨点般射下来。

纤夫们是王二引头，他慌忙叫大伙趴在河滩上一动不动。

鸭屁股正立在船头。他一个箭步跳上坡，朝后头的船飞跑过去，边跑边招呼艄婆子们把娃娃们都带到后舱里躲起来，喊完他也趴在沙滩上朝河岗那边偷看，他估摸这劫路的队伍是抢粮食的不会久战。

太君们趴在船头叭嘎叭嘎地还击。

祖父的船紧跟在鸭屁股的船后头。枪一响母亲正在惊慌，听见鸭屁股大声招呼，便扔了舵一边拦腰抱起长兄，一边喊着大姐躲进凉棚。听见大姐在凉棚里应了一声，她便搂着长兄先跳进后舱，打算再伸手拽大姐也下去。她不知大姐嘴里应着却钻出凉棚高喊爷爷，大姐刚才瞅见祖父躺在粮包堆上睡着了。

这时，无数枪子儿曜曜地尖叫着擦着大姐的头顶飞过，她吓得伸手护住头，却傻站着不知退避。幸亏一只手掌连推带塞麻利地把她掀进凉棚。

接着母亲便从后舱爬出来斥骂着把大姐拽下去了。只是分把钟的事，母亲全然不知刚才的险情。吓得半死的大姐也没说啥，她也根本没看清是谁的一只手救了她。

但祖父看清了。枪响前祖父图清静，趴在码得高高的粮包堆上躺着喝寡酒，喝得有些坠头便闭眼打盹。响枪惊醒了他，他赶紧仄身挤进粮包缝里躲着。

祖父藏在高处，把一切看得清清楚楚：

他看见父亲和纤夫们像装死的狗横七竖八地趴在沙滩上。领头的王二吓得把脑壳都埋到泥沙里头，屁股却翘得老高颤抖着，倒像脑壳是个小屁股坐着，屁股却似个肥胖的脑壳竖着。

他看见顶后头那条船上的太君趁河岗上的队伍还射不到他这条船，把码着的粮包掀下来，搬到船头垒工事搭掩体，边搬边吼着令趴在河滩上的鸭屁股上船帮忙。鸭屁股装作没听见，假装害怕得抱着头一个劲喊爹叫娘，却趁太君扭过头去时手脚并用狗爬式地朝前猛窜着躲开了。

这时祖父听见大姐喊他并发现她陷入子弹的包围中，他正欲跳下去搭救孙女，却看见白脸太君拖着长枪从船舱朝凉棚门口朝大姐匍匐过去。白脸太君想干什么？祖父猛地立起来，凭单臂之力抱起一个粮包，随时准备砸向白脸太君。但他看见白脸太君跳起来一掌将大姐掀进了凉棚。

祖父愣愣地立在粮堆上，俯视着白脸太君重新匍匐回到船头，倚着粮垛叭嘎叭嘎地朝岸上还击。他咬牙切齿地压子弹、扳枪栓、搂枪机，很快打红了眼睛。祖父顺着他射出的一梭子子弹望去，望见他击毙了冲出高粱林的一个高个子。

祖父望呆了，一颗子弹从他耳际呼啸而过，他这才惊醒，赶紧卧倒在粮包上。

岸上射来的火力更密了，队伍都从高粱林里压出来。太君们见打不赢，都扑通扑通跳下河，蹚着水边打边退，退到顶后头那条船上固守，也不还击，等巡逻的东洋炮艇或飞船听见枪响赶来增援。

白脸太君不知是找死还是咋的，鸭屁股船上的太君跳下河撤退时喊过他，但他不搭理也不动，还一个劲叭叭叭地朝岸上打。结果岸上的队伍都把枪口朝他打，砰砰砰一阵乱射，白脸太君的枪才哑了。

祖父偷看到白脸太君胸前中了一枪，腋窝下沁出一摊血。他把长枪扑通扔进河里，趔趄两步歪倒在船舷边。他使劲一翻身滚进河里沉了，河面上只浮着那根竹笛……

这时岗上的队伍冲下河来，七手八脚地扛引头船上的粮包。那个为首的却端着王八盒子跳到祖父的船头，察看着甲板上的血迹四处搜寻白脸太君。祖父从粮堆上爬出来无语地立在一边，那为首的便盘问祖父，祖父猜白脸太君必蹲在船头下的浅水里藏着，他张张嘴想说什么，却又摇摇头。那为首的狐疑地探头朝河里望望。

正在这时，上游传来东洋炮艇的嘟嘟嘟声。那为首的舞着王八盒子喝一声，一群队伍便扛着粮包急忙钻进河岗的高粱林子里。

白脸太君从船底下钻出来便倒在河滩上昏死过去。几个太君把他抬到东洋炮艇上送往沙洋的医院，他怕是活不成了，整个身子像从酱缸里爬出来的，糊满猩红的血。

5

谁知个把月后白脸太君又回来了，仍被派到祖父的船上。他巴茬的胡子和蓬乱的长发连在一起，显得脸更白了，白得如一张纸。听说他的肺叶被子弹打烂了，他吵着要回东洋国养伤，却被当官的一巴掌扇回船上来了。

父亲也关注白脸太君的举动起来。他发现白脸太君变得像个古怪的糟老头，每日天麻麻亮准时爬出前舱闷坐在船头，天黑准时回舱，刮风下雨也不知避一避。父亲看不惯白脸太君阴沉着脸酗酒的样子，他嘴里喝进一半脖子里衣襟上洒一半，一身土黄的军服总不见换洗恁邋遢。他还变得爱钓鱼了，边喝酒边钓，每每钓得尺把长的鲢子或拃把长的参子鱼，便拆下枪刺将活鱼切成生鱼片下酒。生鱼片上沾着血丝子，老远就闻得腥气扑鼻，他却闻着香喷喷的，乐得哼出声来，一张长着络腮胡子的嘴脸活像一只猫，嚼生鱼片嚼得咯嘣咯嘣响。

这天傍晚，父亲站在桅下看到白脸太君又在嚼生鱼片。母亲也不吭声地走到父亲旁边来瞧，她远远地瞧着白脸太君佝偻着背吞生鱼片的样子恶心得要呕。父亲小声说："怪不得他脸上的胡子、汗毛恁深，怕都是茹血长的……"

祖父则走到父母背后的船舷处立定，表情麻木地注视着他俩不吱声。

父亲观察到白脸太君习惯酒后抖着爆满青筋的手爪擦枪，一擦就是老半天。父亲好几次从他身边经过时，发现他拉枪栓很费劲，总是拉不开。父亲心里便冒出一个念头：朝他的背心窝踢一脚就可以把他踢到河里喂王八！这个念头使他心惊肉跳却又甩不脱它的纠缠。这个豁巴齿毕竟是自小受了七侠五义、梁山好汉熏陶的，如今他也算是个船老大了，他对落牙之恨耿耿于怀，岂不巴望哪一天能报家仇私恨？可惜他稍逊祖父的刚毅血性，略输外祖父的胆略计谋，过去一直不知怎么个复仇法。如今有了机会，于是他常常在天黑或天未亮时不远不近地立在白脸太君的背后犹豫着图谋不轨。

母亲看出了父亲的心思后吓得脸色煞黄。她竭力劝导父亲，急得憋不过气来："您想想俺爹是咋死的，您想想看您弄死他，别的太君来船上找俺们要人咋办？您去做好汉抵了命，俺娘仨咋办？您参咋办……"

其实父亲果真要下手的话他必定失败。还有一个人也看出了父亲的用心，他不动声色地在暗处监视着，随时准备破坏父亲的行动。他当然就是祖父。祖父一直未对母亲讲白脸太君于大姐的一掌之恩，因为他不愿也没法子帮助母亲判断白脸太君究竟是好人还是坏人。他也不愿意告诉父亲，怕父亲改变了对打落其门牙之人的成见。他甚至在鸭屁股和王二面前也闭口不谈这件说不清白的事。他只拿定主意再暗自掩护白脸太君的这条命，除了担心惹祸，他显然还有与上回一样的朦胧的动机……

没等父亲决定踢不踢白脸太君，白脸太君倒哭着丢尽了东洋武士的脸先走了。

临走前，白脸太君一反常态，苦笑着死乞白赖拽祖父到船头去喝酒。船头摆着发给东洋士兵打牙祭的罐头。祖父陪他坐着，滴酒不沾，他却以为祖父在喝，便与酒友一起快活呀呀地叫着喝得歪歪倒倒，嘴角拖出尺把长的涎丝子。酒喝干了，他突然扑通给祖父跪下，拽下手腕上箍的表扔到祖父跟前。他说马上要派他上前线去打长沙，此去必死无疑，说他不愿让亲人给他买的这块表跟他一起死去，说不如把它送给救命恩人。原来他明白是祖父保住了他这条性命！

接着祖父听了白脸太君比画着手势叽里呱啦说的一大堆话，他竟说得声泪俱下。祖父听不懂，猜他的意思不知是说他在东洋国有个疾病缠身的老父亲盼着他保命回去侍候呢，还是说他在东洋国有个可怜的娃儿指望他平安回去抚养。

祖父听不懂叽里呱啦的东洋话，也不耐烦听，他把手表重新套回白脸太君的手脖子上，便把醉成一团烂泥的他推到前舱里去了。

第二天一早白脸太君走了，留下一舱空酒瓶。母亲去前舱拾掇，想洗刷空瓶子派它们装油装醋的用场。这时她听到床头有"滴答滴答"的声音，白脸太君临走前真把那块表留赠祖父了。

祖父把手表给了父亲。父亲很稀罕这比怀表还小巧玲珑的玩意，怕戴在手上惹眼又怕落到水里，母亲便使一根红绸带子拴着让他当怀表用。祖父和父亲都相信这巧玩意是值钱的真货，因为它不用上弦，两条针腿日夜走得欢，表壳黄灿灿得耀眼。

白脸太君滚蛋了，各船上的太君都跟着滚蛋了，撮瓢船把一群太君装猪猡似地装船开走了。不一会儿来了一只船，停在河心并不靠拢来，远远地看守着一大帮民船。

船老大们都很惊喜，头天夜里他们都听到祖父船上的太君呜呜地哭，这时都过船来围着祖父问长问短。

船老大们好久没这么明着聚在一起了，他们敞开粗喉咙招呼着互相打趣，兴奋得不得了。祖父也高兴不过，一边叫父亲把那块手表递给大伙瞧瞧稀奇，一边招呼母亲弄点啥东西给大伙吃吃。母亲答道："啥也没有，就只娃他爹甩的参子鱼晾的鱼干。"鸭屁股抢着说："中，中！俺船上还有一壶酒。"说着他扯起喉咙吆喝隔船上他的艄婆子递酒过来。王二趁机打趣说："都围在一起喝酒好是好，就是帮头得挪挪位置坐到凉棚门口去，你那鸭屁股嘴巴爱吐就吐到门外去，小心莫吐到参子鱼上了！"逗得一伙船老大哈哈大笑，都穷快活起来。

大伙七嘴八舌地议论着，都说昨夜里也听见自己船上的太君躲在前舱里悄声哭。说那哭声像闹鬼，一会儿有一会儿没，听得人汗毛直竖。大伙都问："太君这是咋的啦？"

祖父道："俺只听俺船上的太君说派他去打长沙。"

鸭屁股听到一点风声，便接过祖父的话茬子告诉大伙："太君都怕去打长沙，就吓得哭呗。俺这一阵子从太君和翻译官嘴里听出些名堂，镇守长沙的有个薛岳司令跟张自忠将军一个样，有名的会打仗！东洋人像三打祝家庄一样三打长沙都没打下来，呸！"

"你这个帮头是在翻老皇历！我昨天上街在茶馆里偷听别人说，东洋兵眼下叫做六……么样说啊……"王二卖弄他打探消息的本事，嘴里却又卡了壳，他急忙俯耳去听父亲嘟哝了一句什么，赶紧接着说："东洋鬼子眼下是六出祁山，攻六回也没攻下长沙，派到前线的队伍是有去无回。这不？兵不够把押船的太君也调上前线了！"

6

太君走后来了河怪押船。一帮船装了货就有一艘汽艇押送出码头或送出一半的路程，那头卸货的码头上也有汽艇接。看是装啥货，若是装炮弹、汽油，押船的汽艇就跟着船帮跳前跳后一刻不离，一直押到头。

船钱越给越少了，后来就拖欠着，一拖几个月，再后来就干脆不给了。船老大们没钱买粮吃就愁眉苦脸地向鸭屁股要，鸭屁股窝着一肚子火："你们问俺要，俺问谁要去？呸！"他照例吐出一坨涎沫子。

王二这号人总没个正经话，他接过话茬子故意撩拨鸭屁股上火："伙计们是向你要钱，不是向你要涎！你这个帮头是么样当的？"

果然鸭屁股火冒三丈，他把两个巴掌朝后狠狠地拍着自己的屁股，一拍一蹦地跳骂起来：

"俺日他妈的先人！谁乐意当这个狗屁帮头？俺日您东洋人的老祖宗！不给船钱俺就叫大伙偷！"

鸭屁股这一骂倒真骂出了一帮之主领导他的帮民觅食求生的施政纲领。大伙真偷起来,偷粮偷糖偷盐偷油,装啥偷啥,偷粮的法子是整包偷。偷了粮藏匿起来,把空粮包扔进河里。卸货时被点出缺数就说半路上被游击队劫了给土匪抢了。偷糖偷盐的法子简单,在这个盐包上戳个洞漏一碗出来,在那个糖包上拆线挖一碗再缝上。这法子保险,多偷几个包子匀着偷,一点也不显眼。偷油要忒大的胆,要一伙人合偷。先说好坡上的买主,深更半夜来一条划子靠在船舷,划子上带着油篓子,把一根长胶管子一头塞进船上的大木桶里,一头衔在嘴里使劲一吸气赶紧接进划子上的油篓子里,大木桶里的豆油或麻油就咕嘟嘟流进油篓子里。

祖父见大伙越偷胆越大,害怕出事,赶紧吩咐鸭屁股、王二去挨船挨个警告:"小心,莫偷掉了您狗日的性命!"船老大们便收敛了偷劲,却拦不住铤而走险的艄婆子们,这伙偷邪了的女人公然敢朝船老大翻眼睛犟嘴:"饿死也是死、杀死也是死!"连母亲也参与过一回偷油的勾当。

后来偷米出了纰漏而招致杀身之祸。

先是卸货时上船点货的东洋兵起了疑心,偏偏那一趟装的是大米。一个东洋兵刚跳上祖父的船,他狗日的眼咋就恁尖,一眼就瞄着了立在凉棚门口的长兄端着一碗米饭在往嘴里扒。兴许那些时东洋队伍上也不是天天有细米白面吃,东洋人打了几回败仗,粮食供应也紧张了。这个东洋兵紧紧盯着长兄碗里白生生的大米饭不眨眼,一旁的母亲已吓得战战兢兢。若是母亲沉住气便好了,说不准东洋兵只是眼馋呢?糟就糟在母亲不该惊惊慌慌地一把夺过长兄的饭碗往凉棚里躲。这时东洋兵开始起疑心,他的眼珠子骨碌一转。长兄偏偏还要凑热闹,他很委屈地大声哭嚷:"咋不让俺吃大米饭?咋不让俺吃大米饭?"这节骨眼上母亲若是不动声色地把长兄哄进去说不定事情还有救。这个东洋兵不一定听懂了长兄夹着舌头含糊不清的哭喊中用的一个很敏感的名词,多数东洋鬼子对中国话是半听半猜的。可惜一向怪精明的母亲慌了神更露出马脚,她不该一把捂住长兄的嘴将他往凉棚里狠拖,更不该回头偷瞟东洋兵。东洋兵见状愈加怀疑,他朝坡上招招手一吼,几个东洋兵立刻应声跳上船来。

东洋兵满船上下搜查。摔坛子砸罐子,乒乒乓乓。搜到后舱时,把铺盖都掀翻了也没搜出一颗米来。后舱底的垫板一块挨一块铺得很严实,东洋兵不知垫板是活动的可以揭开,以为垫板就是舱底板,舱底板下面自然是河是水。谢天谢地。

眼看可以蒙混过关,谁知灶妈子告密做了汉奸。船上人家虽然四面环水,却也难免老鼠和灶妈子的骚扰。船老鼠即水老鼠乃水路而来这不奇怪,奇怪的是哪怕一艘刚打的桐油呛鼻的新船也有灶妈子，不知这孽障从何而来。偷的米正藏在垫板底下，任由灶妈子敞开肚皮吃，它们吃饱了没事就拼命交尾拼命繁殖，衍生出恁多灶妈子儿女安居在舱板缝里。不料东洋兵在后舱拿枪托东捣捣西捣捣，惊动了棕红色的灶妈子们，它们振起不轻易用的四翼灯蛾似地满舱乱飞乱撞。这伙东洋兵或许以前未见过灶妈子，正待跳出后舱结束搜查的人又停下来对这种一对甲壳似的翼下还有复翼的爬虫产生了浓厚兴趣，如同动物学家仔细观察着舱板缝里挤得密密麻麻多如鱼卵的灶妈子兴奋不已。但当发现无耻的灶妈子嘴里衔着细碎的米粒壳、翼上沾满一层白米屑时，一切都无可挽回。

结果，枪刺撬开皮靴下的一块垫板，舱底匀匀铺着的一层珍珠似的大米暴露无遗。

东洋兵如获至宝，跳出舱来就喝问："船老板？船老板的说话！"

这时，父亲正和母亲一起搂着大姐和长兄蹲在凉棚里浑身筛糠、上下牙齿打架。父亲横横心站起来刚应了一声，不提防被急闯进来的祖父猛一巴掌扇倒。祖父刚才在船头唤过鸭屁股低语了几句什么。

祖父逼到东洋兵的跟前说："俺是船老板。这船是俺的，是俺挣钱买的，他们不当家，太君有啥事对俺说！"

他料定今日这一关挨不过，打定主意先把太君的火撩拨起来，不待东洋兵再问他便招供了："米是俺偷的。俺认啦，没粮吃饿着肚子咋跑船？"

他吵架似地大吼着，边吼边抱着废胳膊晃着肩膀显得很傲慢地朝凉棚外走去。东洋兵跟在他的屁股后头拿枪刺抵着他的背。

"这满舱满船的货给装啦运啦咋不给船钱？驾船的不就是靠几个船钱渡命？"

他指指船上的货又指指卸在坡上的货，磕磕绊绊地走过船舷，把鬼子引到船头，又返回到桅下便倚靠着桅杆不动了。

"那包米算俺偷啦也不算俺偷啦，该算抵俺的船钱！要赔您狗日的东洋鬼子先赔俺这一条膀子！呸！"

他狠狠地拍拍那条废胳膊，又指着几个东洋兵骂着，把一口痰射到他们的脚下。然后他紧闭两眼等着东洋兵拿枪刺来挑他。

但祖父想错了，东洋兵并不想挑死他。东洋兵一直不吭声，由他说任他骂。这会儿他哑巴了，几个东洋兵才凑在一起耳语了一阵子。

东洋兵解开篷上的缆绳绑在祖父的腰上。两个东洋兵合力扯缆绳，把祖父扯到桅杆上吊起来，一直扯到他的脊梁骨顶着桅尖的葫芦扯不动了为止。

唐河帮的船老大们都跳上岸，无语地仰望着高高在上的祖父行注目礼。王二躲在大伙后头泪流满面，首领鸭屁股立在大伙前头却如临深渊，干跺脚却不敢越雷池半步。

祖父在高高的桅尖上拼命扑棱着手脚骂不绝口。

三个东洋兵一起举枪瞄准，像瞄着天上的鸟似地瞄了好半天才开枪。他们的枪法都很准，三颗子弹不偏不倚地把祖父榔头形的脑壳打开了花。

祖父的头朝下一栽耷拉着，两手臂夸展着像翅膀，一条腿翘起像尾巴，另一条腿屈膝蹬在桅杆上像爪子。

祖父变成了歇在桅尖上的一只大水鸟。

不知为啥东洋兵没有挨船搜遍，要不然河里所有的桅杆上都将扯起一张人帆。

7

船夫们害怕东洋兵，害怕扯人帆，也害怕肚子饿，肚子饿了照样偷粮。不过祖父之死教乖了他们，偷术变高明了。偷的粮不再藏在后舱底的垫板下，改藏在船尾拖的小划子的暗舱里。惨痛的代价教会了母亲偷米不藏在划子上，而藏在一个大坛子里。坛子用一张破网兜住吊在艄后河里沉着，遇到东洋兵上船搜就赶紧一刀剁断绳子让它沉到河底。王二见了赞不绝口地告诉鸭屁股，鸭屁股便传令大伙都学母亲的偷藏法。于是唐河帮这一群狡黠的水上部落使东洋人黔驴技穷。

有饭吃有盐水泡饭当菜，嫌咸了还能化一碗洋糖开水喝，船老大们的精神便打起来了，艄婆子们的瘪肚子也鼓起来。

当大姐能抱得动长兄时，母亲便又生了二哥。

二哥是在祖父死亡一周年出世的。去年这时候祖父被扯人帆时，曾在怹高的桅尖上朝父亲和母亲疾喊："能生你俩就给俺多生几个孙子！这年头死人容易活人难，多生几个总保得住俩，你们听清没有？"那喊声像是从天上传来，极其威严而神圣。当时父亲、母亲一直跪在船舷旁，他们慌忙仰头望天作揖领命。于是父亲和母亲便遵照遗嘱急急忙忙生出了二哥，并打算继续生下去以便告慰在天之灵。

母亲生产的接生婆是唐河帮岁数最大的艄婆子，她都有七十九岁了，却是个怹能干的接生婆，连坡上人家添丁也扛着轿子来接她。

那天早上母亲发作了，疼得在后舱里打滚翻跟斗。父亲三次过船告急，接生婆才磨磨蹭蹭地过船来。她在凉棚门口挂了一床褥单挡风挡光，又缀上一块红布巾子警告父亲和所有的船老大、没过门的闺女大妮子、不懂事的娃子们不得入内偷看天机，使唤鸭屁股的艄婆子和另一个手脚麻利的女人烧起一鼎锅开水预备着。她严禁舀缸里明矾澄过的水烧开水，指定必须用立马吊起的一桶河里的浑水立马烧。她唠叨够了，这才操着一把二尺长的明晃晃的剪刀不像接生倒像杀生似地跳下舱去。

二哥是个孽种，他是倒胎，是毛里毛躁地先把一只脚丫子伸到光明亮堂的人间来的。结果他被卡在钻向人间的狭洞里，差一点憋死了，小手乱抓着险些把母亲的心招下来。接生婆把他的脚给塞进去，一只手伸进去兜住他的屁股，一只手在母亲的大肚子上隔着肚皮按住他的脑门子使劲把他扳倒，将胎位顺过来了。这便是接生婆令人咋舌的本事，这本事她是跟她妈学过来的。她若没这号本事，二哥休想一头撞穿母亲的血肉裁出来。

接生婆用明晃晃的剪子贴着二哥的肚皮咔嚓一声铰断脐带后，她的那号本领就实在不敢恭维了。她一手捏着二哥的滴血的脐眼使两个指头尖捏成一坨，一手从胳肢窝下的大襟兜里掏出一个方方正正的黄表纸包打开，捏了一撮她从不示人的神丹妙药抹在肚脐眼上揉揉。其实那药粉是香灰，是邂逅东西、是焚香的眼泪、是敬神的眼屎，她当宝贝。原来，人都是娘生出来的，人的肚脐眼却都是接生婆瞎糊弄做出来的。

接生婆扔下母猪一样哼着的母亲，把她的杰作——那个糊满血和屎的肉蛋蛋托在掌心爬出舱来。

满鼎锅滚烫的开水倒进大木盆里吱吱直叫。接生婆又招呼着掺进一桶立马从河里打上来的还有些如饭渣子大小的鱼虾游着的凉水，她伸手盆里试试冷热，正好掺得温吞吞的了。

二哥被扔进浑浊的散发着呛鼻的河腥味的泥巴浆子水里，接受汉水的洗礼。

据说只有立马吊的一桶没澄过明矾的淤着泥沙的河水才叫活水，用这号水洗才能把河水的灵气洗在婴儿身上。当然，还得心诚。这不，鸭屁股的艄婆子和那个女人都跪着焚上了几炷清香。

接生婆在木盆里放佐料似地倒进了几滴香油、几滴白醋、几滴烧酒，又扔进一把干艾蒿叶子泡着。艾蒿是消灾祛病驱邪的，烧酒是败毒的，醋是除血腥味的，香油是把奶娃子身上洗抹得光光溜溜的。

接生婆三把两把洗了二哥，这才掰开小胯甄别这胎娃胯里夹的是一道窄窄的缝呢还是拖着一截小尾巴。当她看清二哥胯里翘着的小鸡鸡时，便把他塞给鸭屁股的艄婆子裹起来。她则起身抹一把脑门上的汗珠子，前去撩开凉棚上的被褥单子探出头去，垮着脸傲慢地向听见奶娃子的啼声兴奋地聚头在凉棚门口的人们庄严宣布——

"是个学生。"这意思是说母亲生的是个可以拜先生上学堂念书，喝饱墨水好当官做老爷的男性。其实不如干脆就说是个小河虾，是个小船老大。

倘若接生婆探头出来说"是个千金"时，她的脸上就不是这号神气。她必抱歉地谦卑地笑着说，仿佛之所以是个丫头片子、死妮子、贱妞，全怨她这一回接生不力。

几乎眼前所有的唐河帮人都是像二哥这么着被接生婆或她的妈接生下来才活着的。

二哥的出世意义有所不同。他是在唐河帮逢了厄运时投胎降生的，他的活使人联想到祖父的死和外祖父的死。于是二哥给船夫们以生命之力的鼓舞，并唤起了唐河帮传统的淳朴的同舟共济之风。"一船难为家，一帮闯天下。"艄婆子们纷纷用大襟兜着将篮子拐着给月母子送来一二十个鸡蛋，手头再咋紧巴的也送了七八个。鸡蛋堆满了二哥洗胎身用的大木盆，鸡蛋壳上都抹了染衣衫用的红靛，红彤彤的怎像一盆烧透心的煤球火。

当二哥呱呱坠地时，桅尖上有一群水鸟久久绕飞不去。想必是感应了化作飞鸟的祖父的在天之灵，他一线单传，父亲一线单传，传到第三辈，在这兵荒马乱、战火连天、流弹横飞的岁月里，做船役倒人丁兴旺起来。

然而，当晚二哥彻夜啼哭不休，听声音怎像娃娃鱼的叫唤。这使人回想起一年前祖父被扯人帆的那天夜里，河里总有几十条娃娃鱼围着唐河帮的船头船尾哭叫了一夜。众人都说娃娃鱼是在给祖父哭丧，说娃娃鱼通人性，不忍祖父横遭惨死。但母亲相信娃娃鱼是外祖父在水之魂显灵了，他来接他割头换颈的结拜兄弟……今夜二哥这般疯哭，主凶？主吉？

第十二章　外河逃亡

1

天黑得像锅底水，黑得像墨池。两岸不见一点灯火，岸上的人家怕枪声，都紧闭了门户不掌灯。连天上的星星和月亮都被枪子儿嘣灭了。

船老大们不知这地方是哪里，不知船往哪里在走。太君不准吊桅灯，不准挂舷灯，连黑咕隆咚的睡舱里也不准掌灯。船开动之前，太君突然用枪刺把大人娃儿们连同船老大一起逼进后舱里关着不许探头出来。

但熟知水性的船老大们从河里怎急怎响的流水声中听出船走到了外河，正逆着水在沉重地爬行。

唐河帮是从荆门被汽艇押着跑空趟跑到汉口的。昨日深更半夜装的货，装货的一律都是东洋兵。一铁桶一铁桶沉沉的往船上滚，一直滚到天亮才滚完。装完货那些东洋兵没走，一条船上了一个，叫船老大给太君腾出前舱收拾好。白天一整天太君端着刺枪立在船头，不让一个船老大艄婆子和媳妇娃娃们上坡。到天煞黑时来了一艘小火轮，也不说装的啥船往哪里开，也不说啥时卸货啥时回，小火轮拖着长长一串船起航了。

翌日天麻麻亮，船走到簰洲上头。那艘小火轮扔下船帮掉头走了。

太君使枪托咚咚地敲着船板："船老板，起床的干活！统统地停船统统地停船！"

泊岸抛锚后天已大亮。各船上的太君都不准船老大离开船一步，却催逼他们再去舱里睡觉，睡到天黑起来开船。艄婆子们全部被赶到河滩上去垒灶烧火，严禁在船上燃一点火星。

唐河帮就这么昼伏夜行了几天几夜。

这天夜里，船帮忽然被逼着拐进了洞庭湖。船老大们顿时明白过来：这是要走长沙！他们早已闻出那死沉沉的圆铁桶里头的汽油味，原来装汽油是要往长沙前线的东洋兵营里运。前线硝烟正浓、激战正酣，大伙这是被逼上了一条死亡之路、汉奸之路，冒死把汽油运给东洋的汽车汽船、飞机大炮喝，好叫喝饱了跑得动，与薛岳司令的队伍打仗……

船老大们惊惶不安，趁拉纤时，七八个头葫芦串似地凑在一起悄声说话：

"这可是往杀场上赶啊！"

"俺们得赶紧拿个主意呀！您说是吧？帮头？"

"咋办？太君盯得恁紧，可别玩命，走一步看一步吧！"

"都死到临头啦！"

鸭屁股一声不吭。他只觉得心里烧得慌，口里也烧得发干发涩，不想说话也不想吐一坨涎水。

过了一天。

死亡之航果然首先以四条血淋淋的人肉作牺牲，没想到死来得这么突然这么快。

早上停船时，中帮随在唐河帮里的一个船老大想扔了船逃。他假装叫两个娃娃都跟他到河滩上去吃早饭，他的艄婆子早早在河滩上把饭做熟了，盛在几个碗里供灶王爷似地摆在灶跟前。吃着吃着，他趁船头的太君下前舱去干啥时，扯起艄婆子和娃娃们便朝坡上跑。他昏了头，也不看看别人船头都立着端枪监视的太君，太君放乱枪射死了他们。

一家四口，像发瘟的鸡似地倒在河滩上。

太君这分明是杀鸡给猴看。但眼前死的光景已吓不倒见惯了人血如河、暴尸如狗的船老大们，仅仅只使他们纷纷联想各自的命运：俺和俺一家子的命还能活几天？到时候是咋样个死法？贪生的本能使每个无论胆大包天或胆小如鼠的船老大都萌发了掉头回逃的危险念头。

太君叫鸭屁股从别的船上匀出两个人手驾那条全船死绝了的中帮扁子。

死亡航行继续。一根根颤跳不安的纤绳拽着死沉沉的油船缓缓爬行，绷得似乎随时都可能断裂的纤绳前头，一个个葫芦似的光头又串在一堆。纤绳似一根吊颈绳深深地勒进鸭屁股颈侧的皮肉里，他脖子上鼓暴的青筋活像一条蚯蚓扭曲着。只听他咬牙切齿地低语道："……咋说也得先弄掉他狗日的枪！趁他睡死啦偷！万一惊醒了就趁他发懵快夺！偷啦夺啦赶紧往河里扔。他狗日的没枪还怕他啥？呸！"

"俺使太平斧剁！"

"俺一桨劈死他！"

"俺冷不丁一掌掀到河里去！"

这几张嘴龇得要吃人。但也有几张嘴像紧闭的屁眼，一向爱要贫嘴的王二也哑着。

鸭屁股急了，勾头朝跟在背后的王二翻眼睛：

"您忘了您有张嘴还是咋的？"

"哎哟——我的牙齿好疼呀！"

<h2 style="text-align:center">2</h2>

这天夜里船帮穿过洞庭湖进了湘江。天明时看见飞机在天上呜呜地飞来飞去，那不是东洋飞机，是中国的飞机和苏联的飞机，机身是橄榄色的机翼上涂着五角星和十二角星。一条正在航行的撮瓢船慌忙靠岸躲避，等飞机飞走了才沿着唐河帮的来路开走，撮瓢船上坐满了缺胳膊少腿的东洋伤兵。打鱼的人说，东洋队伍第八次攻打长沙又败下阵来。

太君押着唐河帮在洞庭湖边停了几天几夜不敢动，藏在船老大肚子里的阴谋却在一颗颗心头急跳。

深更半夜里，躲在黑乎乎的河里不露形影的娃娃鱼正哭得凶。隐隐约约地，一个鬼头无声无息漂到王二的船后头。水鬼爬上舵叶攀着舵轴探头朝船后艄窥视，原来不是水鬼，是鸭屁股。王二也从凉棚后门探出头来。

"您狗日的真想去送死？要不您想当汉奸？"

"哎——呀！啧，您说到哪里去了哟？我是怕打不赢那个肥猪！"

"要不……到时候您瞅他下前舱啦，甭管是睡着还是醒着，冷不丁把舱盖板一盖！可得压紧！赶紧喊俺来帮着收拾！"

"嘿！老子一屁股坐上去压着。哎呀！他会不会用枪刺把盖板戳穿了戳我的屁股？"王二又耍贫嘴起来。

鸭屁股复变作水鬼潜下河，向另一条船游去。他游得悄无声息，丝毫不惊动夜河的宁静，但远方的枪炮声却吵吵嚷嚷地传来。

这天刚煞黑，太君突然叫把船往株河开。船走了大半夜，走到河边一片林子跟前停船靠岸，也不知这是啥地方。

天要亮不亮时，太君叫船老大都去掰树枝，把船从头到尾遮盖着伪装起来。

树枝却首先隐蔽了船老大们的诡秘举动：十几张阴沉凶狠的面孔众星拱月似的朝一张更为狰狞的面孔凑拢：

"……明摆着，往前走也是死，死还落个汉奸下场。呸！往后逃也是死，死得窝囊。俺要活？就得太君死！哪怕是鱼死网破，俺不兴学学俺杨帮头的死法？谁个若是敢出卖俺大伙，俺就抽他的筋剥他的皮抠他的眼珠子……啥时动手？听俺和王二的信……"

天亮时船已用树枝遮盖严实了，远望去像挨着树林子的一片低矮的灌木丛。

太君却再不准艄婆子们上岸垒石灶烧火了，干饿了一天一夜。

翌晨，河上起了雾，雾中听见嘟嘟嘟开来一艘东洋汽艇。太君们都过汽艇去叽里呱啦地说了些啥，然后汽艇便扔下个箱子匆匆消失在雾中。

过了一会儿，太君叫鸭屁股给各船上发了一包饼干。鸭屁股见情形不妙，趁发饼干的机会逐个向船老大透信：

"今夜鸡叫头遍一起动手！早不得也迟不得！可记清啊！到时候听俺使劲咳嗽！"

太君发的饼干甜不甜咸不咸的不好吃，一咬一嘴粉渣子。怕是高粱粉子掺大麦面做的，都霉得长了毛。船老大们见太君这一路上都是吃的这个，便低声骂："狗娘养的东洋鬼子，这是人食还是猪食？太君气候怕不长啦？要不，咋也只吃得上这号饭啦？"骂忘了形的便走了调，吓得艄婆子忙去捂他的嘴，这才惊出一身臭汗，默默思忖着帮头的再三叮嘱："就是狗日的太君欺负您的婆娘媳妇也得忍着！可别打草惊蛇！"于是便倒抽一口冷气，不妨把饼干渣子哽在喉咙眼里哽得直翻白眼，忙趴到船舷舀一瓢河水咕咕咚咚朝嘴里灌。

都屏声静气却心急如焚地等待黑夜。

没等到天黑，周密策划的壮举便黄了。因为飞机的眼睛看透了一片突然冒出来的灌木丛下藏的汽油船，要不就是飞机有鼻子嗅着了呛死人的汽油味儿！

正午，河面上的雾纱刚刚散尽，便听见飞机呜呜地飞过来。飞机飞得很低，橄榄绿的机身上的洋字都瞅得清。一共有三架，两架翅膀上画着五角星，一架画的十二角星像一坨毛刺。船老大们见飞机在头上绕圈子不飞走，都惊叫着拽起老小跳上坡往林子里钻，任太君端枪比画着叽里呱啦地吼着也拦不住。太君不敢开枪，怕飞机听见枪响，太君都没跑。都趴在船板上朝天上仰望着，指望飞机没发现目标飞几圈便走。

等船老大们从林子里仰头看时，见那飞机果然是冲着汽油船飞来的。飞机在天上绕了几圈飞开去又猛然飞回来，一架接一架栽跟头栽下来，眼看要栽到船桅上了又翻跟斗爬上去，爬着时屁股底下便扔出了一串炸弹。

轰隆轰隆轰隆！跟打雷一个样，跟闪电一个样。跟天坍地塌似的，跟河里冒起火龙似的。

飞机扔炸弹扔得怎准，都扔到船上了。船上一声接一声闷响，响一声冒起一团浓烟。浓烟里裹着又红又黄的火柱子，像巨大的浪头腾起来蹦得老高。

闷响过后船都不见了，只见河面上泛起一片火海。那汽油怎熬火、烧了怎久，火苗子呼呼地直往上蹿，都燎着了岸上的树林子，燎得青枝青叶嗤嗤地响。

太君多数都被烧死在船上了，有几个腿快的逃上坡跑得不知去向。

船夫们都从林子里钻出来，望着河里的一座火山半晌吱声不得。

过了好一会儿后才由艄婆子们带头，大伙都跌坐在河滩上抱头痛哭起来。先是女人娃娃们哭，哭得实在凄惨不过，惹得怎刚强的汉子们也胀包了，鼻子一酸也呜呜呃呃地扯开了娘们腔，一伙儿哭。哭船没了、家没了、窝没了，哭漂浮着的一块地没了、犁河的牛没了、行路的腿没了，哭所有的家当全部的劳作工具都被一场天火烧得精光了。哭啊，哭……

若不是鸭屁股吼一声，这整整一个水上部落只怕都得哭至气绝而灭种消亡。鸭屁股这一声吼，竟如同前帮头唤作杨大麻子的外祖父一般威风——

"俺日死你们的妈！嚎！嚎够。眼泪能当饭吃？当衣穿？当船使？都没缺胳膊断腿，好好的就是老天有眼，大难不死就是你狗日们的福气！呸！"

"嘿！"王二立即乐了，猫泪一抹也学他的语气腔调："帮头这话在理。俺有嘴有腿就中！一群叫花子扎成一伙叫啥？丐帮！跟俺丐帮帮头讨饭去！呸！"

众人虽未笑，却也止了哭。再拿哭肿了的眼泡子望河面时，只见河面上浮着的那座火焰山把河水都烧沸了。等火山塌陷下去后河里只剩下一块块冒着热气和青烟的漆黑的木炭，像黑鳞甲的鱼儿逐着河波欢快地游走了。

下游不远处便有人伸着短棍子长篙子去捞河里的木炭。一条撒网打鱼的划子上，那渔夫把网扔在船头，趴在船舷往舱里捞鱼似地捞着木炭。

3

船夫们在这异乡遭了战火之劫后举目无亲，都在林子里搭棚子蔽身。人字形的草棚一间一间散布在树丛里，棚顶上搭着晾着花花绿绿的衣衫，袒露着上身的船老大们围坐在棚子前相对无语。这里像是穴居的原始部落。

连米桶带饭锅都烧化在火里了，火舌还舔尽了吃剩的长了毛的饼干。艄婆子想牵着娃子去讨饭，可瞅瞅附近不见一户人家。船老大们不让艄婆子领着娃子们走远，说艄婆子们不会走远路，要死就死在一堆，跑远了迷了路回不来。说真格的，艄婆子们一辈子只走从船头到后舱这一条路，至多泊船时去往沿河的小街镇，那便算是出门远行了。船老大们说得对，艄婆子们的小脚走得了尺把宽的晃荡着的滑溜溜的船舷走得稳稳当当，却走不得平坦的旱路，嫌硬邦邦的泥土硌脚，嫌旱路恁宽恁长没个边沿没个遮拦，茫茫一片不知往哪儿走好。

艄婆子们只好在林子里摘树菌掐野菜，船老大们就到河里摸小鱼小虾。搬三块石头垒灶，用破陶罐洋铁盒子熬汤喝。喝了两日缺油少盐寡淡的汤，汤恁不好喝又不耐饿，娃子们哭得泪汪汪的。这天天煞黑时，正熬着汤，突然下起入夏的第一场暴雨。火也浇熄了汤也泼翻了，棚子里也滴滴答答地挡不住恁急的暴雨。

暴雨劈头盖脸地浇着倒把船老大们浇醒了，火上浇油似的把他们心窝里的仇火给浇得呼呼地蹿起来。大伙喊着一伙闯进鸭屁股的茅棚，像一伙打劫的土匪，茅棚险些给挤垮了，大伙又推着搡着挤出来，站在雨里你一言我一语吵骂起来：

"俺日他妈！俺们躲在这荒林子里等啥？等东洋鬼子给俺送船来接俺走?"

"您放您妈的屁！谁这么想来着？俺早说啦，就这么干躲在林子里非得日他妈饿死不可！谁搭理俺啦?"

"都说说咋办？别不吭不呀的，平日里嘴恁乖恁会卖嘴皮子的今儿个咋哑巴啦?"

"俺说别死了娘似地哭丧着脸，好歹俺们保住了这条命。心里亮堂了就好办，天无绝人之路。"

"您那屁放得还怪香哩！俺说还不如把俺们一伙烧死在船上省心。咋好办？俺说只有逃回去！咋逃？这上千里水路没船咋逃?"

……

喋喋不休的争吵声没了，只有雨柱捣在地上的哗哗啦啦声。大伙嘴里都没词了，都认了只有一条路可走：没船就得散伙！就得各奔东西拽着艄婆子和娃子们当叫花子，去求爷爷告奶奶遭人唾被狗撵……

恁响的雨点声似在船老大们的耳边消失了。伸手不见五指，面对面也瞅不清谁是谁，睁眼是白睁，他们把眼皮也闭上了。荒林子里一片死寂，一条条驾船大汉垂头垂手立在雨林里黑乎乎的像一筒筒树。

突然天上扯火起来。闪电把锅底似的天砸破一道豁亮的口子，把河面照得通亮。

这时大伙便看见了对岸河边码的一堆木头。木头是早上开来的一条撮瓢船上卸下来的，怕是预备送到前线筑工事用的，见前头有飞机开不过去就扔到这里了。还扔下了一个东洋兵看守着。

王二瞅着那堆木头心里便想着了啥。他不枉是祖父推荐的帮头鸭屁股的参谋，他这号人胆不大心大，心里开了一扇门。他冷不丁地冒出一句：

"扎木排？放排回去？"

只有这一条路了。饿死胆小的，撑死胆大的！"中！""中！"船老大们不知是被雨浇得冰凉透了还是咋的，上下牙直打架，咬得牙巴骨咯咯响。

"要动手趁早！趁这会儿雨大游过去，先得不吭声搬石头砸死他！俺说俺大伙谁也不能含糊……"鸭屁股指指对岸那个尖尖的木笼似的岗亭，压低喉咙比画着手势说了些啥，还吐了两口涎。大伙都把头凑在一起听着，像一群落汤鸡把头顶撞在一起打架。

船老大们便都脱了衣衫赤条条扑进河里。清一色是些浪里白条、泅水好手，恁宽的河面一会儿就游过去了，一个接一个猫着腰爬上岸躲在木堆下蹲着。

木头紧靠着河边横七竖八地码着，有几根粗笨的还半躺在水里头。而岗亭在木头堆子那边的坡上头，东洋兵龟缩在牢笼似的岗亭里躲雨。

有一个汉子不由分说地拉起另一个汉子走，另一个汉子不情愿地挣扎着，但终于无可奈何地跟着他，两人顺着河边往下游泅了丈把远才爬起坡，远远地绕圈子绕到岗亭后头。一个手里摸了一块石头搬着的是鸭屁股，一个捡了一根碗口粗的木头疙瘩捏着的是王二。

这时木头堆子哐当一响，骨骨碌碌滚落了几根木头。

岗亭里的东洋兵听见响动便探出头来拿电筒一照，又听见有人在咳嗽，他慌忙端枪跑出来，哗啦一声拉开枪栓，嘴里叽里呱啦地喝问。

鸭屁股趁势闪到东洋兵背后。他恁高的个子，东洋兵恁矮，他手里搬的石头没举多高就盖到东洋兵的后脑勺上，只听"咚"的一声闷响，他心里一慌转身就跑。王二也从岗亭后头闪出来，朝东洋兵的背后夯了一下，但他没夯着，东洋兵已栽在地上栽得扑通一响。他吓得扔下木头疙瘩也跑了。跑了几步，见鸭屁股蹲在地上等他，问他夯死没有？他说没夯着，一棍子夯去还没挨着东洋兵那东洋兵就栽倒了。鸭屁股一跺脚说："糟了！怕是装死！"两人又各摸到一块石头搬着，踮着脚猫着腰返回到岗亭后头去偷看，见那东洋兵像一只死狗似地趴在地上一动不动。两人毕竟放心不下，互相拐拐胳膊，一起跑上去，把两块石头都砸到东洋兵身上，咋就像砸在棉花絮上似的软塌塌的。鸭屁股壮着胆子蹲下去往那东洋兵的头上一摸，热乎乎黏糊糊地摸着一个大窟窿，吓得他拽住王二的手就跑。

王二被鸭屁股拽了一手的血，边跑边挣脱了手，两人一前一后呼哧呼哧地跑到河边。

大伙刚才掀了几根木头，听见东洋兵喊叫便都跳到河里潜伏着。一见两个人影跑过来，便知是帮头和王二得手了，纷纷水怪似的从河里哗哗啦啦冒出来，异口同声问：

"咋样？弄死那个狗东西没？"

两人不语，只管把手伸到河里拼命地搓，鸭屁股边搓手边不住嘴地吐涎。

众人便协力把木头一根根掀到河里，鸭屁股使唤人过河去捞船钉捞铁丝，嘿哟嘿哟的使劲声和乒乒乓乓的敲打声穿透风雨声传得老远。传到对岸林子里，艄婆子们便打起包袱搂着娃子们等着动身。

天将明时雨住了，上百根木头整整齐齐地排在河里扎成丈把宽几丈长的木排。这时大伙才觉着手上火烧火燎的，摊开两掌一看，没了一根囫囵指头，血糊糊的像一把烂胡萝卜。

"磨蹭个啥哩？瞅瞅天都亮了！再攒一把劲呀！"鸭屁股凶神恶煞似地吼着。

大伙慌忙在木排上奔跑起来！找来了一根一头恁细一头恁粗的怪模怪样的长木柱子做舵，粗头斜插进木排后头的河里，细头高高地翘在木排上空。

木排既已扎成，船老大们便一齐推过岸去，各人攀着树枝桠掰了一根胳膊粗的抢在手上当篙子使。

艄婆子们惊惊乍乍地吆喝着挽着老的拽着小的刚刚爬上木排，却被鸭屁股垮着脸吼上坡。他叫船老大们把林子里头的棚子拆了，在木排上搭起了一个长长的人字棚。

汹涌的株河水驮着一张逃生的木排吱吱呀呀地呻吟着颠颠晃晃地漂动了。

4

木排很顺当地漂进洞庭湖。但一进湖，水的流势大减，流向也忽左忽右的，木排就走得艰难了。船老大们使出浑身驾船本领，先是在排上竖起好几根棍子做桅杆，桅杆上张挂起花花绿绿的被褥单子和衣衫做帆，恨不得兜住每一丝顺风。后来又叫年轻女人都来把舵撑篙，老女人也拿一截木棍子当桨划，男人则跳进湖里推着木排走……

木排没日没夜地漂，也不知漂了几天，好歹漂出了洞庭湖。眼看要进入长江了，一路上幸好没撞着东洋的河怪。听说东洋队伍正在第九次攻打长沙，怕是汽艇飞船都调到前线，顾不得别处了。放排人都松了一口气，纷纷望江祷告说，但愿木排沿着外河顺风顺水平安没事漂到内河口。大伙高一声低一声兴奋地说着话。谁在问："放排放到汉口再咋办？"立即有应答声："汉口江边有几处木材行，川江放下来的木排都是放到那儿。"又有人说："不知眼下木材是贵是贱？"知行情的便说："再咋的也能卖个半年的口粮钱。"于是各自都在心底盘算，指望木材能卖个好价，多分几个钱去买一条小渔划子安身……

木排缓慢地漂浮着，载着老小几十条劫后余生的性命和他们本分的希冀、可怜的梦想。然而，厄运已在眼前了。

木排自然地漂进了与洞庭湖浑然连成一片的长江，都瞅得见南岸那高高的古练兵台了。据说此台系当年东吴周瑜所筑，他登台操练水师。眼下却风平浪静无战事。但鸭屁股咋觉得水的流势不对劲，浑黄的江水横着流、斜着淌、逆着冲。判不清水向了，爽朗朗的晴天又没起大风，恁宽的江面上咋就不见一条船一只划子？

这时，他听到危险信号，大伙也都听到了——咆哮的流水忽如厉鬼在叫，忽似凶狗在急促低嚎。恁大的旋涡飞快地旋着，像陷阱又像水怪张开血盆大口。

"洪水下来啦——"

鸭屁股喊声未落，木排已身不由己，嘎吱嘎吱怪叫着斜着撞入主流卷到江心。

内河的船老大不大熟悉外河水情。虽说是水同性、是河同理，但这群船夫是逃难出来的，几日几夜放一张桀骜不驯的木排精疲力竭地浮出湖来，他们就忘了或根本没想到：这几天正是入夏以来外河首次汛期，洪峰随时随地要滚下来。

也是这伙放排汉子时运不济，咋就让他们不迟不早漂出湖，刚刚浮到外河恰恰就遭遇洪峰从川江滚下来？咋就恁巧？

木排像趴在烈马的背上颠簸。排上的人字棚早已晃荡垮了，大人娃子们都杀猪似地死叫着，眨眼工夫木排已冲到城陵矶。鸭屁股一直在吼着，两手始终紧紧把握着翘得老高的舵柱子，像个毛猴攀在摇晃的树桠上荡秋千。这时，不知是谁应声扑过来帮他扶舵，他却狠狠一脚把来人踹倒——船老大们终于听清他撕心裂肺的吼叫:"俺日您妈呀!都快下河推排呀!往矶头上靠哇——呸呸!"

所有船老大包括不会凫水的父亲立即扑进江里推排。

可是来不及了。木排没朝南岸矶头靠,反而斜着朝北岸冲去。江水的流向是朝北岸冲的,涛头朝北岸突兀在江面上的狮子山冲去,狠狠地撞在中流砥柱上才朝南边拐弯奔流而去。木排便也乖乖地跟着急流朝龇牙咧嘴的山石撞去,打算撞个粉身碎骨。鸭屁股痛苦地闭上了眼睛。

木排没撞上去。长方形的木排被浪头恶作剧似地挤着撞着掰着扭着,拆成个梯形,拆成个三角形,拆成个菱形、瘪形、多边形,拆得没撞到山石之前就炸排了。

当鸭屁股重新睁开眼皮时,他看到炸散架的木头像炸了群的马、挣破网的鱼惊惊慌慌地四散开去。老人娃子们纷纷落水,有人被几根木头卡住了脚、挤断了腿、夹脱了胳膊在惨叫着,有人死死地抱住一根木头你争我夺,互相厮打着……

鸭屁股仰面朝天狂哭了一声:

"呜哇——杨帮头!俺对不住您对不住唐河帮呀!可眼见唐河帮败在俺手上,您咋不显显灵呀?"

随着这个穷途末日的帮头最后的哀鸣,江面上的哭喊呼救声消失在哗哗啦啦的恶浪里,只见江面上有点点条条黑乎乎的人头和木头半沉半浮。

5

木排还没炸散架时,母亲背着褓褓里的二哥正在木排一侧使劲划着一根粗笨的木头。见父亲跳进河里扒着木排直呛水,她便强行拽他上排来,他跟她合力划着那根木头。大姐、长兄则坐在排中央被几个老艄婆子拢在一堆护着。见炸排了,母亲惊叫一声扔掉木头扑过去抢大姐、长兄,她边跑边回头叫父亲抱紧那根木头。她刚扑到娃子们跟前,只差一步,木排就拦腰裂开了,娃子们一起陷进浑浊的水洞里陷得无影无踪。母亲也一脚踏空直通通落进河里,她勾手抱住了一根木头反身趴上去,抹了一把脸上的水扭头尖叫着找父亲。父亲在前头与几个人争夺那根木头。她使劲蹬着腿推着木头撑上去,一把拽过了父亲,她掀着父亲的屁股叫他骑马似地骑上木头跨着。母亲此时真乃一条女中汉子,她推着丈夫背着儿子半趴在木头上两手划着两腿蹬着,恁大的力气恁好的水性……

当母亲再也推不动划不动这根维系着三条人命的木筒子时,它已一头插在北岸陡峭的泥壁上。父亲还把肚皮贴在木头上埋头紧紧搂着。

爬上泥坡去一看,眼前是一片望不见边的芦苇。回望江面,江面上已滚过了洪峰、平息了风浪，像一条平坦的黄土大道静悄悄地铺着。没了木排炸开后的木头和人头，也没了长兄和大姐的影儿……

"俺那可怜的春妞哟！"

母亲憨头憨脑地望着江面，嘴里轻轻念叨了一句。突然，她一屁股跌坐在地上乱踢乱蹬着两腿，两手交替朝空中伸着抓着，拖长哭腔厉声叫唤起来：

"俺那多乖多好多机灵的夏娃子呀，啊呜呜呃呃……"

她放肆张狂地怒嚎着，声嘶力竭地悲啼着，两掌狠狠地拍打着自己湿漉漉的绷得肥鼓鼓的大腿，然而回答她的只有芦苇林窸窸窣窣的响声。那江水像狼心狗肺的人贩子拐走了大姐和长兄，任你咋哭咋嚎它也不会心软不会回头把娃子交还给你。

父亲像刚刚睡醒还在发懵，他把母亲背上哇哇啼着的褴褛解开搂在怀里痴痴地站着……

是夜，母亲和父亲背贴着背蹲在芦苇丛里，黑风中的芦苇如同黑色的火焰围困着他们煎熬了一夜。

天放亮时前头传来咔嚓咔嚓声。

父亲起身去看，有一伙人在砍芦苇。他向一位老汉打听："这里是哪儿？打哪个方向走得出去？"老汉答道："此地叫柴洲。"

柴洲是紧傍江北岸一片狭窄的带状荒洲，终年覆盖着青葱复而枯黄的芦苇，说是没有人烟的荒洲却又有人霸洲为主。这些砍柴的都是附近农闲的农夫，砍倒的芦苇是洲主的，砍一捆给一枚"小人头"。

砍柴老汉说也晓得父亲和母亲是昨日江上炸了木排逃上岸的。他说前头河滩上被浪打上来了好几个死人，说男的趴着女的仰着，都肿胀得像肥猪像水牛。

母亲一听眼里又泪汪汪的，她对父亲说："俺们去看看吧，去掏个坑埋啦，别让尸暴着没人收。"砍柴老汉摆摆手："莫去了，几个砍柴的一大早见了便积阴德把死人埋了。"又说："你们不如在这里砍几天柴，弄几个零钱在手里好上路。"

砍了几天柴，柴洲的鬼天气已热不可耐。白天毒日头燎着，那风儿只吹在芦尖上哗哗啦啦地好听，摇摇摆摆地好看，却并无一丝风能吹到砍柴人汗涔涔的身上散散热。最难受是夜晚，蚊蝇多得一抓一大把，二哥细皮嫩肉的身上被叮咬得稀烂。父亲和母亲见实在待不下去了，便照砍柴老汉指点的路径，朝东北方向钻出一望无际的芦苇林去逃生。

6

柴洲北端通向洪湖，父亲他们寻着湖外围若有若无的小路朝北偏东走。

没走几天路程便花光了砍柴挣的几枚镍币。他们穷困潦倒，大热天穿着没得换洗的邋遢衣衫，蓬头垢面，拖着一根打狗棍。这对龌龊的男女和龌龊的婴孩沦落成天涯乞丐，便遇村讨饭、出村赶路。

母亲倒是一个合格的叫花子，她的胆子恁大脸皮恁厚，挨家挨户走遍，把手伸得老长递过碗去死乞白赖。

从村头讨到村尾，若讨得半碗现粥一锅铲剩饭，便心满意足、喜形于色、急急忙忙地奔出村子，在野地里搜得枯枝败叶燃起炊烟，舀得一破搪瓷缸沟水，掐得一把野菜，掺和着熬汤。饭粒自然是二哥的，菜叶则属父亲，汤归她喝。汤灌进肚子胀鼓鼓的却易漏，蹲在干沟里尿一泡，肚皮便瘪了。母亲饿出了一双贼眼，走路爱朝四周窥视，见没人时急忙顺手捋一把谷穗掐一株高粱，捻在掌心搓成米仁，伸嘴吹净谷壳和灰尘便舔着生嚼。

也有一老天觅不到一户施主的时候，只好煮寡野菜吃。母亲幼时在跑马庄跟着外祖母认识恁多野菜。今朝逃荒路上，充饥的渴望诱出烹调野菜的热情：马齿苋煅水吃，野苋菜刮刺剥梗吃，木心菜炒着吃，灰灰菜熬烂吃，野葱野韭菜生的凉拌吃。

父亲自己不去吃嗟来之食，却瓜分母亲的嗟来之食，吃不饱只好去打野味。他捡一个破笤箕撮泥鳅捞虾子，逮田蛙掏麻雀蛋，捉住蚂蚱串在铁丝头上烤得黄爽爽的。

穷人命贱，贱命不易饿死。逃亡人居然跋涉过了古称为八百里洞庭的两个县份。

三个乞丐继续朝北流窜。

这一路上也遇到过哨卡撞见过当兵的，东洋兵、便衣队，穿黄军装、穿灰军装的，啥号队伍都遇到过。好在叫花子也没啥好抢好劫的，迎面碰到队伍过来就绕道躲开，也不见东洋兵像前两年那样守在路口抓夫了。

又走了十天半月。

这天晌午终于逃到蔡甸，两人不约而同，长长地舒了一口气。父亲见镇上有一爿小当铺，便欲将手表拿去典当。母亲拦住说："别，别，街上人心坑！俺到河里去问谁要卖给谁吧。"

河里稀稀拉拉地泊着几条船几条划子，码头和船上也不见有太君。母亲见二哥饿得嗷嗷地哭叫，便把他塞给父亲哄着，她自己跑到河滩上去吆喝："谁要俺这块手表？俺贱卖啦！俺这可是甭上弦自个儿转的手表，真是个宝贝疙瘩！两条针腿走得可欢哩……"

立刻有几个船老大和艄婆子应声跳上坡，凑拢来瞅着手表瞧稀奇，羡慕得啧啧地直咋舌，可是他们瞧够了却冷冷地摇头离开。

母亲沮丧地自语着叹道："唉！这东西不当吃不当喝，谁要它干啥哩？"

这时父亲在码头上跟一个穿长衫的人搭上话，他招手喊母亲过去，把手表递给那人看。那人看模样是坡上的生意人，识货。他接过手表一瞧眼里立刻露出惊喜的光彩，但他很快又皱起眉头，漫不经心地把手表塞在耳朵洞上闭眼听听，这才慢腾腾地开口问父亲："这表用的年数久了，值不了几个钱，你想卖个么价？"

母亲抢着答道："俺不换钱，俺只换一条小划子就中！别的啥都不换！"

那人一愣，眼珠子骨碌碌直转，他奇怪地背过身去把手表托在掌心飞快地瞟一眼便急忙揣进怀里。母亲见状，心里很是惊疑，正欲找他讨还手表，他忽招手唤来河里一个渔划子上的艄公，拉他到一旁去嘀咕。艄公犹犹豫豫地摆手，那人又把嘴对着他的耳朵低语了几句。

艄公转去跳上划子，把一卷铺盖和一张烂网扔上坡，朝父亲喊："上船吧，这划子归你了。"

母亲冷不丁地跑过去给艄公下个跪说："俺是在外河翻了船逃出来的，您老人家做好事做到底，这床旧被褥和烂网也不值个啥，就留给俺吧？"

艄公翻翻白眼舍不得给，那穿长衫的人赶紧朝他挤眼皮子努嘴，他这才不甘心地踢了踢那捆铺盖走开。

母亲忙催促父亲赶快上划子朝对岸划。

7

这天夜里，他们划到一个渡口，渡口泊着一些渔划子，闪着隐隐约约的渔火。

父亲的划子刚刚靠拢渡口，那些渔划子上的渔夫听见水响，都从油摺子篷里探出头来打量。父亲便搭话说："请教渔老板，这里是么地方？"

"赵家坟。"

父亲身上猛一哆嗦，这才感觉穿得单薄，夜里的河风吹得浑身冰凉。他没料到逃到老家跟前来了。他蒙蒙眬眬地记得，二十年前正是在赵家坟，族人把免于一死的祖父和祖母及他逼上无头无尽的河路。

"听老板的口音带着本地话的尾子，老板从哪里来往哪里去？"一个渔夫发问。

父亲不吭声，他在想心事。母亲忙接过话茬子答应，说起如何在湘江烧了船如何在城陵矶炸了排，如何沿路讨饭逃回内河来。

这些个渔夫也都听说过朱帮头先炸断了一条腿后来又被东洋鬼子挑死了，也听说过赵家湾出身的赵斌记被东洋鬼子扯人帆乱枪射死。他们感叹地说："当初中帮轰轰烈烈的几十条船，眼下精打精光。"

母亲唏嘘着正与渔夫们聊得起劲，险些要说出赵斌记就是她的公爹，父亲赶紧上前找借口接过她怀里的二哥打岔。母亲不解地望望父亲，换过话题说，不知回唐河得走多长时间？

原来这是些汉川本地的渔划子，渔夫们都很愿意与一个陌生的年轻妇人搭讪，你一言我一语。有的说去唐河有上千里水路啊，难得很。有的说他们缺衣少食的又带了个伢，不如先在这里摆渡混一碗饭吃。听他们说，渡口早先有个摆渡的老爹，后来被东洋汽艇撞翻了渡船，老爹下落不明。

"大伯们都在这跟前打鱼？"母亲正问着，渔夫们忽然都鸦雀无声了。原来前头的渔划子上站出个上了年纪的渔夫，他拄拐杖似地拄着一杆骇人的鱼叉。看来渔夫们不知为何都很惧怕他，一个个都缩头缩脑溜回油摺子篷里去了。

老渔夫的面相看上去有些凶。母亲借着灯火望去，他的一只眼皮子塌陷着，没有眼球。他开口说话了，语气倒还挺和善，他回答母亲刚才问渔夫们的话说："唉！哪来的鱼哟？鱼也被枪炮骇跑了。明天我们就回刁汊湖，渡口这碗饭就留给你们吧。"

第二天天还没亮，那群渔划子果真不见了。

父亲和母亲便滞留在赵家坟渡口摆渡。没人过河时父亲就撒网，撒着撒着，他总要朝北岸怔怔地望……

可河面上常有东洋河怪出现，汽艇或是汽船猛然间便开过来了，气势汹汹地掀起怎大的浪头。划子避之不及，好几次险些被撞翻。父亲便把划子泊到渡口上游的小汊里打算躲避几天，依母亲的意思，不如就此朝上水慢慢走，但她见父亲心事重重，就依他的意思歇下来。

谁知第二天渡口忽然来了一伙便衣队伍，急急忙忙找船过河，找到小汊里把父亲的划子赶出来摆渡。

队伍坐了满满一划子。为首的一个梳着分头，穿着白府绸褂子和香芸纱裤子，肩上挎着缀了尺把长红绸子的王八盒子。父亲听人称他赵少爷，顿时记起这名字耳熟，他划着桨暗自打量了半晌，也觉得这人模样眼熟。

摆渡到南岸，那赵少爷不情愿地叫手下人扔了几枚"小人头"在船头。不知是有意还是无意，他盯着父亲审视了几眼，似乎想问什么，张张嘴又掉头匆匆走了。

父亲问过路的人："这赵少爷府上是哪里？好排场哦！"

"嗨！哪个不晓得他是赵家湾的赵大少爷？人家如今跟东洋人当了保长！"

父亲凝视着远去的便衣队伍久久不动。母亲纳闷地问："您这是咋的啦?"他这才把赵大少爷的身份来历告诉她。她以前只大约知道祖父一家与人结了仇才背井离乡随了唐河帮的，今日听父亲仔细一说，顿时惊慌起来。

当天夜里，这条渔划子躲过星沟镇东洋炮楼上扫来扫去的探照灯拐进府河，惊惊慌慌钻进刁汉湖去了。

第十三章　刁汉湖与划子帮

1

沿星沟镇府河口上溯府河不远便到了刁汉湖。

刁汉湖本乃汉水造就。有府、环、天、皂、大富五条河流汇集入湖，浩浩然方圆百余里，可知刁汉湖一望无际，气派非凡。

这刁汉湖沟汊纵横，草深芦密，野水茫茫，一向为绿林好汉出没之地。早先的县太爷奈何不得，称之为"刁民之汉"，传说最早在湖里聚众剪径的强人大头目恰巧也姓刁，刁汉湖遂得这个刁钻古怪的湖名。若道这一湖碧水的成因，当是汉水作怪。从前这里不是湖是垸，清朝同治年间《汉川县志》记载：自有汉水经天行地，其流便似脱缰烈马直驰长江。下游成年累月冲刷河岸，早在宋朝以前就形成河槽。当河槽低于两岸平地时渐而形成汉垸。汉水由垸南咕咕噜噜灌满垸内沟沟汊汊，再由垸北蜿蜒而出，把来路上千里河床裹挟的泥沙统统慷慨地留赠予垸。泥沙淤积生成沃野，那些厌倦了风浪颠簸又苦于无立足之地的驾船汉子，纷纷弃船登岸，来此大举围田兴垸、垦野拓荒，于是垸内人丁兴旺、五谷丰登。刁汉湖的老渔民说，那湖心的茅岭是元、明时期的村庄遗址。明朝以后，汉水下游两岸百姓不堪洪水肆虐修筑了堤坝。水挡住了水里夹杂的泥沙，也堵塞淤积在河底，河床日渐升高。到了清朝乾隆年间，汉水一怒冲垮堤坝，把背叛了它躲进刁汉垸的船夫的田园淹成一片汪洋，逼迫他们荡起划子重过漂泊生涯。于是汉水重遂夙愿向垸内大抛泥沙。经百余年淤塞形成湖区沉积条件，湖底慢慢淤浅，终于造就了如今这大大小小星罗棋布又连缀一片的湖群。湖蓄水、水生草、草育鱼、鱼逗鸟，刁汉湖就这么得天地之精、赖汉水之灵、夺日月之辉凝练而成。清朝有个叫曾天希的，不避刁汉湖的恶名之嫌，吟诗赞湖："小憩晴川倦眼开，菱荷香里雨声摧。湖光百里澄如镜，唯见渔舟自往来。"刁汉湖出奇的散出奇的野，天水浑然一色，水路弯弯绕绕，湖梗似有似无。湖深处有神秘的村庄兀立在四周环水的孤岛上可望不可即，飘飘荡荡的渔划子时隐时现、来去无踪。最奇的是深不可测、密不可窥的芦苇丛似可追随着湖风漂移，给人一种飘忽不定的幻觉。一起风，那芦苇一蓬一蓬的似黑色的火焰在燃烧。湖又像是一顶倒扣的天，芦苇是翻转的云雾。有风无风一杆杆缀着芦絮的芦秆总在摇曳，疑似芦荡里伏着千军万马。

历代官府奈何不了湖中"刁民"，休想搜刮湖中一根芦叶一片鱼鳞的苛捐杂税，听任它做一个远在天边近在眼前的水寨泽国。究竟湖中有几多刁民、他们都有哪些通天本领却又无人知晓，只听说有一个清一色扯黑篷的划子帮在芦丛中神出鬼没，是些捕鱼狩猎的高手、杀人越货的魔王。

东洋鬼子沿着汉水踏遍两岸的县份，却进不得刁汉湖。起初，扎在星沟镇的东洋兵马不识刁汉湖的水性，那些汽艇、汽船也由府河钻进刁汉湖来划破清粼粼的湖面横冲直撞。谁知东洋汽艇、汽船每次进湖都遇着些蹊跷事，不是卡进沟汊里、陷进芦荡里迷了路失了向，就是在清亮透底的宽阔湖面上被突然漂来的一团水草死死缠住了螺旋桨，再不就是稳稳站在船舷处的东洋兵莫名其妙地掉落湖底，连水泡也不冒一个就没影儿了，硬像是被水鬼拉了替身。说是有国军、新四军、游击队吧，从来又不见一个队伍的影儿。后来东洋汽艇、汽船再不敢往湖里钻，偏偏东洋人又馋湖里的肥鱼、野鸭，便只在湖口窜来窜去拦劫渔民的划子。劫回去的鱼腹鸭肚里又作怪，香喷喷的却吃出刀子片、铁矛头来。连湖上扣的一块天也与别处不同，朗朗的日头正照着，冷不丁地湖风乍起，转眼就把个红火日头拽到芦荡淹灭了。有读过中国古典小说《水浒》的东洋人便说，刁汉湖便是当今的梁山水泊，有公孙胜一样的道人能呼风唤雨，渔民都不是良民，是阮氏三兄弟一般的打渔杀家的野汉。有如是说，东洋兵马遂不轻易下湖骚扰，于是刁汉湖在百姓眼里便是一方神湖。滨湖而居的庄户人家和远在几十上百里以外的人们都来湖边朝圣求神，往往是趁着夜色来，舀得一壶一罐湖水回家奉作灵水，说这湖水可驱邪消灾、求子治病。

2

父亲的渔划子冒冒失失闯进刁汉湖来。他还不晓得，在后头，那赵大少爷果然带着一帮便衣队伍朝赵家坟渡口扑去，他又哪晓得前头这刁汉湖的哑谜？

天才亮，刚刚划进湖口，远远地便看见一片黑森森的皂色篷。黑篷纷纷降落，十几条渔划子在湖面上摆开一条线拦湖布网。一条汉子，挂着一杆骇人的丈余长的鱼叉立在船头一动不动地望着这边，像是独眼艄公。

父亲忙不迭地划过去，把桨扔给母亲，他钻进棚子跑到船头，连声高喊老人家。

看来独眼艄公早就盯住了这条外路来的划子。他也不应一声，只将冷冷的独眼盯着父亲盯得他憋不过气来。父亲和母亲记得前几天这张两鬓斑白的脸何等和善，今日怎么变作一脸恶相？

突然，他开口问话了，却是阴阳怪气地故意学着河南腔："俺好心好意把个渡口让给你俩河南佬摆渡混碗饭吃，还想咋的？咋没几天就扔了渡口跑俺这儿来啦？俺请你们来的，还是接你们来的？"

父亲正欲说什么，他又变回本地口音凶狠地吼道："你们也晓得驾船还讲哪一帮哪个码头……逮刁汉湖欺生！打听打听，外路野船、野划子想进来喝一口湖水也塞牙缝卡喉咙管！"那些划子上的渔夫都哄笑起来：

"帮头给一点颜色，他们就开了染房。"

"一对憨头憨脑的河虾子！"

"快点滚起跑，不滚就把你们丢到湖里喂毛蟹！"

……

原来这是个划子帮。

父亲龇着豁巴齿愣住了。

母亲吓得一手稳桨一手搂住二哥紧护在怀里。半晌，她再瞧瞧这些人的嘴脸不像恶人相，话说得忒毒嘴里却笑哈哈的，便喊过父亲低语，叫父亲求求那独眼帮头。

父亲硬着头皮上前朝独眼帮头行了个拜见大礼。他单腿跪地，双手拱拳，痛哭流涕讲了个一二十年前祖父在赵家坟死里逃生、背井离乡的故事。

母亲也跑到船头来搂着二哥给独眼帮头磕头，她惊惊乍乍地讲了昨晌午摆渡仇人赵大少爷来过河的经过。

渔夫们听了神色都很古怪。有人眼里似打着什么主意，那眼珠子滴溜溜朝母亲身上转来转去。又有人向父亲挤眼皮子、努嘴，意思分明是叫父亲快掉转船头离开。

父亲不知如何才好，便抬头望望独眼帮头。

独眼帮头一直沉思不语，这会儿他阴沉的脸色慢慢缓过来。

"嗯嗯，听说过，老子听说过赵家湾记娃子这条光棍的名声……嗯嗯，你们是他的后人……先入伙打鱼吧，只怕是……"

"往后，你们在这湖里待不长哦！"

众渔夫面面相觑。

独眼帮头钻进油摺子篷里，拎出一包什么，冷不丁掷到父亲的船头——这是半布袋米。

这人一会儿面善一会儿面恶，反复无常，父亲和母亲这么想着。

3

父亲的渔划子混入划子帮时刁汊湖已进入秋季，正是猎获三大"刁宝"的时节。划子帮都不打鱼了，一日盘算一日去收宝物。父亲和母亲大开眼界，方知同是水，湖与河却有天壤之别。

一连几天，渔夫们弃了划子，挎上细颈大肚篾篓四散在沟里汊里捕毛蟹。父亲没捉蟹的本领，就跟独眼帮头一起淌一条划子在湖里跑着，将渔夫们逮的蟹收舱。

头一天，独眼帮头指着舱底乱爬的毛蟹喋喋不休地吹嘘说，刁汊湖的"刁宝"天下闻名，毛蟹便是三宝之一。湖外人莫说逮不着它，就是认都不认得。父亲瞧那毛蟹果然模样奇特：蟹壳蟹身上绒毛密布，毛茸茸的八只蟹脚奇长。

母亲在舱后荡着桨，探头探脑地听独眼帮头与父亲谈得起劲，心头压的一块石头总算落地。进湖几天来，独眼帮头一直对父亲待理不理的。古怪的是，他总叫父亲的划子乖乖贴着他的划子一边走，夜里泊船也要紧挨在一起。他是怕父亲的划子逃走？

母亲正想着，忽然二哥嗷嗷哭叫。原来他不吭声爬到蟹舱里抓毛蟹，却被一只张牙舞爪的蟹钳住手指头，惹得独眼帮头嘿嘿嘿地笑，父亲和母亲瞧见他笑得怎爽朗。

"嗬嗬嗬……"

独眼帮头舞着鱼叉扯开喉咙朝湖荡长号，催促大伙早早回归。这时日头还在西天高吊着呢，但一篓篓鲜活的毛蟹已倒满两舱，划子帮今秋今日开张捕蟹，急着要拿蟹尝新。

母亲便掉转舟头，吱呀吱呀的桨声唱着满舱沉甸甸的收获，她听来有一种绝处逢生的快慰。

母亲忙乎着给大伙一锅锅蒸蟹，又调好有滋有味的佐料端出去。渔夫们一人抱一个酒葫芦挤坐在三四条划子里撕着蟹肉大嚼狂饮。

这毛蟹外怪内秀，剥开蒸得红通通、黄爽爽，似油煎酱抹过的蟹壳，才知不光蟹肉肥厚，蟹腹内还藏有一坨蛋大的蟹脂。此乃滋补上品，其风味与别处的河蟹湖蟹大相径庭，有"蟹参"之说。

划子帮的汉子们一边尽情享用着亲手猎自他们认为独属划子帮拥有的偌大个刁汉湖的宝蟹，一边猜拳行令助兴。尽醉尽饱了，便纷纷从油摺子篷里探出油腻腻的嘴脸来瞄母亲，你一句我一句夸奖她的烹调手艺，但句句话都带荤味，差一点把母亲恶心得作呕：

"喂！弟媳妇呃，你那巧手弄的毛蟹蛮有味呢！把我的嘴巴吃馋了，心里也吃痒了。"

"小嫂子蛮能干，侍候你男人吃上了瘾，等一下黑了他的劲大得很！"

"晓不晓得这蟹脂是么宝贝？专门补阳功的……"

那一颗颗被酒烧红的眼珠子进射的光更是火辣辣的，灼得母亲浑身不自在。

荤话越说越多越出格了，父亲有些难堪，忍不住想出去好言相劝几句。母亲一把拽住他，生怕他惹恼了这些醉汉。但话说得丑死她了，她巴望独眼帮头这个老人家出来阻止一声。

独眼帮头独自钻在划子里头吃了七八个肥蟹，灌了一葫芦酒。这时他也醉得一塌糊涂，腆着肚子挂着三刃鱼叉歪歪倒倒地出来了。母亲以为他要说几句责怪众人的话，众人以为他也要凑兴说几句夸奖中夹杂着调侃的话。

谁知他把鱼叉柄猛然一跺，厉声呵斥父亲滚出来。

父亲正在油摺子篷里给二哥剥蟹肉。方才母亲怕他张口惹祸，怂恿他也小酌几杯，他却无心喝酒。不过他也不在意大伙的七嘴八舌了，醉人醉语，又都是些清一色的寡汉条。他正想着，猛然听见独眼帮头喊他，慌忙钻出棚子来。

独眼帮头戳指着父亲，摆出一副大恩人的架势喝骂："嗯嗯，你这个河虾子还不跟老子磕头谢恩……人家说，大鱼吃小鱼，小鱼吃虾子，你倒好？河虾子吃起刁汉湖的毛蟹来了！老子，老子发善心还有么好报？嗯嗯，好事做不得，你们趁早滚蛋！"

母亲骇得脸发白，搂着二哥直抖。

父亲胆子也小，但他听得出独眼帮头是在发酒疯，不过他当然也晓得有"酒醉心明吐真言"这句老话。他不顶嘴，也不点头哈腰说感恩戴德的话，只麻木地站在船头，望着这出产珍奇毛蟹的刁汉湖出神……

当夜，父亲、母亲辗转反侧，又相对无语，便支起四只耳朵干听着刁汉湖的夜声。湖荡与河流的音韵截然不同，河是欢畅的，湖是凝固的。河里鱼跳哗啦一响瞬间即逝，湖里鱼跳呼呼啦啦如石击潭。湖荡里的芦苇丛中有窸窸窣窣的声音。独眼帮头率领他的喽啰们在齐声打鼾，他的鼾声有如谁恶作剧似地鼓着腮帮子死吹刺耳的铁哨，似鼾声也显示了帮头的威严。秋蛙的鼓噪声嘶力竭，野鸭扑棱，惊鹤抖翅，水耗子啃船板磨牙，水蛇蜿游……

油摺子篷外似有人的声响，不止一个，蹑手蹑脚、犹犹豫豫的。

父亲伸手捂住母亲惊张的嘴，再静听。这时便听见独眼帮头的鼾声骤然而停，那些人的响动也立即随之消失。父亲从棚子缝里偷瞄，看见是两三个渔夫，企图接近他的划子，却又溜走。

又过了好久，忽听见娃娃鱼叫，父母大惊：这汉水的不祥之物怎么拐进府河钻到刁汉湖来了？父亲挣脱母亲的胳膊，悄悄爬出去趴在船头张望。娃娃鱼的叫声却消失了，但泊在顶前头的那条划子闪着昏暗的灯光，似有妇人的轻哭声。这时独眼帮头的鼾声又止住了，似乎他也有所警觉，但并不见他出来窥探。

父亲一心要看个究竟。等到那划子的灯灭了，闪出几个渔夫。借着星光依稀可见他们驮着个半老不小的妇人，妇人身上湿淋淋的，背上还挎个明晃晃的玻璃瓶子。他们顺着断断续续的湖埂朝湖口半走半涉而去。不远处的湖口那边便是府河，划子帮每日不论猎捕到湖荡深处哪里，傍晚必定返回湖边老地方来守着府河泊船。

刁汉湖恁神秘，划子帮恁蹊跷。

4

古怪的独眼帮头妒恨一对河虾夫妇非分地吃毛蟹。不过尽管他扬言要撵父亲的划子走却没真撵，又让他们尝到刁汉湖另两种宝物：刁莲和刁鸭。

吃刁莲倒吃得安逸无事。

照独眼帮头的说法，天下有六大名莲，便是湖南安乡的湘莲、福建建宁的建莲、江西鄱阳的白花子莲、江苏吴江的青莲、洪湖的白莲，他伸出没抓鱼叉的那只手捏成个拳头跷出大拇指和小指，说缺的一莲即刁汉湖的刁莲。

刁汉湖植莲总有千儿八百年历史，划子帮的渔夫也是采莲高手。父亲猜测划子帮在湖心深处必有一个更神秘的码头，独眼帮头从那里拖来一串马槽状的极小巧玲珑的采莲船。渔夫们脚踩两条船，或半跪半坐在一条船上，使一把两头带桨叶的独桨，轻轻巧巧钻进密不透风的荷丛，便只听得见哗哗啦啦的响声却不见人影船踪。细听细瞧，方见一双手时闪时现"咔嚓、咔嚓"打摘莲蓬。

父亲这个驾船佬却驾不住采莲船，母亲也踩不稳恁轻恁窄的木匣子似的小船，两人都尴尬不过。

独眼帮头冷笑着，以鱼叉作桨，脚踏两条船稳得像只鹭鸶、利索得像个毛猴钻进荷塘。顷刻复出，手执一个莲蓬，脸上的笑意又热乎乎的了。他信手剥出一把青青胖胖的枣大的莲果，再将一枚剥出圆圆鼓鼓的莲子米叫父亲看，那莲米不是乳白色的，是肉红色的。

不料刁鸭犹如浸在鸩里泡过的，毒得父亲、母亲搅翻了五脏六腑。

打野鸭是惊险万状的湖荡狩猎。出猎前，十几条划子如急躁的猎狗团团挤在一起。渔夫们一律在肩上交叉挎着猎枪和鼓鼓囊囊的火药袋，鸦雀无声地听独眼帮头分派调拨。

独眼帮头没挎猎枪，只在腰上别了一支拃把长的烟杆，像一把小王八盒子。手上依旧抓着那杆三刃鱼叉，鱼叉是他的拐杖，又是权威的象征。

正是深更半夜，渔夫们急促而轻巧地荡着双桨。独眼帮头不让父亲的渔划子参猎，又不让留下，他扣人质似地叫父亲上他的划子，却叫母亲把划子远远跟在后头随行。真猜不透他的心思。

划子帮悄无声息地摸到狩猎点，钻进蒿草中隐蔽得不露蛛丝马迹。

独眼帮头绾起裤腿下湖，蹚到前头的洲边，往草地撒诱饵。

天麻麻亮，远处传来"呜呼呜呼……"的怪响。细密而急切的怪响由远而近，一大群云雾般的野鸭急扇乱搏着翅膀，呼呼啦啦降落洲头，歇在独眼帮头精确算计的火力圈内。

父亲见独眼帮头的独眼睁得像牛眼，他屏住呼吸慢慢拔出腰里的烟杆，伏在舱底遮掩着点燃了烟斗，然后把烟杆举过头顶来回晃几晃。

野鸭见了火光后惊飞。趁着它们刚刚参展翅膀离开地面的一刹那，围成扇面形潜伏着的猎手同时轰隆开火，黄豆粒大小的铁弹丸交织的火网罩住了惊惶一片的鸭群。

硝烟散尽，猎手们忽地从草丛冒出头来，他们把猎枪举过头顶，伸长脖子呃呃呃地吼。

父亲被这张狂的吼声震呆了，回头见独眼帮头也举着鱼叉笑吼，才知这是高兴不过。

划子箭似地射向洲头，大伙争先恐后抢上草滩争夺青头野鸭。刁汊湖的野鸭种类之多有"九雁十八鸭"之说，以鸭头金黄、羽毛华丽的青头鸭最为珍贵。

父亲也赶紧划桨拢过去，独眼帮头却坐在船头叼起烟杆不上岸。大伙乖乖地把抢到手的青头鸭扔到他的划子上，各人都只留一对顶肥顶大的拎在手上。父亲看到，独眼帮头也从前舱里拣了一对扔到后艄。

这时，母亲也把划子荡过来帮着装野鸭。她也顺手挑了几只青头鸭拎着，确切地说，她拎了三只，正欲扔到后艄去。

她没留意，众人已忿然作色地盯着她手上那三只鸭，并拿询问的目光望望独眼帮头。等父亲注意到她多拎了一只要过去阻拦时，已来不及了。

独眼帮头也不语，斜着把鱼叉朝母亲飞投过去。父亲吓得闭上眼，只听母亲惨叫一声，再睁眼看时，母亲已歪倒在地上，三刃鱼叉从她手上叼走一只青头鸭插在她的脚尖下。

那鱼叉已叼着鸭飞插进独眼帮头的船舱。舱里堆满的青头野鸭，显然已属于划子帮之外一个了不得的主子。

父亲早已注意到，划子帮猎获的满舱满船的毛蟹、刁莲只能尝个新，统统由独眼帮头亲自撑划子送到湖心深处去了。父亲问过大伙送给谁，众人不答，只劝他少问为妙、张嘴有祸……

上千只野鸭统统盘上船。已近中午，大伙都饥肠辘辘了。母亲便抹着眼泪要来给大伙烧鸭为炊，独眼帮头却拦住，叫她莫慌忙，只去准备晚上的鸭餐。

可能是划子帮已养成一年一度的打牙祭习惯？可能是这群猎鸭汉子都懒得花工夫去慢火熬、文火焖鸭肉？父亲和母亲目瞪口呆地看着，他们各自蹲在草丛里胡乱扯掉野鸭的粗羽，就在荒洲上点起野火把满是绒毛的裸野鸭架在火堆上烧，烧得皮焦骨头生便抓起来撕啃，一葫芦一葫芦酒都荡响着倾出来。

必是顶空这颗毒火日头无声无息地爆炸了，引爆了裹在他们肚子里膨胀的沾着血腥的野味，俚曲淫调荤话都满足不了野性的饥渴。太突然了！有几个满脸冒着油汗的醉汉子在同类的怂恿下公然扑向父亲的划子，平素虽然粗鲁却不失和善热心的渔夫咋就变成恶魔？他们掌击父亲于地，捕住混杂在荒洲野汉中如此刺眼的母亲。

母亲也成了一只被猎获被争夺的青头野鸭，脸上熏满黑烟黄硝的猎手们也要剐掉她身上遮羞的羽毛……

还是独眼帮头的鱼叉救了母亲，那无敌的鱼叉叉着几个醉汉的衣背，把他们挑起来抛到草丛里乱打滚。

独眼帮头这老汉力气恁大、火气恁大。

"老子问你们有没有记性？嗯？你们不也是被别个作践了老婆、媳妇，糟蹋了妹子、姑娘，才杀人放火落到今天的下场？要是有记性，再害逃荒落难的下得了手？嗯，嗯……"

父亲似听出了些名堂。

然而，勃起的野性不发泄难以镇静。划子帮猎归后，汉子们又灌饱黑油油的野鸭汤灌得精力愈加充沛，只恨没有攻击目标。凑巧湖外一头公牛追逐着一头母牛闯进那边半涸的芦荡，浑身发烧的猎手们争相奔过去打跑了情敌，使蛮力扳着牛角执着牛耳将母牛压倒在晚霞如血崩的芦荡……

5

父亲忽萌发乡思，思绪愁肠如湖水之深如湖草之稠。这魔沼迷潭般的刁汉湖，这良莠难辨、善恶不分的划子帮，实在是蹊跷古怪，待不下去了。昨夜，他又监视到划子帮的汉子劫来湖外的女人，是一老一小，小的像只十来岁，老的怕是她的妈。走！朝哪里走？唐河千里迢迢，唐河也没了外祖父没了祖父和亲骨肉……于是他猛然想到老家近在眼前。他便巴望有一块不像河颠沛不像湖阴险的土地。赵家湾，是他的老家故土。他居然忆起了儿时的伙伴，二狗、大双、小双、泥娃子、花子、秋妹，还有长子黑皮和他的风筝，还有那条后来被祖父一扁担夯死的蛮贼蛮听话的小母狗……

父亲那天傍晚借故去湖边问过求圣水的人，赵家湾就在南边偏东，抄近路只要半天路程。老家近在跟前，老家却回不得。老家有个仇人赵大少爷。

6

其实赵大少爷本来早就把仇人忘了。

赵大少爷既是一个十足的纨绔子弟下流坯，就不可能再是一条视名誉和信念比性命和寻花问柳的价钱贵的光棍，不会卧薪尝胆以图复仇。何况祖父并不欠下他的深仇大恨。当初他没把香伢搞到手的确很遗憾，但毕竟也图嘴巴快活对她骂了荤话把她调侃了，而且好歹也把她摸了捏了。二叔公，也就是他的爹，死了，那是他自己掐死的，便宜他公开占有了他的小姆妈。至多只能说祖父欠下他的情。是他把祖父这条光棍的形象造就完美，自绑自杀出尽风头是以他丢够了丑为代价的。记得二十年前的那天，他干瞪眼望着祖父漂汉水扬长而去，只恨眼窝里打不出枪子儿把祖父乱射死，恨得没法便咬牙起誓，说过君子报"丑"十年不晚。但二十年委实晚矣。十年也太长，就在第一年第一季第一个晚上，女人身上的腥热气就化解了他的誓。后来星沟镇传说朱帮头被东洋人挑死了、记娃子被东洋人扯了人帆，可见他放弃誓言是对的。岁月磨人，他也老成些了，逼他的小姆妈改嫁走了，明媒正娶弄回个一根嫩葱似的女子打发光阴。偷香窃玉的事难免干些，却不再强奸逼淫。东洋鬼子来了后他倒混出个人模狗样。他当保长是族里长老和乡亲们一致公推的，赵家湾非得出个人给东洋人跑腿，赵家湾也非得有人在东洋人面前敷衍不可。他出息成于洋人于乡邻都有用的人，便长大了胆子，朝东洋人讨抢朝乡邻讨饷，纠集乡间恶少地痞拉起八九上十人的便衣队伍。有枪无敌，却可猎色，掳得女俘来淫虐。有枪也好发财，搞些枪支弹药贩卖到刁汉湖。别人只知湖中有个划子帮，他还猜测湖中潜伏着一支番号不明的队伍，要不然划子帮打猎守湖用不了他贩去的那么多弹药。枪的用途真多，还能射野狗打野兔……但他赵大少爷陡起杀人祭枪的恶念！正应了斩草除根这条古训，使他联想到枪管喝人血的正经用途的，还是祖父遗留的祸根赵昌文——父亲。

那一日赵大少爷坐父亲的划子渡到南岸后并未转来，他是晚上打星沟镇渡口回的。但他觉得摆渡的豁巴齿似曾相识，便起了疑心。起坡后一路走着想，果然想出豁巴齿像一个人。父亲虽不似祖父剽悍，但其嘴脸、鼻眼和榔头形的方脑壳却活脱脱是和祖父从一个模子里印出来的。这也不光是他有眼力，前几日星沟镇上又传说唐河帮和中帮的人在外河炸排遭殃，才想起祖父虽死却还留着种，心里便犯嘀咕，不知赵昌文是死是活。不料今日钻到他的眼皮下，撞到他的枪口上。

第二天一早，他挎上枪扯起他的队伍赶到赵家坟渡口去抓人，却扑了空，便分派人沿河上下追寻。他则守在赵家湾等练枪的靶子，他估计父亲是想回老家不会远走，决意让一向吃素的枪拿父亲开荤。

赵大少爷绝没猜到父亲的划子居然钻进了由黑篷划子帮把守得密不透风的刁汉湖。

7

外路的野船野划子莫说想进湖，就是不慎往湖边靠近了一步也要遭殃。

昨天，一条府河的渔划子挨在湖口撒网。那划子盯着一群鱼踪在湖里划了丈把远，正撞上划子帮扯起黑篷顺风跑过来。那划子上的老艄公迫不得已拖着一网鱼，逃慢了一步，结果被划子帮包抄了。

三五条划子恶狗般扑上去，朝府河划子乱碰瞎撞。一条大汉操起一杆鱼叉搅住老艄公的渔网撕扯。

老艄公气不过骂了一句："老汉一辈子住在这湖边，难道刁汉湖就真的归你们这些湖霸?"

操鱼叉的汉子挨了骂，一步蹦过划子去，扭住老艄公的胳膊朝他的背心窝猛揍。老艄公也有独眼帮头那么大的岁数了，经不起揍，当即吐出一摊血来，跪在船头直求饶。打人的汉子竟仍不住手。

父亲看得怜悯不过，大声劝阻着要把划子靠拢去。冷不防"嗖"的一声，那杆三刃带反齿的鱼叉飞投过来扎在他的脚尖前寸把远，险些没将脚指头叉住。他吓得脚一缩炸出一身冷汗，扭头一看，独眼帮头把划子停在一边阴沉着脸望他……

刁汉湖的每一根芦苇每一片鱼鳞确实都被划子帮霸着。奇怪的是，恁宽敞恁大个湖面，有五条水路可进湖来，统共也只有十几条船的划子帮也只守在府河这边的湖口并不远去，怎么湖四周都闯不进外路船来？难道是远远地惧怕划子帮这阴森森的黑篷威慑？

赵大少爷近来常下湖。他带着人马在府河边盘查划子时，也看到划子帮清一色张着黑篷在湖边捕鱼捞虾。他哪里知道父亲的划子也张着黑篷挤在其中！独眼帮头答应父亲的划子入伙当天，便叫父亲把桅上五颜六色的补丁篷扯下来染黑。没有靛青的颜料，母亲刮锅末烟子化水，把篷沤着染得乌漆墨黑。

8

母亲也用锅末烟子把花衣衫都沤染得乌漆墨黑，为的是不惹划子帮汉子们的眼睛。她把辫子也铰了，戴一顶破皮帽。其实，这个弄得男不男女不女的女人害怕这刁汉湖，倒更思念故乡，思念生她养她的唐河，她执着地盼着回唐河。她不知父亲的心思，在她看来，他也算唐河人，自然也盼着回去。但她指望能和唐河帮的人一起回，她不相信唐河帮会死光死绝，唐河帮人个个像河里的精怪，再大的风浪也不会淹得他们一个不剩……

母亲天天望着湖水出神。湖水也作怪，望着、望着，湖面便像镜子，清清楚楚现出炸排的场面：鸭屁股嘶哑着嗓子疯喊，大姐和长兄恐怖地哭叫，浪涡里旋着只露出半个脑壳和手爪子的性命……这时她便惊号怪叫地拽父亲快看，等父亲看时，湖面的人影儿都不见了。惊动了独眼帮头和划子帮汉子们，都拿异样的目光注视母亲。

母亲便很委屈。明明有个无形的神灵来告诉她鸭屁股还活着，要不然就是眼耳鼻舌身之外的第六感觉来告诉的？潜意识作祟。

是母亲举止失常呢，还是刁汉湖显灵？

9

鸭屁股真还在人世。

……那是在城陵矶下头的外河拐弯处，王二死死抱定一根木头，趁着河拐弯水流得缓，乱蹬着腿划水把木头推向北岸，居然捡了一命。

他正坐在河滩上发懵，忽见河里冒出个水淋淋的壮汉，胳肢窝里还夹着一卷花衣服。

仔细一看，那人是鸭屁股，他腋下夹的小伢是长兄。他的水性真不赖，也没扒住一根木头，一只手膀子还托着个伢，却不在乎地游上岸。

鸭屁股沉着脸，伸手把长兄塞在王二的怀里说："这娃儿命大，咋的就从浪头底下钻到俺的胳肢窝啦？"说完转身重跳进河，趴在王二推到岸边的木头上，两腿扑棱着水往河心推。

"他这是……找死？"王二自言自语地问，抱起长兄去望他。

鸭屁股把木头推横了，挡住急刷刷冲下来的一根木头，又挡住一根。他把三根木头并拢，翻身跨上去骑着趴着，颠颠簸簸地被冲走了。

在老远的下游，他才划到岸边，扔下两根木头，再推开一根又去截河里漂的木头。

到天煞黑时，他竟捞了七八根柱子。

当夜，鸭屁股和王二就守着那堆木头坐在河滩上。说是入夏了，荒凉的河滩仍阴冷得很。他们拾了些枯枝败叶烧一堆篝火熬夜。

长兄先是被淹得半死不活的，哼都不哼一声，待烤暖和缓过神来便叫渴叫饿叫爹叫妈嚎了一夜。

天亮，鸭屁股就立在河边喊船，见船便喊"谁要木头——"，喊了七八条船都没人搭理。快到晌午时总算喊住一条大扁子，把一堆木头换了它艄后系的小划子和几碗米。两人把划子淌到簰洲下头就分手了。

王二打定主意，要摸回汉川老家等着横尸。鸭屁股一听慌了，说："您别走啦！唐河帮就剩俺老哥俩在一堆啦！"王二说："这棺材盒子大的划子哪能塞得下两具尸？你也莫往下划，小心拢到汉口遇到东洋鬼子！不如就在这里摆摆渡撒撒网也能糊住大小两张嘴巴！"鸭屁股见留不住他，只得说："您先走一步也中，您先拐到汉口码头上去打听打听这娃子的爹妈有谁还在，俺过一阵子总要划回内河去的。"

鸭屁股把王二渡到北岸时，天浑黄惨暗得跟江水一样的颜色。他蔫蔫地吐了几口唾沫星子，拍拍王二的背说：

"您回老家瞅瞅，要是不咋的好过，还回河里来。俺驾船的这号命泡在河里自在。看看俺俩在路上还能碰上谁？有几个老哥在一堆，混上一条破船也算个家哩！俺……俺在杨家河等您的信……"

说着，听着，两人的鼻子都酸溜溜地掉出清鼻涕，那副狗熊脓包模样差点儿落下泪来。

王二一步步朝内河边的老家走。

王二是个寡汉条，船上没家眷，老家也没得个嫡亲的亲戚。他入中帮混到大半年光景，曾娶过一个女的到船上。可惜只睡了她半宿，后半夜那女的便挽个包袱爬出舱干坐着，等天麻麻亮便捂着脸哭着跑了。船老大们见王二的脸憋得通红坐在船头，呆望着那女的上坡的路生闷气。哪个问话他都不应，大家就在背后瞎侃，说他长的那个家伙没得眼子，光上火不能搞女人，那女的气跑。从此王二再没娶过女人养家糊口，赚的钱都花在酒馆戏园子里。也往野女人身上花，他照样喜欢把女人捏捏摸摸、搂搂抱抱。他并不沮丧，驾船跑帮的像他这种无牵无挂的快活汉子哪一帮都有几个。

王二没照鸭屁股的盼咐绕道汉口。他想：汉口的街上一排排东洋鬼子比路边栽的树还多，万一看出我杀过一个东洋人么办？这条命捡得不容易，莫又让他们逮着了……

他躲躲闪闪地尽择僻静无人的小路，径直往汉川方向走。

不日走到内河边，望得见对岸的星沟镇了。他心里一喜，眼角挤出几颗泪。他躲在树后头犹豫了半天，到底不敢过渡去星沟镇，便顺着河滩往下游走了一截，磨蹭到天黑才过河摸到紧傍小河的王家湾。

回到老家他的心却凉透。老家的地半荒着，乡亲们过得一日不如一日。几家沾亲带故的长辈都老了、殁了。侄儿辈见他两手空空一副霉相回归，便不冷不热、待理不理，生怕他赖着不走吃白食。正赶上割谷插秧季节，他要去帮忙挑秧，侄儿们却隐起扁担说扁担断了；他要去割谷，侄儿们却夺走镰刀说镰刀钝了磨刀石不见了。起初他沉默着，以为乖侄儿们蛮孝顺，怕侍候不好累着他了，便挽个簸箕要去拾牛屎、狗粪、鸡屎肥田，谁知侄儿们又拦住他，说怕他眼花迷了路、怕他被狗欺生咬了、怕他失脚掉进粪窖，他这才闻出侄儿们嘴里放倒屁的味道。他发恼了，也顾不得侄女、侄媳妇们在场，张嘴便倒出粗语丑话："嫌老子坐在这里穷得卵蛋敲着板凳响是不是？当初老子赚的钱玩女人都玩不完，是哪些个杂种舔老子的屁股帮老子用了啊？"骇得女流之辈捂耳四避。然而侄儿们不认账，都说他瞎诈债、横扯皮、湾着船吵嘴，他大骂大哭而去。

王二一气也壮了胆量，直奔星沟镇，寻到船行会馆又去谋河里饭吃。他一边扛码头拉纤，一边添油加醋地向人吹嘘这几年闯龙潭入虎穴的经历。

镇上也耸着炮楼，东洋鬼子却龟缩着不轻易窜出。王二在麻雀大个镇上待久了，哪路消息都自动往耳洞里钻。某日便听说赵大少爷记仇，正到处逮赵斌记的儿子赵昌文，他方知父亲尚在人世。

王二暗地里寻着父亲的行踪。

10

划子帮一秋的猎获极丰，满舱的收获都进贡似地送到湖心深处。父亲从渔夫们的只言片语中听出：湖心有个叫丽环水的大岛，岛上有村庄和湖主，除帮头外划子帮的渔夫都不敢登岛进庄……他听出好像划子帮的人并非湖中土著，便联想起猎野鸭那回独眼帮头训斥几个醉汉的话。

大家不敢私分自卖的野味、鲜鱼，全部送走却换不回一枚铜钱。不过独眼帮头返回的划子上带来米面和油篓子，匀着分给艄后的锅底只有一只碗一双筷子的单身汉。洋火烟叶、灯油零用的，统由独眼帮头去府河边的杂货铺赊购，却不曾见他拿一文钱去还账。

过日子这号古怪过法母亲过不惯。缺个针头线脑，缝二哥的换季衣得二尺布，兜里却没一个钢镚儿。她试着开了一回口，独眼帮头闭嘴不理，只将缠满麻绳的鱼叉一捅船板，算是回答。

已是深秋，浮萍在母亲忧郁焦灼的目光下死去。一蓬一蓬芦苇失青泛黄，复而灰褐。蓝得发黑的刁汊湖显得更深沉莫测。

划子帮猎尽飞禽又去专心打鱼。

俗话说"鱼有一百样，打鱼的有九十九样"。划子帮十几条划子，除了趁水势追鱼群合在一起拦湖围鱼外，散开去每条划子的捕鱼手段各不相同。渔夫们都愿散开自在。撒网的撒的是勤奋和耐性，一网网撒一网网收，一天下来把偌大个湖面全撒进网里拽上船头，抖着密匝匝的网眼搜索每一片鳞光的希望。滚钩的心高志远，从划子两舷往湖中拖下一串拃把长的滚钩，撑到湖口急流中去搏浪，不收获则已，滚着一条便是两手展臂长的上百斤大鱼。撮网的划子头上伸出三面围一面敞的大网，像个恁大的撮箕撮进湖里，划子朝前紧划疾走，扯网起来时恨不得把湖底彻底撮翻上来。布网的逍遥懒散，傍晚在沟沟汊汊里布下网阵便钻进棚舱醉饮酣睡，翌晨日上三竿才不慌不忙地下湖收网。还有使鱼罩的，篾编的鱼罩上细下粗无底，像个烟筒像个大漏斗，载在船头划到浅湖水草附近弃舟下湖，抱着鱼罩蹑手蹑脚地蹚水，屏声静气搜寻湖底冒出的一个气泡一圈涟漪，盯准了则猛罩下去，若鱼罩里扑棱一响便可于囊中取物……一对河上漂的夫妇看这湖里闹的汉子们的手段令人眼花缭乱。两人还发现，这些来历不明的人各干各的勾当时变得安逸、本分，又快活又和善。

独眼帮头捕鱼的绝招便是他那杆不离手的三齿带反钩的锋利鱼叉。他总有六十好几了却背不驼腰不哈像个老精怪。一只陷进去的瞎眼奄拉着，皱巴巴的眼皮如空瘪的蚕豆荚，一只鼓爆的亮眼却赛过小灯泡子，照得见湖里倏地闪过的灰黑的鱼脊。鱼叉脱手甩出，叉杆颤晃着像鱼鹰嘴啄进水中，那水色便泛起红晕，叉齿叼起扑棱棱血淋淋一大尾。这时渔夫们纷纷惊叹着恭维帮头。父亲却见一个岁数大的渔夫撇撇嘴不以为然，说这杆鱼叉叉鱼不算稀奇，还叉过人的脊梁。

父亲弯竹梢甩参子鱼的雕虫小技在划子帮的人面前只令他汗颜。独眼帮头爱卖弄本事，蛮热心地点拨他撒网的窍门。船老大糊里糊涂变成个渔夫，每日好歹网得几片鱼鳞。幸亏捕多捕少并非自己独得，吃的又可留够。他船上的三张嘴倒跟富贵人家的猫一个样，混得着顿顿鱼腥。

渔夫们不发疯野劲时，都像是些心直口快的正经船家人。这一阵子各忙各的捕鱼，对父亲这条外路来的汉子没有相欺。他们依旧喝酒喝得凶，免不了拿些荤话佐酒。一人一个酒葫芦，灌的是帮头从湖深处载来的自酿土酒。母亲也作怪，见没多大酒量又没酒葫芦的父亲显得不合群，便谋个青葫芦从蒂把跟前锯断，掏尽瓢子拴根绳子，让父亲也灌满酒挎着喝。果然，挎酒葫芦的汉子们见了都笑，对父亲不怎么分生疏了。

但一个个酒葫芦似的头脸到半夜就变成诡秘的鬼形。某夜，父亲又偷窥到他们去府河边劫来一个女人。他等到天亮也不见他们像往常那样送走那女人，也不知藏在哪条划子上。父亲正纳闷，无意中发现那边芦丛里沤着一具尸体。不过不是女人，像是个东洋鬼子。

更奇怪了，划子帮突然出湖往府河下游去了两天一夜。撇下父亲的划子泊在湖里，还留下一条划子看守着。留守的汉子嘴很紧，父亲陪他喝了半夜酒，他也只漏出不明不白的一句，说划子帮去赵家坟渡口装一点货。

刁汉湖神秘而恐怖。不过东洋鬼子不敢进湖来骚扰，刁汉湖亦和平而静谧。划子帮每日自管逍遥湖波、网金网银、酹酒而歌。父亲和母亲拽着二哥从暴尸塞流的血河里逃进湖来，算是喘了一口气，刁汉湖在他俩眼里又似安全的。

许是一方世外桃源？刁汉湖不知湖外的战乱世道，不屑问湖外焦土上的仗是怎么个打法。父亲胡乱啃老书啃得肚子里有点货，他记起一句"不知有汉，无论魏晋"。

11

刁汉湖外的局势果然有了亡国、复国的骤变。

东洋鬼子第九回打长沙又败下阵来，这回败得一塌糊涂。人们还正在幸灾乐祸地猜测，说东洋兵马再要打第十回恐怕得先蓄养半年元气。谁知只隔一夜，到天亮便望见天上的美国飞机、苏联飞机、中国飞机忽然多如麻雀，而东洋飞机却稀少得像孤鹰一般难望见几只盘旋。听说薛岳司令不再加固战壕死守长沙了，突然拉起队伍出击反攻，攻得东洋兵马溃不成军。恁凶恁能打仗的东洋鬼子咋就成了孬种？原来，苏联队伍打进了东北，美国飞机像当年东洋飞机炸沙洋似地轰炸了东洋国，蒋介石的大队伍从峨眉山下来了，新四军抓的东洋俘虏多得用火车拉……更奇的是，传说刁汊湖里突然杀出一支队伍，沿着汉水北岸朝汉口冲杀而去。说这支不打番号的队伍总有大几百上千号人马，不知在湖中芦荡里潜伏了多久。自称亲眼看见的人说得有鼻有眼，令人不敢不信。

明摆的事实是：汉口每天都见得着东洋医生、东洋商人和东洋军官的家眷纷纷坐外河的大轮船走了，翻译官买船票时明说他们要到下江口改乘海虾子回东洋国。

这些都是王二捎来的消息。

12

那天傍晚，王二带一群纤夫给道帮的船拉纤走府河。府河发秋汛水很急，他正领头打着号子慢慢拉船到刁汊湖口跟前，忽见湖里飞出一片乌鸦似的黑帆。"这不是黑篷划子帮吗？"他心里猛一惊讶。他知晓一些划子帮的传闻却不曾见过，想停下来看个究竟，正编着打号词句的嘴里便冒出一句："解个小溲。"逗得众纤夫笑着停住脚。他又扒下裤子说要解大溲，气得纤夫们只好先走。原来他发现停在府河的划子帮里有一条划子上有个人好像眼熟，便假装蹲屎，拱着屁股偷看。

划子帮是来府河起壕的，昨日煞黑时独眼帮头率众渔夫在府河下了壕。

眼下府河正是下壕堵鱼时节，而天寒了刁汊湖却难得捕鱼，鱼怕冷都躲到湖底芦根水草下。府河划子进不得湖，湖里划子进得府河。府河下游十几里狭窄的河床两岸，隔不多远就有一道壕一堆人，层层布下鱼儿的天罗地网。"鱼过千层网，网网都有鱼。"

下壕是靠水吃水人的一种大规模拦河截鱼营生。几十号人扎帮结伙，凑出大本钱。丈余长碗口粗的柱子得几十根，竹竿篾片不计其数，还需上十条划子。从河两岸相对着以竹篾编扎的栅栏锁河隔流，只在河心主航道上敞开一道窄门留给过往行船，窄门下兜以大网白天沉入深水中，夜里把网拉出河面完全封闭河道。一日一夜才起一次壕，一次捕获上千斤大鱼不足为奇。

王二撅着冰凉的屁股拉不出屎来。

黄昏的河风吼得惩凶，阴冷的府河水咬手咬脚咬得生疼。划子帮渔夫们恃着酒勇，敞开棉袄，脱了夹裤，光着腿蹚河，攀着木桩骑在栅栏上。

起壕了。惊惊乍乍的呼喊和粗俗的责骂混响一片，一张巨大的兜网被拽出河面，划子穿梭在网前网后忙乱。木柱战栗着，竹竿弯成满弓，篾片嘎吱嘎吱叫。府河被搬举起来又从网眼挣脱下去，"淘银"人火辣辣的目光灼燃了满网熠熠银光。

王二便在这时看清了父亲的嘴脸。父亲的牙齿正在打架，龇出难看的龅巴齿。他蹚在靠岸的浅水里把湿漉漉的网绳缠在手腕上使劲。

王二不敢喊，正欲趋前几步递眼色给父亲，突然被一只手揪住后脖子抓鸡似地提起来，又扔进河里。

王二像一条被恶作剧的伢儿甩进河里的狗，慌忙掉头乱扒着四爪往岸边疾游。

等王二湿淋淋地爬上岸，父亲这才看清他是谁："唉——呀，你是王二？"

骇掉了魂的王二顾不得搭理父亲，撒腿便逃。不料一杆鱼叉飞投在眼前挡住去路，叉齿上还串着一尾大鲤鱼。

王二和父亲同时扭头望独眼帮头，帮头居心叵测地甩出一句话：

"既是朋友，请上船喝酒去。"

在岸上高处还立着一个人，谁也没注意到他，他盯着划子帮张帆回湖深处后才离去。

13

母亲又是哭又是笑，她一边煎鱼一边就着灶火烤王二的衣裳。

她把烤干的衣裳递给缩在棉絮里发抖的王二："他大伯，他大伯！您叫俺说啥好哩？您叫俺咋谢您哩？您可是俺夏娃的大恩人……"她狂喜难已，说着竟咚咚地给王二磕头起来。

王二缓过神来又活泼了，他朝一旁的父亲挤眉弄眼地说："少给我磕几个，多留几个头给鸭屁股磕！他才是你伢的救命恩人。"

母亲心里火烧火燎的，她一边把酒菜端过来，一边大声嚷着立马就要下汉口去寻鸭屁股，看她的娃儿，接她的亲骨肉宝贝疙瘩。

父亲慌忙跳起来捂母亲的嘴。

王二一听吓得又哆嗦起来，勾头朝油摺子篷外头张望了一下，轻轻嘘了一声说："你去接？连我都还不晓得走不走得脱！"

母亲方知处境险恶，便默默侍候着给二人斟酒盛饭，又抱起二哥缩到灶旁无声地垂泪。

王二便问父亲落草划子帮的经过，父亲便说出满腹疑惑。王二说他解得开刁汊湖的哑谜，招手叫母亲也拢过来听，蛮惊险地讲起划子帮的来历。

王二说，这划子帮真是一伙绿林好汉、湖泊霸王。划子帮盘踞刁汊湖总有几百年的根基，有人说还要久，划子帮结帮于宋朝刁汊垸形成期。追起根梢来，划子帮最早的帮头便是梁山水泊那唤作活阎罗的阮小七的后人。当年朝廷招安，阮氏三兄弟料定日后有满门抄斩之祸，便叫后人打点行装远走他乡隐姓埋名。那阮氏传人跋山涉水、四方浪迹，却觅不到一个牢靠去处。后来才找到刁汊湖，见是个安水营、扎野寨、荡飞舟、落脚生根的好地盘，便更名改姓自称刁老大，操起打鱼杀人越货的老营生……划子帮代代相传，传到如今已换了几十代帮头了。眼下的大帮头九十高寿、鹤发童颜，整日隐居在湖心岛上与八十好几的二帮头对弈打发光阴。其实独眼帮头并非划子帮的大帮头，也不是二帮头、三帮头，划子帮有上百条划子，分作五拨守在刁汊湖与五条河流汇通的湖口打鱼望风，独眼帮头不过是府河边这一拨划子的小帮头……

王二说得有鼻子有眼睛，父亲听了似信非信，心想，就算有上百条划子，仅凭猎枪和鱼叉，难道能把个敞着的刁汊湖守得连野麻雀也飞不进来？这湖里头必定还有名堂。但他没吭声，其实王二也是道听途说。

父亲正想问湖外事，这时划子猛一颠晃，独眼帮头故意猛跺一脚踏进棚舱来。看来他早就隐在棚子外头监听半天了。

三人面面相觑。独眼帮头却满脸堆笑，笑得很是慈祥动人。他说他来找父亲的这位朋友打听打听外头世道的风声，但他一句也不问王二，只顾自己说起来。

他说星沟镇驻扎的东洋队伍前天都溜跑了。东洋鬼子是坐汽艇走的，一个也没留下，炮楼里也搬空了。镇上那些被东洋兵拆了房子烧了屋的人家，胆大的都去扒炮楼拆砖抢回家砌房子。拆了一夜，到昨天早上，炮楼只剩下一堆瓦砾堆在那里，像是谁家的祖坟给人扒了……

独眼帮头故意说个没完。

王二听得暗自一惊，心想：这个独眼龙比我还晓得的还清楚些！他还问我打鬼？父亲也惊叹，但他猜划子帮必有耳目安插在镇上。

母亲听了只顾乐得癫狂起来，也没注意父亲在皱眉头，王二在挤眼皮，她慌着把王二遇见鸭屁股和长兄没死的话一五一十地告诉独眼帮头。末了她说：

"再也不怕东洋人啦！给东洋人当保长的赵大少爷也没狠气啦！俺一个人下汉口接他们去。娃他爹您留下他大伯，先跟着帮头打鱼吧，这刁汊湖还怪养人哩！俺去接他鸭屁股大伯转来，再一伙回唐河去！俺明个起早去接俺娃……"

哐当！独眼帮头把酒碗砸了。

"怕是你们三个都得一起滚！老子这刁汉湖见不得外人，老子跟你们说过几多回？"

母亲的喉咙里像被鱼刺卡着了，父亲气得瞪着母亲翻白眼，王二却长长松了一口气。

"把老子的话当耳边风？嗯？刁汉湖容不得外人，你们又不是没看到过。当初你们不知死活瞎闯进来，不知不为怪，后头的仇人又追得紧，老子狠不下心来撵……嗯嗯，冤家路窄，老子信绝了这话！唉……"

末了这一句听得不对头，三人都听出又要出鬼，顿时惊惶起来，急着想听个究竟。

独眼帮头的嘴巴却闭得撬都撬不开了。王二想套他的话，便从怀里摸出个扁酒瓶递过去巴结他。这瓶虎骨酒刁汉湖里难得谋到，他一把夺过去凑到独眼底下瞄着，脸上已堆满了笑。他咬开瓶盖先嗅嗅，再抿一小口咂咂，然后倒竖瓶底一气抽干。犹不尽意，摇摇空瓶伸舌头舔尽最后几滴。王二以为他要开口了，他却酒兴大发，又抱起酒葫芦猛灌一通，这才揩干嘴巴，半闭起独眼，像一只打盹的鸡似地把头一点一点，但半闭的眼珠子分明透出逼人的光来，在三人脸上久久打量。他似醉非醉……

独眼帮头说他早年也是在襄河上跑风闯浪的船老大，后来与帮头结仇。那帮头贪色，船老大们的闺女出阁前无一例外地被他霸占一回才匆匆打发嫁人。他那时还是个三十出头的莽撞汉子，娶得女人上船不久，膝下并无闺女可供帮头作贱，却替别的船老大鸣不平。那帮头像是故意要赌一赌他的刚强，晚上喝得醉醺醺地喊他的女人过船去侍候洗澡。他也刚喝了酒，跳到船头把帮头骂了个狗血淋头。骂完双方开打，帮头用一根篙子戳瞎了他的一只眼，他用一杆鱼叉叉穿了帮头的背，就是在星沟码头犯的人命案。他见河里容不得他了，上坡更是自投罗网，便弃了船，解开一条划子逃进刁汉湖，却被划子帮拦住又打起来。划子帮的帮头见他一手捂眼一手舞叉还抵得住几条汉子的围攻，认为是一条了不得的光棍，便收留了他。后来帮头老了又举他做了帮头……

父亲听着心里便有了些数。他猜划子帮的人大约都是像独眼帮头这样与人结了仇被逼进湖来的，也有这几年被东洋鬼子追杀进来的。别看他们粗野蛮横，其实也是些可怜汉子。刁汉湖虽大，他们却只有屁大一条划子，替别人霸着这湖。

独眼帮头说着说着，突然大骂父亲母亲不知死活、不识好歹，说他晓得两个狗杂种在背后阴着咒他恨他。

原来，父亲的划子一直在赵大少爷的眼皮子底下。其实起初在赵家坟渡口相遇划子帮那一晚，划子帮正是去接运赵大少爷搞的弹药。赵大少爷明着做东洋保长暗地也留了后路，除了贩湖里急需的弹药，还往湖里通风报信，他早嗅出东洋人要溜的气味。东洋人一撤，有人扬言要烧他的屋，又有人赌咒要在半路拿锄头锄他，还有人算计半夜翻墙撬门拿斧头劈他。这几日，他接连派人进湖送礼，要入划子帮落个天不怕地不怕的名声。湖心深处已传出信来，要接纳他和那七、八杆枪入伙，不日他就要带一帮人进湖。

"不是老子说了骇你们，那个少爷晓得你们隐在老子这里了!"

独眼帮头突然冒出一句惊人之语，顿时吓得三人面如土色，他脸上却没事似的。恁大个独眼珠子却像个烧得已熬不住火的煤球，露出些暗淡、温吞的光来，怜悯地打量着两个没有勇气的男人和一个女人：

"唉! 说把你们留在湖里吧? 马上老子也要受他管，泥菩萨过河——自身难保! 说放你们走吧? 老子倒不怕他来找老子扯皮，只怕你们这几个冇得用的闯不出湖口……嗯——好! 老子也积一点德带到阴间去! 明早你们偷摸着拐到府河里，往上头走几步，河边湾着一条小扁子，船上没得人，那是湖里的船。你们撑起走，滚回襄河里去吧!"

14

翌晨，母亲按独眼帮头教的法子换上了父亲的烂棉袄，戴个破斗笠遮着脸，腰里还故意别着一根烟杆。父亲扛了一根扁担，独眼帮头说万一有事就拿扁担夯人。王二猴着腰背着二哥，两条腿杆子筛抖着。

母亲千恩万谢地给独眼帮头磕了头，——揖别划子帮的渔夫们。

三人蹚着湖水钻进那边的芦荡，迂回着朝府河边摸。府河边果然泊着一条小扁子。

但船头河滩前，七八条彪形大汉已等候多时了。

三人的脚板被钉子钉住了似的。

这时，划子帮的黑篷如一群大雁飞过来了，领头雁便是独眼帮头，山字形的鱼叉举在船头闪闪发光。

划子帮的汉子们都端着猎枪跳上滩头，看来独眼帮头早已料定有这么一场伏击与反伏击了。

赵大少爷也是独眼帮头的对头。他来了划子帮的这杆三刃鱼叉就得归他，独眼帮头就再也不能稳坐船头发号令，就只能做个半瞎老头子成天泡在湖里捞鱼摸虾，一条硬了一生的光棍到头来却要受这个赖货的窝囊气！

独眼帮头既要积德又要斗狠，偏要在赵大少爷的枪口下把一对河虾子放生！被划子帮逼住的七八个汉子却两手空空没拿枪。赵大少爷的王八盒子连同他本人一起都不在，他的人马不战而降，纷纷跪地求情，说他们做过伤天害理之事与人结了仇，乡邻们不容他们，请求独眼帮头收留他们入划子帮打鱼谋一条生路。

这些个跟着赵大少爷混了好几年的弟兄们说，赵大少爷先是打算带着他们避进刁汉湖的。他本指望凭七八杆枪能在湖心的岛上谋一把交椅过舒坦日子，谁知只叫他入独眼帮头的划子帮做个帮头。他自忖比不过独眼帮头的本事无颜做帮头，更怕受不了成天漂在划子上的这份罪……前些时，湖里藏的一支队伍瞒着划子帮的人直接与他接头弄过弹药。那队伍虽已开拔，他还晓得现在驻扎在哪里，改变主意要去投奔队伍。昨夜走时他有心叫难兄难弟们都跟去，但弟兄们却怕过打仗的日子，他便把王八盒子塞进怀里隐着独自走了。临行前他叫弟兄们收管好各自的枪预备防身用，但他一走群龙无首，大家捏着枪不能壮胆反而骇不过，方知枪不是宝贝而是祸害，趁深更半夜统统把枪丢到河里沉了。

赵大少爷撇下的这些人又说，赵大少爷算准了父亲肯定会驾这条小扁子逃走，他派人日夜守在这里。不过这两天他没心思报仇了，还说二十年前的事再记仇没多大意思。又说拿枪打死父亲他下得了手，要再打死二哥这个伢他下不了手，不下手还是留着一条祸根，仇是报不完的。还说起初看父亲跟赵斌记一样是个锤子形的方脑壳，后来看父亲又不像，是个葫芦脑壳……

是刁汉湖的魔力使然吗？事情大出意料之外。母亲和王二都觉得侥幸，两人在一旁窃窃私语，父亲则百感交集地呆望着独眼帮头出神。

失算的独眼帮头的脸上乌云翻转，猜不透他是尴尬还是懊恼还是烦躁还是得意。但他终于叹息一声：

"嗯嗯，听你们这一说，他还像个人样……"

15

那些徒手的玩枪人再次恳求划子帮收留他们。

独眼帮头断然地一摇手中鱼叉拒不收留。他说不是他心眼小是他心眼好，湖水是困死的，河水是活泛的，旱路更是通天的路，让他们不如学学赵大少爷远走高飞，等老家人忘了仇再回来。

他又突然扭头对划子帮的人说："东洋鬼子也走了，你们哪个在湖外没得死对头了的也给老子滚……"

这时，他瞅见母亲还在和王二喋喋不休地低语着，便厌恶地挥挥鱼叉，吼着撵父亲快些撑船滚蛋。

小扁子慌忙起航，父亲撑篙，王二打舵，母亲强按着二哥的头跪在船舷旁咚咚地朝独眼帮头磕响头。

划子帮也扔下那群弃枪人，无声地抖开黑篷，从左舷或右舷旁超过小扁子走了。

等额头上磕出鸭蛋大一个肿包的母亲抬头望时，划子帮已顺着湖口拐进刁汉湖。

湖里起了迷雾，像一个恁大的蒸笼揭了盖子，像一个恁大的敞灶用青树枝子生起炊烟。

第十四章　杨家河庙会

1

"六月六，杨泗节。"年年六月初六，吃汉水饭的百姓都要办庙会祭祀杨泗将军。这一天，汉水两岸每一座杨泗庙前香烟缭绕、供果如山。善男信女们长跪长揖不休、磕头如捣蒜、赌咒发誓、撒谎许愿、祷告哀鸣，祈求杨泗菩萨赐福免灾，怜悯一条汉水哺育的芸芸众生。

汉口杨家河过杨泗节最隆重最热闹的活动便是水旱码头争相办庙会。旱码头乃指码头上卖力气装船卸货、扛包撮沙、搬砖挑石头、拉板车人的行当团伙，水码头则是码头上撑船淌划子拉纤的船夫的帮派同党。码头不同八字同，都是些命里注定金、木、水、火、土五行在"水"的，是些捧着饭碗舀河的伙计们。既逢一年一遭的职司江河、统领水中百族的水神之节，水、旱码头岂敢怠慢？都诚惶诚恐、用心尽意、挖空心思地庆贺。又是唱大戏又是摆筵席，所需花销均按人头摊派。各码头明着攀比暗着较劲，抢名角聘名厨，要看哪一个码头上庙会最排场最能取悦于杨泗。历年如此。

今年杨家河庙会之隆重之热闹又与往年大不相同。一则东洋鬼子败走，武汉光复一年，大有天下太平、黎民安居乐业景象，二则这年把光景汉水上的生意出巧地好做，各人都赚了几个。钱揣在怀里、痒在心头、烧在胸口，存不住财的弄潮踏浪汉子都愿意大把地花销几个血汗钱开开洋荤。

原来，自去年东洋鬼子投降，武汉在一片复兴声中开进接收大员。去年9月

21 日，接收大员正式从东洋队伍的"军管"手中将三镇的大小公司、工厂等一应资产接收过来。这九省通衢的水运经营，也从东洋河怪撮瓢船口里夺回。汉水港埠的货栈几百年来一向是民间经营，如今码头权势重又落回商会董事、船行老板、河霸、地头蛇、码头帮主手中把持。

汉水河里帆船如梭、一派繁忙。驾船的生意做不赢，都是打上游老河口、襄樊一带运下来的货。东洋鬼子霸占汉水期间，汉水上游深山僻壤的奇物运不出来。如今汉水畅通了，上游几省几十个县份的出产，如五谷、黄花、木耳、棉花、龙须草、桐油、柏油、梓油、芝麻油……倾几多年的收成一股脑儿掀进汉水里涌流到汉口。华中几省的粮贩子、油贩子、棉贩子、药材贩子，及搜寻南方土特产的北方贩子，趋之若鹜。生意人可谓日进斗金，大发汉水财。

被东洋河怪追着撵着拴着拖着憋了七八年窝囊气的船老大们，趁着难得的好年景，都想借过杨泗节宣泄心头污浊，狂庆狂欢、狂醉狂闹一番。大小船只便纷纷落帆抛锚，到柳树成行的杨家河泊船。

2

杨家河是绵延逶迤几千里的汉水尾巴，集家嘴是汉水尾巴的梢子，有集家嘴有杨家河才有汉口。汉口汉口，汉水入江口矣。汉口一带古称夏汭，意指千里汉水、下游的曲折入江处。因汉水兼有沔水、夏水等多种称谓，故汉口并有沔口、夏口、鲁口之名，至南齐时始谓之汉口。汉口是历史悠久的水路物资集散重地，财赋称雄。当年诗仙李白云游汉水至此，也叹汉口的繁荣，便赠诗江夏太守说："万舸此中来，连帆过扬州。"

杨家河位于集家嘴上游一箭之遥的汉口北岸，是过往船家抛锚泊岸的黄金港湾。

杨家河一带号称十码头，个个码头无论冬秋夏春、枯水旺水、白天黑夜总是挤满船舶。船也难得靠岸系缆，紧靠河岸的泊位全被大小划子抢占了。各种各样的划子忙碌于不同的水上营生，除了打鱼捞虾的，还有承揽转运货物的、叫卖油盐酱醋的、卖酒的。最多的是摆渡划子，不光往两岸摆渡过往行人，有的划子专门摆渡船家人起坡到杨家河逛街。那些大小船只挤不拢岸边来只得在远远的河中抛锚，想上岸的便招招手叫一声"划子——"，应声而来的总有三五条划子，谁抢先划过去两毛钱便归谁赚。

杨家河一条长长的街沿河摆开。街上又岔开七八处丁字路口，每处路口又是垂直于沿河街的一条长街，连着纵深处与沿河街平行的汉正街。纵横的街道又岔出些七弯八拐迷魂阵八卦图式的巷道，一户挨一户拥挤着鳞次栉比的布瓦板壁矮屋和木楼房。此乃一方宝地，居民麇集，盖房见缝插针。商贾大户，一家一栋楼房有七八上十间乃至十几间几十间的，占满了一条街巷；小家小户，如水、旱码头的伙计们的平房，夹在街巷的窄缝里只像个猪舍、鸭棚，一脚跨进门槛里膝盖便顶着了炉台屁股，便拱着了床沿，再一转身，头发就擦着了暗楼楼板，脚后跟碰得床底的尿罐夜壶"叮当"作响。家户与家户之间的"山墙"不过是两家共用的一层单薄如纸的木板，称为"鼓皮"。故而一家吊子里煨汤，隔壁街坊亦可饱闻排骨蹄髈之香；左邻打屁，其气体也能逸透鼓皮，好让右边芳邻共享浓郁的韵味。不屑说那条石青砖铺砌的街面上货铺、馆子、客店七十二行生意门面毗邻一片，就说那"下河"归来当街守门一长溜摆着的敞口且骚臭的活动厕所——"围桶"，足以雄辩地证明这一片河街的人烟稠密。

可知杨家河、汉正街依汉水而人丁兴旺，地皮贵抵黄金。杨家河河上河下应得着一句诗话："十里帆樯依市立，万家灯火彻宵明。"

农历五月半一过，杨家河各水、旱码头便开始紧锣密鼓地筹办庙会。水码头中最讲排场的是黄帮会馆，有实力与之较劲的是距其一步之遥的孝帮花园会馆。黄帮会馆抢先以重金聘定吴天宝。花园会馆不甘示弱，也许以厚酬延请陈春方、胡贵云。这三个戏子都是唱汉戏的名角、声震汉口的金嗓子，足有资格为水神载歌载舞。

到了五月末那一天，各码头早已恭请到了有板眼的厨子。都当街占巷搭案台扯油布棚子，架起煮海煎江的敞口大锅烧沸了汤炼滚了油，为杨泗将军准备猪牛羊鸡鸭鹅鱼。卤肉的香味混合着煅猪油的腥热气笼罩着长街，浸透了丝丝河风。

3

这时，远远的外河下游有一条船，正日夜兼程往汉口赶，一心要抢在杨家河庙会这一天赶到内河来。这是一条跑空趟的高桅大扁子，那个五大三粗的船老大一手扶舵，一手搭个凉棚朝前方的水路瞭望，心情很是急迫。虽是逆水行舟，好在有顺风，一张遮天蔽日的白篷使劲兜着风推行。船头还有两个船老大分立在左右舷处操着丈余长的篙子，不时插篙河中撑一把。凉棚后门口的一个娃娃倒是悠闲，他正趴在艄后用细绳吊着一个破笆箕半沉在河里撮虾子。那笆箕却妨碍了舵的摆动，舵叶不耐烦地把笆箕打来打去，笆箕里便总撮不着虾子，只撮得水草浮泞。那娃娃倒有耐性，把头和上半截身子都斜探下去，一次次地把笆箕搬起来又沉下去。娃娃的腰上拴着一根拇指粗的麻绳，长长的麻绳穿过凉棚前门系在舵柄上。那舵手一边掌舵把向，一边不时地伸手去拽拽那根麻绳。他赤裸着的大脚丫子前有一摊涎渍。

这舵手便是鸭屁股。

鸭屁股去年就到了杨家河。他在簰洲码头上拉扯着长兄窝窝囊囊地混了一阵子，淌着划子给人家装粪、装炭、装洋灰、装稻草，尽揽些脏活苦活。后来一听说东洋鬼子投降了就急忙把划子淌进内河。他不信唐河帮的人会死光死绝，逢人便问，逢船便打听，果真找到两个大难不死的唐河帮船老大。几个患难朋友把盏庆过重逢祭过死人，摸着长兄的头捏着长兄的手道过一番摧心裂肝的感叹后，强抬起蔫巴巴的头来合计眼下如何在汉口码头混饭吃……起初，他们三个一伙打着唐河帮的旗号，指望一边在汉口码头上揽一些帮工、拉纤的生意，一边等王二的信，寻找可能还幸存的唐河帮人，何时攒足钱买一条船回唐河去。谁知汉口码头上恁欺生，从集家嘴到杨家河，个个码头皆不容远水来的且已溃不成军的北方船帮立足。照水路规矩，鸭屁股好歹是个帮头，各码头各船帮应以礼相待，不料汉口佬看待他却不如一个花子。这也难怪，汉口一带的黄金码头谁不觊觎？盘踞于此的土生土长的汉帮，早年涉重重江河漂泊而来已同化在本地的安徽帮、宝庆帮，祖籍湖北各县份落户于汉口的孝帮、黄帮等，都是苦斗死拼几十上百年，用血汗和性命打下了码头，如今岂容他人哪怕只借立锥之地？鸭屁股一伙无奈，托早年跑汉口时认识的黄帮船老大孙猴子去黄帮会馆说情，贿赂会首和帮头，谈妥从此只字不提"唐河帮"的旗号，名义上随了黄帮，这才包租到手了黄帮一个船老板的大扁子。船老板有六条船，自己一条船也不驾，全部租赁给雇工，赚的跑船钱雇工与他四六分成，他还要另吃雇工一份空额。鸭屁股他们三个满指望趁河里生意好做赚几个钱积攒起来，搭伙置船返回家乡的河。可是从去年赚到今年，钱倒赚了不少，大头却被船老板抽走了，剩下的几个人一花一用总攒不住。今年以来又遇上金圆券贬值，鸭屁股瞅着一沓点数了几百回的皱巴巴的纸币直犯愁。

今日他们宁可跑空趟这般风急火急地往杨家河赶，居然也有闲心思赶庙会凑热闹吗？

4

六月初六这天，天顺人意格外晴朗。泡在河里洗得鲜亮的日头浮起来悬起去，赤裸裸的飘行于河空之上。它不忘沐浴之情，把个碧澄澄清粼粼的汉水吻着抚着弄得面颊绯红。

这时，习惯于早起的船老大们早已抛吊桶打河水从船头至船尾把船身冲洗得干净瓦亮。现在他们正立在桅下扯起一面不轻易张挂的红色顺风旗，又跑到艄后去插了一杆座艄旗，黄旗面上用金红的绣花线绣着一个赫然大字，那字是船老大的姓氏。而艄婆子们则在凉棚里忙着焚香进贡，在案前的红烛绿番下摆着整鸡或全鱼或猪头一个供奉杨泗菩萨用膳。

一切停当，船老大们纷纷举家登岸。

这时，一条迟到的大扁子慌忙从外河折进内河口，泊到杨家河黄帮码头来赶庙会。

岸上已是笑语喧哗、人群熙攘，那些小商小贩和耍猴把戏的、跑江湖卖单方草药的、敲着竹板唱着顺口溜的叫花子都来赶庙会凑热闹。

卖酒妇斜着肩扭着腰，高绾起袖口的手腕上挽着一只篮底顶在歪翘着的肥屁股上的大似婴儿摇窝的竹篮子，在人群中钻来钻去叫卖，用一条湿毛巾遮得严实的各色卤菜篮子里探出半截炸弹似的墨绿色十斤装长颈酒瓶，撩拨着那些酒瘾极大且嘴巴极馋的贪杯之徒。

挑担子卖炸藕丸子的老叟应着"藕圆子——"的吆喝声卸下担子，从担子一头的搪瓷盆里捏一坨稀烂的藕泥在掌心搓成圆丸，信手丢进担子另一头的油锅里炸得乌黑奇香。四坨羊屎蛋状的藕丸子浇上一匙红得可怕的辣椒酱，卖一枚镍币。

剃头挑子横在路边，肩上披搭着毛巾的剃头师傅仿佛是来俗界超度众生、招纳弟子的老和尚，他那把锋利的剃刀不仅把老幼顾客的头颅一律刮成个精光的青皮豆，还把耳背、耳洞、耳垂的汗毛、茸毛、毫毛也斩草除根。末了，他给新剃度的和尚摩顶受戒似地在光头上一摸一拍，那剃头人顿时有扭掉旧头换新头之感受，觉得耳聪目明、头脑清爽。

"洋糖——发糕——"

"老牌子钢针味——"

一个固执的老头子在叫卖用锈铁丝捶扁的可以挖得耳洞流血化脓的铁挖耳，他的叫卖态度也固执："老——价——钱。"

算命瞎子满街横冲直撞、旁若无人，牵引瞎子的是一个七八岁抑或八九上十岁的靠从瞎子碗里分一匙羹的穷家童子。瞎子算命虽然是瞎眼说瞎话，但他在行走间能将一把二胡拉得抑扬顿挫、欢欢乐乐、凄凄惶惶、余音缭绕不绝，令人不得不叹服他是造诣匪浅的街头音乐家。

今天这个算命的模样古怪、引人注目。他是高瘦个子、脸色冷峻的耄耋长者，身上穿着一袭拖地的磨得油垢闪亮的黑袍，手里捏着一种褐红色的老鹰喙子状的卦具。他用右手拇指和食指把那个鹰喙子一张一合打得呱呱叫着，显得高深莫测，使人不敢不信他袖里的乾坤，似乎鹰喙铁嘴能论断古今、预言未来。

果然有人拉住算命的长者求卜一卦，是从河里上岸来的一个船老大、一个艄婆子和一个五岁顽童，这是父母一家。

母亲虔诚地向长者作揖，恳求他卜一卜鸭屁股和长兄的下落。

母亲迄今未找到救了长兄的鸭屁股。自从离开刁汊湖，一家人和王二驾着独眼帮头赠子的小扁子来到汉口也有大半年光景，可是找遍杨家河、集家嘴的水、旱码头均不见鸭屁股的踪影。那黄帮的人分明知道鸭屁股一伙所在，存心不让这些唐河帮人合在一起，便一问三不知。

打卦人沉思良久。终于，那血色的尖利的鹰喙吐出极为灵验的一卦。

母亲卜的这一卦可谓大吉又可谓大凶。打卦打出一场庙会殴斗，问卜问出一桩谋奇计、敛横财，专刮船老大们和水、旱码头穷苦人家的民脂民膏的杨家河大骗案。

那长者断言，鸭屁股此人必在今日庙会露面！他如此自信，莫非他已瞄到鸭屁股从船头跳到滩头，挤进了赶庙会的人群吗？

母亲一听大惊大喜。再问究竟，长者摇头不语。再三恳求，长者只道一句"天机不可泄露"便拂袖而去了。

5

各码头早已盘缠在丈余长竹竿上红龙一般的鞭炮燃响了。密急如机枪扫射的弹壳横飞的噼啪声中穿插着火光冲天的大炮轰响，但呛鼻的硝烟里翻飞着红黄两层的纸屑在翔舞着吉祥和喜庆。玩龙灯的、舞狮子的、踩莲船的、走高跷的献尽绝技、出够风头、精彩迭出。庙会是群众的示威游行，是劳动者的化装舞会，是民间艺术节、百姓狂欢节。这股欢劲今日才开头，煞费苦心扎成的龙头、狮子、彩船要闹到月底，庙会才算闹完。

闹到晌午，水码头来的船老大便到各自的码头各自的会馆去赴宴饮酒，艄婆子们则搀着携着老幼去逛街扯洋布、打洋油、买针头线脑。

傍晚时庙会又掀起高潮。各码头、会馆、店铺门前恁大的灯笼早早地亮了，红灿灿若无数个太阳坠落人间。搭得高高的戏台前更是灯火通明、万头攒动。好戏开锣，黄帮会馆戏台子上先唱的是《秦琼表功》，花园会馆的对台戏唱开了《哭祖庙》。那吴天宝、陈春方、胡贵云都亮出各自的戏路子拿腔拿调地赛嗓子，在万人空巷的庙会上捍卫本人的名气。

不料偏偏有人作对，在台下起哄喝倒彩。

先是花园会馆的戏台上《哭祖庙》正哭得凄凄切切、柔肠寸断时，鸦雀无声的戏台下突然起哄了。一个黑脸大汉，踩着板凳按着戏迷们的肩头拨开人群闯到前台，不由分说蛮横地揪起一个正摇头晃脑听戏听入迷了的年轻女人的头发，"啪啪"扇她两巴掌，又一把扭住她的胳膊。旁观者正欲鸣不平，又有几个凶神恶煞般的汉子冲过来，团团护住那条黑汉和挣扎着的女人。台下顷刻大乱。台上唱戏的见台下喝叫，先以为是喝彩正得意不过，再一听一看是拆台的，勃然作色，愤愤地退到后台罢演了。花园会馆几个管事的急忙查问，竟是在黄帮船上帮工的几个河南侉侉闯到本帮戏场寻衅，便禀报会首，会首气急败坏，马上纠集一伙血气方刚、骁勇善战的孝帮船老大镇住戏场来逮人，可是那几个河南侉侉已劫持身份不明的女人夺路而去。孝帮勇夫们便冲进黄帮戏场回报拆台之仇，逼哑了吴天宝的金嗓子，酿起一场殴斗……

这场庙会风波，缘起于一桩发生于杨家河，祸殃无数水、旱码头伙计们的王婆骗案。

6

在杨家河沿河街和汉正街两主街之间那片纵横的巷道里坊中有一条狭巷，巷名祥福里。祥福里15号是一幢砌着大理石墙基和门槛的两层楼大宅，大宅里住着一个小脚短腿、枯枝似的手背上爬满蚯蚓状的青筋、模样与普通老妇并无二致的老孀人。她叫王婆，本姓黄，年逾六旬，原籍黄陂黄家大湾。其夫王老大早年在汉江驾一只六丈高桅的大船，后来翻船赔本，家道衰落，王老大不得已在河边淌划子摆渡混饭吃。这王黄氏既无职业也无资产更无文化，本是个十足的头发长见识短的穷酸婆子。但早年王老大撇下她常年走江跑河在外，她岁岁守空房倒守出女当家的精明和胆识。王老大翻船后一蹶不振，倒成全了她帮丈夫重振家业的雄心。去年以来她果然遂愿，无本经营，干起一番轰轰烈烈的大事。

王婆矮小，面容却蛮端庄且日日都梳妆打扮得干净利落。据说她年轻时风流轻佻、性情高傲，在黄家大湾做下伤风败俗的事后私逃到汉口，自媒自嫁做了船大气粗的王老大的艄婆子。老年的王婆和蔼可亲，喜欢到街坊家串门，为邻里张罗婚丧生育，她嘴乖手巧、格外热心，是个在前后几条街蛮有人缘且有口皆碑的好人。

不过，王婆真正成为杨家河的人尖子，还是在她两三年内接连认了十个干女儿以后。十个干女儿也互拜了十姊妹，便是黄大姐、李二姐、张三姐、王四姐、刘五姐、赵六姐、钱七姐、孙八姐、陈九姐、朱十姐。清一色都是些汉水里船老大的婆娘们。

汉口的船夫多半在坡上有个穷窝，跑船便不带家眷，留她们在岸上过活。"嫁人莫嫁撑船郎，年年岁岁守空房。"既已嫁了，追悔莫及，守空房守得寂寞无聊，安分的就死守活寡；不安分的便心猿意马去养野汉、偷小叔子，甚至落于公爹股掌之间做出苟且事；儿女情长的则去拜姊妹结干亲，聚首盟誓干出些男子汉的勾当。

王婆先是认了十妇做义女，再撮合她们结拜，意图是邀会。

邀会，是杨家河、汉正街及至武汉三镇相传已久的民间习俗。由一有声望的人牵头邀拢上十家、十几家不等的熟人，各人按月向牵头人交存均等的会钱，抓阄排定各人某月向牵头人支取全部会钱的顺序。

自去年东洋鬼子投降，老人头、小人头和日本纸币也废了，改用金圆券。后来物价一日数涨，奸商趁机囤积居奇，老百姓手里捏着一大摞不值钱的纸币买不回柴米油盐，又告贷无门，邀会和标会之风便盛行于街道里巷。

杨家河一带参与邀会的开始只是各户主妇，男人们这年把在水、旱码头上赚了几个，她们便省吃俭用抠下来留备急时之需。谁知攥在手心出汗的钱保不住值了，便受人诱惑去邀会、标会，想赚一点利息保本。后来船老大和扛码头的男人也热衷于邀会、标会，男人胆大，标会的利息也越来越大。市面上的金圆券还在一个劲地贬值，物价像猴子爬树往上直蹿，标会的利息随之驴打滚般高得骇人。邀会蜕变成一种高利贷形式，引诱、逼迫把赚的几个血汗钱藏在哪里也不保险的船夫、码头工上钩。

茶馆是标会的好场合。八九上十个人围着茶桌坐齐了，跑堂的吆喝着提着炊子壶过来沏好毛尖或香片，品着茶便开始标会。若每人的会钱定为百元，十人便是一千的数。有急需凑钱去抢购东西的一心想拿头会钱，抢先脱口报出九字，或缄默不语地伸出食指勾着比个九字，或展平一张烟盒纸拿茶桌上备好的笔写出个歪歪扭扭的洋码9字，意思是他标九十元，为了把头会钱拿到手，他宁可少要各位在座的十元，即只拿千元中的九百元。但他很难拿到手，他也可能只是先试一回深浅，诱出对手，旁人还要接着标。人人都标得焦心如焚却慢腾腾地不动声色，各自尖着嘴吹着嘘着啜着滚烫的茶，拿眼斜睨着旁人打量着揣度着，心里的算盘拨得噼里啪啦响。便有人标八十、标七十，甚至有标六十、标五十的。只标得虚汗涔涔、手指头发抖、浑身筛糠、瞠目结舌。哪一个标到无人敢再标，头会钱便归谁拿。从头再来标二会、三会……杀人不见血的高利多半都肥了出面牵头的会头子。

王婆做的财源茂盛的生意正是邀会、标会。她人缘好，邀会又重信誉，标会收钱、付款计利清清楚楚，邀会人从不担心塌会。而且她邀会本人存的一份会钱不要利息，邀会人占了便宜便乐于加入她一邀再邀的邀会队伍。如此这般，王婆守在祥福里 15 号足不出户，却结识了杨家河九街十八巷驾船淌划子的、扛码头的、拉板车的男女和河里以船为家的船老大、艄婆子。

她的十个孝顺干女儿也秉承义母旨意，分头邀会、标会，以一串十，以十串百……说来令人咋舌，后来王婆一月三十天几乎无天不标会！

十姊妹中的孙八姐，是黄帮船老大孙猴子的老婆。她乖巧伶俐，最能串人邀会，颇受义母偏爱，前几日王婆赏给十姊妹一人一副金耳环，唯给她的耳环成色最好。她受宠若惊，又窜到黄帮会馆邀会。

孙八姐瓮中捉鳖，轻巧地逮住了急于攒钱买船的鸭屁股。

7

阴历二月初三那天，鸭屁股坐在船头搓麻绳。长兄立在他肩旁，正贪婪地盯着滩头叫卖小贩篮子里的油条眼馋不过，他便摇晃着鸭屁股的肩膀哼哼不已。鸭屁股抬脸望望那小贩篮子里炸得红通通油滋滋的油条，口腔里也泛起酸溜溜的口水，他"呸"地吐了一口，狠狠心哄长兄说："娃！俺甭吃油条，俺攒钱买船好找你爹妈去，找着了你爹妈想吃啥就买啥吃！中不中？"

"哎哟——把个小伢克这狠做么事？来来来，吃两根吃两根。"孙八姐突然出现在滩头，她嘴里说着便掏钱抓了两根油条走上船来，一把塞给长兄。孙八姐知道鸭屁股与她的男人孙猴子有些交情，不待鸭屁股答话，她已一屁股在船头坐定。她既是驾船佬的婆娘，好歹也会点船上的轻巧活路，这时她搭讪着挏过一把麻瓢便帮忙搓起麻绳来。搓着搓着，她一番心直口快的忠告劝得鸭屁股怦然心动：

"我说你这位大哥，我晓得你们几个做梦想的都是哪一天驾自己的船是不是？你们租别个的船赚得几个？自己攒当然也是攒，不过你们大男将大手大脚搞惯了，烟酒茶样样少不了，又没得个嫂子帮你们克着一点。你莫说哟，姑娘婆婆就是心细些！不是我把你们几个估死了，就凭你们这样子还想攒钱？一辈子莫想攒够买一条船的钱！邀会只当是有一个女的帮你们当家管钱晓不晓得？又保险！你们的荷包是个无底洞。这还不说，最坏的是如今这钱不值钱，今天的一块钱明天还不晓得值几角钱、后天值几分钱、外后天还值个屁？邀会攒钱才靠得住，我这是阴着跟你们说，那利很有点把大！有么事找孙猴子哟！找我哟！那天你跟孙猴子还到我屋里喝了茶的，跑得了和尚跑不了庙，我还要找你们吧！你们莫拤坨子拈了前头的会钱拿走了，就忘了交后头的会钱，那做不得的！说老实话我若是瞧不起你们，你们想邀会我还不要你们来呀……"

孙八姐嘴里炒蚕豆似地直爆响，她把口里的涎都说干了，说得直翻白眼。

鸭屁股又听孙八姐说了一大堆抓阄、计利的办法，他便把大伙招呼到船头来合计了许久。孙八姐耐着性子在一旁等，硬是等到他猛一拍大腿吐了一口涎："呸！俺邀会！"

这个会邀的会钱大。一万元金圆券算一个人，鸭屁股他们三个算两个人，孙八姐另邀了七个船老大，算上她自己一个凑足十人邀会。抓阄时鸭屁股的手气不太好，拈的两个纸坨子都是末会，一个九会一个十会。鸭屁股每月把三人风里浪里挣的几个钱勉强凑够数提心吊胆、疑虑重重地交给讨债鬼似的孙八姐，抠得连酒都不敢多喝一口，眼巴巴盼着到年底十月十一月里把几个会钱和利息拿到手，再一添一凑去买条旧船好回唐河。

8

像鸭屁股这样被拉入邀会行列的水、旱码头的伙计们越来越多。王婆以一个穷婆子来当总会头子，收到手的会钱如滚雪球，到端午前后她已腰缠万贯了。

一日，王老大无意中发现床上的被褥里头、垫絮底下都铺了一层金圆券大票子，骇得像撞见鬼。他一把拽住正在点数一摞票子的王婆，劝她收手莫做这种事了。

王婆一把搡开王老大，按捺不住满心欢喜笑眯了眼睛说："怕么事？官府的银行和开钱庄的大老板不都是这回事！这叫钱变钱、利生利。人会生伢，钱也能下崽子，我只当是开了个钱庄，你晓得个鬼！"

王老大听懵了，他确实不懂得老婆子是么样无本经营日进斗金的。在他眼里，她成了个会念咒有魔术的巫婆。

王婆不听王老大的苦劝，愈加乐于此道。她结识了也干同一勾当的斋姑和假洋人，三人将各自掌握的邀会人数汇合一起，竟膨胀到几万人，会钱总数累计总有千万上亿元！

斋姑是汉正街上一个吃斋念佛却颈挂金项链手戴银镯子的怪女人。她说她有三十五六岁，有人说她实有四十五六岁，看长相她只有二十五六岁，不知她究竟有几大个岁数。她修行与众不同，并不深居简出，反而在世面上交际极广，常有国军军官伴随她招摇过市。她邀会人多钱多，多得她忙不过来，干脆请了个人专门管钱记账。

假洋人曾做过东洋鬼子的翻译官。武汉光复时不知怎么他幸免惩治，却也落成个无职业的穷光蛋。但此人的脑袋瓜子极为灵光，又有个口齿伶俐会媚人的四川老婆做帮手，操起邀会营生来百般顺手。他原先住的不过是一栋木壁布瓦的矮屋，手头收的会钱多了，他就推倒老宅建起一幢拱顶铁窗的洋楼，楼内摆设洋气十足。这人到底是当过翻译官的，西装革履、文质彬彬，一副大商人的阔绰派头。他确实是个大董事，是把收到手的会钱投资到一家公司谋的。

汉正街上的这两个人杰原本相识，撺掇的多是些穷工人、店员和做小生意的小贩邀会。他俩打听到杨家河还有一个专门撺掇水、旱码头伙计们邀会的王婆，便找到王婆府上怂恿着与她合伙。

这天三人躲在王婆家楼上商量如何撺掇更多的人来邀会。

假洋人说："我想出个窍门，我们换一个办法存款放款，用一分、两分、三分的高利吸引大家都来邀会。我和斋姑分头用一分到一分五厘的利息邀会收款，统统转到您老这里来……"

斋姑奸笑着赞许。

王婆见此二人比十个干女儿还要精明孝顺，喜不自胜，便满口答应说："那我就给你们两分到三分的利息……"

从这天起，从杨家河到汉正街的邀会活动愈演愈烈，于是王婆的财源有如河水涌来……

令人扼腕叹息的是，王婆却是天下最离奇的钱庄里最荒唐的钱老板。她以高利聚集的巨额会钱存款，并没有转手投资经营工商业把死钱变成活钱，她只想到把现款变成牢靠的资产。她先购置了祥福里15号这处房产，又抢购了大量黄金首饰，后来在黄陂乡下高价盘过几片田产。钱还是用不完！还越用越多！她又买了个新"金柜"——不是钢制铁铸的保险柜，是安在一个掀盖式红漆木箱里屙屎屙尿的马桶，装了满满一马桶钱币。装不下的钱就藏在米缸里、塞在套鞋里、卷成一筒插在墙缝里。

有一天夜里，王老大起夜。他从床底下提起夜壶对着壶嘴屙尿，谁知那夜壶嘴塞住了尿，竟洒湿了他的裤腿灌进鞋子里去了。他把夜壶提到亮处一看，才知夜壶里也塞满一卷卷纸币。

王老大气得发抖，他提着夜壶闯进厨房。"哐当"一声，他举起夜壶砸穿了锅底。

正在做发财梦的王婆惊醒起床，便使着财主婆的性子戳指着王老大的鼻尖破口大骂。

王老大忍无可忍，也一蹦三尺高回骂："你个人心不足蛇吞象的臭婆娘！老子先帮你把锅砸了，你个臭婆娘趁早把破锅留着！总有一天你要卖铁还债……"

骂着骂着，王老大便卷起铺盖，背到划子上再不转来。

王婆不在乎。

直到阴历五月底时，邀会收款的本利总数已达数亿元之多！王婆始知积重难返，当金柜、米缸、墙缝里的钱都搬空告罄后，她黔驴技穷。

那些会头子、收存款的中间人受到到期要钱和取款人的究问逼迫，纷纷撕破面子向王婆追款索债。平日从中食利而供驱使的十姊妹也发觉陷于泥淖，终于与干娘反目。

早已炉火中烧的邻里把那天深更半夜王老大臭骂王婆的话幸灾乐祸地传播了。

王婆慌了神，急请假洋人和斋姑来商议对策。斋姑置之不理，假洋人来帮王婆抚慰挤满一屋的人，他百般周旋，佯称所有会钱存款均有着落。

王婆也当着众人吐涎于地，用脚踩着涎渍，赌咒发誓说："稍微挨几天，每一笔都照付本息、不少分文。说假话就割我的舌头、剁我的手、敲断我的脚踝骨！要不就拆我的房子、搬我的家当、扣王老大的划子……"

王婆的如意算盘是：先稳住阵脚拖延时日，再重新组织大量邀会人收款，拆东墙补西墙。遗憾的是外界已沸沸扬扬、滚汤冒泡了，她的声望丧失殆尽，哪还能笼络邀会人？终致渐露行骗真相。

话是孙八姐招供出去的。孙猴子被众多船老大纠缠脱不了干系，便把孙八姐的头发吊在屋梁上毒打，她怕疼便如实招出王婆无本经营，已坐吃山空……

天机泄露的那天中午，听到塌会的凶讯从杨家河各码头、从各街道里巷喘着粗气往祥福里赶的人多如前不见头、后不见尾的过街队伍！

祥福里 15 号门前黑压压的人头像蚂蚁堆。有人跺脚，有人捶胸，有人哭喊，有人扯着喉咙叫骂如疯狗狂吠。

一个与王婆同庚的艄婆子哭得满地打滚。

一个急性子的船老大一头撞向王婆家的门槛，血迸几尺高，在灰白的大理石墙上泼绘了一幅写意的桃花。

王婆像一只不慎翻了背的蟑螂，顷刻招来蚁群围攻。她不敢关大门怕被人砸，只躲在楼上一间屋里紧闭了房门不露面。她急得脸皮子泛青、眼珠子翻白。最恼火的是慌得尿频，一泡刚屙完才搂起裤腰，连裤带都还没系紧，小肚子又胀得疼，只得把个大糍粑似的白屁股又粘在马桶盖子上。白晶晶的尿像断了线的玉珠似地哗哗啦啦落了满满一马桶，马上变得黄金一般亮澄澄的。她呆望着马桶忽发奇想：要是尿能抵债的话，就抱着水缸喝水边喝边屙，屙它个一千泡一万泡，那就好打发门外的索债阎罗了……

王婆是搂着裤子被人拖到门槛外来的。众人号着骂着，朝王婆伸出无数双手来要钱。她没有办法，只好把眼和嘴都闭上，众人便一口一口朝她脸上头上啐。她抹了一把满脸的唾沫，又想起该恨斋姑和假洋人。假洋人后来也缩在乌龟壳里了。她虽晓得假洋人也是泥菩萨过江——自身难保，但她才晓得他比她精，把到手的会钱存款多数都拿去投资了，不禁又恨又妒……她猛然想起是假洋人带着斋姑来怂恿着要与她合伙收大钱的，便当着众人的面狠狠咬了假洋人一口："钱都在假洋人那里！总共有上十亿，还有金子银子，都放在假洋人那里！他背着我拿去买股票当了大董事，红利都被他独吞了……"

发疯的人群哄地散开，跑去围攻假洋人家的宅门去了。

9

鸭屁股一伙这一阵子跑船走外河，走了九江又走南京。跑远水之前孙八姐逼着他们预留了两个月的会钱，等他们五月二十几返回到杨家河时，王婆骗案已是轰动三镇的街谈巷议了。

鸭屁股火包火燎地去找孙八姐。

孙八姐和她的九个姊妹都被邀会人扇耳刮子扇肿了脸。黄大姐吊颈吊得半死不活被人从梁上解救下来，刘五姐拿剪子戳破了喉咙管，朱十姐一急一骇染上了重病沉疴……孙八姐个性不同，她凡事提得起放得下，一面与众姊妹一起被人赶猪猡似地赶去围攻王婆，一面趁破了个窟窿的天还没坍下来，溜出去躲着玩她的快活她的。

鸭屁股这种粗心人找孙八姐不下十回只找着两回。一回她被成堆的人揪着去找王婆扯皮，他拢不了她的边；一回还是孙猴子五更天引着他把她堵在家门口的。

孙猴子家的斜对面有一座茅舍。孙猴子敲开了门，孙八姐开门一见鸭屁股时一惊，连忙捂着肚子说："稀客稀客！你坐你坐。我昨晚没起夜，先去茅舍里解个小溲，蛮快屙完就转来！"

孙猴子盯着她进了茅舍，就对鸭屁股说："跟到女茅舍跟前守着，小心她溜了！"

鸭屁股连忙撺到女茅舍门前蹲着。

谁知孙八姐扒开芦席隔墙钻到男茅舍溜了……

此后接连两天鸭屁股再也找不到孙八姐的踪影，他急得直跺脚，把鞋帮都跺裂了。又有一趟跑九江的生意装了船等着开船。他心想：跑得了和尚跑不了庙，一时找不着您俺不如赶紧跑完这趟生意，抢在庙会前赶回来再找您算账！

10

今日庙会。孙八姐躲到朱十姐家假装侍候病人，躲到天黑时她听到沿河街传来唱戏锣鼓声，心里痒不过。她是个戏迷子，戏瘾来了就不得了。她想，前些天捕她捕得最紧的那几个河南侉侉这两天肯定要回来赶庙会，估计他们驾的黄帮船肯定只会往黄帮会馆或黄帮的戏场上跑。

孙八姐偷偷溜到花园会馆搭的戏台下听戏。

鸭屁股上午一泊船就急匆匆去黄帮会馆找到孙猴子。孙猴子料定孙八姐今夜要跑出来听戏，他被她这个婆娘怄伤了心，他也烦鸭屁股三番五次来找他要人，便对鸭屁股说："我只告诉你们怎么去找她。她跟你们鬼扯瞎要的会钱我没见过一分一文，要不要得回我管不了。随你们么样处置她，你们莫再来找我！"

鸭屁股等到日头西斜时，便把长兄托付给邻船一位艄婆子看管，他和两个船老大一起上岸，搜遍了杨家河水、旱码头的大小戏场，果然生擒了孙八姐……

这时，鸭屁股死死揪紧孙八姐的头发，生怕这个精怪女人再要他溜脱。

他们拖着她快步甩开跟随了几步想看热闹的人，翻过河堤，停在一个大渣滓堆的阴影下避着月光。

远远的后头还有个人跟着他们。

鸭屁股今夜才发现自己爱吐涎的好处，一坨一坨的涎水啐得孙八姐睁不开眼，满脸粘着白泡沫子。他咬牙切齿地怂恿同伙作贱她：

"朝她胯裆里踢！好！撕她的奶子！怕啥？连她的男人孙猴子都只当把她休了。您敢大声喊？今夜您不把俺那几个血汗钱说个丁是丁卯是卯，俺就把您个不要脸婆娘的衣衫撕个稀烂！撕您个赤膊条光！俺日您的妈您看俺敢不敢？"

孙八姐算是尝到了这几个河南侉侉的蛮横凶狠。她被掀倒在渣滓堆里，鼻孔、眼窝、嘴角、耳洞里全塞满了渣滓，扯散的头发缠住一团锈铁丝，一只手背被破瓷碗割破了血口。

她只得趴在渣滓堆上要赖装死，想磨过这一关。

但是，一只手突然抓住她的裤腿筒子哧啦一撕，一直撕到裤腰上。她感到一股凉气从小腿传到屁股丫子。看来这个苕河南人说得出做得出，真的要剥她的衣服了！好汉莫吃眼前亏！她一个骨碌爬起来跪着，磕头磕得像鸡啄米："我的好大哥！不哦不哦，我的大伯我的老子我的爹爹，我晓得你们河南人性子最直最好打商量。不看僧面看佛面，看在孙猴子的分上千万莫剥我的衣服……老实说，这要会钱的也不止你们几个，成千上万多得骇人！"

那团锈铁丝缠在她的头发上吊着，她怎么也解不开。

"呜呜呜，呃呃呃，王婆这个老不死的把我们姊妹十个都害苦了！我自作自受不恨你们打我啊。还是那句话：跑得了和尚跑不了庙。钱都捏在王婆、假洋人、斋姑三个的手上！迟早要还给你们的！我说半句假话不是人养的……"

她哭着用嘴舔着手背上的血，边舔边吐。

"你们只晓得逼我，别个精的都告到法院去了。你们不信跟我到法院去问！明天别人都去，王婆他们三个都被人把前后门堵死跑不脱了……"

鸭屁股没了主意，他悻悻地说："中！俺明天跟您一块儿上法院去要钱！说好，您明早在家门口等俺，您敢再耍俺，俺……俺还把您撕成赤膊条光！"

这时堤上有几个人听见孙八姐的哭声朝这边张望，鸭屁股便放孙八姐走了。

堤上几个人影便也消失了。唯独还有一个人影在一旁晃动着，慢慢下堤过来了。

鸭屁股大怒，握起拳头迎着人影跨过去："咋？打抱不平的好汉来啦？"

那人也不避开，昂头叉腰站定不动。

鸭屁股已将拳头凑到那人的鼻尖下，然后一把揪住那人的脖子："您是鬼是人呀？您是咋来的咋来的呀?!"

"哎哟——哎哟！你莫把我卡死了！"

几个同伙也上前捶着摇着那人的肩膀快活得叫着笑着。

那个故意逗得他们一惊的人便是王二。

原来母亲上午卜的一卦也震惊了父亲和王二。他俩都说宁可信其有，不可信其无，鸭屁股到底在不在杨家河就看今天的庙会他来不来，照理说他也是个爱闹酒席喜欢听戏赶热闹的人。三人便分头去找……王二在花园会馆的戏场起哄时就盯住了鸭屁股。他不敢喊，再说被搅了看戏兴头的人已乱糟糟地吵骂起来，喊也喊不应。眼看鸭屁股他们几个闯祸了，他也不敢挤拢去，心想：完了完了！他们肯定要被团团围住挨一顿臭打。哪知鸭屁股他们像发野的公牛在秧田里乱践瞎冲，撞倒一大摞人，拖着个女的冲出了戏场子。他提心吊胆地尾随在他们身后不吭声，想帮他们望个风，防备后头有人撵来，也想偷看他们捉个女的到暗处是不是要乱搞着玩。结果是这回事。

众人说笑着走上河堤，鸭屁股又悔又恨地向王二诉说被孙八姐花言巧语哄去邀会遭到塌会的经过。

正说着，在黄帮搭的戏台下找人的父亲也打听到殴斗起因，也找来碰了面。

这时，那黄帮会馆和花园会馆的两台戏，经两馆会首百般周旋，向坐在幕后的艺人们再三赔礼，名角们才抖擞精神在一片喝彩声中重新出台。

父亲又去黄帮的戏场找到母亲。

大家都懒得看戏，统统回到河里父亲的船上来。鸭屁股猛然记起什么，转身飞跑而去。不一会儿，他引来一个神童子。母亲将长兄拥在怀里大悲大喜。

生死离别的唐河帮人庙会重逢，免不了有一番长吁短叹、哭哭笑笑。好在供桌上有现成的祭过杨泗将军的整猪头，油渍渍的卤得通红。母亲抹了一把鼻涕眼泪忙去烧水煮汤。

大伙在岸上传来的阵阵锣鼓戏曲声中把酒话别离，痛痛快快地喝了个通宵达旦。

天色微明时，鸭屁股他们三个赶早上坡找孙八姐上法院去了。

11

王婆、假洋人、斋姑三个人互相狗咬狗，真相更败露无遗。

今天早上，成百上千如热锅上的蚂蚁的债权人等不到法院的传讯，策划扭送三个骗子去汉口法院。王婆和假洋人都被捉出来。

几个船老大把王婆那一头乌黑溜光梳得整齐的头发铰了，铰得只剩寸把长，长短不齐地像一蓬茅草。在王婆的门槛上撞死的那个船老大的艄婆子犹不解恨，找来一个破搪瓷痰盂倒扣在她的头上，她摇摇晃晃地戴着这个白晃晃的头盔，痰迹混着泪水淌满一脸。

有个屠夫拿来一条毛茸茸的猪尾，扯下假洋人脖子上的红领带把它系在他的屁股上吊着。假洋人实在不堪受如此奇耻大辱，把头脸深深地耷拉着躲羞。他的背便弓起来，翘起那条猩红而死白的尾巴。

斋姑没捉到。当一群人正冲向她家的门口时，撞见两个凶神恶煞似的军官正一左一右拧着她的胳膊扭出门，随后推上一辆汽车开走了。都以为是法院来人拘捕了她。

扭送的人群前呼后拥游行到法院，法院的大铁门却紧闭不开，只从侧门出来几个法警把王婆、假洋人押进去收监。一个当官的从高高的墙头探出脸来喊了几句，说法院正在侦讯，何日开庭等候通知。

无奈的人群作鸟兽散了。

12

鸭屁股他们三个气咻咻地回船，父亲等人便好说歹说地劝他们等信。

天天都有人去法院门口喊冤，法院被扰得不得安宁，只好开庭公审。认定王婆、假洋人共同犯罪，判处王婆有期徒刑十年，剥夺公权十年；判处假洋人有期徒刑九年，剥夺公权九年。法官对吵吵嚷嚷的旁听席宣布："搜查并查封被告财产，拍卖偿还债权人。"

但法院并未起诉斋姑。前几日见她被两个军官提走，过了几天又见她与那两个军官挽着膀子逛街，众人才知上当，一拥而上将三人围住也扭送到法院了……其实，当初怂恿王婆合伙邀会正是她与假洋人合伙做的"笼子"，而这"笼子"又是她独自编扎的。先关住一只老雌鸟，后关住一只壮雄鸟。她自己何以又从法院的铁笼子里飞走了呢？无人知晓。后来，有一家鸣不平的小报派记者追踪采访，也只隐约打听到她携着细软先去了南京又去了上海。再后来呢？大约去了台湾吧。

及至法警去查封被告资产时，才知又逃了一个，逃的是假洋人的四川老婆。那天假洋人从前门被扭走她就趁乱从后门溜了，卷走拿得动的细软。

这四川婆娘就是漂妹子，她怎么跑到汉口来和坡上人混在一起，欺负捉弄水、旱码头死心眼的粗人的呢？那年卞帮头带着她逃离沙洋，在汉口他被东洋鬼子抓了夫，她也被掳到东洋兵营遭蹂躏，两人分散。卞帮头帮东洋鬼子驾船运军粮走长沙，半路上船被游击队劫了，他帮游击队把船驾到洞庭湖里头的营地，游击队把船赏给他。武汉光复后他把船开到汉口来寻漂妹子没寻着，见汉口跑船的生意好就雇了两个帮工在汉口码头上混，慢慢打听漂妹子的下落……漂妹子是被东洋鬼子的翻译官假洋人救出的，假洋人见她有几分姿色便收留她取乐。东洋鬼子走了假洋人没了靠山，索性娶她做老婆。她席卷假洋人的细软逃走之前一直不知卞帮头在找她，如今也不知她携着重金逃到哪里去了。但知内情的船老大说卞帮头早知漂妹子跟着假洋人发了财，只是不动声色，这回正是他帮助她逃之夭夭的。不过他船上的船老大又说这实在是冤枉他，倒是漂妹子知道卞帮头在找她，只是她有了个人模狗样、年轻有钱的假洋人，不愿再与卞帮头不干不净地纠缠，装作不知不去认他。各执一词难知个中真相。总之，法警说她卷走了一辈子享用不尽的钱财。

却说三个骗子骗的钱财或已挥霍或已藏匿或已卷走，所剩无几，有几多可抵押偿还的？众多原告自然不服不依，法院开庭三回，回回秩序大乱。

鸭屁股等到第三回开庭才轮到被允许旁听。刚刚开庭，他就跟着按捺不住怒气的船老大们一起指着法官破口大骂，法官不得已宣布结案退庭。结果法庭内外被绝望的人群包围，法警一个个都挨了揍。法警鸣枪伤人，法官下令拘捕了十几个滋扰肇事的船夫和码头工。

鸭屁股并未动拳头，但他骂人的嗓门大，尤其是他冲着法官狠狠啐了一口唾沫，法警便把他也逮去了。

母亲便三天两头带着长兄去探监。

王婆等人当着汉水干的黑心事就这么不了了之，不知河神会惩罚黑心人否？

那些被塌会所苦的杨家河人，有想不开的或被家人亲友打骂斥责的或负债破产的，便去寻死。各码头戏台上的大戏连场唱了一二十天，其时抹脖子上吊的吞老鼠药喝敌敌畏的人间活剧也演得热闹。跳河的最多，这种死法简单，跑到河边眼一闭腿一蹦——度命的钱没了还留着这条鸟命何用？扑通一声，洗净饿着肚子捏着包子舍不得吃却被恶狗从手上叼走的羞辱。一时间，跳河的多得使杨家河居民深有汉水无盖之虞。

这种活生生的人的牺牲无疑是最隆重的河祭，是水、旱码头笃信菩萨的虔诚男女对水族之神、慈悲罗汉杨泗将军的血与肉的祈祷。

于是杨家河庙会在它的尾声阶段大壮声色。

第十五章　长河号子五色旗

1

鸭屁股被关了个把月才放出来。法院将查封的被告资产公开拍卖，拍卖所得只抵得欠债的三成。法院胡乱发还给少数在官府衙门通了关节的，其实就是几个放高利贷的邀会中间人得了，水、旱码头的穷鬼未索回一根毛。法院为了掩人耳目，倒也给鸭屁股等十几个吃了官司的发还了几个钱。算是因祸得福。

那天，鸭屁股乱蓬着满头长发像个野人，紧紧揩着怀里的一捆金圆券回到船上。大伙围着他问长问短，都喜不过。他却委屈得像个娘们似地光嚎不说话。

大伙都聚在父亲的船头。唐河帮的两个船老大说，黄帮会馆和花园会馆的两个会首记恨鸭屁股庙会闹事，早已逼迫船老板收走了租赁给他们的船。王二说，眼下赶紧要买条船，大伙都挤在父亲这条小船上，那就只装人莫装货算了。几双眼都盯着鸭屁股怀里那捆纸币。鸭屁股伸出肮脏的手指头蘸着嘴里的涎数了数，沮丧地说："买一条小扁子怕还缺一半的钱。"母亲又把那一堆金圆券拿过去细细点了一遍，她把父亲拽到后艄凉棚里合计了一阵。她用穿的阴蓝花格子衣衫的大襟兜着这一两年跑生意的全部积蓄走回船头，说："这些钱就算俺大娃报您鸭屁股大伯救命养命的恩吧！"

鸭屁股起先咋说也不愿接母亲的钱，经大伙一撮一劝，便接了那些钱和王二一起去找人买船。

跑了几天刚把一条旧扁子买到手，就听到黄帮会馆和花园会馆都放出风来，说不准鸭屁股、王二这些人在杨家河码头混。果然就有人半夜里抽走了鸭屁股船上的跳板，砍断父亲船上的缆。那孙八姐也挑唆孙猴子和几个与她厮混过的船老大，说本地码头莫让外乡的野船停泊。

一向身上没根硬骨头的王二被激怒了。王二过去是中帮的纤夫头，船家人称纤夫头为叫鸡公，王二个人的绰号也叫叫鸡公。他使出叫鸡公的斗性，百般挑拨离间随在黄帮里的两条中帮船。中帮的这两个船老大打那年从沙洋逃下来后一直随在黄帮，总有寄人篱下之感，又见近来汉江的生意慢慢淡了，经王二七撮八撮，撮得他俩离开黄帮，愿跟鸭屁股的船及父亲的船另立一帮去外河找生意。恰巧这时唐白河又下来一条甩单边的河南扁子，鸭屁股拉拢这条同乡船。

这天，王二把鸭屁股和大伙都招呼到父亲的船上。他说："我们也有五条船、七八个大男将扎成一帮了。大家都是兄弟伙的，有么事好商量。该推一个帮头打一个旗号闯外河去！"

他的话音刚落，中帮的两个船老大抢着开口，都说还是打中帮旗号好。说中帮占了三条船、人也占多数，话中意思是父亲连人带船按汉川原籍都算中帮人。说完，他俩拿眼偷瞄王二不吭声，但脸色很得意，这些话是事先与他对好口的。他眯着眼斜睨着父亲，暗示父亲点头。

父亲不语。

鸭屁股忙说："要说推个帮头，俺乐意推王二做帮头。要说打个啥旗号叫个啥帮，俺看还得叫个唐河帮。俺这伙子人连同您王二一起，论多数还是唐河帮老底子上走到一堆的……"他哽咽着说，想起唐河帮败在他手上的往事，不禁百感交集。

唐河帮的两个船老大怂恿唐白河来的船老大附议，中帮的两个抗议。

父亲依然不语。母亲凑拢来想说啥，父亲碰碰她的胳膊，她便闭紧嘴。

见大伙吵嚷，鸭屁股竟眼圈通红起来，泪眼巴巴地瞅着王二。瞅着瞅着，他突然跪到王二膝下，王二和大伙都愣住。

父亲和母亲忙拽鸭屁股，他却呜呜地嚎着死活不起身，吓得在一旁玩耍的大哥和二哥也跟他哭。

王二叹息一声说：

"唉——你这人怎么变得喜欢掉猫尿？我……说真心话帮头我不想当，免得操心受骇，鸭屁股是现成的帮头，我还是当个叫鸡公过瘾。我撮这几条船扎帮，可以不受人欺，想打个中帮的旗号给黄帮、孝帮看一下子：中帮当初船多帮大今天也没有散！哪想到鸭屁股搞得骇死人……哪个叫朱帮头后来被杨帮头接过船去随了唐河帮哩！就……就依鸭屁股的味。"

万没料到鸭屁股仍不依。他嚎是没嚎了起是起身了，却一手揪住王二的脖子一手握成老大的拳头，晃得王二眼花缭乱。

"咋？您羞俺鸭屁股是不是？俺说叫您做帮头您就得做帮头！呸！俺是个克星，明摆着俺再做帮头要晦一帮船的运气！您要是真心乐意打唐河帮的旗号，就做这个帮头！俺知道闯外河风浪大帮头要操心，自有俺老帮头杨大哥保佑您！您说一俺不二，您指东俺不西……"

王二一时被鸭屁股闹懵了也搞恼了。他把个斗鸡眼鼓出来，把个斗鸡脖子伸得老长，抬起一双精瘦的手爪狠狠掰着鸭屁股的手：

"你这人怎么这么'坏'呀？怎么是个夹生半吊子货啊？"

父亲这才开口："我看王二就当大帮头，他鸭屁股大伯就当二帮头。"父亲忽然想起划子帮有大小帮头的说法，又忆起书上写的梁山好汉排座次之争。

大伙都击掌赞同。

鸭屁股便松了手。王二揉着脖子悻悻地说：

"牛胯里搞到马胯里去了。叫中帮蛮好他硬叫唐河帮，自己是帮头不当叫我这个叫鸡公当。"

"怕啥？就是搞到驴胯啦，反正您也不会搞出些啥来！"

于是王二便登上唐河帮大帮头的宝座，也忙着发号施令准备出航外河。

2

驶出内河这天早晨是个只有丝丝清风的晴朗天。

长江徐徐缓缓、漂漂荡荡、起伏升沉，犹如一条尘埃飞扬的坎坷而宽阔的黄土大道。北岸泊着的铁驳、舰艇、客轮，与简陋的小木船相比像一幢幢巍峨而绚丽的楼宇宫殿；南岸黛色的蛇山和紧傍江滨的黄鹤楼被一层薄雾蒙着，在船夫眼里如同可望不可即的海市蜃楼。一群群江鸥，如白色精灵一样在江面上忽忽闪闪地翔舞。

唐河帮许是感于外河的壮丽雄伟，也披挂装点一番才出航。五根桅尖上都齐展展挂起了顺风旗，鲜亮的显得肃穆的天蓝色风旗高高招扬着猎猎作响，五条船的艄后也清一色插上了红色座艄旗。

　　这都是王二的花花点子。这个新帮头果然不负鸭屁股之望，是个争强好胜讲排场的头领，出航前他指手画脚地说：

　　"各船上有顺风旗、座艄旗的都从舱里翻出来洗净熨平展。没得的快去布铺扯几尺彩布，也花不了几个钱。人穷志莫穷，莫把船上传代的老规矩都丢光了。"

　　驾船人历代跑江走河形成习俗，无论行船停船都要挂顺风旗。顺风旗又称五色旗，分别是红旗、白旗、黑旗、黄旗、蓝旗，五面色彩不同的旗帜升落视时辰气象变化而换。清晨或无日天扯白旗，太阳升时升红旗，夜晚挂黑旗，雨天张黄旗，起风扬蓝旗。这些规矩在一些高桅大船上格外讲究，而那些自惭形秽的矮桅小船不甚讲究。东洋鬼子的河怪船来到江河里一搅闹，叫船家都落下顺风旗扯膏药旗。后来不扯膏药旗了，每日循时升降的顺风旗也被一般船家淡忘。

　　大帮头发话，鸭屁股便催大伙都去街上扯回红红绿绿的布头子，母亲就日夜忙着缝旗面。

　　五色旗是识风辨向的标志。船家最盼风又最怕风，顺风好扯篷跑船，邪风却要翻船死人。故而船夫无时无刻不在捕捉每一缕细微的似有似无的风的行踪——仰望桅尖风旗的飘向。

　　父亲默默赞赏王二的主意。但他知道，王二嘴里嚷得热闹，其实并不能像外祖父杨帮头、朱帮头那样凡事能说出个子丑寅卯的理来。如这五色旗，不仅是行船的风向仪也是船魂。父亲记得外祖父说过："俺驾船的虽说是满身河腥味的河虾子，可俺也有俺自己的脸面自己的威风！"他往桅杆上穿着绳子系旗。他想：这用金钢脚牢固地支撑着的将船胆深藏于船身腹部的高桅，是张帆兜风的擎天柱，也是旗杆……这时他忽然想起了祖父之死，胸臆间翻腾起一股伤感中混合着悲壮的情绪。

　　船旗不仅触动寡语的父亲一个人的心思——这个豁巴齿居然思考着船和船老大的礼仪与风采。此刻，在刚刚扎成脆弱的船帮的所有船老大眼里，桅尖升起五色旗，分明也是升起一团火、一盏灯、一种希冀、一只吉祥鸟。

　　……

　　唐河帮举行庄严的升旗出航仪式。

　　先是大帮头王二立在桅下神气活现地一挥手，令立在引头船船头的父亲燃响由长兄高挑在竹竿上的一串鞭炮。接着王二亲自在父亲的船桅上升起蓝色风旗，另四面风旗也刷刷地蹿上桅尖。

然后由二帮头鸭屁股祭河。

通常的一种祭河仪式即祭船，以血祭船上的"三荤四素"——"三荤"乃鸡公、橹鸡子、舵鱼，"四素"指竿子、耳子、饼子、葫芦。这些都是航行工具或船身的关键部件，被船夫看作神器。

当下鸭屁股左手倒提着一只扑棱着翅膀的雄鸡，右手抓着一把明晃晃的太平斧。他手起斧落砍掉鸡头，"哐当"扔了血斧，腾出右手握住喷血管似的断头鸡脖子，跑动着把猩红而腥热的鸡血洒在神器上。

"开船哟——嗬!"王二放开高亢悠长的嗓音，打号子似地颁出航令。

唐河帮死灰复燃，高挂起五色旗出河入江了。

3

王二毕竟是个说不了三句正经话的邪货，他坐不住在船头运筹谋划的帮主的位置，依旧绾起裤腿跳下河去领头拉纤打号子。他更醉心于叫鸡公的事业。

叫鸡公是领头打号子的，是纤夫的头领、是船夫歌唱家、是粗犷悲怆的江河号子的领唱者。他是个大喉咙尖嗓子、伸长脖子横眼看人、叫唤起来憋得满脸通红红到耳根的十足一副鸡公打鸣模样的船家汉子。王二未到星沟镇酒肆做伙计之前一直在河边拉纤混饭吃，已有号子打得好的名声，故而后来朱帮头答应收他入中帮当纤夫头。汉水的船老大们谈论起各帮的叫鸡公时，必跷起大拇指说到中帮的叫鸡公王二。说有叫鸡公王二就没有闯不过的激流险滩；又说他有一副天生的亮嗓子，恐怕是他搞不得女人而保全了一个童子身，胯裆里夹的是个整筒子的缘故，故而元气足、中气长、叫得响亮。王二只要别人夸他就傲得呱呱叫，并不在乎说得难听。不过当年在沙洋他哑了一阵子。那时他比外祖父和朱帮头更恨下帮头，下帮头吼起川江号子嗓门比他更亮，气得他喉咙管里直梗，险些没把声带梗断。后来中帮散了，叫鸡公王二的名声也灭了。

如今又归他叫鸡公在唐河帮大出风头。

船帮上水拉纤、撑篙下水、划桨摇橹都打号子。划桨号子"咿哦、咿哦"如哼解闷打趣的小调，摇橹号子"嘿哟、嘿哟"快如紧锣密鼓叩击心扉，撑篙号子一声一顿似痛楚的呻吟、愤懑的发泄。但打起这三种号子都不失曲调味道音乐感，可说是慢板、是进行曲、是行云流水浪花船歌。而拉纤号子迥然不同，它简直是崩石裂帛、撕心裂肺、鬼哭狼嚎，是仰天长啸、浪人狂歌。

逆水行船又遇到河里发流水时，纤夫们便叫苦不迭。拉纤拉到水势湍急的滩头不打号子船就拉不动。这时，叫鸡公并不拉纤，只跟在众纤夫一旁边走边观察水势地形，随时准备打起号子；当纤绳的牵引力量较不过汹汹流水的冲力时，船便停滞在河里不安地颠簸。

叫鸡公见状猛吼一声：

"哦嗨——"

这是一声预备号子，纤夫们闻声敏捷地一颠一蹦将双脚并拢，身子朝前猛倾，两条腿像斜打进河滩沙泥中的木桩。他们的肩臂便似木头桩子，牢牢地拴着僵直的钢缆一般的纤绳。

叫鸡公紧张地监视着众纤夫的脚桩子，见个个都立稳了，这才放开嗓门打起领头号子：

"嗨——"

随着叫鸡公的号子，纤夫们双腿绷紧，齐步趋前，同时嘴里吼兽一般吸气吐气，挪一步唱一声：

"嗨——嗨——嗨——"

"嗨——！"叫鸡公又紧逼一声。

"嗨——嗨——嗨——"

领号的与唱号的一呼一应。细长的纤绳像战栗的弓弦把扯着血丝的嘶哑声传导给滔滔河水和飘飘云彩，余音很久很远。

船终于被拉动了。叫鸡公便瞅准眼头，拿腔拿调地换一声号子：

"哦——嗨！"

这变调的号子是叫众纤夫直立身子松一口气，于是纤夫们的应和便似仰天喟叹：

"嗨——"

拉纤号子也有打得轻松的时候，如过街号子。行船途中路过码头或沿河街镇，这时即便水势平缓，叫鸡公也要装模作样打起号子，纤夫们也抖擞精神大声唱和。虽是虚张声势却也唱得耀武扬威，以便惹得码头的船夫同行和扛码头的汉子及行人的注意。

每当这时叫鸡公王二最为兴奋难已。他自视领头打号子的本领很了不得，以为是前无师承后无传人的绝招。可惜那一声声气冲牛斗的号子喊唱过后便无影无踪不能收藏，他只好精心收藏与打号子密切相关的搭包子。搭包子即纤绳套，以两尺半宽的棉布卷缝成筒状。寻常搭包子不过拇指粗丈余长，他的搭包子却出格，粗得勉强能握在手心，长呢？足有丈五。这是他年轻时专门谋得上等纯棉布花大工钱请裁缝密针细脚缝制的。用的年数久了，白布筒子上蹭了一层他自己手上、胳膊上、肩上和背脊上的油垢，倒像用透明漆刷过似的油亮闪闪、滴水不沾。搭包子成了他这个寡汉条唯一的家当，就是不拉纤的时候他也把它抖出来绾呀缠的，隔三差五地便挂在桅上晾晒。有一回中帮的几个船老大故意撩拨王二，说："你这个宝贝搭包子除了能刮四两猪油下来还能值个么事？不信拿到当铺去试，看当的铜角子够不够换一碗臭虾子用猪油炸？"王二恼了，当真把搭包子抱到当铺去试当。结果大出意料之外，当铺老板愿出三十块响当当的现洋，赎期限半年。当铺老板说，船上用的家什也只有搭包子能典当，而王二的搭包子用了整整一匹宽幅好棉布，且做工精细是件真货。更值的是厚厚一层油垢，显得它年数久了却并没磨损反倒油得更结实。当铺老板说没想到船上倒出了一件稀罕东西，像个古董。从此王二更是把搭包子看作奇宝，打起号子来嗓门更为洪亮。

如今，这个小脑壳、长颈项、翘屁股、细腿的叫鸡公兼做了唐河帮的大帮头。他能用他的江河号子吼退风浪、能用维系着老小十余口唐河帮人的纤绳在漫长的水道上拉出一条生路来吗？

4

七月流火。七月的长江流着被天火灼化的山洪夏汛，流着沸腾浑浊的黄涛，流着燥热狂暴和不安。

江面上颠簸着五条小船，江风轻蔑地把矮桅上的几面风旗吹打成惊飞乱扇的蓝鸟。

这是在小池口上游一个叫做鬼头矶的地方。

矶头，是江河两岸的激流险滩处以砖石垒成的状似桥墩又似暗堡的突出河岸线的砥柱屏障，用以阻缓汹涌的急流，巩固河坡堤岸。

这几条逆江上行的小扁子在矶头下游几丈远处危险地漂浮着。鬼头矶这一段河道是水情复杂的回流险滩。回流在矶头上游冲流成漩涡猛扑下来，汹汹的水势被坚固的矶头当道劈阻，发出骇人的涛声，呜呜呜地怪响着挤撞着矶座外壁擦过，张牙舞爪直扑矶头下游的那个小船帮。

立刻，几条船不安地晃荡，摇头翘尾地退缩。只是靠着几缕纤细的羁绊似的纤绳维系着，陷在急流中彷徨。细丝一般绵长的纤绳前头，蠕动着几个纤夫，从船上望去像一群拼命挣扎着企图挣脱套在脖子上的绳索的惊犬。

纤绳绷得随时可能断裂，仿佛它随时可能从背后把纤夫猛然凌空一扯，狠狠地扯进滚滚江涛中。

纤夫中有人惶惶地回眸，因为掉在远远的后头的船上传来一阵惊慌的喊叫。走在一旁的叫鸡公厉声呵斥。

其实，这时叫鸡公也沉不住气了。他感到手掌心紧攥着的搭包子隐隐传递着纤绳在绞扭战栗的信号，脚踝和膝盖头酸酸麻麻的灼痛着发软。糟了糟了！有一种不祥的预兆透过沉重的搭包子压在他的肩头。

他的脑门上眨亮了一串小灯泡似的密匝匝的冷汗。褐红如血的石板铺砌的鬼头矶就在他的脚尖下，却如使了魔法似的，脚尖总够不上去。他龇着牙齿咬紧，鼻子一皱眉头一拧，脸皮痛楚地抽搐着，勉勉强强挪动了一步，终于一脚踏在矶头的石板上。

他猛一转身，盯着远处的船，又盯着纤夫们那两条像枯藤根一般又黑又黄的腿。

蓦地，他嘴里放炮似地轰出一声："哦嗨！"

随着这突如其来的短促一呼，纤夫们的赤脚丫子猛地碰拢，同时，都像中了炮击似的身体朝前剧烈一栽扑倒了。他们的两条手臂叭叭闷响着撑在地上，手掌与脚掌一起像四只牛蹄或四只虎爪牢牢地抓踏在滚满乱石的河滩上，定住神拽稳了纤绳。

叫鸡公勾着腰相对着众纤夫立定，双脚在鬼头矶猩红的石板上交替跺着，两手朝空中乱抓着像两个鸡爪子，脖子伸得长长的歪勾着头，活像一只好斗的雄鸡与一群雄鸡对峙着。

"嗨！嗨！嗨！"

他的喉咙像一面捶破了的恁薄的铜锣。

"嗨嗨嗨！嗨嗨嗨……"

回应着疯捶的锣声，纤夫们洞开的大嘴犹如寒冬的汽笛，吼喘着呼出一束束热气。

如群马套车似蛮牛拖犁，纤夫们终于用四肢爬过了鬼头矶。

这个身手不凡的叫鸡公正是王二。他这回打的是"爬号"——拉纤遇到危急情形才打这种非常号子。

5

闯过鬼头矶这天下午，唐河帮来到沙洲镇码头抛锚卸货。

叫鸡公王二得意地指使母亲上街去割肉称鱼。跑外河头几趟生意都赚了钱。

傍晚，王二招呼大伙都过父亲的船上来喝酒。

酒是在凉棚门口的甲板上喝开的。天煞黑时，母亲便出来挂上一盏"气死风"。她倚在凉棚门口笑盈盈地看着大伙香喷喷地吃喝着。

母亲穿着一身怎好看的宝蓝花格子大襟衣衫。她喜欢这素净好看的布，一次扯了一丈缝了两件，裁得怎合身，还在领口、袖口滚了花边。其实不是衣衫好看，是她的脸和腰身好看。她的头发也梳妆得好，发辫编扎成麦穗状盘缠在头上像一顶神秘的黑亮闪闪的花冠。其实也不是母亲的长相好看，是因为她乃唐河帮唯一的女人。除了父亲以外，所有船老大的女人都被炸死了淹死了。唐白河下来的那个船老大倒有一个艄婆子，但她的脸像树皮，屁股像树瘤子，胳膊腿像枯死的树杈，她老了。母亲没老，她才二十八岁，她的肚子又在薄薄的衣衫下隆起来。

大伙的眼直勾勾地瞅着母亲，嘴里没啥好说的，便纷纷称道菜做得好。说她为炊的手艺了不得，皇帝的厨子也不过如此了。

母亲"扑哧"一笑，她知道大伙都快活不过，尽拣好听的说。她回答道，她心里正过意不去，那碗肉碰翻了盐船，那盘鱼绊倒了醋瓶子。

大伙一听，好像这才品出菜的味道，明知母亲说的是谦谢话，却个个心里咸得发苦，嘴里酸得直流口水。

河上升明月，是个小半圆的月牙儿，白胖胖的怎像个下巴尖尖翘翘的女人半边俏丽的脸。星星都瞪着热辣辣的射着欲火的眼睛。

明月，美酒，女人。凉爽的江风，轻柔的江波，摇荡的小船。刚闯过风浪归来的疲倦的船老大们狂饮烂醉。

叫鸡公喝酒的样子丑。他尖着嘴巴往酒碗里嘬，仰起头伸直脖子往喉咙里咕咚咕咚地吞。大伙便笑骂："灌还魂汤也像个鸡子喝水！"

母亲见大伙都喝得差不多了，却还围在一堆说笑着不愿散去，便钻进后舱哄着长兄和二哥睡了，这才盛了一碗饭出来，带着浑身女人的气味蹲在大伙旁边夹残菜咽饭。

这时叫鸡公王二已烂醉，他心里烧不过便尖着嗓子乱唱乱吼起划桨、摇橹、撑篙、拉纤的号子。

中帮过来的两个船老大心里也烧不过，便朝王二身上想鬼点子，故意说："凭你的嗓子怎么不去唱戏？倒跑到船上来打号子活受罪！"

王二一听以疯装邪，就势把酒碗捧到母亲跟前念了一句戏文："娘子——我与你共饮了这一盏吧——？"

母亲忍俊不禁，喷了他一身饭。她窘得脸上发烧，慌忙拍打着他的衣裳道歉："看俺该死，弄邋遢了您的衣衫不是？"

王二却只顾盯着她烧红的脸嘻嘻地笑。

鸭屁股等人都没注意到中帮的那两个鬼互相诡谲地挤眼睛，只听见他俩又撩王二说：

"共饮一盏你也只是个阉鸡！"

"阉鸡？笑话！哪个不晓得我是个喔喔喔的叫鸡公？嘻！叫鸡公就会打鸣踏蛋！"

王二嘻皮涎脸地说着。忽然，他奇怪地把右脚抬起来曲弓着膝头朝外蹇着腿，同时把左臂垂着手掌紧贴在裤缝上，把右臂朝下斜刿着并不停地往右腿上拍打摇晃，用独立的左脚支撑着左倾的身子，绕着母亲蹦了半圈。

众人先以为他是醉得歪歪倒倒，正要上前搀扶，中帮的那两个却阻拦着捧腹大笑。众人包括父亲和母亲这才猛悟——他这是活脱脱一副骚公鸡斜刺里包抄母鸡要跳到母鸡背上去踏蛋的模样！

正在这时，王二竟已扑倒在母亲背上，把惊叫一声的母亲扑倒了。

哐当哗啦！父亲把甲板上摆的酒碗菜碗踢得一塌糊涂。

母亲掀了王二个仰八叉，扬起巴掌要往他脸上抽。但她猛缩回手捂住脸，一头钻进凉棚，呜呜的哭声传出来。

鸭屁股大吼一声骑到王二身上。

"反啦您啦？您这个猪狗不如的畜生！呸！来啊，把他给俺捆起来！"

唐河帮的两个船老大止住笑，应声去找绳子，找了半天把王二的搭包子找来了。七手八脚把王二捆了个结结实实时，才知他已醉得不省人事。

"扔到河里喂王八去！"鸭屁股猛一跺脚。

中帮的那两个鬼这才晓得闯祸了。他俩扑通跪下给鸭屁股磕头，又分头去向父亲和母亲求情。

中帮的人都晓得王二会把公鸡逼母鸡的神态模仿得惟妙惟肖，闲暇时最爱撩拨他玩这套把戏，习以为常，他若蹇着胯靠近任何中帮的女人打转转，那女人并不躲避只管揪住他的耳朵，拣平日里不敢出口的最粗野的话笑骂一通。就是朱帮头的艄婆子也被他绕着打过转转，朱帮头一向板着的面孔，这时也扭过去偷笑。只是王二从不敢真扑到哪个女人身上，他今晚分明是醉倒在母亲身上了。

中帮的两个惹祸鬼百般解释求饶，鸭屁股便不再嚷着要扔王二下河。但他仍愤愤不已："看把他癫狂的！别看您是大帮头啦……"

这时王二也醒酒了。他睁眼看见捆在自己身上的宝贝搭包子，急得连声迭喊：

"系松一点系松一点！莫把我的搭包子系断了！"

这么个活宝大帮头！

鸭屁股叹了一口气，这一声喟叹意味深长。鸭屁股这人粗中有细，唐河帮总算重振旗鼓了，他感到莫大的欣慰，但他总觉得还缺点啥。船有五六条，人有老小十多口了，肚皮好歹也混得饱，缺啥呢？今夜他算明白了：还缺女人！唐河帮只有一个女人，却有七八个寡汉条。锅里有煮的，胯里有杵的——这是船老大漂船渡命之本啊！王二这么一闹腾……

母亲躲进后舱，止不住的泪无声地淌。她此刻也不是太委屈，只觉得心里惶惶然。每天，她除了扶舵就是忙着给大伙煮饭，活在这男人国里，她莫名其妙地忆起刁汊湖的划子帮……

船老大们也都在想心思。

闹得几天不快活。

6

不料才隔几天，母亲这个唐河帮唯一女性的性特征又赤条精光地展现在船老大们的眼里，强烈地震撼了这个水上部落父系生命的原始冲动。

今天晌午在阳逻上头的水口。

母亲蹲在艄后扑通扑通地往河里屙屎坨子。后艄没遮没拦的，河里鱼虾可以趁机看她撅得高高的白汪汪的肥屁股。不过母亲无所畏惧、无所顾忌，因为所有船上的艄婆子和船老大都是这么个屙法。

她憋足气使劲屙着，腮帮子涨得通红。她把头顶在凉棚的后壁板上，两手合掌搂在双膝上。

她这一泡屎早上就想屙，却憋了一上午。起床就忙着挖砂装砂忙到中午，慌张着吃完饭船又要起航，她嘴里还嚼着舌头从牙缝刮出的饭渣，便瞅空钻到艄后排泄。

她正嗯嗯地哼着屙得畅快，突然听到河里一片惊叫。

"反关了！"

"哎呀！反关……"

接着她感到船身一晃荡。接着她听到有人跳河，扑通扑通。

她慌忙站起来看，却看不见什么。她预感到谁出了事，提起裤子也不揩屁股就钻进凉棚，又从前门钻出凉棚——

船头空空荡荡，没了绞车起锚的父亲，也没了车杠，只有车孤零零地兀立在那里。

车，老一辈船夫又叫它关，是一种在船头起锚绞锚链的木轴轮，像一个竖起的石碌，又像一个瘦高的圆形的栅笼。

方才，父亲拖起一根长长的车杠插进车的栅格里，身子半趴在车杠上推磨似地绕着圈子。车旋转着嘎嘎吱吱地尖叫着。

这时，王二在唐白河来的扁子上大声催吼着。唐河帮停在河心挖砂装砂的几条船都已起好锚准备起航，要抢在煞黑前赶到谌家矶。

父亲慌了，一边应答着一边加紧绞车。他船上用的是一个四角铁锚，连铁链一起足有四百公斤，绞起来特别沉重。眼看那铁菱角似的大锚已绞出河面，不料他的脚板在铁链滴湿的甲板上滑了一下松了劲，绷得紧紧的车咬着车杠猛一倒旋，轰隆轰隆，他被反弹的车杠拦腰一扫，大棒打狗似地打落河中……

母亲提着裤腰一个猛子扎进河里。

鸭屁股、王二和唐河帮的船老大都已在河里摸父亲。

父亲是个旱鸭子，加之又被车杠击昏，落进河里也没扑棱一下，就如一块石头沉得无影了。

母亲一个猛子扎了恁远，当她从河里冒出头时已游到鸭屁股他们中间。她抹了一把脸上的水珠子，一看大伙都在互相喝问着摸没摸到父亲，便深吸一口气又潜进水里，但一只手揪住她的后衣领把她提出水面。这是鸭屁股，他催母亲上船去："您要知道江里比不得河里！"他还有一句没说出口，母亲都有身孕了，他已起意要认做孕儿的义父。

母亲拼命挣扎着不依，但鸭屁股把她揪得紧紧地不松手。她急得大哭大嚷。

"叫您摸俺男人您咋摸起俺来啦？您快松手快松手！俺男人快淹死啦，您存心叫他死是不是？"

她嚷着扑打着，突然伸手往鸭屁股的胯裆狠狠抓了一把。趁鸭屁股惨叫一声时，她挣脱潜入河底。

说也怪，五六个大男将盯着父亲落水的地方摸却没摸着父亲的一根毛，母亲再次潜进深水伸手就抓住了父亲那一团水草似的头发。

"俺摸着啦摸着啦！他鸭屁股大伯快来呀！俺男人把俺缠住啦！"她拼命地踩着水把头半探出水面高叫着，连呛了几口水。

大伙把父亲掀上船后也都跟着爬上船。

大伙从船舷伸出五六双手来拉母亲，母亲呼哧呼哧地喘着粗气刚刚半爬上船舷，拉她扶她的几双手却突然不动了。"咋不动啦？"母亲纳闷地仰头问他们，众人都不语，那几双眼却瞪得恁大直勾勾地盯着她的胸下。她奇怪地低头一看——原来她的裤子早已不知何时垮到河里去了，精光着个下身——"俺的妈吧！"她瞄见鬼似地惊呼一声，以一个极为敏捷的反身跳扎进河里。五六双发红发直的眼眶里恁清楚的大腿、胯、胯里盎然的草滩和神秘的洞穴，便遗憾地化作两条白练倏地一闪忽……

7

　　落水狗似的父亲趴在船舷哇地吐了一摊鲜血。母亲把他咯的血捧进一个药罐，装了半罐子，她又往罐里兑了半罐伏汁酒。她把父亲的血以火煎沸，一匙一匙舀着喂他喝。

　　喂完最后一匙，母亲也趴下了。

　　母亲趴着呻吟了半夜，听来像娃娃鱼哭叫。船老大们惶惶不安。

　　到半夜子时，母亲突然一声声惨叫起来。绝望的哀嚎荡漾在河面，撕裂了唐河帮人的心。

　　她掉胎了，一个怀了四五个月的死胎被流不止的血水从她胯里冲出来。唐白河来的船老大的艄婆子把那死胎凑到昏黄的油灯下辨看，是一个女婴，脚丫子、小巴掌、鼻嘴眼和圆屁股及胯丫缝都成了形——她本可成为唐河帮第二位女人。

　　母亲也不嫌肮脏，把个婴尸搂在怀里焐着，挨在脸上亲着，似唱似哭地道："俺的四妮子哦——俺大娃二娃的亲妹子哟——"

　　父亲爬过来夺过死胎，找一块花布裹了尸。再把她安到小木盆里，不吭声地端着爬到艄后去，艰难地勾着腰把尸盆轻轻放到河里漂了。

　　这叫水葬。船家人在万不得已的时候用这种漂尸法来殓葬亲属。

　　可怜的四姐，孤苦伶仃地坐着她的小船战战兢兢地漂出丈把远。她闯不过人世第一个浪头，她的船将很快覆没，葬身鱼腹，溶化在浑浑噩噩的江河里。她的航程，不就是每个船夫来人世一场的航程之缩影吗……王二你这个帮头你这个叫鸡公！为何不把你悲壮的江河号子打起来为这个夭折的唐河帮人唱一程哀乐？

　　扑通！王二一个猛子扎进河里。

　　扑通！鸭屁股扎进河里。

　　扑通、扑通、扑通！

　　大伙都扎进河里，情形像昨晌午抢捞父亲似的。

　　鸭屁股超越王二，抢先托起四姐。

　　鸭屁股默默把四姐埋葬在河岗上。他也不用锹，用手掏了个洞，还堆起小坟堆。就在王二醉酒调戏母亲的那一晚，当他和大伙一起瞅到相貌好看的母亲隆起的肚皮时，他几次打算向母亲开口，要领养这个尚未出世的男娃或女娃。他自信母亲再咋地舍不得也不会拂逆他这个长兄的救命恩人的心愿……此刻，他以干爹的身份，不忍四姐死无葬身之地，而把他的义女安葬在河岗上。

不知垂立在他身后送葬的这群唐河帮汉子又是何居心？

8

半年后，鸭屁股捡了一个叫花子做艄婆子。他心软，泊船武穴码头那天，他经不住一个河南逃荒出来的叫花子的哭求，答应她上船。这个五十岁的半老婆子还陪嫁给他一个七八十岁的叫花子老娘。

那一阵子逃荒讨饭的河南人恁多，鸭屁股又撮合两个船老大娶了叫花子的河南老乡做艄婆子。

有了女人便有了侍候酒饭的佣人，拳头痒了也有贱婆娘好揍。便有杀猪似的嚎叫和奶娃子的吵闹，艄后那座艄旗杆也好挂晾花布衫和骚尿片子。

唐河帮颇有些色彩和生气了。

这已是武汉光复的第四个年头。

9

王二走了桃花运，老天作美，送上门来一个年轻又俊俏的艄婆子。

那天船泊在黄石码头，是个傍晚。王二跳上坡，正想着是去酒馆、茶馆还是戏园子、窑子混半夜，刚撒腿走了一步，迎头便撞着个东张西望走下河坡来的女人。

那女人见王二是从船上起坡的，问他："船上有没有单身过的大哥？"

王二听她问得好笑，便笑嘻嘻地答："船上单身过的大哥多的是，我就是单身一个。"

"有没有哪位大哥想讨个老婆？"

"啊？嘻嘻！别的单身大哥都有过老婆都不想讨老婆了，就是我叫鸡公一个从未讨过老婆，正想讨一个漂亮的！"

王二说笑着，邪里邪气的眼像钩子勾在那女人的脸上。她的瓜子脸盘上红唇白牙黑眼睛，很是妩媚。

这时大伙听见滩头的王二嘻嘻哈哈地和一个女人说笑，都跑到船头来看他又要出么洋相。

只见王二只管寻开心，没一句正经话，那女的却红肿着眼认真地说着。她看到大伙都围拢来，便高声说起来，说着就呜呜地哭开。她说她原也是船上女人，嫁到船上才一年多男人就发急病死了，婆家的兄嫂哄她到坡上住了几天，瞒着她把船卖了，又赶她出家门。她撩起衣衫露出身上青一块紫一块的伤痕给大伙看，说是婆家兄嫂下毒手打的。她又拽定王二的胳膊不放："娘家在穷山沟，日子也过得苦。大哥真的是单身我就跟你过……"说着她跪在王二面前。

王二这才不敢笑了，连忙扯她起来："不行不行，我是说得好玩的！你不能跟我过，我不会跟女的睡觉！"

大伙都笑。那女人以为王二故意拿难听话撵她走，也顾不得羞耻，央求道："我只想安个身活条命，你不跟我睡觉也可以。"

王二急得直往后退，那女人却抱住他一条腿不放。

鸭屁股若有所思地说："俺看这女人怪可怜，您先接她到船上住几天再说吧。俺去对俺唐白河老乡说说。"

那一回王二被捆过以后，鸭屁股就叫他从父亲船上搬到唐白河来的扁子上住。那船上就只老两口住在后舱，王二住前舱。

那女人就跟着哭笑不得的王二上了船。

也是天意，没过几天，唐白河的船老大咋就一觉睡死过去。鸭屁股便对王二说："您就驾俺老乡这条扁子吧，留下那个女的帮您洗衣做饭侍候您。就有一条看您依不依，那个女的得认俺老乡撇下的大婶做个干娘，那个女的得认了做您干娘的孝顺媳妇。"王二满口应承，还请大伙喝了喜酒。

王二的艄婆子倒也贤惠，把他侍候得熨熨帖帖。但她和王二在前舱里滚在一个被窝睡觉时，才知王二真不能干床上之事，不免暗自伤心落泪。不过王二倒还会与她百般温存，她便安心认命做他的艄婆子。

但她正年轻火旺，心里痒痒的。

10

王二有了女人有了船有了三口之家，成了个正儿八经的船老大。他脸上成天挂着笑，嘴里乐呵呵地哼着号子。鸭屁股瞅着他便怪满意的，父亲和母亲心里也喜不过。大伙都指望他少一点邪气，多一点正经，做个有模有样的大帮头。

谁知没几天王二脸上的笑靥便被江风刮跑了，脸上渐有阴郁之色。众人见这个一贯癫狂喜欢穷作乐的叫鸡公却日日闷坐在船头喝寡酒，都大惑不解。

怕是他的艄婆子嫌他不会睡她，失望而想走？鸭屁股担心地发现原来那女的果真是有些轻佻，趁着帮助中帮来的两个船老大洗衣缝衣的机会与他俩眉来眼去。

其实那长得俏的女人虽然欲火中烧却未敢越轨。倒是王二这个鬼又发了邪气，他默默地在想一个邪主意。

说来好笑，王二做个寡汉条无牵无挂，有了妻室倒添了愁事。他寻思：船只当是个灶，艄婆子只当是口锅，我王二只当是个锅铲是只碗，烧了煮了盛到碗里，还得有张嘴巴来吃喝……他并非才发现缺一个养老送终、传宗接代、授业传艺的小叫鸡公。早在鸭屁股想收养还在母亲肚子里的四姐时，他也害过相同的病。别看他王二嘴里总是唱得快活，他心里却时常也哭得酸楚！如今身边有了个女人好解闷，女人滚烫的身子也烫得他难受，渴望中却没法子往自己的女人身上种一颗种子。这些时他每回撒完尿总要把那阳物捏着弄着看个仔细……

王二冥思苦想居然想出了名堂。

唐河帮的男女们都看到母亲的肚皮再次凸起来，在大伙看来这不过证明了母亲的生育能力。在心事重重的王二看来，这也证明了父亲的生育能力。他决定请求父亲借给他一颗生育种子。

王二先把借种奇想告诉了他的艄婆子。那女人听了眼里顿时迸出灼人的光亮，但她却说她怕，哭了半夜死活不依。

"你不依我就休了你，我不养一个不下蛋的鸡婆！"王二很恼怒。

那女人便不吭声了。半晌，才问："难道你不怕……丑？"

"怕么事？又不是外人……"

她想问是谁，心里却已火烧火燎。但她怕王二看出心思，没问出口。

第二日王二便十分正经地去找父亲商量，吓得父亲掉头便逃。王二这才感到事不简单，转而去求助鸭屁股劝说父亲。鸭屁股听了便伸手摸摸他的额头，确认他不是发烧说胡话，这才沉思着开口说："您这号事叫俺也为难，俺管不好。老话说得好：'朋友不夺人妻。'俺知道，您别打岔，俺知道是您求人家不是人家夺……您那女的乐意不……还得看人家杨帮头的闺女乐意不乐意。这话您咋好对人家说出口？"王二认为没有什么说不出口的，这是求人积德行善的事。他便又去找母亲。

"我有件事求你们两口子帮个忙。"

"王帮头，可别这么说。俺这一家子如今好歹混得个囫囵，俺可没忘您和他鸭屁股大伯的恩情。有啥事您只言一声。"

"那好！这事我跟我女人、鸭屁股和我兄弟都说了，就看你开不开恩！"他一向称父亲为兄弟，父亲并未与他拜过把子互称哥们。

"您快说吧！可别把俺憋得慌！"

"求你叫我兄弟帮我养个伢。"

"啥？"

母亲听糊涂了，她也没听糊涂。她以为王二又喝糊涂了，要不就是他又来装疯卖邪。

"叫我兄弟帮我女人生个儿子。"他干脆说明白。

"啥?!"母亲听得明白了。她的嘴张成个合不拢的圆洞，感觉仿佛有个啥虫子爬进洞里或者想把个啥虫子撵出洞口。

王二以为母亲还没听明白，他有些不耐烦："叫兄弟跟我女人过一夜，帮她怀一个!"

"啥?!"母亲还是这一句，她已惊讶得不会说别的。

王二虽然与唐河帮人相处了好几年，但他毕竟不谙熟河南话的奥妙，只当母亲老说这一句只有一个字的含义丰富的话是故意装聋。他也说不下去了，想了想，便给母亲下跪。

母亲吓得脸煞黄，也"扑咚"朝帮头跪下。

王二只得又站起来，他说了一箩筐好话，恭维母亲是菩萨心肠，表白他与父亲像亲兄弟。末了，他说："要不就……把你的老二过继给我?"

母亲慌忙拽过正与长兄在一旁玩耍的二哥，紧紧搂在怀里。这时，她忽然看到王二眼里含着泪，她的心立刻酸溜溜地软了，泪滴刷刷地直往脸上淌："既是您都说妥啦……还找俺干啥……俺有啥不答应的?"

王二一走，母亲立刻过船去找鸭屁股，问他听说过这号事没有？这算不算作孽？鸭屁股想想便说："俺年轻时在唐河倒听说过有这号事。唐河镇上有一家娶了个媳妇硬养不出娃来，婆婆逼着把媳妇休了，又续了个会养娃的寡妇。谁知还是没养出娃来，婆婆便知道怨自己的儿子没本事，叫儿子的拜把兄弟跟媳妇过夜养了一个……"鸭屁股说着犹豫了一会儿，又横横心说："……周瑜打黄盖，只要两愿，不算作孽!"

父亲闭紧嘴不答应。王二无奈，又拉上鸭屁股找父亲喝酒。鸭屁股感于王二心诚，也来游说父亲。父亲仍不点头，但也不好当面摇头泼鸭屁股的情面。

母亲夜里头对父亲说："就怕……人家以为俺们还为那一回撞倒俺记仇……"

某晚，鸭屁股和王二一起来拉父亲上坡，觅了一爿酒店买了一只活公鸡，三个蓝花边细瓷碗斟满了芬芳的谷酒，吩咐酒店伙计找来一把断锯片磨成的匕首，宰了那鸡兑鸡血酒。鸭屁股、王二、父亲三人依次站成一排朝那三碗酒拜了后，三人又互拜。他们戳破手指头滴了血，各自端起血酒饮干，然后分吃那只烹熟的公鸡至夜深。

父亲忽然想出个主意，便只管大碗大碗猛喝酒。王二和鸭屁股都没察觉到他贪酒过量，只当他是要提起酒勇好为把兄弟赴汤蹈火。

酒尽了，王二让鸭屁股陪着去逛窑子。

父亲晃出酒店，踢踏着街石回船去，他已醉忘了方才打定的脱身主意。方才他在心里琢磨，回船醉倒之前对母亲说，叫她明早告诉王二："俺男人昨夜醉成死猪啦！俺俩合计等俺怀的娃生了过继给您……"

父亲醉仙似地飘行到江边，用惺忪的醉眼望见了几只疲倦的河兽般趴在江滩的唐河帮船。

有两条船还搭着跳板，都还有隐约的灯光。他打算踩他那条襄河小扁子的跳板，但他却踩错了，又像是故意踩错的，他晃晃悠悠地踩上那条唐白河来的扁子的跳头。

就在这时，他猛然酒醒，因为他似乎看见船头一条黑影倏地一闪，随即王二的船前舱里的灯熄了。

父亲起先以为那黑影是自己。是啊，一诺千金，他既然像祖父与外祖父相交那样，同鸭屁股和王二拜了把子，就是为盟兄两肋插刀那该！岂能不去帮王二干那种庄重的、荒唐的、坦然的、尴尬的、讲义气的、占便宜的、积善行德的、不道德的事？何况他内心深处忘不了王二当众公然对母亲非礼那一回。虽然他也承认王二并非蓄意，但不由得耿耿于怀。他并无报复企图，王二却给他报复机会。他忽然亢奋起来，他想，前舱的那女人脸蛋比母亲好看……但他醒酒了。

父亲惊疑地摸摸自己的脸颊、手和大胯，确信他没钻到前舱去，他还立在跳头上。但那是哪位解脱他的窘迫代替他去了呢？他实在弄不明白。

父亲还没完全醒酒。他站不稳滑腻腻的跳头，往后跟跄了几步，倒在沙滩上……

11

王二的艄婆子向王二默认已借得公种，王二喜不自胜。

父亲和母亲决定将错就错，不漏一丝口风。但担心那骚女人再勾引帮头的同乡，便终日惶惶不安。母亲日夜监视着俊俏女人的一举一动，唯恐她的丑事败露引起风波。唐河帮这一阵子刚刚过得安顿一点，为了个惹祸的女人，弄不好又闹得仇杀散帮也说不准。

日子一天天过去。心怀鬼胎的父亲暗地对王二察言观色，没看出他脸上有起风下雨的征兆。一直相安无事，许是老天爷也怕唐河帮再也经不起折腾？

但江上午起一场风暴，唐河帮险些招致全军覆没。

船帮昨夜泊到鲇鱼套，今早起卸砂。卸到近午，江面上忽而黄惨惨，似浑浊的江水翻腾着把天都搅浑了。

"要起风!""刮风啦——""狂风来了,狂风来了!"

码头上、船上的人们都察觉天要变脸。

"抢过江去避风!"帮头王二果断地朝鸭屁股喊道。

"中!开船!快开船哇——"鸭屁股点点头,又急忙扭头催吼船老大们。

四条船上的砂都卸得差不多了,只有父亲船上的砂只卸到一半。父亲担心地喊:"怕是抢不赢了……"

"抢不赢也得抢!停在这里等死?"

驾船人都知道:起大风时武昌南岸这一带是个风口子,停不得船,必须抢在风前头渡过对江,把船停进汉江口避风。

这时,王二的船打头。王二麻利得像个猴子,他只用一篙子力便撑动了船身,借着初起的风势,半扯起篷,斜刺里朝对江抢去。其余的扁子都跟上去。

父亲的船沉重,掉在最后头。鸭屁股的船在父亲的船前头。鸭屁股从船头冲到后艄抢过他的艄婆子扶着的舵柄,并勾头大声喊着叫父亲快换下母亲掌舵。

父亲没去掌舵,他扔下篙子后便抱着橹在摇。他边摇橹边仰头望天,高空已狂飙大作仿佛随时会垮下来,浪涌已翻成灰黑色了。他见船已在船帮后头越掉越远,料定抢不过江去了,吓得嘴唇发乌两手直抖。

他突然大步踏到后艄,推开母亲夺过舵柄,猛一打舵掉头返回南岸。他不理睬从鸭屁股船上传来的呼唤声,紧紧把定舵柄,吼着催母亲加劲摇橹。

而这时,另一条大船却从父亲的船舷擦过,冒险撵着唐河帮的几条船朝北岸抢渡。

父亲的小扁子,船头顺着流水斜对着南岸的一片沙滩。沉重有力的大橹急剧地劈进河里复而拨出河面,橹鸡子急促地叫着,吱呀、吱呀、吱呀!

船跑得很快。

可是风浪来得更快,已咬住船尾。母亲边摇橹边频频回头张望着报警。

船头已逼近岸边。父亲龇开豁巴齿猛一咬牙,猛一打舵。"轰隆"一声,船首冲上滩头撮进沙里,像一条被风浪打昏推到河边的大鱼半趴在河岸上有气无力地摆动着尾巴。

母亲震倒在船舷旁,父亲的后脑勺狠狠撞在凉棚上,凉棚里头的长兄和二哥在惊号怪叫。

这个万不得已时打舵横岸的绝招,是外祖父教给祖父、祖父传给父亲的。

12

这时候江面上已是狂浪滔天。

唐河帮帮头王二带着的几条船勉勉强强抢过了江。而超越父亲的扁子追着唐河帮抢渡的那条大船却跟迟了一步，不幸在江中桅断船翻。

先是一头恁粗恁高的浪柱子猛扑上那船头，船头往下一沉，船尾朝上一翘。紧接着船桅便咔嚓嚓被风掰断了，桅杆顺着风朝左舷栽倒，船帮子从右舷掀起，把船泼翻了。船上的四个船老大都下了饺子……

翻的是卞帮头的船。事后听说，有三个船老大的尸身在阳逻被捞到了，缺的一个便是卞帮头。卞帮头的水性极好，他从十几里外的下游爬上了岸。以后唐河帮的人就再没听到过卞帮头的消息。

当时，北岸的好多人都亲眼看见那船翻了。凶讯很快传开去，就有几个女人、爹爹、婆婆和小伢跑到江边来呼天抢地哭。卞帮头雇的三个帮工都是家眷住在杨家河、集家嘴的水码头汉子。

天煞黑时风浪息了，而江边的哭丧声却愈加惨烈，看热闹听新闻的人走了一群又来一群……吵到半夜人声静了，却又听见娃娃鱼在尖厉地哭叫。恁巧，听声音像有满江的娃娃鱼在号丧。

闹得一连几天过江的行人格外稀少。一时间各船帮和一些跑单帮的船只都不揽江两岸汉口、武昌码头的生意，挤在汉江口湾着避晦气。

13

唐河帮在汉江口打不出码头，也为了远远地避开不吉利的阴霾，修整好父亲船头的创伤后，便去闯下江。时下很有一些汉水小船闯下江。

船帮一路上往返迂回，历尽水途艰险。

依然是大帮头王二兼任叫鸡公打号子，他打的号子粗犷狂荡、滑稽荒唐：

哦嗨！

——嗨！

伙计们啊！

——嗨！

桩子站稳喂！

——嗨！

顺风不来老子来呃！

——嗨！

乌龟背着王八爬啰！

——嗨！

和尚驮着尼姑跑哩！

——嗨！

老子流汗他赚钱呀！

——嗨！

刀山火海活受罪哟！

——嗨！嗨！嗨！

放不得屁呀莫松劲！

——嗨！

苦海无边只管渡哇！

——嗨！嗨！嗨！

……

结局　船帮部落的消亡

1

　　唐河帮被解放军队伍逮住是在母亲做满月那一天。母亲生了五姐——其实应称老三才好，但母亲为了纪念遇难的大姐和夭折的四姐，有意按排行称她为老五。船老大们都应父亲之邀过船来喝五姐的满月酒。

　　这是个早春的上午，太阳很暖和。大伙都挤在凉棚门口的甲板上啃猪头肉喝烧酒。

　　船帮是头天晚上走到下江口的，挤在港口大轮船的夹缝里过了两夜。天亮时大伙全被港口恁大恁气派的码头迷住了。

　　直到这会儿，大伙还在边喝酒边张望着看稀奇：大客轮如同金碧辉煌的皇宫宝殿。大货轮高得像一道河岗，铁甲板上码的货堆子像陡峭的峰头。一艘艘炮舰斜刺里朝天空伸出的炮筒子黑森森、密麻麻的，似纵横的树丫子。五颜六色的万国旗迎风欢抖着，如一群羽毛鲜亮的花鸟乱扇着翅膀。最让大伙惊奇的是海，万里长江流到这里流到头入了东海。海有恁阔的胸膛恁宽的嘴恁大的肚子，把个浩浩荡荡一涌而至的长江吞没得无影无踪。海像蓝天坍塌下来铺在大地上，放眼望去浩瀚渺茫、无边无涯，不知几深几宽几长。船老大们只觉得眼前一片豁亮，心里空空荡荡的，啧啧地说：行船行了一辈子，哪知只像一条泥鳅在水沟里拱！难怪说山外有山、天外有天哩，也不知这小虾子一样的木船开进那海水里漂不漂得起来？"

正纷纷感叹着七说八说，突然飞驰过来一艘小炮艇。

小炮艇在江面上画一条弧线，拐弯朝唐河帮拢过来，只隔丈把远时才停住。一个当官的举着话筒朝船帮大声喊着什么，他说的一口京腔尾音拖得很长，听了半天才听明白：

"……所有的民船都原地停着，不准装货不准开航！等候通知，去支援前线……"

大伙身上猛一激灵，从醉醺醺中清醒过来。幸亏那小炮艇喊完话就开跑了，便都惊慌起来："糟啦糟啦！这咋办……见鬼了！么样办哩？"

王二赌气又斟满一碗酒："么样办？老法子：鞋底擦油——老子溜！"说着他伸长脖子欲将酒喝干。

鸭屁股伸手夺他的酒碗时把酒夺泼了："中！中！说走就走，还喝啥还磨蹭啥？"

唐河帮赶紧掉头往上水逃。

逃到天黑来到一个小码头。刚刚湾了船，岸上就有几个当兵的像早知船会来在等船似的，他们一人扛一包米跑到各船上，米包往船头一放，不明不白地说了一声"明早出发"，便上岸走了。船老大们望着躺在甲板上的米包愣住了。

王二跑到码头上去打听，原来解放军队伍在沿江码头到处征集民船。

"往鬼那里跑？再往上跑还是有队伍等着你的船！哪个叫我们发疯跑到海口子跟前来了？好嘛去喂海龙王嘛！"

王二后悔不迭，又是跺脚又是拍屁股。

这是公元 1949 年的暮冬。船老大们都不懂得公元纪年，只知是己丑年或是民国三十八年或是武汉光复的第五个年头。

半年前初夏时，唐河帮也遇到过解放军的队伍征民船，那是在九江上头。结果王二和鸭屁股带着唐河帮一夜逃了百把里水路，逃到一个偏僻的河汊躲了起来。这些船老大们都是从兵荒马乱的年月捡的一条命，一见当兵的只当是撞着老虎。他们只知逃避战祸，哪知这一逃一躲便改朝换代了。解放军一百万队伍从九

213

江到江阴全线渡江，打到南京，青天白日旗换成五星红旗。当唐河帮听着下游响了几天几夜的枪炮声平息了，畏畏缩缩地开出来时，大伙也只知金圆券和现洋不起作用了，市面上只用人民币。倒是听岸上到处在说共产党坐了江山。他们也高兴不过，高兴再不打仗了，就不会碰上当兵的抓夫、征船装火药炸弹了，高兴总算能安安稳稳行船跑生意了。谁知几个月后的今天又被队伍逮住了……

整夜河滩上都亮闪着明晃晃的刺刀，那是队伍的哨兵在看守河里的船帮。

第二天一早，昨日见的小炮艇又来了，押着唐河帮和别的民船走到下江口，靠上一条大囤船。那个黄皮寡瘦的当官的是个团长，他捏着个话筒，指挥囤船上的蚱蜢棍把唐河帮的船和所有的民船一条条吊起来。蚱蜢棍上的铁轱辘滑出一根手腕粗的糊满鸡肚子里的黄油似的钢缆，把船身拦腰箍两道，轻轻一兜就起来了。

船被吊到停在岸边的十轮卡车上。那些船一离开水便没了灵性，被牢牢地绑在卡车上像一具具风干的僵尸。

十轮卡车轰隆一响，那些船便在岸上跑动了，扬起一路黄尘。

说是要开到南海边去，队伍要坐船渡海打海南岛……

2

唐河帮的五条船被十轮卡车驮着不知颠了几天几夜，停到一处海滩边。

大吊车把船举起来抛进汪洋大海。

海水恁稠海风恁凶，刮起恁腥恁浓的海味。

许多木船漂在海里宛若浪沫上的树叶浮浮。涂着灰漆、黄漆、蓝漆的炮舰、登陆舰、突击舰、快艇、拖轮开来开去，在凝厚的海面上划开一道道白花花的口子。操着南腔北调的兵娃子们挤在晃荡的木船上吆喝着跟船老大学划桨摇橹。

岸上的队伍和民夫如乱糟糟的蚂蚁堆。民夫们三五个一堆坐在沙滩上闲聊或倒在沙窝里打盹。看来船不够用，一些当兵的蹲在两树之间吊起的窄长的木板上晃荡着练划桨。当官的骑着高头大马或坐着敞篷吉普指手画脚地喊叫着。一队民夫抬着担架匆匆跑过，担架上呻吟着不知打哪里撤下来的伤员。

乌烟瘴气的远处，满载着队伍或是民夫或是民船的十轮卡车还在一乘接一乘开过来……

唐河帮的船老大们糊里糊涂上阵来。

一日，王二从在他船上学划桨的兵娃子口里听说不去打海南岛了，惊喜地转告鸭屁股。鸭屁股却骂了他个狗血淋头，说海南岛的仗是快打完了，可还得去打万山群岛。鸭屁股骂着挑动大伙吵吵嚷嚷要回内陆河去。那个逮他们来的瘦团长气得黄皮脸涨成个红皮脸，他好几次把手按到腰带上别着的王八盒子上，旋即又移开去。瘦团长倒有耐性，他每天都上船来磨嘴皮子，劝大伙别怕为国牺牲，可大伙弄不明白为国牺牲的意思。

瘦团长问大伙："都说说，打起仗来怕不怕？"

鸭屁股说话不会拐弯，嘟嘟哝哝道："有啥好说的？害怕又咋的？放俺回去不？反正俺们是给抓夫抓来啦，这跟被东洋队伍抓去做船役、跟被国军队伍抓去装汽油装炮弹不一个样？打烂了船俺逃荒，打死了人俺认命……"

更糟的是他说完又"呸"地啐了一口。

"我枪毙你这个反革命！"老跟在瘦团长屁股后头蹦跶的那个十七八岁的勤务兵，刷地从肩上摘下长枪，哗啦拉开枪栓。

鸭屁股火了，把胸肋拍得砰砰响："朝俺这儿打！朝俺这儿打！咋？狗熊啦？俺和俺王二兄弟还砸死过一个东洋兵哩！您这杆枪打死过几个？"

团长有海量，他垮下脸吼走了勤务兵，又干笑着黄皮寡瘦的脸皮子对鸭屁股和大伙说："打烂了船赔船，打死了人赔人。"

王二阴阳怪气地一笑："嘿——这人怎么个赔法？"

瘦团长想想，说："死了记功埋坟树碑，给家属发抚恤费，嗯……帮着在岸上安家落户找个挣钱糊口的事做。这算不算赔人？"

鸭屁股不吱声，叫鸡公不吱声，大伙都不吱声。

"怎么样？嗯？谁要是再说怕死，我放他回去。船得留下！部队上借了！"见大伙连屁都不放一个，瘦团长恼了，黄皮脸垮得长长的像个马脸，气鼓鼓地走了。

他一走鸭屁股便在他背后低骂起来：

"俺日他八辈子的祖宗，别再说啥啦。恁多的民船民夫，人家不怕俺们也别装孬！枪子儿不长眼找着谁谁倒霉！俺唐河帮这几条穷命也算大，在炸弹堆里滚过几回……呸！"

这一骂把船老大们这些天七上八下的心骂横了骂踏实了。大伙心里都蹿起一股火苗子，肚子里气鼓鼓地咕咕直叫。王二喊他的艄婆子从凉棚里抱出几瓶酒，他说："有酒的都搬出来搞光它！莫等到明天船炸沉了，把酒给海龙王喝了它又不领个情。我死也做个醉鬼……"

父亲也隔着船喊母亲，问她有什么吃的东西端过来佐酒。

船老大们便都喝酒解渴顺气……

瘦团长再不打照面。过了几天，他突然又来了，铁青着脸下令：各条船马上把老的小的都送上岸，住到树下扎起的帐篷里，由部队上管吃管喝。

叫鸡公的艄婆子因腆着个大肚子也上了岸。

父亲想叫母亲也上岸跟长兄、二哥和五姐在一堆，可是瘦团长不让她上岸，他说正愁舵手不够，强壮的女人都得留在船上掌舵。

紧接着，船头上堆满沙包架起机枪，每条船上派了十几个兵。瘦团长又给船老大们一人发了一身没有徽章的黄军服，大伙穿着大的大小的小，帽子总戴不正，像一群兵痞子。船老大们在战前的沉默中熬着，小木船像一片败叶泡在海里熬着。海水恁咸恁苦恁腥恁涩，船底板船帮子都被海水咬烂了。缺淡水，取淡水要跑十几里路去挑。每逢下雨，赶紧把盆盆罐罐摆在凉棚顶上接雨水。雨水也是咸的，喝得嘴巴流血流脓，像没揩屎的屁眼。

大伙的心揪得紧紧的，连王二这个叫鸡公也哑了，恁喜欢耍贫嘴的人却一整天牙缝里迸不出个闷屁来。试想不久前在下江口乍一看到东海时，是何等的惊奇何等的新鲜而兴奋！如今泡到海里头了，才知海的恐怖和诡秘。海一会儿是蓝的，一会儿是黑的，一会儿是灰的。海像一处人烟灭绝的荒野，又像万顷翻耕过的土地却没有田埂没有垄头，长不出一棵树一蔸草。说是要渡过海去攻打一群岛屿，可是睁大眼睛望去，除了海还是海，海与天连在一起。船老大们怀疑，那黑涛恶浪中哪能浮得起什么石头岛？海的远处明明是一个巨大的深不可测的黑洞，它或许就是龙穴？明天，或者后天，他们的单薄得像纸糊的船就要渡过去，陷进去，沉入海底的炼狱……

这一群浑然不知他们投身于一场伟大历史进程的，愚昧而憨厚、自私而质朴的江河汉子，他们毕竟不是大海水手，临战状态如同遇上海难的旅客听任海浪的摆布。但他们也没吓破胆，他们操练完毕的满满五船兵马便是他们的胆量的见证。

"海也是水……"父亲抱着酒瓶子，愣愣地望着海的远处在心底自语着，但他不由得说出声。

王二又喝得酩酊大醉。他夺过鸭屁股咽不下喉的半瓶酒，口出狂言地说："唉——你不喝我喝。莫怪我这个大帮头！怪你们命里注定驾船到老当水鬼！到海里闯一趟，长长见识回去也好吹牛……"

大家又都牵挂留在岸上的老小，盼着接他们回船，便都冒出早日横渡大海到群岛去抛锚湾船的勇气和焦渴情绪。

3

渡海出征是在一个黑漆漆的深夜。

天煞黑时，帐篷里的老小得了信，纷纷跑到岸边。瘦团长命令当兵的拦住不让他们上船，于是岸上、船上又是一片哭爹喊娘声。瘦团长发火了，叫勤务兵端起枪拦着，赶羊群似的把他们赶回帐篷。

起航时，炮舰、突击舰、登陆舰先开道。唐河帮混在大大小小的船只中沿海岸一字排开，朝大海深处渡去。

没风。嘎呀嘎呀的摇橹划桨声活像成千上万只鸭子在叫，海面上的情形也正如密密麻麻一群鸭过河。船上不准挂夜航的桅灯和舷灯，也不准说话不准大声咳嗽。桨声橹声却怼响，反倒显得船底黑咕隆咚的海死气沉沉。

估不准船已在海里跑了多远多久。父亲只觉得他的扁子像一只失群的孤鸭惊惊惶惶地划着水，船帮越走越散，散得互相瞅不清了。满脸胡子的排长叫他只管盯住前头那条隐隐约约的船屁股，莫望别处。海里难辨方向，也不知往哪里又走了几远几久，他只感到摇橹摇得手膀子快脱臼了。

这时，突然起风了。是顺风！父亲听到海面上响起一片惊喜的唏嘘，死寂的海活了，他赶紧扯篷跑风。

谁知风来得太猛，渐有阴光的海里眨眼冒起一座座浪峰又一座座坍塌下去垮得粉碎。当即有几条船被颠翻了，划桨的兵滚摞摞似地跌入海中。当兵的怼守军纪怼听话，落水也不惊号怪叫，会水的拼命朝前游，不会水的扑棱几下就被浪打走了。谁也顾不得去搭救。

偏偏这时前头遭遇敌舰，炮声轰隆隆的比打雷更响。照明弹一串串朝天上飞去，一闪一片炽白耀眼的火光恍若给大海揭了黑盖了，将群鸭似的渡海船阵暴露无遗。

像是有一道命令传开，所有的船都打起号子加紧划桨。

父亲发现前方有个朦朦胧胧的岛影，正仔细瞅着，那排长过来抢他的橹把子。排长是个沙喉咙，喊了几声号子喊不起劲，只好叫父亲领头打号了。父亲犹豫着想了想词，便也学着叫鸡公的模样又甩膀子又跺脚地吼起来。

"嗨！嗨！嗨！"两舷各十几条桨随着号子声有节奏地拨着海水，父亲的船像蠕动着几十双细腿的蜈蚣在海面上疾爬。

突然，母亲"哎哟"一声歪倒在舵柄上，一颗飞弹狠咬了她的左胳膊一口。父亲奔到后艄帮她扶舵。她"嗦啦"一声撕开左手袖口，把袖筒子缠在血糊糊的伤口上。她蹲进凉棚里打摆子似地抖着哼着。

船离岛屿约莫只有千把米时，不知是雾还是黎明前的夜色又把个海面罩得阴暗不清。正好这时听出指挥船走到跟前的声响。瘦团长恶声恶语的喊叫透过枪炮声传过来，他叫各条船上都把夜航灯挂起来。

母亲用右手摸出一盒洋火叼在嘴里擦燃，点亮一盏"气死风"。她提着灯跑去刚刚挂在桅上，船头突然猛一蹦跳，"气死风"在桅杆上"哗啦"一声碰碎了灯罩。接着船不知咋的死活划不动了。排长急得冲到父亲跟前，沙哑着喉咙气势汹汹地责问。母亲赶紧钻进凉棚又点亮一盏"气死风"拎出来。父亲夺过"气死风"跑到船头，趴在甲板上探脸朝水下望望，又钻进前舱查看，还好，没漏水。船底触在暗礁上搁住了。

排长追着父亲的屁股撵，一个劲逼问怎么办怎么办。父亲不吱声，他举起"气死风"朝前方海面上瞭望。左舷前方的海浪中有一块突兀的礁石，黑漆漆的像个柱子插在水里。父亲望着它想出主意，便扯下排长身上那唯一的救生衣绑到自己身上，抖开一盘缆绳，把绳头拴在腰上要下海。

母亲从后艄跑过来死死拽住父亲，勾头扭腰朝着排长大吵大嚷："俺男人不会水，他是个旱鸭子！你们恁多兵咋不下去一个？"可是一船的兵都是北方兵都不会水，他们连旱鸭子也不是，是一群土狗子。母亲急了，不依不饶地夺着父亲肩上的缆绳。

"要去俺去！您扶舵！"母亲吼。

"膀子上的枪伤往海水里一泡还有救？有这救生衣，不怕！"父亲甩开母亲的手"扑通"跳进海里。

船头下的父亲乱蹬乱扑着就是游不动。母亲趴在船头喊话："蹬腿，蹬呀！两手往怀里扒，跟鸡爪子扒食一样！跟狗腿子刨一样！使劲扒呀您——"

父亲扑棱了好一阵子，总算慢慢游开去了。

母亲用那只没受伤的胳膊把"气死风"举过头顶，照亮父亲，直到他像一条带着钩和线挣脱鱼竿的大鱼游得没影了，她仍举着灯照亮船头下那没有父亲的一片海面。胳膊举酸了举麻了她就把"气死风"顶在头上扶着。她两脚打八叉立在船头，一条伤胳膊弯在胸前搁着。排长和他的兵从背后默望着她，她像个无手无臂无头颅的怪人，像一个树桩子，像一条两腿铁墩，墩台上顶着一盏灯。

4

排长借着"气死风"的光死死盯着手腕上的表，他说父亲游了两刻钟了。

几十个兵都屏声静气盯着拴在船头的缆绳。

缆绳终于抖动，接着隐约传来父亲的呼叫。排长立即命令兵们从船头往后摆成一长行拉缆绳。

船身渐渐拉动了，慢慢从暗礁上退下来。

母亲要打舵去接父亲上船。谁知排长却说兵贵神速，这一船兵都已掉队了要抢时间，等船靠岛后再回头接父亲。说着他突然解开缆绳抛进海里。母亲扳着舵死活不依，排长便强行夺过舵把，任由母亲在一旁哭骂。

父亲的船扔下父亲继续强渡。靠近岛岸时天已亮堂，抢先登岛的队伍正在与制高点上的守敌交火。排长端起机枪带着他的兵马跳下船去，踩着浅水往岛上冲。母亲喊排长喊不应，急得两眼直冒火星子，也跳进水里冒着头上的流弹撵他。

母亲撵上排长，一把抓住他的枪筒子，呼哧呼哧地喘着粗气说不出话来。排长这才想起要去接父亲，他把机枪交给身旁的一个兵，领着母亲找到猫在一块礁石后头拿望远镜朝前望的瘦团长。团长叫人把母亲领到一艘小炮艇上。

等小炮艇开回大海去寻找父亲时，那个柱头状竖着的礁石已沉没在茫茫大海中……

5

父亲也是以为船拉活后船上人会先来接他上船，但他拴在礁石柱上的长长的缆绳却猛一松劲沉入海里。他这才知道船扔了他，他张望着包围他的海水骇糊涂了。

他是脱得精光只穿一条裤衩下海的。这会儿他冻得龇着豁巴齿锉牙，救生衣不保暖不蔽体，海风如冰凉的鞭子抽得他的骨头架子直抖。他闭着眼缩着头猴着腰抱着膝乖乖地坐在礁石上等船。

远处传来枪炮声。

坐等了不知多久，父亲感到赤脚掌痒痒的，似有什么柔和的东西在擦。他睁眼一看，怎么海水咬着脚了？再定睛一看，便如同看见海怪似地惊号一声，弹跳起来反身去紧紧搂住那礁石柱子。原来海水悄悄涨潮了，礁石已渐渐变小，只露出一截石柱子了。

眼看海水漫过腰，这时父亲反倒镇定下来，他环顾着四面八方的海水找生路，果然望见不远处有一个小岛。

他离开礁石，拖着冻得半僵的身体朝小岛方向拼命游去。那岛看上去只十几丈远，可是游了好久，游得太阳都一竿高了，离那小岛还有十几丈远。他精疲力竭，连呼气的劲都没有了，干脆让麻木的两腿沉下去，把手臂平展着浮在水面上，赖着救生衣的浮力漂着。一个浪头打过来他就呛一口水，苦涩腥咸的海水灌了一肚子，肠胃翻搅着，脑壳发胀发烧，眼珠子像泡烂了泡瞎了。他昏厥了过去。

看上去像臭水沟里黑得发蓝的污泥浊水的海面上，漂着父亲的头颅，像一个烂西瓜、一个破葫芦瓢、一个死猪头。他是不是死了？

待父亲从浑浑噩噩中清醒过来时，可望不可即的小岛忽然出现在他眼前丈把远，他狂喜。他用脚尖试探着踩到水底，但又痛叫一声缩回脚。水底的砂石上尽是海蛎子，锋利的海蛎壳割破了他的脚。他抬眼望望小岛，回头望望大海，生怕又被海浪卷走了，便咬着牙抽搐着脸皮子又把脚踩下去。

他爬上小岛，在一块石头上坐下来捏着血淋淋的脚呻吟，良久。海风吹得岛上的小树藤蔓窸窸窣窣地响，海浪扑打在礁石上哗哗啦啦地响，日头显得很低，烤得小岛很暖和。他见屁股底下的石板平坦宽敞如一张石床，便躺下去睡着了……

等小炮艇找到小岛找到父亲时天已黑了。父亲躲在高处的岩缝里蜷缩着瘦削的身躯，只把一张脸露出来惊惶地张望，活像个石猴子。

6

卷入这场战火的唐河帮溃散了。

从那个黑夜里出海开始，从混杂在大大小小的船只里扑进大海的怀抱开始，唐河帮就淹没在滔天海浪里，随即消失得无影无踪。

是瀚海劫走了唐河帮，收留了唐河帮。海水拥抱着拍打着唐河帮入眠，给它讲了一节悲壮的大海故事……

王帮头的唐白河扁子是一条指挥船，那个腰带上别着王八盒子的瘦团长就在他的船上。当海面上划船号子四起时，父亲和母亲曾清清楚楚地听见过他打的尖厉的号子一度压倒众声。指挥船刚抵近滩头阵地时一发炮弹就落在船头上，他被炸得飞起又坠回船舱里。一块弹片嵌进他的脑门，他还没死还会说话，卫生员用白纱布条把他的脑壳缠了一层又一层，他便说："哎哟啰——疼死老子了，老子的脑壳这一包起来不像个月母子？"其实这时他的脑壳缠得根本不像个月母子，却严严实实地缠得像个胖冬瓜。后来他被抬上突击舰和重伤员一起送回海岸，接着他又被抬到一辆汽车上说是要送到广州的医院，但是后来车上的一个医生把他的担架移下车说他已经没气了……王二的艄婆子哭哭啼啼地把他的那一副宝贝搭包子送给了父亲，那纤绳套糊满了血渍。原来叫鸡公临渡海前预备着万一沉船翻船怕搭包子丢了，他把它绑在身上再穿上部队发的黄军装。如果埋他时父亲在场，父亲必将阻止卫生员把搭包子从他的尸身上解下来。他的艄婆子挺着个大肚子，毛毛都怀了七个月，她哭得发疯死揪着瘦团长的领口要他赔人，赔钱不要赔船不要赔坡上的房子也不要，胡搅蛮缠只要赔人。结果哀极伤身，当着瘦团长和众人的面，她胯里的鲜血从裤腿筒子里冒出来，流产了。瘦团长气极悲极，话脱口而出："把我赔给你你要不要？"瘦团长是个寡汉条，团长的师长做主，她真的跟腰带上别着王八盒子的黄皮寡瘦的团长开拔走了。

鸭屁股的船渡海渡到半路刮起大风又遭遇敌舰时，乱糟糟中被从右舷旁挤过来的一条渔船拦腰一撞撞翻了。有人见鸭屁股一个跟头扎进海里，是死是活无人知晓。也有人说他是趁机溜掉了。后来部队上召开表功授奖大会时，瘦团长主张还是给鸭屁股授一张立功奖状，就发给他的家属算了。直到四处去找家属领奖时，才知鸭屁股的艄婆子听到他跳海，生怕部队说他是临阵脱逃，早已骇得驮着娃儿牵着老娘又讨饭去了。

鸭屁股船上的两个唐河帮船老大被分派到别的民船上，两个人在一堆。渡海战成功以后，他们的船一直载着部队在万山群岛附近的零星小岛间转悠着搜打残敌。那天，船刚刚靠拢一个马鞍形的小岛，高高的岛顶上就有枪子儿射下来，班长率着十几个兵全部冲上去了。谁知从岛背后绕过来一群国军散兵游勇，七八杆枪筒子顶在两个船老大的胸前背后把船劫持了。等班长发现了分出一半人马回头打下来，船已开出几丈远。班长用发报机调来一艘炮艇去追，到底没追上，船已逃到公海上，被国军的一艘军舰拖走了，不知是去了金门、马祖还是台湾。两个唐河帮船老大，从此断送了挂在嘴上念叨多年的回故乡唐河的梦想。

中帮的两个船老大都丢了命。一个挨了敌枪，不偏不斜正打在胸窝，没哼一声就咽了气。瘦团长不自食其言，下令把他和阵亡将士一起葬在海岛上，竖起五尺高碑。发给他的刚娶到船上才半年的艄婆子一张立功奖状和一笔抚恤金，送她回老家了。另一个船老大死得冤，渡海遇到敌舰交火时，他鬼迷心窍胆怯了，猛一打舵掉转船头往回逃，一个兵娃子操着桨冲过去朝他肩头劈了一桨，劈倒了他。那兵娃子跟他学过扶舵，一把扳正了舵。船老大不知怎么变得恁胆小，许是骇掉了魂？他跪在地上磕头捣蒜胡喊一通："饶了我吧！莫朝我身上打炮！我是被他们逮来的，莫以为我愿意帮他们渡海……"他的船挨在鸭屁股的船一起，鸭屁股听见他喊就隔船骂了一句："呸！俺日您的妈！您丢人现眼！您是咋的啦？您也算是从东洋飞机扔的炸弹堆里爬出来的？"可惜鸭屁股的斥骂也没能骂醒他，他船上那带兵的气得发抖，下令将他当场枪毙了。扶舵的兵娃子一脚把他的尸身踹进海里，可能他被鲨鱼吞了。

……

7

此次战役历时两个多月。直到这年的八月底九月初的一天，父亲的船才载着一批换防部队返回海岸。

表功授奖大会早已开过，不过瘦团长并没遗忘父亲的船，表功会上宣布父亲立了特等功、母亲立了一等功。据说原本准备给父母夫妇一起记一次功的，是父亲船上的排长向瘦团长建议单另给母亲记一次功。

团长的队伍急于开拔，团里的参战民船全都已送回内陆河。父亲的船一靠岸，大吊车马上把船拽上海滩，钢缆将船头船尾一兜便往卡车上吊。谁知吊起的船刚要落到卡车平板上时，却咔嚓嚓炸裂了，船体横面断裂成两半。

船炸裂时父母都不在场。船一靠岸母亲便迫不及待地朝帐篷跑去，父亲则急忙沿着海岸寻找鸭屁股、王二等人的船——刚刚返回大陆的父母尚不知唐河帮散了帮。

母亲摸着捏着长兄、二哥和五姐，挨个儿唤着他们的名儿正哭得起劲，六七十天没打照面想娃儿把她都想死了，这时瘦团长钻进帐篷来，他愣望着搂成一堆的泪人，半晌，他才掏出一沓钱递给母亲：

"你们的船损坏了……这是部队上赔偿的两千万元人民币，够买一条新船……"

母亲不伸手接，她那瞪得恁大的眼里充满了惊恐，根本没看见瘦团长递过的钱。她被船炸裂的消息弄懵了。

瘦团长手里还握着两张卷成筒状的奖状，他望着母亲那副神态摇摇头，又点点头想着什么。他打开给父亲的那张奖状。恁厚恁平滑的奖状纸，背面是朱红的，似米汤浆子裱过的恁白的正面绣着灯芯绒花边，稀稀拉拉写着枣大的字，盖着钢印。团长摸出一支自来水笔，在奖状的空白处刷刷地写了几行。

瘦团长念给母亲听：

"鉴于赵昌文夫妇的木船在参加万山群岛战役时被毁坏，一家五口生活没有着落，请地方人民政府责成有关组织安排这对功臣夫妇进厂做工，以保障生活。"

瘦团长又写上队伍的番号，并盖上他的方方正正的印章。

母亲听着只当没听见，心里只记着她那炸裂的船。瘦团长念完了她才想起问他一声那纸上究竟写的些啥，但她又想到父亲识得字。

瘦团长留下那沓钱和奖状急匆匆走了，他的队伍今夜要开拔。

母亲望着那沓钱出神。

"这沓钱有恁厚一大摞，不知这人民币值不值钱？团长说够买一条新船，真够？团长不会蒙俺吧？赶明儿回到河里上哪儿去买一条啥号的船呢……"

她猛然想起该去找父亲合计今后咋办，便急忙抱住那沓钱，一时不知咋收藏才好。她信手抓起一张奖状包紧钱沓子，犹嫌包得不严实，又抓起另一张奖状包得方方正正的，用一根线捆牢实。她驮起五姐拽住二哥喊着长兄，风风火火地去海滩找父亲。

海滩上，再度失去船老大伙伴的父亲踟蹰在他的船旁。他的船从桅杆底座的船胆处拦腰掰断。裂口犬牙交错，暴露出舱底嶙峋的龙骨，龇出的红绣斑斑的船钉酷似船身的血丝、船体的筋肉。船尾的一截斜扣在沙滩上，像大海里一座突兀的孤岛。船头的一截正着躺在那儿，从船头前方望去还似一条囫囵的好船。锚链从船头垮下，锚爪紧抓在沙泥里，仿佛船很牢靠地泊着，忠实地耐心地等待主人起锚开航……

翌晨，父亲一家挤在大卡车上与陌生的军人、民夫一起离开梦境一般的南海……

后来，在芜湖码头，父亲倾囊买了一条破旧的辰船，就这样，父亲和母亲便护着三个娃儿踏上破辰船重新泡回河里。他和她不约而同地长吁了一口气。

8

唐河帮残余的最后一个船家，涉着河路往外河上游走……

当破辰船走到江汉关脚下时，高高的钟楼上，那个圆盘的直径比父亲还长的大钟正指向公元 1950 年 10 月 1 日正午，辰船上的人听到当当的钟声轰鸣了十二响。但钟楼不认识简陋的小木船上的人，没有像一个多月前欢迎自南海归来的长江轮船参战功臣一样欢迎同样归自南海的他们。而他们也不认识今日钟楼的面目，不知它的两条针腿在年轻的人民共和国时代走了一年新的轨迹。

江汉关锣鼓铿锵、笑语喧哗，岸上的人们在欢度第一个国庆节。

江里的这个船家尚不知有此节日。应该说早在唐河帮闯下江接近下江口时他们便知道岸上改朝换代了，在他们眼里，岸还是岸，还是躺在水的两旁，水还是水，还是围在岸的中间；岸依然堵在那里一成不变，水依然如故地流着，源源不断地来滔滔不绝地去；岸仍旧那么陡峭泥泞，水仍旧那么柔和，像杀人不见血的软刀子……

船老大撑篙，艄婆子扶舵，辰船折进小河口。那艄婆子问船老大湾不湾船，他犹犹豫豫地说朝前走吧。她便又问去哪儿，他摇摇头不语。回府河他的老家去？回唐河她的故土去？去刁汉湖？去沙洋……没个帮头做主，船老大已乱了方寸。船离开芜湖码头后，艄婆子才记起并告诉船老大，他们有过不知管不管用的立功奖状，不知在哪里丢了怎么也找不着……此刻，船老大也想扔了船逃出水牢跳上坡，踏到恁宽阔恁厚实的屁股随便往哪儿一坐就可以搭个窝安身渡命的陆地上去。岸就在眼前，然而……岸又那么陌生、那么险恶、那么遥远。

辰船上的船老大半躺在船头呷一口寡酒叹息一声。那天，寻奖状寻遍了每一个旮旯缝道后他把艄婆子毒打了一顿。打过之后他深信不疑命里注定要把他拴在船上。这是从他的父辈和在驻马店的河里荡一条小划子的祖辈身上定下来的。人与船为伍，而船与河共存。失去河的束缚何以为船？失去不可逾越的岸的屏障何以为河？然而，岸在他河水一般浑浊的眼里又遥远得不复存在，如同漂在浩渺的大海中，江也是海河也是海，眼前是无边无沿、无涯无岸……

于是，辰船在汉江里盲目溯水而上，迷失于一片茫茫泽国……

补　笔

公元 1951 年，中国农村已经或正在进行"土改"，划分阶级成分。公安部门发现汉水上有一群游民，他们不在任何地方的行政区划管辖范围之内，没有注册户籍。各地政府便参照农村"土改"对汉水沿线船民进行"码改"，由此汉水船家才真正迎来解放。

翌年成立船民互助组。1956 年年初，汉水船民先后走上合作化道路……劳动、生活方式发生变革，船民终于陆续举家乔迁梦境一般的岸土，从而消失在陆地。残存的船帮势力在这一过程中随之瓦解。

1988 年深秋三稿于汉水之滨

（长江文艺出版社 1990 年 4 月第 1 版）

不远的木屋国(节选)

第一章　木　　眼

1

梅雨过后的一天，阳春的日头晒得木屋村到处泛起霉湿的木尸味。那股怪味呛得路人直皱鼻子，张铁匠却贪婪地嗅着说这是木香。张铁匠兴冲冲地引着春香和两个业务乔迁木屋东巷，刚走到新居门口，春香一屁股跌坐在门槛外，指着门大喊："鬼屋！鬼屋！鬼屋！"大业务小业务也跟着喊："鬼屋！鬼屋！鬼屋！"

惹得围观的街坊捧腹大笑。

大白天哪来的鬼呢？原来春香喊鬼屋，说的并非闹鬼的屋或凶宅、阴府之类的意思。这是地道武汉方言的缩句，扩句是：这是个么鬼屋哟！意即破屋、丑屋、坏货屋、简陋寒酸的屋。正如人们常说的：鬼地方！鬼东西！

春香还没进门就嫌弃这屋，而这种屋在木屋村一百零八条巷子比比皆是。难怪外头的人说："那是个么鬼地方哟！那是些么鬼破屋哟！住的是些么鬼人哟！"

开口闭口不离一个鬼字，难免令人依汉语本义拿狐疑目光看木屋村。事实上，八卦阵一般纵横交错、曲里拐弯的深巷里，有许多屋也确实闹过鬼，有过凶宅血光，出现过阴府幽灵。这些鬼屋里住的些鬼人，有多少生生死死、蹊跷古怪而鬼哭神泣的故事！

譬如赵瞎，他本是木屋村的三朝元老。他对木屋村的成因及其前身野杀林和死人坑最清楚不过，目睹了老街坊逃水荒迁徙而来的惊慌狼狈情状、落脚木屋村的荒凉冷落景象，以及衔草结环筑屋的艰难困苦过程。老街坊中唯有他最有资格向新来乍到就大惊小怪的春香和许许多多的街坊伢讲述木屋村的历史。可是赵瞎有生理缺陷，他那双时明时灭、忽有忽无的眼睛，看到的历史似是而非，而且他的职业身份也令人怀疑，他若张口便像是瞎说。况且赵瞎为人阴沉孤僻，他沉默

225

得像哑巴。

真正作为木屋村的见证者，是一只只圆睁的木眼，它们无时无处不在。木眼原本是杉树被躯干上的累累疤痕，杉树被砍伐剖锯成木板构筑成木屋村，风干的木板上木结疤渐渐脱落，形成无数木眼。这些神奇的木眼日日夜夜盯着木屋村的男女老幼，具有穿透一切的洞察力。

木眼知道，木屋村的所有故事，都是从赵瞎开始的。而木眼无语。

2

小琴牵引着赵瞎在青砖铺成的巷道上徐徐行走着，走出笃笃的脚步声。赵瞎牵引着马尾弓在胸脯挂着的琴弦上徐徐行走着，走出悠扬的胡琴声。

贼婆拦住说："赵先生，您就给我算一回命吧。"

街坊也三三两两凑拢来附和："是啊、是啊，我们早就想请赵先生算个命呢。"

赵瞎的琴弓停止了行走，脚步却不停："你们还是找别的算命先生吧，远来的和尚好念经。"说着便催促小琴加紧走开。

这时，莫师傅走过来，街坊便围住莫师傅议论古怪的赵瞎。

"莫师傅您说句公道话，哪有算命的还兴挑人的？我又不是舍不得给钱!"贼婆愤愤不平。

"莫师傅您是我们木屋村的第二个元老，您说赵瞎这个人究竟是么事穷讲究?"街坊们都露出迷惑不解的神情。

莫师傅摇摇头："说我也是木屋村的元老我还不敢当。木屋村只有赵先生一个元老！要问他不愿为街坊算命的原因……我也在猜，只猜到了一点：他和我们是近邻，说好话说坏话都为难，收钱不收钱也为难。街坊们就莫难为他了。"

街坊一向对莫师傅言听计从，但这会儿嘴里答应着，却对赵瞎心存芥蒂和狐疑。

也不怪街坊见怪，赵瞎不仅不愿为街坊算命，也不情愿与街坊来往。谈家常是木屋村人的普遍习惯，它几乎是木屋村的一种生存法则，许多后来迁居木屋村的人都入乡随俗。比如说夏季吧，夜晚酷热难耐，街坊纷纷敞门开户，倾家出动，在巷道上排出铺天盖地的竹床阵，床与床之间的距离近到针插不进、水泼不进的紧密程度，男女、老幼、家户的间隔也就荡然无存。正好方便谈天说地，摆家常聊往事，衣食住行、婆媳翁婿、兄弟姊妹，一切的一切都是蛮好的话题、不错的谈资。说得娓娓动听，听得津津有味，不知不觉就把前半夜的闷热挨过去了，既消夏纳凉，又睦邻友好。就连莫师傅这样街坊眼中的文化人，也乐于掺和进来，唯独赵瞎不沾边。说他是因为双眼都瞎枯了而自卑吧，他却很自傲，即使在再不钻出闷蒸笼就得蒸熟的时候，他也只将竹床横在自家门前，任凭街坊再三恭请礼让，他只管装聋作哑，决不肯将竹床移到巷道中间去。

赵瞎的孤僻和缄默，使他成为众人猜度的神秘人物。有关他的身世的说法扑朔迷离。莫师傅说，赵瞎是木屋村的第一居民，早在木屋村建村以前许多年，赵瞎就是这里的土著。那时，旧城郭张公堤外一摊芦苇丛生的沼泽滋润着毗邻一片的野生杉树，茂密的杉树丛中时常阴风乍起，就是在天高云淡的朗朗晴天，也会突然出现肃杀的林涛，此地因此得名野杉林。武汉沦陷初期，日军在硚口沿河一带拉起铁丝网建立集中营，架铁丝网的木桩就是到野杉林砍伐的，毁了一半林地，祖露出光秃秃的荒丘。日军每天从集中营拉出活人，朝东押到坦教湖枪决，而每天从集中营拉出的死人和染上痢疾的半死不活的人，则朝西运到野杉林，从荒丘上顺坡势朝沼泽地抛尸。附近村庄的农民一度称野杉林为"野杀林"，行路都绕得远远的，避开这个阴森恐怖的地方。只有食人肉的野狗瞪着狼样的红眼在丛林芦苇间出没。忽一日，野杉林祖露的荒丘上有了人烟。有人在林边衔草结环搭成茅庵，早晚拉响二胡，呜呜咽咽的琴声如泣如诉，似在为一位被日军谋害的野鬼安魂。此人便是赵瞎。

赵瞎的来历不明，他的双眼是何时如何失明的，也无人知晓。贼婆惯于打探街坊的身世底细，她说有知情人透露，赵瞎自幼双目失明，与瞎母相依为命，沿街卖艺为生，母唱小曲儿拉琴，过着乞丐般的流浪生活。日军从江汉关码头登岸当天，母子俩随着逃难人群东躲西藏，到天黑时就离散了。赵瞎四处寻找母亲均无下落，等他打听到硚口集中营时，人们告诉他，那个卖唱的瞎眼妇人在集中营中哭喊了三天三夜，气绝身亡，被日军拖出集中营，扔上卡车运走了。赵瞎一路打听寻找到野杉林，爬进沼泽在死人堆里摸索着，想摸出母亲的尸体。可是狼藉的尸体已经腐烂，他就是摸到了亲人的胳膊腿也看不见啊。他就在野杉林边结庐吊孝，与母亲的鬼魂为伴……

当贼婆极其神秘地向街坊讲述赵瞎的身世故事的时候，赵瞎正在拉黄昏曲，琴声从门缝和木眼里溢出来，在黄昏的巷道中流淌，忽急忽缓，忽高忽低。莫师傅凝神聆听着，他听出这是一曲《广陵散》，汉魏时期相和楚调组曲之一。相传嵇康因反对司马氏专政而惨遭谋害，临刑前曾索琴从容弹奏此曲以寄托悲愤之情。莫师傅沉浸在琴声中遐想着，听完故事的街坊撇开贼婆围拢来，请莫师傅评判故事的真假。莫师傅沉默良久才说："我猜呀，赵先生当年结庐野杉林是为亡妻守灵。"

莫师傅讲了有关赵瞎身世的另一个故事。

3

赵瞎并非天生的盲人。有人认出他是流浪汉口的草台戏班子的琴师，拉京胡的。其妻是戏班的花旦。日军从汉口登岸的前一天，戏班人马一哄而散，而这些外地来的流浪艺人人生地疏，无处藏身。第二天日军登岸，赵瞎与妻子走散，妻子在惊慌中躲进三阳路路边一辆废弃的公共汽车车厢。到了晚上赵瞎找到妻子时，巡逻的日兵也发现了车厢里有动静。三个日本兵将赵瞎绑在车厢的座椅上，当着他的面轮奸他的妻子。他的妻子是怀了身孕的，胯间当即像是火山喷发，滚烫的熔岩四溅飞迸。他感觉整个车厢顿时燃烧起来。熊熊红焰燎着他的脸，爬上了他的眼睛和眉毛。他浑身的热血都奔涌到头顶，从眼洞里怒射而出，顷刻燃烧成灰烬，眼珠子便似突然停电的灯泡般熄灭了。他听见他的喉咙冒出一串歇斯底里的吼叫，炸雷般震得耳畔轰鸣，接着他就昏死在万劫不复的黑暗中……

赵瞎苏醒过来后，才知日月星辰已永远抛弃了他，世间浑浑噩噩，只有他的妻子仿佛死灰复燃的一缕磷火，在冥冥中忽明忽暗地招引他。不知是谁发现了他，长吁短叹着给他松了绑，他竟不知感谢一声解救人，反而粗暴地推开那人，跌跌撞撞地冲出车厢，跌倒了爬起来，爬起来又跌倒，不知摔了多少跟头，终于摸到硚口集中营的铁丝网，又从集中营摸索到野杉林，摸着了那斑痕累累的杉树躯干和有如一蓬蓬黑色火焰的芦苇。而当他蹚进沼泽陷在淤泥中在死尸堆里摸索时，一直在眼前缭绕着指引他的那一星点荧虫般的火光却倏地熄灭了。他相信妻子近在咫尺，近在伸手可及的地方，可是任他的双手十指上嵌满了眼睛也是枉然，他怎么也翻寻不到妻子那具血红如火的尸体。

爬出死人堆的赵瞎显然已经历过地狱的磨炼，他的人格力量裂变了又重新凝结。人们看到一个怪僻可疑的人，他在阴森恐怖的野杉林结庐蓄发，在庐前开垦荒地，垒石为灶，过着野人般的原始生活。他唯一的伴侣是一张胡琴，日日夜夜呜咽着。人们不知道那琴声是在诉说，还是在召唤他的亡妻之魂。

赵瞎在野杉林边守了8年。武汉光复时，从鄂西恩施赶到武汉的接收大员，带回了庞大的部队和辎重。一支部队在张公堤上布防，营寨扎在野杉林。长官命令士兵挖平荒丘填满沼泽，以掩埋数不清的白骨。野杉林渐渐有了人烟，被战火摧毁了家园的人们，在沼泽地垒起宅基，与赵瞎的茅庵比邻而居。赵瞎也迫于生计走出野杉林，沿着东起岱家山西到额头湾的一条漫长道路，开始了穿村走巷的算命生涯……

"莫师傅，这些故事是不是赵瞎自己告诉您的？我们早看出，赵瞎只有和您还谈得拢几句话。"

"赵先生有他那把胡琴，说话简直就是多余的了。虽说我认识赵先生比你们街坊哪个都早，可是除了碰面点头打招呼，也没有专门在一起说过三五句话，倒是仔细听了三五年他的琴声，每天早早晚晚听，像是听他说话一样，听熟了，听惯了。"

"那……您是么样晓得赵瞎身世的？"

"我说过我是听着琴声猜出来的。"

"啊？您听琴声真的像听他说话？那，您见过死人坑没有呢？见过野杉林没有呢？"

"没有。我是发大水的头一年年底来的，那时这里已看不到一棵杉树，只有堆积如山的杉木筒子。"

莫师傅对音乐语言的解读，说来未免太玄乎。真正洞悉赵瞎身世秘密的，是一直默默注视着赵瞎的木眼。那年赵瞎倚靠着野杉的躯干搭茅庵，艰难地摸索着疤痕累累的杉树干衔草结环。那皱裂的杉树皮上凸凹的疤痕，就是一只只惊醒的眼睛。后来，野杉林被砍伐、肢解、锯剖成一片片风干的杉木板，木眼却不死，炯炯有神地关注着赵瞎和木屋村的一切。

野杉林消失在汉口拓展的新边界线上。早年号称大汉口的繁华商埠，其实只是麋集在沿江、沿河的一段狭窄的带状闹市。京汉铁路是一条城市割据线，钢铁屏障阻挡着汉口以北的荒野和贫民的大量涌入。而城市又须臾离不开贫民，没有商贩、劳工、艺人、乞丐和清道夫，城市也不成其为城市。于是在铁道以北，几乎紧贴着铁轨的枕木搭积木似地竖起了蜂巢蚁穴般的棚子。这些棚户鳞次栉比，虽然丑陋不堪、藏污纳垢，却能在火车狂飙般的呼啸和钢轨巨鞭的颤抖中安然生存，也实在是蔚为壮观的景象。这条风景线，身份优越的铁路内汉口人蔑称为：铁路外。武汉的解放，提高了铁路外居民的身份地位，城市边缘的风景线向北延伸。后来，纵贯汉口东西两端的铁路外大道，正式命名为解放大道。解放大道从中段分别向东西两端拓宽，东端迅速突破张公堤直抵舵落口。

拦腰截断的张公堤内侧、解放大道北侧便是野杉林。野杉林虽然遭受战火浩劫，残存一半，依旧是葳蕤郁葱，野气十足。解放大道拓展以来，伐林开路，将路北的野杉林一带囊括进第一个五年计划的新兴工业区范畴，伐林圈地，在西边建起一座军工厂。同时汉水铁桥建成通车，朝野杉林北端的汉西火车站斜拉一条东北走向的铁道线，分割了野杉林附近菜农的田园。铁道内侧只剩下一块半淤半涸的沼泽地，形成由解放大道、铁道和军工厂高墙围成的不规则三角形，处在半工业区、半郊区、半城区的边缘地带。

野杉林的消失，结束了赵瞎野道人和苦行僧般的生存方式。野杉砍尽伐绝后，林边留下的盲人棚户成为木屋村奠基的象征。不久，受大规模建设浪潮波及的一些农户和城区居民，陆续搬迁到这个边缘地带，在赵瞎的木棚子周围的沼泽地带填土夯基，重建家园，起初也只有三五人家，稀稀拉拉，一两年光景迁来十几户与赵瞎比邻而居。

开始呢，赵瞎摆出以邻为壑的态度。迁来的人家见他的行为举止乖戾孤傲，阴沉沉一言不发，也都畏之避之，离他的木栅远远地夯基筑屋。后来呢，就由不得赵瞎了，城市勘测队来了，恰恰选定赵瞎坐北朝南的木棚子为坐标测量画线，统一规划户户紧邻的街巷格局，星罗棋布的木屋渐渐拢成一个小小的十字街。再后来呢，十字街朝东西南北蔓延，又衍生成四条王字形街巷，再分裂成纵横交错的深街长巷，到头了又围着三角地带的边缘东绕西绕，最终形成一百零八条狭窄的巷子⋯⋯

曾几何时，赵瞎的二胡声无遮无拦地在野杉林间回旋穿梭，在芦苇丛中摇曳飘荡，如今他的琴声只能循着曲折的街道巷间流淌，交织着炊烟袅绕。只是那曲调听来太野、太荒凉、太寂寞，怎么听也不像一支村曲。

4

莫师傅说，是赵瞎的二胡声把他吸引到木屋村来的。这话听来难以置信。街坊们也说不清莫师傅的来历，只晓得他刚搬来的时候，是个辞徒封山的木匠。莫师傅的屋在木屋正街十字街口，是一栋两层木楼，看上去蛮招眼。照说呢，木楼在木屋村一百零八巷中条条巷子都有几栋，也不算稀奇。但莫师傅的木楼占的宅基地最大，是一般木楼的两倍，是绝大多数低矮平房的三倍。莫师傅的木楼也是木屋村的最高建筑，站在二楼挑出的晒台上，可以凭栏鸟瞰木屋村一大片鳞次栉比的布瓦脊顶。街坊们倒是晓得，这栋木楼是莫师傅的那群孝顺徒弟拜别师傅的精心杰作。街坊们亲眼看到，徒弟们在成堆的杉木筒子中挑三拣四，选用丈余长的顶梁柱，把木楼上下两层空间拱隆得格外高阔。楼顶飞檐翘脊，门框雕龙刻凤，窗格镂有梅花图案，二楼楼门外挑出宽敞的晒台，齐腰的栏杆别出心裁地镂成松竹相错的木栅。走进木楼的街坊都说好比走进达官贵人的深宅大院。其实这话说得没有一点谱。莫师傅的木楼非但不深而且太浅，因为每条街巷的木屋前后都是按画死的规划线统一并齐的，也就是说，木楼的深度和正街上最低矮狭窄的木屋深度相同。至于街坊说了深宅又说大院，那是顺口带出来的，有院子的房屋并不拢排不齐就不成其为街巷了。话说回来，也不怪街坊眼皮浅像刘姥姥进大观园，莫师傅的木楼不深却宽，楼下相当于三家街坊的屋并在一起，楼上又相当于三家街坊的屋码在一起，你说宽不宽？

到木屋村来定居的灾民和拆迁户，一般都是根据自家的经济实力和人口申请购买大小适宜的住房，可以预购或赊购，也可以申请宅基地自建住房。选择自建的人很少，他们要么是手头富裕的，乐意启建宽敞高大一些的房子，要么是经济拮据的，宁愿只申请极狭窄的立足之地，搭一间勉强容身的茅顶或席顶矮屋。莫师傅的木楼属自建，他自然在手头富裕者之列，可他只是一个出体力挣工钱的工匠，竟建成一栋如此气派的木楼，街坊们除了羡慕之外，免不了有所猜疑。

莫师傅的徒弟从松滋乡下接来师娘那天，街坊们如同围观新娘。莫师娘虽是久居农村的乡里人，从她身上却丝毫看不出一丁点土气，除了长相端庄匀称、肤色白嫩不说，她的穿戴打扮比街坊中久居城里的女人还洋气些。她比莫师傅小三岁，也是接近六十的太婆了，看上去却不显老态，还有些徐娘半老的风韵。

贼婆率先上前搭讪："莫师娘，您不像乡里人，也不像做农活的粗人！"

莫师娘的口齿也很伶俐："按说呢，我还真不够格算个勤扒苦做的乡村农妇呢，人家过得几遭孽呀！我长期住在刘家场的娘家，那是个大集镇，还很有名气哩，解放前出过不少名人，解放后建了几个大工厂。刘家场的人多半是国营工人，集镇上不兴种田。我呢，只会给人家做绣花鞋帽混日子……"

莫师傅笑眯眯地打断说："看你个啰唆婆婆，说个没完。你让我和街坊们说几句要紧的，街坊称我莫师傅可以，但不能称呼你为师娘！那是徒弟们的叫法，不合适。我看……"

"就喊我莫婆婆，就喊我莫婆婆！"莫师娘急忙抢说。

"蛮好！今后请街坊们像我一样称呼她：莫、婆、婆！"莫师傅击掌赞同。

逗得街坊们哈哈大笑。

莫婆婆随身带来了她和莫师傅的全部家当，是徒弟们用三辆板车拖来的：一车坛坛罐罐，一车衣物被絮，一车书箱子。那大小上十口红漆木箱蛮打眼，莫师傅当众开箱验看过，一箱箱全是线装书和卷成一轴轴的书法条幅。莫婆婆在一旁对看得惊奇的街坊说："这些破书是莫师傅收藏了一辈子的宝贝，这些破纸卷他更是看得珍贵，其实都是他自己写的字幅，值个么事？我叫他拿一幅送给娘家人他还舍不得！"

莫师傅拦住她："不值么事你就莫说。我倒有两件宝贝，拿出来给街坊们过过眼！"说着兴致勃勃地当众打开一个箱子，小心翼翼取出来。

街坊们急忙围拢去看，不免看得大失所望，原来不过是一台墨砚和一支毛笔。

那是一台铁砚和一支铜管狼毫。铁砚形状稀奇古怪，莫师傅说是一块铸铁瘤子打磨成的。他说他以前甩过几台好石砚，都在东奔西颠的路上颠破了，便蓄心谋一台坚固不破的砚。一天在路边捡到这块十几斤重的铸铁瘤子，凹如砚池，便耐心打磨成如许模样。乍一看铁砚形状丑陋如瘤，仔细端详则神似盘根错节的树藤，古朴粗犷，回味无穷。那铜管狼毫的笔杆是一根熟铜管，黄澄澄亮闪闪，握在手上沉甸甸格外有力。

街坊中有一个喝了墨水的，并不识那个铁砚和铜管狼毫的妙处，倒是不免纳闷：莫师傅究竟是普通木匠出身呢，还是书香世家子弟？联想到莫师傅阔绰的木楼，又猜想莫师傅的家族，说不定是商贾或官宦呢。可是莫师傅说过，他的家庭成分是上中农。

贼婆便趁莫师傅不在家时去串门，掏莫婆婆的话："您为么事长期住在娘家呢？未必婆家……"问了半截话故意打住，察言观色看莫婆婆的反应。

莫婆婆被问得满脸悲伤，却并不正面回答，只感叹万分地说："唉，莫师傅他是半路出家呀，他原本是教书先生，改行当了木匠。"

莫婆婆不愿详说，贼婆不得要领，转述给街坊听，街坊更是纳闷，便有种种猜测、种种传言。说莫师傅家里几代都是工商业兼地主，莫师傅是个识时务的俊杰，早在"土改"前夕就解雇了长工，将庄园田产全部分送亲友乡邻交接人缘，而将细软钱财交由莫婆婆藏到娘家。又拜师学了一手木匠手艺，以示自食其力。如愿划了个上中农的好成分后，索性辞别家乡避开诸多麻烦，带一帮徒弟长年在武汉三镇揽活挣钱，过自由自在的日子。如今等来了好机会，在木屋村重置家业。那十几口沉甸甸的木箱看起来装的尽是不甚值钱的旧书，其实名堂在夹层里藏着……这些捕风捉影的猜疑，难免有些话传到莫师傅的耳朵里，他置之一笑，并不追究，也不做任何辩白澄清。私下里他只对莫婆婆说："哪个背后不说人，谁人背后不被说呢？再说我看街坊们并无恶意，只是有人舌长有人耳尖罢了。"莫师傅全然不把这些猜疑当一回事，他万万没料到正是这些闲话埋下祸根，多年以后突然冒出来，滋生出枝枝蔓蔓死死纠缠住他。

5

那天，莫师傅领着一群徒弟，带着十八般木工工具，路过木屋村。这时天已黄昏，师徒们脚步匆匆，都已经走过去了的，身后忽然传来一阵胡琴声，莫师傅驻足聆听了一会儿，便对徒弟们说，他好像从二胡曲调中听出深意来，像是江河泛滥之声。徒弟们都愣了，他们既听不出二胡声里有么名堂，也听不懂莫师傅说的意思。

徒弟们说："多半是哪个串街走巷的算命瞎子，师傅您是不是想找他算命？"

"算命的拉得出如此深奥的古曲真不简单！"莫师傅说着就听着二胡声辨着方向恍恍惚惚地走去。徒弟们莫名其妙，只得跟着师傅走。一直走进木屋村，走到拉二胡的人跟前。只见赵瞎倚靠着门框立在门外，没完没了地拉一曲冗长的乐调。徒弟们听得索然无味，莫师傅却听得入迷。

等赵瞎一曲拉完，莫师傅开了口："我从您拉的曲子中听出惊涛骇浪之声。我虽不会拉二胡，倒是晓得这是一首古曲，有几个人会拉也有几个人会听，您真是造诣匪浅哪！请问算命先生，您这么费神地拉，究竟是想拉给别人听呢还是自拉自听呢？"

赵瞎沉默蛮半天才答话，却答非所问："您晓得我是个算命瞎子？我也晓得您是个木匠师傅。师傅我跟您算个命吧？就怕您手下这些徒弟慌着走不耐烦听。"

莫师傅悚然一惊，连忙说："我的徒弟只会盘斧头锯子，自然都杵头杵脑不懂事，不过都还是蛮孝顺蛮关心我这个师傅的。先生您要是真的能把我生前身后的事说得蛮对，徒弟们巴不得听了好为我做个长久打算。"说着便报了生辰八字。

赵瞎便喊小琴搬出一条长凳来，和莫师傅一起并着坐下。小琴又主动端出茶水。赵瞎便慢腾腾开口，啰里啰唆说了一通金木水火土、五行相生相克的话，无非金克木、木克水之类，最后才语出惊人，说师傅在土而无土，克木而缺木。徒弟们都不信赵瞎的胡诌，莫师傅却笃信无疑，满脸心领神会的表情。

莫师傅见天已黑了，便吩咐徒弟们在木屋村边一个无人值守的工棚借宿一夜再走。夜里，行了一天路的徒弟们都进入梦乡，莫师傅却毫无睡意，辗转反侧。他听见赵瞎仍在拉琴，二胡声飘飘忽忽，时断时续，似在诉说着什么，昭示着什么。工棚外月光如水，夜风乍起，如呼如唤。莫师傅翻身起床，披衣走出工棚，径直走向堆积如山的杉木垛，抚摸着一根根杉树筒子，伸出手掌拃量着、盘算着。徒弟们半夜惊醒，不见师傅，惊慌地寻找过来，问师傅缘何不睡觉，究竟有么心事瞒着徒弟。莫师傅说："我干了一辈子木匠，没看到过这么多上好的杉木料子！根根笔直粗大，都是些栋梁之材……"徒弟们以为师傅是在梦游，也不答话，左右搀扶着送他回工棚睡觉。

竖晨，师徒一行正准备上路，突然下起瓢泼大雨，只好等雨歇了再走。哪晓得那雨不歇，越下越起劲，疯下了三天三夜。几天来莫师傅他们天天想离开工棚走不成，天天却有人冒雨跑来往工棚里躲，来的都是拖家带口逃水荒的，把个工棚挤得爆满。

第四天雨虽未歇，势头却小了。莫师傅见工棚实在再难容身，就准备带徒弟们冒雨动身。正要走，工棚外就涌来逃兵荒一般惊慌嘈杂的人群。原来这些都是汉江堤外的灾民，江河猛涨，一夜之间冲垮了他们的家园。

莫师傅正在打听洪水汛情，没想到赵瞎会叫小琴来找他。小琴打着一把油纸伞急急忙忙跑过来，告诉他一个消息。消息说，那堆码成山的杉树筒子是准备用来盖木屋的，此地要建造几百间木屋安置灾民，马上招募大批工匠。

莫师傅当即决定不走了，就留下来盖屋。徒弟们劝阻说："师傅，我们的行当是小木，只做打家具的细木活；这里招的是大木，做的是盖屋的粗活。师傅您自己不也说过做大木的算不上够格的木匠吗?"莫师傅说："我现在总算明白了，做小木的也算不上够格的木匠。只有既做小木又做大木的才真正算得上够格的木匠! 再说，大小是个木匠就不该走。怪只怪我只教了你们学手艺，没想到抽空教你们认几个字念几句书。你们不晓得古人说得几好：'安得广厦千万间，大庇天下寒士俱欢颜……'"

莫师傅说不走就不走，他和徒弟们也搭了个工棚，和那些遭孽逃水荒的人群搭的芦席棚、油布棚东倒西歪地挤在一起，后来，他又和这些茅棚邻居成了老街坊，难免厚此薄彼结下些恩恩怨怨……

徒弟们做大木做得辛苦劳累，一致埋怨赵瞎的二胡害人，尤其当恩重如山的师傅突然决定撇开他们，就此辞徒封山、盖房养老的时候，他们更是忌恨赵瞎，说就是赵瞎瞎编的一番鬼话，害得师傅鬼迷心窍，便跑去骂赵瞎，骂了又央求赵瞎给师傅重新算命。

也不知赵瞎是不是装蒜，他听说莫师傅打算做完木屋村的大木活路就住下来不走了，也大吃一惊，跑来对莫师傅说："早晓得您不是过路客那天我就不会给您算命了。我是从来不兴给近邻算命的! 莫师傅您是明白人，晓得我们算命的只是为了混一口饭吃，千万莫把我瞎编的话当真!"

莫师傅说："赵先生您莫以为我真的信您的那些话。我这一辈子也就这回找您算过命，那是我想听听您拉二胡，碍面子不过。我的徒弟们太憨了，不明白为师的心思。我已年过花甲了，跑江湖跑了几十年再也跑不动了，又难得落叶归根，叫徒弟们顺便也给我盖间屋养老算了，往后与您做了邻居，倒是想早晚听您拉个二胡曲子解解闷哩。"

尽管莫师傅说他不信赵瞎算命的话，后来的事实证明还是赵瞎的那些话害了他! 而验证起来赵瞎的那些话明明又是对的。

6

木屋村的老街坊说，赵瞎瞎说的算命话还害过一个人，赵瞎也是事先没有想到那人会成为他的近邻，那人也是断然不信他的瞎话，还嗤之以鼻。但后来的事实证明赵瞎说的话千真万确，简直是丝毫不差的预言，那人就是汉生。

赵瞎给汉生算命的时候，汉生还只是个伢秧子。

汉生的姆妈说不清汉生呱呱坠地的时候，他究竟是降生在船上还是岸上。汉生会说话后刨根问底，总算弄清楚了自己的出生地，那是一艘木驳船的驾驶舱。而船又不在河里，它是被浪头打上岸滩的废船，遗弃在汉江北岸的淤滩上，天长日久，船体陷入泥沙埋没了，只是露出船尾的一截驾驶舱。

那时汉生的姆妈从漂泊了半辈子的船上登岸谋生，上无片瓦下无立锥之地，不敢离河太远，便搬进废弃的驾驶舱栖身。

汉生的诞生居所虽然狭窄矮小，却有前后梭门和左右撑窗，远望去像筑在堤外斜坡上的两间平顶木屋。这在杨家河堤外东倒西歪的栅户中，也算一栋惹眼的华宇了。

赵瞎给莫师傅算命前半年，由小琴牵着拉着二胡从河堤上走过。汉生的姆妈喊住赵瞎，请他给才出世三天的汉生算一命。赵瞎说他正好口渴了，就冲一碗花红叶茶抵算命钱吧。他分文未取，也不想说好话哄汉生的姆妈空欢喜一场。他说汉生命中注定在舟无源，在陆无屋。其实他是照直说汉生来到人间的尴尬处境，由此推断汉生将来不得志，空有抱负而又难以安分守己，反而牵连出一身的麻烦事和永远漂泊不定的生活。汉生的姆妈听了，油然联想到她自己的浮萍身世，不禁泪水涟涟。

后来汉生初谙人事，姆妈不免要将赵瞎的话一遍遍说与他听，他斥之为封建迷信的胡诌。然而，这间介于屋与非屋之间的两不像栖身场所，他童年在里头住，长大成人后又跑进去住，不晓得是这种鬼屋困住了他无可奈何地打发光阴呢，还是他自讨苦吃硬是背着这种鬼屋走路，一直走得无踪无影。这就把话扯远了。

当汉生那双伢秧子的眯眯眼有了能见度，他看见他的小船屋充满奇异瑰丽的景象：屋顶和四壁木结疤脱落形成筛洞般的木眼，木眼里嵌满无数颗太阳、星星和月亮。所以无论后来情形如何，汉生无忧无虑地在一间美丽童话式的小船屋里安然成长了半岁。

可惜好景不长，到酷暑时节，滔滔浪头仿佛一群白毛茸茸的恶犬龇牙咧嘴爬上岸来，狂吠着，汹汹包围了小船屋，逼着汉生和姆妈要讨回被它们遗弃多年的一只河中木兽。

汉生的姆妈吓得将褓褓里的汉生失落水中，汉生也受惊着凉发高烧。

那天，狂风暴雨铺天盖地，姆妈的脊背像风雨中一只颠簸的小船，驮着烧得昏昏沉沉的汉生告别了小船屋。

母子俩随着杨家河堤外栅户逃水荒队伍落脚木屋村。同行的有防汛、援朝、建桥、独蒜、黑伢、白伢和他们的衣食父母搬运、贼婆婆，等等。这些人就成了木屋村最早的一批老街坊，就在那一天认得了长得蛮瘦蛮长、个子足有一米八几高的莫师傅。当然，当时汉生和一群街坊伢们还不认得莫师傅，他们浑浑噩噩，对新家园木屋村挡不住风雨的茅棚芦庵浑然不知，因为整个世界在他们眼里也只似混沌初开，在更小些的如白伢眼里更只是漆黑一团，她才刚出生不足月。白伢连躲雨的棚子都没有，贼婆一手抱着她，一手牵着黑伢，站在雨地哭诉，说她的姆妈被浪卷走了，她的爸爸跳到河里去找她的姆妈也找得不回来了，说自己是空手打巴掌带着两个孙子跟着大家逃出来的，说怎么办呢怎么办呢。汉生的姆妈见贼婆在雨中孤立无援，就跑过来接过白伢，把贼婆拉进自家搭的人字形芦席棚躲雨。

褓褓里的汉生和褓褓里的白伢在同一个茅顶下挤住了半年多。汉生的姆妈一个奶头奶汉生，一个奶头奶白伢，她以母性的善良拼命奶伢，何曾想过会不会奶活一个小冤家呢？总之她一直把白伢奶到搬进莫师傅带领工匠盖成的木屋东巷。

当汉生那双伢秧子的眼睛看人间渐渐看得清晰的那天，他看到的是：他的汉水之滨小船屋上嵌满的童话般的木眼，又纷纷飞落在他的新木屋上，他惊奇地以为这些木眼总是跟着他跑。他一天天长大才观察到，这些木眼原来是复眼，瞬变出千万颗空洞而水灵的眸子，从四面八方的视角，全方位地关注着木屋村每间木屋里的所有街坊。

其实汉生更小时候的童眼看得更真切，那些神奇的木眼确实总是紧紧地盯着他。人类的天真直觉往往比他们有意识的观察更能洞悉纷繁的世事人情。街坊们说，木屋村的一切故事，都是从赵瞎开始的，都与莫师傅有关，都到汉生身上结束。

7

无休无止的暴雨把一个夏季都下过去了，当它终于倾尽滴干，节气已经交秋了。暴晴几天，金晃晃的阳光像巨大的扫帚，把霉湿的潮气一扫而空。秋高气爽的木屋村到处弥漫着沁人心脾的木香。

芬芳的木香来自遍地的刨花。木屋村工地的情景，仿佛天下所有木匠的群英会，那么多师徒各自骑在木马上演示他们的十八般兵器。似乎匠人们最得心应手的兵器是刨子，一根根杉树筒子成材前，充当檩子也好，充当椽、梁、柱或窗框、墙板也好，都必须经过刨子反复修理。匠人们摆开推山掀海的架势，双手紧握小巧锋利的刨子，贴在粗糙的料坯上用力来回推拖，直至刨成光滑崭新可以雕凿的材料。从刨眼里飞溅而出的刨木花，散发着浓郁的木香气，纷纷扬扬谢落一地，卷曲成弹簧状圆环状苞蕾状棉絮状，在阳光照耀下时而金黄一片，时而银白一片。

街坊小伢们便从芦栅中跑出来，防汛、建桥、援朝、独蒜、黑伢……一拥而上，扑在刨木花中疯闹着打滚。

汉生的姆妈牵着汉生过来捡刨木花回去引火，汉生挣脱姆妈的手，去俯拾一瓣褐红的刨木花。莫师傅在刨一根长长的圆木柱，他从马凳上下来，接过汉生手上的刨木花抚平，教汉生辨认上面一圈圈的杉树的年轮。

这时赵瞎算命归来，他也叫小琴拾了两瓣木花递给他。他伸出那双瘦长的手，用盲人那极为灵敏的手指去读刨木花奇妙的纹理，他读出那些波浪形的纹路上偶尔旋成椭圆或杏圆纹路的，便是野杉树干上凸凹的眸子留下的眼影……

如浪如潮的木花开了谢了，就像落花结果一样，木屋架就一排排从地上冒起来。纵望过去一条街的屋架庞大而气派，白生生的仿佛千年前就拱隆在这里，像白色的森林，又像恐龙的骨架。

汉生的姆妈、贼婆和搬运等盼望着住房的灾民都主动投入建设家园的劳动。莫师傅这时候不仅是徒弟的师傅，还被推举为众多木匠师傅的师傅，他安排他们往屋架内填土夯基。每日里夯歌此起彼伏，欢快热闹，吸引了解放大道上过往的汽车和铁道上过往的火车，旅客都从车窗探头张望。连高墙内军工厂的职工也探头墙上，观看这大兴土木的场面。

转眼到了腊月，街坊们栖身的茅栅在寒风的吹打下瑟瑟作响，他们的骨头架子也冻得咯咯作响，一天挨一天眼巴巴盼着搬进新居。

腊月初八喝腊八粥这天，由木屋正街和木屋东巷、木屋西巷交叉构成的十字街终于竣工，形成木屋村的雏形。这些高低错落的平房和两层木楼多数是灰青色的布瓦脊顶，也有茅顶和油毡顶、芦席顶掺杂其间。统一的建筑风格介于南北之间、城乡之间，房间布局也基本是一个模式：长方形的套间，隔板外是堂屋，用来砌炉灶、摆餐桌、烧火做饭、起居会客；隔板内是里屋，用来搁床睡觉、放家具、堆杂物。房屋前后的墙壁和左右山墙及中间的隔墙，清一色是薄薄的杉木板。因其薄得偶有撞响就颤震嗡鸣，木屋村的街坊便形象地称其为"鼓皮"。

就这么三条简易的木板屋街巷，在结庐蜗居的街坊眼里，已是人间天堂了。

腊月二十四过小年这天，木屋村正式落成命名。认领了各自门牌号码的街坊们自发举行了落成仪式：家家户户打桐油。街坊们拎来早已置备的一桶桶白桐油，蘸一块油抹布把稠乎乎而晶白透明的桐油往门面墙板和门窗上拭，一遍遍拭得透明闪亮。白桐油打不住底子遮不住丑，反而更清晰地透出杉木板上凸凸凹凹的结疤瘤子和一圈圈纹路。而在街坊们看来，正是这些木眼和木纹在木屋上绘出了吉祥如意、情趣盎然的图案。桐油异香扑鼻，更氤氲出一种喜气洋洋的气氛。街坊们便欢天喜地搬进新居，过了大年。

正月里，街坊们虽说过上安居乐业的日子，只是新居里只有床铺和锅灶，除此家徒四壁，自然还想锦上添花，便盘算添置家当，招徕了蛮多箍匠和篾匠。家家户户从捡拢的柴火中清出大小不一的圆木头子，打制木米桶、木水桶、木脚盆、木扁担、木筷笼、木锅盖、木撮箕。像搬运夫妇这样勤快精明的街坊，还在沼泽淤成的臭水塘边觅得巴掌大一块地，搭成篱笆菜园，便又打制了粪桶和粪瓢。贼婆从柴火中翻出一截弯曲的圆木头子，虽不成材，却有海碗粗，直径足一尺，她硬是舍不得劈它当柴烧，便缠着箍匠因材下料做一样管用的家当。箍匠七掂量八比画，果然做成一个木枕头，枕头由上下两部分嵌合，中间镂空，两头用细篾打箍，轻巧而结实。莫师傅见了便夸箍匠好手艺，他把木枕托在掌上反复观看，说若是再在枕身上雕凿图案上漆描金，就真是一件宝贝玩意了。贼婆听了却说："莫师傅才说得巧呢！哪个还花冤枉钱去添置玩意？"确实，街坊们添置的都是实打实用的家当，添置最多的是木屐，每家每户无不添置一双至数双……

于是在解放大道旁的城郊结合地带，出现了一个从树木的根基到枝梢上建村立户的木屋村落。街派出所便给木屋村派来管段户籍警察小罗。这时定居木屋村的莫师傅已是木屋村居委会的委员了，他建议罗户籍将正街、东巷、西巷三条巷子分别按门牌号码顺序编组，十户一组发流水牌，每户夜晚轮流执流水牌提醒另九户封火备水，周而复始。实施后木屋村犹如有了敲梆更夫。尽管外头人说木屋村是个鬼地方，尽管外头人说那些鬼屋怎么能够住人，木屋村却是一派路不拾遗、夜不闭户的景象。还有那赵瞎的二胡舒舒缓缓、慢慢悠悠地拉着，更有满屋满街巷到处都是的木眼息息相通，方便大人之间小伢之间互相关照。所以街坊邻里无不心满意足，个个坦然而恬然，太平无事过了两三年。

木屋村真正有事，还是张铁匠迁来后惹起的一些眼羡和麻烦。

8

张铁匠迁来的时候，木屋村已由三条巷子猛增到几十条长长短短的巷子了，而且新的巷子还在东奔西突、南迁北回地发展。张铁匠不趁机到别的新巷子去另觅宅基地自建新屋，却要挤到东巷这条老巷子里来住，确也有他的难处。

那天，春香坐在门槛外不肯进门，张铁匠便赔着笑脸劝她。哪晓得越劝越坏，春香干脆跑到巷道上去打滚，呼天抢地，大哭大闹。

"这是么鬼屋哟！这哪是人住的屋哇？这明明是猪屋！哎呀——我怎么背时跟了这个冇得用的男人，他怎么做得出来把我们娘三个哄到猪屋来住呀！呜呜呜……"

大业务和小业务一听姆妈说是猪屋，便都伸长脖子探头进门，鼓动鼻翼紧闻着。

大业务说："嗯！真的闻到猪味！蛮骚！"

小业务也说："蛮骚蛮骚！骚得呛鼻子，把我的头都冲昏了！"街坊们再次笑得前仰后合。连张铁匠也忍不住了，跟着街坊们尴尬地笑。

春香没说错，这间屋原本就是猪屋。

起初这是搬运搭的偏厦。搬运早年曾是杨家河天沔船帮的小帮头，家业鼎盛时拥有两艘三丈高桅的大船。后来家道中落，一蹶不振，到成立水运合作社的时候，他早已和普通船民一样只有一条破烂不堪的小扁子船随大流入了社。照理说，只该给他划个独劳成分。但搬运这人是个叫鸡公脾性，也不晓得是得罪过哪个，结果硬是给他划了个小船主成分。搬运不会论理，只说要找死对头算账，那人却躲在暗地不认账。搬运怄不得这个气，就赌咒发誓不吃驾船这碗饭了。他在杨家河码头边先搭了个棚子让独蒜母子暂时栖身，自己调到装卸站去干搬运工。他凭着牛高马大的个子在搬运站卖力干活，想图个好人缘，请搬运站领导为他改成分，为唯一的儿子独蒜换个好家庭出身。后来他才明白，别说换饭碗，就是扒掉他身上一层皮，这辈子也休想改变相当于富农的成分。不过他和独蒜的姆妈到社里闹死闹活总算要回了作价入社的船钱，这笔钱派了大用场，逃水荒逃到木屋村后，他购置了木屋东巷现在住的这间木屋，这间屋在东巷最东端坐北朝南，搬运一眼相中，马上在东山墙外搭了一间偏厦，让独蒜的姆妈喂猪。他盘算干搬运挣的工资养家糊口马马虎虎够了，喂猪赚的钱积攒起来，将来拆掉平房和偏厦，在宅基地上重建一幢两层楼房，独蒜就有房子娶媳妇生伢了。独蒜的姆妈也能干，挨家挨户朝街坊讨米汤潲水，果然一年喂成三头大肥猪。腊月里，搬运宰杀了一头肥猪，留半爿猪肉一刀刀分割赠送街坊，算是酬谢街坊给米汤潲水。他将另两头肥猪卖了，再捉回四头猪娃。狭街窄巷居民密集，喂猪毕竟太肮脏，虽说是关在偏厦里圈养，却圈不住污秽气味和猪猡的嚎叫声。尤其搬运的几家近邻深受其苦，可是碍着一刀约两斤重的猪肉和搬运夫妇的笑脸，背地里嘀咕着却不好当面说破。贼婆住在搬运对门，她既好热闹又好清静，夜里睡觉最怕响声惊扰，便埋怨猪猡吵得她夜夜不得安神，又说搬运故意分送给她一刀最瘦的肉，还不能煸出半两猪油，终于撕破脸皮与搬运吵嘴，又到居委会告状。居委会便出面调解，结果是教育搬运：木屋村是城区街道不是乡村农庄，城区讲究市容卫生禁止居民养猪。居委会督促搬运将喂了几个月的半糙子猪卖掉，搬运的偏厦就空闲下来。这时，张铁匠挑着红炉来木屋村走街串巷，街坊围着他的红炉试看他的手艺，见他果然打得一手好铁器，工价又便宜，纷纷找来破铜烂铁，请他打火钳锅铲和劈柴用的斧头。张铁匠见活路多得无需挑担吆喝，又见搬运空闲的偏厦正好支铁砧搁行铺，便央求搬运租借给他暂用几天。搬运满口应承并申明不收租金，一则张铁匠表示要免费为他打制全套家什，二则嘛，他巴不得张铁匠接替猪猡再狠狠吵闹一回贼婆，叮当叮当地敲得她不安宁才好哩。张铁匠这一场铁打了一个多月，等街坊们盼咐的铁器打完，他也与搬运谈妥，将此番打铁赚的全部工钱，买下了搬运的偏厦。

春香躺在地上哭闹累了不再吭声，张铁匠便让大业务小业务一左一右搀扶她起来，他自己则去绞了一条湿手巾过来，做出要给她揩脸的样子。春香一把夺过毛巾，却不用它揩脸，只管捂在鼻子上，径自扭扭怩怩地走进了偏厦。

这个出乎意料的举动再次惹起街坊们哄笑，都明白了，张铁匠这个打铁硬汉，娶的却是娇生惯养、易恼爱俏的堂客。

张铁匠不仅打得一手好铁，木匠手艺也不错，备有一整套木匠工具。搬进偏厦才几天，他就独自一人把芦席盖的斜坡屋顶揭了，改造成脊顶，铺了油毡盖了布瓦。他忙这些活路连帮工都没请一个。街坊们领教过他的锤子，现在又亲眼见了他在斧头锯子上的功夫，便都说张铁匠是个有板眼的人。

春香见街坊们都夸张铁匠，她的脸上也有光彩了，再拿改造过的偏厦与左邻右舍比较，除了窄些矮些外都一模一样，就不再说它是猪屋。

麻烦出在又住了两三年之后。张铁匠每天挑着红炉早出晚归，虽说辛苦得很，不过比起搬运这样按月拿工资的街坊，收入却多一些，够供养春香的一张刁嘴巴。春香虽然瘦得像个痨病鬼，却不见有什么大恙，正值生育年龄，铁匠自然壮实得如狼似虎，才一年工夫，他便又有了个三业务。

三个业务，就像泼足了大粪的莴苣直往上冲。尤其是大业务，个子比张铁匠高出一头，伸手便可摸到屋梁上的檩子了。张铁匠当初买下偏厦时始料未及，尽管改造过了，毕竟矮而窄，小木屋已是人满为患。偏偏这时又碰上烦心事，他不得不收起红炉进了铁具加工厂。照说呢，进厂当工人吃安稳饭拿固定工资是好事，但每月收入要少一大截。张铁匠早些年吃过加入铁器合作社的亏，他宁愿辛苦一点多挣几个勤快钱。春香一见张铁匠每月交给她的钱少了，马上感觉她手头紧巴了，一个月上不了两回馆子，吃一碗牛肉面还得事先攒好五角钱，偷偷摸摸地瞒住大业务小业务，哄住三业务。春香又开始吵闹了，她不再骂猪屋，却改口骂鸭棚、鸡圈、鸽子笼，说这屋挤得她喘不过气来，快憋死了。

张铁匠装聋作哑不理睬春香，但他心里在琢磨着什么。夜里，他躺在床上辗转反侧。满屋深邃的木眼盯着他，盯得他浑身不自在，对视久了，他耐不住木眼的逼视，便把目光躲开，望着挂满扬尘的屋梁出神。早晨他常常蹲在巷道上死死瞪着自家的屋檐发呆。

街坊见了好笑，便打趣地说："张铁匠，这房子不是庄稼，你再怎么看它也长不高！"

张铁匠笑而不答。

盛夏时节，一天半夜走暴，狂风掀垮了一些茅草屋顶，骤雨将一些布瓦屋顶打得稀烂。清晨，风雨刚停，街坊们纷纷上屋修缮捡漏。春香被响动声惊醒，才知张铁匠早已起床不见人影。她正骂骂咧咧，张铁匠匆匆闯进门来，也不顾春香的埋怨，只管取了锯子斧头，拍醒睡得憨猪似的大业务和小业务，也不说什么，拽着业务们直奔学校的院墙。

院墙外，一株合抱粗的大树被风暴连根拔起，倒在院墙上，砸塌了一段墙砖。张铁匠一边挥斧砍去枝枝桠桠，一边指挥两个业务拉锯，截去树筒两头。忙活到中午时分，他一人扛起沉甸甸的树筒子大头，让业务二人合扛小头，父子三人嘿哟嘿哟地扛回家。

街坊们忽拉拉围拢来，眼馋地说，劈柴足够烧一年了。搬运懊恼自己迟了一步，让铁匠抢了先。贼婆则跑去捡张铁匠撂下的树蔸子和枝桠。

张铁匠将树筒子横在门前，一连几天，街坊们并不见他磨斧头，却见他天天伐锯子，锉刀在锯齿上割着，尖刺器叫的伐锯声，险些将街坊们的耳膜刺破。张铁匠将那巨弓似的大锯伐得锋利无比后，便将树筒子锯成四截，再剖成方方正正的料子。街坊们恍然大悟："哦，原来是下材料打家具。张铁匠，就你那个鸽子笼，还安得么家具？"张铁匠依然笑而不答，不知他心里打么算盘。

星期天一大早，街坊们被张铁匠家的响动惊醒，起床一看，张铁匠正带领业务们揭瓦，便纷纷去帮忙。屋顶很快揭空了，张铁匠又请街坊们去掏顶梁柱，将四根柱子埋在地基下的柱脚都掏空，再用红砖垫。四根柱脚同时垫，一匹砖一匹砖地层层垫高，足足垫起一米多高。尽管每一层都用砌墙脚的码法将四匹砖横竖交错稳稳当当地码起，但那腾空的屋架却像瘦骨嶙峋经不起折腾的老人，脱去衣衫后惨不忍睹，一身骨质松脆的骨骼仿佛随时会散架，支在嘎吱作响的方砖垛土里颤颤巍巍，似随时会轰然坍塌。这情形正如古人所谓：危如累卵！

搬运吓得面如土色："独蒜，快点躲开！张铁匠，小心你的屋架子倒在我的屋上！哪怕只压垮了一块瓦你都得赔！"

街坊们一边提心吊胆地躲开，一边招呼业务们将春香扶出屋来。春香一直躺在床上像个慵懒的贵妇人。此时她赖在床上不肯起来："我巴不得屋垮了，垮了砸死我算了。"

张铁匠却胸有成竹："搬运您放心，我不动您房子的一根汗毛！春香您也莫咒，咒也咒不垮的！您的阳寿未尽，想死也死不了！"说着他便当街占巷搭灶烧水，准备做饭犒劳帮忙的街坊们。

接下来的活路，是张铁匠每天下班后独自慢慢摸索着干的。他先在一根顶梁柱旁打支撑点，再将柱脚垫的砖一匹匹抽空，四只脚的屋架成了三只脚的蹇腿，更是摇摇晃晃，惊险万状。

隔壁左右和对门背后的街坊们都慌了神。搬运又急得跺脚："要遭殃！要遭殃！"贼婆也惊呼："黑伢白伢，快跑！"

只见张铁匠在大惊小怪声中不慌不忙地拿出一截备好的方木料，接在柱脚下面，再将两块钻了眼的钢板左右夹紧，穿进螺杆拴住，用螺帽旋紧。

接下来的几天，满布张铁匠家四壁的木眼都圆睁了，惊奇地看到：张铁匠像个神奇的断腿再植专家，耐心地将另三根柱脚悬空的断腿也依次对接成功。那间木屋便稳稳当当地立住了并升起来，在鳞次栉比的木屋群落中重新确立了自己的水平位置。

莫师傅赞不绝口："鬼斧神工，鬼斧神工！张铁匠，亏你想得出来，你这种升屋法旷世无双，让我大开了眼界！"

接着，张铁匠又搭起暗楼，让三个业务统统上暗楼睡楼板，宽敞得任业务们睡着打滚。张铁匠这么一扳命，街坊们都跟着扳命，业务们长高了，街坊伢们也都长高了哟！先是搬运，他干脆请张铁匠把木屋升成木楼，早早为独蒜做了打算。钱是到火车站货场"撵兔子"赚的，既然改成分无望，他在装卸站上班就不再多出苕力气，省了力气下班后赚外水钱。街坊们没有搬运的狠气，只能请张铁匠帮忙，将就着把太低矮阴暗的屋顶升高一两尺，或搭起暗楼。

木眼不动声色地看着街坊们为生存而扳命。如果说莫师傅是木屋村的创造者，则张铁匠是木屋村的改造者，他影响街坊们轰隆隆地将木屋改造一遍。接踵而至的，是一场轰轰烈烈的社教运动，木屋村从此就热热闹闹不得安宁了。

9

木屋的模样本来就像老人的脸，杉木板子上的纹路和结疤眼子就是满脸纵横的皱纹。再经过七八年风吹雨打日头晒，就越怕不经老了，门面板壁龟裂变形，看上去变成陈旧发黑的黢皮板子。居委会接到街道办事处的通知，动员家家户户涂刷门面。涂料叫街坊们就地取材自己动手配制，配方据说是一种土法上马的新发明，将红砂、石灰水、猪血和米汤混合搅拌即是。这种混合涂料呈褐红色泽，涂在墙板和门窗上果然好看，不仅遮了丑，还红彤彤的焕然一新。可惜涂料的附着力不强，街坊们稍不小心就一摸一手红、一擦一身红。

一连几天，街坊们都忙着涂刷各自的门面，见赵瞎在小琴的牵引下串街走巷出出进进，便一边忙乎一边拿这父女当谈资。

赵瞎说小琴是他和亡妻的独生女儿，街坊们却不信，猜测是他抱养的义女。有人说过，小琴的父母也是野杉林的野鬼，赵瞎在一天深夜听见死人坑里有婴儿哭泣，就摸索着去抱回了裹在褪褓中的小琴。然而赵瞎对街坊们的猜疑断然否定。小琴虽只十四五岁，却也对任何怀疑论者勃然作色，声言她当然是赵瞎和死去的姆妈的亲生姑娘。从遗传学角度看，毋庸置疑，小琴与赵瞎一脉相承，不仅孤僻的秉性相近，相貌相似，连身材和走姿也酷肖。从背后看赵瞎，他像个颀长精瘦的健康人，小琴的个子也发育得高挑，站在那里亭亭玉立。而小琴走路也是款款细步，步幅很小却不犹豫，像赵瞎一样一步一步踩得很踏实。这正是令人奇怪的地方，一般盲人总是踩着碎步犹犹豫豫地探索着走，赵瞎却总是踱着很自信的小方步。或许这是因为赵瞎的算命生涯走过太漫长的路途磨炼出来的缘故，不过街坊们发现，他的坦然步伐似乎归功于小琴的引导。他并不需要小琴递一根探路棍牵引，甚至不需要将一只手搭在小琴的肩上，因为他边走边拉琴，腾不出一只手来，只需小琴在前面引路，他的瞎眼便仿佛有了能见度。而一旦离开小琴他就不行，依然靠一根探路棍点点戳戳地走。

赵瞎虽不给街坊们算命，但如果有街坊央求他拉二胡听听，他一般都答应。赵瞎拉二胡很投入，运弓时手臂上鼓暴的青筋痉挛着，仿佛左臂上承受着山峦、右臂上行走着江河般沉重艰难。而赵瞎的最虔诚最忠实的听众恐怕就是他自己。街坊们不过听个热闹，他自己却要听个门道，这时他的耳朵竖得像兔耳或猫耳，可以旋动。

赵瞎另有一把京胡，却从未见他拉过。他说他学胡琴是从京胡学起的，但嫌京胡尖声尖气，听来刺耳，模拟女人的嗓音倒是逼真，却难拉出粗犷雄浑和低沉轻柔的乐曲。夏天乘凉时，莫师傅说他有兴趣唱一段京剧，问赵瞎愿不愿拉京胡伴奏。一旁的小琴听了，忙去取下墙上的京胡，拭干净扬尘递给赵瞎。赵瞎接过京胡却说："莫师傅您还是清唱吧。"等莫师傅唱完，才见他将京胡拆卸得七零八落，剩下一根光秃秃的琴杆。莫师傅纳闷得很，正欲问他为什么，他已将琴杆当作竹笛横吹起来，一曲接一曲吹得回肠荡气，乐得莫师傅手舞足蹈，惊奇不已。小琴也乐不可支："嘻嘻嘻……我也是第一次看到爸爸把京胡当成笛子吹！"

这天黄昏，赵瞎和小琴算命归来，刚进家门，莫师傅就来了，也不说来意，一声不吭地倚在门槛上抽烟。小琴见一向爽朗豁达的莫师傅一副心事重重的神态，十分纳闷，本想问，看看爸爸阴沉的脸色又不敢插嘴，便小心翼翼地沏茶端凳子，然后蹑手蹑脚退到一旁竖起耳朵。她预感有什么事可能与她有关，她感觉，莫师傅的眼睛和爸爸那漠然无光的眼睛以及四壁的木眼都打量着她。她等莫师傅开口。

倒是赵瞎先开口了："莫师傅，您有么事就说，莫愁眉苦脸的。"

小琴一惊，她看见莫师傅也满脸讶色。爸爸两眼一抹黑，怎么晓得莫师傅愁眉苦脸的样子？

"赵先生，您可能也听说了，现在全国都在搞社教，开展扫盲运动，街道办事处领导通知居委会，动员您让小琴上学读书。"

小琴一听原来是这回事，紧悬着的心便松懈了。但她马上又喜忧参半：上学当然好，她早就羡慕汉生等街坊伢们每天活蹦乱跳地去上学。可是，如果她去上学，哪个来给爸爸做伴牵引他去穿街走巷拉琴算命呢？

"小琴是该上学了，我瞎了一辈子，不能害得小琴跟着我也成个睁眼瞎。"

"爸爸，那您……"

"小琴放心，路线我也摸熟了，沿路的沟沟坎坎心里都有底。难为莫师傅费神，明早就让小琴去上学。"

赵瞎如此通情达理，根本无需莫师傅费唇舌，莫师傅听了却依然愁眉不展。小琴见他似还有什么话要说，欲言又止，点点头告辞去了。

第二天，小琴去上学，赵瞎独自去算命占卦。没有小琴引导，他只得挂着探路棍小心翼翼地摸索着走，走得磕磕绊绊且孤单寂寞。因为右手执了探路棍就无法再运弓，他只好把胡琴抱在左手上。没了二胡声的招徕，行路的赵瞎就不引人注意，算命的又不能像叫卖那样吆喝。赵瞎无奈，便停在路旁的一棵树下准备响亮地拉一曲，谁知调弦怎么也调不准，烦躁中竟扭断了一根弦。赵瞎有些气馁，有些忧伤，有些恼怒，有些赌气，他扔了探路棍试着走，才走几步便绊在一块石头上重重地跌倒了。

小琴一放学就急急地跑到路口去接赵瞎，她走了老远老远才接到，抱着头破血流的赵瞎痛哭一场。回家后她一边为赵瞎擦洗伤口，一边嘀咕说明天不想上学了。赵瞎严厉呵斥了她一顿，她只好乖乖答应第二天安心去上学。

这么坚持了几天，到了星期天，小琴不上学就又牵引了赵瞎一天。星期一刚进校门，小琴就遭到同学们的围观嘲笑。她进了教室，老师又批评她，说算命是封建迷信活动，好学生应该说服教育家长破除迷信思想，怎么能帮助家长从事骗人的迷信活动呢？下午赵瞎算命回家，听见小琴伏在床上嘤嘤哭泣，怎么问她也不说缘故。赵瞎焦躁不安起来，他转身走到门口去等待脚步声，他预感到莫师傅要来。

果然，不一会儿莫师傅就来了："赵先生，往后我改口喊您赵师傅，居委会安排您去当工人师傅，再说现在是不兴喊先生了……"他说着望望赵瞎，见赵瞎急切地等着下文，便照直说："现在也不兴问卦算命了，居委会安排您到街办五金厂去上班，您莫发愁，厂长说不为难您，照顾您做些轻爽活路。不兴算命二胡还是兴拉的，您想么时候拉就么时候拉，街坊们蛮喜欢听，都听惯了……"

"莫师傅，您再莫说了，我都晓得了！"

小琴突然不哭了，静静地听着莫师傅与赵瞎的对话。她听出，瞎眼的爸爸今天喉咙也嘶哑了，说话的声音艰涩低沉，听来格外苍老。

五金厂分配给赵瞎的活路极其简单：锤钉子，将废木箱上拆卸下来的弯曲元钉锤直。五金厂是残疾人福利工厂，操作熟练的盲人干拆卸木箱的活路，有的盲人甚至去搬运木箱。分派给赵瞎的活路确实是厂长的特别照顾，可是赵瞎那双运弓操弦娴熟自如的巧手做工却极其笨拙，才锤了三天钉子，双手十指已是皮开肉绽，竟不剩一根好指头。

小琴捧着赵瞎血肉模糊的伤手心疼地泣不成声："呜呜呜……爸爸，我退学……我替您去做工，好不好？呃呃呃……"

赵瞎粗暴地抽回双手，一掌搡开小琴，径直取下墙上的二胡，运弓揉弦，急切切地拉起来，圆竹筒音箱轰然作响，如万马奔腾，狂涛迭浪。他那只像一把烂胡萝卜的左手痉挛着在绷直的钢弦上反复勒着割着，鲜血便顺着弦丝往下滴，溅在音箱上，黑质而白章的蛇皮箱鼓被染得殷红。

小琴扑通跪在赵瞎膝下："爸爸！莫拉了，莫拉了！您的手在滴血！我的心也在滴血！我求求您了……"

赵瞎不理不睬，拉锯一般来回使劲拉弓。

10

翌晨，街坊们没听见赵瞎的二胡声，都很奇怪，街坊们听惯了赵瞎拉的晨曲，一年四季无论阴晴寒暑，他的每日晨曲像广播一样按时不变。

原来赵瞎病了，病得卧床不起，发高烧说胡话。莫师傅闻讯赶来，请街坊们帮忙把赵瞎抬到街卫生所，医生开的处方就是口服退烧片注射链霉素。可是他一连三天高烧不退，而且吃了退烧片就呕吐。医生别无他法，只好加大剂量打链霉素，一天注射三次，结果一周下来赵瞎的体温倒是降下来了，耳朵却聋了。

开始赵瞎对耳朵的异样浑然不察，倒是小琴先感觉到他的听觉出了毛病，她不敢相信双眼失明的爸爸耳朵又失聪，她暗地里以各种程度不同的声响试验赵瞎的反应，不幸一切都证实了她的感觉。她无声地哭了，一个又瞎又聋的爸爸是多么遭孽呀！她不敢吱声，恐惧地观察着赵瞎的反应，祈祷爸爸经受住天降横祸。

赵瞎呢，是渐渐感觉到耳洞深处的变化的。他常常无端地耳鸣，两耳如两只钟同时嗡响，有时耳鸣剧烈如五雷轰顶。那天傍晚，他感觉耳鸣消失了，精神为之一振。他许久没拉琴了，手痒难忍，便取二胡拉起一支舒缓的曲子，可是音箱哑了似的，寂然无声。他感到奇怪，将弓在弦上用力锉出顿音，仍然听不出任何声响，他大惊失色。这时黄昏的天地也跟着失色，狂风乍起，雷鸣电闪，他的身体分明感觉到霹雳的声浪震荡，而两耳却仍似死寂的黑洞，他急得大喊小琴，而小琴不知为何迟迟未归。

赵瞎终于意识到自己的耳朵聋了，但他不敢相信，不愿承认，他浑身上下筛糠似地战栗着，两手剧烈抽搐，"叭"地扔掉二胡，踮脚够手从墙上扯下京胡，惊慌失措地乱拉一气。尖利的、不成调子的京胡声在暴风雨中交错穿行，传遍几条街巷，而他自己并没有听见哪怕一点微弱的声音，这逼使他越拉越急，直至琴弓锯断琴弦。

咔嘣，哐啷！赵瞎将京胡砸在地上，踩上去狠狠地跺着、踢着。随即，他趔趔撞撞地冲出门，闯进雨阵踉踉跄跄地奔。他的奔跑方向并不盲目，径直朝铁道而去，仿佛要逃到铁道外的原野上去辨听天籁之音。他的脚步格外利索起来，像过去小琴在前头引导他那样。奔到铁道堤脚，他手足并用敏捷地攀爬上去，毫不迟疑地越过铁轨，又直挺挺地朝堤下冲去，结果一个倒栽葱滚成一团皮球，骨碌碌地翻滚下去，一头撞在堤脚一根备用的钢轨上，脸额正碰在钢轨一端坚硬的棱角上，墨镜碰得粉碎，锋利的碎镜片深深刺进他的眼球，鲜血直流。他惨叫了一声，而此刻苍天像他一样又聋又瞎，依然挥舞着千万条雨鞭朝他身上狂笞……

小琴放学后去了莫师傅家，她恐惧不安地告诉莫师傅，她怀疑爸爸的耳朵聋了。莫师傅也大吃一惊，不顾门外暴风雨正急，撑一把伞护着小琴赶到赵瞎家里。两人只见砸碎在地上的京胡却不见赵瞎的踪影，预感大事不好。小琴当即吓得哇哇大哭，边哭边朝门外黑沉沉的雨幕尖声呼唤。四邻都惊动了，街坊们纷纷冒雨跑来询问究竟。莫师傅敦请街坊们先别问为什么，赶快分头去找人要紧。

搬运和铁匠二人按莫师傅的吩咐，径直朝西南方向奔铁道外，刚翻过铁轨就发现昏死在堤脚的赵瞎。两人也不敢耽误，好在都是有力气的汉子，一头一尾抬起就走。翻过铁路内，莫师傅也引人寻来，众人七手八脚帮扶着往家里飞跑，莫师傅又要人去街卫生所请医生。

赵瞎倒是命大，医生未到他先苏醒过来，一把抓住小琴的手臂就开了口："我听见你在哭喊，我答应了，你像是没听见，你真没听见吧？"

小琴忍住哭声，也不说什么，只顾泪流满面地点头又摇头，似乎她相信赵瞎看得见她的表情动作。她轻轻揩净他脸额上的血水，用镊子小心翼翼镊出嵌进他眼球的碎镜片，再用棉球蘸水拭洗他那两只锈铁珠似的眼球，洗着洗着，扑簌簌的泪水滴在他的眼球上，那眼球便有了些光泽，渐渐像两只雾玻璃弹珠子，不断沁出的血水，正如鲜艳的冰花。

医生来过，送走街坊，莫师傅嘱咐小琴几句，也告辞了。小琴坐在赵瞎床前守着。木屋外彻夜电闪雷鸣，满屋四壁的木眼都有了灵性，射出雪亮耀眼的光芒。在小琴伸手可及的墙板上有两只并列的木眼时暗时明，酷肖一对人眸子，神秘地注视着小琴，小琴也凝神与之对视，直到看花了眼，她恍恍惚惚看到，那两只神秘的眼睛落到爸爸的额上，忽闪忽闪。

11

莫师傅这段时间忙得不可开交。木屋村家家户户的门面刷满了红涂料后旧貌换新颜，条条巷道便是一派新气象。罗户籍陪街道办事处领导来看了，很满意。又布置居委会主任杜婆婆，在家家户户门框上写门联，增强社教运动气氛。杜婆婆把这差事都推到莫师傅身上。莫师傅也不推辞，他还蛮乐意。木屋村有好几百户，先得拟出几百副对子，这倒也不难，莫师傅只需打打腹稿，参照报纸上的时事政治教育内容编，无非歌功颂德之类和"大跃进"年代流行下来的经济建设口号。不过也有充满人情味道和伦理色彩的，是从《增广贤文》和《三字经》中演变而来的，说的是勤俭持家、为人处世的道理。比如有一副门联写的是：

　　　　　婆媳互爱夫妻互敬
　　　　　妯娌互让姑嫂互亲
　　　　　　和睦邻里(横批)

　　杜婆婆引着罗户籍和街领导来看过，都说写得蛮好。

　　写门联，要说难的是得把对子一字一句一笔一画写到门框上去，莫师傅正想亮亮他的功底。他拿出他的铁砚搁在门前一张方凳上，砚池里盛的却是罗户籍拎来的一大桶黄色调和漆。他挺立着颀长的身架，也不用垫个板凳，只见他将将袖口，握着铜管狼毫在铁砚里蘸了蘸，顺势就在门框上悬腕写起来。写的是柳体，骨力道健，极有笔法。街坊们饶有兴致地围着看，其实没有哪一个看得懂他的书法奥妙，却都惊赞他无需画格描样就能信笔写来，啧啧咂舌说："蛮像印上去的字！"

　　这天，莫师傅写门联写到东巷汉生家门上，见上小学四年级的汉生在家写毛笔字，这是老师布置的作业。莫师傅说汉生写的字笨得不成样子，却也有股笨劲有股拙气，若是有恒心练下去说不定能自成一体。他说着就手把手教了几个字，又拉汉生到门前，看他写门联是如何运腕用笔的。汉生的姆妈趁机说："莫师傅能够时常点拨一下汉生才好。"她说着便用胳膊肘拐汉生的背，汉生便说："莫师傅，我拜您为师好不好?"莫师傅听了喜不过，说："好！好！你只管随时到我屋里来找我教你。"正说得高兴，小琴就找来了。

　　小琴说："莫师傅，我来和您商量退学的事。"

　　莫师傅一愣，随即呵斥道："小琴你莫瞎说！你才上了几天学？怎么能随便退学呢?"

　　小琴的眼眶便红了："您当我不想上学？我们屋里揭不开锅了。"

　　莫师傅这才省悟：赵瞎再也不能去五金厂做工了！他连忙安慰小琴："不要紧，不要紧，你先到我屋里撮几斤米去再说。"

　　这时小琴便抽泣起来："莫师傅我问您，我去撮米，拿不拿菜呢？今天去撮了明天还去不去撮呢？后天、外后天呢?"

　　莫师傅不吭声，沉思半天才说："小琴你想退学是不是有么打算?"

　　"嗯……我想顶替爸爸去五金厂做工。"

　　莫师傅仰天叹息一声，摇摇头又点点头。他叫汉生帮他收了笔砚送回去交给莫婆婆，他便拉着小琴去找居委会主任杜婆婆。

　　第二天，莫师傅和杜婆婆领着小琴去办退学手续。走到学校门口，小琴哭哭啼啼不愿进校门，莫师傅不为难她，叫她在校门口等着，他和杜婆婆进去为她办了退学证明，出来又送她去街办盲人五金厂报到。

从此小琴便当了工人，每天早出晚归上班。

刚开始那几天，莫师傅担心小琴年龄太小身体吃不消，小琴反倒安慰莫师傅，她说不怕吃苦，只要能养活爸爸和她自己。她说，就是中午回来赶不赢，没有人给爸爸做饭吃。莫师傅就叫小琴到他屋里搭伙，中午由莫婆婆给赵瞎送饭，小琴下班后先到莫师傅家吃晚饭，再带饭回家给赵瞎吃。

这么搭伙半个月后，小琴就不麻烦莫师傅了。她每天一早起床，做好早中两顿饭再去上班，下班回来再做晚饭。

赵瞎见小琴太辛苦，就摸摸索索学着洗碗洗衣。摸一段时间摸顺了手，又摸着烧火做饭。其实这些事他原本会做的，不过小琴懂事早代他操劳了，事隔多年他生疏了。他想如今靠小琴养活他了，难道连将就着自炊自食也不会吗？赵瞎的情绪稳定下来，无事又拉起二胡来，拉出的曲调极其缓慢低沉。他在琴弦上安了弱音器，独奏独听，虽然他的耳朵听不清，但他的心却听得清。

12

木屋村的夏季来得格外早，外界还处在春夏之交，木屋村拥挤的街巷便早早沉闷在溽暑中。这天，日头还吊在木屋村西巷巷子口没落下去，赵瞎为了小琴下班回家少操劳一点家务，便及早摸索着撬开封了火的煤球炉张罗晚饭，不料却帮了倒忙，反而弄熄了炉火。小琴下班回家时满屋乱烟呛鼻，见赵瞎急得满头大汗在扇炉子，便接过扇子让赵瞎去洗澡。小琴忙着重新生炉子淘米做饭。二人草草吃过后，赵瞎便抢着去洗碗，慌忙中将桌沿的一只碗绊掉地上摔成两瓣。小琴取来二胡递给赵瞎，调皮地凑近他的耳朵大声笑说："爸爸，我家的米每天吃不见少多少，倒是碗一天天见少了，是不是您背着我吃独食？"赵瞎近来稍许有了些听觉，小琴刚才的话他居然一字不差听清了，倒听得不好意思起来，便讪笑着放下碗筷去一旁拉琴解闷。小琴一鼓作气洗碗抹桌扫地，干完后长舒一口气，身上早已是汗涔涔，便烧水准备洗澡。

小琴将皂盒端进里屋，出去关闭了大门，顺手提来一壶开水哗啦啦倒进澡盆，再端来半脸盆凉水兑进去，便在水雾腾腾中脱衣洗澡。里屋搁的一张大床原是赵瞎与小琴合睡的，小琴五岁时赵瞎便及早与她分床，在堂屋里挨着饭桌给她搁了一张小床，小琴上学后赵瞎又与小琴换床，他自己移到堂屋来睡，小床晚上睡觉白天坐人倒很方便。堂屋与里屋之间的房门从不曾关闭过，它纯粹是聋子的耳朵——摆设。

小琴一边泼刺泼刺地洗着，一边聆听赵瞎坐在堂屋小床沿拉二胡的声音。赵瞎拉的曲调依旧低沉缓慢，但小琴听出那是一种舒缓流畅的低沉，弱音器又将琴声过滤了一遍，显出一种恬静安然的音色。小琴听着听着便无声地笑了，她听出赵瞎的心情日渐平静，她庆幸爸爸战胜了自我的狂躁不安和忧郁，开始习惯没有光明也没有声音的世界，恢复了他一贯的坚毅和顽强。想着想着，她的心情也轻松起来。浸漫着她的胴体的水很温柔、很清亮，她痛快地洗着，不断掬起一捧水往胸前浇，尽情地揉搓着日渐隆高的胸乳。

她终于意犹未尽地从澡盆中水淋淋地站起来，擦干身上的水珠，仔细打量一番自己开始发育的体形，准备穿衣时，猛然注意到二胡声不知何时停止了。她奇怪地走到房门口朝堂屋探望，只见赵瞎早已离开小床，正在不安地来回走动，他那双从来都暗淡无光的眼珠似有异光闪忽。小琴陡生一种莫名其妙的惊慌感，慌忙退到床前匆匆穿上衣服，心里怦怦乱跳着走到堂屋，见赵瞎又坐到床沿拉起二胡，就暗骂自己怎么人长大了也多长了鬼心眼。

第二天晚上，小琴准备脱衣洗澡时，忽然想起还是应该养成关门避人的好习惯，便过去关房门，她的手一伸出便愣住了，原来房门已被赵瞎轻轻地反掩上了。她悄悄拨开一条门缝朝外看，见她刚闩紧的大门开доступ又反掩上了，听见赵瞎坐在大门口拉琴。她狐疑地闩了门栓，洗澡时注意房门的动静。过了一会儿，她听见赵瞎进屋、关大门的声音，他又坐回床沿拉他的二胡。小琴便放心地洗澡，但她又听出二胡的调门高低不一，听来拉得心不在焉。她本能地将双手护在胸前。她感觉房门上那几个弹洞般的木眼中哪一个有光忽闪，而本该有的二胡声又消失了，她紧盯着正中那个最大的木眼，似乎木眼里嵌着她的父亲赵瞎的一只失明的眼睛。她无法相信自己的感觉，十分恼怒自己的疑神疑鬼，赌气要验证出个究竟，便轻轻地从澡盆中站起来，蹑手蹑脚走过去，猛然拉开房门，果然是赵瞎立在门外，两眼像着了火似的熠熠生辉。

小琴又羞又气，赤条条水淋淋地冲上去，双手发疯般狠狠撕抓、捶打着赵瞎的脸膛和胸膛："爸爸你不要脸、不要脸、不要脸……"

又瞎又聋的赵瞎此刻又像哑了，一声不吭地任小琴抓打，仿佛是个毫无知觉的木头人。而在他残缺的、麻木的躯壳内还活跃着另一个五官俱全、敏感冲动的赵瞎，他惊叹小琴这双纤弱的细手竟有如此狠力，看来她真是气极羞极恨极，要不然怎么会打得他的脸颊、脖颈和胸脯青一块紫一块？怎么会抓挠得他皮开肉绽，血痕像红蚯蚓爬满他的脸面和脖子？他快活地呻吟着，用一种小琴听不见的语音嘶喊："打吧抓吧！使出你吃奶的劲头——那奶也是我喂你的哩！你这个落进我手掌心的小冤家、小劫数……"

小琴不住手地抓打着，哭骂着，突然，她猛省到什么住了手："爸爸，您的眼睛真的看得见了？真的眼睛亮了有光了？您说话哟！爸爸，爸爸，爸爸……"她急切地抚弄着赵瞎的眼睛，摇着他的头，不歇气地喊他。

赵瞎的眼球像尘封已久的磨子碾动了，缓缓一抡便碾出两粒硕大的泪珠，砸碎在小琴仰昂着的脸蛋上，他准确无误地捧起眼前这张娇嫩的脸蛋，轻轻抹去满脸泪痕，久久地辨看着、亲抚着。

小琴惊喜得浑身颤抖，一头扑进赵瞎的怀里放声号哭，像一个受够委屈的孩子终于得以撒娇受宠任性了。她兴奋得晕眩，双手紧紧扳住赵瞎的肩胛稳住自己。她直到胸腹被顶得生疼才豁然惊醒，本能地猛然一推，终于发觉自己赤身裸体，面对着一个表情可怕的男人。她劈手抽了赵瞎一记耳光，接着她逃回里屋闩紧门栓，又不放心地将一盆未倒的洗澡水抵在门后，再搬起一口箱子擦在澡盆上。她累得呼哧呼哧直喘粗气，惊慌失措中穿错了换下来准备洗的衣服，烦躁地解扣欲脱掉换干净衣服，转念一想懒得脱了，将几件衣裤和日常用品胡乱塞进上班用的挎包。她想去找莫师傅求助，可是她实在羞于启齿道出逃离家门的缘故。她又想先躲到五金厂去，可是深更半夜的，仍无法启齿向守厂门的师傅说明原委。没办法，只好提心吊胆熬过今夜再做打算吧。她和衣躺在床上胡思乱想：唉，没娘的孩子就是可怜！当爹的双眼复明本是天大的喜事，女儿却由此遭殃；他的世界亮堂了，她的眼前却一片黑暗走投无路了……

小琴边想边无声地流泪，想了一夜便泪流一夜。汩汩泪水流成溪泉，汇成江河，无声无息地浸漫了木屋村的每一条街巷。夜是黑暗的，小琴的泪却是晶莹透明的，在黑夜里幽幽发光。木屋村庸庸碌碌的街坊们困在夜梦里浑然不察，木眼却是看见了，当漫漫的泪河濡湿了墙板，泪水便从每一只木眼里流出。

13

第二天黎明，小琴拭干泪水，肩起挎包，拉开房门——赵瞎垂头盘腿跪坐在她的门前，他像一个彻夜打坐的和尚熬不住瞌睡酣然入梦了。不，他是入定了，他合在胸前的双手捏着两枚乌红发黑的念珠，细看不是，分明是两只血糊糊的眼球，血痕已经凝结，像是浓稠的糨糊粘在他血污的手上。

小琴尖叫着捧起赵瞎的头脸，他额际的眼眶只剩下两个空落落的洞穴，却没有一丝血痕，显然是他反复擦拭过，一双十分干净的眼洞便显得很深邃，泛出黑幽幽的光，那是一种大彻大悟、超凡出世的智慧之光。

街坊们在门外猛捶大门，却只听得见小琴撕心裂肺般的哭叫却无人开门，便破门而入，七手八脚将赵瞎抬到床上，又连床抬起准备往医院送。

赵瞎醒来了，他若无其事地说："不麻烦街坊们了，不要紧。我的眼睛本来是瞎的，那眼珠子留着无用反添累赘，而我的耳朵昨晚又复聪了。"

赵瞎打坐时还垫了一块蒲团。小琴捡起来递给街坊们看，是裹婴儿用过的褯裸，黏结着发黑的血污，辨不出色泽的布质已腐朽，不知经历了多少年月。

莫师傅接过去抖开细细打量，他沉思半晌，忽而悚然一惊。他看出那不是褯裸，而是一件日本女人的和服。

第二章　丑　　食

1

秃尾灰狼紧贴屋檐下一条窄阴地，吐出烙铁样的舌头，摊在地皮上舔凉气。在它看来，日头像一条比黄毛更恶燥的、白得耀眼的狗，尖利的白牙咬得它浑身灼疼。它急欲去找凉水浇灭舌苔上燃烧的火焰，可是脖子上拴着拼死也挣不断的牛筋绳。

秃尾灰狼对牛筋绳的来历及其坚韧程度再清楚不过。早春那天，永丰大队的手扶拖拉机经过木屋正街，在十字街口抛了锚。黑伢朝大业务使个眼色，大业务朝它递个眼色，它便扑上去佯攻司机癞狗，掩护大业务悄悄扯走柴油机飞轮上的传动皮带。它坐在大业务膝下，瞄着他一刀刀削去皮带上的橡皮，剥出一根根牛筋索子，再加一股细钢丝精心编织。大业务解放它时，牛筋绳就变成牛筋鞭，它就是在牛筋鞭的调教下成长为一条蛮傲的青年狗的。

大业务正蹲在门槛上吃咸稀饭。一连上十天，顿顿浓粑子稀饭拌盐，连一根菜毛也没有，吃得寡淡无味，不吃吧，肚子又饿得疼。大业务吃得大汗直垮，心烦意乱，抬脸看见秃尾灰狼可怜巴巴的孬相就气不打一处来。他不发泄就憋不住了，摔下碗筷，一手抠紧狗脖套，一手解开拴在门槛上的牛筋绳，劈头盖脸抽打他的爱犬。

密不透风的木屋村，正午时像一格格木蒸笼，街坊们都躺在竹床上熬着，个个汗得浑身黏黏糊糊像半化的糖人。秃尾灰狼的惨叫更令人发燥，街坊们纷纷烦躁地爬起来到大门口去看究竟。

大业务挥舞狗鞭，抽得铁灰皮毛燎起一道道血火。秃尾灰狼腹腔倒出的哀嚎和大业务喉咙挤出的狂喘，互为高低，听来刺耳烧心。

街坊们都立在自家门槛上劝大业务。

搬运说："这热的天你不怕发痧?"

贼婆说："你莶脱了节呀，你跟狗怄气?"

黑伢嘻嘻哈哈："你吃稀饭吃烦了就找狗出气?"

"你放屁!"大业务勾头回敬一句，他断然不承认自己迁怒于狗。昨晚一场狗斗，从来不兴输的秃尾灰狼败在黄毛手下，夹起秃尾躲到大业务胯下，惹起一片哄笑，丢尽狗脸人面。他岂不该狠狠教训它?

汉生的姆妈见街坊们劝不住大业务，按捺不下愤愤不平的秉直脾性，气呼呼上前夺住大业务的手："你莫造孽呀!你不可怜狗也不能闹街坊哟!"

大业务恶声恶语回敬："我喜欢造孽!小业务，把火钳烧红拿来，我还要烙得它起劲嚎!"

小业务应声拿火钳出来，兴奋地朝汉生的姆妈做鬼脸："吵死你，怄死你，打个屁臭死你!"

建桥在街坊伢们中年龄最长，他看不过眼，过来一把夺过火钳："小心秃尾灰狼发痧哩!"

大业务蔫了。大业务养狗等于喂猪，一年养一条。开春捉狗娃，挖空心思取狗名，熬稀粥喂，与狗同床共枕。犬牙长齐就开始训练，然后率狗出征，斗败木屋村所有巷道的群狗。凯旋的大业务与狗磨鬓擦腮像兄弟。到冬季他却要杀狗吃肉，而且称斤度两，与上年宰的狗比较肥瘦。

黑伢见大业务蔫了，撩拨说："秃尾灰狼不发痧也要掉膘。昨晚被黄毛咬掉几寸膘，今天被你一打，只怕还要掉膘!"

大业务悻悻地瞄着口吐白沫的秃尾灰狼，嘴里冒出一句："我今天就宰它吃肉算了!"

秃尾灰狼的骨头架子恐惧地一抖，它盯着大业务吵嘴似地吠着，这回根本不是哀号而是绝望的叫骂。

黑伢兴奋得把狗吠声压住了："你敢……你舍得吃它我就舍得叫我婆婆打酒你喝!"

"你莫赖账?"大业务拽起秃尾灰狼就往巷子口杨树下拖。

小业务撺到前头，像个猴子蹿上树，两脚倒勾住树桠，悬头探臂喊大业务递牛筋绳。

汉生的姆妈一把拉住大业务："杀不得啊!狗肉火大，三伏天吃狗肉恶心啊!"

街坊都拢来附和她的意思。

秃尾灰狼挣扎着去舔她的脚。

唯有黑伢激励大业务，他一句话呛得汉生的姆妈松了手："难道比您跟秃尾灰狼抢食还恶心些？"

见大业务犹豫，黑伢夺过牛筋绳递给小业务。秃尾灰狼将四蹄紧紧钉在地上，小业务拉不上去。大业务斗狼似地抹一把汗，抱伢般抱起秃尾灰狼："快吊快吊！把绳子系紧！"

秃尾灰狼悬在空中，迎着燃烧的日头直立如同人类，进行着生命的最后舞蹈。

或许大业务也被眼前的舞蹈陶醉了，他叹息一声迟迟不动手。秃尾灰狼是去冬宰杀赛虎后提回的。冰封雪冻那几天，他不顾春香的斥骂，把狗娃焐在被褥里吃喝拉撒。喂到犬牙长齐，他遇异人传授驯狗秘诀，挥泪剁断狗尾。秃尾灰狼长大后果然骁勇善战，只是昨晚它色迷心窍，避开黄毛的狗头去狗尾闻骚，不提防黄毛掉头一口重创，唉……他养狗养成一种特异听觉功能，每年一过冬至，狗叫声听来蛮像猪哼，哼得他嘴馋心痒。而此刻，他听秃尾灰狼的叫声真的像狼嗥。

黑伢凑到他背后："有个把月冇沾油荤了吧？"

大业务的口腔里立刻泛起寡淡的涎水："小业务！拎水来！"

大业务用刀尖撬开秃尾灰狼紧咬的牙关，灌进半碗水。他扔碗拔刀子，拔不动，却发现水慢慢从狗牙缝溢出来。他踮起脚跟，将眼睛贴着狗脸仔细瞄，才知狗嘴含着水不吞。好狡猾的秃尾灰狼！他气急败坏，搬个板凳垫脚下，一手掐住狗后颈，重舀一满碗水灌。狗牙渐渐松动，抽出刀子一看，刀尖咬断了！一对死狗眼盯得他胆怯，手一缩，狗头便耷拉下来，狗嘴噗的一声吐出一块红炭，烙在他的手背上。正是咬断的刀尖，像鹰喙叼走手背上的一坨血肉。

黑伢见状，拿一把刀子过来。

大业务捂着手背："剐了给你一条狗腿。"

黑伢是个蒜头鼻子，他皱着鼻子一哼，哼得鼻翼酷似两颗蒜瓣。大业务指点他，仔细从狗的鼻尖对准额头中缝，猛一刀划破头皮开剐。

秃尾灰狼那灰黑的头毛剥开后，狗头狗脑顿失凶野之气而光柔平滑，有些像落下满头青丝潜心向佛的尼姑。

整张狗皮剐脱始终不流一滴血。每剐一刀，烈日火焰便迅速灼干淋漓欲滴的血肉。剐完最后一刀，秃尾灰狼的胴体已干皱透亮、油光闪闪，似已烤熟。十分漂亮的红头或绿头苍蝇蜂拥而至，嗡嗡营营地抢先享用美餐，气得小业务抖着狗皮边扇边骂。

黑伢一把抢过狗皮，将血糊糊的刀子在皮毛上揩着："大业务，你喂大秃尾灰狼不容易，我狠不下心要一条狗腿。"

小业务不服气，抓住那半截空瘪的狗尾夺狗皮。黑伢一脚踢去，他疼得捂手。

大业务恼了，解开狗颈上的牛筋绳半缠在手腕上，边甩着边逼到黑伢跟前。

黑伢不慌，鼻子上的蒜瓣都快皱掉了："你看你看，我剐得屁股丫子都是汗！"边说边掉头喊贼婆："拿一串红尖椒来！这还是去年的朝天椒，今年的还是田里的秧子，冇得它你今天的狗肉吃不成！"

大业务当街占巷架老虎灶支扁锅时，春香一直在屋里骂不绝口，只是她的骂声虚弱得连自己也听不清。

2

张铁匠回来了，小业务像瞄见鬼，飞逃到巷子口，大业务也慌张起身媚笑着，倒退着一步步躲开。张铁匠一时被横陈门槛的整个肉身弄懵了，好半天才明白这是秃尾灰狼的尸体。他心头霎时蓬起一股火苗子，顺手抄起门前的扁担扬起来，可是大业务和小业务已没了踪影。张铁匠拖着扁担在巷子两头来回寻找大业务："大业务你是饿死鬼投胎，三伏天吃狗肉你不怕发痧屙血，你不怕秃尾灰狼的魂掐死你……"他骂不绝口，骂着骂着咸稀饭的酸涩味从胃腔翻涌到口腔，他强咽下去，扔了扁担抄起菜刀，边骂边剁狗肉。

大业务讪笑着出现了，一面极乖地洗耳恭听，一面将成堆的狗肉掀到锅里煮沸除水。

街坊们纷纷关门闭户。那孽障的骚腥气味弥漫在木屋东巷久久不散，险些将街坊们都熏死。

傍晚，当除过水的狗肉漂进水桶，张铁匠和业务们捏着肉坨子挤净肉丝子里的血水，再倒进冒烟的油锅爆炒时，街坊们都在门口嗅着叫香。

业务们忙得像餐馆的跑堂，端着一碗碗狗肉往隔壁左右街坊们的门里送。木屋村素有互赠荤食风俗，无论哪家打牙祭必分送邻里开荤解馋，绝不吃独食。

街坊们都碍着面子称谢收受了，却心有余悸不敢吃它，悄悄从后门泼出去。便宜了一群鸡，抢啄着狗肉咽得伸脖子闭眼睛。

夜里，街坊们谁也没吃狗肉却都觉得浑身燥不可耐，家家搬出竹床挤满巷道乘凉，凑在一起窃窃私语。他们都有些担心又有些幸灾乐祸，提防着又巴望着闹出个溽暑天吃狗肉中热毒的事端。

天麻麻亮时，门前狗骨狼藉的屋里真的死了一个，那是春香。街坊们明知业务们的姆妈未尝一口狗肉，却硬要说是秃尾灰狼的毒火烧死的。

而大业务大快朵颐，连啖三天狗肉安然无恙。

3

尽管大业务三伏天吃狗肉令街坊们作呕，但街坊们却并不鄙夷他吃态丑，街坊们津津有味地评价说，这叫"恶吃"，意思是佩服他吃的胆量。大业务在吃秃尾灰狼前，还吃过一只猫、两条蛇、三只老鼠。他尤其对吃猫得意不已，回味说，猫肉近似鸡腿肉，肥得很却又都是瘦肉丝子，蛮经嚼。"嘻嘻，我吃了老虎的师傅！"街坊们听得啧啧咋舌。

街坊们不糟鄙大业务却背地里糟鄙汉生的姆妈，说她的吃态最丑。

那是一个人狗争食的难堪故事。

那时灰狼还没秃尾，毛色也没泛灰，白茸茸像只羊羔。在那个阳春的下午，它更像一只牧羊犬，街坊们则像野地上的群啃青羊。一年四季，木屋村人天天踩着原野觅着彼枯此荣的绿色植物咀嚼，不正像羊群吗？

牧羊犬绕着圈朝它的羊群吠了一阵，见羊群都很乖，都埋头撅腚拔藜蒿挖地菜，便无趣地跑开，去追一条急窜而过的小蛇。

灰狼没追着蛇，却不知从何处叼来一条肉皮，是一窄条干枯的腊肉皮，似弹簧绞成尺许长的圆筒。灰狼嘴里还是乳牙，咬得涎丝子直滴却嚼不动，急得衔在嘴角吊着乱跑，俨然勇猛的猎犬捕获一只疯狂扭动的黄鼠狼。

没精打采拔着藜蒿的大业务见状来了劲，将肉皮抖着甩着抛着，训练灰狼追扑腾咬。

汉生在采草菇。草丛中藏着白菇、黑菇、花菇、鬼打伞、椰头菇，形娇状憨，若伞、似亭，如古老的茅庵，汉生却偏偏看出它们更像帐篷，像神秘的蒙古包，而一群群黑蚁犹如骏马在草原奔腾。他的腰勾酸了，索性仰倒在草滩上打滚，卧嗅着青涩的草香。从极低的视角，野草地被他凝视出一片莽莽森林。他正陶醉在遐想中，那条肉皮子飞过来，破坏了他眼帘中的全部风景。

肉皮子从汉生眼前滑过，落到汉生姆妈的菜篮里。汉生伸手过来要将肉皮子扔出去，可是姆妈已将肉皮子抓在手上，仄脸眯眼打量着，惊喜地笑了："蛮好的腊肉皮！莫糟践！"

街坊们都哄笑了："是灰狼捡来的！"

灰狼扑过来，愤怒地吠着朝汉生的姆妈讨还。她踢它一脚，匆忙拐起篮子护在胸前："滚！煮熟赏你一块肉就是！"

街坊们都笑岔了气。

大业务也笑得直不起腰来，但他软中带硬地说："您啊莫打狗欺主呀！灰狼，算了，莫跟她争得丑！"

汉生羞得无地自容，他吓唬姆妈："小心有毒！"

"不怕！常言道千滚豆腐万滚鱼，就煮它两万滚，么毒煮不死？保险你吃得香喷喷！"

汉生严肃声明不吃。

姆妈狡黠一笑："不吃？那好！我吃独食！"

4

汉生的姆妈破费了半罐子盐化水，把肉皮揉洗三遍。下锅除水，捞出切片，倒入烧得冒烟的辣锅爆炒，再兑一满锅水扣盖久煮。煮至锅水半干时，忙得一头大汗的她有点像巫婆，手心亮出两颗红锈斑斑的方头铁钉，她自言自语地念道："锈铁钉败大毒！"说着叮当一声扔进锅中。吓人的锈铁钉如魔具一般躲在锅底滋滋尖叫，香气如魔烟逸出来，变成无数痒虫钻进汉生的鼻孔搔痒。那简直像硝制过的皮革一样的干猪皮，不知与锈铁钉之间怎样发生了一系列化学物理反应。当姆妈猛一揭锅，肉香化作白雾极尽媚态，袅袅娜娜且狎昵地缠绕着汉生，进而裹挟着他陷入云里雾里不能自拔。

揭锅之举，骚扰了木屋东巷半条巷子的人鼻和狗鼻。

灰狼的鼻息急促得像拉风箱，它将两前爪搭在汉生家的门槛上，痛心疾首地吠着，骂汉生的姆妈从它口中夺走美味。她履行对它的承诺，铲一锅铲肉皮掀到门外，哐当掩上门。

可是门板掩不住木结疤干脱后洞穿的螺旋形木眼。汉生知道，那些弹洞般的木眼里，塞了两只狗眼珠子，还嵌满一只只人眸子。上头那个洞里是大业务，底下洞里是黑伢，左边洞里是贼婆，右边洞里是……汉生管住鼻子，紧皱着抵抗肉香侵袭，学打坐和尚翕动嘴唇念经："不吃不吃就是不吃！"

可是他管不住眼光的叛离，它滴滴溜溜贼样偷觑着锅，锅里熬的好东西滋滋欢唱着撩人的祭牙之歌。

汉生的姆妈好像从不曾听说他有过什么声明，她以他心颤的动作铲几锅铲肉，肥嘟嘟油乎乎堆在他的饭钵里。这时他已眼花缭乱，而馋嘴终于彻底出卖了鼻子。尽管他明明知道：木眼闪眨着偷窥的目光，尽摄他狼吞虎咽的丑态。

门外的灰狼不满足一锅铲肉，又吠着争吵起来，竟龇出两颗獠牙。大业务看出它告别了童年，当即在巷子口一刀剁断狗尾，以期栽培它失去平衡尾舵后癫狂咬架的本事。

汉生抹着油嘴出门，惊讶地撞见淋漓狗血，猩红如那棵杨树割裂的落日，仿佛从日头上滴下的。这般景象，正好成为他记忆不灭的参照系：在这个猩红的傍晚，一条龌龊肉皮从味觉上成为他永恒的晚餐，从此以后他再也没有享用过如此美妙绝伦的最后的晚餐。

5

第三天上学，黑伢将腊肉皮子丑闻在学校曝光，那么多同学的眼光像探照灯交叉扫射到汉生脸上，他的脸皮剧烈抽搐着，发烫、发僵，他疑心他的脸颊或下巴由于不堪灼射，突然异变成一块猪皮！那是怎样一种刻骨铭心的耻辱感啊！

中午放学，汉生毅然决定绝食以抗议姆妈的丑食。姆妈只当他昨晚贪食肠胃不消化，并未在意。晚餐他继续绝食，姆妈明白了他的用心，气得她也不吃饭。半夜时汉生的气消了，饥肠辘辘。这时如果将那碗剩肉皮炒饭端来，子夜的汉生将背叛黄昏的汉生。但他的绝食激怒了姆妈，休想让她做夜宵，直到翌晨，姆妈说要成全他的志气，干脆拒绝供应早餐。汉生胸中顿时又充填起气来，舀一茶缸凉水灌得肚皮鼓鼓荡荡去上学。

汉生勉强撑到中午放学，板着脸的姆妈正在吃掺了红苕丁的焖饭。他的一钵已盛好摆在桌上，仍是昨天的肉皮炒现饭。汉生也倔，又咕咕咚咚灌了一茶缸凉水，重新背起书包掉头就走。姆妈从背后一把拽住他摁在饭桌旁，声泪俱下："你挑食有罪呀，你原本就是打野食的命！你差一点病死，活过来又差一点饿死！你天天瞒着我偷掰给妹妹半个馍，你活过来了妹妹却饿死了，她死前饿得啃了半截自己的小指头呀……"

汉生如五雷轰顶，他似听见妹妹咬断手指的声音，咔嘣咔嘣。"哇——"，他干呕一声，腹部疼如刀绞。他捂着肚子跑到厕所狂泄，似要排尽胸中污浊。接着胃也翻涌起来，他翻肠倒肚地呕吐，嘴扯得牙巴骨生疼，"哇，哇……"他听见他的呕吐声比秃尾灰狼的哀号还难听。

绝食的代价沉重得令汉生负荷不起，当他提起裤子欲站未立时，突然昏厥了。以他的亲身体验，昏厥就是灵魂出窍，是暂时死亡。先是前额像个蜂箱被撞开，钻出无数嗡嗡扇翅的金蜂。凶恶的金蜂飞快地蜇破眼球吮尽眼汁，黑灭的眼洞冒出无声爆炸的滚滚硝烟。这种感觉只在一瞬间。接着大脑就死了，意识抛弃危难的身体不义地离去。

汉生还体验到人的本能相当于秃尾灰狼或类似爬行动物。当他苏醒后，他看到自己已本能地手足并用，在简陋的茅厕板上挣扎，手脚被磨得一塌糊涂，磕破皮肉的下巴还抵在肮脏的踏脚板上。常常人满为患的公厕，偏偏此刻无一人可搭救他一把，他只能靠自己拼命爬呀爬。

冇得姆妈的丑食果腹，爬回人间的汉生，这副尊容竟连狗彘不如。

6

汉生跟着白伢沿着张公堤走呀走，走过第三座碉堡，便仿佛走进洪荒时代。四野查无人踪，连一头牛影也没有，只偶见一只野狗似狼在堤脚葳蕤的艾蒿丛中出没。一直抵在前面碍手碍脚的北风更猛了，呼啸声令人心悸。

汉生有点沉不住气了："白伢，还有几远？"

"到了到了。"白伢指指堤外胸有成竹。

两人下堤穿过层层叠叠的艾蒿丛，果然找到一口野藕塘，却面面相觑半晌吱声不得。原来偌大一口野藕塘也被挖得千疮百孔了，不知被哪些人一锹锹仔细搜寻过。

白伢嘟哝着说："我前几天来的时候，只有几个人在挖，哪晓得才几天就被别人挖遍了呢！"

她见汉生不应声，扭头一看，汉生已走到旁边在脱衣服。他气鼓鼓地脱一件扔一件，脱得只剩一条裤衩，从书包里抽出手锹。

她脸一红，忸怩地背过身去，也脱掉棉袄棉裤，只穿一件小夹袄和短花裤，抖出布袋裹着的手锹。

两人严肃地拉钩、划拳。第一回合两人同时比出锤子。第二个回合，汉生比出剪子，白伢比出布。

"汉生，你赢了。你今天肯定运气好！"

汉生默念："神仙保佑，神仙保佑……"奋力掷出手锹，手锹飞插到塘心。

汉生和白伢光着脚丫跳进半涸的野藕塘，踩着冻成冰碴的塘泥，以手锹为圆心转圈子，一步一俯首仔细搜寻藕钻。已是早春了，塘底的藕带该已悄悄钻出塘面，露出粉红尖嫩的藕钻，顺着藕钻挖下去就能挖出一条藕。可是他俩转了一圈又一圈，圈子越转越大，最后整口野塘都转遍了，汉生的眼珠子瞪得发呆发直，白伢的两眸睁得发酸发涩，谁也没寻觅到一根藕钻。

汉生感觉冥冥中有一只恶作剧的手故意掐灭了找到藕钻的希望，他又气又冷，牙齿碰得咯咯响。白伢慌忙给他披上棉袄，又拾来一些枯枝败叶燃起一堆篝火，两人默默烤着火出神。如莲花怒放的红焰上忽然冒出一缕缕绿火苗，像火花镶上了绿花边，又仿佛红火吐出绿花心，一缕缕绿得发蓝，似乎昭示着什么。汉生的眼波里便折射出异彩，他依稀看见一片绿色的森林连接着蓝色的海洋，恍若身不由己地走出森林的小木屋，无可选择地登上以他的姓名命名的一叶扁舟……白伢见汉生的眼色迷离，惊慌地问："汉生，你怎么了？"汉生回过神来，顿觉身上暖洋洋来了劲，重新跳进野藕塘，找到一块锹痕较少的塘面，呼哧呼哧喘着挖起来。

白伢紧跟着追下塘来，连声紧问："藕钻在哪里？藕钻在哪里？"

"我找到藕钻了，真的！我看见它在地底下拼命往上钻。"汉生激动地说。

白伢明白汉生犯了倔劲，她轻叹一声，不再说什么，默默地为汉生筑堰排水。

汉生踏踏实实地一锹锹搜寻藕钻藕带，很快掘开一个洞穴似的稀泥坑。挖到齐腰深时，锹下的土质变硬了，像板结的石块，坑里沁水渐没膝盖，他有些力气不支了。

白伢一边双手掬水朝堰外舀着，一边不住嘴地给汉生鼓劲："快了快了！再挖几锹肯定有藕了！"

汉生以臀和背倚在泥坑后壁上借力，用头顶住泥坑前壁的稀泥，双手十指硬成十把匕首撬着，从泥水中抠起一团泥，奋力向坑沿上搬去，泥团碰到坑壁上滑下来，反溅他一脸泥水，他伸手抹一把，嘴脸便狰狞如阎罗。他的腿在泥水中冻得僵硬麻木以至于忘记支撑身体的双脚的存在，只顾抓起锋利的手锹，狠狠用力朝膝下淤水中挖去，才知锹刃深深杀在左脚背上，污浊的泥水中顿时泛起一片血红。他"哎呀"一声，疼得伏下身去，用颤抖的手去摸水下受伤的脚，却巧，竟摸到脚踝旁的一节大藕！他此刻忘了疼，再伸手朝这节藕的四周一探："天哪！白伢白伢，是母枝藕，朝两边分叉了蛮多子枝，我的脚底下踩满了藕带，周围随便一摸就是一根藕钻……"

白伢早已吓得哭了，她拼出吃奶的劲，强行拽着从泥坑中走出的泥妖模样的汉生，不由分说将他架到她背上，趔趔趄趄地背起他要回家。

汉生像一条淤泥中被甩上岸的泥鳅，在白伢背后竭力挣扎着，他死死揪着白伢的辫子不肯走："白伢，你怎么这苕哇！我挖着了这么多的藕，你叫我怎么舍得走呢？"

"你才苕哩！你不该跟大业务和黑伢赌气，他们蛮轻松地挖了那么多藕？那都是偷的你晓不晓得？你不该逃学来挖藕！我不该引你来！不该不该，我们都不该！呜呜呜……"

7

昨天大业务和黑伢逃学去挖藕,中午两人嘿哟嘿哟抬回一箩筐肥藕。街坊们声声惊羡,张铁匠和贼婆的一肚子气也消了,各自虚张声势斥骂了大业务和黑伢几句,便忙着分藕洗藕蒸藕。

大业务和黑伢神气活现地蹲在巷道上,各取一只筷子挑在蒸成玛瑙色的藕眼里,嚼着满嘴银丝。街坊们纷纷围拢来打听藕塘地点,他俩爱理不理地支吾着。建桥、防汛、独蒜等人都摩拳擦掌,各家忙着给他们准备手锹、布袋。

汉生的姆妈眼馋不过,见汉生只顾边吃饭边看书,便试探着问他是否也跟去挖藕。汉生不吭声。下午不上学,但得去课外小组做作业,而且老师说,做完作业各小组长还要到教室布置各组"学习园地"墙报。他是班主席兼一个课外小组的组长。

姆妈见汉生不搭理,心里便有气,强忍着说:"我又没叫你学他俩逃学,下午又不上学,你看街坊伢们几贼,说去都去……"

"我苕我苕!干脆不上学就贼了!"

姆妈气得抹泪:"你莫气我!真有出息的能大能小,老话说得好:'只大不小是条虫!'"汉生懒得向姆妈解释什么,赌气到学校向满脸不悦的老师告了假,快快地跟去挖藕。

一群街坊伢按大业务和黑伢所说找到一处藕田,却是永丰大队收获后又被木屋村人挖过一遍的,早已千疮百孔。街坊伢不甘白跑一趟,便抱着侥幸心理下田,田老鼠似地挖穴打洞搜寻。就连建桥、独蒜这样身高力大的挖藕好手,也没挖到几节藕。

汉生弄得浑身泥泞却收获最小。黄昏时分,他垂头丧气地背着瘪瘪的布袋跟大家回家。走到家门口,冷不防大业务从背后夺过他的布袋,当街抖落出几节藕梢子,惹得街坊们哄笑。

汉生的姆妈冲出门来,一把狠狠揪住大业务的耳朵:"么样啊?你瞧不起这几节藕梢子?哪怕汉生只挖回一根藕带,我炒了吃它也香!能大能小是条龙!你逃学挖回再多再肥的藕我也不稀罕!"

街坊们见她勃然大怒,赶紧屏声静气。汉生的姆妈一向待街坊们和蔼可亲,虽然性格秉直,却凡事宁可忍让吃亏也不与街坊们拌嘴。今日才见识了她男人一般的雷霆震怒。

大业务“哎哟哎哟”地求饶，汉生的姆妈却不松手，直到张铁匠过来赔了不是，她才罢休。

大业务捂着红得发烧的耳朵，恶狠狠地朝黑伢发气：“就是你惹的祸！馊点子！”

黑伢皱一皱鼻子，装作莫名其妙地走开。

汉生一直倚靠在门槛上，默默地望着抖落在巷道上的几节藕梢子。在街坊们眼里，这伢是个有点古怪的闷葫芦。莫师傅说过：“难得见汉生好好笑过一回，也蛮少看到他噘嘴巴哭鼻子，这伢口里话少，心里话多。”就说眼下吧，从他脸色上看不出羞愧或恼怒的表情，一副荣辱不惊的神态。其实耻辱感正像一把尖刀狠狠戳着他的心，飞溅的血混着泪直往胸腔上涌，他只是紧紧含在勃起的喉包里鼓胀着不让它们溢出来。方才姆妈那一番快人快语虽然掷地有声，说得她自己畅快淋漓，却丝毫不能安慰他痉挛的心。

这时，姆妈拿出筲箕，准备去捡抖落在巷道上的那几节藕梢子。汉生仿佛被谁从背后猛推一掌，踉跄着抢先冲上去，交替跺着双脚，狠狠碾碎了那几节藕梢子。姆妈的筲箕落在地上，只见她慌忙捂住心窝佝偻着腰，汉生的脚简直就是碾在她的心头。汉生慌忙将姆妈搀进屋。

白伢也没来由地哭了，她看着碾成藕饼摊在巷道上的几节藕梢子伤心，抹着泪去清扫，也扫散了围观的街坊们。

是夜，汉生在姆妈的啜泣声中一夜未合眼，他打定主意要洗却奇耻大辱。

今晨，汉生瞒着姆妈将手锹塞进书包，假意早早去上学，走近对着木屋东巷口的校门却拐弯飞奔，一口气翻过铁道，这才气喘吁吁地回头张望，生怕被谁发现他逃学。

汉生一回头就看见白伢在跟踪他。白伢不待他说话就抢先开口，俨然以大人口吻训斥他：“汉生你读书那贼的人怎么变得这苕了哇？你一出门我就晓得书包里阴着塞了手锹！你天生是读书的料，你挖藕怎么挖得赢大业务和黑伢呢？你把锹给我！我帮你去挖藕，你快去上学还来得及！”说着她就拾汉生书包里的锹。

汉生将白伢的两只手臂都掐住：“白伢你要是真的想帮我，就告诉我哪里好挖藕！”

“哎哟！哎哟！汉生你把我的手都掐出血了，你怎么哭了哇？你从来都不兴哭的？呜呜呜，你哭得我心里几不好想呃，呜呜呜……”

白伢见汉生横了心，只好带他远走第三个碉堡，找人迹罕至的野藕塘……

8

白伢的辫子被汉生揪着扯断了几缕头发，疼得她手一松，将背上的汉生颠倒在泥塘。汉生打个滚爬起来，像个泥猴子一瘸一拐往回跑。白伢撵上去，用牙齿咬着贴肉的秋衫撕下一块干净布，抱着汉生的伤脚缠了一道又一道。

"好了好了，白伢，又不流血又不疼了。真的！一点都不疼。"汉生说着威风凛凛地抓起手锹，重新跳进血迹斑斑的藕坑，发疯似地开掘，追着藕带的走向将泥坑开成一道战壕。

白伢也跳下去，一边排着淤水，一边捡出一条条比双手展臂还长的野藕。

当张铁匠率领一群街坊举着火把，簇拥着汉生的姆妈寻找到野藕塘时，汉生和白伢活像墓穴里两个狰狞的泥鬼。墓穴之上挖出的野藕堆成一座小山。

汉生的脚背上缝了十针，注射了破伤风针剂。医生建议住院观察一夜再说，可是汉生的姆妈再也付不起更多的医药费，执意背起汉生回家。

莫师傅闻讯连夜赶来看望汉生，莫师傅不说汉生一点错处，一味数落汉生姆妈的不是。说汉生的姆妈眼皮浅，她这是把伢逼上梁山了，要真逼上梁山去能当一条好汉也可以，挖藕却挖不出一条好汉来！又说看来不是汉生怕吃苦，是她这个当娘的自己怕吃苦，只要不饿饭冇得菜吃怕么事！她要是真不怕吃苦，就把汉生交给他，他来教汉生练字……莫师傅说得汉生的姆妈痛苦地大哭，好像不是汉生的脚疼是她的脚疼。汉生却不哭，他的泪水都随着鲜血流进野藕塘了。

夜里，剧烈的痛楚阵阵袭来，一次次重复着锋利的锹刃杀戮脚背的切身体验，折磨得汉生彻夜难眠。夜深人静，他听见赵瞎拉得极低沉极压抑的二胡声隐隐约约传来，恍若是他自己在呻吟，听来更觉割痛钻心。他再也忍耐不住了，挣扎着爬起来，从枕头下抽出一本书，企图以阅读止痛。他读一首如歌如泣的长诗……那人囊空如洗，一事无成，病在心头，难熬过长日无聊。他自我流放至莽莽荒原，在饥寒交迫中破指血誓，诅咒着拾来一些腐骨和败草，燃起奇异的五彩火焰。他向火舞蹈着，并在魔杖画定的魔圈里掘宝。他一无所获，饥渴难耐，但仍挖掘不止。忽然有一颗星星飞坠头顶，光灿灼目，眩晕中美丽的神童微笑而来，捧着玉液琼浆。他一饮而尽，精力倍增。当他的血汗淌成一条汩汩的小溪，便挖掘到一个金矿。然而他并不惊喜，他很困惑，他不知道自己需要的究竟是黄灿灿的金子还是晶莹剔透的水晶石……汉生读得如痴如醉，直至忘情忘我而沉沉睡去。

只剩下赵瞎的二胡声在寂夜如暗河轻淌，浸漫了整个木屋村。

第二天晚上，汉生的姆妈就挽着汉生去莫师傅家拜师。汉生的姆妈执意照老规矩行三叩九拜之礼。莫师傅见推脱不过就说："好吧，要拜就拜！正儿八经拜了汉生也好当个事，莫三天打鱼两天晒网闹着好玩。"说着就带汉生母子到楼上他的书房，取出铁砚和铜管狼毫摆在书案中央，又点燃一盘檀香，就满脸肃穆地拉汉生过去朝书案行大礼——原来是叫汉生去拜那铁砚和铜管狼毫。拜毕，莫师傅说："每天晚上练个把小时，写一张毛边纸。纸归我出，时间归你出，跟学校一样的规矩，不许旷课！"

从此汉生收了心去跟莫师傅练字。

9

贼婆的堂屋中央，一年四季摆个像扁锅的火盆，盛夏酷暑也不移开。火盆上安一张脚架可折叠的方桌，方桌漆的是国漆，贼婆没事就拭它，拭得乌红发光。贼婆每天对着桌面梳头，桌面照出精瘦的贼婆满面绯红，跟白伢一样像个窈窕少女。

漆桌和火盆是贼婆的魔具，她可以用它们做无米之炊。她那双魔手伸到桌下捣鼓一番，桌面就变出精致讲究的食物。

贼婆工于心计，精明强悍，武汉人方言称这种凡事机灵敏捷者为"贼人"，故而呼贼婆之"贼"原本就无汉语本义贬称之意。偏巧以贼婆的生存摄食法则，称谓贼婆又是恰到好处的双关语。其实贼婆比汉生的姆妈更寒酸，这个最贼的婆婆也是最穷的婆婆，穷到每月无分文生活费来源，却要抚养黑伢和白伢。

黑伢放学回家，贼婆像个女佣侍候少爷似地迎入家门。白伢接过书包，贼婆忙不迭盛饭请黑伢入席。漆桌上今天摆的是一碗油煎冬瓜，一钵刚上市的丝瓜打的线粉汤，一盘豆豉青椒，还有一碟腌洋姜片。

在街坊们看来，这是一桌奢侈的美味佳肴。街坊们家家餐桌上一律是一盘一年到头永远吃不完的腌菜和一碗水煮盐拌的白菜秧子，白菜秧子是跟在间苗的菜农屁股后头捡的。没听说过冬瓜也兴间苗，偌大个冬瓜是白捡不回的。贼婆早上跟街坊们一起去捡白菜秧子，半路上她躲到冬瓜田解小溲，顺手摘了个半大冬瓜转回家，途经辣椒田又钻进去解小溲摘了一把青椒。她再次出门到线粉厂门口去捡线粉，晒粉工人吼她："你这个婆婆懂不懂规矩？捡碎粉要等到下午收粉之后，走开走开！"贼婆却越走越拢，嘻皮涎脸地帮忙挂粉翻粉，撵不走骂不走。晒粉工人无奈，又见她确实卖力，忙得满头大汗，只好扯一把半干的线粉打发她走。她由线粉联想到丝瓜，又溜到路旁丝瓜架下解小溲，这才赶回家烹饪中餐。

黑伢嘴刁，只吃了几口就扔筷子，昧着良心说："一点味道都没有。"贼婆明知这是黑伢的惯技，却马上掏出一枚五分硬币："去，去刮一坨花生酱来下饭！"

黑伢得意地掂掂硬币的重量，掷骰子似地掷进小碗晃荡，等叮当音响逗得街坊伢们的脑壳凑到碗沿盯着瞄时，他就捏起硬币灵巧地一旋，旋成一只豪光闪烁的陀螺，旋成一朵奇妙的金属花，旋得五六双眼睛大放异彩。黑伢猛然捂住碗口，乜斜大业务一眼羞他："眼珠子鼓得像卵子！"

大业务还真闹了个大红脸，掉身回家乞求春香，春香便斥骂。大业务的乞求变成了恶毒的回骂："你个痨病鬼！钱哩？你上馆子吃独食就有钱？"

不怪春香吝啬，木屋村人没有花现钱买菜的习惯，更不屑说买花生酱吊胃口。响当当硬邦邦的五分钱哪！足抵十天半月的酱油醋花销。

是黑伢使贼婆出息成木屋村有口皆碑的美食家。夏收时节，街坊们倾巢而出到远郊捡回豌豆，顿顿煮盐豆当菜又当饭。贼婆则不厌其烦地将豌豆磨粉炒熟，拌以砂糖、猪油，用开水即冲即食，吃法细腻雅致。冬天街坊们钻进王家墩机场的铁丝网，追着翻耕的拖拉机捡红苕，餐餐将红苕蒸在米饭里搭配主食，贼婆则别出心裁，切苕丁磨浆滤水搓汤圆。

街坊们无不艳羡贼婆，春香却不服气："这不叫会做巧食，这叫东西多得敢做巧食！"春香言之有理，眼疾手快的贼婆加一个勤扒苦做的白伢，回回捡的比三五个街坊捡的总和还要多，多得敢变花样吃巧食。

不过街坊们即使捡回成堆瓜菜，也自叹弗如贼婆的吃技。去年皇经堂码头瓜果如山，卸船装车的瓜果掉落下来四处乱滚，街坊们捡都捡不赢，成袋扛回家都吃腻了。贼婆灵机一动，炒出一盘酱爆香瓜，甜而咸，脆而粉，酸而辣。街坊们不用品尝已是耳目一新。当街坊们纷纷效尤大炒香瓜时，贼婆则探听到汉西火车站卸下几车皮白砂糖，转运车辆撒得遍地如雪。贼婆封锁消息，连白伢也不带以防漏口风，怀里掖一条布袋从后门溜走。

这天晚餐，贼婆的烹调水平登峰造极，她从漆桌下捣鼓出一道菜叫拔丝西瓜，邀请街坊们品评。街坊们简直无法想象：那晶白的颗粒状砂糖怎么变成千丝万缕金黄的糖丝？最蹊跷的是那水一样不经盘的西瓜瓤，怎么在贼婆手上盘来盘去又在滚滚油锅里煎炸，咬一口依然如刚切开一般新鲜？

10

街坊中食不厌精者，堪与贼婆相提并论的唯有春香。春香却没有贼婆的好口福。

春香本是生意兴隆的铁铺老板的千金，备受娇宠，宠得有钱也不送她去念书受洋罪。十六七岁的春香无事生非，偷偷喜欢五大三粗的伙计张铁匠，使着小姐的性子捉弄他。那个夏天她逼他给她洗脚，撩起他的色胆。春香怀孕后后悔莫及，也活活气死了老板娘。第二年铁铺改造成铁器合作社又怄死老板。张铁匠好办，继续抡大锤。春香不好办，社长本是好意就是说话有点呛人，他说："春香，可惜你也是个睁眼瞎，只好安排你去拉风箱混几个工钱！"春香说："我才不瞎呢！你那几个鬼钱打不瞎我的眼睛！'她就仗着有那几个私房钱照样吃香喝辣。等她的私房钱贴完了，铁器合作社也散了伙，连安身之处也没有，只好跟着张铁匠落户木屋村沦为贫家妇女。

春香由个袅袅婷婷的少女变成个病西施直至拖成痨病鬼，却难改变安逸享受的本性。她好吃，且讲究排场，张铁匠每月交给她的薪水，她连开两回荤，回回是鸡鸭鱼肉同烹，缺一不可。张铁匠是有好的只管吃，业务们乐得饱胀，连狗也吃得翘舌头舔油嘴。

这时春香就颐指气使："大业务搬板凳，小业务沏茶，三业务递火柴签子，铁匠来捶背！"

她朝街靠着门槛坐稳，边品茶边掰火柴梗剔牙，脸色妖媚地也斜着张铁匠说话，声调尽量扬高让街坊们都听见："会吃会不会说？这叫龙虎斗、凤求凰晓不晓得？开洋荤！"

张铁匠捶着她的背连连点头，像个笑面佛。

可是最多半个月米坛子就告罄，更不屑说炒菜的锅生了锈。春香只好摇晃着风吹欲倒的身子，一步一咳嗽到左邻右舍告贷。不等街坊们面呈难色，她先抢着说："晓得您啊也穷得像个鬼！我只一家借一碗米算了！"说得反而像是她在可怜街坊，都不好意思不借。

这些日子，业务们就顿顿只能喝两碗盐拌的稀粥，而春香自己几乎绝食。苦了每天抡大锤流大汗的张铁匠，咸粥寡得难受，胃气咕噜噜直往喉咙上冒，憋不住就拍桌子摔碗："你个臭婆娘想把老子克死？别个街坊赚的钱不比我多，别个怎么不喝这喂猪的潲水啊？"

"哦？你吃了龙虎斗、凤求凰就赖账？你个臭铁匠本来就和猪差不多！"

张铁匠暴跳如雷，挥拳凶到春香跟前。春香料定他不敢动她一根汗毛，就撩拨他去打锅："你有狠气就把锅打了！"张铁匠怒不可遏，果真就端起锅冲到当街，狠狠砸到巷道上。锅里有粥，铁锅碎成棱角形的一块块，像切开的西瓜，稀粥像黑皮上的白瓜瓤。

春香披头散发、面如桃花像个妖怪，她怒指着张铁匠呵斥："你养不起老婆还有脸打锅？我已经饿了三天三夜！我的爸爸姆妈早就说过：'嫁个穷汉，一生饿饭！'"说着她就朝巷子口疯跑："我走！去找我的爸爸姆妈去！"

张铁匠追上去拦腰抱住她，大业务兄弟几个抱住她的腿跪在地上。她仍不依，双手狠狠扯断自己的一缕缕头发，痛不欲生。

街坊们都怕沾火星，远远劝着不敢拢去。只有贼婆敢瞅准火候出面，她递过两块钱："大业务，去给你姆妈端一碗肉丝面来！顺带买一口锅！"

春香这才哇地哭出声，乖乖地听任贼婆搀回去梳头洗面，迎接还魂的肉丝汤面。

春香病得卧床之前，实在矜持不下去了，也加入街坊们的捡菜队伍。但她出行前必精心梳妆打扮，而且总不忘带上唯一值得称道的洋伞以壮行色。那把伞柄镀铬的自动弹簧花伞太打眼了，菜农都围着她看稀奇："看啰——捧着金碗讨饭的来了！"春香的形骸火化后，骨灰是张铁匠脱下汗衫打赤膊包回的。张铁匠说，骨灰坛、骨灰盒太贵了买不起，他自己动手做了个骨灰盒，他的木匠手艺也不错。

街坊们围着骨灰盒评头论足，说款式和殡仪馆陈列的一样，可惜是个白坯子，太寒酸委屈了春香。忙得满头大汗的张铁匠说："算了，请她住进去算了！"

大业务、小业务、三业务正跪在裹在汗衫里的春香跟前嘤嘤哭泣，听张铁匠这么一说，兄弟几个慌忙搂住汗衫放声号啕，死活不让入殓。此情此景令人揪心，街坊们念及春香一生顾影自怜，无不伤心落泪。

汉生的姆妈提议："各家凑几角钱的悼礼，买一筒漆一斤灰半斤料血，把春香的小屋油漆一遍。"

贼婆说："要油漆就多买几筒，红的绿的都要，刷得漂漂亮亮的！"

"对。春香活着受罪，死了让她排排场场去享福！"街坊们纷纷叹息。

贼婆却又说："享么福啊？莫瞎侃啰！她是饿死鬼、馋死鬼，死了也要回来闹鬼的！"

张铁匠勃然变脸："人死了您还咒？"

贼婆不慌不忙："大业务，把你姆妈的枕头拿出来。"

街坊们疑惑不解地围着贼婆，看她从枕套中拆出一沓皱巴巴的角票。一数，刚好一元。贼婆泪眼婆娑："春香咽气前三天对我说，指望临死前回光返照，爬起来梳洗打扮，自己打着洋伞到福庆和去吃最后一回牛肉粉……"

张铁匠这个鲁莽汉子，再一次被馋鬼春香征服，匍匐在她的骨骸下狂号："呜呜呜，大业务，快去端一碗牛肉粉回来，像我砸锅一样连碗砸到门口，让你姆妈吃了好送她走哇！"

众街坊肃穆默立，等待那一声撕裂人心的砸碗声。

哐——啷——，哐啷哐啷哐啷……

各家各户纷纷跟着砸碗，声浪震得鼓皮轰鸣，屋瓦颤栗，鸡飞狗叫，婴儿惊哭。

送葬队伍浩浩荡荡。先是正街的莫婆婆来围观丧事，看得落泪而归，诉给莫师傅听，莫师傅便感慨地写了一副多有溢美之词的挽联送来：

> 小家碧玉自怜自戕香消玉殒为糊口
> 大家主妇泣泪泣血四条汉子咽稀粥

接着赵瞎也不请自来奏起哀乐。

于是大业务捧了骨灰盒，小业务和三业务左右举起挽幛，张铁匠于烈日炎炎中撑开艳丽夺目的自动弹簧洋伞，寸步不离、毕恭毕敬地庇护着春香的灵柩。众街坊前呼后拥，在《阳关三叠》中把春香送出木屋村，安息在西出阳关无故人的地方。

11

春香死了就归老幺三业务遭孽。春香活着的时候再怎么只顾自己一张嘴巴，总还是偏袒老幺一点。张铁匠也明白，说起来三个业务都没有娘了，而大业务和小业务都大了，没有娘也可以了，有么好东西往自己嘴巴里扒起来傲得很，苦只苦了没有娘的三业务。所以张铁匠开始尽量采取分食法，有吃的喝的先分给三业务一份，凭着当老子的狠气镇住大业务和小业务，不准欺负老幺。可惜张铁匠不是那种既当爹又当娘的男人，他能把锤子砧子和斧头锯子招呼得服服帖帖，招呼起三个业务来却是手忙脚乱，按下葫芦起了瓢。

这天，三个业务放学回来都伸手找张铁匠要过早的钱，他大吃一惊。木屋村绝大多数街坊伢从来不兴上馆子买早点，都是自家炒现饭过早的。张铁匠家当然也是这个规矩。业务们为何明知故犯呢？原来是木屋村小学的老师叫学生回家找家长要的，老师说木屋村的学生普遍营养不良，学校开设了只收成本的学生早点食堂，既便宜又卫生。张铁匠问明原委后免不了把三个业务臭骂一顿，说要钱过早可以，那以后他们就吃早晨这一顿算了，还有两顿就饿肚子，又说要不然他们就把他剐了，剐的肉拿去卖钱好过早。骂完过后却背地塞一角钱给三业务："这钱管两天，一天吃五分，吃完了还是在屋里炒现饭过早。"

第二天早晨上学，小业务发现三业务有钱过早，大业务也有钱过早。结果可想而知，他打不赢大业务就把三业务揍了一顿。三业务晚上向下班回家的张铁匠告状，不料张铁匠不揍小业务也懒问得大业务钱从何来，独独把他三业务揍了一顿：因为张铁匠嘱咐他一天花五分钱买两个洋糖发糕，他却一天把一角钱花光又伸手找张铁匠要。

三业务一天挨了两场揍，心里委屈不过，哭哭啼啼去睡了。早上起床后他就不想上学，背着书包磨磨蹭蹭地往学校走。他看见同路上学的街坊伢都有过早的钱，他们边走边拿筷子敲打着粗瓷碗，一边走一边快活地唱着：

一两剁馍三分钱，
一个面窝四分钱，
一对粑粑五分钱，
一个欢喜坨六分钱，
一个酥饺七分钱，
一个烧饼八分钱，
一碗米粉九分钱。

这都是些家境稍好的街坊伢，街坊们的耳朵噪不过，笑骂着说："望上去他们挎着的书包蛮像饭囊，他们活像一群沿街乞讨的小叫花子！"如果三业务也这么看就好了，可惜三业务才上小学二年级不太懂事，他看了羡慕得要死，听了也羡慕得要死，又感到昨天身上挨了两回揍还在隐隐作痛，他怄不过就不往学校走，逃学跑到淤泥塘边去玩。淤泥塘是垃圾倾倒场，他和一群失学捡破烂的街坊伢一起拣镀铬芯片玩，这种像一分硬币闪闪发亮的废芯片混杂在军工厂倾倒的工业垃圾中，将双层的芯片磕开，中间含着一粒比豌豆还小的水银，倒在手心颤颤闪闪像水珠，却是半黏半凝固的，玩来十分有趣。玩到中午，禽蛋厂拖来一车臭皮蛋倾倒，那群捡破烂的街坊伢极有经验，一拥而上抢皮蛋。真正的臭蛋一磕便爆，爆出绿黑的臭蛋水，磕破不爆的是好蛋，剥开一看，蛋白像干涸的黄泥巴，蛋黄像发绿的稀鸡屎，臭是臭，但臭中有香，香味扑鼻。三业务见他们剥了蛋壳就往嘴里塞，香喷喷塞满一嘴，看得眼馋，肚子也饿得咕咕叫，就学着他们剥蛋吃，果然吃得蛮过瘾，一连剥了十几个，吃得嘴唇发乌。

晚上三业务就喊烧心，喊了一夜。张铁匠闻到他嘴里一股石灰味，问他瞎吃了什么东西，他不肯说。第二天三业务想屙却屙不出来。那腌制坏了的臭皮蛋石灰过多，烧肠结火，烧得他拼命喝冷水。喝了鼓鼓荡荡一肚子冷水更想屙屎了，可是还是屙不出来，憋得他用手指头往肛门里抠，抠得满屁股鲜血。张铁匠急了，再次逼问他到底瞎吃了什么东西，他死活不肯开口。还是白伢猜出来的。白伢不吭声，把贼婆留着给黑伢炒油盐饭的炼猪油舀一瓢来，叫三业务喝。三业务说："啊！喝猪油？我还敢瞎吃瞎喝？"白伢说："我晓得你吃了么东西！你喝了我包你好！"三业务喝了就拉稀，把淤塞在五脏六腑的污浊之气排泄得干干净净。街坊们庆幸不已地说："得亏了白伢！要不然三业务不是烧死就是憋死！"

可是第三天三业务还是死了。医生解剖发现他死于水银中毒，清理死者遗物时，从他的衣袋里搜出几粒豌豆大小的彩珠糖，糖粒中混杂着两粒沾满灰尘的凝固水银。

彩珠糖一分钱可买七粒。三天前，张铁匠给三业务过两天早的一角钱他没花完，他一次吃了一个面窝一对粑粑，还剩一分。

莫师傅资助张铁匠安葬了三业务，他安慰张铁匠说："唉，人算不如天算，白伢救了一回命救不了两回命。"

12

贼婆把黑伢宠成少爷，却把白伢使唤成婢女。

木屋东巷的街坊们虽穷，但还没有哪一家让子女失学。唯独贼婆不让白伢上学。一年四季不论阴晴寒暑，白伢像个孤单的游魂，游荡在从常码头到姑嫂树的田野上，寻觅下锅的东西。

奇怪的是，任凭风吹雨淋日头晒，也改变不了白伢白皙细嫩的皮肤。夏季炎炎烈日烤得木屋村的街坊伢们个个黑不溜秋像非洲儿童；白伢也不经晒，一晒脸就红，晒狠了就红得似沁出了血，而血红消退过后皮肤显得更白，像白种女孩。

汉生时常偷偷盯着白伢那张冰雕玉琢的脸盘子发呆。白伢佯装不知，冷不防朝汉生轻嗔一声："不要脸！"露出难得的一笑。

汉生给白伢取了个绰号：小侦探。她每天早起就拐个竹篮去郊外侦察菜农动向，中午回来报告贼婆并告知街坊：哪里白菜在间苗，哪里正拔萝卜，哪里开始割豆子。午饭后街坊们就根据她的情报倾巢出动。不过，最有价值的情报被贼婆截获秘而不宣。

白伢提供的最激动人心的情报是蚌蛙踪迹。摸蚌蛙要走远路，寻找偏僻的野池荒塘。蚌蛙壳尖利如刀，哪怕再小心翼翼也难免割破手脚，而用流一点血的代价便可以吃肉，值得。蚌蛙肉土腥味重，须在开水锅里除腥再在清水里漂，然后烧辣锅炸尖椒爆炒。土腥除了却难嚼，像牛肉筋子又像母猪肉皮，不过毕竟嚼得满口肉香。街坊们馋油荤馋狠了，就靠白伢做向导去摸蚌蛙打牙祭。

白伢爱吃蚌蛙肉，而黑伢却厌恶蚌蛙，他一进初中就不再摸蚌蛙，一门心思迷着逮蛤蟆吃，吃得白伢心惊肉跳。

黑伢逮蛤蟆不用饵虫钓不用电筒照，而用细竹竿抽。夏季正午时辣椒田里蛤蟆很多，这个秘密是黑伢捉蛐蛐时无意中发现的。一般人只知好斗的蛐蛐喜欢在椒田吃刺激性强的辣椒，却不知蛤蟆也喜欢群集椒田。所谓螳螂捕蝉，黄雀在后。蛤蟆却不知，黄雀之后是黑伢。

黑伢舞一根刚柔并济的细竹竿，仿佛中世纪欧洲骑士那种坚而韧的佩剑，极敏捷地从田头冲杀到田尾，竹梢撩到处，蛤蟆断腿掉头裂肚，血肉横飞。

大业务是佩剑骑士的仆从。他跟在黑伢屁股后头逮半死不活的蛤蟆，逮一个现剐一个，剐得两手鲜血。这时又有一个秃尾花狐继承秃尾灰狼的遗志，它兴奋地追捕负轻伤的逃跑者。

白伢哀怨地对汉生说："蛤蟆流的血是彩色的!"她形容说，那美丽的两栖动物惨遭剐刑，滴尽绿汁、白浆、红液，而剐过的蛤蟆更是美堪比人，酷似细皮嫩肉、粉红透明、水灵得可以捏出水的婴儿："汉生你看你看，那抓摇着的小胳膊小手，那屈蹲着的小腿小脚和肥鼓鼓的小屁股，越看越像! 几像呢!"说得汉生也毛骨悚然。

偏偏贼婆做蛤蟆菜特别拿手。黑伢最欣赏贼婆煨的蛤蟆汤，那汤是乳白色的，极酽。黑伢说："比排骨汤还鲜些! 煨的蛤蟆肉像鸡腿肉一丝一丝的，吃起来比鸡肉还嫩!"

大业务把黑伢分给他的蛤蟆吃独食。小业务见分不到一杯羹就向张铁匠告状，撮事说一瓶油只吃了三天，气得张铁匠又砸锅。大业务见独食吃得不安逸，便起意卖蛤蟆肉，获利甚丰，喜得他每天怂恿黑伢旷课去逮蛤蟆。不料财路被瘌狗堵死。永丰大队被木屋村捡菜游击队骚扰得惶惶不可终日，下决心指派专人看守菜地。瘌狗开拖拉机翻过两回车，交通中队不准他开车了，永丰大队就指派他日夜在田头巡逻。

这天，黑伢和大业务刚刚钻进椒田，瘌狗悄悄从侧后包抄过来，一锹拍死了秃尾花狐，撵得二人抱头鼠窜。

黑伢受惊吓病了一场，老做噩梦，梦见的却不是凶神恶煞般的瘌狗，而是一群赤裸裸的婴儿围着他狂啼。从来不把白伢放在眼里的黑伢，这回听信了白伢的话。

白伢又以黑伢梦中所见劝说大业务，大业务不信，从此单独行动，行踪诡秘。

13

中午，大业务趁街坊们端着饭碗串门聊天之际，故意捏个粗大的胡萝卜晃来晃去，啃得津津有味，果然引得街坊们纷纷聚头打听。大业务不卖关子，爽快地说："快吃了饭我引路，去晚了别个挖完了！"

街坊们都扔了碗筷，拎起挖锄催大业务上路。

白伢不愿跟去，想单独去别处菜地转悠。她说："难道哪里在收获胡萝卜我还不晓得？"可是贼婆斥骂她一句，又跟她耳语一句，白伢只好跟着上路。

走到半路，白伢见大业务磨磨蹭蹭掉到后头，她提醒街坊们注意他。街坊们回头紧催，大业务心神不定地朝前指指："到了，就在半月塘旁边，你们瞄到田埂堆的胡萝卜缨子就到了。"说着他就避到路边去解小溲，嘴里喊着："偷胡萝卜呃——"这是男人野地小便的邪话，也有先打招呼请避让的意思。

街坊们多是婆婆妈妈和女伢，见状只好朝前紧走几步。待回头再催大业务，他已不见了。

白伢说："我晓得他要溜的！"

街坊们只好自行寻到半月塘，果然看见大片胡萝卜田，却不见哪里堆着胡萝卜缨子，这块田根本没有开始收获！这才明白大业务哄人，个个气得七窍生烟："砍脑壳的大业务！""你撮白不得好死！"……

街坊们嘴骂着，眼却被胡萝卜夺去。田里的胡萝卜个个冒出小半截肥胖的红头撩人，胖头上参展的纤细缨子，<u>丝丝缕缕</u>，翠绿悦目。一阵风拂面吹过，鼻子便偷闻到了胡萝卜的芬芳。

贼婆贪婪地嗅着："嗯——蛮甜蛮香！"

突然，癞狗出现在田埂上，他扬举一把锋利吓人的月牙锹，嘴里骂骂咧咧："老子早就盯着你们了！老子从蛮远跟踪来的！哪个敢挨胡萝卜田的边，老子就拿锹剁脚！"

原来是大业务使的调虎离山计。此时大业务已潜入永丰大队癞狗家的院子，他从腰上解开牛筋绳，系一个活套，一抖一抛，准准地套住一只肥鹅狠狠勒死。他长吁一口恶气："总算为秃尾灰狼报了仇！"死鹅的买主已由黑伢找好。

半月塘这边，贼婆喊街坊们跟她走："快走快走！莫惹这个最拐的癞狗！"她喊着走着，斜瞟了白伢一眼。

白伢掉到后头，不吭声溜进路旁干沟。

街坊们跟着贼婆走了一阵子，才发现又不见了白伢。贼婆遮掩说："她偷白菜去了！"这是女人在野地小解的邪话，也是木屋村的雅语——街坊们成天男女混群在无遮无拦的郊野跑，女人需要方便时也用一句隐语打招呼。

白伢蹲在沟底装样，瞄见癞狗撺着街坊走远，远得没影儿了，便一头钻进胡萝卜田。她双膝跪地，双手握住小刨锄拼命刨胡萝卜，刨一个慌慌张张往布袋装一个，累得呼哧呼哧喘粗气。她拎拎布袋，鼓鼓囊囊装饱半袋，便长吁一口气，把小刨锄也装进布袋。

她择一个最大的胡萝卜，在布袋上拭得干干净净，又撩起衣角拭得透明发亮。她刚啃了一口，就烫舌似地吐出来，她看见两条腿柱子像个八字凳挡在前头。她慌忙将布袋夹在两腿间，麻利地解开裤带，背过身去扒下裤子跨蹲在布袋上佯装小解。她悄悄回头，窥见八字凳上安着一个癞痢头，骇得真的激出尿来，射在地里嗞嗞作响。

"别个真的在屙尿！你快点走开哟！"白伢在心里大声说。她祈祷着，愿贼婆传授的屡试不爽的遁身法保佑她哄走癞狗，然后开溜。

可是那两条沉重的腿柱子却狠狠杵捣过来，咚咚咚，杵捣得胡萝卜田颤跳起来。

白伢的心已怦怦乱跳了，她默念着："莫过来莫过来莫过来呀！"

仿佛天顶的日头掉到胡萝卜地里，白伢袒露的白屁股白得耀眼，耀在癞痢头上反光，耀得癞狗眼前一片模糊。癞狗只好站住了："小偷站起来！"

"莫过来，莫……不讲脸呃！看别个姑娘伢偷白菜呃！呜呜呜。"白伢终于喊出声，边哭边提着裤子站起来。

"偷白菜？偷胡萝卜吧！嘿嘿，嘻嘻。"癞狗眼前耀眼的一团消失了，他盯着白伢冷笑，忽又邪笑。

白伢两腿仍跨在布袋上紧紧夹着。"不讲脸不讲脸不讲脸！"她慌张系裤带时才看到手上还捏着只啃了一口的赃证，她不知藏匿反而信手随同嘴里的连珠炮一起掷向癞狗，砰！准准地砸在癞痢头上。

癞狗恼羞成怒，捡起罪证的把柄，亮晃着逼上来，一掌搡得白伢仰倒下去，从她腿下拖出布袋，拽住袋底一抽，彤红翠绿的罪证一骨碌滚出来。

白伢黔驴技穷，只好躺在田里耍赖，乱蹬着双腿："不要脸不要脸不要脸……"蹬垮了裤带未系紧的裤子也不管不顾，全不知暴露了女伢的隐私。

"我不要脸？你还不要屁股呢！嘻嘻。"癞狗那像两块癞痢疤的眼睛，盯见白伢身上什么地方时便迸燃了火星。捉贼人忽然贼似的四下惊惶张望，他胆怯地打了个冷噤，但他到底斗起狗胆，扑上去，将那截血红的罪证刺杀进白伢不慎袒露的冰清玉洁的肌肤骨缝中……

14

汉生打这天起发现胡萝卜会流血，以前他只知胡萝卜缨子可搭配主粮充饥。姆妈将胡萝卜缨子剁碎掺在滤过米汤的饭锅里，叫胡萝卜缨子饭，盛在碗里煞是好看，有如珍珠翡翠，尝第一口还有些清甜，再吃第二口就有一股浓重的沤烂的青腥苦涩味。汉生想：秀色可餐的胡萝卜缨子咀嚼起来如此苦涩，那津甜的胡萝卜流的血肯定咸得发苦！

是汉生最先发现白伢的异常。当时街坊们已端着饭碗在串门，都不在意白伢的晚归，只管咒骂大业务害人。只有汉生注意到白伢两手空空，而且腿有点瘸。当他看到她的裤管在滴血时，惊讶一声，连忙告诉姆妈。

汉生的姆妈出来时见白伢已躲进屋，她只好拉贼婆到一旁，嘱她进屋去问白伢怎么了。贼婆却大惊小怪地喊白伢出来，白伢死不应声，黑伢就进去揪着白伢的辫子将她拖到门口。

街坊们都围拢来。白伢战战兢兢，脸色像死鱼的眼白，裤子上一片血污。贼婆慌了神，惊号怪叫着抓住白伢的肩膀使劲摇，像是已失语的白伢终于被摇出声："呜哇——呃呃呃……"

街坊们顿时义愤填膺，叽叽喳喳乱成一团。

张铁匠和搬运等壮汉纷纷绾袖子，要跟贼婆去找癞狗算账。贼婆却坐在地上呼天抢地不起来。

"唉——呀！走哟！"街坊们急得直跺脚。

贼婆只是号，左手擤一把鼻涕抹在右脚尖，右手擤一把鼻涕抹在左脚尖。

汉生的姆妈在一旁被激怒了，她一把扯起白伢，大步流星去派出所报案，又陪罗户籍送白伢到医院诊查，将白伢领回家后，又自告奋勇连夜带一群警察去指认癞狗。

白伢从此没了灵醒劲。她的两条胳膊总是蔫垂着，手常常痉挛得端不住碗。更糟的是她的双膝不能并拢直立，走路时弯曲着像个跛子，她自己也嫌走姿难看，干脆懒得走动，成天呆坐在门口一声不吭。最可怕的是她的目光发直，令人怀疑她的眼是假眼，她只有在看见汉生时眼球才轮转一下，碾出一串泪珠。

汉生三天两头放学后就远跑第三座碉堡去砍艾蒿，天黑时才背着一大捆艾蒿疲惫不堪地回家。汉生的姆妈天天晚上烧艾蒿水为白伢熏洗，熏洗了六六三十六天。白伢的胴体愈洗愈白，只是黯然无光，白得像个纸人，仿佛身上的血都随着那个胡萝卜流失殆尽。

汉生着急了，问姆妈："怎么办呢？怎么办呢？"

姆妈说："接着给她熏！熏她个七七四十九天！艾蒿避秽驱邪治百病，我不信就治不好白伢！"

汉生就天天去砍新鲜艾蒿，汉生的姆妈就天天给白伢熏洗。果然白伢的脸又慢慢变得瓷白，眼珠子也慢慢活泛了。

白伢病好后成天缠着汉生玩，汉生每晚去莫师傅家练字她也跟去，在一旁盯着眼珠不眨地看。莫师傅这人好为人师，他见汉生写累了，又翻出一些古籍叫汉生看看书歇歇手，他又趁这空当手把手教白伢写几个字，写一个认一个。

白伢黏汉生，也黏汉生的姆妈。贼婆再不敢轻易支使她单独去郊野，白天汉生去上学，她就跟汉生的姆妈学一些针线活。

贼婆见状，这天竟当着白伢的面对汉生的姆妈说：

"王娘娘，您看白伢待您有几亲热！比待我这个婆婆还亲热些！干脆叫她明天做您的孝顺媳妇算了？"

白伢羞得满脸绯红。

汉生的姆妈勃然作色："您莫瞎说！白伢待我亲热是看我心疼她，我心疼她是看她这个没得娘的伢遭孽！好歹她小时候我奶过她几天，就只当是自己的伢了！"

15

街坊们渐渐有些贬议贼婆。

一向很看重贼婆的张铁匠也说："贼婆有时候贼过了头。"

同时，街坊们忽然对汉生的姆妈刮目相看。汉生姓王，街坊老幼皆称他的姆妈为王娘娘。莫师傅说："王娘娘是一条好汉！"街坊们纷纷附和，并爱屋及乌，对王娘娘的丑食谱也感兴趣了。

汉生姆妈的觅食方式竟连穷于觅食的木屋村人也不可想象，可以怀疑她不是人而是食性很杂的草食动物。吃野菜五花八门的诀窍木屋村人都谙熟此道；令街坊们莫名其妙的是她的"家菜野吃"，譬如西瓜皮做菜、冬瓜瓢做汤。说她用胡萝卜缨子焖饭还不足为奇，最难以置信的是她用芝麻叶子下面条：将状如柳叶的芝麻叶从麻秆上一把把捋下来，反复摊晒至枯萎卷曲如褐黑的枯树叶，煮面条时抓一把丢锅中，锅中便如秋风漂败叶的池塘，难看却不难吃，芝麻叶杀面腥气且别有味道，吃时微带韧劲，有嚼头，满口异香。街坊们在她的循循善诱下都品尝过。

汉生的姆妈固然穷酸，却会信手捏出一个个令人垂涎欲滴的银元宝。元宝是假的，玉石手镯却是真的，她说娘家陪嫁的这只翡翠绿镯，当年逃荒讨饭也没舍得拿它换一斗米。街坊们不识货，倒只看中了她那口白瓷面盆，细瓷釉彩闪闪，搬起来却沉手。当她和面时，就像一个存不住财的穷婆子在炫耀富有，玉手镯轻轻磕碰细瓷盆，听来确也似敲出一种莫名的富贵和殷实。

叮当之声吸引街坊们三三两两拢到门前来听着与她搭讪，她不理睬，只顾叮叮当当地和面。街坊们不见怪，因为他们发现她也在倾听自己叩响的悦耳音乐。

随着叮当之声，她全身心投入到一堆面团上，推揉，推揉……她像是在推山搓海，像是在翻天覆地。不过皮球大小一团面，竟累得她额头上沁出密匝匝的汗珠，一滴滴往颈项里钻。她绝不愿解开系得紧紧的领扣，这件白棉布大襟长衫是和面前特别沐浴更换的，这种庄重虔诚之态，她说是做给灶王爷看的。

叮当之声终于停了，继之以擀面杖骨骨碌碌的颤滚之声。一双青筋鼓暴的大手灵巧地耍着木杖，弹琴似的从两端至中间来回滑动，或者像两把梭子飞快地左梭右梭，街坊们看得不眨眼，见那面皮在反复铺开卷拢之间已擀碾到单薄透明如蝉翼，却不粘不破，便疑心那是一根魔杖，卷着的是一筒橡皮。

她轻轻巧巧抽出擀杖，几刀把一筒面皮切成规则梯形状饺子皮。信手提起一张裹上馅子，翻手覆掌间捏出个元宝饺，小巧、玲珑、瓷实。这时，一向憨厚的她忽然变得滑稽而狡黠，她自得地托元宝饺于掌心，逐个递到街坊们眼皮底下供观赏。她笑眯眯地说："这可是足秤二两银元宝哩！哪个有碎银子、银票、人民币？凑齐了拿来兑换！"

元宝饺包馅捏形最见功夫，她捏合粘接的缝口像焊封的，下锅绝不漏缝灌水。当然，还得见之火功。

只见她在门口置一老虎灶，以易燃而熬火的棉梗柴火烧沸满鼎锅水。揭盖，哗啦哗啦下饺子，赶紧扣盖，灶下猛塞一蓬火，灶上一瞬间便沸动锅盖；灶下急忙退出烧得吱吱叫的柴火，灶上加小半瓢凉水；灶下复将未烬的柴火递进灶口，火钳架起，噗——吹腾起一蓬急火，灶上猛揭锅盖，咕咕噜噜，满锅珠光宝气惹起一片啧啧惊赞。

她须臾不待，眼疾手快起锅盛碗。八成熟的元宝舀进碗里还嗞嗞叫着鼓泡子。

她说："这元宝在碗里熟到九成，还有一成生靠在嘴里嚼熟，没有一成生也就没了鲜味！"

头两锅饺子是馈赠街坊们的，无须送上门，街坊们像排队上馆子的食客，早已候在门槛上。他们恭恭敬敬地接碗，笑容可掬地朝汉生的姆妈唱喏："难为您啊，王娘娘。""多谢您啊，王娘娘！"汉生的姆妈鸡啄米似地不住点头答谢。

一时间，木屋东巷人成了谦谦君子。大业务昨天还戳指着汉生的姆妈骂她吃的是猪食，今天一口一声王娘娘喊得亲热。也不怪大业务脸皮厚，在互赠佳肴之风熏陶下的街坊们，哪怕昨晚曾剁着砧板刀对骂，此刻也应化干戈为玉帛，为参加古老的祭牙仪式而和平共处。就连鸡啊猫啊狗的，也缠绵在街坊们的膝下极尽媚态，以求分羹。香雾缭绕在木屋村，氤氲出一幅庶民同甘共苦图。

最陶醉的还是汉生的姆妈。她得意忘形，趁机糟鄙街坊们包的半圆形饺子是死面疙瘩，一咬一口水，饺皮厚得硌牙，馅子不是忒咸就是寡淡，饺子往往煮得过老……街坊们听得唯唯诺诺。

其实元宝饺的魅力，有一半奥妙在拌馅功夫。饺馅全是素的，无非是捡来的白萝卜头子、胡萝卜根子、白菜秧子。汉生的姆妈狠狠心买了几块豆腐、两根油条。统统切丝剁丁剁成粉齑，加足葱、姜、蒜、椒等佐料焙炒。令她心疼的是素馅费油，她和汉生一月的计划油要费去一半。她说："人还没打牙祭锅先打了牙祭！看看这锅吃油吃得油光水滑！"足足花半天工夫拌成的素馅总有十几种成分，呈颗粒松散状，如一盆什锦砂糖。

第三锅饺子所剩无几，给汉生盛一碗后，汉生的姆妈只舀得浅浅一碗。刚端起碗，大业务就嘻皮涎脸将吃空的碗凑拢来，汉生的姆妈嘴一撇，脸旋即绽成一朵花，倾碗拨三五个给大业务，又拨三五个给小业务。她忙碌一场，碗里也就剩三五个饺子。

大业务意犹未尽："王娘娘，您如果包一回肉馅元宝饺，那不是还过瘾些！"

汉生的姆妈不高兴了："啊？有元宝饺吃还妄想肉馅子？你真是人心不足蛇吞象！"

幸亏大业务刚吃了别人的嘴软，悻悻一笑。

汉生的姆妈却不知趣，不依不饶地数落："做人一不能太馋二不能太奢……我娘家乡里的刘大户，家藏一座银山，吃元宝饺也是素馅。他家没得隔夜钱，有几个钱赶紧兑成碎银子，熬化浇成一坨，一代接一代浇成银山。'土改'时斗财主，几个好吃懒做的败家子把刘大户绑起来吊在梁上，拿皮鞭蘸水抽他。刘大户认罪说：'不该一年只腌一刀腊肉，从正月吃到六月，银山是几代人一口口省下来的……'"

大业务听得索然无味走开去。黑伢却听得津津有味，他皱着蒜头鼻子似乎在嗅什么。

16

黑伢和大业务抢了一摞花花绿绿的传单，就戴上了袖章，罢课去刷标语、贴大字报，一天三餐领酱肉包子和面包吃，十分神气。小业务也跟着拎糨糊桶混吃的。

一日天麻麻亮，汉生的姆妈开门时发现一张大字报贴到自家门板上，忙喊汉生起床看。汉生看了气得要撕，姆妈不让撕，只让他念。汉生死活不念，只说肯定是大业务写的丑字。

汉生的姆妈便径直去捶张铁匠的门，砰砰捶了几下，见无人应声，竟一膀撞开，从床上一把擒起熟睡的大业务，拽到自家门前："是你写的你就念一遍！我倒要听听我的罪状！"

大业务先是懵头懵脑，待他清醒了也胆怯了，扭着脖子不吱声。

木屋东巷的街坊们都惊醒了，吱吱呀呀开门，趿拉着鞋子跑拢来，围观着大字报惊讶而愤慨地质问：

"大业务是你写的？想不到你还是个人尖子呢！往后街坊们都不敢谈家常啰？"

"你莫血口喷人！我们怎么不记得王娘娘为地主鸣冤叫屈？有娘养没娘教的东西！"

搬运等人干脆咆哮起来："小杂种你信不信？我们敢把你个人尖子掰了！"

张铁匠睡性大，汉生的姆妈闯了他的老巢他还在打鼾。这时他才不吭声从街坊们背后挤拢来。等众人回头看时，他的拳头已愤怒地砸到大业务头上。汉生的姆妈慌忙将大业务往怀里护，结果一拳打中二人。只见汉生的姆妈"哎哟"一声，伸手捂额头。

昏黄的路灯刚刚熄灭，晨光依然不大亮，依稀照见一缕血像捂不住的红虫，从汉生的姆妈的手指头缝里爬出来。而她的另一只手还紧紧护着躲到她背后的大业务。

"是黑伢叫我写的，是黑伢叫我写的……"

"你莫瞎说啊！我叫你吃屎你吃不吃？"

"小业务！你来对质！"

"是黑伢说的叫大业务抄的，黑伢叫我半夜起床屙尿时贴到王娘娘家门上。"

张铁匠返身回家操起扁担，右手扬举着过来，左手接连拨开几个劝阻的街坊："老子夯死两个杂种算了！"而大小业务相继朝巷子口飞逃而去。张铁匠撵不上，猛然转身，拿眼睛寻找黑伢。

天豁然大亮。黑伢倚靠在自家门槛上，耸着肩皱着蒜头鼻子，乜斜着眼睛无所畏地东瞟西瞄，但他的腿分明在抖。

张铁匠胸中的恶气难消，便一扁担夯在黑伢脚前的石阶上，夯得火星一迸，扁担裂成两截。

黑伢没提防这一扁担，惊得一蹦。就在这时，他那老奴一般的贼婆突然尖嚎一声扑上去，死死掐住他的脖子。他拼命掰开贼婆的手，连滚带爬逃开去。

大业务和黑伢一连几个昼夜不归。

17

三天后汉生的姆妈遭绑架。

早晨，汉生的姆妈把昨夜的半碗现饭冲半碗开水一泡，打发汉生过早。汉生几筷子捞净饭粒就去上学。姆妈端起碗里的剩水喝尽，独自去郊外捡茄子。

永丰大队的一块茄子田连根拔了梗，弃在田头晒成柴火。汉生的姆妈一堆堆翻寻，偶尔翻出一个蔫瘪的小茄子。

如果说她的觅食行为妨碍了谁，她只妨碍了湿漉漉的茄子藤下的几只蟋蟀和一只田鼠，它们只好另寻栖身场所。除此之外，在这个凉秋的早晨，雾霭中影影绰绰的这个贫妇，正如哪怕忙得上天入地也悄无声息的蚂蚁，不扰田野的静谧和满田瓜果蔬菜的安然。太阳醒了，那是它睡足了自己爬起来的。

黑伢和大业务，引着瘌狗和他劳改释放后拉起的红袖章队伍，从汉生的姆妈背后包抄过来。看背影她正弓腰啃着什么。

瘌狗假咳一声发出准备动手信号，她听见响动回头一看时，她手上捏着、嘴里嚼得紫泡沫子直冒的竟是一个——生茄子！

瘌狗一时被如此饥不择食的行为搞懵了。

黑伢也一愣，但他没发懵，鼻翼缀着的两坨蒜瓣急促地裂动。汉生的姆妈嘴角扯动的发达的咀嚼肌强烈地提醒了他：王娘娘这一辈子嚼遍人世的一切苦难……油然而生的一种敬畏、一种罪过感、一种恶作剧后的懊悔，使他陡然心悸而胆怯了。他扯起憨头憨脑的大业务掉头飞逃。

临阵脱逃打乱了瘌狗的计划。三人事先策划的是押汉生的姆妈游街，备好的黑牌子上赫然写着罪状："为地主鸣冤叫屈犯、惯盗青菜犯"。瘌狗只好把汉生的姆妈先押到永丰大队关起来。

瘌狗找到天黑也找不着挑唆他绑架汉生姆妈的黑伢和大业务。没有帮凶他斗不起狠劲，如果不是汉生的姆妈太刚强，他差一点自下台阶放她算了。可是她骂不绝口，骂得他一不做二不休，不放人也不给吃喝，把她又关了一夜。

第二天一早，瘌狗纠集了一伙大队的红袖章，准备押人挂黑牌子游街。打开门才发现汉生的姆妈越窗逃了，窗上的竹棍护栏被掰断两根。

癞狗气急败坏，率人马朝木屋村追去，半路上，与黑伢和大业务迎面相遇。

其实是两军相逢。黑伢和大业务身后，有汉生、白伢、贼婆、莫师傅，还有强壮的男人张铁匠、搬运、建桥、独蒜……木屋东巷的街坊和木屋村所有巷子的捡菜大军都闻讯赶来。

汉生冲过去死死揪住癞狗的衣领，歇斯底里地嘶喊："你还我姆妈还我姆妈……"

汉生的姆妈失踪了。木屋村一百零八条巷子都有人加入寻人行列。那么多人呼唤王娘娘，找遍从常码头到姑嫂树的田畴、野塘、荒林和土岗。

18

汉生的姆妈翻过常码头西边的大堤，躲进东西湖的一大片晚谷田。她一时有些恍惚，以为自己还是逃兵荒时的年轻媳妇。她闭闭眼再睁开，警觉地巡睃一遍四周包围她的谷穗，她清醒了。她顺手捋了一穗谷子，在掌心捻碎谷芒，捻脱谷壳，在两掌间翻腾着吹尽草屑灰壳，伸舌头舔进嘴里嚼。刚灌浆凝汁的新谷米津甜柔糯，诱使她饿致昏迷而疲倦的胃又恶性发作。她捂着胃钻出谷浪，在田埂旁捡起一个破篾箕，重又淹没进谷浪。

如箭的谷穗惊讶失色，圆睁着晶亮的露珠眼看她。

她把破篾箕反扣在田里，捋一大把谷穗，揉在篾箕上，搓，搓，搓。她那双枯藤似的手在毛刺刺的篾箕片上搓破了老皮，搓出了血肉丝了，却也如愿搓断钢针似的谷芒和坚而韧的谷壳，碾出满满一掬谷米。

她又捡来一个破搪瓷杯，弄来火种。

这时，黑伢和大业务如鬼使神差，离开乱糟糟的人群掉头西奔。

当他俩在遍地夕阳时分搜寻到一位野炊老妪时，他俩总算给汉生和街坊们赔还了一个王娘娘。

第三章　死　　谜

1

黑伢和大业务惹祸的起因是捡传单，捡了贴，贴完了又学着写了一张再贴，害得汉生的姆妈遭了一场罪。他俩的那摞传单，是跑到六渡桥去看热闹时捡的。

搬运也因捡传单惹祸，却是在巷道捡的。

那天，一架墨绿色直升飞机在木屋村上空盘旋。开始呢，街坊们都没在意，以为是例行的飞行训练。飞机是木屋村领空飞来飞去的常客，就好像木屋村街坊是铁道外田野深处的飞机场出出进进的常客。可是，那天的过客不知为什么在木屋村的屋顶上流连忘返。街坊们钻进飞机场铁丝网内挖野蒜割野韭时，曾听哨兵说过，飞机在天上看汽车像甲壳虫，看人像蚂蚁。那么，看木屋村大概就像蜂巢蚁穴了。看来那架飞机不是常客，它定是对羽翼下的密密匝匝的蚁穴和密密麻麻的蚁群十分好奇，要拿这个蚂蚁王国寻开心。飞机越飞越低，低得几乎擦着木屋东巷巷子口的杨树梢。巨大的轰鸣声震撼了每一间木板屋，所有的街坊都惊恐地跑到巷道上指天怒骂。

这时，飞机就扔"炸弹"了，扔出一串串集束"炸弹"。街坊们正欲抱头鼠窜，那"炸弹"已在空中无声爆炸了，炸出满天五彩缤纷的花絮，恰似天女散花，飘飘扬扬地落下来。

原来是传单。

街坊们转怒为喜，顿时欢呼雀跃起来。各条巷道上万头攒动，脚步纷沓，所有的大人和小伢一齐出动抢传单。

捡到手的传单都派了裱屋糊墙板的用场。那些花花绿绿的传单蛮鲜艳漂亮，裱在灰暗发黄的鼓皮板上显得亮堂堂的，家家户户平添过节般的喜庆气氛。

数搬运家抢的传单最多。搬运抢到一纸箱未散开的传单，加上独蒜和他的姆妈抢的，把屋里的四壁和头顶的暗楼板都团团转转裱糊了一遍，还剩一多半。搬运就把传单卷成一筒筒，捆成一把把，装了满满一箩筐。

搬运便熄了堂屋的炉台一连几天不烧煤球，把老虎灶架在大门口烧传单煮饭炒菜。

这天，搬运烧传单正烧得灶火熊熊，被领队游行经过木屋东巷的刘军撞见了。

刘军义愤填膺，操着刺耳的普通话腔调声色俱厉地喝问：

"住手！你为什么烧传单？"

搬运被问得懵头懵脑，又见刘军他们个个都是一身夹克衫、运动裤和回力鞋，一看就不是木屋村街坊伢的穿戴，便没好气地说："你们才问得有味呢！为么事？有没看到，为了把生的弄成熟的！"

刘军以为他故意装糊涂："你不要耍狡猾！我们问你，为什么将传单当柴烧？你这是什么态度？什么目的？什么用心？"

这么连珠炮似的一吼，就把搬运吼恼了："这才出巧呢！这是捡的又不是偷的！俗话说得好：'捡的捡的，过了眼的。'你管我是揩屁股还是烧火？你们这不是湾着船扯皮？还吼，像吼乖乖儿样的……你们才是乖乖儿！我养的儿子和你们一般大！"

搬运这么一瞎说就下不了台，刘军率人一拥而上，有的掀锅，有的踹灶，有的端起箩筐收缴传单作为罪证。其余的冲进屋去查抄其他罪证，一见满屋满墙都裱着传单，横的竖的正的反的倒的顺的糊得一塌糊涂，更是惊呼怪叫，如临大敌。

也不怪刘军他们大惊小怪，他们来自与木屋村毗邻的高墙内的军工厂。丈余高大墙内不仅有厂房车间，还有宿舍区，有从幼儿园到高中的子弟学校，有医院、商店、俱乐部、花园和灯光球场，总之，吃喝玩乐拉撒睡一应俱全。军工厂大门的朝向又背着木屋村，所以虽只一墙之隔，这些军工厂工人子弟囿于家长的严格管束，以邻为壑，全然不知大墙外"那个鬼地方、那些鬼屋"里头住的人怎么个活法。其实他们今天到木屋村来游行，也是抱着极大的好奇心趁机来看稀奇的。果然，搬运就被他们看了稀奇，岂止稀奇，他们简直如同发现新大陆似的，发现英雄大有用武之地。

接着刘军就上纲上线分析，分析完他自己都吓一跳：搬运分明是个现行反革命分子！于是决定，立即将搬运绑起来游街示众。

正在这时，独蒜回来了。独蒜已长得与父亲平齐平高，臭脾气更是与搬运一脉相承，一见这般情景，张嘴没得半句解释、争辩的话，破口大骂道："你们当木屋村的人都是炭铺长大的——吓（黑）大的？莫腰里挂只死老鼠——冒充打猎的啰！滚！滚回关你们的猪院去！我看哪个敢动我爸爸一根汗毛？"骂着就抄起搬运那把撮砂撮煤的大板锹。

汉生、建桥和援朝，本是和独蒜一起在学校打了乒乓球回来的。三人开始都是冷眼旁观，一见独蒜要扬锹伤人，立即扑上去，建桥从背后拦腰箍住独蒜，汉生和援朝掰开独蒜的手夺下板锹。

这时莫师傅急急忙忙赶来："多亏及时发现！搬运你犯了天大个错误！传单只能贴到外头不能贴在屋里！传单是看的哪能用呢？搬运你赶快认错，就说你不是故意的……"

左邻右舍的街坊们早已悄悄掩了门，怕被看自家屋里也裱满传单。听到莫师傅出头说话，纷纷敞门出来，见搬运还是犟着脖子不晓得转弯，便七嘴八舌一边数落搬运一边帮他分辩。独蒜的姆妈便迭声朝刘军赔不是。

建桥和汉生见那群学生中有一个面熟的，记得在一次校际足球赛中交过锋的，便打招呼："喂！你是刘军吧？这里住的都是劳动人民家庭呢！算了吧！么时候再约着打场球吧?"

那刘军却不买账，不依不饶地指着独蒜质问："你还行凶? 你胆敢威胁我们?"接着就头领喊口号。

口号喊得震天巨响，过往行人纷纷围拢来，巷子两头都堵得水泄不通。

莫师傅见事情反而越闹越大，也来了气，又担心再不收场会更糟糕，也顾不得讲客气了，突然朝刘军发问道："你们恐怕不晓得，木屋村条条巷子家家户户都拿传单裱了屋! 是不是这么多的街坊都成了现行反革命分子呢?"

这一问果然把刘军问得张口结舌，他回头望望他那群队伍，谁都答不上来。

张铁匠趁他们都愣怔着，一把拽住搬运拖着，奋力挤出人群。刘军便带人挤过去追，后头又冒出大业务、黑伢和防汛，团团护住独蒜撞开人群跑了。围观人群见刘军顾头不顾尾，结果两头失塌，便哄笑着散开。

刘军气得脸色发紫，当即发令兵分三路：一路去派出所报案，一路去查找搬运的单位调查他的成分和历史，一路回子弟学校召集全体队伍随时准备行动。

刘军发号施令完毕，突然转身气势汹汹地逼到莫师傅跟前："你不要包庇坏人! 我们不揪出现行反革命分子决不收兵! 奉劝你，与我们作对绝没有好下场!"

这时候莫师傅的气反倒消了，被那刘军戳指到鼻尖上也不愠不怒。汉生不依，冲到莫师傅前面要与刘军论理，被莫师傅拦到身后，听任刘军带着人马急急地走了。

莫师傅一直望着那群背影远去。他暗忖道：看惯了木屋村街坊伢的野性子和顽皮劲头，原以为关在院墙里头的伢们文质彬彬，哪知竟这般盛气凌人! 他们的狠气似与木屋村街坊伢的一股狠劲有所不同……莫师傅想到这里，耸肩一惊。

2

第二天一早，刘军率领军工厂的近百名学生列队开进木屋东巷，罗户籍也跟来维持秩序。刘军将搬运家的前后门一堵，便冲进门揪人。搬运夫妇不哼不哈不吵不闹，任由他们揪到门口。独蒜昨夜就被街坊藏匿起来。搬运也被街坊教过乖教过忍，当刘军把一个写着"大地主，大坏蛋"的黑牌子要往他脖子上挂时，他先是眼珠子鼓爆得像牛卵子，继而闭目低头，听任刘军套在头上。

搬运何以变成了大地主? 原来昨天一路人马去报案，说发现了一个现行反革命分子，派出所问清详情后就有些推诿，认为证据不足，可以先由管段户籍立案侦查，暂时还不能抓进来。另一路人马找到装卸站，一查搬运的档案，他的阶级成分是小船主，心想船主不就相当于地主吗? 这些军工厂的子弟们，自然个个都是根正苗红的"红五类"，提起地主，想必就如同盘剥压榨、罪恶滔天的刘文彩了！他们好奇怪：只有指称大地主的，哪个兴说小地主？刘军便往大处着眼，"抬举"搬运当了大地主。

　　刘军他们今天是来抄家的。他们急于找到新罪证，心想既是大地主，总要埋藏一些金银财宝，说不定还有变天账！揪不出现行反革命分子揪一个历史反革命分子也可以。谁知挖地三尺，抄出的除了些坛坛罐罐，竟尽是呆笨丑陋、稀奇古怪的木头器皿：木桶、木盆、木碗、木瓢、木勺、木拖鞋、木屐……难怪这人长得木头木脑，连睡觉的枕头都是木头做的！最使他们好笑不过的是那一双木屐，乌黑发亮的硬木壳鞋帮活像两只极大的甲鱼或乌龟，抄家抄得无聊没劲了，便争相试着穿那双木屐，踩高跷般走得一扭一晃，乐得嘻嘻哈哈笑成一团。刘军见闹得不像样，便挥手喊集合。

　　搬运一见刘军要走了，自己动手取下那块黑牌子，抱在怀里就跑，他一口气跑到装卸站质问领导。装卸站并不知刘军的恶作剧，当然就将责任推个精光。搬运一口恶气难出，就胡搅蛮缠吵着要给他重划成分："当初划成分时就划错了，别个驾船的都是划的独劳，怎么偏偏给我划了个小船主啊？"装卸站领导被他缠得脱不了身，一气之下就气出了撮砂扛麻袋出身的脾气，竟抽出搬运的档案袋扔在他身上："哪个给你划错了成分你就找哪个改吧！"搬运果真就抱着档案袋去找原单位水运公司扯皮。这划定的阶级成分岂是随便改得的？搬运就被两个单位踢来踢去，踢得搬运横了心，当着当初给他划成分的水运公司领导将档案袋撕得粉碎，撒传单似地撒了那人一脸。这一撕搬运就把自己撕成了黑人，两个单位都不敢认他了。搬运不在乎："这把铁锹就是老子的单位！老子就到车站货场去'撵兔子'，每天赚的比单位只会多不会少！"这是第二天的事了。

3

　　当天，刘军抄家没抄出名堂，已将队伍集合好准备撤了。他见旁观的街坊们议论纷纷，建桥、援朝、汉生等人满脸嘲笑；又见莫师傅挺着极高的个子立在街坊们后头，一言不发地注视着他和表情悻悻的同伙，便不甘就这样两手空空地一走了事。他突然有了主意，马上指挥大家分头冲向各家各户，要揭裱在墙板上的传单。街坊们都被激怒了，纷纷挡在自家门前与之争吵。

　　汉生按捺不住了，上前警告刘军："你这是把矛头对准广大革命群众！你们再不停止我们就不袖手旁观了！"

　　建桥紧接着问："你以为就你有觉悟？难道我们都是落后分子吗？"

刘军也不示弱："你们既然也有觉悟，就应该支持我们的革命行动！"

双方便对峙着摆开辩论的架势。

黑伢立在自家门口远远地看着，见一大群人叽叽喳喳地对付汉生他们三个人，忙招手喊大业务和防汛过来，朝他俩耳语几句。大业务和防汛就分别朝巷子两头飞奔而去。

不一会儿，毗邻的十几条巷子呼呼啦啦跑来好几十个街坊伢，他们边跑边往左臂上箍袖章。霎时对峙双方就势均力敌了。而后边还有不断跑来的街坊伢，最后来了一百好几十，人数上反而占了优势。

刘军暗暗一惊，他今天是花大力气才组织厂里子弟学校学生全体出动，没想到这边随便一喊，几分钟竟能召集如此庞大的队伍，实在令人恼火。见对方随随便便将袖章套在胳膊上，有的就捏在手上，有的干脆没有袖章，而他的队伍今天是统一穿上父母没有帽徽领章的黄军服来的，个个英姿飒爽，便指着汉生、建桥等人说："你们是些什么人？我怀疑是一些乌合之众！"

建桥正欲答话，黑伢抢先说了，却是朝木屋村街坊伢喊："喂，他们说我们冒充红卫兵，骂我们是乌合之众！"这一喊，街坊伢更激动了，吵吵嚷嚷挤着往前冲。黑伢趁机怂恿大业务挽起袖子叉着腰，大摇大摆逼到刘军的鼻子尖下，逼得刘军朝后踉跄了一步，刘军气急败坏，也挽起袖子拉开格斗的架势。双方眼看就要动手。

这时莫师傅出面了，他严厉喝退了大业务，又指着黑伢狠狠瞪了一眼，看出是黑伢在推波助澜，巴不得双方打闹起来，他见两个调皮捣蛋鬼退到一旁了，又去劝说汉生和建桥等人让出一条道来，让刘军走。

罗户籍在抄家刚结束时就匆匆走了的，现在也闻讯赶来了。他一边大声呵斥着木屋村的街坊伢，一边拉起刘军的胳膊引领着队伍朝东头巷子口走。莫师傅就跟着撤退队伍殿后，展开长臂拦阻着一拥而上的街坊伢不准靠近。

就这样，刘军总算平安无事地离开了木屋村。应该说，如果仅靠姗姗来迟的罗户籍，仅凭他那一身警服的威严，恐怕还控制不住局面。是莫师傅，凭他一向长者的威望和宽厚的胸怀，说服了激愤难已的街坊伢。

但刘军不领这个情。莫师傅愈是能出头露面管事，他愈是认为这个长子鬼、老头子是个煽风点火、刁难做对的家伙！他本是走在撤退队伍前头的，又跑到队伍后头来，站在那里仇视地盯了莫师傅一眼才走。

4

建桥见街坊伢们仍围在一起纷纷议论着不愿散开，便趁机登高一呼："他们都是军工厂子弟学校的同学，我们也都是同一个学校的同学，而且我们还都是门挨门的街坊！我们应该比他们团结得更紧些！"

汉生说："我咽不下这口气。我们木屋村的街坊就这么无辜地被人抄家一走了事？我们都晓得独蒜家的成分是小船主。我们蛮多家都是船民出身，划成分是独劳，算下中农，那么独蒜家的成分顶多算个中农、上中农吧？再说又没抄出什么把柄当罪证。就这么被军工厂的子弟欺负一场算了？太窝囊了！"

大家纷纷赞同汉生，却一时不知怎么办才好。

建桥便果断地说："他们可以随随便便来木屋村抄家，我们也可以到他们厂里和学校去宣传！"

大家一齐叫好，都说应该给点颜色军工厂的子弟伢们瞧瞧，免得以后他们再来木屋村欺负人。

这时独蒜从莫师傅家的书箱子后头跑出来，他和大业务、黑伢等人摩拳擦掌，要当急先锋打头阵。

建桥赶紧和援朝、汉生凑在一起商量了几句，再对大家说时间就定在明天上午，参加者只能是在他们中学上学并发了袖章的。又说够这些条件但有特殊情况的，比如独蒜，还是不参加为好。

独蒜一听是说他，便垮了脸怏怏不乐地回家去。

建桥见独蒜走远了，便解释说："我是好心，其他像独蒜这样家庭成分不是蛮过硬的人，最好不要去。"

建桥将留下来的人一数，足足有一百多人，就吩咐大家分头准备。建桥和援朝去学校拿旗帜锣鼓，汉生带大业务、黑伢和防汛去预备废报纸、糨糊桶和刷子。其他的人都去搜罗各家各户剩余的传单。

第二天上午，木屋村的学生队伍整装待发。建桥安排大业务、黑伢、防汛各执锣、鼓、钹，由援朝扛旗引着走在最前列。派两人帮汉生抬着糨糊桶走在中间。其余百十号人马整整齐齐排在后头。他自己衔着口哨前后跑着指挥。

队伍到了军工厂。

建桥一边指挥锣鼓更威武地敲打起来，一边指挥队伍散开，两人一组，将花花绿绿的传单到处贴。

这时刘军才带人从子弟学校冲出来。同时，工人和干部都停工从车间和办公室跑出来。他们都知道昨天厂里的子弟到木屋村抄家惹了祸，严厉呵斥着阻拦住刘军这一群，不许靠近木屋村的学生。

汉生便在众目睽睽下大显身手，他握着一支黑火炬似的大提笔，在贴到墙上的报纸上龙飞凤舞地写标语。

防汛洋洋得意地朝刘军喊："怎么样？木屋村的字写得傲吧？告诉你，这是我们莫师傅的得意门生！你还敢跟莫师傅逞狠？你也写几个字，我带回去给莫师傅瞧瞧看像什么东西？"

刘军一听，明白说的是那个故意做对的长子鬼老头子，心想又是他！气得冲过来要撕标语。这时一个厂领导模样的人走过来，一边叫人拖走刘军，一边打起笑脸走向建桥，似准备交涉什么。

建桥却不睬那人，只管吹起哨子集合，敲锣打鼓地凯旋。

木屋村的街坊们夹道欢迎得胜归来的伢们，骄傲地议论着："兵来将挡，水来土掩，木屋村的街坊伢们也是有本事的！"

莫师傅也站在巷子口守候多时了。他站在一群街坊后头一声不吭，却因个子高显眼地朝前探出头脸，他脸上的表情古怪复杂，看不出是嘉许还是责备，是欣慰还是忧虑，是漠然还是关切。

5

莫师傅见汉生一连几天不来跟他临帖练字了，好生奇怪。汉生自正儿八经拜他为师以来，每晚无论功课多紧都要找上门来跟他学习书法，从来不间断。如果是往常，他也许会主动去汉生家看看、问问，但最近他有些心烦意乱，懒得去询问。

倒是白伢这天晚上跑来，担心地告诉莫师傅："汉生这些天天天和建桥、援朝在学校忙到蛮晚才回来。莫师傅你不生气吧？汉生的姆妈也在说他，他不听。"

"唔……"莫师傅含含糊糊地应一声。

原来汉生和建桥、援朝三人成天忙着开会，编写油印战报，组织游行、辩论，排练文艺节目，处于紧张忙碌的环境和极度兴奋的精神状态中。汉生深感肩上的责任重大，倒觉得前不久与刘军的对抗是一场赌气的儿戏了，并为自己一度气量太小，眼光太低，想的看的说的都只是木屋村那个角落的事而惭愧不已。现在他们想的看的是风云变幻的国际国内形势。三人常常深夜回家后，又爬到建桥家的暗楼上去作竟夕谈……

这种情形，正应得上那位政治伟人吟哦的诗词：

"恰同学少年，风华正茂；书生意气，挥斥方遒。指点江山，激扬文字，粪土当年万户侯……"

就在这时候，北京学生停课南下北上长征的消息传到武汉，三人闻风而动，抢先宣布成立全市第一支长征队，徒步跋山涉水去韶山，再去延安。

汉生回家打点行装时，遭到姆妈的坚决反对，汉生便与姆妈激烈争吵。母子俩从来没这么拌过嘴，姆妈实在怄得太狠，便躺着哭了一天不生火做饭。白伢见状过来帮忙，做好饭菜端给汉生的姆妈，她说怄不过吃不下。再端给汉生，汉生竟也说怄不过吃不下，却动手提前捆绑被褥，摆出一副铁心要走、九条牛也拉不回的架势给姆妈看。

汉生的姆妈心想：我拦不住你，我去请莫师傅来拦你，看你听不听莫师傅的劝？正想着，白伢已闷不吭声地把莫师傅请来了。

莫师傅沉默不语坐了好半天，汉生也不好再气咻咻地捆被子了，也闷不吭声地陪坐着。汉生的姆妈和白伢都眼巴巴地望着莫师傅。

莫师傅终于开口了，却不劝汉生劝汉生的姆妈："我看不如不拦他，拦得住人拦不住心。再说，让他由着性子走一遭也好，看看世道长长见识，让他尝尝出门的滋味，才晓得天有几高、地有几厚！"

汉生的姆妈一听又嘤嘤哭泣起来，白伢也跟着哭。许是受了哭声影响，汉生觉得莫师傅有些悲怆，不像他平素说话的爽朗豁达，而且话也不大中听，话中有话，教训多于勉励，那口吻有明显的不快和不屑。他正琢磨着莫师傅的话，莫师傅已站起来，竟也不再劝他的姆妈几句，径直走出门去，步态很不利索，细长的腰杆佝偻了。汉生这才发现几天不见莫师傅他就苍老了许多。想想莫师傅一向是把自己当作得意弟子，甚至是当作儿子或者孙子看待的，汉生的鼻子一酸，忍不住跟着姆妈和白伢一起抽泣起来。

木屋东巷的街坊，只有建桥家是不阻拦建桥"串联"的，其余的街坊都看汉生姆妈的态度。一见汉生被放行了，援朝、防汛、大业务、独蒜、黑伢便纷纷被跟着放行了。整个木屋村，有近百个街坊伢参加学校的长征队。

出发那天的场面蔚为壮观，感人至深。木屋村街坊像是老百姓送子弟兵，千般嘱咐万般叮咛。那些老的和小的免不了哭哭泣泣、悲悲切切。最引人注目的是白伢，她不为兄长黑伢送行，只为汉生挥泪送别，待汉生跟着队伍走远了她又追上去，紧紧拽住汉生的胳膊大哭起来。

莫师傅最后赶来送行。他去请赵瞎也来为第一次出远门的街坊伢拉奏一曲送行，赵瞎不愿意来。小琴说："爸爸，你就坐在家里拉一曲吧！"赵瞎的声音就跟着莫师傅来了。队伍刚出发，二胡突然拉响嘹亮的进行曲，大家侧耳辨听了一下，就跟着熟悉的旋律唱：

向前，向前，向前——
我们的队伍向太阳！
……

汉生边唱边回头看莫师傅，莫师傅挥臂笑着，但他的眼眶里噙着浑浊的老泪。

6

木屋村的街坊伢一走，刘军便率领浩浩荡荡的队伍重新开进木屋村。他带来了一批能歌善舞的学生和扬琴、手风琴乐手，这些人不仅来自一墙之隔的军工厂，他还召集了硚口区内三家军工厂子弟学校联合行动。

一连几天，刘军将庞大的队伍分解成十几支文艺宣传队，深入各条巷道表演文艺节目。舞蹈、大合唱、小话剧，都很精彩，加上乐器伴奏，效果极佳。街坊们由敌视、警惕转为懈怠了，都围着人圈子看得津津有味。那些表演完一个节目的学生则退出人圈子，趁另一个节目表演的空当，抓紧时间抄录各家各户门框上的楹联，好像在采风搜集民俗资料，饶有兴趣。木屋村条条巷道都喧哗着欢声笑语，街坊们对此浑然不觉。而莫师傅心里有数，他看得真切。

刘军吃一堑长一智，上次冒冒失失，这次却是有备而来。他将几天来抄录的几百上千副楹联归纳分类，条分缕析，得出结论：楹联中有大量宣传封、资、修的反动内容！刘军当然已弄清楚了这些楹联全部出自莫师傅一个人的手笔。他极度兴奋了：这可是白纸黑字（其实是红底黄字），铁证如山！刘军当天没有直接向莫师傅本人发难，只是不客气地闯进莫师傅家，占据了堂屋当指挥部，指挥进进出出地分发、张贴大字报。莫师傅也不理睬他，反正堂屋和右厢房早已是公共场所，居委会也在这里，食堂餐馆也在这里，谁都可以随便进出。再说，拦也拦不住、撵也撵不走。其实莫师傅早有预感，有所察觉后就做好了思想准备，但他还是被刘军突如其来掀起的浩大声势震惊了，他竭力保持镇静，把莫婆婆推进卧房带上门，便走出去。

莫师傅正胡思乱想着，搬运突然过来将他拉到东巷西头巷子口，十几个街坊走拢来围住他。

搬运这个急性子慌里慌张地说："怎么办呢莫师傅？要是建桥汉生他们没走就好了！怎么办呢怎么办呢？"

张铁匠不满地瞪了搬运一眼，大吼道："你慌么事慌？怕么事？莫师傅，哪个敢欺负您就喊我一声，我不怕鬼！"

莫师傅急忙低声说："幸亏木屋村街坊伢都走了哩！要不走，双方互不相让，还不晓得要连累几多人惹出几大祸事来！难为街坊们关心我，大家都莫引火烧身！这回他们是故意上门找碴子，和上回撞见搬运烧传单不同。上回是搬运说不清白我帮他说，这回只怕是我自己都说不清白了！这是古人说的文字狱哇……唉！说了你们也不明白，你们走吧！街坊们都帮不了我！"

汉生的姆妈刚买回几张大红纸拿在手上："莫师傅，我想把这纸裁了重写新对联，把门框的楹联都贴住，叫街坊们都换对联！您看行不行？"

莫师傅不置可否地点头又摇头，他见赵瞎也上前欲语，又摆摆手拦住了："你们都帮不了我！就是汉生和建桥他们在跟前，只怕也帮不了我！街坊们都帮不了我，都帮不了我……"

他喃喃自语着离开一群街坊，十分孤独地走了。

汉生的姆妈回家想想，还是把红纸裁成窄条幅。请谁来写对联呢？肯定是不能再请莫师傅写了，而汉生和街坊伢中能认会写的都"串联"去了。她想起白伢常跟着汉生去莫师傅家练字，白伢看熟了也写得几笔，便到贼婆家喊白伢过来商量。白伢说莫师傅叫汉生手把手教过她，歪歪扭扭地也写得出几个字，就是认的字词太少对不出对子。白伢想想，又去赵瞎家将小琴请来，小琴读过书，她翻出几张旧传单看了看。传单上有现成的对联，就由她念，白伢写。

墨迹未干汉生的姆妈就急着将对联贴在门框上，严严实实遮住了已斑驳模糊的楹联。大红纸对联使门户显得焕然一新，街坊们看了都说好。汉生的姆妈便将红纸分发给大家，小琴又翻着传单找几副大同小异的对子，念着叫白伢写了。

听说木屋东巷家家户户门上都换了新对联，各条巷子的街坊们也纷纷找纸找笔找人写。一夜之间，木屋村几千户人家仿佛同日同时办喜事，都热闹着将大红对联压住旧楹联装饰在门框上。

7

其实汉生的姆妈和朴实憨厚的街坊们枉费心机，换门联非但于事无补，反而助长了刘军的气焰。第二天天一亮，木屋村紧张的气氛又与昨日不同，几十条街巷都改换门庭似的一片通红，浓艳的大红纸与正街上充斥的灰白的大字报形成强烈对比，似乎无声地表明：家家户户都接受了教育，自觉否定了在门框上错了几十年的旧楹联。

所以当刘军一进木屋村，满目红色令他心中暗暗叫好，好像街坊们主动布置了会场。他今天的计划，就是在木屋村这个大会场揪斗莫师傅。

莫师傅被五花大绑推到家门口的正街街道中央，头上扣着一顶足有两尺高的帽子，那硬纸壳糊的尖锥帽上竖写着一行字："我有罪，我低头认罪。"

但莫师傅硬是不肯低头。街坊们与莫师傅朝夕相处十几年，今天才头一遭看到，莫师傅这人几倔强、几刚强呵！

刘军先是叫人抬出莫师傅家的八仙桌，将莫师傅推到桌面上站着示众。莫师傅一米八几的个子本来就太高，再将桌子一垫，高帽子一戴，莫师傅挺在那里就给人以顶天立地的感觉。刘军慌忙喝令莫师傅滚下来，没想到莫师傅紧闭双目立在那里像根木柱子，任他怎么吼叫睬都不睬他一眼。刘军见批斗还没开始就受挫，火冒三丈，从莫师傅背后猛力掀翻八仙桌，莫师傅就顺着倾倒的桌面直挺挺扑倒于地，砸得柏油路面轰隆一响。众人不约而同惊呼一声，以为莫师傅会疼得在地上打滚、扭曲，呻吟着、挣扎着爬不起来。万万想不到莫师傅仍像木头柱子，倒了就倒了，直挺挺扑在地上一动不动，死了似的。刘军挥挥手，两人将莫师傅架起来，莫师傅将头一昂，只见条条缕缕的血像红蚯蚓，从他的鼻孔和紧闭的眼角、紧抿的嘴角钻出来，爬得满脸都是。围观人群看得心疼，躁动不安起来。刘军叫人拖一条长马凳，四个人去抬一座雕像般将莫师傅抬起来，搁到凳子上坐着。接着就走马灯似的一个接一个上台铿锵发言，揭露批判倒是义正词严，鞭辟入里，无可辩驳。可是任你质问什么，莫师傅一概不回答，像个又聋又哑又瞎的废人坐在那里……

昨夜莫婆婆来对街坊们说，莫师傅都考虑周全了，他是逃不过这场劫难的，折磨他能忍受，他就是忍受不了羞辱。他说如果刘军故意侮辱他的人格，他也没得法子，那他只有用沉默来保全自己的这张老脸。莫师傅叫她一一关照近邻街坊，说不定他挺过明天就挺过了这一关，料那刘军毕竟只是个中学生，与他素无旧隙，逞狠泄恨之后顶多再呈报上去把他打成个反动分子，那他只好认了。他晓得街坊们是爱莫能助的，不如明天都莫管他，免得祸从口出。特别是搬运和张铁匠要忍住，切莫连累了自己又给他帮了倒忙。莫婆婆说得泪眼婆娑，街坊们听得叹息不已。今晨张铁匠干脆就照常去上班，搬运也扛起板锹去汉西火车站"撵兔子"，两人都说眼不见心不烦。汉生的姆妈则按莫师傅的吩咐，趁刘军未到，和白伢一起，强行将莫婆婆拉扯到东巷来，关在屋里守护好。

但还是有街坊没听莫师傅事先打的招呼。小琴今晨心神不定地去盲人五金厂上班，终究放心不下莫师傅，就借故请假回来，挤进围得水泄不通的人圈子。她见莫师傅满面鲜血，额头沁出密密匝匝的汗珠，已呈难以支撑的痛苦情状。她惊讶一声，不顾一切地往前挤。但她挤不动铁箍似的警戒线，就退出去，走进莫师傅家。她对莫师傅家里一切了如指掌，径直去莫师傅的床头，取出枕下的药瓶就出来重新挤进人圈，面对着主持会场的刘军奋力朝里挤，并大声喊道。

"你是什么人？你想干什么？"刘军冲过去，指着小琴问。

"我是工人，街办五金厂的。"小琴低眼望望自己的一身工装，补充说，"我算是工人阶级一员吧？他是我舅舅，他有心脏病，每天必须按时吃药。"小琴指指莫师傅，信口说道。

刘军犹豫片刻才让小琴进去。小琴几步跑到莫师傅跟前，麻利地将瓶中药丸倒在手心捧着往莫师傅嘴里喂。莫师傅仍不睁眼，只张口将大把药丸含在嘴里贪婪地吸吮着。那些小颗粒状药丸其实是人丹。莫师傅嗜烟无度，咽喉常有炎症，便含服人丹润喉，天长日久上了瘾，一日不可或缺。这时刘军催促小琴离开，小琴急忙掏出手绢，揩净莫师傅脸上的血迹。

也就在这时，倏然响起了二胡声。赵瞎拉的是《阳春白雪》，琴声从相隔不远的西巷巷子口传来，忽如和风拂柳，轻快飘柔，忽如朔风舞雪，急切冷峻，变幻不定，高深莫测。满场的人都互相张望着听得懵懵懂懂，而莫师傅忽然醒了似地睁开眼皮，嘴角挂起一丝欣慰的笑意……

8

第三天押莫师傅游街示众。

其实莫师傅将刘军估计得八九不离十。按照刘军的行动计划：以文艺演出这种人民群众喜闻乐见的形式教育木屋村街坊并趁机搜集莫师傅的罪证以后，揪斗批判，挂黑牌游街示众。这三斧头狠狠砍完，下一步的动作刘军并无打算，但是他带领的游街示众队伍与另一支游街示众队伍突然相遇引发一连串谁也始料未及的怪事。

刘军的游街队伍用一把扫街用的大竹梢扫帚押在莫师傅背上，从正街中段朝东走。走到东端街口，迎面开过来一辆解放牌卡车，车厢里挤着满满一车穿工装的人，一个穿白褂的举拳领他们喊口号。驾驶室顶篷上押着一对挂黑牌的男女，原来也是到木屋村来游街示众的。

车上一对男女都是麻子，他们是父女。大麻子麻得十分丑陋，满脸坑坑洼洼从鼻子眼睛上一直麻到耳后根。小麻子只是双颊和鼻梁上布满一层细细的麻点。大麻子脖子上挂的牌子上赫然写着"强奸犯"，小麻子胸前的牌子上则刺目地写着"通奸犯"，卡车极其缓慢地行驶着。

一大群人尾随着汽车围观，形成自发的游街队伍。更多的人群从各条巷道奔跑过来看稀奇，眨眼间就将汽车堵死了。押着莫师傅游街的队伍也被堵住了，刘军声嘶力竭地喊着想指挥队伍挤出人群，而越挤人越多，有人挤得惊号怪叫，有人被挤倒在地险些被乱脚践死。两支游街队伍都被困在水泄不通的人群中。

汽车陷在人群中不动，乐坏了一群街坊小伢们，平常他们只敢远远地朝大麻子喝骂几句就掉头飞逃，现在可以放肆地当面骂他好玩，就一遍又一遍齐声唱骂。

街坊大人们则交头接耳，议论纷纷："真是丑人多作怪！"互相打听，互相补充，刨根问底，很快就都知道了麻子父女丑事败露的事情经过，这些都是街办盲人五金厂医务室的侯医生发现的，而大麻子则是这个厂的厂长。

这件事本与刘军揪斗莫师傅毫不相干。可是，就好像眼下两支游街示众队伍突然相遇挤成一团，偏偏两件事混淆成一堆理不顺的乱麻。

围观人群看够了热闹稍稍松散后，汽车继续朝前开。刘军则朝相反方向押着莫师傅继续游街示众。游走了几条街巷，没几个人围观尾随，巷道里空落冷静，街坊们都还滞留在正街附近谈论麻子父女没转回来。刘军见游街达不到示众的效果，只好草草收场，另作打算。

没等刘军考虑好是否结束他的行动，这时，侯医生拿着介绍信找上门来。

刘军扫了一眼那介绍信，很瞧不起这个街办残疾人小厂的工人组织头目，便爱理不理的。他昨天注意到这个穿白大褂的人左手像有点问题。但侯医生一句话说出几个人的名字，说得他两眼圆睁，耳朵尖竖起来。

侯医生说，大麻子揭发了小琴和赵瞎，而这父女二人又与莫师傅关系密切。

刘军立刻记起前天那个给莫师傅喂药的女工和那冷不丁拉响的神秘的二胡声，他感觉额头一炸，整个头颅像一个大铁钟嗡嗡轰鸣起来。

9

如果说侯医生是大麻子得罪过的死对头，那么以小琴而言，侯医生就像在大街上撞见一个姑娘伢就缠上去死乞白赖臭不要脸的流氓。

侯医生来盲人五金厂也只年把时间，他的左手幼时患过病，轻度萎缩，他自己评价说："如果缩在袖子里，哪个看得出来哟？"加之他又是穿白大褂的，在这个几乎人人都有各种不同生理缺陷的小厂，他的自我感觉极好。他对小琴可谓一见钟情。在他看来，小琴是全厂女工中唯一的健全人，而且文静漂亮，又才二十出头尚未婚恋；而他自己昵，三十不到风流倜傥，一直未找到意中人。他认定他和小琴是天造地设的一对，并对小琴与他的看法不同大感不解。

侯医生从进厂第一天看见小琴起就追她，送糖果瓜子、送电影票、送花、送笔记本，甚至送花手绢、送尼龙袜、送梳子、送有机玻璃纽扣，无所不送。当这一切都被小琴完璧奉还后，他又开始用处方笺写情书，每天一封，绞尽脑汁搜刮枯肠写尽绵绵情意，但那些信都原封不动退回来。情急之下他就当众拦住小琴，要求严肃而诚恳地谈一谈，又被小琴彬彬有礼地拒绝了。侯医生真正是从这时候才开始不择手段地纠缠小琴的。他不住木屋村，听说木屋村人厉害，他不敢跟到木屋村去小琴家里纠缠，就在厂里死死缠住她。小琴一进厂门他就开始尾随直至下班。小琴进车间干活他跟去帮忙，小琴到食堂打饭他夺碗代劳，甚至小琴上厕所他也跟到厕所门口等候。小琴被逼到这种地步，只好去找厂长大麻子反映情况，这时工人也纷纷向大麻子告状，说到医务室看病拿药找不到人。大麻子大发雷霆，警告说要将侯医生开除出厂。侯医生这才不敢在上班时间公然纠缠小琴了，便深深怨恨大麻子棒打鸳鸯坏了他的好事，也明知小琴是铁心看不上他了。他不甘竹篮打水一场空，对小琴由爱而恨，暗暗发誓要报复她，他那畸形变态的爱恋燃烧成烤着他的心的占有欲火，只是一时找不到下手的机会。现在天赐良机，正大光明、理直气壮地整治了大麻子，还可以借题发挥，利用大麻子打小琴的主意。

侯医生押麻子父女游街示众回来，便放了小麻子，却将大麻子关起来独自继续审问。

"大麻子，你这丑八怪！还有么丑事隐瞒着没有坦白交代？"

"都坦白了都坦白了。"

"你还害过厂里哪个女的？"

"啊？没有没有！我哪有那大的胆子？"

"你狗胆包天！肯定还害过别的女的！"

"老天爷在上！我要是还害过别的女的，天打雷劈呀！呃呃呃……"大麻子扑通跪在地上，指天拍地号哭起来，又突然爬起来不哭了，"反正我已被捉了奸，厂里没有哪个因怕我而不敢说了，您叫女的都来揭发我呀！看我还害过哪个女的！"

"没有害过？那……打过哪个女的主意没有呢？"侯医生沉吟着，慢腾腾地问。

"没有没有！我本来根本就没得花心思的……唉！"大麻子又号哭起来。

侯医生猛然将桌子一拍："那你为么事撮垮我和小琴的正当恋爱关系？你是不是想打小琴的主意？"

"么吵？不不不，您误会了！哪个敢打小琴的主意呢？您只怕还不晓得吧，小琴的爸爸虽说只是个瞎子，但小琴是莫师傅的干姑娘。莫师傅在木屋村德高望重，随哪个都说他好，哪个还会欺负他的干姑娘呢？再说，莫师傅还是居委会的，小琴顶替她爸爸进厂，就是居委会主任杜婆婆和莫师傅找我安排的，还特别关照我凡事要照顾她些……您如果说我有一点维护小琴，那还差不多！"

"那好！既然你对小琴的事晓得这么清楚，那你告诉我，小琴为么事不愿跟我好？是哪个在从中作梗？是不是她已经有了男朋友，是哪里的、搞么事的？"侯医生提出一连串问题，急于知道小琴的隐私。

大麻子一听也急了："哎呀我也不晓得呢！我真的一点都不晓得！哄您是乖乖儿！"

侯医生一把揪住他的衣服："你总听到一点风声吧？说！你说了我现在就放你。你要是不说呢……哼！我明天再把你和小麻子押到硚口去游街示众！嗯？"

"我说我说！让我想一下……"大麻子总算明白了侯医生的用意，竭力回忆着说，"我也是蛮久以前听杜婆婆说过几句小琴的事，说得不清不楚。杜婆婆是居委会主任，她说这是街坊传闻，不可靠，叫我莫瞎说……"

于是大麻子说了街坊多年前对赵瞎父女的猜疑以及关于赵瞎抠眼的传说。

10

刘军采纳侯医生故伎重演的计策来了个突然袭击，以为纵不能捉奸捉双也可以打他个措手不及，趁对手没有思想准备再来个突击审讯。但没想到事情从一开始就黄了，而且会遭到激烈的武力抵抗。

当他俩夜半子时带着大群人马悄悄潜入木屋村摸到赵瞎家门口时，那个瞎子竟还在魔里魔气地拉二胡。

赵瞎反掩着大门，将一条马凳横在门槛外坐着，抱婴儿似的将他那把心爱的二胡抱在怀里，极缓慢极轻微地运着弓。他在琴弦上安了自制的弱音器，那琴声就低得像幽幽的溪泉，轻轻慢馒流淌出来，漂漂荡荡浸漫开去，濡染在笼罩着木屋村的夜幕上。他就这么无休无止地拉着，仿佛是在为屋里静睡的小琴守夜，为木屋村的街坊们奏催眠曲。

这时刘军已带一群人摸到西巷东头的十字巷口躲着，侯医生则带一群人从西巷西头蹑手蹑脚地过来。一见突然袭击是搞不成了，两人都犹豫了，不知道是撤退好呢还是强行闯过去抓人好，互相远远地打着手势，像是说哑语。

奇怪的是赵瞎不知怎么突然察觉到危险，不是说他又聋又瞎吗？只听他惊喝一声："有小偷！"哐当扔了二胡站起来，一把将板凳操在手上，街坊们都惊醒了，拉灯、开门、询问声响成一片。

刘军一见箭在弦上不得不发了，果断地一挥手，两帮人马便汇成一股，呼喊着口号冲上去了。赵瞎一听是来抓小琴和他的，抡起马凳就瞎劈瞎砸一气："哪来的野小偷？打死你们这些野小偷！"刘军和侯医生都冲在最前头，原以为赵瞎操着马凳只是吓唬不敢动手，再说他是瞎子也看不见怎么打得着人？哪知又作怪，瞎子无眼，他的手却像长了眼睛，把一条马凳舞得带动了风声，躲都躲不赢，首先就将刘军的肩膀劈了一凳，把侯医生的额角砸开一道血印，接着又伤了几个人的手脚。这些人都赤手空拳，竟被一个疯瞎子挡在门口打得半天无法靠边。刘军气得牙巴骨咬得咯咯响，摸起地上的二胡，比试着掂掂那竹筒音箱的分量，抄到赵瞎侧后狠狠捶在他的脑勺上，只听轰隆一响，赵瞎朝前趔趄了一步，又强撑着朝后退一步想护住门，肩背却撞在门上咣啷撞开门板，一跤跌坐在门槛上，手上还紧握着那条马凳。

门刚撞开，堂屋里灯就亮了，小琴边扣衣衫边从里屋跑出来。侯医生一见小琴眼睛都直了，他一手捂着额头一手夺过赵瞎的马凳，一脚将赵瞎蹬倒，抢先冲进门去，迎面紧紧箍住小琴。小琴尖叫着挣扎，挣不脱就朝侯医生的肩膀上狠咬一口，趁他疼得惊号怪叫时掰开他的手臂，扑过去救护赵瞎，不料侯医生又从背后拦腰抱住她。刘军就指挥众人一拥而上，七手八脚将赵瞎父女五花大绑。

刘军正要派人去抓莫师傅，莫师傅却自投罗网。

莫师傅今晚根本就没睡，他伏在灯下写自我批判。他料那刘军不会就此罢休，不如趁早写个交代材料呈递到街道办事处去。那些楹联原本是街道领导安排他写的，他想主动要求街政府根据他的交代检讨和自我批判给他一个处分，哪怕定个罪名也可，免得再被动地受刘军的折磨。密密麻麻的蝇头小楷写了好几张纸，正写得专心，就听到赵瞎的喊骂声。他急忙投笔开门出去，跑到乱哄哄的十字巷口一看，又惊又怒，立即转回去，上楼捶门喊罗户籍出面制止，说这简直是明火执仗行凶抢劫了。哪知罗户籍连门都不开，只在门内说分局通知过，凡是群众组织的行动和矛盾冲突，派出所一律不得干预。莫师傅气得大吼大叫，简直无法无天了！只好去拼命救人了！吼着叫着就冲出去找搬运和张铁匠，正碰到他俩跑过来，便带着冲去救人。这时刘军和侯医生已破门而入了，堵在门口过道里，根本无法拢去。搬运和张铁匠哪管这些，挥舞着拳头吼叫着硬冲，结果双方拳脚相向，打得一塌糊涂。这时莫师傅才冷静下来，猛省打不赢也打不出名堂，反倒连累了两个脾性暴烈的街坊！急忙催促二人赶快离开，只身挤进去质问刘军。刘军不由分说叫人将莫师傅捆绑起来，并不理睬被人墙隔在外边大喊大叫的搬运和张铁匠。

刘军命人将前后门闭死，门外排成三道人墙严加防备，将三人关在屋里连夜突击审讯。

但没等刘军开口，莫师傅抢先一步跨到他跟前，挺着比刘军整整高出一个头的奇长躯干，居高临下地质问他："我们纵有滔天罪行，尽可以光天化日之下揪斗批判，也好在众人面前抖你的威风，你怎么勾结鸡鸣狗盗之徒，鬼鬼祟祟，半夜三更，强闯民宅？你说？"

刘军虽经数次交锋知道莫师傅不好对付，但万万没料到莫师傅竟反而审问他起来，顿时气得嘴角抽搐着，一时答不出话来，他又被莫师傅问住了，便抬头望侯医生。

侯医生正欲开口说什么，小琴学着莫师傅的样子逼得侯医生连退几步："你小人得势假公济私！你一厢情愿自作多情，白日梦没做成就借机报复！全厂人都可以为我作证！"

赵瞎不吱声，他愤怒之后现在沉默得像块石头，一脸无动于衷的表情。

刘军见这审讯没法进行了，不满地看了侯医生一眼："算了，天快亮了，明早开现场宣判大会！"他指指莫师傅："给他的反动楹联定性，宣布逮捕，移送公安机关！"他又指指小琴和赵瞎："同时揭露他们两人那天破坏批斗大会的阴谋和罪行，然后押回你们厂里审讯。"

"不！不慌，"侯医生阴险地冷笑着，"明天先把他们三个都拖出去游街示众！看他们的嘴还硬不硬？"说着他从门口拿起从厂里带来的两块黑牌子，这是麻子父女挂过的。

侯医生紧紧按住小琴的头，强行将小麻子挂过的那块黑牌套在小琴的脖子上。小琴的头突然朝前一栽，当即气得昏倒在地。

侯医生不慌不忙地掐了小琴的人中，又将大麻子挂过的黑牌套在赵瞎的脖子上。赵瞎一动不动，任它挂着，茫然不知黑牌上写的什么字。

莫师傅浑身一激灵，突然就挣脱了绳子，他扑过去抢过赵瞎挂的黑牌挂在自己的脖子上，怒指着侯医生和刘军呵斥："你们就莫无聊莫折磨这个无辜可怜的瞎子吧！这块黑牌子我来替他挂！"他嘶哑着喉咙歇斯底里地喝叫着，哇的一声，呛出一口鲜血。

11

第二天早上的游街示众被阻拦了。

汉生的姆妈当了一回巾帼英雄。她在搬运和张铁匠的左右护卫下，率领木屋村一百零八条巷子的街坊，团团包围了刘军和侯医生的队伍。每家每户至少来了一名代表，这些村夫悍妇、刁老恶少手持砍柴斧、切菜刀、火钳、捅条、扁担、晒衣篙等十八般武器，口口声声喊着要与深更半夜打家劫舍的强盗拼个你死我活，除非他们乖乖放人。

搬运那把被砂石煤炭打磨得锋刃雪亮的板锹，硬是逼开了三排人墙，张铁匠上前用肩膀朝上一顶，抠着门缝轻而易举摘掉一扇门板。汉生的姆妈就一步跨进赵瞎家的门槛，面对面逼住了刘军和侯医生。

双方僵持着。照说可以谈判或者辩论，但是争不起来，刘军不屑听汉生的姆妈那一套婆婆妈妈的理论，侯医生做贼心虚已经吓得不敢吭声，搬运不会说话，而张铁匠干脆懒得嚼舌头。莫师傅、赵瞎、小琴目睹此景感慨万千，已无话可说。

最后还是罗户籍出面了，他说分局打电话通知派出所调解。分局说，为了防止阶级敌人造谣破坏，最好讲究斗争策略不与居民群众发生冲突。揪出的牛鬼蛇神，可以先交给管段户籍监管起来。

刘军只好借梯子下台放了人。

街坊们都长长地吁了一口气。

不料当天夜里小琴就坐在她的床上自尽了。当然街坊们是第二天早晨才知道的，不晓得夜里赵瞎发现了没有。贼婆说，她昨晚也是出巧，吃了一把枯蚕豆，不打屁却拉稀，夜里起来几多回，回回走到十字巷口就看见赵瞎家堂屋的灯和里屋的灯都亮着，两盏灯只怕亮了一通宵。是白伢最先看到的，汉生的姆妈一大早就央白伢给小琴端一碗伏汁酒去。

白伢说："赵瞎屋里的大门虚掩着没有闩，我就喊门，无人应声，我就轻轻推开进去了。赵瞎坐在堂屋里他的床沿，修他那把被刘军打坏了的二胡，我打了声招呼，也不晓得他听见没有，他只管低头修他的二胡。我就端着碗去喊里屋的门，喊了几遍小琴不答应，我以为小琴还没醒，就把门试着推下，一推就推开了。哎呀好吓人啊！我不敢说了，不敢说了……"

12

小琴死后三天，莫师傅又打一个死谜给街坊们猜。

莫师傅说死就死了，快得叫人不相信。莫婆婆逢人就说："一支烟都没抽完！一支烟都没抽完！连我自己都不敢相信啊！呃呃呃……"

晚上，莫婆婆在铺床，莫师傅边洗脚边说："你把铁砚和铜管狼毫送到汉生的姆妈那里去。汉生一直蛮喜欢这两样东西！反正我今后也懒得写字了。"

莫婆婆不解地说："汉生没回来！你等他回来当面送给他不好？"

"我担心说不定哪一天被哪个看中就抢跑了。"

"唉……明早送行不行？天都黑了。"莫婆婆说着就拢来要帮他泼洗脚水。

莫师傅摆摆手："我自己泼自己泼，你送去算了。"

莫婆婆出门时，莫师傅坐到床沿，点燃一支烟慢慢吸了一口。等莫婆婆回来时，那支烟还剩小半截扔在地上，在灯光昏暗的屋里一明一灭地冒着缕缕青烟，好像莫师傅还在慢悠悠地抽它，而莫师傅的身体已经冰凉。

"啊？天哪！一支烟都没抽完！一支烟都没抽完……"莫婆婆惊恐诧异，反反复复只喊这一句，喊声撕心裂肺，震撼了木屋村的夜晚。

莫师傅虽然走得匆忙，匆忙得有些蹊跷，但说起莫师傅的死因，街坊们倒不觉得蹊跷。莫师傅已经到了山穷水尽的地步，走投无路，干脆走过奈何桥去，一了百了。

赵瞎、小琴、莫师傅三人，从那天起真正被监管起来的，只有莫师傅一人。原因有三：一是刘军提供了莫师傅写反动楹联的确凿证据材料；二是侯医生再次审讯大麻子，得知街坊们曾议论过莫师傅那些沉沉的书箱子；三是有人怀疑莫师傅的房产来历。莫师傅对监管他倒无所谓，反正监管他的罗户籍就住在楼上，就是没有监管之前，他的一举一动也在罗户籍的眼皮底下。他难受难耐难忍的，是他眼睁睁瞧着别人一步步将他的两层木楼霸占、抢夺、瓜分而无可奈何。

所以街坊们认为莫师傅走死路并不蹊跷，至于走得未免太快了一点，那无非是索命鬼催得太急呗。不记得前年左街两紧邻婆婆为门前晒的一筲箕豌豆相争的事了？这个说豌豆怎么少了一把，那个说你不要血口喷人，这个赌气抓一把豌豆撒到那个脸上，那个伸手把太阳穴一捂，就倒在地上，那把撒过去的豌豆还在地上骨碌骨碌乱滚。

街坊们认为实在蹊跷不过的，是致死莫师傅性命的直接因素不明不白。

古今中外，寿终正寝的也好，惨遭横死的也好，死过去的姿态千奇百怪，站着的跪着的坐着的靠着的，躺着的卧着的歪着的侧着的，还有挣扎扭曲成其他各种姿势的，但断没有死去后还头朝下脚朝天一动不动的。而莫师傅就是倒立着直挺挺死去的。

莫师傅的脚脖子搭在楼板下吊在两根绳套里，脚底板蹬在楼板上。他那奇长的躯干倒竖着拉得更长了，以致脑门顶在地上，看上去头颅像一块扁圆的雕琢成人面兽形的垫柱石，垫着一根瘦骨嶙峋的人柱子。而他手臂参展着摸在地上，像是在寻找什么。

鉴于莫师傅死姿奇怪，法医来验尸。结果证明死者身体并无钝器、锐器伤痕和颈部勒痕，剖尸亦未发现食道未消化食物中残留有毒物质，排除了他杀的可能性。

看来莫师傅是自杀无疑了。可是，不吊颈脖吊脚脖又怎么吊得死人？上吊之前，他又怎么可能仅凭独自一人的力气把自己倒着吊起来呢？最大的疑问还是死姿本身：莫师傅为什么要脚朝天头朝地倒着死？

街坊们试探地问莫婆婆，想问出一点名堂来，可是无论谁问、怎么问，她只会喋喋不休地说："一支烟都没抽完！一支烟都没抽完！我回来的时候，蛮长一截烟屁股头就掉在他的手旁边！"

刘军像是突然从莫师傅双手摸地的姿势中猜出什么，急急忙忙带人朝那手摸的地下挖，挖地三尺后果然发现埋藏有东西。挖出来的却是一具空棺，棺内只装着莫师傅早年写的一卷卷书法条幅，并无他物。刘军不甘心，他狐疑地打量那具杉木棺材，见棺材尺寸短小，显然是为莫婆婆准备的寿木，他猛省到地下必定还有一具莫师傅为自己准备的寿木！就下令继续挖，果然从更深的地下挖出一具大棺材！刘军兴奋得腔调都变了，狞笑着喊撬棺，可是撬开的还是一具空棺，棺内只有一幅未裱的字画。是莫师傅的一幅工笔国画，他用两大张宣纸拼起来，将木屋村连同铁道外板房村共一百零八条巷子的实景一一描绘出来，不同的是画中的铁道改了线路，绕到板房村以北飞机场旁边去了，腾出的位置匀给各条巷道了，看上去巷道很宽敞，家家前门有绿荫匝地的杉树，户户后门有篱笆搭的小院，鸡鸭猫狗，栩栩如生。这空棺使莫师傅的死谜更加扑朔迷离了。

刘军一遍又一遍究问莫婆婆："埋空棺材到底是什么用意？"

莫婆婆回答说："一支烟都没抽完！一支烟都没抽完……"

原来莫婆婆说话已经魔里魔气，变成个魔婆婆。街坊们起先一见她说那句话就心酸，后来一听她说那句话就连忙躲开。

不过莫婆婆为莫师傅殓尸送葬时说话并不魔气，她特地去请赵瞎为莫师傅拉一曲送行：

"莫师傅蛮喜欢听您拉的二胡，您就再为莫师傅拉最后一次吧！"

赵瞎不睬莫婆婆。他正锯着一根碗口粗、丈余长的楠竹，锯一筒就拿起地上那个破裂的音箱摸摸索索地反复比对，不满意就扔了重锯，扔得满地都是。

锯弓是赵瞎向张铁匠借来的。

那张足有三尺长的大锯弓反反复复、无休无止地锯着，发出刺耳揪心的嘎吱声。

莫婆婆就在锯弓的拉扯声中，一页页撕扯着成箱的书烧钱纸为莫师傅送行。无数页片灰翻舞而起，翩跹在木屋村上空，每一片纸灰上都写着猜不透的死谜。

第四章　穷　　赌

1

莫师傅死后月余，木屋村出去长征的街坊伢陆陆续续回来一些。听说板房村的十几个全部跟着假华侨回来了，木屋东巷先回的是黑伢、大业务、独蒜和防汛。

一见黑伢回来，白伢急忙问："汉生怎么还没回来？"

黑伢没好气地皱着蒜头鼻子说："问鬼问？别个都当英雄去了！我们是逃兵。"

原来黑伢他们几个早就在中途散了伙。大业务说，队伍尚未走出湖北境界就已经走得精疲力竭。因为开始是沿着京广线走的，黑伢见南来北往的列车上都挤满了学生，就建议改乘火车到长沙再步行，队伍中有些步履艰难的听了就更加走不动。建桥责怪黑伢涣散军心，汉生和援朝也坚持徒步走到底，走到汀泗桥就有掉队、离队的了。大业务要跟黑伢同伴，黑伢还想再拉独蒜做伴，晓得他身上多带了几块钱，就挑拨独蒜。独蒜便质问建桥："你说我的成分不过硬是么意思？"建桥反问他："哪个告诉你的？"独蒜说是防汛。建桥听了就不恼独蒜恼防汛，坚持把防汛撵出队伍，说："你跟他们一起走算了，你这人撮是非，我从今以后把你看死了！"黑伢他们四个搭火车到长沙后，先到岳麓山、橘子洲头等地各玩了几天。哪晓得游山逛水也玩得累死，再说搭火车虽然是免费的，离开队伍却没了免费提供的食宿。四人身上带的几个钱都花得精光还挨饿，黑伢说再不打回转就成了穷途潦倒的叫花子，于是都回来了。

四人回到木屋村都无所事事，尤其大业务最是闲得无聊。

这天，假华侨扛着一根甘蔗，神气活现地从东巷东头走过来。小业务和一群小伢撵在假华侨的屁股后头起哄："劈甘蔗啰！劈甘蔗啰！"

大业务、黑伢、防汛、独蒜等一班半糙子伢闻声出来。

假华侨耀武扬威地将枪戟般的甘蔗当街一戳，朝大业务扬扬下巴："劈甘蔗吧？"

"老子没得钱！"大业务悻悻地说。

"大业务，我借5分钱给你！他们板房村的逞狠逞到我们木屋村来了，还怕他不成？"黑伢说着掏出两枚5分硬币，叮当扔在假华侨的脚下。

"嘻嘻，还是黑伢玩得清爽！上回我输了，今天看哪个的运气好！"假华侨弯腰拾起硬币。

大业务立刻手痒得交替摩擦双掌："假华侨，你莫啰唆，开始吧！"说着掏出一把水果刀。刀长约一拃，是商店出售的那种铁皮制的单刃三角水果刀，不过大业务将它打磨得锋利锃亮，又用细铜丝缠了刀柄，看上去小巧精致。

假华侨瞟着大业务的佩刀轻蔑一笑："还差一个人哟！要不我算两份？那么我就有一个条件，把两刀连在一起劈。"

黑伢也亮出刀子，是那把剐过秃尾灰狼的双刃匕首，他把玩着沉思半晌才说："你莫以为木屋村个个都是穷光蛋！独蒜呢？喂，独蒜！我晓得你伸手在荷包里一搜就是5分钱，掏出来把这根甘蔗赢过来！"

"我没得好刀子……"

"我俩搭伙用它！不是砍牛，我这把攮子削铁如泥！"

独蒜犹豫了一会儿，果然就从兜里掏出三枚硬币，两枚2分，一枚1分。

假华侨接过硬币，见大业务和黑伢都在比试着各自的刀锋练劈法，冷笑一声，这才绾起裤筒拔出绑在腿上的玩意。黑伢和大业务大惊失色，原来假华侨亮出的不是他惯用的那把钢锯条改制的刀子，竟是从三八式步枪上拆卸的一把刺刀！刺刀后半截缠着厚厚一层红布作刀柄，看上去乌红如血，杀气腾腾。

假华侨一刀剁断甘蔗梢子，将根部的斜茬口仔细削平，然后小心翼翼地将甘蔗竖立在巷道中央。这是一根粗实颀长的红甘蔗，一节节紫红油亮，散发着诱人的甘甜芬芳，馋得小业务这群小伢直勾勾瞪着眼流口水。这种富含水分糖汁的甘蔗是外地品种，论根不论斤，每根两角钱。

四条汉子持着四把利刃，团团围定一根颤颤巍巍、勉勉强强支立着的甘蔗，准备拼杀。

四人划拳争第一刀。大业务胜黑伢，假华侨胜独蒜；大业务再胜假华侨，独蒜又负黑伢。于是：第一刀大业务、第二刀假华侨、第三刀黑伢、第四刀独蒜。

大业务兴奋得满脸通红，颤抖着手将水果刀轻轻压在甘蔗头上，竭力屏住呼吸，鼻翼急促地翕动着。众目睽睽之下，他耐不住性子，举刀过头，迫不及待劈下来，刀光闪过，可惜只劈掉一块甘蔗皮，那根甘蔗便轰然倒塌了。

"臭手！"黑伢愤怒地斥骂一声。

大业务瞪黑伢一眼，忍着不吭声，只将他赢到手的一块甘蔗皮叼在嘴里吸吮着。这时小业务凑拢来哼哼唧唧地讨要，他便不耐烦地将甘蔗皮塞给小业务，不服气地看假华侨如何用刀。

假华侨将刺刀衔在口中，双手扶起甘蔗重新立稳，搓搓手，不慌不忙举刀过头，随手就劈下来，看似漫不经心，偏偏准确地劈在甘蔗头子正中心，势如破竹，一刀竟从上至下劈去一半甘蔗。

围观的男女老幼一起喝彩。

轮到第三刀，黑伢也是好刀法，他毫不磨蹭，手起刀落，将剩下的一半甘蔗又一分为二。

独蒜的第四刀根本就没有开荤。他扬刀过猛，带起一阵刀风，刀还没劈下那刀风已将甘蔗晃倒，惹起一阵哄笑。

第二轮划拳假华侨夺得第一刀。这时剩下的四分之一甘蔗像篾片，很难立稳。他将刀刃搁在甘蔗头上支撑住，只见寒光一闪，抬刀落刀动作已经完成，又劈得三分之一甘蔗，剩给黑伢和大业务及独蒜的甘蔗，只像是一根筷子头了。

假华侨大获全胜。他大口大口咀嚼着甘蔗，一边呸呸地吐着渣滓，一边不屑地说："你们不是我的对手！实不相瞒，上回输了后，我每天练刀技练得几苦！把竹篙子当甘蔗练，一天劈一根竹篙，劈成一条条竹签，都被隔壁的篾匠捡走了，他说做筷子不需再劈了！你们信不信？不信可以再打赌！我随时奉陪！"

黑伢听了无所谓地笑笑。大业务却像输光了老本似的眼都红了："莫把牛皮吹破了！你等着，我肯定要跟你打赌！"

大业务不信假华侨的刀技高超，他甚至不信假华侨的运气好，他认定假华侨赢在刀上而他则输在刀上。他将水果刀哐啷扔到黑伢的脚下："钱我是没得还你的，就用这把刀子抵债吧。"

2

大业务发誓要谋一把得心应手的好刀。他明知父亲张铁匠是打刀好手，却不敢开口。张铁匠除了打不出干将莫邪，打制的菜刀、剪刀、劈柴刀、剃头刀、修脚刀闻名木屋村、板房村及方圆几十里，打一把攮子那不是小菜一碟？但是这个口开不得！不然自讨没趣挨一场臭骂不说，还会坏了他大业务的谋刀计划。他到底是铁匠的儿子，晓得一把好刀就是一块好铁锤打的结果。哐当哐当，哐当哐当……他的耳际成天轰响着锤打的声音，晚上睡在床上也被吵得辗转反侧，他的头颅仿佛变成了铁砧，随着钢铁锤子的撞击锻打，火星飞溅，忽然从脑壳里迸出一个主意。

第二天清晨，大业务跑到铁道外，在路基堤坡的草丛乱石中寻觅到一枚道钉。道钉呈锥状，约有一尺长，钉头部粗细恰如刀柄，握在手心沉甸甸的特别称手。大业务相信，这种固定钢轨的合金钢钉是制作一把杀手铜的好材料。

他将道钉的钉尖一头搁在钢轨上，另一头用石块垫起，然后伏在轨道旁草丛中左右张望，等待火车开过来。左前方道口的红灯变成绿灯，右前方弯道处冒起一股浓黑的烟柱。接着便听见一声长啸，腾出一条钢铁巨龙，剧烈地喘吼着颤抖着扑过来。他立即判断这是一列长挂载重列车，扭头朝火车头后面望去，果然望见清一色平板车厢上驮着一座座山包似的货物，一律用墨绿色的油布覆盖着，压得钢轨下的基石嘎嘎吱吱响。他想，几十上百个轮子碾压过后，他的匕首将一举制成，下一步要做的只是打磨锋刃，镶嵌把柄。

列车风驰电掣逼近，一座座墨绿色的山峦飞旋起来似将倒塌在他身上，他紧张得赶紧闭住眼睛。火车司机显然已发现前方铁轨旁伏着的可疑男人，连连拉响汽笛以示警告，持续的尖啸声给人一种空袭警报般的恐怖错觉。他吓得双手紧紧捂住耳朵托住头，不知道驰过来的原来是一趟军列，那遮盖得严严实实的墨绿色的油布却遮不住一尊尊炮筒炮塔的轮廓。

火车头冲过来的瞬间剧烈颠簸了一下，巅得一节接一节的车厢抽筋发痧般晃荡。那一枚硌着了列车轮腿铁脚的道钉，从钢轮和钢轨之间飞迸而起，弹射在什么地方又反弹而出，像一只凶猛的铁鸟直扑大业务，伸出尖喙叼走他胳膊上一块血肉。

大业务毫无知觉。当火车排山倒海而过时，警惕而恼怒的司机朝他身上狠狠喷射了一股强劲的锅炉蒸汽，热雾紧紧裹挟住他使他一度产生错觉，仿佛列车是从他的耳洞穿过的，而车轮是从他的背上碾过的，他以为他和那枚道钉一起被火车轧扁了。

当他清醒过来，慌忙爬着在草石中找着了那枚道钉，失望地发现只是钉尖被扎扁了约一寸，像扁平的鸭嘴。当他看到鸭嘴上噙满鲜血，才知道左臂受伤，这才有了火烧火燎的痛感。

他捂住伤口跌跌撞撞跑下铁道，从堤脚一棵蓖麻上扯下一片叶子，贴在手心反复拍打，拍至熟透发黏，再贴膏药似地贴在伤口。掌状的蓖麻叶清凉消炎，这是木屋村老少皆知的野外包扎法。他长吁一口气，把玩着道钉不甘心地琢磨着。这时，又一列火车浩浩荡荡开过，车轮撞击钢轨的哐啷哐啷之声似在催促他。他灵机一动，折断一根拇指粗的蓖麻茎秆，打落枝叶，将道钉绑在茎秆一端。

大业务像一个土著部落的勇士，左臂上佩戴着奇怪的绿色标志，挺举着一杆原始的长矛，矛头上蘸过盟誓的鲜血，义无反顾地冲上铁道堤坡……

钢刀制成，接下来大业务就仿照假华侨说的苦练法钻研刀技。假华侨将一节节竹篙劈成一根根筷子送给篾匠，他就将竹篙劈成一把把竹签子，送到正街合作餐馆。餐馆十分乐意接受他的馈赠，每天需要大量竹签提供给顾客穿油条穿面窝。练到火候了，他便邀黑伢去板房村找假华侨劈甘蔗。

谁知黑伢却不敢了。黑伢见大业务练刀练得如痴入魔，担心要出事，又不便直说。大业务不明就里，只管再三相邀，黑伢总是嘿嘿傻笑着装孬。

“黑伢你是不是怕输？输了算我一个人的！赢了我们平分！”

“嘿嘿嘿嘿。”

“嘿个屁！你到底去不去？”

“我的刀子……不见了，再说……那把刀子不行……干脆说吧，我金盆洗手了！嘿嘿。"

"呸！"大业务当着黑伢的面吐一口唾沫在地上，又伸脚踏上去狠狠一碾。这在木屋村被看作一种恶毒的诅咒行为。黑伢仍然不恼，还是嘿嘿地笑。

大业务只好独自去找假华侨赌输赢。

假华侨哪知大业务竟有卧薪尝胆的恒心，第一天，输给大业务一根甘蔗，以为是自己背时，而大业务走狗屎运。第二天又输了一根，方知自己大意轻敌，便约大业务第三天再赌，结果连输三场。赌法是两人对手劈甘蔗，按规矩谁输谁付甘蔗钱，假华侨赔尽血本，终于明白大业务的刀技占了上风。假华侨急了，第三天输的赌资是借来的，他必须赶本还债，便约大业务再战。

大业务爽快应战。他连赢三天，天天扛着一根战利品回木屋东巷炫耀，大嚼甘蔗把牙巴骨都嚼疼了。一群街坊伢们都围着他讨要甘蔗，他简直快活死了。他相信第四天仍将必赢无疑："谅他假华侨的刀技不可能一夜之间超过我！"

结果第四天出了事。大业务是带彩回来的，他的肩胛上沁出一摊血渍。他一进屋就把小业务赶出去，关闭大门，咚咚地爬上暗楼，将那把攮子藏匿起来。待他下楼来时，罗户籍已在门口等他，掏出一副锃亮的手铐将他铐走。

原来今天在板房村劈甘蔗是四人赌，假华侨事先串通了另两个刀手，划拳有暗号，又在甘蔗上做手脚，轮到大业务劈时，那甘蔗就莫名其妙地自动倒了。大业务连连失手后突然抓住假华侨舞弊的把柄，竟一刀将假华侨的左手小指削去一截。假华侨劈头回敬一刀，幸亏大业务扭头躲过，只伤在肩上。如果不是围观者阻止，说不定谁的刀子就捅进了谁的胸膛。

大业务因行凶伤人被拘留15天。张铁匠等了15天见还不放人，就去派出所找罗户籍。罗户籍说，本来要判大业务劳教一年的，念他是未成年的初犯，假华侨的家长又没有上告，派出所从宽处理准备放人。但大业务死活不肯交代凶器下落，罗户籍叫张铁匠回家寻找凶器，连同100元医药营养费一起拿来领人。

张铁匠找遍了暗楼的旮旯缝道也是枉然。小业务猜测可能藏在屋顶上，张铁匠只好上屋顶去揭开一块块瓦搜寻，最后在屋脊的一块脊瓦扣着的凹槽里找到那把道钉制成的匕首。大业务在暗楼上的一块玻璃亮瓦上做了机关，抽出亮瓦探臂出去，那块脊瓦伸手可及，是大业务的刀匣。

张铁匠走遍东巷、西巷、正街三条巷子告贷，总算从汉生的姆妈王娘娘、贼婆、搬运、赵瞎、莫婆婆等十家各借得10元。他自忖无力偿还，便在厂休日起个绝早，悄悄挑着红炉翻过铁道，到永丰大队的村庄去吆喝打铁。癞狗撞见了便去揭发，结果炉子、风箱、铁砧、大锤等全部家当被没收了。张铁匠一夜之间急白了头，那副打铁的硬腰板竟散了架似地趴在床上起不来。

3

大业务释放回家的当天夜里就去板房村找假华侨。他刚翻过铁道，假华侨正好从铁道外翻过来。两人在铁轨上狭路相逢。

"我正要找你!"

"我也正要找你!"

"我刚从号子里放出来!"

"我刚从医院里出来!"

"我是来找你要钱的!"

"我是来找你要小指头的!"

突然，一列夜行火车呼啸而来，巨束探照灯光将黑沉沉的夜幕击穿一个耀眼的白洞，照得二人身上雪亮。大业务看见假华侨的脸上杀气腾腾，假华侨看见大业务的眼中凶光毕露。

火车已经逼近，二人被迫退出铁轨，暂避在堤坡蹲下。火车轰隆轰隆驶过，耳际嗡鸣声渐渐消失，他俩的声带却像被火车拽断似的，哑在那里一时无话可说，都压抑在沉默里。

大业务憋不住了，又开口说话，语气却变得十分诚恳："我真的不是来找你扯皮闹事的。号子里的滋味实在不好受! 你晓不晓得每天只有二两米? 我想把我的小指头也给你剁掉，你下不了手我就自己剁! 但你非得把那100块钱还给我不可! 那是我爸爸找十家街坊借的!"

假华侨一时听呆了，但他很快愣过神来。他猛然将右手伸到大业务眼前，借着时隐时现的月光撕开绷带，让大业务看残疾手指。小手指恰恰从三个关节的第一节被削断了，残存的两节紫红乌亮，却比拇指还粗，像是一截啃剩的甘蔗头子，显然还没消肿。尤其那截断面十分刺目，伤口愈合成一坨鲜红新嫩的肉瘤子，仿佛指头上开出一朵可怕的花蕾。

假华侨算账说："打针、输血、吃药都花了八九十块，还剩上十块钱我姆妈买了筒子骨煨汤。医生说，还得打针消炎，我姆妈还得去借钱!"

大业务腾地站起来："我管不了那么多! 我只晓得以血还血、以牙还牙，我还指头你，你还钱来!"

假华侨也暴跳起来，嗖嗖几步重新冲上铁轨："好哇! 你不管我也不管! 你只当100块钱买了个指头，我只当先放你一马。看来我们只好再赌一回: 我输了赔你100块! 你输了剁一个指头给我!"

大业务赶紧跟上铁轨："还是劈甘蔗？"

"不劈甘蔗了，我的刀子也被罗户籍没收了，我们打珠子吧。"

"约个日期？"

"我得先养伤，还得准备钱，你呢，把你的指头准备好，躲是躲不脱的，下个月今天还是到这里碰面定日期。"

4

板房村仍属木屋村的一部分，好比是一个国家的附庸或国界线外的飞地，板房村在铁道外。当年莫师傅率领工匠大兴土木，将半条街道建成十字街，辞徒定居木屋正街养老后，木屋村的街道间巷继续衍生、发展，一排排木屋沿着解放大道、铁道、军工厂高墙框定的三角地带曲曲折折地延伸插接，形成一个"国"字形格局。人们以为木屋村哪怕再繁荣昌盛，也无法扩张疆界、蚕食地盘了。谁知木屋搭盖到铁道基脚下后，又逾越铁道，延伸至铁道外去了。

先是驻守飞机场外的一个高炮连撤回机场内，空弃了两排由活动板房加固的简易营房，附近的菜农便来撬砖揭瓦、拴牛圈马。到木屋村申请划地建房的城区居民，也翻过铁道来营房临时借住。还有些叫卖小贩和无业游民也来随便占住。部队见营房损坏严重，几将不保，索性作价转让给群众成了民居。其后两三年，在木屋村难觅立足之地的拆迁户纷纷越过铁道来安家立业，两排营房前后左右搭建起七八条纵横交错的木屋巷子，直到居民与菜农之间为争土地发生严重的械斗，才由规划局出面限定板房村地界，不准越界建民宅。而板房村的行政归属一直没有划定，除了供电、供水依原有线路由部队维持外，道路、排水、照明、环境卫生等一概无人过问。每到夏季，各户自掘的排水沟恶臭冲天，垃圾堆蚊蝇繁殖。而入夜的板房村更像一个农户村落，黑漆漆的户外只有狗吠声，没有路人动静。

铁道内外对比之下，木屋村人倒有了优越感。如黑伢指称假华侨"你们板房村来的"，那话语中就带有特定的蔑视意味，这种傲慢态度几乎是木屋村人共有的。莫师傅曾有一句妙喻："杀猪佬瞧不起劁猪佬，提虱子的笑话捉臭虫的，讨米的叫花子看不上讨饭的乞丐。"其实局外人对木屋村和板房村是一视同仁、混为一谈的。证明板房村是木屋村一部分的例证之一是木屋村的管段户籍警罗户籍的治安管理范围包括板房村；第二个例证是莫师傅的门联和悬腕书法，他奉命越过铁道，在建筑风格相似乃尔的门框上涂红写黄；还有一个最为生动的例证，赵瞎被禁止占卜问卦之前，照样给板房村的街坊算命，赵瞎拉的二胡曲调，每天都在铁道两边的街巷上空自由回响。

偏偏板房村人也产生了自卑和对立情绪。尤其在小伢和接近成年的半糙子伢中，自我培养了一种对铁道内的仇视，潜伏在心中隐隐作祟。

假华侨与大业务的赌博，由游戏演变到以血肉和金钱为筹码的失控程度，正是铁道内外双方明里暗里较劲的一种结果。

铁轨约赌归来，假华侨承受着巨大的心理压力。他必须在赌期来临之前攒足100元，这不啻是个天文数字！那天夜晚他脱口而出下如此巨额赌注，一方面是被大业务逼迫，一方面也是他自己强烈的复仇愿望产生了绝对的自信。当然他至今仍自信必赢无疑，绝不会将100元拱手相送大业务！但是按规矩他必须在开赌之前将100元亮出来交给对方的随从，可他现在身无分文。即使在他最富有的时候也只攒了10元，那是他走运捡了5元，赌滴铜又连连得手，一次卖了10斤铜赚了5元！他盘算了一下，就是借遍板房村同龄人，费尽口舌说遍好话狠话，最多也只能借个八九上十元，离100元还差十万八千里……

就在假华侨几乎绝望时，他听到一阵密集的枪声，眼睛顿时格外明亮，这熟悉的枪声给他带来希望。

枪声来自半月塘对面的土山后。

半月塘并非狭小浅陋的池塘，其实是一汪气势开阔的人工湖泊，足有50多亩水面，最浅处也有丈余深。可惜一片好水都荒废着，只漂着星星点点的野生浮萍。湖岸这边是半月形突出的弓线，周围是一畦畦永丰大队的菜地。湖对岸内弯的弦线环卫着一座拱隆的土山，山上长满密不透风的杉树，据说是当年砍伐野杉林兴建木屋村时移植过来的。土山浑圆似馒头，是人工堆垒起来的，山土正是取自挖掘半月塘的塘泥。山脚下拉着铁丝网，铁丝网的两端，与飞机场的铁丝电网连成一线。

这里是飞机场的一角。水域、铁丝网、土山布成三道屏障。如此戒备森严是因为此地乃危险的军事禁区，打靶场的子弹多如飞蝗，闲杂人员不敢越雷池半步。

而少年儿童无知不怕。正值酷暑时节，一泓碧波正是玩水嬉戏的清凉去处。铁丝网内的哨兵，对水面上一串黑乎乎或光秃秃的脑袋瓜子，也是睁一只眼闭一只眼懒得理睬。

假华侨瞅准眼头憋足底气，一口气潜到湖对岸，伏在岸边耐心等待巡逻哨兵慢悠悠地晃过。他仔细观察过，巡逻哨兵绕着山脚走过去，再磨磨蹭蹭地走过来，空当约有三四分钟，足够他钻过铁丝网躲进山林。他并非今天第一次偷越禁区，据他所知，大业务、黑伢、独眼龙、假洋鬼子等许多木屋村和板房村的街坊，都曾来光临过，目的都是捡弹壳玩。他的意外收获是捡了那把锈蚀的三八步枪刺刀。

哨兵的脚步更远了，假华侨一跃而起，猫腰疾行，贴着地皮爬过铁丝网，便大摇大摆消失在山林里。

假华侨翻过土山，滑溜下山坡，便来到空无一人的靶场。看来今晨进行过大规模的实弹射击考核或集体射击比赛，黄澄澄的弹壳俯拾皆是。尤其令假华侨喜出望外的是，他捡了一捧拃把长的机枪弹壳。但他犹不满足，又跑到插在山脚的一排胸靶背后，从树丛泥缝里抠弹头，抠得指甲壳都翻开来，指甲缝里的黑泥中沁出鲜血，指尖胀疼钻心，这才住手。他四处张望一下，见无人发现，赶紧收拾包裹好弹壳，又摊开手掌打量了一眼意外抠到的两颗步枪实弹，掂掂重量，沉甸甸的格外称手。他想，这可能就是所谓的臭弹吧？这时附近似有什么响动，他不敢再滞留，便将两颗子弹紧紧攥在手心，倏地一闪身没入山林中。

假华侨此番捡弹壳绝不是为了好玩，他哪还有玩的心思？他将弹壳装统捶扁，称称重量：5斤半。他暂时不准备卖铜换钱。他抓起一把硬币般哗啦作响的扁弹壳装进衣兜里，去邀伴滴铜。他打算拿弹壳下赌注碰碰运气，赌遍板房村和木屋村的大街小巷，说不定滴铜所赢能攒足与大业务一决雌雄的所需赌资。

5

滴铜是由滴铁演变的一种赌博游戏。以半块砖头平置地上作赌台，铜件既是赌具又是赌资。二人或三人聚赌，划拳决定滴铜的先后顺序。第二名或还有第三名将各自的铜件在赌台中央摆放平稳，由第一名手持铜件举到眼下，笔直立定不得踮起脚跟，瞄准赌台上的铜件松手滴落，将手中的铜件以自由落体的速度和力量撞击赌台上的铜件，撞下赌台的铜件赢为己有，若撞击不中或撞击不下，则将自己的铜件摆上赌台，由下一名取起赌台上的铜件滴落撞击。如此轮流出场，直至将赌台上的铜件赢光为一轮。滴铜游戏简单易学，且参赌铜件无论大小轻重，可以四两拨千斤，可宰鸡用牛刀，还可中途加盟或临阵脱逃。小小赌台看似不起眼，却时而雷打不动时而狂飙大作，极富刺激性。惯于见风使舵的小赌徒可能小赢小输，胆壮心横的大赌徒可能大赢大输。滴铜游戏不仅迷住了街坊伢们，也撩得街坊大人们心痒手痒，时常加入其中碰碰运气试试手气。所以滴铜风行于木屋村和板房村，久盛不衰，并流传到解放大道西端的工矿区和万人宿舍一带。

这天傍晚，假华侨滴铜归来，一进门就急忙找秤杆称铜。他掏出身上所有衣兜塞满的铜件，叮当哗啦扔进秤盘，又一件一件托在掌上把玩，仿佛一个收藏家在鉴赏他的古玩。事实上，黄澄澄有着金子一般光泽的铜制品，除了它的生活实用品用途，其装饰性、玩赏性和千奇百怪的造型，远比黄金更色彩纷呈而神秘奥妙。眼下，大珠小珠落玉盘地落在假华侨托着的秤盘上的各种铜制品，有铜丝、铜钉、铜条、圆铜片、铜坨子等直接取自铜材料的，有铜匙、铜勺、铜壶盖、铜碗、铜盅、铜筷、铜锁、铜鞋拔等生活用品，还有铜钱、铜铃、铜锣、铜钹、铜眼镜架、铜镜、铜挖耳、铜表壳表链、铜钢笔杆钢笔帽、铜罗汉、铜观音、铜烛台、铜香炉等文化用品、祭祀用品和用于装饰、享乐的奢侈品。当然，假华侨凭运气和技巧赌得的这些劳什子，多是些残缺不全的器物或者只是器物上脱落的零部件，生满绿茸茸的铜锈。也有完好无损而亮闪闪光可鉴人的铜器，显然是愚顽无知的少年儿童输红了眼，从家中偷出来做最后一搏企图扳回本钱的，可惜这些铜件都被捶扁砸实了。

假华侨自然无惋惜怜爱之心，他此刻一件件仔细把玩满秤盘铜件，是为了掂量它们的分量，并逐件回味从赌台上赢得它们的情景，沉浸在大获全胜的喜悦中陶醉不已。

这时，他信手从秤盘上摸起一个铜丸似的物件，摊在掌心掂了掂，格外沉手。这是一件蚕豆大小的玩物，乍一看形状也就像一颗圆圆扁扁的蚕豆，仔细看才发现遍体镂有纤细的花纹图纹。他用衣角拭了拭表层发黑的锈斑，又用铜丝剔去缝道的积垢，发现这是一枚仿动物造型的铜坠子，有头有脚有鼻有眼，神态威猛地作张口长啸状，齿缝间有一洞穿的小孔。他打量半天，实在分辨不出像虎还是像猫，像狼还是像狗，只猜出小孔肯定是用来穿绳引线系绊子的。他觉得这玩意儿有意思，便穿在裤腰带上系紧，心想，日后再谋着好刀时就坠在刀柄上当佩物。

他提起秤杆称了称，秤砣挂在六斤半的星线上还高高翘起。他自言自语道："今天的运气太好了！赢的比想赢的还多！"他顿时踌躇满志，又盘算起明天的滴铜行动计划："今天滴铜滴了一老天，估计已将板房村街坊伢手中的存货缴获了一大半，明天应采取激将法撩拨那些不服输的来扳回老本，争取把他们手头的存货都搜罗过来！后天……后天就不可在板房村恋战了，后天开始到木屋村去滴铜！一条巷子一条巷子地摆赌台，踏平它木屋村！"

想到这里，他猛然记起那两颗步枪子弹，摸摸裤腰褶缝，圆溜溜硬邦邦地还塞在那里。他藏妥那堆铜件，狼吞虎咽扒了几碗饭，抄起一把榔头，摸出漆黑一片的板房村，大步流星地走到铁道堤脚，又顺着堤脚朝西走过火车站，走到铁道与张公堤交叉的断堤口，翻上张公堤，来到第一座碉堡。碉堡是抗日战争时期的遗迹，如今已演变成附近农民白天使用的临时牛栏，碉堡里臭烘烘的满是牛粪稻草。而碉堡独特的外观模样，历经几十年和平岁月的磨蚀依然毫无改变，坚固的钢筋鹅卵石混凝土建筑突兀在长城般的大堤上，难免令人产生战争就在眼前的错觉。尤其对假华侨和木屋村、板房村的众多青少年而言，碉堡简直就是一块巨大的磁石，强烈地吸引着他们的心。那累累弹痕、那黑洞洞的射击孔和蘑菇状的碉堡顶，不知触发了他们多少稀奇古怪的联想。以假华侨、独眼龙、假洋鬼子为首的板房村中小学生，和以大业务、黑伢、防汛、独蒜为代表的木屋村中小学生，常常相约逃学跑到碉堡来，以弹弓、泥石和树枝作武器，玩进攻与防守的打仗游戏，每回都有几个鼻青脸肿、皮开肉绽的伤员，被搀着驮着抬着回家。碉堡是一所他们更喜欢的学校，这里培养他们勇猛的攻击性、顽强的忍耐力和胆大妄为的冒险精神。

而今假华侨孤身一人悄悄来到第一座碉堡，除了特意选择这里的环境气氛，静静地作出征木屋村的思想准备和技巧预计，他还要在这个僻静安全的地方进行一次危险的试验。

他攀着射击孔爬上碉堡顶，抱膝坐了一会儿，望望满天繁星，借着星光摸出一颗子弹，仔细端详着。子弹早已被他打磨一新，呈灿灿的金黄色，圆锥状弹头与圆筒状火药装置衔接嵌合得天衣无缝，弹尾圆盘上套着一个更小的橙黄色内圆，他知道这是子弹的击发装置。正是击发装置引起了他的怀疑，萌发了他的侥幸念头。他对子弹壳的击发装置比较过，被枪械撞针撞击过的击发装置，圆心处有一个明显的针头大小凹孔；而他捡到的两颗子弹，其击发装置的圆心处都是平展光滑的，根本没有撞击的痕迹，这表明子弹可能不是臭弹！

他跳下碉堡，摸索着碉堡墙壁找到一道裂开的缝隙，将一颗子弹塞进去卡紧，只露出一点子弹屁股。这时附近似有脚步声，他警惕地四顾搜寻一番，四野很寂静，除了夜风微拂夏虫轻吟，并没有别的动静。他放心了，握紧把柄试了试铁锤，这是一把列车检修工人使用的尖嘴锤，一头是平的，一头尖细如鸟喙。

这时正好月亮冒出来，月光如灯。假华侨摆开姿势，前腿似弓后腿似箭，左手攀紧射击孔借力，右手抢起铁锤，将尖嘴对准子弹屁股奋力捶去。

咚！第一锤没有反应。

咚！第二锤没有反应。

咚——砰！第三锤撞响的一瞬间就连珠炮似地爆发了一声清脆的枪响，同时白光闪耀，火星迸溅，硝烟呛鼻。

假华侨一时被震耳欲聋的枪响震懵了，过了好半天耳膜还轰鸣不已。他揉揉耳朵，抬起痒麻麻的右手，见尖嘴锤上灼起一层焦烟，再凑近看碉堡上的那道裂缝，竟被炸豁了一块缺口，子弹头还嵌在缝隙里，只是像一只金属虫，狠狠地深钻进去。

他喜得蹦起来，顺手将铁锤别在腰里，掏出第二颗子弹，烫手似地在两掌间反复倒腾着。这时他才发现左手背被炸飞的碎石击伤，血糊糊的，猛然感觉新伤绊动了断指的旧伤，剧痛钻心。他忍着巨大的痛楚，小心翼翼地将第二颗子弹重新塞进裤腰褶缝里，伸手拍拍，拍得胸腹中鼓鼓荡荡充满豪气。

黑乎乎的碉堡下，假华侨叉腿叉腰威风凛凛地挺立着，腰带上别着的铁锤，正像一把枪。

6

木屋村的大街小巷忽然刮风似地刮起一阵滴铜风潮。那么多的街坊伢犯瘾着魔似地参与这场赌博游戏，连平素一向斯文规矩读得进书的中小学生也难拒诱惑，都想碰碰运气试试手气。

这阵风潮的幕后操纵者是假华侨。要说鲁莽蛮横、固执倔强，假华侨同大业务浑如一人，而大业务像个苕货，皮囊里头一根直肠子通到底；假华侨却贼得很，肚子中的花花肠子曲里拐弯。假华侨到木屋村邀伴滴铜已有几天了，他不轻易将赌台摆到木屋东巷，只在靠近铁道边的几条巷子打转转，每天佯败几局就走。又支使独眼龙、假洋鬼子等人分别去佯败几局，耐心地演着欲擒故纵的把戏。小赢小赚使与之交手者胆子赌大了，缠上假华侨等人反复挑战，并互相邀伴到处摆赌台。赢了输、输了赢，轻易失手容易得手，造成一种得来全不费工夫的假象。滴铜的乐趣和好处很快躁动了铁道边的十几条巷子，又迅速向木屋村纵深地带蔓延。

木屋东巷及前后几条巷子也热闹着滴铜了。赌兴最大的，自然是黑伢、防汛、独蒜和年龄稍小一些的小业务这一排街坊伢。防汛已将手头积攒的铜输得精光，便瞒着他的姆妈偷出家里的铜焐壶，砸成碎片再去参战。其实不仅是这些顽皮贪玩的活宝热衷此道，就连平素规矩本分的街坊伢也怦然动心，跃跃欲试。有的说要把攒着准备买口琴的铜全部拿出来，输了算了，反正也不够买一把口琴，说不定赢了就买得成了！结果那些有着美好心愿准备买球拍或买缎面笔记本的街坊伢，都把攒的铜拿出来碰运气。

原来攒铜就是木屋村街坊伢的攒钱方式。

木屋村人既穷，穷人的孩子也就没有零花钱这一说，就是放学带回老师的话，说学校要交5分钱看一场电影，家长听了也不理睬，想看电影？自己捡铜攒着卖钱吧。紧邻的军工厂每逢厂休日前一天就倾倒一次垃圾，用自动装卸卡车运到木屋村掀进淤泥塘。也不知军工厂究竟制造何种秘密武器，它倾倒的垃圾中总是有许多铜材料的边角余料。虽然扒捡搜寻出来的碎铜不过如芥粒屑皮，而积少成多，攒够了卖给废品回收站的价格是 5 角钱一斤！所以木屋村的街坊伢，无论勤快的还是懒惰的，干净的还是肮脏的，爱面子的还是不讲脸的，统统都是扒垃圾捡破烂的孩子。他们的衣兜荷包里虽然没钱却总是有铜，滴铜游戏发源于此地当属应运而生。赌博赌博，哪个也难免赌一口气，哪个不曾与贫困的命运抗争拼搏过几回呢？

又过了几天，假华侨见时机成熟，就背了半书包子弹壳和几块铜板，深入木屋村每一条巷道，到处摆赌台邀伴滴铜。街坊伢们正赌在兴头上，纷纷应战。结果一交手都败下阵来，假华侨像在板房村收拾赌伴一样，也将他们手头的铜件缴获一空，每天都背着鼓鼓囊囊一书包铜凯旋。

假华侨滴铜何以能稳操胜券呢？

滴铜游戏来源于滴铁。滴铁发端于木屋村，而追根溯源，它起源于有一半居民靠捡破铜烂铁谋生的板房村，再打破砂锅问到底，滴铁原本是假华侨的发明。

假华侨既然不叫真华侨，他当然也就没有侨居国外的经历和任何海外关系。岂但没有海外瓜葛，他在国内、省内、市区内也了无牵挂，只在板房村的小木屋里有一个捡破烂的姆妈和一个叫假洋鬼子的兄弟。"假华侨"绰号的来历，源自他一头茂密的自然卷发，乱糟糟卷曲着如乱鸡窝。据说兄弟二人的卷发是遗传爸爸的。而在假华侨还没有看清楚爸爸是否也长着一头卷发的幼年，爸爸就死了，只留给他一件皱巴巴的旧西服。这件款式与众不同的服装格外打眼，令他得意不已，夏天也赤膊袒胸穿着，更显得十分洋气。前几年，假华侨兄弟二人每天必须完成姆妈规定的捡铁数额，否则罚减晚饭分量。二人常常贪玩完成不了任务，便一起受罚挨饿。假华侨饿出了个主意，便与兄弟商量：与其两人都挨饿不如一人吃饱一人挨饿，把两人捡的铁算一个人的功劳上报。兄弟假洋鬼子很是不解，便问："那么哪个该吃饱哪个该挨饿呢？"假华侨说："我们赌吧，看哪个运气好哪个背时？"假洋鬼子只小假华侨一两岁，也不含糊："赌就赌！"于是商定以铁掷铁，击中为胜，定了若干游戏规则。后来改掷铁为滴铁，又修改完善游戏规则。不期兄弟之间的游戏竟流传开去，只是滴铁变成滴铜，因为铁不值钱，熟铁才卖一角钱一斤，不够刺激。而这时，假华侨已掌握了滴铜诀窍，手段和技艺可谓天衣无缝、炉火纯青了。

黑伢与假华侨几次交手均败下阵来，他很不服气。看着假华侨在木屋村称王称霸却无人能制服他，黑伢心里急得不耐烦，便去找大业务，可是一连几天不见大业务的踪影。黑伢不仅不服输，他还起了疑心。他想：运气再好也有败走麦城的时候，手段再高也有马失前蹄的时候，假华侨赢得太容易了，其中必然有诈。

黑伢装作围观看热闹，在一旁不动声色地观察假华侨的一举一动，看出假华侨滴铜确实技高一筹。他手持的铜件平稳坚实，重心低，而且上面光滑底面粗糙。摆在赌台上经得起撞击，居高临下冲撞时又凌厉有力。他滴铜极有耐性且舍得吃亏，像一条狗趴在地上围着赌台打转转，瞅准铜件与赌台之间的缝隙为突破口，一记命中，弹无虚发，赌台上的铜件纷纷被击落马。

黑伢不甘心，皱着蒜头鼻子继续监视，到底看出了假华侨的破绽。假华侨在铜件上做了手脚，他用调包法轮换使用两个子弹壳，一个弹壳底部塞进了一颗砸扁的铅弹头，难怪冲击下去像锤子、像重磅炸弹！他用障眼法交换使用两块方形铜板，其中一块的底面四角微微翘起，像四只尖细的钉脚牢牢钉在赌台上，难怪别人总是撞击不动它！

黑伢看得义愤填膺，却强忍着不发作。他急于找到大业务，便翻过铁道去，坐在堤坡上干等，他估计大业务到铁道外去了。耐着性子等了半天，果然见大业务从飞机场方向过来，汗淋淋地打着赤膊，脱下汗衫包着什么夹在腋下。黑伢急忙上去，说了假华侨滴铜作弊的前后经过。大业务听了并不惊讶激愤，只阴沉着脸与黑伢商量，明天由他出面与假华侨交手，黑伢在一旁严密监视，发现破绽就当场捉贼捉赃，杀杀假华侨的嚣张气焰！

第二天，假华侨来到木屋村，刚刚将赌台摆在废品收购站附近的街口，大业务和黑伢突然出现在他面前。

大业务哗啦啦掏出衣兜的子弹壳，统统扔在地上："你赢的铜差不多够 200斤了吧？我今天陪你玩玩，帮你凑个斤把铜。"

假华侨低头望望蝗虫般满地乱蹦乱跳的子弹壳，心里暗暗一惊。他沉住气，抬头朝大业务冷冷一笑："我今天甘拜下风。我玩滴铜也玩腻了，我们还是打珠子吧！"他顿了顿，抚着左手的断指意味深长地说："我准备得差不多了，你呢？后悔恐怕是来不及了的！"

大业务咬牙切齿，望望黑伢欲言又止。

假华侨扬长而去。

7

汉水河畔逢时也有海岸般的壮观景象。自舵落口、琴断口以下数公里处，河流突然朝北岸来了个大回旋，汛期以惊人的胃口吞噬了比河床本身宽数倍的岸坡，恣肆汪洋，浩瀚渺茫；汛期一过便吐出大片大片的沙滩，坦坦荡荡。这气势，浑如海滩略似戈壁。这片河滩又与海滩大异其趣，海滩的沙或黄或白，河滩的沙却是青的，与天同一色调。青沙更为细腻柔和，且青色中均匀地掺杂无以数计的云母片，在阳光照耀下反射出炫目的金黄银白之光，身临其境令人想入非非，不免萌生起淘金掘宝的念头。

假华侨和大业务将打珠子的赛场选定在这片河滩。这里视野开阔，风吹草动一目了然，东南方向有汉水作天然屏障，西北方向堤坝下有一大片防浪林挡住堤上行人的视线。多年前防浪林中曾经有人引颈上吊自杀，剖腹验尸疑为他杀，这个命案一直未侦破，人们疑心防浪林里有阴谋肃杀之气，不敢轻易穿林而过。

正午时分，炽烈的阳光将沙滩上数以亿兆计的云母片燃烧成一片银火，弥漫起一团团白色烟雾。

假华侨从河滩上游走过去。

大业务从河滩下游走过来。

假华侨照例穿着那件破旧的西服，大业务不同寻常地穿着张铁匠的大号工作服。在他们的身后，跟着各自的随从独眼龙和黑伢。

这时，河风乍起，刮起沙尘，带着浓重的河腥味扑面袭来。风沙过后，双方已迎面对峙。

大业务的眼里吹进了沙子，他烦躁地揉着，揉得眼珠子通红，狼眼似地盯着假华侨一声不吭，只用眼光急切地质问。

假华侨呸呸地吐尽嘴里的沙子，却也不语，只朝独眼龙歪歪嘴。

独眼龙便打开假华侨那只装弹壳的书包，书包里果然塞着一沓沓一卷卷皱巴巴的钞票，多是一元两元的和角票，也有五元十元的大钞和一筒筒硬币。

大业务迫不及待地拽住书包带，意欲将钞票清点一遍。独眼龙慌忙护住书包，紧紧搂在怀里。

假华侨冷冷地说：“不必了吧？一分不多一分不少。再说，今天是你拿走还是我背回去，八字还没一撇呢！”

独眼龙将书包递给黑伢，黑伢犹犹豫豫地接了。独眼龙便伸手向黑伢要刀，黑伢疑惑不解地摇摇头。

大业务不待假华侨发问，亮出一把三角刮刀“嗖”地扔给独眼龙，伸出左手，翘起小指头。

独眼龙显然早已心中有数，他接住刀柄，望一眼假华侨，不慌不忙地试试锋刃，便上前捏住大业务翘起的小指头，从第一节关节处下刀，沿着关节纹路画了一圈线，只割破手指的表皮作截断位置的标记。鲜红的血丝从毛细血管慢慢沁出来，像一根细红线缠在大业务的小指上，那根红线越缠越粗越缠越多，直至像沁透血的纱布将小指头的第一节关节缠满，血便凝结了。

大业务翻覆着左手掌，轻蔑地望望那一截血污的指头，仿佛它已经淤血化脓坏死，他不在乎它了。

独眼龙执刀退到一旁，只等到了时候就上前取大业务的一截指头。

黑伢这才明白：今天这场赌博非同小可，不仅是巨额狂赌，而且是以血肉为代价的疯赌！他在心底大呼上当，一向被他指使支配的大业务，今天反倒把他骗到这个刀光剑影的赌场。大业务不知怎么忽然长了一条心眼，今晨哄骗他说，假华侨把赢的铜都卖了发了大财，得意忘形地找大业务赌打珠子。大业务赌咒发誓要将假华侨卖铜的钱都赢过来与他平分，他便欣然同意跟大业务来当个随从。哪知今天一个是来拼命的，一个是来复仇的，太危险了！不祥的预兆像一把锤子，砰砰地敲着他的心。

黑伢想借故溜走，可是肩上的书包犹如千斤重担压得他抬不起脚来，他清楚赌到这种程度的规矩，他已无法轻率走脱，稍有不慎就可能提前触发冲突，引起一场打得头破血流的混战，他黑伢也难幸免。另外，他再贪生怕死也不忍撇下大业务一个人对付两个人，他把心一横，决定留下来见机而行。

这时大业务和假华侨已在察看地势踏勘赛场。沙滩靠近堤脚的一边被太阳晒成青白色，靠近河岸的一边被河水润成青绿色。两人一致同意将赛场选在青白与青绿交接的地带，这里沙土的干湿度适中，坡度最小，又平坦干净，的确是打珠子最理想的赛场。

玩玻璃弹珠子游戏，双方凭手掌手指的力量和技巧将珠子弹出互相射击，玩法千奇百怪，变化无穷。

大业务和假华侨今天选定的弹珠游戏方式是：攻城。

黑伢和独眼龙以堤岸和河流为两条边线参照系，画出近似平行四边形的界线，面积约为篮球场大小。在四角各掘一乒乓球大小的圆孔代表边界城堡，又沿对角线的交叉点测定赛场中心，画出一个巨大的五角形，在五只角上各掘一孔为卫星城，在五角星正中掘一孔为都城。

攻城游戏有点像打高尔夫球，也类似打台球。双方从相对的起点出发，一边攻城陷阵抢先入洞，一边阻挡打击对方，将其驱走，以率先攻克都城为胜。按照游戏规则，须先荡平城堡，再拔除卫星城，最后占领都城。攻城线路迂回曲折，双方常常狭路相逢，反复较量，形成拉锯战格局，往往一局要僵持许久才分胜负。

大业务摊开手掌，亮出一颗黑花打子。假华侨摊开手掌，亮出一颗红花打子。双方约定：三局两胜定输赢。

一开盘就打得难分难解。两人都是木屋村、板房村公认的打珠子好手，都是还没有学会说话就趴在地上学会了打珠子的顽皮东西，练了十几年，熟能生巧，打出的弹珠便如同长了眼睛长了脚长了耳朵，成了精怪。

第一局，红黑两颗打子几乎同时攻陷九城，同时打到都城门下。黑子侥幸获得连击权，一记猛射将红子驱走，抢先一步入洞。大业务险胜这一局。

第二局，大业务打得很急躁，接连失手。他打珠子素以"滚地雷"著称，打出的弹珠急促迅捷，擦着地皮骨碌碌滚出一条笔直的射线，不易偏斜，猛烈而准确地一记中的。但他是个左撇子，左手小指虽只是轻微割伤，但因为触在地上反复磨蹭而明显地肿胀起来，这使他的左手不甚灵活，加之一急一躁，渐渐地乱了方寸。

黑伢急忙摸出事先备好的一张膏药，撕成两半，一半将大业务的伤指包裹起来，一半贴住他的右眼，以便他集中视线瞄准。

独眼龙见状，也摸出一张膏药来，欲贴住假华侨的左眼。

假华侨摆摆手制止了独眼龙。他的红子在第四座城堡附近成功地狙击了黑子，而红子的第四座城堡算起来还只是黑子的第三座城堡。他不再恋战，让红子一记进洞，掉头直奔卫星城，将黑子远远地抛在后头。假华侨打珠子号称"高射炮"，习惯凌空弹射，弹珠沿抛物线弹道射向目标，打法正适合攻城这种远距离攻防游戏。

第二局以红打子大胜黑打子收盘。

决定输赢的第三局双方都小心翼翼，步步为营，进展十分缓慢。大业务呼哧呼哧喘出的粗气听来刺耳揪心。假华侨也让独眼龙将他的左眼贴起来，生怕有丝毫闪失……

双方打到最后，出现与第一局惊人相似的格局：红黑两珠同时兵临都城门下，两珠相距不足一小拃，各距城门洞穴不足一大拃。原本是红子抢先一步到达的，黑子紧追其后赶到，明明已经停住的黑子，忽然鬼使神差地慢慢滑向红子，轻轻磕碰一下又弹开去，形成眼下格局。这样黑子又获得连击权。

假华侨气得暴跳如雷，怨天咒地，歇斯底里发泄够了，终于颓唐地瘫坐在沙滩上，一双死鱼般的眼珠子，绝望地瞪着无可挽回的残局。

大业务则欣喜若狂，他狗似地趴在地上，喘得更如兽吼。最后这一步，有两种打法可供他选择：一种打法是先来一记猛射，将红子打个屁滚尿流逃开去，狠狠羞辱假华侨一番，再不慌不忙进洞告捷；另一种打法，无需打击对方，直截了当进洞凯旋。两种打法都可谓万无一失。但大业务生怕煮熟的鸭子飞了，他要的是板上钉钉的把握，宁可不羞辱假华侨。

大业务哆嗦着手，轻轻、轻轻地将黑子射向只有一拃距离的洞穴，晶莹剔透的黑花打子缓缓滚着旋着，稳稳当当、毫无偏差地滑向洞沿，再打个骨碌就可以滚进去了……

　　就在这一瞬间，发生了令人难以置信的怪事。刚刚滚进洞口尚未落底的弹珠，恰恰被洞中一只妖孽般探头而出的小河蟹给顶了出来！

　　四个人都看呆了，愣怔半晌，隐隐感觉脚下有异样变化，低头一看，沙滩软似海绵，陷出深深的脚印。他们懵懵懂懂地侧转身去，只见秋汛已过的汉水又反常地涨潮了，已悄悄浸漫了大片沙滩。这情景恍若梦境。

　　大业务猛一个激灵清醒过来，假华侨也拍着湿漉漉的屁股爬起来。

　　"进了！"

　　"不算！"

　　"进了！"

　　"不算！"

　　大业务伸手抠出潜在洞底的螃蟹，狠狠扯断蟹脚，用力撕裂蟹壳，将一团血肉尸骨摔到假华侨脚下：

　　"我的黑珠子明明打进去了！是被它顶出来的！你瞎了？瞎枯了？"

　　"那我不管！按规矩落洞为进，你的黑珠子在洞里？还在洞外啊！你怪我不成？怪你自己倒霉、背时、撞了鬼！"

　　"那好！我重打！"

　　"你已经打过了！该我打了！"

　　"你……你……你想要赖？"

　　"你这才叫要赖哩！"

　　大业务突然扑向独眼龙，一把夺过三角刮刀，一手明晃晃地举着，一手将黑伢扯到身后掩护着，倒退着高喊："黑伢你先走！哪个敢拢来老子就一刀捅死他！"

　　独眼龙绾起袖口就上，却被假华侨拦住。

　　假华侨并不慌张，慢腾腾朝前挪动两步："老子早就防着你这一手！冇得金刚钻，不揽瓷器活！要不然老子今天就不会来！"说着，撩开西服下摆，突然一个拔枪动作，果真就从腰带上拔出了一把手枪，虎视眈眈地瞄准了大业务的胸膛："莫动！我这可是一把真家伙！"

　　大业务便立定不动。

　　黑伢和独眼龙都被镇住了。惊魂甫定，轻手轻脚地退到两侧去，半信半疑地打量着假华侨手中的枪。

这是一把木头手枪。枪管上凿了一道槽子，枪口用铁丝绑着一颗步枪子弹，枪后膛的槽子里用弹簧紧紧绷着一颗元钉，元钉尖显然经过精心打磨改制成了撞针，准准地对着子弹击发装置，扳机制动保险机关反钩着弹簧，可以随时击发。

黑伢和独眼龙惊慌失措，张口结舌想说什么却说不出话来，"啊……啊……"地乱摆着双手避退开去。退着退着，黑伢估计沾不着火星了，便稳住神，悄悄推搡着独眼龙叫他上前劝说假华侨收枪，他压低嗓音急促地威胁独眼龙："枪一响你就是帮凶！大业务被打死了你也跑不脱！"

独眼龙一听黑伢说得有理，只好硬着头皮，上前去劝阻假华侨。他畏畏缩缩地刚刚靠近假华侨，又惊号一声抱头鼠窜。

原来大业务也亮出一把枪来！

大业务先是出乎意料地主动将三角刮刀扔在地上，趁假华侨一愣，他变戏法似的从宽大的帆布工装中抖出一支枪，朝假华侨怪笑一声："我这把家伙也不是假的！"

这把手枪与假华侨的几乎一模一样！好像是同一个人发明、制作的。唯一不同是，大业务的手枪上还缀着几缕红缨子。

假华侨的脸色顿时惨白，他万万没料到大业务也有这么一手！他失算了，原来看似苕货的大业务其实狡猾透顶、阴险至极，偷窥了他克敌制胜的秘密武器！

假华侨仍企图保住占上风的地位："我这把枪可是试过的！"

大业务干脆把话说开："你的试过我的就不用试了，要试我就今天试！"

再也无话可说。两把手枪互相瞄准着，两只手微微颤抖着，对峙在难堪的沉默里。

在大业务亮枪的一刹那间，黑伢再次强烈感到被大业务蒙蔽得好苦！看来今后还得再学精一点。但他顾不得多想，大祸临头，得想办法化险为夷……大业务拔出的这把枪骇得独眼龙抱头趴在地上，他却看出多一把枪反而多出一线希望。

趁着双方僵持，黑伢慢慢拢去，用脚尖轻轻踢着挑起地上的三角刮刀，伸手接住。他一手持刀，一手紧紧抱住书包，退行着悄悄朝河流移动。他琢磨，两把手枪都只有一颗子弹，哪怕谁手头还有多余子弹一时也装不上去……

黑伢已退到河水中涉着，水没膝盖。这时假华侨和大业务才发现他的奇怪举动，独眼龙也抬头不解地望着他。

黑伢开口了："你们两个已打成平局，谁也赢不了谁！既然双方都有枪，就莫斗干狠！有种的再赌一回分个输赢！"

"再么样赌？"大业务和假华侨不约而同地问。

"只好赌枪法了！比射击！大业务瞄准红花打子，假华侨瞄准黑花打子。"

大业务和假华侨对望一眼，犹豫不决。

独眼龙爬了起来。

黑伢凶狠地挥舞着刀子喊着，心却蹦到了嗓子眼："都不准过来！你们都只有一颗子弹，打了我就打不成对手！大业务要是不依我，我就把书包里的钱都抛到河里去！假华侨要是不依我，你们两个同归于尽，你还是白断了一根指头！独眼龙，你说赌枪法好不好？"

"好好好！我同意！"独眼龙忙不迭答应。

大业务和假华侨再次对望一眼，同时侧转身去，默默寻找各自的目标。

十步开外，那第十个洞穴汩汩地涌出一股河水，浸漫了洞前一片狼藉的动物尸骨，尸骨渐渐漂起来，幽灵般浮动着。幽灵中隐隐闪耀着一颗黑幽幽的玻璃弹珠和一颗猩红的玻璃弹珠。

已是暮色苍茫时分，能见度很低，那两颗打子，似乎也随着幽灵在动，像两只眨动的兽眼。

大业务和假华侨抬手，举枪，瞄准……

砰！砰！

两声爆响，两把枪都燃烧起来，像两簇火炬。沙滩顿时一团漆黑。

黑伢和独眼龙各接过一簇火炬去验看枪靶：两颗玻璃弹珠都被射得粉碎。

8

假华侨料定大业务今夜肯定要来找他，索性坐在铁轨上等。屁股还没有坐热，大业务就翻上铁道来，无语地坐在另一根铁轨上。默坐良久，大业务沉不住气了。

"你说再怎么个赌法吧？"

"我不想赌了……"

"我也不想赌了。我自己把指头剁下来赔给你，我已经想好消毒止血的办法，不上医院，不连累你。你把那些钱还给我！"

"赔？除非你能把指头接在我手上！算了，我认了。你也莫诈我，我并不欠你的钱！"

"你莫赖账！我们白天是为么事赌哇？你把书包里的钱还给我，我好还给我爸爸去还债！我爸爸是愁病的，已躺了一个月还起不了床……"

"那书包里是借来的几十块钱，我统共就只赢了几十斤铜，你想要我就送给你……"

大业务霍地站起来："你哄乖乖儿？我不信！"

假华侨也跳将起来："信不信由你！"

"你是要逼我现在剁指头给你看？"

"你自作自受！"

大业务一把从屁股后头拔出三角刮刀，猛蹲下去，摊开左手，将小指枕在钢轨上："今晚我们一手交钱一手交货！"话音未落就一刀剁下去，剁得皮开肉绽却剁不断。三角刮刀适宜捅、刺，却不适宜剁、劈，加之左撇子的右手无力。

假华侨的额头上沁出密匝匝的一层冷汗，他真凑不出 100 元钱来。大业务举刀再剁时，他伸手夺过来，牙齿咬得咯咯响，从牙缝里吐出几个字："还是赌！老子跟你一赌到底！"

大业务将伤指衔在嘴里，含含糊糊地说："还是赌？那好！老子今晚的血不能白流，得由我来选赌法，赌简单的：赌飞刀！"

"那不行，赌飞车！飞车也简单！"

"飞刀！"

"飞车！"

……

两人各执一词，互不相让。假华侨烦了："既然你不依我我不依你，只好今晚先赌一回了！"他搜遍西服内外口袋，总算搜出一枚两分硬币，摊在手心递给大业务过目。他将硬币虚掂几下，冷不丁凌空抛起，硬币旋翻着落下来，他又以手背屈指弹射上去，不待硬币再次下落，他跃然而起，挥臂一抓，牢牢地攥在手心。眼花缭乱地完成一系列动作后，他将拳头伸到大业务面前："你先猜还是我先猜？"

"麦子！"

"星星！"

假华侨赢了。

一列夜行火车呼啸而来，轰轰隆隆地冲散了二人……

9

翌晨，大业务来到汉西火车站，站在密如蛛网的轨道上四处张望许久，才发现最外端一段备用轨道上，假华侨坐在一节废弃的闷罐车车厢顶上等候多时了。

汉西火车站是个小客站大货站，在此周转的货物主要是煤炭、砂石和两人合抱那么粗的松木，还有牲畜和粮食。可想而知，比邻居住的木屋村人，憨人有憨福，穷人有穷福，哪天断顿了就去吃火车、吃铁道。他们顺着铁道走进车站货场，扫煤灰，撬松木皮，一颗颗俯捡漏撒在路上的豆粒和麦粒。

木屋村的街坊伢出入火车站随便如自家的菜园门，钻火车走平衡木似的铁轨如履平地。生则胆怯，熟则胆壮，烂熟油滑了胆量就忒大，玩游戏玩到火车上。说来都是看电影《铁道游击队》学的几手，街坊伢中凡是男人，几乎个个都有飞车经验。这里是货车编组站，火车头成天在岔道上开过来倒过去，倒腾着忽而挂几节车厢忽而甩几节车厢。这便给练飞车提供了好机会。练得最起劲的几个，当然还是大业务、黑伢、假华侨、独眼龙这些活宝。

飞车，飞上去其实并不难，只要跑得快撵得上火车，手脚灵活一点就蹿上去了。难就难在上去后如何下来，稍不慎就可能摔断胳膊腿甚至丧生车轮下。独眼龙的一只眼就是摔瞎的。

假华侨和大业务今天要赌的，就是跳车飞下车——不敢下、下不来认输。

大业务攀上那节闷罐车车厢顶篷。两人高高地俯视着笼罩在烟雾和蒸汽中的车站，从火车头的吼喘和啸叫声中，寻找打赌的列车。

一列西向的货车，火车头正在加水，检修工钻到车厢底下叮叮当当地敲打着。显然，列车即将出站。

假华侨扬手一指："走，就上这趟车！"

大业务望望长长的车尾，又望望绑得严严实实的油布，犹豫地说："这趟车已经挂好了，只怕不会转来了……下一站会不会停？"

"你莫啰嗦！敢不敢赌？后悔还来得及！"

"后悔老子就不来了！走，火车快开了！"

假华侨和大业务一前一后朝西跑过月台，跑过岔道闸，刚刚跑过信号灯塔，火车已追了上来，车头如昂首啸叫的烈马从他们的左肩擦过。

假华侨不慌不忙地跑着，默数着身边擦过的车厢。刚才在车站他已数过，连车头带车尾共20节，他决定飞第17节车厢。飞车飞列车尾部最安全可靠，尤其便于跳车飞下来，但最后一节往往挂着押运车厢，太靠后容易被押运员发现。另外，他这个月刚刚进入17岁，他选择了自己的吉祥数字……当第15节车厢刚刚擦过，他忽然触了电似地飞奔起来，竭力与第16节车厢赛跑，这时他的速度与处在加速度过程中的车速相差无几，于是，他轻轻巧巧地飞上了第17节车厢。

在他的身后，大业务飞上了第18节车厢。

假华侨攀着铁梯迅速爬上车厢篷布顶上蹲定，以手紧紧抓着绑油布的棕绳，探头右前方寻找跳车方位。这时，车头已穿过铁道与张公堤交叉的断堤口。他偏头仔细辨听，听出车头刚刚驶到涨水河铁道桥上。他立即将双腿改成半蹲姿势，双手移到车厢板上死死抠定，拱臀隆背，探头车厢外，像一匹处于高度兴奋状态的猎犬，跃跃欲试。

列车长啸一声，完成了加速度过程。列车忽如脱缰之马，车厢剧烈颠簸晃荡起来，车厢顶上更是狂飙大作。一只巨手狠狠揪扯着假华侨的头发，要将他抛甩下去，而张公堤似被火车撞塌了，崩溃着倾倒过来……假华侨对这惊心动魄的一切熟视无睹，他知道这都是听力错觉和视线错觉。他现在只捕捉一个非常清晰的方位目标——涨水河。

第17节车厢刚刚进入铁道桥，假华侨双腿一蹬，双臂一展，以一个极其优美的俯冲动作，一头扎进涨水河。

他无数次向别人表演或自我表演过这个飞车跳水动作。

但他今天扎进河里就再也没有露出河面。

涨水河是一条季节河。春汛时节河水泛滥，到夏季汪洋一片，浸漫农田。而秋汛过后河水渐渐消退，立冬后只如同泉水溪涧，河床枯竭直至来年早春，杂草丛生，成为农民放羊放牛的牧场。假华侨的脑门心恰恰撞在河底一根尖削的拴牛桩上。

法医验尸时，从假华侨的裤腰带上解下一枚铜黄色金属佩饰物。见多识广的老法医一眼认定：这是一只金麒麟。后来这个纯金佩饰物被认作来历不明的赃物，没收交公……

大业务是深更半夜摸回木屋村的。当时他趴在第18节车厢上，将假华侨漂亮的飞车跳水动作看得一清二楚。他立即承认假华侨赢了，于是决定破罐子破摔，等列车中途停站再下吧。可是火车连过几站不停，他只好冒险跳到铁道旁的一堆稻草垛上，翻滚着落地，幸而只磕破膝盖。他等到傍晚才扒上一列火车返回汉西火车站。当他一瘸一拐地走近家门时，潜伏在东西两头巷子口的警察一拥而上。

大业务以赌博罪和私造枪支罪被捕，判送劳教两年。这时他才听说假华侨死了。

假华侨的兄弟假洋鬼子说："大业务不要以为他躲在号子里就躲过去了！"他当着板房村的街坊伢提了只鲜活的毒蜈蚣嚼了，嚼出满嘴褐黑色的唾沫发毒誓说："独眼龙，帮我带个信给小业务，叫他送牢饭的时候告诉大业务："君子报仇，十年不晚！"

10

这时候，建桥、援朝、汉生也返汉了，三人都不回木屋村打照面。

他们带的木屋村街坊伢队伍，先是犟着死拖硬磨走到了韶山，但人数仅存一半。在韶山冲果然与来自天南海北的各路长征队伍大会师，不过此时建桥已深悔当初未采纳黑伢的建议而延误了日程。他在援朝、汉生的支持下放弃了徒步去延安的计划，带领队伍经长沙乘火车直抵北京，赶上了一次天安门城楼的大检阅，然后到风云际会的北大、清华。七八天后，这支队伍已是衣衫褴褛、蓬头垢面，人人身上一文不名，士气消磨殆尽。返回武汉后队伍就彻底溃散了。

建桥、援朝、汉生却愈加精神抖擞。三人一回学校就急急地赶到二司总部报到。三人都被委以重任，激动不已，郑重相约：木屋村的街坊伢都不争气，就剩我们三人了，只有同舟共济、同仇敌忾，也好向一贯瞧不起木屋村的人证明木屋村街坊中也有胸怀大志的！尤其不能让刘军看笑话！于是发誓结为生死战友，三人见要忙的事务成堆，就各借了一套绿军装换洗了积垢已久的破旧衣衫，干脆住下来，都抛家不顾。

可是不久三人之间就发生激烈争吵。

建桥说："我完全赞同二司提出的一切宣传纲领和宣传口号，但我一概不赞同二司的一切具体宣传活动。"

汉生说："如果不实施具体宣传行动，再好的纲领和口号岂不成了空话？"

建桥说："我认为所有的行动都偏激了！"

汉生说："我认为行动和纲领完全一致！"

二人针锋相对，互不让步。

援朝认为二人各有道理，他介于其间无所适从，只好左右相劝。哪知越劝二人越恼，竟然拍桌打椅，不欢而散。

过几天建桥就声明退出二司，加入刚从二司分化出来独立组建的三司。三司一时找不到理想的大本营，临时仍与二司同一栋楼办公。近在咫尺，却水火不容。汉生与建桥互相横眉冷对，成了仇人。

援朝在二司和三司之间作两难选择，犹犹豫豫，终于抵不住建桥的再三游说拉拢而加入三司。这样援朝就得罪了汉生。但不久他又开罪于建桥，因为他看出三司的作为也未免太"糠"了，遂又跟随英雄所见略同者一起倒戈，组建"三司革联"，与二司重修旧好……

渐渐地，建桥看出这一切不过是"城头变幻大王旗"的把戏，而玩把戏者都是有来头有背景的，不似他和援朝、汉生出身寒微、毫无后台可言。之所以各派都看重他们三个一再委以要职重任，其实是在利用他们能写善辩、踏实肯干的本领，而别人的目的是争名逐利，他们几个不过被别人当枪在使。看出这些，建桥的劲头就蔫了。莫师傅说过，木屋村街坊伢中建桥是最有主见的，而且会看人。

看出更多，他就有一种吃亏上当的感觉。再想想自身处境，说是免费进餐，顿顿只发两个馒头一筷子腌菜，忙了发漏了还得干饿着硬挺，远不如木屋村自家的粗茶淡饭有保障。天气也一天天冷了，只好把两条长单裤套在一起穿着御寒，真是饥寒交迫啊！建桥完全泄了劲。又过了几天，见风声日紧，武斗在所难免，他不愿当炮灰，就不辞而别离开了三司。

建桥心灰意冷地回到木屋村。

过了几天，援朝也看出端倪，怏怏地回家了。

唯独汉生不回，似乎汉生对一切浑然不觉。其实汉生也看出许多不快，有时他看得深恶痛绝。只是汉生太倔强认死理，相信当初三人的誓言绝对不错，宁可我行我素，哪怕一头撞在南墙上，撞得头破血流也值得！面对派别林立、众说纷纭的局势，总得有人辨个是非问个公道，袖手旁观怎么看得下去？

汉生的姆妈慌了，央求建桥和援朝引她去找汉生回来。援朝满口答应，建桥却拦住援朝，对汉生的姆妈说："您还不清楚汉生的脾气？我们去了还坏些！您只能一个人去……嗯！叫白伢陪您去！您见了汉生还不能说我和援朝都回了，说了怕他赌气更不回。"

其实汉生已听说建桥和援朝退出各自派别，回木屋村当了逍遥派，他嗤之以鼻。当汉生的姆妈找到汉生，任她大哭大骂，任白伢在一旁帮着劝得哭哭啼啼，硬是九头牛也拉他不回。直到姆妈说起莫师傅如何如何惨遭横死已半年多了，汉生这才大吃一惊，跟着姆妈回来吊唁莫师傅。

汉生回到木屋村后，就乖乖地呆在家里了。

建桥倒是大度，主动摒弃前嫌来与援朝和汉生媾和。三人谈及自离家后，木屋村接二连三发生的一连串事件，感慨万分，悔恨不已。汉生更是对莫师傅之死深深自责，他说他有一种无法排遣的犯罪感。

这天，三人聚在汉生家里谈论大业务和假华侨。黑伢突然进来，满脸讥讽地说："大英雄们得胜归来，可惜没捞个一官半职，连张立功奖状都没得！那不是和我这个逃兵混得差不多？

黑伢说得阴阳怪气、冷嘲热讽，听来极为别扭。汉生见他说完了，便冷冷地说："说得俏皮说得俏皮！你去玩你的吧。人各有志，我们三个瞎侃，对你来说都是不中听的！"

黑伢未料到汉生竟下逐客令，愤愤而悻悻地走了，说从此再也不与汉生他们三人来往。

当下三人都无话，沉默得难受。

建桥忽然解嘲地说："刚才我们谈到大业务和假华侨对赌，两人都没得本钱。

大业务输得害他爸爸扯了一屁股债，自己也被关了，假华侨输得更惨，输掉了自己的性命。唉！其实我们三个人也只当是赌输了！没得一点资本，就跑去瞎赌了一场，输得精光回来。难怪黑伢笑我们！"

援朝听了连声惊叹："说得好！说得好！你这几句话说得太对了！"

汉生不吭声，他望着莫师傅留给他的铁砚和铜管狼毫黯然神伤。

第五章　情　债

1

几年后，木屋村下放农村的街坊伢陆续被招工返城，像归巢鸟一般，重新回到一百零八条巷子里各自的木屋位置。

白伢天天捏着汉生家的钥匙守在巷子口盼望，盼望汉生也早日被招工返城，但她总盼不到汉生的影子。

汉生在农村熬过第六个年头，终于在这年春天回到木屋村。这天，汉生在解放大道旁下车，走近木屋正街街口时，他一时疑心自己走迷了路。汉生自那年下放后迄今从未回城探家，每年春节都是在农村过的。相依为命的姆妈已早早撒手人寰，城里没有什么值得他牵挂的了。眼前阔别五年的木屋村模样太陌生了。他记得木屋正街是一百零八条巷道中最宽阔笔直的，可现在望去，正街巷道只是一条狭窄弯曲的鸡肠小道，拥塞着嘈杂的人群。

汉生避开正街，从右侧一边沿斜道走进去，走近木屋东巷东头巷子口，远远地就瞧见一爿饺子店，门面上高高横挂的招牌是用狂草体写的。他好奇地走过去驻足辨认："丑食家王娘娘真传银元宝"。他又惊又气，正欲闯进店去问个明白，看是谁竟敢背着他拿姆妈的名字和元宝饺功夫开玩笑，黑伢已探头出来。

"噫呃——是汉生回来了咧！快来快来！先进来吃一碗元宝饺再说！看我的手艺如何？"

黑伢倒是十分惊喜，忙不迭过来接行李。

汉生一把搡开他，气得直抖："你……你，你马上给我把这块招牌摘下来！"

黑伢一愣，旋即不以为然地说："哦？招牌？这怕么事哩？随便写个幌子招徕顾客……"

这时街坊们听说汉生回了，纷纷过来亲热地问候，白伢跑过来一把抢过他的行李。汉生顾不得应酬街坊，他简直气疯了，只管怒指着黑伢喝叫："你马上给我摘下来啊！快摘呀！"

黑伢不肯摘牌子，要赖说："哎，那我们把话说清楚！天下姓王的多得很！未必就是指的街坊王娘娘、你的姆妈？"

"你，马上给我，摘下来。"汉生冷静下来，但仍不改口，一字一顿地说着，果决地脱掉外衣，绾起袖子。

街坊们便纷纷劝说、责备黑伢，都说晓得汉生回来要发脾气的。贼婆和白伢便去店里搬出餐桌椅子搭台子，黑伢无奈，嘴里咕哝着爬上去，摘下那块招牌。

2

黑伢这块招牌挂了两年多了。

黑伢是几个惹事后被抓去劳教、劳改的街坊伢中回得最早的，他自我安慰说："塞翁失马，焉知非福，躲过了下放农村，那还不是变相劳改！"他游手好闲玩了年把时间。建桥、援朝是被招工回城最早的，进大厂当了工人，神气得不得了，不拿正眼瞧他。他不服气，又不愿到街办金属结构厂去当工人，那个厂就是盲人五金厂换个招牌扩建的，他心想进了那个小厂岂不更遭建桥他们耻笑？便将招工名额让给了白伢。他见绝迹多年的面窝、油条、水饺又摆上了街，做早点熟食生意的小贩很能赚钱，便暗自琢磨：既然没指望进个好单位，不如趁机做生意赚大钱！我倒要和建桥他们比，看是他们当工人赚得多还是我黑伢做生意赚得多。他绞尽脑汁盘算了几天，忽发奇想，便抢占了东头巷子口的有利地形，申请执照开了个独一无二的饺子店，叫贼婆专门学着汉生的姆妈做素馅元宝饺卖，生意果然不错。黑伢犹不满足，花钱请人写了个恶作剧的招牌挂起来，逗引过往行人驻足辨认。见过招牌的人无不称奇，纷纷进店来尝新鲜，味道的确不错！顾客当作奇闻趣事转告开去，又引来更多好奇者要亲自验证，一时食客如潮，日进斗金。等热闹劲头过去了，黑伢已扎扎实实赚了一笔。而这块金字招牌的魅力依然不减，两年来不知吸引了几多顾客，门面几经装修，端盘子洗碗的乡里伢请了好几个。街坊问贼婆赚了几多，贼婆望望黑伢讳莫如深。只见黑伢昂脸把朝下的鼻孔都昂平起来，使那只蒜头鼻子活像两个高音喇叭，而他的眼睛就昂到头顶上去了。

建桥最是看不惯黑伢的傲相，常与援朝私下笑黑伢，说他不光叫黑伢，不光皮肤黑，心也黑肝也黑，偷死人的名字哄活人的荷包，赚的都是黑钱。所以建桥下班回来见了汉生，寒暄几句后就建议汉生与黑伢对簿公堂："现在法制是日益健全了，他这明显是侵犯公民名誉权和姓名权！摘下招牌只是停止侵犯，他已经侵犯了两年多是既成事实，叫他赔偿名誉损失！把他非法赚的钱全部赔出来！"

汉生摇摇头："算了，我不跟他一般见识。黑伢的行为倒使我联想起许多别的问题……"他没再说下去，陷于深深的思索：如果姆妈九泉有知黑伢的所作所为，她老人家当作何感慨？怎么明明是美食硬要说成丑食才能招徕食客呢？当年贫困人家含着一把辛酸泪包的野菜素馅饺子，当真成了今天的美味佳肴吗？是不是我离别多年，这座城市在我眼里已然陌生？看上去面貌依然如故的木屋村，只怕已悄然发生了许多变化。

3

汉生重回木屋村的第一件事就是大兴土木改造维修老屋，这令许多街坊大感不解。

照说汉生迟迟返城进厂，别人都赚了几年钱，他还一文不名，他应该赶紧攒几个钱添置几件穿得上身、走得出去、像个工人样子的行头才是。瞧瞧建桥和援朝，骑的是飞鸽牌自行车，戴的是钻石牌手表，穿的是一件浅色毛料裤子衬着一件崭新的蓝帆布工装，看上去清清爽爽。这是眼下青年工人最时髦的穿戴。就连防汛这样混得不怎么样的，也晃着腕上的武汉牌手表，穿一双拭得发亮的两眼式猪皮鞋到处炫耀。

白伢见汉生仍穿着那几件洗得发白的学生装，身上别无长物，便拿出 300 元钱来，要给汉生买一车一表，有多余的就再添置衣服。但汉生不领情，开口就拒绝了。

白伢的眼泪就扑簌簌落下来："你莫以为这是黑伢给我的钱，这是我上了两年班自己攒的！我连每个月的伙食费都交给婆婆了，就是不想沾黑伢的光！剩下的我舍不得用就攒了这么多。我连一条围巾都舍不得买，就是攒着等你回来给你的……"

"白伢你莫说苕话，你的是你的、我的是我的，再不能像小时候那样不分你我了。再说你也蛮遭孽。"

白伢一听就哭出声来，呜呜呃呃地哭得十分伤心。

汉生听得难受，就说："好吧白伢，这些钱你自己不用就先借给我吧。"说着，就按农村的习惯，找一张纸要写借条，气得白伢将那沓钱往桌上一摔，扭头就走。

汉生从厂里请来几位同事帮忙，拖来一车电石灰和一车旧砖旧材料，只用一个厂休日和接连几个夜晚就将破旧不堪的老木屋改造得焕然一新：贴着四壁腐朽的木板砌了单层砖墙，粉刷了洁白的石灰，拆了前后木栅格小窗户改成铁框玻璃大窗；又将对着堂屋正中的大门改到一边，将堂屋的炉台砸了，炊具移到门外堆放杂物的小偏厦；将屋里踩了几十年的油黑的泥地刨去一层，铺了平滑光洁的水泥地坪。改造后的老屋采光好、通风，一扫晦暗沉闷气氛，又因清除了坛坛罐罐和一切可用可不用的器皿，显得宽敞许多。街坊们纷纷进屋参观，羡慕地说，这几十年的老木屋，也略似单位宿舍楼的一室一厅了。

接下来汉生更有惊人之举，他从百余米之外几条巷子的街坊共用的水龙头下接出分支，将自来水管道直接牵引到自家偏厦的厨房里，又掐断了几十家共用的电表线，安装了单独使用的电表。

街坊们不免惊诧，便猜测说，看汉生的样子是准备结婚了，不然不会豁出老本忙着弄屋，肯定是怕女朋友瞧不起木屋村这种鬼屋，尽量把屋弄排场些遮遮丑。街坊们都晓得，汉生的姆妈生前凭一手针线绝活，常年替人手工缝制衣裳，多多少少还是为汉生攒了几个钱的，料想汉生如果不是结婚办大事，断然不会轻易花销那笔钱。

那么汉生的女朋友是哪个呢？街坊们自然首先想到白伢。他们才真的是青梅竹马、两小无猜呢！又听说过贼婆曾经和汉生的姆妈半真半假开过玩笑的。汉生下放走时，房门钥匙是交给白伢保管。看这几年白伢苦等苦盼汉生回的样子也看得出名堂来。

可是街坊们这几天察言观色看白伢的神情却不对头，她根本不往汉生的屋里跑，碰面连话都不说，远远地盯着汉生上班下班从巷子里出出进进，流露出一些怨恨的目光。再看汉生，他根本就没有一丁点去巴结贼婆、与黑伢和解的意思。他倒是主动找白伢说过几句话，说得也缺油少盐没得味道，全然没了往年亲热她喜欢她的那种口气。

于是街坊们得出结论：汉生肯定有了女朋友，但不是白伢。虽然白伢长得蛮好看是没得说的，可惜她没上过一天学是个文盲。这么多年汉生又中断了与白伢的来往，只怕把做小伢时的一点感情忘光了。再说，当年癞狗虽然没敢真的把白伢怎么样，但也把白伢害苦了。汉生做小伢时不懂事，照样喜欢白伢不变，现在汉生长成个蛮俏皮的大伢了，眼界也高了，另找了别的女朋友。

可是，街坊们并未看到汉生带女朋友登门。汉生弄完屋又忙着打家具，请的木匠师傅还是厂同事，是木模车间的青工，手艺不怎么样，汉生让他将两副床板锯成木料。那杉木床板块块都有拃把厚，几十年都磨亮了，乌亮放光。张铁匠拢来看，连叹可惜，汉生听了点头又摇头，半是回答半是自语："这是屋里唯一值得称道的财产，姆妈说过，是她从船上带上岸的……"

汉生打了一张书桌一把椅子一张床。那床却是单人床,街坊们看了便丈二和尚摸不着头脑了。

建桥和援朝过来问汉生,建桥问:"你怎么不打双人床?"

汉生倒奇怪了:"就我一个人睡要双人床做么事?"

援朝说:"那你怎么又是弄屋又是打家具,像是……像慌得不得了的样子!"

"哦!这屋不弄还能住人?说心里话,我六年不回,一回来看了木屋村这些破屋一成不变的模样就伤心!才回来住几天就憋死了!我宁可重返农村!我在农村是住在学校教室里,虽说是土坯茅顶、四壁漏风,也还宽绰空阔。白天阳光可以把室内全部洒满,晚上月亮的脸都探到床头了。虽然苦是苦,起码住的不窝着挤着憋着,舒坦!自在!哪知一回木屋村,人就像个什么木虫木兽挤在一层层腐朽的木板缝,憋得难受!怎么办?只好尽可能弄宽敞些、看上去舒服些,自己把自己当个人将就着住!"汉生情不自禁,叽里呱啦发泄了一通,又骤然而止。

"你这开销就不小呢!扯了债吧?"援朝试探着问。

"嗯。白伢借给我 300 块,"汉生正说着,却被从巷道经过的白伢听见,她恨得咬牙切齿地盯了他一眼,跺着脚走开去,汉生望望白伢的背影接着说,"我约厂里同事邀了个会……手头攒的几个钱也用光了。"

汉生手头攒的其实不是姆妈留的,姆妈的那几个钱悉数用于办丧事。汉生在农村六年教了五年书,年年比着队里最强壮的劳力记工分。接受再教育的对象反而被奉为老师,那些穷苦朴素的学生按家长的嘱托,像值日生一般轮流排队给他送菜蔬、瓜果、豆类和乡土风味的米面半成品。他一日三顿,几乎无需自掏伙食费。一般知识青年无不靠家中接济,汉生居然积攒了几百元钱,回来才花了个精光。

"值得!借债、花光都值得!"建桥突然激动了,"我佩服你汉生!你看黑伢,赚了几个臭钱住的还是像个狗窝!我完全赞同你的说法:我们木屋村的街坊活得太窝囊了!穿得排场走出去打肿脸充胖子,回到屋里却住得遭孽得要死!我也是早就受不了了!"

4

建桥取下手表卖了,又取出存款,大手大脚地翻修旧屋。建桥的举动让援朝也动心了:"有这一点私房还坏些!等单位分房等到猴年马月也没得我们的份!既然没得指望,这破屋迟早得修,这笔钱迟花不如早花节约!"

援朝一合计,也开始动手弄屋。

防汛自小无主见，凡事跟在别人的屁股后头，见汉生、建桥、援朝都在弄屋，生怕落后了，也慌七慌八动起来。

木屋东巷改造旧屋的举动影响了整个木屋村。那些重返木屋村的街坊伢都已长大成人，又无法走出生养他们的陋巷穷窝另觅生存天地，仿佛首尾相衔、七弯八拐的一百零八条巷道摆的是一个迷魂阵，他们永远走不出狭窄巷道，命中注定要在这里从童年、少年走到成年、暮年。可是他们又不甘低头弯腰蛰伏在父母木穴般的老屋维持现状，于是纷纷开始改善居住环境。改造老屋的施工方案与汉生大同小异，无非量力而行，量体裁衣，改善采光、通风条件，砌墙隔音，算计每一寸空间重新布置室内格局，清除废物腾地方添置新家具。另外，家家户户安装了独自的水表、电表，告别水桶扁担，结束了每月为分摊电费锱铢必较、吵嘴扯皮的历史。

5

黑伢不知怎么听说了建桥讥讽他赚了钱当守财奴，住的还是个穷狗窝。黑伢便扬言："他那个屋弄了一下就不像狗窝了？驴子屙屎表面光！有本事跟我黑伢学，拆了它！另起炉灶做新屋！"

黑伢果然将老屋拆了个稀巴烂，贼婆心疼得跺脚捶胸，斥骂着工匠要抢出几根椽子柱子来留作材料。黑伢却不依她，将废木料统统卖给了炸面窝炸油条的当柴烧。不到一个月工夫，黑伢在老宅基地上建起一幢假三层砖混结构新楼房。由于宅基地前后左右都抵死了不得向周围延展一寸，所以楼房是挤在窄巷木屋缝里勉勉强强树起来的，看上去像一个仄竖着的火柴盒子。

黑伢看它却百般顺眼，他见建桥和援朝站在巷道上说话，但故意来来去去走着看他的新楼房，说话的口气便粗得像水桶："牛皮不是吹的，泰山不是垒的！走遍木屋村，哪个的屋敢跟我黑伢的屋比？"

建桥和援朝装作没听见。防汛却应声出门来："那当然啰！你的屋是鹤立鸡群啊！建桥！援朝！你们说呢？"

建桥厌恶地瞟了防汛一眼，拉起援朝进屋去。

防汛不介意，继续跟黑伢说："喂，黑伢！你再住得宽了啰？"

"宽得很！你看我的设计怎么样？一楼客厅旁边那大一间房给婆婆和白伢住。客厅后头，楼梯底下是厨房，二楼两大间我一个人住，假三层上还空着一间。"

"空一间做么事？做两层就够了，冤枉浪费些钱！"

"哎——以后有了老婆要生伢，空一间留给伢住呀！"黑伢笑嘻嘻地说。

防汛笑得直不起腰来："那——往后伢再生了伢呢？"

"那我就再做假四层、假五层！"

6

黑伢和防汛正在开玩笑说老婆伢，大业务真的就带着老婆伢回来了。

大业务是从东巷西头走过来的，一手拎着一捆被子行李，一手牵着一个年轻女人。那女人怀里抱着个伢。

张铁匠正骑在门口的马凳上埋头磨斧头。

"爸爸。"大业务轻喊一声。

"爸——爸——"那女的跟着喊，喊得嘹嘹亮亮、亲亲热热。原来是个四川婆娘。

张铁匠惊讶地抬起头来，不看大业务只看那女的，看得目瞪口呆：

"你也喊我喊爸爸？你是哪个？"

"哦，哦，她是冬冬。她是我的……我是她的……我和她……嘻嘻嘻……"大业务一边吞吞吐吐地说着笑着，一边拉起冬冬要进门。

"莫慌莫慌，"张铁匠站都懒得站起来，骑着马凳往门口一横，指着冬冬怀里正在吃奶的伢问，"那这又是哪个呢？"

"这是伢！"大业务装糊涂。

"我又没问是猫娃还是狗娃！我问，他是哪个的伢啊？"

"是她的……是我们的伢呀！"

"哦！原来她也是个劳改犯？坐牢还能结婚生伢？"

"不是不是，您莫瞎说，她是好人！是良家妇女！"

"那你们是么样认得的呢？么时候结的婚呢？么时候生的伢呢？"

"唉——呀？您问这过细做么事唦？"

"不说清楚，就进我的屋？"张铁匠勃然大怒，提起斧头站起来，指着大业务呵斥，"你滚！我只当你死了！我一个人清清静静过得蛮好！"

"您莫这样说唦！我还没死唦！您是我的爸爸，我是您的伢唦！"大业务说着突然号啕大哭起来，"呃呃呃，我是说不回来的呀！沙洋农场旁边有个新生村，蛮多劳改释放犯没得脸回就到新生村去了。释放的时候，干部是问我，去不去新生村？我还是想您呀！还是舍不得从小就住惯了的木屋村呀！哪晓得您这狠的心？连门都不让我进？您干脆一斧头劈死我！我死在自己屋里也算回来了！呃呃呃，呜呜呜……"

332

大业务一哭，冬冬也跟着哭，那个小伢也哇哇大哭起来，他们搂在一起哭成一团。

街坊们早已围得水泄不通，七嘴八舌地劝张铁匠消消气。

张铁匠气得直哼哼，不过总算将斧头扔了："就算我生了你这个劫数，前世欠你的，难道我还欠你这野种野婆娘的？我哪里养得起这么多呢？"

"哪个说要您养啊？我敢把她们接回来我就养得起！"

冬冬趁老子和儿子吵个不休，把腰一扭仄着身子挤进屋去。

她像是对这个屋了如指掌，一手抱伢，一手麻利地涮锅淘米做起饭来。

张铁匠断定那个小女伢不是大业务的种，晚上又把大业务拉到门外劝他送冬冬母女走。大业务哪里肯听。张铁匠劝烦了也懒得再劝，长叹口气，进门去把里屋床上自己的被子抱到暗楼上。

从此张铁匠家就人丁兴旺了。那个小女伢日夜哭得有声有色，清脆嘹亮。大业务倒真像个做爸爸的了，早晚引伢哄伢不说，也不去缠黑伢一起玩，也不眼羡黑伢发财，每天拎个摇窝似的大篮子，去第三个碉堡外挖野菜回来卖，顺手牵羊随便偷点摸点小东西回来。他每月按时向张铁匠交伙食费，还真的养得起冬冬和伢。那冬冬勤快又能干，一天三顿，缝洗清扫，她都包圆了，还百般孝顺张铁匠，端洗脸水泼洗脚水，张铁匠一坐下来她就拢去捶背。

街坊们背地里窃笑、议论够了，再看大业务和冬冬及小伢也顺眼了，便感叹说："醒了醒了。连大业务都醒了！难怪他们这一排伢们都吵着闹着弄屋，是该成家立业了！"于是都操心自家儿女的婚嫁。认定自家伢有主见有板眼的，只管加紧催促谈恋爱玩朋友；担心自家伢老实本分的，干脆越俎代庖张罗托人做媒介绍对象。

7

不久，建桥、援朝果然带女朋友回来认了门。接着防汛的姆妈也托亲戚给他介绍了女朋友，防汛对女朋友百依百顺，很招她喜欢，两人每天形影不离，一副甜蜜陶醉的样子。

这时，木屋村一百零八条巷道一般大的街坊伢互相比赛似的，纷纷带各自恋爱的朋友回家认了门。木屋村年龄大的街坊都有一句口头禅，叫做："儿不嫌娘丑，狗不嫌家贫。"大家喜欢拿它规劝、鼓励或训斥自己的儿女，催促他们引朋友上门。有趣的是，这句穷人的格言应在姑娘伢身上灵，应在儿子伢头上无效。姑娘伢第一次引男朋友上门时，女的不怕男的怕。女的坦坦荡荡，一副舍得一身剐、敢把驸马请到家的神态；男的则战战兢兢、唯唯诺诺，他们已耳闻木屋村人势利刻薄、刁蛮凶悍，只因看中了女朋友，生怕稍有不慎就得罪了未来的老亲爷老亲娘。轮到木屋村的儿子伢引女朋友上门了，还是女的不怕男的怕。女的鼓足刀山敢上、火海敢闯的勇气而来，一心要探个究竟，看木屋村是否真的穷到结绳为床顶茅为瓦的程度，实在是舍不得放弃如意郎君；男的则心虚如贼，察言观色，生怕女的看了这破屋穷窝就断然翻脸走了，直到听见女的叹气，说好歹有个现成的窝，总比等待分房再拿结婚证要强几分，就将就着住吧！男的这才如蒙大赦，欢天喜地。

于是，木屋村里长成人的街坊伢都成双成对了。

汉生还是形单影只，上班下班从巷子里独出独进。他每晚早早地闭了门，抱着近几年出版的一批新书刊如饥似渴地读，眼睛累了就拿出铁砚和铜管狼毫练字。

白伢怄了汉生几天气，看见汉生就扭头不睬他。哪知汉生顺水推舟，说话走路都避开白伢。白伢见赌气不顶用，再也坚持不下去了，晚上跑到窗下隔窗看汉生写字，看久了就敲门。汉生却不开门，只起身隔着窗户与白伢说话。就这么一连几个晚上说了几回话，白伢见汉生一味应付她，终觉没意思，晚上遂不再去打扰汉生，早早上床躺着胡思乱想。

贼婆见白伢整日无精打采，蛮白的伢竟变得黄皮寡瘦了，心疼不已。贼婆过去一向宠爱黑伢虐待白伢，这几年反过来袒护白伢冷淡黑伢，每见黑伢对白伢恶声恶气她就挺身而出："小时候你欺负她，我是看你也不懂事，不晓得当哥哥的要谦让妹妹。如今你长大懂事了，我也不指望你谦让卫护白伢，却由不得你再欺负她！莫以为你赚了钱就了不起，你是得亏我辛辛苦苦帮你做！你再敢欺负白伢我就不做了！"可见贼婆是晓得关心白伢了。贼婆明白白伢是害了单相思，担心白伢病倒了，再说也想把话挑明了，不行不如让白伢死了这条心，免得耽误了白伢的终身大事。

贼婆正待豁出老脸去找汉生问个清楚明白，搬运突然回来了，带回两个骨灰坛子让街坊们伤心。

8

搬运一手抱一个荷叶边陶坛，也不理睬街坊们的声声问候迎接，一身晦气地径直朝自家门前走。他明晓得他的屋早已改姓换主了。七年多前他全家被迫下放农村，前脚走，后脚就搬来两户人家，将他的屋楼上楼下住满。头两年，搬运年年都要回来吵骂着撵那两家搬走。那两家任他跺脚捶胸跳起来骂，只管装聋作哑。待他要闯进门去掀东西时，两家就把罗户籍请来。罗户籍就拿出文件，一条条念着劝搬运离开。搬运临走时总要丢一句话留在门口："老子迟早要搬回来的！你们趁早滚蛋！"这两年不见搬运回来吵骂了，哪知今天说回就回了。

只见搬运几步跨到门槛前，一脚便端开门板："老子回了！老子全家都回了！你们两家野杂种们赶快搬走！今天就搬！现在就搬！马上就搬！"搬运歇斯底里地吼骂着，一句接一句吼得喘不过气来。

那两家人便跑出来堵在门口，与搬运激烈争吵。

"你凭么事叫我们搬走啊？"

"你们凭么事抢占我的屋哇？"

"你的屋？说话不怕凉牙齿！这是公房！这房子早已交公了！"

"放屁！说话不怕黑良心！这明明是私房！我的私房为么事要交公啊？我那苕？我发神经？我么时候交给哪个了哇？"

"懒得跟你白费口舌！反正是房管所安排我们搬来住的！我们有住房证！你呢？你有么证？你是倒流人员！你连户口都没得！"

"哪个说老子没得户口哇？今天老子全家三个户口都回了！"搬运怒目圆睁，脸色铁青，将两手搂着的两个坛子举得高高的给他们看，又转过身举着让围过来的街坊们看。

那两户人家不明白搬运抱两个腌泡菜的坛子来扯皮是什么意思，正面面相觑，见搬运已将两个坛子重新紧搂在怀里强行闯门，便男女老少齐上阵迎面阻拦他。

"老子也懒得跟你们嚼舌头了！"搬运喊着，极像抱着两枚炸雷毅然赴死的勇士，用脚端，用肩头撞，用胳膊肘拐，用屁股拱，几个动作就踢撞倒好几个。趁其余的人纷纷闪开躲避，他一步跨进门，跌坐在堂屋地上号啕大哭。

那两户人家岂容搬运坐在地上要赖，又扑上来七手八脚拽住搬运的胳膊腿，抬起来要往门外掀，哪知搬运竟对着坛子说起话来。

搬运无限伤感地望着左手捧的坛子："独蒜！独蒜！你总想回木屋村，回自己的屋，今天你回到自己的屋里来了！你再不是游魂野鬼了！"他又望望右手捧的坛子："独蒜的姆妈！我按你的意思把独蒜带回了，把你也带回了。你再莫发愁，再不用牵挂这个屋了吧！"

那两户人家这才晓得：原来搬运捧的是两个骨灰坛子！个个吓得魂飞魄散，扔下搬运夺门而逃。

两户人家当即去找罗户籍。

等罗户籍赶来，搬运已将独蒜的骨灰坛子搬到楼上去了，又将独蒜姆妈的骨灰坛子搁到楼下里屋去了。罗户籍问话他不睬，他继续大声大气地和骨灰坛子说话："独蒜你长大了。从今天起你一个人住楼上。我和你姆妈住楼下，既然都回到自己屋里来了，还是三个人一起过！"

罗户籍一见这般情形，不再问搬运什么，反而动员两户人家想办法搬走。他说："听说落实私房政策的文件马上要发下来，你们在这里住不长了。再说句迷信话，你们不怕晦气不怕闹鬼？"

其实即使罗户籍不说后头这句，这两户人家心里早已是七上八下、疑神疑鬼，这话一说更坏，就像骨灰坛子里已钻出隐形鬼来要摄魂掐命，个个毛骨悚然。两家都抢在天黑之前将屋里搬光腾空，硬像是被索命鬼撵着吓跑了。

9

独蒜和独蒜的姆妈怎么离开木屋村就丢了命了？街坊们好奇怪，一句接一句话问着，搬运好悲伤，断断续续地说着。

搬运说下放农村后恨不得一天都活不下去。哪晓得种田那难呢？插秧、割谷、耕田、耙地，样样不会。说良心话乡里人也不为难他们，独蒜的姆妈说她喂过猪的，队长就叫他们全家都去喂猪。独蒜不愿喂猪要去放牛，说放牛好玩些，队长就叫他去放牛。哪晓得那两头牛被他放了两年还欺生，无缘无故地就突然用角抵他，这一头抵过去，那一头抵过来，独蒜躲不赢，硬是被两头牛抵着角活活抵死了。独蒜剩一口气的时候还不晓得自己快死了，还说他想回木屋村自己屋里养伤。队里打了一口大棺材埋葬独蒜，都殓尸盖棺了，独蒜的姆妈突然改变了主意，她掀开棺材盖子抱起独蒜死活不让埋，说她宁可把独蒜送到县火葬场火化了，也好留一把骨头渣子，哪一天带回木屋村，免得把独蒜撒在外乡当野鬼。从此她日夜守着独蒜的骨灰坛子想回木屋村，她说她恋屋快恋死了。猪也没得心思喂了，以前她喂的猪还蛮肥，后来猪越喂越瘦。最蹊跷不过的是她总给一头猪喂偏食，她说这头猪怎么长得蛮像独蒜？她说越看越像独蒜那副憨相，睡在那里一哼也蛮像独蒜赖床偷懒。队长看她这个样子就叫搬运去跑返城的事。搬运说他跑公社跑县里跑城里，到处跑到处钻烟囱，他在外头跑得昏天黑地，独蒜的姆妈一个人喂猪就出了事。她一整天不断给那一头猪喂偏食，夜晚跑到猪栏去偎着那头猪一起睡着了。天亮时一群猪饿得嗷嗷叫却吵不醒她，那群饿疯了的猪围着她瞎啃，把她活活地啃死了……

是夜，搬运的屋里果然有厉鬼哭叫声，像是女鬼，声音尖细。细听不是，是搬运在嚎，一个大男将却嚎得像个女人：

"呜呜呜……独蒜！我的伢，我的乖乖儿！我的苦命的独种、独蒜、独根、独苗哇……你要不是死了是活着回来几好！现在的屋空着等你回来找老婆养伢！我断子绝孙好歹还养了你一场，可怜你连个伢秧子都没养啊……"

这哭嚎声撕裂木屋村的夜空，撕碎了街坊们的心。

第二天早上，木屋东巷周围毗邻十几条巷子的街坊都来吊唁独蒜和独蒜的姆妈。街坊中的婆婆妈妈们众口一词，都说半夜听见搬运哭就再也睡不着了，就爬起来煨汤，从半夜煨到天亮，一尝煨熟了煨烂了，连忙盛一碗端来，趁热端给独蒜和独蒜的姆妈喝一口，也算老街坊给这娘俩接风洗尘。

搬运把两个骨灰坛子并排搁在堂屋中央的桌子上，颤抖着手接过一碗碗冒着热气的煨汤供到桌面上：煨鸡子、煨排骨、煨髈、煨蹄子、煨筒子骨、煨肥肠、煨心肺、煨藕、煨萝卜、煨海带、煨粉条，煨时令冬瓜、南瓜和丝瓜……无所不煨，街坊们倾其所有煨了端来，好让独蒜和独蒜的姆妈死了也记得木屋村的活法。

10

或许是大业务带回的生和搬运带回的死，深深触动了木屋村街坊中长辈的最大心愿，他们迫不及待，成天啰里啰嗦地催促儿女子孙们加紧筹办婚事。

木屋东巷先是防汛喜滋滋地宣布结婚。接着，在一年时间内，建桥、援朝相继完婚。

汉生没得娘老子管束，依然我行我素，只管迷着读书练字。

白伢果然病倒了。

汉生这天下班回来，进门时被贼婆过来拦住："汉生你还不晓得吧？白伢病了几天了，她病得蛮很咧……"贼婆准备跟着汉生进门说话，但是汉生说："哦？我不晓得。您先回去，我等一下去看她。"贼婆只好作罢。

汉生拎一兜苹果去看白伢。白伢正躺在床上，一见汉生，她高兴不过，精神一振就坐起来和汉生说话。汉生这人说话办事不留心眼，不善于看场合见机行事，他边说着就边掏出300元钱来递过去还给白伢，没想到就惹恼了白伢。

只见白伢顿时变了脸色，伸手打落那沓钱，就哇的一声哭开了："你光还300块给我还不行！你还要还利息我！还要把六年来我帮你管钥匙的保管费算给我！还要把小时候你挖藕挖破了脚，我撕开新褂子为你包脚的钱赔给我！把这十几年我恋你想你的感情都连本带利还给我！"

白伢噼里啪啦一口气说完，仰头倒下去，拉起被子捂住头脸就哭，那是一种伤透心的哭，一种绝望的哭，哭得缩在被子里浑身抽搐。

汉生呆呆地立在床边，不知如何是好。这时黑伢气冲冲地跑进来，粗暴地拽起他推着搡出门，又提起那兜苹果狠狠甩出门外。

那兜苹果散在巷道上骨碌碌乱滚，黑伢嘴里的难听话也一连串滚出口："是你先缠着白伢玩的！现在又甩了白伢不想跟她玩了！这就叫朝秦暮楚、喜新厌旧！其实你有么了不起哟！还怕白伢找不到比你俏皮的？到时候我要为白伢置木屋村最排场的嫁妆！让你晓得白伢的身份原来比你高贵……"

街坊们都立在门口看着听着，建桥和援朝看不过眼，听不过耳，两人要拉汉生一起与黑伢辩论。汉生却不恼不怒，摆摆手，心事重重地转身走了，建桥和援朝不解地望着他掩上了门。

那边黑伢立在门前还想再说什么，被贼婆呵斥着推进门去："你个砍脑壳的莫瞎说！唉，要是汉生的姆妈王娘娘还在世就好了……"

这边建桥接了一句："王娘娘还在世又么样呢？还在难道就能由您拉郎配？"

贼婆不应声了。援朝见街坊们还望着他俩，觉得应解释一点什么，便说："其实我们没得别的意思，我们只是看不惯黑伢蛮不讲理……"他想想，又不好再多说什么了。

黑伢没想到他图嘴巴快活的一番话没激怒汉生却激怒了白伢，竟招致白伢绝食抗议。她一连三天不吃不喝不吭声，无论贼婆如何苦苦相劝，也无济于事。到第三天晚上，黑伢见白伢竟瘦失了形，这才慌了神："我说错了好吧？我的小姑奶奶！以前婆婆说我欺负你，现在我关心你讨好你了，哪晓得又拍错了马屁！算我嚼舌根好不好？"白伢听了仍咬紧牙关滴水不进，连眼皮都懒得睁开。贼婆恍然大悟："这话说给白伢听没得用，你赶快去说给汉生听！救人要紧！"

黑伢只好硬着头皮来找汉生："汉生，我今天当着街坊的面向你赔礼道歉。你晓得我这个人一向也是蛮傲气的，说明我真的是诚恳道歉。那天我说的是气话，其实我们这一排街坊伢中，我真正佩服的是你。"他说到这里瞟了站在一旁的建桥一眼："现在我只求你去劝劝白伢，不看我的面子，只看在白伢一片痴情的分上去劝劝她，她只听你的。至于以后白伢是死是活，你都可以不管……"

汉生不等黑伢说完就去劝白伢。其实他一句话都没说，甚至无须开口喊白伢一声，白伢一听见他的脚步声眼睛就睁开了。白伢那一脸憔悴让汉生看得辛酸。他默默无语地启开一听橘子罐头，用汤匙舀着往白伢嘴边送，白伢便乖乖张开嘴唇让他喂进去。才喂了两调羹，白伢就像千年的哑巴突然出了声，一头扑在汉生怀里大放悲声。

那瓶橘子罐头的糖汁糊得汉生满身都是。

11

汉生真的另有女朋友。汉生在农村苦熬 6 年，为的就是他的女朋友。

汉生下放农村的第三个年头，肖燕就人如其名像一只小燕子轻轻盈盈飞进他的眼帘。肖燕是个生理、心理都不成熟的初中生，又长得小巧玲珑，哪里吃得消粗重农活的百般辛苦艰难？她又怕这又怕那，怕蛇怕蚂蟥，怕像蛇又像蚂蟥的鳝鱼泥鳅，连青蛙蚱蜢都怕，更不屑说怕狗怕牛怕伸长颈子追她的鹅了。肖燕便整日哭哭啼啼，动辄自己跟自己过不去，一饿一天不为炊，一憋一天不说话。可是任她如何撒娇怄气，队里的社员群众和知识青年也都过得紧巴巴，自顾犹有不及，哪能顾得上她又如何去照顾她？顶多同情地说一句："让这么一点小的伢秧子也下放？真是可怜！"肖燕倒也乖巧，眼看自己实在撑不住了就去找靠山，一眼看中在大队学校当老师的汉生靠得住，耍赖地叫汉生帮她这帮她那。汉生对肖燕是一见钟情，暗自惊叹知青群中竟有如此纯洁天真的小姑娘伢！且又长着一张气质格外高贵的脸盘子，并不十分漂亮却十分耐看！汉生的怜香惜玉之情油然而生，便慷慨扶助，百般呵护，帮她插秧挑谷，帮她打柴垒灶，帮她捡漏糊墙，甚至帮她安排日常炊事作息。这样帮了大半年，肖燕越发依赖他了，说她独自住在队里仓库一角隔的一间小房里害怕不过，夜夜惊恐不安。汉生便积极向大队支书推荐肖燕，说他独自一人统包学校四、五、六年级三个班的各科全部课程累倒不怕，就怕教副课分散精力，影响了教主课，贻误了贫下中农的子弟；不如把肖燕抽调上来教副课，有一个女教师带着学生唱歌、画画、打球、玩游戏，也能把乡里伢们教得如城里伢们一般活泼灵光。大队支书见汉生说得十分在理，又见小队长巴不得把肖燕这个包袱甩到大队来，便叫肖燕把床铺搬到学校。从此汉生和肖燕更是形影不离，同锅共灶。在学校师生和大队干部的眼里，他俩就是一对小夫妻了，便拿话取笑二人。肖燕巴不得有人说破，干脆承认她这一辈子是跟定汉生了，海枯石烂不变心！汉生在一旁听得非常尴尬，心里倒也甜蜜。其实肖燕教主课也很在行，她有意让汉生养养嘶哑的嗓子，便演戏般与汉生反串角色上课，二人配合默契。自此汉生看肖燕又有不同，更加器重她，课余便拿出莫师傅教他的古文和书法功底教她。肖燕说汉生五音不全，又见他勉强识得简谱看，五线谱简直就是文盲，又反过来教他。如此互为师生，二人关系更是加了一道铁箍拆不散了。

汉生在农村干满三年，招工机会就轮到他了。大队支书对知识青年有死规定：本队地多人少，广种薄收，公社安排来的知青人数太多，年年又有新来的。所以招工必须先干满三年再按先来后到的顺序走，免得扯皮。有知识青年问："一同下放一同干满三年而分配下来的招工名额不够怎么办？"大队支书回答说："那也好办，由你们小队会计说了算，看哪个出工天数多、挣的工分高就叫哪个先走！说么事接受贫下中农再教育？都是些鬼话！其实我们巴不得那些好吃懒做不出工的先走！就怕惯了你们没一个愿出工的了，那我们队里养不起这些白吃闲饭的！干脆来个笨办法：先来一天的，多出一天工的就先走！"汉生干满三年又是累计出工天数最多、所挣工分最高的，而学校老师都是比照强劳力按全年出满勤计算工分的，所以招工名额一下来，在同期来的知识青年中第一个就轮到他。汉生顺利地拿到招工登记表，照说肖燕应为他高兴才是，哪知她哭得昏天黑地舍不得汉生走，说没有汉生她一天也待不下去。汉生这才知道肖燕真正还是个不懂事的小姑娘伢，远还没有长大，便不忍心撇下她先走，去找大队支书提出自愿放弃招工名额。那大队支书知道汉生是铁了心要照护肖燕，又见几个班的学生都跟着肖燕哭闹舍不得王老师走，便同意汉生暂不走，说来年有招工指标了汉生想走还是优先。

又过了一年，招工消息刚传来，肖燕赶紧催汉生准备走，她说："去年我太苔了太不懂事了，害得你走不成，年年招工名额都是僧多粥少，想走几难！你先回城等我，等我熬到头了一回城就跟你结婚。你放心大胆走，莫担心我，我真正长大了，心里有你隔着千山万水我也不怕！再说，我跟六年级班上好几个年龄大个子高的男生打了招呼，他们站在一起像入党宣誓一样赌咒发誓随时随地保护我！我相信他们的诚实。"肖燕说着说着仍忍不住泪流满面。汉生拭着肖燕脸上的泪说："在我眼里你是个永远长不大的小姑娘，我并不希望你长大，我更喜欢你总是一个天真无邪的小姑娘伢！既然你如此信赖我，照护你就是我义不容辞的责任。先走一步纵然说不上是背叛，至少也是一种怯懦。再说，不怕你笑我，我也舍不得离开你了，哪怕一天见不到你我也会惶惶不安的！我当然还是盼望早一天回城的，我在城里虽然了无牵挂，但我还是忘不了木屋村，忘不了姆妈留下的破屋和街坊，不过这一切怎能与你在我心中的位置相比？与其两人都难分难舍，不如就厮守一处！何必慌着回城呢？农村再苦，你我心心相印也算苦中有乐！我决定等你熬到头一起走！"汉生说着说着眼眶也红了，肖燕便扑上去，伏在汉生的肩头又痛痛快快地大哭了一场。

12

汉生陪肖燕熬到第五年严冬，都有点熬不住了。照说冬季农闲，烤着火盆或者干脆偎在床上一熬也就熬过去了。其实不然，越是农闲季节越忙越累，全大队的男劳力统统被拉到百余里外的大堤去兴修水利，按小队划分地段，小队又按人头算土方，每天定死任务甩硬坨子，顶风冒雪摸黑也得干，公社派出的基干民兵凶煞恶神般当监工，确实太苦了。知识青年受不了这个罪，顾不得积累出工天数攒工分了，都说顾住性命再说，纷纷写信叫家里拍假电报来，也不怕犯忌讳，或说祖父病危祖母病故，或说外祖父病危外祖母病故，没有祖辈的干脆就说父母病危病故。电报雪片一般飞来，知识青年逃兵似地溜走。本大队知青人数最多溜号的也最多，把全大队的施工进度拖下来了。大队支书被公社喊去骂了个狗血淋头，回来就不分青红皂白扣押一切电报。可是已经退了的知识青年都逃得差不多了，无可奈何之下就组织青壮年妇女凑人数。但进度还是赶不上去，本大队远远掉在全公社后头。大队支书被公社逼急了，竟狠心叫学校停课，叫汉生和肖燕带着高年级男女学生，赶鸭子似地赶上阵来。

汉生和肖燕硬着头皮犟着脖子，领着嫩骨嫩肩的学生挑着死沉沉的稀泥担子往又陡又高的江堤上爬。漫天雪花飞舞，江风呼啸着卷起雪籽籽吹打在身上如乱箭穿心。坡道滑滑溜溜的，师生们个个跌跤跌得像泥巴狗子。每天从天麻麻亮干到正午，好不容易盼来了午饭，送到工地的钵饭都冷成了冰碴子，就站在稀泥坑里缩着脖子往嘴里扒。下饭菜只有一样，那就是粗盐坨子炒枯黄豆。汉生见肖燕噙着泪端着碗咽不下去，就把嘴凑到她耳边悄声鼓励："咬紧牙关！熬过这几天皮肉之苦就好了！"肖燕顿时来了劲："有你在身边再苦我也不怕！"说着扒一大口饭，就着枯黄豆嚼得嘎嘣嘎嘣响，伸直脖子艰难地往下咽，仿佛她把牙齿嚼碎咽下去了。

夜晚学生统统钻进不分男女的大工棚和自己的家长一起打地铺。把汉生和肖燕安排到驻地附近一家农户，算是照顾老师。房东太婆是个双眼失明的五保户，她说她只有一张床，她叫肖燕和她挤在一张床上，叫汉生抱一捆稻草到一间徒有四壁的厢房打地铺。

头天夜晚，肖燕如睡针毡，瞎眼太婆被褥里散发的臊臭味险些把她熏昏过去。她担心汉生睡地铺太潮会得风湿病，想去看看问问吧，黑灯瞎火的，又怕惊动老人家，只好憋着忍着，翻来覆去挨到天明。

第二天夜晚睡前，肖燕把自己的被子搂到厢房，一声不吭地搁到汉生的地铺上。汉生仿佛知道她昨夜的情形，也不说什么，跑去再抱一捆稻草来将地铺加宽加厚。两人闩紧门，却不捻熄煤油灯，默默无语地和衣钻进各自的被褥里，头并头挨着却一时无话可说。

良久，肖燕终于开口。

"汉生你心里蛮闷吧？"

"嗯……"

"实在闷不过就莫憋着，我想今晚就把我给你算了！"肖燕脱口而出，说着就够身起来。

汉生慌忙伸手将她按下去："肖燕你莫瞎说！你再瞎说小心我揍你！"

肖燕索性扒开汉生的手坐起来："真的汉生！实在闷不过就莫憋着！我真的蛮愿意给你！"

汉生不耐烦地掀开被子坐起来，刚张口就被肖燕伸手捂住嘴："你先听我说，汉生，你平常连我的手都没摸过，你越是这样我越发喜欢你！其实我也看不惯队里那些知识青年，说是玩朋友，恨不得才玩三天就睡到一起去了，男的女的都自己把自己不当人，又被别人轻贱了……我想我俩互相珍重这几年够长了！反正我也快熬到头了！迟早我总要给你的！今晚给你也算我把真心掏给你了！"

汉生见肖燕说得激动不已，也激动起来，情不自禁地捏住她的手，久久抚摸着舍不得松。肖燕便闭上眼，轻吟着喃喃地说："要不……要不……你就摸摸我亲热一下，嗯？"

汉生却松了手："肖燕你莫撩我，我们快熬到头了。快睡吧，明天还不晓得有几累！"说着就推她躺下去，拉起被子紧紧捂住她的身体。可是肖燕不依，双脚乱蹬着蹬脱了被子："为么事非要等熬到头那一天呢？汉生！我承认刚才问你闷不闷是找借口，其实是我自己心里闷不过！我憋不住了……"她嘤嘤地轻泣着爬起来，钻进汉生的被子偎着他哭得直抽搐。汉生便一手紧搂着她，一手慌慌张张地探进她怀里，隔着厚厚的棉衣遍体抚摸。肖燕被他摸得浑身发燥，便爬起来忸忸怩怩脱衣服，一边脱着一边还在抽泣，她忽然想起要去熄灯，汉生却拦住不让熄灯，说他早就想偷看她不穿衣服的样子了，只是没有机会。她这才破涕为笑，便大大方方地脱。她一件件脱着，汉生深情地看着，当她脱得只剩一条红裤衩时，汉生看着看着就看得惊恐起来，那件红裤衩在煤油灯的映照下血红一团，仿佛是她身上流出来的，殷红欲滴！他慌忙捻熄了油灯，紧紧把她护在怀里，一动不动。

"汉生你怎么了？你冷吗？你浑身发抖。"

汉生不语。

肖燕便捉起他的一只手，贴在她的胸脯上，慢慢滑动着，犹犹豫豫，往下移。刚刚触摸着她的裤衩，他就慌忙反捉住她的手，贴在自己的胸口："肖燕，你摸着我的心跳了吗？"

"摸着了，跳得很厉害。汉生，你是不是有点怕不过？我也有点怕。但是你记不记得你那句话说得几好！既然两人都难分难舍，何必先走一个，慌着回城呢？那么我现在也说一句，既然你我如胶似漆，何不肌肤相亲呢？为么事一定要等到熬到头那一天？那反而有一点假了！你要晓得，此刻把我给你把你给我，我就是死在你怀里也死而无憾了！"肖燕说完又嘤嘤哭泣起来。

"肖燕，你这一句也说得蛮好！不过你误解我了，我不是怕，我是突然想起木屋村的少年玩伴……"

肖燕推开汉生，回到她自己的被窝躺下，静静地听他讲白伢和胡萝卜的故事。

又过一年，肖燕也熬满三年，和汉生一起被招工回城，两人进了同一家大型工厂。

13

肖燕与汉生发生激烈争吵。

起因是无法约定到木屋村看屋的时间。肖燕早在农村时就说过，她对汉生描述的充满离合悲欢的木屋村非常好奇，在她听来，木屋村简直是一个不可思议的木屋国度！汉生便开玩笑说："我可从未说过木屋村有一点好处，那个鬼地方真的一无是处，你若去看了那个十足的贫民窟，岂不对我大失所望？"肖燕明知汉生说笑，却勃然作色："你以为我是那种鼠目寸光、嫌贫爱富的庸俗女人吗？你这样说岂不是随意贬低我的人格？汉生，我一直很尊敬你，希望你也尊重我！"她说完掉头就走，竟几天不理汉生。直到汉生郑重道歉后她才谅解，她说她恰恰认为，正是贫困的木屋村陶冶了一个精神富足的汉生，她一定要去看看汉生童年、少年时居住的布满木眼的小木屋，仿佛那间破屋她曾经住过，深深留在她的记忆深处了……这都是回城进厂以前的事。进厂后，肖燕果然很快提出去木屋村看汉生的屋，哪知汉生借故托词，百般拖延。先是说等维修房子后，再是说正在安装水电线路，后来又说家里正请了木工师傅在忙，最后汉生干脆支支吾吾不置可否了。

肖燕疑窦顿生，她看出汉生有心事，便想套汉生的话："汉生，我俩进厂后都同意暂不考虑成家的事，两人一起准备报考厂工大。我一再提出去你家看看，并非急着为我俩成家准备安乐窝的意思。我蛮想去木屋村看看，理由蛮多：一来是我多年的心愿，这是你晓得的；二来是我对已故伯母的尊重，你已随我去见过我的父母了，我也该随你去认认她老人家的门；第三条理由最重要，既然我俩都打算去厂工大读书，成家就不是一年两年的事。你去见过我家，你看住得几窄几挤？哪晓得我弟弟长得这快这高呢？我只好搬到厂里单身宿舍住。虽然我家里人对你还蛮有好感，但家里哪有你我容身之处？"

肖燕和汉生沿着江堤走着，肖燕边走边说，她突然拉汉生停下来："怎么我问你你一声不吭？你不说我接着说！回城进厂以来你我上班各忙各的，说是同厂，其实每天说不了几句话，今天我要说够！把憋在心里的话都说出来！"她又挽起他的手臂往前走。已是深秋季节，黄昏的江堤上寒风袭人，她紧紧偎着他，在空荡荡无一路人的江堤上朝前一直走一直说。

"……所以我感觉回城进厂后简直就没个你我相处的地方！我现在反而怀念农村学校的生活了，早知如此，悔不该回来！"说到这里她突然哭起来，汉生便拉住她给她拭泪，可是泪越拭越多："我想去想来，幸亏苍天有眼怜悯我们，只有你家的小木屋才是我们的唯一去处，我的意思并不是要你成天和我在一起卿卿我我，我也不想到你那里借宿过夜。但下班后，我们总得有一块自己的小天地吧？难道每天出来轧马路不成？还有厂休日怎么办？我们总得有个地方读书写字、复习功课、做作业吧？"

汉生连连点头称是。

"那好！我问你，你为么事一再拖延，百般阻挠我到你家去看看？你像蛮为难的样子，究竟有么难处瞒着不能告诉我呢？我都有点怀疑你变心了！因为从农村一回来你就只晓得自己有个窝，对我不管不顾了！我的农村的汉生哪去了？我的大哥哥一般的汉生哪去了？"

肖燕号啕大哭。

汉生无奈，只得说了白伢为他绝食的事情经过。末了汉生赶紧表白自己的心，但他不善斟词酌句，这一表白反而坏了事！汉生说："肖燕，我喜欢你是至死不渝的！我这一段时间狠心待你是有苦衷，你应该体谅我。我再冒冒失失带你去木屋村，那就太伤白伢的心了！"

肖燕先还是耐着性子听，听汉生这么一说就勃然大怒了："好哇！你怕伤她的心就不怕伤我的心？"

"我都怕！怕你们两个伤心。"

"好你个汉生！真够坦率！幸亏我还没去你那个破屋，没伤你的白伢的心！但你已经伤了我的心！你已经偏心了！"

"肖燕，你莫瞎说，我的心明明是向着你的！我早就给你说过白伢的事，哪晓得她把小时候的事当了真呢？她太老实太痴情了，好像早就跟我有过约定似的……"

"是的，你们是有约定！你们是父母之命、媒妁之言，就好像我们在农村教的那些学生一样，他们都是成双成对的，因为他们的父母早就为他们定了襁褓婚姻，有的还没出世就指腹为婚了！"

"你这是存心气我怄我！那你说我该怎么办？莫管她？不理不睬？狠着心看着她绝食活活饿死？"

"那怎么行呢？你应该立即答应她娶她！一别数年，回城才晓得这城市变了人也变了，谈恋爱就是谈判，斤斤计较、讨价还价；结婚就是交换，拿人换房子换钱换权势地位。都以为世风日下，哪晓得还剩一个悲天悯人的汉生和一个从一而终的白伢！她要以死殉夫，你要舍己救人，你们是一对烈夫烈妇呀！"

"今天谈不下去了！肖燕，我们改天再谈吧？"

"不！今天就把话说清楚！汉生……莫怪我刚才气你好不好？其实我也是气糊涂了才瞎说的……但你不能再犹豫不决了！现在还早，今晚你就引我回去认门！如果有必要，我甚至愿意陪你去开导白伢！"

"今天回去？那肯定不行！更不能让你去见白伢，那不是火上浇油、雪上加霜吗？肖燕，再等一段时间行不行？"

"不行！等一天都不行！我今晚非去不可！"

"你为么事要逼我？"

"我逼你？明明是你逼我！不是你说的这些事把我逼急了，哪个蛮稀罕去看你那个么鬼破屋！我再不急只怕你就已经背着我和白伢怎么样了！现在就走！你要是不敢带我回去就说明你心里有鬼！"

"我不走！我心里有么鬼？"

"有鬼有鬼就是有鬼！你和白伢之间肯定还有别的么事瞒着没跟我说！对了，你说你每天跑蛮远去砍艾蒿熏水给白伢洗澡，你说是你姆妈给她洗的？我看是你给她洗的！你肯定不讲脸看了她的摸了她的！要不然她为么事纠缠你不放？那你也莫怕！那时候你们做小伢不懂事，她还是个不知羞耻的幼女，怕么事？我亲自去找她！我要当面告诉她：我和你在农村已经同床共枕，我曾脱得精光偎在你怀里，你也把我看了摸了！而我不是幼女，我是个知羞知耻的少女，是个晓得么事叫丑的大姑娘伢了！看你是归她得还是归我得！"

汉生忍无可忍，厉声喝道："肖燕！想不到你竟说出如此粗俗不堪的鄙话！照说这么丑的话你是说不出口的！我心目中的肖燕是个何等纯洁无邪的肖燕啊！是我看错人了吗？但愿你只是一时糊涂胡说八道。肖燕你想想，白伢只是个善良本分得未上过一天学的老实坨子，而你现在是厂子弟学校为人师表的老师，你不能和她一般见识！"

肖燕连声冷笑："承蒙错爱、承蒙抬举！惭愧惭愧！你是看错人了，我原本就是个不知自爱自重的女人，要不然在农村我就不会死乞白赖缠住你，还厚颜无耻地给你看给你摸！"肖燕的腔调都变了，透出一种痛心疾首的悲怆："幸而我还有这点敢说鄙话的本事，要不然我的男人被别人抢跑了，我还怕丑不敢做声不会出口气！她很善良？她是老实坨子？那好！明天我自己找到木屋村去见她，瞎编些话吓她！就说我和你在农村一起睡觉都睡了几年了！看她怎么办？也看你怎么办？"

"你不能这样做！肖燕你理智一点！你看看你自己咬牙切齿的样子！难道你我不是患难与共一起苦煎苦熬过来的朋友吗？我现在有难处，你应该帮帮我才是。退一万步说，即使你我最终不能结金兰之盟、秦晋之好，也应该是知心朋友！"

"到那时还能做知心朋友？你未免太浪漫了吧？你我都是地道的武汉人，武汉话称异性为朋友是么意思？朋友就是恋人、爱人！你如果不是我的朋友，就必定是我的仇人！"

肖燕铿铿锵锵说完最后几句就不辞而别，愤然离去。

14

第二天下午刚下班，肖燕就主动来约汉生去散步。

"汉生，你昨天说得对！我不能和白伢一般见识……我心情平静下来就能理解你对白伢的态度：白伢虽拿儿戏当真，毕竟情真意切，她的身世处境又是那么不幸，所以你总觉得对她负有并非情感而是一种道义上的责任。但我想提醒你，你对我也负有责任！这种责任既是情感的又是道义的，是双重的！并非我想撒娇，我此时此刻没得这个心思。反过来说，我对你也负有情感上道义上的责任，我真诚地忠告你：既然这世上多出了个肖燕，纵使我明天主动离开你，你也绝对不适宜跟白伢成家，否则你这辈子将陷入永远无法排遣的苦闷！"

"谢谢你，肖燕，我只想安慰白伢……"

"越安慰越坏！我昨夜彻夜不眠，倒是想出个办法来：赶快把那间老屋卖掉，随便卖个么价钱。我们不妨先去登记，双职工分房子的希望大，估计再等十年！实在等苦了还可以租房作权宜之计。卖了老屋你就和木屋村没得瓜葛了，人走茶凉，白伢无望自然就慢慢冷了心。"

"这个办法我也想过。迟了，当初我应该和你一起搬到单身宿舍去，马上就卖屋的！她现在病病蔫蔫、痴心甚重，我担心如果坎子下得太陡，她真有个三长两短……再说，卖老屋我还是有点舍不得，怕街坊说……"

肖燕不耐烦地打断汉生："你又想躲开她，又怕这怕那，哪来万全之策呢？说到底你是狠不下心来离开她！你不狠心待她，就必狠心待我！"肖燕又激动了，满脸不屑："你真正是两难抉择了，我不再为难你，你自作抉择吧！"

两人又是不欢而散。

第六章 水 兽

1

婚礼是在木屋东巷的巷道上举行的。

当赵瞎以主宾身份，在汉生家的堂屋正襟危坐，拉响《百鸟朝凤》时，奇异的景观就发生了。一切都归功于赵瞎登峰造极的二胡演奏水平，当他那只鬼使神差的手揉着、滑着、弹着、拨着那支神出鬼没的弓，在弦上顿着、锉着、锯着、抖着，模拟着百鸟啁啾之音时，那惟妙惟肖、酷似逼真的鸟叫声竟引来了那么多的燕子！成群结队的燕子自天而降，叽叽喳喳飞临木屋东巷的屋顶和巷道上空。开始还数得清几只，眨眼间就数不胜数，如雪片蝶影，眼花缭乱，多得竟将当顶的阳光遮成一片阴影。它们一只只一群群飞落在屋檐上东张西望，或在巷道上空来回滑翔着寻找什么。接着又一对对往各家各户的大门飞进飞出，呢喃着、商量着、犹豫着……这都是些家燕，十几年前家燕在木屋村不足为奇。那时木屋村人少些，街坊伢们温顺些听话些，几乎家家户户都有燕子飞进堂屋，在梁上檐下衔草结环、垒窝筑巢。秋去春来，周而复始，它们习惯了，街坊也习惯了。后来燕子渐渐少了，木屋村人越来越多，多得木屋日益狭窄拥挤，燕子便不安了，唯恐挤垮它们的窝，纷纷乔迁。留恋着不走的一些，又被学得调皮捣蛋的街坊伢所不容，频遭滋扰。尤其当它们的排泄物不慎偶尔落入街坊伢的饭碗中或脸上，则必遭覆巢之祸。燕子无奈，终于飞逃殆尽。阔别十数年的燕群今朝突然出现，实在令街坊们惊奇不已，都说物以稀为贵，这难得一见的燕子为汉生的婚礼平添了喜庆气氛。

当时汉生正一身簇新步出堂屋，在建桥和援朝的左右陪同下立在门槛外，而在隔着巷道的斜对门，白伢也刚好由两个伴娘左右搀扶着走出黑伢新建的那栋砖楼站到门槛外。她按汉生的意思不穿红的穿绿的，浑身上下一片翡翠绿，映衬着她那白得惊人的肤色光彩夺目。这时一群街坊小伢就围上去起哄："看新姑娘呃！"起哄完了又将两手抱住嘴巴做成喇叭状唱：

呜哩呜哩哇——
呜哩呜哩哇——
……

新姑娘，穿花衣；
打臭屁，不过意！
……

汉生听着这熟悉的童谣，便油然联想起一首词和韵都有些相近的儿歌，幼时他常和白伢一起唱：

小燕子，穿花衣，
年年春天来家里。
……

汉生正在走神，建桥轻拍一下他的胳膊，他便稳住神朝斜对门望去。那些顽童还在反反复复起劲唱骂白伢打臭屁，白伢真的忸忸怩怩不过意起来。黑伢便出来呵斥着撵那些小伢并扬手将一把水果糖撒开去，小伢们便放过白伢去抢糖。

这时赵瞎的二胡就热热闹闹拉响了。按照建桥设计的婚礼仪式，这时新郎和新娘应同时起步，面对面走到巷道中央并肩立定，再进行下一步仪式。

在喜洋洋的二胡旋律的伴奏下，汉生刚刚抬腿，那群燕子就铺天盖地飞来，像一群黑色的精灵，争先恐后飞进汉生的眼帘。他听见耳际街坊们惊喜声声，而他却惊得哑然失色。

2

可以说汉生和白伢的婚事实际上是肖燕促成的。

婚礼前夕，汉生和肖燕是厂工大电大班二年级的同班同学。一年级上学期，全班同学都知道这两个同学是一对恋人，但不知道他俩为什么吵吵闹闹、危机重重。下学期一开学，肖燕突然当众宣布解除与汉生的恋爱关系，给了汉生一个措手不及。从此她开始对汉生冷嘲热讽，极尽挖苦嘲笑的能事。她不讳言她和汉生在农村漫长的恋爱史，同时大肆传播汉生和白伢的故事，绘声绘色描述一切细枝末节，汉生默默忍受着，一概不予辩驳或解释。第二年上学期，肖燕不再攻击汉生了，整整一学期沉默寡言……汉生还以为有了转机，心中萌起一线希望。哪知期末刚刚考完试，肖燕突然宣布了她的婚期。她像发作业本一样向全班每个同学散发请柬，独独漏掉了汉生。汉生也倔，一定要和同学们一起去参加她的婚礼。他万万没料到肖燕翻脸无情竟至绝情绝义的程度，她将他堵在门外，宣布他是不受欢迎的人。汉生没喝到肖燕的喜酒却像喝醉了一般，踉踉跄跄回家去，躺在床上一病不起。他整整病了一个假期，白伢便过来日夜服侍他。到了第二学期开学，汉生便感觉一切都是冥冥中有一只手牵着他走，一直走近他的婚期。

汉生先是将举行婚礼的地点选在离学校很近的大中华酒楼，他也向全班同学逐一散发了请柬。最后，他郑重地将一张请柬递到肖燕的课桌上，他说："肖燕，我真诚地邀请你参加我的婚礼。"肖燕一言不发，当即抓起桌上的请柬扔到他的课桌上，匆匆忙忙收拾好书包离开了教室。第二天她也没来上课。同学们告诉汉生，肖燕决定转学调动单位，去办手续了。汉生听了愣了好半天，接着他向同学们道歉说，他因故取消婚礼，推迟婚期。

汉生怏怏不乐地回家，告诉白伢婚礼已经取消，再去多买一些喜糖来分发两人的同事同学和街坊算了。白伢倒是依他，但贼婆却不依。贼婆蛮贼，知道凭她、凭白伢去找汉生说都是枉然，于是她一边去求助建桥和援朝，一边把汉生和白伢的婚事左前后左右十几条巷子到处张扬。结果前脚建桥和援朝刚进门当说客，后头贺喜送礼的街坊就到了。汉生的姆妈王娘娘生前素有人缘，汉生待人也厚道，乐意送情的街坊多，纷纷叠着五元十元的红包送来，又带动些不乐意送情的碍着面子叠着两元三元的红纸包送来，更有说欠着王娘娘情的将鸡鸭鱼肉、萝卜白菜都送来了。事已至此，不办喜酒汉生就下不了台。又因请客人数与黑伢发生分歧，汉生说只请近邻和送了情的街坊人数就够多了，黑伢却主张请遍木屋村一百零八条巷子，每条巷子都请它个三五位客人，或是王娘娘和贼婆这一辈的老街坊，或是汉生、白伢和黑伢自幼的玩伴。黑伢说得振振有词，他说王娘娘在木屋村极有口碑，汉生断不能厚此薄彼冷了街坊的心，白伢也好趁此感恩戴德告慰王娘娘于九泉之下；说贼婆含辛茹苦把白伢拉扯大，恋恋不舍把孙女嫁了却不能嫁得太马虎，该讲的排场要讲，不能轻易打发；说他黑伢钦佩白伢傲心傲骨，绝不要黑伢添置一分钱嫁妆，他也晓得这是汉生的意思，他无话可说，但他黑伢要统统包下大宴宾客的全部花销，否则就是汉生和白伢不容他再在木屋村待下去，他无脸见人了。他说他已去福庆和聘定了两名厨师，若请客的事不依他，他就把白伢扣在家里不放人。汉生自然不听黑伢那一套，说他主张婚事从简无意铺张，他和白伢的事无需外人操心，不然的话他就推迟婚期或者干脆趁尚未去登记解除婚约算了。汉生一犯倔事情就搞僵了，众人急得团团转却束手无策。贼婆担心婚事有变，一面压黑伢让步，一面嘱白伢去劝汉生回心转意。白伢自知事关重大，岂止关系到自己的终身大事，简直是自己性命攸关、希望所系！白伢忽然有了主见，她暗忖如果一味依顺汉生只会越来越糟，她不依汉生却向汉生恳求说情。她说："你说你不愿意像个苕货一样到我娘家去一遍遍敲门、一个个喊人接新姑娘，我就依你不接；你说你见不得明明只有几步路不走，非要租个轿车绕个圈子送新姑娘那一套，我就依你不送；你说结婚那天不穿红的穿绿的，把我婆婆气死了，别个当新姑娘没得哪一个不穿红的，我也蛮想穿红的，我还是依你不穿就不穿。我回回都依你的，你总要依我一回呀？你事先连招呼都不跟我打一声就取消了原定的婚礼日期，害得我在厂里同事面前丢丑，我还是依你连屁都有放一声。我样样依你，你就答应我一样。我也听不得黑伢那套歪理。他这些年赚了钱心里烧不过，他要多请几个客你就让他请，反正我们没要他一分钱，也没得一分钱给他去糟蹋！再说，多请几个街坊热闹一下也好……"

于是，汉生全权委托建桥筹办婚礼，准备在木屋东巷大宴宾客。建桥自任司仪，援朝为总管，防汛为采购，大业务为后勤，各司其职、分头忙碌。末了，他对黑伢说："我不敢指使你，但你要把现钱准备好，究竟得几多我心里也没得个谱。他们不管哪个要用钱统统找援朝，买东西一律开发票。你只对援朝一个，凭发票实报实销。"黑伢嫌麻烦，当即甩出一万块钱，叫援朝先用着再说。

其后几天最忙的是大业务这个后勤。他提前几天踩着三轮车去借油桶筑的炉子，借熬猪潲水一般的敞口大扁锅，又去拖煤拖柴。婚礼当天，他五更时分就爬起床，在冬冬的帮助下，把木屋东巷每家每户的桌子板凳统统搬到巷道上排列起来，派它们开流水席的用场。

3

到了这天，汉生和白伢就在穹隆下木屋村的露天礼堂举行婚礼。汉生请来的两个身份非凡的贵宾，都令他蓬荜生辉。他请莫婆婆来代他的姆妈接受他和白伢的三叩六拜之礼，莫婆婆一来就喋喋不休："我晓得的，我早就晓得你们要成为一对的！莫师傅没死的时候，我以为你们是小伢过家家闹着好玩的。莫师傅一死，我就晓得你们迟早要成为一对的！"她反反复复说这几句，汉生听得莫名其妙，就哄她进里屋去看洞房来搪塞她。而赵瞎的妙语当然是他拉的二胡声，竟不可思议地招引来那么多的燕子……当时汉生就裹足不前，只呆呆地仰望着满天飞燕发愣发懵。怪只怪防汛慌慌忙忙点燃了那挂十足万响的浏阳爆竹，他不失时机地炸响鞭炮，急促的噼啪声如机枪扫射，燕子这才惊逃四散飞走，要不然，群燕云集重返寻常百姓家的奇观，还不知要持续多长时间。当礼炮过后烟消火灭，汉生还不时仰望天空，恍若梦境，懵懵懂懂地随着白伢走完一切仪式的过场，直至筵席散尽……

4

汉生的婚事热热闹闹地办完后，木屋村归于宁静。街坊们平平安安地过了约半年，在木屋东巷，接连掀起两场轩然大波。

先是小业务刑满释放回家，成天窝在屋里，再也不出去邪玩瞎闹。浪子回头原本是天大的好事，却给张铁匠出尽难题。小业务长得与大业务一般大了，而这时大业务已抢先一步占了屋，顶张铁匠的职端了铁饭碗，有了老婆有了伢。大业务有的这四样，小业务样样没得而又样样需要，他便认为张铁匠偏心，由闷闷不乐转而烦躁恼怒，也效法大业务，把板房村待业在家的西西找来同居。张铁匠那间由偏厦改造的小木房挤回来一个小业务已是转不开身了，再挤进一个西西就真的只能大大小小男男女女六口人像电线杆子一样竖着睡觉了。于是互相看着不顺眼，又没得一个脾气好的。那冬冬对张铁匠孝顺对大业务依顺，对西西却是针尖对麦芒寸步不让，两人互相找碴互相骂对方来路不正，又挑唆大业务和小业务逞狠叫阵。张铁匠劝也不是骂也不是，打又打不过两个牛高马大的东西。从此一家人就三天一吵五天一骂，打打闹闹不可开交。

张铁匠屋里正闹腾得锅掀天碗掀地，建桥家忽然半路杀出个程咬金来，口口声声要与建桥分屋。

说起来建桥家有两间屋、两个大门、两个门牌号码。每间屋与汉生家的平房面积、结构一样，也是前面堂屋、后面里屋、头顶搭着暗楼，而两间屋又是共梁共檩连在一起的，实际上是一整栋。这屋是建桥的生父购置的。建桥断然否认那人是他的生身父亲，万不得已要提到生父时就随他的姆妈喊那人的绰号，叫水老鼠。建桥幼时只知叫水老鼠叫得解恨，不知水老鼠是岸上人家嘲笑水上人家和水上人家自嘲的通用绰号。那人起初也只是个子承父业的水老鼠。事情有点像老鼠嫁姑娘的故事，两个拖着长长尾巴一般撑船篙子的水老鼠船头碰船头一商量，就把建桥的姆妈从那条船嫁到这条船，水老鼠姑娘变成了水老鼠媳妇。后来娘家的那条船不幸翻了，两老无以栖身，只好将自身作为陪嫁陪到婆家船上，这时建桥已经一岁了，又有了妹妹建华。水老鼠嫁姑娘一嫁引来一窝，惹得建桥的生父很不高兴。后来那人走官运，船民成立合作社提拔他当了干部，他卖船置屋，把建桥母子三人和双方四个老人统统引上岸打发到木屋村就不管了。再后来那人官运亨通，又当了领导干部，扯了个歪理由离婚，给一笔赡养费彻底抛弃了一大群老老小小的包袱……到建桥下放返城为止，他的祖父祖母、外祖父外祖母相继老到头去世。所以建桥结婚的住房是相当宽敞的，他把一间屋的里屋布置成卧室，堂屋布置成客厅兼书房，锅台炉灶、饮食起居统统都在隔壁姆妈和妹妹住的屋。建桥的姆妈不久前看见小孙子出世后就闭眼走了，建桥正在考虑待妹妹出嫁后如何重新改造布置这两间屋。

这天，建桥找建华商定了她的出嫁日期后，建华出门办事，他就拿一卷皮尺在两间屋里拉来拉去测算着。他准备将两间屋打通，这样他可以布置一个像样的大客厅，并为自己隔一间单独的书房。正在这时，来了一位不速之客。

来人说他叫建民，自称是建桥同父异母的兄弟，他一口一个哥哥喊得亲热而干脆。建桥听得肉麻，明白这是来者不善、善者不来了，便不耐烦地问其来意。

"你莫自作多情！我从来不承认那个水老鼠是生父，早就改随母姓了，又怎么可能认你这个毫不相干的弟弟呢？你有么事就快说了走！"

"爸爸叫我来跟哥哥商量，我们那边兄妹多，我是老大，手下还有三个。我等房子结婚等了几年，实在没得盼头了！爸爸叫我先到哥哥这里挤一挤，暂时借一间屋结婚，说不准哪天分了房子我还是搬走。"

建桥听了在心里暗骂道："水老鼠又下了一窝土老鼠！怎么就不嫌多了！"心里骂着嘴里说出的也不好听："真是莫名其妙！我姆妈就我一个儿子，她老人家在世时从来没提起过，哪里有个野杂种等着要来分屋。你就是一辈子结不成婚打光棍也与我不相干！你走吧，我和你素不相识。"

那建民听了却不恼："哥哥你莫骂人呀！你莫慌着撵我走呀！爸爸说了的，这屋是他买的，你我兄弟二人都有权继承房产……"

建桥勃然大怒："原来你是来争夺遗产瓜分房子的！你刚才不是说挤一挤借一借吗？"

建民依然不愠不怒，绵里藏针："反正哥哥不能一个人独得！爸爸说如果哥哥这里商量不好，只好跟哥哥把话挑明！"

"你去叫那个水老鼠亲自来说！那个抛家弃子、丧尽天良的东西居然还有脸说出这种话来！你回去把我这话原封不动地学给他听！你快走吧！"建桥再次下达逐客令。

建民却磨磨蹭蹭不走，显然他是有备而来，肯定来之前父子二人算计过建桥可能表现的种种态度。他赖在屋里东张西望："噫呃——这些都是建华姐姐的嫁妆吧？办得好齐全哪！拖嫁妆那一天我也要来帮忙！"

建桥气得浑身发抖，看来别人早就派特务来将有关他兄妹二人的一切情报都搞到手了，精心策划了一场阴谋，而他还蒙在鼓里！他恨不得趁其不备劈头盖脸狠揍这个癞皮狗一顿，可是想想对手还不知有多少把戏没演，就竭力克制住自己，扯起建民推出门去："你鼠头鼠脑望么事望？真是和那个水老鼠一样的货色！你滚，滚！"

建民到底有些沉不住气了："你哪里像个哥哥的样子？口口声声骂爸爸是水老鼠、我是水老鼠，哦？我是水老鼠生的，难道你就不是水老鼠生的？"

建桥再也忍耐不住了，大吼一声扑上去，拳头雨点般落下，但建民早有防备，都被他左闪右晃着躲过了。街坊们一拥而上，一边劝住建桥一边起哄把建民撺走了。

这时建华和男朋友提着大包小包的东西回来。听建桥将事情经过一说，建华也气得泪流满面。兄妹二人急忙翻检着姆妈的遗物找出发黄的房产证、土地证一看，果然两证上写的都是那个水老鼠的姓名，幸亏旁边又补写了姆妈的姓名，那是房地部门例行核查时因与户口本上的户主姓名对不上而注明的。建华急得连声埋怨建桥："这个屋里一直是你在当家的，你怎么没想到早早把房子过户到姆妈头上？"建桥恍然大悟："哎呀我想起来了！姆妈临走那天是像么话说说不出来，老是指这口樟木箱子，我以为姆妈是叫我把那个玉手镯找出来交给你，连忙找出来递给你了。我肯定会错姆妈的意思了！姆妈也是对我保不保得住这个屋放心不下，怕那个水老鼠来扯皮！""那怎么办呢？怎么办呢？"建桥见建华急得直跺脚，便说："我们兄妹二人扎得紧紧地保住这个屋！要不然我们就对不起姆妈了，她生前忍辱负重是为了我们，如果我们现在成了败家子，姆妈在黄泉下也难得安神！"他说着便拉过建华和她的男朋友，三人一起商量，他说："你们的婚期和婚礼地点可按原计划不变，但结婚后暂不住婆家住在这里。"他比画着手势说："就把这间屋布置一下当新房也不是蛮差，好在嫁妆都是现成的摆在这里，只需把婆家的家具拖过来就行了。这样我们就可以说，建华结婚也没得房子，只好住姆妈留给姑娘的屋。"建桥越说越激动："是儿是女都有权住父母留下的屋，何况建华是在这个屋里从小住到大！更何况建华年龄大些，哪能大麦没收收小麦、大的让小的？"建桥说完，建华当即拍手叫好说："我是老姑娘为姆妈守孝道，坐守娘家招女婿倒插门！看哪个野杂种敢说半个不字？"建华的男朋友却面露难色不吭声。建桥见状连忙说："建华这话是说着哄那个野杂种的，只是暂时留住一段时间。你们结婚后她当然还是你们家的媳妇！我晓得你们家有现成的宿舍楼，这个破屋哪能关得住一对金丝雀？再说建华也不会真的留下来和我争这个屋！把话说清楚了免得你见疑。"建华的男朋友答道："我倒好说，难道这个商量还打不过来？怕就怕我的父母老脑筋想不通。你们晓得我是独子，上面两个姐姐都出嫁了，两老都眼巴巴盼着我快点把媳妇接回去！另外……两老最怕的可能是被人背后说闲话撮是非，唉！"他这一说倒把建桥给说住了，建桥一时词穷，便拿眼瞟建华。建华便噘起嘴来："别个都欺上门来了，你不为我着想尽为你父母着想？那明天我嫁过去还不是两头受气的小媳妇！哪有我过的日子？"说着眼泪便漫出来。建华的男朋友慌了："我同意我同意！等我回去说一声就把这事定下来。"建桥说："要说马上回去说！事关紧急，迟一步就完了！我希望你明天就拖家具来，我连夜为你们打扫布置新房。"建华的男朋友听了一愣，顾不得打招呼就急急忙忙走了。建桥还不放心，又叫建华也赶去："你去帮他说去！嘴巴要乖些甜些，该撒娇时还要撒娇！"

晚饭后建华就带着男朋友转来。建桥急忙问结果，建华的男朋友说："两老总算答应了，我说最多两三个月就搬回去，先哄着他们再说！幸亏建华赶去跟我帮腔，光凭我说只怕磨破嘴皮都不行。"建桥听了长吁一口气，不料建华的男朋友话没说完："不过两老有个条件：嫁妆还是要拖的！一来把嫁妆拖回去好让楼上楼下邻居晓得媳妇是接回去了！二来不管新房安在哪里，总要让嫁妆在路上过过眼，也好让建华脸上增个光添个彩！"建桥不耐烦了："这不是冤枉盘去盘来？好生生放在这里的嫁妆又磕磕绊绊拖出去绕个圈子再拖来，这是何苦呢？"说完他又拿眼盯建华。建华这回却帮男朋友说话："你也莫这样说，你晓得的，说起来我的嫁妆置得蛮齐全，其实我们木屋村的姑娘没得哪一个有这个福气，我也没得！这些嫁妆几大件都是他两老给钱买的，电视机干脆就是他两老买了叫他搬来的，别个为么事要搬来再搬去绕这个圈子呢？还不是为了拖嫁妆过眼显排场！为我这个媳妇争脸也是为他两老争脸！好让别个晓得娶的这个媳妇的娘家不寒酸！捏着鼻子哄眼睛的事！如今时兴这一套！"建桥见建华恼他，连忙让步："都怪我急糊涂了，建华你莫怄气！拖嫁妆是应当的应当的！"

建桥赶紧出去找来汽车，连夜将建华的嫁妆送到婆家。

5

第二天，木屋村又出了件闻所未闻的新鲜事：两支拖嫁妆的队伍不约而同，同时走进木屋村的街道闾巷，浩浩荡荡，招摇过市，在无数街坊们的围观尾随下长驱直入木屋东巷，在窄窄的巷道中段狭路相逢。两套嫁妆，两对急于做新郎新娘的男女，朝一个共同的目标来争夺一间新房。而这一对中的新娘和那一对中的新郎，原来是同父异母的姐弟。

建华的嫁妆是从西头巷子口拖进来的，她坐在头一辆三轮车上刚刚拐进巷子口，东头巷子口也冒出一辆三轮车来，由建民亲自骑着引头。建华赶紧催三轮车加快踩到自家门前，建民的三轮车也迎头逼过来，眼看车要相撞了才戛然刹住，龙头对龙头，车轮抵车轮。双方都是二九一十八辆三轮车，辆辆车上都是披红挂彩、琳琅满目。头一辆车上都是八铺八盖绫罗绸缎，其后首尾相衔的各辆车上所装所载大同小异：电视机、电冰箱、洗衣机、缝纫机、自行车、锅碗瓢盆、高脚痰盂……好像双方只是为了斗富抖阔摆排场而来，又难分上下、难争高低。不同的是，建华的三轮车队后头，跟着一辆装满家具的解放牌汽车。

建桥急忙从汽车上跳下来，冲到三轮车队前头来。他万万没料到建民会采取胁迫手段公然来抢屋，而且下手如此之快企图逼他就范。他大步逼到建民面前，将建华紧护到身后，指着建民的鼻尖严词痛斥。建民的左右簇拥着三个男女，看模样大约是他的兄弟姐妹，个个也是伶牙俐齿，帮着建民对付建桥兄妹。

于是双方就像古战场上架着战车叫阵的骁将，唇枪舌剑，激烈争辩，把正话反话狠话气话怪话脏话丑话统统说光……总算没打起来！建桥、建华占尽天时地利人和，如愿将嫁妆搬进屋去。而建民四兄妹激起木屋村街坊们的公愤，丢盔弃甲、落荒而逃，难免损坏了一些碗碟瓷器，从三轮车上颠落的一个痰盂像个骨碌碌乱滚的头盔，惹得街坊们笑得前仰后合。

6

几天后，一纸传票将建桥传到法庭。出庭三次建桥就败诉了。

建桥是第一次吃官司，他大约也是木屋村街坊中第一个吃官司的，毫无经验可言。第一次开庭叫法庭调查，原告建民先说，被告建桥再说，无非念一遍起诉状和应诉状上写的那些话，法官问原告被告是否愿意调解？建民不吭声，态度暧昧，建桥一口拒绝。第二次开庭是继续法庭调查并进行法庭辩论。原告证人到场，就是建民的三个弟妹和至今才露面的父亲，他们的母亲也以旁听人员身份到场。被告证人建华也到场，兄妹二人今生今世第一次看清那个叫水老鼠的所谓生父及其新欢，真是仇人相见分外眼红。没想到那对狗男女都不显年纪，都是红光满面、衣冠楚楚，建桥兄妹一眼便知别个活得舒坦自在，哪似自己的姆妈活得多么遭孽，胸口的火苗子就呼呼直往上蹿，两人气极恨极中都不知说了些什么听了些什么。只记得法官再次问原告被告是否愿意调解，那建民张口说愿意，而他兄妹二人异口同声拒绝了。这次开庭和上次毫无二致，双方均未请律师，根本就没争什么就休庭了。建桥兄妹二人气呼呼地夺门而出，那水老鼠居然还有脸在背后连声喊他们的名字，自然是臭屁懒搭理。第三次开庭，法庭认为原告被告建桥、建民等同父异母兄弟姐妹6人都有权获得生身父亲的房产，根据具体情况，依法判决以建桥兄妹二人为一方，以建民兄妹四人为一方，双方平均分配整栋房产，其生父既已主动交出房产则不再拥有产权并不参与分配……说去说来就是一个意思：建民该来占一间屋。

建桥当庭表示不服判决准备上诉。他对建华说："我就是倾家荡产、卖屋扯债也要把这场官司打到底！这口恶气不消，就是气死了也无颜去见九泉之下的姆妈！但我不想连累你，再说你我兄妹二人都拼进这场官司也划不来，你想搬走明天就可以搬！"建华听了哇的一声哭开了："我还不是要出这口恶气！这场官司就是打赢了这屋也没得我的份，我也不想要，我只恨那个水老鼠把姆妈和我们兄妹两个不当人！我们不能活得太窝囊让他瞧不起！我出钱！你出力！把这场官司打到底！至于我搬不搬走，也要等到官司有个结果再说。"

援朝和汉生都过来分析判决书，指出似是而非之处，帮建桥出主意。建桥大受启发，当即找出笔和纸来写上诉状，抓住两个要害做文章：第一，当年生父逼迫母亲离了婚，既已断绝夫妇关系不再往来，离异双方的家庭财产包括房产早已分割清楚；即使未完全分割，生父出面购置的房屋正是用来安置离异的母亲一家老小的，产权至少有一半归母亲拥有。至于生父拥有的份额，时隔20余年应视作自动放弃。第二，生父抛弃一家老小包括他的亲生父母和亲生儿女，应追究责任补偿抚养费。建桥粗略一算，算出一笔巨额抚养费来，抵房产绰绰有余。建桥松了一口气，又将上诉状请汉生字斟句酌推敲一遍并拜托他用小楷毛笔抄誊一遍。

第二天建桥就将上诉状递到市中级人民法院，又拿着副本去请了律师。律师说由他去催促中院早日开庭，叫建桥只管回家静候消息。建桥心烦意乱等了月余时间，好不容易等来中院开庭通知，一场倾翻天河的大雨竟使他无法出庭。

7

汉生是凌晨三时起来在门外筑堰堵水的。大雨无休无止地下，他记不清这场雨已经下了几天，他想可能是三天四夜或者是四夜五天。初夏走暴是常事，一连下它一个星期也不值得大惊小怪，奇怪的是这场雨势已不能用通常气象预报划分的几个类型级别来界定它，它的特征证明这不是阵雨不是暴雨也不是大暴雨，它来势凶猛而这种势头是均匀机械的，仿佛无头无尾的江河直挂起来。汉生想难怪老街坊担心雨大时有"莫把天下破了"这种说法，他怀疑天已经破了。他正是听见空中传来一种玉帛撕裂和金石崩碎的混杂声才惊跃而起的。今夜并无电闪雷鸣，这种恐怖的声音实在太稀奇古怪了！他先是怀疑自己的耳朵，便问白伢是否也听见，白伢腆着肚子半靠半躺在床头，雨下了几天几夜她这种艰难的假寐睡姿就维持了几天几夜。她惊恐地点头证实说她听见了。她说，声音是一阵阵传来的，她彻夜难眠不曾打个盹所以听得十分清晰，"而当时你正陪坐在我身边打盹，当你惊醒时那声音已经走远，你听到的只是余音"。汉生问："那你为么事不做声？"白伢说："那声音太古怪了，我说不清白，说了又怕你说我瞎说。"

事后汉生才晓得那不是天破的声音，街坊老人说那是水兽的吼叫。

汉生见白伢说得言之凿凿，他立刻有一种预感。他迅速穿上雨衣抓起铁锹，涉着已没及小腿肚的渍水去开门。屋里的床铺衣柜用砖头一垫再垫，已摇摇晃晃无法再垫高了。现在进屋的只是沿墙脚四壁慢慢浸透的渗水，而雨依然如密集的鼓点一如既往地狂泻着，眼下地势低于巷道的屋里已是岌岌可危。汉生估计包围在屋外的积雨随时可能破门而入，如果不尽全力堵住，后果不堪设想。

汉生扶住门槛听着机枪般扫射在门板上的雨点声，毅然拉开大门，门外情景果然验证了他的判断：巷道已奔腾成一条湍急的河流，浪头拍打两岸的门槛，已经爬到木板加棉絮隔成的一米高的闸门边沿，眼看就要漫溢进来！他大喊一声："白伢，你就坐在床上，千万不要下来！"就端起一个大澡盆跨出门取土，这时街坊们也端着脚盆拎着桶出来取土，可是周围无土可取。大家在雨阵中犹豫了一会儿，就齐心协力去推小学紧锁的铁门，硬是将锁链推断，一哄而进到校内操场上挖土。

汉生就像个泅渡黄河的老道水手浮在吹足气扎得鼓鼓囊囊的牛皮袋子上，他涉着齐腰深的雨水推着装满泥土的澡盆，他以超出街坊十倍的速度来来回回在雨水中扑腾着。当他取来足够泥土后，就开始在闸门外围堰筑堤。他与乱箭飞射的雨水争分夺秒抢时间，将扫帚、洗把、菜篮、铁锅、瓷盆等家什统统都用上了。雨鞭狂笞着，抽打在他脸上睁不开眼；门内一双手不断地递出东西，递什么他就不假思索地使用什么。后来他又不顾一切跨进门去扛出整袋的米，抱出一摞枕头……抢险抢到天麻麻亮时分，门槛外终于筑起一道比临时闸门还高出一尺的土堤围堰。

但汉生犯了一个天大的错误！岂止是错误？他简直糊涂透顶、愚不可及！如果他不至昏庸如此，他就应该将结婚才半年的新房内的一切细软都抢出来，统统往暗楼上掀；他就应该在屋里垒台搭架，将自己包制的沙发、自己组装的音响和电视机等贵重物品码积木似地码起来；或者他应该放弃一切，就立在床头死死守住白伢。可是他却一个劲地去门外防汛抢险，把宝贵时间都浪费在那道围堰上了。

围堰在刚刚筑成的一瞬间就崩溃了，同时，门内一声惨叫才喊出一半就被水淹没了。汉生这才猛省到刚才门内那双手是白伢的！他也惊叫一声扑进门去，从没及胸口的水中救捞起白伢。这时落水狗一般的汉生才真正清醒了，他背负着白伢舍家而出，一冲出门槛那水就浅了，只齐腰际；但他不敢稍有懈怠，涉着巷道的水急急向西头奔跑，拐向正街朝左奔，又沿着正街一口气冲出木屋村，冲到解放大道上。解放大道上的水浅得只没及脚踝。

汉生还没来得及放下背负的白伢，白伢那大气球一般的圆鼓鼓肚皮，就被他坚硬的脊梁骨挤压破裂了，血水随着白伢的再次惨叫迸射而出，流淌在两人的四条腿上，仿佛他俩刚刚从血腥的河流蹚着逃上岸来。

在他俩身后，木屋村已是一片泽国。

8

天大亮时，折腾了几天几夜的大雨终于疲惫了。雨歇了，救灾慰问支援的也就来了。卖米卖菜的推着三轮车送货上门，这时水已浅到只没及车轮，三三两两的三轮车停在各条巷子口污浊的激流中叫卖，应声拢去的只有一个抢镜头的记者。其实木屋村人在需要米菜之前先需要燃料和火种。而火种也并非最迫切的需要，家家户户须臾不可等待的是排水，街坊们男女老幼一齐上阵，捧着盆盆罐罐拼命往屋外舀水。那情形就好像每一间木屋都是一艘小木船，饱受大风大浪颠簸侥幸没有翻沉，风浪过后赶紧清舱排水。

到天黑的时候，木屋村低处的水已经流至高处，这是一百零八条巷子人为的反自然现象。再等到天明时分，巷道的水退尽，木屋村也重现出陆地来，渐渐有了行人的生气。这时，零零碎碎、林林总总的消息传来，听了令人揪心。

这场天降大祸殃及木屋村家家户户，无一幸免。百余户人家的房屋坍墙倾垣、摇摇欲垮，至于屋顶被打得千疮百孔者比比皆是。几乎每个街坊都犯了与汉生相同的错误，故而家家在大水破门之际措手不及，财产损失惨重。更可怕的是死的伤的病的无以数计。死的都是最老和最小的，大水进屋的那一刻，各家都疯了似地抢最要紧的东西，断没想这积雨渍水会淹死人！等想起更要紧的是到床头去扶老揽小时，那老的小的已滚落水中了，手脚快的摸捞起来只呛了几口水，迟了一步的就活活呛死、憋死了。死得最凄惨的是假洋鬼子和他的姆妈。左邻右舍的街坊都说假洋鬼子是赶回来救他的姆妈的，他明明已经救起了他的姆妈，可是老天爷却不依。他是刚刚落雨的第一天释放回家的，前脚迈进门槛，后脚就跟来倾盆大雨。一连几天雨大得无法出门，他只好百无聊赖地待在屋里等雨停。他跟他姆妈说，雨停了就去找曾有割头刎颈之交的街坊伢问一问，看能不能帮他谋一条生路。小业务事后说，他不晓得假洋鬼子那天回了，如果晓得了莫说下雨就是下刀子他也要赶去看假洋鬼子，他一去假洋鬼子就不会天天闷在屋里躲雨就不得死。大水汹涌进屋之前，假洋鬼子也帮着姆妈用木板挡了一道门闸。当门闸快挡不住了，他的姆妈又学着街坊慌着筑围堰。假洋鬼子劝姆妈莫瞎忙算了，他说水硬要进屋就让它进，反正这屋里是些捡回的破铜烂铁，淹了怕么事？他姆妈哪里听劝，一边骂他一边独自去筑土堰。假洋鬼子也懒得再劝，便将一包衣物被子抱到暗楼上去。等他下来时，他的姆妈已扑倒在水里，他背起姆妈爬上暗楼，以为平安无事了。母子俩只在暗楼上坐了片刻，屋就垮了。左邻右舍的街坊们说，屋是直统统垮下来的，由于雨声太大，街坊们又在各自家里大声喊叫，根本就没听见屋垮的声响，那屋说垮就垮不见了。等街坊们发现屋垮了还以为假洋鬼子背起姆妈逃到地势高的地方躲起来了，哪晓得母子俩都垮进去了，连一声"救命"都没听到就被屋顶垮下来压死了呢？从坍塌现场看，仿佛是一次定向爆破摧毁旧建筑的试验，前后左右邻居的破旧木板屋均未波及。可以想见，如果那屋是倾斜着垮倒在邻居家的山墙上，连带压垮的说不定会是一排破木屋！坍塌的木屋碎成了一堆瓦砾木渣，连断壁残垣都未留下，檩梁椽木断成一截截，可见这间木屋已腐朽透了，雨势不过只是给了致命的一击。如果假洋鬼子早些回来，他就会学着汉生、建桥和长大成人的街坊伢们，将这间破屋稍事维修使之较前牢固，起码不遭灭顶之灾。可惜他回迟了！可怜他归心似箭，与漫天乌云赛跑着往屋里赶却赶到了杀场。昨天擦黑的时候，巷道的水流得差不多了。卫生防疫站的人踩着三轮车进巷道来喷洒药水，看见垮成一堆的木屋渣滓，担心里头有压死的鸡鸭猫狗，怕发了瘟疫传播疾病，便朝渣滓堆上猛喷药水，喷着喷着就发现有血水溢出来！街坊们这才大叫不好，手忙脚乱一阵紧扒，扒出的假洋鬼子和他的姆妈已是两具血肉模糊的尸体……

快到晌午的时候，久违的日头羞羞答答露出半边脸来，街坊们顾不得屋里还是一摊稀泥一片狼藉，纷纷出来晒一晒满身的霉湿气。

木屋东巷几个老街坊心有余悸地谈论昨天才退走的水，各有感叹。

张铁匠说："这场大水比五四年的大水还吓人些！想不到天上来的水比河里来的水还狠些！"

搬运抬杠说："那您不晓得河水有几狠！像我们多数街坊都是从河里爬出来的，五四年要不是从河边跑得快跑到木屋村来安身，今天哪能和您做街坊？还不是把一条命丢到河里去了！那一年晓得死了几多！"

正说着天上的水狠还是河里的水狠，赵瞎从西巷那头过来，居然也难得地参与街坊们的聊天:"天上的水也是河里来的,河里的水也是天上来的。天上下来的水应该流到河里去,河里满了的水应该流到天上去,为么事满世界的水都流到我们木屋村来了?"

老街坊们恍然大悟,原来这些年周围到处筑马路盖高楼,都把木屋村包围成一个坑一口井了!大家你一言我一语,都说往后只怕年年要遭水灾了,这怎么得了?

"我晓得的我晓得的!"莫婆婆也从正街赶来凑热闹,"我早就晓得的!莫师傅没死的时候教了我的,洪水猛兽,水就是兽!木屋村本来就是野杉林,一间屋就是几棵树,猛兽入林,那就不得了……"

街坊们见莫婆婆说话魔里魔气,便四散回屋去,忙着翻箱倒柜搬东西出来抢晒太阳,又见莫婆婆还站在那里喋喋不休,嘴里都说莫理她,心里却都有一种莫名的不安。

9

半个月后建桥的官司有了结果。打印的判决书上铅字密密麻麻的有三张纸,尽是些读来拗口的句子,把建桥这一家死了的活着的和建民那一家父母兄妹都牵扯进去了。意思却很简单,将初级法院把房屋产权一分为二的判决改判成一分为三:建桥、建民和建华三人分享这栋破木屋。不过判决书又说,鉴于具体情况,屋还是由建桥、建民各住一间,兄弟俩分别拿出一点补偿钱给建华,那钱加起来只当是她也得了大半间屋。按法院的估算这栋破屋根本值不了几个钱。这场官司说不清白哪个输了哪个赢了,法庭又判建桥的生父应补偿一笔抚养费,但那钱只是建桥所提出数额的一个零头。诉讼费双方分摊。

建民在判决书生效的第二天就将两笔补偿款送来要建桥腾屋,其实那间屋早已腾空了。半月前那场大雨下到第二天,建华见屋里到处漏把新嫁妆都打湿了,实在心疼不过,就跟建桥打个招呼冒雨搬走了,侥幸躲过了一场灾难。

建民刚走,建华就来了。

建桥说:"建华,你来得正好。"说着就把那两笔补偿款塞给她,"这些钱给你算了。照说其中的抚养费你应该给一半我,那我又得再拿出一笔补偿款给你,算来算去麻烦,两不找算了。"

建华又把钱塞给建桥:"这点钱值么事?值不值屋上的几块瓦几根柱头?那个不是人的东西不叫水老鼠,叫水鬼、水妖怪、水里冒出的禽兽!硬是把姆妈留下的屋抢一间走了!"建华咬牙切齿地骂着,却又哭了:"这钱我不要!我说过这屋我不要的！这钱只当是把屋推倒再来分屋啊！你看着，他马上就要来拆屋做新房子的！这屋拆不得，屋梁屋檩都是连着的，一拆你这一间非垮不可！你赶紧用这钱捡漏、维修。屋弄好后就不准他动一根汗毛！你不点头他敢拆屋？他敢拆就再去打官司告他！"

果然被建华说中了，不几天，建民就带建筑队的包工头来勘测，准备推倒老宅建砖楼。那包工头拍胸说，他保证可以将屋梁锯断而建桥的那间屋平安无事。建桥岂肯信他？建桥与建民又是一番舌战。建桥打官司有了经验，他警告建民："你拆屋吧，你拆我不拦你。只要你动了锯子，我的状子就已经到了法院，法院肯定要勒令你停工先打官司！这场官司就不好打呀！到时候你莫怪我故意拖着害得你拆了一半两头失踏！"

双方正相持不下，不料被路人轻飘飘的一句话解了围。

那人路过木屋东巷，见建桥和建民争吵不休，就多嘴说："你们不屑争得，这里已经不准建两层以上的楼房了。"见建民不信，他又说："你的建房申请还没有批下来吧？不信你去催吧，看批不批？就按原样维修将就着住吧。"他走了几步又回头补一句："我是城市勘测队的。"

10

第二天，城市勘测队又到木屋村勘测地形来了。城市勘测队年年都来，他们自己都说这是例行公事，测量完就走得杳无音信。但今天他们来的举动有些奇怪，十几个人扛着标杆沿着正街径直走进莫师傅的两层木楼。

不一会儿，莫婆婆出来了。

街坊们围住莫婆婆好奇地问："他们先跑到您屋里做么事？他们说了些么事？"

莫婆婆说："我晓得的，我早就晓得的！莫师傅没死的时候教了我的，洪水猛兽，水就是兽。木屋村本来就是野杉林，一间屋就是几棵树，猛兽入林，那怎么得了……"

第七章 瓦 解

1

从一片瓦砾中滚出一辆三轮车，三轮车沿着断壁残垣夹缝中八卦阵式的废巷道磕磕碰碰地走着，不时颠簸掉板凳瓷盆之类的家什或衣物。一个五六岁的女伢尾随在车后手忙脚乱地俯拾着，拾一件往车上塞一件。三轮车堆得太满，简直像一辆超载的加长卡车，车板上压着箱柜家具，家具上搁着床板，床板上堆满被絮衣物和一篓叮叮当当作响的锅碗瓢盆。几根晾衣竿像剑戟旗杆似地竖插着，竿头还挂着纠缠成死结来不及拽下的乳罩和长筒丝袜。

三轮车终于穿出废墟，越过砂石铺出的一条临时施工道路，朝木屋村东边半壁江山般未拆的巷子驶去。

踩三轮车的女人奋力蹬着双腿，使剧烈扭动的肥大的臀部像两瓣快裂开的南瓜。汗水从她湿透的衣背往下垮着，冲过裤腰的阻拦，汹涌着奔进黑色弹力健美裤遮不住的股沟。女人背过一只手朝股沟里狠狠抠了一下，索性扯开衣衫的纽扣，半袒着胸，驾着车把斜刺里冲进狭窄的木屋东巷巷子口，边踩车边扯开嗓门喊，巷道立刻炸响一串夹带着四川口音的武汉腔调。

"你个不讲良心的东西！你坐牢是哪个给你送的牢饭嘛？叫街坊们评评理，当哥哥的克扣自己的老婆娃子给他送吃的穿的用的，他一出号子就翻脸不认人了！"一直如开路先锋似的急急蹿行在车前十几米的大业务，猛然勾头盯了女人一眼："你号鬼呀你个臭婆娘！"斥骂着又掉过头去，一手提菜刀，一手接连搡开几个劝阻的街坊，大步上前狠捶小业务家紧闭的大门："小业务，你给我开门！你把当拐子的往绝路上逼，就莫怪我不认兄弟手足情！老子今天杀也要杀进去！"

女人嘎的一声把三轮车刹在小业务门口："我今天到派出所问了，这是老头子留下的屋嘛，兄弟伙的人人有份！你不把我们的一间还给我们，冬冬我今天就跟你拼了！"

门内传出另一个女人的回骂声："没得用的东西，只会在自家门口斗狠！有本事去找拆你们房子的人！连舅舅的屋都守不住，还有脸皮回来扯皮！"

冬冬恼羞成怒，一头朝门板撞去，却被大业务一脚踹开。大业务第二脚便踹向大门，门板断裂，门框颤震着，石灰如雨点落下。

"大业务，你要是玩得清爽就把攞子丢了，我们兄弟两人赤手搏一回。你我都是从号子里出来的，莫让罗户籍又来找碴子。你又不是不晓得，这个小猪圈只关得下几头猪？都挤进来你不怕发猪瘟？来来来，我们两个哪个搞输了哪个滚蛋！"

大业务陀螺似地急旋过身来，只见小业务从巷子另一头嚷着走过来，相距十余步才踩定两条柱子般的长腿，双手叉腰摆开架势。

大业务稳稳地朝前移几步逼近小业务。

四颗鼓眼珠对峙着。一样的赤膊裸胸，一样的宽肩猴背，一样的榔头脑壳撮瓢嘴。两条伺机相拼的汉子仿佛是一个模子铸出来的，他们原本是同胞。

咣啷，大业务扔了菜刀，提手攥拳又朝小业务逼拢几步。小业务也慢慢收掌活动着指关节，移山似的缓慢朝前挪动着脚步。

木屋东巷前后左右纵横交错一百零八条巷子息息相通，闻讯赶来的男女老幼霎时将东巷围个水泄不通，兴奋地倾听着两条粗喉咙的急促喘吼，期待着四只硕大的拳头抡起血肉狂飙。

小业务家的大门豁然洞开，门框如弹弓射出小业务的老婆西西："大业务我先跟你拼了！"喊着从背后扑向大业务。冬冬拦腰截住西西："臭婆娘！老娘早就等你出来……"两妯娌使出所有女人通用的斗殴方式，互相揪住对方的头发，互相用头颅作武器撞击对方，尖叫着扭打得难分难解，又倒在地上滚作一团。

门里又冲出一个小女伢，嘶哭着扑向静候在三轮车旁麻木不仁的小女伢。两三岁的女伢和五六岁的女伢也扭抱一团。大女伢以一种超乎年龄的冷漠口吻说："妹妹莫怕莫怕，他们打累了就不打了。""姐姐姐姐，我让你搬回来住，你跟我玩引我玩好不好？""好好好。"大女伢终于忍不住，与小女伢磨鬓贴腮，抱头痛哭。

女人的不宣之战扰乱了男人的阵脚。两人都经历过白刀子进红刀子出的场面，都流过铁窗泪，在木屋村算得上玩得清爽的蛮傲的角色。而今看着各自的老婆像土狗子趴在地上撕咬，便败坏了硬碰硬一决雌雄的胃口。可是两人的胸口都堵着一口恶气难出，尴尬地对峙着。

防汛不失时机地走过来："大业务、小业务，看在都是从屙尿和泥巴玩起的街坊的分上，我多一句嘴。不屑争得！争得头破血流，这破窑不晓得还能住几天？嗯……大业务先在门口扯个油布篷子，小业务赶紧去把你老头子找回来！"

街坊们纷纷附和。

援朝说："我看大业务还得再找拆迁办公室讲理去，舅舅是真的不是假的！"

建桥若有所思："是不是先找街道办事处？最好请个律师……不过只怕非得你老头子出庭作证不可。"

汉生拎着个保温瓶刚从医院回来："也是该把你爸爸找回来了，马上我们东边也要拆，拆了后万一哪天你爸爸回来找屋都找不着！唉，大业务，我的偏厦这个把月不烧火，可以借你用！"

居委会主任杜婆婆撵鸭子似地撵散了围观人群，表功说："得亏我来得快，赶走了这些巴不得打起来好看热闹的拐家伙们！"说着打起了官腔："两个业务听着，罗户籍叫我带个信给你们，你们要打要杀他也没得办法，他只找先动手的那一个算账！要是你们听劝呢，就叫你们的爸爸带你们兄弟到居委会听他调解。"

两个业务都哭丧着脸不吭声。

业务们的爸爸张铁匠，挑着红炉担子云游四方，已走了三年。临行他赌咒发誓："此去一把老骨头肯定丢在外乡野路上，绝不再回来跨这个家门。"

2

街坊们正猜测张铁匠可能身在何处，突然飘来一阵激昂的二胡声，乍听悚然一惊。众人哑了似地默听许久才醒悟过来，哦，原来是赵瞎拉响了黄昏曲。赵瞎的每晚一曲拉了几十年，报时般准确，例行公事般刻板老套，街坊们都听得耳洞起茧、置若罔闻了，怎么今晚似又听着新鲜、生动起来？原因是二胡中断了十几天又冷不丁骤然拉响。

赵瞎住在与东巷并排的西巷朝东南侧第一户，也就是被正街拦腰截断的一条东西走向长巷的十字巷口。拆迁期限将至的前三天，隔壁左右的街邻纷纷忙搬家，唯独赵瞎不慌不忙，将一条长凳横在堂屋中央，纹丝不动地坐着，一改往常早晚拉琴的习惯，整天无休止地拉他的二胡。无论街坊、居委会和拆迁办公室谁来了，问他是否找好了过渡房、是否需要帮助他找过渡房，他一概不理睬。其实他根本没听见别人问话，他沉浸在忘我境界中不停地拉着。街坊们说，他只怕又像那年一样拉疯了，那年有个莫师傅来劝他，如今只怕没得哪一个劝得了他了。挨到拆迁期限最后一天，拆迁办公室来人通知赵瞎说，将他家搬到统一安排的过渡房去，说着就开来一辆卡车，跳下几个人来七手八脚搬东西。赵瞎并不吵闹阻拦，只是坚决不肯上车，坐在门槛上一动不动像座铜像。众人正无可奈何时，莫婆婆出乎意料地来了。莫婆婆昨天被提前搬迁去了统一安排的过渡房。她今天来得一反常态、一言不发，过来就搀赵瞎，赵瞎也奇怪，由她一搀就乖乖站起来，于是她搀引着他，像当年小琴牵引着他穿街走巷算命卜卦一样，一前一后，一步一弓，如歌如吟、如泣如诉地走了。

木屋东巷的街坊们辨听着消失多日后重新响起的乐声。那声音是从西边废墟瓦砾中袅袅升腾起来的，许是西边麇集的几十条巷子瓦解的缘故，乐曲不再如往常在弯曲迂回的巷道中隐隐约约穿行，悠悠扬扬飘荡，而是在空旷荒寂的废墟上空无遮无拦地走着。西边已没有一家街坊住的屋也就没有任何听众了，那声音便走到东边，直通通往东边街坊们的耳洞里灌。赵瞎今晚演奏的黄昏曲是《打靶歌》：

日落西山红霞飞，

战士打靶把营归、把营归；

胸前红花映彩霞，

愉快的歌声满天飞。

……

欢快的曲子反复拉着，与今晚没有落日没有晚霞的黄昏景致不协调，与业务们和街坊们的心境更不融洽。

奇怪的是街坊们听来都觉得十分愉悦，如闻天籁之音。

直至黄昏被夜色染得漆黑，那只看不见的弓总算减慢了在弦上疾走的步伐，或许是赵瞎在废弃的巷道中走乏了，边拉边离去，二胡声渐远也渐轻曼悠扬。曲调确实变了，委婉、深沉、缠绵。赵瞎那双鬼手，竟在琴弦上揉弄出扇翅声和雁鸣声，似乎是《平沙落雁》，却又少了些轻灵多了些压抑。仿佛黑压压一群大雁，多得似谁在灰蓝的天空中撒开一张巨网。飞行了一天的疲惫的雁群归返栖息的沙洲上空，俯望着翼下满目疮痍的沙滩，久久盘旋着顾盼着。不知雁们是茫然莫知倾巢覆灭的变迁呢，还是明知该迁走却百般留恋老巢不舍离去。

3

十多天前，防汛五更时分去解溲时在厕所门口的长明灯下猛然看见拆迁告示。他惊喜得连憋了一夜的鼓鼓胀胀的一泡牛尿都忘了屙，掉头穿过正街，拐过一巷，奔回东巷，挨家挨户敲门："拆迁啰！拆迁啰！街坊们快点起床呀！拆迁告示都贴出来了，你们还屁是屁鼾是鼾，再不起床都改朝换代了！"

随着吱吱呀呀的开门声，防汛迎着每一张睡眼惺忪的迷迷糊糊的乍惊乍醒的头脸奔走相告："快去看快去看！贴在厕所门口，是我最先发现的！哎呀，哄您打鬼？白纸黑字大红巴巴章子。不信您去看哟！"街坊中年轻的性急的就不再等防汛说出究竟，趿拉着鞋子呱叽呱叽穿出巷子口朝厕所奔去。刚跑到十字街口他们就不跑了，拐角处的山墙上就贴着一张拆迁告示，围了一群人。有人大声念着，听的人吵吵嚷嚷。

到早上八九点钟时，经来来往往的路人互相证实，木屋村人全都知晓了：每条巷道的交叉路口、三座厕所、一爿粮店、四家国营或合作商店及一所中学和一所小学门前，都贴遍拆迁告示。人们这才从奔跑打听中镇静下来，确认了通知拆迁的事实，接着便是街谈巷议。

墨迹未干的告示上那枚拆迁办公室的鲜红大印，在一些人眼里犹如希望的红日冉冉升起，在另一些人眼里却似血盆大口。

"总算熬到头了。"老人叹息声声。

"终于把牢底坐穿了！"青年人直抒胸臆。

"这种鼓皮板屋实在是把人住伤了心。"中年人喟叹不已。

"感谢上帝，我们要告别贫民窟了！"中小学生的说法别具风格。

也有喜忧参半的、不惊不喜的、依恋不舍的、惶惶不安的、如丧考妣的。

贼婆忧心忡忡："这怎么得了！黑伢到广州去了，说是得个把月才回。这怎么得了！"

搬运破口大骂起来："像个么话哟，也不打个招呼就贴了告示叫别个搬家？有这简单的事？老子们住的是私房不是公房，几十年守下来的一块宅基地。当初给老子平反落实政策的时候不是说私有房产受法律保护吗？怎么又变了？老子这回就不搬，看哪个敢来拆老子的屋？缺不缺德，半夜里跑来贴了告示就跑，像做强盗……"

搬运的话提醒了街坊："是呀，他们怎么像怕见人似的？偷偷摸摸的肯定有鬼！怎么也不先到居委会开个会动员一下？"

于是搬运更理直气壮了："你们巴不得拆屋的也莫喜得像个乖乖儿，莫像个苕货由别人瞎摆！"

防汛愤怒地接过话茬："喂，你说话嘴巴干净一点……"他不依不饶地正要说下去，建桥不屑地打断他的话头："我看哪，这就是打招呼！他们也不是怕见人，而是怕一开始就被街坊们围住问这问那脱不了身惹出麻烦。他们肯定估计到木屋村的街坊们是不蛮好缠的，所以他们选在凌晨迅速把风放出来，让街坊们把思想准备做足。今天晚上肯定有戏！嗯……援朝，你的路子广是不是先去摸一下消息？我今天有急事非得去单位不可。我说啊，街坊们有功夫不如去摸一点消息，心里有数才好跟他们摆道理、讲条件，莫瞎逞干狠。"

"我早就晓得的！早在30多年前我就晓得他们要来拆屋、撵我们搬家的！那天……"莫婆婆蹒跚着小脚凑到人群跟前，语出惊人。

"好啊！"防汛打断她的话，"您是木屋村的开村元老，哪个敢不信您的话呢？"

众人哄笑。

莫婆婆倒真是木屋村资历最老的居民之一，而且因她的爹爹莫师傅是木屋村的缔造者之一而身份非凡，她从在木屋正街落户的第一排木屋住起，目睹了木屋村的沧桑变化。街坊们不在乎她的话，倒不是因为她从莫师傅死于非命后说话便魔里魔气，而是好笑她的"发现"众所周知。木屋村半自然形成的第三年，极快的发展势头就引起这座城市的注意和担忧。那时木屋村也不过只有正街、一巷、二巷和东巷、西巷这五条巷子，呈一个很不规则的"王"字形。城市勘测队扛着标杆、测量仪来了，整整测量了一天，画了红线图。木屋村人起初以为是为没有下水道和路灯照明的木屋村规划市政设施呢。临到中午休息，街坊们为勘测队沏茶、端板凳时，才套出他们的话。他们说木屋村横七竖八的木板屋可能拦住了一条规划中的市区交通干道，也可能正好压在计划扩建的汉西铁路编组站的铁道网上。后来勘测队每年都要光临一次，说法不一。忽而说这里可能要建大型炼钢厂，忽而说要建大型农场，后来又说要建飞机场。每回都是说得热闹不见动静，测量成了例行公事，木屋村却人丁兴旺，"王"字形的巷道布局被延伸的巷子枝蔓打乱，延伸到边缘死角再绕圈发展。到"文革"期间测量中断了几年，木屋村已发展成沿木屋正街前后左右纵横交叉共有一百零八条巷子的居民麇集区，街巷的大致走向布局变成了一个"国"字。到 20 世纪 80 年代，才恢复每年一次的测量，近几年一年测量数次，从前年起更是频繁测量。先是管制户口，户口簿上的人口只准迁出，不准迁入，即使是户主的直系血亲也不准入户。去年又实行建筑管制，严禁翻盖两层以上楼房。木屋村再迟钝再糊涂的街坊，也预感到拆迁的日期一天天迫近。不过有些像汉生、援朝、建桥这样在大单位当小干部的街坊，见识多一些消息灵通一些，他们预料政府城建资金拮据，不可能在短期内筹集到大笔资金来大规模拆迁木屋村这样的破烂摊子。却没料到政府规划木屋村 200 余亩土地进行房地产开发。尤其令木屋村街坊们措手不及的是，一觉酣睡醒来，命运之神已在昨夜叩遍每一家的门户。

街坊们心神不宁，懒得听莫婆婆絮絮叨叨，随着建桥等人离去而渐渐散开。

莫婆婆兀自一人在那里大声说着："你们不记得前几年水兽进木屋村的事了？那天，他们拿一个皮卷尺从我家大门门槛拉起，穿过堂屋，一直拉到床底下。他们才拐呢！碰翻了我的围桶不赔小心，还捂着鼻子嫌骚不过，还埋怨我说：'婆婆，您应该每天打扫室内卫生！'你说他们拐不拐？"

4

果然，傍晚家家忙做饭忙得不可开交的时候，拆迁宣传提纲挨家挨户散发下来了。

建桥边吃饭边翻阅着拆迁宣传提纲，心里暗暗一惊，这不是以往常见的那种大道理冠冕堂皇的空泛的宣传动员。铅印的对叠 16 开新闻纸正反 4 个页码：第一面是拆迁宣传问答，用小五号宋体的密密麻麻排满，分十几个小问答题将拆迁原因、还建办法、要求、期限说得明明白白，最后一个问答用黑体字标明拆迁最后期限；第二面是用四号宋体字摘录的政府有关市政建设、重点工程和旧城区改造拆迁还建的各种政策、法规条文；第三面用五号楷体字说明拆迁房屋的等级类别、划分标准、测算面积依据和拆迁户应出示的各种证件，并附录了有关家庭财产继承、分割和房产认定、分配、过户的法律条文；第四面从中拦腰用虚线隔开，上下分别是拟好的拆迁还建协议书正副本，只待拆迁户签字画押。

建桥看着看着，心里便有一股莫名的愠怒，又有一种无奈的叹服。看来一切都精心策划过了，未与拆迁户见面就条分缕析、无懈可击，明显摆出了快刀斩乱麻的架势，不给木屋村人一点讨价还价的余地，甚至不给一点讨价还价的时间。从明天算起连咨询到签字7天内完成，给拆迁户3天时间找过渡房搬家，找不到过渡房的统一安排过渡房，也就不发过渡补贴。第11天开始拆屋。

建桥叹了口气扔下那几张纸，打算一心一意填饱肚子再说。可是刚端起碗，右隔壁就响起咚咚的砸墙声，震得暗楼上的扬尘如毛毛细雨落在饭桌上。他气得将碗筷一摔，站到门口大喝一声："防汛——你扳命？"回答他的是强烈的砸墙声，咚咚咚咚。他气冲冲地闯进防汛家的大门，但他愣住了。

"你……怎么，你今天就开始拆屋？"

"哪里哪里，我把贴在隔墙鼓皮板上的砖拆了，一匹砖有10多公分宽呢，加上粉墙的灰还不止。他们来测量面积时肯定算内空啊！我把两边隔墙的砖一拆，就很宽一点哩……"

"你莫偷鸡不成反蚀一把米啰。你把砖墙一拆，露出鼓皮板子，这房子的等级不划得更低？"

木屋村家家户户与左邻右舍之间一律是用一层单薄如纸的杉木板隔开。隔板谓"鼓皮"，很形象，一家稍有响动，鼓皮就震荡不已，轰鸣声波及邻家，哪怕是谁家不慎掉了一枚针在地上的动静，也难瞒过隔壁芳邻的耳朵。更不屑说肉香和屁臭在紧邻之间无需邀请和推让，从来都是共享的。各家男女初长成后，不堪再忍受父母辈习以为常的毫无隐私可言的羞耻，纷纷用红砖贴着鼓皮砌一道单墙隔音，也粉饰遮掩一下木板房的简陋寒酸。

防汛的姆妈对防汛拆墙之举本来就心存疑虑，听建桥一说更慌了神："还是建桥说得对！伢呃——你莫扳命！"

"唉——呀！您给我起开边去哟！嘻嘻，建桥，这一点我倒想好了！今晚连夜拆完砖墙，用湿抹布把鼓皮抹干净，明天从厂里搞一点油漆回来一刷——伙计！亮闪了！说不定房子的等级还要划高一点，现在木料涨价涨得几狠啊！你拆不拆哟？要拆快点动手！明天我跟你帮忙。"

建桥鄙夷地摇摇头，掉头就走。他一脚跨进自家门槛时，顺便往左隔壁瞟了一眼，注意到弟媳妇江玲家的大门不知何时关闭了。他坐回桌边，一边重新端起碗筷鼓励自己再进一点食，一边仔细辨听左隔壁的动静。左隔壁悄无人声，奇怪！江玲晚上是从来不出门的，该不会是……他的胃口完全败坏了，再次扔下碗筷跨出门槛，站在门口犹豫着是否去敲敲江玲家的门，看她会不会早早睡了，确实也该请她过来商量拆迁的事。可是他突然一阵心慌，他在心里责骂自己："又没做贼！心虚什么？"越自责心里越是怦怦乱跳起来。

这时，他看到援朝扛着洋镐、铁锤急急进门去，很是诧异，便改变主意朝援朝家走去。

援朝不待建桥问话先开了口："我担心这房子空间太矮，一进门就给人以沉重的压抑感，他们来划等级算面积时肯定吃亏，暗楼又不算面积，我说干脆把暗楼拆了吧，几十年的烂板子，一拆整栋房子都被绊动了，搞得不好要塌。我打算做件又苦又笨的事，把地坪砸了，把地基朝下挖一尺。他们如果说我这房子空间矮了，我就叫他们用尺量。我量了一下，挖了后可以量到2.8米高。"

建桥听了心里发酸："这工程不小哇，挖了还得重倒地坪，晾干都得晾几天，只怕来不及了。搞不好他们还说你弄虚作假。"

"地坪就不倒了，我想用红砖铺，用旧砖，请个泥瓦匠来，尽量铺平。唉，哪个想扳命哟？我不指望这个破屋能划个好等级，但是面积一寸都不能少算！他们必须按政策给我拆一还一！如果不趁这次拆迁还建分给我家两套一室半好让她们两姑娌分开过，往后她们不是吵死一个就是打死一个！"

建桥听得怦然心动："援朝想还建房分开，我想还建房合拢，到时候如果一步棋走死了，还可以再走援朝这步棋。"心里说着，嘴上随便问道："跃进呢？"

"弟媳妇拉走了。一听说拆迁就像要过年了，今晚上馆子庆祝，好像房子一拆就可以往宫殿搬，根本不着急。"

"我说援朝哇，算了莫费事。我估计他们不会因空间太矮而卡实际面积，哪个不晓得木屋村都是这种低矮棚户？他们也怕犯众怒。再说挖地基的做法太明显，反而容易被人捏住把柄。暗楼不算面积？不尽然吧。我打听到的说法，暗楼空间在2米以上算面积，当然也不是一比一地算。我们两家的房屋结构完全一样，暗楼最高处是屋脊，从脊顶的主椽垂直拉尺到暗楼楼板正好2米高。我建议你还不如在暗楼上动脑筋，搞几块纤维板，从暗楼中间往屋脊前后1.7米高处隔成一间小房，多装几块亮瓦，再把楼梯移到可以直接上暗楼小房的位置……哎呀，你看我几苦呢！就像我那暗楼上的小书房一样隔哟！到时候他们来测算面积时，一方面据理力争，一方面找点关系活动一下。算了不说这些了，说得心烦！"

"我打听到了，所谓拆迁还建办公室实际上是摩天房地产开发集团公司的开发部，部长叫朱明，是武汉人，年龄和我们差不多。这家公司牌子蛮大牛皮也吹得不得了，说么事香港投资商啦深圳发展商啦，排了一长串，搞得吓死人。摩天集团的本部在海南，在武汉只是集团的一个子公司。"

"你想到没有？开发部打出拆迁还建办公室的牌子就肯定有政府派人参加！八成是区房地局或街道办事处的人……黑伢死到广州去了还没回来？你把汉生喊来，我们几个商量一下？"

"是不是把防汛也喊来？"

"喊他做么事？成事不足败事有余！"

5

夜已经很深了，木屋村仿佛滑进一个深不可测的黑洞。洞底是梦乡，木屋村人却挣扎着不敢滑下去。家家户户都在串门或在召集紧急家庭会议。昏黄的灯光竭力在夜的黑壁上照着辨看什么，虽然微弱暗淡，而点点串串，像无数的萤火虫在路旁沟下的灌木丛间集会，闪闪烁烁，景象也颇为壮观。

突然，东巷爆发起搬运的号啕大哭，半老男人的恸哭真是难听。

"呜呜呜，呃呃呃。独蒜！独蒜的姆妈！我对不起你们娘俩呀！我说过我要为你们守这屋守到死的，哪晓得他们又搁不得我们住这屋呢？哪晓得又要害得你们娘俩搬家搬得不安神呢？呜呜呃呃……"

搬运是在对着为这间木屋丢了命的两个骨灰坛子哭诉。

6

木屋正街变戏法似地消失了。

满地瓦砾铺成一条坑坑洼洼的乱道，尚未搬完的檩木梁柱和门窗框架横七竖八，破碎的坛罐锅碗和抛弃的破衣烂絮狼藉满地。从整个木屋村的大视角看去，像是从层层叠嶂、拥挤错落的明碉暗堡中杀出的一条血道。

如果不是正街合作餐馆的木楼还摇摇欲坠地支撑在那里留着最后的标记，就连亲睹了摧枯拉朽场面的木屋村街坊自己也不相信：这就是昨天木屋村那条最老最长最繁华最拥挤的街巷？

一行衣冠楚楚、一看便知有身份的视察者，站在解放大道通向木屋正街的路口，指点着、比画着说了些什么，然后钻进一辆辆小车离去。

小车鱼贯驶进两江大酒店。

在贵宾楼会议室，摩天集团开发部经理兼拆迁还建办公室主任朱明站到一端幕墙前，示意服务小姐启动电脑装置，幕墙上交替出现木屋村平面地形图和木屋村的俯角实景全景图画面。朱明用服务小姐找来的一支台球杆在画面上比画着，向市领导和摩天集团董事长等人汇报：

"对木屋村的拆迁，是一项大规模的浩繁工程，尽管前期准备很扎实，临到工程'交底'时仍估计不足。我们重新周密布置，采取先掏心脏的步骤，首先集中力量动员、拆迁了木屋正街近200家住户，将纵贯中轴线的木屋正街打通后，形成一条施工便道，南连解放大道，北抵四干道上沿线。按计划，下一步分两个阶段拆迁，第一阶段全面拆迁正街以西几十条街巷，第二阶段彻底完成对正街以东几十条街巷的拆迁……"

朱明再次向服务小姐点头示意，幕墙上的画面变成一幢幢摩天大厦，他恭敬地将台球杆交给满面春风走过来的摩天集团武汉公司总经理。

"木屋村的地盘是一块璞玉。全部拆迁完工后，可辟出两整幅矩形土地，各为100余亩。木屋正街这条施工便道将改造成高等级水泥路面，公路东侧将矗立起全市最高的高层建筑，建成一栋写字楼、一座五星级酒店、一座超级商场和一座娱乐中心。公路西侧全部建成欧式花园别墅。由于这里10年前还被闹市中心的人们称为郊区，城市噪声污染和环境污染甚少；又由于地处城市西大门，两条干道南北贯穿而过，而且正好在城区交通中环线上，所以极具商业开发价值。目前港台客商和沿海城市企业家纷纷看好本集团公司开发的这块暂时埋没着的黄金地段……"

市领导带来的秘书信手在便笺上拟出几个问题，接二连三地提问。

总经理对答如流。末了，他补充说："请市领导放心！我们总裁已决定这段时间坐镇江城亲自组织实施一期工程。一期工程建设资金将源源投入，其中拆迁户的还建房工程资金已经作为专项资金在建设银行单独立户。"

他见董事长脸上露出满意神色，不苟言笑的市领导也微笑着与总裁在低语，趁机招手叫朱明过去附耳嘱咐了几句。

朱明便又接过话头："我们的拆迁动员工作尽量做得耐心细致。董事长对我们的要求是四个字：每户必访。只是……出乎我们的意料之外，对木屋正街的拆迁遇到的最顽固的'钉子户'，不是民宅而是一个集体所有制单位。各位领导刚才视察时已看到那栋唯一未拆的建筑物……"

7

木屋正街合作餐馆位于正街中段通往木屋村各主巷道的十字巷口。这是一栋两层木楼，乃当年木屋村最恢宏的建筑，门槛、窗棂雕龙镂凤，二楼朝街面悬出木栅栏眺台，如鳞的青瓦脊顶，飞檐翘角。可惜历经几十年风雨剥蚀，如今已面目全非。不过它依然是今天的木屋村最具代表性的建筑，下半截木墙改成了砖墙，上半截保持木质本色。两侧山墙之上的豁皮板子挡不住风雨，用芦席和油毡钉了一层补丁疤子。木栅栏眺台早已封闭，脊顶上开了个豁牙缺齿的天窗。看一眼这栋房屋面貌就够了，不屑再看木屋村的风景。

不过这栋木楼的内部结构却又完全不能代表木屋村房屋的结构状况。木屋村绝大部分是低矮的平房，平房里却搭暗楼；木楼明明有楼却上不得，任它悬在头顶浪费木屋村人拥挤的生存空间。"文革"中楼上一拥而上抢住进了三家十几口人，硬是把楼板压垮，踏穿一个大窟窿，活活坠死一个人，骇得三家一哄而散，人去楼空，腾给老鼠家族居住。楼下的合作餐馆惨淡经营，无力修楼，只在腐朽的楼板下钉了一层纤维板遮挡灰尘和老鼠屎。就是大白天，楼板上的老鼠也猖獗得如千军万马奔腾。

楼下原来的结构是中间为厅堂，屏风后为厨房，两边为左右厢房，厢房又隔为前后套间。这栋当初在木屋村阔绰无比的木楼的楼主是谁？木屋村的老前辈众口一词说木楼应是莫师傅的私宅。可是莫师傅后来和莫婆婆只住了左厢房套间的后半间，前半间搬进来一户人家后钉死了中门。莫师傅活着时只能从后门出入，他缢死后的尸身也是从后门抬走的。从此莫婆婆孤身一人住在这栋木楼的半间屋里，直至作为拆迁户被动员和街坊们一起搬迁走了。木楼的右厢房起先是莫师傅主动腾给居委会作办公场所的，以后这栋木楼几易其主的过程就说不清白了。街坊们只记得，木楼办过大食堂后，又让位给合作餐馆。隔墙全部打通了，但不敢动那十几根柱子，任它在屋场中间光秃秃地支撑着楼板和梁架，木楼经几十年烟熏火烤，油渍渍的像榨坊。

就这栋破楼底层，养活着百余张嘴巴。合作餐馆在职职工约 20 人，历年退休老职工近 40 人，这些人每月从这里领工资去维持各自一家人的生计。好在合作餐馆占了木屋村正中央的风水宝地，整日人流不断，不愁客源，餐馆全天营业，早中晚尽卖些油条、面窝、热干面之类的大路货，每月辛苦下来，虽说无盈余维修破烂不堪的店堂，但职工领得的工资和杂七杂八的津贴奖金，也还混得一家几口肚皮圆。尤其近几年的景况，不比一些半死不活的国有大中型企业差。

所以，当拆迁通知下来后，正街合作餐馆的全体职工如临大敌，无需经理兼书记小丁发话，早、中两班职工自发聚齐，紧急商议，决定同仇敌忾，死死咬紧一句话："拆可以，必须就地还建！"

拆迁办公室上门动员的人员说："市里批准的整个木屋村拆迁方案，是全部易地还建。"

小丁躲着不露面，职工推举胖嫂子为发言人。胖嫂子把袖子一捋，裸出两条肥腿似的胳膊挥舞着，大大咧咧地说："那还不好办？你们就把方案改一笔，我们只要巴掌大一块地方。把你们的高楼大厦一楼门面还一间给我们！"

动员人员解释说："对正街的拆迁其实属于路桥工程拆迁，是市政建设的范围。拆了房子修路，路上哪来的门面还给你们呢？"

"那路边呢？路边不是我们木屋村的地盘？"

"路边要建五星级酒店和别墅，就连哪里栽树哪里种花都规划好了，您想想怎么可能开门面炸面窝炸油条？"

"那好哇！不就地还建我们就不拆！木屋村人吃惯了我们炸的面窝油条，他们也冇得福气住你们的酒店别墅，伙计们！他说得几好听呢！他有理，难道我们就冇得理？"

胖嫂子惊惊乍乍一喊，职工一拥而上，七嘴八舌：

"你们不光要拆我们的屋，还要砸我们的锅？"

"我们合作的比起国营的本来就是受气的小媳妇！国家不管我们，我们自己苦扒苦奔挣一口食，还照章纳税做贡献！你们也搁不得我们？"

……

动员人员沉不住气了："我们是奉命行事，公事公办。你们七嘴八舌听不清楚，是不是请你们领导出来商量？"

胖嫂子勃然大怒，戳指着对方的鼻尖吼起来："你们是公事难道我们就不是公事？要我们领导出面，你们领导怎么不出面？真的官大些架子就大些？"

动员人员甘拜下风，边退边说："好好好，我们回去如实汇报。明天请领导来直接与你们领导谈。"

第二天上午，朱明派车去正街合作餐馆，邀请小丁到拆迁办去商谈。小丁回话："欢迎朱主任下午到我们餐馆来谈。"

下午，朱明的桑塔纳刚停到正街合作餐馆门前，正好碰到小丁踩三轮车接来一车子老爹爹老婆婆。"您是朱主任？请进请进！"他边朝朱明打招呼，边搀扶老人下车。

一个个老态龙钟的爹爹婆婆步履蹒跚地坐到朱明对面。朱明早已预感到来者不善，又有些纳闷，便微笑着说："丁经理、丁书记，按照双方约定和您的邀请，今天我是来与您单独商量的，这些老人家……"他打住话头，且看对方作何反应。

"是的咻是的咻！哎呀您不晓得，我这个副股级干部才提了不到半年哪作得了主？他们都是我的领导。"

"我也是武汉人，请您莫开玩笑！"说惯了普通话的朱明，突然有意改说乡音，他心里已经很愠怒，不过脸上仍挂着微笑。

老爹爹开口了："么样啊？瞧不起？我'大跃进'那年入的党，六零年就当了这里的书记！"

老婆婆也开口了："我当经理时，你还在穿开裆裤！"

朱明哭笑不得，拿眼寻找小丁，不料那副股级干部已溜得不知去向。他不便就这么尴尬地拂袖而去，竭力耐着性子说："既然是老领导，那好，我们都是为了党的工作，都要服从上级领导。我解释一下，动员拆迁是执行市长令……"

"我们不晓得哪个是市长哪个是省长！我们只晓得为革命工作了一辈子，退休要吃饭！"

"您就是朱主任？伢呃——你不晓得呀！我们正街合作餐馆真是艰苦奋斗哇！二十个职工起早摸黑，除了养活他们自己，每个职工还要养活两个我们这些老不死的退休职工！"

"这餐馆拆不得！拆了四十几个退休职工就要饿死！我们老领导不出面说话不行！"

……

朱明狼狈地败下阵来，他钻进桑塔纳催促司机快走。车子还未驶出拆得七零八落的正街，狂风乍起，飞沙走石。朱明猛然想起什么，急令司机掉头，车子回驶到正街合作餐馆附近，他慢慢下车，游移着脚步，忧心忡忡地注视着那栋丑陋不堪的木楼沉思着。

木楼两旁毗邻一片、互相倚靠的建筑物已经拆除，便显得木楼很突兀、很高傲。而它色厉内荏，孤单无援地支撑着，在呼啸的风沙中摇摇欲坠。

傍晚时木屋村人看了一场好戏。专门来木屋村从事拆墙推屋的民工，扛来七八根钢管，斜撑在正街合作餐馆的前后左右墙壁上，生怕它坍塌歪垮了。

于是那些不愿拆迁的木屋村人很开心，统统把希望寄托在正街这栋负隅顽抗的最后堡垒上。

8

没想到三天后，正街合作餐馆却搬迁了，因为大家的诉求都得到了满足。

接着，一台推土机轰轰隆隆推倒了木屋村的标志建筑。十几台推土机紧随其后，在正街上排成一条线，向西边滚滚推去。

汉生看得很真切，此刻，他百感交集。他对眼前来势猛烈的破坏和摧毁有一种本能的愤慨和痛惜，木屋村毕竟是生他养他呵护他的穷窝啊！穷窝自有穷窝的温馨和安全感。可是他只能眼睁睁看着。整个木屋村都在他脚下战栗，他听见大地在呻吟，阵痛透过脚掌心传到他那颗激动的心尖上，他却有一种莫名的快感。凑巧的是，方才在医院，他透过手掌心体会到另一种阵痛的滋味。白伢刚刚分娩。为了安慰、鼓励产前惊恐不安的白伢，也为了保住胎儿不再流产，他咬咬牙把白伢送进收费昂贵的特殊护理产房，特殊护理产房允许丈夫守在妻子身边与妻子一起分担生产的剧烈痛苦。白伢分娩时的惨叫摧肝裂胆，医生叫他握紧白伢隔着白色幕帷伸出的一只手，白伢却死死掐住他的手腕，指甲像锋利的鹰爪抓得他的手腕鲜血直流。他相信这是婴儿给他以血的启示，新一代生命的诞生以摧残母体的血肉为代价。

汉生实在是在木屋村住伤了心。记得少年时，有一天在课堂老师点他站起来朗诵课文《茅屋为秋风所破歌》，他根本不看课本，倒背如流，一唱三叹，泪涌如泉，感动得老师和同学都陪着他抹眼泪。直至成年，汉生依然感觉木屋村始终以贫穷、屈辱和尴尬甚至罪恶囚禁着他。汉生一向认为，贫穷是愚昧之源，而愚昧是罪恶之源。木屋村是穷人的居所，诚然，穷人往往是善良的，而木屋村分明又是滋生罪恶的温床。汉生算是看够了，罪恶是怎样一天天扼杀着穷人善良的天性。而今眼前的壮举，正是连根拔除罪恶的根源。所以，推土机的聒噪固然刺耳，听来也令人激昂、亢奋……

汉生的思路有些紊乱。但他浑然不觉，他只感觉眼睛和耳朵有些不大好使唤，在一只眼、一只耳里，推土机像坦克怒吼着，在硝烟滚滚的战场上横冲直撞，所向披靡；而在另一只眼和耳里的景象和声响又迥然不同，像是东方红拖拉机在欢唱着，碾倒荆棘灌木，翻耕出一片希望的田野。究竟更像什么呢？

他有些心烦意乱，便自语着安慰自己：其实推土机也好，坦克也好，拖拉机也好，实质上是同一种履带机械，不过名称不同罢了。他不愿再观看下去，猛然想起自己是回家取白伢和婴儿的换洗衣物的，便急匆匆往医院赶去。

9

木屋村西边大拆迁使大业务无家可归，有前因后果，也有阴差阳错。

那年三业务误食水银死后，大业务和小业务先后关进号子，剩下张铁匠独居一室，往日拥挤打闹的窄屋变得宽绰清静，他享了几年清福，火爆脾气也稍许改了些。几年后，大业务劳改释放回家。莫名其妙的是，大业务带回一个四川女人冬冬，冬冬还抱来一个未满周岁的小伢。街坊们议论纷纷："蹊跷蹊跷，难道大业务一出牢门就把冬冬搞到手了，而且几天的路程就怀了孕生了伢？""你说他是为了要冬冬顺带收养小伢吧？大业务也冇得这苕！这冬冬又不是长得蛮刮气让他鬼迷心窍，不值得为她养个野种！""巧的是这个小伢的长相还蛮像大业务呢！"

张铁匠听不得闲言碎语，老脾气又犯了，跺脚骂着大业务要他撵冬冬走。大业务装出一副乖乖儿相百般求饶，冬冬性子也好，任他百般斥骂泰然自若，只管洗衣服做饭扫地，俨然以儿媳自居。张铁匠见骂她不走，转而哄劝大业务："你让冬冬抱着她的伢走，老子再冇得用，也可以把暗楼上攒的木料给你打一房家具重找个女的规规矩矩结婚。哪怕到郊区找个菜农也强些咻！"

大业务却舍不得让冬冬走，冬冬也哭哭啼啼舍不得大业务。

张铁匠怄不过，不开伙了，一日三餐在厂里吃了再回。大业务就每天早晨挑一担筐子拿一把铁锹去挖野藕，到下午三四点钟挑着满满一担藕往回走，沿路走沿路卖，卖不完的挑回家，冬冬接着挑出去再卖。

张铁匠见大业务每天挖藕从不落空，而且藕筐下还藏着别的东西，晓得来路不正，怕大业务又犯事再抓进去，只好到厂里照直说大业务的处境，恳求提前退休。厂领导素知张铁匠为人耿直刚烈，话说穿了也不敷衍，让张铁匠回家叫大业务单独去问话。厂领导问大业务能不能先进锻工车间打招呼，向每个师傅徒弟表表态度？大业务说能。大业务真的就去了，逢人就说："干再累的活也不怕吃苦，碰到再不顺心的事也不行凶打架！"又写了一份保证书："绝不调皮捣蛋！晓得厂里没得房子，以后绝不瞎扯皮找厂里要房子！"这样大业务就顶职进了厂。

过了两年，小业务也劳改释放回来。已是人长树大的小业务回家住了几天就住不下去了，大吵大闹说："屋也被大业务占了，老头子的职也被大业务顶了，我小业务背时一无所有，干脆重回号子里去算了！"

张铁匠无可奈何，掏出退休证和印章扔给小业务："你每月去领我的退休工资自己花吧！"张铁匠便在门口架起红炉风箱，叮叮当当地敲打火钳、菜刀，独自在红炉上架锅将就做一日三餐。

小业务在暗楼上住了几个月。他一米七八的个子，却像条狗似的在暗楼上爬出爬进，稍不慎额头就在椽子上撞起个鸭蛋大的青包。最难受的是半夜时分，大业务和冬冬在楼板下弄出的声响扰得他辗转反侧。小业务便去找板房村翘屁股的妹妹西西玩。西西也待业在家里待着百无聊赖，正愁缺个男伴打发光阴，而且她还记得小业务当年称雄木屋村的好汉壮举，所以她与小业务才玩几天就打得火热，形影不离。张铁匠的退休金哪够两个人花？小业务和西西便涎着脸围着张铁匠的红炉混饭吃，他也偶尔主动抢起铁锤往铁砧子上叮当敲几下讨好张铁匠。张铁匠见他胸前的黑毛都连到肚脐眼下，虽然看着西西不顺眼，也只得心里憋火嘴上不吭声。小业务得寸进尺，留下西西彻夜不归，与她一起滚暗楼，滚得楼板轰隆作响。大业务便恼，小业务便较劲，兄弟对峙，岌岌可危。张铁匠不得安神，干脆将堂屋与里屋之间的门钉死，从后墙打洞开门，让兄弟俩各住一半，他自己爬暗楼。

这时聋子病得卧床不起了，张铁匠巴不得躲开两个活宝儿子，便去照顾聋子。聋子是他已亡故的妻子春香的表妹夫。表妹一死，聋子就病了，一病几年，近来大小便都不能自理了。聋子只有表姐夫这个亲戚。叫张铁匠这个脾气火爆的男子汉整日端屎端尿实在是难为他，可是张铁匠面恶心善、义不容辞，再说暂住聋子家倒也落得耳根子清静。除此之外，城府不深的张铁匠起初并无旁的打算。

侍候了聋子一段时间，张铁匠见聋子已是病入膏肓没多少日子了，张铁匠再粗心也寻思起后事来。他唤来大业务开导说："你舅舅最多还有一年半载的活头，你要是聪明的话就听我的，你不让小业务一把就有扯不完的皮。你好歹比小业务混得强些，干脆你搬过来服侍舅舅几天，尽一点孝让街坊们看看，舅舅死了你也好把这个屋占着。"

大业务便搬了过来。

谁知张铁匠打发了大业务，也不愿再和小业务挤在一起，回家卷了铺盖，挑起红炉走乡串村去了。有街坊说，惹得张铁匠赌气出走的触发因素是西西怀孕了。张铁匠见大业务带回个不明不白的冬冬，抱回个不明不白的伢；小业务又找回个不尴不尬的西西，养了个不尴不尬的伢，便觉得当老子的脸实在不如屁股了。总之张铁匠是怄伤了心走的。

聋子的房子在木屋西巷顶西头，最初那只是搭在邻家山墙上的一个偏厦。聋子在装卸站干装卸工，经人撮合，他与春香的表妹哑巴谈恋爱。聋哑人交流本来就困难，聋子又太憨厚老实，热心的同事担心他的好事黄了，便从搬运站拖来几板车废材料旧砖，把偏厦改建成小平房，促成一对残疾人结婚安了家。婚后几十年他们没有子嗣，却能相濡以沫，默默相守，只是小平房在风风雨雨中日渐破烂，残疾人不善维修，勉强遮风挡雨。哑巴一死聋子的身体就垮了，日渐不景气的装卸站也少了人际温情，用工改革时搞自由组合，谁也不与聋子搭档，逼得聋子提前退休回家拿生活费，聋子的病情就更加严重了。张铁匠和大业务去装卸站吵了几回，装卸站不情愿地将聋子的小平房草草维修了一下，算是仁至义尽地打发了一个职工。

大业务搬过去后，除了三天两头上屋顶捡漏外，他闻都闻不得聋子的屎臭尿臭。幸亏冬冬是个泼辣勤快的女人，喂汤喂药，端屎端尿，就连替聋子擦身子揩屁股的事也敢干。这样侍候了一年多，给舅舅送了终，大业务就顺理成章占住了聋子的小平房。街坊和居委会均无异议。

冬冬正盘算着叫大业务把房子再维修一下，拆迁通知就来了。临到测算面积、估价和签订拆迁还建协议时出了鬼，大业务拿不出房产证件。冬冬掘地三尺也找不着舅舅舅妈的房产证和土地证，而邻居街坊都说明明有，见过聋子哑巴拿出来到房管所交验过。大业务托人求情送礼，到房管所查找到聋子的土地房产档案，房管所出具的一纸证明却只能照写户主聋子的姓名。拆迁办公室认为大业务不符合拆迁还建条件，除非他马上办理房屋过户手续。而房管所则告诉大业务办理过户需要出示一大堆证明，其中最重要的一份证明得由聋子的工作单位出具。装卸站领导记恨张铁匠和大业务曾多次去吵闹，拒不出具证明，反而说出难听的话把大业务气个半死，说本来聋子的房产一大半是装卸站的财产，不追究大业务侵占就算便宜他了，岂能出具假证明？总之大业务急得到处跑都是瞎跑了。

冬冬受人指点，先从土地庙拜起，到居委会磕头作揖。居委会的婆婆妈妈见冬冬侍候聋子一场还算尽孝，开了个证明叫她再去街道办事处拜佛。可是街道办事处却态度暧昧，回回含糊其辞地拖延。这时拆迁办公室下达了限期搬迁通知，要求大业务先搬走拆了房子再说，何时办妥了房产过户手续再补签拆迁还建协议。拆迁办公室也听说了大业务是二进宫的角色，在号子里待过好多年，逼急了说不定他会铤而走险，限期一到，特地从派出所请来罗户籍到场。大业务见来者不善，早把菜刀抄在手上。冬冬扑通跪在地上，死死抱住大业务的一条腿，并喊她的女伢赶快抱住大业务的另一条腿。

那罗户籍在木屋村巡街穿巷几十年，经验何等丰富，最善于软硬兼施，便睬都不睬大业务一眼，只对冬冬说："我已帮你们想好了办法，先搬迁。你想想：反正都要搬迁过渡的，不如边过渡边办过户手续。没得第二个办法。"说着说着，突然一个赤手夺刃动作，眨眼夺过大业务的菜刀扔在地上。大业务还没缓过神来，他拍着大业务的肩膀说了一句耐人寻味的话："你以为你会斗狠别人就不敢欺负你？恰恰相反，这次拆迁说不定就有人想欺负你。当然，我看别人也不是存心欺负你大业务，我估计是谅你名声不好，没得几个人愿替你说话，你表舅的这间房子啊，名堂多得很……算了算了，我也搞不清楚。"

大业务听得懵懵懂懂。万般无奈之下，只好把家具掀到三轮车上，回家去找小业务扯皮。

第八章 割 据

1

这天傍晚，了无生气的木屋村西边，瓦砾堆中忽然升起一缕炊烟。

是大业务一家三口。大业务在汉生的偏厦借住了一阵子，又在小业务家的门口扎起油布篷住了一阵子，到底住得不安神，而四处打听张铁匠的行踪也是杳无音信。建桥点拨他说，罗户籍话中有话，暗示有人趁拆迁打他舅舅的主意，图谋的并非那间破屋而是还建房。大业务恍然大悟，央求汉生代写了一封措辞诚恳的道歉信寄给搬运站领导，随后又主动登门求情，果然就攻破一关，搬运站不再坚持聋子的屋是单位房产的说法。后来他又到街道办事处去办好了相关手续。这时候大业务也听说了暂停拆迁的种种消息，加上小业务见大业务的事有进展又下了逐客令，大业务再也耐不住性子去东奔西跑求爹爹告奶奶了，干脆又把家当搬上三轮车，重返舅舅家的宅基地。他在废墟上扎起油布篷顶，用断砖碎石垒起四壁，远远望去，仿佛负隅顽抗的最后一座堡垒。

朱明摸清大业务近来的动向，决定先诱使大业务主动搬走。

这几天，木屋村东边的街坊大惑不解：怎么围墙外用铁丝网将木屋村西边团团围定后，民工还不撤走？民工又在围墙外沿着原木屋正街这条大道，砌成长长一排猪栏状低矮建筑，每间宽不过 2 米，深约 5 米，远看像一长溜阴暗的窑洞。这是搞么名堂？

等街坊们看出名堂来时，门面招租的招贴已贴出来。花花绿绿的招贴纸张上编了号，承租者便揭下招贴去摩天集团经营部洽谈。五彩缤纷的招贴强烈地烘托出繁华闹市的气氛，承租者趋之若鹜。

最北端的一张门面招贴是大业务贴上去的。拆迁的前夜，朱明秘密约见大业务，以借一间临时住处给大业务过渡为条件，劝说大业务主动、提前从非法搭盖的棚户中撤离。果然不出朱明所料，大业务欣然同意。朱明便补充声明说："你的房产继承手续还得你自己跑，何时办妥何时签订拆迁还建协议，同时退出借住的地方！"见大业务一概点头赞同，朱明唯恐大业务日后要赖，便说："口说无凭，不如将今天你我的谈话记录下来，请你签名认可。"说着刷刷地在一张纸上写下几行字，大业务看也不看，歪歪斜斜地签上他的大名。朱明将门面最北端的一间借给大业务，约有十几平方米。大业务喜得只顾往里面搬家当，冬冬却拦住他："你几苕呃——银子绊了脚都不晓得弯腰捡！我们也隔一半租出去哟！""啊？当房东老板？坐庄赚钱？哎呀！老子也要发财了！"

朱明没想到大业务来这一手，本欲干预，想想那是个打不湿绞不干的"鄙子"，算了，小不忍则乱大谋！确实，他正在谋划摩天集团武汉公司恢复运行的大步骤，门面招租形势比预期的还要好。他将每间门面的租金定为每月1000元，预付半年租金。求租者蜂拥而至，几十间门面几天内租赁一空。木屋正街辟为通道后，这个地段四通八达，日夜车水马龙，承租者清一色开汽车配件商店，眨眼间闹腾起一条红红火火的汽配街，简直是奇迹。朱明后悔租金定得太低，又不便撕毁租约。幸亏租期只订了一年，提租只好等一年以后。但他到底找到一条理由，将预付半年租金改为一次性付清全年租金。

滚滚而来的资金，使朱明长舒了一口气。他嘱咐部下将这笔资金暂时对海南方面保密，只加紧催促董事长将抽走的几百万元早日汇来。而他将账上的资金全部投入期货建材市场。他相信这一着进可攻退可守，到时候行情好就可赚它一票，行情不好本公司也用得着大量建筑材料。

此时的朱明，已是信心十足、雄心勃勃了。

2

小业务见大业务因祸得福发了财，便赔着笑脸来找大业务求和。冬冬欲拒之门外，大业务最近有了钱情绪格外好，又想在小业务面前抖抖阔气，便摆出大人不记小人过的态度，拎来几瓶啤酒，又叫冬冬去街头端来几块油炸臭豆腐干，兄弟俩对酌起来。

"拐子，你们挤在这个猫耳河里也实在是太难了！弟媳妇叫我来接你和嫂子回去住。"

"哦？你不怕我们同去挤在一起发猪瘟了？再说，我看真搬回去了挤在一起也不比这里住得宽敞！"

"这你放心！我和西西商量好了，我们全家上暗楼，楼下全部腾给你们……"

一旁的冬冬憋不住了："小业务！你葫芦里卖的么药照直说嘛！"

"嘻嘻，西西想跟嫂子商量，你们现在有钱了，再搬回去宽敞地方，又有钱又有房子住，晓得几好！把你们住的这半间门面换给我们，我们也想租几个钱用哟！不怕嫂子你笑话，我们穷得都揭不开锅了！"

冬冬一听原来是来打门面主意的，腾地跳将起来，大业务却拦住她，狡黠一笑："你的意思是……我们兄弟换住的地方？那么——明天东巷的房子要拆迁，分的还建房归你还是归我？"

小业务早有准备："拆迁还不晓得是哪一天的事，就是拆了，日后分的还建房子，我们亲兄弟伙的还不好商量？拐子你想想，如今赚钱要紧！手上有了钱还怕没得房子住？"

大业务一边饶有兴趣地听着，一边不断摆手不准冬冬插嘴，回答道："那好，我跟你嫂子商量了再回你。"

小业务走出没多远，冬冬便冲着他的背影啐了一口："呸！说得比唱得还好听些！叫我腾门面给你赚钱？我想住好一点还用求你？我不晓得到别处租屋住？"

大业务兴奋得握起右拳猛击左掌："说得好！不过得亏小业务提醒了我们，这么贵的门面住人不可惜了？你赶快到铁道外菜农村子里去打听一下，租它一间房，算它月租100块！我们把这半间门面也租出去！"

小业务白等了两天，才晓得教了大业务却被大业务要了，气得咬牙切齿。西西更是恨得牙疼，但见冬冬路过，便捂着半边脸指桑骂槐地喊骂一气。小业务安慰西西说："我不信大业务走狗屎运我就该背时！我也碰一下运气！"

张铁匠留给小业务的这间木屋处在东巷中间偏东头。小业务想：爸爸真是没长后眼睛啊！如果当初是在东巷西头挨着正街买一间偏厦，那今天不就该我走鸿运了？正街西边的汽配一条街开业后，滚滚商潮立刻从正街大道对面浸漫过去，东巷和前面平行并列几十条东西走向的巷子，凡紧靠正街大道的第一家纷纷改变大门朝向，在西山墙上凿墙打洞开门面，租金比对面小业务所谓的猫耳洞还高！小业务心里有数，指望把自己的屋租给别人当门面是不可能的，东巷狭窄得除了街坊外没得旁人路过，生意肯定做不起来。小业务这一段时间迫于生计，跟人合伙在汉西火车站货场"攥兔子"，成天在公私储运单位的仓库出出进进长了见识。他在正街大道两边转悠了几天，猛然开窍：我的屋可以租给开门面的老板堆货哟！他果然找到一个苦于门面太小的汽配店店主，引来一看房子，那店主便说连暗楼一起租了，他要在暗楼堆货，在楼下住人，月租出价500元。小业务大喜过望，西西的牙疼也说好就好了，两人忙不迭地另觅一个住处搬了家，月租才100元。

小业务的成功使眼羡的街坊纷纷效尤，有办法挪窝的干脆将住了几十年的老窝搬空，挪出穷窝让它变成钱窝；挪不动窝的，哪怕把一家人挤成压缩饼干，也要腾出半爿屋来出租；那些屋实在太低矮太破旧太阴暗的街坊，见租赁无望，便推起平板车，抬起大油桶筑的火炉挤到巷子口朝大街的地方，抢占巴掌大一块地盘据为己有。木屋村人，绝大多数向来是靠卖力气养家糊口的，如今凡头脑灵光的，都尝到了变着法子卖老窝和窝边地的甜头。难怪那个什么摩天集团看中了咱们木屋村呢，原来穷窝里也可以淘金呀！

每天黄昏时分华灯初上，正街大道的人声便如鼎沸之水。闹得最欢的是叫卖油炸、烧烤、卤菜、靠杯酒的，单说烧烤一类就花样翻新、变化无穷，由最初烤羊肉串一种发展到烤猪肉串、烤牛肉串、烤火腿肠、烤臭豆腐干，直至烤鸡、烤鸭、烤鹌鹑……食客中最舍得花钱的是出租车司机，无数辆彤红锃亮的出租车停在汽配一条街，或更换配件、或临时抢修、或洗车打蜡，司机们便趁空过街来，抓一把就是十几串，脍炙人口的烧烤是他们最好不过的果腹快餐，在呛鼻的香气和熏眼的油烟中，"挖地脑壳"的塑料布地摊排成铺天盖地之势……

这般繁荣景象实在令木屋村人陶醉得忘乎所以。若不是莫婆婆每晚来闹腾一下，许多街坊只怕会把面临拆迁的事忘到九霄云外。就是牵挂着拆迁事的街坊，大概多数都是担心那拆迁会不会突然来临，如今他们是宁愿无限期地推迟拆迁了。

3

莫婆婆每天晚饭后便从老远的过渡住处赶来。她不知怎么就用一双小脚一步步丈量着，从光溜溜硬邦邦的正街大道上，估摸出了她和莫师傅在原木屋正街的木楼的位置，认定了脚下踩的就是拆毁的木楼的老宅基地。她一屁股坐在车水马龙的大道中央，双手乱挥着叫过往车辆躲开："这里是我的屋！这里是我的屋！这里是我和莫师傅的屋！"她这么一动不动地大声重复着直至声嘶力竭。过往车辆被迫减速慢行，避开这个莫名其妙的疯婆子。

开始那几天，街坊们不管是哪一个，凡遇见莫婆婆在正街大道上发魔气，总会主动过去劝慰她，连哄带拉弄到路边，等她安静下来，再嘱咐她回家。可是莫婆婆天天来闹，街坊们天天劝就厌烦了，遇见了也装聋作哑懒得管她了。这事就落到汉生一个人头上，他每晚听到正街大道上汽车喇叭乱响一片，就晓得莫婆婆又去了，慌忙跑出去劝她拉她离开。每回都要费尽口舌费尽力气。汉生心想老是像哄小伢样地哄莫婆婆也不是一个办法，学着别的街坊不管不问吧，他又觉得莫婆婆太遭孽于心不忍。能不能想出个长久办法，让莫婆婆不发魔气安安心心等待还建房呢？

汉生去找建桥商量，建桥还没有回家。他又去找援朝商量，援朝说："只怕真还想不出一个长久办法。发魔气像发羊癫疯样的，哪个拦得住？汉生，你也睁一只眼闭一眼算了！等莫婆婆搬进还建房，那时我们东边也拆迁了，木屋村不存在了，莫婆婆自然不会来发魔气了。"

援朝送走汉生，心想建桥该回家了吧？他又跑去敲建桥家的门，结果建桥这么晚还没回家，他感到很奇怪。

援朝也急着要找建桥商量，那些尝到做小生意和租屋押地甜头的街坊，起初是急于等拆迁搬到新房子的，现在看来都和搬运一样怕拆迁抵制拆迁了。而他援朝是仍希望早日拆迁的，他没打算租屋赚钱。援朝的屋在东巷中间偏西头，曾经有人上门询问过他是否有意出租，他拒绝了。令他着急的不是钱不够用而是房子不够住，早一天拆迁才能早一天搬进新房子。所以他一如既往，四处打听何时恢复拆迁的消息。前几天，靠近铁路的北巷，有一家街坊疏通关系，违背不准翻盖新房的规定，推倒平房，在极窄的宅基地上兴建像黑伢家一样的火柴盒式楼房，施工场面轰轰烈烈，也不晓得那家街坊是不是打听到了几年内不会拆迁的消息？要不然不会贸然下大本钱建新屋的！援朝想到这些心里更是烦躁不安，就急得去找建桥商量怎么办。

援朝接连几个晚上去找建桥均不见踪影，他很纳闷：建桥晚上不大出门的，总是躲在暗楼上书房里看书，有么事值得他改了多年的习惯呢？该不会也是去忙着赚些挖肉补疮、行乞般叫卖的小钱吧？照说建桥是不屑此道的。

4

建桥在给单位的同事帮忙买房子。同事长期挤在岳母家赖了几多年撵不走，如今小舅子要结婚，已发出最后通牒了，而单位是绝对没有分房子的指望的。同事听建桥说木屋村要拆迁，便抱着一线希望询问建桥："有没有到木屋村租间屋住，到拆迁时马卵石混螺丝争取还建房的可能性？"建桥说："如今拆迁的规矩是拆一还一，除非你抢在拆迁前到木屋村买间屋等着。"同事听了如同抓住一根救命稻草："那，有没有愿意卖屋的呢？""那得去打听。我想既有想买的，说不定就有想卖的。"建桥本是随便说说，哪知同事就备上一份厚礼找上门，堂堂一个男子汉大丈夫竟痛哭流涕地求他尽一切可能帮忙。建桥对这个同事印象不坏，见状顿生恻隐之心，心想：都说木屋村人住得遭孽，还有更遭孽的哩！便答应道："我一点把握也没得，试着打听吧。你也再想想别的办法。"

建桥果然就在后街后头的后巷找到一家卖主，这家有个好单位，单位马上就要分房了，算上二轮房职工人人有份还有多的，不过房子再多分房还是要论资格讲条件。这家在后巷的一间破私房反而成了分房的不利条件，左合计右合计，住还建房不如住单位上的房子，何况等拆迁还建也不知要等到猴年马月，便起意卖掉私房。眼下木屋村地皮看涨，破房子也值钱。建桥先是带着同事一起去与卖主谈判，同事太老实，一开口说话就被卖主置于被动地位，正如武汉话常说的"掐着玩"。建桥便叫同事安心在家等消息，由他单枪匹马与卖主讨价还价。

建桥揣准卖主怕耽误单位分房时机急于脱手的心理，心想：你是饱汉不知饿汉饥哩。他故意拖延够了，才狠狠杀一番价成交。他也没料到最后房价比同事期望的最低价还少5000元。他的初衷不过是被同事缠上了不得不帮忙，直至疏通各种关系把过户手续跑下地，才意识到自己付出的时间和精力太多，多得相当于遭受一笔损失。他认为这笔损失应该用一笔报酬来补偿，可是又不好意思朝同事伸手要报酬，同事是将购房款全权委托给他去成交，他向喜不自胜、感激不尽的同事退还余款时，留下了5000元，也不说明。

建桥自言自语："我拿这一笔报酬心安理得……"他还想对自己说什么，一时又说不清，他隐隐感觉，除了报酬似还有一种收获，还有什么呢？或许是得到一个启发。

前几天的一个晚上，建桥为同事跑房子跑到很晚才回家，刚进门，江玲接踵跟进来。平常江玲是极少从隔壁过来的，实在有事要找他，也只站在门口说几句话。建桥暗暗一愣，又见江玲拘谨得很，便一边让座一边开了一句很得体的玩笑："你今天是无事不登三宝殿啰！"

江玲羞涩一笑，赶紧说明来意。

这一阵子，江玲见街坊都在动脑筋拿自家的房屋地皮赚钱，便也想将堂屋租赁出去。正巧她的同事的亲戚在汽配一条街做生意，要在附近租一间屋堆货，月租金300元。谈妥后她想起应过来给建桥说一声。

江玲把来意一说，建桥听了心头一紧。

5

建桥与江玲之间互相戒备又互有好感，这种微妙关系，缘于建民之死。

三年前建桥与建民的一场官司打下来，建桥只好把这栋木屋左边的一间腾给建民。正当建民准备拆木屋盖新楼与建桥吵闹不休时，对木屋村实行建筑管制的新规定平息了兄弟二人之间的风波。建民只好将旧木屋草草维修布置一番准备结婚，又按水老鼠的授意早早给建桥建华兄妹二人送来请柬，摆出一副化干戈为玉帛的姿态。建华断然拒绝参加建民的婚礼，声明她今生今世绝不承认这个野杂种为自己的兄弟。建桥的想法不同，他心中的怨恨不亚于建华，建华受到的是感情上的伤害，他受到的却是房产上的侵夺！但是他考虑到木已成舟，日后不得不与建民在一个屋顶下相处，如果僵持一种剑拔弩张的状态，那建民也是个打不湿绞不干的"鄙子"东西，若骚扰得他天天不得安宁也是蛮糟的事！建华搬回婆家去了，可以拒敌于千里之外；他却不行，他与建民抬头不见低头见，还是得和平相处。建华当着街坊的面把送给她的那张请柬扔到建民的脚下，扬长而去，显得有些不近人情。建桥便及时出来给尴尬不堪的建民搬梯子下台，他去捡起那张请柬，说建民的婚礼他一定参加。而且他估计建华也要去参加的，她只是一时赌气。

建民的婚礼是在刚刚装修一新的一家大酒店举行的。建桥如约准时赴宴，给了建民一个惊喜，并备了一份厚礼。建民受宠若惊，便把建桥奉为上宾，叫江玲和他的几个弟妹围着建桥殷勤款待。建桥也不端架子，虚与委蛇，不仅热闹地向建民和江玲敬酒贺喜，而且彬彬有礼地主动给水老鼠敬酒，喜得水老鼠直抹眼泪。满堂宾客多是建民的朋友，自然多少都知道一些同父异母兄弟之间的内情，便纷纷举杯向建桥和建民敬酒，好几十个男宾吵嚷着要与兄弟二人干杯。建桥不胜酒量，婉言推辞，实在推辞不脱就抿一小口抵对方敬的一杯，宾客也不好太为难他。建民则不然，他简直喜昏了头，经不住宾客们围着他说好听的话。宾客们说，以前哪里晓得建民还有一个仪表堂堂、通情达理的亲哥哥，今天真是喜从天降、双喜临门；又说何止双喜，新娘江玲的仪态万方、绝色美貌超过了在座所有朋友的妻子或恋人，你建民真是艳福不浅；又说他们听到木屋村要拆迁的消息了，你建民真是好运气，说不定没几年又要搬进新楼房了，这么一说就是三喜、四喜喜事盈门了。建民听了乐不可支、手舞足蹈，但凡敬酒来者不拒，扬起脖子爽爽快快抽干一杯，几十杯酒下肚他非但不醉，反而酒兴更浓了，又主动向来宾挑战，说要向所有男宾和能喝酒的女宾逐一敬一杯。众人见建民酒已过量便好言相劝，哪知他不听，他说他有两斤酒的酒量，虽说已喝过几十杯，其实杯子太小充其量只喝了斤把酒，说他活了二十几年就是今天最高兴，哪能错过一醉方休的良机。他执意要回敬宾客，连建桥出面劝阻也不听，又喝了七八杯他就醉得不省人事了，一头倒在杯盘狼藉的餐桌上鼾声大作。亲属和宾朋都怕他出事，一致同意赶紧送医院洗胃以防不测，于是众人七手八脚地把建民抬到车上送到医院。宾朋中有人找到熟识的医生，一刻也没耽误就给建民洗胃，同时给他打吊针。可是已经迟了，胃刚刚洗干净建民就醉死了。医生说建民是在一种深度醉酒的昏迷状态中突然窒息而死的，酒精已麻醉了他全身的血管。忙得满头大汗的医生动用了输氧机和心跳起搏器等应急装置也未能唤醒建民。建桥一直陪伴在建民身边，目睹了建民猝死的全过程，他的精神受到很大刺激。建民与他手足相残就是为了争那间破屋，争到手了却将脚一伸就死了。早知今天何必当初呢？唉！念及建民毕竟是他的同父兄弟，建桥不禁涕泗滂沱，动了真感情。

但接下来的事态发展又使建桥恢复了对建民及其一家人的敌视。

建桥是在婚礼上第一次见到江玲的。建民来木屋村吵闹分屋时带来的是另一个女朋友，建民与那女的相恋多年已经同居了，临到领结婚证前夕分了手。是那女的甩了建民，她看不中建民争到手的那间破屋，原指望可以翻盖新楼房的哪晓得成了泡影。她本来就嫌弃木屋村拥挤不堪、破烂简陋的居住环境，连上个厕所都要走半天；就在屋里用痰盂吧，屋里的骚臭味难闻不说，最可怕的是每天得端痰盂串街走巷去厕所倒屎倒尿，叫她如何受得了？所以她毅然决然与建民分了手。建民的朋友给他介绍了江玲，从相识到登记结婚只几个月时间。江玲确实长得漂亮而文静，配建民绰绰有余。与建民的前任女友相反，江玲恰恰是看中了建民有自己的私房，尽管只是一间破屋。江玲也是刚刚与前任男朋友分了手，她等房子结婚实在是等伤了心，男友的单位分房无望，而她在娘家已经无法容身，弟弟那副横眉怒眼撵她出嫁的神态，逼得她哪怕有个火坑容身她也愿意跳进去，所以她极快与建民领了结婚证。哪知建民忽然就死了，她又面临被撵回家门的危险。刚刚安葬完建民，建民的父母和兄弟姊妹就来劝她改嫁，软硬兼施，好话丑话都说了。她孤立无援，只能以哭对付一大群人，哭诉说建民尸骨未寒，你们不能如此绝情，如何如何。可是靠眼泪是保不住她的窝的，幸亏建桥挺身而出帮了她一把。

建桥开始只是冷眼旁观，后来实在看不下去了，就鼓励江玲去妇联寻求保护，并申言他要仗义帮江玲打官司。为此那水老鼠秘密与他约谈，提醒他胳膊肘莫往外拐，甚至说只要江玲走人腾屋，宁可把这间屋送还给他这个长子，不然自家的屋落到外人手上实在太吃亏了。建桥不为利诱所动，坚持袒护江玲。后来妇联一出面，水老鼠一家猜想这场官司可能打不赢，那天，只得搬走建民刚买的一套新家具了事。临走前免不了当着建桥、江玲和街坊们的面说了些不三不四的话，害得建桥和江玲见面谈话都不敢多说，生怕有瓜田李下之嫌。

可以说建桥是出于良知帮江玲说话的。这间屋就这么让江玲得了便宜，莫说水老鼠心疼不过，他也是痛惜不已。江玲再不用害怕有人来要屋了，他却怕起来，他怕江玲哪一天突然引个男人回家，那就说明要在这间屋里另外成家了，他建桥心里实在难以容忍。虽然他明知江玲获得了这间屋的产权已是不争的事实，但他不甘心，他几乎以一种监视的心态密切关注着江玲的一举一动。对此，江玲也察觉到了，但她不吭声，她从不去隔壁兄嫂家串门，当然也闭口不谈她今后的打算。她已经同两个男人有过同居经验，并不迫切需要一个异性来与她厮守在一个屋顶下，她最需要的是保住这个自由自在的窝。厂里同事曾给她介绍过几个，她看不中都推掉了。她想，再找就得不慌不忙找一个满意的，等一段时间也好让建桥心里舒服一些。可她又是尝过男人滋味的女人，正值青春妙龄，每当夜深人静难免失眠难免寂寞，就管不住自己的头脑去胡思乱想。她总觉得建桥那关注这间屋的眼神中还有一些别的意思，想到这些，她就心惊肉跳，面红耳赤……

6

江玲说："我来跟你说一声，我想把我那一间的堂屋租出去。"

建桥连忙问："租给哪一个？说定了没有？"

"租给厂里同事的亲戚，他催得蛮紧，我只好答应了。你看呢？"

建桥不吭声，他心里揪得紧紧的。打从拆迁的告示贴出来，他日夜萦绕于怀的一个念头，就是如何说服江玲同意，将两家的两间屋还原成原先的一栋一户签拆迁协议，要一套合在一起的还建房，找熟人活动一下可以分得一套三室一厅。只要江玲同意，他愿意在分得的新房子中开墙打洞隔出两间房来给江玲住。但他不好开这个口，显然江玲是巴不得趁拆迁分开的，那她就可独得一套一室半甚或一室一厅的单元房。建桥不仅怕房子分开了，还怕江玲从他的视线中消失！可是他心里又不愿承认自己对江玲有非分之想，他为此苦恼不已甚至寝食不安。近来他太敏感了，偶尔见江玲有同事来访他就神经紧张。今天江玲突然说要租出她的堂屋，他心里是一百个不乐意的。

江玲见建桥半晌不语，便说："我呢原本也不想赚这几个淘神钱，每月单位里有一份工资，也不致挨饿受冻，也担心租出去就没得了往日的清静，出出进进也别扭。可是街坊们都在盘算，往后房子拆迁了，还建房少说也得交上万儿八千的才分得到手。那只怕不想办法赚点钱不行。"

建桥听她这么一说，晓得拦是拦不住了，便开口道："是该想办法赚点钱。不过，租屋出去也不是没得一点风险的。最好找个我们了解的租主，他得保证守法经商，不问盈亏按时付租，免得惹些麻烦。说来也巧，我正准备找你商量呢，我的一个朋友是开公司的，托我在木屋村租间屋办经营部。他这人沉稳靠得住，你看是不是把你的堂屋就租给他放心些？就按你说的月租300元开价，这个月才开头，我叫他从这个月算起先付半年租金给你。何时他来看房子再腾屋给他不迟。"

江玲听了似乎有些疑虑，她那张弯月似的尖脸上极快地掠过一缕阴云。但她不再说什么，点点头告辞道："那我明天就找同事解释一下，推了算了。"

江玲一走，建桥长舒一口气。其实根本没有哪位同事托他租屋。他想，先作权宜之计吧。

事情像是真要向江玲验证建桥没说假话。同事买房的事刚跑下地，又有一个中学同学来找建桥，带来一个生意人，自称孙经理。孙经理也是看中了木屋村地段炙手可热，想来租间屋，却不做开门面当小店主的买卖。他有现成的执照，要来挂牌搞储运公司，兼营化工橡胶产品批发，显然是盯紧了正街那边汽配一条街。那些汽配店店主多是个体经营的小老板，孙经理意在当小老板们的大老板。

建桥暗自一笑。他再次受到启发，看来他完全可以做一个经纪人，甚至去注册一个中介公司，先去求购、承租，再转手出售、出租。于是他向孙经理介绍了江玲准备出租的屋，当即引到隔壁去看了，并提醒说，可以把公司的招牌挂到巷子口大道边去。

果然那孙经理看中了房子，说房主家人少，又很清洁，适合当办公室。他主动提出月租金600元，先预付半年租金，但有个条件，除非因拆迁之故，房东不得毁约退租。

建桥也很干脆，主动将月租金降为500元，他也提了个条件，有时要借用一下储运公司的电话，可能还要借用一下公司的名义联系业务。孙经理满口答应。

事后建桥对江玲只字不提出租过程，只拿出1800元的半年租金交给她。

7

建桥第三次扮演房地产中间人角色，才是他正儿八经做成的第一笔生意，因为这回是他主动出击。

他利用上班前后的时间和星期天，跑遍木屋村东边所有街巷，转弯抹角、旁敲侧击了解有意出租房屋的家户，逐一记录在小本子上，然后逐户上门商谈出租意向，查看房型，测量面积。他料定正街大道两侧的生意人站稳脚跟后，下一步就会扩大经营拓展地盘，并从外地和乡下接来家眷，那么他们需要在木屋村另租一间堆货、住人的地方。

果不出其所料，不到一个月时间，他就成功地做成上十笔租屋中介交易。

这天援朝绝早起床，堵住正准备出门的建桥。援朝尚未开口，建桥先说了："我还说今晚到你家去一趟的哩！有件事情请你帮忙。也不是给我帮忙，是给我的一个朋友帮忙，他在办一个信息公司，想请两个兼职业务员，月薪300元，独立承办的业务另付业务费，我推荐了你……"

建桥兴奋地说了一大通，又解释说无非是记录整理一些资料，打打电话，通过朋友熟人掌握一些信息，业余时间干干。又说了些不淘神很随意之类的话。

晚上建桥便给援朝送来一盒名片，说是便于联系业务。援朝接过一看，封给他的头衔是"业务主办"，打的招牌和地址电话却是租赁江玲堂屋的孙经理的公司，不过多出"信息咨询部"几个字。援朝心里便有了几分数。

从此建桥有了得力助手。

江玲也看出建桥与孙经理之间的特殊关系。她想：原来我不过是个二房东，大房东其实是建桥呢！不过她对"房客"倒还满意，孙经理就是在她的堂屋里摆了两张办公桌，装了一部电话，搁了一张长沙发。白天虽然人来人往，晚上一般就关了门。孙经理曾经打算在堂屋里搁一张折叠钢丝床，说是有时等长途电话等到半夜，作临时留宿用，建桥断然拒绝了。

江玲平素不大与街坊多说话，总像个怯生生的新媳妇。堂屋租出后堂屋一角的炉台当然拆了，别家租屋的街坊是在大门外当街占巷烧火做饭，江玲不愿抛头露面，买了个小煤炉在里屋用了几天，见油烟煤灰太脏，便又拎出来放在堂屋一角。她独身一人，炊事极简单。但不几天孙经理便对建桥说："你晓得我们公司做的都是磨嘴皮生意，客户一来，先看公司办公室的排场、派头是那么回事才谈起来。我哪怕再加点租金，能否把这个炉子搬出去？"

建桥便和江玲商量，请她到他屋里去烧火做饭："要是叫你和我屋里三口一起搭伙呢，晓得你是肯定不愿意的。你就用我屋里的锅和炉子吧。"江玲勉强同意了。

每晚江玲就挨够了才过隔壁来，这时兄嫂一家三口已吃完饭洗完锅碗。寡言少语的嫂子进了里屋，侄儿爬到暗楼上建桥的书房做作业去了，只有建桥伏在堂屋的方桌上看书或写着什么。一壁之隔的两家毕竟是兄弟和妯娌，无需不必要的客套，江玲也不招呼，建桥也不寒暄。江玲径直去炉台上做完自己的饭菜，就端回自己屋里了。渐渐也就习以为常。

但不久江玲就不自在了。这天晚上，她照常过隔壁来，立在炉台前做饭时，她总感觉背后有一双眼睛盯着她的背心火辣辣的。她又有点怀疑自己的感觉，暗暗自责说："只怕是你自己多心！要不就是你心虚！"她确实有点心虚，这种心虚由来已久，自建民死后就莫名其妙地产生了。可是她明明感觉背后的目光像两束探照灯光在她的后脑勺上交叉扫射，又像两股热流溅在她的背脊上流淌，还像两行蚂蚁，在她的后颈到脚后跟之间上上下下爬行。她由不自在转而不安起来，先是焖饭时米汤溢出来，接着炒菜时失手搁多了盐，慌张着端锅时又灼了手，灼得左手食指像被烙铁狠狠地烙了一下，疼得钻心。她急忙把灼伤的指头呒在嘴里咝咝地倒抽着冷气，抽着抽着她忽然抽进一肚子勇气，决心验证一下自己背后的感觉究竟是对是错。她猛一转身，看见建桥果然目不转睛地盯着她。他坐在桌沿，将两只胳膊肘支在桌面上，两掌托着脸颊，面额上那双浓眉大眼，像撤亮后就忘记关掉的灯泡，他看她看出了神。

江玲顿时羞得满面通红，而她心里却有一种验证了自己感觉正确的得意，恃着这种得意，她将自己的目光迎上去与他对视，她那两颗漆黑而明亮的眸子忽闪着，仿佛悄声悄语地提醒说："你看我看出神了！"

建桥猛醒般缓过神来，狼狈不堪地站起来："我……我到隔壁去打个电话！"

第二天晚上江玲过来做饭时，建桥便到她的堂屋去打电话。连接几个晚上每晚如此，仿佛两人约定在同一时刻交换位置。

建桥有时是真有电话要打，有时并不打电话，只是坐在办公桌前写写看看，或拿出一个袖珍计算器测算着什么。这时的建桥就像一个兢兢业业的经理在工作，这种工作进行到江玲端着饭菜过来，两人再交换房间。这么着互相回避了几天，就随意了一些。先是江玲端着碗进大门，再进里屋门，轻轻掩上门静静用餐。建桥便起身清理案头，反带上大门出去。后来建桥便延长了离开的时间，有时也是有人找上门来洽谈租赁的事，在这边办公室接待有利于显示他的身份。江玲餐毕出来洗碗，见建桥尚未离开，便倒一杯开水不吭声地递到他的桌上，建桥便点点头算是致谢。后来，建桥便找话题与她聊上几句，她毕竟是在自己家里，也就大方多了，能从容对答几句，有时索性隔着桌子在对面坐下来，款款地与他谈上几分钟。

建桥离开的时间越来越迟，江玲只好将过隔壁做晚饭的时间也推迟。当她将茶水递过来时，他便就着那茶水嚼饼干或鱼皮花生之类的东西。江玲见状，再做晚饭时就顺手多做一份夜宵，或是一小碗面条或是两只荷包蛋，不声不响地搁在桌前，却不再与他聊天了，不管他说什么问什么，她只莞尔一笑便低头进里屋去，直到他离开。

建桥从江玲的微笑中获得莫大的欣慰和愉悦。江玲亲手烹调的夜宵，他也吃得爽口可心。他感觉这段时间心情特别好，越忙越有劲，情绪处于一种亢奋状态。

这天建桥上午谈成一笔租赁交易，下午又谈成一笔。晚上江玲为建桥备的夜宵是蛋花米酒，建桥喝了竟有一种醉醺醺的感觉，身体轻飘飘地坐不稳，两眼通红，直勾勾地盯着出出进进的江玲。江玲看出他有些失态，却并不慌张，不动声色地笑问："怎么，米酒也能醉人吗？"

建桥这才发觉自己失态了，忙掩饰说："我今天太疲劳了，我走了，我回隔壁睡觉去，你闩门吧。"他说着便站起来，摇摇晃晃地朝门口走。

江玲跟着建桥，准备送他出去后就闩门。哪晓得建桥开门时一个趔趄将前额撞在门板上，她慌忙去搀扶他，他就势抓住她的一只手不放，她恼怒地挣脱手去帮他开门，他却抵住门板将门闩紧，猛然将她搂在怀里。她竭力挣扎了一番，却挣不动，便威胁说："你再不松手我就喊人了！"他不吭声也不松手，只将嘴努起来堵住她的嘴不让她喊。她便浑身上下都瘫软了，听任他把她抱起来，径直抱进她的里屋……

建桥从江玲屋里开门出来后夜已经很深了，但他毫无睡意，便深更半夜去敲援朝家的门，把援朝从睡梦中拉起床。

"援朝，我要和你商量一件大事……"他向援朝如实说明了这一段时间他的作为和收益，建议援朝与他合伙成立一个公司，专门从事房屋租赁买卖的中介咨询。他说得慷慨激昂，滔滔不绝。

援朝听了并不奇怪，其实他已猜测得差不多。他有点奇怪的是建桥今天有点异常，说是来商量做生意的，却蛮像是来演讲的，好像在场的不是援朝一个人，而是一大排听众。

建桥说："……现在官方场合到处说要把握机遇，都听腻了，那些屁话与我们老百姓有何相干？木屋村拆迁的事实却告诉我们：老百姓也要把握机遇，才能不受别人摆布！援朝，你说我们前段时间苕不苕？只会被动地打听拆迁的消息，不会主动利用拆迁干一番白手起家的事业。哼！只要我们的事业成功了，还担心他拆迁还建的事打鬼……我单枪匹马办这个公司也可以，你晓得我实际上已干了一段时间。我邀你与我联手，一来我俩是街坊中最谈得来的铁杆朋友，我不愿撇开你、瞒着你独占好机会；二来两人的力量当然比一人大……木屋村地盘是我们木屋村街坊自己的！往日像个贫民窟，没得哪个管！如今倒好，木屋村成了一块大肥肉，摩天集团也好，温州、广州来的大老板也好，黄陂、孝感来的小老板也好，都来瓜分，占一片抢一块，各发各的财！我们怎么都看着任其分割、无动于衷？太老实太笨的街坊只能束手无策。我们笨哆！我们也要守住一块占据一块！我们也来搞房地产开发哟……"

建桥心里还有句话没说："我现在是左右逢源……"

8

黑伢第二次赴广州谈生意谈得极为成功，洋洋自得地回到木屋村后却大吃一惊，发现自己只顾朝外扩展生意，却将家门前的地盘丧失殆尽。不过黑伢不愧是木屋村最早经商的老手，他皱着蒜头鼻子，沿着正街大道两侧转悠了一圈，便自言自语道："塞翁失马，焉知非福。我要让你们瞧瞧我黑伢是怎么后来者居上的！"

黑伢的屋在东巷中间偏东。当年搬运来木屋村置房产，一眼相中巷子一侧最东头的一间屋，巷头出场宽敞，又可在东山墙搭偏厦。贼婆便抢着买下了搬运对面的屋，却没有慌着搭偏厦，那时黑伢白伢年幼，祖孙三个够住了。后来搬运家的偏厦变成张铁匠的屋，张铁匠的对门也就是贼婆隔壁的东山墙也搬来一家垫宅基地做屋。贼婆不让动工，说是她的东山墙打算搭偏厦，可是人家办齐了施工红线图和地租证，阻拦不住，贼婆后悔不迭也是枉然。几年间巷子东头就这么不断朝外延伸，直至抵近小学的院墙，规划局才来人埋下界石，留下一条沿着院墙斜穿的小路，路口与解放大道和木屋正街街口相连，路尽头曲曲折折擦过几十条巷头通到铁道下的一个过人涵洞。黑伢抢在埋界石之前在东头巷口搭了个铁皮棚子。

规划局来人要他拆，他死磨硬缠不拆，贼婆也帮着扯皮耍赖、求情告饶，总算保住了铁皮棚子。黑伢便在巷子口开了一只元宝饺子店，恶作剧挂起"丑食家王娘娘真传银元宝"的招牌，奇招奏效，生意好得不得了，走运发财赚了几年钱。直到那年汉生从农村被招工返城，看见那块招牌气得半死，逼迫黑伢取下了那块招牌。白伢摘下故弄玄虚的幌子，饺子店生意就不行了，黑伢索性改弦易辙，瞅准时机开服装店，果然生意又火爆起来，至今不衰。

黑伢的服装店门面，如同人们所见旧城区比比皆是的小门面，金玉其外，败絮其中，宝丽板的缝隙遮不住里面锈蚀的铁皮，门面低矮，不足 14 个平方米。街坊们都知道，近两年黑伢的大笔生意也不是靠这个门面做成的，他只是以门面为据点，以便有个招牌有个执照。

那么姗姗来迟的黑伢如何重新争夺寸土寸金的木屋村地盘呢？

建桥听说黑伢雄心勃勃地要杀回马枪，便对援朝说："恐怕他是癞蛤蟆咬天鹅，无从下口。"

黑伢却硬是在木屋村这块令后来者垂涎的天地大模大样地咬了一大口。

真所谓另辟蹊径，黑伢的招数是：在穿过东巷东头的斜路上建成服装一条街。"我要让挨着路边的家家户户都改换门庭。所有的门面同一天开业，到时候还怕没有摆摊子的'挖地脑壳'的如蝇逐臭赶来凑热闹？既然热闹了还愁没得顾客？这条路的人流量本来就不小，我先积点德，把路修起来！"

黑伢如此胆大妄为，他究竟有多少本钱？过去街坊们都猜度过，也问过他。他说不多，连家当有 30 万元。街坊们不信，估摸他手头总有大几十万元，却谁也说不出准数。其实说修路呢，听来吓人，投资并不大。这条斜路弯弯曲曲长约一公里，是一条三合土路，虽说年久失修、坑坑洼洼的，路基却是现成的。黑伢又只维修靠近解放大道的一段，百余米而已，敷上薄薄的一层水泥。工料费黑伢也没掏腰包，他只做了个担保，最终羊毛出在羊身上——摊在每间门面的租金里。

黑伢也掏出了大把的钱。他一气包租了新修路面沿线几十家靠路边的一间或半间屋，稍作装修再转租出去。木屋村有个个体老板投资修路的消息早已传得沸沸扬扬，不啻是为黑伢做了广告，生意人纷至沓来要租门面，黑伢一概只租给开服装店的，只有一间例外，租给某家银行办储蓄所。

这事自然也惊动了朱明，路面刚动工他就赶来制止。

黑伢说："自古修桥筑路是功德无量的事，我为木屋村的街坊修路有么错？"

朱明说："这一带属于拆迁范围，按规定不准开工任何新建筑工程。"

"没得哪个搞新工程呀？我只把路上的坑坑洼洼填平，有哪一条王法规定不准我学雷锋做好事，你拿给我看看？"

"拆迁随时可能开始，我奉劝你别白白浪费投资。"

"我手上有几个钱心里烧不过，我乐意把钱往水里丢！"

朱明见木已成舟，只好暂且作罢。从此，他对由他自己始作俑的木屋村商业繁荣景象忧心忡忡，他看出每一个门面都是与拆迁对峙的商业碉堡。

黑伢又在服装一条街街口搭了牌楼，装了霓虹灯，入夜后服装一条街灯火辉煌。果不出其所料，小商小贩蜂拥而至，铺天盖地的摊位与正街两侧贯通一气。

这时候援朝跟着建桥干了一段时间，虽说公司还处在纸上谈兵阶段，却也算下了海入了道，眼光不一样了，他对黑伢大获成功钦佩不已、羡慕不已。

建桥的看法不同，他的眼光老到些。他一眼看出，黑伢做的不是服装生意而是房地产交易。他对黑伢轻而易举涉足热门行当是又佩服又嫉妒，黑伢有意无意间成了他的竞争对手。不过他已盘算好了与黑伢角逐的策略。他暂时还不想亮出公司的牌子招惹人眼，他料定黑伢还陶醉在成功的喜悦中没考虑下一步棋的走法，他要趁其不备悄悄抄后路，包揽服装一条街店老板们的仓储和后勤地点。从这个角度而论，黑伢搞成服装一条街反而扩大了他建桥的经营范围，将给他建桥正在筹备中的公司带来可观的收益。他仍然瞧不起黑伢这个暴发户。

他十分惋惜地对援朝说："黑伢到底还是眼光短浅，脱不了小家子气。你看他搞成服装一条街却拱手让给别人经营，不过赚了过手钱。如果是我就不出租门面，我搞承包经营。这盘棋走下来，明明应该是连锁店甚至集团公司的路子，却被他走得一塌糊涂！糟蹋了糟蹋了！"

建桥扼腕叹息。

9

汉生正在洗尿片，边洗边问白伢："我昨晚压在枕下那本书你收到哪去了？"

木屋东巷的街坊，恐怕唯有汉生一个人我行我素。上班下班，洗尿片引伢玩，读书写字睡觉，这些构成他每天活动的全部内容。除此之外，木屋村发生在他眼皮底下的那么多热闹事，他竟连眼睛也懒得眨一下。

白伢说："汉生，我们也把堂屋租出去吧？"

"总共才巴掌大一块地方，连自己住都不够，何苦为了几个钱租出去？"

"你没听说？以后拆迁了分的新房子要交不少钱哩！"

"车到山前必有路。木屋村不靠租屋谋生的街坊还是多数，他们总不能拆了老百姓的房子又让老百姓住不起还建房吧！再说，我们两人好歹都有单位有两份工资，比好多更穷的街坊强些……我们莫羡慕别人把屋租出去了，说不定别人还羡慕我们不寄人篱下不挤得贴在墙上呢，赚点钱不如住得自在！"

白伢便不敢吭声了。

过了一阵子天气渐渐冷了，白伢便将偏厦里烧火做饭的煤炉移进堂屋，说孩子怕冷，屋里有个炉子暖和多了。汉生晓得白伢打的么主意，他有些恼怒，但想想又忍住了。

白伢见汉生不训斥她，就自作主张把偏厦租给正街一家店主堆货。那偏厦搭在大门左边，遮蔽了窗户。说起来是多年以前的事了，那年木屋村街坊为了扩大拥挤的居住空间，纷纷拆了墙板朝街面推进，又在屋檐下搭偏厦，越搭越远，几乎要占满巷道。消防中队说，再不制止的话，万一失火连消防队员都进不去了。街道办事处便出面制止，沿着巷道划界线，凡过线的一律拆除。那时汉生年幼，汉生的姆妈没有费事拆墙移墙，只搭了间偏厦。这样偏厦就没过线，总算保住了。偏厦不足4平方米，租它的店主在里面搁个到顶的货架，倒也塞进不少货品，进货出货比租间堂屋还方便。店主提出月租金200元，白伢二话不说就同意了。

汉生下班回来，见偏厦已租出去了，他不说什么，只叹了口气。汉生看似对周遭一切变化漠不关心，其实他常常在夜深人静时分出去散步，沿着正街大道两侧边走边看，又穿过东巷到服装一条街踯躅。这时喧嚣的人声基本消寂，猩红艳绿的灯火也大致熄灭，木屋村暂时回归往日的宁静和安详。汉生想，是夜色暂时保存着木屋村残留的最后几分质朴和真实面貌吧？夜色是黑暗的，而黑暗有时比光明更重要，没有黑暗，人类就无法消除光明带来的疲劳和烦躁。他想起白天读报读到的一条新闻：被男友用硝镪水毁容的女青年，面部被烧成狰狞可怖的模样，双眼虽然侥幸未烧瞎，眼皮却烧光了。白花花的光亮钢针一般刺着她的眼睛她却无法闭眼躲避。那可怜的姑娘，就是夜里也只能眼睁睁地干瞪着两颗眸子无法眨一下，不得片刻安宁。汉生想，她还不如像赵瞎那样没有眼睛的好啊……想到赵瞎，他便听见一缕二胡声隐隐约约地传来，他驻足辨别琴声的方向，那声音却游移不定，忽而在正街大道北端，忽而在服装一条街通向的纵深处，似乎被什么堵塞，无法像从前那样随意在木屋村的街巷悠悠流淌。汉生叹息一声："木屋村的淡泊和宁静是荡然无存了！"在他看来，木屋村的街坊都染上了一种浮躁的毛病，心理都有些变态，处于一种虚妄的迷幻中。他们不惜牺牲切身利益去换取些许浮财，以为这样做可以摆脱贫困，结果，反而失去了木屋村居民固有的一种富裕。那种富裕具体是什么汉生也说不清，他想可能与安逸和善良有关。他回忆起莫师傅一副铁砚一杆铜管狼毫写遍木屋村千家万户的楹联，回忆起氤氲在巷道的路不拾遗、夜不闭户的淳朴民风，回忆起安贫乐道的姆妈，姆妈那一嘴钢牙曾泰然地嚼碎多少人间苦难……

汉生在夜色中久久地踱步，他似乎是在用步幅丈量着木屋村残存的地盘，从中寻找一小块封闭在自己心中的乐园。

10

与汉生在夜色中的行踪相似的还有一人，此人便是重任在肩的摩天集团武汉公司的新任总经理朱明。

朱明常常在夜深人静时分独自驾驶他的桑塔纳悄无声息地滑进正街大道。他将车子停在不引人注意的地方，下车步行，沿着正街大道两侧来来回回地走着观察着。自从黑伢强行筑路搞服装一条街那天起，他就不断责备自己大意失荆州，尽管他已亡羊补牢，通过规划、城建部门重新颁布了限制在正街大道以东木屋村范围内开工新建筑的具体条款，复印几百份贴遍每一条街巷，但他仍不放心，警觉地注视着木屋村蛛丝马迹的动静。

夜色中，高墙上的铁丝网给人一种森严恐怖的感觉，朱明每每投目望去心里便有一种不安。他告诉自己："这种封锁割据局面是不正常的，必须尽快清除瓦砾，破土动工。只有新建筑的桩基打下去了，正街大道以西的地盘才算牢牢掌握在手中。"

朱明驻足久久凝视着正街大道以东模糊一片的木屋群落，心情极为复杂。他出身富裕家庭但他不是纨绔子弟，对老百姓的疾苦他还是有所耳闻有所目睹的。可是第一次深入进去看木屋村人的生存环境时他还是大吃一惊，想不到城市贫民窟的芸芸众生竟是这般艰难地活着。他认为对木屋村的拆迁简直就是造福一方的慈善事业，但拆迁过程一波三折的事实告诉他，拆迁也好比恶作剧的顽童捣了鸟儿的老巢，惹得老鸟惊恐雏鸟惊慌。唉，覆巢之下无完卵哪！木屋村人怎么就不明白，大规模改造旧城区，是改革开放的必然趋势，是城市发展的必由之路，是最终符合他们这些普通市民的根本利益的啊！

朱明走近他的桑塔纳，拍拍在昏黄的路灯映耀下反射出幽蓝光泽的车篷，仿佛拍着他心爱的坐骑："伙计，身为总经理你可是重任在肩哪！木屋村人已由拆迁伊始的惊喜或者惊慌，改而处变不惊了。拆迁暂停造成半壁江山对峙的局面实在是始料未及，商潮泛滥几乎使每户拆迁对象成了割据一方的据点，下一步的拆迁就是一场攻坚战……"

桑塔纳倏地一窜，消失得无影无踪。正街大道旁最后一家守舞会散场食客的酒店也打烊了。已是下半夜，木屋村终于真正沉浸在拂晓前的黑暗中。在这没有任何人倾听的时刻，偏偏赵瞎的二胡声清晰地拉响。看来唯有他的二胡曲调不受正街大道分割线的影响，信马由缰似的，在木屋村的东西南北游荡……

第九章　明　　天

1

拆迁事宜在一波三折中终于得到了圆满的解决。两年后，阳春三月的一天，原木屋村东边几十条巷子的街坊喜气洋洋地去领钥匙。从各处过渡房赶来的街坊们都穿戴得格外体面排场，互相寒暄着，立在正街大道旁指点着东边工地正在施工的建筑感慨一番，便又互相邀约着，三五一群往旱码头小区而去，一路谈笑风生，都说苦尽甘来，昨天夜里睡觉做了一场好梦，在梦中一笑笑醒了再也睡不着。

旱码头小区锣鼓喧天，一派节日气氛。小区西北端十几栋高楼披红挂彩，这便是安置木屋村东边拆迁户的还建房。摩天集团按时兑现承诺，只用两年就顺利建成全部还建楼。公布分房方案时虽然有过纠纷也很快圆满解决了。总经理朱明一高兴，趁机大张旗鼓做广告，不惜耗费资金升起十只大气球，在气球下拖曳的巨幅飘带上大做文章。街坊们仰望着天上那向拆迁户表功讨好的标语，嘻嘻哈哈地说："看哩！吹牛皮都吹到天上去了！"

赶来拿钥匙的街坊们更感兴趣的是摩天集团搞的现场图片展览。那朱明也是个有心人，待木屋村东边街坊搬迁走空后，抢在拆毁前叫人拍下旧街巷的图片资料。现在将这些资料底片冲洗放大后，那照片内容看上去简直就像万恶的旧社会了。一帧帧黑白照片上尽是些歪歪斜斜腐朽破败的低矮木屋。由于都是特写镜头，加之拍摄角度的选择、画面的取舍和背景的烘托，使照片上的木屋村景象较之两三年前真实存在的木屋村实况更惨不忍睹，给人一种人间地狱暗无天日的印象。图片展览采取了强烈的对比手法，极具教育意义和说服力。在几十幅黑白照片之后又排列出几十幅彩色照片，照的是旱码头小区还建楼群的全景鸟瞰、主楼巍峨挺拔的仰视镜头和各种多侧面多角度的远景近景镜头；室内镜头是在先期迁入的木屋村西边街坊家中拍的，当然是挑选的一些住房宽敞、家境优越富裕的拆迁户。从拍出的照片看，室内都经过豪华装修，家具都是中高档的，看上去居住条件真是舒适温馨、赏心悦目，叫人疑心那不是还建房，而是人间天堂。街坊们沿着长长的图片走廊走着看着，指指点点，左顾右盼，如入梦境竟有恍若隔世之感。街坊们中有些婆婆妈妈就看得直抹眼泪，嗫嗫地说："一步登天了，一步登天了！"这些展出的照片都有出售的，十几张一组，有好几套任人挑选，街坊们纷纷掏钱购买，说是要留给没有在木屋村住过的儿孙们作个纪念……这些感人至深的场面，被摩天集团邀请的报社和电视台记者一一抓拍。

汉生和白伢牵着他们的孩子明天仔细观看着那一张张黑白照片。明天的眼睛好尖，竟从一张照片中辨认出自家的老木屋。那是一张表现旧巷道狭窄拥挤的照片，从木屋东巷东头巷子口向西头拍去，照片中两排相对的木屋像养鸡场的两排木栅格鸡笼，空无一人的逼仄巷道显得无限漫长，延伸到背景处一线灰蒙蒙的天空上。汉生的姆妈遗留给汉生的那间老木屋，只在照片上露出极小的一个门框。汉生便叫白伢去把包括这张照片的图片买了一套，当即扔了几张没有必要保留的彩照，只将黑白照片留着叫白伢好生收藏。

2

援朝如愿搬迁进了与跃进分开的一室半厅新居，分给他的楼层也不错，是五楼。他一打听，一般拆迁户凡没有老人没有残疾人或没有特殊关系的都没有分到像他这么理想的楼层。援朝心里高兴不过，便发起举办流水宴，邀请原木屋东巷的几家近邻建桥、汉生、黑伢、防汛、搬运等街坊加入，各家轮流宴请街坊一次，由他家起头。

援朝对众街坊说："既算是乔迁之喜，也算是老街坊叙旧话别吧！今后住单元楼房就不比往日住木屋村街道闾巷了，只怕再不会有近邻间朝夕相处的亲热了！莫说都隔远了，住这种单元房有些丑规矩，就说楼上楼下当门对户吧，也不兴串门的，大门日夜关闭着把人情都关死了……"

援朝说得很是诚恳在理，众街坊欣然赞同。建桥和黑伢因等待在原木屋村就地安置，还建房还没分到手，两人都说暂且将这份人情欠着，不久后也乔迁了就补请诸位。两人还争起先后顺序来，最后说好，届时由黑伢先请客，由建桥唱流水席的压轴戏。

到了援朝请客那天，满堂宾朋，唯独搬运缺席。援朝很奇怪，那天搬运主动来帮援朝搬家盘东西时满口答应今日要来赴宴的。援朝便亲自去接，搬运分的还建房只隔援朝家几栋楼，援朝很快就找上门了，可是搬运家的门上挂着一把锁。

轮到汉生宴请时，他还想多请几个老街坊。头天晚上，他先去请赵瞎。赵瞎的还建房分在底层，原本分了一室一厅的，因赵瞎是木屋村所有拆迁户中唯一交不出房款的，摩天集团拆迁还建办公室便与赵瞎商量，将有12个平方米的卧室挖走8个平方米给隔壁邻居，由邻居代他交房款，赵瞎说他无所谓。这样赵瞎就只有半室一厅，那间剩下4个平方米的卧室勉强只能搁一张床，不过赵瞎一个人也够住了。汉生敲门的时候赵瞎正在室内拉二胡，敲了半天总算敲开了门，赵瞎却婉言谢绝了邀请，他托词说他脾气丑脸相又难看，担心有的客人见了不高兴，不如不去免得弄得庆宴上客人们不愉快。汉生再三诚邀，赵瞎再三婉拒。

汉生失望而归，叫白伢去请莫婆婆，他再去请搬运。搬运也是住的底层，远远地汉生就听见他在家里号啕大哭。汉生大吃一惊，以为出了什么意外的事，急忙跑去敲门。那门虚掩着，推门进去一看，搬运正空坐在饭桌前手握着一只酒瓶喝寡酒，边喝边嚎。汉生问他劝他他都不理，汉生便去他的厨房，想找点花生米之类的东西给他下酒，厨房里冷锅冷灶，碗柜里空空如也，只有一摞蒙了灰尘的碗。汉生不信这个家里就找不出一点吃的东西，又去卧室找。搬运分了一室半一厅，汉生先去那间大卧室，只见床上一个骨灰坛子赫然入目；他急忙退出来，又去那半间小卧室，走到门口他就打住了，小卧室也搁着一张床，床上摆着另一个骨灰坛子。汉生便晓得别无他事只是搬运又怀旧伤心了。汉生想想便出去买来一袋花生米递给搬运，搬运这才开口问汉生来意。汉生刚说完请他明天赴宴的意思他就谢绝了，他说自从一搬进还建房他的心情就不好了，孤零零一个人住这么好的新房子实在没得意思。他说："汉生，你看看我分的这房子只怕比你分的房子还大一点吧？要是独蒜还在几好！他住那间大室，我和独蒜的姆妈住这半间小室也够了。他要结婚我就把客厅都给他用，我这半间房还可以搭暗楼放东西……难怪别个说触景生情，我看了这新房子就伤心！我不想落这个屋，一天三餐都在外头吃。前几天来人登记要安装管道煤气、有线电视，我统统都不要！我只晚上回来睡个觉……汉生，我实在没得心思参加援朝说的乔迁宴，实在对不起……"

汉生怏怏不乐地回家，才晓得白伢也没请到莫婆婆。贼婆抢先一步跟莫婆婆说好明天请莫婆婆到她家做客。贼婆对白伢说，她担心莫婆婆明天到汉生家里发了魔气连累汉生和白伢招待不好客人。汉生早就叫白伢也请了贼婆的，贼婆说算了她明天不来，说一则她都老掉牙了吃不得么东西，也跟年轻人谈不来；二则她明天也要待客，莫婆婆也是客人。

汉生听白伢一说越发蔫得打不起精神，他已然毫无兴致，如果不是考虑到多数客人已应邀准备出席不能失礼，他真想取消明天的所谓乔迁宴。

第二天，汉生苦脸打作笑脸请客。幸亏白伢提前三天准备，鸡鸭鱼肉、干货青菜都已做成半成品了。客人到齐不多时，一桌丰盛的酒席便整好了。这时忽然来了两位不速之客，大业务和小业务一前一后赶到，埋怨汉生不通知他俩，并责怪众人将他们兄弟二人排除在外分明是瞧不起人。

众人便纷纷解释道歉。两个热闹人一来，客厅气氛顿时活跃起来，客人们都很快活。汉生见时辰不早了，就请客人入席。酒过三巡，汉生忽然来了酒兴，起身向各位殷勤劝酒，提出他分别与援朝、建桥、黑伢、防汛、小业务、大业务等人干杯。这些街坊都晓得汉生并无酒量，便劝汉生慢慢喝，汉生哪里肯依，说他不干杯不足以尽主人之谊，而众人不干杯不足以喝出乔迁宴的气氛。白伢担心汉生喝伤了身体，也从厨房里跑出来好生相劝，却被汉生瞪眼叮斥了一顿。汉生执意要喝，客人们也不好驳了他的面子，只得由他一口气灌了七八杯白酒。

汉生昨晚与白伢商量好了，今天在客人面前只字不提他昨晚去请客的事，免得大家扫兴。哪晓得他今天喝酒过量管不住自己的嘴巴，席间他就把昨夜如何连请三位老街坊都未请到的事一五一十都说了。尤其说到搬运时他悲怆不已，客人们听了心里都很难受，长吁短叹，席间气氛陡然沉闷起来。大家都感到心里烧不过，都觉得酒性太烈太辣，喝不下去了。

汉生却越喝越起劲，他又提议今天出席的各位街坊分别敬未出席的三位街坊三杯酒，说着他连着自斟自饮了三杯。见各位都犹豫着不端杯子，他忽然泪流满面，慷慨激昂地问："今日不醉，更待何时？"

小业务率先响应，他连饮三杯后又拍案而起："在座的哪位不喝？不喝的我都代劳了！"

经汉生这么一激将、小业务这么一催促，在座的酒兴都被撩拨起来了，能喝的不能喝的都豪饮一气。汉生高兴得手舞足蹈，连声催促白伢赶快下楼去再买几瓶酒来。

结果客人们个个喝得酩酊大醉，才摇摇晃晃地告辞了。

醉得最厉害的是汉生，客人们一走他就歪倒在门口，白伢费尽九牛二虎之力刚把他弄到床上，他就翻肠倒肚呕吐起来，吐得床上地上尽是秽物。

汉生醉得大病一场，三天三夜趴在床上起不来，折磨得自己本来就瘦得没得一点肉的脸简直像一个骷髅头了。

3

汉生的还建房分在九楼，这是他自选的楼层。

当初分房方案第一榜公布后又闹起风波。还建房清一色是九层楼，据说按有关规定一般居民住宅楼不得高于八层，超过八层的属于高层建筑就必须安装电梯。安装电梯成本就高了而且还挤占很大的建筑面积，所以建设单位一般不轻易将居民住宅建成高层建筑。但近来有些房地产开发公司为了尽量增大建筑面积，就突破规定在八层之上多建一层，有关部门也睁一只眼闭一只眼默许了。而九层楼房往往有九层半高，那些靠近大道便于经商的地带，九层楼的一楼二楼往往建成了商场出售或出租，商场的一楼空间相当高，三楼以上的居民无形中就多爬了半层楼梯，爬顶楼的更是气喘吁吁如爬天梯了。摩天集团公布分房方案第一榜后，那些分到顶层要爬九层半楼梯的拆迁户就不愿意去住，吵吵嚷嚷扬言要告状扯皮。朱明这回采取息事宁人的态度，他下令拆迁还建办公室采取奖励办法鼓励拆迁户自愿住九楼，或减交几千元房款或增大半间居室面积。汉生原应分得一室一厅还建房，他被那半间房打动了心，他梦寐以求的就是有一间单独的小书房，便与白伢商量，说他们还年轻不怕爬楼梯，又说顶楼也有优点，最高最安静，视野也更开阔。于是汉生就搬上了九楼的一套一室半一厅，他为占了个大便宜庆幸不已。

不久汉生就有些后悔了。其实九楼的视野也不开阔，楼房之间距离太近，从前排楼房的阳台上伸出一根晒衣篙子差不多就可以搭到后排楼房的阳台上。汉生立在阳台上不敢望正前方，正前方除了几乎伸手可及的层层阳台排排窗户一览无余之外，总是望见一些不该望不愿望的东西。阳台和窗户本是千篇一律、毫无特色的住宅楼仅有的一点景致，多少可从单调刻板、死硬僵直的墙壁缝中透出一些生气和色彩，夸张地说，这一排排一幢幢钢筋水泥构筑的、几何模块堆垒的、牢笼一般组合的居民住宅楼，门的功能已经退化、萎缩、扭曲了，倒是阳台和窗户成了麇集在庞然大物躯体上的寄生虫一般的居民与天地沟通的狭窄通道，为生命承接些许可怜的阳光雨露和空气，所以阳台和窗户倒是住宅楼上一道道耐看的风景。遗憾的是楼群高度密集，两楼之间的阳台和窗户挨得太近，两相对望没有起码的距离美可言，就望出一些尴尬、一些丑陋甚至望出一些龌龊来。比如望见对面阳台上晾出的一条未洗尽的内裤就大煞风景，望见对面男女在自家窗内坦然地半裸着就自我责备望得非礼，而偶尔望见对面楼下一家正在临窗桌前清点钱财那就心虚地怀疑自己是一双贼眼了。拆迁户搬进旱码头小区后已发生一桩盗窃案件，一对刚迁进新居的年轻夫妇大白天关在室内清点从银行取回的 5000 元现金，打算第二天去买一套时兴的橡木沙发，不料被对面楼上一双贼眼瞥见，当天深夜有人攀爬窗台潜入室内盗走那笔现金。此案侦破后，楼房居民纷纷在阳台和窗户上安装防盗网，纵横密织的钢筋铁条使直线加方块隔成的间间民居更像铁牢，将住宅楼唯一可称道的窗台风景破坏殆尽……汉生立在阳台上不敢朝正面望就朝左右两侧望，探头望去会产生一种错觉，仿佛置身于深山峡谷，两侧整齐排列的栋栋楼房像是悬崖峭壁，仰头只见一线天，而俯首但见两楼夹逼之下几无容身之地。据说国家对楼房建筑之间的距离也有明文规定，但是这一规定并未得到严格执行。城市人口实在太拥挤了，城市土地实在太狭窄了，在地价飞涨、寸土寸金的今天，许多高层建筑物之间都是取的最小间距，那些房地产开发商人更是投机取巧突破最小间距的规定蒙混过关。摩天集团建造的这十几栋还建楼的间距肯定在报批的图纸上做了手脚。当然汉生后悔不该住九楼并非嫌视野不开阔，相对而言顶楼的采光通风条件较楼下几层还是要好一些。

汉生一向有散步的习惯，如今高楼难下，他就爬到楼顶平台上去散步。这里的高度相当于十楼半，朝底层望去时汉生有许多新奇甚至惊人的发现，似乎这时眼睛不属于他自己了，他感觉他是在借一双天眼看地球环境和芸芸众生。他看见地面的大道像夹在建筑物缝隙中隐隐约约的阴沟，而道路两旁的树木像勉强依赖在沟旁求生的低矮的灌木丛。除此之外，满世界尽是些争高比低的建筑群，像一种疯狂生长的奇怪植物，光秃秃的毫无枝蔓却葳蕤无比，已见缝插针地将城市地盘挤占一尽。在赫然入目的建筑群的褶皱缝隙里，人群固然极多却比侏儒更矮小，像猫狗走兽甚至像爬行的乌龟和蠕动的蚁群，远不如从建筑物顶上掠过的飞鸟灵巧自在。汉生想，原来人类在自己建造的高楼大厦的夹挤压迫下竟显得如此卑微渺小！

汉生后悔不该贪得半间屋选住九楼，主要是顶楼顶着强烈日光暴晒无可躲避。楼顶平台上半尺空隙的隔热层在武汉这种气候的城市只是聋子的耳朵摆设而已。汉生的房间位于顶楼最西端，从中午到下午受到头顶和西、北、南四面火墙夹击，高高楼顶又无一片树叶可以遮荫，房内便如炉膛，尚未进入酷暑期就热不可耐了，而八楼以下凭借头上一层楼作隔热层就好受多了。汉生看到明天已焐出满身痱子，后悔不迭。

4

转眼就进入高温热浪期，汉生的顶楼住房更犹如火坑了。加之这几天停电停水，四楼以上断水源，连楼顶水箱的水也用完了。汉生见家里已无法容身，厂里也只上半天班，他索性告假几天，每天早晨带着明天逃遁到公园去，直至夜晚公园关门再回家。

公园已人满为患。其实公园也热，当热浪袭来时，这座城市已无处躲藏。公园只是有一些绿荫，可以庇护人们暂避强烈日光的直接辐射，绿色屏障较之炉膛似的钢筋水泥墙壁毕竟给人一种清凉的安慰。可惜的是公园树木太少，原有的一些杉树林多半被砍伐辟作玩起来惊险万状的钢铁机电玩具场所了。所剩无几的杉树，这几天每一株都成了救命树，老人们倚靠在树根摇着折扇苟延残喘，青壮年则在两树之间系起网绳吊床，将身体蜷曲在床网里一动不动打发难挨的炎夏时光。这种原始的网床是近几年才流行的。汉生放眼望去，满公园每一棵树下都吊着网床，网床里缠裹着扭曲的人形，看着人们的这般无奈情状，汉生哑然失笑又黯然神伤，他油然联想起树上的爬虫类，那些毛毛虫的归宿也是蜷曲在一片败叶里用丝网缠裹住自己，吊在树下随风摇晃。

汉生带着明天跑遍武汉几大公园，总觉得偌大个公园却难觅一小块清静纳凉的绿茵草地。父女俩便一天换一个公园，最后找到汉阳动物园，明天高兴汉生也还满意。这里野趣盎然，不仅有飞禽走兽可供观赏，而且树木草地多一些人群少一些。他俩便接连几天到动物园避暑，每天早早就来，寻至杉树林间僻静处，将一卷折叠凉席往草地上一铺，父女俩各据凉席两端盘腿而坐，各看各的书。明天看书看厌了便扔了书自去观看动物。这时汉生便有了难得的自由自在，他仰躺在凉席上看书，看倦了便睡睡醒了再看，肚子饿了也懒得起身，由明天去买一些饮料面包来充饥。野餐过后他才将凉席让给明天睡觉，自己只占了凉席一角倚靠着树干坐着守着，像个守护神。这时日正中天，阳光最是毒辣，杉树林间也照射进来一束束炽白耀眼的热光，不过阳光毕竟被杉树林过滤了，筛得斑斑斓斓、零零碎碎。林间总有几丝风轻微拂过，虽是热风，却也拂得树影婆娑，使得林间父女心里感到几分清凉。

最后一天逢白伢厂休，汉生一家三口便一起到动物园避暑。明天一手牵着汉生一手牵着白伢，蹦蹦跳跳，高兴得不得了，以小大人的口吻宣称："今天的游园活动由我安排，爸爸妈妈都得听我的！要不然我就学爸爸当懒虫，躺在凉席上看书睡觉。爸爸妈妈去玩你们的，我不当你们的小尾巴！好不好?"汉生和白伢都被她逗乐了，白伢一向宠惯明天，连忙说："可以可以，一切由明天当家做主!"
"妈妈同意了，爸爸还没表态呢!"汉生只好笑着说："那么好吧，今天就反过来大人听小伢的吧。"明天便学着幼儿园老师的语气说："今天不准单独活动！上午爸爸不能当懒虫，要陪妈妈参观动物园；中午野餐时妈妈给爸爸开禁，让爸爸喝一瓶啤酒。"小明天真是人小心大，既照顾妈妈又袒护爸爸。原来汉生自上次大醉一场后发誓再也不喝酒了，白伢顺水推舟说要监督他戒酒，他果然滴酒不沾。其实明天晓得白伢并不反对汉生喝点啤酒，是汉生自己将啤酒也列为禁品，她故意这么说是为了给汉生台阶下，可见明天确实有鬼心眼。

今天小明天真正的鬼心眼是打下午的主意。上午汉生和白伢问她下午的活动安排，她扑闪着黑亮的大眼睛神秘地说："现在还不能说给你们听！"

中午在草地上野餐过后，汉生和白伢就叫明天躺在凉席上午睡。哪晓得明天假寐了片刻就突然爬起来宣布下午的活动是游泳，说着她就自己动手卷席子，不等汉生表态就提醒道："大人说话要算数！今天一切听从我的安排！"汉生这才明白明天用了一番心计。明天出世以来从未下过水，去年热天她就吵着要汉生带她去游泳。今夏这些天到处逛公园，她看着在游泳池嬉戏的儿童羡慕不已，多次吵嚷要下水，汉生总是不答应。汉生也晓得孩童天性喜欢水，但他无意中听厂医说过，游泳池藏污纳垢传播病菌，很多少年和成年人的疾病实际上都是从游泳池感染的，汉生便不敢带明天去游泳池。他一度萌起过带明天到汉江去教她游泳的念头，后来又听说现在血吸虫死灰复燃，江河里钉螺泛滥，他就赶紧将这个念头掐灭了。现在汉生为难了，他想板起脸一口拒绝，哪怕明天指责他背信弃义，可是望着明天那张天真顽皮的脸蛋他又有些于心不忍。

明天一边眼巴巴地望着汉生等他发话，一边将背在身后的手悄悄扯白伢的衣角，白伢便也以眼神向汉生求情。汉生的心便软了，心想自己是不是太谨小慎微太压抑孩童的天性了呢？汉生无奈地叹口气说："鬼丫头，我今天算是被你牵着鼻子走了！那好，就玩一次识识水性吧。下不为例！"

说也奇怪，明天一跳进游泳池真是如鱼得水，只扑腾了几分钟就浮得起来了，汉生大喜过望，就教明天学蛙泳、学仰泳。明天在水中尽情嬉戏了两个小时。

晚上一回家明天就病了。

5

当晚明天发烧，汉生以为她只是玩水着了凉，用体温计查烧才三十七度八，他就将家中常备的退烧消炎药喂给她服了，打算第二天早晨再送她上医院诊查一番。哪晓得服药无济于事，到夜里十时许，明天竟发高烧起来，体温剧升到三十九度，并开始说胡话。

明天说胡话说得稀奇古怪，室内明明没有一只蚊子，她却吵闹说有蚊子：

"爸爸妈妈快来帮我赶蚊子！蛮多毒蚊子围在我头上嗡！叮得我浑身是血！哎呀！怎么蚊子都钻进我的脑壳里去了呀？快点，快点帮我捉蚊子，蛮多，蛮多毒蚊子……"

汉生和白伢都慌了神。汉生抱起明天就奔下九层楼梯，白伢也撵下来，拦了一辆出租车疾驶医院。

送到医院后明天已烧至四十度，出现抽搐、休克症状。急诊室的值班医生也慌了神，他怕出意外，一边将明天送到抢救室紧急处置，一边打电话向住院部值班医生求援。汉生去办了交款手续转来，正听见满头大汗的医生对着话筒说，他有一种预感，他担心病人不仅仅是发高烧，他感到需要帮助。汉生听了不禁打了一个寒战，他急忙奔至抢救室，见白伢紧紧握着明天的一只手，他也连忙伸出他的手，加握在那两只手上。

那些医生一般情况下对病人爱理不理、磨磨蹭蹭，你急他不急，而紧要关头抢救危险病人却是争分夺秒的。片刻时间就有好几个医生护士急奔而至，紧紧围住明天的病床动用了各种抢救设备……

医生抢救到天明，明天的病情并无好转，青霉素红霉素等各种消炎杀菌药剂都注射过了，可是明天仍然高烧不退，已处于深度昏迷状态。医生一边将明天转到住院部继续救治，一边就下了病危通知单叫家属签字。汉生当即就吓呆了，愣怔地望着医生不知伸手去接，而白伢像是吓疯了，一把抢过病危通知单撕得粉碎，接着尖啸一声就昏厥过去了。医生又七手八脚去抢救白伢。

这时一个护士长拿着一张重填的病危通知单过来，递给汉生说："现在还在全力抢救，要说没救了还为时过早。不过医院哪怕做个阑尾切除手术也要病人家属签字的，这只是例行手续，希望家属理解。现在家属绝对必须冷静，因为只有冷静才能紧密配合医生的抢救。"

汉生听了默默点头，接过那支重如泰山的圆珠笔，咬咬牙在病危通知单上签了字。这时汉生忽然有了一股莫名的勇气，他相信明天必将战胜病魔，此刻明天肯定正在心中一声声呼唤他！他想该到了他准备为明天付出一切代价直至自己生命的时候了……

汉生飞快地冲出医院，在门口找到一个电话亭，急急忙忙打了几个电话，又飞快地奔回医院，找到护士长说，他迫切要求立即与主治大夫见面。护士长说，主治大夫正在找汉生呢。主治大夫就是昨夜的值班医生，他叫汉生详细复述一遍昨天发生在小明天身边的一切。汉生便描述了明天高烧时说的胡话，医生听了若有所思。汉生再说的一些不惜倾家荡产为女儿治病的话，他听得无动于衷。

快到中午时，汉生厂里工会来人，送来一张空白转账支票，厂里职工家属的对口医院在武昌，对口医院不同意将记账联单转院，幸亏汉生上个月刚从车间工会调回厂工会了，是工会主席亲自与计财处处长交涉才破例要到一张支票。

这时黑伢也气喘吁吁地赶来，见面就递给汉生一个鼓鼓囊囊的黑皮包："这是5万元。我本来早就赶到了的，银行提不出这么多现金，说要等到下午，我等不得跑到汉正街找做生意的朋友拿了这笔刚收到的货款。"

汉生这回毫不客气地接过皮包："黑伢你放心，这些钱我拿房子和家当抵押，迟早要还给你！"

黑伢听了勃然作色道："到了这种时候你还说这些鬼话！你当明天是你一个人的？明天也是白伢的！明天也是我这个当舅舅的！"黑伢说着竟唏嘘起来："我到现在也还是单身一人，要那多钱做么事？哪怕把赚的钱都花在外甥身上我也情愿！我已经跟银行打了招呼，明天早晨给我准备10万元！我说你们要是再说提不出现金我就把银行门砸了！"

汉生感动得两眼通红，深深责备自己对黑伢成见太深，平素对黑伢的态度太苛刻了些。他连忙说："暂时有这5万元就够了，厂里已送来一张支票押着。你再莫忙到银行取款。"

"不！钱越多越好！我们要把钱堆在医院里，好让医生放心大胆地抢救明天，舍得派最好的医生用最好的药！"

正说着，援朝、建桥、小业务、大业务、防汛等人都赶来，搬运也搀扶着哭哭啼啼的贼婆赶来。

援朝不待汉生询问就说开了："我已经托人给院长打了招呼。院长说今天早晨就成立了专家小组，他亲任组长。他说上午正在打电话邀请各大医院的专家教授前来会诊，估计下午都会赶到，看来医院会不遗余力抢救的。汉生你千万要挺住！我相信明天会转危为安的！我把话说直点，倒不是医院把一个普通小姑娘伢的性命看得蛮值钱，现在的情况是这家大医院对明天的病例很感兴趣，院长说他们要把这个病例当课题攻关，所以医生会千方百计抢救的！"

众人便问汉生明天的病情究竟如何，汉生沉痛地摇摇头："我也说不清楚，连医生都说不清楚。医生说，明天游泳着凉，上呼吸道感染，这只是诱因，诱发了一种奇怪的病症，现有的药物都无效，病因不明就无法对症下药。今天上午医生只能反复给明天做物理降温，再就是输液输氧。现在正在观察、化验，连我和白伢都被抽血化验了。医生已经反反复复把我和白伢的祖宗三代都问遍了，据说已经排除了遗传方面的原因……"

贼婆由搬运搀扶着去看白伢，不一会儿白伢跟着贼婆一起从观察室出来，两人又哭闹着要去看明天，可是明天正在层层屏障之内的抢救室，汉生几次尝试着闯进去都被挡住了，她们又如何进得了？

汉生看着白伢痛不欲生的凄惨模样，他反倒异常冷静了。他果断地拜托黑伢将白伢和贼婆一起接回娘家去照护，又拜托小业务关照朋友照看一下他的家门，再拜托防汛这几天每天给他送一次食物以便他节约开支，最后他拜托援朝和建桥随时帮他访医问药，给他提供信息拿主意。

黑伢提出由他换汉生回家休息片刻，街坊们也说大家都可以轮流来医院护理。汉生坚持不从，他说："此时此刻我岂能离开半步？我现在所能做的，就是让明天晓得我分分秒秒守在她身边！"

汉生便日日夜夜守在医院，在焦虑、痛苦、恐惧中煎熬，熬得脸色灰白、毛发蓬乱，像个狰狞魔鬼。

6

会诊仍诊查不出明天的确切病因。专家小组借用目前全市一流的医疗科研设备对明天全身心进行名目繁多的检查，借助于计算机也是枉然。专家们只能凭多年临床经验和近似病例资料分析判断说，病人身体极有可能受到一种放射性元素的辐射，而这种侵害肌体的放射性元素究竟是什么物质目前还无法确认。由于明天的症状并非简单地表现为器官或血液方面的毛病，而是整个生命运行系统的正常节律被莫名其妙地干扰破坏了，医生已经束手无策。

当主治医生把这一切坦率地告诉汉生时，汉生又想起明天突发高烧那天说的胡话："爸爸妈妈快来帮我赶蚊子！蛮多毒蚊子围在我头上嗡！叮得我浑身是血！哎呀，怎么蚊子都钻进我的脑壳里去了呀？快点，快点帮我捉蚊子，蛮多，蛮多毒蚊子……"

汉生恍然大悟：原来这是明天在向他呼救呀？他痛斥自己失责，播种了生命的种子却不能保护她成长！他痛恨现代高科技医疗设备的无能，它能将人体内脏窥透到纤毫毕露的程度却残忍地听任生命死去而无可挽回！

汉生祈祷上苍给他以拯救明天的力量。忽然，他的眼睛似迸射出超人的视力，他果然看见了明天诉说的那些毒蚊子，原来它们有着合成塑料的翅膀和金属尖喙，它们可以变形而且隐身有术，它们像穷凶极恶的轰炸机群，采用自杀式的疯狂手段向无辜而脆弱的儿童身体内俯冲……是明天以她的生命为代价首先鸣响了警钟！

援朝来说，北方某大城市发生过类似明天的病例，患者也是个小女孩，年龄稍大，是个小学三年级学生，救治结果如何还不清楚。他是听厂里同事说的，那小女孩有个亲戚在武汉，他已找到那个人。他说他已写信提出一系列有助于帮助抢救明天的问题请求回答，已经发出特快专递信件。

建桥来建议，他读报受到启发，是否可以借助大专院校的电子计算机终端，通过信息高速公路向全球发出求救信息，看先进工业国的医疗专家能否提出救治明天的医疗方案，说不定会有信息反馈。就是不晓得大学的计算机专家肯不肯帮忙。黑伢一听，立即拿了2万元现金交给建桥，催他无论如何快去联系试试。

黑伢又不与任何人商量，自行做主到电视台买了黄金段位30秒的时间，播出求医问药广告。一时间，好心人纷纷打来电话介绍名医良方，信件雪片般飞来。

搬运请来一个民间医生，那个到了耄耋之年的老者自称三代行医，他断言明天是中了邪毒，他说他有个祖传秘方，以蟾蜍即癞蛤蟆为药引，以毒攻毒，必可妙手回春。

贼婆从第二个碉堡处越过张公堤，到东西湖农村请来一个神汉，好酒好肉供在家里让他日夜作法为明天驱邪消灾。

小业务打听到一个功力超凡的气功师，把他请到医院的花坛里，对着抢救室的窗子发功。

……

这一切努力都是枉然。

明天昏昏沉沉睡了一周后，就永远地睡过去了。

明天再过一个半月才六岁半，刚刚到入学年龄，白伢已抢在汉生前头带明天去挑选了新书包。汉生也不甘落后，他让明天神气地背起书包，带她去买了一书包文具书本。这些都是白忙一场了，明天像是逃学似的，厌倦地扔了书包慵懒地睡去，她将一睡千年！

明天弥留的最后一刻，主治大夫让汉生进抢救室与明天诀别。任凭汉生千呼万唤、声嘶力竭，明天却听不见，她紧闭双目，紧皱眉头，像是沉浸在深深的思索中。

不过女儿对父亲的呼唤还是有心灵感应，汉生紧握着明天的小手，他明显感觉那软塌塌的小手渐渐地用力了，渐渐地反握住他的手，直到海枯石烂、天塌地陷的那一黑暗时刻，才恋恋不舍地松手。

汉生却不松手，他扑通跪倒在明天的病榻前，死死掐住明天手腕上的脉搏，愚蠢至极地说：“明天！我求求你！求你让我把我的生命传导给你！你接住啊你接住啊！”

在场的医生护士无不摇头叹息。

7

当晚汉生企图割腕自尽。

下午明天的遗体送到太平间后，汉生就痴痴呆呆地坐在太平间门口不走。街坊们强行将他护送回家，并分工轮流守护他，是怕他一时想不开发生意外。当夜下半夜轮到建桥值守，建桥心细，他见汉生闭目躺在床上，也不知睡着没有，而他自己也哈欠连天，他想伏在客厅的餐桌上打个瞌睡，便悄悄将室内外一切不安全的东西仔细收捡起来，又将桌子移到房门口，这才坐下来以手枕头伏在桌面上。迷迷糊糊中他听见汉生翻身的声响，他不放心，就起身去看，一看大吃一惊，汉生已割破了左腕的动脉血管！原来汉生拆卸了他为明天买的卷笔刀的刀片，幸亏刀片太钝，血管还没割断。建桥一把捏紧汉生的左腕，一手就拿起黑伢留在这里的移动电话呼救。

深夜在医院里，待医生说过汉生安然无恙了，建桥便将汉生狠狠训斥了一顿。建桥说："汉生，你不能当懦夫逃避你应负的责任！作为父亲你应当赶紧准备安葬明天！而作为丈夫你也不能不管白伢！白天我们怕你太伤心还没告诉你，白伢经不住失去明天的打击已经病倒了，她又像是小时候那回那样有些痴呆了，眼光发直眼珠子不会转动。你就这么撒手一走倒是容易，身后的事哪个管呢？光靠街坊朋友们怎么行呢？"

建桥一番话说得汉生如梦初醒，当即精神一振坐了起来。

这时天已亮了。

汉生不听劝告，坚决冒着酷暑将明天的遗体接回来，他说应该让明天先归家，然后再从家里送她远走天涯。汉生用艾蒿水为明天沐浴，这时贼婆扶着歪歪倒倒的白伢回来看明天最后一眼。白伢的眼泪已经哭干，她见汉生满脸肃穆，竟然不敢吵闹。她不声不响地帮着汉生小心翼翼把明天娇嫩的胴体抚洗干净，便找出留着给明天上学穿的新衣裙。这是一套鱼白色尼龙套装，仿西方贵妇人礼服款式，做工精细，是白伢狠狠心花几百元买下的，她给明天穿戴得整整齐齐，又给她梳头，将她打扮得漂漂亮亮。这时火葬场的灵柩车已停在楼下，准备将明天送去火化。

楼下传来灵柩车催促的喇叭声，街坊们便涌进房去，要将明天装棺抬下楼去。汉生突然改变了主意，他暴躁地将大家推出房去，关起门来，叫白伢将刚给明天穿上的新衣裙换下来。白伢奇怪地问："再给明天换么衣服呢？"汉生却不搭理她，他又开门出去对街坊们说："我不愿让任何可疑可恶的东西再挨明天的身体，我猜明天肯定也不喜欢穿戴这一身衣衫走！拜托街坊们到附近的农村里去谋几丈土棉布来，我宁可让明天裹着原色土棉布返璞归真，毫无疑虑地走！"汉生记得，他中学时代还穿过姆妈缝制的原色土棉布衬衫。小学时代学校要求学生统一穿白衬衫庆祝六一儿童节，姆妈没钱买白洋布，就用白坯子土布给他赶缝了一件，他还哭过鼻子。姆妈安慰他说："你不晓得土棉布有几好，又吸汗又透气。"他穿在身上果然很舒服。同学们的白洋布衬衫越穿越肮脏灰暗，而他的土棉布衬衫却越洗越白亮光洁，他一直很喜欢穿它。所以汉生现在突然记起了土棉布。

街坊们见汉生犯了倔，晓得劝也没用，只好一边拿一条烟下楼去稳住司机，一边分头去附近菜农村里挨家挨户询问。

过了一会儿几个人都空手而归，说菜农也早就不兴穿土棉布了，菜农说纺车和织布机都劈了当柴烧了。大家问汉生怎么办。

汉生听了很失望，他想想又说："也好，莫让这尘世的一切玷污了明天冰清玉洁的身体，就让她无羁无绊、自由自在地走！去买花来，让我们的明天拥着鲜花芳菲走！"

黑伢急忙赶到花店，将店铺所有的鲜花悉数买来。

汉生和白伢便用花草做衣裳给明天殓尸入棺。

明天的身体便和缤纷的花儿一起香消玉殒。

8

黑伢花一万元在云龙山为明天买了一块墓地。云龙山位于郊县，是近年新辟的一处公墓。如今这年月赚死人的钱是一个生意兴隆的门道，有位港商便来投资，和当地合资经营云龙山公墓。黑伢买的这块墓地，是用汉白玉雕砌的墓穴和墓碑，还用铁链栏杆圈护起来，墓前留有几尺摆满盆花的草地，可供亲友随时来默立哀悼。黑伢租了一辆面包车，把汉生、白伢、贼婆和几个帮助料理丧事的街坊送去看了墓地，一干人都表示满意，都说明天安葬在这里可谓是极尽哀荣了。

汉生却对这处墓地不满意。他说："黑伢，我很感谢你对外甥女的一份深情厚谊。可是我们的明天只是普通劳动家庭出身的女儿，是老百姓，是穷人子女，怎么能够把她安葬在这种极尽奢华富贵的地方呢？我怕她在九泉之下，也难得安息的！"汉生心里还有些话没说出，他看出这些汉白玉是人工仿制的，他不知怎么近来近乎本能地反感这些高科技假冒的玩意。他尤其看不惯这片在山脚平整一片的公墓，方正垂直如火柴盒式楼房的墓台墓碑，整齐排列在统一规划的方框里，远远望去像是一片现代化的高层建筑群。

黑伢未免有些恼怒："墓地我已经买了，难道还去退货不成？实话告诉你，这块墓是我加价争着买下来的。原价是八千，好几个买主都看中了抢着要，我把心一横开口就说：'我出一万买它，哪个再跟我争我就再加价。'这样才买到手。这里的墓地俏得很，一万以下的都卖光了。别个想都想不到，你还不要？再说贫家子女怎么就不能选一块风水宝地呢？难道穷人就是死了也只该当个穷鬼吗？我就是想把明天当小公主隆重安葬！这些天我一看到白伢就想起明天就伤心，你看她们两个长得几像！小时候我没照顾好妹妹，如今我正想在她的伢的身上好生补偿，哪晓得明天又不幸……唉！汉生，你还是对我有成见，你不情愿让我花钱，你不晓得我的心！"黑伢说到这里竟拂袖拭起泪来。

汉生连忙说："黑伢，请你谅解我！我绝没有你说的那些小心眼！实际上我已经对你感激不尽了，因为你在危难时候慷慨地帮了我和白伢一把！"说着他把脸转向贼婆、搬运和众街坊："我也对两位长辈和今天来的所有街坊感激不尽！你们都在危难时候帮扶了我们一家，我相信明天也是领了舅舅和街坊们的这份情意的！"他又望望黑伢和贼婆说："这块墓地来之不易就把它留着。留给岳母她老人家百年之后用，她老人家含辛茹苦把你和白伢这对无父无母的兄妹拉扯成人真是恩重如山！留给她也算你们尽了一份孝心！这样安排白伢和我还是沾了你的光，因为我们也有为老人家送终的责任是不是？"

这么一说黑伢才点头依了。

但建桥看出汉生的心思，这时提醒汉生："你要晓得，武汉现有的几大公墓都拥挤不堪！前年还是大前年，到那几个公墓埋葬街坊时你看到了的，那里坟满为患，都改造成一层层一排排错叠在一起的公墓了。只怕把明天安葬在那种地方你更不满意？"

众人都望着汉生，汉生不回答，他低头在想心事。

"除非……"建桥猜测说，"除非你到乡里去为明天找一块依山临水的清静地方？"

汉生昂起头来，毅然决然地说："我决定把明天的骨灰安葬到汉江里！"

9

汉生于晨曦微露时分沿着江堤往汉江上游走。

他一手牵着痴痴呆呆的白伢，一手护着挂在胸前的书包。为了不引人注目，行前他把明天的骨灰从骨灰盒中移出来，小心翼翼地装进明天的新书包里。昨夜白伢不情愿把明天的骨灰撒进汉江，贼婆也是老大的不愿意，她见白伢愣怔着只会把明天的骨灰盒紧搂在怀里，却不会说反对的话，便教白伢对汉生说："骨灰一撒明天就连个影子都不见了！到了清明节想去看一眼扫个墓都莫想了！"白伢就照着贼婆的话说给汉生听。汉生说："白伢你莫苔，听我的没错。我们的明天是死得不明不白的呀！我们不能再把她不明不白地埋了算了！日月经天，江河行地，把明天的骨灰撒在江河里，江河不死，明天的灵魂就不死！只要我们看到、想到汉江就会永远怀念明天，么时候想她了就随时可以到汉江边去凭吊！"汉生说得泪流满面，自明天咽气以来他还没哭过一声，昨晚说着索性就涕泗滂沱痛痛快快地哭了一场。

汉生和白伢走过舵落口，又沿着分岔的矮堤朝前紧走了一段，堤上前前后后就人踪稀少了。汉生见堤内是一片农田，有老牛在堤脚悠然啃草，牧童在逍遥吹弄横笛；堤外是一片水杉防浪林，朝阳普照，江风徐来，水杉树株株伟岸挺拔。看了令人扬眉吐气，心情十分舒畅。汉生便相中了这一段河床，他牵着白伢下堤，穿过防浪林来到汉江岸边。

可是汉生面对着江水大失所望。汉江在这个季节应该是最清亮不过的，汉生孩提时代每年夏天都是泡在清澈碧透的江水中度过的。他这些年忙于生计对汉江已经十分陌生了，不曾注意到汉江早已被污染被糟蹋了。眼前的江水浑浊不堪，江面上浮着一层灰黑的油脂，浪头上泛滥着褐黄的泡沫，江风刮起一阵呛鼻的药水味道，更可怕的是江心还半沉半浮着一些腐败的动物尸体！

汉生怅然立在江边，心头揪得紧紧。他想如果把明天的骨灰撒在这污秽的河水中，那简直就是亵渎明天，简直就是他的罪过了。

汉生又把明天的骨灰背回了家。

10

汉生改而决定到洪湖深处去扬撒明天的骨灰。

洪湖深处是汉生心中的一块处女地。当年下放农村，那个冬季他和肖燕带学生到百里之外去挑堤，就是坐小木船从洪湖深处穿过去的。那次洪湖之行让他大开眼界。他看到一片片自生自灭没有一处锹痕的野藕湖田，看到一块块天堂岛一般星罗棋布的湖中草洲和一群群白色精灵般的水鸟在湖天之上自由自在地高歌翱翔。更令他看得惊奇不已的是那瀚海一般无边无垠的湖波，那湖水清亮得看得清湖底的水草和游鱼。汉生认定，只有洪湖深处的那一方圣土一泓圣水，才是明天栖息的永远的故乡。

当晚汉生决定连夜启程去洪湖。考虑到路程太远还要步行跋涉泥泞湖路，他只能单独动身，便把白伢托付给贼婆照顾。白伢不吵不闹不吭声，却把装着明天骨灰的书包挎在她自己的肩上紧紧捂在怀里，意思是她一定要与汉生同行为明天送终。这几天白伢不仅眼光发直眼珠不转，连眼白也变成死灰色。贼婆也晓得白伢这样子是去不得的，便哄白伢说要帮她洗澡更衣，哄着就悄悄给汉生递眼色，汉生就趁白伢洗澡时不吭声拎过书包装进背囊就走。临出门他又低声央求贼婆学当年他姆妈的办法，每天用艾蒿水反复给白伢熏洗身体，贼婆郑重地应承了。

汉生从武昌南站乘半夜的火车，凌晨抵达岳阳，又从岳阳步行到城陵矶，赶上天麻麻亮时启航的头班渡轮渡过长江，在白螺矶上岸，又爬上一辆驶向洪湖岸边的拖拉机。他马不停蹄地赶到洪湖与监利两县交界的杨林地带时已是第二天中午了。

湖岸边泊着一条渔划子，艄尾坐着一边垂钓一边独酌的逍遥自在的渔翁。汉生上前去深深鞠躬行礼，礼毕便从背囊中掏出在白螺矶早市上买的一陶坛谷酒和一张荷叶裹着的卤猪耳朵猪尾巴，恭恭敬敬奉上，这才开口请老渔翁载他到洪湖深处游一遭。他恐老渔翁不答应，又赶紧补充说，他曾经是在这附近乡村教书六载的知青老师。老渔翁抬头望望天色，又摇摇头，说日头已偏斜了，这时候走迟了就赶不回来了。汉生望望船篷中渔翁的被窝铺盖，说赶不回不要紧，就在湖中小洲泊船过夜，说他背囊中还有充饥的干粮，只求让他挤在船上过一夜。老渔翁仔细打量了汉生一番，欲问又止，不吭声便荡起双桨。汉生赶紧解开缆绳跳上船去，操起船头的篙子便帮忙撑着划着。

小划子箭一般射向湖心深处。

一路上他又看到了一二十年前保留在脑海中的景象，洪湖深处果然还是一处尚未被污染和干扰破坏的净土净水，这里湖天一色，浑然一体。他又看到一群群盘旋在头顶的白色精灵，看到一块块人迹罕至的神秘静谧的小洲和大片大片天然的野藕荷田。不同的是这个季节的景色更好看，那星罗棋布的湖洲上芳草萋萋，宛若仙境，那无边无际的荷田正值荷花怒放时节。而那湖水映着白云红日，忽而翠绿忽而瓦蓝忽而橙黄，看似又浓又酽，伸手撩起来，却晶亮透明，纯净得没有一丝一毫杂质。汉生贪婪地掬一捧湖水舔干，他在心底深情地说："明天，我总算为你寻觅到一块理想的墓地，这里就是你的家园，你永远的故乡了！"

渔舟划到湖心深处已是黄昏时分，夜色迅速从天地六合包围过来，在蒙蒙的雾纱中，汉生看到了以前未曾看到过的更新奇的景象：湖心深处兀然浮现恍若一座绿色山峦般的芦荡，一丛丛一杆杆芦苇蓬蓬勃勃，像是湖水精心培植、严密保护的一个绿色植物园，那密不透风的层层绿色叠嶂，绿得青翠欲滴，绿得深沉执着，绿得神圣高傲，令人肃然起敬……

汉生正看得入迷，惜是夜色迅速将芦荡染黑了，瞬间芦荡便漆黑一团。这时湖风乍起，芦荡摇曳起伏，呼啸赫然。许是汉生心情不好的缘故，这时他再看一根根芦苇，恰似一杆杆缀着黑缨的梭镖长枪愤然呐喊着直刺苍天，而一丛丛芦荡，则酷似一团团黑色的火焰在愤怒地燃烧。

汉生忽然看得激动不已，悲愤难抑，他浑身颤抖着、双手痉挛着，庄严肃穆地取出明天的书包捧出明天的骨灰，跪在船头伸出手臂，祷告一般祈求一般布施一般，将明天那可怜的一捧捧骨灰撒向天棺一般巨大的洪湖……

第十章　辟　谷

1

汉生从洪湖返家后方晓得，明天之死已在旱码头小区拆迁还建户中引起一片惊惶。

有些老街坊听说汉生安葬明天归来，便接二连三找上门，说起来是关心慰问，实则是刨根问底打听明天的死因详情。汉生本来就沉浸在巨大的悲痛中，又为白伢的病情操心着急，被这些街坊吵得不胜其烦，便赌气在门外写了"一概谢绝会客"几个大字，任何人敲门都懒得搭理。

贼婆用艾蒿水给白伢熏洗过几天，汉生又接着每天晚上给白伢熏洗，又嘱白伢每天正午日头当顶阳气正盛的时候自己熏洗一次。这样每天需要大量艾蒿，而如今艾蒿不大好谋了。第三个碉堡北边那片生长艾蒿的沼泽地所剩无几，几乎都被圈进开发区的铁丝网。加之节令已经交秋，艾蒿老得只能当柴烧了。厂休日那天，汉生拿一条麻袋去采艾蒿，他按照当年姆妈教他的法子，不再砍艾蒿，而是将老艾蒿尖上长的几片尚还青绿的叶子摘下来，捋了满满一麻袋背回家，摊在阳台上晾干，收藏起来慢慢用。

汉生每天给白伢熏洗，洗过六六三十六天，白伢的眼珠子还是僵硬呆板不会转动，不过她那惨白无光的肌肤渐渐有了些血色有了些光泽。汉生坚持不懈继续给她熏洗，洗过七七四十九天，白伢的胴体就现出白瓷一般明亮而柔润的光彩。汉生晓得白伢即将恢复生命活力了，更加倾心倾劲地给她熏洗。

汉生的泪珠扑簌簌滴在白伢身上，滴进氤氲着青涩气味的澡盆里。也许是他的泪水在那淡绿微黄的艾蒿水里添加了些催化剂，增生了些灵气，就在一瞬间白伢的那死潭似的两泓眼波就活泛起来。汉生一时还不晓得，他正在她的胳肢窝撩水清洗着，她忽然扑哧一笑，他仰脸一看，看见她的两只僵硬的眼珠子重新启动，骨碌碌里旋着像欢快的陀螺，同时眼神就迸射出光彩来。

白伢咯咯笑望着汉生说好痒好痒，说着就从跪坐的澡盆中轻轻盈盈地站起来，一手害羞地捂住私处，一手掩嘴哧哧地笑着。

汉生长吁一口气，抹一把满额头的汗水，他欣慰地含泪笑了。白伢这才注意到汉生脸上的泪水，她说："汉生你怎么哭了？莫哭莫哭你莫哭。"说着就伸手抹他脸上的泪，抹着抹着她自己脸上也溢出泪。她"哇"的一声哭响了，湿淋淋软绵绵地扑在汉生怀里号啕，这一场不知憋了多久的恸哭终于像山洪暴发了。汉生把哭成个泪人的白伢紧紧搂在怀里，哄撒娇哭闹的明天似地拍着哄着，可是他自己刚刚憋止住的泪又一连串冒了出来，他情不自禁，竟与白伢尖利的哭腔互为高低地轻泣轻吟起来。白伢边哭边伸出一只手抓住汉生的手摁在她的心口，汉生便边哭边用那只手抚慰她，哭着抚着就将她抱起来拥到床上。

两人边哭边痛快地亲热了一场。

2

第二天晚上，白伢又要与汉生亲热。她说："汉生，我们要好好亲热几回，我要快点再生个明天出来！"她这么一说汉生就没了兴趣，他张口想说什么，想想又忍住了，见白伢坐在床头眼神迷离地望着他等他说话，便随口敷衍说："白伢，你的身体刚刚好转，要早点休息。你先睡吧，我蛮久没摸笔了手都痒了，今天晚上我想写写字再睡。"说着他就拿出收捡在抽屉里的铁砚和铜管狼毫，磨墨写字。

其实汉生想说的是，他已决定再不要小伢了！结婚十几年，两人用心血孕育的第一个生命糊里糊涂地胎死腹中；第二个生命怀胎十月，眼看就要一朝分娩了，不料逃暴雨洪灾逃得白伢大流产，不仅扼杀了一条小性命，还险些把白伢的命都赔上了；明天是他们夫妻心心相印创造的第三个生命，都茁壮成长六七年了，却突然就莫名其妙遭了戕害！汉生已没有勇气再生育了，他心想这么生育的后果简直就是害性命！而且汉生也没了哺育后代的热情，他自省他已丧失做父亲的资格，他无力承担播种之后保护生命之苗的责任。

汉生铺开一张宣纸，对裁成两幅，挥毫在第一幅上写满两个字："明天"，他停笔想想，又在第二幅上写满两个字，还是"明天"。他对明天的怀念与日俱增。白伢怀念明天，越怀念越想再生育一个儿女取代对明天的怀念；而汉生对明天的怀念不同，那是一种刻骨铭心以至走极端的怀念，明天在他心目中已经尽善尽美、至神至圣了，是绝对不可取代的。所以他和白伢相反，越怀念明天越不愿意再生育一个，他只好随口敷衍她。

但他敷衍不了白伢，白伢跳下床来夺过笔去撒娇，不由分说拉他上床。汉生有些恼怒甚至有些厌恶。他不说话也不动，被动地由着白伢一件件脱去他的衣衫。可是任凭白伢百般抚慰，他的生命之根却无能为力。

白伢惊疑地问："汉生，你是么样搞的啊？昨天晚上还蛮好的，怎么今天就……汉生，你是不是病了？"

3

白伢说汉生病了汉生就真的像是病了。一连几天他恹恹蔫蔫地打不起精神，总觉得浑身不舒服可是又没有明显症状，去看病也说不出个所以然来。突出的反应是食欲不佳，一天三餐加起来吃不了二两饭，荤菜素菜都不对胃口。

白伢慌了神，汉生也开始疑神疑鬼起来。他也买来些生石灰，兑水掺盐搅拌成浓稠的石灰浆，把房里房外四壁厚厚地涂抹了一层。他搬迁到还建楼后还未出去串过门，心想是不是成天憋出毛病来了？晚上他强打精神出去串门，去看望莫婆婆、赵瞎和搬运，老街坊们听说他身体不好，就都说还是太念明天那伢的缘故，都劝他想开些，莫忧伤过度伤了身体，接着就说些少熬夜多煨点汤喝之类不痛不痒的话。话不投机聊不起兴致来，汉生稍坐片刻就起身告辞，改日去拜访援朝和建桥。援朝和建桥都建议汉生锻炼身体，说他们血气方刚的年龄不知不觉已过去了，这浑身的骨肉架子虽还不至于老却也旧了，锻炼锻炼至少能维持筋络血脉舒展通畅，抵抗病菌。这么一说倒说得汉生怦然心动。援朝在练太极拳，建桥在学气功，两人便将太极拳和气功的种种好处说得天花乱坠。汉生一向不相信神乎其神、玄而又玄的各种气功，便决定学着练习太极拳试试。

汉生才练了几天太极拳就作罢了。他有耐心一笔一画学书法坚持数十年乐此不疲，却没有这个耐心琢磨太极拳的一招一式。据说太极拳的推拿之势和书法的运腕用笔是可以互相启发的，汉生却毫无领悟。他倒觉得打太极拳有点像演戏的装腔作势，假模假样地比比画画很没有意思，他想这不是修身养性，这是矫揉造作，算了不练了。

这一段时间汉生有意改变阅读口味，找一些轻松消闲的读物看看，留心注意卫生、健康、生态与环境类的知识性刊物，可是看了一些有关的书报杂志他就感到困惑甚至好笑了。原来专家、行家、权威们都是针锋相对、势不两立的，譬如究竟是胖子好还是瘦子好？是咸好还是淡好？是荤食好还是素食好？又譬如人类创造并用来享受的物质财富究竟是太多了还是太少了？人种究竟是进化了还是退化了？不断更新的人工智能究竟是人的奴仆还是人的主宰？汉生发现各种观点互相矛盾，他们甚至故意作对、互相攻讦，攻其一点、不及其余，标新立异、哗众取宠。他们甚至就连到底气候是变热了还是变冷了、粮食打多了究竟是好事还是坏事这样的问题都莫衷一是说不清白，常常令读者大失所望、哭笑不得。

一天，汉生读《健康文摘报》时读到一则新闻感到很有趣。某地某人去医院体检时，医生发现他的心脏、肺脏、肝脏等主要器官的位置和运转方向与普通人是相反的，而此人的身体状况健康正常、体魄强壮。汉生想，这是不是造物主特意对生命的生存能力和运行方式的一种预见性安排呢？不久，他又从《健康》杂志上读到一篇文章，深受启发。文章举例说倒立可使人抵抗疾病、健康长寿。汉生便试着在床上贴着墙壁倒立几分钟，试了几天果然清心明目、通体舒泰。他又试着在地上倒立，爬到楼顶上去倒立，每天早晚倒立一次，练多了就能不靠墙壁支撑，还能以手为足倒立着行走几步。

汉生找到这种独特的锻炼方式后，身体状况渐渐就好了些，食欲也增进了。

那天晚上白伢见汉生吃饭吃得还蛮香，气色也尚佳、心情也不错，夜里就缠着汉生要和他亲热。汉生见推脱不掉，就说："好吧白伢，你先服避孕药吧。"话一说完他就自知失言了。

白伢惊讶地问："汉生你是么意思啊？我巴不得早受孕你还要我避孕？我早就催主管计划生育的干部为我到街里要了计划生育指标！连准生证都办好了！我想伢都快想死了，我避孕做么事啊？汉生，难道你不想要伢不想再要个明天？你到底是么意思啊？"

汉生慌忙解释："我近来看了些这方面的书，讲优生优育，我担心我近来体质不好，你这时候受孕恐怕对胎儿不利，最好再等一段时间，等我的身体再好一些。"他这分明是哄白伢。

白伢将信将疑："还等一段时间？我一天都等不得了！再说你又不是不晓得我从来不吃避孕药的，吃了就头疼！"白伢说着就不情愿地找出厂里计划生育干部发的避孕套。

结果汉生的身体还是不能行床笫之事。白伢以为是那层白橡胶皮子妨碍了他，她焦急地拉掉它，可是他那里还是不中用。

4

今天立冬。白伢早几天就按贼婆暗地教的法子不声不响地作准备，到今天就一切都办齐了。早晨汉生前脚去上班，她后脚就把尘封已久的小煤炉拎到楼道生火，弄得满楼道乌烟瘴气。昨晚汉生下班回来，见大门口摆了一箱蜂窝煤，奇怪地问白伢煤气足够用买煤做么事，白伢笑而不答。汉生还不晓得白伢买了一整匹狗肉呢。离下雪的日子还远着，狗肉还没上市，这狗肉是贼婆帮白伢谋来的。贼婆歪歪晃晃着小脚，从第二个碉堡处翻过张公堤，深入到东西湖村子里，花大价钱请村民当场逮住一只阳刚威猛的公狗当即杀了剐了。贼婆吩咐白伢务必要用炭火陶罐煨狗肉汤，要从立冬之夜起侍候汉生每晚享用，连续七天不能间断，尤其第一个晚上要关照汉生将整条狗鞭一次用完。

白伢按贼婆的叮咛精心烹狗，先把生姜和尖椒随狗肉一同下锅杀腥，待狗肉煨至七分熟就放枸杞驱秽，八分熟时丢白萝卜除臊，九分熟时掺胡萝卜变味，煨熟透后再撒胡椒添香。白伢对用胡萝卜有些犹豫，但贼婆说过，掺兑的这几档东西如同中药一物克一物、一味帮一味，差一样就不管用了。

晚上汉生下班回来时，白伢也忙得大功告成了，沸腾的陶罐香雾缭绕。汉生不知白伢做的么好东西，使劲嗅着鼻子说好香好香。白伢听了喜滋滋地盛了满满一碗，将那根狗鞭埋在碗底，又撒上葱花，端给汉生："汉生，快点趁热吃了！"

汉生连忙接过热气蒸腾的碗："白伢，你煨的么汤？"

白伢笑嘻嘻："么汤？宝汤！你莫问，只管猛起吃！"

汉生朝汤碗吹几口气，热气散去便看见碗里内容绚丽多彩，黑的褐黑、白的乳白、绿的翠绿，而那红的红得刺眼，像手指头似的一截截血肉沁出一颗颗血珠子。

汉生大惊失色："啊？白伢，这红的是些么东西呀？"

白伢沉不住气了："不要紧的不要紧的，红的是枸杞，还有……还有……"白伢泄气了："还有……胡萝卜。"

哐当！汉生手上的汤碗砸在地上碎了，现出那根狗鞭，它像一只污秽的软体爬虫，萎缩在地上痛苦地抽搐。

一股强烈的恶心感猛袭汉生的心头。哇！他翻肠倒肚地呕吐起来。

白伢后悔不已。汉生近乎本能地吃不得甚至也看不得胡萝卜，他对胡萝卜有一种心理过敏。

5

从此汉生厌荤，他恶肉恶鱼、恶鸡恶鸭，恶一切油腥。白伢只好多买鸡蛋，翻来覆去变着煎煮蒸炒几种花样让汉生吃了补充营养，可是鸡蛋吃多了也厌人伤人。老人说过，从前富家媳妇坐月子，鸡蛋堆着供她吃够，结果吃得太多吃出鸡屎味来。汉生吃鸡蛋倒没吃出鸡屎味，却吃出药粉味混合饲料味来。他说洋鸡蛋中看不中吃，不像是鸡子生的而像是人工仿造的怪蛋，他说市场上与洋鸡蛋区分出售的所谓土鸡蛋其实是冒牌货，而且其中混淆了一些坏蛋。

白伢不晓得再买些么有营养的食品做给汉生吃才好。她见汉生刚见好转的身体又明显消瘦了，就跑到贼婆那里去哭诉，又跑去找黑伢、援朝、建桥等人讨主意。惊动大家都来看汉生，都疑心他患了肝炎，劝他赶紧去医院诊查。

诊查完毕，汉生并未患肝炎。汉生安慰白伢说："我就是不能吃荤啰！这怕么事呢？吃素还好些，没听说戒荤的人长寿？"

于是汉生就像个斋公吃素食。他嘱白伢多买豆类和豆制品，多炒青菜。可是他又像个娇生惯养的伢一样挑食偏食了，口味越来越刁，咸了淡了、硬了软了、生了烂了，稍不对胃口就不动筷子，白伢真是难得侍候他了。

白伢无奈，便哄小伢似地哄汉生："汉生，你到底想吃么事啰你说，你说出来我就是想天法设地法也去谋来弄给你吃，哪怕把我的心挖出来烧烤煎熬我都情愿！"白伢说得泪涟涟，汉生忙愧疚地为她揩泪。她却不让他揩："汉生，你还没说哩！"汉生只好说："我这几夜老是做梦，梦见姆妈为我包元宝饺子，包的是野菜馅。"

第二天早上，白伢请假不上班，拐个篮子走出旱码头小区，穿过附近的菜农村往北走，一直走到田野上，她想在田埂水沟旁寻觅一些野菜。她也是糊涂了，眼下已是霜降季节，田野上哪来的野菜呢？她只好返回到集贸市场去寻觅，居然买到了地米菜！她喜不自胜。如今的集贸市场买菜真是方便，菜摊上充斥着从天南海北长途贩运来的时令鲜菜和塑料大棚培育出来的反季节蔬菜。白伢又买了一把香菜和葱姜佐料，就急急回家去包饺子。

晚上汉生下班回来，白伢就端出一碗煮得恰到好处的元宝饺和一盘煎得一面焦黄的煎饺，又用小碟盛了用小麻油、酱油、醋腌渍的香菜，催汉生快吃。

汉生将饺子一样尝过一个，勉勉强强咽下去，就再也吃不进了。他吃出那地米菜和香菜并非野生的而是人工栽培的，他从野菜的青汁中咀嚼出了农药的怪味和尿素的异味，他还从饺子皮中品出漂白粉的味道。如今的面粉都是上等粉，太精细太雪白了称作牡丹粉，可惜它丧失了小麦固有的津甜清爽的麦香，吃起来简直味同嚼蜡或者如嚼橡皮。

汉生尴尬地放下筷子，见白伢坐在一旁瞄着他，他不敢说饺子不好吃便说不饿："白伢你吃吧，我在路上买了一个刚出炉的热面包吃了，肚子还是饱的。"

"汉生你莫哄我，你不喜欢吃甜食的。你要是说买了一个盐烧饼吃了说不定我还信了，你连扯谎都不会扯。"

汉生不好意思地干笑着："嘿嘿嘿。看来我这张嘴巴是越来越刁了，只怕是忘本了忘记姆妈的野菜杂粮了？要不然我这张嘴就是天生只配吃粗茶淡饭？记得刚下放农村那年，莫说没得菜连饭都吃不饱！越吃不饱饭越香，那米是新谷米确实好吃，大扁锅焖出的黄锅巴饭，我一餐逮它三大碗，还不够，锅底只剩一块铲不动的锅巴了，我把滤出的一碗米汤倒进锅里煮锅巴稀饭吃，我的天哪太香了！菜倒是有一样，是学生家长送的，白伢你猜么菜？是冷油下锅炸的干尖椒，像油炸花生米一样的，却比花生米好吃一百倍，又香又辣蛮过瘾！"

汉生不过是自我解嘲，故意东扯西拉摆脱眼前窘态，白伢却把这些话记在心里了。

又过了几天的一个晚上，汉生下班回来白伢还在忙饮食忙得团团转，厨房里一片狼藉，还弥漫着一股强烈的焦煳味。

白伢悻悻地端出一盘油炸干尖椒和一碗焖饭，焖饭倒是用刚上市的今秋晚谷米弄的，却弄得生不生熟不熟的，底下一层锅巴焦糊成了黑炭，上面一层却是含浆的夹生饭。

汉生叹了口气："我随口说说往日的事你怎么就当真了？哪个叫你淘神费力学着做哟？你想学也学不像哟，那是棉梗火老虎灶焖的饭，城里人莫想吃到它你晓不晓得？"汉生越说越烦："我晓得你待我太好了，巴心巴肝侍候我。但你越侍候我心里越难受，你像是在逼我似的，我这些时身体不舒服只怕是被你逼出来的！你我夫妻应该是平等的，你完全没有必要过分侍候我！你要是再这样侍候我，我实在不敢享受了！我干脆自己开伙，下班回来自己动手随便弄点东西吃算了……"

汉生的话说得太过太狠了，不啻是一把刀子剜了白伢的心。

翌晨白伢去上班又遭受一场沉重打击，她失业了。白伢供职的街办厂由盲人五金厂改名为金属结构厂之初有过短暂的兴旺，其后就每况愈下直至一蹶不振。据厂里职工说，厂里条条生产经营门路都被堵死了，已经负债累累、资不抵债。他们说把厂子折腾成这个样子完全是人祸，是一任接一任承包厂长作的孽，几任承包厂长都是搞的假层层承包、假自由组合，把有利可图的车间或产品承包给自己的亲戚，并引狼入室把所谓的能人请进厂来聘为供销科科长、业务员，厂长自己则违反基本的财经纪律，把支票本子和印鉴装在自己的荷包里。他们互相勾结、狼狈为奸，他们的问题不仅是贪污，完全是巧取豪夺、公然瓜分。厂子落到现任厂长手上他更贪婪，干脆砸锅卖铁把设备报废处理给乡镇企业，卖得的钱零头交给厂里掩人耳目，大头却被独吞了。几个败家子把工厂败光败垮就拍屁股溜了。现任厂长走时连招呼都不打一个，把厂里公章都带走了。说起来他们侵吞的是国家和集体财产，实际上他们是直接从工人身上敲诈勒索，工人已有几年未拿过一分钱奖金和各种津贴及物价补贴，到今年连工资也难得拿到手了，先是发百分之七十，后来又发一半，上个月只发 50 元生活费，这个月干脆分文不发了。街工业办公室来宣布，全体职工放假回家等待复工通知，只留极少数人值班护厂。留厂的也只能由街工业办借款发一半工资，回家的则爱莫能助一律自谋生路。白伢是厂里少数健全职工之一，却也和多数残疾职工一起被打发回家。

白伢经受不住昨夜和今天连着两次打击，眼珠子又不会转动了，她那发直的眼光瞄到哪里就像粘住勾住了不晓得收回，愣愣怔怔、痴痴呆呆比以往几次犯癔症犯得更厉害。

当晚贼婆见白伢病得不轻，就说："一个屋里两个病人！这怎么得了呢？"她找汉生要过收藏的半麻袋干艾蒿叶，接白伢回娘家去住一段。

<h1 style="text-align:center">6</h1>

汉生说气话说要单独开伙，像是自作自受，他果然就不得不孤苦伶仃独自开伙了。

不过他也获得了一种自由自在、清心寡欲的生活，他随心所欲地自炊自食。开始几天，他图省事买了几节野藕，每晚蒸一节，蒸熟的藕呈暗红的玛瑙色，取一根筷子挑在藕眼里慢慢嚼，嚼出淡淡的甘甜清香，嚼得满嘴挂满银丝。连吃了几天藕肚子里就胀气，舌苔上就泛起酸，嘴唇就含不住寡淡的涎丝了。他不得不换花样，他跑了集贸市场又跑花鸟市场，买回些豌豆、绿豆、赤豆、玉米、粟米和麦粒，每晚用其中的一两样掺和大米熬粥，熬得稀稠得宜，就着酱萝卜或酱黄瓜竟能香喷喷喝一大碗。

汉生觉得自己把自己的胃调理得顺畅些了，就又有兴致练练书法了。他将餐桌移到客厅中央，搬出铁砚和铜管狼毫，铺上一叠毛边纸就写。他不临帖不抄书也不斟酌字句，信马由缰。意念所至，半句唐诗一个成语或几行民歌只管信笔写来。他的写字姿势也很随便，横竖室内只有他一人不怕哪个看了好笑，也不怕惊动旁人，加之案台周围很宽裕，他就摇头晃脑、抖肩甩臂地写，写到攒劲处还跺脚跺腿、喝叫有声。严寒的冬夜他竟写得额头上冒出密匝匝的一层细汗珠，每到这时他便觉得通体舒泰，这才意犹未尽地收起笔墨，点燃一盘檀香，偎到床头去读书，仍只读一些消闲类健康知识类杂志。

这天夜晚汉生练过书法后，随便翻阅一本杂志，又读到一篇有趣的文章。文章建议人们不妨尝试倒行，说倒行能激活人的身体细胞，调整大脑中枢神经系统。由于倒行改变了人的行为习惯和方向定式，故能开发人的生命潜能。当然文章说的倒行只指散步和锻炼而言。汉生细读慢琢磨，心想这篇文章与前些时读的关于倒立的文章异曲同工、异事同理，两作者有一种不约而同、殊途同归的见识，很是难能可贵。而且这种见识还可以推广，关照物质和精神世界的诸多方面……汉生大受启发，他有一种顿悟感。

汉生便早晚散步时试着倒行，倒行一段时间后，他果然对自身的生命状况有了一种全新的感受。他可以监听到生物钟滴滴答答的走动声，可以辨听周身血液流动的轻音和头发生长拔节的微响。他察觉到他的心脏负担太重在呻吟，他的大脑思虑重重，中枢神经系统因过速掣动而摩擦。他对周围的世界环境也有了些独特的发现。同一株熟视无睹的树或一丛百看生厌的花卉，由于倒行时目光切入的时空变了，观察角度与众不同，他看到层层叠叠的树叶未曾向路人展示的侧面和反面的光怪陆离，他还看到花朵的骨骼和筋络，是它们艰难支撑着柔嫩如水的花瓣尽情开放，当花瓣谢落时骨骼刚强地碎成粉齑，而筋络则在痛苦地痉挛……

汉生坚持倒行锻炼，身体迅速康复，他感到胸臆间鼓荡着一股充足的中气，憋得浑身是劲。只是他的食量并未增加，奇怪的是他也并无饥饿感。他将晚上喝的五谷杂粮粥改到早晨喝，而且无需就着咸菜开胃，中午只饮水，晚上则有时吃一块烤红薯或蒸土豆煮芋头，有时不吃什么也罢了。

汉生练倒行练熟了，后脑勺上像长了眼睛似的，走得稳稳当当胜似闲庭信步，有时他还倒行着慢跑，轻捷自如。他早晚这么练久了，很多人就看见了他这种稀奇古怪的走姿，因为目击者都是附近居住的人，一般都认得或晓得汉生这个人，算是没把他看成精神病患者而看出他是在锻炼。再一打听，听说他曾身体不好，长期厌食像是得了一种怪病。可是看上去他红光满面、气色极佳，哪像个病人？于是汉生和他的锻炼方式、饮食习惯成了人们茶余饭后议论的怪人怪事。

一传十、十传百，越传越走样，最后传成汉生粒米不进只饮开水，说他练的是在洪湖遇异人传授的一种神秘气功，他已练得出神入化、修成正果，进入辟谷佳境了。汉生对这种传说浑然不觉。

传说传到一家生活期刊记者的耳朵里，他饶有兴致地寻访上门来。这时是晚上，汉生写字正写得酣畅淋漓，忽有不速之客来打扰，他老大的不乐意。不过当记者说明来意，他先是一愣，接着忍俊不禁地哈哈大笑。

汉生说："么哟？辟谷？我从来不练气功，也不相信辟谷的说法。哦，你当我瞒你？那好……"汉生说着进了厨房，他揭锅拿出一截刚蒸好的山药，当着记者的面香喷喷地啃起来。

那记者有点惊讶有点失望，不甘心地想再问点什么，汉生已先说开了："不过，我倒是戒烟酒戒茶戒荤了。并非我怕死想长寿，我觉得人类暴殄天物，太浪费了！虽说你们干记者的见多识广，但你未必晓得这个世界每一分钟要糟蹋几多东西吧？一分钟就消耗了 3 吨香烟、50 吨食盐和 200 万磅糖，吃掉了 5 万个鸡蛋，喝掉了 60 万杯咖啡、红茶和 10 万杯啤酒……"

尾　声

当汉生日益沉浸在自我感悟的世界中走不出来时，他就浑然不觉外界日新月异的变化。历经七八年的拓荒创业，摩天集团在原木屋村地带绘制的宏伟蓝图已经变成前无古人的奇迹，一幢幢摩天大楼拔地而起了。日前，最高的一层主楼刚刚封顶。同时，从摩天楼群夹缝中穿插而过的高架公路也腾龙似的从正街大道上腾空而起。高架公路通车典礼和主楼封顶仪式，经传媒广为传播，尤其经数百万市民家庭的交流后，整座城市都兴奋起来。

正值春暖花开的时候，正是交流观赏的季节。武汉三镇各城区的市民奔走相告，互相邀约，来看全市最高的建筑和全市最长的一条两端有互通式四车道立交桥的高架公路。参观的许多家庭都是扶老携幼倾家出动，连残疾人也坐着轮椅车拄着拐杖赶来先睹为快……这种盛大空前的场面确实感人至深。

在这些感到惊喜惊奇的人群中，心情最为激动复杂的还是这些原住木屋村的老街坊们，他们亲历了一场翻天覆地的变迁，目睹了他们的低矮丑陋的木屋狭巷，像杂草野棘被割刈一尽，高楼像一枝独秀的绿色基因工程植物飞速生长拔节的全过程。他们的心态最为复杂，而他们首先是被眼前这些令人叹为观止的摩天大楼所慑服所陶醉了，他们情不自禁地以一种当事人身份和本地元老口吻向参观者讲述高楼奠基前后的故事。人群潮水般涌来参观的这几天，几乎木屋村的每一个街坊都来这热闹的地方露过面。

唯独汉生没来过。他迷失在他渐悟的境界里，他看到那是一个广袤的世界，他朝天地连成一线的深处越走越远。

援朝昨晚去约过汉生，约他今天一起来看看，汉生借故推辞了。

建桥说："有句话我不好当着汉生的面说，我看他是自己抓着自己的头发丝想离开这个地球！"

援朝说："汉生这些时的精神状态是像不对头，我有些担心……现在还早，汉生今天在家，走，建桥！我们去把他硬拉来看看，散散心。"

援朝和建桥赶到汉生家，不由分说把他拉出门，坐一辆电三轮赶来参观摩天大楼。

汉生看那巍然高耸的摩天楼群和横空出世的高架公路，也看得啧啧咋舌。那一幢幢高楼仿佛巨大的火箭直刺青天，翘然欲飞；而那从楼群间贯穿而过的高架桥，恍若架在摩天大楼上的天梯；桥上驶着的一串串钢甲铁壳虫似乎都羽化登仙了，顺着天梯平步青云……

汉生正看得出神，忽然听到建桥问他："汉生，目睹此情此景，你有么感想？"

"叹为观止……人类的劳动和科学技术确实创造了不可思议的人间奇迹。"汉生说。

"我不得不佩服摩天集团名不虚传，他们的这些杰作还真为武汉争了光。现在的房地产开发公司多如牛毛，其实大半都是炒地皮的空壳公司，没得几家像摩天集团这样实力雄厚的。"建桥说得心悦诚服。

援朝接过话茬子："那个朱明也确实是个人物，当初我们有点小瞧他了。不管怎么说，这些高层建筑斥资亿万之巨是他调度来的。听说摩天集团要提升他为副总裁调他到海南总部去，而市里领导还想挽留他，愿意以优惠条件让他再改造一片旧城区，再建一批高楼……"

汉生看着听着，扑哧一笑。建桥和援朝不解，就问他因何而笑。汉生笑嘻嘻地说："我笑你们兴致勃勃地谈摩天集团和摩天高楼的劲头，蛮像当年我们三个纵谈天下事。那好，我也参加进来凑热闹说说有关摩天大楼的话题。"

汉生的笑容消失了，他脸上的神态真的像当年演讲辩论时那样严肃认真。

"为了迎接 21 世纪，各国竞相建造摩天大楼，陷入了这场争建天大楼的狂热中。我觉得摩天大楼最严重的问题是它们粗暴地干预了日月星云的运行，蛮横地破坏了人类的生存空间和环境……"

汉生滔滔不绝地说了半天，总算停下来沉思了。建桥立即接过话茬问："不占天就得占地！你想又不占天又不占地那么往哪里去开路呢？同样，以中国人口之多不建高楼又怎么住得下呢？"

汉生摇摇头："我承认我回答不了你的问题。我有自知之明，我只是平头百姓一个，不学无术，我太渺小了……我甚至是杞人忧天。"

"不！作为芸芸众生之一，作为十几亿分之一，我们当然都很渺小，但作为单个的人我们都是顶天立地的男子汉大丈夫！"援朝语气严肃地反驳汉生，"汉生，你不能太消极了！我承认你说的都有一定道理，但我劝你也想想高层建筑和高架公路的好处。或者你也不屑想这些好处，那你想想你自身的好处，想想白伢的好处，甚至不妨想想明天曾经使你成为人之父的好处！你不能折磨自己，不能逃避生活，不能像个苦行僧似的！你还是要乐观些勇敢些面对生活！要不然我和建桥就要骂你是懦夫了！"

汉生豁然开朗，猛然抬头望望援朝："谢谢你，援朝！"又望望建桥："谢谢你们不忘我！"

建桥高兴地一挥手："走！喝啤酒去！"

……

1995 年秋脱稿于武昌南湖
1996 年春改毕于汉口转车楼
（选自武汉出版社 1996 年 10 月第 1 版，有删改）

《芳草文库》序

刘醒龙

　　武汉有一批年纪不算太老，但肯定不再年轻的作家，既往作品每出无不风行江汉，后来平淡了些。二〇一五年年初，恰逢一场小聚，其间有老朋友提议给这些在文学创作上颇有成就的作家出版文集，且当场做出关键决策。老朋友提及的作家也是我的朋友，他们的处境很有代表性。

　　世事流逝到今天，说一点不残酷是不真实的，说太残酷似乎也不科学。值此宁翔雁前羞跟牛后世风，普天之下莫不借口追求日新月异，其实是乡下俗语说的，人人都想一锄头挖出一口井。宁肯臭名远播，哪管丑态百出。忘却不该忘却的，强化不该强化的，是世情中一大不敬。这几年为一位已故作家出版文集，好不容易才成，一来二往之间，见识了足够多的现世生态。似这等才华出众的作家，若非上苍失察，弃之英年，敢不是当今文坛大旗一帜？同理，那些在喧嚣背后悄然尘封的作品，谁能说不是日后人有所诵的典范？天地同根，不是没有高下之分，而是天有天的高度，地有地的厚重。

　　常住武汉三镇之人，最能体会大江东去、流水落花深意。也是体恤的缘故，又于旷野之间留下高山流水千古知音，以为勉励，兼作念想。朋友提议，饱含诗情，深藏灵性。没有太多商量，三言两语之间，就达成共识，以《芳草》杂志名义，逐年排选，将这批作家的代表性作品编成文集出版。只是由于执业所限，本套书只能以《芳草文库》相称，名头虽小，相信分量不轻。

　　哲学教会人们认知正确与错误，自然科学是要让人懂得成功与失败。然而，短短人生，包罗万象，其善其美，何止兴衰胜败！文学的存世与流传，其意义正是超然前二者，不以成败对错为目的，也不以卑微尊贵定价值。人非草木，却如同草木，这是文学理由之一，生命不能永恒，却绝对永恒，这是文学理由之二。文学根本理由是，协助芸芸众生在庞杂得无可把握的宇宙间，在神与鬼、灵与欲、虚与实等一切冲突与对立之间，寻找适合每一个体的美妙平衡。

二〇一五年十月十五日

钱鹏喜文集

②

目　录

长篇小说

中短篇小说

长 篇 小 说

花　会

第一章　膜拜女神

一

汉口的威尔逊路最早是一条海盗之路。它的起点远在东海，东海海路沿着这条黄金水道溯流而上，选准北岸后来称作粤汉码头的地点登陆，朝西北越过沿江大道和洞庭街，继以大法总理街和克勒满沙厅的路名，再朝前贪婪地越过胜利街、岳飞街、中山大道、友益街，直抵大智门车站，与京汉街相接。路线所指，恰如一条黄金分割线，分割了大汉口繁华商埠的中心地带。于是，黄金水路与黄金陆路贯通一气。

沿着这条遍地黄金之路，继明火执仗的海盗之后，海派人物——来自沪上、南海以及更遥远的海外的探险客、商贾和淘金者也蜂拥而至。怜悯苍生的海神也来了。步其后尘的是隐身有术的海鬼群妖。红尘滚滚，人神不分，人鬼莫辨，在汉口闹市中心八卦阵般曲曲折折的街道间巷，留下一串串颇费猜疑的人间奇迹。

由头顶上扣着硬邦邦白色太阳盔的安南人组成的法国巡捕队，早在1896年前后就来了。几年后安南狗腿子中又夹杂着一些中国洋奴，安南人佩手枪，中国人执木棒。法国租界巡捕房每天放鸭似地放出的手枪队和警棒队，以跋扈而笨拙的走姿巡逻在与威尔逊路纵横交错的街道。日复一日，巡捕冷漠地巡睃着街道两旁：清朝王公贵族的亭台楼榭在不知不觉中沦为娼寮，达官政要的公馆殿堂一夜之间变成赌窟，巡捕对这一切熟视无睹。而今天，正带着警棒队巡走到人祥里的田巡捕长，对眼皮子底下的京官祠堂感觉有点碍眼。他拦住从相对方向巡走过来的手枪队，怂恿阮保正和他一起带人去京官祠堂看看动静。阮保正听了将头摇得像个拨浪鼓，他是巡捕房的四保正，对大保正希尔斯俯首帖耳。而希尔斯对翻译尉居卿言听计从，因为尉居卿能千方百计让他发汉口财，在巡捕房的包庇下，尉居卿勾结毒贩子，推销吗啡、红丸和鸦片，与他分肥。说起来尉居卿是留洋归国的文人，实则他是条地头蛇，在租界区开设皇宫舞厅、星光球场、钜源盐号，还对势力范围内的旅馆、妓院、烟馆、赌馆按月收月例费。田巡捕长恨恨地猜想，不知他又从京官祠堂得了几百块银圆呢，而分给我们警棒队的只是几十块。恨归恨，恨完他也只能随着阮保正摇头而已，他得小心保住巡捕长的位置——这个洋人赏的金饭碗。

手枪队和警棒队在人祥里十字街口擦肩而过，对京官祠堂歃血盟誓的结党徒众也视而不见。

二

京官祠堂位于人祥里尽头，院落一半占在租界内，一半延伸到租界外的华界，原本是赫赫有名的地皮大王刘歆生为汉口出身的京官孙大人建的私家祠堂。在欧式洋楼和中西合璧建筑林立的租界区，这是一座典型的中式古建筑，黄瓦、绿椽金边，绘有云头小狮花纹。虽已年久失修，剥蚀斑斑，却仍不失当年的阔绰气派和古色古香情调，更透出历经沧桑的宏伟壮观。京官祠堂分前殿和后殿，后殿是安置孙大人在汉亲眷的寓所。武昌首义前夕，孙大人的亲眷听到风声后席卷细软逃得不知去向。几乎就在祠堂主人逃离的当夜，就有来历不明的人接踵迈进后殿门槛，以新主人自居，续着前殿的香火。祠堂几度易主，香火时续时灭。

前殿门宇轩昂，门外两侧蹲伏着一对大石狮，大石狮背上又蹲着一对顽皮可爱的小石狮。祠堂门楣上的牌额已摘换过好几次了，新近又换上了一块崭新的匾额，两个斗大的黑底镏金颜体字赫然入目："花会"。门内殿堂就是花会大场。大场正中摆着高大宽阔的紫檀木供桌，桌面中央搁着庞大的镂花紫铜香炉，左右置一对镌有铭文的黄铜烛台。

紫铜香炉内香烟袅袅娜娜升腾，缭绕在供桌之上的神龛前，神龛里供奉着一尊女神。女神形似观音菩萨，却并非端坐在莲花宝座上，这是一帧女神胸像，仿佛欧洲文艺复兴时期画家笔下一位气质高贵少妇的肖像画。不同的是肖像周围环绕着36朵形状各异的花卉，在烛光闪闪熠熠的照耀下反射着光怪陆离的神秘色彩。女神来历不明，花会盟主声称天机不可泄露。神龛上下左右垂着三重密不透风的幕帷，将大场幕后的秘密遮得严严实实。

幕帷是紫红色的金丝绒，衬托着女神的大红大紫和雍容华贵。紫色幕帷左右伫立着穿同色紫衣的护花使者，却是两位裹着紫红金丝绒紧身旗袍的妙龄女郎，时髦的高开衩旗袍暴露出她们修长的玉腿，白皙的肌肤耀得花会盟主睁不开眼。

盟主高高坐在供桌对面大场中央，他的交椅像一架人字形木梯，梯脚安装有四个滚轴，可以由花会徒众簇拥着推动。身为盟主，吴海笙却穿着一套雪白挺括的西服，衣领系着黑色蝴蝶结，显得风流倜傥，与两位紧身旗袍女郎一般摩登。而他正襟危坐，满脸肃穆，丝毫不失花会盟主的威严身份。

倒是立在盟主交椅前面的大司仪张宗榜穿戴很庄重，他一身长袍马褂，毕恭毕敬地弓腰垂首，率领身后黑压压一片人头朝女神顶礼膜拜。

面对女神，真正诚惶诚恐的是挤满大场延至殿门外的花会迷。以中青年妇女居多，从穿着打扮看，她们多半是小姐、夫人、姨太太和青楼妓女。也有一些街道闾巷来的婆婆妈妈。这群人手捧"海底"跪伏于地，一边磕头作揖，一边喃喃地祈祷着。

张宗榜走到供桌前拿起一张紫红色花会题纸，转过身来，双手展示着让众人验看，正是昨天分发给花会迷们的同一题花会谜语：

三国老黄忠，

能开铁力弓。

百步穿杨柳，

箭箭不落空。

即将开筒揭谜了，花会迷们紧张不安地期待着，殿堂里响起了一片嘈杂的猜疑、争议声。

吴海笙掏出金壳怀表看时间，当时针分针同时指向正午 12 时，他朝正望向他的张宗榜点头示意。

"开——筒——"

张宗榜拉长腔调，宣布开筒仪式开始。大场内顿时静得鸦雀无声，黑压压的人头纷纷昂起脸来，齐刷刷的目光灼灼地盯着吊筒。

吊筒用一根纤细的麻绳悬吊在供桌上方的大场顶上。紫旗袍女郎紫燕探手幕后掣动滑轮，吊筒徐徐下降，紫旗袍女郎紫鹃上前伸出双手小心翼翼接住吊筒。吊筒是一只小巧精致的红木方盒，盒盖镂有二龙戏珠图案，四面刻着仕女图，朱漆描金，古色古香，形似青楼艺妓绫罗帐中的首饰宝匣。

紫燕、紫鹃双双捧扶着吊筒，袅袅娜娜地朝张宗榜走过来。张宗榜神情恍惚地望着面前两个仪态万方的紫旗袍女人，一时眼花缭乱，竟分辨不清哪个是自己的太太哪个是姨妹。紫燕见他在关键时刻走了神，连忙递眼色提醒他接过吊筒，他却毫无反应。紫鹃见状随机应变，她一人捧稳吊筒高举过头，单腿屈膝跪在吴海笙高高的交椅下："请盟主开筒宣示！"张宗榜这才缓过神来，慌忙接过吊筒，踮脚递到吴海笙的手跟前。吴海笙当众开启铜锁，掀开盒盖，取出一张紫红色花会题纸展示给众人验看，题纸上的五言四句花会谜语与刚才张宗榜展示的题纸完全相同，不同的是，这张题纸反面写着谜底。

吴海笙憋着半生不熟的汉口方言腔调宣读前两句谜面："三国老黄忠，能开铁力弓。"按照打花会谜语的规则，一张题纸的四句谜语，前两句为一个谜面，影射第一个谜底，后两句为另一个谜面，影射第二个谜底。今天中午将要揭晓的是第一个谜底，吴海笙正欲宣布前两句的谜底时，却张口结舌哑了声。

三

毕恭毕敬敛袵朝拜的花会徒众中突然冒出三个大逆不道之徒，大摇大摆闯上祭坛。其中一个公然戳指着盟主说："且慢！在你的谜底揭晓前，我们先打一道谜你猜猜！"

吴海笙打量三人模样，估计并非花会徒众造反，虽知来者不善，却镇静下来，笑吟吟矜持着问："吴某孤陋寡闻，不知诸位尊姓大名？贵府何处？请教，请教！"

"不远，宗关赌馆代表。"

"很近，华商跑马场代表。"

"邻居，德兴里21门赌局代表。"

吴海笙听了心里已透明，他慢腾腾起身走下交椅，双手抱拳见礼："久仰久仰。今天本盟主主持花会大场开场典礼，欢迎诸位贵客光临观礼……不知诸位为何打断开筒仪式？"

"凑热闹！我们也带来几句谜语，请吴盟主先猜猜看？"

一个说着，另两个飞身跃上供桌，抖出三尺黄绢蒙在女神像上，嗖嗖亮出两把匕首钉住。黄绢上果然写着几句墨迹潦草的谜语：

> 第一出万家春看相，
> 第二出苏三起解，
> 第三出刺杀阎婆惜，
> 第四出拷打红娘。

大场气氛顿时紧张不安起来，却又有人忍不住捂嘴窃笑。原来这是一道广为流传的谜语，谜底是——杀猪。

吴海笙脸上仍不动声色，但他心里到底难免咯噔一惊。他对预想的各方对手有过种种估计，却未料及对方从一开始就联合起来直捣他的老巢，直截了当威胁恐吓，而且出言不逊，不讲面子不留余地，九头鸟果然厉害！想到这里，他不满地瞪了张宗榜一眼，他倚重的这个九头鸟，事先应对大场内外周密布置过的。

张宗榜对盟主这眼自然是心领神会，他虽然也不慌张，脸上却早已是挂不住了的。吴海笙的这道目光犹如一记耳光扇得他脸上火辣辣的，他的两眼也火辣辣地朝大场四周扫射一遍。

潜伏在大场旮旯的打手一拥而上，十几把手枪抵住三个客人的前胸和后背。客人并不反抗，个个脸上露出不屑一顾的冷笑。

大殿门外响起一阵急促的脚步声和喝叫声。航船张宗衡急匆匆跑进来，拉过张宗榜附耳低语："他们的人马包围了大场！"他朝三个客人努努嘴，以更低的声音窃语："警棒队和手枪队也变卦了！田巡捕长和阮保正先后以托词溜走，还有鸡杂鸭杂(稽查、警探)们一个个都翻了脸，硬要闯进大场整肃秩序，我们的人快顶不住了……"

张宗榜听了略一沉思，挥挥手叫打手们收起手枪散开。这时，全副武装的巡捕、稽查、警探们果然闯了进来，花会徒众骚动起来，都把惊慌的目光投向他们的盟主吴海笙。

吴海笙似乎没看见威风凛凛的白头盔、黑制服和大盖帽，不慌不忙登上交椅，重新稳坐在盟主的宝座上。张宗榜也背过身去双手抱肩立定，摆出一副看你们有何话的姿态。巡捕、稽查、警探们面临这般场面竟语塞了，毕竟他们昨晚刚刚亲手接了张宗榜塞给他们的鼓鼓囊囊的一大包月例钱，亲口肉麻地奉承了一番吴海笙的，一时又找不出碴子。这般奴性十足的走狗缺个上司撑腰壮胆，还不敢冒冒失失地在不知有多大来头的吴海笙、张宗榜面前放肆，便都尴尬地站着不吭声。

三方僵持着，大场又静下来，是一种进一步斗法逞狠的镇静，似要看谁先沉不住气。

四

紫鹃扑哧一笑，笑得莫名其妙。她扭着楚楚动人的细腰，牵起紫燕的手走到供桌跟前，她的手够着紫燕的肩头，紫燕的手托着她的腰，两人一跳一托，她便轻盈地上了供桌。她伸手扯下女神像上的黄绢，转过身来，面对大场黑压压的人

431

头亭亭玉立，供桌上的香烟从她的脚下袅袅而上，缭绕在她全身，仿佛女神走下神龛现了身。

张宗榜轻嘘了一口气，吴海笙高坐在交椅上微微笑。

紫鹃俨然是神气活现的女使，双手扯开黄绢宣读圣谕："第一出万家春看相——没得一拃厚的肥膘不要！第二出苏三起解——乖乖地把贡品送到花会来！第三出刺杀阎婆惜——造孽！宰了几头？第四出拷打红娘——是吹猪还是吹牛呀？"她说着便将黄绢揉成一团掷向三位衣冠楚楚的客人："看你们穿得灵醒了！原来是几个屠夫呀？那就把你们孝敬女神的畜生供上来吧！咯咯……"

花会徒众忍俊不禁，哄堂大笑。

三位客人既敢闯龙穴岂是蛮莽的角色？他们并不在乎紫鹃恶作剧般的羞辱戏弄，嘿嘿冷笑着反唇相讥："你也是个堂子姑娘吧？胯骚嘴也骚！是的，老子们是屠夫，连你个骚母猪一起宰！"

堂子姑娘指淫窟妓女，这话也未免太肮脏恶毒了，只见紫燕仿佛被人扇了一记耳光，慌忙伸手捂住通红的脸颊，身体朝前趔趄一下，险些栽倒。紫鹃哇的一声哭开了，一屁股跌坐在供桌上，像个撒娇的小姑娘伢乱蹬着双腿，呜哇呜哇地哭得十分伤心。

"哪个敢欺负我的紫牡丹啊？"

大场里兀然响起浊重而威严的喝问，只闻其声而不见其人。

紫燕撩起供桌后面的紫色幕帷，身着一袭白府绸长衫的杨青山突然出现在幕前。

紫鹃跳下供桌，一头扑在杨青山怀里痛哭不已。

张宗榜和张宗衡拱手作揖："杨老先生。"

三位客人垂头鞠躬："杨老先生。"

巡捕、稽查、警探们立正敬礼："杨老先生。"

吴海笙并不下来谒见，他只在交椅上起身施礼："杨老先生。"

杨青山是个头发花白的善面长者，他一边轻拍着紫鹃的肩背，一边严肃地说："这是我的女弟子紫牡丹。"他沉思片刻，望望三位客人和巡捕、稽查、警探们："今晚我在刚开张的璇宫饭店摆宴，为紫牡丹压惊，也为来汉开花会的吴盟主洗尘接风。你们三个回去代我邀请你们的老板来作陪。嗯，还有你们的大保正、翻译官、局长、署长，也代我请来。"

客人和巡捕、稽查、警探们唯唯诺诺，拔腿就走。

"站住！你们必须先向我赔礼道歉再走！而且你们冒犯女神，小心大祸临头！奉劝你们赶快祈求女神恕罪！"紫鹃昂起泪脸，抽泣着，痛心疾首地指着神龛说。

那两把匕首还深深地插在女神的胸脯上，雪亮的锋刃渐渐被鲜血染得彤红，浓稠的血汁从伤口汩汩涌出，淋漓滴落，吧嗒吧嗒溅在供桌上。女神的脸色惨黄而唇红齿白，目光如炬，悲悯地俯视着大场形形色色的人间男女。

大场响起一片惊讶哭泣声，花会徒众纷纷屈膝下跪，伏地不起。

杨青山也悚然一惊，他稳稳神，扶着紫鹃的肩头走向供桌。

目瞪口呆的客人和巡捕、稽查、警探们战战兢兢地跟在他后头。

杨青山倒金山推玉柱，匍匐在女神脚下。

第二章　南馆南生

一

璇宫饭店接风宴举办后，汉口江湖各派老大背地里蔑称吴海笙为纨绔子弟，甚至干脆斥之为上海瘪三。这固然是九头鸟们惯有的欺生排外的傲气。不过，纵使吴海笙是个不可小觑的蛮傲的人物，他来汉口统共才个把月工夫，连法租界及毗邻地带的大街小巷都还没摸熟，何以得宠于杨青山，轻易在山头林立、群虎争食的大汉口码头夺得一席之地？

在吴海笙的肩头，也歇落着一只机敏凶猛的九头鸟。虽说在公开场合张宗榜口口声声尊吴海笙为盟主，甘为追随左右的忠实信徒，实则二人是结拜兄弟，且张宗榜年长十岁，被尊为大哥。二人皆是身怀绝技的南生，一个蛰伏上海，另一个觊觎汉口，正是为了重开尘封多年的花会歃血结义而来，祈祷花会女神重降人间。

游走在虚无缥缈中的寂寞女神有感于凡界弟子的祷告，当女神飘然而至，又凭着神秘力量为一对拜把兄弟召唤来了一对亲生姐妹——紫燕和紫鹃。

二

说来紫鹃是负气出走上海的。十七岁的紫鹃本是汉口博文中学三年级学生。她天生丽质又乖巧伶俐，功课也不错，很得老师偏爱、同学羡慕，连续两届被推选为校花。出够了风头的紫鹃也在暗自培养心志，激励自己做一代知识女性的楷模，既济世救民又博取功名。为此她十分珍惜已有的荣誉，从不懈怠功课，事事处处争取师生们的好感，穿着装扮更是不敢稍有马虎，唯恐有失校花身份。她是一心要蝉联第三届校花桂冠的，便时常留意学校几个出众的女生，以为都不配与她角逐这份殊荣。她万万没想到会败在鹦鹉那个胎毛未褪的丫头片子手下！评语上说什么鹦鹉姿色出众而童贞依然，兼有大家闺秀气质和小家碧玉风韵，且品学兼优、心地善良。而说她紫鹃的尽是坏话，什么刻意修饰有损校风啦，什么漂亮有余含蓄不足啦，真是活活气死她了！颁布新校花人选之前她竭力挽回败局，缠着兼任训导室主任的国语课赵老师哭鼻子，甚至扑到他怀里撒娇发嗲。可是那个迂夫子不为所动，存心偏袒他班上的得意弟子鹦鹉，却开导她应自珍自爱、荣辱不惊，要胸怀大度、提携新秀。她岂甘蒙受废黜贬谪的羞辱，便抢在颁布新校花前夕愤然声明退学，不顾师生的苦苦劝阻挽留，怀着刻骨铭心的耻辱感和仇恨离开了学校。

那天，当紫鹃气呼呼地背着书包回家时，紫燕正在给张宗榜写信，为紫鹃一年后的升学前程早作打算呢。听妹妹说她竟不与姐姐商量就轻率退学了，紫燕当即就气得浑身发抖，握笔的手颤抖着，扶乩一般在信笺上乱画一气，两眼死死盯着笔下一串奇怪的线环符号莫名其妙，仿佛预感到不祥之兆，脸色因惊恐而惨白。

紫鹃被紫燕的模样吓坏了，扑通跪倒在她面前："姐姐，你莫吓我、莫吓我！你要是怄气就打我解气吧！你打吧打吧！"说着就抓起紫燕的双手狠狠朝自己的头脸上打，打得自己披头散发、泪流满面，总算打得紫燕缓过神来。

三

紫燕九岁丧母，时紫鹃七岁。父亲以南货店无人照应为由，迫不及待续弦接回一个比生母更漂亮的后娘。头几年后娘待姐妹二人也还不薄，后娘生的弟弟也很讨姐妹的疼爱。那年夏天姐妹二人带三岁的弟弟去江边玩水，弟弟不慎落水溺死，从此后娘视姐妹二人为眼中钉。为了维护妹妹不遭欺凌，紫燕宁可代为受过。紫鹃不忍心看着姐姐受罪，常常挺身而出与后娘针尖对麦芒。一次后娘设计构陷，姐妹二人惨遭父亲毒打。紫鹃怂恿紫燕设反计报复，姐妹二人佯装被后母投毒险丧性命，激起街坊邻居公愤，逼迫父亲赶走了后娘。哪晓得后娘走时也把父亲的魂勾走了呢？他终日萎靡不振，懒得开门做生意，南货店门可罗雀。姐妹二人着急了，暗暗张罗着物色善心佳人再为父亲续弦。可是迟了，父亲已把南货店租赁给歆生路三分里苏帮青楼老板开南馆。

南馆专门做聚众赌博从中抽头并豢养南生坑骗赌客的生意。明明是开赌场，何以有这么个斯文好听的称谓叫南馆？对南馆二字的来历，各种考证说法不一。

有一条解释是肯定的，为赌窟老板附庸风雅。而汉口人一般都言语直率且惯于"逗散方"说俏皮话，他们对南馆的解释是：这还不简单？坐北朝南，大门南开，像上饭馆一样有钱就可以进去的地方！没听过一句民谣吗——

堂堂衙门朝南开，
有钱无理请进来。

这两句显然是套用"堂堂衙门朝南开，有理无钱莫进来"得来的，虽是戏言，而仔细琢磨，也蛮对。赌场断案六亲不认，往往一局判出个生死祸福，是只认钱不讲理的地方。

紫燕紫鹃家的南货店，地处人祥里十字路口，店铺门前既有川流不息的商人游客经过，又有成堆成伙游手好闲的街坊邻居逗留，正好招徕大小赌客。苏帮青楼老板觊觎已久，瞅准眼头盘下南货店铺面开南馆，一手赚着三分里青楼的血肉哭笑钱，一手又来赚人祥里南馆的赌财赌命钱。

原来的南货店本是前店后家的格局，前头的铺面改开了南馆，紫燕紫鹃和父亲每日必得从南馆大门出出进进，三口之家就安在赌窟里头了。近朱者赤，近墨者黑，进了染缸改本色。紫燕的父亲原本对掷骰子、押单双、搓麻将、玩牌九等各种博彩游戏一窍不通，他每日闲得无聊便待在南馆里看热闹，看久了便看出门道也看出兴趣来，难免心动手痒，但逢有人邀他临时凑角顶替他就入局尝试。试久了自然上瘾，渐渐由一般赌客变为十足赌棍，进而成了个陷入泥淖不可自拔的亡命赌徒。他先是输光了浮财家当，再是输掉了铺面。当他又输掉了铺面后头的半爿房产，债主逼他搬家腾屋时，他走投无路，既丧失理智又丧尽天良，竟以长女紫燕作价下赌注，企图作最后一搏来扳本，结局他还是输家。赢家是赌场老手张宗榜，当即逼他交出紫燕了清赌债。他央求南馆老板出面调停，谈妥先将紫燕送到三分里苏帮青楼扣作人质，但保证暂不逼紫燕接客，假以时日容他筹款还债赎人。

其实这是南馆老板和张宗榜的连环计。南馆老板看中的是南馆租赁的这块风水宝地的铺面房地产，而张宗榜看中的是经过南馆出出进进的紫燕。可笑的是紫燕的父亲局局失手还不认输不服气，他以为张宗榜和他一样是个赌客，全然不知张宗榜是个南生，哪有赌客赌得赢南生的呢？

四

那时紫燕年仅二八，哭干血泪后自知难以赎身，毅然自卖自身留在青楼当了堂子姑娘。她凭着天生丽质玉女童身与鸨儿讨价还价，一举偿清父债，并将余钱悉数打发赌掉了良心人性的父亲，逼他立字画押声明断绝与紫鹃的父女关系，以防妹妹再遭不测。她把紫娟托付给孤苦伶仃的姨妈，靠卖笑所得供她上学读书。如果不替妹妹的将来出路着想，她是打算就这么终日淫乐、醉生梦死直至人老珠黄的，既已沦落风尘，除了及时行乐又能如何呢？可是她终究放心不下紫鹃，唯恐她操贱业的身份连累了妹妹的名声。虽然姨妈守口如瓶并严禁紫鹃在学校向任何人提及姐姐，但她深知，除非姐姐及早离开青楼，否则堂子姑娘的肮脏身份总有一天要玷污清白无瑕的妹妹的。紫燕起初并不知张宗榜早已对她垂涎三尺，只把他当了为她开苞的嫖客。在她屈辱地献出童贞的血泪之夜，她从张宗榜的甜言蜜语中得悉他霸占她的诡计，便将计就计，使出浑身手段赢得张宗榜的欢心，迷得他一日不见如隔三秋，先是答应花大钱独包她，不让第二个嫖客沾她的边，接着又哄得他答应赎她从良娶为二房。一年后张宗榜的发妻病故，她名正言顺做了张太太。张宗榜仓皇出逃上海后，她就把一门心思用在紫鹃身上，发誓要把妹妹培养成有身份有教养的知识女性，与清白正派的官宦或富商联姻做个真正的贵夫人。她甚至眼巴巴盼望紫鹃成功的那一天早日到来，那时她才能浇平胸中块垒，抒出久憋在心底的污浊之气。看到紫鹃用心读书、连获殊荣，她喜在心头，又萌生了送她留洋深造、自强自立的念头。张宗榜虽然一去不返，却源源不断保证着她姐妹二人的生活开销，而且他主动承诺负责供养姨妹读书的一切费用……哪曾料及紫鹃把终身所系当了儿戏，为了满足虚荣心竟丧失了理智荒废了学业，辜负当姐姐的良苦用心！再说退学以后怎么办？一旦失去学校的屏障，这世道每一步路对紫鹃都是险恶的陷阱，又不可能把生性活泼好动的紫鹃日夜关在家里。紫燕想到这里号啕大哭，边哭边厉声斥骂紫鹃，又哀声劝告开导，晓以利害关系。末了，她逼迫紫鹃当面表态回心转意，以便她立马带紫鹃到学校向校长老师赔罪，收回一时糊涂说的气话。

紫鹃虽还不敢顶撞姐姐，其实更比姐姐心傲气盛，她只是碍于恩情才尊重父母一般的姐姐。任凭紫燕好说歹说她一声不吭，姐姐伤心悲恸她也心如刀绞、泪流满面。而当紫燕逼急了，强拽起她的胳膊要拖她去学校时，她不得不开口了，冷冷地说："姐姐若是这般逼我，硬要我自食其言重返学校受人耻笑，那就只当是姐姐听任别人朝我脸上喷涎！姐姐还不如让紫鹃我去死！"

紫燕松开手愣住了，她简直不相信自己的耳朵，她一向宠爱有加、看得比自己还甘贵的妹妹，竟说出这种绝情绝义的话来？她气得浑身发抖，两手痉挛着忍无可忍，左手叭地一掌扇过去，犹不解气，右手再抡起却耷拉下来，她看见紫鹃的嘴角痛苦地抽搐着，鲜血像一条硕大的红蚯蚓可怕地扭曲而出。她哎呀一声，扑上去捧起紫鹃的脸心疼地揩着淋淋鲜血，紫鹃便扑在她怀里，姐妹二人抱头痛哭。

五

正哭得难分难解，忽然接到张宗榜差人专程赴汉送来的密信，嘱咐紫燕尽快打点行装去上海探亲。紫鹃一听就吵着要陪姐姐同行，也好去逛逛十里洋场见洋广。紫燕起初是断然不允一口回绝，此番仓促赴沪，名义上是夫妻相聚，张宗榜密信的内容她必须瞒住紫鹃守口如瓶；而三年未见，对挂着某钱庄襄理头衔的丈夫在上海究竟从事何种职业她是心存疑虑的，密信中许多话语焉不详不明不白，又怎知他有哪些盘算对妻子也要守口如瓶？紫燕虽未去过上海滩，也曾耳闻那里是纸醉金迷的花花世界，担心紫鹃若跟去，稍有疏忽迷了心窍就不得了！她却万万没想到紫鹃也有些事对她这个当姐姐的守口如瓶，自从去年瞒着姐姐写信给姐夫求赠法国香水口红起，背地里紫鹃与张宗榜之间时有通信。姨妹对姐夫在上海的作为倒是略知一二的，当夜她趁紫燕熟睡之际偷看了那封密信，更是强烈希望与姐姐同赴充满诱惑的上海，除了可以见洋广长见识玩个开心痛快，还可以见机行事助姐姐姐夫一臂之力。

翌晨早起紫鹃就使了个欲擒故纵之计。她说昨夜仔细想了想，还是不跟姐姐去上海好，姐姐去与久别的姐夫相聚，是要好生亲热悄悄说些知心话的，她跟着碍手碍脚也难为情。再说退学后她得赶紧为自己找出路。去年蝉联第二届校花时报社记者就到学校邀她参加报社举办的时装模特表演，被赵老师阻拦了，她决定参加今年的汉口小姐选美，角逐摩登名媛，既可让学校那些瞎了眼的师生瞧瞧，出口恶气，又可为谋一份报酬丰厚的体面职业准备资本。她这么一说紫燕果然就中了计，吓得脸都白了，当即训斥说："你当选美也像选校花那样好玩？一旦选上了你就成了众人追逐的猎物！那时你想脱身也脱不了！你真糊涂呀！你想往火坑里跳？"紫燕说着眼圈又红了："不如你跟我到上海再作打算吧，看能不能在上海找所寄宿学校继续读书。"

紫鹃不情愿地噘起嘴，转过身去就忍不住掩嘴偷笑。

六

三天后紫燕打点行装带着紫鹃启程，一路上还带着一个男人。从表面上看，分明是这个男人带着一个少妇一个少女，上船后他不断嘘寒问暖，关怀备至，举止彬彬有礼，极具绅士风度。而且他极为警惕谨慎，他的二等舱位靠紫燕姐妹隔壁犹不放心，还找来船长特别关照，防止任何闲杂陌生人员骚扰二位夫人小姐。二等舱集中在轮船顶层后部，两舷走廊有栅栏隔离，将宽敞开阔的顶层后甲板留给这些有身份的富裕乘客专用。不多的乘客凭栏眺望两岸景色或闲卧小憩之余，免不了拿好奇的目光打量这显然并非亲眷也不像素友的一男二女，揣摩这男人一再主动向两位赏心悦目的年轻女人大献殷勤，纵然别无用心，大约也是借机嗅花闻香、饱餐美色以排遣旅途寂寞吧？其实不然，是两个女人有求于这个男人。

所以，当船抵吴淞口码头，张宗榜驾驶一辆锃亮的雪铁龙来接船时，这位护花使者见面就表功："张襄理，我护送夫人小姐安然到达，你该如何报答我？"

张宗榜又惊又喜地说："哦？原来内子巧遇同船的刘公子呀？幸会幸会！"

紫燕插嘴道："哪是船上巧遇呀！人家刘公子原打算挨几天再动身的，听说我们姐妹二人第一次出远门，胆子又小，这才答应提前陪我们同行的……"她正说着，站在她侧后的紫鹃悄悄用胳膊拐拐她的腰，她似有所悟地住了嘴，却又狐疑地瞟了一眼紫鹃。

张宗榜连忙接过话茬："幸亏有刘公子一路照顾！今天我为刘公子接风洗尘以表谢意。刘公子就坐我这辆车吧，我送你去国际俱乐部下榻。"

"我已预订了大世界的客房！改天再来拜访张襄理吧！"

"国际俱乐部刚刚开张，有法式大菜、英式客房、日本艺妓。来得早不如来得巧，以刘公子的身份，何不去享受一下洋人的派头？我替刘公子去退掉大世界的房间吧！"

紫燕接着问："我们也订的是国际俱乐部的房间？"

张宗榜点头："裕华钱庄包了几间做公寓。"

紫燕说："那好，我也巴不得再与刘公子做几天邻居呢！今天我得敬刘公子一杯酒。"

刘公子犹豫地笑笑："盛情难却，盛情难却……不过，大世界的石经理说好今天亲自来接我的。"说着就四顾张望身旁开来离去的小汽车。

紫鹃见状亲热地挽起刘公子的胳膊就拽："走吧，刘公子！嘻嘻，同了一趟船我就有些舍不得刘公子了，嘻嘻嘻……"

紫鹃这一拽拽得刘公子怦然心动。一路上他早已被这一对姐妹的姣好容貌所陶醉，弄得他在心里反复告诫自己莫胡思乱想："紫燕是张宗榜的人，挨不得的！紫鹃还是个中学生，也挨不得的！"可是此时此刻，紫鹃这般大方主动，他不禁又心猿意马了，便趁机摸摸臂弯里那双玉笋般的嫩手，顺从地钻进张宗榜的雪铁龙。

这便是张宗榜请君入瓮的锦囊妙计。

<h2 style="text-align:center">七</h2>

　　张宗榜原是汉正街一爿中药铺的小老板，因熬不住生意清淡，便聚众在柜台后面赌博。虽然玩的只是几个铜角子、几张纸币毛票的小彩头，日久也染上赌瘾，不知不觉中赌博竟像鸦片一样一日不可或缺了。他与汉口小有名气的赌棍谭明斋结拜为兄弟后，两人整日在一起切磋赌技而不务正业，终于导致药铺倒闭。他破罐子破摔，索性请谭明斋引荐，拜汉口著名南生谭铁庭为师，从此开始了他的南生生涯。

　　一般局外人以为，南馆既是赌窟，出入南馆的赌徒就是南生了。其实不然，赌徒分赌客和南生两种。赌客是真赌，谙熟赌道后凭的是运气，就是汉口常说的火气、手气；南生则是假赌，凭的是非凡的赌技和不露破绽的弄虚作假手段。赌客入局有输有赢、时输时赢，如不悬崖勒马立即出局，终将一败涂地、血本无归；南生入局则假输真赢、诱敌深入，结局必是常胜将军。汉口所有的大小南馆，都豢养着一至数名南生，他们以此为职业，一年四季生活水平如达官贵人。为了不露马脚引起赌客怀疑，南馆老板往往事先给他们披上各种商人伪装，表明他们另有做生意的大笔收入。南生假赌的手法五花八门，一种赌博方式备有几套应对手段，多半是在赌具上下功夫。以单双骰子宝为例，可以掷出各种花样的假骰子来，比如"惩子""太极图""皮脆""爹口雁""开天窗""单双钉子""手架子"，等等，摇得你眼花缭乱，目瞪口呆。南生的本事就在于以假乱真，真假难辨，任你赌客赌红了眼，瞪得布满血丝的眼珠像牛卵子，他就在你眼皮子底下做手脚，从容不迫，滴水不漏。

　　张宗榜拜在谭铁庭门下，师傅叫他潜心钻研两年。他只用一年多工夫便精通了各种假赌技巧，手段之高明更胜乃师一筹。出师那天，谭铁庭精心设计一场"毕业考试"，勾结四达瑞茶叶店老板、茶叶商会理事长兼公益会理事长郭炎卿到商呆子公馆约赌。郭炎卿算得上是个业余南生，而商呆子是个嗜赌成性的汉口富豪。赌局是晚饭后开始的，由商呆子指定玩单双宝，张宗榜出马，郭炎卿暗中配合，谭铁庭只作壁上观。张宗榜佯输几局后开始用"皮脆"手法连赢，再佯输几局后又用"太极图"手法大赢特赢。不到半夜时辰，已从商呆子手上赢得十条黄金。

　　张宗榜出师以后，与汉口著名大赌客郭炎卿、施搏、李济世、沈京山沆瀣一气，专门结交汉口的阔少，引诱其到太平洋饭店、大华旅社大开赌局，由汉口名妓侍候，赌桌上摆出高级听装香烟和精美点心瓜果，场面阔绰奢侈。而一场通宵达旦的赌局下来，阔少们个个输得精光，狼狈离去，张宗榜和大赌客们每局必胜，从不失手。张宗榜的名气越来越大，赌道上公认他是南生中的王牌。谭铁庭审时度势，告诫他说："木秀于林，风必摧之。我也不劝你金盆洗手，但你也得避避风头，歇半年再说。"张宗榜嘴上应承了，但他正赌得起劲，哪肯歇手。谭铁庭见状，便将自开的南馆转让出去，在歆生路上盘下一个不大不小的铺面，以他和张宗榜二人的名义开了个参号掩人耳目，将师徒二人赌赢的钱财悄悄转移过来，以防不测。

张宗榜对师傅的谨慎不以为然。他又盯上了汉口大买办彭子敬的大少爷，先以美人计诱其上钩，再以玩单双骰子宝哄入赌局。一夜之间，彭大少爷竟输了雄伟路上的一个铺堂。彭子敬怒而告到市长公馆。市长与彭子敬素有交情，又听说汉口工商界人士对无法无天的南生屡有怨言，便着令侦缉队逮捕张宗榜法办。谭铁庭早已在侦缉队安置了耳目，探听到风声后抢先一步安排张宗榜走水路逃了。不料侦缉队趁火打劫，说逃得了和尚逃不了庙，竟查封参号，把参号藏匿的钱财搜抢一空。谭铁庭见不光徒弟这几年赚回的没保住，连他自己攒的也连带赔掉了，心想自己一辈子当南生、开南馆，绞尽脑汁、算尽机关，到头来反而被别人轻轻巧巧算计了！这么想着想着，就活活地气死了。

张宗榜仓皇逃到上海后，按师傅的嘱咐，经上海湖北帮赌友引荐，投奔上海裕华钱庄董事长吴海笙。裕华钱庄实际上也是个南馆，吴海笙则是南生出身的南馆老板。吴董事长封张宗榜做张襄理，二人密谋由张专事打探汉口巨商富豪到上海的行踪，常常是客船刚抵上海港，张宗榜的小轿车已在码头迎候，将客人迎到豪华饭店介绍给上海金融家吴海笙，由吴接风洗尘。宴后大赌牌九，结局自然是张宗榜和吴海笙以精湛的牌九技巧大赢其钱。

这次张宗榜截住刘公子，不过是故伎重演，但不是简单的要赢他几个钱。在指使紫燕诱蛇出洞之前，张宗榜秘密潜回汉口，深更半夜摸到人祥里，从京官祠堂后花园翻墙入室，打着手电筒将前殿旮旯旯都踏勘了一遍。张宗榜诡计多端，夫唱妇随，背后当然还有个绞尽脑汁的吴海笙。锦囊妙计之外，又多了个锦上添花的紫鹃，赢满贯的赌局可想而知。

八

刚开盘的两局刘公子还蛮顺手，玩法是由他选定的麻将。紫燕坐在他的上首，紫鹃紧挨着他坐在右边观战，他颇有拥香偎玉、左右逢源的惬意。可是接下来几局他感觉手气不好了，似乎所有的好牌都被与他相对而坐的吴海笙悉数摸到手，对面的那张嘴脸得意洋洋，一个风下来，竟把他和上首下首三人衣袋钱夹里的钱都掏空了。连紫鹃也离开他挪到对面去，旁观那个上海佬大出风头大赢钱。

这时，楼下舞池乐声响起，坐在刘公子下首输得不耐烦的张宗榜问他是否歇会儿再玩？他点头附和，正欲开口邀紫鹃下楼跳舞，那个吴海笙却抢先挽起紫鹃的胳膊将她拉走了，他不禁露出满脸失望和不悦。幸好紫燕主动过来挽起他的手臂。

跳过两曲，张宗榜问："是接着玩牌还是再跳两曲就休息算了？"

那吴海笙正跳得起劲，说："不玩牌算了吧，我要陪紫鹃小姐好好跳几曲，还要请她出去吃夜宵呢！"说着就牵起紫鹃下了舞池，搂着她的细腰贴着她的香腮色眯眯地边跳边说笑。

而应付刘公子跳过两曲的紫燕，也撇了他，去挽起张宗榜下了舞池，扔下他一个人坐冷板凳。他忽有一种像是赔了夫人又折兵的恼怒，顿时便来了公子少爷的脾气，第三曲乐声刚刚停下，便颐指气使地冲着张宗榜说："我的牌兴正浓呢！既然是你们再三邀请我来玩的，就该陪我玩个痛快。"

接下来几局刘公子连连得手，忽而杠上开花，忽而海底捞月，吸引了紫鹃又挪椅子坐回他身旁观看他随心所欲地摸牌吃牌。他赌兴大发，一再提议加大筹码……

刘公子滞留国际俱乐部豪赌三天三夜，赌尽他此番上海行打算周游舟山群岛和苏杭的全部川资，赌光了金壳怀表、钻石戒指、金架眼镜和随身所带一切值钱的东西。最后，他孤注一掷，赌掉了人祥里京官祠堂的房地产。住店的全部开销，包括日夜侍候在他房间的一个日本艺妓的陪伴费，都是张宗榜代他付账。张宗榜又给他订好返汉的船票，奉上一路盘缠。

刘公子离沪那天，紫鹃早晨答应要去送行的，可是他流连在船码头左顾右盼，直到客轮鸣笛也不见紫鹃的人影。这时他才猛省到：张宗榜何以知道京官祠堂的房地产仍属我们刘家所有？又怎么得知这份产权已落在我名下了由我继承呢？"当客轮离开上海港时，他才恍然大悟："哎呀！此番上海行，从一开始就踏进了那两对狗男女设置的陷阱！"他立在右舷，把浑身的力气都使在双手上狠狠掰住栏杆，仇恨地望着岸滩上十里洋场景物渐渐远去，他在心底说："不久的将来我也要来闯荡上海滩，那时我再找你们算账！"

九

刘公子又失算了，他没料到张宗榜与吴海笙已舍弃上海滩，很快就携着紫燕、紫鹃接踵而来，而且正是借助他祖上的风水宝地在汉口立足，要在他眼皮底下图谋一番鼓动汉口居民响应的大事业！他再也按捺不下满腔怒火，气咻咻地到侦缉队去告状，说三年前通缉的在逃犯、十恶不赦的南生张宗榜，已于近日公然回汉勒索赌债，应立即缉拿法办，以平民愤云云。当他撞了一鼻子灰后才冷静下来，告诫自己切莫性急，哪怕忍气吞声，也要耐心等待复仇良机。

张宗榜早在上次秘密潜回汉口时，就已打通了稽查处、警察局、侦缉队和帮派山头等各处各关，所以他再次返汉就有恃无恐、公开行动。他和吴海笙分头行事。他带着紫燕去聘请汉口著名的大律师，凭借刘公子在上海签署的经沪上大律师见证的抵押文件，顺利办下了人祥里京官祠堂房地产的转让手续。

吴海笙那头却不顺利，他带着紫鹃去谒见杨青山，四处托人却四处碰壁。

第三章　两 帮 大 亨

一

想见杨青山谈何容易。杨府比汉口市长的公馆更戒备森严，比武昌的"湖北王"的行营更壁垒叠嶂。甚至，杨府根本就是秘密所在，就连张宗榜这种略知汉口江湖码头深浅弯曲的本地人，也不知杨府所在。杨府周围没有任何地址路名、街巷牌号。吴海笙开始那几天简直就是瞎跑。

据汉口史志记载：清朝中叶，在汉口南岸、汉阳东门外，有一处名园堪与苏州园林媲美，又兼具北国山水气象，园主题曰怡园。凿深池以蓄水，澄澈晶莹；垒危石以成山，巍峨壁削。环林萦映，芳草平敷。层构蹑虚，交错如星罗棋布；异卉争致，繁艳如云蒸霞蔚。车马无喧，琴棋自乐。闲暇登高阁，仰望巍巍鹤楼，俯视浩浩长江……怡园历经战乱兵燹、江河改道和城市变迁，至清王朝倾圮颠覆，已湮没消失，连世居于斯的老汉口、老汉阳也摇头叹道："今皆不知遗址所在了。"

其实怡园遗址尚在，据东门外世世代代守着祖传老宅耕种着篱笆菜园的老菜农回忆，怡园虽然面目全非，频繁易主，凡以鄂王汉雄自居者都曾卷入争夺，最终却落在杨青山手上。怡园遗址，就是如今庭院深深的杨府所在。

吴海笙好不容易打探到杨府方位，又前前后后打通了十几道关节，总算买通了杨青山的一个贴身保镖，这才得以走进杨府大院。

二

这天，吴海笙和紫鹃走进一处看似平常的院墙铁门，仿佛步入古树参天、竹林成片的公园，只是这公园太空旷太幽静，除了林间草地和山石背后偶尔闪过貌似园丁花匠的人影，偌大一片园林，不见一个闲人游客。这是私人花园，是杨府的前花园。吴海笙和紫鹃，沿着青石板和鹅卵石铺就的弯弯曲曲的花径，一路走一路啧啧惊赞。吴海笙籍贯扬州，少年时代住在苏州，对精巧雅致的江南园林可谓见多识广。而眼前的杨府花园，不仅有小桥流水、亭池花榭，还有倒映蓝天白云的浩大碧湖和巍巍峨峨耸立在山岗顶上的塔楼眺台，吴海笙何曾见过这般气派？紫鹃则更是像乡里的伢进城见洋广了，虽说她是洋气十足的汉口人，可成天蛰居在挤得密密麻麻的街道闾巷，抬头所见不过是窄巷上头一线天，赏心悦目的只是街头巷口的几株小树和爱花人家搁在屋檐的几钵月季玫瑰而已。今日才晓得，在拥挤繁华、巴掌大一块地都金贵得不得了的汉口，高贵人家可以独拥比几十上百条街巷还大的地盘种树栽花摆排场。在如此开阔空旷的花园里，她感觉自身渺小得像一只鸟雀，却也有一种轻巧自如的兴奋，仿佛钻出鸟笼飞进一方向往已久的舒适惬意的全新天地。她的脚步轻快得几乎蹦蹦跳跳，这时她偷瞄了身旁的吴海笙一眼，见他满脸肃穆，她赶紧暗自提醒自己：今天好比是陪他闯龙潭虎穴呀！要小心再小心。

穿过一座假山隧洞，远远地看见前方苍松翠柏掩映中有一片炫目的金黄色琉璃瓦顶。飞檐翘角下悬挂的风铃摇出飘飘荡荡、忽有忽无的叮当之声，听来恍若天际仙乐。

脚下路径突然迂回曲折，在一座接一座石堡似的假山丛中绕来绕去。吴海笙注意到每一座假山洞里都埋伏有机关暗器。

眼前豁然一亮，原来已临近杨府大门了，首先逼近眼帘的是正中的牌楼，巨大的朱漆门柱顶天立地。左右门柱上悬挂着红木牌镌刻的楹联，一个个碗大的魏碑字体描成鲜艳夺目的绿中透蓝颜色：

> 富贵若亭园，逢时来则有之
> 德望如林木，非素修弗能成

吴海笙是念过私塾又上过洋学堂的，看得懂这两句联语有典故，是借古人的话变过来的。但他不知杨青山高悬的这副楹联究竟是自我勉诚还是自我炫耀。他想问问：那么这满园葳蕤茂密的花草树木，究竟是时来所得呢还是素修所成呢？当然他不敢问，也不敢分心多想，他看见突然从大门里奔出许多凶神恶煞般的彪形大汉，一个个树桩子似地戳定在道路两旁和大门两侧，摆出的阵势正如训练有素、防范严密的卫戍部队，十步一岗五步一哨。

紫鹃的注意力被路旁整齐排列的两长溜花盆吸引住了，白色细瓷描金花盆里清一色种的是牡丹。眼下时节正逢牡丹花季，一株株一朵朵开得姹紫嫣红，傲然挺拔。紫鹃平素对花卉并不是特别感兴趣，对牡丹花也只是识得而已，今日此刻却有点莫名其妙，雍容华贵的牡丹花不知怎么就紧紧抓住了她那颗年纪轻轻的芳心。她贪婪地嗅着浓郁的牡丹花香，眼神迷离，表情如痴如醉，一时忘乎眼前处境。

吴海笙见紫鹃神情古怪，低声警告一句，她这才浑身一激灵猛醒过来，聚精会神默立在吴海笙身旁，等候杨青山的接见。

三

杨青山正在怡心斋闭目养神。贴身保镖见他闲暇无事，便小心翼翼地走拢去说门外有客，双手将上海裕华钱庄董事长的片子呈递上去。杨青山懒得睁眼珠子，他不久前在武当山遇异人密授他一种意走千穴功，便每日一课，用心练功。保镖不知他正在聚神运气不愿见客扰乱功课，察言观色，见他脸上和蔼平静，便试探着补充说："上海来客声称带有洪帮舵主黄金荣先生的亲笔海底……"几欲大发雷霆的杨青山听到"黄金荣"三字便按捺住心头怒气，中断功课睁了眼。

黄金荣是杨青山的恩师。

想当初，杨青山是一个臭皮匠的儿子，投奔汉口洪帮大爷文志广门下，不过是"栖霞山"上一个无名喽啰而已。怨只怨他资历浅，是个拈不上筷子的小字辈兄弟，加之他是个"浑水"，那时他年轻不懂事，以为投靠了势力庞大的洪帮就可有恃无恐，凡偷盗奸淫、欺弱助强、强买强卖，无恶不作，全然没有"清水"的德行，所以他在"栖霞山"山堂的口碑不好。可是杨青山不怨自己怨别人，他深怨山堂之主文志广不赏识他，凡事论资排辈，不给他用武之地。他扬言他之所以要当个"浑水"是破罐子破摔，存心要气一气堂主。文志广听了他的气话倒是忍了，他却忍不住，跳槽跳到比"栖霞山"势力更大的"太华山"，投靠另一位洪帮大爷黄子丹。黄子丹倒是很看重他的才干，打算在山堂里给他摆一把交椅，让他带一帮弟兄去独当一面打江山。但黄子丹用人太谨慎太优柔寡断，竟听信文志广的一面之词，认为他固然有才却靠不住。他一气之下"开码头"开到上海，拜在青帮大佬张啸林门下。这是 1924 年的事。他杨青山也确实有胆有识有才干，年把时间内接连干了几手漂亮活路，引起张啸林对他这个初来乍到无名小辈的注意和青睐。在一次偶然的机会，张啸林向上海闻人、青帮大亨黄金荣引荐了他。真正器重他的是黄金荣，收留他为门徒，视作心腹将才。他跟着黄金荣鞍前马后跑了年把工夫，忠心耿耿，也从黄金荣身上学到了驾驭江湖各派的通天本领。他真正发迹是在 1926 年。这年蒋介石抵达上海，利用青、洪两帮势力镇压工人运动。黄金荣、杜月笙、张啸林都成了蒋介石的座上客，杨青山也成了江汉闻人。黄金荣积极举荐他当上了上海禁烟局吴淞口检查所所长。他当所长的第二年，就利用权势篡了文志广、黄子丹的位，他人还在上海，就一屁股坐了汉口"栖霞山""太华山"两山堂主的位置。第三年他又从军、参政，爬上了绥靖公署侦缉处少将处长的宝座。返回汉口后，他大开山堂，广收兄弟，门徒遍及武汉三镇各界，脚踏青、洪帮两只船，权势之显赫，连汉口市长和"湖北王"都要让他三分。而这一切，都源于恩师黄金荣的赏识和提携……

杨青山心想，能把恩师的海底弄到手的人，想必来头不小。他便吩咐在山堂大礼见客。

吴海笙一进山堂，两腿就有些战战兢兢地发软。作为黄金荣的远房侄孙和上海洪帮小字辈的小头目，他对洪帮内部的权力结构、规矩和礼节心里还是有数的，不过上海的帮会组织深受现代物质文明和西方文化影响，就连开山堂和歃血盟誓之类的重大帮会活动也常常是包租大饭店的长桌会议室甚至舞池举行。而眼前山堂八面威风的庄严场面委实让他吃惊不小：厅堂正中的紫檀雕花镂空堂主宝座庞大得像龙床神龛，杨青山长袍马褂端坐其上俨然如长老圣贤，左右陶俑般静立不动的两个女童各执青、洪两帮法器，厅堂两侧的一排交椅上大哥、二哥、三哥、四姐……正襟危坐，满脸肃穆。就连虎视眈眈的保镖们也清一色着青衣皂裤，大红腰带上别着锋芒毕露的短刀，杀气腾腾。而在上海，帮会的飞刀手早已变成快枪手，出席正规场面装束一律是西装革履，看外表文质彬彬，西服内袋里暗藏杀机，别着小巧别致的勃朗宁手枪。吴海笙竭力保持镇定，他本是有备而来，何况怀里还揣着在青、洪两帮法力无边的"海底"。他迭步趋前，在杨青山踏的红黑两色地毯上行了磕拜大礼，便退让开去，由紫鹃上前行大礼。与一身雪白西服的吴海笙相比，紫鹃今天的装束格外不同，她上身穿着一件荷绿滚白边大襟昆袖束腰短褂，下身穿着一条肥大的紫红灯笼裤，容貌身段显得既漂亮又干练，加之吴海笙事先教她反复演练过了，她的谒见礼显得老到利落。杨青山的眼睛一亮，不禁自言自语道："看这个黄毛丫头倒像是个深谙此道的帮门女高徒呢。"心里便有了几分喜欢。

吴海笙听不清杨青山嘴里含含糊糊嘟哝的是什么话，担心是怪罪他不该初次谒见就带帮外生人而且是个女流之辈，心里不免又有些慌，忙掏出一本海底恭恭敬敬呈上去。

杨青山接过海底一看竟看得脸色铁青，他将那海底紧攥在手心，像剧烈咳嗽过后的老人一样粗喘了几声才抑平了胸中火气，竭力以温和的语气说："本帮主一向客气待人，近年来更是吃斋念佛、慈悲为怀，并告诫门徒凡事能忍则忍，莫轻易伤人。你究竟是什么人？发了么神经？有几大的狗胆子？你竟敢闹到本帮山堂来招摇撞骗、戏弄帮主，你欺人太甚，逼得本帮不得不开杀戒了！"

尽管杨帮主说得慢条斯理、和颜悦色，却不啻是龙颜大怒、咆哮如雷。两排交椅上坐的兄弟姐妹都惊跳起来。保镖们以闪电般的动作拔出短刀，明晃晃地持在手上准备执法。

吴海笙倒也没被吓倒，但他不明白怎么还没有开口答话就惹恼了这个汉口土皇帝？他的心扑扑乱跳着，只得照规矩再次跪拜于地，且不敢抬起头来："乞杨先生息怒，小辈后生吴某初来乍到，竭诚进见，敢问何罪之有？"

杨青山见来人并不慌乱，心里也有些纳闷，便又翻着那海底端详。这是一本木刻套印线装小册子，薄薄的50多页，前36页绘着36幅彩色人像，有锦袍冠带的朝廷命官，有铠甲铁骑的武士，有僧尼道士，还有男女俗众各种人等。接着12页绘的是十二生肖，再往后尽是绘的飞禽走兽爬虫。每页都写着所绘内容的题名，又对应写着稀奇古怪、莫名其妙的名目。杨青山却猜不出名堂来，这些图形文字他似曾相识过又回忆不清，心想作为青、洪两帮帮内往来密件的海底多是明文，一目了然；虽也有隐语暗号海底，却是往来双方事先约定了破译方法的。他不记得曾与尊师约定过什么暗语图形，黄老先生究竟有什么天机唯恐泄露，如此故弄玄虚呢？

杨青山看的是一册花会海底。

紫鹃立在一旁将杨青山的举止神态瞄得十分真切，但她也不晓得杨青山手头翻弄着的是个什么古怪东西。吴海笙或张宗榜都尚未向她交代，花会的赌具之一是"海底"，它与帮会内秘密通信及表明身份的文书证件"海底"同名，花会"海底"的用途好比学生字典，是用来查源找出题纸谜面的谜底答案的。吴海笙只对她说过他身揣海底，海底像是他的通天法宝，要不然他怎么说："凭着海底哪怕他杨青山的深宅大院是龙潭虎穴，我也敢闯！"此刻她见吴海笙不明不白地垂首跪着不敢吭声，杨青山拿着海底一言不发，她一时也丈二和尚摸不着头脑了。不过她到底脑袋瓜子灵光，很快猜出双方肯定有误会之处：差错只怕就出在海底上！想到这里她双膝抵地跪倒在吴海笙身边，跪得"扑通"一响，吸引杨青山把滞留在海底上的目光移了过来，趁机大声说："大哥，杨老先生望着你问你哪来的海底呢，还不赶快抬头答话！"

吴海笙心领神会，马上抬头就望着杨青山手上的海底，这才发现刚才慌忙中递错了海底！他一边暗骂自己该死，一边急切地掏出另一本海底重新呈递上去，胡乱找借口说："临行前黄老先生嘱咐吴某，两本海底都要送杨先生过目。吴某初出茅庐，不懂江湖许多规矩，不知该先呈上哪一本海底，乞先生恕小辈无知之罪。"

这本海底与前本海底大小尺寸相近，也是窄长的硬壳封面，不过这本很精致，覆有玄黄色缎面，缎面上绣着洪帮虬龙图徽，还缀着锦带象牙扣绊。

杨青山抽出套在海底里的竖八行黄表纸信笺一看，果然是黄金荣亲笔手书，而且除落款处盖过印鉴之外，还做了防备假冒伪托的暗记，足见尊师并非敷衍了事，当真是关照他提携眼前这个冒冒失失的年轻人哩。他摆摆头，便有人蹑手蹑脚过来悄悄告诉吴海笙和紫鹃可以起身了；他缓缓从宝座上立起来，两排交椅上的兄弟姐妹便一齐拥上来向他揖首行礼，他也欠身回礼。山堂晋见仪式就这么散了。

四

杨青山改在书斋召见吴海笙和紫鹃。

"你想来汉口混碗饭吃，我没得话说。只是……僧多粥少，恐难分羹啊！"

"一招鲜吃遍天。只要杨先生点了头，吴某靠本事吃饭，绝不给先生增包袱添累赘！"

"哦？我倒想见识见识你有何非凡本领？"

"不敢，雕虫小技而已。但吴某得到神灵的指点和庇佑，准备在汉口设坛结盟，招徒博彩。"

杨青山连连摇头："原来你打算开赌场哇？汉口五花八门的赌场恨不得比茅厕还多！你若做别的生意还好，要是想再开个赌场，只怕同行不得依！先莫说如何开张，消息传出去后我担心你连一块立足之地都难觅！"

吴海笙刚进书斋就被赐座了，这时又腾地站起来："托杨老先生洪福，吴某已在法租界谋得一块立足之地了。"

"有板眼！那里可是风水宝地呀，法租界寸土寸金，竟有人愿意转让地盘吗？"

"不瞒您说，我已将京官祠堂房地产过户手续办妥了！"吴海笙忍不住得意地说。

"人祥里的京官祠堂！刘歆生甘愿转让给你?"杨青山听了耸然一惊，怀疑地问。

杨青山很钦佩赫赫有名的地皮大王刘歆生，却不知刘公子就是刘歆生的外孙。杨青山只知当年刘歆生拥有的房地产之多，其势力范围几乎瓜分了半个汉口。据说他曾当面对黎元洪讲过："都督创造了民国，我创造了汉口!"他这样说也不算夸海口吹牛皮，如今的汉口闹市，六渡桥以下，当年多是些荒塘、沼泽和水淌子。早在辛亥革命前许多年，刘歆生就开办了填土公司，成年累月有计划地从姑嫂树一带运土来填平地皮。他先从租界内填起，填得的地产权受租界当局法律的保护。1905 年，湖广总督张之洞花 80 万两银子修成长 34 华里的后湖大堤，其中 50 万两银子系刘歆生所捐。他趁机将后湖大堤以东，上至黄经堂、下至岱家山、南到铁路两侧大片靠近市区的地皮杀价收购。接着他扩充填土公司，在循礼门外建起一座歆生记铁工厂，制造轻便铁轨和土机车，从法国购回小火车头牵引土机车，大大提高了运土填地效率，再大规模填租界区边沿至华清街地段。辛亥革命后，他由歆生路经过歆生一路填至济生善堂。他一路填土平地，一路将地皮大幅提价出售出租，建成一条条繁华商业街。历经数十年艰苦创业，刘歆生终于完成了雄踞汉口王位的房地产大业。他以自己的名、字、号，分别命名了人祥里、歆生路、歆生一路和生成里。几年后又以长子的名字命名了雄伟路，并将两旁的商业铺面悉数交给长子经营。次女喜添外孙后，他打算再建一条新商业街以外孙的名字命名，待外孙成人后赠给他经营。但由于刘歆生贪得无厌地投资房地产，到 1911 年，积欠华洋各界债款高达 500 余万两纹银。因无现款偿还，在各方压力下，他被迫将歆生路两旁铺面及其他绝大部分土地产权和铺面权转让给湖北官钱局及别的业主。民国初年，他又将球场路六大堆一片地皮和房屋廉价转让给济生公司。次女见父亲的事业受挫，唯恐他许给外孙的诺言落空，一再请求父亲将人祥里的房地产赠予外孙，先由女婿代为经营。刘歆生认为女婿缺乏经营房地产的才干，而外孙还是个少年就沾染了纨绔习气，未知品行如何，担心人祥里又落于外人手中。经不住女儿苦苦请求，他只同意授权女婿代为管理。女婿原籍苏州，被歆生路三分里苏帮同乡的花言巧语说动了心，背着岳丈越权经营，暗自把人祥里的铺面折为股本，与苏帮同乡合伙经营同处南馆，结果遭人算计，被苏帮的几个南馆老板将人祥里的铺面吞食殆尽，待刘歆生察觉为时已晚。女婿羞愤交加，请苏帮帮主出面主持公道未果，含恨自杀。人祥里的京官祠堂也险些落入外人手中。当初刘歆生主动为京官孙大人在汉亲眷营建京官祠堂时留了一手。他见各地革命党渐成气候，清王朝摇摇欲坠，便拖着迟迟不向孙大人的亲眷交割地契产权。孙大人的亲眷逃遁后，旁人以为京官祠堂成了无主空宅，青、洪两帮的小山头都来争夺，企图霸占为本帮本派的山堂。刘歆生备了一份厚礼请杨青山开口发话，杨青山并不看重他的礼物，倒是看重他的为人，看重地皮大王承认他杨青山的权威，便允诺了，刘歆生这才保住了人祥里最后一片房地产。女婿死后，刘歆生十分同情孀居的女儿，却不喜欢虽已成人并不成器的外孙。他无奈地将京官祠堂交给女儿继承，当着母子二人的面直言不讳地说：“我把人祥里这还没被你们家糟蹋完的最后一处财产打发给你们算了。我也算仁至义尽了。如果当儿子的没得本事养娘，当娘的就指望这点财产的老本过活吧！”刘歆生的女儿担心自己哪天有个三长两短父亲又变卦收回房地产，便瞒着父亲将京官祠堂的产权过继到他的宝贝儿子名下，再三关照不得变卖，只能留着它从长计议，学着外公干一番男子汉大丈夫的事业……杨青山仔细向吴海笙问明原委，不禁感慨万分，心想，那刘公子真是既辜负了母亲又愧对外祖父，刘歆生一生省吃俭用一寸一寸拓展他房地产王国的疆界，青壮年时期从不坐车，事业鼎盛时期也只以米饭面包果腹，即使在他的王国衰落时期，他竭力守住的地皮总量，汉口各大业主也无与伦比。不肖子孙却肆意挥霍，奢靡无度，将祖上的江山拱手送人。

杨青山想到这里，狐疑地打量了眼前这个初来乍到的上海人一眼。他估计在吴海笙的背后，肯定还有一个精明过人的汉口佬在操纵，所谓真人不露相。

五

杨青山呵呵一笑：“难怪古人说后生可畏。我再来问你，你开赌场有么新花样、新玩法？”

“请教杨先生，汉口如今都有哪些博彩花样呢？”

“上海有的汉口都有，比如跑马，汉口已建三处跑马场了；上海没得的汉口也有，比如 21 门赌局，输赢 1 门赔赚 21 门，玩法邪得很！”

“阿拉玩法更邪乎，在侬说的 21 门上再加上 15 门！侬看 36 门赌好玩伐？”一直憋着夹生半吊子汉腔的吴海笙有点得意忘形，脱口冒出几句上海方言。

杨青山马上面呈不悦之色：“年轻人莫太好强。汉口有句土话：‘莫充人尖子，冒尖易遭掰！’再说汉口人口味蛮刁，你那一套在这里未必吃得开。”

吴海笙连忙赔不是：“小辈后生不知天高地厚，多亏先生开导！您老放心，吴某一定谨记教诲，凡事沉稳忍让。”他想想又解释说：“吴某原是个受过洗礼的基督教徒。去年在海船上遇险幸蒙女神拯救，从此皈依女神不再信洋教了。此番来汉，意在广收徒众祭祀女神，博彩只是号召手段……”

杨青山制止："你莫啰嗦,我不生气就是了。你就开张试试吧,开不下去了就关门大吉回沪上吧。莫说赌36门,哪怕赌72门呢,只要有豪赌客。有钱人能有几个?这世道毕竟穷人居多哇。"

吴海笙便歉笑着伸手讨还花会海底,杨青山忽然记起什么开心起来,揶揄地扔过那本小册子:"你明明是十里洋场来的新派人物嘛,怎么找来这个清朝的老古董,想指望它发财?"

吴海笙便笑得有点嘻皮涎脸:"杨老先生有所不知,广东近年开花会开得群芳竞艳,蜂飞蝶舞呢!这叫花样新撩煞人!哦,差点忘了,黄老先生的意思是:他老人家与杨先生及花会各按三成分账,余下一成……"

杨青山再次打断话头:"钱财乃身外之物,我要它何用?"他有些不耐烦了。他确实不需要钱,据说他就是出远门身上也从不带一枚铜角子,真正是一文不名。不带盘缠怎么行路?沿途车马食宿自有人闻风而至,争相迎送款待。他并非假意推辞,倒是毫不客气地补充说:"你该花销多少我也懒得管。但凡惊动青、洪两帮大小山头的地方,都必须照规矩按月送茶水钱!"

杨青山说着就突然起身了:"好自为之吧,我只忠告你一句:'汉口人欺生难缠。'岂不闻汉口民谚:'天上的九头鸟,地上的湖北佬;三个又奸又狡的湖北佬,抵不过一个汉口憨巴佬!'"

吴海笙没料到杨青山就要送客,连忙跟着起身,先飞快瞟了紫鹃一眼,再斟酌着应答几句拖延时间:"江湖上都钦佩汉口的九头鸟,既机智过人又仁义豪爽。吴某有幸结识了几位九头鸟做朋友,杨老先生您看这只九头雏鸟也蛮厉害吧?"

一直乖乖地静坐一旁的紫鹃,这时已蹦蹦跳跳地迎上来挽住了杨青山的胳膊,她不待杨青山开口抢先反唇相讥:"刚才不是我'啄'醒了你这个糊涂虫,你险些成了杨老先生的刀下鬼呢!"

一句话逗乐了杨青山,他笑得前仰后合。

紫鹃趁机说:"大哥备了一份见面礼,又担心杨老先生不喜欢它,没敢拿给您老看。"

"看看无妨,看看无妨。伸手不打送礼人嘛。"杨青山笑眯眯地说,任由紫鹃扶他回原处重新落座。

吴海笙立刻去门厅抱来一个两尺见方的纸盒。

六

原来见面礼是厚厚一大册影集。

早在从上海动身前吴海笙就为备一份什么礼物绞尽脑汁。为了投其所好，他千方百计了解杨青山的生活习惯和嗜癖。杨青山脚踏青帮、洪帮两条船，广交官宦巨贾，身份显赫，权重如山。而杨青山居家生活清静寡欲，他深居简出，如无重大社交应酬，每日只是几笔丹青几笔行草而已，兴趣来了，吟诗品茗，倦了烦了练功养神。他血气方刚时也曾醇酒妇人，豪饮狂赌，刚进入中年就修身养性，连酒带鸦片一起戒了。近年几乎吃斋，女色更是不沾。所以帮门内外、杨府上下，从长辈女眷到丫鬟佣人，无不敬爱尊重他。吴海笙不甘心，进一步不择手段窥探杨青山的隐私，终于发现他的精神需要。杨青山不沾女色不假，他不狎妓不养外室，甚至与妻妾分居，似乎没了性欲。但也可能是他深受由他捐施香火的宝通寺、长春观僧侣道士的影响，笃信节制欲望方能延年益寿。人人都尊他为杨老先生，其实他才五十出头。他这么早就注意保命保寿，是吃过沉溺女色的亏。他记得十四五岁就开始逼奸少女，到了十七八岁时，几乎夜夜没有女人就不能成眠。二十多岁时，他几乎被女人掏空了，幸亏弄了个祖传秘方慢慢调养，才得以康复。打那以后，他仍好色，却晓得节制。他四十岁信佛读经，近年又与道士打得火热，暗自决心学着和尚道人戒色。虽然他杨青山春心未泯，不过他严于律己，止于意淫。他秘密收藏了大量春宫图和《金瓶梅》《蜃楼志》《肉蒲团》《野叟曝言》等艳情闲书，聊以消遣自慰。而且，他虽不亲昵猥亵贴身侍候的丫鬟使女，却对她们的姿色身段极为挑剔，专选清秀苗条可以赏心悦目的。吴海笙知晓这一秘密后大喜过望，立即有了主意，托上海美国领事馆的中国翻译谋得一册好莱坞著名艳星的写真集。他料定杨青山迄今断然无缘一睹洋妞艳照，而这册写真集中金发碧眼，栩栩如生，玉体横陈，纤毫毕露，岂不博得龙颜大悦、格外欢欣？

想是这样想的，现刻当真呈献上去吴海笙还是有点心虚，手心捏着一把汗，一边察言观色，一边支支吾吾地说："异国风情的小玩意……给杨先生逗乐，不不，解闷，不不，嗯……"

杨青山矜持地翻看了几页，会心一笑，他并不在吴海笙和紫鹃面前伪装正儿八经的面孔，也不假意训斥嗔骂几句，却巧妙地假笑两声："哈哈，这是存心想让老夫聊发少年之狂吧。"笑着便合起影集乐呵呵吟哦起来：

> 云淡风轻近午天，
> 傍花随柳过前川。
> 时人不识余心乐，
> 将谓偷闲学少年。

吟毕便以慈祥的目光打量着紫鹃说："来而不往非礼也，我回赠你一样见面礼吧。"似乎影集不是吴海笙送的而是紫鹃送的，他指指身后的百宝格对她说："格子上的古董玩意，想要哪样随你挑。"

紫鹃嫣然一笑，调皮地眨着长长的眼睫毛，诡谲地试探道："我想要的东西……就怕杨老先生舍不得答应？"

"哪怕它价值连城呢，你就是把那件金龟银蛇合体怀炉拿去我也答应！"

"您老答应了？紫鹃恳求杨老先生收紫鹃做关门弟子！"话音未落她已跪拜于地。

"哎呀！我可是早已关门谢徒了的呀！"

紫鹃仰脸�’嘴："不兴反悔啊！您老不答应紫鹃就跪在您脚下不起来！"吴海笙告诉过她，杨青山一再声称关门，又一再却不过情面开门收徒。

杨青山扶起紫鹃："好吧，你就做我最后一个关门弟子。"他叫紫鹃陪他去后花园，看他亲手侍弄的一畦畦牡丹："我一生偏爱牡丹，饱经风霜而雍容华贵，纵然贬谪朝外却以野仙自傲。嗯，你俗名紫鹃，我再赐你帮门名号，从今你序为十三妹，号称紫牡丹吧……咳，为师已经老了，享受不了几天人生啦。闯荡江湖是你们的事，享福也是你们的事。今后凡事莫辱为师一生英名就算你的孝心……"

紫鹃听了鼻子一酸，泪盈盈地点头。她突然明白刚才进见前自己何以为前花园的牡丹所陶醉了，她想，这分明是心灵感应，命运指引呀！

第四章　谜　面　谜　底

一

在璇宫饭店跻身大汉口江湖群雄后，吴海笙在《大公报》上刊登一句上联，悬赏征求下联：

上海之水海上来

上联并非他杜撰，这是在上海民间流传甚广的一句孤联。他把它带到汉口来请教对联高手，当然不是为了附庸风雅，他哪有这个闲心思。报社那个姓郝的编辑好事地问他："花十块大洋买版面又拿十块大洋悬赏，意图何在？"他笑着搪塞过去了："好玩呗，出个风头。"其实他意在物色拟题先生。花会每日一题，每题五言四句，字字句句都得挖空心思琢磨推敲，必须延聘一位有旧学功底又善于玩文字游戏的人专司此职。此人最好是个迂夫子，工于文字而不工于心计，唯命是从，依葫芦画瓢。但这人又得有几分狡黠，构筑的文字陷阱不露蛛丝马迹，诱人上当。吴海笙心里有数，若想找到这等十全十美的人才，纵不说难如大海捞针，起码也得过筛子眼筛人。所以任凭亲信幕僚纷纷推荐人选，哪怕把来人夸成一朵花他一概拒见，宁肯登报招选，先见文字再见人。

连日来应对联如雪片般飞来，吴海笙一口气拆阅了几十百把封应征信，看酸了眼睛也看灰了心。应对的下联五花八门，奇文妙语、绝句怪词倒是应有尽有，却没看到一句真正与上联榫卯契合、和谐自然的。吴海笙看得不耐烦，便将接连不断的来信一股脑儿推给紫燕紫鹃初选，姐妹一致叫好的再拿给他看。他知道这个对子不好对，要不然它怎么在偌大个上海滩难倒多少人，还没谁对出的下联被公认是整齐匹配的。但九头鸟们不是吹嘘"惟楚有才"吗？他倒要等着瞧，看他逼着撩着能否冒出一个称心如意的楚才来？

忽一日张宗榜来禀告，听说今日下午将出版的《大公报》刊出了应征下联。吴海笙等过午后便找报纸来看，果然在四版原来位置以粗黑大号字体重新刊登了上联，并对应排印出下联：

汉江之浪江汉流

下联作者署名张祖颐，又以小字刊发了作者自撰的应对短文，道是如何数日搜刮枯肠，苦无妙对，昨夜行吟江堤，至集家嘴见两江交汇，浑然一体，灵感忽来，遂得下联，自信与上联嵌合而天衣无缝，敢称珠联璧合，故而不揣简陋发表，以就教于方家云云。字里行间明显流露出自鸣得意。那位郝编辑也实在是太好事了，又在作者张祖颐的短文旁刊发了另一作者的讥评短文，认为应对的下联虽整齐而不工整，既然重复上联一字便无讼可言，若论平仄音律读来别扭拗口，更遑论韵味意趣。又说也不怪下联作者对得不好，上联本是孤联，文人称之为断联、绝联，俗谓死半对，无从续联。何苦勉强拼凑自讨没趣？并且说悬赏征对蹊跷可疑，不该不明就里冒失上当。此文作者署名赵直言，想必是"照直言"的谐音，文笔直来直去、犀利辛辣，连带着把他吴海笙也指责了。他看到这里不免迁怒于那个好事的编辑，骂道："难怪阿拉上海人鄙薄吃报纸饭的尽是些无事生非、撮是刁非的无聊纸鳖，原来在汉口报纸混饭的也是一丘之貉，一泡屎不臭硬要挑起来臭。"骂了又好笑不过，重新逐字琢磨那句应对的下联："汉江之浪江汉流"，赵直言固然有理，张祖颐的确是勉强拼凑的，不过呢，也勉为其难，凑成这样的句子殊为不易。再看张祖颐自我吹嘘的短文，酸文醋意，迂腐可笑。他揣摩，这不正是一个謷文嚼字又自恃其才的迂夫子吗？

吴海笙叫张宗榜绕开《大公报》去打听张祖颐的住址，找那人来领赏。

张宗榜何需去找？那人本是他的叔父，正躲在集家嘴一个小客栈，等候吴海笙访贤接驾呢，但张宗榜闭口不提，一声不吭去找人。

二

张祖颐是黄陂木兰湖的乡村私塾先生。他是清朝最后一次乡试秀才，年轻时恃才傲物，不甘被隔在汉口城堡门外当一辈子乡巴佬，多次闯进城门却次次碰得头破血流而归。他报考过武备学堂，参加过武昌首义，当过王占元的幕僚的幕僚，自以为有文韬武略可以经国济世，可是从来无人赏识重用，东投西奔总是落个灰溜溜的下场。侄子张宗榜劝他说："岂不闻'无陂不市'？您老既不愿躲在老家，何不学汉口的同乡卖屋进城，盘个临街门面做点生意？小生意可以做成大商人哩！"张祖颐却说绝不做引车贩浆者之流蝇营狗苟，宁可就在乡下教书育人宣扬孔孟之道。可是他到底不满足靠学生一刀腊肉半袋米面几碗腌菜的束脩过活，看到张宗榜在汉口赌场当南生赚钱如捡钱般容易，索性来投靠侄儿当了赌棍的心腹听差兼大管家，既管账又管几个跑腿的小听差，沦落如此还自以为得意，以张宗榜的智囊自居，说满腹文章总算派上了用场。不料吃香喝辣的好景不长，张宗榜狼狈出逃上海，打发他回老家。可是他已过不惯穷乡僻壤的寂寞日子，干脆卖掉老屋，在汉口小客栈租了一个常年包铺，指望卖文为生。他做的那些半文半白的小文章，小报或用或不用，用了给的稿酬也少得可怜。迫于生计他又替人捉刀代笔，可惜雇他的尽是穷人，一纸诉状一封信才给几个铜角子。幸亏紫燕时常接济他一点。穷困潦倒到这步田地，他还以地方名士自居，成天游手好闲，逢人就说古道今，咬文嚼字，无聊至极。张宗榜重返汉口，他如遇救星，迫不及待央求侄儿仍用老叔跟随左右听差谋事。张宗榜自有长远考虑，叔侄在小客栈彻夜密谈。

三

吴海笙见了张祖颐后踌躇不定。在他看来这张老头真是文如其人、人如其文，对子对得勉强人也实在勉强：迂是迂、酸是酸，说他是书呆子还不够格；有几分狡黠几分油滑，说他老奸巨猾却是过分抬举他。吴海笙审视、提问、揣度一番后对此人是不满意不放心的。他又当场出题当面监考，结果此人也算文思敏捷，不到一支烟的工夫吟成两首五言四句，虽是俗词俚语，意思却不差，正是他要求的。又见此人念念有词，口到笔到，一手楷书倒是很见砚边功夫，连日所见几人都不如此人。吴海笙犹豫再三，将此人的长处短处再三比较权衡。忽然觉得此人的用处正在于勉强，不勉强倒不可用了——登报悬赏征联不就是找的这个人吗？看来一切暗合天意。

吴海笙延聘张祖颐为花会拟题先生。他说，聘金为每题现大洋一块，逐题兑现。当然，所拟题纸必须派过用场，不用不算。这份聘金着实不薄，张祖颐听了喜得喉咙里要发吼，一块现洋可以扛回两袋洋面或几麻包白米！试想花会每日一题，日日月月算下来，一年就发大财了！唉，一生怀才不遇，事事处处不得志，哪晓得老来走运，飞黄腾达了，总算不枉喝了一肚子墨水……张祖颐想起这些不禁老泪纵横。

吴海笙接着说的话，张祖颐听了心里凉了半截。原来这份俸禄也不是蛮好拿的。吴海笙叫他今夜就搬家过来，住进这京官祠堂后殿的一间小房。平日深居简出，外出须先禀告，严禁带生人进来。所拟花会题纸诗句一概不得与外人推敲斟酌。更要命的是叫他断绝与小报文人的来往，从此不再撰稿投稿。这不当是软禁他吗？古时的御用文人也可随意与朝野文士唱答往来呢！幸亏事先张宗榜交代过他心里有底，只好硬着头皮先答应下来再说。

第二天张祖颐正式加盟花会，他在张宗榜的主持下，向花会女神顶礼膜拜，又向高坐在盟主交椅上的吴海笙行三叩九拜大礼。照吴海笙交代的花会规矩，他袒胸裸膝跪在女神像下盟誓就任拟题先生职位："信奉女神，忠于盟主，无意泄密，老命相抵；有意泄密，诛灭九族……"他瘦骨嶙峋的胸脯上沁出密匝匝一层冷汗，这一番赌咒发誓，事前张宗榜根本就没交代过。

张宗榜也纳闷。加盟花会并无发毒誓这一说，也无袒胸裸膝的规矩。其实花会除了核心组织成员歃血结义互拜兄弟姐妹，外围组织也就是花会徒众，连加盟仪式都不必举行。谁猜花会题纸猜上了瘾成了花会迷，就自动成了花会门徒，自觉参拜女神，自发地去感召影响会外男女参与花会活动。如果严规厉矩、繁礼缛仪吓住了众多花会迷，花会也就开不下去了。拟题先生固然重要，他出题考花会迷们当然不能说出答案，但他并非核心或骨干呀？张宗榜奇怪地扭头飞瞟了高坐着的吴海笙一眼，发现对方一直盯着他的后脑勺。

四

吴海笙作为花会盟主，他在大场的位置总是高高在上，便于他从容地从背后琢磨他的结拜兄弟姐妹。他就是盯着张宗榜的后脑勺瞄出了名堂。张宗榜的头形是前额扁平后脑勺凸出像个把子，汉口方言谓"前把福，后把官"，或谓"前把憨，后把官"。意思是说，后脑勺平的人是贪睡睡扁的，是憨人也有憨福；反之后脑勺凸出的人就不憨，就脑袋灵光能当官。这当然是戏言或小市民的愚蠢见解。张宗榜就是"后把"。吴海笙并不知汉口方言有此一说，他是无意中发现张宗榜的"后把"与张祖颐的"后把"何其相似！他再注意看张宗衡的"后把"，三个后脑勺酷肖，完全是一个模子里"磕"出来的。哎呀！阿拉怎么疏忽了一个再明显不过的问题：那张宗榜和张宗衡是堂兄弟，这张祖颐又与他们同姓，这绝非巧合，他们三个明明都是同姓同族同爷同字派的同一家人！不止如此，还有紫燕是张宗榜的妻子、紫鹃是他的姨妹哩！我这个盟主呕心沥血创立的花会，倒成了他张宗榜的张氏王朝了？吴海笙想到这些心里一阵恐慌，险些从梯架交椅上跌落下来。

吴海笙昨夜才发现"后把"问题，对张祖颐的后脑勺就越看越不顺眼、越看越不放心。可是刚刚延聘无以为借口辞退，也无合适人选替换，再说还不能让张宗榜太难堪，便想个权宜之计，令张祖颐今日袒胸裸膝发毒誓。一石二鸟，看张宗榜有何话说。

张宗榜却振振有词。盟誓完毕，众人告退，空荡荡的大场只剩下盟主和大司仪二人时，吴海笙未及开口，张宗榜先说开了。他说："张祖颐是我叔父。在你没拿定主意延聘他之前，我闭口不提叔侄关系，也告诫他和张宗衡不得流露口风，以避亲嫌。此前我对此人可用与否未置一词吧？叔父虽迂腐也有文人傲骨，他见我有顾虑，就说要改名换姓来应试，以示不靠亲戚靠本事。我认为隐瞒反而容易引起误会，不如坦然来争当拟题先生。用人不疑，疑人不用，你如果舍不得把这个肥缺给他可以另请高明，那我就安排他去当个划子算了。我也担心他游手好闲惯了受不住这个憨。"

这么一说，反倒显得他吴海笙小肚鸡肠了。"难怪杨青山警告我汉口佬难缠，难怪号称九头鸟，看来我得长出十颗头来对付！"吴海笙心里算计着脸上却堆满惊喜，击掌叫好道："好哇好哇！是亲戚更靠得住哇。古人说过内举不避亲嘛，你过虑了，我叫他郑重立誓正是和你的担心一样，提醒他莫再游手好闲，滥交文朋诗友，以免漏嘴失言误事，别无他意，别无他意。"

张宗榜长吁一口气说："把话挑明了也好，免得你我兄弟之间互相猜疑，误了大事。不是我当面奉承你，有道是慧眼识英才，张祖颐虽说不上是英才，你用此人拟花会题纸的确再合适不过……"他接着把叔父的身世、为人、秉性、文癖细说了一遍。

吴海笙听了不禁再次击掌："此人正合我意！要不然我也不会一眼相中。"

"既然定了就紧锣密鼓开张。叫他今天就拟好题纸，连夜抢印出来，明晨交给划子们，叫卖散发一整天！后天起就正式开筒？"

原来花会大场开场仪式那天，只是试开筒，好比大戏公演前夕彩排。张宗榜急于拉开大幕，假戏真做。

"莫慌，莫慌，"吴海笙的汉口话已学得蛮地道了，"叫他今天先到《大公报》走一趟。"

"哦？"张宗榜愕然。

"他领赏领了十块响当当、硬邦邦的现大洋，不去意思意思那位好事的编辑？那未免不近人情吧？"

五

第二天下午，《大公报》头版报道了一条花边新闻，篇幅之大几乎占去头版半边脸，而且标题做得格外醒目：

沪汉情思　花会圆梦

本报消息：沪上来客、上海裕华钱庄董事长吴海笙先生，与汉口名门闺秀、芳龄二八的绝色美人紫鹃，自某日在上海一见钟情，两情缱绻数月，终于今日宣布订婚。将于今夜在华商总会举行订婚宴，在汉各界名人欣然应邀，届时赴宴祝贺。

另据知情人士透露：紫鹃乃大名鼎鼎、德高望重的杨青山老先生的女高足，号称紫牡丹，有倾城倾国姿色、沉鱼落雁容貌，前往求婚说媒者络绎不绝。紫鹃声称："杨先生既乃恩师亦乃义父，终身大事托杨老先生做主。"而杨老先生一概婉拒说客。今独青睐吴董事长，足见器重，夸其年轻有为，前途无量。公允而论，紫鹃冰清玉洁，情窦初开；吴先生亦守身如玉，尚未婚配，二人堪称天造地设一双。

又据闾巷传闻，证婚人本系紫鹃姐夫，说媒人当是姐姐紫燕。姐姐姐夫，妹妹妹夫，双双赴汉申请开办花会，业经有司核准发照。花会是吴先生

457

依据民间传统复兴的一种射覆游戏，男女童叟咸宜，深得市民欢心，尤其小姐夫人情有独钟，趋之若鹜……促成这段花会姻缘。

　　这条花边新闻自然还是张祖颐的杰作。发排前郝编辑拿着稿子去央求一版主编，一版主编很烦他："郝编辑你真是好事！你怎么不劝姓张的在报缝登个订婚启事算了？唉，除非你把它删到一百字以内，我在右下角挤一点版面给你。"郝编辑力争按原稿照发："人家张先生现订了一万份报纸哩！"一版主编断然拒绝，这人也很迂，勃然作色道："一万份怎么了？十万份又当如何？这是头版，是报纸的脸面！不是四版，那是报屁股！你把这种又臭又长的无聊花边新闻拿去贴报屁股我管不了，想发头版可不行。"郝编辑并不恼，又去央求总编兼发行人，结果总编亲笔签发了。

　　《大公报》的花边新闻果然吸引了大批市民读者，大家的兴趣多半集中在报上说的汉口姑娘身上，一时街谈巷议，越说越离谱。说紫鹃长得蛮漂亮，紫燕也长得蛮刮气，又说这姐妹二人原本是双胞胎，长相一模一样，难以分辨谁是妹妹紫牡丹。并说紫牡丹坐的是总山堂第十三把交椅，可以号令青、洪两帮大小山头数百人马，还说杨青山视紫牡丹为掌上明珠，许的陪嫁是无价之宝金龟银蛇合体怀炉……而那些略知紫鹃身世的人又惊又疑：紫鹃不是博文中学的学生吗？怎么慌着出嫁当了上海佬的媳妇？又怎么摇身一变成了帮门侠女紫牡丹？

　　正当众说纷纭、莫衷一是的火候上，花花绿绿的花会题纸瞅准眼头上街了。花会划子们一个个像沿街叫卖的小贩，又像挨家挨户乞讨的叫花子，搂着一大摞题纸和报纸兜售，扯着喉咙编出一段顺口溜：

> 打花会呃，猜花谜啰！
> 题纸无价，随你意哟！
> 一块现洋也是买一张，
> 一个铜角子也是买一张，
> 你说稀奇不稀奇？
> 买一送一，白送报纸，
> 报纸有看头，花会有彩头，
> 人人想发财，看谁有运气？
> ……

　　经划子们这么油腔滑调地一唱一喊，更加撩痒了人们的好奇心，纷纷从衣兜里摸一两个铜角子，争相抢购花会题纸。买到手的急切展开来看那五言四句的花谜——

鹤楼吹神笛，
江城落仙花。
呢喃双归燕，
谁是紫牡丹？

　　前两句显然是套用"黄鹤楼上吹玉笛，江城五月落梅花"得来的，大约是说奉女神旨意，美丽的花仙子下凡出现在人杰地灵的汉口了。后两句故弄玄虚，又分明与报上的花边新闻有关，多半暗指紫燕紫鹃姐妹和紫牡丹的婚事。究竟是影射某物还是暗喻某人呢？猜谜嘛，慢慢猜吧，这张用毛边纸石印的题纸上特别用小字注明："本期花会题纸四句谜面暗合一个谜底，明日正午在花会大场公开开筒揭晓。"打花会的规则是：猜花谜之人应于当夜之前将猜出的谜底写在题纸上，并写上本人姓名和买这张题纸的钱款数额，翌晨经送题纸来的划子当面核对收走，等待开筒消息，亦可亲往监督开筒验看结果。

　　街头巷尾，无数捏着花会题纸的人都被自找的难题搅得躁动不安。有的三三两两凑在一起窃窃私语，互相启发；有的三五一堆集思广益，群策群力；有的独自向隅，冥思苦想；而那些一窍不通、毫无主见的本是凑热闹装疯子买题纸的人，此刻便搔头抓耳，像热锅上的蚂蚁急得团团转。人们有一种奇怪可笑的侥幸心理：并不担心白花了一两个铜角子，却唯恐坐失良机，错过了博大彩的运气。此类人居多，他们在街道闾巷东跑西颠乱串门，打听到只言片语便捕风捉影，煞有介事，有的说此谜打的是人物，有的说是动物，有的说是生肖，有的说是飞禽。争得面红脖子粗甚至粗语吵骂，闹得沸沸扬扬……

六

　　第二天临近中午时分，出现了万人空巷的局面，人流潮水般涌向人祥里，争先恐后朝京官祠堂挤，都想先睹为快，看看紫牡丹究竟是怎样的花容月貌。而花会大场早已人满为患，有的人便懊悔来迟了一脚，不甘地挤在前殿门口和巷道里，踮脚伸颈朝前探望，望见的却是黑压压一片人头，这才无奈地缩回发酸的脖子，却又尖竖起双耳，焦虑地等待听开筒揭晓的消息。

　　几乎就在江汉关钟楼传来正午时分的音乐"女皇万岁"的同时，花会大场的开筒结果，已经过嘴巴对耳朵、耳朵对嘴巴的传话"过电"一般传了出来。

前头的传话人仿佛亲睹过开筒场面一样，满脸神秘地向后头的人传话说："这回是紫牡丹亲手开筒！盟主一宣布到时候了，紫牡丹马上就跪请女神显灵，这时大场天幕就慢慢落下一个吊筒，紫牡丹的姐姐连忙双手捧住，紫牡丹就亲手打开吊筒……"

后头听的人急得打岔："谜底到底是么事？"

"元贵！"

"么哟？"

"元——贵——"

"啊？"

"好——哇！我中了！"

"唉——呀！我只差一点！"

"闯到个鬼！我猜的离题万里！"

……

人群大乱。有人喜得直蹦如范进中举，有人懊悔得直跌脚如丧考妣，有人哭有人笑，有人骂有人叫，有人争辩有人质疑，真是众生百态，应有尽有。

人们失望而归，人群渐渐四散开去。这时，又传来各种走运行时或倒霉背时的消息：有两个年轻阔太太打赌，都花了100块现大洋买题纸，结果两个都猜错了，血本无归；有几个学生据说是紫牡丹以前的同学，他们搭伙凑了一把铜角子，共买了一张题纸，结果猜中了，满赢36门，赚回满满一书包铜角子；昨夜曾有人拿着题纸向一位姓赵的国文老师讨教，赵老师先是不肯说，经不住那人再三恳求，借过海底草草翻阅一遍就说谜底是元贵，那人不懂就缠着赵老师解释，赵老师不耐烦，说不屑解释，那人竟然不信，苕里苕气错过了财运……

天色已经向晚，炊烟从鳞次栉比的脊顶布瓦缝中钻出来，缭绕在街巷上空。而余兴未尽的人们仍流连在街头巷尾，交换着各种令人又羡又妒或咋舌惊叹的花会消息。

正在这时，划子们又淌进了弯弯曲曲的巷子，花花绿绿的题纸又撩起了人们再尝试一次的侥幸念头。当人们再次面对蛊惑人心的题纸谜语时，不再急于猜测，而是求助于破咒解谜的法宝——海底。海底数量有限，据说只有参加过花会大场开场典礼的第一批花会徒众才拥有。于是人们纷纷四处打听寻借海底，谋得一本就争相传阅、传抄、翻印。

一连几天，汉口各纸行的黄表纸、毛边纸、草纸都涨了价，可见着迷于花会的人数之多。

第五章　鹦鹉泣血

一

鹦鹉和一群女同学放学回家，边走边齐声唱着时下流行于中小学校园的歌儿：

> 大江蜿蜒日夜流，烟波浩渺水先浮。龟蛇锁江相对守，鹤楼卓立在江头。隔岸古琴台，鹦洲芳草绿，晴川高歌几春秋。登临东望洪山塔，直谷参天势未休。多少英雄留胜迹，莫使古人笑吾侪……

她们蹦蹦跳跳地边唱边走，在这群豆蔻年华的女初中生中，鹦鹉格外引人注目。她引颈高唱着，嗓音呈第二性征未成熟的尖细清脆，唱得先声夺人。鹦鹉的长相穿戴也出众，细高挑个儿月牙脸，一件鱼白色府绸衬衫配一条翡翠绿背带裙子，两条乌黑辫梢扎着两只鲜红的蝴蝶结。一路上，行人纷纷驻足、侧目、回头，疼爱地打量这个清爽灵醒的小姑娘伢。

一曲唱罢，女生们又簇拥着鹦鹉边走边说笑。

"鹦鹉，你今天打扮得几刮气呃！你晓不晓得学校的男生都像这些路人一样在瞄你呢？"

"我晓得。今天我过生日哟！他们统统都向我行注目礼！嘻嘻……"

"嘻嘻嘻……哈哈哈……"

"鹦鹉，你的裙子几洋气呃！"

"你的衬衫颜色蛮素净！"

"我姆妈到悦新昌绸缎局去选的料子。"

"你辫子上的蝴蝶结扎得像真的！"

"是我奶奶教我扎的。蛮好看吧？明天早晨上学我们走早一点，路上我来教你们。"

"好哇好哇！明早各人按自己喜欢的颜色准备好绸带，提前半个钟头在老地方碰面。鹦鹉你自己明早莫睡懒觉呀！"

"放心！我奶奶每天早晨一边准备早点一边轻轻喊醒我，她叫我先赖一会儿床，她把早点盛进碗里端到桌上，再来催我起床。我明早不赖床就是了。"

同学们听得十分羡慕，啧啧叹道：

"鹦鹉，你奶奶几好呃！我有你这样的奶奶就好了！"

"你们一家人都蛮好！你爸爸好，你姆妈好，你也好！"

鹦鹉听了却将嘴一噘："好哇！你们欺负我妹妹！难道一家都好独独只我妹妹一个不好？"

顿时，大家都惊诧起来，纷纷问道：

"啊？你哪来的妹妹，我们怎么不晓得？"

"你么时候添了个妹妹我们不晓得信。"

"哄人吧……"

鹦鹉故作伤心状："唉！你们都忘记她了，偏心！"她忽而狡黠一笑："好吧，我来打个谜你们猜！"

鹦鹉口中念念有词：

> 头戴红缨帽，
> 身穿水绿袍，
> 又会说话又会叫。

大家听了都恍然大悟，又都捧腹大笑，一个个笑弯了腰，笑岔了气，好半天才憋住笑，异口同声地喊道：

"是——鹦——鹉！"

鹦鹉欣慰地点头称是，也跟着她们咯咯地欢笑起来。

二

这群无忧无虑的小姑娘伢，一路上旁若无人地说笑疯闹着。走到车站路附近时，她们才注意到，身后尾随着刘划子。

谁也没注意到，在刘划子身后还尾随着一个人。那是个穿着深色长衫的女人，模样古怪，似俗似僧，似尼似道。

刘划子恐怕尾随她们好半天了，偷听到她们的说笑。他突然窜到前面，笑嘻嘻地拦住她们：

"鹦鹉姑娘，你的谜打得好！小姑娘们，你们也猜得好！我这里也有几句谜语，你们再猜猜看！"刘划子晃着手上捏的一沓花花绿绿的彩纸。

"花会题纸？"女学生们好奇地问。

"哎，哎。是题纸，是题纸。买一张猜猜看，刚才在你们学校门口，蛮多学生伢都买了！"

"我们从来没买过。"她们说。

"试一下运气哟！你们学生伢脑筋灵光，猜中了就发财哩！嗯……"

鹦鹉上前打断刘划子的话："不买！赵老师说了的，打花会其实就是赌博骗人的把戏！把学生过早的钱都骗走了，害得学生上学挨饿！莫理他，我们走！"

"走！走哇！"同学们都跟着鹦鹉走。

刘划子却嘻皮涎脸地继续跟着纠缠："鹦鹉，你个丫头的嘴巴蛮厉害哩！你们老师也管得太宽了！打花会不就是猜谜吗？好玩的事！现在时兴玩这个，连小姐夫人太婆都玩上了瘾，小伢玩玩怕么事？嗯……我告诉你一个秘密你莫声张——"他突然伸长颈项凑近鹦鹉的耳旁诡谲地说着，声调却并未低多少，一边说一边乜斜着眼瞄她的女伴们：

"你奶奶过太婆今天上午又从我手上买了一张，这回她花了大本钱！你猜几多？一块现大洋！"

鹦鹉听了愣得停住了：奶奶拿一块大洋买这张破纸？她也没得这么多钱呀！爸爸上次回家生她的气，没给钱她……她又缓缓移步，自言自语道："唉！奶奶随么事都好，就是迷花会迷糊涂了，像迷了魂……"

刘划子仍在鹦鹉耳旁低语，这时语音低得只有她一个人勉强听清："你奶奶说这回她有把握打中！她说她这回押宝押在你鹦鹉身上了！"

"我？在我身上押了宝？"鹦鹉惊叫着问。

"嘘——"刘划子吓得轻嘘一声，伸手捂口，以更低的声音窃窃私语，"嗯，她说得蛮有把握。也是巧……下午，你姆妈过太太也从我手上买去一张，也花了一块大洋！可是你姆妈并不晓得你奶奶上午同样花一块大洋买题纸呀。你姆妈还说你奶奶找她借钱她怄不过不借，你奶奶也嘱咐我莫告诉你姆妈。你说这事是不是有点蹊跷？"

"啊？你瞎说！我不信！"

"我个大人怎么会哄你个小伢呢？再说，我在你爸爸过大副手下当过水手的，过大副是个好人，我哄他的姑娘对得起他？"刘划子的腔调渐渐高起来，他亮开嗓子比画着说，"我今天卖了一大摞题纸，卖得只剩这几张了。一老天就只碰到这两个大买主！"他说着便得意地掏出两枚沉甸甸白晃晃的银圆托在掌心给鹦鹉看，并在手掌中掂了掂让两枚银圆颤跳着互相磕响；再伸嘴衔起一枚猛吹一口气，那扁圆的银圆霎时在指头上旋成一个小风车、一个小陀螺。

驼背猴腰的刘划子，像个古怪的巫师，偏头侧耳，陶醉地倾听那枚飞旋的金属花旋出的奇妙音响。

鹦鹉半信半疑，驻足警惕地审视着刘划子。

同学们见鹦鹉不走了，也都停下来。

刘划子趁机将一张张题纸往她们手上塞："免费看，免费看。不买的看了还给我。"

她们迟疑地接过题纸，不由得就看起来，看着念着不免又交头接耳议论起来。刘划子见她们心有所动，进一步唆使说："可以拿回家慢慢猜，明天中午才开筒。想买的话，铜板、角票都可以。"

一个女生犹豫不决地说："我统共只有一张角票，是明天过早的钱。"

另一个失望地说："我连一个铜板都没得，姆妈每次只给我一天过早的钱。"

又一个悻悻地说："我连过早的钱都没得，你们晓得的，我每天在家里炒现饭过早。"

这时，鹦鹉已独自心事重重地往前走了几步。她回头一看，见伙伴们都还停在后头痴痴迷迷地看着那题纸，她有些烦躁有些恼怒有些好奇，便噔噔地大步折回去，赌气地从刘划子手中夺过一张题纸要看个究竟。

这是一张5厘米见方的浅蓝色毛边纸，一面绘着不知名的女神像，周围环绕着36朵形状各异的花卉，一面写着五言四句，似诗非诗，似谜非谜，又像几句偈语：

东西南北中，
六合成一统。
山深卧白虎，
云高断鸟音。

鹦鹉捏着那张符咒般的题纸，也看得痴痴迷迷。她忽然像变了个人似的，主动从书包里搜出一沓角票递给刘划子，脸上浮起一种古怪的笑容："你们都送我了生日礼物，我回送每人一张题纸猜着好玩。大家今晚回家猜出来，明早上学路上对谜底，看哪个猜得对！"

刘划子喜得笑眯了眼："鹦鹉，我送你一本海底！回家对着海底猜。"

"我家有两本，奶奶、姆妈各有一本。你送给她们吧。"鹦鹉又莫名地烦躁起来，她不耐烦地摆摆手，也懒得再跟同学们打招呼说再见，径自掉头而去，掉了魂似地慌慌张张回家去。同学们各自散去，那个蹊跷的尾随女人也倏地不见了。

三

愁容满面的鹦鹉刚跨进家门，堂屋里那只翡翠鹦鹉立即热情地问候她，它立在悬挂于窗前的黄铜秋千架上尖声尖调地说："鹦鹉回了？鹦鹉你好！"

鹦鹉顿时眉开眼笑，连忙高兴地回答："哎，我回了，妹妹你好！"

"你好你好！"翡翠鹦鹉扑棱着翅膀欲朝她飞过来，却被铜链子拴住一只脚爪，它只好在两根横梁间上下跳跃着表示它的高兴劲儿。

鹦鹉忙上前去，亲热地梳理着翡翠鹦鹉的羽毛："妹妹，奶奶和姆妈呢？爸爸回来了没有？"

过太婆应声端着一只碗出来，慈眉笑眼地说："奶奶在给你煮八宝粥哩。你姆妈约朱小姐、马太太她们打牌去了，你爸爸在船上怎么会回来呢？"

"爸爸说了的！他一定要赶回来祝贺我的生日！姆妈昨晚不是说了叫奶奶今晚全家一起去五芳斋祝贺我的生日吗？"

过太婆无以应答，一时语塞，鹦鹉看见她端着碗的手突然哆嗦起来，险些倾泼了碗里的八宝粥，连忙接过碗搁在桌上："奶奶，烫了手？"过太婆便吮着手指头含糊地应道："嗯，嗯……鹦鹉，我看你的小肚子都饿瘪了！你先吃了这碗八宝粥压压饿，再等你姆妈回来。你闻闻看，奶奶煮的八宝粥几香哟！"

鹦鹉一闻顿觉香气扑鼻，她瞄瞄碗，碗里盛的红豆、绿豆、西米、乌枣、白莲像聚宝盆的珍珠翡翠，珠光宝气随着热雾袅袅娜娜升腾，缭绕着她熏得她骨酥心痒，她听到自己饥肠辘辘发出咕咕噜噜的叫声。

过太婆抚着她的肩头摁她坐下，拿起碗里的瓷匙递给她。

翡翠鹦鹉突然惊叫起来："鹦鹉莫吃，鹦鹉莫吃！"

鹦鹉惊吓得放下匙子，抬脸奇怪地望了翡翠鹦鹉一眼，她似乎看见它浑身的羽毛都紧张不安地竖起来，像一只难看的刺猬。她定睛再看，可是奶奶故意侧身挡住了她的视线。

过太婆捏着匙子舀起满满一匙粥，无限伤感地说："你刚满月就断了奶，是奶奶我一口一口把你喂大的。来，我的乖孙女！让奶奶再喂你最后一次！"

鹦鹉听了眼里便滚出两颗晶莹的泪珠，她闭上眼，乖乖地仰脸张口。

过太婆一手抚着鹦鹉的头，一手填鸭似地喂进一匙粥，并勾头翻眼啐了翡翠鹦鹉一口，咬牙切齿而无声地咒道："呸！你个多嘴的学舌鬼！"

翡翠鹦鹉噤若寒蝉。

过太婆耐心地一匙匙喂着鹦鹉，一小碗八宝粥才喂及一半，鹦鹉便昏昏沉沉地伏在桌上。过太婆急忙将鹦鹉扶进她的小房,抱她上床。这时,过太婆听见大门口有脚步声,慌忙给鹦鹉盖上被单,出来反掩上房门。

四

是鹦鹉的姆妈过夫人回家了,她一进门就四处张望:"鹦鹉!鹦鹉!婆婆,怎么鹦鹉还没回来?"

"鹦鹉!鹦鹉!"翡翠鹦鹉又叫起来。

"鹦鹉早回了,她说头有点晕,我给她煮了一点八宝粥喝了,她睡了。"过太婆捂着胸说,她的心在扑扑乱跳。

"啊?鹦鹉病了?那得上医院看病!"过夫人吃惊地迎着过婆婆朝鹦鹉的房门奔过来。

过太婆的心提到嗓子眼了,她堵在房门口,竭力冷静地说:"鹦鹉说校医看过了,也给她服了药。我又请邰先生来为她把了脉,邰先生说不碍事,睡一晚就好了。我等你半天不回,只好先照护她刚刚睡着了,你莫慌进去吵醒她!"

过夫人只好站住了,她听出婆婆话中有责备的意思,心想婆婆还在为早上不愿借钱怄她呢。她顾不得分辨,只顾着急地说:"今天是鹦鹉的生日,她爸爸怎么还不回来?怎么办呢?"

"哦,他爸爸托人带信说今天赶不回来了……我看你脸上气色不好,怕也是不舒服吧?你先去睡吧,鹦鹉有我照护。"

过太婆一说媳妇身体不舒服,过夫人真的就不舒服起来,她只觉得头昏脑胀,四肢乏力,迷迷糊糊地转身朝自己的房间走去。

翡翠鹦鹉见状,焦虑地尖叫起来:"鹦鹉病了!鹦鹉病了!"

过夫人猛然惊醒似地转过身来。

过太婆不耐烦地朝翡翠鹦鹉挥挥手:"晓得了,不要你啰嗦!"说着她过去将过夫人推进房门:"去睡吧!去睡吧!"

过太婆长吁一口气,急忙跑进鹦鹉的房间反锁住房门,上床和衣躺在鹦鹉身旁,紧搂着睡得死沉沉的鹦鹉闭目假寐,嘴里喃喃念叨:"鹦鹉,托梦给奶奶!鹦鹉,托梦给奶奶……"

"鹦鹉!鹦鹉!鹦鹉……"堂屋传来翡翠鹦鹉歇斯底里的尖叫声。

沉睡的鹦鹉挣脱梦魇豁然而醒,一个激灵惊坐起来,迭声惊呼着应答翡翠鹦鹉:"妹妹!妹妹!妹妹……"

过太婆吓得从床上滚落于地,她气急败坏地爬起来,冲向堂屋,将两手十指勾成锋利的鹰爪，逼近秋千架上的翡翠鹦鹉，一只爪子钳住它的翅膀，一只爪子握住它的脖子。

"奶奶！你、你、你？"

鹦鹉站在房门口，她像一具僵尸，一步一步机械地移过来，抬起一只笔直的臂膀指斥着过太婆，满脸愤怒和惶惑，气得说不出话来。

过太婆慌忙松手，尴尬地假笑着说："它吵你的瞌睡，我吓唬一下它。它再不敢吵了，走，鹦鹉，睡觉去。"过太婆拦腰一抱，鹦鹉复又软塌塌倒在她的怀里，任由她抱回房间躺下。

过太婆轻轻拍打着鹦鹉，哼着摇篮曲哄她再次入睡。可是鹦鹉再也睡不着，她一个鲤鱼打挺坐起来，面若桃花，目光如炬。

过太婆惊恐地望着光彩照人的鹦鹉手足无措，诧异地问："啊？鹦鹉，你怎么还不睡过去？你……你怎么还不死啊？"

仿佛是另一种声音在替鹦鹉回答，她缓缓翕动着棱角分明的樱桃小口，从胸腔发出苍老而冷峻的轰鸣声："我死了又活过来了。我才14岁，今天是我的生日。你为么事要我死？"

"奶奶求求你了！我的乖鹦鹉！你不死不行啊……"过太婆哽咽着，伸出一双爬满青筋的老手颤颤地抚摸着鹦鹉白如玉的脸蛋。那双手滑到鹦鹉纤细的脖子上，突然狠狠一掐，就势扑上去，如同一只老熊将鹦鹉死死搂在怀里。

鹦鹉一战栗，竭力挣扎着喊出微弱的一声："救命……"

堂屋的翡翠鹦鹉立刻惊叫起来，它朝着过夫人的房门发出杜鹃泣血一般的嘶叫："救命！救命！救命……"

可是过夫人房里回应的却是男人般粗浊的鼾声。

鹦鹉剧烈抽搐的四肢渐渐变得软塌，浑身溢出一股莫名的异香，熏得过太婆昏昏欲睡。过太婆仍紧紧搂住她不松手，嘴里喃喃念叨着："鹦鹉，托梦给奶奶，托梦给奶奶，托梦……"念着念着她果然进入梦乡。但她很快又翻身起床，恍恍惚惚、摇摇晃晃地离家出走，消失在漆黑空寂的巷道……

五

翌晨，鹦鹉的同学在上学的路上左等右等等不到她。学校也没有她的影儿。赵老师有一种不祥的预兆，中午一放学就带着同学们急急忙忙往鹦鹉家赶。

鹦鹉家大门洞开，空无一人，迎接师生的是翡翠鹦鹉嘶哑的尖叫声："奶奶杀鹦鹉！奶奶杀鹦鹉！"

正在这时，过太婆回来。她蓬头垢面，手舞足蹈，一溜烟似地从巷子口飘然而至："鹦鹉，奶奶中了！奶奶真的中了！"她的嘴角歪扭着，眼也斜着，对挤满堂屋的乱糟糟的人群视而不见，兀自径直朝鹦鹉的房门走去："得亏了你呀，我的好乖乖！我的心肝宝贝！我的顶在头上怕飞了、含在嘴里怕化了的娇孙孙！"

鹦鹉的房门上挂着一把大锁。过太婆撩起大襟褂子，从贴身的衣兜摸出钥匙，咔嚓一声开了锁。赵老师和众街坊邻居紧随其后推门而入——

鹦鹉的小床上拱隆着卷裹成筒状的被单，似她还在蒙头酣睡。过太婆伸手撩开被单，鹦鹉不见了！床上裹着的是一个绣花枕头，它像奢侈的大香囊，散发出一种莫名其妙的异香。

过太婆呆望着那个枕头傻了眼，众人一时都愣住了。

"奶奶杀鹦鹉！奶奶杀鹦鹉！"翡翠鹦鹉再次尖叫着提醒说。

赵老师嗅着浓郁扑鼻的香气，用警觉的目光将房内仔细搜寻一遍，询问："过太婆，鹦鹉到底怎么了？"

鹦鹉的同学追问："过奶奶，您把鹦鹉藏到哪里去了？"

众街邻喝问："过婆婆，您搞的么鬼名堂？"

过太婆突然扑在床上，搂着那个绣花枕头号啕大哭："呜呜呜，我有罪呀！是我害死了鹦鹉哇……"

挤满人群的房屋立刻变成了一个嗡嗡嘤嘤的蜂箱，惊叫声、哭喊声、疑问声、斥骂声，乱响一片。

赵老师压住嘈杂声严厉喝问："你怎么害死了鹦鹉？你为什么要残害自己的亲孙女？你究竟把她藏匿在哪里？"

过太婆只管嚎她的："我作孽呀！老天爷，打雷劈死我吧！闪电烧死我吧！我也不想活了哇……"

邰先生不知何时挤进房来，他急促地翕动鼻翼，嗅着弥漫的异香分辨着思索着，缓缓点头又摇头："嗯……是砒霜，还有，砒霜的暗香中还混合着一种沁人心脾的清香……"

众人听了怒不可遏，从床上擒起过太婆，正欲进一步审问她，这时刘划子来了。

未见其人先闻其声，刘划子在大门外惊喜地喊着："过太婆发财了！赢了36块白花花的现大洋！"

就在刘划子捧着一大包银圆喜滋滋地闯进门的一刹那，过太婆突然转哭为笑，她蛇一般扭着挣脱众人的手，迎面奔向刘划子："嘻嘻，哈哈，我晓得我要赢得的！是鹦鹉给我托了梦！东西南北中，当中就是鹦鹉哟！六合成一统，六块板子前后左右上下一钉——那就是装鹦鹉的棺材呀！可是我的鹦鹉不愿意睡进去！她飞了！哈哈，嘻嘻……"

"啊？鹦鹉死了？"刘划子触电似地弹跳起来又跌坐在地上，白花花的银圆叮叮当当滚了一地。

过太婆并不看满地银圆，她绕过刘划子奔出门去，仰脸望向天空："鹦鹉飞了！鹦鹉飞了！"

众街坊在赵老师的指挥下追出门去抓住过太婆，准备扭送至警察局。

这时过夫人披头散发跑回来："鹦鹉呢？鹦鹉呢？我昨天半夜突然醒来，发现鹦鹉和婆婆都不见了！我的魂都吓掉了！我跑出去到处找哇！到处都找遍了……"她死死揪着过太婆的衣领，歇斯底里喊着："鹦鹉呢？鹦鹉呢？"

一个身材魁梧的警察从巷子口疾步如飞而来。近了才看清那人不是警察，而是身着海蓝制服的过大副。

"鹦鹉呢？鹦鹉呢？我准备昨天赶回来，可是昨天船已行到阳逻时，江上突然起了大雾，我们困在江心不能动，直到今天上午才开船……"他正说着猛然噤了声，望着披头散发的过夫人、过太婆，厉声喝问道："鹦鹉呢？鹦鹉呢？"

众人面面相觑。在令人窒息的沉默中，那只翡翠鹦鹉又尖声叫起来："鹦鹉呢？鹦鹉呢……"它一边尖叫着一边凶狠地啄着自己被铜链锁住的那只爪子。褐色的鸟喙如尖利的铁嘴，啄得皮毛翻飞，血肉淋漓，露出白生生的筋骨。那只鸟喙又变成一把尖嘴钳，咔嚓咔嚓钳断筋骨，啮咬声恐怖骇人。

翡翠鹦鹉啄断一爪，挣脱锁链，飞进鹦鹉的房间盘旋一圈，衔着一张叠成鸟形的纸滑翔着穿过堂屋，像一道彩色的闪电，倏地消失在大门外。

众人一齐抬头望天空，那只惊弓之鸟已飞逃得无影无踪。朗朗晴空忽而阴霾密布，一团翻滚着的云絮中飘逸出奇形怪状的一缕，飘飘扬扬坠落于地。那是一张浅蓝色的正方形毛边纸。

赵老师俯拾起来看，正是刘划子向鹦鹉兜售的那张花会题纸，那五言四句似谜非谜，似诗非诗，又像深奥难解的偈语，抑或是藏头诗？藏尾诗？谐音诗？

东西南北中，
六合成一统。
山深卧白虎，
云高断鸟音。

花会题纸上加写了两个工工整整的钢笔字，是鹦鹉的娟秀笔迹。显然，肯定是鹦鹉昨晚写好准备今晨与同学们对答案的谜底。是天意还是巧合？鹦鹉也猜中了题纸谜底！两字天真无邪的笔画在符咒一般的花会题纸上分外醒目——荣生。

第六章 斗方名士

一

鹦鹉失踪的第三天，汉口大小报章纷纷报道，称之为"鹦鹉事件"。有关鹦鹉姑娘和鹦鹉奇鸟的故事，迅速传遍汉口，并越过长江、汉水传到武昌、汉阳和青山。人们对鹦鹉姑娘活不见人、死不见尸的经过打破砂锅问到底，话题渐而转移到稀奇古怪的花会这个祸端上，开始探究花会的起始发源和女神来历。众说纷纭，莫衷一是。那些唯恐天下不乱的小报大做文章，连篇累牍地请一些自称方志学家的人以花会为题各抒己见，撩拨读者的好奇心。最离奇可笑的文章是那些迂腐的老学究做的，竟卖弄训诂、星相、易经一类晦涩难懂的学问迷惑读者，煞有介事地考证花会女神的祖宗八代和世系身份。乐得花会划子们一手兜售题纸，一手叫卖报纸，越卖越俏，仿佛那题纸真有一种蛊惑人心的魔力。买题纸的鬼迷心窍，明晓得是花冤钱猜哑谜，还振振有词地狡辩，说碰一下运气吵，瞎猫子还有碰到死老鼠的时候哩！再说花几个铜角子能吃几大的亏哩？说打花会玩也玩了、神也敬了，敬神总比得罪神好吧？那些花会迷们一门心思去猜谜，茶饭都不香了，哪还顾得操持家务？这就招致埋怨数落，免不了婆媳失和、姑嫂拌嘴、夫妻怄气，甚至打骂哭闹、离家出走，最终闹出抹脖子上吊、跳江沉河的祸端来。一时间街道间巷鸡犬不宁，连累那些惯于清静本分度日的街坊无法过一天安神日子，却只能唉声叹气、无可奈何。有些正派耿直有主见的街坊，对花会愚弄百姓之事恨得牙痒而又无以出气泄愤。

二

博文中学的赵老师便是个疾恶如仇的人。他见大小报章虽都关注花会，却只是凑热闹、哗众取宠。做的文章或无关痛痒或荒谬滑稽，或离题万里或借题发挥，甚至有的小报文章助纣为虐，公然为花会博彩辩护，显然是花会组织雇枪手炮制的。看报看得他气不打一处来，实在憋不住了就拍案而起。可是他的愤懑只能在老师和学生面前发泄一番，一介教书匠所能做的，只是对玩花会把戏的人抨击讥讽而已，对愚昧的花会迷们哀其不幸、怒其不争而已，说得口干舌燥又有何用？可是不说他心里又堵得慌，烦躁不安，浑身不自在。起初只是胸闷气短，心神不宁，渐而头昏脑胀，彻夜不眠，脸上消瘦得眼眶深陷。

学校的同事和家人街邻都说赵老师病了，劝他去看病吃药。

赵老师先是不信自己有病，直到备课、批阅学生作业时感觉神情恍惚、意念杂乱，这才告诫自己不能讳疾忌医。他先去看了西医，西医说他只是有些炎症，可是打针服药却不见好。他又去看中医，中医说他肝火淤于胸，可是连服十服草药也无效。赵老师的亲眷怀疑他得了什么沉疴顽疾，慌忙张罗着送他去法租界爱德华医院做全面诊查，但各种透视、化验分析都查不出什么毛病。亲友又准备送赵老师去英租界普济医院重新诊查，这时赵老师却不肯了，他说他自己心中有数，他感觉精神尚好，精力也不是太差，料无大恙，他要自己去访医寻药。

赵老师忽然想起了邰先生，他与邰先生只有一面之交，那还是在鹦鹉出事那天在她家里偶然相遇，也未直接交谈过。但他素闻邰先生身手不凡，虽只是陋巷狭街的民间郎中，论其医道却颇有传奇色彩。

三

邰先生身世不详，他行医从不说他是几代世医，不鼓吹祖传秘方，而他的邻居老人扳着指头扒算说，他从清朝到民国一直居于此地行医，治病救人近50年，堪称造福邻里的老中医了。邰先生年龄尚且不到花甲，可知他十几岁就悬壶济世，医德非同寻常。而汉口几大中医名人论资排辈时从不提及邰医生，认为他只是个懂得些偏方识得些草药的江湖游医，不入流。其实邰先生明明坐堂行医数十载，案头书橱堆满厚厚的药典，能将一本《汤头歌》倒背如流，很有学问。名医们其实是瞧不起他出身寒微，身居陋巷，只配为穷人治病。邰先生也不沽名钓誉，以为平民百姓解除疾苦为乐，淡泊名利。如果哪天没有病人上门问诊，他就摆弄笔墨丹青消遣，随心所欲地描几笔竹兰，题几首古诗，吟诗作画，像个自得其乐的隐士。

邰先生于默默无闻中不知医好过多少疑难杂症，解生民于倒悬而不图厚报，也难图厚报，穷人所做的不过是感激涕零之余为他传些口碑。而有一次他为人医小病倒声名鹊起，令汉口几大名医汗颜。

那次是《时报》总编辑屈驾穿小街钻小巷找上门求医。原来总编辑的身怀六甲的夫人高烧不退，请遍了汉口有名望的中西医都诊治不好。总编辑从一篇作者来稿中得知有位邰先生善用偏方，便抱着侥幸态度来请他出诊。邰先生先是不肯出诊，要求总编辑把病人送到诊所来。总编辑面呈难色，如实相告说，不仅夫人发烧又有身孕不便出门，而且恐怕她以妇人之见不愿到小诊所求诊。邰先生一听当即答应出诊。

邰先生见过病人，经过望、闻、问、切，寥寥数语，片刻时间便开出处方：

丹皮五钱、鲜生地两钱、知母三钱、栝蒌根三钱、绞股蓝三钱、菊花四钱、甘草三钱。

上好野山参一两，瓦上煅为白灰，煎汤作引。

邰先生开完处方也不解释嘱咐什么，当即告辞了。总编辑不放心，拿着处方去请教几位名中医。几位看了处方都摇头，有的莫名其妙，有的嗤之以鼻，有的严厉质疑。总编辑五心不定，又拿着处方硬着头皮去请教邰先生，学着名医们的话问："……不知伤阴用人参出自哪部药典？人参剂量多达一两，依据是什么？人参烧成白灰还有药性吗？这是遵照哪位前辈传授的炮炙法呢？"

邰先生听了呵呵笑道："不足为怪。不才认为，诊病不单要诊身病，还要诊心病，切忌人病分离。本人应诊，素来既治病亦医人，譬如驱敌逐寇，攻心为上。"

总编辑见邰先生说得有理，便照方抓药，夫人连服三剂，果然痊愈。

事后邰先生才解释说，他判断那夫人养尊处优惯了，初起病状不过是打喷嚏，流鼻涕，头痛发烧；她和家人大惊小怪恐怕得了大病，病急乱投医；西医中医交替诊治，西药中药杂乱服用，反而有害无益，阴差阳错，造成阴伤热炽，病象垂危。他开的处方，都是用几个铜角子就可买到的便宜草药，那位夫人吃惯了贵重药品，哪肯相信此药能治重病？正所谓"贵人不信贱药"，故而加上野山参，煅灰为引，实乃徒有药名不存药性，攻心计也。夫人听说药价昂贵，以为必是灵丹妙药，而真正治好病的，还是那些普通草药。

邰先生的奇怪处方流传开去，一时成为佳话。几位名医也心悦诚服，纷纷邀请邰医生参加他们之间的交流应酬。邰先生一概婉拒，我行我素，淡泊名利……

四

这天下午，赵老师来到邰先生的诊所求诊，详述身体不适前后经过，又说了些久仰大名、素闻医德的客套话。

邰先生听了也不谦逊一句，甚至也不问什么，他只颔首听完，伸手过来便要给赵老师的左腕拿脉。他闭眼沉思良久，忽而如天日顿开，提笔就开方子，唰唰几笔写来，递给赵老师的却是四句偈语：

神话鬼款，

愚弄百姓。

纸钱作祟，

可怜可恨！

赵老师看得莫名其妙："我不明白邰先生的意思……"

邰先生仍一声不吭，他看看门外，见天色已是黄昏；便着人掩了大门，又沏了两杯茶来，这才缓缓开口："赵老师别无他恙，只是有一块心病，不知当讲不当讲？"

"邰先生但言无妨。"

"依我看来……赵先生八成是挂牵您的学生鹦鹉，萦绕于怀而念念不忘、坐卧不安吧？我听说她是您的得意门生，您训导她写的作文在汉口、汉阳、武昌三镇校际点评中荣膺第一。其实呢，牵挂鹦鹉姑娘的何止您一人？我们与她是近邻，街坊们都惶惶不安哩。那是个人见人爱的小姑娘，忽然就不见了，生死不明，邻居们的心揪得紧紧……"

邰先生正说着，门外突然传来刘划子叫卖题纸的吆喝声，他扯着喉咙喊得邪乎。待叫卖声走远了，邰先生接着愤愤地说："报章公开谴责花会博彩游戏，舆论口诛笔伐，他们居然我行我素。"赵老师听了便明白邰先生所开"方子"的意思了。他感慨地答道："先生有所不知，报章只是借题发挥吸引了读者，街谈巷议又添枝加叶编造神话，舆论反而在为花会煽风点火，故而参加花会的人更多，闹得更是乌烟瘴气。"

"唉，装神弄鬼，人妖颠倒，天下不太平啰。赵老师您既为人师表，想必饱读经书又博览新学。请教您了，这花会女神究竟是何方尊神呢？"

"不敢不敢。我一介教书匠，卖嘴皮子而已。若论身体力行，我真还敬慕先生您悬壶济世。"

"赵老师过谦了。请不吝指教，那观音菩萨自西天而来，花会女神是打东方来的吧？"

"邰先生眼力非凡！花会女神正是从东海来的！依愚见，所谓女神，其实就是民间传说中的海神娘娘。而认真考证海神娘娘的身世来历，原来乃东南沿海以渔为生黎民百姓供奉的至高无上的妈祖的化身或替身。"

"哦？那么……花会岂非拜错了神？"

"冒昧问一句，先生信神吗？"

"我只信药王。当然，还信天信地信祖宗。除此之外，各路神仙一概不信。"

"那我就不怕犯忌了。神本身，不就是人造出来糊弄人的吗？"

赵老师见邰先生颇有同感地点头听着，便思索着说下去："渔民出海前必祭海问神，占卜凶吉，敬的便是于海浪滔天时化险为夷、于茫茫迷津处指引航向的海神娘娘。这种虔诚的祭祀祈祷仪式，始于混沌初开，世代相传。而大海喜怒无常，海难频仍，在风口浪尖谋生的渔民更信赖他们自己长期积累的观海潮、望天象的丰富经验。祭海问神逐渐变成一种例行仪式，当送夫送子出海的渔家女终日惶惶不安地祈祷时，海船上的渔汉子却戏谑地将祭文祷语拿来猜拳行令，借酒浇愁。神灵喻示的箴言偈语变成了行酒令后，当听天由命的出海人疲惫归来时，无论是海难余生还是满舱收成都急于寻找消遣，海上的行酒令又变成岸上的博彩游戏……"赵老师说着忽然微微一笑："邰先生，我打个谜您猜吧：

老大无影无踪，
老二眼泪汪汪，
老三打鼓出场，
老四浑身闪光。"

邰先生正欲开口，门外一个声音抢先答了："这还不好猜？风、雨、雷、电！"

原来是过太婆。

五

那天过太婆激起街坊公愤，众人将她扭送至警察局，拘留审问时她语无伦次、精神失常，加之缺乏确凿的人证物证，被过大副保释。过太婆释放回家后才知，过夫人寻找鹦鹉一去杳如黄鹤，过大副万念俱灰，典卖家当弃家而去。过太婆见街坊邻居都不搭理她，便自言自语说她要去把孙女和儿媳都找回来。她便走大街穿小巷呼号着寻人，也走得一去不归。待街坊以为她也失踪的时候，她突然又冒了出来，蓬头垢面、衣衫褴褛得像个乞丐。她逢人便嘶哑着嗓子说："我找遍了汉口、武昌、汉阳的每一条巷子，喉咙都喊破了。她们不答应我。我晓得她们还在怄我的气，等她们消了气会回来的！"街邻们发现她变成了一个魔里魔气的疯婆子，愈加厌恶，避之唯恐不及。她却不知趣，常常缠着人说话。

过太婆推门而入，大大咧咧地问："那您说海神娘娘怎么跑到岸上跑到汉口

474

来了呢？又怎么变成花神娘娘了呢？"

看来过太婆在门外偷听已久。赵老师见不得她的可憎面目，便起身告辞，却被郎先生拦住，赵先生诚恳地说："不妨讲来，不妨讲来。愿赵老师的话能驱邪解惑，我这里也有一块心病呢。"

"很简单，坐船来的。"赵老师接着说，"渔家汉自娱自乐的博彩游戏流传开去，演变成庙会节目。赶庙会的农家女为出海人许愿，为出海未归者祷告，花钱求得一纸题签，类似如今题纸上写的谜语谒句。后来奸诈商人发现有利可图，便扮演僧侣、道士、神汉、巫师等角色玩赚钱把戏，这就是花会。花会作为一种赌博方式在民间流传，最先盛行于港粤一带水上人家，港风西渐，沿长江传至下江吴越，再至江汉平原，再到川江重庆，直至更远的西南边陲，都刮过花会风。花会传播到汉口时，正值辛亥革命前夕，流行不久就烟消云散。不料事隔二三十年又死灰复燃，而且此番来者不善，操纵花会者请神借鬼，媚俗惑众……"赵老师说得激动起来，满脸痛心疾首、疾恶如仇的神情："他们贪婪得很！岂止愚弄百姓？而且祸害平民！鹦鹉同学和她的全家已经遭殃，下一个还不知是谁呢！"

郎先生听得感慨不已："听君一席话，胜读十年书。赵老师真乃博古通今，句句在理，难怪听说有人拿题纸去请教您，您不假思索一语中的，可见您看穿了他们的把戏。"

"我晓得了！我晓得了！"一旁听着的过太婆忽又大惊小怪起来，"难怪尽是些怪名字的！叫什么大场、航船、划子。哦！大场开出了航船，航船又解开了划子，到处荡桨去接人……"郎先生也很兴奋地接过话："反过来说，大海风浪中颠簸的不系之舟，拼命划向高桅坚船，航船又急忙航向彼岸，登陆到所谓大场去问运气求财神。"

过太婆见郎先生居然愿意搭理她，更是缠住不放："那您家说，花会为么事叫花会呢？这里面有个么讲头？"

郎先生沉思后说："嗯……打花会无非猜谜，而热衷猜谜的多乃女流之辈。古时制灯谜解闷逗乐的尽是有钱人家的小姐、夫人、丫鬟。如今到花会去凑热闹的，不也多半是小姐、太太、妓女和街妇吗？就像赵老师方才说的赶庙会的渔家女，穿戴花枝招展。加之供的也是女神，题纸花里胡哨，美其名曰花会，倒也名副其实。"

过太婆对这种解释不满意，想再问赵老师却有些畏惧他的威严，只敢拿眼死盯着问他。

赵老师不睬过太婆，他望着郎先生的脸发表见解："郎先生说得有理。花会这种说法，起初显然是局外人形容它的称谓。其中还有一层缘故：祭祀女神的主要祭品是花枝。在茫茫大海中遇难的渔船看见了枝枝叶叶也就是看见了海岸，看见了生还的希望，故而，花枝在渔民眼中是神秘、神圣的。所以他们心目中的海神娘娘总是手执花枝，可拂开漫天阴霾，可抚平惊涛骇浪。花会供奉的女神像不也是花枝环绕吗？"

过太婆把赵老师也缠上了："照您家说的，打花会都是假的哄人的？"

轮到赵老师怕过太婆了，怕被她纠缠难以脱身，他再次起身告辞："时候不早了，郐先生慢忙。"

郐先生也起身送客："赵老师慢走。"

不料过太婆不肯放过赵老师，一把拽住他的胳膊说："莫慌莫慌，我来问您啊！"她果然魔里魔气，嘴里连珠炮似地发出一连串疑问：

"我的乖孙女鹦鹉是死了还是活着？"

"那只翡翠鹦鹉为么事要远走高飞？"

"我猜中题纸是不是鹦鹉托梦？"

"刘划子说那天有人跟踪是么人？"

······

过太婆问完并不待回答。她神秘兮兮地悄声道："嘘——猜不到吧？我来告诉您家——"她探头门外四顾张望，又缩头掩门抵住："鹦鹉还活着在！鹦鹉的姆妈也还活着在！不信？亏您家还是识书断字的人，还记不记得那张题纸谜语？"

赵老师又怜又嫌，他拂开过太婆的手，转身对郐先生说："花会害人，过太婆中毒中邪，先生以治病救人为业，可有方子试着救救她？"

郐先生摊摊两掌，悲天悯人地说："无可救药，无可救药，她真像古人说的，可恨复可哀啊！"

过太婆不管不顾他俩咬文嚼字，兀自背诵道：

东西南北中，
六合成一统。
山深卧白虎，
云高断鸟音。

她循循善诱地对两位文人先生说："这是一首藏尾诗哟！鹦鹉被中统局的特务挑中，关到飞虎队当播音员，还训练翡翠鹦鹉传递情报。这又是一首藏头诗哟！鹦鹉的姆妈到东边的六峰山云霞庵落发修行去了······"

赵老师再也听不下去她的胡言乱语，郐先生也不耐烦了，便喊人来撵这个疯婆子出门。

过太婆不待人搀，她洋洋得意一笑，掉头而去。

六

从此赵老师与邰先生过从甚密。一天两人相约小酌，把盏谈得兴起，邰先生力主赵老师将所叙有关女神来龙去脉，写成一篇揭花会老底的文章发表，庶几可以提醒愚氓，警戒市民。这时两人说得不觉都酒酣身热了，邰先生说得动情且在理，赵老师便慨然应允，说今日就连夜写出来。赵老师回家，果然就趁着微醺的兴奋做文章，一气呵成。

第二天早上赵老师冷静下来，不打算发表文章了。不料邰先生为人极为认真，一大早就上门拜访，索要那篇文章先睹为快，看了便拍案叫好。赵老师犹豫地说，他考虑不发表也罢，以避与无聊文人在报章凑热闹之嫌。再者文笔锋芒毕露，报社未必敢发表。邰先生果断地说："仗义执言，有何不可？至于如何发表，就交由我去与报社交涉吧。"

邰先生立马将文章送到《时报》，总编辑看了便有些为难。

《时报》也刊发了一些拿花会为题做的文章，多是讥讽奚落、考证解析之类，不敢深究花会内幕。而这篇署名"赵直言"的文章，大胆尖锐，彻底揭穿了花会的把戏，《时报》不得不顾虑得罪花会组织的后果，可是邰先生是他妻儿的救命恩人，他今日亲自来荐稿，这个情面是却不过。总编辑思量一番后便游说报社发行人，他了解这位报社老板背后还有后台老板，一向并不怕事，直接挑明谴责花会骗局的文章将赢得民心，激增读者，发行人会动心的……

七

几天后，《时报》果然拿出一整版篇幅全文照发赵老师的文章，用头号长姚字体做的标题格外醒目：

人妖公然渎神灵　赌徒乔扮开花会

文章内容，缜密考证女神来历和花会起源，来龙去脉，头头是道；直言揭露花会骗赌真相，种种花招，鞭辟入里；愤然谴责花会蛊惑人心，一一祸端，总概数落。文章又举证花会题纸批点分析，斥为歪诗怪谜，胡编乱造而狗屁不通。文章还沉痛回忆打花会祸殃女中学生鹦鹉及全家的经过，写得凄惨哀绝，催人泪下。文章最后恳切吁请市民尤其女界切勿盲目迷信花会，莫再受惑上当。

这天的《时报》是中午出版的。发行人早晨故意将校对的一版大样内容放出风声，消息灵通的报童提前赶到，在《时报》印刷厂排队等报，等了一上午才见到样报，一看内容果然与大样不差，便都要了比平日多出几倍数量的报纸，分头奔跑叫卖。

报童一路跌跌撞撞地跑，一路上气不接下气地念着头版新闻标题。行人纷纷驻足购报，展报试读，果然是好文章，读得过瘾痛快又急切转告路人，消息迅速传播开去，吸引更多人踊跃买报纸。报纸很快售罄，报童悔未拿更多报纸，又转头去印刷厂等报。当天《时报》数次加印，影响之大，遍及汉口大街小巷，到了傍晚，满城争说《时报》文章和花会把戏，吓得花会划子们不敢上街兜售题纸。

第二天早上，不见划子们上街回收题纸，估计昨天售出的题纸少得可怜，无以回收，划子们显然都龟缩着在避风头。

午后，去观看花会大场开筒的人回来说，中午大场竭力维持场面，勉强开筒，参加人数寥寥无几。

邰先生听到这些消息很解气，见无人上门求诊，就关了门去找赵老师，告诉花会冷场的消息。赵老师见了邰先生很是高兴不过，说下午正好无课，方才报社差人送来稿酬，不如同去洪山悦来店吃蝴蝶面。邰先生欣然赞同，说红菜薹上市几天了，该尝新了。

两人便乘船过武昌。

八

在武昌洪山南麓，距宝通寺一箭之遥，有一家蝴蝶面小店，店名悦来，取古语"近者悦，远者来"之意。悦来店前年才开张，每年只做不到半年时间生意，红菜薹上市开张，红菜薹下桥歇业，且此店规矩古怪，每位食客，限量仅售面食一碗。悦来店只出售一种远近闻名的蝴蝶面，其制作方法极为奇特：以鸡汁调精细面粉，擀成薄如蝉翼的面片，用铜质蝴蝶模将面片按压成一只只蝴蝶状，又在蝴蝶翅膀上缀以星星点点碾碎的山楂片和青梅丝，红、绿、白三色相映，栩栩如生，精巧悦目。面汤也有讲究：专选宝通寺一带菜园出产的洪山菜薹上品，掐去菜薹尖，只用余下枝叶榨取汁液，配上火腿、银鱼、虾米及香菇等，佐以清澈甘冽的龙泉水。以糠壳为薪，文火缓煨，三沸以后，滤去火腿等物，留汤备用。顾客登门时，先热汤，再下面片，装碗前再以少许菜薹尖丢锅。烹成的蝴蝶面，面片爽口，菜薹尖又嫩又脆，汤汁鲜而不腻，堪称色、香、味三绝。而悦来店闻名遐迩，食客盈门，除了独此一家别无分店的蝴蝶面绝招，还有一绝，那就是亲手烹调蝴蝶面的白案师傅是个绝色姑娘。姑娘芳名蝴蝶，妙龄二八，长得确实刮气，肤色白得就像她正在案台上擀着的一团精白细粉，她那张俊俏的粉脸，两颊红得用面如桃花来形容并非套话。悦来店店堂不大，前店后厨格局，灶台烟囱置于后门外搭的偏厦里。摆五六张八仙桌，后半间以玻璃屏风相隔，中间留门路。从前店透过屏风和中门，可以大体看见长长的白案案台和在案台前忙碌的蝴蝶姑娘。汉口人称介于大汤碗和小饭碗之间不大不小的薄胎细白瓷中型碗为面碗，一面碗连汤带水薄而又薄的蝴蝶面片，当然不是为饥肠辘辘的饕餮之徒来果腹填肚子准备的，所以光顾店门的食客，多乃雅好美食之士，也不乏无聊轻薄、自命风雅的纨绔子弟。食客坐在八仙桌旁，津津有味而又细嚼慢咽，佐以几两汉汾酒，一边饱口福，一边观望屏风后面半掩半露的蝴蝶姑娘饱眼福。看忘了形的眼珠子便随着那晃闪的玉臂玉手骨碌碌乱转。庄重者赏心悦目而已，浅酌轻吟，绝不失态。轻薄者情不自禁，连连叹道："秀色可餐！秀色可餐！"不过也不至于无礼，悦来店老食客居多，都很满意也就都很爱惜此店，谁也不愿意也不敢犯众怒为难店家。

赵老师和郜先生兴冲冲来到洪山脚下，远远地便望见店门前食客盈门，看情景生意比往常格外好。及至店门跟前，才感觉气氛不大对头。进门一看，只见食客个个满脸失望，有的窃窃私语，有的摇头叹息，有的怅然离去。他俩寻空位置坐下来，便问熟识的老食客出了什么事。

九

原来是悦来店痛失撑门面的台柱子蝴蝶姑娘。蝴蝶乃店主的侄女，蝴蝶面也是她的发明，此店是叔父与她合开，叔父出本钱，她出手艺，开张两年生意做得很顺手。小本经营虽赚得不多，却打响了悦来的牌子，赢得盛誉，前景不可估量。今年头茬菜薹出园上市前夕，店主早早去与蝴蝶姑娘商议准备开张，哪晓得蝴蝶迷于打花会猜题纸，全然不操心悦来店何日开张。店主数次上门劝说侄女从花会收心，珍惜悦来店这块来之不易的牌子，可是蝴蝶执迷不悟，猜题纸谜语猜得发痴中魔，反而要求叔父将两人共有的小店资本折合一半现钱给她，今后由叔父独自经营。她承认她再也没有心思做那琐碎麻烦的蝴蝶形状面片了，说淘神费事做成蝴蝶面只为了供人咀嚼，值不值得、划不划算？说打花会有趣好玩就是太花钱，所以她急需一笔现钱。任店主苦苦相劝，蝴蝶也不回心转意，店主无奈，凑些现钱给她了，又央求她将蝴蝶面烹调诀窍要领一一仔细传授给了店主的妻子。悦来店只好夫妻一起上阵，开张才几天，店主亲自给妻子打下手，两人使出浑身解数，严格依照蝴蝶所授，不敢有丝毫马虎。可是依葫芦画瓢做出的蝴蝶面，食客个个不满意，说是全然失却往常风味，好生生一碗面，才挑几筷子进口，就牢骚满腹了。

赵老师和邰先生问清个中原委，这时两碗热气腾腾的蝴蝶面已端上来了，两人便看色、闻香，感觉还不错，挑起一块面片尝尝，果然味道差了，差在哪里？却也不大好说。

几位熟识的老食客都离座围拢，想听听两位品尝后有何高见。

懊恼不堪的店主也悄悄走过来。

赵老师见状，便拿狡黠的目光问邰先生。

邰先生淡淡一笑："平心而论，味道大体不差。稍有差池，许是用料欠考究或火候掌握得不是蛮好，却也无大碍。然而诸位堪称美食家，既然都不满意，必有道理。嗯……这道理嘛……"邰先生沉思片刻，望望屏风后面头发花白的店主之妻说："我这个人说话不会拐弯，恐怕，诸位是醉翁之意不在酒哇！"

话音刚落，赵老师便仰头叹息一声："唉，诸位都能吟唐人崔护的诗否？"说着就吟哦起来：

> 去年今日此门中，
> 人面桃花相映红。
> 人面不知何处去，
> 桃花依旧笑春风。

众人纷纷点头赞同。

店主恍然大悟，但仍不甘心，想试着取悦这些老食客，趁机笼络说："诸位都是文人雅士，悦来也是诸位来惯了的叙谈小酌的地方。鄙人特意备了文房四宝，请诸位赐些墨宝，为店堂遮丑壮威，日后诸位再来也有个看头。今后小店免费款待诸位。"

众人见店主说得诚恳，不便推辞，又不愿违心逢迎，便互相推让。推来让去，便都推赵老师先试笔，说赵老师才高八斗，文思敏捷，该当仁不让，不然我等谁敢充能冒尖？

忽然有人冷笑一声。众人扭头一看，是坐在一旁独酌的一位生面孔食客。

十

　　此人便是花会盟主吴海笙高薪延聘的拟题先生张祖颐。其实张祖颐也算是老食客，去年他慕名前来品尝蝴蝶面，果然名不虚传，又来光顾过好几回，只是他与诸位不相识，回回都是独酌而去，不引人注意罢了，今年悦来店开张以来，今天他也是头遭去。中午花会大场冷了场，吴海笙急得团团转，吵嚷着张宗榜赶紧召集划子们训话，派人暗查"赵直言"的真实身份，忙得顾不上催他拟题纸了。他偷闲溜到悦来店尝新，打算就着一碗蝴蝶面慢悠悠喝它四两汾酒的，不想今日兴味索然不说，还有几个讨嫌食客吵闹着恭维那个什么赵老师，他听来更不是滋味。他并不认识赵老师，当然也不晓得赵老师就是"赵直言"，只是心想：此人肚中能有多少墨水？若论吟诗秀赋，出口成章，谅他不是我张祖颐的对手。

　　张祖颐冷笑一声，一口抽干杯中物，起身迎着赵老师等人走过来，也不搭话，不客气地接过店主手中一卷宣纸，铺在八仙桌上，提笔就龙飞凤舞：

去年今日此门中，
人面羹汤相映红。
玉人不知何处去，
空令食客怅春风。

　　许是张祖颐一杯酒抽得太急，酒劲冲了头，他这般活用崔护的"人面桃花"诗意，未免像个轻薄纨绔子弟，哪像个一大把年纪的人？这也罢了，他又摇头晃脑，自鸣得意地在落款处写道：

花会拟题先生张祖颐

　　当店主在一旁边看边念着将这几字念出声来时，诸位都拿不屑的目光打量这个狂傲之徒，沉默着拒不应酬唱和。

　　郜先生却按捺不住心头的厌恶，上前夺过笔来，不假思索就伏案疾书：

去年今日此门中，
人面桃花相映红。
可恨题纸满天飞，羞煞桃花害世风。

张祖颐看了面红耳赤，又欲提笔回敬，却被赵老师伸手拦住："且慢。张先生难道不懂礼让吗？在座诸位都能打油几句哩！承蒙店主厚意，我也献献丑。"说罢提笔写来：

> 去年今日此门中，
> 人面桃花相映红。
> 桃花忽遭妖花劫，
> 刀笔无耳是帮凶。

写毕意犹未尽，也在落款处加上一句：

一介教书匠赵直言

赵老师显然是斗气，他这样公开身份，不啻是在两军阵前通报姓名，誓与仇敌一决雌雄。

张祖颐看了"赵直言"三字，先是一惊一愣，接着心头的火苗子直往上蹿，竟从老眼里迸出火星来：原来你就是那位对我的应征下联横挑鼻子竖挑眼、竭尽讽刺挖苦能事的赵直言？你也未免太自命不凡了，先是存心与老夫作对，继而又摆出一副世人皆醉我独醒的假正经嘴脸，存心与花会唱对台戏！你太抬举自己太贬低他人了！我就不信，论诗文学问你能比老夫宽出半簸片？他心里愤愤地想着，嘴里便脱口而出：

"原来这位就是作声讨花会檄文的大文豪呀？久仰久仰，佩服佩服。往日老夫因半阕下联与先生结下文字缘，今日既得以见识尊容，老夫这里又有半阕上联请教，不知肯否指教？"赵老师懒得与这个文痞子纠缠，见今天的酒是喝不下去了的，便拉拽起邰先生的袖子欲走："我对文字游戏不感兴趣，先生另请高明吧。诸位，告辞了。"

可是诸位食客都挽留他，张祖颐突然提出斗联，撩起了诸位的兴趣，都想看看热闹长长见识。

"赵老师不妨稍坐片刻，日后只怕难得再到悦来小酌呢。"

"是呀是呀。这位张先生如此不客气，我们倒想瞧瞧鹿死谁手哩！"

赵老师坚持不从："话不投机半句多，得罪诸位了。"说着便和邰先生向门口走去。

张祖颐可谓老奸巨猾，他见状便阴阳怪气地激将说："诸位，算了，老夫也不强人所难。赵先生这也不叫甘拜下风，他只是藏拙而已。不过，倒是让诸位扫兴……"

赵老师尚未作何反应，一旁的邰先生倒先被激怒了，他转身大踏步回来："诸位，我们都领教过这位花会拟题先生那些不敢恭维的题纸诗吧？今日我倒想再领教领教，他又有什么绝对怪联？"

张祖颐阴冷一笑，也不再说什么，握笔饱蘸墨池，在砚旁舔舔笔锋，不慌不忙写下来：

山寨巍峨，虎豹鹿马排左右

上联果然出得刁钻！从字面看，上联平庸无奇，莫说对一句下联，就是对上个七八上十句也不难。但上联里头有名堂有出处，山寨特指武汉东边黄陂县的一个小山寨，叫王家寨，地处卧虎山、白豹山、鹿耳山、福马山四山之间。因山名威武雄壮，山高路险，人们戏称其为大王寨。这特殊的地名山名使此联平中藏奇，很难续对下联。

诸位看着，半晌不得吱声。邰先生踌躇再三，难以下笔。

张祖颐在一旁拈着几根稀疏的胡须洋洋自得，其实此联是他贪众功为己有。少年时代他在王家寨读私塾，先生是位老秀才，一日先生带他和几个学生登高望远，赋诗言志，师生环望四座奇山，触景生情，你一言我一语，凑出这句上联来。后来先生将师生合撰此联带到县里去征求下联，无人能对。张祖颐辞别私塾先生离开王家寨后，逢人便说此联是他所出，把它当作自己的看家本事，不知难倒过多少人。

今天他又故技重施。他脸望着邰先生说话，眼却乜斜着站在门前的赵老师："对联对联，不对就莫想联。先生先将老夫这上联字字句句琢磨明白，切莫不对而联，贻笑大方哟？"

邰先生懒得理睬，将笔蘸墨时，却又犹豫了。

一只手掌伸过来，接过邰先生的笔。赵老师握管在手，胸有成竹。

张祖颐见状，别有用心地提醒说："我这一联是否孤联、绝联、死半对，也未可知呢！"

赵老师昂头一笑："哈哈，我倒想请教：张先生可是自汉口过江而来吗？还得再乘船过江回汉口吧？"

张祖颐被问得丈二和尚摸不着头脑："此话怎讲?"

"何需多费口舌!"赵老师猛然探笔墨池，迅速提起，任墨汁淋漓而滴，信笔续出下联：

长江浩荡，龟蛇鹦鹤列两旁

邰先生看了拍案叫绝。

诸食客无不击掌惊赞。

"真正是绝妙好辞呀!"

"榫卯紧契，严丝合缝! 这位先生还有何说?"

"平心而论，下联对出的是天下无双的地理名胜，比上联更胜一筹吧?"

张祖颐哑口无言，狼狈而去。

十一

当天夜晚，赵老师在自家寓所悬梁吊颈，气绝身亡。

家人和邻居第二天早上才发现赵老师死于非命。家人回忆说，昨夜赵老师迟迟未就寝，他那间斗室既是卧房又是书房，深夜鸡叫头遍时，才听见他到厨房倒水洗脸洗脚的响声。他关门熄灯时，起码是二更天了。早晨天都大亮了，他的房门还紧闭着，家人以为他睡过了头，拍门催他起床去学校上课，拍半天他都不应声。家人这才预感不对头，急切呼喊邻居过来，众人协力将门撞开，这时赵老师身上已冰凉僵硬了。

邰先生闻讯赶来时，赵老师的尸身还悬挂着未解下来，只见他昂着头脸，嘴里紧衔着一支大楷羊毫，笔锋紊乱。仿佛他被人强制噤声又束缚手足自由，情急之下，愤而要用笔倾诉什么。家人解释说，赵老师的舌头长长地吊在外头，恐怖可怕，是邻居用毛笔轻轻抵进口腔，却不知为何笔管抽不出来了。

邰先生捶胸顿足，一把抱住赵老师的双脚，大放悲声："是我害了赵老师呀! 悔不该催促你写那文章、悔不该拿去登报、悔不该与那老贼斗联，不该不该我不该呀……万万没料及他们歹毒如此，不择手段报复，竟敢行凶杀人!"

他对前来验尸的警署法医说，赵老师颈脖上有手指掐痕，双腕及肩、膀均有扭伤，且瞋目裂眦，表情惊恐愤怒，显系他人谋杀。况赵老师生性豁达开朗，家中亦无不测变故，断无自绝可能。法医不吭声，草草勘验了尸身便去交差。

邰先生几番带着赵老师的亲属去警署、法院交涉侦缉凶犯，却屡吃闭门羹。

法医的验尸报告认定系自杀，他们答复郐先生的质询说："如非悬梁自尽，何故舌头拖出尺许长？"法院驳回死者亲属的状纸，说事虽可疑，查无实证，乱告他人，小心反坐。

郐先生认定凶案系花会组织派人所为，认定谋杀内幕必与张祖颐大有干系，又明知首犯和幕后主犯事前事后将各处关节都买通了。他自恨回天乏力，无以报仇雪恨告慰赵老师于九泉，便万念俱灰，不愿再在这魑魅魍魉的汉口治病救人，愤而将一辈子寓居行医的老宅典卖，所得悉数交给赵老师家眷安葬亡人。

郐先生背着个药囊，离开汉口，去奔走他乡当游医去了。

第七章　海底深深

一

郐先生是在赵老师的头七那天祭过亡灵走的。第八天，过太婆忽然走街串巷叫卖花会题纸来了。她像变了个人似的，换了一身干净清爽的新衣服，头发也梳得光溜，盘成云鬓，又插上一朵不知从哪家花钵掐来的粉红月季。她搂着一摞花花绿绿的题纸，扭捏作态地走着吆喝着："划子来了，划子来了！划子送题纸、送运气、送财神来了呃——"

那些深深悼念赵老师的街坊，有的对这个疯婆子侧目而视，有的小声诅咒，有的大声唾弃。而一群毫无忌讳的顽童，干脆就撵在她屁股后头一声声唱骂：

> 过婆子，疯婆子，
> 害了孙子害儿子，
> 害了媳妇害自己！
> 过太婆，淌划子，
> 摇摇摆摆卖题纸，
> 老头老脸插鲜花，
> 妖里妖气老豁皮！

怎么过太婆突然当上了花会划子呢？

二

原来那刘划子慑于鹦鹉、赵老师两条人命，唯恐冤魂缠身，洗手不干了。别处也有几个划子在亲友的规劝下，不愿再招摇撞骗为花会卖命，不赚做孽钱改行挣干净钱去了。开花会，靠的就是划子们四处摇唇鼓舌，花言巧语引诱众人参加，这一段日子打花会的人数锐减，现在又有几个划子翻翘不干，吴海笙急得像个猴子，搔头抓耳，上蹿下跳着乱叫瞎嚷，急于招兵买马，重新铺开打花会的场面。

张宗榜见吴海笙沉不住气有失身份，心里便说："你哪像个花会盟主的样子？"他想装聋作哑，等吴海笙闹得下不了台，他再来显示手段收拾场面，那时大司仪说话就比盟主更有分量更有权威。但他转念一想，若此时不给吴海笙一颗定心丸，任其惊慌失措会影响剩下的划子们和想大场一干的众人的情绪，动摇军心。他便向吴海笙献策说：

"先稳住阵脚再说。眼下情形未必于我们不利，花会的冤家对头死的死了走的走了。当务之急是设法对付《时报》制造的诋毁花会的舆论，待花会迷们消除了疑虑和戒备，自然会重返花会。至于招兵买马则不宜仓促，应静观事态，从长计议。"

吴海笙不买张宗榜的账："招兵买马，刻不容缓，不然花会就得收场了。我亲自来招募新划子！至于找《时报》算账的事，你去办吧，叫新闻检查官治它个'危言耸听、惊乱民心、滋扰治安之罪，最好停刊查封，以解我心头之恨！"

张宗榜不禁火冒三丈："你以为你这个花会盟主，可以走出大场，在大汉口发号施令吗？"

吴海笙自知话说过了头，便悻悻地说："仰仗老兄呀！请财神开路？"

"我没有三头六臂通天本事，你这尊财神在大汉口也还不起眼，另请高明吧。"

张宗榜拂袖欲去，被紫鹃跑出来一把拽住。

方才紫鹃与紫燕正在隔壁房内说话，姐妹俩正在低声争论时，听见外面大声争吵起来。紫鹃赶紧打住话头，拉姐姐出来劝阻，紫燕说她懒得管他们，紫鹃却生怕他们二人吵翻了脸，急忙跑出来在二人之间周旋。她拽住张宗榜的胳膊往回拉，见吴海笙赌气背过身去，又去扳过他的肩头。她嘬着嘴，乜斜了吴海笙一眼，又侧过睑去朝张宗榜挤眉弄眼，忽然扑哧一笑，说："两个大男将，怎么像姑娘伢样的娇气起来？姐姐在房里偷偷笑你们呢！"紫鹃见一句话说得二人脸色缓和了，便进一步打圆场说："就先分头试试吧？走一步看一步。吴先生去挑兵选将物色能干人，我陪张先生去摸摸《时报》的老底，看他们后台有几硬再说！"她平素直呼张宗榜为姐夫，今日忽然改口称张先生，说着还不断地朝他递眼色。

吴海笙不好再说什么，便借紫鹃的梯子下台阶。可是紫鹃随张宗榜一走，他又暗地派人去打点稽查处的田队长和警察局的陈警长，还是想贿赂警方查封《时报》了事。

张宗榜听说《时报》发行人也是赌场豪客，便通过21门赌局的赌友打听，果然《时报》的来头不小，后台老板是青帮理门大哥，而发行人又与杨青山的山堂坐第七把交椅的七妹过从甚密。张宗榜深知惹它不得了，只能跟着紫鹃以问安的由头去见杨青山，央求关照一声，以后莫再找花会的麻烦就谢天谢地了。他哪里知晓吴海笙已背着他惹了《时报》，那田队长和陈警长得了花会的好处又去《时报》卖乖，《时报》发行人已先行告状告到杨青山那里去了。所以他和紫鹃去见杨青山时，杨青山不便当众斥骂十三妹紫牡丹，便拿他当出气筒，骂了个狗血淋头，若无紫鹃又是赔礼又是撒娇，说不定还得受罚吃些皮肉苦头。

三

张宗榜气急败坏地回到京官祠堂时，吴海笙正在大场里神气活现地当主考官，像当初当面考试张祖颐一样，面试一大群想谋一份划子差事的男女。张宗榜本欲当众发难，给吴海笙点颜色瞧瞧，想想又告诫自己要韬光养晦，便佯作不知吴海笙的背地作为，只字不提挨骂受气之事，只说那《时报》虽有靠山一时无法动它，但它也晓得了花会的来头，今后不会再找麻烦。

这时吴海笙刚考问完一个应试者，那人回答问题太拘谨，说话含含糊糊，他不满意，挥挥手打发走了。下一个轮到过太婆上来。

过太婆答话倒不含糊，问她何以想当划子，问一句她答十句，说话又干脆又啰嗦："当划子赚钱撩撒哟！只要舍得喊，花言巧语说动人心，一沓题纸卖起来快得很！您家还不晓得吧？我屋里婆媳两个打花会入了迷，把儿子气跑了，把孙子气不见了！别人在背后戳我的脊梁骨哩！我不怕，以歪就歪，干脆来当个划子，过足花会瘾！您家不信试试看，我肯定能当个蛮傲的划子！"张宗榜在一旁听得直皱眉头，觉得这个疯婆子说话不仅魔里魔气，而且说得邪乎、古怪。

吴海笙听了却很满意，他扭头低声对张宗榜说："当个好划子是得有些魔气和疯劲。"

张宗榜欲言又止。

吴海笙一次招募了几十个新划子，又从老划子中提拔了两个最卖力最能干对他最忠诚的升任航船。他重新调整花会的组织和布局，按汉口、汉阳、武昌三镇方位分别派出三艘航船，每艘航船统领十条或数十条不等的划子。划子又按街巷道路划分穿梭游弋范围，规定了每条划子每天必须出售题纸的最低限额。

　　吴海笙忙着调兵遣将，张宗榜冷眼旁观。按理说，划子和航船都归他这个大司仪直接调遣，吴海笙改让航船统领划子，分明是为了分削他的权力，又把他的得力助手——老航船张宗衡打发到远远的江南武昌去，蓄意剪除他的羽翼。可张宗衡是支撑大场的台柱子呀！大场开筒犹如演戏开锣，黑压压的人头眼睁睁盯着，随时都要防备喝倒彩，没得一个心腹干将压阵势怎么行？他想制止吴海笙，晓以利害，转念一想，吴海笙这样做正是针对自己的，应该沉住气。但当吴海笙又乱改花会规矩时，他终于忍不住了。

　　吴海笙此人太精于算计，他招募了这么多新划子又舍不得开支人头费，便打花会迷的主意，提出从赢家的36门满贯中抽头，抽出6门扣留，美其名曰彩喜钱，用以打发划子们的人头费。这还不算，他还要再改花会规矩，将每期题纸派两次用场，分两次开筒：前两句影射一个谜底，每天正午开筒；后两句影射一个谜底，当晚9时开筒。题纸本来是没价钱的，打花会人愿意下几大赌注就会花几大价钱买它，不过它总有个最低的底价，起码是一个铜角子吧，就借可以开两次筒、发两次财的由头把底价涨一倍，赚那些花小钱买题纸碰运气人的钱，这种人占了打花会人的绝大多数，这个钱就很有赚头。

　　张宗榜看不惯吴海笙贪得无厌、不择手段，心想，眼下花会本已遇到挫折冷场了，你再胡乱改变花会徒众已习惯了的规矩，你就不怕引起打花会人的公愤？那时只怕花会真要收场了！张宗榜一肚子怒气直往上蹿，都快从嗓子眼冒出来了。

　　不过张宗榜此人城府颇深，直到吴海笙假惺惺问他："张兄以为如何？"他脸上竟无一丝不快神色，只是好言相劝说："这些主意倒是蛮好。只是，把打花会的老规矩改了，就怕引起花会迷的怀疑。我最担心的是，往日无价的题纸如今有了限价，万一惹得多数人不满意，认为划不来不买了呢？花会就是指望赚这些人的钱，搞得好赚头大，搞得不好得不偿失，大家不信花会了都不玩了就撮了拐！"

　　但吴海笙执意不听劝告。张宗榜便改而提出再设立花会分场，由他去任分场盟主，分场每日与总场同时举行开筒仪式，也好分散一些人群，避免以往大场开筒时观众太多难以维持秩序的混乱。吴海笙一听正中下怀，张宗榜既是大司仪又是大管家，权位仅在他这个盟主之下，留在身边碍手碍脚，便满口答应了。

　　张宗榜见吴海笙毫无挽留之意，到底有些憋不住，话出口就带出讽刺和咄咄逼人的要挟感："分场就设在武昌吧，只管航船张宗衡和他统领的划子。其余各航船和划子们全部由你掌管，我不插手，这正合你的意吧？我索性再带走拟题先生张祖颐和左护花女使紫燕，免得你疑神疑鬼！至于右护花女使紫鹃是去是留？悉听尊便吧！"

吴海笙听了就慌，但只慌在心里，不慌在脸上，他满脸堆笑，笑出上海瘪三的鄙气和缠劲："大哥不是生小弟的气吧？小弟如有得罪之处，大哥担待些！谁叫你是我的大哥呢？"他拱拳连连作揖道："分场不分家嘛。这几位都是我的心腹干将，是大场的台柱呀！你把他们带走不得拆大场的台吗？再说，设分场此计极妙，但分场不宜另拟题纸，拟题先生张祖颐拟出每期题纸，着人送过江去就是。至于左护花女使紫燕——"吴海笙更加嘻皮涎脸地说："大哥莫不是留兄嫂在大场不放心吧？我真舍不得她呢，大哥真要夺爱……就把右护花女使紫鹃带走吧！我看大哥蛮喜欢你这位聪明伶俐的姨妹呢！"

张宗榜心里暗暗一惊，吴海笙故意说荤话开下流玩笑是不是有所指呢？他懒得纠缠，便再挖苦一句："你真想留下他们也罢，就怕他们是你的心腹之患啊！"

张宗榜过武昌去建花会分场的第二天，吴海笙就急电上海，召他的外甥——上海滩镖行著名的快枪手李阿海来当他的贴身保镖兼大场管家。大场不再设大司仪职位，由左右护花女使兼任左右司仪，右司仪紫鹃顶替张宗榜主持大场祭神和开筒仪式，左司仪紫燕接替先前由张宗榜经手的花会进账和日常开支等账房事务。账房先生实则又是管家李阿海，而真正掌握账房库房钥匙和银行秘密户头的又是他吴海笙自己。

四

新招募的花会划子们分赴遍布三镇的街道闾巷，每日深入河道一般首尾相衔、贯通一气的巷道淌来淌去，果然招来不少新加入的花会迷，售出的题纸与日俱增。打花会渐渐成为人们茶余饭后津津乐道的话题，而报纸不再凑热闹，似乎花会已是旧闻，不再感兴趣。

吴海笙这几天洋洋自得。大场每日两次开筒，场场人头攒动、人声鼎沸，他这个大盟主高坐在交椅上真是八面威风。他着张祖颐过武昌去了解分场开筒情形，也是每场人群爆满，热闹得很。他想，若不是我这个盟主运筹帷幄，重新收拾河山，花会今日能重新拥有千万入痴入迷的徒众吗？他愈是自命不凡，每日登上高高的轮腿梯架交椅，在一群保镖的簇拥下接住自天而降的吊筒开筒的一刹那间，大场里鸦雀无声，徒众诚惶诚恐，这时他也有些神情恍惚，真以为自己就是

489

女神垂青的人中雄杰，手中掌握着这么多发财心切人群的命运，可以主宰他们的凶吉祸福。

不过吴海笙也心存狐疑，怎么每场开筒，场场总有多达十几个甚至二十几个、三十几个猜中题纸赢满贯？如果算上意思猜得差不多，接近谜底险些猜中的，那就更多了！而以往每场开筒，猜中题纸者只有五六个、七八个而已，最多八九个，还没有超出十个赢家的。是题纸上写的谜语太浅显容易猜破，还是有些花会迷们已深谙此道，渐渐掌握了打花会的窍门？

吴海笙便责怪张祖颐拟的题纸太简单，说他不动脑筋、瞎编的谜语破绽太多，要不就是他江郎才尽，想不出绝妙好辞了。

张祖颐听了气得半死，心里怄不过一天不吃饭，把自己关在房里，一口一口地抿着一瓶汉汾酒解气。寡酒醉人，到傍晚时，一瓶酒虽是慢悠悠抿光的，却也醺醺然不能自已，一头倒在床上呼呼睡去，紫燕和紫鹃轮番去拍门都拍不醒他。紫燕担心他醉死过去了，催促吴海笙赶紧着人撬门。吴海笙叫李阿海一脚踹开门板，摇醒他扶坐起来，紫燕又端来醒酒汤给他喝了。

吴海笙见张祖颐虽已醒酒了，仍蔫蔫恹恹地打不起精神，而他今日的题纸还没拟呢。吴海笙晓得，他自打谋得拟题肥差，有了钱就偷偷买鸦片，隔几天过一回瘾。而近来他不知把钱胡花到哪里去了，有一段时间无钱买鸦片了。吴海笙就去弄来指甲壳大的一坨鸦片，不吭声扔在他面前，把紫燕、紫鹃等众人都支使出去，自己也反带上门走了。

张祖颐咨啬地从那坨鸦片上掰下耳屎似的一小撮，半躺在床上就着挨在床边的茶桌点灯烧起烟泡，美滋滋地吸起来。刚吸了几口他就来了灵感，边吸边轻吟着打腹稿。他过足了瘾，腹稿已打成了，便精神抖擞地起床，提笔一挥而就：

> 横陈灯光照，
> 卧床烧烟泡。
> 一气呵下去，
> 兴趣百倍高。

写毕，他拿起题纸大声吟哦起来。

吴海笙应声推门而入，接过题纸来看，看了便问谜底。张祖颐压低声音吐出两个字来，他听了又仔细端详题纸，琢磨谜面的四个句子，却琢磨不透。张祖颐见状得意而轻蔑地乜斜他一眼，叫他附耳过来，诡谲地耳语几句。

吴海笙这才恍然大悟，笑逐颜开："张先生真是才高八斗哇！这张题纸拟得妙极。头两句就深奥莫测，字字含沙射影而又难以意会！除你知，我知，谁人再知？"

吴海笙喜不自胜，着人连夜赶印题纸。

第二天，吴海笙又亲自向划子们分发题纸，鼓励他们比平日多拿去一些叫卖，谁卖得多，他另给赏钱。他想，任你把脑壳猜破，把海底翻破，看这回开筒时，能有几个猜中谜底的赢家？

五

划子们为了得赏钱，比平日更加卖力地叫卖了一老天，果然本期题纸售出数量特别多。

第三天将近中午时，赶到人祥里京官祠堂观看开筒仪式的人群多得像游行队伍，花会大场挤得爆满，挤不进去的花会迷们就拥在大场门外，挤不上前的从殿堂门口排队似地排列到人祥里巷子里，将狭窄的巷道挤得水泄不通。这等盛况就像是那次万人空巷争相一睹紫牡丹情形的重演。而不同的是，这次赶来观看开筒的花会迷们格外激动，普遍焦躁不安。时辰未到，大场内外就不断有人喊着催促开筒，明明离正午 12 时还差两三分钟，就有人起哄，抱怨花会盟主的怀表走慢了，对不准时间了。

紫鹃最先感觉气氛不对头，她提醒吴海笙注意一些人的异常神情。吴海笙不以为然，他认为这只表明打花会的人越来越痴迷了。接着紫燕、张祖颐和李阿海等人也警觉起来，都说该不会出么事吧。这时吴海笙也注意到大场内有许多人在交头接耳，像是传递什么话，而大场外传来迫不及待人群的吼叫怒骂声，吴海笙也有所怀疑了。而这时时辰已到，箭在弦上不得不发，再耽误时间恐怕花会迷们要造反。他所能做的，只是告诫李阿海，叫保镖们多加防备。

开筒仪式延误半分钟开始了。紫鹃竭力保持镇定，若无其事地主持进行一项项走过场的仪式。礼毕，她宣布开筒。紫燕紧张得面色惨白，她的手伸到幕后摸索了半天才摸到升降滑轮的绳索，慌忙轻一把重一把地往下拽着，天幕上的吊筒乱晃着坠落下来。

四个保镖扶着盟主的高架滚轴轮椅嘎嘎吱吱地往坠在半空的吊筒下推。

吴海笙小声叱骂着，怪四个保镖今日太莽撞，没有齐心协力，将交椅车推得前后左右乱晃，险些将他颠下来。他战战兢兢地从轮椅上立起来，一边颤抖着双手解开吊筒，一边在心里祷告女神，但愿紫鹃等人是庸人自扰，虚惊一场。

女神似乎听见他的祷告，他仿佛看见环绕着女神胸像的花环一枝枝都鲜活起来，花香袭人，女神那笔挺端庄的鼻翼翕动着，眼部眨动起来，一道祥和的目光注视着他，他顿时又有了神气和威风。他的手不再痉挛，一如往常老练地打开木闸，取出题纸，郑重其事地将正反面展示给大场无数双眼睛验看，再诵读写在题纸正面的四句谜语："横陈灯光照，卧床烧烟泡。一气呵下去，兴趣百倍高。"最后，他深吸一口气，宣布写在题纸反面的前两句谜底，他拖长声调念出两个字来：

"必——得——"

他的语音未落，大场里就响起一阵阵大喜的欢呼声。

"哈哈，我们猜中了哇！"

"啊！真的是必得？真的是必得呃——"

"对了！赢了！凡是猜老鼠的都对了都赢了！"

"兑奖兑奖！36 门满贯哪！哪怕扣 6 门还有 30 门哟！兑奖呃——兑奖呃——"

"……"

大场外头也传来一阵阵欢天喜地的喊叫声。

吴海笙一屁股跌坐在交椅上，痴痴呆呆地愣望着一张张欣喜若狂的脸。

紫鹃走到交椅跟前，仰头告诉他："估计仅大场里头，就有将近一半的人猜中了题纸！只怕大场外头打花会打中了的人还有蛮多！"

"不可能！绝不可能！"吴海笙很快愣过神来，急得忘记了盟主的身份，一边大叫着一边像个猴子手忙脚乱地爬着梯子溜下来，不顾一切冲到挤在前排的花会迷跟前，愚蠢地质问道："本期花会题纸最深奥最难猜破，你们怎么可能猜得出来？"

被他质问的几个花会迷都好笑不过，反唇相讥道：

"这才稀奇哩！我们猜花会猜中了，还得告诉你么样猜中的？你说些苔话！动脑筋猜中的哟！"

"我是碰运气碰中的又么样呢？哦，只兴我们回回猜错，就不兴我们猜对一回？"

"我打花会不晓得花了几多冤枉钱，这回要把本钱都捞回来还要赚一把！兑钱兑钱！差一分钱我都不得依！"

不过还是有个花会迷正面回答了吴海笙的质疑，他说得干脆："这张题纸根本不难，蛮好猜！横陈灯光照，卧床烧烟泡，意思明摆着：大烟鬼躺在床上吸鸦片过瘾，烟鬼尖嘴猴腮，凑在灯跟前烧烟泡的馋相，鼠目寸光的样子，不像个老鼠像么事？再翻开海底一对，老鼠的名目就是必得！这还不解？"

别人说得轻飘了，而吴海笙听了心头却沉重得像从秤杆上坠下的秤砣，牵拽住五脏六腑往下压，压得两腿发软要瘫倒。幸亏李阿海从背后拦腰抱住他。他不甘地张张嘴还想再问，却不知再问什么好，李阿海半抱半拖着把他移到供桌前，一时连个板凳也找不着，就让他一摊稀泥似地坐在蒲团上。他竟中了风似的，嘴角挂着涎水，啊啊地傻喊着不能言语。

六

紫鹃挺身而出，指挥李阿海、张祖颐、紫燕和在场的几个航船、划子分头行动，有的招呼兑奖人排队等候，有的去库房取钱。

售本期题纸所得的几箱钱都抬了出来，银圆、钞票、铜角子一箱箱兑空。又从附近各处商铺和南馆借钱来，最后紫鹃和紫燕的私房钱都凑出来了。而排队兑奖的人群反而越来越多了。

紫鹃忙得满头大汗，喉咙也喊哑了。她见尚未兑到奖的一群人越来越焦虑不安，人们听说钱已兑空，排成纵行的队伍便乱了，人群蜂拥着往前挤，并叱骂威胁起来，局面眼看控制不住了。

紫鹃飞快地攀爬上梯架交椅，大声抚慰人群稍安勿躁，说马上着人去银行提款，继续兑奖。接着她就俨然代替了盟主的位置，居高临下发号施令，令李阿海立刻带两个保镖去银行提款。

李阿海犹豫地望望瘫坐在供桌下的吴海笙。

吴海笙仍不能吭声，似乎已经失语，而他的耳朵并未失聪，两眼也没失明，直勾勾地瞪着交椅上的紫鹃听清了她的话。

李阿海走拢去，低头问吴海笙，是否去提款？吴海笙将头摇得像个拨浪鼓。

这时紫鹃已从交椅上下来，声色俱厉地呵斥李阿海："事已至此，别无选择，只有蚀财免灾，不然这群人闹翻了大场不说，还得把我们一个个都撕了、吃了！"

"问题是……"李阿海吞吞吐吐地说，"不知得提多少款子才够哇，只怕……提光存款也兑不完……"说着他又望望吴海笙。

吴海笙的眼珠子已像死鱼眼干瞪着黯然无光了，而他的嘴脸仍摇摆着像个强扭着的弹簧木偶。

紫燕也几步跨过来，将眼圆睁逼视着李阿海："有多少提多少，兑一个少一个，赖是赖不脱的！再说，你们的账上有几多存款我心里还是有数的，这都是赚的作孽钱哪……"

紫鹃打断紫燕的话："留得青山在，不怕没柴烧。快去提款，再不去只怕就来不及了！"

李阿海再次望望吴海笙。

紫鹃紫燕也拿催促的眼光盯着吴海笙。

吴海笙终于扭断了脖子似地耷拉下头来。

李阿海无奈，只好带人去银行提款。

花会迷们耐着性子等了将近一个小时，总算把李阿海等回来了。

可是李阿海两手空空。原来附近的几家银行早已听到风声，防备着花会来大量提取现款，唯恐引起储户挤兑风潮，都借故提前打烊，想挨过了今晚再看明晨动静。

紫鹃踮脚朝大门口张望，去报急信的划子杳无回音，她也没有辙了，只好硬着头皮再次爬上交椅，声嘶力竭解释，劝兑奖人群明早再来兑奖。

而等得毛焦火辣的兑奖人群哪肯依，哪肯信，哪肯挨过夜长梦多的一宵？加之大场内外已经谣言四起，说花会与银行串通一气企图赖账，说花会盟主故意装呆卖傻想蒙混过关，说紫牡丹这是缓兵之计打算今夜携巨款潜逃。谣传说得有鼻子有眼，迫不及待的兑奖人群渐由愤怒转而疯狂了，不等紫鹃把话说完，他们就借着身后乱糟糟人群朝前挤的推力一拥而上，浪头一般掀垮了高高的梯架交椅。

紫鹃真够机灵警觉，抢在交椅倾倒之前纵身一跳，总算没像轰然倒地的交椅一样砸断胳膊腿，但也跌得鼻青脸肿，额角磕破，鲜血糊得满头满脸，赫然可怖。紫燕尖叫号哭着扑上去将她扶住。

人群放过紫鹃紫燕，扑向花会盟主吴海笙。李阿海早有防备，拔枪向人群头顶上空连连击发，趁人群抱头后退的机会，他指挥保镖们架起吴海笙，从幕帷背后的暗门撤退。

惊魂甫定的人群揪住来不及逃脱的几个划子，拳打脚踢乱揍，又将大场砸了个稀巴烂。

七

第二天，汉口大小报章纷纷报道昨日花会大场流血死人事件。听说有一个被打成重伤的划子今晨死在医院。以往慑于花会后台背景不敢惹麻烦的报纸，这回也抓住新闻由头大做文章，标题做得危言耸听，竭尽哗众取宠之能事。胆大一些的报纸更是打着客观报道、不偏不倚的幌子揭花会老底：玩弄外交辞令，含含糊糊暗示花会与汉口青、洪两帮及上海青帮大亨的干系。

《时报》对花会事变的报道颇有不同。它刊登署名"刘直言"的攻讦文章，专揭隐私：

> ……江湖人士中今有耿直者仗义质疑：号称紫牡丹其女当真乃杨老先生女弟子欤？所谓十三妹一说不过杨老先生戏言一时耳。杨老先生的几位得意门生，均不知恩师近年有过收徒授艺其事，均言恩师已关门多年。又云，尊师一向慧眼识德才，一般无德无能庸俗之辈，纵能蒙蔽一时，又岂能长久？民间传言花会紫牡丹其人，真名紫鹃，其姊紫燕在娼寮操贱业，俗谓堂子姑娘是也。那紫鹃近朱者赤，近墨者黑，自幼与其姊学得八面逢迎，水性杨花，全无贞洁廉耻。小小年纪中辍学业，自许自身，朝秦暮楚。去沪后卖身投靠吴海笙，以为吴乃大富豪，有靠山可峙。其实吴不过一介赌徒，反而利用她的色相来攫发不义之财，二人狼狈为奸，欺骗民众，真相败露，传为笑柄。想那吴海笙自诩盟主，于今成了无数花会迷的冤头债主；而那紫鹃的下场只能是始乱终弃……

《时报》何以如此胆大妄为？这不是摸老虎屁股吗？

原来杨青山上武当去了，临行说过，要在山上清静几个月，与道长切磋神游八极功，谁也不得去搅扰他。四姐、七妹等一帮女弟子趁老先生外出，串通一气，说那十三妹算老几？根本不作数！说师傅当年收她们为门徒，都是经过开山堂、行大礼、三叩九拜、秉香受戒、许愿发誓的！那黄毛丫头可曾有过？谅她见都没见过那种场面！说师傅喜欢牡丹花，随意给她起了个绰号，她竟捡个棒槌认了真（针）！说那个不讲脸的臭丫头像个妖精会媚人，殊不知师傅道行高深、洁身自好，不沾她这个狐狸精的骚气！说她们绝不认她这个野杂种当兄弟姐妹！更不容许她败坏她们江湖好汉的名声！《时报》发行人抓住这一石二鸟的机会大做文章，一则狠狠羞辱吴海笙一场，报前次他居然贿赂当局妄想封杀《时报》之仇；二则嘛，可以再次大出风头，以独家报道压倒群报，最大限度地吸引读者。而操刀笔者也得来全不费工夫，主动上门投稿的是伺机报仇雪恨的刘公子。

八

当报童们搂着一摞摞《时报》跑遍大街小巷叫场，满城议论花会流血新闻又迭变出桃色新闻时，紫燕还蒙在鼓里。照说她早该看到了报纸的，有几个打听到消息的报童，干脆就把报纸拿到京官祠堂周围的人祥里及毗邻的几条街巷去叫卖。

紫燕从昨晚起一直在医院里陪护紫鹃。紫鹃因失血过多，几度休克。医生说病人需要输血，而病人的血型化验结果十分奇怪，不属常见的几种血型，无法确认。紫燕听了便挽起袖子让抽她的血，不料刚刚开始抽血她也突然休克了。她苏醒过来后要求医生继续抽她的血，她哭哭啼啼地说，她原本就欠了妹妹的债，害了妹妹，是她这个当姐姐的不该把妹妹引入歧途，连累妹妹遭孽受罪险些丧命，该抽她的血还债，哪怕抽血抽死自己救活妹妹也是应该的。医生见她悲伤过度、精神失常，哪还敢再抽她的血？她便拽住医生的袖子苦苦哀求。医生愠怒了，说："我干的这一行是救命的不是害命的！你叫我害你的命？"我害了你的命岂不也害了自己的命？幸亏她欠妹妹的血债并不太多，紫鹃只向她讨还了一点血债，当医生试着把注射器里的半管子血输给病人时，紫鹃苍白如纸的脸上就渐渐有了红润。

傍晚时，紫燕才能慢慢地起床行动，过去侧坐在紫鹃床前，姐妹二人轻轻哭泣着，低语着。

这时张祖颐失魂落魄地闯进病房，他手里捏着一张《时报》，神色不安地望着紫燕，他那张瘪嘴急剧地嗫嚅着却不出声，一脸想说又怕说的表情。

紫燕一眼看出又是报纸捅了花会的什么大娄子，她漠不关心地说："不管报上又说了什么，您家来找我有么用？您家该去找吴海笙，吴海笙装熊就去找张宗衡、张宗榜，我懒得管！"

"我上午、下午都过武昌去找过，他兄弟二人不晓得躲到哪里去了。我急得没办法，只好把报纸拿来，是说你们姐妹俩的。"紫燕扭过脸不去理睬。

紫鹃挣扎着从枕上伸起头来："是么报？又瞎侃的么事？嚼的么筋？"

"唉！实难出口……"

紫燕不耐烦地一把夺过报纸，展开草草浏览。但看过几行她就惊骇得瞳孔放大，两眼金星乱飞，接着眼前一片黑暗，头脑一团混沌。她昂头惊号一声，身体朝后仰倒，朝床下栽去，在失去知觉的一刹那间，她感觉自己栽进了一个深不可测的黑洞……

第八章　九头奇鸟

一

九头鸟的传说源自古老神话。《太平御览》引唐人《三国典略》说：

"南北朝时南齐有九头鸟见，色赤，似鸭，而九头皆鸣。"

又有唐人《岭表录异》说：

"鬼车，春夏之间，稍遇阴晦，则飞鸣而过，岭外尤多，爱入人家，烁人魂气。或云，九首曾为犬啮其一，常滴血。血滴之家，则有凶咎。

神话传说听来骇人可怖。一鸟竟有九头，可以想象它的凶猛丑陋形状，显然是一种妖鸟。人们难免恐惧、诅咒九头鸟，并用以譬喻同类，骂诡计多端的奸诈人是九头鸟。像九头鸟一样长着九个脑袋瓜子的人，自然超常的聪明灵光，所以说谁是九头鸟是骂他的意思，也是说他蛮傲蛮有能耐的意思。后来又有张房所著《胜说》中说：

"明人有语：'天上九头鸟，人间有三耳秀才。'"

三耳秀才是《续神记》中的人物，额头上多长出一只耳朵，聪慧过人。这就不是骂人了。

把湖北佬比作九头鸟，大约与湖北佬张居正有关。明朝官至内阁首辅的张居正原籍湖北江陵。他大力推行一系列政治经济改革，以图富国强兵，因此触犯了一些官吏和地主的利益，他们恨之入骨，诅咒道："天上九头鸟，地下湖北佬。"受张居正连累或者沾他的光，从此湖北佬就有了九头鸟的名声。而湖北佬中，当然又是汉口佬最傲最有板眼了，最有资格与九头鸟齐名。

譬如张宗榜，便是这么一只九头鸟。

张宗榜籍贯黄陂乡下，少年就乖巧过人。十七八岁时，竟同时与同村同姓三个朝夕相处厮混在一起的青年的漂亮堂客有染，从容周旋于六个玩伴与裙裾之间。某日奸情偶尔败露，族人将他五花大绑关在家族祠堂，族老长辈们商议翌日按家族规矩治以沉河死罪。那根拇指粗丈余长的麻绳明明将他捆得像个粽子，他反而利用那根绳子攀梁揭瓦坠墙而下，连夜逃遁。他亡命到孝感县城，身无分文，举目无亲，却能靠卖鼠药吃香的喝辣的。只因顾客为买他的鼠药药不死老鼠而懊恼，四处围追堵截他，他又亡命汉川。他想，既然囊中药丸药不死老鼠，必然也药不死人。于是他索性在汉川城放心大胆卖跌打损伤舒筋活络丸，果然从无病人找他的麻烦。他又往药囊中增添了些祖传秘方的春药和货真价实的草药，竟发了一笔小财。他想再发大财，便把药囊背进汉口，在汉正街上开了一爿小药铺。他见汉口人太精怪，不仅不买他的狗皮膏药，就连他的天麻益母、熟地当归也不大信，便见风使舵，去玩他比汉口人更精怪的赌博赚钱把戏。有一次对手输红了眼企图寻衅，对手晓得他的以往劣迹，故意揭短来触怒他："奸黄陂，狡孝感，又奸又狡是汉川！这句话是么意思？你最明白吧？"他恬不知耻地回答道："黄陂人戴的斗笠是尖顶的，孝感人戴的斗笠不是尖顶的是绞边的，汉川人戴的斗笠又是尖顶的又是绞边的。所以说，尖黄陂，绞孝感，又尖又绞是汉川。"他的一番答辩令对手忍不住扑哧一笑，甘拜下风。如此巧言令色，足见他的脑袋瓜子有几灵光！

二

张宗榜这只九头怪鸟，在花会大场闹得死人翻船，一片混乱之际，飞到哪里去了？

那天下午在大场，紫鹃差划子十万火急赶到武昌分场报信求援，她却不知，老奸巨猾的张祖颐在开筒前夕就密嘱另一个划子火速过江报信。所以，那天张宗榜接连得到两个划子的急报。他如果飞快驰援或许还来得及。至少，由他亲自出马力挽狂澜，大场当日的局面也不至于糟得不可收拾。那么，这位花会分场盟主是故意按兵不动，隔岸观火吗？是，也不是。张宗榜接到急报时，分场开筒仪式已快结束，他当机立断，决定取消今晚9点的第二次开筒，分场关门放假三天，划子们马上分头按本期题纸的不同售价向买题纸的花会迷悉数退款。说完他就带着张宗衡匆匆走了。

张宗榜直奔青帮汉流的山堂。他和堂弟张宗衡如今都是汉流大字辈人物，而他在山堂稳坐一把交椅，很得龙头大哥的赏识，二人过从甚密。

第三天，位于人祥里京官祠堂的花会大场门外，贴出了安抚花会迷的告示：

> 上期花会题纸，因奸诈之徒蓄意破坏打花会规矩，刺探泄密，作弊串通，酿成开筒风波。本花会系执照开业，射覆娱乐，公平自愿，恪守法度。目前已敦请有司缉拿歹徒问罪。花会虽属无辜受害，仍当竭力抚恤伤亡人士。望已作假兑奖者亦将非己之财退还，聊以救济不幸者，花会将不强行追缴。花会诚信待人，念及尚未兑奖者受人蒙骗亦有苦衷，宁肯再赔血本，照各位购上期题纸原价悉数退款。或有不必索退者则免费赠予下期题纸补偿。天理昭昭，此心拳拳，惟盼公鉴。

这个告示自然还是出自张祖颐的那支秃笔，不过只是他笔录，由张宗榜逐字逐句口授。张宗榜也真会花言巧语，将责任干系推诿得一干二净，还叫苦连天，委屈状可掬，恨不得该花会迷们赔偿花会的损失才是。

那些连日都来花会大场问消息、等答复，指望兑奖的花会迷们，看了这个告示不禁火冒三丈，却敢怒不敢言。因为贴告示的墙下和大场门口，都立着张宗榜花钱雇来站岗的警察。这还不算，整座京官祠堂周围直至人祥里巷道上，来来回回巡走着一些形迹可疑的陌生人，一个个凶神恶煞般持着刀枪棍棒。

三

花会大场又恢复了秩序井然、庄严肃穆的原貌。吴海笙又西服笔挺、人模狗样地坐在盟主的宝座上。李阿海和保镖们照例在大场四周靠墙而立。与往日不同的是，女神像下左右护花女使的位置，暂由张宗榜带来的两个彪形大汉代替。

焚香秉烛、三叩九拜的祭祀仪式已经走完过场。花会盟主孤高地坐在梯架交椅，无语地与慈祥的女神对视着。

新任花会副盟主张宗榜与一群肃立的航船、划子们对视着，他正在审问这些人。他把手臂平伸得笔直，逐个戳着划子们的脸问话：

"你们一个个给我说清楚，那天的题纸各人领了几多、卖出几多、收回几多？猜对谜底的又有几多？这些人几多是老花会迷，几多是新手？都是些么人，都住在哪里？他们买题纸时说了些么话，花的么价钱？又有几多兑奖到手了，还有几多等着兑奖？"

航船和划子们被他问得战战兢兢，却都不敢动，一个个笔直站着，尖竖着耳朵，唯恐听漏了。

他连珠炮似地提出一连串问题后，更加声色俱厉地说："照直说，不许有半句假话、半句含糊其词。划子一个一个说，管划子的航船把那天的题纸都找出来一张一张对。说不清对不准的原地站着不准动！哪一个敢蒙混过关，我今天就拿他开刀！"

划子们慌慌张张、结结巴巴地说开了。

这么一问一查对，问题就有了结果：凡是反面写着谜底"必得"的题纸，多半都是过划子卖出去、收回来的。这一期题纸过划子卖得特别多，除了该她跑的十几条街巷之外，不该她跑的周围几十条巷子她也跑遍了，还跑到铁路外去卖出不少。而且这回从她手上买题纸的人都比往日舍得花钱，不少人都下了一块银圆的赌注。

显然，问题出在过划子身上。

张宗榜回想起吴海笙招募新划子那天，那个说话魔里魔气的疯婆子。他喝问一声："过划子呢？她今天为么事不来？"

是呀，过划子不光今天不打照面，她接连几天没露脸了。划子们恍然大悟："从那天中午开筒起，就没有见过她的影子！"

张宗榜马上指使李阿海带一个警察去过划子家里抓人，却扑了空。

李阿海回来禀告，说过划子门上一把锁，钥匙孔里灌满了稀泥巴浆子，问过左邻右舍，说那是她自己灌的泥浆，几天之前她走了。

张宗榜不再追问过划子的下落，却突然又向航船和划子们发问，问得刚以为洗清白了自身的一群花会信徒又紧张起来，面面相觑，哑然无声。

"就算是过划子作弊串通，那么，开筒前她何以知晓谜底？又是谁泄露给她的？"

张宗榜猛然勾过头去，拿眼光逼问立在他身后不远的张祖颐。

张祖颐打了个寒战。他没想到会问到自己头上，并且是这种无声逼问，而且怀疑他的竟是张宗榜，这实在令他太难堪了。他又气又恼，回答就有些傲慢，有些嘲讽："拟题当晚，只有我和吴盟主两人晓得谜底。第二天开筒前，大场再无第三人知晓。吴盟主对那期谜底格外保密，连紫鹃也不告诉。分场只告诉你一个。看来，泄密者唯你、我、盟主三人是问！"

"无论是谁，胆敢泄密，就按花会规矩治罪，断舌剜眼，决不赦免！"张宗榜不客气地回敬张祖颐，又抬头扫了吴海笙一眼。

吴海笙听张宗榜这么一说，经张祖颐这么一提醒，也感觉事情蹊跷，过划子不可能事先知晓谜底呀！

张宗榜一边命令李阿海派出几个保镖，分头在汉口、汉阳、武昌三镇大街小巷搜捕过划子，一边又通过汉流山堂龙头大哥与江湖各派山头通气，秘密查访过划子的下落。

接着，他又开始大量清洗航船和划子们。他认为，作弊串通虽系过划子所为，其他划子未必没有嫌疑不担干系。极有可能过划子是与谁合谋，至少有背后拆台、浑水摸鱼的。不然开筒前怎么就没一个划子看出名堂？没一个事先通风报信的？

他逐个甄别航船和划子，稍有疑点的一概清洗掉，纵无差错但长相看不顺眼或说话油嘴滑舌的也发一月薪水解雇，又找碴子除掉了几个专会巴结奉迎吴海笙的航船。

一场清洗下来，原有的航船和划子人数只剩下一小半。张宗榜便从汉流山堂的小字辈中请来几个精明强干的兄弟任航船，又亲自串街走巷，聘请一批在街邻中有口碑的老花会迷来当划子。

四

这天深夜，人祥里沉浸在漆黑静谧之中。而巷道尽头的京官祠堂里仍烛光摇曳，袅袅升腾的香烟，透过湿漉漉的琉璃瓦缝隙，从殿堂顶飘逸四散，夜空中弥漫着檀香祥和的气息，仿佛神灵庇佑着安然入梦的苍生。

殿堂里传出窸窸窣窣的人声。

花会大场里花会徒众正在女神注视下文身明志。

吴海笙仍坐在高高的梯架交椅上。张宗榜率领心腹门徒和新老航船、划子们参拜女神毕，众人各捧一枝花卉鱼贯而行，依次献在供桌上。然后，分成男女两拨开始文身。男信徒文胸，女信徒文右腕。先由拟题先生张祖颐在每人袒露的肌肤上绘画。他颇擅丹青，笔走龙蛇，几笔勾勒，人的骨肉躯体上便跃然绽了一朵鲜活墨黑的花来。信徒们两两一对，互相用针尖顺着笔锋线条一针针挑破皮下血管，殷红的血珠子从密密匝匝的针眼沁出来，濡染了墨黑，混成深浅浓淡不一的乌红和青紫色，人身上长出的花骨朵便愈加显得艳丽而醒目。

紫鹃高挽起右手袖子，袒出手臂让张祖颐画了，便雄赳赳伸到紫燕面前："姐姐先给我刺吧！"

紫燕不语，她犹犹豫豫地捏起针头，两眼呆滞地望着两寸长的纳鞋底用的锋利钢针，手指头颤抖着不敢下手。

紫燕是被紫鹃连哄带劝从床上勉强扶起来的。从医院出来她就一直卧床不起，不说话不见人甚至不吃饭。每日只在紫鹃的苦苦劝说下勉强进一点流食。今日她倒开口说了话，那就是一口拒绝文身。但是张宗榜把话说绝了：不文身就是叛逆花会，则花会难以容忍，他本人也难以容留！张宗榜已公然威胁她，不服从他就抛弃她。她本欲挣扎而起，毅然决然离去。可是她四肢乏力，也缺乏勇气。一旦走出京官祠堂她就举目无亲了，寡居多年的姨妈不久前死了，姊妹二人先前的住房被张宗榜典卖了，她无以栖身。再说，负气离开这里容易，又能去哪里呢？除非重返青楼再当堂子姑娘，眼前是无路可走哇！她也不忍心撇下紫鹃不管，是她带着妹妹误上贼船的，要逃离也得拽着妹妹一起逃哇……紫燕躺在床上胡思乱想，紫鹃立在床头急得直跺脚。张宗榜把劝说姐姐的重任交给她了，说今夜祭神文身事关花会存亡，如果冷了场就拿她问罪。这时，门外已传来滚轴梯架交椅在大场滚动的声音和众人慌张进场的杂沓脚步声，她和姐姐必须先行到位。情急之下，她猛然掀开被子，强行将紫燕搂抱起来，憋着哭腔说："求求姐姐了，你再不去我怎么向姐夫交差呀？今晚冷了场他就下不了台！那么你我姐妹两个都下不了台！"她软中带硬，又求又吓，总算把紫燕弄到场。

这时紫鹃见紫燕捏针的手抖得像抽筋，就一把夺过针头说："姐姐下不了手？那我先来刺你！"

紫燕仍不语。她闭上双眼，伸出右腕任紫鹃掐住。

紫鹃一手紧紧掐着紫燕的右腕，一手紧紧捏着针头，果断地扎破第一针，见第一朵血花很快冒出来，她嘘一口气，接着就眼尖手快地一针针挑破紫燕的皮肉，挑出一串串殷红的血珠子。

紫燕忍不住疼痛，轻吟着，紧闭的眼皮下挤出一颗颗晶莹的泪珠，扑簌簌滴在右腕上，仿佛腕上绽出的血肉之花是泪水浇育的。

泪水滴尽，血花凋谢，紫燕的右腕现出银圆大小的文身图案，是绕成三角帆状的一条花环，三角帆的骨架是一条纵横盘旋的蛟龙。

这种文身图案是张宗榜亲自设计的。他说，文身以后皆为花会兄弟姐妹。

<h2 style="text-align:center">五</h2>

几天后，《时报》在末版刊出一则消息，虽然字号排得很小并不起眼，却格外引人注意：

花会不日重新开场

本报讯　前次花会大场风波真相已明。经查系一发售题纸的划子事先窃得谜底，作弊串通，企图兑奖瓜分不义巨财。目前警方已缉拿案犯，均供认不讳。足证传闻有讹，开花会乃民间流传射覆游戏，无碍风化，经营者亦无不轨。

据悉，应众多花会迷要求，设在人祥里京官祠堂的花会大场不日将重新开场，届时武昌分场同时开场。首期题纸免费赠送，打中者开筒当场兑36门大奖。

读者大惑不解，一向与花会唱对台戏的《时报》，何以态度来了一百八十度大转弯？

原来杨青山提前从武当山回来了。那日张宗榜与汉流山堂龙头大哥合谋，着心腹乔装道士日夜蹀行，到武当山买通道长，由道长亲自劝说杨青山提前下山。杨青山回后本欲立即在山堂拿忤逆不孝之徒问罪的，转念一想，改而在山堂补行了一个收徒仪式，让紫鹃当众正式拜他为师就收了场，只字不提别的事。那四姐、七妹也知趣，急忙安排《时报》炮制了一篇并不太丢面子的文章，以示主动化干戈为玉帛。至于文中说警方已将案犯缉拿云云，则纯属《时报》发行人主动帮张宗榜编的一句自圆其说之词。

张宗榜也买面子送人情，着张祖颐去《时报》联系买了几万份当天报纸。《时报》发行人喜出望外，连忙通知印刷厂火速加印。

不料张宗榜却拿《时报》的文章再做文章，派出划子们上街四处吆喝："《时报》向花会道歉赔礼啰——"这么扯着喉咙一喊，《时报》果然就俏了，过往行人纷纷伸手买报，要看个究竟。这时划子们又摆出惜售态度，说要买报纸可以，但得搭着买一张题纸。《时报》发行人听说后恨得牙痒，终是无可奈何。

花会重新开张售的题纸，最低价又降回到一个铜角子一张，每天开筒一次，一期题纸按老规矩只射覆一个谜底。首期题纸谜面四句拟得浅显易猜：

> 憨福食为天，
> 帅才落人间。
> 俊杰识时务，
> 梦里还是仙。

这几句分明是说猪八戒的来历和德性，凡聪慧灵光的花会迷便会想到：八成猜猪没错？翻着海底一查对，谜底是正顺。翌日开筒揭晓，果然中了。

接着的一期题纸也拟得似几句童谣：

> 日月穿梭忙，
> 织成霓衣裳。
> 空挂在人间，
> 谁穿谁上当。

这莫不是隐指结网的蜘蛛吗？想穿过去结果上了当的，只会是蚊蝇飞虫了。开筒消息传来，谜底果然是明珠。

连中两元的花会迷们博得小彩，尝到甜头，喜得手舞之，足蹈之，撩得左邻右舍和亲戚六眷手痒心痒，都忍不住要一试手气，一碰运气。打花会的人群陡增，一度冷落的花会大场和分场又场场爆满了。

怎么张祖颐那支秃笔尽出纰漏呢？他的笨笔就拟不出稍高明一点的题纸了吗？其实是张宗榜故意指使他笔下卖个破绽的。把人的胃口吊起来之后，张祖颐搜肠刮肚，又拟出一期晦涩古怪的题纸：

> 无佛不开口，
> 开口便成佛。

盘多结多罗,

佛多难为陀。

这四句谜面莫名其妙,许多人绞尽脑汁也猜不出个名堂来。有些凑热闹打花会的人就知难而退了,胡乱写上一个想当然的谜底交给划子了事,只当是把一两个铜角子丢到水里了。而那些迷于此道的老花会迷们却已是欲罢不能,便抱着脑袋瓜冥思苦想,哪怕猜破了脑壳出了窍。

六

这时正是下午过半光景,在人祥里附近的街巷,正在街头巷尾猜天书的几个花会迷,忽然看见过太婆摇摇晃晃走过来。"过划子回来了!过划子又回来了!"人人惊奇地叫喊着,呼呼啦啦围了上去。

"莫喊我过划子!我早已金盆洗手了,我不是划子了,我是个叫花子!"过太婆怀里拐着个破篮子,她从篮子里拿出一个豁口陶碗,端在手上晃着证明自己的身份。而人们并不在意她的分辩,更多的人高呼着过划子的名字围拢来,像迎接凯旋的英雄一样簇拥着她,七嘴八舌问这问那。

很快有人把过划子突然出现的消息密报给近在咫尺的人祥里京官祠堂。这时,吴海笙和张宗榜正在大场里争论什么,吴海笙气得一把扯下脖子上的领带,缠在手腕上甩鞭子似地舞来舞去。而一身长袍马褂的张宗榜不愠不恼,他站在供桌前,点燃一炷香捧在手上默默祷告。无处发泄的吴海笙一听说过划子出现了,顿时眼珠子都红了,当即命令李阿海:"赶快带警察去抓她,先把她带到大场来,我要亲自审问她!"

"且慢,"张宗榜把手上一炷香插进香炉,不慌不忙转过身来,"我先去看看动静。"

吴海笙在张宗榜背后朝李阿海努努嘴,李阿海便朝两个保镖挥挥手,准备跟上去。张宗榜却似后脑勺上有眼,他猛然回头指着李阿海说:"你们都不准跟着我!"

张宗榜换了一身土棉布对襟褂子和披腰大档裤子,戴上一顶尖顶绞边的斗笠,从京官祠堂后花园溜出去。他转悠了几条街巷便寻见被叽叽喳喳的人群围住的过太婆。他把斗笠前沿拉得下下地遮住脸面,凑拢去悄悄地听。

人们正在争相向过太婆诉说那次花会大场风波。有人问过太婆,那一期题纸的谜底是不是她事先透了风?过太婆坦然承认,那天她每卖出一张题纸时,都向买的人暗示了谜底，至于有几多人开了窍有几多人是木脑壳，她就不晓得了。

"您家为么事故意事先透风呢？"

"赎罪。我去当划子，本来就是为了找机会赎罪。起先我以为鹦鹉还没有死，后来鹦鹉托梦给我我才晓得她死了。我这才去当划子，我就是想害得花会开不成！这就是赎罪！我如果不赎罪，我怕鹦鹉的冤魂来掐死我呀！呜呜呜……"

"你家是怎么事先晓得那一期题纸谜底的呢？"

"猜的呗。我把鹦鹉的衣服拿到姑嫂树去埋了，起了一个坟包，在坟地睡了一夜，鹦鹉托梦给我，我就猜出来了……"

有人递过一张题纸："你家再看看这一期题纸，蛮不好猜！你家还能不能再请鹦鹉托个梦，再猜一回呢？"

"我看你们像我当初一样鬼迷了心窍！你们怎么还不醒呢？"

过太婆勃然作色，伸手打落那张题纸，搡开众人，拂袖而去。

张宗榜也悄悄离去。

七

当天晚上吴海笙背着张宗榜指使李阿海去抓过太婆。李阿海带人摸到过太婆家门前，屋里没有灯光。摸摸门上的锁，钥匙孔仍被泥浆塞得严严实实。过太婆根本没回家。

过了几日，听说有人在永清街看见过过太婆。那些执迷不悟的老花会迷们，相信过太婆身上有一种能破解题纸偈语的魔力，纷纷找到永清街看望过太婆，希冀她能密授一二解谜诀窍，至少，希望能听她说些什么得到启发。

过太婆在一条狭巷搭了一个茅庵。原来永清街街道间巷中有许多居家修行的善男信女，归元禅寺的方丈常来讲经说佛，过太婆觅到这里来安身，是想吃斋念佛。

当花会迷们找上门来时，过太婆脖子上已挂了一串她自己雕琢的不知是人骨还是猪骨做的念珠。她把花会迷们拒之门外，说："你们认错人了。我和我早已死了的男人都不姓过，我不是过太婆。我娘家姓史，我是史太婆。"

花会迷们失望而去，仍不死心，有人学着过太婆说的到野外坟地躺一夜等待托梦，有人干脆从坟地捡回一个骷髅头或一根白骨压在枕头底下乞求托梦。据说此法果然灵验，猜花会每每猜中。后来又听说哭丧守灵也灵验，若有哪家死了人，花会迷们不请自来，披麻戴孝，恸哭悲泣，为的是感化死鬼显灵，破解题纸谜底。

至此，打花会已成为时下许多汉口人的一大嗜癖、一种深深的迷信了。

第九章　颠倒鸳鸯

一

婚礼是在地处车站路口的法租界波罗馆举行的。

汉口租界区的几座波罗馆，是英、俄、德、法、日等国洋人寻欢作乐的场所，向来不准华人入内，连翻译、买办、华侨等假洋鬼子也概莫能外。尤其是法租界波罗馆，更是繁文缛节，且规矩多，曾将一位来汉投资实业的法国商人的娇妻拒之门外，而那位夫人兼私人秘书是旅法华侨且持有法国外交部签发的护照，气得文质彬彬的法国商人破口大骂他的法国租界同胞是猪猡。法租界波罗馆也是各租界波罗馆中最豪华奢侈的，设有弹子房、扑克和轮盘赌室、滚木球室、板球房、酒吧间、舞池、游泳池、网球场和法式大菜餐厅。那些假洋鬼子们艳羡而无缘享受，气愤不过，这才凑钱协力，仿照法租界波罗馆，依葫芦画瓢搞了个汉口华商总会过瘾。但玩起来毕竟缺乏洋味道洋派头，至少，招待小姐不是金发碧眼、隆胸翘臀的洋妞。所以，当汉口商界巨贾、政要名人、报社发行人或总编、江湖山头首领们，接到在法租界波罗馆举行婚礼的请柬时，惊喜心情可想而知，大红烫金的请柬似乎就是梦寐以求的殊荣的通行证。无论对花会、对吴海笙和张宗榜持何种态度的人，这回都是受宠若惊，赶紧备一份厚礼，婚礼这天傍晚，太阳刚落下去，街灯未亮就都提前赶到法租界波罗馆的宴会大厅。

吴海笙、紫鹃伉俪的婚礼大出风头。而这般荣耀、这种规格，全是张宗榜使出浑身解数一手操办的。当然，张宗榜背后有杨青山撑腰，身前有尉居卿出力。如果法国领事先生不怦然动心，他张宗榜再精怪也打不通洋人的关节，又怎么可能张扬到在法国佬的波罗馆来大办婚事？

英、俄、德、日租界的洋客人们接到通过法国领事馆领事先生发来的请柬，碍不过情面，出于礼节考虑，来倒是来了，却来得满腹狐疑、满腹牢骚。他们实在不明白，法国领事先生何苦与华界民间打交道？难道利用花会组织能够为法兰西谋得更多的在汉政治、军事、经济利益不成？他们抱怨法租界破坏了自1878年英租界建成第一座波罗馆以来波罗馆严禁华人入内的铁律。

洋先生们交头接耳、窃窃私语着，而洋太太、洋小姐、洋儿童们却格外兴奋。今天的社交场面太新奇少见，与这么多穿着整洁、谈吐文明的中国男女老幼同聚一堂，眼前情景，简直恍如梦境！洋太太、洋小姐率先操着半生不熟的汉语与中国人攀谈起来，而饶有兴趣的话题竟是就打花会提出的各种稀奇古怪的询问，那种好奇劲头令一旁矜持的洋先生们直皱眉头。

但当光彩照人的新娘走进宴会大厅的时候，洋先生们的眉结顿时舒展开来，洋女士们激动得毫不掩饰地惊叹赞美起来，而本族本国本埠嘉宾们更是啧啧咋舌、大声喝彩起来。接着，大厅响起一片热烈的掌声。

二

紫鹃穿着雪白的曳地婚纱，踩着款款碎步，徐徐缓缓，袅袅娜娜，一步步走得雍容华贵而摄人魂魄。她那楚楚动人的细腰、黑色瀑布般的长发和无可挑剔的眉眼脸蛋，使她迅速以东方美女的魅力征服了大厅的中外嘉宾。

相形之下，新郎吴海笙虽然也是一身雪白西服，领带、胸针、金链怀表及白手套、文明棍等西洋时尚玩意一应俱全，却显得呆滞笨拙，他脸上的微笑也显得不自然。似乎不是他主动搀着紫鹃的手臂牵着，而是被动地由紫鹃拽着手臂拖着，像个木偶般来演一场婚礼戏。

婚礼主持人张宗榜满面春风。他今天特别脱掉了长袍马褂，换了一身银灰色西服，打了红白花格领带，吹了头发焗了油，一改以往的中式传统穿戴而显得风流倜傥了。此刻他像个社交老手，左右逢源，八面玲珑，熟练地变换着各种礼仪动作姿势，与洋人、政要、商贾和江湖首领互致问候和寒暄，连拥抱和吻手礼也笑呵呵地应付自如。但他喜上眉梢的表情没能掩饰住眼中的焦虑和愤懑。证婚人紫燕明明是从人祥里京官祠堂大门口上了一辆包租轿车的，那辆车却迟迟未到。想必是紫燕叫司机又中途返回了，他已派张宗衡赶回花会大场去接她，哪怕是把她绑架来。现在举行婚礼的时间已到，却仍不见张宗衡和紫燕的人影。按事先的商议安排，今天他要主持一场中西合璧式婚礼，法国领事先生还主张婚礼的中国色彩要浓厚一些，以便让洋客人们亲眼看看异国情调的婚俗开开心。那么婚礼除了新郎新娘两主角外，重要角色还有四个：一个是从荣光堂请来的进入汉口的第一位基督传教士杨格非神父，由神父手捧《圣经》订立婚约婚誓；另一个是以汉口商会常务监事身份光临的青、洪两帮帮主杨青山老先生，波罗馆的宴会大厅不便设祖宗牌位，就由老先生坐在代表天地君亲师的位置受拜；再一个是担任婚礼司仪的他本人；还有一个角色相当重要，那就是新娘的胞姐，兼任红娘、伴娘、证婚人的紫燕。今天的戏缺了她不好唱，"长姐若母"，她还得代表父母接受新郎新娘的叩拜。可是，出门前好说歹说，软硬兼施才弄上最后一辆轿车的紫燕，竟不重大义、不顾大局，中途赌气使性子又跑回去了。恼得他张宗榜暗暗咬牙切齿，急得他忍不住要跺脚了。

终于，他看见张宗衡转来了，在大门口远远地朝他递眼色。他急忙钻进卫生间，张宗衡跟在他屁股后头进来：

"她执意不肯来，我的嘴皮子都磨破了。"

"你没告诉她，她如果不听我的话我就跟她一刀两断，她就得滚出花会大场自谋生路吗？"上回紫燕企图拒绝文身，他就是用这种绝情绝义的话逼迫她就了范，这回他故伎重演再次威胁她。

"说了。她听了冷笑，回答说：'悉听尊便，宁死不从。'"

张宗榜气得牙齿磕碰得咯咯响："我不是说过，哪怕绑架也要把她绑来吗？"

"唉！"张宗衡也急了，乱比着手势说："她把礼服脱了，丢在地上用脚踩，换了一身睡衣睡裤赖在床上趴着不动。她好歹是我的嫂子，我怎么能真的动手动脚绑架她？再说，就算是把她绑来了，也不能强扭着参加婚礼呀！我说大哥，不如先放她一马，你赶紧先主持婚礼再说，回去后你亲自教训她不迟……"

不等张宗衡说完，张宗榜已改变了主意，他在张宗衡的耳际低语了几句，便换了一副喜咪咪的笑脸走出卫生间。

三

婚礼有条不紊地举行。

吴海笙将一只手放在杨神父捧着的一块厚砖头似的《圣经》上，他回答神父的问话，背台词似地机械地念完了婚誓。轮到紫鹃了，她也将纤纤玉手摸在《圣经》上，满脸陶醉的幸福表情。

"紫鹃小姐，您愿意嫁给这位先生，愿意他做您的丈夫吗？"神父的语调温和而严肃。

"我愿意，"紫鹃羞羞答答地回答，她紧接着向满大厅的中外嘉宾发誓说，"我爱他，在此生此世的每一天直至生命的最后一刻，无论生活幸福还是厄运降临，无论健康还是疾病缠身，我都将至死不渝地忠诚于他。"

神父退场后，接下来的叩拜大礼果然令洋人们看了稀奇开了眼界。一拜天地，拜的是杨青山，这时他正襟危坐的紫檀木太师椅坐北朝南；二拜父母，拜的还是杨青山，不过按照张宗榜的临时建议，太师椅又临东向西了；三拜是夫妻互拜，吴海笙和紫鹃在张宗榜的摆弄下，笨手笨脚地相向抵膝而跪，不料磕头时两颗脑袋像两颗弹子碰撞在一起，紫鹃忍不住哎哟了一声，逗得洋人们开怀大笑。

法国领事先生出场了，他致的贺词牛头不对马嘴，洋人们听了却恍然大悟。原来他说法国波罗馆将增设花会游戏室，欢迎各国领事馆客人参加。领事先生详细说明了花会游戏的玩法，却不说他是波罗馆花会分场的赚钱盟主。

　　接下来是舞会。吴海笙不甘受人摆布，他原本不主张匆忙举行婚礼的，自己的婚姻大事竟被张宗榜强行做主了，他简直像个倒插门的小女婿，还未过门就受窝囊气。他想借舞池显显身手出出气，他的探戈、伦巴和华尔兹都跳得极好，这是他在十里洋场练出来的，他要先搂着紫鹃跳一曲，再遍邀金发碧眼的洋小姐跳够，让张宗榜这个汉口土包子瞧傻眼。

　　可是，乐声刚起，没提防的老态龙钟的法国领事先生竟抢先来邀走了紫鹃，吴海笙正愣怔着，那个老妈子似的领事夫人却过来邀请他了。吴海笙哭笑不得。那个领事先生像是很大度，仿佛紫鹃不是今天婚礼上的新娘而是他这个洋鬼子的妻子或情妇，一曲过后他就不断地将紫鹃介绍、转让给各国来的客人们；而领事夫人也毫不知趣，一曲接一曲地缠着他跳个没完，似乎他不是今天婚礼上的新郎，而是她独包的舞伴甚至是她花钱雇的男妓了。

　　酒宴开始后也很奇怪，一向颇有酒量的吴海笙，才饮三杯两盏就不胜酒力了，晕晕乎乎站不住，只好由李阿海搀扶到他的位置上坐下来，干瞧着张宗榜越庖俎代，携着紫鹃双双穿梭、周旋于客人之间，仿佛他俩才是真正的一对新人，杯来盏往，应酬自如。张宗榜本是海量不足为奇，更奇怪的是紫鹃，她不知什么时候学会了饮酒且酒量惊人，红酒、白酒、洋酒她都不怕，一扬脖子就抽干了。

　　吴海笙醉眼蒙眬，他瞧见紫鹃的脸颊上绽开两朵鲜艳的桃花。她一手执杯一手亲热地挽着张宗榜的臂膀，而张宗榜的胆子也忒大，公然在众目睽睽之下搂着紫鹃的腰，双双领受来宾的祝酒和祝福，大方自然，配合默契。

　　吴海笙看着瞧着，他心里咯噔一响，感觉到浑身的酒劲忽然都消退了，感觉或许刚才醉酒的状态只是一时的错觉，自己压根儿就没有醉过，两眼也猛醒似的明媚亮丽、炯炯有神。他用警觉的目光迅速捕捉到一个目标，就是自己桌沿前的高脚玻璃杯。他慢慢拿起酒杯，仔细观察杯底遗留的残酒，似乎沉淀着可疑的浑浊颜色。他又伸舌头呷呷杯沿，似乎品出一种奇怪的药味。这时，他看见张宗榜和紫鹃居然恬不知耻地向他走过来，准备来向他这个新郎官敬酒了。他强压住心头怒火，飞快地瞟了坐在一旁的李阿海一眼。李阿海早已看出他的怀疑，变戏法似地眨眼就与他交换了酒杯，并将那只可疑的酒杯悄悄用手绢裹住揣进怀里。

　　吴海笙不听李阿海的劝阻，自斟了满满一杯酒，满脸堆笑地迎接张宗榜和紫鹃双双走过来，他想听听他们如何对他说祝酒词，如果他们不说什么，他就准备反过来热情地祝贺他们新婚快乐。

张宗榜和紫鹃尚未走近他，两只酒杯已远远地伸过来，酒杯里盛满葡萄酒，吴海笙看见那酒殷红如血，浓稠如血，他惊恐的眼睛又迷离了，刚才消退下去的酒劲又突然翻腾上来，他竭力坚持着举杯站起来，还没站稳就扑倒在酒席上。

四

吴海笙醒酒时已近深夜 12 点钟，他睁开眼才知自己和衣躺在人祥里京官祠堂他和紫鹃新婚洞房的床上。而宽大的合欢床上独他一人，卧榻一侧并无紫鹃的身影。

李阿海站在临街的窗前，不安地探头窗外张望着什么。

"都深更半夜了，难道婚礼还未结束吗？"吴海笙摸出怀表瞄了一眼，抬头奇怪地问李阿海。

"我送舅舅回来睡下后，又回头去接紫鹃，正赶上婚宴散场。多数宾客见法国领事只挽留几个政要官员去玩打弹子和滚木球，自觉没趣，便都散去了。"

那么紫鹃呢？怎么没接回来？"他坐起来问道。

"法国佬也挽留了她和张宗榜，他们两人不愿玩球，又跑到舞池去了，和洋人一起跳舞。她叫我不等她，她说她坐张宗榜的车回来……"李阿海一边朝窗外左右探望辨听着什么，一边紧张地回答，最后几句说得慢吞吞的，欲言又止。

吴海笙听了却已无激愤和嫉妒，仿佛他醒了酒也醒了事，已大彻大悟，荣辱不惊。他不屑再问紫鹃如何，改而问那只酒杯："那只酒杯，你看出什么名堂没有？"

李阿海一愣，不再朝窗外张望，也不答话，去衣柜脚下摸出那只酒杯，递给吴海笙。

这是一只玛瑙红玻璃酒杯，杯底残液已挥发干了，看上去毫无异样。吴海笙不甘心，举杯对着灯光仔细端详着，又伸出一只指头探进杯底刮了刮，衔进嘴里吮着品咂，感觉似乎又品出一种奇怪的药味来。他把杯子递给李阿海，示意李阿海也品咂试试，他急于验证他的感觉。

李阿海接过杯子只嗅了嗅，"我明天拿去化验，"他说着就将杯子小心翼翼地搁到书案上，"舅舅，他们两个会通宵达旦地跳舞吗？"

"洋人举办舞会高兴起来是要疯跳到凌晨的。"吴海笙随口答了一句，顿了顿，突然听出弦外之音，这才注意到李阿海紧张不安的表情，警觉地问："你话中有话吧？"

"紫鹃以你和她的名义在波罗馆订了客房。"

吴海笙勃然大怒："我原本是想撕毁与这个婊子订的婚约的！她既然缠着我举行了婚礼，那我就成了她名义上的丈夫，她竟敢背着我如此无耻无礼！"他从床上跳将起来，咬牙切齿地说：

"走，你马上跟我去！她如果还在舞池，带她回来再说；她如果和谁进了客房，就当场毙掉这一对狗男女！"

"舅舅千万要冷静！舅舅不能去，去了无论是何结果都有失身份遭人耻笑。再说对方必有防备，波罗馆又是洋人的地盘。舅舅务必三思而行。"

"那么你说如何是好？事已至此，恐怕后头还有戏。再不动手，就只有任人宰割的份了！"

"舅舅莫去，我去！舅舅只管考虑我若干出什么事来你如何收拾残局！"

这么一说吴海笙就冷静了，他沉思片刻，慢慢点头道："你去吧。相机而行，也莫太莽撞。带两个靠得住的保镖去。"

"现在京官祠堂内外一个保镖都没有，连张祖颐这个老混蛋都不见了。"李阿海说着敞开西服下摆，亮出左右两肋插着的两把手枪，"我独自一人去更便于隐蔽行动，今夜我要让张宗榜见识见识快枪手的手段！"

李阿海又探头窗外张望了一眼，回头从抽屉里抽出吴海笙的手枪递给他："今夜花会大场只有紫燕一个人在她房里，但我总疑心有人躲在暗处不露面。我走后舅舅要小心防备！"

吴海笙接过手枪塞在枕头底下。

五

李阿海径直将车开到波罗馆后门。上一趟他来接紫鹃，紫鹃打发他空车回去，他不愿跑空趟，便凭着在上海十里洋场学的几句洋泾浜英语，去和门厅的一个招待小姐搭讪，偏巧那个洋妞是法籍英国人，居然听懂了洋泾浜英语，便带他去服务台，介绍说这位先生来为刚才举行婚礼的一对先生夫人订客房。结果证实了他的猜疑，服务台说，紫鹃小姐已经委托张先生来登记了一套双人客房。李阿海听了疑心更重，他猜那个洋妞是打杂做清洁的招待，估计在波罗馆地位下贱，无人看得起，便彬彬有礼地邀请她去散步。果然洋妞受宠若惊，欣然应允。他让洋妞带着他沿波罗馆围墙内草地走了一圈，仔细察看了地形。波罗馆大门戒备森严，有两道门岗，还有一队法国水兵在门内场地来回巡逻。而后门很僻静，只有一个哨兵站在岗亭里，守着一扇锁着的铁门。

李阿海加快车速，距波罗馆后门约50公尺时，他关闭了发动机，轿车悄无声息地向前滑行了约 20 公尺，慢慢停稳。他准备翻墙进去，用匕首干掉哨兵，搜出钥匙，先开启后门铁锁，再攀缘主建筑的排雨管上四楼客房。洋妞指给他看过四楼那套西端朝南有拱圆形晒台的客房，他打算从晒台入室，一弹不发干掉那对苟且男女，连夜驾车往鄂东奔逃，经黄州去武穴码头，弃车乘船回上海。谅汉口警署和江湖山头不敢派人追到上海去动他。至于明晨汉口花会的局面如何收拾，那他就管不了了。当初舅舅急电召他来汉，原指望舅甥二人一起打江山，共同执掌花会大权的，哪知来汉处处受张宗榜的掣肘，憋了一肚子窝囊气。他早已看出舅舅不是张宗榜的对手，他也灰了心。今夜他豁出去除掉张宗榜，也算报答了往日在上海舅舅的提携、关照之恩。除掉张宗榜后能否重掌花会实权，就看舅舅的本事了。

李阿海轻轻打开车门，一只脚探出车门，再慢慢探头车外观察动静。突然，他感觉紧闭的铁门内似有异常响动，急忙将头龟缩进车内，伸出来的脚还来不及抽回车门。显然铁门内早有埋伏，有四五支枪从门缝四周一起朝外射击，子弹飞蝗一般射向车头，眨眼间，前玻璃罩已千疮百孔。李阿海经历过无数场枪战，极有经验。他不作徒劳无益的反击，敏捷地将头横躺在司机座旁的座椅上，仅用一只手一只脚发动了车子，急速倒车退到射程之外。铁门内停止了射击，也无人追出来。他急忙坐起来掉转车头，正在这时，枪声又响了。

李阿海大吃一惊，这次射击不是来自铁门内，而是来自马路两旁，有五六个枪手躲在路旁粗大的法国梧桐后头。他这才明白，自己是陷进了前堵后截、左右夹击的埋伏圈，好歹毒好阴险狡猾的张宗榜啊！看来他今晚不是以舅舅为对手，而是以我李阿海为对手了！他再次平躺在两个座位上，发动机尚未熄火，他伸脚狠狠一踩油门，单手急扭着方向盘，企图冲出埋伏圈。但枪手们早有准备，都把枪口对准轮胎打，很快就把四个轮胎都打瘪了。他见脱身无望，反而镇定下来，将车门启开一道缝，匍匐着爬出车门，滚身潜入车底，这才掏出左右两把手枪准备回击。他平躺在汽车底盘下，以屁股为轴承旋转身体观察敌人方位。他估计敌人还不敢贸然冲过来，而如果他沉住气躺在车底，一弹不发，敌人便会以为他死在车里或伤在车里了，就会犹犹豫豫地从树干后现身，小心谨慎包抄过来。他谅这些枪手统统不是他的对手。

这是一个晴朗无月之夜，黑黢黢的人影，鬼魂似的从马路两旁蹑手蹑脚逼过来。历经过无数次枪战、夜战的沪上快枪手李阿海，在绝境中从容不迫，一、二、三、四、五、六，他点数清了车前车后车左车右四个方向六个枪手。他分配给左手三个，分配给右手三个。当枪手们逼近到恰到好处的距离时，他屏住呼吸，两枪齐发，左右开弓。当他长吁一口气时，六个敌人统统倒在地上，动作之快，连他自己都不相信。他急忙从车底爬起来，逐个查验倒地的敌手，没死的顺手补一枪。

死里逃生的李阿海，将双枪重新插回两肋，无限感慨地拍拍车篷，这辆瘫痪的轿车是他以寡敌众的保命战车啊！他转身欲弃车离去时，猛然发现黑暗中另一辆轿车正默默等待着他，他以一种本能动作闪电般拔枪欲射，可是来不及了，近在咫尺的轿车霎时眨亮了车灯，几乎在巨束光柱扫射他的双眼的同时，一串子弹扫射了他的胸膛。

潜伏多时的轿车亮着车灯开过来，跳下一个枪手，他看都不看倒在地上的李阿海一眼，却如临大敌似地直扑那辆瘫痪的轿车。当他发现车厢内并无第二个人时才失望地转过身来。他就是刘公子。刘公子傍晚得到准确情报，说今夜此刻吴海笙坐李阿海驾驶的轿车经过此地时，将遭遇张宗榜的伏兵。他是来收拾两败俱伤的局面从而报仇雪恨的。

这时，他的司机将车灯的巨束光柱从死在地上的李阿海身上扫射到他脸上，耀得他慌忙一手遮脸，一手指着缓缓开拢来的轿车大声斥责司机。但没容他喊出几声，轿车忽如一个巨眼魔鬼猛扑过来，一口吞噬了他。

六

吴海笙久等等不回李阿海，又听见江边方向传来一阵阵枪声，难免惊疑不安起来，还有一种强烈的孤独感紧紧攫住了他的心。他也像李阿海离开之前一样，不断地探头窗外张望，眼巴巴盼望李阿海的车子开回来。此刻，他甚至希望看见紫鹃回来，哪怕她是和张宗榜依傍着亲昵地双双归来，那么一切都可以从长计议，从容对付。他悔不该一再寻找借口百般拖延与紫鹃的婚事，导致她灰心、变心。他相信起初她对他确是一见钟情、一往情深，而她的姿色相貌、聪明伶俐确实讨他喜欢。怪只怪张宗榜企图利用这场婚姻，而且他从一开始就看出张宗榜与姨妹的关系暧昧与微妙。订婚之后，先是紫燕从中作梗，劝紫鹃与他悔约，紫鹃自然不肯。后来呢，他由对紫燕耿耿于怀改而利用她的反对态度。他一直担心张宗榜夫妇拿紫鹃使美人计，虽说紫燕的态度已证明与她没有关系，却也反证姐夫与姨妹都拿这场婚姻做筹码。然而他是宁要江山不要美人的，他来汉口打下花会这片江山殊不容易，而类似紫鹃的美女他在上海玩弄过的又何止一个两个？既然紫鹃主动投入他的怀抱，玩玩她还是可以的，岂能反而被她和张宗榜玩了？他在上海筹划闯汉口开花会时，根本就没有考虑过赚取汉口花会迷还顺带赚取一个汉口老婆。要想找一个夫人做贤内助，还是找上海姑娘靠得住。至于当初他宣布与紫鹃订婚，那只是在汉口打码头占山头奠定花会大局的权宜之计，而今他拖延婚事仍是为控制花会大局而计。想那紫鹃慌忙要求尽快举行婚礼，是因为被刘公子在《时报》上写文章狠狠羞辱了一场，希望尽快以合法夫妻的名义顾住脸面；而张宗榜顺水推舟，软硬兼施催促办婚事，则是逼他就范，以家长的身份控制家族式的花会组织。他始料未及的是，迫不及待的张宗榜，竟敢不与他商量就擅自决定了举行婚礼的时间和地点，使用近乎胁迫的手段强拉他去扮演结婚闹剧。那新娘尚未与他入洞房就去与旁人同床共枕了，留下他这个新郎空守洞房。蒙受这般奇耻大辱，固然可恼复可恨，而他对新娘并无丝毫想念和新婚之夜的天伦欲望，不仅是他此刻没有这个心思，还因为有个久藏的念头一直在他心里隐隐作怪。应该承认，紫鹃这个尤物确实光彩照人，足令男人怦然心动，而当她和另一个女人一起进入他的眼帘，耀得他眼花缭乱的，还有另一个女人的冷艳……

正当吴海笙的思绪一团紊乱时，他突然听到门外哗啦一声响动。他警觉地收定心猿意马，立即从枕下掏出手枪。他蹑手蹑脚走到门前附着门板仔细辨听，又是哗啦一声，像是风吹动纸的响声。他轻轻启开一道门缝朝外窥视了一会儿才打开门去查看，原来是新房门框上未糊紧的对联在穿堂的夜风中拂动。

新房就是吴海笙的卧室，在前殿大场隔壁东厢房。东厢房是京官祠堂的书房，十分宽敞舒适。说是厢房，实则以百宝格和书柜隔成了三间雅室，进门是小客厅，东墙上的两扇落地玻璃窗户可以开启为门，门外小径直通后花园；北面的养心斋置有宽大的红木卧榻和太师椅，坐卧都方便；南面的墨宝斋才是书房，庞大笨重的书案四周全是栅格门书柜，藏有佛教典籍。依吴海笙的意思，东厢房就做新房蛮好，无需布置更不必添置新家具，只把那些落满灰尘爬满书蠹的佛经搬走，换上些新书充数，再塞进些瓷玻璃器皿装装样子就行了。张宗榜却说东厢房紧挨大场人多嘈杂，不如到后殿换间房，按洋房内部结构布置新房，并假惺惺说要亲自去购置一套昂贵的菲律宾橡木家具作为礼物送给他和紫鹃。紫鹃听了喜得不得了，她在后殿也住惯了，确实很清静，便也吵着要到后殿布置新房。他猜透张宗榜想取而代之搬进东厢房来住，干脆说破了，他说张宗榜作为花会盟主住在东厢房便于随时掌握大场局势，便于找人商议紧急情况，如果搬到闭塞的后殿去住反倒不方便。这么一说果然张宗榜感觉没趣，总算在婚事上依了他这一桩。

白天刚贴上门框的大红喜联，在黑夜的阴风中已如开败的花哗啦啦飘摇欲落了。吴海笙借着大场神龛前长明灯昏暗的灯光，百感交集地默念着婚联上写的字句。显然这是出自张祖颐的手笔，看来这迂腐的老家伙肚中也就半瓶墨水，煞费苦心地把开花会的一套拼凑拢来当贺词祝贺新人：

514

花会繁锦女神赐福燕尔新婚
大场荣光航船扬帆送君前程

吴海笙看婚联正看得别扭、酸涩，忽然又听见一声轻响，他吓得一跳。他听清这回声响来自背后，似乎是谁悄悄开门的吱呀声。他急忙转过身去，并将握在手上的枪举起来，枪口和眼睛一起寻找着响动目标随时准备击发。

七

昏暗的大场空无一人。大场对面是西厢房，西厢房不同于东厢房，是互相隔断的三间房一排门。左门住的是李阿海和另两个本应日夜不离大场的保镖，今夜不知为何空无一人。中门是拟题先生张宗颐的卧室兼拟题室，这老鬼向来习惯昼伏夜起，室内灯光通宵达旦，今夜却黑咕隆咚没了人声响动。右门是张宗榜和紫燕夫妇的居室，张宗榜在后殿账房隔壁的秘密议事室搁了一张单人床，常常彻夜不归。独守空房的紫燕夜晚总是早早闭门熄灯睡觉。现在总有三更天了吧？怎么紫燕房里还有灯光？从透出门缝的灯光看，怎么门还是虚掩着的？吴海笙满腹狐疑，踮起脚悄无声息地走过去，朝门缝里偷窥了一眼就吃惊地倒退一步。

紫燕那件紫红色旗袍和灰白色大氅乱扔在门口地板上，一只黑色高跟皮鞋砸在一扇倒地的红木镂花屏风上，另一只像个硕大的老鼠公然爬在书案的灯台上。室内物件狼藉一片，仿佛这里厮打拼斗过。

吴海笙镇定地多看几眼，就猜到是怎么回事了。他索性将豁开的门再轻轻推开一点，便看见紫燕仰躺在屏风后面的床上一动不动，他判断她是睡着了，一种女人轻微的鼾声在万籁俱寂的冬夜听来竟刺耳挠心，他烦躁地将门完全推开，一步步走到屏风跟前。他看清紫燕和衣斜躺在床上，两臂平展，高耸的胸乳在月白色大襟夹袄下随着呼吸的起伏乱颤。他的双腿也颤抖起来，甚至他握枪的手也颤抖起来。他惊恐地回头顾盼门外，门外悄无人声，他便竭力镇定下来，将手枪插进西服内衣袋，想想犹觉不妥，重新抽出那支小巧玲珑的勃朗宁手枪，装进贴身衬衣衣袋。他腾出双手后腿也不抖了，便利索地穿过屏风，走到床前。在他俯视的眼光下，仰躺在床上的紫燕一脚弓蹬着床沿，一脚还耷拉在床下，她既是和衣而睡，当然还穿着与紧身高开衩紫红旗袍搭配的长筒透明尼龙袜，她修长而丰腴的双腿令他心惊肉跳，而她半套大腿露出的一团火般红艳的内裤也令他邪火中烧。他几乎就要扑上床去，立刻发泄垂涎已久、压抑已久的占有欲望，同时也可狠狠侮辱作践她以满足报复恶念，但他竭力控制冲动改变了主意。他脸上无声地狞笑着，他要用对等的方式同样的手段与张宗榜交换女人，这样才能浇平他胸中的块垒。他决定先让紫燕醒来，清醒地而且最好是死心塌地地委身于他。这还不算，他还要随心所欲地、从容痛快地玩弄她，以补偿他新婚之夜本该享有的床第之欢。

吴海笙转身走回他的新房，拿起书案上的那只玛瑙红玻璃酒杯，又从酒柜中取了一瓶法国产葡萄酒，大摇大摆重返紫燕的房间。

紫燕被踢踢踏踏的脚步声吵醒，已惊坐而起，靠着床背缩成一团，她一边慌忙拉毛毯遮盖双腿，一边恐惧而困惑地盯着放肆地闯进来的吴海笙。她很不解：这个已成为她的妹夫的男人，为何深更半夜离开他的新房闯进她的内室。他是如何打开门锁的？他举着酒瓶酒杯来干什么？他喝醉了吗？

"妻姐做得好绝情！竟不肯出席妹妹妹夫的婚礼贺喜？你无情我有义，嘻嘻，特来请妻姐喝一杯喜酒。"吴海笙嘻皮涎脸地说着，斟满一杯酒，大步逼近卧榻。

紫燕眼中的惊恐和困惑变成了愤怒和鄙视："你，你怎么如此无礼，竟敢深夜乱闯女室？难道是紫鹃叫你来的吗？你去叫她马上来见我！"她几乎喊叫起来，除了怒不可遏，她可能还有故意让大场对面新房里紫鹃听见的用意。

"紫鹃？嘿嘿嘿，"吴海笙的嘻笑变成了冷笑，"紫鹃并不在新房呀！她和她的姐夫正在波罗馆的客房颠鸾倒凤呢！怎么你不晓得？我还以为是你这个当姐姐的和你丈夫别出心裁安排的呢！这也蛮有意思嘛，你丈夫也有意给机会你和我亲热哩！"

紫燕勃然大怒，声色俱厉地指着吴海笙痛斥："畜生！你说的是人话吗？你这样侮辱你的新婚妻子，不也作践了你这个所谓盟主吗？你是不是疯了？来人呀！吴海笙疯了！"

"你是白喊了，今夜大场里只你我二人，整个京官祠堂再无第三个人。这一切，正是张宗榜挖空心思安排的！你还蒙在鼓里吧？紫鹃未去上海前就背着你与张宗榜情书不断！难道你在上海还没看出他们二人眉来眼去？如今你夜夜独守空房，你以为张宗榜在后殿也是独处一室？他哪个夜晚没钻进小姨子的闺阁？实话告诉你吧，当初根本不是张宗榜怜香惜玉赎你从良！事情从一开始就是南馆老板与张宗榜合谋的，一个要霸占你家的房产，一个要霸占你！南馆老板心满意足了，张宗榜却贪得无厌，要把你姐妹二人都搞到手！北方俗话说'小姨子的半爿屁股是姐夫的'，张宗榜占了小姨子的半爿屁股还不算，还要把另半爿屁股也占到手呢！再说，这也不全怪张宗榜一人，也怪你的好妹妹紫鹃主动投怀送抱哇！我吴海笙被结义朋友背后暗算固然可恼可恨，你紫燕被同胞妹妹背后捅刀也委实可悲可怜啊……"

吴海笙喋喋不休，阴阳怪气，像个长舌妇竭尽使用恶毒、龌龊的语言。

紫燕已没了恐惧，没了愤怒，只剩下惊讶，无以复加的惊讶使她的嘴张得大大的，像一个肉洞，却发不出声来，只倒抽着冷气，冬夜冰凉的空气灌进她的五脏六腑，她感到心在灯寒战。

吴海笙将满满一杯酒递过去，十分亲切地说："喝一杯吧，酒能解愁呢。"

紫燕还来不及发愁，她只是冷，一种冷彻骨髓的寒意令她浑身发抖。她一把夺过酒杯，一饮而尽。一杯红酒像一剂染料，很快将她的脸色染得如同胭脂。她的头一歪，身体顺势倒向一边，刚才被她遮住的双腿露出一条来，白晃晃的横陈在吴海笙眼前。

吴海笙一时有些恍然，他眨眨眼，确信伸手可及的正是垂涎已久的玉腿，他搓搓痒得发抖的双手，轻轻贴上去捧着，由下而上慢慢抚摸，并掀开毯子，双手十指爬山似地爬上高高隆起的髋部，又滑向半轮滚圆的臀部。红色裤衩绷着的臀部像一个滚烫的火球，烫得他浑身发燥，他腾出一只手解西服纽扣，欲脱又止，他忽然想起应该回到洞房去，从容享受新婚之夜的快乐。

吴海笙搂起软塌塌的紫燕，搭在肩上，扛回他的新房。他将她脱得一丝不挂，肆意凌辱一番。当他精疲力竭趴在她身上昏昏欲睡时，隔壁书房里突然响起一摞摞书砸落在地上的哗啦声，接着张宗衡和两个保镖就从书橱里扑出来。

吴海笙一边翻身而起，一边就从衬衣内袋里掏出勃朗宁手枪，举枪便射。可是连击数枪，枪管哑然无声。

张宗衡嘲笑着夺过手枪，打开弹槽给他看，原来弹槽里空无一弹。

八

在波罗馆客房，新娘紫鹃也赤裸着偎在张宗榜怀里。

紫鹃多少有些受冤枉。她事先并不知道张宗榜背着她预订了客房要留她过夜。洋人们也没打算通宵达旦跳舞，洋人们搂着她跳舞时也搂得彬彬有礼。倒是张宗榜搂得她喘不过气来，搂在她腰际的那只手让她腰窝发麻背骨发酥。到夜晚12点舞会结束时，那只铁箍似的手臂总算松开了她的软腰，却又紧紧攥住了她的小手。她以为他要拉她走出波罗馆，钻进他的轿车，他却一声不吭拉着她上楼，她只好乖乖跟着。当一位金发碧眼的洋妞引着他们走进一间客房，不等他俩开口就拉开双人床床罩，拉上窗帘时，她才晓得下半夜已事先安排好了。

"姐夫，你……我……姐姐……他……"紫鹃语无伦次，她想说什么可是又不知怎么说，又觉得说什么都是多余的了。

张宗榜也是什么都不说，只是坐在床沿亲切地笑着，伸出刚刚松开的右手重新箍住她的腰际，并伸出左手慢慢地轻轻地解她的衣扣。

紫鹃任凭那双手脱去她的衣衫，她想，已经无可抗拒，抗拒是枉然且自讨没趣。她像一只冷得缩成一团的小猫，顺从地钻进被窝。当张宗榜脱去自己的衣衫，袒露出宽厚的胸脯时，她感觉他胸前黑森森的胸毛神秘而葳蕤，她情不自禁地伸手去抚摸。她还想说什么，却说不出口，她便扑哧一笑，仿佛小猫已被暖得活泼了，楚楚动人地叫了一声，偎进主人的怀抱……

第十章　走　遍　丛　林

一

紫燕直到如今才明白，厌世的人并不能遂心弃世。以往她不止一次萌生过绝念：实在走投无路就一死了之，既不贪生何畏横死？可是每当她图谋一种自杀方式时，张宗榜就抢先搜检走了这种借以自杀的物件。先是搜走了安眠药和金首饰等物件，接着搜走了剪刀、玻璃器皿之类的锐器，后来又搜走了可以代替绳索的长筒尼龙袜，最后竟缺德地将她的裤带都搜走了。她的愤怒真到了无以复加的程度，她不相信张宗榜还能随心所欲剥夺她的死的权利。

这天深夜，紫燕躺在床上一动不动地假寐。张宗榜派来的那个日夜 24 小时守在卧室监视她的老妈子上了当，也放心地歪倒在沙发上睡着了。紫燕听见那个可恶的老妈子发出鼾声，便睁眼坐起来编辫子。她用双手十指将满头凌乱的长发梳顺，编成一条粗实的长辫，再绕到脖子上试试，可以绕三匝，还多出一截辫梢。

紫燕蹑手蹑脚地下床，踮脚走到沙发背后，颤抖着双手，将长辫轻轻绕在老妈子的颈项上，将辫梢缠在右手心拽紧，又以左手握住右手，咬牙切齿使劲勒。可是她的手拽不住辫梢，它像一条滑腻腻的蛇从她的手心挣脱而出，从老妈子的下颌穿梭而过，如一条鞭子反弹回去抽在她脸上，抽得她一屁股坐在地上。而那老妈子睡得似一头憨猪，仍鼾声如雷。

此时紫燕的心已毒如蛇蝎，她一心要除掉妨碍她去死的无辜老妪。她爬起来，手不再抖，镇定自若地重将辫子套在老妈子的脖子上，将辫梢衔在嘴里，咬紧牙关。她忽然像一头残忍的狼、一头狂暴的狮子，凶狠地扭着她的头颅勒紧辫索，并扭曲着躯干，抽搐着脸，竭尽全身力气。

老妈子乱蹬着双腿挣扎了几下，就僵直着腿脚不动了。

紫燕回到床上，紧挨床沿躺下，仰够着手将辫梢缠过脖颈，穿过金属结构床架靠背栏杆，用方手帕将辫梢系成死结。她叹息一声，猛然翻身滚下床沿。结果她的下肢被拖曳于地，臀部以上被发辫悬空拽住，脖子勒得紧紧的。她本能地伸手朝下抓挠了几下就垂下去，任凭自己的发辫阻断了自己的呼吸……

一把剪刀伸到床头，咔嚓一声剪断缠在床架上的辫梢。紫燕的头随之垂落，撞在地板上发出死沉沉的闷响。老妈子慌忙伸手到她的鼻前试，试出一丝丝微弱的、温热的鼻息。老妈子不慌了，悻悻而恨恨地摸摸自己脖子上的勒痕，嘴里诅咒了一句，一把揪住紫燕松散的大半截辫子，贴着头皮又剪了一刀，这才惊号怪叫起来：

"快来人啊！太太昏死过去了哇！太太差一点自尽了呀！"

张宗衡应声撞门而入，一把搂起地上的紫燕抱到床上。

张宗榜接踵而至，见紫燕渐渐缓过气，脸色渐渐有了血色，便转身厉声呵斥老妈子。

老妈子哭哭啼啼诉说事情经过，说着说着竟号啕起来："呜呜呜，这两天两夜我是日夜侍候着太太，连眼皮也没敢合一下。哪想到太太有这毒这狠！她想不开要走绝路不听劝不说，反而要杀我！我与她前世无冤今世无仇，她为么事要害我呀！可怜我一大把年纪险些死在她手上哇！老天！她有罪啊！呜呜呜……"

张宗榜厌烦地跺跺脚，跺得老妈子噤了声。他看着满床凌乱的发辫，再看看紫燕像得癞痢似的短头发，气急败坏地喝问："你怎么把她的头发剪成这样？"老妈子吓得将还操着剪刀的手缩到背后，支支吾吾地分辩。张宗榜懒得再听："你明早赶紧请理发匠来给她理发，不行就戴假发。再误了事我绝不轻饶！"他边说边气冲冲地朝门外走，走到门口又掉过头来，对一声不吭立在床边的张宗衡说："你派两个保镖来，一个白天，一个晚上，日夜守在门口！"

二

大场盛典是傍晚时分开始的。今晚真是高朋满座，嘉宾如云。最显贵的客人除了赫赫大名的杨青山，竟然还有屈驾光临的法国领事馆领事先生。洋鬼子出现自然要带洋奴，尉居卿和巡捕房的大保正、二保正、三保正、四保正也一起跟来。张宗榜不敢忘记京官祠堂的花会大场一半在租界，一半在华界，同时还请来了汉口稽查处处长和警察署长两路尊神。他对江湖朋友也不怠慢，拜托汉流龙头大哥为他遍邀在汉所有大小山堂堂主，各位英雄好汉都赏他面子来了。

一群毕恭毕敬立在大场门口迎接贵宾的航船和划子们，还不清楚今晚花会要发生什么大事。他们从一大早起就手忙脚乱地布置大场，按张宗榜的吩咐，将花会的许多老规矩老摆设都改了。具体指手画脚的人是紫鹃，她指使他们将摆在大场中央的高高的梯架交椅抬到后花园扔了，又抬进来许多皮靠背木椅和弹簧沙发。他们很纳闷：废除了梯架交椅，废不废除盟主呢？不管谁当了盟主总得有位置坐吧？

盟主吴海笙也来到大场。他仍着一身白色西服，与往常并无不同。不同的是他一副无精打采的表情。他坐在女神神龛左侧的一张皮靠背木椅上。今晚大场的席位是紫鹃一手安排的，她说左侧的皮靠背木椅是主人席位，右侧的弹簧沙发是客人座位。可是花会的忠实信徒们莫名其妙，他们排列在大场中央，面向女神神龛而立时，看见紫鹃请尉居卿到紧挨吴海笙左首的一张皮靠背木椅上坐下来，她怎么让他坐错了位置？

原来今晚举行的是禅让仪式。花会徒众按老规矩行过膜拜女神大礼后，吴海笙照本宣科，念了由张祖颐事先拟好的一纸退位书：

秉承至高无上花会女神意旨，忠实信徒吴某来汉创立花会迄今，花会深得民心，门徒日众。承蒙诸位错爱，吴某暂居花会盟主职位，恪尽职守，不敢懈怠。然而汉口花会历经三载，虽渐有发展，亦屡遭挫折。吴某身为盟主，难辞其咎，反躬自省，理当退位，另请贤德。今有副盟主张宗榜德才兼备，深得众望，堪当此任。吴某诚心禅让，此意已决，请张盟主即位。

吴海笙念完就起身离开那把位置居中的皮靠背木椅，走到供桌前，点燃一炷香向女神默默祷告，似在请女神走下神坛主持公道。

张宗榜也沉默不语。他坐在吴海笙空出的那把交椅的右首位置。此刻他有点坐不住了，按他事先的安排，吴海笙念完那张纸后，紧接着该由张祖颐出场，以长者的身份鼓动航船和划子们拥戴他，请他起身坐到吴海笙腾出的居中的交椅上即位。可是张祖颐忽然不见了。这事事先并未向航船和划子们交代，他怕那样做未免太假了。结果现在航船和划子们不知所措，都立在大场中央发呆。而坐在来宾席上的客人们便交头接耳、窃窃私语起来。

张宗榜如坐针毡，连忙向张宗衡递眼色。可是张宗衡这笨蛋理会错了他的眼色，不知临时代替张祖颐，却慌慌张张跑去找张祖颐去了。

眼看就要冷场，张宗榜正欲站起来自动即位，这时，杨青山说话了："哈哈哈，想不到花会还沿袭着尧舜古风呢！可钦可佩！既是吴盟主竭诚举荐，张盟主就当仁不让吧！哈哈哈……"

张宗榜趁机站起来，一边谦笑着连连鞠躬作揖，一边挪屁股到吴海笙腾出的交椅上。

杨青山大笑不止，招招手唤过吴海笙，将一本海底递给他，嘱他亲手呈交黄金荣老先生。紫鹃提着满满一手提箱银圆走过来，这是打发吴海笙回老家的川资。

吴海笙无奈地接过海底和手提箱，草草向杨青山鞠躬作别，转身狠狠地瞪了张宗榜一眼，便无语地走出花会大场。

紫鹃带头鼓掌，顿时大场掌声四起。新盟主张宗榜在掌声中站起来，发号施令。他封尉居卿为大场副盟主兼法租界波罗馆分场司仪，封张宗衡为武昌、青山、汉阳三个分场巡回盟主，并一一任命了三个分场的司仪；封张祖颐为拟题先生兼司库；封紫鹃为大场右司仪；封紫燕为大场左司仪……

接下来的仪式将是新盟主率领他的肱股大臣向女神盟誓、向贵宾致谢，并在各自交椅上坐下来，接受航船、划子等花会徒众的朝拜。紫鹃急忙向紫燕的卧室走去，按张宗榜事先的周密安排，此刻紫燕应在老妈子的侍候下穿戴梳妆完毕，她只需扶着连说话的力气都没有的紫燕出来走个过场。她才走了几步，就被迎面跑过来的张宗衡摆手拦住。

张宗衡神色慌张地奔向张宗榜，贴着他的耳朵低语："嫂夫人……紫燕她……她逃跑了。"说着他塞给张宗榜一张字条。

这是一张空白题纸，紫燕用钢笔给张宗榜和紫鹃留下几句潦草的别言，恰似刚拟的一期花会题纸底稿：

> 煮豆燃豆萁，
> 花会出花妖。
> 兄弟与姐妹，
> 原来是狗屁！

这几句的意思激愤而浅显，不猜便知。但紫燕何以能在众人眼皮子底下，从唯一出路大场门口逃离魔掌，却颇费猜疑。

三

紫燕是在张祖颐的掩护下逃走的。

张祖颐并非忽然良心发现，应该说他天良未泯。早从赵老师惨遭戕害那天起，他就有一种赎罪感，他常常悄悄寻到墓地去祭奠赵老师的亡灵。当初他一气之下向张宗榜告密，说赵直言就是博文中学的赵老师，也是指望张宗榜报复赵老师为他雪耻出气，但他认为君子动口不动手，动文不动武，哪怕不择手段动手动武了，也只能让赵老师吃些皮肉之苦记住教训。他万万没料到张宗榜会指使张宗衡去下毒手！当他进一步得知那个可怜的鹦鹉姑娘被劫杀与张宗榜、吴海笙、张宗衡、紫鹃四个人都有关系时，他开始担心自己这条老命也可能随时死在这些人手上。而他由恐惧、戒备到鄙夷、愤恨，则是由于看到刚刚发生的一场火并中紫燕的遭遇。他想，绿林火并也不失为好汉行为，而张宗榜竟下作到拿一个弱女子、拿自己的妻子去当火并的诱饵。这就不仅是寡廉鲜耻，这简直是畜生了。

昨夜张祖颐辗转反侧，直到早晨他才打定主意帮助紫燕逃跑。他不是没有考虑后果，他晓得事后逃不脱张宗榜的追究审问。他打算装傻耍赖，死不承认，谅张宗榜无可奈何。要杀要剐呢，他博得赵老师那样的死后名声也不枉为文人一场了；如果不杀他呢，恐怕还得用他的满腹文章，白花花的银圆不拿白不拿，待在花会总比回黄陂乡下或重返小客栈体面。他自言自语："拟题纸不过是卖文，卖文何罪之有？花会的勾当、张宗榜的罪孽，与老夫何干？"

今天上午，张祖颐故意向张宗榜提议，将紫燕卧室朝外的玻璃窗用铁条封死以防万一，又自告奋勇指使守在卧室门口的保镖和老妈子去张罗。他出出进进好几次，就悄悄给紫燕出了主意。下午，趁众人布置大场一片忙乱，他大摇大摆闯过保镖径直进门，借故支走了老妈子，唤紫燕起床。他从怀里摸出一瓶汉汾酒，将瘪嘴对着瓶嘴咕咕噜噜灌下大半瓶，旋即刮了羊皮大衣、棉裤，脱了毡帽、筒靴，滚到床上躺平，让紫燕拉起被子将他从头到脚蒙严实。

紫燕便匆忙将张祖颐一件件油腻腻的皮囊裹在自己身上，竖翻起大衣领子遮住脖颈下巴，拉下帽檐盖住额头眉眼。她又抓起张祖颐喝剩的小半瓶酒往身上泼洒了一些，扬起脖子抽干瓶底，乘着酒勇壮起瞒天过海的胆量，学着张祖颐勾头哈腰八字步的走姿，从众人眼皮子底下穿出花会大场，逃离了魔窟般的京官祠堂。

四

汉口这地方名堂多。自明成化年间汉水改道，汉口便从它的娘老子汉阳那里离家出走，自立一镇，很快步于全国四大名镇之列。儿子的名堂就在于强过老子汉阳和叔父武昌，后来居上，反而囊括汉阳、武昌，成为闹市中心。而地理上也有名堂，两江交汇、三足鼎立的地势又使汉口成为九省通衢、商贾云集、兵家必争、三教九流、四方杂处之地。偏偏红尘滚滚、市声哄哄中，又随处可闻一般俗界不可能听见的晨钟暮鼓和讲经念佛的清音。外地来的人描绘说，这里"十里帆樯依市立，万家灯火彻宵明"，却不一定看清楚了其中的名堂，如林的桅樯中真有一片片茂密神秘的丛林，繁星般的人间灯火中还有点点串串佛界青灯。其中最著名的四大佛教丛林，便是归元寺、宝通寺、古德寺、莲溪寺。这就作怪了，怎么那些跳出三界外不在五行中的出家人，不去深山老林清净地方修建寺庙，却都跑到成天车水马龙、人流熙攘的闹市汉口来修行？这里就有名堂有讲究了，岂不闻"结庐在人境，而无车马喧"？越是耳根子难得清净的地方越能苦练道行。另外，人间时时悲欢离合，事事旦夕祸福，可以方便看破红尘的人随时蛰身躲进丛林。

方便是方便，不过斩断情缘、厌世恶俗的人也不是随便进得了丛林的，丛林哪来那么多衣钵斋饭？譬如紫燕，她走近了神往的丛林，却走不进去。

五

乔装打扮的紫燕在人祥里拦了一辆人力车，催促车夫一鼓作气拉她逃到粤汉码头，见渡江轮船还在对岸没过来，怕等久了有人追来，又换了一辆人力车逃到集家嘴，想想犹不放心，再换一辆人力车逃到硚口渡口，刚好赶上一趟过河渡船。到汉阳上岸后她惊魂甫定，盲目地跟着熙熙攘攘的人群乱走一气，不觉走到修葺一新的归元寺。她心里猛然咯噔了一下。武昌首义时，义军曾以归元寺为指挥部，清军猛烈炮击，寺庙菩萨遭战火浩劫，几近圮毁，断了香客和游客的踪迹。民国初年，住持率僧人们募化重修并扩建，黎元洪亲题三块匾额，使归元寺声名日隆，成为鄂界及相邻豫、湘两省公认首刹。善男信女不辞远道劳苦，一步一揖而来，三镇市民和外地游客更是趋之若鹜。而在汉口土生土长的紫燕，因幼年丧母的缘故，孩提时代没有由父母携着来数罗汉的经历，成年后竟也没有来烧香拜佛的机会和心思。而今她冒险出逃，无家可归，油然想到自己平素不来敬敬菩萨，只怕是菩萨怪罪才落得如此凄惨下场吧？面对从未敛衽朝拜的神祇门户，她有一种神秘向往，心想，这不是应了"平时不烧香，临时抱佛脚"的老话吗？这么想着，她战战兢兢地从大门的左门进入归元寺前院。

紫燕立在放生池前，倚着石栏杆发呆，左顾右盼，不知该进哪座庙堂。前院通向三个去处，往东南进韦驮殿通大雄宝殿，往正东进"翠微妙境"通藏经阁，往前进"法相庄严"通罗汉堂。她虽未来过归元寺，却也听说过一些归元寺的菩萨极为灵验的传说。韦驮殿供奉的韦驮菩萨，盔甲铠袍，手持降魔杵，神态威勇猛悍，活脱脱一尊护法天神，尤其目光咄咄逼人。有一天一位僧人怀里藏一壶酒回寺，经过韦驮殿时，韦驮怒目圆睁，吓得僧人心惊肉跳，酒壶坠地，惊动监院，监院呵斥道："韦驮护法，惩治孽障！"她不敢经过韦驮殿，更不敢去大雄宝殿见释迦牟尼，佛祖虽然慈眉善目，但左右两旁守护佛祖的却是一尊尊凶煞恶神。她犹豫了一会儿，便往南进了罗汉堂。

紫燕急于祈求神灵为她指一条生路，进了罗汉堂就数罗汉，希望得到神谕。她今年22岁了，晓得按自己的年龄，从任意一尊开始默数罗汉最灵验。她从第一眼看见的一个大肚罗汉数起，顺着前后左右无数回廊往前边走边默数。罗汉们都端坐在高及她肩部的蒲团上，她感觉众目睽睽盯着她，她不敢一一端详他们嬉笑怒骂的表情，便平视着前方，拿眼角余光数一个个蒲团。数到第22尊她停下来，鼓起勇气抬头望这尊罗汉，望见他与众不同，脸部表情难辨喜怒哀乐。而他膝下却有一泥猴，那猴头捧着一只鲜红硕大的桃子，状似乖巧献桃又似调皮炫桃。罗汉对刁猴似顾不顾，半睬不睬，态度暧昧。这尊带着毛猴的古怪罗汉是哪方菩萨哪路尊神呢？蒲团座上写着罗汉的来历名号："行敬端尊者"。她琢磨半天也不懂这几个字的意思，就如同这尊罗汉的身份神秘莫测，不像别的罗汉或执球或握笔或荷剑一目了然。她便怀疑自己是不是数错了罗汉。归元寺的罗汉堂天下闻名，不仅因这里雕塑的五百罗汉惟妙惟肖、栩栩如生，还因这里将天下罗汉聚集一堂的座次安排得十分周到巧妙，以"田"字形布局排列，既通风又采光，而且给瞻仰者以罗汉堂走廊百转千回、罗汉数不胜数的感觉。紫燕沿着回廊转了几圈，又从一个摇着蒲扇的大耳罗汉开始重数，默数到第22个，她简直惊呆了：高高注视着她的这位罗汉，还是"行敬端尊者"！她想这真是蹊跷，其中必有缘故……

这时鼓楼的鼓声轰然响起，紫燕听得耸然一惊，似有所悟。见香客和游人都踩着鼓点离去，她慌忙去功德箱捐了一块银圆，跪在蒲团上，嗫嚅着嘴想对功德箱上方神龛里的菩萨诉说什么，又不知如何开口，身不由己地久跪着不起。

功德箱后头坐着一个小和尚，他见状起身，捧着签筒走近她，也不说话，只将满筒竹签摇几摇，默默递到她面前，示意她抽签。她迟疑地抽出一签，交给和尚换来一纸签语：

红颜本薄命，
苍颜命亦哀。
一念难救生，

无处不尘埃。

紫燕捏着纸端详半天，看不懂霉涩难懂的签语意思。她望望那小和尚，小和尚眉清目秀，脸色白皙，如果不是剃光了头发他就像个清爽的姑娘伢，甚至有点像妹妹紫鹃的漂亮脸蛋。她忽然猜想，说不准这不是个小和尚而是个小尼姑呢？而眼前这张天真恬静的脸蛋与紫鹃那张美得令人怀疑的面孔相比，显得多么坦然而纯洁无邪，分明是这里与世无争、无忧无虑的生活滋养的。而滋养紫鹃那张脸的却是花卉覆盖的陷阱，是女神背后的妖魔⋯⋯想到这里，紫燕的心又扑扑乱跳起来，又见天色已昏暗下来，更是惊惶不安。她上前一把扯住小和尚抑或小尼姑的袖子：

"请问小师傅，这里肯收留决意出家的人吗？"

小师傅不语，也不惊讶，任紫燕一再逼问都是白搭，像个小哑巴又像个小聋子。

"女施主，本寺近年不收女徒。"

声音来自身后，紫燕吓得松了手，回头一看，是位老和尚，长得就像五百罗汉中的一个，肥头大耳，慈眉善目，而目光炯炯有神，似一眼就看透她的心事。她猜想这便是归元寺的当家和尚，慌忙跪下来，诉说如何被迫出逃，如何走投无路，甘愿落发修行，乞求收留。

老和尚静静地听她说完，并不为她的声泪俱下所动容，也不劝她回心转意。他本欲指点她一句："女施主请去莲溪寺求衣钵才是。"但他扫过那四句签语看了一眼，话到嘴边改了口："天色已晚，女施主到客房暂住一宿。明晨老衲修书一封，你到宝通寺去试试吧。"

六

原来老和尚正是这里的住持德明方丈。方丈每隔一两天就要接见类似紫燕这样负气离家出走的女人，对不同的人他采取不同态度打发。也有找上门就死乞白赖跪在佛脚下不走的，他干脆假装答应收留，马上就叫人拿剪子剃刀出来给耍赖女人剃度，往往吓得耍赖女人抱头夺门而逃。但方丈见今天来的这个叫紫燕的女人似与众不同，她的眉眼俊美过人，而两泓眼水浑如死潭古井，静得转动眸子时也转不起一丝涟漪。并且她抽了一支绝签。绝签的签片削得又窄又薄，有意比一般签截短半寸，插在签筒内凑数备用。一般人抽签无非问官运财运，测功名前程，求婚姻美满，卜生老病死，事先拟好的签语都是千篇一律的套话，按上上

525

签、中平签、下下签分别编排好听或顺耳的言语而已。签筒内仅有的三支绝签，是方丈有感而发特意写成箴语以备规劝执迷不悟者的，不想今日竟被这个万念俱灰的年轻女人抽了一支。

看来，方丈怜悯紫燕，有意成全她了断尘缘，却又故意让她瞎跑冤枉路乱钻烟筒，试试她的运气和佛缘。

紫燕投奔宝通寺时，宝通寺正在大兴土木。

宝通寺在洪山南麓，距悦来蝴蝶面馆一箭之遥。山门前车水马龙、川流不息。想当年南北朝初建寺庙时，这里未必是闹市，而那些商贩认定只要沾了佛光有菩萨保佑就能发财，纷纷挤在山门两旁做生意。商家之争引来兵家之争，殃及寺庙，一千多年来屡建屡毁，屡毁屡建。宝通寺最近一次兵燹是辛亥革命时。民国初年，程潜心血来潮，出资维修，但未及竣工又被驻军破坏。这几年间贤法师以同乡关系劝说夏斗寅支持援助，总算收回寺庙房产重建。

紫燕拿着德明方丈的亲笔信，相当于拿着佛国度牒，顺利叩开山门，跟着小沙弥来到半山腰一个小茅庵。问贤法师正坐在禅床上摊开一张宝通寺重修扩建图，他看了德明方丈的信，心里明晰，不待紫燕开口他先说："我佛慈悲为怀，普度众生。女施主若皈依我佛，必成正果。只是眼下老衲也只能搭个茅庵栖身呢，众僧们更是露宿山野，放浪形骸，多有不便。请女施主先到本院龙神庙下院住下来再说吧。"

紫燕听了长吁一口气，连忙跪下来给问贤法师磕头，心想总算觅到一处栖身之所，总算逃脱尘世了。

但紫燕一到龙神店下院心里就忐忑不安起来。

龙神庙下院在蛇山腰脊东侧，这里只是宝通寺的行馆，刚刚建成就人满为患了。食宿者有一些是汉阳、黄陂来的进武昌城办事的老小和尚，还有远道而来的行脚僧，更有一大群哭哭啼啼的女人。女人们来自三镇城区，都是打花会入了迷、上了当、败了家、怄了气的，寻死觅活不成，就和紫燕一样离家出走，要当尼姑吃斋饭，大庙小庙到处乱跑，和尚们怕她们不过，都搪塞到这里来了。紫燕一见情形不对，此处绝非久留之地，当夜就横下心来自己铰断了头发。第二天清晨她去找了一个剃头挑子，谎称她长了满头虱子，塞给剃头匠一块大洋，拉他到僻静处，将满头瘌痢似的短发茬子剃了个精光。她用一块蓝白方格头巾裹了光头，回到下院坐卧不安挨到天黑，打算翌晨再去苦苦央求问贤法师。

第二天早上，紫燕正欲出门，被问贤法师差来的小沙弥拦在门口。小沙弥把德明方丈写的信还给她，又交给她一封问贤法师写的信，嘱咐她带着这两封信去古德寺投奔昌央法师。

七

昌央法师看了两封信扑哧一笑，心想两位长老像是两个老顽童呢，人家这女子急得如热锅上的蚂蚁，你们却有闲心思与她捉迷藏，煞有介事地写封信蒙住她的眼睛，害她瞎跑。想到这里他也想问她几句话逗乐，试试她决心几大、悟性如何。

"女施主既是看破红尘想出家，何不选择名山宝刹？就论武汉四大丛林，老衲这里叫作'古德茅蓬'，是最寒酸不过的，岂不埋没了女施主日后立地成佛、修成正果的前程？再说，女施主的家眷近在人祥里京官祠堂，距本寺所在黄浦路一箭之遥，女施主就不怕家人认出你来抢了回去吗？"

"有德明长老、问贤长老指点迷津，在小女子眼里，您老这里就是名山宝刹。而尘世的家已抛在身后千山万水之外。谅家人也不敢闯进佛界错认小女子冒犯神灵！再说，小女子罪孽深重，只求一衣一钵，念经赎罪而已，哪还敢有非分念头？恳求法师莫取笑、莫嫌弃就千恩万谢了。"

昌央法师听了，心想这女子外秀也内秀，言令乖巧，可见甚为聪慧，惜是……他叹口气道："唉，不是老衲当着你的面撮那两个老和尚的拐，归元寺和宝通寺僧房众多，他二人那里明明都有专供比丘尼修炼的禅房。而敝寺建寺五六十年以来，还没收留过……"

紫燕是怀着莫大的希望来的，她一直垂首立着聆听。听到这里她急了，昂起脸来一把摘掉了裹头的方巾。

昌央法师大惊："啊？是谁为你剃度的？"

"小女子自我剃度以示投奔空门的铁石心肠，求法师发发慈悲吧！"紫燕泪流满面。

"实话告诉你吧，德明方丈和问贤法师都是在磨你的耐性试你的诚心啊！你跑到古德寺来还是跑的冤枉路。难道你没听说过'女众丛林'吗？"

紫燕茫然地摇摇头。

"就是莲溪寺呀。"昌央法师放下手中的佛珠，"罢罢罢，他们写信我跑腿，我引荐女施主去见体空和尚就是了。"

八

晒湖东畔的盘龙山下，古木参天。莲溪湖便坐落在这浓荫蔽日的丛林之中。

莲溪寺早先位于武昌城中和门，那里也是个人群熙攘、红尘滚滚的是非之地，明清交际时毁于战争。后迁来这个风水宝地重建，果然传戒挂单、香火旺盛，号称"十方丛林"。而且这里还是鄂界唯一的一座"女众丛林"。每日钟鼓齐鸣、诵经唱赞的，全是比丘尼众。比丘尼顶礼膜拜佛祖，而在那些为尘世所不容而走投无路的俗界女人眼里，比丘尼本身就是她们崇拜的偶像。尤其近年来，逃进丛林来投奔莲溪寺的女人如过江之鲫。寺院住持体空和尚简直招架不住了。

体空和尚立在山门口迎接昌央法师，他一见昌央身后还跟着个俗装女子，心里已明白来意，便免去繁缛的见面礼节，拊掌笑道："法师别来无恙，今日可是第三番了。"

昌央法师一愣，旋即也拊掌笑答："和尚休得无礼！贵寺固然香火旺盛，每日贵宾如云，而我昌央今日可是头一遭来拜见和尚！难道前两番来的是昌央的替身不成？"

"法师今日是头一遭光临敝寺，而法师身后的女施主，今日却是来过两次三番了。老衲猜想，或许这位女施主也是来自花会吧？沉迷花会的女子，忽然都不信女神改信吾佛了……"

体空说着便引领客人往山门里走。

昌央法师听着心里便凉了半截，晓得今日这说客是不好当了。一进山门就赶紧支使紫燕跟着一个小尼去客房等候，他独自随体空和尚去方丈室密谈。

紫燕刚才在山门口听两位长老的对话，已听出弦外之音，察觉形势不妙。但从体空和尚对昌央法师亲密说笑的态度看，她又心存侥幸。此时她在客房左等右等等不来昌央法师，焦虑不安起来，便试探着问侍奉在客房的小尼："近来真有蛮多花会迷投奔这里请求落发修行吗？寺里答应吗？收留了几个？"谁知那小尼与归元寺的小沙弥一样，像聋子又像哑巴。紫燕终于坐不住了，便走出客房，沿着曲曲折折的廊房找到佛殿，进殿就跪在迎面的一座玉佛下默默祷告："在尘世我走投无路，如今我走遍丛林，难道我斩断了尘缘也不得一丝佛缘吗……"

"你佛缘不浅哪！快来拜见体空和尚！哈哈……"身后突然响起昌央法师洪钟般的声音。

紫燕慌忙转过身来跪在体空和尚脚下磕头作揖。

"且慢且慢，"体空和尚不苟言笑，严肃地抬抬手示意紫燕起身，"女施主容禀：本寺十余间禅房间间爆满，就连斋房也摆满禅床。若再收新尼只怕就要挤破山门了。"

刚刚站起身的紫燕两腿一软，瘫坐在地上。

体空和尚接着说："看在昌央法师的佛面上，老衲招收你为本寺华严大学女弟子。"

"哈哈哈，老衲说你佛缘不浅吧?"昌央法师插话道，"你可知道莲溪寺开办的华严大学是中华最高佛学学府？为佛门培养的弟子遍及海内外！你先得自我修行，做好准备才能潜心学佛，俗话说，'师傅领进门，学艺在自身'。你切莫辜负体空和尚的期望才好啊！"

"一则你得吃斋读经作准备，二则华严大学里也已坐满了学子，没有空位置了。待俗界三年后你再来入学吧。"体空和尚接着说。

"三年?"刚才大喜过望的紫燕又失望透顶了，"师傅，长老，我大慈大悲的活佛、菩萨，"她语无伦次地朝体空和尚和昌央法师乱喊一气，"可怜我紫燕已是走投无路了，度日如年，这三年我到哪里栖身呀？求求长老，就留紫燕在此打柴担水、烧火洗衣吧！"

昌央法师依旧笑呵呵地不语。

体空和尚缓缓思考着说："老衲举荐你去汉口佛教正信会，你一边与在家修行的居士们一起吃斋念经熏修，一边在正信会干一份礼佛奉神、募捐值更的差事。嗯……老衲将你的名称改一字，今后改称紫竹吧，就算老衲赐你学名。三年后你若真心不改，学有所进，再来华严大学研读佛学真谛吧。"

紫燕转忧为喜，喜忧参半，再次跪下去磕头如捣蒜："弟子紫竹叩谢师傅救命之恩、再造之恩。弟子就苦熬苦度这漫长的三年吧，天长日久，就怕师傅忘了弟子啊！"

体空和尚亲自将紫竹搀起来："在我佛眼里，今年即明年，后年亦今年。岂不闻天上一日，世上千年？日月如梭，光阴似箭；若潜心向佛，三年不是太长而是太短啰……"

昌央法师哂笑道："在我佛眼里，体空即昌央，昌央亦体空，都是救彼苍生的和尚。怎么你只拜体空为师，就不拜昌央为师？昌央每每与体空同往正信会讲经说佛，居士们没说昌央比体空差呀！"

紫燕又慌忙参拜昌央法师。

昌央法师笑嘻嘻地受礼："老衲口占一绝，赠予汝当法宝。"说着便信口吟哦起来：

> 走遍丛林志未改，
> 再行三年到蓬莱。
> 莲花开时羞百花，
> 吾心即是佛如来。

九

第二天，紫燕来到地处汉口福建路的佛教正信会，恰逢佛诞节日，千余在家修行的佛教信徒赶来庆贺。紫燕大吃一惊，她这才晓得善男信女中竟有两百多常到居士，而且其中斋婆多于斋公。这些斋婆的面孔，有的皱巴巴如榆树老皮，有的还细皮嫩肉像青皮葫芦没成熟。这些面孔多半似曾相识，她在花会大场见识过。

果然，许多斋婆都拿惊诧、猜疑的目光盯着她。她佯装不知，目不斜视，并镇定自若地摘下头巾，让放光的青皮脑袋回答那些疑问目光：我叫紫竹居士，我来正信会修行并奉职佛事，对花会及俗世任何琐事，我一概不知不闻不问……

第十一章　天 女 散 花

一

> 坐比站着高，
> 前卦后舞刀。
> 路人皆叱骂，
> 上天逮月咬。

本期花会题纸，谜面四句看似浅显，惯于卖破绽的张宗榜把陷阱埋在第四句，他估计绝大多数花会迷都会上当。汉口人蔑称这种钻空子取巧的行为叫"鄙"，鄙赢也是赢，反正猜本期谜底为狗的统统错了输了，即将开筒的谜底是：天狗。

张宗榜像往常一样神情肃穆、步履稳重地踏上祭台。但他不知怎么腿有些颤抖，他有一种脚下踩不稳祭台的感觉。从他废黜吴海笙自任花会大场盟主那天起，他就命人搬走了梯架交椅，改坐了一长排普通交椅中的一把，以示与花会兄弟姐妹平等相处。但为了在开筒时显示迎接神谕的神圣、神秘和神气，他又命人叫木匠打制了一个祭台，摆在大场中央神案对面。祭台只是个有三级台阶的木盒子，覆以桃红色地毯，离地面不过两尺半高而已，是用结实笨重的厚梨木板子做的，怎么会踩不稳？此刻张宗榜偏偏就有祭台不堪重负在微微晃悠的感觉。他想可能是心情焦虑、紧张所致。世道不太平，人心惶惶，打花会的人日渐少了，今日来大场观看开筒仪式的花会迷比昨日又减了两三成，唉……他暗暗告诫自己稳定情绪，竭力憋足底气长喝一声："开——筒——"

一切按既定仪式进行。右司仪紫鹃出示一张与划子出售给诸位花会迷的题纸完全相同的彩色题纸，照本宣科念了一遍谜面四句。念毕，该左司仪出面了，左司仪紫燕出走后，张宗榜不知为何并不补任新人，一直由紫鹃兼任。这时，紫鹃便摇身一变，轻盈地跑到神案左后方的位置，探手幕帷里面，熟稔地掣动幕后机关。

像往常一样，大场上空的天幕徐徐开启，缓缓降下吊筒。当吊筒降至伸手可及高度时，张宗榜便举手去接。可是这时他不光两腿打哆嗦，两手也发抖起来，十个指头剧烈颤抖着，抓不住晃悠悠的吊筒。他感觉眼光也恍惚起来，额际一阵眩晕，险些从祭台上栽下来。他稳稳神，定睛再看吊筒，那一个用细麻线凌空悬吊的描金红木匣，确实像秋千一般剧烈晃荡着，而且拽得大场的拱顶在晃动，整座京官祠堂的前殿都在不安地震颤。张宗榜愣了、呆了，仿佛中邪似地硬邦邦僵挺在祭台上一动不动。

大幅度晃荡的吊筒又飞旋起来，咔嚓扯断麻绳，以尖锐的一角凌厉地撞向张宗榜的额头。

他哎哟一声从祭台上栽下来，跌在地上打了个滚，又麻利地爬起身，捂着鲜血直流的额头，奇怪地四顾张望。

大场人群惊叫着四散逃命，大场外传来嘈杂的人群哭叫惊跑声，而天空中传来一阵阵恐怖的嘶鸣嚣叫声。

天狗尚未开筒出来，而天狼来了。

二

天狼出现的这一天，《时报》首席记者目击了从天狼出现到天狼逃遁的全过程。

这位《时报》首席记者，便是与邰先生因药缘而深交的原《时报》总编辑。当初《时报》与花会握手言和，按《时报》发行人的意思，主动刊登一则为花会捧场的短讯就足够了。但他的后台老板四姐、七妹唯恐杨青山不满意，逼迫发行人将总编辑换马。发行人无奈，只好撤了总编辑的职衔由自己兼任，挽留总编辑仍统管四个版面主编并负责终审。可是总编辑不领情，愤而递交辞呈回家。发行人生怕别家报社趁机延聘这位资深记者出身的总编辑为其效力，又见花会假意领情实则败坏《时报》名声，懊恼不堪。他亲往总编辑府上，再三恳请总编辑改任首席记者，说月薪车马待遇均不变而且可以不在报社坐班，又说《时报》只想留住在汉口报业公会深孚众望的人才。最后他说，当然，如遇有三镇千万读者关注的重大新闻事件爆发，还得请首席记者亲自出马采访报道。眼下天狼出现，不待发行人兼总编辑催请，首席记者已驱车上阵了。

首席记者冒着战火采访的报道说：

上午十二时许，日寇战机数架，由皖赣边境向武汉方面进发，该批寇机来到鄂境，即转趋衡阳一带肆虐……

这几只天狼并未窜到汉口上空，狡猾的日寇故意放它们出来狂奔狂吠转移视线。首席记者在王家墩机场了解到，其实早在清晨六时许，就有大群天狼经过鄂东北扑向重庆，此时正在重庆广场坝狂轰滥炸。王家墩机场和南湖机场的我空军战机已分别升空，准备驰援重庆。首席记者也准备开车回报社发稿。

也就在此时，另一大群天狼从安徽方向飞奔鄂东，气势汹汹朝武汉三镇扑来。幸亏我空军再次识破日寇连环计，立即改变航向，列阵市区外准备歼击天狼。首席记者急忙调转车头，奔驰岱家山，冒着生命危险追踪天狼：

迨至下午一时左右，寇机无数架渐逼近武汉防空警戒。其中驱逐机十数架避翔高空，匿于云端；轰炸机十数架超低飞行，余均不易见清。敌寇机若干，一时难于判别。忽而数十架寇歼击机从滠口方向出现，瞬间便到岱家山上空，如饿狼猛扑我机挑衅。我机队长勇率全队，迎上交绥，彼上此下，均争死角遥射击据点，厮杀激烈。乃正当我阵线略显微弱之际，我另一队战机急从旁赶来，痛加侧击。寇机顽强还击，亦极凶猛，翻腾上下，各逞奇术。正在难分难解混战间，我又一队长统率新生力军趋往增援，驰驱往来，寇机渐渐败北，乃窜向舵落口及汉阳方向。我机将士乘胜追击，急图包围阵势，采取各个击破战术，寇机阵形顿现慌乱，当见青光朵朵，浓烟缕缕，数架寇机，纷纷应声下坠，我机见奏功之时已至，各展神威，又奋力追打，至黄陂仓子埠、黄花涝及后湖一带，连将数架寇机击落。至此我神威空军共歼寇机十一架。残余寇机愈形狼狈，匆匆东溃，我机见任务已达，未加追击。

今日空中鏖战惨烈，我方亦有相当牺牲：一机落地焚毁，飞行员跳伞安全降地；一机机身毁坏，飞行员受伤；两机人机俱亡。队长李桂丹奋勇杀敌，壮烈牺牲，令人不胜惋惜。李队长为人干练，飞行战术精良，过去曾击落寇机八架，居功甚伟。

首席记者全神贯注追踪报道空中猎狼场面，无暇顾及地面情形。可想而知，天狼过处地面都投射了邪恶阴影。花会大场所在京官祠堂、人祥里及毗邻街巷只是虚惊一场，伤害轻微。而在谌家矶至岱家山以及后湖，在滠口和黄陂县多处乡村，在舵落口汉江两岸，处处留下天狼啃啮的累累伤痕。天狼残忍地吞噬了数十个善良百姓的血肉性命，天狼喷射的毒烟，焚毁了几百间无辜人民的棚屋宅基。遭受无妄之灾的路桥、田畴和家畜生灵，更是满目疮痍，惨不忍睹。就是首席记者也险遭追杀，他的报道没说自己冒死采访的代价：一架日寇驱逐机俯冲扫射他驾驶的吉普车，他如果不是及时弃车跳进路旁水塘，早已和吉普车一起报销了。他是伤着胳膊跛着腿遍体鳞伤回报社发稿的。

而这位《时报》首席记者也算是汉口报界同仁的骄傲了。他亲临其境，可以说是蘸着英雄鲜血采写了一篇精彩报道。对天狼恐惧过后的三镇市民，争相传阅当晚这篇空战报道，欢欣鼓舞，弹冠相庆。

三

《时报》报道武汉空战在汉口各报中占了上风，发行量激增。一向与之暗中较劲的《大公报》沉不住气了，发行人想趁市民都还沉浸在议论空战中的情绪，作一空战补充报道，聊作市民谈资，也可增加报纸印数。发行人便连夜召集编辑、记者商议对策。一向好事多舌的四版郝编辑抢先发言，举荐本报特邀记者张祖颐去采写补充报道。

张祖颐何以成了《大公报》的特邀记者？原来那年张祖颐帮助紫燕出逃后，张宗榜惊怒难息，必欲治以剜眼断舌之罪。紫鹃于心不忍，苦苦劝说："如今我的亲姐姐离家出走、生死不明，莫再加害你的亲叔叔了。"张宗榜说花会规矩严明，六亲不认，不然何以警戒众航船划子们？紫鹃改口提醒张宗榜莫外扬家丑，对紫燕出逃不追不问，对张祖颐也放条生路，息事宁人，方可避免外人对花会的指责耻笑。张宗榜见紫鹃说得有理，这才饶过张祖颐，当众宣布宽恕左司仪和拟题先生，不追究也不再聘用。张宗榜把张祖颐撵出大场后，又暗地指使人去打断了他的一条腿。张祖颐重回集家嘴小客栈栖身，请民间中医敷治好腿伤，却落个残疾成了跛子。他挂个拐杖去见《大公报》的郝编辑，慷慨激昂诉说自己大义凛然拯救侄媳逃脱虎口的经过下场，末了又老泪纵横乞求郝编辑赏他一口卖文饭吃。郝编辑可怜他不过，允诺在四版挤个豆腐干子大小的角落给他，叫他专写教花会迷如何猜破花会题纸的短文，还颇有读者。张宗榜听说便找来报纸查看，见张祖颐只是拿过期题纸做文章解析批注，于花会开筒并无妨碍反而有益，也懒得去管他。张祖颐发表的此类小文稿多了竟小有名气，郝编辑便为他争来个特邀记者的名分。

《大公报》的编辑记者们，见郝编辑举荐一个迂呆的跛腿糟老头担当重任，都嗤之以鼻，气得发行人板起老板的面孔斥责郝编辑胡乱戏言。

不料郝编辑正色道："鄙人坚持认为，张祖颐此人堪当此任。窃以为我《大公报》固然人才济济，却并无可替代的合适人选。"他列举了推荐理由：其一，《时报》一向为本报对手，而《时报》首席记者原来与已故赵老师、失踪郜先生是文友，实乃张之文敌，故而张必以文笔拼命与之争个高下；其二，张笔头来得快，往往一气呵成，能应付急稿；其三，张迂则迂矣，唯其迂，接此重任必将受宠若惊，甘愿竭诚效犬马之劳。

郝编辑最后说了句大实话："再说句难听的吧，采写空战补充报道是拾别人首席记者的牙慧。在座诸位包括本人谁肯屈驾？只好支使那个跛腿迂老头子去。"

这么一说，果然都不吭声了。

发行人的脸色马上缓和过来："郝编辑所言极是。就交给张祖颐去采写吧，最迟不得迟过明日中午发稿，到下午三四点钟就得出报，加印一万份交给报童去叫卖，时间紧急，就请郝编辑跟着张祖颐去当个助手吧。"

"啊？"郝编辑瞠目结舌，旋即哭丧着脸嘧嘧："唉！我这真是……好事啰。"

四

郝编辑慌得深更半夜去小客栈敲张祖颐的门。从梦中惊醒的张祖颐，一听说有这等殊荣这般重任，果然像刚刚过足了鸦片瘾一般兴奋。两人都不敢耽误，又摸黑赶到报社，凌晨便叫醒发行人安排的车夫出车。好在发行人通过后台老板找到军界兄弟，拿到了一份空战战果情报，他们便按图索骥，先去距谌家矶仅十余里的蒲洲看寇机残骸。

张祖颐在郝编辑的陪同下，走马观花，马不停蹄看完四五处寇机坠毁战场，回报社时已是中午12时了。发行人见张祖颐浑身上下像个泥巴狗子，却两手空空，未采访一人，未记录一字，脸色又难看起来，两眼就像两个钩子钩在张祖颐和郝编辑身上。

张祖颐不慌不忙，大模大样支使郝编辑侍候笔墨纸砚，他便伸出一双脏兮兮的手捋捋袖口，正襟危坐，握管在手就笔走龙蛇。只一袋烟工夫，他已以行草草就一篇妙文：

天狼倒栽葱，倭寇狗啃屎

　　记者冒着战场未散硝烟，驱车循黄陂县公路，前往蒲洲视察。但见寇机落于丁家湾与临泗垸后湖间水溪土滩；机身尾部被焚毁多处，白银色躯壳上，尚有太阳徽志残痕，两翼已撞碎，发动机及机舱均坠入土内数尺。机关枪子弹零乱分散于地面。敌驾驶员两足折断，头部仅余后脑，袋内带有护身符及少数日币，衣为粗厚黑哔叽制服。记者驱车前往岱家山附近岱家湾，又见坠毁寇机一架，注有"十五号"字样。机旁发现寇机师卡一张，记有"早川山治"等字样，别无所获。记者驱车沿堤寻至姑嫂树北新教湖，发现湖中坠敌双翼战斗机一架，机身陷入湖中污泥，机身为油绿色。敌机师被淹毙。记者驱车掉头赶到黄陂石家湖，再发现坠落寇机一架，机身全毁，机枪四架，手枪数支，文件图表多件，零散在机身周围。机师二人已死。间尚有在逃人员亦经抓获。记者驱车至横店分火山，发现坠焚寇机一架，机身已焚为残骸，机师焚毙。另距张公堤四十公里之柏泉等六处皆有坠落寇机，唯因时间过晚，记者不及前往勘察。记者此番战场采访，收获颇丰，于五处寇机坠落地址，皆拾得寇机零件一二，满载而归，足证此行不虚，此言为实。

　　发行人看罢摇头苦笑，又颔首微笑，当即交给一版主编："马上发稿。把他们拾回的零件洗净拍照片制版，刊于文后，凑成一整版。"

　　虽说张祖颐采写的所谓昨日空战补充报道实在太蹩脚，全无新闻章法，然而他的琐碎呆板记述却也翔实确凿，给读者以身临其境、历历在目的印象。这一则说明张祖颐此人虽老朽而不糊涂，有过目不忘的记忆力；再则也是黄陂乃他的老家，他对地形地名十分熟悉的缘故。

　　黄昏时分当日的《大公报》才抢印出来，销路果然蛮好。一版刊登的昨日空战补充报道达到与昨日《时报》首席记者的空战报道互相印证、相得益彰的效果。许多读者竟以署有张祖颐大名的报道为指导，打着手电筒或举着自制的臭电石灯，摸黑路涉远郊去观看寇机坠毁残骸。行人络绎于途，莫不喜形于色，道听途说皆是一片赞扬我空军神威声，嘲笑日寇天狼貌似猖狂，实则一群经不起揍的癞皮狗而已。张祖颐见他采写的报道深受读者欢迎，愈加自命不凡，心想恐属天意，当不成拟题先生却当上了记者，干这一行更吃香哩。他得意不已，把自己关在小客栈房内，捧着一张《大公报》，吟诗一般抑扬顿挫地吟诵着他采写的那篇报道。这时，郝编辑拎着一瓶汉汾酒来为他庆贺，他便喝得醺醺然飘飘然。

　　张祖颐却不曾料到，他采写的空战补充报道，在迎合了市民同仇敌忾之心、鼓舞了抗击倭寇的民族气节之余，也助长了汉口市民固有的好奇围观习性，麻痹了江城父老兄弟的思想，贻留隐患，并殃及自身……

五

距张祖颐把天狼描绘成不经揍的癞皮狗才两个月零十天，天狼又来了。这一回来势之突兀、数量之多，不像是天狼成群来了而像是变天了，简直如同狂飙卷来滚滚乌云，大有黑云压城城欲摧之势。

四月二十九日，这天是日本的"天长节"，也是天皇的生日，寇机妄图以对抗日中心城市武汉的狂轰滥炸来为他们的主子祝寿。中午，佐士保航空队混合机群共六十九架之多，杀气腾腾压向武汉上空。

当空袭警报刺耳地嚣叫起来，反常现象出现了：许多市民不是疏散到隐蔽、安全地点躲起来，而是上房——汉口沿江一带平房屋顶和楼房屋顶及晒台上麇急了如蠕动的蚁群般的无数人头。誓与寇机不共戴天的市民的情绪太激动了，他们要为我空军助威，要目睹痛歼天狼的热闹场面。

在这些蚂蚁般的人头中，有一颗脑袋便是张祖颐的。他不顾众人劝阻，拄着拐杖艰难地爬上小客栈三楼屋顶，气喘吁吁地骑坐在布瓦脊顶上，仰望长江下游天空，激动而焦急地期待着。

当寇机逼近武汉上空时，从王家墩机场起飞迎战的是我空军第四大队和苏联志愿空军战斗机大队。我方两个大队迅速在空中摆开决战阵列。

坐屋观空斗的张祖颐和市民们，此时凭肉眼并不看得清楚天上战局，只远远望见我方战机似银光闪闪一片飞过，其中三架银鹰飞在最前列，犹如一把三刃尖刀，飞插进乱糟糟一团涌过来的油绿色寇机机群。天上巨响如滚雷阵阵，地上也扬起如林臂膀欢呼雀跃起来。

在直冲霄汉的助威声中，只见我方神威银鹰趁势而上，分而攻之，一架架寇机如同伏法的妖魔化作缕缕青烟坠落。有人拍手称快，有人屈指计数。张祖颐与人争得脸红脖子粗，有人说我方战鹰已歼落寇机 20 架，而他明明数着共有 21 架寇机翻着跟斗坠落了。

观战市民突然慌张起来，惊呼长叹，焦虑不安。他们清楚地看见，江天之上，最先冲入敌阵的三架银鹰陷入寇机重重包围，左冲右突，难以突围。一架银鹰被寇机射中汽油箱起火，飞行员被迫跳伞。哎呀！又一架银鹰被寇机咬住，万分危险！幸亏第三架银鹰驰援，从寇机侧后猛射，成功地掩护前方的银鹰突出了包围。可是第三架银鹰被寇机从四面八方死死围困，难以脱身了。

陷入重围的银鹰上的飞行员刚才为了掩护长机突围，他打光了四挺机关枪的最后一颗子弹。一架寇机从左侧开火，击中他的战机机翼，机身剧烈抖晃起来。又一架寇机从右侧开火，子弹穿透机舱，射中他的腿部，鲜血顿时淌满机舱。寇机发觉他的战机已失去战斗力，更是肆无忌惮地贴近追击。

观战市民急得跺脚捶腿，仰天催促那架银鹰："快飞啊！""快跑呀！"

天上的飞行员当然听不见，他就是听见了也不打算侥幸飞逃。他咬紧牙关，竭力稳住战机，两眼左右巡睃着看哪架寇机贴得离他近，他的嘴角泛起一丝轻蔑的笑容……突然，飞行员急扭机头，拦腰向一架寇机猛撞过去，寇机措手不及，只见一团火光闪现，只听一声巨响，英雄飞行员与寇机同归于尽。

事后，《时报》首席记者写的今日空战述评文章说，当时飞行员并非陷入重围而弹尽粮绝，寇机做梦也没想到他还保存着一枚杀伤力极强的炮弹——那就是他的血肉身心，他将报国之躯化作"肉弹"，一弹射中的不仅仅是寇机和日寇的狗命，还射中了侵略者发抖的魂魄！

六

在望见飞行员的银鹰刚刚撞向寇机的刹那间，张祖颐一阵目眩，眼前金星乱冒。他急忙揉揉昏花老眼，定睛再望，望见的已是如云的青烟和如惊鸟四散的银白色、油绿色金属碎片。他惊站起来，狂哭一声："千古壮士哇！呜呜呜！"他老泪纵横，朝天鞠了一躬，自言自语道："我得赶紧去报社发稿了……"说着抬脚就走。他忘了拿拐杖，也忘了自己是跛子，才走了一步就一脚踏空，一个趔趄栽倒在三层楼的屋顶上，身体如气球顺着瓦坡骨骨碌碌朝屋檐翻滚下去。

在张祖颐坠地之前，充盈他耳际、震动他的耳膜的，是观战市民不约而同的怒吼声：

"打倒日本帝国主义！"

"保卫大武汉！"

……

接着张祖颐噗的一声闷响落地，丧失了听觉、视觉和一切生命意识。他不可能再知道紧接着发生的事态：已朝江东方向仓皇溃逃的寇机，一边逃窜，一边恼羞成怒地朝几处屋顶上如林的头颅臂膀狂轰滥射，冒险观战看热闹的市民死伤无以计数，惨绝人寰。

张祖颐头朝下倒栽葱坠地，颅骨左前额砸在小客栈门前的沿江大道沥青地面上，头破血溅，脑浆迸流，沁溢地面的一摊浓酽的血红得发紫，而他右前额鼓暴的筋络血管先是发蓝，继而发绿。

寇机已逃遁，空战渐平息。路人和从屋顶下来的观战市民，便再来围观陈尸街头的张祖颐。人们议论纷纷，见死者衣衫褴褛，蓬头垢面，以为是个可怜的老乞丐。

小客栈的店小二略知张祖颐的身份底细，便纠正说："他不是叫花子，他是我们客栈的老宿客。他是吃记者饭的哩！上回空战补充报道，就是他写的……"

刚才在屋顶立在张祖颐身旁的人惊呼起来："难怪他从屋顶滚下来之前说要去报社发稿哩！"

便有人听错了搞混淆了，以为这个吃记者饭的就是那个冒着战火采写空战报道的《时报》首席记者。人们议论纷纷，说有道是人不可貌相，海水不可斗量，这都是天杀的日本鬼子作的孽，老先生满腹文章却落个横死街头的下场；说记者是拿笔与寇机战斗呢，也和空军英雄一样，死得值得；说有个熟人去叫报社或亲属来认尸才好，暴尸街头看了寒心啊。

小客栈的店小二听了，便进店去拿来一条床单，将张祖颐的尸身从头到脚覆盖了；接着有人拿来水果点心供在尸首一旁；又有人拿来香烛供奉祭奠，有人烧起了纸钱。

一个妇女撩起裹尸布辨认遗容，认出死者原来是花会拟题先生。显然她是个花会迷，经常去大场观看开筒仪式，她向围观者断言：死者是在人祥里京官祠堂开花会的张盟主的叔父，只因叔侄关系交恶……

结果，张宗榜不得不硬着头皮来认尸，为一个被市民自发公祭的抗战义士殓尸治丧。事态进一步节外生枝，好几个前来吊唁的花会迷都声称晓得紫燕的消息，这话一传开就不可收拾，有人提出该去找紫燕报丧，更有人提议该请紫燕来为张祖颐念经超度亡灵。结果紫鹃不得不硬着头皮到佛教居士林去找姐姐报丧。

七

紫鹃找几个知情人问了问，只是些关于紫燕行踪的道听途说。她试着找到袁家墩清济寺，一问，才知这里是下居士林，又叫老居士林，并无一个叫紫燕的尼姑或斋婆。

原来汉口的居士林有上下两处。汉口素来妇女吃斋念佛者众多，尤其近几年，许多吃亏上当的花会迷都幡然醒悟，清心寡欲，居家修行。每届会期，她们都赶到清济寺来集会念佛，举行佛七法会。清济寺老居士林容纳不下越来越多的女居士，栖隐寺便广纳斋婆举行法会，形成女居士林，又称上居士林。

紫鹃按清济寺一位斋婆指点，又寻找到福建路，果然有一个寺院不大的栖隐寺。她见寺门敞开着，无人看守，迟疑地进了寺院，才知寺内空荡荡没有一个人影，清静得令她心虚胆寒。她慌忙退出寺院，见寺院旁有一栋楼房，门楣上挂着偌大的牌额，上书："汉口佛教正信会"，便上门去询问。

汉口佛教正信会的建筑为前后两栋楼房，中间天井，两边花台，大殿设在前栋二楼正中，殿内供奉的佛教法器也是稀世珍宝，如接引阿弥陀佛六尺金像、释迦佛丈六金身、缅甸白玉五尺座像、韦驮菩萨八尺金像，还有两壁白描活佛画像和两座转法轮及两部大藏经，这些都不比汉口几大佛寺的殿堂逊色。这里每月有四天居士共修日，常请法师来讲经。

紫鹃找到二楼大殿时，殿堂里挤满了席地而坐的居士。从莲溪寺请来的体空和尚正端坐在讲坛上，像是自言自语地呢喃着。而居士们听得聚精会神，大殿里鸦雀无声，和尚的轻言细语听来也清晰入耳。

体空和尚今天说佛，说的是《商僧传》：

"梁武帝时，云光法师讲经，感动上天，天花纷纷坠落……"

紫鹃试着听了几句，不知所云，她听不懂也没有心思听，又不敢在如此庄严肃穆的气氛中随便打岔问人找人，只好拿眼光在听众里扫来扫去，又逐个搜寻，却并不见紫燕的影子。她失望地抬眼再看那位喋喋不休的和尚，惊喜地发现紫燕就坐在和尚的侧后。

紫燕已然是纯粹的出家人穿着，一袭宝蓝滚米黄宽边的亚麻布长衫将全身上下裹得严严实实，洗尽铅华的脸面惨白光洁如一张单薄透明的纸，剃度过的头顶像一块青黑色的西瓜皮。她引颈倾头，全神贯注，听得不眨眼，满脸心领神会的表情。

体空和尚总算讲完了。有人宣布稍事休息再请昌央法师讲经。殿堂里这才有人悄声说话，有人起身轻轻走动。紫鹃趁机绕到讲坛侧后，面对紫燕走拢去以期引起她的注意。

可是紫燕视而不见。她没起身活动，仍盘腿坐在那里一动不动，双手抚膝，两眼微垂，嘴里呢喃着什么。

"姐姐！"紫鹃怯生生地叫了一声。

紫燕置若罔闻。她还在回味方才体空和尚的启迪："云光法师讲经，感动上天，天花纷纷坠落……"

"姐姐！我是紫鹃呀！"紫鹃鼓足勇气大声说。

紫燕总算听见有人喊她但并不抬眼望，她只是淡淡地回答：

"施主认错人了。"

紫鹃顿时羞得满脸通红："姐姐！紫燕姐姐！我是来报丧的呀！叔父张祖颐为采写空战报道牺牲了，许多亲友、街邻、老花会迷和过路人都来公祭他，他们都叫我来请姐姐回去超度叔父的亡灵。姐姐就是不认我这个妹妹，也该回去看一眼他老人家才好哇！呜呜呜……"

紫燕听了沉默片刻，抬眼望望紫鹃，无动于衷地说："贫尼法号紫竹，在俗世已无亲眷，孑然一身。女施主必定是认错人了，请到别处去询问吧。阿弥陀佛。"说完双手合十，双目紧闭。原来紫燕确实已正式剃度为尼了，并以体空和尚赐的学名为法号。她虽未入庵，因无家可归，便以正信会为庵，刻苦修行。她悟性独到，被众居士推举为女士研究部执事。

这时昌央法师已坐上讲坛，便有人来请紫鹃离去。

八

昌央法师开口不讲经，却大讲天狼、讲抗战起来。他开宗明义地说："天狼来犯，生灵涂炭，国破家亡，岌岌可危。国家兴亡，匹夫有责，老衲是个和尚，也是一介匹夫，故而亦有责矣！"

昌央法师说着离座而起，比画着手势慷慨陈词："根据大乘佛教的教义精神，凡我佛门弟子和潜心向佛的修行居士，都当舍身救人，怜悯众生，恪尽保卫家园的天职！前几日，有在空战中殉难的将士眷属来敝寺，请贫僧去做水陆道场超度亡灵，贫僧敢不沐浴更装、敛衽鞠躬而去？凭吊者中一军官问贫僧：'日本既与我中华同宗同种，又学我中华念经拜佛，理当人皆慈悲为怀，何以明火执仗，侵犯我国，杀人不眨眼？'贫僧答道：'人之初，性本善，及长则善恶分矣。彼国唆使天狼来犯者，恶人也；愚昧无知、浑浑噩噩者，善人也。我佛法力无边，佛光万丈，终将照耀彼国，劝诫善人觉悟起来，拥护我神威将士惩治恶人……'"

昌央法师越说越激动："如今我中华已遣天马行空，远征日本列岛。神兵天降，却是仁义之师，不射一枪，不投一弹，只是投下传单百万，警诫恶者，规劝善者，晓明大义，显示我中华同胞不畏强暴、誓死保卫家园之凛然正气。诸位可想而知，当我神威空军在彼国九州遍撒传单，赤橙黄绿青蓝紫诸色，缤纷乱坠，实乃我神威空军将士感动上苍，亦如我佛所说的舍身救人，普度苍生啊……"

紫燕侧耳聆听着，泪流满面。

讲经结束，众居士散去。体空和尚在后楼第三层佛学研究馆召见弟子紫竹。正在清扫殿堂的紫燕，急忙拭净脸上的泪痕，赶到后楼，以磕拜大礼谒见和尚。

"紫竹，我答应过你，你若有恒心自我熏修三年，便允许你到华严大学深造。

如今三年快到了吧?"

"紫竹禀告长老,如今三年已过了。"

"哦……不知你如今意下如何?"

"弟子紫竹三年来日夜念念不忘,无时无刻不在期待师傅的召唤。"紫燕忍不住抽泣起来。

"唉,弟子心诚意笃,师傅我却难以兑现承诺了。你也知道,如今倭寇来犯,烽烟四起,佛界净土又要遭战火浩劫了,华严大学今晨已宣布停课……"

紫燕竭力憋住哭腔,抽噎着说:"连日来,弟子忧心如焚,不知今后该往何处?请师傅为弟子指引一条出路才好。"

体空和尚不吭声了。

昌央法师也在场,他开口了。这回他不苟言笑,语气很是严肃:"你问的若是求生之路,你师傅和我也不知哪一天到哪里去逃兵荒躲战火呢;你问的若是求学之路,则你已找到出路。正信会导师和会长对你在女士研究部的学业和事业均很满意,看来你已渐悟我佛。佛即吾心,吾心即佛,眼下兵灾降临,苍生蒙难,如何普度众生,同时也度你自己到我佛高尚境界,不能指望你师傅指引,而只能靠你自己用心去体悟啊!"

紫燕含泪领首。

今天是正信会本月四天共修日的第一天。上午听法师讲经,下午居士们自己讲经。女士研究部的女居士和栖隐寺尼姑提议今日由紫竹主讲。紫燕也不推辞,她便讲她近来研读的《维摩诘经·问疾品》:

> ……有一天女,以天花散诸菩萨,悉皆堕落。至大弟子,便著不堕。天女曰:"结习未尽……"

紫燕讲得女居士和尼姑们都陪着她拭泪眼。她忽然有一种顿悟感。

九

花会大场今日停止开筒,昨已售出的本期题纸延至下期。经过昨夜通宵达旦的布置,大场今日已变成庄严肃穆的灵堂了。紫色金丝绒幕帷换成黑色金丝绒挽幛。神龛依旧高居黑色幕帐上方,而下方那张巨大的紫檀木供桌也临时搬走了,停放着一口更庞大的灵柩。灵柩大得像一艘夜航船,闪着黑漆漆的幽光。这口城里少见的铁木巨棺,是张宗榜不惜耗费巨资从木兰山下百年棺材铺弄来的镇铺之宝。与张祖颐极尽哀荣的寿木相得益彰的，是大场四周张挂的挽联、挽幛和花环，是《大公报》报社、集家嘴小客栈、青洪帮及汉流大小山头、人祥里街邻和许多老花会迷送来的。张宗榜还嫌不够排场，他和紫鹃昨晚再三恳请杨青山赏脸来参加今日的吊丧出殡，遗憾的是杨青山只允诺今日差人送他亲书的挽联来，他订了今日飞重庆的机票，随国民党在汉军政要员撤退，到重庆重开山堂。令张宗榜不仅遗憾而且耿耿于怀的是身为花会大场副盟主的尉居卿，此人这几天竟不来打个照面，不讲情义也不讲礼仪。法国巡捕房的大保正说，领事先生也在四处找他呢。幸亏今日主动来大场吊丧的花会迷、街邻和并不相识的路人，比平日来大场看开筒的人数还多，张宗榜便觉得脸上光彩、心里舒服。

　　昨日午后，去寻见紫燕的紫鹃闷闷不乐而归，张宗榜果断决定今日发丧，已停尸数日，天气一天天热起来，不能再拖了。紫鹃主张她再陪张宗榜去见一次姐姐紫燕，她说如果能请动紫燕来大场做水陆道场，一则可借为叔父尽孝笼络人心，赢得花会迷的好感，二则又乘机与紫燕摒弃前嫌，姐妹和好。紫鹃这后一句话是话中有话：既然姐姐行踪已明且出家修行，张宗榜可以解除与姐姐名存实亡的婚姻，明确与她紫鹃的同居关系了。张宗榜当然听懂了紫鹃话中意思，但他没听从她的劝告。其实他对紫鹃去寻见紫燕的结果早有所料，他放任她去只是心存侥幸，如果紫燕念在叔父曾帮她出逃的恩情来了，他张宗榜难免尴尬，但其结果便是紫鹃说的可以消除宿怨、笼络人心了。再说以他现在的处境已不能再阻止紫鹃去找紫燕，那样做未免太不近人情。就好像他不得不去认张祖颐的尸身。起初他是硬着头皮，咬牙切齿，诅咒叔父到死也不放过他。但他很快就乖巧了，他固然难堪至极，而叔父忽然成了抗日义士，大办一场丧事正好可以为花会笼络人心。眼下时局日紧，人心不安，打花会的人数日渐少了，他默默祷告，愿叔父在天之灵帮他挽留一批老花会迷。

　　今日一大早，张宗榜就叫张宗衡安排划子们守在京官祠堂大门口，凡是进大场来吊丧的，不问男女童叟，见人送一件白和尚领口汗衫和一条白毛巾。便有得了好处的人出去报信，引来更多想占便宜的吊丧的人，把个大场挤得满满的。

　　到正午12点时分，杨青山果然差人送来他亲书的挽联，都已经裱衬好了。硕大的行草字一个个龙飞凤舞，很是气派：

> 先生名留豹皮魂骑箕尾
> 壮士凌霄毛羽贯日精诚

　　张宗榜赶紧命人将这副挽联挂在灵柩上方醒目位置，前来吊唁的人群纷纷挤拢来围观。杨青山大名鼎鼎，汉口街道间巷哪个不知谁个不晓？连他都送来了挽联，可见死者有面子，生者有来头。于是人们肃然起敬，纷纷感叹着说一些赞颂张祖颐恭维张宗榜的好话。

张宗衡披麻戴孝跑出来，跪在灵柩前扶棺痛哭。

紫鹃站在大场门外，吩咐雇来的一班吹鼓手吹奏起来。顿时，十几把凄厉尖利的唢呐一起聒噪起来，震耳欲聋。

张宗榜见时辰已到，热闹已够，便憋着悲泣的腔调宣布出殡。在噼里啪啦的鞭炮声中，紫鹃带着八个执着木杠的抬棺汉子进了大场。

这时，人们才从唢呐和爆竹的混淆声中，突然辨听到天狼在极低极近的天空的嚣叫声。待人群猛醒过来夺门而逃时，炸弹已落下来，在京官祠堂四周开花了。

一枚炸弹投在大殿脊顶，炸穿琉璃瓦，直接命中庞大的灵柩，可怜已经被天狼屠戮连累了性命的张老先生的遗体再遭戕害，他的尸体骨肉连同棺材一起被炸得粉碎。同时粉身碎骨的还有跪在棺材旁的张宗衡。

黑金丝绒幕帷霎时变色似的一片彤红，并熔成一股席卷的火浪。燎着的女神像在烈焰蒸腾下从神龛里仓皇逃逸，飚扬在大场上空翻腾，又化作点点片片火蝶纷纷坠落……

张宗榜以一只手臂裹挟着紫鹃，一只臂膀撞开乱糟糟的人群，踩在伏地人群的身体上，拼命逃出大场，钻进后花园。

两人相继冲向后殿。可是迟了，后殿已烧成一座火山、一片火海。张宗榜不甘心，企图冒死冲进库房，连冲几次都被强烈的火浪扑打出来，身上的衣服和头发眉毛都燎起了火。紫鹃从背后拦腰抱住他，尖啼着下死劲往后拖他，他歇斯底里地挣扎着，踩脚捶胸，却无可奈何。

十

第三天上午，从铁道外后马路边香烟缭绕的香山寺内，走出一列长长的僧尼队伍。引领队伍的为首和尚，手擎黄底白边四方旗，旗面上绣着黑字队名：武汉僧尼抗日救护队。他们都是些青壮年和尚和尼姑，一个个精神抖擞，气宇轩昂。队列整齐严肃，正气凛然，径直朝大智门车站而去。沿途市民夹道相送，鞭炮四起，锣鼓喧天，掌声不息。

紫燕走在这支僧尼队伍中间。她穿着黑色云游鞋，土黄色绑腿布紧紧绑至膝盖，头上缠着一块白色方巾。她肩上斜挎着一只从红十字会领来的医用包扎救护皮箱。而在她的背脊上，背负着一只沉甸甸的背囊。背囊里塞着一条毛毯、一些简单的洗漱用具，还有一扎扎慰问信。这些慰问信是汉口千家万户市民百姓写给前方抗日将士的，他们唯恐战火烧至家园，祷告神灵一般祈求我将士阻击侵略者。他们多半不识字不会写字，便由他们在念小学、念中学的子女代为执笔，写在花花绿绿的彩纸上，交给红十字会和佛教正信会收集起来，捎到前方。

紫燕乘上火车沿京汉线往北，某夜在一个不知名的小站下车，又随比丘尼护理分队乘上一辆军用卡车，一路风尘开到硝烟前线。车尚未停稳，成群蓬头垢面的士兵们便拥上来，团团围住卡车，迫不及待地伸出他们肮脏的满是伤痕的手。紫燕和比丘尼们无法下车，便站在车厢里分发慰问品。寒衣、布鞋、点心袋和针线包很快分发一空。紫燕便再分发慰问信，她抱着一捆慰问信，一张张分发下去，更多的士兵兴奋地吼着挤拢来，她手忙脚乱来不及分发，便举起一扎扎一摞摞慰问信朝士兵身上撒去，那一张张信笺便如五彩缤纷的花蝶，在士兵头上飞舞，在硝烟中飘扬。她撒得额头汗珠淋淋，脸上泪珠涟涟……

第十二章　花妖出没

一

六月初六满天阴霾，燥热得令人烦躁，明明是走暴的气象，偏偏又压抑着下不了雨。汉口人谓之"嘎吧子天气"，脾气粗暴嘴巴臭的人往常敢戳指着老天骂脏话。但今天过往路人都憋住了忍住了不吭声，因为人间的形势比天气更糟糕更严峻。

布告是上午八九点钟光景开始贴在几处人流密集的大街旁的。到中午时分，白惨惨的布告已贴遍三镇各主要街道的十字路口。与此同时，《时报》《大公报》和《新华日报》等几家大报，都临时撤换今天头版新闻稿，腾出版面抢排布告，到下午两三点钟，拿到报纸的报童们已开始串街走巷叫卖，喊叫声再也没了往日幸灾乐祸、故作惊讶的油腔滑调，只有声嘶力竭的惊惶和严肃。

"卖报卖报！武汉警备司令部，湖北全省防空司令部，告民众书！"

"卖报！卖报！为疏散人口告同胞书！"

……

街道闾巷平民百姓最关心又最担心的逃兵落荒消息，终于来了，又来得这么突兀，人们难免有些不信，怕是谣传，怕是捕风捉影。可是报纸白纸黑字，布告盖着血红大印，不由得不信：

> 武汉三镇各界同胞们！自从抗战以来，日本强盗的空军，不顾人道，不顾国际法规，不顾全世界舆论的谴责，对我全国大小城市，甚至僻静的村庄，滥施轰炸，成千上万无辜平民惨遭杀害……随着抗战形势的变化，武汉更渐渐成为军事基地，因此敌人无时无刻不以它为破坏的目标！近来敌机几次残酷地轰炸，证明敌人是把武汉当作残杀我们民众的屠场……为避免无谓的牺牲，我们急迫要求所有的老弱妇孺，赶快设法离开武汉地区，尽量疏散到安全地带。乡下有家的，回乡下去；其他地方有亲友的，到其他地方去……

布告不啻是说破大祸临头了。当天傍晚，三镇市民密集的长街短巷已是一片国破家亡、悲天恸地的凄惨景象。性子急的和特别胆小怕死的，连夜就席卷细软、埋藏财物、算计盘缠、打点行装了，却又急得团团转不知择哪一条逃路。

只十天半月，汉口人烟稠密的街巷竟十室九空。一向商业繁华、人声鼎沸的店铺，多半也关了门。到处是死沉沉坠着的门锁和看了令人寒心的封条。

而在偏僻地带的穷街陋巷，在铁道两旁和后马路两侧的蜂巢蚁穴般的棚户区，那些老话说的"穷在路边无人问"的赤贫百姓，并无亲友可以投靠，走投无路的懒得觅逃路。还有些是不舍故土、宁愿死守几代相传老宅的人，便都潜伏在蜗居里不露面，屏声敛气，挨一日是一日。

二

张宗榜握着一把钉耙，耙着脚下一堆瓦砾。紫鹃蹲在他身后，拿着一把小钉耙，耙着耙过一遍的瓦砾。两人已经耙了三天三夜，蓬头垢面，疲倦不堪，活像一对乡里进城来拾荒捡破烂的贫贱夫妻。他们仔细从砖瓦碎片、烧成木炭的渣滓和泥沙中搜寻出一枚枚烟熏火燎过的银圆，已装满大半麻袋。此外，他们还找回了一捧残碎零星的金首饰，越寻越焦躁。京官祠堂的整栋后殿都被一枚炸弹命中摧毁了。后殿左侧的库房可能正是着弹点，化作了一堆灰烬。所有的证券，各种契约、账簿、银行存款凭证和纸币，肯定都烧成灰了。瓦砾中还残留着未烧透的纸片。奇怪的是那一箱金条连铁箱一起不见了，哪怕它是被炸散炸碎了，应该也在这一堆瓦砾里呀！这三天三夜来，瓦砾灰烬几乎都过筛子筛了一遍，连芥粒大的项链扣绊和耳环坠都寻找到了，却不见金条的影子。张宗榜开始怀疑是否有人在后殿被炸毁之前就偷走了整箱金条。后殿库房的钥匙掌握在他和张宗衡、紫鹃三人手里，张宗衡兼管司库，紫鹃兼管账房，除他们二人，外人根本不可能进入装了三道门锁的库房呀！再说装金条的铁箱又藏在夹墙中，启动夹墙机关的钥匙只有一把，日夜拴在他的裤腰带上，更不可能落在外人手上呀！张宗榜心里毛焦火辣，紫鹃更沉不住气了："我说我们还是赶快花钱雇人来挖地基吧？挖地三尺，我就不信挖不出来！"

张宗榜不吭声，只顾喘着粗气哼哧哼哧地挖着耙着。

紫鹃再也忍不住了，再也累不得了，她赌气把钉耙一摔，一屁股坐在瓦砾地上哇地哭开了，边哭边埋怨张宗榜："你这人怎么死犟啊？明摆着你我都不是出体力的人哟！干赌狠还是不管用哟！就这么慢腾腾地耙啊耙的，等到你耙够了找出铁箱的那一天，只怕日本鬼子来了跑都跑不脱了！那只能把铁箱便宜日本鬼子了！"她嘴里炒蚕豆似地脆崩崩说完，又嘟哝了一句："送给日本鬼子还不晓得买不买得了命呢。"

三天前紫鹃就主张从航船和划子中挑选几个身强力壮而又忠实靠得住的，分成两拨人手，由张宗榜和她各带一拨，日夜轮班挖掘废墟找铁箱。张宗榜听了不但不同意，反而匆忙遣散了所有的航船和划子，赶走了大场和京官祠堂院子里的一切杂役人手。就连从汉流山堂请来的几个保镖打手，他也一人封一个红包打发回去了。他关闭了前后门，挂上铁锁，这才独自挖掘搜寻起来。紫鹃无奈地跟在他身后帮忙。她知道他是担心人多手杂，怕有人见财起意，防不胜防，他还担心走漏了花会大场在寻找铁箱的风声。紫鹃何尝不明白，这世道已兵荒马乱，人心叵测，那铁箱是七八年来呕心沥血、勾心斗角甚至兄弟仇杀、姊妹反目的血泪积蓄，说不定有人觊觎已久。可正因为是命根子所系，就得不顾一切赶快把它刨出来呀！雇人来挖铁箱固然要冒些风险，也不至于有人敢来抢吧！张宗榜和紫鹃怀里各揣着一把压满子弹的手枪哩！三天三夜两人徒劳一场，已精疲力竭，而满城人都快逃光了，再这么慢腾腾地耙呀找呀，只怕时间来不及了……

第四天仍是徒劳无获，而空袭警报较前几日更是频仍，一天之内寇机竟飞来轰炸了三次。傍晚时分，张宗榜到附近几条街巷转了一圈，果见家家户户都逃光，巷道里死气沉沉。只在街巷交叉的路口见着几个脚步匆匆的壮丁，说是白浒山炮台已弃守，慢则三五天，快则两三天，武汉三镇公职人员同时撤退，日本鬼子就要进城了！

三

张宗榜快快地转回京官祠堂已是掌灯时分。紫鹃已做好简单的饭菜，他却没心思吃饭，坐着想了一阵子，咬咬牙拿定了主意。尽管这大殿里明明只有他和紫鹃，他仍警惕地探头门外察看一番，又侧耳辨听一番，确信周围没有异常动静，这才与紫鹃交头接耳低语。

两人刚悄声说完，便听见门口有脚步声走近，窗外闪过一个人影。

张宗榜一边拔枪一边朝门外扑去，厉声喝问道："站着不动！动一动老子就开枪了！你是哪一个？来干么事的？"

紫鹃也紧跟其后亮出枪来。

那人影并不慌张，高声答道："张兄，我是尉居卿呀！日本人还没进城呢，你老兄怎么就如临大敌、草木皆兵了。"说着便打亮手电筒走过来。

张宗榜听了便收起枪，但仍怀疑地问："尉兄怎么进来的？前后门都锁死了呀，难道你老兄翻墙进来的不成？"

"唉呀张兄！你怎么忘了？你不是交了一把后门钥匙给我吗？"

张宗榜记起来了，当初预谋逼吴海笙下台让位那几天，他确实交给尉居卿一把后花园铁栅门钥匙，嘱他有急事就悄悄从后门进来密商。尉居卿以前从未用这把钥匙开后门来过，时间久了倒忘了。

张宗榜没吭声，紫鹃却不依，她的枪还紧握在手上，堵在门口不让尉居卿进大场："那你也该喊一声呀！怎么又不打招呼又不打手电筒，鬼鬼祟祟的像个强盗？"

尉居卿恼了："我说紫鹃右司仪，你怎么说话这么不客气？我好歹还是你的副盟主呢！就算我这个副盟主是假的，在这法租界一带，也没得哪个敢面对我说话如此放肆！"

紫鹃总算收了枪，但还想回敬，被张宗榜拦住了："眼看就要国破家亡了，你们还有闲心思斗嘴？有话就进去说吧。"

尉居卿气咻咻进了大场，马上就闻到一股呛鼻的焦烟味，他团团转着四顾张望，只见大场里处处烧痕，满目破败景象。一股寒气自上而下直逼脑门心，抬头一看，殿顶炸穿的屋脊还龇牙咧嘴地豁着，呼呼地灌着阴森的寒风。他便冷静下来，心里琢磨着，等待张宗榜开口问他的来意。

张宗榜却不问什么，他只从凌乱堆着的交椅中拉出一只来，示意客人坐下，便默默踱到神案前立着。自花会大场遭浩劫后，他只重新摆置了神案神龛，现在他双手抱臂挺身神龛下，仰望着重新贴上去的女神像一言不发。

尉居卿耐不住难堪的沉默，只好起身走过去："现在全城疏散人口，再过两天政府和军队也要撤退了。不知张兄作何打算？"

"该转移的财产，我已请汉流山堂派兄弟们护送到乡下妥善安置了。"张宗榜望望站在神案一侧的紫鹃，接着说下去，"这里只剩下房产地皮搬不动了。这京官祠堂的产权，说起来是落在花会的名下，实则也握在杨老先生手里呢，只要不被日本鬼子炸垮烧光，谅无人敢霸占！"

"哪怕炸垮烧光了也还有地皮吧？等把日本鬼子打跑后我们再重建！"紫鹃突然插嘴说道。

尉居卿摇摇头，正欲开口，张宗榜已接着说下去："至于我自身嘛，大活人一个，腿脚也方便。我张宗榜跑反逃亡的经历有过几多回了，也算命大！我还怕死不成？我暂时哪里也不去，就留下来看战局如何变化，到时候见机行事不迟。"

"好哇！英雄所见略同！我今晚就是来找你商量今后的打算。"

张宗榜到底按捺不住了："得过且过，谈何打算。我倒想问问，尉兄这段时间躲到哪里去了？作为花会的副盟主和拜把兄弟，你既不讲花会规矩又不讲江湖义气，我还敢与你商量么事？"

尉居卿似早有所料："张兄莫怄气！我这不是主动来了吗？我不过比你早几天动手，转移财产去了。现在都安置妥了，我也是大活人一个。你我都轻松了，见机行事，还可以大干一番呢！"

"大干一番？干么事？"张宗榜奇怪地问。

"继续开花会呀！"尉居卿指指女神像。

"开玩笑。都兵临城下了，人都逃光了，还有哪个来打花会呢？"

"张兄有所不知。逃走的是些闹市地带人家，都是有些钱财、在乡下也有房地或有亲戚的，这些人有出路。那些偏僻地带的穷街陋巷的家户，全靠在城里干脏活累活谋生，他们除了有间破屋还有么事？往哪里逃？都窝着没动呢！"

"没逃的既是那些穷人，哪来余钱和闲心思打花会？"

尉居卿狡黠一笑："这就看我们的花会怎么个开法了。刚才说的是汉口人，没说外地逃亡来的呢，总有七八上十万，还不包括散兵游勇。其中想卜个凶吉、赌个运气的多着哩！岂不闻'卜赌同源'？"

"此话怎讲？"

"兵荒马乱，人心惶惶，这年头到寺庙烧香抽签求菩萨的多了吧？大街上算命测字的多了吧？不都是担心身家性命、凶吉祸福、财产家园、何日太平的吗？何不让这些人来问无所不知的女神？打花会是赌博也是占卜呢！只需把题纸内容拟得巧妙，比测字算命还吸引人！真是天下大乱好发财呀……"

尉居卿越说越兴奋，张宗榜却一瓢冷水泼过来："你去发财吧，我不想发这种国难财！"

"不发国难财？"尉居卿恼羞成怒，"那么你这些年发的不是国难财是民难财哦？难道发民难财攒的金条成色不同吗？"

紫鹃腾地跳起来，戳指着尉居卿的鼻尖呵斥道："你阴阳怪气地搞么名堂？"

张宗榜心里咯噔一响，他迅速制止紫鹃："不得无礼，我和尉贤弟商量事情你不要插嘴！不早了，你回房睡觉吧！"见紫鹃赌气地噔噔踢着脚走了，他才接着对尉居卿说："就算依你的，这花会又能开几天？日本鬼子马上就要打进城了！"

尉居卿听了这话脸色便缓和下来："日本兵进城关我们么事？"见张宗榜不解，他又说："要不怎么说我的耳朵尖呢？实话告诉你吧……"他欲言又止，扭头望望左边的厢房，见房门砰的一声关上了，这才压低声调说了一番话。

原来尉居卿早就在刺探战局情报，盘算下一步发财的路子。他利用翻译官的便利条件，不仅及早得知武汉迟早要弃守，日军势必攻占九省通衢战略要地，而且偷看了法方通知法国领事馆准备撤退的密件，料定日本人要接管法租界。法国主子赏的饭碗靠不住了，他就不辞而别，到日租界去巴结朋友谋求饭碗。他早年留学欧洲前曾先东渡日本，学过日语。这一段时间他日夜温习，读写说看都应付裕如了。他说眼下日租界的人都躲避了，而他已交了几个有权势的朋友。日军打进城来也不怕，他自有朋友关照，保证花会照常开下去。当然，得分一份红利打点朋友。

张宗榜听了，心想原来如此，脱口便说："你的意思是在日租界势力范围内开花会，那不是有通敌之嫌吗？至少也是当亡国奴！"

"这与你以前在法租界保护下开花会有何区别？什么亡国奴？改朝换代关你我何事？你我只管赚钱！再说，你我与日本人之间并无仇……"

"且慢！"张宗榜不耐烦听下去了，挥手打断他的话，冷冷地道，"尉兄莫把你我混为一谈，我绝不巴结日租界当亡国奴！"他说着突然住了嘴，走到神案前，从香台上抽出一支檀香捧在两掌间，又闭上双目，嘴角抽搐着，脸色铁青。

尉居卿愣了一会儿，这才看清神案上供的不是两个香炉，而是两个骨灰坛子。他便明白方才说漏了嘴，一时尴尬不堪，便告辞说："时辰不早了，张兄休息吧。我只劝你今夜好生思量，莫意气用事，瞅准眼头干大事，我明日再来吧。"

四

尉居卿一走，张宗榜便吩咐紫鹃连夜打点行装。他则动手将神龛里的女神像取下来，连同吊筒和供桌上的几件祭祀器具，用油纸一层层包好，埋藏起来。

翌晨，张宗榜起了个绝早，跑遍周围几条街巷，终于找来两个被他辞退的划子。他叫划子先将停在大场中央的一个铁箱子抬出京官祠堂，再去帮紫鹃搬行李箱子。那口铁箱显眼地摆在人祥里巷道上，看上去沉甸甸的，满是泥污锈迹。紫鹃公然亮出手枪，警惕地守护着铁箱。

张宗榜又叫两个划子分头去找人力车，车钱加倍。花会本有两辆小汽车，因超过期限没有撤离，被物资疏散委员会没收了，汽车和汽油柴油在疏散物资项目中首当其冲，以防成资敌之恨。两个划子找遍了周围十几条街巷，找来三辆人力车，依次停在京官祠堂大门口，等候张宗榜出来。

张宗榜脱掉西装，换了一件黑色大襟长褂，又在左臂上系了一条服丧的黑纱带，一手抱一个骨灰坛子出门来，车夫接过骨灰坛往车里放，他便转身反锁了大门，贴上封条。

这时空袭警报又响了。在刺耳的警报声中，三辆人力车载着张宗榜、紫鹃和他们的行李，急急穿出曲曲折折的巷道，越过铁路，沿着后马路向东，弃城逃去。

五

紫鹃在黄陂乡下没住几天，就感觉度日如年了。乡里太脏、太苦，乡里人太坏，都瞟白眼鄙视她。她的机灵、乖巧、娇媚，还有漂亮的脸蛋，这些在乡里人面前不但派不上用场，反而适得其反，都成了她的不是之处。她一天也待不下去了，便冲着张宗榜撒气，哭闹着要离去。张宗榜则一味好言相劝，说逃兵荒嘛，哪有安神地方好去呢？能忍则忍，等等。

其实张宗榜也在乡里待不住了。其父张祖贤共兄弟三人，他逃亡上海那一年，父亲和母亲相继去世。被他装在坛子里带回乡的张祖颐是小叔父。大叔父张祖德是他在木兰湖张家港老家唯一靠得住的自家长辈。而他的见面礼却是另一个骨灰坛子，装着张祖德的儿子张宗衡。张祖德当初把张宗衡托付给张宗榜，原指望让堂兄带着堂弟在汉口混个名堂出来，留在汉口成家立业当体面的城里人的，哪晓得混了七八年连婆娘和伢都没混到手，却混掉了性命。张祖德当然是悲痛万分，怨气冲天，每哭一声儿，实也是骂一声侄儿，恨不得把干嚎咳出来的恶痰吐到张宗榜脸上。又担心张宗榜以长兄长子名分争屋争地，生怕张宗榜这一回来就赖着不走了，便以乡里人固有的狡黠和愚昧，极其啰嗦地算账说，为张宗榜的父母办丧事花了几多钱欠了几多债，借了几多粮赊了几多菜，以及赔了村邻乡亲们几多锅碗勺和筷子，还有代送代还了几多情和节礼。张祖德宁可不要张宗榜送他的一百块现大洋，似乎那用红纸封的十筒银圆如烧得通红的炭般烙手，要单另称米记侄儿的伙食账，并旁敲侧击地问住不住得惯、吃不吃得来、打算在乡里待几多日子。张祖德一家对张宗榜的态度是虚假客气，对紫鹃的态度则连假客套也不讲，回乡第二天就搬出老规矩，说入乡随俗，她也是堂客，不能大模大样坐在堂屋的八仙桌上吃饭。张祖德对紫鹃的身份身世多少晓得一些，认为她妹夺姐夫，纵不说是个乱伦常的淫妇，也是个不正经的女人。回乡头两天，湾子里人见紫鹃还很稀奇地打招呼，搭讪着找话说，两天后便都拿一副鄙夷的面孔对她，还说些难听的挖苦话。这显然是张祖德指使家人在乡亲们面前说了是非。张宗榜心里有数，这些针对紫鹃的无礼态度，实际上是做给他看的。他心里很烦闷，又无可奈何，这两天便天天往县城跑，嘴里说是散心解闷，心里想的是打探各路来的消息，盘算下一步出路。

张宗榜天天往县城跑，紫鹃闷在屋里也难受，便也天天独自走出湾子去散步。已是伏天了，烈日炎炎，田野小径上又无甚遮阴的树木，细皮嫩肉的紫鹃晒得很难受，但她觉得比闷在屋里舒服。走三四里毒日头路便到木兰湖边，湖岸有垂柳遮阳，湖风微拂，很是惬意。她每日吃了早饭便出来，到这湖边靠着柳树乘凉，中午宁肯挨饿也不回去，一直挨到日头下山才磨磨蹭蹭往回走。吃晚饭时她便得挨骂受气，当然不致被当面辱骂，灌进耳洞的尽是些指桑骂槐、阴阳怪气的话，吃个半饱气个半饱，厚着脸皮懒理得。

六

这天，张宗榜前脚出门，紫鹃也后脚出门，一鼓作气走到木兰湖边，汗涔涔地靠着柳树坐下来喘息。今天的日光格外强烈，普天下都照得白晃晃如熔化的银箔，往哪里望都亮得眩目。不远处的木兰山也恍若浮在银箔云母中涌动，紫鹃望着便平添了些错觉和联想。她想，既然避难避到木兰山脚下，该上山去烧香许愿为姐姐紫燕祈祷一回才好。唉，姐姐出家修行落个清静安详也罢了，怎么突然又像花木兰从军一样奔赴硝烟战场呢？万一她死在战场上也算木兰将军式的女英豪，那时她究竟是死而无憾还是至死记恨妹妹呢？我当妹妹的又有几多错？怪只怪吴海笙！还该怪张宗榜！也该怪姐姐太倔……紫鹃乱七八糟地想着，便想烦了，恹恹地懒想得了，闭上眼倚靠在朝后歪斜的柳树下，让一阵阵拂来的湖风把满脑子杂念拂去，拂得她飘飘忽忽地身不由己。不远处的草滩上，本来只有几头水牛在悠闲地啃草，几头水牛泡在浅水里贪图凉快。泡在水里的一头公牛不知怎么发情了，蛟龙般腾出水面，扑向一头正在啃草的母牛。母牛全然没有调情的兴趣，几次将跨骑到它背上的公牛摆脱下去，公牛胯下的阳具赫然突出，它无以发泄，再一次纠缠着扑到母牛背上。一直无动于衷泡在水里只露出黑黝黝鼻孔的几头牛中，似有两头骚动不安起来，哗哗啦啦地冒出水面，原来不是两头牛，而是两个邪货牛倌。两人赤条条只穿着裤衩，水淋淋奔向草滩上牝牡纠缠的一对，撵走母牛，牵牢公牛的鼻缰紧紧拽着，蹑手蹑脚往紫鹃这边拽过来。

紫鹃半坐半躺在柳树下睡着了。她正在做梦，梦见了张祖德带人背着她和张宗榜在村口的水塘打捞起铁箱，打开一看，箱子里尽是石头……她对已经逼近她的恶作剧浑然不觉。

两个牛倌掩嘴窃笑着，使劲拽着公牛，笔直地朝着紫鹃牵过来，悄悄绕到树后，将牛缰勒在紫鹃头顶的树干上，一寸寸收紧。那头硕壮的公牛被迫一步步朝紫鹃身上践踏过来，但牛通人性，它明白不能踩伤人的道理，便将四蹄踏开跨过紫鹃的身体，可是它的头角已抵在树干上无法再朝前跨了，只好跨骑在紫鹃身上，不解又不满地朝撒腿溜跑的牛倌哞了一声。

紫鹃豁然惊醒，睁眼所见竟是四条牛腿和一条牛鞭。她尖叫一声，险些吓死过去。不过就在这时她也听到不远处传来的淫笑声，她顿时明白了是怎么回事，也就镇定下来。她小心翼翼地从牛胯下钻出来，果断地掏出怀里藏的手枪，自从带枪防身以来，张宗榜给她的这把小巧玲珑的勃朗宁她从未试过，此时她再也憋不住满腔的耻辱感和愤怒情绪，正好拿牛祭枪出气。

紫鹃从极近的距离连射三枪，庞大的公牛倒塌在血泊中。枪声传到远处，两个牛倌抱头鼠窜。

七

紫鹃开枪后犹不解气，握着冒烟的手枪气呼呼往回走。半路上，她遇见提着驳壳枪赶来的张宗榜，顿时鼻子一酸，腿也软了，一屁股跌坐在地上哭起来，握枪的手也软塌塌地松了。而她的嘴却不软，并不哭诉刚才发生的一切，边哭边硬邦邦地甩出几句话来："你们乡里的人都是些畜生！我宁可回城去挨炸弹也要走！你不走我一个人走！我今天被逼得杀了一头牛，再不走我怕明天被逼得杀人！"

张宗榜也懒得问她为什么要杀牛，他一手把枪往怀里插，一手从衣袋里摸出一张纸，无语地递给紫鹃看。

这是一张花会题纸，也是毛边纸石印墨字：

四方一座城，
城里扎兵营。
只见兵打仗，

不见兵出城。

五字四句谜语用枣大的字整齐排列，下面又印了两行蝇头小楷：

　　　本期题纸谜面四句，暗合一个谜底。七月初八正午，在人祥里京官祠堂花会大场开筒揭晓。打中者当场兑 36 门大奖。

今天正是七月初八！紫鹃连忙从地上爬起来："这张题纸是从哪里得来的？"
"下午从汉口拉客到县城的一个车夫给我的，他说他是在循礼门铁路边捡的。"
"啊？是不是尉居卿抢占了我们的大场开起花会来了？"
"除了是他还能是哪个！"
"哎呀！你说他是不是也识破了我们带走的是个假铁箱？"她想起在湖边时梦中所见。
"难说……"张宗榜，咬牙切齿地说，"就算铁箱被他找着，我也要夺回来！"
"还要把他撵出大场！"紫鹃急得跺脚，她见天已向晚，便说，"赶快回湾子去，连夜打点行装，明天清晨就走！"
"明天？"张宗榜摇摇头，他朝湾子方向张望了一下，"你开枪杀牛闯祸了，还不知湾子里有么麻烦等着你呢！你莫回湾子了，绕过湾子朝公路走，在公路边的石桥上等我。"
紫鹃欲分辩什么又忍住了，改口问："走夜路？赶得到吗？"
"先到县城再说吧。"

八

　　张宗榜和紫鹃摸黑赶到县城，已是子夜。两人找了一爿小客栈和衣躺到天明，雇了一辆人力车急急忙忙往汉口赶。赶到岱家山时，才下午两三点钟光景，张宗榜突然改变主意不走了，打发了车夫，寻了个客栈歇下来，他便到路边去，向过往行人打听城里情况和日军消息。
　　行人有的说日军在万家岭战役中遭我军重创，恐怕短期内不会打到武汉来，有的说日本空军飞机都去轰炸重庆去了，这些天城里很少听到空袭警报。张宗榜注意到进城的人比出城的人多，估计都是紧急疏散人口那阵子仓促逃到乡下的普通市民，做不来乡里的活路，吃不了乡里的苦头，更怄不得乡里亲戚的气，如今又重返汉口了。张宗榜在路边挨到天黑，一边观察一边询问，心里渐渐有了主意。

第二天傍晚时分，张宗榜和紫鹃在谌家矶民房中租赁一间破屋住下来，昼伏夜出，分头行动。

三天后，张宗榜和紫鹃乔装易服，像一对小商贩夫妇。他们来到球场路，在紧靠铁路的一条陋巷租了一间矮平房。张宗榜对房东和邻居说，他来开个纸铺做点小生意。开张几天，也不见有顾客上门做生意，只见纸铺雇来的七八个伙计抱着一摞纸出出进进，像是生意忙得很。

却总不见纸铺老板夫妇露面。

九

人祥里京官祠堂今晨开门格外早。

自从尉居卿入主大场重开花会以来，题纸改作当天早上发放，有的是划子拿出去叫卖，有的是人们自行找上门来买。打花会的人少数是附近的老花会迷，多数是逃难流浪来的外地人，还有些杂牌部队的散兵游勇。正如尉居卿所料，国难当头正好发财，流离失所、妻离子散的流浪者都想卜个凶吉问个出路，都愿意摸出身上最后一个铜板赌一把试试运气。他这个新盟主重开花会以来，每天开筒时大场还蛮热闹。

看来今天开筒比往日还要热闹，一大早就不断有人上门来买题纸。尉居卿很得意，他催促几个划子赶紧去兜售题纸，多跑几条大街，跑远一点，一直叫卖到中午开筒之前。

临近中午，大场的热闹程度，既在尉居卿的意料之中，又在他的意料之外。只见形形色色的人群将大场挤了个爆满，这种场面，他只在做张宗榜的副盟主时见识过，他真是又惊又喜。

人声鼎沸中，高高在上的女神一如往常慈祥和蔼地微笑着。女神居住的神龛，神龛四周环绕的36枝花卉，和神龛下神案上供奉的一切祭礼器物，均与张宗榜当盟主时的祭坛毫无差异。修补过的大殿顶上，一根麻线吊着神秘的吊筒。这说明，尉居卿不仅继承了张宗榜的交椅席位，还继承了他的衣钵和埋藏的法宝。不同的是，继任的尉居卿盟主没有设置繁琐的左右司仪、左右护花使者等席位，这些礼仪角色，统统由守卫在神案两侧的荷枪实弹的彪形大汉代替了。

插在供桌中央那根计时檀香已经燃尽，时辰到了，尉居卿上前续了香火，举手示意人群安静下来，他展开一张黄色石印墨字题纸，开始宣读本期题纸谜面四句：

砖墙套土堵，

土墙住狐狼。

狐狼穿皮袄，

皮袄拖皮条。

念毕，他再次扬手，示意放下吊筒开筒。但这时，人群突然吵闹起来：

"不对不对！"

"错了！错了！"

"怎么回事？题纸怎么换了？"

"你们在搞鬼，怕我们打中了，就偷梁换柱！"

……

尉居卿也糊涂了："啊！有几个人的题纸与我刚才念的不同？"

哗哗啦啦，一多半人举起了手中的题纸。

尉居卿慌了："快……快拿一张来……我看看！"便有人递过一张同样的黄色石印墨字题纸，而谜面四句完全不同：

白日念弥陀，

黑夜来巡场。

火眼金睛神，

专逮土狐狼。

尉居卿看得脸色惨白，一时愣怔住了。

人群中挤出一农妇，头上戴着红绿荷花头巾。农妇径直走到尉居卿面前，一把摘掉头巾，原来是紫鹃。她并不向尉居卿说什么，却转身向大场人群喊道："现在请张盟主当场开筒！凡打中本期谜底者，当场兑奖72门！"

喊声未落，张宗榜已挤出人群，将黑色礼帽摜在地上，抖开宽大的黑色披风，亮出系在腰间的吊筒——与吊在顶上的红漆描金吊筒一模一样。

尉居卿总算缓过神来，他一把将手里的题纸撕得粉碎。回头一挥手便有四五个彪形大汉扑上来，将黑洞洞的枪口逼住了张宗榜和紫鹃。

张宗榜也回头挥挥手，便有七八个壮汉冲上来，也拿黑洞洞的枪口逼住了尉居卿和他的人马。

乱糟糟的大场里人群都吓得噤了声，一时都不敢动，惊讶地望着这剑拔弩张的对峙场面。

就在这时，外面传来激烈的枪炮声，接着是惊呼哭叫声和纷沓的奔跑声。

日本侵略军攻进了汉口城。

第十三章　黑白牡丹

一

张宗榜与尉居卿争夺花会大场这天，是公元 1938 年 10 月 25 日。中午，正当双方在人祥里京官祠堂短兵相接僵持不下时，日军从汉口东北方向冲进市区，长驱直入。

26 日，日军由长江水路登陆，攻入武昌。

27 日，汉口和武昌的日军又侵占了汉阳。

只三天工夫，武汉三镇及毗邻近郊，全部沦陷。

首先遭受浩劫的是汉口闹市区。日本兵进城当天就在龙王庙一带纵火，大火烧了几天几夜，浓烟滚滚，冲天火势燎原成一条可怕的火带，像一条作孽的巨蟒，火舌舔到歆生路，贪婪的火口，将光裕里、世昌里、大智路、厚生里、衡荣里、景福里、黄陂街、龙王庙……全都吞噬，又吐出一堆堆瓦砾灰烬。日本兵一到繁华商业区似乎就失控了，像没头苍蝇到处乱撞。他们砸开沿街铺面锁闭的门，将未及疏散的衣物、烟酒、糖果抢劫一空。然后窜到共和里、鸿顺里、永盛里、清仁里、厚福里去强奸妇女。日本兵是混乱的，又是有组织的，在民生路、三元里和大智门几处路口，日本兵拦路抢劫，凡过往行人，一律搜尽身上财物，然后将穿军装和学生装的当场枪杀。穿普通服装的市民、壮丁一律捆绑起来，押送到新市场关押；妇幼老弱统统抓起来，赶到硚口用铁丝网围起来的难民营中；而遇见年轻貌美的妇女，则当街侮辱后还不放过，又抓进兵营继续侮辱并强迫侍候日本兵。

张宗榜、紫鹃与尉居卿双方，都未能逃脱日本兵魔掌。

当时双方在大场僵持着，而观看开筒的花会迷们已逃得一个不剩，张宗榜见对峙下去的结果只能是日本兵来了束手就擒，他便先收了枪。于是双方都收了枪，谁也顾不得说什么，不约而同拔腿就逃，但刚刚逃出京官祠堂大门就慌忙退回门内，因为一队日本兵已从人祥里十字街口搜寻过来。危急之下，双方十余人忘记了刚才的敌对冲突，协力关紧了两道大门，挤在大场一角急切商议如何逃出去。张宗榜提议从后花园翻墙潜入法租界巡捕房或波罗馆，由尉居卿出面与法国巡捕房交涉暂时避难。尉居卿哭丧着脸摇头，他说他这个翻译官早已被革职，法国领事还指使巡捕房的大保正追查他的下落呢，且法租界也靠不住，日军照样敢闯进去抓人。正说着，外头已传来日本兵用枪托砸第一道大门的咚咚声。众人慌作一团，听出第一道大门轰然砸开的巨响后，便各自逃命，有的躲到神龛幕后的角落，有的越窗逃往后殿的断墙残壁夹缝隐身。张宗榜拉着紫鹃钻进右厢房，又从客厅侧门潜入后花园，伏身树丛隐蔽起来。

二

从人祥里十字街口过来的是日军的一个小分队，目标就是京官祠堂。他们奉命以京官祠堂为据点，从人祥里一侧包围法租界。当张宗榜向尉居卿提议潜入法租界避难的时候，已有成千上万被日本兵追撵的平民百姓涌入法租界，挤在租界中心地带的马路和草坪上避难。日军暂时还不敢贸然进入法租界，只是派兵团团包围租界区，阻止难民继续涌入并困住已经涌入的难民。日军小分队要在京官祠堂驻扎下来，他们破门而入后就对院墙内每个可疑的角落仔细搜索。结果，张宗榜、紫鹃、尉居卿及双方十余人无一漏网，一个接一个被揪出来，乖乖地排队在前殿大场门外接受搜身。幸亏他们每个人都将身上带的手枪藏在刚才的隐身地点了，日本兵搜身只搜出钱币财物，如果从一人身上搜出了手枪，肯定全体都会被看作抗日力量而当场击毙。

日本兵搜身一个捆绑一个，将这上十个壮年男人逐一五花大绑，再用一根绳索串葫芦似的串连在一起，几个日本兵前后押着，推搡叱骂着，赶猪赶羊般要将他们赶到新市场关起来。

葫芦串的前头一个是尉居卿，末尾一个是张宗榜。尉居卿主动举起手臂让日本兵搜身，主动配合先受绑，为的是免遭打骂；而后一个，是想寻找机会逃脱，至少，他想瞅个眼头跟紫鹃耳语几句。大祸临头，生死未卜，既然日本鬼子不当场杀掉他们，想必是要拉他们去做苦役，那就还有逃生的希望。看看紫鹃熬不熬得过鬼门关了。想到这里，牵牵绊绊走动几步的张宗榜，猛然扭头朝紫鹃喊了一句：

"柜子里还有半袋子米！你将就着熬到我回来吧！"

押在后头的两个日本兵，同时举起枪托朝张宗榜的头脸捣去，捣得他脸上鲜血飞迸，惨叫一声仰倒下去，绊动串在前头的人群，一个个东倒西歪，人摞人滚作一团。

日本兵一起冲上去，踢打着、叱骂着拉扯起跌倒的人群。押在后头的日本兵扯起张宗榜便将枪刺刺破衣背戳在他的脊梁上；押在前头的日本兵干脆拽头羊似地拽着尉居卿的衣领拖，拖动一串人群走出京官祠堂。

紫鹃没被搜身，她一直被两个日本兵用长枪刺刀左右逼着，战战兢兢吓掉了魂。而张宗榜猛然回头一喊像是喊回了她的魂，她当然听懂了喊话的意思，便朝张宗榜离去的背影回喊道：

"我晓得！米袋底下还埋了一把铜角子哩！好死不如赖活……"

"啪！"一个巴掌扇得她晕头晕脑转过身去，接着背后又是一掌，推得她趔趔趄趄进了大场。八九个日本兵一起跟进大场，哐一声关闭了大门……

<h2 style="text-align:center">三</h2>

张宗榜、尉居卿等十余人被押送到新市场时，这里已关押了千余名壮年男人，其中多半是小商小贩、人力车夫、乞丐和穷苦劳工，还有些从上海等地逃难来的流浪汉。新市场的新舞台剧院和大舞台尉院共有三千多个席位，日本兵将千余人分别关进两个剧院，隔一个席位、隔一排坐一个人，不准交头接耳，不准大声喧哗。剧院大门都锁死了，左右太平门各有一个日本兵守卫，舞台上则架着随时可以扫射的重型机关枪。

关押了三天三夜不松绑，也不给任何食物。日本兵每天只在太平门旁摆一大木桶水，实在渴得难受的，可以走过去，探头木桶，饮马似地饮几口水。看来日本鬼子估计饿几天饿不死人，但又担心会渴死人，显然如张宗榜揣测的，要留着这些人的性命做苦役。其实不光挨饿，还受冻，秋夜的剧场空空荡荡，阴风四起，冻得浑身的骨头抖散了架。有人发冷，有人发烧，有人说胡话，有人昏昏沉沉，有人咬牙切齿低声咒骂，有的大男将竟女人似地嘤嘤哭泣起来。幸亏一人一个靠椅坐着，前后左右都有支撑，要不然不知多少人要扑倒于地，互相践踏挤压着窒息而死。

第四天上午，日本军医来强迫给每人注射针剂，据说是防疫剂，注射一个拉出一个，拉到新市场大门外停着的敞篷卡车上。

张宗榜和尉居卿等十余人关押在新舞台剧院，坐在后排一长溜席位上，轮到他们注射时，剧院里已空荡荡没几个人了。张宗榜的座位紧靠太平门旁的走道，一个军医走拢来，跟在左右的两个日本兵，一个揪着他的衣领扯起身来，一个用刺刀挑破他绑在背后的左臂衣袖，军医便朝露出的臂肌扎一针，再从背后给他一掌，他便趔趔趄趄走出太平门。他仿佛走出一个无底黑洞，迎头便是秋阳的万道金光飞速射面，无可躲避。他的额头剧烈膨胀，眼前金箭乱飞，一个趔趄，险些栽倒在地。他慌忙稳住脚跟，紧闭双眼，竭力控制自己不倒下。他晓得一倒下就没命了，日本军队需要苦力不要病夫，病夫是累赘，宁可杀掉省事。

停在新市场门口的十几辆卡车，都是准备驶向青山的，只有一辆准备开往坦教湖。凡是坚持走出剧院，爬上了卡车的苦力，都到日军青山飞机场去修筑机坪，架铁丝网，做苦役；而如果走出剧院便扑倒于地，被两个日本兵抬起来扔上卡车的，便会随着堆满死人和半死半活人的卡车被拖到坦教湖，那里是日军的死刑场和万人坑。

张宗榜使尽吃奶的力气，爬上了开往青山的最后一辆卡车。在他身后，从花会大场被一根绳索串来的、在剧院同一排席位上坐了三天三夜的十余个双方打手，也一个接一个爬上车来。

唯独尉居卿没有爬上车来。

四

尉居卿根本就没从太平门走出剧院。

轮到尉居卿注射时，剧院里就只剩他一个中国人了。当军医走拢来，他便胸有成竹地将默念得烂熟的几句日语叽里呱啦说了出来。军医一愣，便奇怪地用日语问他，他也答对得大致不差。军医便叫一个日本兵去找翻译官来。

翻译官用日语和汉语与尉居卿交谈了几句，便叫日本兵松绑，然后带着尉居卿从后台穿出剧院，上二楼去见都城联队汉口中队的长官。

原来尉居卿在日军进城之前，就在日租界找了个日本侨民当靠山。他投靠的是个日本女人，就是去年破产的夫妻黑店良苦堂老板娘植木夫人樱子。

良苦堂先是民国初年来汉的日本商人井田夫妇开办的。药店柜台上推销的是日本成药，暗地里以贩卖吗啡、海洛因为主要经营项目。1921 年，武汉开展禁毒运动，厉行禁烟，井田夫妇自忖已获得厚利，继续冒风险不值得，便将赚的黑钱悉数汇回日本，第二年夫妇二人也离开武汉回国，把良苦堂设备和存货留给植木康行夫妇继续经营。植木是井田夫人的胞弟，原在日本领事馆任普通职员，夫人樱子一直埋怨他的微薄薪水根本就不够在日租界社交场合花销。植木慑于武汉禁毒运动形势，开始两三年还是谨慎经营，只敢推销日本成药，发售医疗器械，代订日文书报杂志。良苦堂地处歆生路三井洋行隔壁，正是汉口繁华闹市的黄金地段，经营收入不菲。樱子却不满足，竭力怂恿植木恢复良苦堂原有经营项目，暗地将淫药及制造毒品的工具、原料成套成批出售，收入大增。樱子发财心切，犹不满足，她不惜以色相拉拢江汉关日籍职员田本，瞒着植木与田本勾搭成奸，对植木只说许给了田本一些经济好处。田本打通其他海关人员关节，为良苦堂大肆走私、贩毒开绿灯。良苦堂向日本厂商订购的可卡因、吗啡、海洛因、五毫升以下注射器及针头等违禁品和必须申请签证的药品器械，分别被包装在脱脂棉内偷运到汉，开出假货单发票，在田本的包庇掩护下蒙混过关，以极低的课税运抵良苦堂。樱子亲自出马找回原来的老贩毒吸毒客户，并利用租界势力与青洪帮大小山头勾结，发展新客户牟取暴利。夫妇黑店经营了十余年之久，直到卢沟桥事变这年，全国各地反日抗日情绪节节高涨，汉口掀起了抵制日货运动。植木见风声日紧，心想已经发了大财，就打算仿效井田夫妇逃遁伎俩，席卷资金回日本。哪知贪得无厌的樱子舍不得断了滚滚财源，竭力劝阻植木暂不回日本，她主张马上在日租界内中街28号街口建造一家良苦堂新店，建成后将歆生路老店的资金财产悉数转移。老店改作良苦堂分店，改而经营一些中国草药，静观事态。樱子是个贪婪而又野心勃勃的女人，她从日租界探听到机密情报，得知中日战争不久将全面爆发，武汉迟早将成为日军全面攻克的战略要地。她便算计将良苦堂一分为二，经营上虚虚实实，互为依靠，可进可退，时机一到就买通日军要员，借助侵略军势力全面占领武汉三镇药品器械市场。她想，那时候不但可以公开贩毒，甚至还可以插手经营军用药品。她计划发够了中国财再回日本去，当日本最大的富婆。可惜樱子的如意算盘打早了，中街28号的新店尚未竣工，江汉关的中国职员揭露了田本勾结不法日商走私贩毒的罪证，海关方面和汉口当局立即查封了歆生路良苦堂，将夫妇黑店来不及转移的资金财产全部查获罚没。植木夫妇虽在日租界百般庇护下逃脱了汉口法庭的审判，却成了一对穷光蛋，连拖欠日租界中街28号新店的工程款也无法偿还，被迫宣布破产，靠日本领事馆发放的侨民救济金维持生计。这时，被汉口司法当局缉拿的田本，为求得开释进一步交代罪行，并坦白了其与樱子的奸情。《大公报》《时报》等大小报刊，详细报道了夫妻黑店案情，侨民桃色新闻成为汉口租界区洋人们消遣无聊的话题。已经绝望的植木不堪再蒙羞辱，枪杀保释回家的田本后剖腹自尽。

樱子落得个人财两空后，日本领事馆准备帮助她回国，但她不愿意。她说她无颜回去，她要留在汉口雪耻，重新赢得金钱、荣誉和身份，哪怕从当艺妓侍候客人做起。她果然去日本波罗馆当了艺妓。

五

那天，尉居卿巴结三井洋行的翻译，厚着脸皮跟去日本波罗馆参加中日商人和善酒会，在酒会上与樱子勾搭上。尉居卿以前就认识樱子，还与这位良苦堂老板娘做过毒品生意。樱子早知道尉居卿是法租界的地头蛇，黑白两道生意一起做，是个有钱的洋奴。当她又得知尉居卿已背弃法国主子，意欲投靠日租界时，便打定主意缠住他不放。那天酒会上，中日双方来的客人多，陪客的艺妓也多，樱子撇开其他客人专陪尉居卿，借侍候酒水歌舞的机会大献殷勤，花言巧语挽留他当夜留宿波罗馆客房。果然喝得醉醺醺的尉居卿被她的姿色迷住，答应让她去订了客房。

樱子芳龄早过，都是快四十岁的人了，还能有怎样的姿色？无非像个熟透而发酵的半烂苹果吧？不，以樱子的风韵，还不是通常所谓"徐娘半老"可形容的。她的身材娇小玲珑不显年龄，小鼻子小眼睛，一张娃娃脸，单眼皮偏偏单出了风情。尤其她的肤色白皙惊人，简直就像英租界、法租界里的欧洲洋太太，却又比白种女人的肌肤更细腻光滑，很惹男人注意。在日租界混饭吃的洋奴也是男人，他们表面上装哈巴狗背地里当刁奴，对樱子垂涎三尺。有色胆的竟钻进日租界浴房的气窗口偷窥樱子沐浴，看了便宜就吹嘘说，她的两个乳房活脱脱像两朵硕大的白牡丹。这荤话传开去，白牡丹成了樱子的诨名绰号。尉居卿也听到过有关白牡丹的荤话。他有钱有势，不知玩弄过多少年轻貌美的女人，不过还没尝过洋女人的味道。如今白牡丹主动投怀送抱，他当然乐意享受这等艳福。

樱子当夜把尉居卿留在波罗馆客房，使出浑身解数取悦他，先是卖弄日本艺妓的歌舞手段，接着亮出日本女人的看家本事——茶道功夫，最后拿出的就是她的肉体了。白牡丹一夜风流，迷得尉居卿神魂颠倒，天明美梦醒来，他竟拥香傍玉舍不得离开。樱子约他夜晚再来，他就如约而至，于是，接连几个晚上来与樱子鬼混。他猜想艺妓无非是想多赚他几夜嫖客钱，而樱子却另有所图。

六

这天傍晚，尉居卿又去日本波罗馆找樱子，刚走到波罗馆大门口，遇见樱子神色慌张地跑出门来拉他到一边说话。

"哎呀尉君！樱子给你惹麻烦了！"

"怎么惹麻烦了？莫慌莫慌，有话慢慢说。"

"植木君的朋友指责樱子不恪守妇道，丈夫尸骨未寒就与男人打得火热，而且还是个支那男人，丢了日本侨民的脸……唉，指责樱子也罢了，樱子倾心尉君冷淡了他们，他们吃醋呢。就怕……樱子偷听到他们召集侨民中的武士密谋，要对付尉君呀！"

"啊？那你说如何是好？我从今以后再不与你约会还不行吗？"

"恐怕他们不会善罢甘休。除非尉君离开日租界不再露面。可是尉君能往哪里去呢？皇军马上就要进城了，连法租界也将由我们日租界接管！"

尉居卿已乱了方寸，懊恼和恐惧流露无遗："那我找人求情去！我还认得几个日本朋友哩！你不是说你和日本领事先生交情不菲吗？你也去替我求求他呀？"

樱子的神态与他相反，刚才的慌张不见了，却在嘴角浮起一丝讥笑。她接连说了两句中国俗语："求人不如求己嘛，男子汉大丈夫敢做敢当。"她见尉居卿不解地望着她的眼睛，她的眼眶便红了："樱子也舍不得尉君离开呀！樱子与尉君情投意合，如蒙不弃，愿意改嫁尉君。你我既成了夫妻，尉君便是日侨眷属，自有租界法律保护。我再去拜访领事先生，请他多多关照，你就可以与植木君的朋友化干戈为玉帛了。只是樱子容颜衰老，恐怕尉君看不上吧？"

尉居卿听得发愣，但他马上清醒过来，脑子里飞快琢磨着樱子的前言后语，心里多少有点数了。他不免有点好笑，嫖妓嫖出了赎身从良、金屋藏娇的好戏来，不过不是嫖客多情救助，而是妓女有意胁迫。他已有三房太太。大太太是他留洋前由父母之命、媒妁之言娶的原配，一直留在乡下独守空房、徒有虚名。二姨太三姨太也和他赚的十几箱金银财宝一起转移到乡下藏匿起来了。眼下身边正缺个填房的呢，再娶一房四姨太未尝不可，吃洋饭也是该弄个洋老婆。更重要的是可以支使这个东洋女人出面与日租界当局打交道，帮助他霸占京官祠堂重开花会。嗯……不知金屋藏娇得拿几多钱出来赎她？这个东洋婆娘精怪得很！先不忙问她，她自然会自开身价。他得沉住气。

想到这里，尉居卿便开口了："樱子小姐格外垂青，尉某三生有幸。只是，婚嫁大事，总要考虑周全。照我们中国的规矩，我总得给家里的长辈和大太太打个招呼。你呢，不妨先与植木君的朋友商量商量，可以先放风试探。我这几天有件急事要先办……"

樱子狡黠一笑："夫君的急事，樱子也可以帮忙呢。"

这是日军进城前夕发生的事。

七

尉居卿从新市场释放出来后，急忙与樱子结了婚。

樱子自开的身价并不蛮高。她只要求尉居卿将日租界中街28号良苦堂新店拖欠的工程款还清，并修缮装饰一新，改作他们的新婚寓所。

婚礼结束的当天晚上，尉居卿才明白樱子嫁给他的意图：她要和他一起开花会。原来她对他与张宗榜明争暗斗争夺花会大场的底细已了如指掌，她发现开花会是一桩财源滚滚、日进斗金的大买卖。她与尉居卿不谋而合。尉居卿听了先是喜不自胜，接着就目瞪口呆了。

"樱子与夫君同心协力，同甘共苦；平分秋色，平分利润。请多关照！"樱子哈腰鞠躬，字句铿锵地说。

樱子不愧是一枝交际花。她在日本领事馆举行的酒宴上一露面就光彩照人，与日军都城联队司令部的几个军官打得火热，亲昵得像是故友重逢。几天后她就成了驻扎在新市场的日军汉口中队长官的座上嘉宾。她巧妙周旋，弄得上下几处的日本军官都以为她对自己情有独钟，个个晕头转向，对她说的话唯唯诺诺。结果她成功地说服日军，将驻扎在京官祠堂的小分队转移到人祥里十字街口的南馆及隔壁小旅店驻扎，腾出场地给她开花会，邀请日军官兵来打花会娱乐。

有尉氏樱子在背后凭借日军势力撑腰，尉居卿便有恃无恐，他拿着特别通行证串街走巷，去网罗滞留在汉口的原花会组织的航船和划子，又找来一批地痞流氓充数。手头掌握了四五十号人马后，他便和樱子紧锣密鼓策划重开花会的布置：大场仍设在京官祠堂前殿，安排航船和划子日夜轮班值守。钱财和题纸、吊筒则安置在日租界中街 28 号他俩的老巢，由几个心腹保镖每日往返运送。大场每个礼拜开办贵宾专场，邀请租界内的日本侨民、日军官兵、皇协军官兵、汉口特别市府的官员和商界人士来打花会，开筒前先安排日租界艺妓表演歌舞。这天发售给贵宾的题纸价格，应比平日高出十倍以上。再在汉口的硚口、汉阳的钟家村、武昌的司门口设立花会分场……

八

重开花会大场这天，樱子从后台走出来，粉墨登场。她换掉宽松肥大的和服，改穿了一件白色滚红边对襟紧身褂和一条白色灯笼裤，并把披肩长发编成辫子盘在头顶，全然是一副中国江湖女子的干练打扮。就连作揖跪拜祈祷的一招一式也学得很见功夫，仿佛她已脱胎换骨了，局外人都看不出她是个碎步跪行盘腿坐、见人低眉垂眼点头哈腰的东洋女人。她摇身一变，成了花会大场的大司仪，并兼任花会拟题先生。她侨居汉口二十多年，不但说得一口流利的汉腔中国话，而且能写毛笔字，还会吟几句唐诗宋词。编写几句类似灯谜的五言四句题纸，也难不倒她。重开花会当天，樱子拟的第一张题纸，颇堪玩味：

有物大如狗，
面貌极似牛。

> 非獐不是鹿，
>
> 猜得你发愁。

这谜面四句，连举四种动物类比而又排除在外，让你猜第五种动物，看似浅显易猜，实则故意引诱你走向森林迷途，去徒劳地寻找豺狼虎豹或牛头马面四不像之类的怪兽。其实谜底就在里面，"面貌极似牛"的动物并非就不是牛，比如牛犊，牛犊亦乃牛，故而本期谜底的名目是"汉云"。当天开筒揭晓后，竟无一人打中。花会迷们被愚弄之后，方知拟题先生的阴险狡猾。有知情者便透露真相，说哪是个拟题先生明明是个拟题女人，说那大司仪不光司仪、司题还司盟主呢，说她号称白牡丹，其实根本不是中国同胞，而是个东洋野种……

从此，关于白牡丹的种种说法被人添油加醋地传说开去。

传说传到樱子耳朵里，她听了嫣然一笑，索性自称白牡丹，并叫尉居卿和航船、划子们统统直呼她白牡丹。她自任三个分场的巡回盟主，每日轮流到汉口、汉阳、武昌分场去主持开筒。她那一身白色装束外又加披了一袭白府绸披风，更显得娇媚动人，格外惹人注目。

白牡丹日益名声大噪。

九

中午，人祥里京官祠堂里花会大场照常举行每天的开筒仪式。尉居卿当众诵读了本期花会题纸谜面五言四句。白牡丹宣布开筒，她挥手示意，立在神案左侧的一个划子便探手幕后，掣动机关。

众人习惯地抬头仰望殿顶，只见天幕开启，徐徐坠落的却不是那只红漆描金的吊筒，而是细麻绳吊着的扎得整整齐齐的一捆题纸。众人刚刚惊讶了一声，那捆题纸就拽断了麻绳，哗哗啦啦飘扬四散，像一群缤纷的彩蝶在大场上空飞舞。

大场顿时混乱了。一心等待开筒结果的花会迷都转移了注意力，好奇地叫喊着跳跃着，争抢头顶飘飞的题纸，看突如其来的题纸上写的究竟是什么。

正好有一张题纸飞贴在仰头发愣的尉居卿脸上，他像被蚊虫叮了一口似的，狠狠朝脸上拍了一掌，一把抓住那张题纸，慌忙展开来看：

> 刺鼻不知嚏，
>
> 蹦面不知嗔。
>
> 啮齿作步数，

持此得胜人。

　　这几句谜语诗是引古文人戏弄他人之作，看似文绉绉的，其实谜面所打之物是日常生活用具——屐，汉口人称为木屐。它是一种鞋底有钉齿的木板拖鞋，前部有细篾编织的鞋帮，鞋鼻高隆，用桐油涂过，防滑又防泥水，形状笨重像两只大乌龟或甲鱼。汉口平常人家用它代替雨靴，却又当作不值钱的贱物，随意扔在门角。下雨天出门时无须脱鞋换鞋，连脚带鞋直接套进木屐就走，回来便将糊满污泥的木屐蹬脱在门外，弃之如敝屣。不知是谁拟了这么一张题纸来花会大场乱撒，显系讽刺尉居卿厚颜无耻，甘做被东洋鬼子利用作践的一双破木屐，还自以为得意。

　　在五言四句大字下面，还有几行小字：

　　　　本期题纸谜面四句，暗合一个谜底。今日午时在花会大场当众开筒揭晓。凡打中者，当场向汉奸盟主和东洋妖女索兑 36 门大奖。

小字下面还有落款：

　　　　　　　　本期题纸拟题先生：黑牡丹

　　尉居卿看得脸色惨白。白牡丹满脸迷惑地走过来，他便无语地递给她看。
　　这时众人都抢到题纸看过了，议论纷纷。一个值夜更的划子说，昨日半夜时起床小解，听见后殿废墟堆上有响动，他躲在前殿墙脚偷看，发现有一个黑影在瓦砾中寻找什么。他咳嗽一声，那黑影便不见了。又有人接着说，近来不少人都在京官祠堂周围见过一个黑衣黑裤黑披风的年轻貌美女子，腰间束着宽厚的牛皮带，别着一把尺余长的驳壳枪，怀里还揣着一把只有几寸长的小手枪，威风凛凛。她身旁有七八个黑衣大汉前呼后拥，步履匆匆，来去无踪。此人只怕就是黑牡丹。

十

　　黑牡丹便是紫鹃。
　　日军进城那天，紫鹃在花会大场惨遭日本兵集体轮奸。她咬紧牙关熬过了一群畜生的蹂躏。日寇发泄了兽欲后并不放过她，当晚就强迫她烧水侍候浑身征尘的日本兵洗澡，换下一大堆脏衣服要她洗涤。第二天又支使她烧火做饭洗碗，夜晚则逼她与日本兵睡觉，鬼子把她当成慰安妇和苦力了。她忍气吞声，百依百顺，强撑着挺过了几天，见日本兵有些懈怠，对她看守不甚严密了，这天傍晚去后花园收晾晒的衣服时，找出埋藏的手枪，裹在衣服里带进了大殿她的房间。当天深夜她从极近的距离接连射死两个日本兵，逃出京官祠堂，穿插曲折的小巷摆脱了日本兵的追捕，潜回在谌家矶穷街陋巷租用的纸铺躲藏起来。

紫鹃逃回纸铺做的第一件事就是马上烧水洗澡。她把自己关在房里，拼命洗刷被猪猡般的日本鬼子玷污的身体。可是她越洗越嫌自己的身体肮脏，越洗越觉得没法洗净自己的女儿身了。那几天她成天照镜子，发现她脸上的神情变得丑陋而凶狠起来。有一天她照镜子照得心烦，便摔破镜子出气，气却憋在胸口出不来，仿佛一坨硬硬的疙瘩堵得心里发慌。她抚胸诅咒道："索性变成一副铁石心肠、狼肝虎胆吧！那才好报仇雪耻呀！"当她听说尉君卿和东洋女人白牡丹在京官祠堂重开花会的消息时，便咬牙切齿发誓，要与他们唱对台戏！她焦虑地等待着张宗榜，久等不回她就耐不住了，冒险出去寻找。外界对她的装束传说有误，她是女扮男装，还戴了一副墨镜，以防有人辨认出她的模样。她没找着张宗榜，却与杨青山从重庆派回的帮门弟兄接上了头。这些人秘密潜回武汉的任务是物色人手，搜集情报，倒卖军火，走私毒品。紫鹃一面参与帮门地下活动，一面借助帮门力量筹建新的花会组织，与尉居卿对抗。

人们把尉居卿和白牡丹公开组织的花会叫白花会，把黑牡丹组织的地下花会叫黑花会。黑花会的开筒时间定在每天晚上，地点游移不定，总在白花会的大场和几个分场附近街巷开筒，与白花会争夺花会谜。有些花会谜便脚踏两只船，黑白花会的题纸都买。而老街老巷的老花会迷都是些汉口居民，多半愿意打黑花会。日军进城后禁止原有的货币流通，强令将旧币兑换成伪政府发行的"老人头"钞票。而老百姓防备着哪一天日本鬼子滚蛋了，"老人头"也作废了，所以哪家哪户都藏着几块银圆、几张法币或一把铜角子。串街走巷的小商小贩也认旧币。白花会卖题纸只敢收"老人头"，黑花会无论新币旧币照收不误，兑奖也是新币旧币各兑一半。再说，老花会迷们从感情上更认同被迫放弃京官祠堂转入地下的黑花会，相信黑牡丹从花会大场夺回的吊筒，才是花会女神所赐公平无欺的神器。据说黑牡丹把那只红漆描金的吊筒吊在她的裤腰带上，开筒时由花会迷推举的代表亲手开启，当众验看写在题纸反面的谜底。

白牡丹不甘屈居下风，为了吸引更多的人打白花会，便挖空心思打主意，把每期题纸刊登在当天发行的日伪报纸上，有兴趣的读者只需把猜的谜底写在剪报上，交给报童，便可一赌运气，侥幸兑奖。

黑牡丹针锋相对，叫划子们把每期题纸送到街口巷头的南货店和酒铺香烟摊点代销。买了题纸的花会迷，只需将猜好的谜底写在题纸反面，仍送回代卖题纸的店铺即可。而开筒仪式举办后，凡打中本期谜底的花会迷，可以先到就近的店铺兑奖钱。这样打花会又方便又牢靠，很受老街老巷里头那些老市民街坊们的欢迎。最热衷于这种街坊邻居花会的，是那些操持柴米油盐酱醋茶的婆婆妈妈们。每日开门七件事花销之余，抠两个角子省几个分子，便拿去买题纸。明晓得多半是把钱丢到水里去了也愿意，就是不丢，装在荷包里攒着也发不了财，只当是花钱买开心。成天在东洋鬼子的刺刀下提心吊胆过日子，再不打个花会散散心，只怕要被憋死了。再说，碰运气也有打中花会的时候，那赚头就大了。穷街陋巷的平民百姓胆小怕事，一般不敢轻易走出街巷去，免得遇上日兵盘查惹祸。而往街头巷尾的店铺走一走逛一逛，打半瓶酱油称半斤烧碱，顺带买一张花会题纸回家猜着好玩。有的并不打酱油买醋，跑店铺专为买一张题纸。街坊在巷道里迎面相遇，互相打招呼的客套话不知何时开始变成了一个说法："您家去买题纸的？""嗯，您家呢？今天的题纸买了没有？""买了买了，正在摸着后脑壳猜谜呢！"而隔壁左右的邻居们串门聊天，聊的都是关于黑牡丹的种种神秘传说。

　　渐渐地，店铺卖题纸，僻巷开花会，成了老街深巷的一种景观，一种时尚。

　　而在繁华街市，在青楼、茶馆和戏院，白牡丹四处散发题纸，公开的花会活动更是十分热闹。那些妓女、小姐、姨太太们，每天都要互相邀约着，既可看当天的开筒结果，又可看日本艺妓的歌舞表演。有时白牡丹来了兴致还亲自登台表演，双手捏着两把彩扇独歌独舞，歌罢舞罢，她还极其谦卑地跪在地上鞠躬行礼，赢得满场花会迷的掌声和欢笑。

　　有一首《汉口竹枝词》描绘了沦陷期间汉口城里打花会的情形：

商女不知亡国恨，
堂子姑娘赶花会。
黑白牡丹竞妖艳，
题纸摆上南货柜。

第十四章　盟　主　蛰　伏

一

　　到了武汉沦陷的第三年秋天，黑白花会开得更是热闹。黑白牡丹的明争暗斗，益加激烈。

白牡丹樱子毕竟有日租界势力和军方力量撑腰，可以公开抛头露面，到处招摇撞骗，为所欲为。她还有一个夫君尉居卿为虎作伥。尉居卿虽说像个傀儡，但他毕竟顶着花会盟主的头衔，何况他不是一个野杂种而是一条地头蛇，与汉口三教九流人物和地痞流氓打交道他特别在行。这两个狗男女合伙开花会，分明就是一对相得益彰的活宝。

黑牡丹紫鹃就不能像白牡丹那样出风头，她只能偷偷摸摸、躲躲闪闪地开地下花会。当然她也有江湖帮门势力可以借助，重庆的军统、中统组织都已通过江湖门派在汉口建立了地下情报站和秘密接头渠道，她凭着在汉口清帮山堂坐第十三把交椅的地位，可以随时随地招呼江湖兄弟接应帮衬。可是黑花会终究不敢在大庭广众场合招徕花会迷，开筒时必须寻找隐秘可靠的大场，不断迁移地点，否则就有危险。

这一天，紫鹃听说清济寺下居士林每月一次的佛七法会又开始了，有三四百个在家吃斋修行的斋公斋婆都赶去聚会，其中斋婆占了多半。当天夜里，她就带七八个心腹航船、划子赶到袁家墩，在紧邻清济寺的一户无人居住的空宅住下来。第二天傍晚时分，清济寺的暮鼓刚刚击响，居士们有的还流连在大殿里念经说佛，有的陆陆续续走出寺院。这时紧邻的一间民宅也秉烛焚香开起了花会，花会迷们出出进进并不引人注意，顺利地举行了开筒仪式。紫鹃便想，这清济寺的佛七法会还有好几天呢，索性把场面闹大一点让花会迷们高兴，也让白花会晓得黑花会的威风。她打定了主意，便叫划子们悄悄告诉一些靠得住的花会迷：明日还在这里开筒，时间改在中午，开筒前要把女神像请出来祭拜，场面肯定蛮热闹，可以邀伴来观看，但也不要向生人走漏风声。

到了第三天中午，赶到袁家墩来看黑花会开筒仪式的人群，把临时布置的花会大场挤得满满当当。许多人打花会打过几多回了，却是第一次来看开筒场面，都说想亲眼看看黑牡丹的模样和神态。只见大场场面果然很有排场，虽然借用的这户堂屋徒有四壁，却也宽敞明亮，两厢板壁上贴满花花绿绿的题纸，像是喜气洋洋的新婚洞房。迎面板壁上蒙着巨幅黄绫幕帘，幕帘正中挂着彩线刺绣的女神像。女神像下有一朵纸扎的黑牡丹花，硕大无朋，仔细辨看不是黑牡丹而是红牡丹，不过颜色红得发褐、发黑。据说这朵牡丹花是紫鹃亲手用白色皱纹纸扎的，她咬破手指头发血誓，挤得脸色惨白，挤尽手指头上的鲜血一滴一滴染红了白花。日子久了颜色变了，红牡丹变成了黑牡丹，正好应了她的名号。血花下面是一张代替神案的八仙桌，桌面上铺着一件黑色披风，那只神秘的红漆描金双龙戏珠吊筒没吊在屋顶，却稳稳当当搁在黑披风上，伸手可及。挤满大场的花会迷们都想凑拢去看个仔细，却又畏缩着不敢靠近，因为八仙桌两侧，立着五六个黑衣壮汉，个个握枪在手，如临大敌。

将近中午了，清济寺撞响了钟声，嗡嗡地轰响一片，听来令人警醒。该是开筒的时候了，黑牡丹怎么还不露面呢？花会迷们四顾张望着，互相询问着。大门外突然一声枪响，震耳欲聋，花会迷们一时吓蒙了。待他们愣过神来时，发现守在大场里的五六个黑衣壮汉眨眼就不见了，八仙桌上的黑披风、吊筒和墙壁上的女神都不见了。他们惊慌失措，蜂拥着夺门而逃。这时枪声又响了，是从远处传来的枪声，一阵激烈的枪战声。

花会迷们都为黑牡丹捏了一把汗。

黑牡丹紫鹃这次虽然死里逃生，胳膊上却中了一弹，伤势很重。她只好找个隐秘地点躲着养伤，可是又担心黑花会冷了场，便再次派人去与张宗榜秘密接头，催促他尽快逃回来，和她联手与尉氏夫妇的白花会较量。

二

张宗榜可谓人在曹营心在汉，他在青山飞机场苦役营熬了三年。三年来，他无时无刻不想逃脱苦海，苦役营的日子太苦太难得过了。他想他只怕快变成个野人了。他像一只囚在铁笼的困兽，他快发疯了。

可是，当紫鹃捎来秘密口信说，她打算派人来接应他出逃时，他却不愿轻举妄动。

青山飞机场地处白浒湾，这里是沿长江大堤内的一大片平坦耕地。西北方是青山日军据点，东南方为鄂城、葛店日军据点，东北方有长江为屏障，隔江与北岸的黄冈、阳逻日军据点呼应。江堤内西南方向，又有北湖与武昌陆地隔断。从青山到葛店之间，仅有一条沿江大道通向机场，别无旱路可出入。日军选择这个四面八方都有安全屏障的地带建造飞机场，真是打尽了算盘。机场不仅是建筑在青山农民世世代代耕耘的良田沃土上，而且是建造在苦役的白骨上。从武汉三镇和周围郊县抓来的苦役每天都有累死的，日军也懒得将尸体拖走，就地掘坑掩埋，再在尸穴上浇注钢筋混凝土。去年建成的跑道和停机坪已开始起降战斗机了，活下来的苦役也所剩无几。而日军计划继续拓展跑道和停机坪，企图把青山机场建成庞大的空军基地，使陆军与空军配合作战，向北打通平汉路，向南打通粤汉路，实现吞并全中国的侵略计划。为此，日军在武汉周围大肆抢筹军粮，抢运建筑材料，并从各地抓来大批新苦役。

张宗榜对飞机场周围的地形已了如指掌，他甚至对成天在眼前晃悠的每个日本兵的脾气性情都揣摩透了，对苦役营的劳工同类，他更是能一眼望穿他们各自不同的心思和盘算。要不然，他就不会好胳膊好腿无病无灾地保全性命到今天了。首批抓来的苦役，绝大部分都累死、饿死、病死、打死了，侥幸活下来的也缺了胳膊跛了腿，每天还得一歪一扭地做苦役当牛马。独他张宗榜凭着灵光的脑袋瓜子逢凶化吉，既得到苦役们的拥戴，又被日军技工和工兵另眼相待，当上了苦役营的监工头。他何尝不想逃出去？可是钻出铁丝网容易，越过机场四面八方的层层哨卡、道道屏障却难上加难。冒险逃跑的苦役，往往多半死在路上或被追捕回来。看着重新抓回的逃犯被皮鞭狂笞、被狼狗撕咬，听着令人毛骨悚然的惨叫，张宗榜便胆战心惊，权衡再三。他想，每回侥幸逃脱的总是少数，把握太小，与其铤而走险，不如委曲求全，耐心等待安全逃脱的机会。

其实在紫鹃尚未通过内线与张宗榜秘密接头之前，他对汉口黑白花会的明争暗斗已心中有数。机场保安队队长肖秋庭原是汉流山堂小字辈头目，张宗榜能干上苦役营只管事不干活的监工头，也是得亏肖队长在日军长官面前美言。肖队长的家眷在汉口，十天半月就回家一趟，转来时总要向他透露一些汉口黑白花会相争不下的消息。

紫鹃也是通过青山机场保安队与张宗榜秘密接上头的，却避开了肖队长委托的保安队新来的队副。张宗榜与队副接触了几次，猜测到队副是重庆军统组织借助青帮潜伏汉口人员安插进来的特务。

昨天，队副偷偷告诉张宗榜，几天前紫鹃险些死于日本人的枪下，他听了暗暗一惊。但当队副提出这头由队副负责掩护他，那头由紫鹃派人接应他的逃跑计划时，他认为太冒险而把握不大。他想，逃跑就像一场性命攸关的赌博，他是南生而不是亡命之徒，如果不稳操胜券，他绝不拿他这条命下赌注。

他对紫鹃敦促他逃离苦役营去帮她支撑黑花会的请求也无动于衷。他对逃出去后如何重整花会与尉居卿抗衡有他自己的打算。他对四处躲藏的黑花会不感兴趣，他的心思还在京官祠堂花会大场。准确地说，他的眼睛盯在京官祠堂后殿的废墟上。他的算计已烂熟于心，只等万无一失有逃脱机会。他相信凭他的本领和运气，必有天赐良机。

果然，三天以后就遇到千载难逢的良机。张宗榜也没想到机会来得这么快，这么突然。

三

这天半夜子时，沉睡在梦乡的苦役们被一阵激烈的枪声惊醒了。当他们爬起床来挤到门口去观望时，机场四角岗楼和指挥塔上的探照灯已全部被射灭了。

这是一个阴冷的秋夜，星星月亮都不见踪影，黑灯瞎火的，伸手不见五指，只听见机枪扫射声、手榴弹爆炸声和喊杀奔跑声交织一片，看见的只是飞蝗般的弹火流光和一团团闪闪爆炸的火光。这一切仿佛神兵天降。

神兵并非来自天上，而是来自水路。由鄂南新四军五师主力部队的一个加强排和武昌县游击大队一个支队组成的精悍突袭队，绕道鄂东，黄昏时分从长江北岸的黄冈刘家集上游下水，分乘十艘渔船，化装成结伴捕鱼的渔夫。夜航的渔船队索性点亮渔火唱起渔歌，巧妙地瞒过沿途两岸的华容、段店、葛店、阳逻、驼子店、团风等日伪据点的重重关卡，与日军巡逻艇迎头相遇又擦舷而过，顺利驶达白浒湾江堤外滩头。全体突袭队员弃船登岸，匍匐接近机场，钻过铁丝网，打响了一场长途奔袭战……

当停机坪上第一架飞机爆炸起火后，苦役营就炸了营。就像捅翻了的马蜂窝，苦役们像一群乱撞的马蜂。苦役营的营房在跑道尽头一侧的草坪上，远离指挥塔和停机坪，也远离机场周围架的铁丝网。三排人字形长工棚，周围又加筑了一道铁网，有两个日本兵日夜换岗看守铁栅栏门。工棚内左右两溜统铺，中间是长长的通道，每个工棚夜里都有一个日本兵在通道上彻夜巡走监视。炸营以后三个工棚内的日本兵都弹压不住，便退出工棚反锁住铁栅栏大门，四个日本兵堵在铁栅栏外严阵以待。苦役们都知道逃跑的机会到了，纷纷操起铁锹、洋镐和扁担棍棒冲出工棚，却又都畏缩着不敢率先冲过去撞那道铁栅门，他们借着火光看得清楚，四个日本兵在门外列成一排，举枪摆开了瞄准射击的姿势。显然，日本兵准备枪打出头鸟，谁先冲近铁栅栏谁倒霉。谁不想逃走？谁又敢先拢去送死？

苦役们互相推搡着一步步往前移动，又左右顾盼着压住脚步。五六百号苦役杂乱地横列在铁栅栏内，仗着人多势众，渐渐朝铁栅门逼近。尽管被推挤在前头的不断从两侧朝后退缩，而人群整体已逼近到距铁栅门只有十几步的距离。门外的日本兵紧张得哇哇怪叫着警告，扣在扳机上的手指随时准备击发。苦役们也紧张得不敢再动，只是急得起哄，吼叫着怒骂着，焦虑地期待有谁打破对峙的僵局，指望突袭队伍朝苦役营这边的日本兵打过来。

张宗榜一声不吭地跟在乱哄哄的苦役群后头，东张西望着辨听四面八方乱响的枪炮炸弹声。他很快做出了判断：这是一场速战速决的突袭！突袭目标是日军的飞机和机场设施。新四军和游击队肯定要在增援敌军赶来之前撤退！青山和邻近据点的日军恐怕已经快到了，时间不多了……他很快拿定了主意。

只见他拉拢几个苦役，急切地交头接耳一番，又带领他们绕过工棚，从铁栅门侧面将铁丝网撬开一个洞，用扁担和棍棒小心翼翼支撑起缠在铁丝上的电网，五六个人钻了出去，匍匐着朝铁栅门爬去。守在门外的日本兵正全神贯注地盯着门内的苦役群，对来自侧面的偷袭浑然不觉。而苦役群中已有人发现了张宗榜他们的行动，便怂恿人群更加大声地吼叫吵骂，掩护门外的偷袭。当日本兵发现身后有人时已来不及开枪，拖着铁锹棍棒的张宗榜等人一跃而起，同时，门内的人群浪涌一般轻而易举推倒了铁门，内外夹击，利索地干倒了四个日本兵。

张宗榜举起铁锹，指着机场大门方向唯一的出入通道，歇斯底里地大喊："莫跑散了！人多势众才好冲！快逃哇！"

喊声未落，人群就争先恐后狂奔着，一窝蜂冲向机场大门。

张宗榜扔了铁锹，待人群跑远了，见身边已空无一人，这才朝与人群相反的方向跑去。

四

苦役群顺利撞开了无兵值守的机场大门，更增添了勇气和信心，一个个将手上的铁锹棍棒握得更紧，防备着前方冒出阻截的日本兵，簇成一团沿着江堤下的大道奔逃。他们大约在逃离机场大门的一公里处与增援机场的日军迎头相遇。从青山城区和武昌方向驰援的日军，是一列长长的军车队。打头卡车车灯的巨束光柱刚刚扫射过来，架在车顶的机枪就射响了，跑在前头的人群就像崩塌的堤岸，一片片滚翻在血河里。左边是又深又宽的北湖，右边是江堤，堤外是滚滚长江，而堤面上也有一列并驾齐驱的车队开过来。苦役群已无可逃遁。当前头几十上百名苦役倒在血泊中，后头的苦役被迫扔掉铁锹棍棒自动扑倒，束手就擒。只有几个机敏而水性好的，或一头扎进了北湖，或飞快越过江堤跳进了长江。

在相反的逃路上，张宗榜先是朝指挥塔跑，跑着跑着他犹豫了，塔楼前的枪战太激烈，枪林弹雨太危险。他改变主意，转身朝停机坪跑去。停机坪上十几架飞机炸得只剩两三架了，借着爆炸火光，他看见几个袭击者在朝飞机扔手榴弹。一个人影似被机翼上反弹的一块弹片击中面部或胸部，趔趄着跟跄了几步，仰倒在地。他朝那人飞奔过去，俯身一看，原来是个年轻的女游击队员，弹片击中她的额头，鲜血染红了她的面部和头发，她仰躺在地上痛苦地扭曲着肢体呻吟。他一手捂住她的额头，一手搂腰扶她坐起来。这时有人过来塞给他一个急救包，并不问他是谁，或者说根本就没仔细望清他的脸，只管命令他："背起伤员赶快撤退！"他急忙撕开急救包，抖出绷带缠在女游击队员的头上，背起她就跟着那人走。那人也搀扶着一个伤员。

看来突袭队也伤亡不轻。张宗榜有意掉在撤退队伍最后头，他看到，前头几乎每个没有挂彩的突袭队员，都背负着或搀扶着一个呻吟的伤员。幸亏没有日军尾随追击。而从机场门外大道方向隐隐传来一阵阵汽车马达声，似有灯光忽闪，日军增援部队快到了。

突袭队加快撤退速度，沿来路钻出铁丝网，越过江堤，直奔泊在江边的渔船队。张宗榜呼哧呼哧喘着粗气，背上的伤员沉得像一座山，他拼出吃奶的劲头跟紧飞跑的队伍，坚持到岸滩，就一屁股跌坐在滩地上瘫倒了。

这时突袭队一边清点人数一边登船。张宗榜见状，赶紧爬起来离开伤员，佯装在江边掬水洗脸。他磨磨蹭蹭地洗着，趁人不注意，悄无声息地沉没在江中。

当张宗榜从水面露出头脸时，他又泅浮在一艘渔船的尾舵上。他像一个黑黝黝湿淋淋的水怪，踩着舵叶攀着舵轴，半沉半浮，尾随渔船队顺流而下。

五

张宗榜逃回汉口的时候，紫鹃的枪伤刚刚痊愈。她急于重开停顿已久的黑花会，便与张宗榜商量如何重新开张。她以为张宗榜肯定有浑身干劲、满肚子打算。

哪晓得张宗榜泼了她一瓢冷水。

"我才捡了一条命回来，现在浑身上下不对劲。你哪晓得，我在苦役营几年受的是怎样的折磨？唉！短期内我的身体只怕难得恢复元气，哪有精神做么事！"

紫鹃大失所望，见他脸上确实气色不好，心想，莫说在苦役营的几年，就是在深秋的江水中泡了好几个小时，也够他受的哩。便说："那你就安心静养一段时间再说。我不指望你跟我一起东跑西颠，不过你得出场亮相，帮我出主意想办法。我养伤的这五六个月，黑花会完全停了，让白花会占尽了上风。如果不是我咬着牙白出钱养闲人，只怕连几个航船、划子的心都拢不住了。我再不动手干起来，我们的黑花会就会自动垮了。"

"那你就好好干吧，我帮不上你也不要紧，只当我没有回来。你该怎么干还怎么干。"张宗榜心不在焉地说。

"你怎么像变了个人似的？"紫鹃吃惊地望着张宗榜，忽然觉得这张面孔很陌生。

张宗榜意识到刚才的口吻太冷漠，便笑着缓和气氛："昨天刚进门时，我也差一点认不出你来呢！也难怪，分别几年了嘛。你说话的神情、腔调与以前大不一样了。调皮的小姨妹紫牡丹，变成了大名鼎鼎的侠女黑牡丹了！哈哈哈……"他笑着便捏住了紫鹃的小手。

紫鹃也笑起来，却是冷笑。她从张宗榜的笑声里听出阴阳怪气，便委屈地抽回她的手去揉眼睛，揉出许多泪来。而她并不撒娇，却从牙缝里挤出了铿锵之声："紫牡丹谢了、败了、死了，叶子是重新生发出来的，当然不一样！你只说你在苦役营熬了几年，你可知道我是怎样在魔爪下挣扎、怎样在炼狱里煎熬？"

紫鹃终于忍不住放声悲恸。

张宗榜见状便又拢来抚她的头发："我晓得你吃苦了。你我大难不死重相逢，可见苍天有眼，女神庇佑。"

"可是你是这种灰心丧气的样子！你甘心把我们辛辛苦苦开创的花会拱手让给他人？我们一家人为了这个花会付出了多大的代价？死的死、离的离、姊妹反目、夫妻分手、家破人亡！"

"甘心？拱手相让？"张宗榜缓和的脸色又变得冷峻了，他抽搐着嘴角："我冒死逃出苦役营，为么事不逃得远远的而又逃回汉口来了？就是为了花会！花会是我张宗榜花了半辈子心血从上海传播回汉的！我不仅要重开花会，而且要夺回我的京官祠堂花会大场！那是我的地盘，我的命根子还埋在那里！不找回那铁箱，我就只是一个穷光蛋而已！你说我岂甘拱手相让？"

紫鹃见张宗榜的脸色狰狞可怕，慌忙改变话题说："还是先从眼下一步步干起吧。我打算这几天就重开黑花会！找个牢靠地点开筒，到时候你这个盟主得出场亮相！"

"其实打黑花会的花会迷只认你黑牡丹。你就只当是盟主了，何必叫我出场当个多余角色？"

"你这是什么意思？就是我的冤家对头白牡丹，她也不敢自称盟主呀？她还得把尉居卿抬出来供着呢！我岂敢僭越？"

"我不是这个意思。说实话吧，我看老这样东躲西藏地开黑花会不是个办法，开不出名堂来的……"

紫鹃恼了："原来说去说来你的意思还是不准备帮我？我眼巴巴盼你回来却是这种结果！你不愿开黑花会又能么样？你能像尉居卿和他的东洋小老婆那样明着开花会吗？你不愿帮我就算了，我还是单枪匹马干！"

张宗榜却不恼，倒嘻皮涎脸地笑起来："不是你需要我帮助，而是我求你帮助。如今我一文不名，连衣食都没着落呢。我给你当司库如何？或者再兼任拟题先生？"

"我用不着司库。开黑花会不比以往，赚不了几个钱。我拼着性命开黑花会也不是为了赚钱，我是要雪耻、解恨、出气！再说，开黑花会太危险，我舍得把赚的钱分给手下，人家才肯为我卖命。我又不是钱多得数不清，何需司库？"

"那我就只当你的拟题先生吧？"

紫鹃不语。

"要不……当拟题先生兼幕后盟主？我的意思是，按你说的，帮你出主意想办法，但我不出面，我只在幕后。"

"你真的耐得住性子待在幕后吗？"紫鹃怀疑地问。她想起刚才他狰狞的脸色和咬牙切齿的一番话。

"韬光养晦嘛。"张宗榜意味深长地说。

六

张宗榜真的像个隐士，隐姓埋名，深藏不露。他的藏身处，只有紫鹃知道。紫鹃两三天去见他一次，密商黑花会的布置步骤，临别时他交给她拟好的几期题纸，她塞给他几份近日的报纸。

其实张宗榜所谓的韬光养晦，首先还是避险保命。他想，新四军、游击队对青山机场的突袭，使日军花几年时间耗资建筑的机场设施和十几架战机毁于一夜，日军岂不采取疯狂报复行动？他读报得知，突袭战中击毙了十几个日军官兵，保安队除队长肖秋庭那天晚上回了汉口家中侥幸逃脱外，其余几乎全军覆没，新来的队副也丧了命。报上还有苦役逃亡下场的消息，射死在逃路上的苦役有47名，射伤的有35名，淹死在北湖和长江的有3名，逃脱或生死不明的有11名。他想他就是11名之一了。突袭过后的第二天，武汉三镇全城戒严，搜捕新四军、游击队和逃犯，并对周边郊县进行拉网式搜捕。那天他还躲在刘家集江边一条渔划子上，一个好心的渔夫给他煎了姜汤驱寒，他蜷缩在划子舱里昏睡了一天一夜。三天后他摸回汉口时，大搜捕的风头已过，戒严令也解除了。但他估计日军绝不会善罢甘休，因为日军未抓获一个新四军、游击队成员，只抓到了两个苦役逃犯。大搜捕那几天，日军让肖秋庭当了一回真正的鹰犬，专门负责引路、认门、辨别相貌、验明身份，捏着苦役的花名册逐个核实每一名苦役的生死下落。虽说当初肖秋庭与他是汉流山堂的兄弟，而事到如今，花名册上的苦役监工头下落不明，并且此人又是肖秋庭保荐的，肖秋庭也不好向东洋主子交差。他猜测肖秋庭正在暗暗察访他的踪迹。所以他不能轻举妄动，不仅要等到危险真正过去，而且还要掂量日军力量与反日、抗日力量孰轻孰重，静观事态，才敢行动。

当然，张宗榜韬光养晦，图谋的还是重返京官祠堂，复登盟主宝座。至少，他要去那里寻找并安全转移任盟主期间的库藏。那是满满一铁箱金砖哪！相当于一座京官祠堂的殿宇花园，连同庄严肃穆的花会大场和炙手可热的盟主宝座，外加希望拥有的一切。只要拿回铁箱，他这个盟主也就算复位了，实在不行可以放弃汉口地盘，到重庆去重打花会江山。重庆是国统区，汉口的江湖山头也搬去了，干起来更顺手。他预计，起源于江海交汇地区的民间花会活动，将继续溯江而上，迟早要传播到长江上游的重庆。说不定那里已有了花会组织的雏形，等着他去发扬光大呢。他的这些深谋远虑，不愿过早说与紫鹃听。他倒不是认为女人的头发长见识短，恰恰相反，当初的紫牡丹已经够了不得的，如今的黑牡丹只怕更是不得了的女人……

紫鹃为张宗榜办妥了良民证、某商号经纪人名片、特别通行证和汉口地下帮会组织秘密识别徽记等各种身份证件。张宗榜说他不需要这些证件，他除了隔一段时间转移一次隐居地点外，从来不出门。他告诉紫鹃，他要像和尚道士闭关修炼一样，断绝与外界的来往。紫鹃信以为真。

紫鹃是每隔三天或者两天，按上一次接头时约定的时间和暗号，来与张宗榜见面。见面一般是在晚上，往往是在深更半夜。见面的这一夜如无紧急情况，她就留宿不走了。第二天凌晨她前脚出了门，张宗榜就后脚出门了。他化装成一个阔绰的受人尊敬的老年商人，怀里揣着紫鹃为他办好的各种护身符。他自己还有一样可靠的护身法宝，那就是在苦役营几年留心学会的常用日语口语，他试着与青山机场的日军技工、工兵对话过，他说得相当流利。他出门就叫黄包车。车夫迫于生计成天穿街走巷，各种身份证、通行证办得最齐全，对各街口路头的日本兵关卡哨所也最熟悉，而在日本兵眼里，车夫该是"大大的良民"。他遇到过几回拦路盘查讯问，日本兵查问过车夫再查问他时就马马虎虎了，他每回都是笑眯眯地用日语搭讪，只将特别通行证连同一包锡纸东洋卷烟递过去，日本兵便咧嘴笑着挥手让他通过。他每次出门走的路线都不同，去的却是一个相同的老地方：人祥里京官祠堂附近。他在周围的几条巷子里转悠几圈，又到京官祠堂后花园院墙外逗留一阵子，行动诡谲，不知他在捣什么鬼。

紫鹃被蒙在鼓里。她以为他真像一条冬眠的蛇，蛰伏在洞里一动不动。

但不久张宗榜就露了马脚。

七

紫鹃看出张宗榜的名堂，先是无意中在垫絮底下发现一个助听器。她很纳闷，他从未提起过他忽然有了毛病，事实上他的耳朵也尖得很。她多了个心眼，就有意翻检他的东西，结果又发现了一副灰白的假发套和一个演戏用的山羊胡须道具。她心里有数了，不过她不动声色，佯装不知。

这天夜晚紫鹃来见张宗榜，比约定的时间早到了两个小时。她兴冲冲地拿出一张当天的报纸递给他看时，才发现他手里已捏着一张同样的报纸。

"哦，今天的报纸你早看了？看来你已经等不及我给你送消息了吧？"紫鹃微笑着说了一句话试探他。

"傍晚时报童在巷道上叫得凶，想必今天汉口又发生了大事。我正闲得无聊，便冒险出去买了一张报，心想反正这两天又该挪窝了。"张宗榜故意淡淡地解释着，竭力掩饰他的疏忽。

"嘻嘻，都快到惊蛰时节了呢，你也是该出洞了哇！咯咯咯……"紫鹃索性大笑着揶揄道。

"我说不赢你。我们把斗嘴的功夫省着亲热亲热好不好？"张宗榜也笑起来，突然搂住紫鹃。

紫鹃脸上的笑容便僵住了，愤慨地打脱他的手："请你放尊重一点！"

张宗榜见这一招不奏效，也收敛了笑意："说正经的，今天报上的消息，我看是好消息呢。"

"当然是好消息！满街的人群都拍手称快呢！"紫鹃的脸上又显得轻松些了，"我今夜来早一点，就是心里喜不过。哼！让尉居卿晓得，当汉奸是没得好下场的！"

原来青山机场保安队队长肖秋庭被击毙了。

八

今晨肖秋庭在江汉关码头赶头班轮渡过江，等头班船的人很多，渡轮刚靠拢趸船，人群就争先恐后抢登船。这时有人朝人群头顶撒传单，人群就更加拥挤了，抢船的和抢传单的乱作一团，把跟在人群后的肖秋庭和随身卫兵挤在人堆里推来推去。趸船上并无日本兵，两个日本兵守在岸上的检票口，而轮渡船上应有的一个日本兵却不知怎么不见露面。肖秋庭见秩序大乱，便和卫兵一起拔枪朝天鸣枪警告。两声脆响紧接着两声闷响，有人用枪抵着肖秋庭和卫兵的后心窝将二人同时撂倒。这时抢先登上渡船的乘客发现，船上的日本兵被人用匕首捅死在外舷甲板旁，接着船尾接二连三有人跳江。等岸上的日本兵和在江心巡弋的日艇赶到时，却并不见江面浮现泅游的人头。显然，刺客是潜水上船又遁水走了，水性高超非凡。散发的传单原来是死刑判决书，宣判了铁杆汉奸肖秋庭的十恶不赦罪状。奇怪的是判决书的落款处，审判行刑者并未声明他们是代表新四军、游击队或其他共产党、国民党地下抗日组织的，却写了一个代号：红牡丹锄奸队。看来，刺客是利用吸引了众多花会迷的黑牡丹名号，故意再打出个红牡丹的名号来混淆视听，让市民广泛传说开去，鼓舞民心，扰乱日伪的军心。当然这只是市民对肖秋庭之死就事论事的猜测。至于红牡丹是否真的代表汉口地下抗日武装力量，他或他们亮出与黑白花会相关联名号的起因和长远意图，就颇难猜测了。

当夜紫鹃和张宗榜为此猜测争论了一通宵。她和他互存戒备和猜疑，各人不知对方葫芦里装的什么药，又冒出第三个葫芦来就更神秘。

第十五章　群 芳 续 谱

一

红牡丹锄奸队击毙肖秋庭后，销声匿迹两三个月，忽然又在新市场露面了。

这天傍晚，新市场大舞台剧院人声鼎沸，戏台上的应节剧目是《白蛇传》，好戏即将开锣。

大舞台原本是为演汉剧而建成的，开业后聘请以汉剧泰斗余洪元为首的戏班登台演出，末、净、生、旦、丑、外、小、贴、夫、杂十大角色齐全，使大舞台成为汉剧群英会。某年某月，大舞台举行史无前例的京汉名角合演，余洪元以汉剧传统剧本《刀劈三关》赠京剧改革家、表演艺术家汪笑侬，汪笑侬回赠他亲自创作的京剧剧本《哭祖庙》。《哭祖庙》说的是三国戏：魏将邓艾攻克绵竹后直逼成都，蜀汉后主刘禅听信谗言准备开城投降。其子刘谌以背城一战苦谏，后主不纳忠言反而将他撵出宫门。刘谌宁死不当亡国奴，决心以身殉国。其妻崔氏深明大义，抢先持剑自刎。刘谌悲愤交加，狠心杀了两个幼子，跑到昭烈庙中向祖先哭诉，慷慨就义。余洪元深爱这个剧本，他有感于国是日非，有心将其改为汉剧托古喻今。但他年事已高，演出之余又忙于收徒授艺，至死也未实现改编《哭祖庙》的心愿。1925 年，汉剧新秀吴天保出科刚满五年就"一末十杂"，十大角色无不精通。他继承余大师遗志，自编自演，将汉剧《哭祖庙》搬上大舞台剧院公演，场场观众爆满，享誉三镇。武汉抗战初期，在汉口剧业同人组织的几十场劳军募捐义演中，吴天保一再主演《哭祖庙》，大舞台剧院门前每天出现观众排队购票的长龙，票贩子开出的票价高得惊人。武汉弃守前夕，吴天保率汉剧抗敌流动宣传队去长沙、重庆演出，大舞台剧院就冷了场。武汉沦陷后，大舞台剧院更是门可罗雀。汉口日伪当局为了制造所谓"大东亚共荣圈"的虚假太平景象，收买民心，就允许大舞台剧院重新开放。可是吴天保一去不返，别的汉剧名角也走的走藏的藏。走不脱藏不住的也有几个蛮傲的角色，偏偏个个傲骨铮铮，说要请他们去唱汉剧可以，别的不唱只唱全本《哭祖庙》。大舞台剧院自然不敢让这些傲角们借古讽今唱骂侵略者和卖国贼，只好改弦易辙，请京剧戏班来唱京剧。可是京剧角色也不好请，除了人称艺坛英杰的戴绮霞和其丈夫名武生王韵武为救助难民来演出过外，请来的只是草台戏班的无名之辈，观众冷落。白牡丹樱子见大舞台剧院演演停停，三天打鱼，两天晒网，便起意组织日本艺妓来表演东洋歌舞吸引观众，目的还是引诱观众打花会。开始几天还真有不少观众从武汉三镇赶来看，但看过后就不觉得稀奇了，观众说那些东洋女人在戏台上扭来扭去老是那几个简单动作，像木偶，甚至像掉了魂的诈尸女鬼，唱的调子哼哼唧唧的比哭声还难听，这哪是来看戏听戏，这是花钱买票来受洋罪！樱子见一计不成，又生一计，她让尉居卿出面，以威逼利诱的手段拉人凑数搭成京剧草台戏班，由她来领衔主演京剧。原来她是个京剧迷，曾以日侨票友身份参加汉口票社活动，与票友联袂排演过《玉堂春》和《白蛇传》。当年她聪颖好学，经几位著名票友指点，扮相和唱腔还是那么回事。尉居卿把草台班子各个角色凑齐后，樱子带着他们排练了几天，便粉墨登场，在大舞台剧院公演全本《白蛇传》。她这一招果然奏效。洋演员来汉口演中国京剧的事1934年有过，那年艺名为雍竹君的德国女子从北平来汉演《玉堂春》《得意缘》，赢得满堂喝彩。七八年过去，而今又有喝倒彩的。白牡丹扮相美丽，唱腔马马虎虎，而念白和做功笨拙滑稽，惹人谈笑责骂。不过戏迷们好歹可以过过戏瘾，既看过一出一场了，便将就着场场连台看下去。樱子在前台唱，尉居卿则在后台忙活，分派人将一沓沓戏单连同花会题纸往观众席上送。观众边看戏边猜谜，不少戏迷又成了花会迷。

好戏终于开场了，一阵紧锣密鼓，大幕徐徐拉开。就在这时，观众头顶上忽然飘落花花绿绿的传单，像彩蝶云集，如天花乱坠。

观众们纷纷惊跳而起，高举着双手抢抓传单，剧院秩序大乱。

先抢到传单看了的便惊呼起来：

"是红牡丹！红牡丹又露面了！"

"红牡丹又撒传单了！"

红牡丹这回撒的传单，不是又宣判哪个铁杆汉奸的判决书，却是模仿花会题纸写的五言四句：

白蛇问许仙，

何处哭祖庙？

青蛇磨利剑，

誓斩花蛇妖！

落款处赫然写着三个大字：红牡丹。

紫鹃也伸手抢到一张传单。她和手下一个航船装扮成一对夫妻戏迷，坐在看台中排中间位置，传单正好从她的头顶上空飘落下来。她很纳闷，她一直在环顾周围观察人群，并未发现形迹可疑的观众。这传单是谁撒的又是怎样变戏法似地撒出来的呢？她好奇地仰望着剧院的天花板，心想难道有人躲在屋顶上不成？她便吩咐身边的航船溜出剧院，沿着剧院周围走一遭找找看。航船出去查看一番后转回来朝她摇头，她正欲说什么，这时一队日本兵气势汹汹闯进剧院来维持秩序，他俩便随着退场的观众溜了出去。

二

张宗榜看了紫鹃递过的传单沉默良久，忽然冷不丁冒出一句："你小心沾火星！"

"此话怎讲？"紫鹃不解。

张宗榜并不正面回答，继续他的思路说下去："红牡丹此人是男是女还很难说，不过可以肯定，他们故意取这么个名号，要与你们黑牡丹、白牡丹争奇斗艳……"

"那好哇！"紫鹃兴奋地说，"群芳齐放，更热闹更好玩！"

"好玩？你就不怕别人看花了眼错把你当成红牡丹了？"

"那又何妨？将错就错，借红牡丹的威风灭一灭白牡丹和尉居卿那对狗男女的嚣张气焰！"

"你莫想得太美！红牡丹不是共产党就是国民党，多半是新四军、游击队！"

"哦！难怪你说小心沾火星，是怕日本人……反正我黑牡丹与白牡丹已是死对头了！"

"不能意气用事！须知红牡丹故意混淆视听，拿你黑牡丹摆迷魂阵呢。我们开花会是民间娱乐游戏，与官方无涉，更与共产党、国民党无涉，不能让日本人和汉口当局抓把柄找碴子！"

"依你之见？"

"莫干拿鸡蛋碰石头的事，保全好不容易坚持下来的黑花会组织。"

"那只有偃旗息鼓？偃旗息鼓也留不住花会迷呀？"

"不！再不东躲西藏开花会了，重回京官祠堂，公开开花会！"

"你这不是大白天说梦话吗？"

张宗榜笑起来，笑得很阴险，笑相狰狞："嘿嘿嘿。我的梦做了几个月、做了几年，是醒的时候了！不过我也想借借红牡丹的威风，去与尉居卿谈判！"

张宗榜的意思是，无论白牡丹再怎么出风头，白花会的盟主还是尉居卿。他揣摩尉居卿现在的处境是如坐针毡，又想当日本女人的傀儡盟主又怕被当成铁杆汉奸被锄掉了。而尉居卿心里应该有数，自己最大的债主是他张宗榜！他要去与尉居卿摊牌，他要讨还京官祠堂一半地盘，在后殿原址上建立黑花会大场，推倒后花园院墙开大门，黑白花会各开各的，井水不犯河水。

紫鹃听完张宗榜的一番话，脱口问道："这样做，岂不与日本人同流合污了，不也和尉居卿一样成了汉奸吗？"

张宗榜大怒："我从不曾当过洋奴，更没娶过日本女人当老婆！日本人没来之前我开花会，日本人来了我还是开花会，何谓汉奸？"

紫鹃也恼了："是不是当汉奸自己辩白没用！老百姓要骂你汉奸是挡不住的！我怕挨骂！"

"你的意思是……你不愿意返回京官祠堂？你不是说一直在等我这个盟主出场吗？如今我已深思熟虑，我不能再蛰伏了，我该出马了！"

"我拦不住你，你是盟主，我只是司仪。不过，我担心打黑花会的花会迷们不愿意……"

张宗榜打断紫鹃的话："你放心，花会怎么个开法，怎么吸引花会迷，我张宗榜自有主意。开不成黑花会我就开紫花会、蓝花会、黄花会。"

"那好吧。盟主既已出山了，我何必多虑？也许该我黑牡丹蛰伏了。"

紫鹃满脸冷笑。

三

张宗榜果然猜准了尉居卿的心思。自从肖秋庭被击毙后，尉居卿就日夜坐卧不安，生怕红牡丹锄奸队下一个目标直指他头上，他想他是没欠下血债的，最大的债主就是最大的仇人，也就是紫鹃和张宗榜二人。他明白这两个人不会饶过他，上门逼债是迟早的事。紫鹃与樱子针尖对麦芒，樱子几次欲到设在花楼街的特高课总部去告密，唆使日军出动大规模部队搜捕黑牡丹，每次他都婉言劝阻了，可以说是因为他的功劳，日军汉口当局才对黑花会活动睁一只眼闭一只眼甚至网开一面的。不过他晓得，紫鹃不会领他这个情。张宗榜逃出苦役营后，他就等着张宗榜找上门来算账。张宗榜藏得越深躲得越久，他心中愈是紧张愈是恐慌，他在明处，张宗榜在暗处，他难以对付对手的阴险算计。

这天，张宗榜化装成一个花会迷，来参加白花会的开筒仪式，他的假发、仁丹胡子和瓶底厚的近视眼镜瞒过了尉居卿安插在京官祠堂内外的耳目，他顺利地闯进大场，直接走到一群花会迷的前排，站在尉居卿面前，尉居卿也没认出他。

这时身着白纱披风的白牡丹樱子，已领着一队八名艺妓歌舞完毕，训练有素的艺妓鱼贯而行，行进中分成两列，排列在神案左右两侧，她刚跪到神案前的蒲团上焚香默祷。

一身白色西服的尉居卿登上祭台，率大场的花会迷们朝拜女神。礼毕，他转过身来面对观众。白牡丹起身，拿起神案上的一张题纸，踩着碎步仪态万方地走向祭台，递给尉居卿。尉居卿展开题纸举给大家验看，并大声宣读本期题纸谜面：

> 口如盏许大，
> 肚若碗许大，
> 背共屋许大，
> 心比天许大。

接下来的仪式，尉居卿和樱子照搬张宗榜开花会的一套，模仿得毫厘不差。樱子挥手示意，立在神案一侧的一名艺妓探手幕后掣动机关，天幕开启，徐徐坠下吊筒。尉居卿伸手接住吊筒，樱子在众目睽睽之下开筒，取出筒中题纸，双手捧给尉居卿。尉居卿展开题纸让众人验看，并朗声宣布本期题纸谜底名目："云——路。"

大场顿时响起一阵惊愕惋惜声，却没有谁发出兴奋的欢呼声。看来，今天赶到大场来亲自验看开筒结果的花会迷们，没有一个打中本期花会谜底。

一直板着正儿八经面孔的尉居卿和樱子，这时轻松得意地绽开了笑脸。他们吩咐艺妓们把一口装满本期题纸的大木箱抬到大场来，一张张查看写在题纸反面的谜底答案，再看这些收回的题纸中有无打中者。

四

张宗榜就在这时开口说话了。他从议论纷纷的人群中朝前跨几步，掏出怀里一张题纸抖开，亮开嗓子压住众声：

"请教尉盟主，鄙人买的这张题纸，是不是打中了？"

大场顿时鸦雀无声，人群都愣住了。

尉居卿也愣了，但他很快缓过神来，机敏地迎上来，一边上前一边仔细盯着这人的脸看，他听出这似乎是个熟人的声音，但一直走到眼前也没认清此人的真面目，便伸过手来，要接过张宗榜抖着的题纸验看。

张宗榜却转过身去，将题纸递给好奇地围拢来的花会迷们看。

花会迷们争相传看，只见这张题纸反面清楚无误地写着本期谜底名目"云路"，又特别加写了一行字："本期谜面四句射覆的谜底物为燕之巢。"大家恍然大悟地赞叹着，互相点头承认、证实，并都拿佩服、羡慕的目光望着张宗榜。

张宗榜又转身望着尉居卿，却不语，摆出一副看你有何话说的姿态。

尉居卿似已认出此人的真面目，但还不敢十分肯定，他竭力使自己镇定，招手示意凑在一起看着那张题纸叽叽喳喳议论着的花会迷们，将题纸拿过来给他验看。

一个花会迷递过题纸，尉居卿接过来随意瞟了一眼，顺手递给已经跟上来紧随其后的樱子，并顺手做了个叫她先别说话的手势。他胸有成竹地开了口：

"想必这位先生是谙熟花会规矩的。你的这张题纸直到开筒揭晓之后才交出来，显然失效。不过，本盟主相信先生没有作弊，承认先生才高八斗，一语中的，钦佩，钦佩。为了奖掖先生打花会的真本事，也为了向今天到场的花会迷证明白牡丹和本人开花会的诚意，本盟主愿意格外照顾，当场向这位先生兑现 36门大奖！"话音刚落，大场响起一片惊喜声和掌声。

"哈哈哈……"

张宗榜仰头大笑，又骤然而止，拊掌冷嘲热讽道："好一个仁义慷慨的盟主！明察真伪，善解人意！鄙人不胜感激之至！"接着他摊开双掌，声音变得冷峻而压迫："不过，盟主还没问鄙人这张题纸是花多大价钱买的呢！怎么兑奖？你以为我只是花一张'老人头'或一块银圆买来的吗？"

花会迷们又嗡嗡议论起来，悄声说此人并非一般花会迷，来得蹊跷，必有名堂。

"那么你花多少钱买的？你快说吧！"尉居卿紧张地问。

"为了买这张题纸，我倾家荡产，连这条命也押上了！"张宗榜以掌抚胸，逼近尉居卿，一字一顿地说。

大场顿时鸦雀无声，花会迷们明白了，此人来者不善，善者不来。他们担心要出事，怕沾火星，又好奇地想看个热闹，瞧个结果，都一动不动地观望。

尉居卿被逼得下意识后退了一步，但他再次拦住几欲上前发话的樱子。他已确认此人就是张宗榜了，他索性让张宗榜摊牌："看来先生是个豪赌客呀！本人开花会之前开赌场，见识过亡命赌徒！拿性命押宝也难漫天要价！先生何不开个价码？"

张宗榜一把摘掉厚瓶底似的近视眼镜："鄙人开的价码，就是本期花会题纸谜底：燕之巢——家燕还巢！"

樱子猛然推开尉居卿，上前发话："张宗榜先生！你现在的身份是苦役营在逃犯！既然你今天送上门来了，我白牡丹就要协助皇军和汉口警察局逮捕你归案！"

她说完将左手一挥，早已虎视眈眈的打手们便从大场四角扑上来。她又将右手朝大门一指，便有人跑出门去向驻扎在人祥里街口的日军报信。

张宗榜睬都不睬樱子一眼。他从怀里掏出一沓花花绿绿的传单扔在尉居卿脚下："鄙人受人之托，顺带给尉盟主捎来红牡丹锄奸队的传单。红牡丹发话了：'鄙人的安全由尉盟主负责！'"

尉居卿顿时气馁了，脸色死白，他竭力堆出笑容说："张兄有话好说，张兄有话好说！"说着他慌忙去与樱子耳语一阵，又转身以近乎乞求的语气说："张兄，你我有兄弟之盟、生死之交，凡事都好商量。只是此处不宜久留，我们换个地方说话如何？"他不待张宗榜发话，一把扯住对方的胳膊，钻进神案后的幕帷……

五

张宗榜与对手只谈了两轮就如愿以偿。

樱子坚持要参加第二轮谈判，尉居卿只好带她参加。她推翻了尉居卿在上轮谈判中答应的部分事项。尉居卿同意按张宗榜的意愿，将一分为二的京官祠堂地盘完全隔断，在前殿与后殿废墟之间砌一道砖墙，重建的后殿从后花园院墙上打洞开门。樱子不同意隔墙，也不同意拆后花园墙开大门。她主张日后前后殿的两个花会大场都从前院大门出入。她说，黑白花会的信徒和花会迷可以自由参加对方大场的活动，这样开花会既热闹，又显得双方化干戈为玉帛，和睦相处。她没说这样有利于中日亲善，而她心里已打好算盘，她的白花会并没有损失，而她将监视并逐步控制黑花会，最终她将获得更多。张宗榜当即表示让步。他也有他的算盘，他想双方共一道大门也好，他可以利用白花会依靠的日军和汉口官方势力，无需防明枪，只需躲暗箭。至于会不会得罪抗日势力，他想未必。众所周知，黑花会一直是白花会的对头，今后不过是公开唱对台戏。白牡丹企图混淆黑白，他张宗榜也能颠倒黑白，向红牡丹暗送秋波……

第二轮谈判结束时，张宗榜心里庆幸不已，他庆幸的不仅仅是可以重返京官祠堂重开花会了。谈判前他甚至设想过尉居卿可能会同意全盘退出拱手送还整座京官祠堂，如果出现那种结果绝非好事，那只表明尉居卿心怀鬼胎打算一走了之。而尉居卿只同意让出后殿废墟继续霸占前殿，则说明尉居卿还没有悄悄侵吞他藏匿的巨额财富，对后殿的一堆废墟没有动过。硌在他心头害得他难受了五六年的一块石头落了地。

张宗榜和尉居卿、樱子一起步出早逢春茶楼。刚走出门来，樱子忽然问张宗榜："请问张先生，紫鹃小姐怎么没同您一起来？张先生能代表黑花会大名鼎鼎的黑牡丹吗？"

张宗榜不提防对方有此一问，他笑了笑，答非所问道："尉氏樱子夫人不也是大名鼎鼎的白牡丹吗？"

樱子却不放过他，不过她绕了个弯："张先生与夫君尉先生本是结盟兄弟，樱子也可以与紫鹃小姐成为结义姊妹呀？"

张宗榜还是敷衍她："黑牡丹、白牡丹，都是傲然开放的娇贵花嘛。"

六

出乎张宗榜的意料之外，紫鹃赞同他和尉居卿达成的协议。

"他答应让一半地盘，总比都霸占着不让强。你就按你的想法去做吧，我不拦你。唉！"紫鹃说着便脱掉外衣，蹬掉高跟皮鞋，疲惫不堪地坐在床沿。她说她今天被人盯梢，换了好几辆黄包车才甩脱尾巴。

张宗榜见她的态度转变，就进而提出筹措建房资金的事。按他的计划，后殿不按原样重建，改建成中西合璧式的两层砖楼，一楼是花会大场和库房，二楼是客厅、书房和卧室。算下来工料费是一大笔款子。仅地基成本就不小，他打算先将后殿废墟堆积成山的瓦砾全部清除，再挖掘三尺深的地基下墙脚，翻它个底朝天，不愁铁箱翻不出来。他事先叮嘱在场的泥瓦匠，找到铁箱后不得声张，立即搬上装运沙石瓦砾的汽车，由他亲自押车运走。不惊动尉居卿，暂时也不让紫鹃知情。他的如意算盘已在心里拨过多少遍了，但毕竟是打的空算盘珠子，他想起码得先把清理地基的款子筹到手，一开工就得用钱哪！他只有作紫鹃的指望。

可是紫鹃说她没钱。她说她不但没有大笔积蓄，就是手头的现款也不多，只十天半月的衣食住行花销。

见张宗榜一脸不相信的表情，紫鹃赶紧说："我说过这几年打黑花会赚的钱都散发给几个忠心耿耿的手下了。成天东躲西藏的我有钱也没处放呀？就只有随身这几件行头了，要不我都交给你？拿去变成现款也是不小的一笔呢！"她说着就脱下戒指，又要摘耳环、解项链。

"不行不行！我怎么好意思拿你的首饰？"张宗榜连忙摆手，语气失望而不悦。

紫鹃便住了手，嘴里却说："我也不是蛮稀罕这些玩意，戴着是个累赘。死钱变活钱应急嘛！莫分你的我的，重建后殿花会大场是我们两人的事呀！"她边说边察言观色，见张宗榜踱到一边去不屑听她这些话，便改了口："我倒有个主意，不知……"她迟疑着看张宗榜的反应。

果然张宗榜马上竖起耳朵凑拢来。

"不妨先以建成后的后殿房产作抵押，向尉居卿借建房款。如果他借故推辞，就只借清理地基的钱，先开工再说。我再来通过地下组织的帮门兄弟借款，我有办法把工料款筹到手！"

张宗榜一听，脸色顿时鲜活起来："我明天就去见尉居卿！他敢不借钱我就与他算霸占前殿的账！你明天也赶紧去找人筹款！"

紫鹃的语气又犹豫了："你催得这么紧？那我只好先许诺来日拿硬邦邦的黄货还款？"见张宗榜一惊一愣，她赶紧补充说："当然，我不会说我们有一铁箱金条埋在那里呢。"

张宗榜没提防紫鹃把话点穿了，有些尴尬，有些恼怒，又不便发作，只好支支吾吾："嗯，铁箱子……还不晓得能否找到呢！"

"如果你肯定它还在，就一定找得到！你豁出去大动干戈，大兴土木，不就是急着找着它挖出来吗？"

紫鹃说得很着急。

张宗榜想说什么，张张嘴又合住了。他看紫鹃满脸焦虑，但她的话听来心里不舒服。

七

开工前一切准备就绪。时节已进入夏季，暴雨一场接一场，张宗榜打算天气一转晴就开工。他借口工地泥水太多，为了避免把京官祠堂弄得到处泥泞一片，用竹篾芦席把整片后殿废墟地盘严严实实围了起来，除了留给汽车和泥瓦匠进出的栅栏门路，闲杂人员无法走近看到工地情形。

暴雨过后暴晴三天，工地的渍水都晒干了。张宗榜准备翌晨开工。

傍晚，雇来的二十几个泥瓦匠都带着铁锹、钉耙和洋镐住进了工棚。租来的一辆清运瓦砾泥土的货车也驶进后花园停着。

紫鹃早晨就向张宗榜提议，今晚在人祥里附近找一家干净的小酒店，宴请尉氏夫妇，她也来作陪。她说，一则表示双方正式媾和，顺便先打招呼，后殿建房施工对前殿有吵扰，请多加关照；二则嘛，开工奠基前总要庆贺一番讨个吉利。张宗榜欣然赞同，赶在白花会大场开筒之前去京官祠堂邀请尉居卿和樱子晚上赏光赴宴。谁知到了中午，紫鹃不知从什么地方托人捎来口信，说不慎崴了脚，肿痛难忍，无法行走，晚上不能来陪客了。晚上张宗榜只好独自一人宴客，硬着头皮再三解释紫鹃不露面的原因。幸亏尉居卿和樱子都不见怪，白花会这一期题纸发售量特别大，中午大场开筒也很顺利，两人高兴不过。加之张宗榜殷勤款待，还细心地提前吩咐酒店准备了日本风味的生鱼片、活呛醉虾和难得谋到的汉口名菜红烧河豚，客人便颇有酒兴。主客浅酌慢饮到散席时夜已经很深了。

　　三人步出酒店都是一副微醺神态，当然都还神志清醒。樱子要回日租界中街28号自家去，她每夜必定要返回老巢睡觉心里才安稳。尉居卿也斜了一眼满天星斗，说他要去京官祠堂过问明日的题纸印得怎样，就在花会大场的厢房将就一夜算了。张宗榜见二人各奔东西，又都有随从在酒店门外侍候着，便也不说送谁的客气话。再说他也想早点回去歇息，明日要早早起床到京官祠堂来监督开工。三人便道再见分头走了。

　　尉居卿这一段时间常常在京官祠堂留宿。他对樱子说，忙晚了就懒得再回家了，又担心摸夜路不安全。樱子心里清楚尉居卿对她这个东洋女人的新鲜热乎劲渐渐用完了，他只要是哪一夜留在京官祠堂不归，那一夜必定就是召了堂子姑娘去陪宿。樱子暗地里去查访过了他相好的堂子姑娘的姓名身世。她担心他如果真与哪个堂子姑娘打得火热会生异心，提防着野鸳鸯合谋对付她。不过暗访后她就释然了，尉居卿留宿京官祠堂几乎每次都是换一个堂子姑娘陪他。各家妓院近年都新养了一大批逃兵荒逃得走投无路的女人，个个年龄很小且身价低贱。尉居卿一回换一个尚未开苞的堂子姑娘，图的是鲜嫩开心。樱子倒不吃醋，她若要寻开心，日军中有好几个年轻军官够她周旋的。她反而宁愿尉居卿沉湎女色不思节制，以便她牢牢控制白花会，抓紧时间敛财。

　　尉居卿当晚回到京官祠堂时，他白天去妓院挑中的一个堂子姑娘已在厢房等他多时了。这是个南京姑娘，才十五岁，父母兄弟一家都死于日军屠城，就她一人死里逃生逃到鄂东农村，孤苦伶仃，无人援助，只好到汉口来卖身糊口。尉居卿与姑娘闲聊了几句就倦了，姑娘便打水侍候他洗了头脚，他一把搂住姑娘抱上床。

　　第二天早上，尉居卿再也没醒过来。他死得很丑陋，赤条条地仰躺在床上，连那条遮羞的裤衩也没穿在该穿的地方，却被恶作剧地套在他的头上。

那个陪宿的堂子姑娘，不知是夜里什么时候溜走的，临走留下了一张粉红色传单：

> 走也是爬走，
> 坐也是爬坐，
> 立也是爬立，
> 真不是东西！
>
> 红牡丹锄奸队拟

首先发现尉居卿死在床上的是张宗榜。他大清早赶到京官祠堂监督开工，那个雇来运输砖石泥土的卡车司机说，还得给随车装卸的泥工补办随车证。他便去找尉居卿，守在前殿门口值更的一个划子说，尉盟主还没起床呢。

他见厢房的门虚掩着，喊了几声没有答应，推门进去。幸亏那个划子没跟他进门。他迅速退出门来，反掩上门竭力保持镇定走出京官祠堂，叫了一辆黄包车远远地逃开，生怕自己脱不了干系。

可是张宗榜仍脱不了干系。樱子接到报丧后直接去报了案，她认定张宗榜是凶案主犯，当然她指控的主犯还有黑牡丹紫鹃。不到中午，通缉令已贴遍汉口各处街头路口。通缉令警告说，知情不报和藏匿案犯者将满门抄斩，并株连左右邻居十户，格杀勿论。同时，日军宪兵和汉口警察局联合组成搜捕队，深入到偏僻的穷街陋巷挨家挨户搜查。

张宗榜与紫鹃失去联系，几个秘密接头点都不见她的踪影。他也无处躲藏，只好在警察局内线掩护下独自逃出汉口北门，再次躲避到黄陂木兰湖乡村。

紫鹃失踪，黑花会的活动被迫停止。

白花会也自动关门了。驻扎在人祥里十字街口南馆和旅店的日军，重新开进了京官祠堂。传说白牡丹樱子害怕红牡丹的下一个目标是她，慌忙变卖了日租界中街28号的房产，席卷她和尉居卿开白花会赚的金钱悄悄回日本去了。

八

黑白牡丹销声匿迹，红牡丹却频频出现。

红牡丹似乎有意取而代之，将散发传单改为散发花会题纸，形式上变成了文字射覆游戏，内容仍然是宣传抗日、痛斥日伪、动员群众的。昨天红牡丹从黄鹤楼上飞撒的题纸是这样拟写的：

苏武持汉节，
荆轲渡易水。
生当作人杰，
死亦为鬼雄！

　　谜面四句连用几个典故，谜底在第四句第一个字挑明了，意指壮烈牺牲，谜底名目显然是"荣生"。

　　题纸是免费散发的，还到处张贴。开筒揭晓方式也独特：不设花会大场，在下期题纸反面刊印本期谜底。虽然红牡丹的花会题纸不带彩头，却很快吸引了成千上万的花会迷，就连以前向来对打花会不屑一顾的人也兴致勃勃地参与进来。奥妙就在题纸的反面另有文章，披露了一条有关白牡丹去向的消息：

　　　　据查，所谓白牡丹即尉氏樱子已潜逃回日本之传言不确。此东洋妖女一直龟缩在日租界领事馆。近日她忽然以日中亲善协会汉口分会副会长的身份，先窜至硚口集中营，假惺惺地视察慰问难民，复窜至汉口商会假称慈善募捐，勒索商人……

　　今日红牡丹散发的题纸反面，报告了抗日力量已对武汉形成包围态势的惊人消息：

　　　　共军鄂豫皖军区暨新四军五师李先念部已从东、北、南三个方向包围了武汉。其前线部队和地方游击队已抵近武汉近郊。西北方亦频繁出现游击队行踪。同时，在西面，国军第六战区孙蔚如部从恩施一带调集四个军兵力，由西北、西南方向朝武汉进军。日寇及伪军已成瓮中之鳖……

　　可知红牡丹散发的题纸何以能吸引千万花会迷了：从题纸反面可以读到日伪报纸绝不会报道的消息！而这些消息又与三镇市民的身家性命息息相关，关系到他们不当亡国奴的盼头。这些题纸带给他们的是武汉光复的希望啊！而题纸正面的谜语，也是男女老幼咸宜的猜谜娱乐，嬉笑怒骂，含沙射影，矛头对准的总是日本强盗和汉奸卖国贼，猜出来后使人特别解恨、出气。红牡丹每期散发的题纸有限，花会迷们难得人人谋到一份，便纷纷传阅传抄。这一期题纸弄到手上，又眼巴巴盼望下一期题纸。红牡丹毕竟是隐蔽活动，行踪不定，有时一连几天深藏不露。便等苦了花会迷们，他们四处打听，生怕下期题纸已出自己错过了机会，弄得寝食不安，像掉了魂似的。而若是谁先弄到了一张题纸在手，则欣慰不已，自鸣得意，如获至宝，不愿轻易示人。经再三恳请才同意供人传阅传抄，却又颐指气使，吹毛求疵。传阅者传抄者唯唯诺诺，简直都将一张单薄的题纸奉作了神明。

有人估计，红牡丹通过散发题纸拥有的花会迷，鼎盛时期占了武汉三镇居民的半数以上。这是黑牡丹和白牡丹望尘莫及的。

九

红牡丹究竟是什么人呢？汉口街道间巷的居民纷纷猜测。有人信誓旦旦地说，曾在黄鹤楼下亲眼见过红牡丹。说那天一个江湖武艺班子在黄鹤楼门前场地演戏，红牡丹出场舞剑，剑术高超。说那红牡丹一身水红色短褂灯笼裤，外披一件玫瑰红绵绸披风，长相刮气而威武，只有十七八岁或二十出头的样子。说当时她一套剑术舞下来，围观人群一齐喝彩叫好，纷纷掏出零碎钞票硬币朝场内扔，那红牡丹却从怀里掏出一沓题纸朝人群扔，趁人群慌乱着抢题纸时，她钻出人群，眨眼不见了。这种说法，多半是不知底细的人依葫芦画瓢，对照黑牡丹、白牡丹的穿着装扮特点臆想出来的。

关于红牡丹其人，汉口人祥里一带的老花会迷分析说，她可能是紫燕。很久以前就有些零零星星的消息说，武汉沦陷前夕，紫燕的僧侣救护队随前线部队撤退到武汉。她不愿再跟随部队弃城逃跑，又不忍眼看生灵涂炭而隐居修行。日军进城后，她毅然投身敌后抗日斗争。红牡丹锄奸队就是她率领的一支游击队。

而永清街、麻阳码头一带的老花会迷的说法则不同，他们认为红牡丹即鹦鹉。鹦鹉那年神秘失踪后，过太婆沿路乞讨寻找她，终于打听到她被国民党中统特务机关物色去秘密培训。武汉沦陷后，国民党从重庆派遣女特工队潜入武汉，鹦鹉就是女特工队队长，化名红牡丹迷惑敌人，与日伪周旋。

武昌的老花会迷另有一种说法，他们相信红牡丹是蝴蝶姑娘。说当年蝴蝶姑娘打花会如痴如醉，花光半爿悦来店资金，却也悟透了打花会的窍门，看穿了开花会赚钱骗人的名堂。她曾自己动手戏拟过一些题纸给武昌的一些花会迷看过，拟得相当内行。武汉沦陷后她全家遇难，她只身逃到鄂东大别山下投奔新四军，发誓要报血海深仇。她受新四军派遣秘密潜回武汉组织地下抗日力量，几次锄奸行动都是她亲自带人干的。她化名红牡丹就是故意向黑白牡丹挑战，阻挠黑白花会继续骗花会迷的钱发财。

红牡丹究竟是谁，众说纷纭，莫衷一是。可以肯定的是，红牡丹是汉口或者武昌的一位率众抗日志士，而且是一位女中豪杰。或许，真有好几位红牡丹也未可知。

第十六章　师徒说谜

一

紫鹃女扮男装，在汉口警察局帮门兄弟的掩护下逃出武汉西城门，历经陆路复水路辗转，逃往重庆投奔师傅杨青山。

重庆是国统区，紫鹃一踏上朝天门码头就公开亮出汉口帮门总山堂十三妹的身份，声称寻找恩师杨老大人。果然很快就有蹲在码头望风的小兄弟跟上来，紫鹃一路上都在回忆淡忘的江湖隐语黑话，默诵操练，已烂熟于心，这会儿三言两语便接上头。那小兄弟便将她交给一个衣衫褴褛的老乞丐，这是个瘦骨嶙峋的老妪，一声不吭走在前头引路，带着她穿出市区，沿着高低起伏的丘陵田野走了两个小时，来到歌乐山下。

内迁陪都的青、洪两帮大亨杨青山的老巢安在歌乐山下一片地主庄园里，这里虽无汉阳怡园的花团锦簇、小桥流水，却别有一派田园风光。正值阳春三月，稻麦和荷田毗连一片，绿浪如涛。紫鹃边走边看，恍若当年跟随吴海笙第一次走进怡园，触景生情，心事重重，坠得心头涌起一股莫名的滋味，也不在乎沿途关卡的层层盘问搜身，不知不觉走进一片松柏林。她这才清理纷乱的心绪，凝神顾盼，看见不远处的山坡上有一座祠堂，门前左右立着两排皂衣皂裤的彪形大汉，正虎视眈眈地盯着她，她心想这里便是山堂了，刚才踏进庄园门槛时就有人飞身进去报信，战乱时期杨先生开山堂召见徒弟也是这么有威风排场、繁琐礼仪吗？

紫鹃跪在山堂门外等候召见，也不知跪了多久，跪得膝骨生疼、两腿发麻、两眼昏花，山堂里头总算发话出来，召唤她进去。她心里委屈，却不敢露在脸上，两手撑地艰难地爬起来，低眉垂眼，忍着两腿针扎般的麻痛，跨过尺把高的门槛又扑通跪伏于地，她竭力做得毕恭毕敬、诚惶诚恐，争取一见面就讨得师傅的欢心。好在从山堂门口通向神案下师傅交椅的甬道铺了厚厚的红地毯，她便跪伏着一步步爬行，一直爬到神案前的台阶，再行三叩九拜大礼。礼数到堂了，才敢起身仰头朝上望，她一望就愣住了——八面威风地坐在太师椅上的原来不是师傅，而是四姐！四姐神气活现地跷着二郎腿，满脸冷漠；在四姐身后，七妹双臂交叉抱在胸前，斜倚着太师椅靠背站着，得意地斜着眼打量她。

紫鹃立刻感觉自己被捉弄羞辱了，她又急又气，怒火中烧，不顾一切地指着四姐喝问："师傅呢？你，你，你竟敢僭越！你竟敢坐到师傅的交椅上！你好大的狗胆！我要见师傅！"

那四姐并不理睬她，只是放平跷着的二郎腿，端正坐姿，然后慢条斯理地发号施令："来人啊，把这个蛮横犯上坏了规矩的刁徒轰出山堂！"

立即有两个魁梧打手应声扑上来，左右架住紫鹃两条胳膊就往外拖。紫鹃勃然大怒，浑身上下猛一抖擞，双膝左右开弓，分别击中两个打手的下腹，挣脱双手就掏枪，掏枪之快，完全是下意识的习惯动作——这时她傻眼了，才记起刚刚跨进庄园门槛时，两把手枪都被搜走了。两个打手重新扑上来，凶狠地扭住她的两条胳膊反拧到她的背后。

四姐霍地站起来："好你个忤逆犯上的十三妹！若不是我早有防备吩咐大门缴枪，我和兄弟姐妹们就都成你的枪下鬼了！你好歹毒！山堂之内，岂容犯上作乱！来呀，搬家法来侍候！"

七妹应声道："早预备好了呢！"说着她从神案上端起一个檀木托盘，托盘上平放着一节竹鞭，三尺长，鞭柄粗细若拇指，鞭梢如抚琴歌女纤纤玉手的小拇指。这确实是杨青山的家法刑具。江湖人士都知道，统领汉口青、洪两帮的大亨杨青山，他的总山堂有三件镇堂之宝：第一件是金龟银蛇合体怀炉，寓意青、洪两帮在武汉三镇两江的江湖霸主地位；第二件是象征权威的太极剑，杨青山总是随身佩带，关键时刻授予任何帮门弟子执掌便成了尚方宝剑，可以发号施令、先斩后奏；第三件便是这家法竹鞭，显示家法严厉、帮规严明，专以惩戒不孝弟子。虽说只是一截竹梢，却不能轻觑，它得心应手，刚柔并济，不知将多少脊背和屁股打得皮开肉绽，鲜血淋漓！经过几十年的骨肉打磨，竹鞭都磨亮了，一节节晶莹剔透，光可鉴人，看上去不像是一竿真竹，却像是一竿褐红色的老玉石烟枪。

七妹将竹鞭搬到紫鹃面前，板着面孔喝令打手："奉四姐之令，当堂笞背一百鞭！以儆效尤！"

两个打手的下腹还在隐隐作痛，得令正好出气解恨，便恶狠狠地将紫鹃按倒于地，一个死死抵住她的肩臂，一个紧紧压住她的双腿，七妹招手唤来第三个打手执鞭在手，七妹唱数，打手策鞭："一、二、三……"鞭梢带着风啸抽打紫鹃的脊背，一鞭下去就是一条血印。

紫鹃疼得鬼哭狼嚎却不告饶，她一边尖利地呻吟一边叫："好个四姐和七妹！你们这是公报私仇，狐假虎威！我要向师傅告你们！师傅在哪里？我要见师傅！恩师啊，弟子紫鹃在敌占区被日寇欺凌，逃出枪林弹雨来见师傅，又遭四姐和七妹毒打呀……"

四姐先是装聋作哑，正襟危坐，见紫鹃骂不绝口不求饶，便恼了坐不住了，站起来气呼呼地走过来斥责紫鹃："你还有脸向师傅告状？你以为师傅还宠着你由你撒娇吗？我这是代师傅惩罚你这个不孝不肖之徒哩！"

"你凭什么惩罚我？我何罪之有？我紫牡丹留在汉口开花会，出生入死，提着脑袋与鬼子汉奸拼命，江湖好汉有目共睹！我并没有给师傅丢脸！而你，躲在后方保命享福，你有什么资格教训我？"

一直在唱数指使鞭笞的七妹，听到这里气得不唱数了："哎哟！好一个胆大包天的江湖侠女！难怪你竟敢把师傅赐的名号都改了，你不是改叫黑牡丹了吗？你为谁开花会？你不保护师傅撤退，留在汉口开花会是为了发国难财！为你和张宗榜这对奸夫淫妇自己赚钱！没有师傅发话，没有我们帮门兄弟姐妹给你撑腰，你的花会开得成吗？你个没良心的东西还嘴犟？接着打！五十一、五十二、五十三……"

紫鹃不再吭声了，也不再呻吟叫唤，一直犟扭着的头脸也耷拉在地上，双目紧闭，像是昏死过去了。她脊背上的衣衫已被鞭打得稀烂，浸透了血汗。

老五、老六等几个兄弟离开交椅围拢来，小声对四姐说：

"恐怕她再经不住打了。"

四姐伸手拦住鞭子："暂且饶过她吧。"

二

紫鹃被抬到祠堂后院一间小厢房，昏睡了三天三夜。她睁眼醒来才晓得，为她引路的老妪日夜都陪在身边给她送汤喂药，敷治背上的鞭伤。她猜想，那四姐和七妹既然欲置她于死地，又何必及时安排人手来治病救命呢？想必终究是怕师傅知道了怪罪她们吧？师傅一定是出远门了，不然四姐和七妹不敢如此胆大妄为。可是，师傅不在也轮不到她们当家做主呀！怎么大哥、二哥、三哥都不露面呢？

紫鹃心里蹊跷不过，便想从老妪嘴里套话。夜里老妪给她喂药时，她见窗外没人走动，便悄声与老妪说话。可是说了半天老妪置若罔闻，她急了，索性推开药碗大声问老妪姓甚名谁，是不是四姐和七妹派来监视她的？老妪也急了，比画着手势呜呜哇哇地叫喊起来，原来是个哑巴。

紫鹃气馁了，卧在床上动弹不得，又睡不着，免不了胡思乱想，便将四姐和七妹说的一番话，一字一句仔细琢磨，又把在汉口开花会的前后过程，一幕幕在脑海里回忆，纷乱的思路渐渐理出些头绪。她稀里糊涂挨了打，打过之后，心里才明白了一些什么。

又将息了两三天，紫鹃逐渐恢复了元气，虽说鞭笞只伤及皮肉，但浑身筋骨都痛楚难耐，她知道这是趴在床上一个礼拜趴出的毛病，便试着下床走动，由哑巴老妪搀扶着，在后院来回慢走。

这天早上天气晴好，紫鹃昨夜睡得安稳，睁眼便见窗外阳光明媚。哑巴老妪将熬好的白粥盛一碗搁在桌上，又端来一碟泡菜，便比画着手势说她要去洗衣，拐着篾篮提着棒槌走了。紫鹃用完早餐，独自到后院散步，见庭院里并无人看管她，就想走出祠堂到庄园各处转转。后院墙上一扇小门锁闭着，沿院墙旁一泓带状莲池上架着一条栈桥式走廊，直通前院祠堂大门。紫鹃试着走过去，大门口的看守并不阻拦，由她步出院子。

一跨出院门紫鹃就愣住了，她看见七妹在东墙脚下的菜园里，带着几个家丁女佣在浇菜园子。不远处的麦田传来一阵吆喝声，那是四姐和几个小兄弟在指使雇来的农工收割大麦。紫鹃回过神来，心里便又明白了几分。

接下来的几天，紫鹃也主动到菜园和麦田里去忙活，端茶送水，干些杂活。那四姐和七妹虽不理睬她，脸色却好看了一些。紫鹃趁机观察，偷听说话，与小兄弟和佣人们搭讪着套出一些口风，慢慢地就摸出一些底细，原来大哥、二哥和三哥都在陪都政府任了要职，近来更是忙于准备光复接收敌占区，将留守庄员的一批精干得力兄弟都抽调到重庆市区去了。杨青山便着四姐当家守护管理庄园，授权四姐暂坐山堂第一把交椅，并着七妹帮衬四姐，应付大小江湖之事。

那么杨老先生本人究竟躲到哪里去了呢？紫鹃使出浑身解数也没探到一丁点口风。她刚刚平静了几天的心情又焦躁起来。

三

吃过晚饭后，哑巴老妪又来给紫鹃擦洗敷药。虽说经过十多天的内服外敷，紫鹃背上的鞭伤已基本愈合，但几道很深的创口只是有所收敛，很难收口结疤。加之这几天在庄园里忙活，背上晒得汗涔涔的渍出炎症，紫鹃的疮伤复发，敷药敷得她疼痛难耐，竟像那天遭鞭笞一样惊号怪叫起来。惊动四姐和七妹，以为后院出事了，两人前后闯进后院厢房来查看究竟，方知虚惊一场，两人面面相觑，难免尴尬，不便说什么，也不便马上退出去，就装模作样看了看紫鹃的伤口，假惺惺打着手势嘱咐哑巴几句，敷衍着走了。

半夜里四姐起床小解，隐约听见后院似有动静，她警觉地竖起耳朵仔细辨听。四姐受命暂坐山堂第一把交椅后唯恐出事，她和七妹将床铺搬进祠堂，搁在神龛壁后的库房里，每夜就寝前将保镖、家丁统统撵到前院的厢房，连侍候的女佣、值更续香的老更夫也不留下，紧闭前后门以防不测。这时，四姐听出那响动就在后门外，窸窸窣窣，还夹杂着一种奇怪的喘息声。她越听越可疑，急忙推醒邻床的七妹，两人耳语一阵，从各自枕下抽出手枪，蹑手蹑脚摸到后门，贴耳门板听得真切了，门外确实有人！

四姐和七妹，一个猛然拔出门栓拉开门板，一个箭步飞身出门。两支打开保险的驳壳枪已经扣着扳机准备开火了，但两人再次面面相觑——后院明月如灯，月光似水，月色下跪伏着紫鹃。她袒裸着雪白的脊背肌肤，背负着一捆白天收割的大麦！她屈膝撅臀，弓腰隆背，头额匍匐于地，像一只受伤的惊恐的羊羔，瑟瑟发抖。她背负的麦捆麦穗朝上绑在脖子上，随着她的颤抖剧烈晃动，锋利的麦芒扎在颈项上，折断成一根根针尖，顺着汗水和血水往脊窝和乳沟流淌，坚韧的麦秸硌得背上的疮伤血肉模糊。

两人还愣怔着没缓过神来，紫鹃已抢先如泣如诉开了口："不肖弟子……十三妹，向两个姐姐……负，荆，请，罪！"

四姐和七妹，都惊诧得手足无措，两人的鼻子都酸了，忍不住同时泪流满面。

四

三天后，紫鹃打点行装上路，按照四姐和七妹指点的方向，朝青城山出发。

原来，武汉沦陷前夕，杨青山带领帮门弟子撤退到重庆后，只在歌乐山下的庄园住了一年多，就独自一人走了。当时，日寇攻克宜昌，日机溯江而上，频频进犯重庆，对沙坪坝和疑为军事据点或蒋介石行宫的山林狂轰滥炸。歌乐山下并不太平，众弟子担心师傅万一遭遇不测，纷纷劝说师傅另觅安全隐蔽地带暂避一时，由徒弟们留守庄园护卫山堂，听师傅的号令操控重庆江湖大小山头，待战局平稳再回来。杨青山欣然赞同，说他年事已高，江湖上的事迟早要交给徒弟们操办，不如就此隐退，在大西南觅一块风水宝地颐养天年。徒弟们以为师傅不过是说些勉励他们的话，谁知师傅真的一去不复还了，而且不知去向。当然，徒弟们相信师傅并没有退出江湖，因为山堂三件镇堂之宝，师傅只留下了竹鞭。师傅随身带走了金龟银蛇合体怀炉，可见师傅念念不忘重返两江三镇收拾江湖地盘；师傅更没有将太极剑传赐给哪个弟子，没有那把尚方宝剑，谁能号令江湖？

杨青山的行踪，只有大哥、四姐、七妹等极少几个心腹知道。他有时更名改姓，在军警特务的严密保护下在重庆市区活动，有时跑到峨眉山上当蒋介石的座上客。不过他常年住在青城山回春观。据说蒋介石曾邀请他到峨眉山定居，有事好就近商量。他婉谢说他性野好游，喜欢漫山遍野寻找道士僧侣交游，放浪形骸，怕惊了总统的驾，还是避远一点好，有事召见他就快马加鞭赶来。上海的黄金荣、杜月笙与蒋介石交谊不浅，深知蒋介石为人，两位帮门前辈兄长曾当面告诫他：蒋介石既想依靠帮门力量又想控制利用，帮门只宜与之若即若离，可进可退，方能应付裕如。他相中了青城山下的回春观，每日在山头舞剑之余，按老道所授秘诀闭目养神，以开天眼，他额中眉心的天眼，望得见峨眉山的行宫、歌乐山下的庄园和武汉三镇的街道闾巷。

紫鹃对离开武汉后的师傅一无所知，她只知师傅有通天的本领和威震四方的声望。她如今落难了，她对此番远道来投奔师门寄予厚望。

五

青城山远离重庆，是真正的大后方，有崇山峻岭层层叠嶂，哪怕重庆再失守，谅日军也寸步难行了，杨青山躲在青城山万无一失，稳保性命无忧。而青城山与成都近在咫尺，老谋深算的青、洪两帮大帮主，与四川哥老会的总舵爷在成都交往频繁，称兄道弟，杨青山预防着万一战局有变化，蒋介石放弃半壁江山，他就将歌乐山下的总山堂再度迁移到青城山来，在大西南照样可以闯荡江湖打天下。

再说，青城山也确实是块风水宝地，虽无峨眉山的显赫名声，却自有险峻奇艳的气势。山南悬崖绝壁下有一泓四季沸腾不息的温泉，泉眼在回春观后庭山洞深处。道长是个百岁老寿星，鹤发童颜，行动敏捷，据说长寿秘诀就是那一泓滚烫的温泉。观中道士个个养生有术，且都是杏林高手，以温泉炮制各种汤药治疗百病，求医问药者络绎不绝。不求医单问药的也有，便是既贪恋荣华富贵又羡慕道长仙寿的达官巨贾，回春观来者不拒，让贵人在客房住厌了自然离去。因有武当山道长修书相托，回春观道长对杨青山格外礼遇，为他腾出了一幢藏典楼，有独进独出的小庭院，任由他常年居住。

紫鹃跋山涉水找到青城山下回春观，是一天傍晚暮色朦胧时分，杨青山正在庭院里舞剑。小道士刚把紫鹃引进院门，杨青山的太极剑正舞出一招海底捞月的路数，抬头便撞见风尘仆仆的紫鹃。

"师傅！"紫鹃扑通跪在地上，连磕三个响头，抬起头来已是泪流满面，她想扑进师傅怀里痛痛快快哭一场。武汉沦陷前，师傅允许她随时进怡园晋见，她在花会大场每有委屈和烦恼，便去找师傅诉苦撒娇。今天她倒不是想撒娇，她疲惫不堪而伤心不已，千里迢迢，几经周折，总算见到师傅了，她首先就想得到师傅的抚慰，哭出心底浊气，浇平胸中块垒。

可是师傅的剑没有停下，他一边舞剑一边说："徒儿请起，先坐在那条石凳上看师傅舞剑。师傅这早晚一课的太极剑从未中断过呢。"

紫鹃便乖乖地坐在石凳上观看，她不看剑只看人，看出师傅精神饱满、身体硬朗，七八年不见未显老相。但她看不出师傅的脸色，看不出脸色的阴晴冷暖，她突然又想起四姐和七妹鞭打她时说的一番话。

师傅已收剑垂目、凝神舒气了，紫鹃赶紧起身迎上去接剑，师傅笑吟吟地递过剑来："师傅这两天屈指算过，不是今夕便是明晨了，十三妹该到了，果然到了不是？哈哈哈。"

紫鹃心里悚然一惊："师傅怎么知道我要来？难道四姐和七妹先着人来报信了？"她惊疑不安地跟着师傅进了藏典楼。

藏典楼是一幢横列两层砖木的楼宇，乃回春观收藏医案药典、民间验方、丹术秘笈的地方。道长吩咐将书籍统统搬到上层木阁楼里，腾出楼下十几间房给杨青山居住。杨青山虽未从歌乐山下庄园的总山堂中带来一人，却从驻在重庆的青帮理门山堂和洪帮汉流山堂挑选了七八个保镖、家丁和丫鬟、女佣带来，在楼下布置了客堂、书房、餐厅、卧室，十分舒适安逸。客厅里摆着神案、八仙桌、太师椅和参拜晋见的蒲团，神案上香烟缭绕，祭器齐全，保镖站立左右，威风排场一如山堂。紫鹃一进客堂便肃然起敬，见师傅已在太师椅上坐定，赶紧走到蒲团的位置，重行三叩九拜晋见大礼。礼毕，她仍跪伏在蒲团上一动不动。

杨青山奇怪地问："徒儿怎么还不起身？"

紫鹃抽泣起来："徒儿不敢。"

"这是为何？"

紫鹃泣不成声："不孝不肖弟子十三妹，枉负师傅栽培宠爱之恩！兵荒马乱年月未能跟随护驾，隔别数载未能问安尽孝。弟子深知罪过难赦，今日有幸见到师傅，乞求师傅以家法问罪，徒儿不敢有半句怨言！"

"战乱年月嘛，难讲那么多规矩礼数。"杨青山微笑着摇头，起身说，"你既是主动来见我，问罪就免了，我倒是想问你几个有关花会的哑谜呢！随我到书房来吧。"

六

"你千里迢迢来找为师有何要事？"

"别离多年，徒儿牵挂师傅，思念之心日切，故不辞跋涉辛苦，来问安请罪。"

杨青山忍不住又哈哈大笑起来:"你这张嘴巴还是如此乖巧,难怪四姐和七妹说我偏心宠你呢!你真别无他事?"

紫鹃不敢跟着他笑:"徒儿被鬼子汉奸追杀,无处藏身,来寻求师傅庇护……"说着又哭起来:"徒儿有深仇大恨,求师傅做做主,帮助徒儿报仇雪恨,夺回京官祠堂,重开花会!"

"嗯……这才说了实话。"杨青山点点头,突然话锋一转:

"尉居卿之死究竟是红牡丹所为还是你所为?"

紫鹃暗暗一惊,竭力作保持镇静:"不瞒师傅,是徒儿迫不得已借红牡丹名义所为。"

"肖秋庭之死呢?"

"与徒儿无涉,肯定是红牡丹杀的。"

"红牡丹究竟是谁?"

"徒儿也不知道,徒儿曾暗地访查,却难以识别红牡丹真面目。武汉三镇猜测甚多,莫衷一是。一说猜测是鹦鹉。当年鹦鹉失踪,那个神秘女人与我毫不相干。这师傅是知道的,可是舆论却怀疑是我,连姐姐紫燕也信以为真,真是冤枉!或许真如过太婆所言,鹦鹉被中统组织弄走又派回武汉了?师傅可以通过重庆方面验证徒儿此话真假。"

杨青山摇摇头,说:"那红牡丹的做派……倒像是共产党游击队呀!"

"莫非是蝴蝶姑娘?徒儿也派人去查访过,听街邻说,武汉沦陷前,日机大轰炸时,她一家人都被炸死了,独她幸免。大疏散时她叔叔做媒将她远嫁给鄂东一个茶商,那茶商在英山有大片茶园,在黄州、鄂州、汉口都有茶铺,她和茶商交往甚密……"

"不是还有人猜测红牡丹是紫燕吗?"杨青山打断紫鹃的话,再次发问。

"啊?"紫鹃倒抽一口凉气,险些失态跳起来。她实在惊讶于师傅的千里眼、顺风耳,尽管远隔千山万水,花会的一举一动和街谈巷议,却逃不过他的眼睛和耳朵。看来师傅好多话都是明知故问、别有用心,要回答得小心谨慎、莫出差错啊!她思忖着回答:"我估计不可能是姐姐紫燕。我也派人查访过她的行踪,她隐居在神农架大山里修行。她随僧侣救护队从前线返汉后正值武汉准备弃守,她先是跟着救护队随国军队伍撤退到鄂西北恩施,恩施无战事,救护队无所事事,就地遣散。当时她的师傅体空和尚也在恩施,告诉她昌央法师云游神农架去了,嘱她去师从昌央。她找到神农架后,不知为何昌央拒不再见,她就在昌央挂单的山门对面山头搭了一个茅庵。唉,看来姐姐是铁石心肠,执意修行一辈子了。"

"你说的都是实情，不过，上月我派人去过神农架，紫燕的茅庵还在，人却走了。"

紫鹃再次大惊失色："走了？师傅的意思是……红牡丹可能就是……"

"师傅没别的意思。紫燕，不，应该称紫竹大师，她说不定云游去了呢。"杨青山也叹了一声："唉！师傅当初破例重开师门，收下最后一个关门弟子，赐名紫牡丹。不料收徒赐名惹出麻烦，紫牡丹变成黑牡丹，又有了白牡丹、红牡丹，变得师傅眼花缭乱、糊里糊涂了。"

紫鹃吓得再次跪伏于地上："徒儿罪该万死！师傅容禀：黑牡丹的叫法，原本是一些花会迷和不明真相的市民穿凿附会，硬加在徒儿头上的。徒儿为躲避追捕暗杀，迷惑白牡丹，迫不得已利用传言，并无擅自改师傅赐名之心……"

"罢了罢了。红牡丹扑朔迷离，颇费猜疑。你再说说白牡丹其人吧。"

紫鹃在谨慎应答之外，多了一分防范之心："徒儿心里其实也是糊涂的。徒儿正想请教师傅：尉居卿死后白牡丹不再露面，外界传言她席卷打花会所得巨财逃回东瀛老家了。徒儿恨不得追杀到日本去报仇雪耻呢！不料她并未离开武汉，又以汉口慈善总会副会长的名义公开露面，敲诈勒索商人钱财。徒儿揣摩不透她那份贪心，难道她不怕我或红牡丹追债索命？不怕鬼子完蛋那天逃不脱吗？"

杨青山听了直皱眉头，见紫鹃正困惑地盯着他的脸，又莞尔道："嗬？师傅我在向你讨教花会哑谜，你倒反问师傅起来？有关花会的一些谜底，不都藏在你们几个争芳斗艳的牡丹花的手心里吗？"

紫鹃斟词酌句："徒儿愚顽，还望师傅点拨，以开心窍。"

"嗯……为师听闻白牡丹确实一度逃离武汉，去了上海，打算从上海东渡日本。但她在上海去过一个地方，见过一个人后，突然改变主意，重返武汉了。"

"她去过什么地方？见过什么人？她重返武汉有什么图谋？"紫鹃紧张地追问。

"估计她接受了秘密任务。我已派人千方百计接近她……"杨青山正说着突然警觉地瞪了紫鹃一眼："这事与花会无关，你不必过问！你以后也不要再与白牡丹周旋。"

紫鹃的眼睛又红了，咬牙切齿道："她是我的仇人……"

杨青山摆手制止："江湖上有一句七字真言：冤家宜解不宜结。为师今日忠告你，你已戴罪在身，若再莽撞行事，恐怕江湖难再容你，那时师傅也无可奈何。"杨青山越说越严厉，语调低沉冷峻："你可知尉居卿乃青帮理门'吾'字派山堂堂主？"

紫鹃瞠目结舌："啊，徒儿……徒儿一无所知呀！"

"一无所知也难辞其咎！"杨青山声色俱厉，"你竟敢擅自大开杀戒，而且伤害的是帮门自家兄弟手足！坏了帮门规矩，十恶不赦！'吾'字辈山堂的兄弟姊妹，在等着我给一个说法哩！"

紫鹃吓得两腿战战兢兢站不稳，她扑过去抱住杨青山的一条腿，磕头如捣蒜："师傅救我！师傅救我！我也有苦衷哇！那尉居卿既是帮门兄长，何苦勾结白牡丹，步步相逼，欺人太甚呀……"

杨青山扶起紫鹃："战乱年月，大水淹了龙王庙啦！这桩事待光复之后再理论吧。谁叫你我有师徒之缘呢，师傅总还是要替你担待一些的。你且说说今后的具体打算吧。"

紫鹃边抹眼泪边偷窥杨青山的脸色，试探着说："徒儿万念俱灰。今后只愿跟随师傅身旁，侍候您老人家的起居饮食……"

几句话说得杨青山的脸色渐暖："师傅离开歌乐山庄园时，众弟子争相请求跟随，师傅一个也没答应。若答应留下你，四姐、七妹又要怨我偏心了。嗯……你愿否回歌乐山庄园待一阵子？帮着四姐、七妹掌管总山堂如何？"

紫鹃听出他在试探她，想想便说："徒儿担心去了碍手碍脚，惹得她俩生气。师傅不愿留我我就走吧，既是光复在即，徒儿先行一步返回武汉，迎候师傅大驾。"

杨青山半晌不语，冷不丁冒出一句："你牵挂着张宗榜吧？"

紫鹃脸红了，支支吾吾："他也伤透了徒儿的心，只是，患难与共一场……再说，京官祠堂又被日军侵占了……花会局面，总得收拾。"

"师傅得提醒你心中有数，张宗榜上了重庆政府的汉奸名单。只因他是汉流山堂的人，重庆方面碍着我的面子先透了口风。"

"哎呀！是不是误会了？张宗榜是日军通缉的苦役犯，他还杀过日本兵呢！望师傅能出面替他说几句公道话。"

杨青山唉声叹气，复又作痛心疾首状："你说的是武汉沦陷头三年的事，后来他与日伪勾结难以抵赖。还有，武汉沦陷前他违抗疏散物资令，藏匿大量黄金，涉嫌资敌！"

七

紫鹃惊悸得出了一身冷汗。她万万没料到杨青山突然提到花会秘藏的黄金！联想到四姐、七妹那番话的弦外之音，她有一种不祥的预感。当初吴海笙任花会盟主时，孝敬杨青山的份额太少，四姐、七妹颇有怨言。后来张宗榜接任花会盟主，事先与杨青山说定了每月的敬贡份额，张宗榜比吴海笙懂事，月月都是按时交由紫鹃亲自去怡园账房办交接。四姐、七妹便再无话说,师傅也不曾流露过丝毫不满呀!难道如今见财起意,也要图谋那一箱金条吗?若果真如此,以师傅无处不在的耳目,恐怕早已洞悉了铁箱的秘密……她感觉背心冰凉,不禁打了个寒战,见师傅那双眼钩子似地钩在她脸上,她无可奈何,不由自主喃喃道:"那口铁箱,估摸装着1600多两金条……现如今,还不知是否被人盗走了呢……张宗榜找它都找疯了。唉,也难怪,那是十几年的血汗和几条人命换来的啊!"她浑身上下猛一激灵:"我怀疑铁箱已被尉居卿和白牡丹盗走,师傅您说呢?"

轮到杨青山支支吾吾了:"师傅哪晓得呢……师傅只是听到重庆方面透口风,说张宗榜在武汉藏匿黄金,涉嫌资敌,当时重庆政府动员民间捐献黄金购置欧美战机,与日空军一决雌雄……"他顿了顿,突然不耐烦了:"你管它铁箱在不在呢?你以为张宗榜寻找铁箱会与你平分吗?他肯定打算独吞一箱金条!师傅料定为那箱金子还要丢掉几条人命!你何苦冒险呢?缺钱花了只管找四姐拿去,金银珠宝,想要多少拿多少!"

紫鹃听着心里愈加狐疑,却不敢再说什么。

杨青山的语气缓和了,叹息一声:"唉——师傅我是替你担心呢!你返汉前先去重庆宋公馆找你大哥,叫他以重庆政府名义给你和张宗榜预备光复的身份。你回汉后要开导张宗榜,他若悔过自新,师傅自然会找政府方面袒护他。"

听到这里,紫鹃心中的疑团似已理出头绪。她不动声色,双手揖拳道:"徒儿谨记师傅教诲。"

杨青山高兴了,起身拍拍紫鹃的肩膀:"开花会的名堂多哇!当初吴海笙带你来见我,给我看那本花会海底,我只觉得新鲜,不知其中奥妙。后来我托人从上海谋来一本花会海底,猜谜猜得饶有兴趣,师傅也是个花会迷呢。唉,为师真老了,光复后回汉就要退出江湖了,到那时师傅说不定也要去京官祠堂打花会玩耍呢。你看师傅也把花会海底琢磨得差不多了。"他说着便摇头晃脑背诵起来:

太平为皇帝为龙,

光明为宰相为白马,

正顺为将帅为猪,

坤山为武士为虎,

逢春为状元为孔雀,

攀桂为农夫为田螺,

……

601

紫鹃点头听着，心里已透明。

八

师徒在书房说话，不觉过了两个小时。这时两个丫鬟抬来浴桶和热气腾腾的温泉水。书房连通卧室，杨青山一边去卧室更衣一边说："时辰不早了，你旅途劳累，叫管家引你去客房歇息吧。明早师傅要随道长上山采药去，得几天才回来。你在此休息两天便可走了，不必等师傅回来。"

紫鹃站在那儿不动，她不甘心就这么结束师徒对话。她早就注意到书案上摆着吴海笙作为见面礼送给师傅的写真集，这时她又瞄见茶几上随便放着一本《黄帝内经》和一本《素女经》。再望望默默候立在浴桶旁的两个丫鬟，都是十五六岁年龄，身材窈窕，面容靓丽姣好。她想，大约师傅改变了过去那种好色而不沾色、止于意淫的态度，不然怎么又研究起房中术来？她灵机一动，决定冒险缠着师傅亲昵，兴许侥幸能从他嘴里套几句话出来。

杨青山披着浴衣走出卧室时，紫鹃已将两个丫鬟赶走，她自己袒胸露背，侍候在偌大个船形浴桶旁，脊背上的鞭痕如龙蛇文身，赫然可怖。

杨青山惊诧不已，连声问道："丫鬟呢？徒儿怎么还在这里？你这是……谁把你打得浑身伤痕累累？"

紫鹃悲泣道："徒儿不孝，不如四姐和七妹常年跟随师傅鞍前马后，护驾侍候。罪该罚打，并无怨言。可怜徒儿千里迢迢来寻师傅，匆匆一面，明晨又要别离。就让徒儿侍候师傅一回，以表孝心吧。"

"这……你我师徒，如同父女，赤身裸体相向，岂不害羞？"

"就是亲生女儿徒儿也不害羞。徒儿就是要趁这个机会让师傅看看徒儿身上的痛楚，听听徒儿心里的委屈！师傅就成全徒儿这回吧！除非……除非师傅嫌弃徒儿，岁月无情，青春短暂，徒儿是无法与侍候在师傅身边的这两个丫鬟比身材容貌了！"

杨青山怦然心动，伸手抚着紫鹃背上的鞭痕说："那四姐和七妹，下手也狠了些……唉，师傅我原本就是格外怜爱你的呀！"

紫鹃趁机扑到杨青山怀里，一边号啕，一边脱去他的浴衣扶他泡进浴桶，自己也利索地脱成全裸，赤条条地跳进热气蒸腾的浴桶……

紫鹃使出浑身解数与杨青山亲昵一夜，总算没有枉费心机。

第十七章 谜底难揭

一

紫鹃辞别杨青山，去重庆宋公馆，顺利地见到了坐总山堂右列第一把交椅的大哥，拿到两个重庆政府委任接收大员的名额。她又请求大哥给弄了一张军统方面伪造的日军最近刚刚换发的特别通行证，据说这种证件是日军特高课武汉本部特别印制的，严格控制发放，一证在手，闯关过卡畅通无阻。大哥见紫鹃行色匆匆，问她是否马上动身返汉，她说遵师嘱再往歌乐山下的庄园走一遭，向四姐、七妹交代师傅的一些嘱咐，小住几日，挑选几个能干机敏的小兄弟一起返汉。

离开宋公馆后已是黄昏时分，紫鹃并没去歌乐山。她也没去朝天门码头，而是走陆路连夜赶往涪陵。第二天凌晨，她在涪陵码头附近的一家小客栈乔装成渔女模样，跟着一个中年渔夫登上渔船，顺流而下。船行过鬼城丰都时天色渐亮，继而阳光铺满江面。已是春夏之交时节，两岸山坡上，草木庄稼黄绿相间，点点丛丛的山花姹紫嫣红。紫鹃伫立船头观望两岸景色，感慨万分。她有一种感觉，踏上这条渔船就上了不系之舟、命运之舟，前面的航程只能听任风浪颠簸，身不由己了。掐指算来今年已是 31 岁，紫牡丹也好、黑牡丹也好，花期已无可挽回，哀伤是徒劳的。就是在如花似玉的岁月，她也已几番遭受过欺凌和侮辱。现在她的伤感不是留恋，而是一种耻辱和愤懑。她思量盘算青春将尽的日子，她将如何凋零谢落？预见的落花和船头的流水，在化装成渔女的紫鹃眼里，交叠变幻出的分明是一种预兆，她决计去验证这个预兆。

渔船靠近宜昌，紫鹃更换服装，弃船登岸，出示特别通行证通过层层日军哨卡，换乘客轮继续顺江而下。当客轮抵达汉口码头后她并未上岸，而是沿水路继续东行，直至上海吴淞口码头。

紫鹃的目标是上海佐佐木公馆。

二

佐佐木公馆位于上海虹口两条大马路之间的横街上，是一座两层日式红砖楼房。当大门敞开时，从门前街道上可以看到大门内天井式的小花圃和一楼客厅以及客厅内简单摆设的平台式长桌条凳。在租界建筑林立的上海，这幢日式矮楼普普通通，并不起眼。从前它也不叫佐佐木公馆，似乎是一个叫小川的日商在这里住过，小川并没有给这幢楼房命名，日本人的寓所原本是没有公馆称谓的，只有中国的达官贵人才有将官邸豪宅命名为公馆的习惯。直到1937年上海沦陷后，这座日式砖楼的门前才奇怪地挑出一竿长方形杏黄旗，旗面上绣着"佐佐木公馆"五个黑色中文字。公馆大门紧闭，大门旁开了一个狭窄的小门，门前增设了门房，门卫、传达员、门仆各司其职。二楼平台上还有荷枪实弹而不着军服的日本人，24小时日夜轮班巡视，严密监视着大门前和公馆周围的动静。

佐佐木公馆的主人佐佐木太郎从日本士官学校毕业后，在日本陆军中混了几年，很不得志，就辞去军职。早在上海沦陷之前他就来了，混迹于虹口一带的日侨之间，并无正经职业、身份。表面看他只是个日本浪人，实际上他并没有真正脱离军队，而是受日本陆军特务机关指派，来上海召集那些熟悉中国民情风俗又能熟练掌握中国语言的日本浪人，他们经过严格的特务培训，开展极为机密的特务活动。佐佐木手下的日本浪人有60多人，个个谙熟射击、格斗、驾驶、游泳、爆破及通信技能，绑架、暗杀是他们的拿手好戏。佐佐木曾对他的日本陆军、海军军校的同学和同事夸口说，佐佐木公馆拥有的兵力，抵得上一个正规的陆军师团。

武汉沦陷后，佐佐木公馆将秘密特务活动的重点目标瞄准了这个华中腹地重镇，几次准备将公馆迁移到武汉，终因战局变化不定，未敢轻举妄动。但佐佐木公馆派出的特务，一直在武汉秘密开展调查活动，活动范围涉及军界、政界、商界和报界、演艺界及民间，无孔不入地刺探各种情报。而其秘密调查的重点，则是两个"上中层"：一是国民党政府撤退后上中层军政人员遗留在武汉的住宅财产、亲友下落，包括失意政客、在野军阀、江湖帮派头目等情报；二是日本在汉上中层军政人员和日租界侨民、日商的财产和言行情报。这样，原法租界翻译官、现日侨眷属尉居卿，苦役营在逃犯、汉口花会盟主张宗榜，日本侨民白牡丹尉氏樱子，江湖帮派人物、黑牡丹紫鹃，身份不明的红牡丹……以及汉口租界那座号称京官祠堂的房产，都被佐佐木公馆悄悄撒下的黑网一网打尽。倒是上海江湖帮派人物、原汉口花会盟主吴海笙漏网了，因为他早在武汉沦陷前就离汉返沪了，不在佐佐木公馆秘密派往武汉的日本特务的视野之内。

偏偏吴海笙自投罗网。

三

当年吴海笙被迫让出花会盟主宝座时，张宗榜百密一疏，忘了逼他交出京官祠堂的房地产契书。其实吴海笙早就做了手脚。在花会大场开场之初，吴海笙忙着投石问路求见汉口江湖霸主杨青山，由张宗榜去一手操办将京官祠堂房地产契书更名过户，落到吴海笙、张宗榜二人共同名下。后来，花会开业要办理申请登记核准手续，吴海笙以刘公子正在到处举报张宗榜的在逃前科，避免授人以柄为由，从张宗榜手里拿走过户后的房地产契书和各种附件，由他吴海笙自己以本人名义去办开业手续。从此契书证件由他亲自保管，不再轻易示人过目。后来他对张宗榜的猜疑日增，趁张宗榜到武昌去开花会分场的时机，买通关节，伪造文件，将京官祠堂的产权更改为他个人独自拥有。张宗榜逼他禅让交权时，迫使他交割现金、清理账目、交出库房钥匙，却被他蒙混过关带走了房地产契书和各种附件。

吴海笙带不走京官祠堂，这些文件也不过是一纸空文。吴海笙也幻想有一天卷土重来争夺京官祠堂，不过他明知是没指望的。但他指望着迟早有一天为京官祠堂的产权打官司，至少，他要捏着这些文件给张宗榜制造麻烦，伺机报复要挟。他返回上海后一直不得志。黄金荣对他大失所望，把对杨青山的不满迁怒于他，使他在上海滩江湖上遭人白眼，就连重操旧业做一个南生，也时常遭受同行的排挤和赌客的欺凌，他失去了靠山。两年后上海沦陷，当了亡国奴后他的运气开始好转。他与一个叫平原的日本浪人合伙开赌场，他依旧扮演南生角色，平原躲在幕后不露面。赌场生意兴隆，日本商人、军警、日伪官员和伪上海政府的文官都是赌场的豪赌客，他这个南生局局得心应手，假输小钱，真赢大钱，从未失过手。赌场开了几年，他越陷越深，终于有一天被平原引荐，成为佐佐木公馆的座上客。时值佐佐木拟议将公馆迁移到武汉，正在选择公馆地址。卖身投靠的吴海笙就主动献上了秘藏多年的京官祠堂契约文件。

佐佐木对京官祠堂产生了浓厚兴趣。虽然后来佐佐木公馆西迁武汉的计划搁置，但佐佐木却一直在研究京官祠堂的契约和各种附件。这天佐佐木召见吴海笙，仔细询问有关京官祠堂的投资建造者、它原先的主人以及产权转移过户的经过等各种问题，吴海笙尽其所知，一一回答。佐佐木又逐个询问在花会大场幕前幕后活动的张宗榜、杨青山、尉居卿、紫燕、白牡丹、黑牡丹、红牡丹等人物的身世、社会身份、经济来源状况以及家庭、亲友乃至个人性格隐私等各种稀奇古怪的问题。吴海笙只知张宗榜的底细，对杨青山、紫燕、紫鹃的情况说了个大概，对尉居卿他勉强回答了此人的身份来历。当问及白牡丹、黑牡丹、红牡丹时，他就满脸困惑，一问三不知了。

佐佐木皱皱眉头，突然问道："吴君对京官祠堂的建筑格局、建材、内部布局和隐蔽机关，应该很熟悉吧？"

吴海笙一愣："吴某在京官祠堂主持开花会，前后住了四五年，可以说对那里了如指掌。京官祠堂是一座清朝殿宇，木质框架，砖木琉璃瓦结构，墙基柱脚是大理石。前后殿内部都是中国传统的中间厅堂左右厢房布局。并无隐蔽机关呀！"

佐佐木摇摇头："不，不对。京官祠堂有秘密通道。敝人查阅过辛亥革命前后的有关史料，当时京官祠堂的主人孙大人在京城刑部任要职，身份显赫，留在京官祠堂的家眷倚仗权势，骄奢淫逸。武昌起义是在一江之隔的武昌爆发的，近在咫尺的汉口京官祠堂早已在起义官兵的严密监视控制之下。孙大人的家眷就是从秘密通道潜逃的。"

佐佐木见吴海笙迷惑不解，便从吴海笙交出的京官祠堂契约文件中拿出一张图示给他看。这张附件吴海笙自然早就看过，是在一张泛黄的宣纸上用毛笔描绘的平面施工图，他看不懂。

佐佐木见状得意地说："敝人对中国古典建筑颇有研究。"他说着指点给吴海笙看："后殿右列第二间厢房，花会派它作什么用场？先是账房，后来张宗榜将账房换到第一间厢房，将这一间改成了库房。"佐佐木比画着说："这里有一堵夹墙，墙角有隐蔽的机关，启动机关后，有石阶可进地下室，地下室一头通向前殿，一头通向后花园院墙外……"佐佐木说着突然盯住吴海笙的脸仔细打量："吴君真的对秘密通道一无所知吗？"

吴海笙急忙辩白："如果吴某知道京官祠堂另有秘密，何苦连这张图纸附件一起交给您呢？"

佐佐木见他说得在理，边点头边思索着什么。

这时平原急匆匆进来报告消息，见吴海笙在场，便走拢去朝佐佐木耳语："尉居卿被红牡丹暗杀，尉氏樱子已经离开武汉，正在驶来上海的客轮上，估计她要回国……"

四

尉居卿被锄奸那几天，白牡丹尉氏樱子虽如惊弓之鸟，却惊而不慌。她分别向驻汉日军总部、特高课和日租界当局举报了紫鹃和张宗榜，敦促尽快通缉搜捕杀人凶手，然后立即打点行装准备回日本。此前她已将这几年开花会与尉居卿平分的钱财陆续汇回日本，她随身携带的不过是尉居卿死前来不及瓜分的现款。带不走的是日租界中街 28 号良苦堂新店那幢不动产，她已委托租界当局代管。战局日紧，日军在前线频频失利，她估计到后方也不太平，唯恐归途不顺，于是通过租界当局和日军方，她重新更名为植木樱子，办理了各种证明或掩护身份的通行证件，登上一艘由汉口港直航吴淞口港的快班客轮。她没料到作为一个日本侨民，她在归国路上的一切行动都受到日本特务的严密监视。她与特高课汉口本部的上层特务过从甚密，常常受到他们的关照和庇护，但她不知除了侵华日军便衣特务外，还有在华日本浪人民间特务。

植木樱子离汉前已打听清楚，中日交战期间，通过上海口岸东渡日本的各国旅客，统由日本驻沪领事馆办理离境手续。可是当她来到日本驻沪领事馆时，领事馆官员却告诉她：由于战局变化，领事馆已采取非常措施，凡在华日本侨民申请回国定居、旅游或探亲，一律改由佐佐木公馆代办审查批准手续。

佐佐木公馆守株待兔，植木樱子主动送上门来。她呈交的回国申请被压了一个多月不予答复，她等得焦虑不安，便请求面见神秘的佐佐木公馆主人——佐佐木太郎。

佐佐木不到五十岁，长相显得比实际年龄还要小，脸形狭长，面孔苍白如纸。他并不像一般日本浪人那样长发披肩，或将头皮刮得乌青，显得匪气十足，他也不戴黑色礼帽，他梳着整齐的边分西装头，唇上未蓄胡须，中等偏瘦身材，着一身黑西装。如果他不是有一根在中国只有老人才用的拐杖不离身，他看上去更像一个中国人。那根粗笨沉重的黑手杖看上去很可疑，他一刻也不离手，就是坐着也紧紧攥在手心。

以樱子的见多识广和交际能力，她初见佐佐木时举动轻率了些，她凭第一眼印象以为此人好打交道，便使出浑身解数争取佐佐木对她的好感，她甚至在佐佐木的办公室歌舞起来，并不急于提申请回国之事。但佐佐木懒得与之周旋，他从座椅上站起来，挥挥拐杖示意她停止歌舞，朝她鞠了一躬："植木夫人，敝人不得不遗憾地告诉您，您的回国申请被驳回了。"

樱子惊讶得忘了也鞠躬回敬，直挺挺地立在那里，脱口质问道："为什么？难道有什么手续不全吗？樱子可是按照侨民申请回国的有关规定办齐了一切手续的呀！"

"因为您除了植木樱子的身份，还在汉口京官祠堂开花会的白牡丹身份！"

樱子一愣，方知佐佐木公馆已调查过她的底细。但她仍很纳闷："佐佐木先生，难道樱子的日本侨民身份值得怀疑吗？"

"由于您的特殊身份和经历，您现在回国就损害了大日本帝国的在华利益！您有责任继续留在中国为天皇效劳！"

樱子听得目瞪口呆："樱子实在不明白您的意思……"

佐佐木并不理睬满脸困惑的樱子，拄着拐杖在办公室来回踱着方步，继续说下去；"您应该返回汉口，为驻汉皇军搜集军事、经济情报，协助特高课搜捕红牡丹。敝人还要拜托您到京官祠堂去寻找地下秘密通道……"

佐佐木的拐杖咚咚地戳击着地板，一声声不啻是戳在樱子心上，这个日本女人到底沉不住气了，惊恐得哭泣起来："佐佐木先生，樱子可是侥幸逃出汉口的呀！您知道那个神秘的红牡丹吗？她下一个暗杀目标肯定就是樱子呀！还有那个黑牡丹，更是把樱子看作大仇人啊！再说……樱子也了解一些战局消息呢，武汉已被中国军队包围了，皇军准备弃城，还不知能否杀出重围呢！您这不是让樱子自己送死吗？"

拐杖击地声戛然而止，佐佐木立在那里背对着樱子默默把玩着手杖，突然，他嗖的一声从拐杖筒中抽出一把锋利的钢刀，掏出白手绢慢慢拭着，又拧开刀柄，置钢刀于长桌上，再来把玩乌黑光亮的刀柄，原来那手杖弯把形的刀柄又是一支特制的手枪。他突然转身面对樱子，眼中凶光毕露：

"正是因为战局失利，皇军即将放弃武汉，更需要加紧搜集情报，抄收全城文物、黄金、白银、现钞和一切贵重物资运回日本，为了大日本帝国的利益，哪怕送死也是值得的！"

樱子见他根本不在乎她的性命安危，不禁恼怒起来，索性壮胆顶撞说："樱子只是个女人，不是军人，也不像你们男人很多都是武士。"她甚至冷嘲热讽起来："佐佐木先生自幼习武吧？您总不能拿您的武士道精神来强迫为难一个女人吧？"

她以为佐佐木听了会暴跳如雷，那么她就趁机大哭大闹，看他能奈她如何？哪怕就是把她抓起来，也总比去冒死好哇！到时候她再想办法找人说情搭救。

可是佐佐木不愠不怒，他反而笑起来。他古怪地笑着说：

"请植木夫人明天再来吧，您明天将见到一个人，就会改变主意了。"

植木樱子万万没料到，她第二天来见到了自己的女儿植木智子。

当年井田夫妇将汉口良苦堂交给井田夫人的弟弟植木康行和弟媳植木樱子夫妇经营，打点行装回日本，植木夫妇将六七岁的女儿檀木智子委托井田夫妇带回日本入学读书。植木夫妇在国内并无其他可靠亲友，便由井田夫妇以姑父姑母身份代养智子。植木自杀后，樱子不再寄智子的赡养费，井田夫妇就视智子如养女，断绝了与樱子的联系。井田夫妇在日本投资经营工厂，中日战争爆发后日本政府实行战时经济，工厂无利可图。太平洋战争爆发后东条英机内阁进一步控制工厂生产军用品，井田夫妇也已年迈无力，无奈自动放弃工厂回家养老，勉强将智子供养到中学毕业，不久前相继病死。正当智子失去生活依靠无可抉择的时候，有人拿着她的母亲植木樱子的亲笔信将她骗到中国来。樱子见到的智子已是

19 岁的大姑娘了，一如她青年岁月的花容月貌……

这一场母女重逢戏，当然是佐佐木一手导演的。他以智子为人质，威胁说，如果樱子拒不受命返汉，他就将母女二人一起送到前线当慰安妇。一切如他所料，樱子乖乖就范。他答应樱子将智子暂留在公馆做秘书，由他亲自监护，直至樱子完成任务，在日军撤离武汉之前先期返沪，送母女二人一起回日本。

这就是樱子何以失踪后又抛头露面，忽然摇身一变，成了汉口慈善总会副会长的经过。表面上她是从事募捐活动，暗地里她的具体任务之一是悄悄寻找京官祠堂的秘密通道，查清地下室所藏，抢先劫走一切贵重物品。

然而，临行前佐佐木交给她的京官祠堂示意图，并非谜底，她还得大费周折。

五

紫鹃在佐佐木公馆附近潜伏了几天几夜，终于发现了吴海笙的行踪。她此番真是冒险闯荡上海滩，而且竟然闯到了沪上日本特务的老巢来打主意，可谓险中之险。她也明知处境险恶。她从离开青城山那天起，就选择了这条孤注一掷之路，她自己断了后路，已无所畏惧。她从杨青山嘴里套出的秘密，仅仅是只言片语，她仔细揣摩弦外之音，断定只有通过吴海笙，摸清白牡丹重返武汉的意图，最终才能揭开铁箱下落的谜底。她预想过面见吴海笙的尴尬，在对手眼里，她不仅是个背叛丈夫的毫无廉耻之心的女人，而且是个伙同情夫谋害丈夫的心如毒蛇的女人，虽然事隔多年，但对手不会忘记这奇耻大辱。不过，她有制服对手的杀手锏。

这天夜晚 9 时许，紫鹃尾随从佐佐木公馆出来的吴海笙，一直跟踪追到他的寓所。

吴海笙这几年与平原合伙开赌场发了财，在虹口日侨居住区附近买了一幢带花园的小洋楼，购置了德国高级轿车，还雇用了一个司机兼保镖。但他过得并不安逸，尤其近来忧心忡忡。侵华日军在前线节节失利，潜伏在上海的中统、军统特务和中共地下组织活动日益频繁，他预感到佐佐木公馆这座靠山最终是靠不住的。近来他想方设法接近沪上江湖人士，愿以赌场孝敬黄金荣手下的掌门大哥，求得帮门庇护。他已有了妻室儿女，唯恐一旦时局有变，身家性命难保。可是几次求见黄金荣的手下，那掌门大哥拖着不见，态度暧昧。

吴海笙是坐车回家的。轿车直接驶进院子后，铁门紧闭。透过铁门的瞭望孔，保镖不时窥视大门外的动静。看来防范严密。

夜半时分，紫鹃越过院墙，攀着外墙排雨管爬上洋房二楼，从阳台上潜入一间一直亮着灯光的房间。如她所料，吴海笙还没入睡。他在书房里紧张地清点细软财产，准备转移匿藏以防不测。直到冰凉的枪管抵住脊背，他才猛然发现大祸临头。

　　紫鹃为了防止吴海笙过于惊慌引起不必要的麻烦，开口就给他一颗定心丸，她竭力憋着难以分辨的低沉的嗓音："你不要慌张！兄弟我既不谋财也不害命，只问你一件事。"见他战栗的双肩渐渐不抖了，她搜身缴了他的枪，命他面贴墙壁站好："兄弟我奉杨青山先生之令，专程来上海拜访你，你如果以假话应付瞒不过我，因为你我原本相识！请你慢慢转过身来。"她当着他的面脱去鸭舌帽、摘下眼镜、撕掉在嘴唇上的假须，亮出她的真实面目。

　　吴海笙认清紫鹃的面孔后，先是大吃一惊，接着两条臂膀又颤抖起来，这回却是气得抖，脸色憋得通红，嘴角剧烈地抽搐着，几乎要破口大骂。但他再看看紫鹃手上一直警惕地对准他胸窝的手枪，就忍住气开了口："原来是仇人。怎么我没去找你算账，你居然找到我头上来了？"

　　"我不是来找你报仇的，我本无仇。我知道你有仇，但是你现在还没有复仇的本事。如果你我今天撇开仇怨，我们可以好说好散。"紫鹃尽量平静地说。

　　"仇人相见，有何话说？"

　　"我只问京官祠堂房地产契约文件的下落，和白牡丹樱子重返武汉的目的。"

　　"原来你们也被赶出花会大场？真是此一时彼一时呀！"吴海笙不禁嘲讽起来。

　　"废话少说。今晚如何收场就看你的了！"紫鹃逼拢去，将手枪抵在吴海笙胸口。

　　"如果你的枪先开口了，我就无法开口了，而且我的保镖就在楼下。我还要提醒你，这里是日租界，大街小巷都有日军哨卡和巡逻队。我担心你今夜难以逃脱！"吴海笙一边耍赖一边威胁，试探紫鹃的反应。

　　紫鹃轻蔑地冷笑一声，使出了杀手锏："我从重庆来，具体说我是从在宋公馆任政府要职的我帮门大哥处来的。重庆政府已将你列于上海汉奸名单！佐佐木太郎的名字也列入了战犯名单！想必你也知道，武汉和上海都快光复了！你和全家人的性命、你的洋楼轿车和财产，都难保啦！"她为了唬住吴海笙，又掏出一张重庆政府委任她为接收大员的委任状，在他眼前晃了晃。

　　果然不出所料，一番话击中了吴海笙的要害，他浑身上下再次筛糠似地乱抖起来，他站不住了，两腿一软瘫倒了。但他很快爬起来，气呼呼地质问紫鹃："就按你说的，今晚你我好说好散又如何？你拍屁股一走，我就消灾免祸了吗？"

　　紫鹃还真被问住了。她佯装探望窗外动静掩饰过去，随口就说出一个弥天大谎："我拿着杨老先生的亲笔海底见过了黄老先生的掌门大哥，要不然今晚我也找不到你。只要你说了实话，光复之日上海和武汉的青、洪两帮会尽力替你开脱罪名。"

"口说无凭，我怎敢轻易相信你？"

"有杨老先生的亲笔海底为证，你明天就可以去见黄老先生的掌门大哥。何况我刚才已给你透了口风，至少你可以及早为自己留后路。即使你今晚不说实话，今后也不断会有江湖兄弟来找你的麻烦，其实你已别无选择！"

吴海笙无可奈何，被迫讲了将京官祠堂房地产契约文件交给佐佐木的经过。他只知佐佐木公馆的特务摸清了汉口花会大场所有关键人物的名单，正在暗查京官祠堂的秘密通道。他也只是这两天才听说，佐佐木公馆新来的女秘书植木智子实际上是扣留的人质，并不了解植木樱子重返武汉的目的。

紫鹃相信吴海笙说的是实话。佐佐木绝对不会将派遣一个日本女特务的秘密任务透露给公馆网罗的中国奴才。她又仔细询问了事情的关键细节后，已是凌晨时分，便急匆匆离去，消失在黎明前浓重的夜色中。

六

1944 年酷暑时节，汉口京官祠堂及其周围毗邻地带在大白天也是一片死寂景象。重新驻进京官祠堂的日军小分队又撤走了。前线日军死伤严重，从驻武汉都城联队中紧急抽调一个中队的建制补充前线兵员，京官祠堂日军小分队只留下两个日本兵在祠堂大门外设置哨卡。小分队撤离前，将人祥里和附近相邻街巷的居民强行驱逐到铁道外，使这里成为没有人烟的死街绝巷。而京官祠堂后花园南邻的法租界广场，那一片沦陷之际曾涌入千万难民的草地，如今成了日军杀害反日人士的刑场，荒芜的荆棘杂草丛中弥漫着血腥气。大门紧闭的京官祠堂陷在一片死城区中，烈日炎炎下，除了大门外鬼子兵头盔和刺刀的闪光，这里绝了人迹。

奇怪的是，入夜之后，京官祠堂周围常常有人影晃动。有时人影还翻越院墙，躲进后花园或在后殿废墟堆里鬼鬼祟祟行动。紫鹃连续潜伏监视了几个夜晚，她估计这些可疑的身影是不同的几个人，至少分别是两个人。其中一个显然是女人，此人来得更晚，往往在夜半时分行动。她无法判断这个女人是白牡丹还是红牡丹：如果是白牡丹，她为什么不在白天行动？她完全可以通过日本兵哨卡打开大门，公开寻找京官祠堂的秘密呀！如果是红牡丹，难道她的目的不是暗杀锄奸，她也对京官祠堂的秘密感兴趣吗？

紫鹃离沪返汉后，一直企图接近白牡丹植木樱子，甚至萌生过潜入日租界中街 28 号良苦堂新店的冒险念头。但是白牡丹的自我防范措施极为严密，自从她以汉口慈善总会副会长的身份公开露面后，日方为她安排了一个贴身保护的卫兵，这个卫兵白天与她形影相随，晚上也随她到日租界良苦堂新店寓所过夜。而且她也自备了手枪，她公然将一把带皮套的勃朗宁手枪捆在腰带上，显然是为了告诉她的仇敌她随时防备着。紫鹃单枪匹马，她想与帮门兄弟联络找帮手，又怕被帮门兄弟牵制不便行动，还不知师傅杨青山在如何算计呢。她预感到各方都想抢先一步！她决定行动，在京官祠堂堵截白牡丹，趁其不备用匕首从背后袭击。蒙受日本兵轮奸奇耻大辱的她，为了报仇雪恨，有足够的勇气亲手杀掉这个日本女妖！另外，她断定那张示意图藏在白牡丹身上。

　　这天深夜突然走暴，大雨滂沱，电闪雷鸣。紫鹃预料白牡丹又要行动，便提前潜入京官祠堂后花园守候目标。过了午夜，雨势更猛，黑黢黢的后殿废墟堆里果然冒出一个人影，也不知是何时如何进来的。人影忽然打亮了手电筒，摸索着朝前殿走去，从体形走姿看是个踩着碎步的女人，肯定就是白牡丹了！紫鹃紧张地站起来，弓着腰跟了过去。只见白牡丹的人影熟练地爬上前殿后墙的窗台，毫不费力地启开玻璃窗门，翻窗越进前殿不见。

　　紫鹃赶紧蹑行几步，也爬上窗台，蹲在窗台上朝窗内窥视，大殿内漆黑如锅底，也听不见响动声。她咬咬牙，也翻身趴在窗台上慢慢翻越进去，凭着对前殿大场的熟悉，蹑手蹑脚，摸索着躲到神龛后幕帘里蹲下，屏声静气。她估计白牡丹会再次打亮手电筒，她拔出绑在右腿上的匕首持在右手，左手握枪防备刺杀失手。

　　手电筒没亮，一道闪电霎时耀过空荡荡的大殿，瞬间所见情景令紫鹃惊呆了——白牡丹背倚神案，与站在大场中央的一个蒙面男人拔枪相向，在黑暗与沉默中紧张对峙着，不知相持多长时间了。

　　身临如此意外场面，紫鹃不知如何是好。她犹豫再三，情急之中突然想起一句老话：螳螂捕蝉，黄雀在后。她告诫自己莫轻举妄动，静观双方相斗，待一方败倒后再相机动手。

　　可是这时枪响了。子弹是从紫鹃刚才翻越的那扇后窗方向发射的，是故意朝殿顶鸣放的空枪。清脆的枪声惊动了大殿门外的日本兵，两个日本兵高声叫唤着冲进京官祠堂。

　　大殿内两个对峙的枪手早已不见踪影，紫鹃不敢迟缓，也跳窗飞逃……

　　这个暴雨之夜发生的事情扑朔迷离。与白牡丹举枪对峙的那个蒙面男人可能是张宗榜吧，紫鹃是随后潜入京官祠堂的第三人。那么，第四人是谁呢？是红牡丹还是师傅杨青山派来的江湖兄弟？无论是谁，此人为什么要故意鸣枪惊动日本兵呢？

第二天白天，日租界传出消息：白牡丹植木樱子在良苦堂新店她的寓所剖腹自杀。她的尸身旁还有两具尸体。一具仰倒，是个年轻的日军军官；另一个扑倒，是个更年轻的日本女人，是植木智子，她蓬头垢面，衣衫褴褛。从死亡现场看，估计先是那个日本军官剖腹自杀，白牡丹从他的胸腹拔出军刀，先杀死她的女儿智子，再以坐姿将军刀捅进自己的胸腹。

晚上，驻汉日军特高课本部命令设在汉口冰厂楼上的特高课行动组，连夜迁移到京官祠堂驻扎。

京官祠堂的死谜更难解开了。

第十八章　落花时节

一

1945年9月18日，饱经战火创伤的中山公园，成为日本侵略军铁蹄蹂躏下的武汉最先光复的一块圣土。

公园外，后马路东至循礼门西往硚口的路段，以及由公园至怡和村的路段，八年来第一次成为日军的刺刀、皮靴和膏药旗不敢逾越的警戒线。

公园内，满目"国破山河在，城春草木深"的荒凉景象。在公园西北角，一座平顶厅堂式横列建筑，却显得堂皇刺目。这就是张公祠。武汉沦陷八年，古老商埠一幢幢历史建筑被日寇摧毁成一片片废墟瓦砾，而张之洞的逆子张仁蠡，却以日伪首任汉口市长的身份在焦土上大兴土木，建起这座祖宗祠宇。平心而论，他的父亲张之洞在老汉口人眼中颇有政绩，著名的"张公堤"已传为汉口人的口碑。而张仁蠡在这里供上张之洞的牌位和家谱让汉口人来凭吊，却招来不忠不孝的骂名。具有讽刺意味的是，今天，匾额上的"张公祠"三个字已被铲掉，换成"受降堂"三个赫然入目的大字。

这天下午三时许，一辆插着白旗的黑色轿车驶入公园，停在草坪入口处中国卫兵脚下。日本华中派遣军司令冈部直三郎走下车来，这个已被中国人打败的侏儒，居然还傲慢地佩着一把长柄战刀。这时，守卫在受降堂门前台阶上的受降副官，立即迎头拦住他，一把缴下他的战刀。冈部直三郎似乎这才猛省到此刻自己扮演的只是个败将丑角，顿时气馁了，垂头丧气地跟着副官走进受降堂。

受降堂内摆好了威严的受降阵势。国民党第六战区司令长官孙蔚如以主受降官的身份，坐在一长列会议桌顶端正中。两侧依次坐着武汉战区受降官、文官、武汉民众代表和美国盟军代表。

冈部毕恭毕敬地走向战败方投降位置坐下来，又起立、立正，向孙蔚如鞠躬敬礼。

孙蔚如也站了起来："本司令奉中国最高统帅蒋委员长和陆军总司令何长官之命，命令你和部下立即无条件投降！"

冈部再次鞠躬："敝帝国政府和帝国大本营已奉天皇旨意向联合国最高统帅无条件投降。奉冈村宁次将军命令，本官愿率部下向贵司令长官无条件投降。"

接着，孙蔚如向冈部宣读命令，命令他按指定地点集中部队和军火物资，听候收缴。

冈部唯唯诺诺，无奈地在投降书上签字，同意日军在武汉地区的第六方面军首先缴械投降。

二

同一天下午，紫鹃和张宗榜以重庆政府委任的接收大员身份，来到人祥里接收了京官祠堂，并在大门外院墙上贴了接收布告。

其实京官祠堂早已空无一人。日军特高课行动组早在初夏就悄悄撤走，连大门口的日本兵哨卡也撤了。人祥里及毗邻街巷的居民也陆续搬回。但是惧于京官祠堂的恐怖气氛，无人敢开门进去。

张宗榜找人来砸开前殿大门上的铁锁，就急忙去后殿废墟踏勘工地，盘算着明天招募工匠来清理地基。

紫鹃则在前殿忙着指使几个人清扫整理，重新布置花会大场。

傍晚时，紫鹃见张宗榜还逗留在后殿瓦砾堆里，时而踱着步幅丈量，时而展开手臂比画，她便走拢去，问他："你说明天最要紧的是做么事？"

张宗榜正在考虑着什么，被紫鹃打断了思绪，愣怔着答道："最要紧的当然是找人来清挖地基！"他愣过神来，又紧接着反问道："你说呢？"

"我说明天最要紧的是花会大场重新开场，明日正午准时举行开筒仪式！"

"明天开筒？怎么来得及？本期题纸呢？"

"来不及也要抢！你没见报上说的，明天全城同庆光复，估计会出现万人空巷的场面，男女老幼都涌向大街游行狂欢！我们要抓住街上人群成堆的机会！我马上去召集航船和划子们，你来拟题纸，连夜赶印出来。明早叫划子们上街叫卖，卖不完的学红牡丹免费散发！我们赶在明天重开花会，就是要趁万民同庆时开张大吉！"紫鹃眉飞色舞，滔滔不绝。

"我们分头忙吧。你就按你的计划重开花会大场，我明天得赶紧去找工匠准备开工呢！"张宗榜不冷不热地说。

紫鹃急了："后殿开工的事能不能等几天再说？盼了八年才盼来京官祠堂失而复得的今天，前殿有现成的花会大场，何必慌着重建后殿？"

张宗榜诧异地盯着紫鹃的脸："你何必明知故问？我倒不急于重建后殿，可是我得赶紧把铁箱找到，哪怕把后殿废墟掀个底朝天！"

紫燕连忙点头："对对对，这事也蛮要紧。我的意思是说……只要铁箱还在那里埋着它就跑不了，稍迟几天……"

"只要还在？你是说也可能已经不在了？"张宗榜打断她的话，咄咄逼人地问，他紧接着自己回答："肯定还在！我敢肯定尉居卿和樱子都没动过后殿废墟！除非……另有人动过了！"

"那就肯定还在！"紫鹃附和道，语气斩钉截铁。她迎着张宗榜的目光紧盯着他的脸："那好吧！你全力以赴抓紧清挖地基找铁箱，我呢也要抓住全城庆祝光复这几天的机会重开花会吸引花会迷。"她说着披上一件风衣准备出门："不过，你找的工匠要管得住他们，切莫走漏风声。你晓得我俩这接收大员的头衔是帮门兄弟通过重庆打入武汉的地下组织弄到手的，在重庆只有名额并无名册。听说这几天重庆直接委派的接收大员就要到了，要提防他们插手！"

张宗榜一听顿时脸色和语气都变了："明天一开工我就日夜守在工地，严加防范。你也得赶紧和杨老先生取得联系！不知他老人家这几天会不会和接收大员一起回汉。"

紫鹃摇摇头："我托人捎信问过杨老先生了，他老人家在重庆担任政府要职，短期回不来呢。他老人家说蛮想念我这个关门弟子，叫我去重庆见面呢。还说叫我到重庆去开花会。"

"你怎么答复的？"张宗榜紧张地问。

"我说等你我趁武汉光复重开花会，花半年工夫把汉口花会开得轰轰烈烈了，再去重庆发展花会。那时如果杨老先生还没回汉，我就在重庆与他老人家见面，跟随左右侍候老人家一段时间。"

张宗榜一颗悬着的心刚刚放松，紫鹃冷不丁又冒出一句：

"你还得提防一个人呢！"

"谁？"

"那个神秘的红牡丹哟！要提防那人找碴子抓住你在沦陷时期的把柄不放！"

张宗榜恼怒地吼起来："我是苦役营的逃犯！她能抓住我的什么把柄？"

紫鹃见他几乎暴跳如雷，便安慰道："怕是不用怕的。光复以后帮门力量就大了！还有政府的靠山哩！"但她又来了一句："有些事是不由分说、不容分辩的。听说国民党和共产党各自都在列各自要清算的汉奸名单……时候不早了，我得去找人了。"

不待张宗榜再说什么，紫鹃就匆匆出门了。

三

张宗榜紧跟紫鹃其后出门。他见紫鹃走出京官祠堂院门后，朝左往人祥里街头十字街口转弯消失了，他便朝右往人祥里街尾走，走得步履匆匆。

张宗榜返回京官祠堂时大约是夜晚十时。他已雇好了泥瓦工匠，安排妥当了明日开工前该准备的事情。但他心里还不踏实，隐隐地有一种说不出的不安。他又摸黑到后殿废墟上踏勘了一番，这才回到前殿。

他放心地舒了口气。见时间还早，估计紫鹃还得个把钟头才会回来，他便从厢房找出笔墨纸砚，搁在大场供桌上，就着神龛下的长明灯和案前的烛光拟题纸。连拟了几题，都不满意，他烦躁地将笔掷到案台上，不料碰翻了烛火，烛火忽地燃着题纸。他也懒得去抢，任凭烛火将题纸慢慢舔成漆黑的纸灰，他呆呆地望着纸灰在穿堂阴风中拂动并腾空而起，飞扬而上，在女神像前飘舞。他浑身上下猛一激灵，赶紧望望女神的脸色，女神脸上依然挂着笑容，却显得朦胧模糊，笑得十分暧昧。他仿佛听见女神在说什么，仔细辨听，听出女神竟模仿着紫鹃的口气提醒他："你还得提防那神秘莫测的红牡丹，小心她找碴子抓住你在武汉沦陷时期的把柄不放……听说国民党和共产党都在列各自要清算的汉奸名单呢！"

神案上翻倒的烛台还不肯熄灭，烛火沿着流淌的烛泪鬼火般慢慢游走，又猛然蹿起，燃着了神案后的幕帷。张宗榜这才慌了，几步扑上去，伸出双手抓着幕帷掐熄了火焰。他松开幕帷一看，幕帷烧穿了碗大个洞，焦煳的洞口轮廓呈重叠的叶片状，乍看像一朵泼墨写意的黑牡丹……

紫鹃回到京官祠堂时已近凌晨一点。她身后跟着的七八个航船、划子，一进大场就按她的交代分头忙开了。

张宗榜重新拟了三道题纸，紫鹃一一看过，都不中意。她想了想，接过张宗榜手上的一本海底，翻阅着查找一长串名目，她相中了"志高"这个名目，相关的谜底物是牡丹。

这时紫鹃才注意到幕帷上烧穿的黑洞。她皱了皱眉头，忽又莞尔，拾起神案上的毛笔，边在砚台上舐着笔锋边沉吟，一会儿就想出谜面的五言四句，信笔写下来：

> 国色得天香，
> 金枝覆玉叶。
> 霜欺雪压过，
> 谪仙归故园。

她揭起墨迹未干的题纸，递给张宗榜看。

张宗榜不以为然地说："你这几句谜语说的么事不是明摆着吗？何须猜？"

"我就是要让本期谜底浅显易猜。你想想，光复之日打花会，打中的人越多吸引的人就越多！就只当把卖本期题纸所得统统拿出来当诱饵，让更多人高高兴兴上钩当花迷！"

她说着就喊过一个划子，交给划子连夜抢印题纸。

四

第二天汉口市民的光复游行狂欢活动，实际上是从头天夜晚开始的。早在头天下午中山公园举行的受降仪式刚结束，傍晚时分各家报纸在头版头条抢出受降新闻，市民不约而同涌上街头，争相抢购、争相传阅报纸，乐不可支，手舞足蹈，疯哭疯笑，狂欢就自动开始了。

入夜后汉口淹没在密集的、接连不断的爆炸声中，激烈程度超过武汉抗战以来任何一次战斗的枪炮声。当然，这是和平的爆炸，声响听来悦耳美妙，火光看来如同缤纷闪烁的花朵，甚至那呛鼻的硫磺硝烟味道，闻来也似浓郁纯正的檀香。千响一挂、万响一挂的爆竹和五花八门的烟花，仿佛无以计数的火精灵从地底下呼呼啦啦冒出来，或者犹如天庭发了一场大火，金黄的火星、绿蓝的火苗、嫣红的火花迸射四溅，狂泻飞落，洒满人间。据说那些精明的商人早在两三个月之前就冒着风险通过水陆两路秘密运回了充足的爆竹烟花货源，等着市民这几天抢购。而那些摔炮、土雷和纸弹类的爆竹，是商人们就地取材，雇工匠躲在偏街陋巷中秘密配制的。要不然连火柴和铁器都被侵略军严格控制的城市，不可能刚刚光复就有堆积如山的爆竹供市民任意挥霍取乐。到天色微明的时候，汉口大街小巷满地爆碎的鞭炮纸屑足有一尺厚。那红黄两色的纸花，恰如盛开怒放一夜又纷纷谢落的梅花花瓣。

黎明前的黑暗瞬间被掀天锣鼓声驱散，一夜未眠的人们以更狂热的劲头涌向大街大道，汇入接踵摩肩、浩浩荡荡的人流，开始了游街庆祝活动。

六渡桥至歆生路、集家嘴至江汉关这两条大街最热闹。不仅汉口东西两头的人流往这里奔涌，汉阳、武昌的人群也过河渡江浪头般一阵阵卷入人流。挤得水泄不通的人流又朝三民路、民生路蔓延，这般形势，仿佛水漫金山，仿佛汪洋大海包围了汉口商埠。

游街人群人人持自制的三角纸旗，五颜六色，绚丽缤纷。而最夺目的是如林的竹竿上高挂的直幅绸幡，幡上写着斗大的字：

> 托庇神威，重归祖国！
> 感谢英勇国盟军光复武汉！
> 仁义之师，驱逐倭寇！
> 欢迎国盟军将士光临汉口！

这时，从夹街的高楼大厦晒台上和窗户内撒出了传单，雪片般层层叠叠，朝人群头顶飘落，又如彩蝶乘风飘飞，飞扬过楼顶，飞到极高极远的地方。传单是彩纸油印的，写着千篇一律、大同小异的庆祝抗战胜利的标语口号，也写着一些措辞新颖、意思全然不同的话：

> 新四军、游击队是武汉人民的功臣！
> 共产党是带头抗战的英雄！
> 汉口父老同夸国共神军！
> ……

五

花会题纸就是混在这些粉红、草绿、天蓝、橙黄的传单中一起散发的。按照紫鹃的交代，划子们清早走街串巷叫卖题纸，卖到上午十点钟光景，就抱着成摞的题纸往人多的地方挤，一张张往游街人群手上塞。后来，干脆就一沓沓地往人群身上撒。本期题纸印了八万份，卖掉了三四万份，其余的统统散发光了。

人们先以为塞到手上、落在身上的是传单，不经意地展开一看，打过花会的人便会心一笑，没有打过花会的人就觉得新奇有趣，饶有兴致地仔细阅读：

国色得天香，

金枝覆玉叶。

霜欺雪压过，

谪仙归故园。

五言四句下面还印有几行小字：

　　普天同庆武汉光复，值此佳期良辰，花会大场重开，于今日正午在人祥里京官祠堂举行庄重的开筒仪式，欢迎前往观看祭祀女神场面。由沦陷期间与东洋妖女白牡丹针锋相对的黑牡丹，亲自向打中本期谜底者兑付 36 门大奖。

小字下面，还画了京官祠堂的方位路线图示。

　　在京官祠堂，紫鹃恢复了一身紫红衣衫红裤子的穿扮。但与八年前那身少女装束显示的天真活泼、有点顽皮的性格不同，八年后的今天，她披金戴银，浑身上下珠玉闪亮，透出一种逼人的既高雅又雍容华贵的气质。她还别出心裁地将披肩乌发在后脑勺束成马尾状，发卡上佩着黑绸扎的硕大的黑牡丹，并将一方蝉翼般轻薄透明的黑纱披在肩头，有意让人联想到她的黑牡丹身份。

　　紫鹃立在大场中央，指挥航船和划子们忙出忙进，一切准备就绪后，她看看腕上的金壳手表，时针已过了上午 11 时。她便吩咐航船、划子和保镖们统统去街上饭馆吃饭，由她一人独自看守大场，她吩咐他们最迟必须在中午十二点半以前赶回来。她将开筒时间推迟到下午一点，以便让更多的人游街狂欢够了再回头赶来打花会。

　　紫鹃等她的花会信徒三三两两都走光了，她便去后殿废墟找张宗榜。走进芦席围圈的工地，她大吃一惊，工地上热火朝天，废墟上堆得像一座小山的瓦砾泥石都清运光了，张宗榜正浑身泥泞地指挥工匠开挖地基。清运速度不可能这么快呀！她迅速将工地巡睃一遍，发现芦席围墙另开了一道门直通后花园，废墟上清除的瓦砾统统被运到距离只有二十几米远的后花园树林里了。照这个清挖速度，到今天夜晚就可以挖完三尺深地基，真像张宗榜说的把后殿地基掀个底朝天了。

　　但紫鹃不动声色，她走拢去，催促张宗榜赶快回前殿去更换服装，准备主持大场开筒仪式。张宗榜犹豫着，说工地忙得离不开，想拖延着不走。紫鹃再三催促，他无可奈何，便唤过工匠们的师傅交代几句，又唤来他雇用的监工附耳私语

619

几句，这才跟着紫鹃回花会大场。

两人走进前殿大门，两扇挂着铁环的朱漆门板从里朝外关闭起来。

六

将近中午十二点时分，三五成群的花会迷们，带着游街狂欢的余兴，一路谈笑风生地从人祥里两头走过来，一群群涌进京官祠堂院门。人们见花会大场还未开门，就挤在前殿台阶前的场地等候，站立在那里争论本期题纸的谜底物究竟是什么。

赶来观看花会开筒仪式的人越来越多，前殿外的空场挤不下，人群就拥挤在院门内外，堵住了人祥里街道两头源源不断赶来的人流。

有些老花会迷认为大场早该开门了，便挤上前殿台阶去叫门，见无人应声，便抓起门板上的铁环砰砰地拍门。可是门板拍得擂鼓般轰响也无人应声开门。

人群正诧异地议论纷纷，上街吃饭的航船、划子和保镖们陆续回来了。他们问明情况后也感到奇怪，几个保镖飞跑着沿着前殿察看了一圈，见所有的窗户和厢房的侧门也关闭得紧紧的，预感到可能出了意外。几个管事的头目凑在一起紧张地商议了几句，便叫一个保镖拿匕首插进门缝挑开了笨重的木门栓。

沉重的对开门扇嘎吱嘎吱地推开了，从大门望去，一眼便见换了一身簇新长袍马褂的张宗榜，他伏在盟主的祭台上，头朝神龛仰视着，似在向女神作诚惶诚恐的祷告祈求。众人急步奔过去，发现他的背心中了一枪。鲜血从枪眼慢慢沁出，在衣背上濡染出碗大的血花。他的一只手撑在台阶上，另一只手还紧握着一把尺余长的驳壳枪。

众人寻遍大场两侧厢房和幕帷后面的旮旮旯旯，不见紫鹃的踪影。

这时整座京官祠堂已乱作一团。航船、划子和保镖们见出了人命案，又无人承头管事收拾局面，唯恐涉嫌，便一个接一个挤出人群悄悄溜走。任由新老花会迷们挤来挤去看死人场面，围在一起议论纷纷。

后殿工地也停工了。工匠们挤进大场看过枪杀现场后十分奇怪，他们说后殿工地紧挨着前殿，近在咫尺，并没听见枪声呀！有胆大的懂枪的便走拢去仔细观察张宗榜手上握的枪，那枪的保险已经打开，枪口却并无击发过的弹火烧痕。看来，他死前与对手双方都拔枪对峙过，双方都有戒备，对手先发制人，而且对手使用的是无声手枪。这个对手，多半就是紫鹃了。

那么紫鹃是被迫临时持枪行凶还是早有预谋选在重开花会大场这天谋杀了张宗榜呢？她是怎样逃离门窗统统都闭死了的前殿？又逃到哪里去了呢？还有，紫鹃原本打算大张旗鼓重开花会的，忽然促使她和张宗榜拔枪相向火拼仇杀的突发原因是什么？这些都成了永远无法开筒揭晓的死谜了。

第二天，刚刚走马上任的汉口特别市当局派出军警，到京官祠堂勘查现场，收敛尸首后，查封了花会大场，并在京官祠堂院门外贴了两张布告。一张是逮捕令，宣布逮捕汪伪武汉绥靖公署主任叶蓬、伪汉口市末任市长石星川等五十八名汉奸，张宗榜列在汉奸名单的最末一名。一张是取缔令，宣布白花会是日伪时期的通日组织；黑花会及其前身亦有伤风化，有碍教化，一概取缔……

七

花会虽然被取缔了，但花会在它的蹊跷结局留下的不解之谜，却令众多花会迷难以释怀。一连数日，京官祠堂周围的人祥里及其毗邻街巷仍然围满了好奇的人们，都想探究谜底。在汉口乃至汉阳、武昌的街道间巷，花会之谜成了市民们茶余饭后津津乐道的话题。

汉口几家复刊和新创刊的报纸，也抓住花会大场的凶杀案大做文章，以吸引读者。

这时《大公报》也从重庆迁返武汉了。原一版主编改任四版主编，一上任就把郝编辑赶下版面，叫他去当花边新闻专栏记者，说是发挥他的特长，让英雄有用武之地。郝记者当然会凑热闹，也去采写花会之谜的热门话题。他将一些街谈巷议记录下来，稍加整理就匆忙发稿，并做了一个纯属臆想的标题：死谜活解，本报记者独家获悉花会凶杀案真相。写的内容无非是重复传言，说张宗榜一直怀疑紫鹃瞒着他从后殿废墟中挖出并转移藏匿了装满金砖的铁箱，那天紫鹃说语不慎露了破绽，张宗榜当即亮枪威胁逼她交出铁箱，不料紫鹃早有防备，抢先以无声手枪射杀张宗榜，席卷金银财宝逃往重庆，云云。这样发稿当然被四版主编打了板子。

主编质问郝记者："你凭空猜测紫鹃其人逃往重庆的依据是什么？"

郝记者答道："这并非我凭空猜测，并且也不是听说的空穴来风，而是一位不愿透露姓名的人士向我提供了有关紫鹃去向的可靠线索！"

主编见郝记者言辞凿凿，面露得意之色，便说："既如此……我主张……你应该紧紧抓住这条线索穷追不舍！你如果能到重庆去寻访到紫鹃，发回一条货真价实的电讯稿，向广大读者交出花会结局真相，那才叫既出了风头又显示了你比别家报社记者技高一筹的能耐！"

这么一激将，郝编辑便跳了起来，拍胸搓掌，说翌晨即启程。

主编便去找报社总编兼发行人，帮郝记者讨车马费。报社老板又去找后台老板讨了一封致重庆杨青山老先生的信，交给郝记者备作紧急无助时求救的锦囊。

郝记者图省事，一到重庆便去求见杨青山，却被告知杨青山早在武汉受降那天就抵达武汉了。幸亏他亮出的那封无人敢收领的信还是管用，重庆帮门有人透露消息给他：号称紫牡丹的武汉青帮山堂十三妹，确实来过重庆。不过她只在重庆住了一夜就匆匆离去，可能去了昆明。

郝记者不甘心空手而归，他在重庆转悠了一两天。他发现这座山城也有人在开花会，打花会的人也不少。他装成一个初涉此道者，跟随一群花会迷特地去观看花会大场的开筒仪式，试图探听一些消息，果然听说不久前有一个内地女人去昆明开起了花会。他把身上带的川资一盘算，横下一条心来又跋涉到昆明。

已到中秋时节，而昆明真正是一座春城，到处枝繁叶茂，繁花似锦。这里的花会也开得很热闹，不过都是一些小型的花会群体，题纸、海底和开筒仪式都不规范，五花八门，各行其是，各处花会大场的盟主或司仪男女长幼均有，尽是本地人。疲于奔波的郝记者于失望中抱着最后一丝侥幸念头，脚踏实地深入民间走访调查，希冀寻找到紫鹃的蛛丝马迹。走遍春城后他绝望了，他询问的许多花会迷都说，昆明的花会是刚刚从西双版纳流传过来的，今秋以来，在瑞丽，在畹町，在芒市，各处集市的露天之下忽然开起了花会，别开生面的开筒仪式迅速吸引了那里的各族民众，几乎无人不以打花会为乐。至于那里的花会起源却众说纷纭，谁也不知是否一个内地女人去传播的……

八

郝记者当然不敢再往遍布毒蛇猛兽的热带丛林走，他辗转月余，失望而归。

主编却认为郝记者不虚此行。他敦促郝记者马上把旅行采访见闻写稿见报，他说，汉口花会结局之谜，迷失于神秘的西南边陲，也算是对读者的一种交代。他说汉口花会起始于 20 世纪 30 年代初，历经十五载，骚动过数十万民众打花会，如今成了过眼云烟，消亡无踪。虽说仍留下一个未揭晓的谜底，但人生之谜很多，不可能一一说清，人们会渐渐淡忘。本报发稿后就该把花会的话题打住，花边新闻也该换换新鲜的内容。

主编说这话的时候，汉口已进入深秋了，街道间巷寻常百姓家在屋檐下、瓦脊上和木栅栏晒台养的几罐菊花开过又谢过，街头巷尾不多的杨树、柳树和更稀少的梧桐已褪尽青绿换苍颜。而巷道上的秋景更耐看，秋风扫不尽的落叶如遍地黄花。

在人祥里京官祠堂，前殿已被一位重庆来的汉口特别市党部要员据为己有，花会大场成了贵宾出入的官邸。这位颇有背景的要员又以前殿用于市党部公务为由，从市党部经费中拨款，在后殿现成的地基上建成一栋两层欧式小洋楼作为私宅。京官祠堂的新主人还来不及经营后花园，后花园荒芜多年，倒是荒得野趣盎然，许多不知名的野花杂草葳蕤蓬勃，以极强的生命力与季节争夺花期。不过它们为了明春早日到来，眼下也已是落英缤纷了。

（作家出版社 2000 年 11 月第 1 版）

中短篇小说

宝　罐

一

姆妈倚住门槛，朝巷子两头张望。

她费劲睁眼，但松瘪的眼皮反倒垂得更下，把眼眶遮成两条缝，扯得眼角的鱼尾纹直颤。她正侧着掩在花白头发下的耳朵在辨听什么喊声。一双鼓暴着青筋的手，合搂着一个裂了缝的绛红色坛子。

姆妈在盼一个沿街吆喝的补丁匠。是昨天还是前天，她擦洗坛子罐子时不慎损裂了一个，便念叨着心疼了几日几夜，成天候着补丁匠来补。

我躲在暗楼上做功课，心不在焉地写着，偷偷地斜睨着楼下的姆妈。其实那个坛子是我故意一脚踢裂的。我眼里充满了怜悯和愧疚，但我的心中在强硬地低吼："我厌恶坛坛罐罐！这些形状和色调都俗不可耐的陋器，只能盛满贫穷和寒酸！"

我慌忙捂紧嘴，流露这种嫌弃情绪是对姆妈的大逆不孝。姆妈认为，如果对坛子罐子没有感情就是忘记身世根底。姆妈唠叨过多少遍，说小船是我的摇篮，而大坛子是我的褓襁。我脱胎出世后，爸爸在河滩拉纤，姆妈一手把舵一手执勺，两眼直勾勾地盯着坐在大扁坛里的我。直到我爪子和蹄子烦躁地抓踢着坛子声明我该学步了，才得以爬出来，但腰缚一根绳，绳头仍拴在坛子上以防坠船落水。

我的罪孽深重，因为我鄙视从河里迁上岸的这个徒有四壁的贫窑。姆妈对此浑然不察。"我家祖辈倒拥有过一个价值连城的宝物"，姆妈以一个良家妇女的本分和一个穷婆子的实在毋庸置疑地说，"只是在得到它的那一夜，它被误当怪物砸碎了"。姆妈无限惋惜地叹道。

二

早春的长江水阴冷。一群纤夫拽着沉重的大扁子船,涉着砭骨的水滩溯江而上。天已黑塌了。江风像鬼悄然而至,无影无形地扯起几尺高的浪头,疾扑船头。纤夫们慌忙趴倒在江水里,手足并行,匍匐着拉纤,就像一群被皮圈铁链死死套住脖子的疯狗,拼命朝上游挣扎……

纤夫头领唱着爬行号子,双手扳住水中一块石头攒劲,石头却轻飘地滚进他的怀里。他搂住冰凉而圆滑的石头,心想,必是一块石膏石。

扁子船在一片河林子边泊岸时,纤夫头看清,自己搂着的是个扁圆的瓷罐。

船老板忒贪,装船装得货舱填满甲板堆满,连纤夫们歇息的前舱也塞满。纤夫们只得在河林子里燃起篝火熬夜。

纤夫头盘腿坐着,抚着泡在江里冻得红肿的脚呻吟。他发现熠熠篝火映照着什么,泛起暗暗的墨绿,原来是弃在一旁的扁罐闪着釉彩。他想烧水烫脚,便去舀来一罐江水。他刚把罐子架到篝火上,罐里的水立刻沸了。他很惊诧:莫非水烧了许久自己在打瞌睡?蹊跷!他把热水泼了再舀一罐冷水,架到火上定睛不眨地看。噫呃!罐里的水马上又翻泡了。

纤夫头失声惊叫。围着篝火打鼾的纤夫们猛醒,都不信有这种古怪事,便又舀一罐水试烧。这回十几双眼泡子都瞄清了:火苗子一舔,水罐子就咕咕嘟嘟直叫。

众纤夫惊惶地退避开去,远远盯着怪物罐子不敢拢去,嘴里迭声喊:"有鬼!有鬼!"

独有一个愣头青不怕,戳指着怪物怒骂:"爷们累得半死,你还来耍爷们开心!"骂着,冷不丁搬起一块大石头砸过去,扁罐哗啦碎了。

这时船老板闻声跳下船来。他认出碎缺罐底镂着几个蝇头小楷:巴蜀孔明。这才晓得是个宝贝罐子,是诸葛亮用过的夜壶。它历尽千年沧桑、经千曲百回,不知何以从巴山蜀水冲刷下来,又像一尾被浪头打昏推到岸边的大鱼,骨骨碌碌滚到一个穷纤夫的足下。这不是水神杨泗的怜悯和恩赐吗?纤夫头捧着破碎的宝罐,双手直发羊癫疯。

可怜的愣头青,狠揪着自己的头发,悔恨地疯捶脑门,险些把脑壳捶破……

三

姆妈说纤夫头便是爷爷。这故事她不知讲过多少遍,我由听得如痴如醉到听得耳洞起茧、心头发腻。这不外乎是个大人哄小伢的故事。不同的是，别人的童话轻松幽默，姆妈的童话太压抑太悲伤。

我到了即将升中学的年龄。我简直大惑不解，姆妈如今对我念叨家谱身世时，居然还在引证宝罐的故事。她能论证故事的每一处细枝末节：爷爷把宝罐碎片分给纤夫们，他留的一片传给了爸爸，爷爷殁了，姆妈把爸爸的宝罐碎片藏在后舱底板下，后来船被东洋飞机炸沉了……莫非姆妈真的信她自己编的故事不成？我只好理解为她的良苦用心是叫我不忘本。其实她不屑啰嗦我也无法忘记我是船夫和纤夫的子孙；我倒真愿忘掉令人伤感的身世，可我无可选择地投胎在一叶颠簸的小舟上，屈辱地坠落在一个肮脏的坛子里。我卑微猥琐，我想象得出，那时，我恰如一个人彘……

我想出了神，合上书本站立起来时忘了弯腰，一头撞在檩子上。轰隆！我似乎看见我的眼珠震碎了，裂成无数金黄的银白的玻璃碎片，脑壳里装的血或是水从眼洞里哗啦哗啦漏出来。

四

姆妈终于盼来了补丁匠。补丁匠接过坛子说："可惜可惜，这还是浔阳老窑烧的哩。"说着便叮当叮当补起来。

邻居们纷纷拢来围观，恭维补丁匠好手艺。他的手艺的确不赖，能在破成两半的酒盅似的细瓷碗上钻六个眼子打三个补丁，补得滴水不漏。

唯有西西不屑一顾。她端一脸盆水当街挡道洗满头青丝。她蹲着，把头深深埋进盆里搔着，只穿了一件红布裤头的肥屁股便撅得老高，像一轮日头冉冉欲升，照得陋巷一派猩红。

叮当叮当，邻居们饶有兴趣地观赏着补坛子的场景。

马脸婆啧啧地说："哟，破坛烂罐还舍不得丢？值得补丁师傅费神呀？你屋里的宝贝坛罐成堆成摞，还不够用吗？"

姆妈不睬马脸婆，只顾忙着给补丁匠端茶递烟。

我狠狠地盯马脸婆一眼，满肚子气恼无处发泄，便挑起水桶去挑水。姆妈连忙过来摘下一只桶，要同我去抬水。我固执地夺回桶挑走了。姆妈说我的骨头还没有长硬，殊不知她的骨头已枯脆了。我长得太慢，比姆妈还矮半个头，抬水抬前头。每当我感到越抬越轻时，扭头发现姆妈悄悄把水桶移向她那头，沉沉的一桶水压得她的两条腿战战兢兢，比扁担还颤得厉害。如果水缸干涸而我还未放学，她便抱个罐子去接水，活像个异族农妇，惹得一巷子的人讥笑。

当我斜耸着肩膀歪扭着腰臀挑回半担子水时,补丁匠刚刚补好坛子。他信手从水桶里舀半坛水高高举起来。马脸婆忙不迭地拉过姆妈围着坛子转,吹毛求疵地验看。

我恨不得破口大骂马脸婆假惺惺,但张开的喉咙里只喘出些粗气。马脸婆方才的刻薄话正好道出我的心声。姆妈您这是何苦!您抱金伢似地抱回一个又一个坛子罐子供着,圆的、扁的、长颈的、荷叶边的、细口罗汉肚的,应有尽有,连破裂的豁嘴龇牙的也还要打补丁疤子留着,不嫌刺眼恶心?

扁担在我的手心被攥出汗。我陡生一个歹毒的念头:砸!抡起扁担把这些塞满狭窄小屋的丑八怪统统砸个稀巴烂!

可我不忍心下手。也不知道从哪个坛子砸起,每一个姆妈都派好了用场。除装水储粮的、盛油盐酱醋的外,腌菜泡菜坛子最多。凡四季蔬菜,没有不入坛的。西瓜皮、冬瓜瓤、辣椒蒂把也归在姆妈的泡菜系列中被入坛封罐,最终亦进入我的肠胃皮囊。

西西还在洗头。西西比我大两岁,总喜欢撩我,说一巷子的男伢数我漂亮。我却不喜欢缠她,她不够漂亮。这时,她从裤裆间勾头倒脸朝她背后的我眨眼睛,我便挂起扁担走进屋里。

我伤心地环顾着这个包装箱似的小木屋。充斥四壁的坛坛罐罐像酱铺作坊的一隅。床头上搁着唯一的贵重家当,那是一对细肚镂花白瓷坛。一个装肉票、布票、棉花票、豆腐票等五花八门的购物券,另一个专存总存不住的爸爸的薪水和粮票。这俩尤物是姆妈当年的嫁妆,也是我的原罪的证据。姆妈看那瓷坛上雕镂的仕女图百般有趣,我却越看越觉得俚俗可憎。我偷偷地抠过那红衣舞女的眼珠,掐过那绿衣琴女的脖子。

我盯着床头梁上吊的一个葫芦发愣。

在姆妈毫无价值的陶器收藏中,我只对一个罐子有些兴趣。它派不上任何用场,或者说,它装着姆妈的心肝性命,她把它吊在这个葫芦里闷着。每年三月三、七月半或除夕夜,姆妈躲在屋里烧纸钱时,必取出这个奇怪的罐子供奉。爸爸从船上回家休假的夜里,她也取下来与爸爸一起端详着悄声私语。

当姆妈和爸爸像鉴赏家把玩着他们的宝贝罐子时,我透过暗楼的板缝窥视着他们的秘密。那不过是一个普通的扁圆陶罐罢了,不过显得小巧玲珑一些,罐沿有四只龙尾形提耳,罐壁镂满首尾相衔上下纠缠的群龙图。而罐子的釉彩已褪尽,毛糙如一个新买的煨汤沙罐,我实在不明白,这个黯然失色的扁罐何以使姆妈的神态那么虔诚而庄重?

这个闷葫芦害得我夜夜做梦。心境愉快时梦见它正如童话里的宝葫芦,将卣旮旯儿的瓦罐陶坛统统吸进去，变出全套新家具，满屋生辉；情绪恶劣时梦见自己想超脱痛苦去吊颈，那葫芦是我的骷髅吊着；心情不好不坏时做丑梦，梦见那不是葫芦，而是西西裸着的圆屁股……

这时补丁匠吆喝着走了。邻居们端碗出来，边往嘴里扒饭边串门聊天。

马脸婆和楚货照例涎着脸抢先上门来讨泡菜。姆妈立刻笑逐颜开地捧出荷叶边坛子。

如同开仓济赈一般，无数只碗凑拢来。

荷叶边坛子里今天夹出的是高脚白梗子和泡莴苣皮子。马脸婆边尝边啧啧地说："哟，你这真是个鬼坛子、魔坛子、怪物坛子！"这话倒不是糟鄙姆妈，是佩服姆妈的坛子能化腐朽为神奇。邻居们纷纷附议。

在一片赞誉声中，我看到姆妈沟壑纵横的老脸忽而平滑丰腴，像西西的肥屁股一般充满活力。我的心戚戚然复欣欣然。

唯独西西坐在自家门前不过来，她一向认为泡菜酸牙而伤胃。她扔了碗朝马脸婆撒娇，讨过五分钱买了一对发糕。楚货见状，也学西西向马脸婆讨钱，马脸婆啐了他一口。

他翻着眼白眼骂一句："偏心眼的老豁皮！"

一旁的姆妈恼了，扬手戳指着楚货正欲训斥，楚货已一把抢过西西的一块发糕，恬不知耻地跟一群小伢撑在小贩屁股后头，得意地学叫卖声去了。

五

我今日称病逃学也没躲过一场奇耻大辱。

下午学校要组织同学们到军属家打扫卫生，我应到学校去把我班的同学带到我家来。我称病不去，姆妈看不出我有什么病，说："你不上学就给哥哥写封信吧。"我说我头疼，我躲到暗楼上。

这时补丁匠又吆喝着过来，姆妈喊他进屋来。我以为姆妈又要补破坛烂罐，原来她是请补丁匠代笔写信。我不明白一个修修补补的匠人怎么能识文断字，写起字来龙飞凤舞！我更不明白姆妈为何愿向他泄露闷葫芦的秘密！

补丁匠写完信就走到里屋门口，仰望着姆妈指给他看的葫芦频频点头。他又向姆妈要过那个细肚白瓷坛，抚看着仕女图案低语着什么。

补丁匠刚走，同学们竟找上门来。我的男女同窗们大惊小怪地发现：我家没有任何箱子、柜子之类的家具，衣物被絮统统塞在一口半人高的内壁裱以防潮纸的大缸内。他们只好清洗一大堆坛子罐子，骚扰得蚊蝇和蟑螂四散逃命。

一窝拇指大的通体肉红的幼鼠真可恶，惊吓了一个女同学，她失手摔破了鼠巢坛子。

姆妈更比幼鼠可恶，她竟痛惜得当场掉泪，骇得女同学嘤嘤地哭，弄得同学们十分尴尬。

马脸婆不失时机地来凑热闹："啧啧！莫怕莫怕，不会叫你赔的。她屋里富得很，你看这么多坛子罐子都是她的宝贝！嘻嘻。"

我再也忍受不了马脸婆的奚落！我再也忍受不了破坛烂罐的折磨！

同学们终于饶我走了。

我憋足劲俨然以大人的口吻对姆妈说："我，跟您，商、量、一、件、事。"

姆妈正抱着那个摔破的坛子在拼合碎瓦片，她仰起脸，眼里有些惊讶有些不快。

我一时语塞。我干脆戳指着一个个坛坛罐罐直截了当地说："家里早该来一次大扫除了！再不清除这些不卫生的盛器不行了……"

姆妈的手猛一哆嗦，碎瓦片割破指头，沁出一坨血。顿时我的心头也似被割了一刀，我扑上去捧住姆妈的指头往我嘴里吮。这血怎么不是红的是乌的？这血怎么不是咸的是苦的？

姆妈猛一掌把我掀倒。

"哦！难怪同学来了你还磨蹭着迟迟不下楼？丢了你的丑是不是？嫌弃这个穷屋？那你就远走高飞去！学你哥哥姐姐……呜呜呜。看你这个鲁莽样！你也想学楚货那个不认娘老子的东西？"

我仰面打八叉跌倒，脑后一个阴险的大坛子趁机狠狠一撞，撞得我的头颅像一口钟嗡嗡乱鸣……

六

一场事变淡化了母子危机。

一向被遗弃在城郊的陌巷，忽然被市中心来的游行大军垂青，游行队伍穿遍了每条狭窄、肮脏的胡同，慷慨地送来许多标语、传单和旗帜、袖章。于是陌巷热闹得反常。

先是听说补丁匠在一夜之间被抓走，有人揭发他是资本家，是跑江湖搜刮民脂民膏的商行老板。姆妈听得惶惶不安，夜里见她解下葫芦，取出那个四耳扁罐供在案头，似在为补丁匠祷告。

忽一日，楚货带闯将队来抄他自己的家，挖地三尺，果然挖出一坛子绿锈斑斑的银圆。铁证如山，楚货命令小闯将把马脸婆五花大绑，他亲自操起剪刀把她的头发铰成瘌痢头，又把母子三人共用的尿罐子倒扣在她头上，押去游街。

西西无动于衷地坐在门口，撩起裙子跷着白胖的二郎腿嗑瓜子，朝楚货啐瓜子皮。

街邻屏声静气围观。

姆妈紧紧抓着我的胳膊，我紧紧攥着姆妈的手，互相依偎在门口呆若木鸡。

第二天，马脸婆哭哭啼啼回来了，她立功赎罪，揭发西西追求资产阶级生活方式，衬衫里头不穿圆领衫只穿乳罩。小闯将叫西西坦白交代，西西咯咯笑着承认，她解开衬衫纽扣扒出两团雪球似的白乳罩，吓得小闯将个个掩面而逃，西西便指着他们笑得直不起腰来。

谁知马脸婆又揭发到姆妈头上："啧啧！她和补丁匠打得火热。她屋里的坛坛罐罐上画满了牛鬼蛇神，还供着个胖菩萨。那天半夜，我把耳朵贴到板缝偷听，听见隔壁她跟她的男人说，把么东西隐起来……"

我不顾姆妈劝阻，正欲去找血口喷人的马脸婆论理时，撞着楚货已带着闯将队闯进我家。

姆妈把我护到她身后，高声说道："我们可是好成分！几辈子都是拉纤撑船的长工，清清白白。你们走！你们走！"

姆妈摊开手臂，撵鸡撵鸭似地撵楚货走，楚货却一猫腰，从姆妈的胳肢窝下钻进里屋。

我的心扑扑乱跳。姆妈闷在葫芦里的罐子要遭厄运了！

但楚货只抓了那对细肚镂花白瓷坛跑出来。姆妈扑上去便夺。哐当！楚货把白瓷坛砸得粉碎，花花绿绿的购物券蝴蝶般飘舞出来。

姆妈勃然大怒，揪住楚货的脖子猛扇一掌。我看到楚货的脸红得像猴屁股。

"夯！这些坛坛罐罐上的图案尽是花花草草、帝王将相、小姐丫鬟，夯它个稀巴烂！"楚货嚷着，一手捂脸，一手操起扁担，但他自己显然胆怯，把扁担往一个闯将手上塞。

姆妈忽然像个莽汉，一手叉腰，一手拍得胸脯砰砰响：

"这辈子土匪抢犯都见过，还怕你这个不认娘老子的忤逆？摆功劳，我和他爸爸在江阴冒着枪子儿摆渡过解放军过江呢！比儿女的本事也强过你，老大在部队是排长，支援越南修公路，头上是美国飞机扔炸弹！老二走十万八千里去云南傣族寨子里当老师，每天三顿苞谷还吃不饱……你敢抄长工的家？你敢抄光荣军属的家？"

一群好战善辩的小闯将，竟在慷慨陈词的姆妈面前张口结舌。我紧紧揽着姆妈的胳膊，为我这个目不识丁的坛妪罐母而骄傲。

敢在亲娘头上动土的楚货，却怕我的姆妈。他揉着被扇麻木的脸悻悻地走了。

我急忙跑进里屋仰头一看，吊在梁上的闷葫芦不翼而飞。

我忽有一种莫名的失望感。以摧枯拉朽破"四旧"著称的小闯将，竟没敢再动我家坛坛罐罐一根毫毛。

七

楚货因打人致死被抓走后，家家户户开始挖防空洞。

姆妈和我在堂屋的饭桌下打洞。姆妈疼爱地说我像一条蚯蚓。我屈膝跪在洞里，头拱在前洞壁上借力，屁股拱在后洞壁上使劲，用无柄小锹奋力刨脚下的土。姆妈蹲在洞口用笼箕上下吊土。掘至丈余深时，向东西南北刨四个蛤蟆洞。弄成个泥巴狗子的我并没有体会到挖掘"反修防修"洞的严肃意义，却深深陶醉在创造性劳动的兴奋中。白天挖洞夜里做梦。总梦见哥哥带着战友、姐姐带着傣族学生来帮我挖洞，将四个洞穴无限地向纵深掘进，洞顶支起坚固的花岗岩石板，洞壁砌以砖石。于是在塞满破坛烂罐的陋屋之下构造出宽绰而整洁的房间……

正值酷暑，暗楼活像闷热的蒸笼，而地洞里却阴凉静谧。我把木梯插进地洞，放学后便潜入地下，借着洞口射进的光线，把书包垫在双膝上做功课。作业完成便随心所欲地阅读或遐想。把一个洞穴比作书房，一个洞穴比作卧室，一个洞穴比作客厅。还有一个呢，做健身房正好，很遗憾它被姆妈的坛罐挤占了。姆妈把一个蒙得严实的敞口坛搁进去，我猜那里头藏着闷葫芦，葫芦里头便是那个捉摸不透的罐子。

第二年，姆妈泪涟涟地送我去广阔天地接受再教育。姆妈多子女而身边无人，她本可以申请让我留城，可怜的姆妈却留不住我的心。

八

我是乘招工单位的大卡车返城归家的。

沿路我一直倚车厢栏板而立，仿佛站在运动场的检阅台上，从容观看天上人间景象。无限高的苍穹，悬浮的日头，飘逸的云彩；无限远的地平线，自由自在的高山流水，纵横捭阖的道路……世界在我巨大的眼眶中一览无余。我驻足凝视，脚下的车轮却飞旋不歇，静与动交叉的视角是否容易产生错觉？我不知自己几高几大。

而当我步入小巷，简直以为误入小人国。人如鸡犬，拥挤不堪的矮木屋像栅栏樊笼，巷道恰似一根滑腻肮脏的鸡肠。在尿布一般密密匝匝晾挂着的衣衫被单上头，天空只露出巴掌大一块污秽的面孔。

姆妈倚靠在门槛上迎候我，老人家已是满头银丝。我的鼻梁像被谁狠狠搋了一下。姆妈，游子归来了，您健在我心里真是宽慰。

可我又为姆妈仍还活着而可怜。她只像个人兽，本能地守着一处叫做"家"的巢穴。多么陌生而又多么熟悉的低矮狭窄的木屋，炉台、饭桌和床挤占一半空间，一大群兄弟姊妹似的陶坛瓦罐挤占另一半空间。不知何时重新吊到梁上的葫芦，板着脸向我宣布：姆妈依然对坛坛罐罐一往情深。

而城郊小巷在农村和都市变革的夹击下也缓慢起了变化。补丁匠杳无音信，而类似补丁匠的匠人和小贩忽多如嗡嗡营营的蚊蝇。上百户共用的消防龙头似的自来水管，从巷道底下悄悄分蘖出无数枝蔓，牵引到各家门前，于是癖爱洗头的俏娘们不再只有西西一个。更惹人注目的是，叫卖发糕的老头率先推倒糟朽的木板屋，在狭窄的老宅基地上翻造起侧竖的火柴盒似的砖楼。

西西怂恿劳改释放的楚货拆去暗楼，升高室内空间，两人把赖在床上哭嚎的马脸婆抬起来掀到大门外。马脸婆在巷道上"打滚骗赖"，兄妹二人则在一旁把马脸婆的雕花红木大床拆成一堆木料。楚货把灶台改砌到里屋，又买回一张双层床改成三层床搁在堂屋一侧。西西叫马脸婆睡下层，楚货睡中层，她睡上层。马脸婆也不忌讳家丑不可外扬了，对姆妈说："啧啧，楚货故意把上层床板缝撬宽，有一夜伸手指头去搔西西的屁股。西西瞎骂楚货，说："你个劳改犯再敢搔，我就从床板缝里屙尿到你脸上臊死你！"

虽然马脸婆说得恶心，但马脸婆的堂屋却变得宽敞而明亮。街坊中比父母狠的儿女纷纷效尤。

西西仍爱朝我挤眉弄眼，尽管她的男朋友多得像她的皮鞋几天一换。她还改不了吃泡菜的好习惯，天天来媚姆妈的泡菜坛子。

西西确实诱惑了我。西西在巷子口摆个剪裁摊，只裁不缝，裁衣料像剪窗花一样轻巧，赚钞票如她儿时满地捡花花绿绿的糖纸。

西西见我早出晚归挤车上班，夜里还在巷子的路灯下看书，以为是艳书，不过是一本《汉乐府》和一本《九歌》。她失望地掷还给我："你姆妈的坛子罐子绊了你的手脚，这些古怪书又蒙了你的眼睛！"初一没读完就辍学的西西竟口出惊人之语，我听得一怔。

西西转身进屋去取出两本书扔给我,我一看又愣住了:《流行服装款式》和《交际与信息》。

"你想不想停薪留职来跟我搭档?"西西一改轻佻表情,蛮严肃地问我。

西西扰得我心烦意乱,我起身进屋,发现姆妈监视的目光一直盯着我。姆妈的嫌人与西西的嫌人并无二致!我只好躲上暗楼。

然而,我不得不改造姆妈的老屋。

我从单位运回一车氧焊废弃的电石灰,举债购回砖石,用木柱撑着屋顶推倒前后墙糟朽的木板,改砌砖墙,趁机将墙脚向巷前巷后移出两匹砖宽的距离。

傍晚,单位上的一个年轻女同事听说我请假在私宅大兴土木,忽然多情地来访。她一睹我的府第风采后大失所望,没话找话,说闻不惯菜坛子的酸菜气味。我勃然作色,当即下逐客令。女同事落荒而逃,我仍不能止怒,信手抓举起一个沉重的大坛子高擎过头,轰然砸下。爆炸之声竟如此强烈,震得我的耳膜内轰鸣不已。

姆妈无语地打扫满地瓦砾。老人家的手剧烈地痉挛,与我的心之战栗同一个频率。

第二天,姆妈瞒着我去买回一张棕床,腾出她那副床板请来木匠打家具。等我回家阻止时,那副拃把厚的杉木板已被锯开。铺板是随姆妈在船上漂泊了半辈子后被带上岸的,都磨玉了,光可鉴人,是我家唯一可称道的财产。

姆妈开始慢慢把坛子罐子往暗楼上搬,腾出位置搁立柜和沙发。她断然拒绝我插手帮忙。看来我时常假作失手打烂扔掉一个豁牙咧嘴的坛罐,她是佯作不察。我大了,渐有了楚货的专横;她老了,渐似马脸婆的懦弱。

这天正午,我躺在沙发上读书。姆妈在暗楼上忙碌着重新安置坛罐器皿。

突然,我头顶的楼板闷闷一震,紧接着听见哐当哗啦的破碎声。糟了!我惊惶地几步抢登上暗楼——

姆妈跌坐在神龛般狭而矮的暗楼上。她双手搂抱着一堆碎瓦罐片,双目紧闭,鼾声如雷。她的身前身后簇拥着无数儿女俑一般的陶器,全然不睬我这个异样儿子的千呼万唤。

姆妈死于脑溢血。

置姆妈于死地的凶器是一个瓦罐。而执器行凶者是谁?或许……便是……明明……就是我呀!

九

爸爸深夜奔丧而归。我扑通跪在姆妈的结发人脚下,深埋着羞愧不堪的头脸，把惊悸不安的泪眼躲藏在紧闭的黑暗里。我愿作虔诚的忏悔……但我的头顶无端地长出一双邪眼，警惕地注意到这个狂暴的水手抡起水壶劈下来。我一边诅咒罪恶的独眼，一边将头迎上去。额头与茶壶热烈碰撞，迸出蔚为壮观的音响声色。于是颅腔的热血奔放而出，酣畅淋漓……

"你这个不成器的东西！"

我听到豪爽的水手轻蔑地骂了一句，便昏死过去。

当我醒来时眼前一片惨白。有一张鼓暴着青筋的老手，轻轻摩挲着我缠满绷带的脸。眼前晃着一张沟壑纵横的慈祥的老妪的脸，那脸凹上嵌着的双眼几乎全被眉下松瘪的肉袋子统进去了，当眼角的鱼尾纹艰难地扯动时，才眨出一线微弱而温柔的眼光。我今日才发现，爸爸的长相与姆妈如此相似，我定睛再看，那颗活像个葫芦的青皮光头上蓦然间变魔术似地生发出一根根尺把长的银丝……我看得千真万确。

姆妈！姆——妈——

我快活地大叫着又昏死过去。

等我完全清醒，爸爸已匆匆上船去了，他在我的枕旁搁着姆妈遗留的葫芦。

我好奇地打开葫芦，葫芦里套着裹了红绸的四耳扁罐。铁青色的扁罐十分轻巧，捧出来便见罐里藏着一扎家信，是我和哥哥、姐姐历年写给姆妈的。信底下放着一个拃把长的船用木滑轮——过去船上人家称之为葫芦，是桅帆上的关键工具，被敬作祭祀的神器。使我惊讶的是木滑轮上用橡皮筋缠着一张以我的姓名立户的存折，存款额已达四位数，艰难度日的姆妈是怎样一分一厘抠下来的呢？只好去问那些廉价的陶坛泥罐了。

十

爸爸耻于与我为伍，宁愿在风浪颠簸中寄托哀思。但他早已过了退休年龄，领导再三动员，他只得闷闷不乐地卷铺盖回家。

我理解一个老水手暮年的失落感。为了在小屋里挤下两个大活人，我再次推倒前后墙重砌，趁机又将墙脚向外推移两匹砖宽。我重新摆布屋内格局，卡尺卡寸地比量着隔出一小间留给爸爸，布置得清静、舒适。总之，我在爸爸未归家之前尽量做好准备。

一切都是徒劳。

这天傍晚，爸爸刚跨进家门，劈头就问姆妈的一个罐子的下落，问得我懵头懵脑。

姆妈生前曾搜罗过数不清的坛罐，爸爸他是问的哪一个呢？

"就是你姆妈为你存款的攒钱罐子！"爸爸急躁地催吼着。

那些荡然无存的原始的盛器，对我而言已是陌生而遥远的东西了。我竭力回忆着……是那个葫芦里闷着的罐子吧？一个普通的扁圆陶罐？哦，不对不对，是有些不一般，我偷觑着爸爸急剧变化的脸色，渐渐忆起扁罐的形状。那只罐子单薄而格外轻巧，内壁似也镂有龙的图案。最不一般的是釉彩已全部褪色，像是经历过多年的磨洗、冲刷……我只记得，办完丧事的第二天，我把所有的坛坛罐罐统统砸进一口大缸，再把大缸砸碎填进塌陷的地洞。是的，我记起来了，那是一连串压抑中的爆炸，响声奔放、明快，轰隆，轰隆……

轰隆，轰隆。爸爸引爆了热水瓶、茶具、镜框、玻璃窗，接着他击炸了吊在空中的电灯泡。后来他企图撞爆自己的脑罐子。最后，他的身架轰然坍塌在床上。他的眼球里还爆出一些纷纭的泪珠。爬在他脖子上的粗硬的青筋，恰如一条雷鞭闪电在狂笞……

十一

祸端缘起于补丁匠的突然出现。

补丁匠是戴着青呢礼帽、打着花格领带回来的。那年补丁匠被抓走，揪斗审讯了几个月后，被吊销城市户口下放到偏远农村。我返城那年，补丁匠也返城并申请去香港。

其实补丁匠解放前只是陶瓷行老板的伙计。他与爸爸、姆妈相识于那次押运一船湖南瓷器从湘江运进长江。

船行至岳州，在岳阳楼下遭遇狂风恶浪。姆妈急忙打舵靠岸，爸爸扔下橹直奔桅下落帆。不料桅尖的木滑轮卡住了帆绳！只见那迟迟降落不下的帆已被江风死死纠缠住了，兜着一股狂风吹斜了小小的扁子船，眼看就要翻船。补丁匠——那时是伙计，吓得死死箍住桅杆呼天抢地。爸爸抓起太平斧，踩着伙计的脊背和肩头猴子似地蹿到桅杆上，一斧剁断帆绳。爸爸随着断裂翅膀似的帆呼啦啦坠落，重重摔在船舷又滚落到江中，眨眼间便沉没了。风平浪静之后爸爸才像个江猪子似地隐隐浮现，他已昏死过去，双手却奇怪地搂抱着一个陶罐。

爸爸醒过来也说不清陶罐的来历。伙计对陶罐极感兴趣，他估计爸爸落水后沉得并不深，他很玄乎地说，当年东吴的周瑜曾在这一带江面上操练水师，爸爸是沉落到一艘沉舰上也未可知。他猜爸爸在沉船上乱抓时抓到这个陶罐。他仔细端详着罐沿的四个龙尾形提耳，说他盘陶瓷也盘了几十年，四大名窑的绝活也见过不少，还没见过这种年代久远的陶罐。

船泊到集家嘴卸货时，爸爸仍然卧床不起。伙计点拨姆妈把陶罐拿去典卖试试，他愿去帮着说个好价钱，换钱给爸爸治内伤。不料姆妈断然不肯，她说卖不得的，这罐子是爸爸的命根子。

武汉解放的头几年，伙计继续在公私合营的陶瓷行给改称经理的老板当助手。"四清"时他受老板的牵连被革掉公职，便改行当了补丁匠。补丁匠跑了几年大街小巷，对陶瓷更是见多识广，一再叮嘱姆妈保藏好那非凡的陶罐。

姆妈不再说扁罐是命根子之类的迷信话了，她对补丁匠说，它是爸爸大难不死的证物。显然，四耳扁罐的价值在补丁匠和姆妈的心目中各不相同，在姆妈看来，与苦难同在的陶罐是一种信念，一种慰藉。

补丁匠说他在香港开了一爿小陶瓷行。他说他背井离乡十几年，一直念念不忘弄清四耳扁罐的来历。如今他敢断定，那是一件真古董，可能是汉代官窑的陶器。补丁匠在武汉已了无亲眷、财产的牵挂，他是奔姆妈收藏的扁罐而回内地的。

补丁匠按照与爸爸的约定找上门来时，正遇上这位老水手捧着姆妈的遗像涕泗滂沱。在与姆妈诀别的大悲之日，这条硬邦邦的汉子却没轻弹一滴泪。

补丁匠一把扯掉脖上套的花格领带向姆妈鞠躬致哀。老态龙钟的补丁匠又摸摸索索从怀里摸出那柄小巧玲珑的补丁锤，俯拾起一把砸破的茶壶，叮叮当当敲着请姆妈聆听。

大失所望的补丁匠，忽又不甘心地问起一对白瓷细肚坛的下落。

补丁匠绝望了，痛苦地歪扭着嘴脸嘶喊："那是你姆妈珍藏多年的前清官窑瓷器呀！"

<h2 style="text-align:center">十二</h2>

没有不透风的墙这一说法，可能特指陋巷小市民的栖所。尽管我早已在与马脸婆家相邻的单薄木板上加砌了一道砖墙，这个能用耳朵打洞的偷听妇，仍然窃听到我砸碎了一个宝罐的风声。

小巷震惊了，邻居们惊诧不已。马脸婆逐门逐户地赌咒发誓："啧啧，他姆妈活着时，我好几回半夜瞄到她屋里金光闪闪。"

西西过来，痛心疾首地戳指着我："书呆子呀书呆子！"

我不服地问西西："你西西认得什么东西叫罐子吗？我可是自幼刻骨铭心！"

楚货在隔壁门口幸灾乐祸："嘻嘻，捧着金饭碗讨饭！"我鄙夷地回敬一句：

"狗嘴里吐不出象牙!"

但狗嘴里分明吐出象牙,我确实有眼不识金镶玉啊!楚货却有眼力,刚劳改释放回来,正好政府发还了抄家没收的银圆,他果断地拿它做本倒腾了几年服装。近两年又瞅准了长途贩运香烟生意,把个穷窝变成了三层高楼。

这时,卖发糕的老头也驻足发言,他以叫卖的高腔喊道:"败——家——子!"

于是高邻们跟着他的发难议论纷纷:

"成天抱书看,不如睁眼瞎!"

"看他把娘老子挣的一份家业糟践成么样子……"

我只好闭门思过。我在室内茫然四顾,自省究竟把小木屋折腾成什么模样?果然,我发现我在这个脊顶布瓦木框架的矮平房里用现代生活的色彩涂抹得不伦不类,这几年的改造纯属枉费心机,老宅反倒失却了往日的古朴。我突然意识到自己处在精神和物质双重极度贫乏之中。

我不得不承认自己是个不肖之子,破坏了姆妈传给我,并应由我传给子孙后代的传家宝。不,这宝罐恐怕不仅仅独属我家,它还应属于识得它的价值并苦苦寻求它而归来的补丁匠。它应属于保护了它的江河以及与之延连一片的大地。

我的脑海空泛成一派茫茫的天宇,而脑袋成了一颗偏离轨道的星球,沉重地坠着,坠得太阳穴生疼。我抱着脑壳死死挤压太阳穴,却压不住鼓暴的筋络,它们像两条蓝绿色的雷电之鞭在扯闪。

我突发奇想,假如那个扁罐还在,它毕竟尚未经过考古专家鉴别,补丁匠的判断未必不假。倘若鉴定结果为它只是一个普通陶罐呢?

这个念头也安慰不了我。纵使补丁匠希冀于陶罐的物质价值实则平平,我已无法贬低姆妈赋予陶罐的高昂精神价格。

爸爸在小房里唉声叹气,酷肖姆妈从泉台传来的叹息,惊醒了我的沉思。

我一头闯进爸爸的房间,双膝跪倒在爸爸的卧榻前,死死揪着自己的头发,疯捶自己糨糊罐子一般混沌的脑壳。

姆妈!姆妈!宽恕我吧……我的所作所为只是不忍坐视凶坛恶罐挤压直至吞噬您枯干的躯骨,并逼撵我逃离家门,不甘听任它们霸占母与子的一爿小得可怜的宅基地呀!

(选自《当代作家》1991年第1期)

红　花　草

1

牛角挂一圈红花草编的环。牧童书庚横坐牛背骑出村台。一如老牛信步悠着啃一路青草，牧童书庚也翕动嘴唇低吟着什么。

驿外断桥边，寂寞开无主。已是黄昏独自愁，更著风和雨。

春寒料峭的四野绝无梅花，亦无桃花之类。贫瘠的水白乡与花果无缘，甚至野花闲草也寥寥。惹得牧童书庚触景生情的，只能是红花草。

牛前小桥，牛后村台，已淡化于黄昏，又蒙着如纱如幔的雨雾。光秃秃的白田和纵横田径单调得坦然。唯去冬抛荒的水田，有红花草如晚霞缕缕，淡然而寂寞地开放。

牧童书庚披蓑衣，却不戴斗笠。雨淋湿的头发学牛样顶一圈红花草编的环。他一向有些魔气。这时候自吟自赏，是不是以花红极浅花骨极瘦的红花草喻己？从老师贬为牧童他不甘心，苦盼重回学堂，偏偏又不改害他吃亏的迂腐痴魔气。

满地黄花堆积。憔悴损，如今有谁堪摘？

牛蹄却漠然，踩出满地元宝状泥窝窝不屑一顾，笃笃地踏上小桥。

牧童书庚喝住牛。他望见一把小黑伞，伞后沿隆着一个背包，伞前沿犹犹豫豫探出一张尖脸。曹画虹像个蜗牛爬过来。

牧童书庚斯斯文文地喊一声曹老师。

曹画虹不应声。她盯着牛角上晃荡的红花草圈圈出神：这恶作剧，便是水白乡对我狼狈重归的羞辱吧？

曹画虹想绕开牛头过桥去，但牧童书庚鞭牛横在桥上挡住。她这才看到他的头上也顶着一圈红花草。

牧童书庚有些尴尬但更多感慨。他取下头顶的花环，仰头望天。

燕过也，正伤心，却是旧时相识。

天空寥廓晦湿，何来燕影？曹画虹听出他是指她，声音从耳洞钻进鼻孔发酸。她担心他会不会魔气地把花环挂在她的脖子上，像挂破鞋一样。挂就挂吧。她镇定得麻木，引颈垂头等待着。

2

那天秧田所有的蚂蟥仿佛串通了，穷凶极恶地包围曹画虹，她连连作呕，嗜血虫有如谁擤在她腿上的黑鼻涕却拭不掉，那畜生尾有吸盘，吸附力之强简直不可思议。她只好两掌交替疯拍淌着鲜血的泥腿。当她发现更多的血不是蚂蟥叮的而是从绾在膝上的裤筒淋的时，闻到一股浓血腥的就不仅是蚂蟥，还有身前身后男性知识青年战友和她自己的鼻子。偏偏唯一女伴洪华又去了公社开会。她拔腿便逃，边逃边惊号怪叫。

逃到一块正在翻耕的水田，曹画虹忽然感觉两腿交连处有如火山爆发，岩浆迸突。她瘫倒在水田，幸好倒在尚未翻耕的一片红花草上。她见耕田人鞭牛耕到田头去了，慌忙挣扎着解开裤带，乱扯一大把红花草塞在那如火山口处。她眼前金蝶飞舞，浑身软绵绵、软飘飘，像浮在一片红彤彤的云霞上。

耕田人是牧童书庚，他弃牛奔过来搀曹画虹。知识青年们也惶惑地赶来。

曹画虹倚在众人臂上嘤嘤哭泣。她听见红花草在裤裆里窸窣作响，便低头恐怖地看裤筒草屑纷纷落地，浅红花瓣被染得殷红。

事后洪华哈哈大笑。那是到水白乡插队的第一年，懵懵懂懂的曹画虹才16岁。村台惯唱些俚曲邪调的粗野男人，借题把红花草编进《十八摸》调侃她。幸亏洪华力荐她当了老师，没人取笑老师。从此她羞于看红花草，她也怕别人看，仿佛那是在窥她的处女隐秘。偏偏知识青年都喜欢采摘红花草，她自己何尝不钟爱这瘦小可怜的罕花？水白乡一水二白，除了水田稻谷抽穗和白田白得惨淡的棉花，这寂寞地方，有些色彩的唯这春季红花草。可是她总疑心他们抚看花瓣的贪婪神态与以前不同。有一位故意当着她的面捧着红花草嗅得鼻息呼呼响。他在报复她。就在她的初潮前夜，他突然捧一束红花草跪到她膝下，哽咽着说他寂寞。她也寂寞，但她不明白他为何因寂寞便努着嘴要亲她。她惊讶得失声大喊，众人闻声赶来，他尴尬得恨不得钻地。人散后洪华好奇地笑问她："他摸了你的胸？""他摸他自己的，像他的胸口很疼。"她感觉洪华好奇得有些猥琐。她俯拾起那束践得稀烂的红花草出神……

红花草！红花草！羞耻的红花草啊，玷污了曹画虹冰清玉洁的红花草。

3

牧童书庚朝呆立在牛下的曹画虹伏身探臂,不是往她脖上挂花环,而是摘下她的背包。他把红花草之冠重新戴在自己头上。曹画虹望着他那张魔气而又稚气的娃娃脸,想,怜花惜草的人,不会以红花草为秽物,纵使他有意羞辱她。

曹画虹默默跟在牛屁股后头。牛尾像拂尘,晃得她恍恍惚惚。牧童书庚怎么忘了套牛车?怎么任牛错走完全相反的方向?

去年正是这个季节,红花草恰如她心花怒放。不料春雪突如其来,仿佛要降给她最后一场磨难。全大队壮劳力都被调到很远的河渠工地突击去了,五个小队的老保管同一腔调:雪天牛上路打滑,滑倒站不起来,队长不在他们不敢担风险借牛。她坐在行李箱上一筹莫展,为难逾八十里风雪之途而嘤嘤哭泣。

牧童书庚牵一头老迈黄牛而来。他说,一日为师终生若父,曹老师的学生少不更事,权由他代学生和家长送行。他差一点为他的冒险背一辈子牛债。牛车过拱木桥时,老牛一个趔趄险些跌下河,吓得四蹄跪着战兢,死活不敢过桥。他无可奈何,卸下车套在自己脖子上拼蛮力拉。曹画虹扳着车轮助力。

雪橇似的牛车赶到船码头。纷纷雪花愈密,点点片片,层层叠叠,在曹画虹眼里,恰如天来飞笺,专为她投落的张张录取通知单。她兴奋地伸手抓接雪花。

听说有人专门收藏雪花呢。

雪花冰肌玉骨,只是顷刻冰消玉谢,何以永藏?徒藏其形之影也。

牧童书庚扒开田畴的雪被,采一捧红花草,说:"带去作永别纪念吧。"曹画虹愠怒,满面通红。但她看到他一脸坦诚和近乎滑稽的庄重。

曹画虹无语地接过那束花,在心底说:"不,我带走的是我宝贵的处女隐秘,从此不让人亵渎!"

4

曹画虹感激雨。她可以凭借伞掩人耳目,悄然进村台。进了村台便走完从天堂到地狱的路,完成此生此世的归宿。

走近村台路口,曹画虹突然双脚如钉。她简直以为又遇到串通了对付她的蚂蟥们!

村台的稻场候着黑压压一片乌鸦般的人头。人群蜂拥过来,自然形成盛大的夹道欢迎之势。曹画虹惊讶本队本村何来如许多人?这很像全院师生集合操场举行校庆大典。

全大队五个小队的五座村台已空无人烟，所有土著都麇集于此座村台的路口。日出而作、日落而息的村台人，忽然听说比电影队开进远村僻壤更刺激的消息，奔走相告，争相一睹曹画虹为快。村台人心目中一个羽化登仙的人物忽又贬谪人间了，或者说死于他们的记忆的一个人又复生了。

曹画虹竭力镇定，洪华拍电报叫她下船后先去公社，以便陪她回村台。她想她无需陪伴壮胆。莫说眼前人群如蚂蟥，纵说是虎狼当道，既已满腿泥泞重新踏到水白乡的狭路上，除了走进村台别无选择。幸亏有牧童书庚和牛在前开路，她只管紧撑伞柄硬着头皮走。

牧童书庚不知何时倒骑牛背。

"曹老师收伞吧，乡亲们并无恶意。"

曹画虹一愣，猛省到如果不露脸，嗡嗡嘤嘤的人群必然像叮臭鱼一样叮着她，直到团团围定那间小屋不散。

曹画虹索性收了伞，人群顿时鸦雀无声。牧童书庚也只在此刻才看清，一年前她那清澈宛若新采嫩尖绿茶的眼泓，已然如陈米煮的灰白泛黄的米汤。一般认为辨别不复拥有处女宝者的标志是眼水的清亮度。

曹画虹则看到一张张生动的脸。男人的脸冷漠，女人的脸迷惘，孩童的脸惊奇，老爹的脸皱刻满惋惜，太婆的脸最是生动，纵横着怜悯老泪。她一路上千百遍叮咛过自己，可是路两旁的唏嘘声声入耳，崩溃了她充足的思想准备，她看到她的泪红如血，一瞬间流淌全身。

那年扯一把红花草堵不住生命的初潮，如今只怕仍得采红花草拭遍体鳞伤。

5

牧童书庚说过一句譬喻：曹画虹和洪华是"杨柳轻飏直上重霄九"。他诠释道，说不清是曹画虹借了洪华玉臂托力一步登天呢，还是洪华踩着曹画虹肩头平步青云的。这个魔气的一番鬼侃害了他，导致大队改变让他重回学堂顶替曹画虹撤下的位置的主意。

今年招收工农兵大学生的消息竟反常地在早春传来。说法语焉不详，猜测是某军事学院单独招生。大队四处打听内情的男知识青年回来失望地大骂，说只招女生。曹画虹听得心中如小鹿乱撞。尽管她明知这般好事不会有她一份。

曹画虹曾公然表态不扎根农村。那时大队有两个女知识青年原来表现都很突出，因此县和公社知青办公室来大队树典型，开会动员知识青年表态扎根农村一辈子。洪华率先表态，说她愿做水白乡的红花草，毫无移栽公园、摘插花瓶的闲情逸致，开花争艳只有一个目的：扎根水田做肥田草！洪华信誓旦旦，曹画虹听得心惊肉跳，领导们却很赞赏。大家纷纷跟着洪华表态扎根，只图给掌握招工招生大权的人一个好印象。曹画虹不谙个中奥妙，只恨自己没有勇气，挨到最后发言。尽管洪华朝她眨眼鼓励，她却认真地说，她的青春理想是在农村刻苦锻炼几年，再争取上大学掌握知识本领。她也愿意读师范，毕业后服从革命分配。曹画虹从此落了个不安心农村的名声。而洪华很快入党，被提拔为大队副书记，加之她出工确实刻苦耐劳，很快成为全县扎根农村的典型。

招生单位是首都飞行学院，只分配给县里一个女生名额。招生小组直言不讳百里挑一，要又红又专的。名额指标便下到知青工作先进公社水白乡，公社又将名额指标下到洪华所在的知识青年样板大队。

都说洪华要上大学，曹画虹听说便哭，她羡得哭、妒得哭，但主要是骇得哭。哭了几日几夜，哭得喉咙嘶哑，上不成课、咽不下饭。洪华劝阻不住，脱口说道："莫哭了，哭得我心烦，我……我推荐你上大学吧！"曹画虹不知她说的是真是假，冲这一句话，一头扑在她怀里撒娇发恼地愈加使劲哭。洪华也憋不住了，两人擦鬓贴腮对哭一夜。

招生小组十分满意洪华推荐的人，表扬洪华风格高。公社和县里认为洪华经受了严峻考验，铁心扎根农村，是又一个邢燕子。洪华的事迹简报印发给全县知识青年学习。曹画虹体检后还没走，洪华先腾云驾雾走了，被调任公社副书记并到各公社作扎根农村的巡回报告。

其实洪华内心十分仰慕招生小组女教官、女军医的仪表，却反感她们的啰唆。她们不厌其烦地反复向她传达、讲解首都飞行学院招生细则，那条件严格得苛刻。除了政审严格，体检尤严，视力要在一点五以上，身高要在一米六五以上，连四肢长度也须用皮尺测量。洪华自信体格匀称结实，惜是身高只有一米五六。

曹画虹便平步青云。

6

曹画虹究竟为何从云端一筋斗栽下来是个谜。学院除名退回农村的原因，县里和公社都保密，只说是生活作风问题。估计保密者也未必知晓详情，洪华就多次关心地询问过曹画虹，但曹画虹守口如瓶。不明真相倒是一个乐趣，好有津津乐道的话题，村台议论纷纷。或说她勾引老师，而且不止一个；或说她向某国留学生出卖色相，丢了中国人的丑。猜情节猥琐而过瘾。

公社文教组说犯过大错的人不能再教育贫下中农的子弟，大队欲安排曹画虹到知青点。各小队知识青年已招生走了几个，又新来几个，按上级指示集中成立了大队知青点。但知青点全体拒绝不齿于同类的曹画虹，挑明了说绝不同意浪费招生指标的她再来挤占今年的招工招生指标。大队难犯众怒，只好安排曹画虹随本村台小队出工。

抢插早稻，抢得人从早到晚像无家可归的泥巴狗子，弯腰拱背将四肢陷在泥水里，一天三顿饭送到田头。这天，午饭送来，大家蜂拥抢饭，挤一团边吃边闹。曹画虹端碗饭避到远远的白田埂上，侧身半坐半躺着一粒粒往嘴里挑饭。嚼饭如嚼蜡，腰又酸疼难耐，她索性平躺下去，两条腿沉重地垂于白田埂下的水田上头。水田和白田是错落相间的，随地势高低，高处白田，低处水田。

那边一堆男人扒完饭开唱《十八摸》。从摸头摸脸唱起，唱到十六摸，女人们连忙假捂耳，嗔骂着偷听——

"解开你的裤腰带，摸摸你的肚脐眼……"

何处奔来一头发情的小公牛，拖着缰绳扑向耙田歇晌的老母牛。牧童书庚给了非礼公牛一鞭，牵走母牛。小公牛怏怏掉头朝高处白田走，其势不得发，勃勃阳具赫然入目。几个男人见状怪叫，逮住跟前一个女人，牵起牛缰绳往一起凑。女人嬉笑着、躲避着，频频指点那边的白田，曹画虹躺在白田埂上一动不动。疯男人们领悟了，赶牛下水田，拽紧牛缰绳往曹画虹腿前猛拉，直到牛前蹄抵住白田的高坎子。曹画虹浑然不觉，她睡着了。牛不省人事通人性，不敢往人身上践，便昂头高哞一声。曹画虹惊坐起来，旋即被牛胯下的东西骇倒，她昏迷了。一伙邪货才知闹出祸，又掐人中又灌水，惊惊慌慌抬她去找赤脚医生。

风波没瞒过公社，洪华勃然大怒。她赶回大队时，几个肇事男女已被捆到大队部关着。她不依，威逼大队将侮辱女知青事件报案。

大队书记说："日他姐子的，我不能让这几个杂种给知青样板大队抹黑哒！"

洪华不吱声。

大队书记放肇事男女们出来，他们纷纷朝洪华下跪求饶，迭声连喊："好姐子，好姐子！我们再不敢哒，不敢瞎闹哒！"

洪华陪了曹画虹两天，见她脸上气色缓过来，洪华便要回公社忙工作，临走宽慰地说："我跟队里打了招呼，病好后派你当牧童清爽几天。我去公社文教组争取让你重回学堂教书。"

曹画虹摇头："我已然无德，也无才了，不敢误人子弟。就当个牧童吧。"

7

牧童曹画虹牧牛没几天，突然出了事。

曹画虹清早牵牛去荒湖滩放牧。荒湖滩造成水田完成大寨田指标，易涝且收成薄，大队能瞒过上头时便抛荒，由它红花草葳蕤。曹画虹觅到这个清静去处，放任牛去啃红花草。殊不知这红花草牛吃不得。红花草汁味极甜，牛贪吃不知饱，能一直吃到胀饱撑死。曹画虹自在一旁，看一阵书发一阵呆，打发时光到日头西斜。终于有人发现危险时，那牛已胀得四蹄朝天吐白沫。

众人都说牛没救了，独牧童书庚说有救。

他一边按摩牛腹让牛镇静，一边说："用拖拉机把牛驮回村台，抬到磨盘上旋转，牛就会呕吐出过食的红花草。"大队书记呵斥道："魔气又来哒？去公社请兽医吧，牛死哒哪个负责？"

到天黑也不见兽医来。大队部已在开会，议决将死牛事件如实上报。会开过牛就死了。

其实是大小队干部串通了，趁机吃牛肉。牛是集体贵重财产，上头规定杀病牛都是违法的。如今死牛的责任女知青曹画虹扛得起，反正她已然不清白，再往她身上抹一块黑也不嫌污。

当夜剐了牛，从大队小卖部滚出一坛粮食酒。

公社很快通报批评曹画虹牧牛失职经过，予以记大过处分。

书记有些愧疚，特别割了一块精牛肉送到曹画虹屋里。她却不吃那牛肉，不是赌气，是不忍再啖惨死的牛。她苦思不解，红花草为什么又一次残酷地捉弄她？

曹画虹想洪华如果还在公社或许能袒护自己一把吧？可是洪华已变成高远的天空中一片缥缈的云彩，耀眼却够不着。曹画虹回农村重新接受贫下中农再教育的事实，雄辩地证明了长期扎根农村的必要性。省报在头版头条刊登了县知青办公室的长篇通讯，报道两个女知青在农村的不同表现，对比强烈而生动。

洪华在县里念念不忘曹画虹，听说曹画虹大病不起，又拒绝回省城治疗，她打电话给大队，吩咐赤脚医生住在曹画虹屋里护理。可是曹画虹拒绝服药，不饮汤水，全赖一天吊一瓶葡萄糖维系性命。后来，赤脚医生一转身她便拔输液针头，看来她决意自戕其身了。

牧童书庚闻讯大惊，去看望曹画虹。喊曹老师喊不应，她双目紧闭。牧童书庚便叹息一声："天不降大任于是人也，何苦劳其筋骨，饿其体肤？"

曹画虹听见忽睁眼，溢一眶泪。

牧童书庚喜不自胜，到处打听药铺，抓回几服草药。他说曹画虹是气结于心，愤淤于肝，苦凝于胆，宜清火解毒，以性凉味甘的红花草为药引，煎服七七四十九日，自然可愈。

众人都说牧童书庚又发魔气，唯曹画虹居然听信了。

8

牧童书庚的药方，出自他爹留下的《汤头歌》，但他不是照抄是改过的。

娃娃脸的牧童书庚，虚岁已二十八。在水白乡，这个岁数该有三个娃儿，他却仍孑然一身。爹是个乡间郎中，却治不好产后痨的姆妈。爹把姆妈撇下的书庚喂大，供他念完公社初中，又咬紧牙关供他念县高中。那年爹突然病倒，自开药方吃了十几服药，终于留不住一条老命。才念了一年高中的书庚只得辍学回乡。他也算方圆几十里难得的秀才了，大队安排他继承爹的衣钵做赤脚医生，他却说看来教人吃药莫若教人念书，心高气傲地到学堂当了老师。谁知他念书却念魔气了，爹订的襁褓婚姻，女家并未嫌他孤苦伶仃，他却不识好歹要毁约，说是双老既殁，胆敢忤逆，堂堂人民教师，岂被包办婚姻愚弄？女家恼羞成怒，索要退婚赔偿，那女子也哭得死去活来。他魔得典屋败家仍了却这段婚缘，抱一捆秸秆到学堂搭铺。

这年月教书要先教学生种田。书庚教语文兼五年级班主任，便带班上学生种黄豆。从选种点播，到耕耘收割，再到打场入仓，师生包到底。别的老师带学生种田，哄一点收成了事。书庚却认真得发魔，带学生到荒湖滩割来大堆红花草施足底肥，黄豆长势极好。学生跟着老师种田种得卖力而辛苦，家长啧有烦言。书庚游说了书记便许愿说，待收了黄豆，每个学生犒劳两斤，拿回家去换豆腐打牙祭，吃了脑筋聪明好念书。

打了黄豆第二天，书庚兴冲冲卷了麻袋找大队保管称黄豆，保管却说奉命不准称。争执中，书庚发现围黄豆的砖池只有五匹砖高，而昨日入仓时分明码到七匹砖高。书庚气咻咻找来书记要称黄豆。

书记说："怎么敢动战备粮？"

书庚说："为人师长，岂能言而无信？"

"撮几斤去炒一锅枯黄豆，在学堂里一个娃儿抓一把哄算哒！"书记上口说着，下口放出一个响屁，极浓的黄豆味。

书庚大失所望，慌忙道："吃哒放屁哩！放屁臭不可闻，有辱学堂斯文。"

"你邪哒！敢骂到我书记头上哒？"

"我没说你放屁，我说发给学生吃要放屁。"

"你硬是骂我放屁！"

书庚怒不可遏，脱口倒出憋在心底的话："我骂吃掉两匹砖的黄豆的人，胀得放屁！"

结果书记开会说："书庚教书魔气哒，我贫下中农不怕闻屁臭！书庚不是贫下中农，他怕闻屁臭就打发他去当牧童。"

书庚愤怒地拆了秸秆抱到牛屋搭铺，天天闻牛粪臭。不过牧童倒也清闲，乐得成天有空念书。他越念书越魔气，也不愁媒人不敢上门。再说裸裸婚姻本是水白乡习俗，妙龄女郎早已有主，都说书庚纵是不魔气也无女可配了。

9

村台人说疏忽了，村台还有一个非同一般知识青年的妙龄女曹画虹。

曹画虹病愈后仍与牛为伍。

书庚终于得以重返学堂，便将牛鞭和蓑衣送给牧童曹画虹。曹画虹也学会骑牛背上悠然自得，俨然一个牧童模样。

第二年红花草如朝霞灿烂时节，牧童曹画虹忽然声称："如蒙书庚不弃，愿与之结为秦晋之好。"村台人都懵然复而悟然，说她没得招工招生的盼头哒。又说毕竟是城里来的洋学生，长相像画纸，硬是便宜了魔气书庚。

洪华从县里打电话回来："建议你从长计议，慎重考虑。"

曹画虹对着话筒古怪地笑："嘻嘻，你既已做了天上的彩云，我不得不做地上的红花草呀！"

书庚却说："君子不乘人之危，请曹老师三思。"

曹画虹说她只有结婚的一门心思。

两人在洪华搬走后曹画虹独住的小屋燕尔新婚。书庚吩咐学生采一箩筐红花草，他说他和曹画虹是以花为媒，把红花草遍插窗扇，满扎门框。曹画虹更甚，铺一床红花草。闹新房的都道是，一个魔气婆哒另一个魔气。

翌晨，书庚代妻冒雨牧牛。只见他更是疯魔，满脸肃穆地跨骑牛背，竟在身上裹一幅床单当蓑衣。雪白的床单上印着一朵鲜红的牡丹，近看不是，是一摊处女血。

村台人倒抽一口冷气，且惊且疑。水白乡原先有把新婚之夜的鸳鸯床单张扬给乡邻看，以示新娘贞洁的习俗，解放后不时兴了。而今书庚像个雄赳赳的骑士，一袭染血的披风，像是迷惑着什么，又像是昭示着什么。

怎么婚前的曹画虹是没开缝的？曹画虹成了云遮雾障的人物，连书记也猜不破谜，只知她的确有些魔气。一日，她在水田边牧牛时，忽然掩面哭泣。问其故，她却说，那锋利的铧无情地犁破红花草的血肉，实在惨不忍睹！

众人便跑到学堂，奚落地告知书庚。书庚文绉绉地呵斥道："吾妻怜花惜草之心，汝辈焉知？"

众人不服，诘之再三，书庚便吟哦：

"似花还似非花，也无人惜从教坠。抛家傍路，思量却是，无情有思。萦损柔肠……"

（选自《冰上猎与舞》中国文学出版社 1994 年版）

上　堤

1

一只半睁半闭的星眼，俯瞰跌落在莽原的一条龙被群蚁围攻。龙扭头摆尾竭力挣扎，但爬满龙躯啮咬的蚁群，多得像龙鳞覆着一层茸茸黑毛。

浓雾蒙蔽了启明星的惺忪睡眼。日头起身时才望清，那是江汉平原崛起的一座长龙般的大堤，极似蝼蚁蠕动的是人群。日头明察秋毫的巨眼也有些恍惚：形似蝼蚁的何以声似吼兽？今晨明明是被吼兽吼醒的。

"呃呃呃……"

第一阵吼是抗议挑了十趟土后早饭仍未送到的怒声。

"呃呃呃……"

第二阵吼是戏谑土庚出洋相。土庚弓腿肩起沉沉一担土，憋劲时未掖紧的夹裤从裤腰绳上垮脱，他慌忙搂住。水庚从背后一把把他的裤子扯到膝下，惹起众人快活吼叫。

一小队的伙夫田伯，终于从大堤那边翻过来。小队长奔上堤接过田伯的饭担，众人丢了扁担和锹拢去。

这时，大堤西头又传来呃呃的猛吼。

大队长跑过来传达指挥部精神："飞机要飞来大堤工地打转转哒！飞机要在天上照我的相！我这土包子要上电影哒！"

"呃呃呃！"全大队情不自禁地吼。接着大堤东头也吼响。绵延几十里的大堤工地，吼声恰如滚雷。

田伯说："飞机是该飞来照相，这堤硬是比省城的六渡桥还热闹！"田伯年轻时被白军拉挑夫到过省城。

小队长说："六渡桥哪比得过这堤热闹？"

水庚等人纷纷接话："这堤怕是比北京城的天安门还热闹哒！要不，要人开飞机来照我们？"

没想到开午饭时指挥部又传来新精神，比飞机照相还开心！"呃——！"狂喜的吼声，顺着大堤，从西头排山倒海般压过来，又推涛逐浪般向东头掀过去。

大队长气喘吁吁地跑回来，两手抱嘴做个话筒喊："明天打牙祭！每人四两肉的量。吃肉吃得打饱嗝，等飞机飞来照相！"

水庚把吃完的三个空饭钵一摞，咚地丢进田伯的饭桶，用舌尖刮着牙缝的残饭，笑说："飞机飞来开洋荤，眼开荤嘴也开荤！"上口正说着，下口突然迸出一个极响的黄豆屁："噗——呜。"

水庚的臭屁似引炮，众人的屁眼都臭屁连天轰响。不放屁的不是人，莫说两个多月没沾过一丁点肉腥味，连青菜也有个把月没嚼过。全大队农工是从百里之外跨过县界上堤来的，挑堤按惯例吃队上伙食。队上出粮，却出不起钱买青菜。天天嚼枯黄豆当菜，咔嘣咔嘣，炒得皮焦骨头生的枯黄豆拌一半盐坨子，牙巴骨都要嚼碎了，只好混在饭里囫囵吞进肚子膨气。厕屎的堆子里有黄豆瓣，吃屎狗也嚼得咔嘣响。

大队长捂着鼻子喊各小队叫人回队："立刻上路，星夜抵达，凌晨杀猪，限明天下午以前返回。明天夜饭吃肉！"

似乎他喊出肉香味来，听着舌苔上便泛起寡淡的涎泡子。

2

第二天收夜工时，大队的手扶拖拉机才赶死赶活赶回大堤工地。

一小队的人急忙钻进工棚，从地铺头拖出磕碰得满目疮痍的搪瓷盆当锣，把汗巾缠在筷子头做锤，哐哐疯捶着直奔伙房。

田伯刚刚扛回整匹猪肉。他在众目睽睽下把猪肉大卸八块，斫碎剁烂，掀进房东煮猪食用的巨锅用猛火熬。小队长推搡着团团围住锅灶的众人："八个一台，选个台长端盆进来打肉。"

十几个台长拥进来，围着锅灶敲打洗脸洗脚的盆，等待用它们分羹。哐哐哐！哐哐哐！敲得田伯沉不住气，瘪嘴嚅嚅嗫嗫："熟了？熟了！熟了？熟了！"犹豫再三，猛然揭开锅盖，肉香呛鼻钻喉咙，众人喉咙痒得又呃呃吼起来。

田伯执葫芦瓢把满满的一锅肉舀光分匀。把粘在锅底的一块肉抇进嘴含着，顺手提起一桶水倒进锅，往灶膛塞一捆稻草。他这才松一口气，嚼肉，边嚼边走出伙房，倚着门槛笑眯眯，看众人一堆堆席地而坐，庄严而热烈地打牙祭。

每八个吃台子的举着十六把刀枪剑戟，纷纷搅进肉盆格杀。但那盆里的肉也堆得太多，田伯心里有数，规定四两的量其实超过半斤。那肉块子也切得太大，往嘴里塞得也太急，嘴渐渐嫌猪肉太肥腻太厌人。各台子还剩半盆肉时，开始有人骂差火候。小队长骂得田伯狗血淋头，水庚故意往小队长的火上浇油。

田伯欲辩又止，歉笑着躲进去蹲在灶下。他尖起耳朵听，听见众人骂骂咧咧，听见一盆盆剩肉哗哗啦啦倒进房东的猪槽，听见猪猡极响地嚓食它的同类。

空了的瓷盆又哐哐敲响起来。田伯再次执瓢便吝啬得很，半瓢半瓢地从油星灿烂的锅里舀温热水，匀分给每一只瓷盆。

一条条汗巾往盆里醮湿，抹一把脸，再掏进裤裆里抹一把，最后把双脚伸进盆互搓。盆又变锣，哐哐敲着，顺手从田伯的柴草垛上扯一捆，挟回工棚往地铺上加一层草，趁饱肚子暖和，钻穴似地钻进去，为明天在大堤爬上爬下百余趟而孵窝。

3

飞机迟迟不飞来。天门阴沉地锁了几天，说是天不开飞机看不清天路。

年关却一天天逼近，都腊月十五了。高音喇叭喊着指挥部新精神：大堤不披"龙袍"，决不收兵！农工急如水冲蚁巢的蚂蚁，发狠劲挑堤，把泥土往堤上掀。可是眼看快到顶的堤却不显又堆高几多，一担担新鲜黄泥刚刚堆上去，可恨履带拖拉机眨眼便滚过来，轧得无影无踪。

大队长急令各小队调援兵。先是学校停课，老师上堤，接着中学生也被撵来，后来青年妇女也被逼来，编成妇幼体弱组，燕子衔泥似的，衔一坨堤上总多一坨。

援兵驰尽，只得背"年"一战。

从指挥部牵出的高音喇叭，爬藤似的一个大队爬一个，无须架杆，竖起一条长凳搁着，从早到晚吵得耳膜发炸："贫下中农学大寨，改造山河真豪迈；不获全胜不收兵，上天下海捉蛟龙！"

水庚就怕听"不收兵"，他冲到高音喇叭跟前骂："说话尽日白！怎么上天下海？我们明明是上堤下坑！怎么捉龙？我们明明是盘泥巴坨子堆龙！"

土庚是兔子胆，喊水庚闭嘴莫惹祸。众人却纷纷附和水庚："对哒对哒！我们是生龙养龙！"

水庚愈加使劲喊："我们是孵龙屙龙！"喊着便捧起一坨稀泥，叭！砸进喇叭筒。

土庚骇得跑去抱住喇叭掏稀泥。引起一阵快活的呃呃吼声。

如龙大堤硬是泥巴一堆堆码、一节节接成的。去冬开工的长江分洪大堤，两县百万农工大会战，分四五十节接成龙身。一节一个公社，公社按大队分段，大队按小队分片。小队接人头甩死坨子，每天夜饭前收工时拉皮尺丈量当天挖坑的土方量，扒算盘算计每一寸土。

算计寸土，则寸土必争。大队长上午两次与人打架，四回充当劝架裁判。

与东邻大队长之战没流血，两个互相揪衣领掐脖子。西北风把两大队之间的分节标杆吹斜约10度，大队长去扶正标杆，对方竟出言不逊。土方是沿着堤两侧相对标杆牵的横绳垒上堤的，标杆外斜10度，意味着好几个劳力白挑一天冤枉土。

与西邻大队长一架打得头破血流。推土机不慎撞倒标杆，西邻大队长黑了心肝，趁机把标杆往西移了足足一拃宽。幸亏一小队的水庚盯见了，惊号怪叫喊大队长。大队长怒不可遏，拔起投枪似的标杆便向西邻大队长投去，险些一枪中的。对手挥老拳猛扑过来，两大队的人马都呃呃怒吼着冲上阵来。眼见就要肉搏了，幸亏公社武装部部长赶来，亮出手枪才隔开对峙的两军。直到指挥部派技术员来重新测量标杆位置，两队各自撤军。

前线战事罢了，后方狼烟纷起。全是因为插在五个小队之间的四面分段彩旗发生倾斜或位移。大队长铁青着揍肿的嘴脸，学着武装部部长的威胁口吻，向五个小队长的屁股各打五十大板，亲手扶正旗杆位置。

下午内战向纵深蔓延。被罚打的屁股红痛未消的小队长们，又充当裁判罚揍众人。每天每人的土方量，最少需两人合作完成，一挖一挑，轮流替换。合作人多效率高，但人多扯皮，斤斤计较一锹一担。一小队长裁一局判一局，按了葫芦起了瓢。水庚烦了，扯起土庚率先退出合作，两兄弟合伙。自恃身强力壮的便邀对子效尤。

高音喇叭放《东方红》，休息十分钟，双人合伙的都斗狠不休息。

水庚挑了一担下来，被一泡屎憋得难受，放下担子去丢堆子，土庚只好停锹。休息完了水庚还不转来，土庚眼见落在人后，急得跺脚，索性自挖自挑，挑了两趟，水庚才转来。

"你一堆子丢到县城去哒？"

"嘻嘻，我一堆子丢到省城去哒！"

水庚涎着脸去接土庚的担子，土庚气不过，一夺，水庚不提防，踩在稀泥上跌了个仰面八叉。土庚慌了，伸手去拉，恼羞成怒的水庚却扭住他的手腕爬起身，一掌击得他狗啃屎。

"呃呃呃。"众人幸灾乐祸地吼。

兄弟反目。水庚从兄弟坑退后五米，重新掘坑，打赤膊自挖自挑。

外战连外战，内战套内战。从大堤西头到东头，一条土龙弥漫着硝烟。指挥部传来新精神：各公社紧急抽调民兵巡逻，随时弹压肇事斗殴分子！

幸亏飞机没飞来，否则，说不定会沾火星中流弹，栽下来。

那龙和蝼蚁们填喂的大地血肉，倒是猛然长高、长粗了躯干。

4

腊月廿一了。农工们急如热锅上的蚂蚁，急得忘记飞机还没飞来。糍粑没揣，阴米没炒，猪没卖，祝米没送。苦扒苦挣了一年工分，分值没算，分红没兑现。

最急的是那些择定腊月婚嫁聘娶的。水庚的老大腿跛，讨不得婆娘找水庚赌狠，几回闹得喝农药、上吊。水庚给本家嫂子下跪，嫂子又回娘家下跪，勉强说成让嫂子的跛腿侄女嫁过来。择定过小年送聘礼，正月十五打轿接新娘。水庚铤而走险，深更半夜溜了。

翌晨开工，小队长刚问土庚要人，正好武装部部长押着五花大绑的水庚过来，原来指挥部有新精神，命令各公社派民兵日夜把守四处路口，抓住开小差的以破坏农业学大寨论处。

武装部部长喊全大队停工开批斗会。武装部部长历数水庚逃跑及挑动大队之间斗殴、破坏广播宣传的罪行，说要把水庚白天押往各大队轮流批斗，夜里关进公社武装部禁闭。

土庚挤进众人团团围成的会场，抱住武装部部长的大腿下跪。小队长便冲着大队长喊："他水庚当游神，哪个顶他跟我的小队挑堤？"大队长便说："怎么搞哒？水庚不挑堤难道让他开小差哒？"

众人瞅眼头喊："我今夜也开小差呃——"只是喊得不敢太张狂，轻喊着试探武装部部长。

武装部部长怕下不了台，使劲挣脱被土庚抱住的腿改口说："白天罚他加倍挑堤劳动改造，夜里关禁闭！"

谁知当夜土庚又代替水庚溜了。土庚料定聘礼若不按时送到，他婆娘的娘家必定借故反悔，黄了跛侄儿的婚事要害他的命。明摆着，是水庚教土庚避开路卡，才不会被民兵逮住。

武装部部长叫大队长派民兵追捕土庚。大队长说，就罚水庚每天完成兄弟两个的挑堤任务。

水庚不在乎，夜夜顶着寒气挑到鸡叫。

5

腊月廿三,一大早风婆子只吼,刮断了广播站的线。人山人海的工地顿失惯常的喧哗,挑堤的也都不说话,张口风直灌。

上午休息时,风婆子蔫了,飘起点点片片雪花。吃午饭前,那雪花急了,密了。立在高高的大堤顶上望,很是壮观:满天白蝶飞舞,满地黑头攒动。指挥部没有停工避雪的新精神,像是知道农工都不愿意停歇,都巴望早一天拼完最后的工程量。

田伯把午饭挑到工地。众人掀开菜桶一看,还是盐坨子炒枯黄豆,心里便都有气。夜夜罚挑堤、关禁闭的水庚也不蔫劲,愤怒地问:"田伯咂,今天过小年哒?"

田伯只是抱歉地笑:"嘿嘿。"

众人见有水庚出头,便一起发难:

"杀猪的下水货哪去哒?"

"心肺、肠子哪去哒?"

"猪头喂狗哒?"

上回打牙祭,有人见大队的手扶拖拉机运来一筐猪下水。没看见的也相信有,全大队干部都上堤哒,杀猪时哪个敢把下水货留在队里?

小队长见田伯被逼问,便喊:"田伯,趁我吃饭,你也该帮我挑几担!"

田伯先以为小队长是打马虎眼,只管嘿嘿笑着不动。小队长烦了:怎么搞不动哒?这是大队长说的!"田伯这才慌了,挖满一担土颤颤巍巍去挑堤。

大队长早上说,五个小队伙夫每人每天抽空挑二十担,抵得大队多出一个劳力。

田伯自挖自挑了三趟便气喘如牛。土坑距堤脚五十米,堤坡十米,半化不化的雪土泥泞粘脚。他没脱脚,两只鞋底粘了上十斤泥团。以田伯的一大把年纪,是不该派他上堤的。

田伯挖第四担土时,一锹杀在脚背上,血沁透袜子。他捂着脚说:"国民党的时候我上堤,巡视官来哒就挑几担哄他,巡视官不来我从早到晚睡大觉,餐餐白面疙瘩吃得打饱嗝哒!"

偏巧大队长走过来听见,勃然大怒:"把这个现行反革命捆起来!"

民兵听令拢来,众人却挡住不让捆,小队长也当和事佬。大队长不依,指着田伯大骂:"日你姐子的,国民党时候怎么挡不住发大水?怎么不救济我们农民?

共产党时候怎么挡得住发大水？怎么挡不住救济我们农民？"边骂边夺过绳子把田伯捆了。

水庚不服，一蹦三尺高地喊："田伯是贫下中农！田伯肚子里是赤胆忠心！"

众人跟着喊。

"田伯肚子里不是猪心猪肝！"

"田伯肚子里没装猪粪下水货！"

"呃——呃——"

惊动武装部部长带人赶来："怎么？出现行反革命哒？带走！"

大队长见状，虚张声势地喊："老鬼邪哒！敢骂到我老娘头上哒！我罚他挑一天一夜堤！"喊着又拢到武装部部长跟前耳语几句，想哄他走。

武装部部长心存疑惑，却不好问，只好说："朝死里整他！"说着悻悻地走了。

水庚趁机敲饭桶，众人便起哄："饭不够呃——没吃饱呃！"

大队长望望小队长走了，小队长拢到田伯背后。

田伯得解放，泪流满面，挑起空饭桶蹒跚着小跑。

6

腊月廿九天豁然开了，滚出十天半月不打照面的日头，新鲜得激起一阵阵快活声，呃呃呃。

农工们猛然想起飞机仍然没飞来，便都说飞机哄众人，纷纷指天谩骂：

"开飞机的早就回家过年去哒！"

"开飞机的天天喝牛奶、吃牛肉！"

"怎么我杀一头病牛吃也犯法？"

"听说养一个开飞机的，开销抵得跟他的块头一样重的金子，硬是造孽哒！"

今日"披龙袍"。竣工的希望刺激着农工，工程进展神速。"披龙袍"也容易，就是从堤脚起朝堤坡均匀铺一层薄土，削凸填凹，形成约 45 度坡度。计划一天的工程量，开午饭时就完工了。

高音喇叭喊着指挥部新精神：上午提前收工，夜饭改善伙食；明天上午植皮，完工后回家过革命化春节！

似电喇叭喊出的话也带电，听得众人身体都过电般地战栗，心底涌起一阵阵狂喜的吼。

指挥部有过几回新精神？唯这一回的听来最安逸！可是不知怎么的，众人的喉咙一起被塞着了似的，发涩、发哑。

大队长从大堤西头跑过来，两手抱嘴喊："夜饭吃白面荤油疙瘩！每人慰问半斤红糖！各小队立马派两人跟我去公社扛白面扛红糖！"他竭力喊得如同上回派人杀猪一样威武，可是他觉得有些气短。

田伯未听见大队长喊话，他不吭声挑着空饭桶翻过堤去了。众人都纳闷：怎么田伯不等我们吃完饭、不收拾饭钵菜盆先走哒？

田伯挑着满满一担草皮翻过堤来。

田伯不是大堤工地上第一个想起挑草皮的。田伯仍不语，但他犹如一只发现一团米饭或一坨冰糖或一块骨头的蚂蚁，用触角和蚁语向同类传达了猎物的位置信息。

乒乒乓乓。所有的人都扔了碗筷，黑压压一片爬过堤去。

堤那边路旁，公社的"东方红"卸下的草皮堆积如山包。大家蝼蚁似的一群群，爬上去啮咬、衔含、拖运。

巴掌大的草皮，只需一片片往堤坡上贴，贴满再轻夯一遍即可。不必顾虑草皮的枯萎，稍遇春雨它便返青。植皮是玩闹一般的安逸，堤上又是喧哗戏谑，吼声四起。

小队长挨在田伯一边植皮。

"田伯，你上国民党的堤也贴过狗皮膏药？"

"怎么贴狗皮膏药？"

"我像孵蛋一样把堤孵起哒，怎么不是在给堤贴狗皮膏药？"

田伯恍然，复而惶然："不敢瞎说哒，不敢瞎说哒。我们共产党的堤，贴好膏药不贴狗皮膏药。"

众人哄然大笑。呃呃呃。

水庚扭着脖子上的青筋抬杠："队长，怎么是贴狗皮膏药？明明是贴龙鳞！我们贫下中农孵龙，又给龙身上贴鳞哒！"

大队长见彩旗都倒了，谁也顾不得扶，乱踩在脚下。他喊各小队收旗，喊不应，只好自己一面面捡起。捡到第五面旗时，他发现五小队的错植到倒在地上的标杆之外，去帮东邻大队了。他火了，抱嘴欲喊又止，扭头一看，西头标杆也倒了，西邻大队的也错过界，帮着一小队在植皮。

田伯猛然想该去烧夜饭，慌慌张张奔下堤，收捡狼藉满地的盆钵挑走。

7

煅猪油汤搅白面疙瘩香喷喷煮满一大锅。可是直到香气冒尽，也没听到筷子

658

捶打盆锣的声音。田伯干等得着急，便忙着把碣黄如粘泥的红糖匀分成一钵钵。末了，他翻过糖袋抖，又伸出舌头，一边舔粘着的糖砂细屑，一边絮絮叨叨自语："上共产党的堤硬是不亏。如今糖干贵到拿现钱下跪磕头也买不到哒。连坐月子的半斤糖票也不管用，都被公社大队干部克扣哒。"

眼见白面疙瘩憨成面糊凝成粑粑了，外头依然不响盆锣。田伯猛省，拔腿向工棚跑。

上堤农工统统住工棚。工棚潮，又狭窄，伙房要储粮，便借驻地房东的房。两处隔一段路。

田伯钻进工棚，工棚空空如也，铺盖都不见。

田伯气喘吁吁地爬上大堤，这才注意到天已黑蒙蒙。依稀可见影影绰绰的人头，急急如夜行军的队伍，悄悄向大堤两旁的田野深处消失。

田伯慌掉魂，跑回伙房，一扁担挑起铺盖捆，磕磕绊绊去追赶归心似箭的同乡。

8

翌晨日头刚露脸，飞来一架直升飞机。

在日头的巨束亮光下，飞机超低空飞行，远看似大地上的一辆拖拉机。

飞机久久盘旋。可惜它已拍摄不到百万农工如蝼蚁如吼兽的天下奇观，拍摄不到扁担铁锹密如森林、满地脱的棉袄如林中落叶的地貌绝景。

不过飞机不虚此行，它拍摄到一条活灵活现的巨龙。

昨夜诞生的那龙，苍苍莽莽，蜿蜒盘桓，一夜间汲足天精地华。枯草皮裹就的鳞甲，竟神奇地极早地感应到春之气息，一夜间绿得发腻。在一派云蒸霞蔚中，龙飘然欲腾。

（选自《冰上猎与舞》中国文学出版社 1994 年版）

后王村抗战史

　　后王村沦陷情状与各地家破人亡形势略有不同，乡亲们的遭遇和日本鬼子的行径也比一般熟知的抗日故事有差异。村人说起来不免尴尬，勉强值得一提的是村长，面对鬼子他多少表现了一点不怕死的民族气节，可是事后他又干过日伪保长。

　　鬼子进村前，乡亲们望风而逃，也就只钻进村外高粱地躲避，指望鬼子队伍像一阵风刮走。村长抱一口锅，边跑边吼叫年轻村妇抹一手锅黑往脸上涂，跑着吼着，他忽然记起忘了搬石板压紧鸡笼，懊悔不已，犹豫着回头张望，终于横了心掉头往回跑。刚进自家院子他就撞见一个鬼子兵抓着一只麻鸡婆，还在追另一只芦花鸡公。村长的心揪疼，他拦住鬼子兵并猛然夺过麻鸡婆放了。鬼子兵怪叫着推他一掌，举起长枪威胁他。村长也是族长、村学馆长，一向受人尊重惯了，鬼子兵的粗暴野蛮激怒了他，他砰砰拍着胸膛逼近鬼子兵："朝这儿打！朝这儿打！"鬼子兵慌忙后退几步，哗啦拉响枪栓，正巧这时鬼子队伍的集合哨响了，鬼子兵扭头侧耳听了听，欲走不走地僵持着。鬼子曹长气势汹汹跑过来，劈头甩了鬼子兵一记耳光，呵斥他跟着走了。村长这才感觉后怕，腿一软瘫坐地上。

　　鬼子队伍搜查完村子后并未走远，就扎在村外的官道旁筑岗楼。乡亲们在高粱地躲了一天一夜，饥渴难耐，第二天擦黑都横了心摸回村，翌晨又钻进高粱地，如此几天，娃儿们憋不住了，试探着钻出高粱地玩耍，胆大的竟溜到官道边，远远地偷看鬼子兵的模样。鬼子兵一见娃儿，脸上的笑筋就扯动了，笑得像欢喜佛，边笑边朝娃儿们扔糖果。

　　大人们也躲不住了，干脆回村照常过日子。村长挨家挨户叮咛："凡事远远地避开鬼子岗楼。"

　　可是避不开。村头麦场，鬼子兵天天来列队操练；村口池塘，鬼子兵也来汲水洗濯。这天，鬼子曹长登门造访村长，改封村长为保长，村长让曹长另请高明，曹长就让村长保荐一人，村长没法，硬着头皮应承于保长。

　　鬼子兵不多，统共上十个，都作怪，个个亲近娃儿们，尤其喜欢奶娃，遇见了就送糖果饼干。抱奶娃的村妇由不敢不接变得巴不得收受，掩饰不住沾光占便宜的欣喜心情。保长恼怒烦躁，待鬼子兵走开就叱骂村妇丢人现眼辱没祖宗。可是他只能枉骂一场，对鬼子兵的殷勤他无可奈何。

由前王村铺过来的官道到后王村已是尽头，再往后是荒无人烟的野山。孤立的官道旁的岗楼也是离集镇最偏远的一座，鬼子的枪眼瞄不见八路的影子。日子久了，岗楼夜里就成歌舞楼台，鬼子很快活。

鬼子的军纪日渐松弛，下岗的鬼子敢单独进村闲逛，抱过村妇的奶娃逗乐。有浅薄的村妇，为图收受更多糖果饼干，去池塘洗衣时顺便帮鬼子兵揸洗军装。桂儿浣衣时被一鬼子缠着嬉闹，双双滚落水中，那鬼子搂起湿淋淋的桂儿爬上岸，幸亏塘边人多，桂儿险些被那鬼子糟蹋了。

保长暗地召集族人，宣布将以家法族规处治桂儿，并严令各户管束婆姨娃儿，今后凡鬼子赠送糖果一律喂给猪狗，否则和桂儿一起治罪。保长的目的并未达到，因为村妇们只敢偷偷将糖果扔给猪狗，鬼子浑然不觉。保长只好改令各户将收受的糖果悉数交给他。

中秋节前，鬼子曹长要求保长动员村民犒劳日军，一户一只鸡。保长当面应允，背地指使各户用鼠药拌食喂鸡。保长去岗楼谎报说，全村的鸡突发鸡瘟，无一幸免，曹长亲自进村察看遍地死鸡，将信将疑。保长又送去一布袋犒劳品，鬼子抖出一看，全是回收的鬼子施舍的糖果饼干，都沤霉长毛了，保长见鬼子都傻了眼，得意和痛快就战胜了冒险的紧张心情，他故作邀功请赏的神态说："村民无以犒劳太君，这可是妇幼们舍不得享受，积攒下来孝敬太君的呢！"曹长的脸都气歪了，却极有雅量地点头收受了。鬼子一时找不出茬子惩治保长，曹长挥挥手放保长走了。

当夜鬼子岗楼的歌舞声哑了。保长连夜传令：但凡后王村妇，不论老幼，一律重抹锅黑涂面，于是全村到处晃动着狰狞丑陋的女妖脸，鬼子见了都蔫了劲。曹长禁止鬼子单独进村活动，进村则集体列队行动，与村民相遇时沉默警惕，如临大敌。

严冬时节，驻扎后王村岗楼的鬼子忽在一夜之间撤走。据说鬼子兵力不足，收缩战线支援前方。鬼子在这里待了不足一年，无一伤亡。

鬼子走后，村长重新上任后的第一件事，是将桂儿捆绑在空岗楼里。桂儿再也没从岗楼出来，她上吊了。

抗战胜利那年，村长特别在村中立碑纪念。他亲自撰写的碑文说：倭寇侵占期间……全村数百活鸡壮烈捐躯，一妇自尽以谢父老乡亲……

（选自《芳草》1995年第8期）

狗　宝

　　节日去拜见岳父母，餐桌上妻弟忽对我说："姐夫在报社耳闻八面风，却不为弟指一生财之道。厂里几月不发奖金了！"我支吾其词："唉，信息鱼目混珠，真假莫辨哪！"不料妻和岳父母皆停箸盯我，我大窘，急中生智："你不是喜养狗吗？若得狗宝其利数万矣！"

　　妻弟喜形于色，连敬我三杯，便连珠炮似刨根问底。我昏昏然不能自已，竭力回忆近日拆阅的某信息稿说："取人发、猪鬃、羊毛，混以异戊醇，置铁锅内兑水成糊状喂狗，云云。"

　　翌日妻郑重向我讨秘方，猛省昨晚在岳父家酒后失言，硬着头皮找来信息稿，将人、猪、羊三毛比例分量及喂法一一抄录奉上。

　　第二日天色向晚妻未归，料她下班去了娘家，遂自炊自食。斯时妻回，谓其弟和连襟在岳父帮助下，于户外架锅熬药膏至三更，釜中兑水数十桶，锅底几近烧穿也未能将三毛熬成糊状，焦黑如炭，恶臭冲天，街邻怨声载道。

　　我听之忍不住喷饭。妻正色道："父亲命你火速亲临指导。"我骇得噎食打嗝，忙说："不必不必，只管再加水再添薪，烈火炼真金嘛。"妻见我一副死活不肯上路的模样，无奈作罢。

　　又一日妻从娘家回，劈头便叱骂我狗嘴吐不出象牙。原来并非我所说狗对那药膏贪吃无厌，实则狗闻之若闻狗屎，妻弟只好将那黑锅巴状玩意掰碎拌入狗食，哄婴儿吃药般软硬兼施往狗嘴里灌。妻喋喋不休，我装聋作哑。

　　未几日，妻又从娘家归，我战战兢兢开门揖迎。妻却和颜悦色问："若狗体内长成狗宝如何识之？"我早已作好受诘问准备，遂背诵那信息稿："珠胎暗结，毛色干燥，狗眼发红，黑夜吠月。""然则何以取狗宝，何处卖狗宝呢？"妻咄咄逼人地追问。我豁出去了，砰然拍胸："只要狗宝长成，我请医院的作者来动手术取宝，请药材公司的作者来购宝。"

　　从此我怕妻回娘家，惶惶不可终日。

　　某晚妻从娘家归，我早已称病卧床，以厚褥蒙住头脸作捂汗状，骇妻开口。岂料妻轻舒猿臂从床上生擒起我，先假意娇嗔一声："官人虚惊一场了！"继而大喝："你这个卖狗皮膏药的混蛋不必做贼心虚了！唉，昨夜治安联防队突然袭击打狗，那只狗毙于乱棍之下。唉！"

妻叹息不已。

我也如释重负地长吁一声，方觉真的捂出一身臭汗。

(选自《当代农民》1987 年)

金　镶　玉

归元禅寺在"文革"中幸免于难，五百罗汉，佛相依然。但那年月寺中也有不少佛宝流失到民间，得手者并非蓄谋已久的江洋大盗，却是些顺手牵羊的鸡鸣狗盗之徒。

张斌家居翠微街一条陋巷，其父张咬脐，一介人力车夫。一日，张咬脐拉车途经寺院时内急，由破墙洞钻进院内小解。窥见有人鬼鬼祟祟潜进罗汉殿，窃得一紫铜香炉匿去，便也起意去摸一个烛台拿回家在年节时祭祖用。做贼心虚，慌张中他没找着烛台，便胡乱揣了一尊装在小木匣中的菩萨拿回家。

当时张斌才初中毕业，不知菩萨来路，为父羞于启齿，只说"你下放后我每日偷偷求菩萨保佑你早日被招工回城"。张斌一去五年，家贫无以笼络社队干部，加之他好逸恶劳表现不佳，难以被招工回城。幸亏新政策允许有关工种如搬运工子袭父职，张咬脐便以小恙为由提前一年退休，让张斌被招工回城顶职当了搬运工。是日父子对酌庆贺，张咬脐喝得醺醺然，指着那尊菩萨感慨道："原来这只是一坨无用废铜，老子才是你的救命菩萨！"张斌正欲问菩萨来历，其父已鼾声大作，斯夜竟因脑溢血而猝然去世。

张斌干搬运工干得竟诅咒父亲在天之灵起来，成天摄砂搬砖运水泥，比下放农村还苦却无农村逃工躲懒的随便。时兴留职停薪，他交了一张申请，离开搬运站，去贩鱼贩菜贩瓜果，不耐劳苦，见异思迁，一事无成。勉强娶妻生子后，三年停薪留职期满，妻子软硬兼施，逼他厚着脸皮重回了搬运站端安稳饭碗。不料一年后张斌又下岗，每月生活费二百元，想喝几口监利散酒还得看老婆脸色。窘迫之下张斌到汉正街交游商贩找财路，听说一江浙鞋商新店开张，照例要请财神菩萨供奉店堂，鞋商声称不欲去瓷器店请新菩萨，愿花重金请一尊本地民间菩萨，意在诚奉土地财神，庇佑客商生意兴隆，财源茂盛。张斌想起父亲的遗物，急忙回家从暗楼上寻找出那尊尘封的菩萨，拿去与鞋商交易。几经讨价还价，以五千元成交。张斌心中狂喜，送出菩萨换得现款，疾奔回家。

鞋商其实乃文物贩子，他见铜色菩萨封闭在宽不盈尺高约一拃的木匣内，正面嵌着一块玻璃，四面六方均无开启机关，且格外沉重，便以些许小钱疏通小医院，借用 X 光设备透视木匣。透过一层油腻的积垢、一层香灰和一层木质，可见木匣四面六方镶满黄豆粒大小的黄金珠，金珠与金珠之间，嵌满一粒粒绿宝石。文物贩子无需再将"铜"菩萨"验明正身"，连夜关闭鞋店走得不知去向。

张斌浑然不知，窃喜发了财。妻子主张将五千元做本钱开个夫妻小店，他恐做生意赔本，执意要安装家庭电话，说如今电话已取代彩电成为家庭财产地位的象征，不装电话无颜见街邻亲友。妻子见他不成器，便以买首饰为由强行索走二千元。张斌改而以分期付款方式装电话，并购一只 BP 机挂在腰带上，神气活现。

街邻笑问张斌："起了篓子？"答曰做成一笔小生意。有知底细者活用一句歇后语"腰里挂只死老鼠，冒充打猎的"嘲笑他："腰里别只 BP 机，冒充大款做生意。"

（选自《长江日报》1997 年）

连　　锁

　　表弟牛般强壮的身体轰然倒塌，始于初春小恙。先是面部神经麻痹，继而舌木、语滞、视力衰退，当权威医院诊断为恶性脑瘤时，他已卧床不起。表弟走在入暑前，算是走得干净利索。

　　而表弟媳和表侄却深陷悲哀痛苦中无以解脱。表弟做开颅手术前夕，医院要求亲属缴巨额押金，十余岁的表侄哭卖游艺机筹款救父，感动班上同学争相高价竞买。此儿真乃孝子，执意三天三夜守在病榻前不合眼，直至葬父归来当夜，才倒在床角沉沉睡去。翌晨醒来，发现右手从手腕至胳膊处生出无数针眼状红斑，似捂出的痱子，不痒不痛而密集可怖。问诊几家医院，医生厌烦表弟媳哭诉，一味动用各种仪器手段检查化验，均查不出病因。亲友猛然联想到几年前看的日本电视剧《血疑》，疑心其与幸子病状相似。亲友不敢说破，表侄似有所知，愈加恢恢不思茶饭。

　　表弟媳提心吊胆，而她泥菩萨过江——自身难保矣。于是，她恸哭过度，咽喉肿痛，服药、注射逾月不愈，恶化到吞咽呼吸困难。换诊数家医院，医生听患者主诉漫不经心，皆以手电筒照视其咽部，处方无非服药加打点滴。不料旧病未除又染新患，双腿奇痒起斑，延至全身。众亲友惶恐惶惑：难道表弟的癌症能传染病毒？街邻窃窃私语："恐屋撞邪犯神，全家难逃厄运。"

　　有一退休老中医不信此般咄咄怪事，主动上门问诊，一眼看出表弟媳的鼻孔严重充血，立即诊断为鼻窦炎，嘱先停服地司米松，皮疹消失；再治鼻窦，处方内服外敷，一周痊愈。又诊表侄，端详胳膊红斑良久，去卧室查看床铺蚊帐，询问表侄睡姿方位，颔首一笑，嘱将清凉油涂抹患处，又嘱换床睡大蚊帐之大床铺，并在帐外彻夜焚檀香。只三日侄儿病状消失。

　　众亲友请教老中医，老先生愤愤然："余不敢说医院里都是庸医，却有不少毫无医德的劣医。喉鼻息息通，岂能视而不见？鼻窦充血几乎闭塞，咽喉安能不痛？昏医错药导致皮肤过敏。而孩子丧父失眠多日，一夜沉睡不醒，胳膊压在蚊帐上，帐外群蚊密集叮咬，因隔着帐纱蚊受阻而叮痕不深，故不痒无疱。孤儿寡母哀伤过度加重病情，致成连锁反应。倘若听任缺乏医德的劣医漫不经心胡乱诊治，恐心病变身病，小病成大病，一旦病入膏肓，岂不草菅人命？"

（选自《长江日报》江花副刊 1997 年）

玉 女 汤

1

钟鸣途经应城汤池时迷路了。

钟鸣是台湾来的青年旅行摄影家。此番大陆行，是到湖北大洪山国家森林公园拍摄在绿林寨主峰经常出现的佛光奇观。他清晨从武汉出发，以他骑单车旅行的惯常速度，估计中午即可抵达京山县城。不料途中他的山地车接连出故障，日暮时分才走到应城古镇汤池一带。

单车骑过汤池镇，但见公路左侧一方宽阔湖泊在夕阳下波光潋滟。湖滨有一片茂密的樟树林，落日如一只硕大的橙子悬挂其上。湖面百鸟翱翔，而林中百鸟啁啾。钟鸣为眼前景色所诱，便拐下国道，沿湖滨小路徐徐骑行。一路不断抓拍好镜头，不知不觉钻进林中小径，待脚下小径消失时，夜幕中已辨不清方向穿不出树林了。

忽闻琴声，循声找去，林间有一农舍，庭院里，月光下，一位身着豆绿色无袖连衣裙的少女在专心抚琴。

少女弹的是古筝，指法娴熟，一曲《高山流水》，如泣如诉，戛然而止。

钟鸣趁机隔着篱笆叩门呼唤。

少女闻声抬头看见篱笆外的钟鸣，慌忙避进屋去，随手紧闭了大门。

钟鸣自语："是我惊吓了她吗？这女孩何故如此胆小？"他不解地摇摇头，无奈地准备离开。

这时农舍的门又吱呀一声开了，少女不紧不慢地走向庭院柴扉，却换了一身长衫长裤，面容姣好却表情冷漠："请问先生何事？"

钟鸣说明来历和迷路经过，问："可否付费借贵宅一夜食宿？"

少女指指东南方向隐约的灯光："趁着月色，朝南步行约 15 分钟即可上公路，左转向东骑行约 20 分钟即到镇街，那里有旅店。"

"谢谢小姐指路。不过，可否就近在小姐家中借宿？我每年来大陆旅行，总喜欢借宿农家，体验田园生活。"

少女摇头。钟鸣不甘地掏出护照和名片："哪怕只在贵府打地铺也可以呀？"

少女沉默不语，目光警惕。

"或者只借贵府庭院露宿一夜，我自备有旅行帐篷。"

少女打量这个高大帅气的小伙子，又瞧瞧他背上鼓鼓囊囊像座小山似的旅行包，思忖片刻，打开院门，转身先进屋了。

钟鸣见少女并不关房门，便试探着跟进屋。

少女头也不回："右厢房有床，自备卧具吧。厨房有剩饭现菜，自己动手热。"说完进左厢房掩了门。

饭菜尚有余温，饥肠辘辘的钟鸣懒得加热，津津有味地吃得汗涔涔。餐毕心想，再洗个热水澡就更爽了。可是卫生间无热水器，亦无浴缸或冲凉莲蓬喷头。他一边洗碗一边点燃煤气灶烧水。

少女不知何时来到他身后："暖水瓶里有足够的开水。"

"哦，我想烧水洗个热水澡。"

少女啪地拧熄煤气灶，打开厨房后门走出去。

钟鸣不解地跟出去，来到后院。

后院有一泓池塘，半掩在几株垂柳下，在习习夜风中荡漾的涟漪反射着月光。

少女无语地指指池塘。

钟鸣似恍然大悟，又讪笑："我……不太习惯洗凉水澡，也怕着凉感冒影响行程。"

"你不妨试试水温。"

"试水温？"钟鸣狐疑地问，见少女不答，他犹豫地蹲到池塘边，伸手撩起一捧水。水是温热的，约有三四十度。

"原来是温泉！"钟鸣惊喜得大叫起来。

见少女已离去，钟鸣当即脱得赤条条只剩一条裤衩，扑通跳进温泉，手舞足蹈扑腾够了，便静静地泡在池中久久舍不得出水。

这时少女的琴声又响起。

钟鸣侧耳聆听，却是一首深奥难懂的古曲。他听不懂便走神，猜测着身边这位神秘的冷面美女：说她是村姑吧，她说的是普通话而非乡音，且乡下姑娘何以穿着都市刚刚流行的月白色紧身阔领衫和无腰牛仔裤？说她是城里女孩吧，她自然的举动、泰然的神态不都表明她是这林间农舍的主人吗？可是，偌大个农家庭院为何只有她孤身一人独守？最奇怪的是，她原本穿着一件豆绿色连衣裙也端庄得体，何故急忙换一身长衫长裤来接待一位素不相识的过客呢？

　　一连串疑问令农舍过客钟鸣当夜辗转反侧，下半夜才渐入梦乡。梦中后院温泉沸腾了，雾气缭绕中浮现一位袅袅娜娜的仙女……

2

　　钟鸣的美梦被琴声惊醒。

　　少女坐在后庭温泉边，面向朝阳弹琴。阳光照耀着温泉反射起彩色的光，恰似云蒸霞蔚烘托着奏乐少女。

　　钟鸣看呆了，以为撞见仙女。他悄悄用数码相机从背后、侧后反复为抚琴少女拍照，并当即存入手提电脑，这才招呼少女看电脑屏幕上的照片。

　　少女仍如昨晚冷漠矜持，但见一组逆光照片中自己的形象竟不逊色于明星剧照的风采，脸上欣慰微笑。

　　钟鸣趁机提出再拍少女正面照和特写照，并希望少女换上昨晚穿的连衣裙。

　　少女顿时变了脸色，冷冷地拒绝了。

　　钟鸣作仰天喟叹状："绝色佳境，技痒难耐。奈何美人自美，却不成人之美。"又喃喃自语道："难怪昨夜梦见仙女，分明是冥冥中有了创作灵感嘛！灵感难得，稍纵即逝，你真是别人的孩子不心疼！"

　　"梦中所见？"少女见他说得好笑却也直率，忍俊不禁道："你真会强词夺理……不过，你真梦见了仙女？"

　　钟鸣认真地点了点头。

　　少女若有所思地说："你所梦的或许是一种心灵感应吧。"

　　她见钟鸣不解，便带他穿过林中小路，来到玉女井。

　　这是汤池最大的一处温泉泉眼。泉眼周围有大理石围砌的八角形泉栏，栏杆历经风雨沧桑，粗砺的大理石被无数游客的手抚摸得平滑如玉。显然，玉女井不仅是一处泉眼，更是一处古建筑名胜。

　　钟鸣仔细辨看玉女井井壁镌刻的三个篆体字："玉——女——汤？"

　　少女点头："玉女即仙女，古人称沸腾的水为汤。相传很久很久以前，玉女仙子同情人间疾苦，毅然舍弃天宫的锦衣玉食，来到凡世改食人间烟火。她在此结庐修行，日夜熬炼为百姓治病消灾的灵丹。七七四十九天已炼到最后一天晨曦初露，眼看大功告成。不料觊觎玉女美貌的色魔勾结怀恨在心的病魔前来劫色夺丹。玉女勇敢地击退了色魔，却被病魔偷袭得手，掀翻了炼丹炉，沸丹倾地尽成泉眼。色魔见玉女功亏一篑，又卷土重来，欲擒玉女夺其贞洁。玉女愤而自投泉眼，以满腔怒火自焚玉体，将地下水烧成温泉，从泉眼汩汩喷出……"

钟鸣听得如痴如醉："好一个'以满腔怒火自焚玉体'！这是一个悲悯天下而刚烈自尊的伟大女性！后来呢？后来呢？"

"后来……后来，玉女的故事深深打动了李白。青年李白仗剑出川，去国远游，在金陵、扬州不到一年散金三十万，落得一文不名，举目无亲，但诗名大振。一日在青楼与歌妓对酌时偶尔听说玉女的故事为之心动，毅然离开美女如云却寡情少义的歌舞楼榭，前来蒲骚之地也就是今日应城汤池寻访玉女汤，凭吊玉女……"

少女说着吟咏起李白的《安州应城玉女汤作》："神州殁幽境，汤池流大川……"

钟鸣应声接诵下两句："阴阳结炎炭，造化开灵泉。"

少女惊讶："原来你也能背诵李白的这一首诗？"

钟鸣解释，说是少年时外爷教他朗诵过这首诗，却不解其意。他记得外爷特别喜爱李白此诗，练书法时反复抄写并吟咏得泪流满面。

少女好奇地问其外爷籍贯。钟鸣答祖籍江西，但外爷年轻时在湖北云梦泽一带生活多年，据说那里是李白云游四方后隐居之地。

"云梦泽？就是如今安陆、云梦一带呀！距此不过百余里。对！那里还有一座李白公园！"

钟鸣听了也惊喜，强烈希望寻觅外爷当年足迹，去云梦凭吊李白，恳求少女当向导。

少女允诺。

两人相约待钟鸣去大洪山绿林寨完成拍摄任务返回汤池后，她陪他去云梦。

但少女提出了一个奇怪的条件。

3

少女开出的条件是：请钟鸣到大洪山森林公园后，到原始森林深处寻找两树联体连根的千年雌雄银杏，代她拜谒许愿，并在树下拾 24 片银杏落叶带回来给她。

钟鸣郑重点头承诺，但他难免有些好奇，有些不解："原来银杏树还有雌雄之分？我听说只有生长在人迹罕至的深山老林的千年银杏树结的白果才是最珍贵的。你为什么不托我采摘白果而只要 24 片银杏叶呢？再说，小姐还没告诉我，代你许一个什么愿呢？"

少女摇摇头："如果找到我心中的银杏，你只需双手合十，闭目鞠躬就行了。银杏自然会明白我的心愿。"

少女似有难言之隐，她的表情忧郁而坚毅，眼神迷茫而充满期待。

钟鸣见状肃然："我绝不辜负你的委托。一周后，我将带回银杏叶。"

他顿了顿又说："我现在该不再只是过客而是朋友了吧？请告诉我你的芳名。"

说着再次掏出名片捧给少女。

少女脸色有些羞涩的淡红，接过名片端详："哦，你连网名都印在名片上了，'右足跨海'，想必你这网名必有寓意?"

"我虽生长在台湾，血脉根基却在大陆，外爷希望我代他常回故乡看看。我又酷爱旅行和摄影，所谓左足立海岛，右足跨海峡。"

"怎么会如此……巧合呢?"少女喃喃自语。

"你说什么？你仍不愿告诉我芳名吗?"

少女犹豫片刻，下决心道："我叫左手抱琴。"

"网名？好一个'左手抱琴'!"钟鸣惊叫起来，"你我网名，暗合手足之情呀!"

少女脸色绯红。

"你的网名也有寓意哟?"

少女脸色戚戚然："左手抱琴抱怀念之情，右手抚琴抚颤震心弦。"

钟鸣关切道："你心事重重。我猜你终日琴不离手必有缘故，但你还是可以腾出一只手去捧大把大把鲜花一般的青春年华呀！挥霍青春固不可取，而尘封青春未免太可惜!"

少女不再矜持，脸色豁然开朗："听君一席话，胜读十年书。但你行色匆匆……"

"我很快回来。去时是冒失打扰的过客，回来愿做促膝谈心的朋友——如果你挽留?"

钟鸣说着背起行囊，跨上单车猛蹬几脚，单车飞蹿上路。

他回头挥手呼喊："我看见你窗台上有一台电脑，今晚我要找你聊天，聊一通宵!"

少女望着钟鸣远去的背影，久久伫立在路边。

后来她回家弹琴，却心不在焉走了调，甚至校不准弦音了。她无奈地撂琴到后院去散步，愣愣地望着温泉池中央泉眼冒出的水花出神。她一整天坐卧不安，也懒得为炊，眼巴巴盼望黄昏到来。

终于等到夜色降临了，她急忙上网，按钟鸣留给她的 QQ 号找人："你在吗？我是左手抱琴。"

"鄙人正在恭候尊敬的小姐。右足跨海。"

钟鸣说他顺利到达京山县城，住进了宾馆就上网在线等她。

左手抱琴："我加你为好友。"

右足跨海："幸亏你没把我列入黑名单。"

左手抱琴："你不过是一个素不相识的过客，可是我为什么感觉像邂逅了多年以前的老朋友？我是否自作多情？"

右足跨海："离开你才一天，可是我心中对你竟有一日不见如隔三秋的牵挂！我是否不幸患上了可怕的单相思病？"

左手抱琴："别说了！我心乱如麻……"

右足跨海："欲罢不能，我如鲠在喉！"

左手抱琴："><(大哭，用力哭)"

右足跨海："：—((哇！好心碎哟)"

左手抱琴："p(／O＼)q(双手握拳)"

右足跨海："(：(鼻子被打歪了)"

左手抱琴："原来你是个没心没肺的坏蛋！"

右足跨海："冤枉！我的心肝都被你掏走了嘛！"

左手抱琴："别贫了。天快亮了，明晚接着聊吧。明晚是你登山前夜，我有锦囊妙计。"

右足跨海："明晚我也有秘密告诉你。"

4

第二天傍晚，钟鸣按计划到达大洪山森林公园的绿林寨山麓。他在山村里找了一爿农家旅店住下来，见店主大叔见多识广，便请教明日进山寻找银杏的捷径。大叔说他壮年时采药踏遍青山，千年银杏并不难找，但要找雌雄联体连根的千年银杏，则须钻进密林深处人迹罕至处，一则山势险要，二则可能遭遇猛兽。

钟鸣上网告诉少女他现在所处的位置和明日进山寻找千年银杏的计划，但绝口不提大叔忠告的危险。

左手抱琴："你应该先去寻找佛光，先完成了拍摄任务再说。"

右足跨海："寻找千年银杏是我更重要的任务。而且我有预感，我将在寻找千年银杏的途中遇见佛光。我向来乐观而自信，吉人自有天相嘛。对了，你昨晚不是说你有锦囊妙计吗？"

左手抱琴："援兵计。你赶紧下网去山村里雇请一个当地壮汉做向导或助手吧！哪怕他只能陪伴你进山。我真担心你孤身一人走进原始森林，万一……我不敢说下去了。"

右足跨海："别担心。我带有齐全的工具和应急装备，又有多次独自穿越高山森林的旅行经验。再说，我已物色到一个可信赖的向导、一个聪慧得力的助手和一个有情有义的旅伴。"

左手抱琴："哦！找到三个人啦？加上你可组成一支探险队了！"

右足跨海："不，找到了一个人，她身兼向导、助手、旅伴三职。我很喜欢她。"

左手抱琴："她一定长得很漂亮啦？原来她就是你昨晚说的秘密！能否泄密向我介绍一下这位美眉？"

右足跨海："她就是你呀！傻姑娘。我幸福地感觉到，你无时无刻不伴随在我身边！"

左手抱琴："……（沉默不语）"

右足跨海："怎么突然不说话了？"

左手抱琴："我……我好想好想现在马上就去见你，TT（喜极而泣）"

右足跨海："你又哭了？你的眼泪好酸，把我的心都泡软了！"

左手抱琴："T‿T（带泪笑），赶紧睡觉吧！养精蓄锐明晨好出发。"

右足跨海："明晚听我的好消息！还是这个时间准时网上见！"

左手抱琴："不见不散。"

天明天暗。到了黄昏，少女早早到后院温泉沐浴更衣，提前上网在线等待钟鸣。

可是钟鸣迟迟不出现。显示屏上，少女在好友名单中专为"右足跨海"挑选的大灰狼头像图标一直是一成不变的灰色。

"你在哪里？为什么不回答？"少女在留言后面加了100个问号，都石沉大海。

他为什么失约？她有一种不祥的预感，急忙翻出他的名片，第一次拨了他的手机，可是语音信箱说他不在服务区。他失踪了？

少女忐忑不安地等了一通宵，至天明才伏在电脑前昏昏沉沉睡去。

温泉林中群鸟的晨唱惊醒了少女，她猛然抬头，屏幕上她的网名头像羚羊图标反复闪烁，一行留言十分奇怪："左手抱琴，请你立即拨打钟鸣先生的手机与我们联系！"她狐疑地试拨钟鸣的手机，果然通了，接听者却是一个陌生男人：

"这里是京山县医院。钟鸣先生被毒蛇咬伤，病情危险！急需亲属速来办手续!"

少女吓得魂飞魄散,半晌才镇定,急忙打电话到应城市区雇来一辆出租车,风驰电掣赶到京山县医院。

少女直奔外科急诊室,医生把她挡在抢救室外告诉她:

"钟鸣被剧毒腹蛇咬伤左腿小腿肚,虽然他当即采取了自救措施,但因未能及时送到医院而延误了病情。经过一夜抢救,注射血清后目前他暂时脱离危险,还处于昏迷状态。现急需病人的亲属来签字动手术,并缴费办理住院手续。"

少女紧张得脸色惨白,她竭力控制情绪,问:"你们可能已经知道了他的身份?"

医生点头:"昨夜下病危通知单时无人签字,送他来的 110 巡警配合我们查看了他的护照。"

5

少女听医生说明钟鸣的病情后,果敢地说:"他可能在大陆没有亲属。救人要紧!我愿代表他的亲属立即办理签字、交款和住院手续,并承担一切责任!先动手术,我再想办法与他在台湾的家人联系。"

"只好这样了。我是外科主任,我决定立即手术。"

医生一边通知医护人员准备手术,一边狐疑地问:"你就是那个'左手抱琴'?"

少女不好意思地点点头。

"你知道我们怎么联系上你的吗?病人在昏迷中反复叫你的名字,我们一个年轻护士猜出这是网名,试探着与病人的呓语对话,病人居然在下意识中说出了你的 QQ 号!"

医生说完递给少女一块叠得整整齐齐的手绢。

雪白的丝质手绢上浸染了一团鲜红的血渍。她小心翼翼打开手绢一看,是 24 片清香的银杏叶。

少女的泪水扑簌簌落下来。她把包着银杏叶的手绢紧紧捧在胸前,想起了一句交友格言:"危难时刻见真情。"

钟鸣的外科手术进行了 4 个小时。

在手术室外的等待中煎熬的少女终于被允许进去见病人。她看到钟鸣的左腿肿得像水桶,双膝、双手、双臂和头脸都受了伤,浑身上下缠满了绷带,躺在病床上昏睡。她忍不住扑到他身上号啕痛哭。

医生护士正欲制止她，她的哭竟像一剂良方，只见钟鸣的嘴唇蠕动着，舔着少女洒在他脸上的泪水，接着他睁开眼并微笑起来："你又哭了？上次你的眼泪好酸，把我的心都泡软了；这次你的泪水好甜，再洒几滴让我苦涩干渴的嘴唇尝尝，好吗？"

少女破涕为笑。她这一哭一笑，如两粒灵丹，医生惊奇地发现，病人的病情迅速好转，血液、血压等各项监控指标都恢复到接近正常，便宣布病人脱离危险。

钟鸣不愿把病情告诉台湾的家人，免得父母尤其是外爷担心。但医生说他伤势太重，左腿静脉、经络的创伤经外科手术修复后，还需要多科配合后续治疗，经过较长疗程才能康复。

在少女的反复劝说下，钟鸣打电话将病情如实告诉了台湾家中的父母。父母当即表示要赴大陆接他回台湾治疗，他坚决不同意。

少女见钟鸣与父母争执不下，提出折中建议：先转院到省城武汉会诊，待省城专家有了诊断结论，再决定是否回台湾治疗。

结果，钟鸣和父母都接受了她的建议。

钟鸣和少女谢过京山县医院医生护士的救命之恩，乘武汉呼叫医生专用救护车转院到协和医院。

协和医院内外科专家会诊后认为，病人前段救治和手术都很成功，血液中残留的蛇毒已基本排出，再巩固治疗一个月即可康复出院。但病人周身皮肤感染了森林瘴气，加之武汉气候炎热，出院后需要到气候适宜的地方疗养，最好是到温泉疗养。

医生的话在钟鸣听来简直就是一个喜讯。他急忙打电话告知父母，说他一个月后出院，接着去应城汤池疗养，那里有绝佳的温泉，还有一位可爱的姑娘。父母听说他既无大恙了，又坠入爱河，不再坚持接他回台湾。

钟鸣见少女也宽了心，这才向他讲述在他看来非常精彩的历险过程：

"那天早晨我很早就上山，山路上天气忽阴忽晴，有时出太阳下白雨很好玩。中午，我登上绿林寨主峰，四顾寻找时，发现一座烽火台遗址后隆起一拱彩虹，奔过去爬上烽火台再看，哈！不是彩虹，是佛光！一轮金碧辉煌的佛光像一个巨大的标准圆，悬挂在一蓬葱葱郁郁的树冠上。天哪！你猜我看到了什么？佛光环罩的正是两株雌雄联体连根银杏树！笔直的树干像擎天柱，曲折的枝蔓像虬龙，莽莽苍苍树龄在千年以上。我飞快抓拍了十几个佛光镜头，然后肃穆地走近古老的银杏，默默瞻仰朝拜，双手合十代你许愿完毕，这才轻手轻脚绕着树根俯拾新鲜的银杏落叶。当我拾起第 24 片落叶时，左脚不小心踩着了一条盘在草丛中睡觉的花蛇……"

钟鸣绘声绘色地回忆："那条花蛇恼怒地吻了一口我的小腿肚。幸而她并未纠缠我，而是闪电一般蹿上树干，缠在树枝上荡秋千。她翘头怒视着我似在审问我：'哪里来的色狼？你竟敢擅自闯入蛇小姐的闺阁骚扰本小姐，粗暴地搅扰了本小姐的美梦？'我慌忙鞠躬道歉退避，那花蛇小姐总算饶了我没有追撵……"

少女见他将惊险遭遇说得如此幽默调侃，也忍不住打趣道："活该！谁叫你色胆包天，连冷血美蛇也敢骚扰！后来呢？"

后来钟鸣掏出手机报警求救，可是深山老林里手机没有信号。他意识到蛇毒将会很快浸漫全身血管的危险，立即自救：掏出应急尼龙绳从左腿膝弯处死死扎紧小腿阻断血液上流。取出瑞士军刀点燃打火机消毒。口衔毛巾咬紧牙关，忍痛自剜伤口皮肉，但慌忙中用力过猛，伤及静脉和经络。幸亏他备有止血绷带，简易包扎伤口后匍匐着爬出密林，爬到盘山公路上拨通了报警求救电话。他双膝、双手、双臂和头脸的伤，都是挣扎着爬行时磕碰摩擦所致……

6

一个月后钟鸣病愈出院，随少女回到汤池的森林农舍疗养。

这天，钟鸣在温泉泡浴过后，少女牵扶着他在林中小径散步，两人又谈起遇险经过。

钟鸣意犹未尽地说："那条花蛇真漂亮，白质而绿章。她的两只绿豆小眼直朝我放电呢！你说她朝我仰脸努嘴伸出花蕊一般粉红的信子，是不是想和我接吻？"

少女乐不可支："她恐怕不是白娘子就是小青。而你不是许仙，你充其量只是个色迷心窍的色狼！我建议你改个网名纪念这次死里逃生的险遇和艳遇，叫左足遇蛇(色)，如何？"

"好哇！有意思！我也给你改个网名，"钟鸣深情地望着少女说，"叫做右手牵郎，郎君的郎。"

"不是郎君的郎，是色狼的狼！"

"哈哈哈。"

"嘻嘻嘻。"

几天后，钟鸣的外爷突然来到汤池，直接找到森林温泉边少女的家里来了。

钟鸣看见外爷又是惊喜又是埋怨："外爷，您可真是自天而降！您年事已高，长途旅行太累了！您怎么不先给个电话我？我好去武汉接您呀！"

"给你一个惊喜嘛。再说，就是怕你拖着一条伤腿去接我。"

原来，钟鸣的父母毕竟对他放心不下，打算请假来大陆看他。不料他的外爷也争着要来大陆，且理由充分：一则外爷可以投资考察名义参加一商团顺利办妥签证，而钟鸣的父母都在政府机构任职，请假、签证并不容易；二则外爷是医生，可以诊查帮助钟鸣康复；三则外爷突然说他在应城汤池工作过，寻找钟鸣也方便。钟鸣的父母担心外爷身体吃不消长途跋涉之苦，但外爷一番感慨让家人只好默然应允："老朽已来日无多，才决心借看望外孙的天赐良机去故地重游哇！你们可知道？汤池是我后半生魂牵梦绕的地方，不去死不瞑目呀！"

钟鸣笑嘻嘻向外爷介绍少女："这就是女主人，我在电话中告诉过您的照顾我疗伤的可爱姑娘。我怀疑她是继承玉女遗志降临人间的仙国公主。"

少女却不敢学着钟鸣顽皮，也没像以前那样矜持，她以淑女风度向外爷问安，致过礼貌得体的欢迎辞后，便忙着去为外爷安排房间、准备膳食去了。

外爷满意地对钟鸣说："难怪你乐不思蜀，这位姑娘的相貌、身材无可挑剔，而且给我的印象是品行也不错。"

钟鸣得意地说："外爷您还会加深印象的，她心地善良而资质聪慧。"

外爷努力回忆着喃喃道："她像我当年的同学……"

7

时值盛夏午后，钟鸣服侍外爷小憩过，少女便安排外爷到后院温泉边柳阴下纳凉。

老少三人谈过近年大陆经济建设和台湾时局后，少女说她对外爷当年曾在汤池工作过的经历很好奇，钟鸣此前也未曾听外爷提及过，两位年轻人便请求外爷讲讲当年的故事。

伴随着夏蝉此起彼伏的鸣叫，这位台湾国民党某部退役少校军医，讲了一段抗日战争年代的故事，那时小小的应城汤池镇，竟云集了那么多的国共两党名人政要：

"1937 年，'七七事变'震惊中外，抗日战争全面爆发。北平沦陷后，京城各高校学生的心都碎了，我们不甘做亡国奴，纷纷南下武汉聚集。我和一位女同学也流浪于武汉街头。流亡学生群情激昂却群龙无首，不知怎样投身保家卫国的战争，只是自发地举行演讲、游行示威活动。我的女同学是学艺的，参加了学生文艺宣传团，而我是学医的，就参加了学生救护军。但宣传和救护对象都只是逃兵荒的难民和武汉市民，并不能为抗日前线将士效力。

"当时，八路军驻武汉办事处主任周恩来先生审时度势，提出了组织流亡学生中的热血青年投身抗日的主张。于是董必武先生在武汉代表中共中央向陶铸先生布置培训流亡学生的任务。陶铸先生受命后，立即赶赴应城，谒见隐居的李范一先生。当然，这些我都是事后慢慢得知的，很多消息都是女同学透露给我的。

　　"李范一先生是当年带动国共两党军政显要关注汤池的关键人物。他是留美归国工程师，曾任旧湖北省政府建设厅厅长，为人性格刚烈，疾恶如仇，因不满官场腐败无能而辞官归隐故里。李先生辞官为民后以其学识和品行仍威信甚高，陈立夫、陈果夫、蒋经国都曾登门拜访。毛泽东先生尊称其为'湖北的李先生'。陶铸先生到应城拜谒李先生的目的是请李先生出山，出任青年培训学校校长，陶铸先生自任教导主任。李先生以抗日救国大局为重，慨然允诺重出江湖，他亲自选定汤池温泉为青年培训学校校址。

　　"汤池青年培训学校到武汉招生的消息一传开，流亡大学生纷纷响应。我和女同学双双报名注册成为首批学员。

　　"记得是邓颖超女士亲自把我们第一批学员送到汉口集家嘴码头的小火轮上。邓女士一身戎装威风凛凛，指挥我们列队码头合唱了一首抗日救亡歌曲。时值黄昏，暮色苍茫，长江汉水交汇处激流荡响，夜风乍起，场面很悲壮，令人联想起'风萧萧兮易水寒，壮士一去兮不复还'的古诗。我年轻的胸膛里鼓荡起一股豪气，而我的女同学，我看见她的眼眶里闪烁着激动的泪花。邓女士立在岸边挥手送别，小火轮生火抽跳，溯汉江到汉川。随船的陶铸先生率领我们学员弃船步行到应城汤池报到，校长李先生站在校门口迎接我们……

　　"就这样，汤池青年培训学校轰轰烈烈开学了。学校一边练兵习武，一边公开讲授医学、工程学和会计学知识，一边暗地里讲授《国家与革命》和毛著。学校声名远播，陆续收编了地方杂牌军、民间帮会组织汉流的青年人，培训为抗日人才。国民党政府见汤池培训学校影响日巨，便从武汉派来督学，一面监视师生中的中共分子，一面成批选拔学生人才派遣到国民党军队中去。而李先念先生率领的新四军第五师也由河南移师湖北，在京山绿林寨建立了根据地，就近吸纳汤池培训学校的优秀人才。李先念先生多次秘密来汤池与陶铸先生会面，物色学员中的积极分子。第一批学员在国共两党的明争暗夺中分赴不同的抗日前线英勇杀敌，报效祖国。其中多数在一两年后为国捐躯了。抗战胜利后我试图联络一批同学，发现幸存者寥寥无几……"

　　外爷讲到此处老泪纵横。

　　钟鸣和少女也直抹眼泪。想不到小小的汤池当年竟有那么多国共要人光顾过，汤池温泉浸润过那么多爱国热血青年的脊梁。

庭院静悄悄。夏蝉也不知何时停止了喧嚣，似在偷听汤池的历史故事。

8

翌晨，少女和钟鸣陪外爷去参观陶铸纪念馆。

这是掩映在温泉森林公园苍松翠竹丛中的一幢青砖红瓦平房。走近大门，外爷仔细端详门楣上的横匾，回忆道："当年这一间是培训学校的礼堂。我在这里听过陶铸先生演讲抗战时局的报告。"

少女欲问什么，又恐唐突，便与钟鸣耳语。

钟鸣问："外爷，听您昨天讲的故事，看来您是被督学派遣到国民党军队去当军医了。那您的那位女同学呢？"

少女附和道："是啊！您能再讲讲您和女同学的故事吗？"

外爷的脸色顿时阴沉下来，沉默着走进陶铸纪念馆，盯着展墙上一帧帧发黄的照片仔细辨看。良久，外爷加快步伐独自走出纪念馆，走向馆后一条林间小道。

钟鸣和少女悄悄跟在他身后。

外爷四顾张望，似乎在寻找什么。他走到林中一片苗圃停下来，回头招呼两个尾随的青年人跟上来："这里当年是国军某部康复医院的院落……"半晌又接着说："我以87岁高龄来大陆，还有一个目的，就是凭吊汤池温泉，缅怀我的女同学。她……她是我未来得及举行婚礼的爱妻呀！"

外爷陷入了深深的回忆："我在北平沦陷前就读的是医科大学，所以来到汤池培训学校我仍选择了未竟的专业学医。女同学在京城学的是音乐学院弦乐专业，她跟着我改行学医。我俩历经流亡路上的战火纷飞和饥寒交迫，相对宁静的汤池让我俩充分感受到温泉的温馨，同学友情升温为恋情。这一泓传说中的玉女汤让我俩陷入爱河而不能自拔。我们白天上课，晚上泡在温泉里肌肤相亲。终于在一天晚上，两个年轻人的灵与肉在温泉融为一体……

"毕业前夕，我和女同学同时接到赴国军某部前线医院任职的命令。培训学校隶属国军武汉战区司令部，我们学员从进校那天起都成了穿制服的军人，军人以服从为天职。再说我们报名参加培训学校本来就下了投笔从戎抗日报国的决心。接到命令前我曾担心过，怕毕业分配时与热恋中的女同学天各一方。命令下达后我倒放心了，既然可以携手同赴前线，我就只顾作好出发准备。

"直到出发前夜，女同学才告诉我，她已加入学生会中的核心组织中共了，由于组织纪律严密，一直未敢向我表明特殊身份。时至当夜，她不得不向我袒露

680

心迹，相信我会赞同她的信仰，跟随她一起投奔新四军。我毫无思想准备，愣了半晌才说：'信仰自由，我尊重你的选择，我对陶铸先生那样的中共人士素来敬仰。可是我们是国军学员，军人不能违抗军令呀？'她反驳我说：'国军学员只是名义上的，国军上级只是派来一个督学当特务监视学员，未拨一分钱军饷和学费，学校全靠李校长募捐和中共武汉八办筹集经费培养我们。'她说：'再说我们不必明晨公开违抗军令，今夜就走。午夜 12 时你我佯装去温泉游泳，游至温泉西北边上岸越过校沟，有汉流帮会兄弟准备便服掩护我们至应城与京山交界处，新四军第五师有人在那里接应。'我听了她如此周密的逃跑计划大吃一惊，脱口说道：'这不是开小差吗？'不料这句话激怒了她，她说她意已决，我要么届时到温泉边与她约会，要么去向督学告密。她的话也激怒了我，我认为她侮辱我的人格，两人不欢而散。当夜 12 时我选择了折中：到温泉边为她送行。我们默默拥抱，她的泪水湿透我的肩头。她坚强而倔强的性格使她在生离死别时刻保守了另一个秘密：她怀孕了……"

外爷泣不成声："一年后我在前线医院负伤，国军某部在停办的汤池培训学校旧址建立康复医院，我回汤池疗伤并留下任职。这时我才听说她在一次游击战中负了重伤，撤回绿林寨根据地后不治身亡，弥留之际将一个半岁的女儿托付给了战友的亲戚……"

外爷讲得悲伤激动，钟鸣听得专注出神，而少女却听到后来听得有一种莫名的紧张。但祖孙二人并没有注意到少女的神色异常。

少女突然发问："请问您的女同学的姓名？"

外爷哽咽着说："她叫秦岚。秦岚的女儿应该是我的亲生骨肉。我曾无数次去绿林寨，走遍山沟农家寻找女儿，终未打听到她的下落。后来听说有一位新四军遗孤被转送到应城一个农家收养……"

外爷讲到这里，忽觉少女问得突然，便问："姑娘，你在汤池生活了多长时间？听说过有谁收养新四军遗孤的故事吗？"

无人应声。

外爷和钟鸣这才注意到，一直跟在他们身旁的少女不见了。钟鸣估计少女独自返回家中了，不过他对少女不辞而别有些不解。而他的外爷似乎预感到什么。

外爷问："这位姑娘叫什么名字？"

钟鸣："叫左手抱琴，或者叫右手牵郎。"

外爷："浑小子！我问你的女朋友的真实姓名？"

钟鸣："对不起，外爷。她迄今尚未告诉我她的真实姓名。"

外爷很奇怪："你们已经如此相依相恋，你竟然糊涂得还不知道她姓甚名谁？

那么你对她的身世、家人更是一无所知啰？"

钟鸣："她倒是断断续续说了一些。她很不幸，来到这个世界上就没见过母亲一眼。母亲命运多舛，童年时光是在抱养自己的穷苦农家度过的，少年岁月曾被政府作为抗日烈士后代照顾，到了青年时代在'文革'中又成了'黑五类'子弟，说母亲的父母都是国民党反动军官，其母死有余辜，其父死心塌地追随蒋介石逃到台湾继续与大陆人民为敌。母亲被揪斗批判后下放到黑龙江农村劳动改造，寒冬时节在冰河里破冰捕鱼时得了严重的风湿病。'文革'后期转回原籍湖北应城农村，在汤池温泉治病。'文革'结束后落实政策得到'平反'，就近招工到解放军某医院当护工……"

"医院？这个军医院在哪里？"外爷打断钟鸣的话。

"就在汤池呀。后来改了番号，再后来部队裁军撤销了这个医院。哦，陶铸纪念馆的资料记载，解放军的这个军医院是 1949 年接收原国军某部医院改建的。"

"国军某部医院？"外爷点头判断，"它就是我当年任职的康复医院。孩子你接着说，把你知道的姑娘的家世都告诉我！"

钟鸣也意识到什么："好的，外爷。左手抱琴的母亲，到汤池军医院当护工时，这家医院以大陆条件最好的结核病疗养医院著称。左手抱琴的母亲的婚姻过程不浪漫，40 岁才嫁给医院一个 60 岁的丧偶师级军官，第二年生左手抱琴时死于难产。他，左手抱琴的父亲很快又与保姆结婚，左手抱琴既无母爱又缺父爱，从童年开始，她就在全托幼儿园和寄宿学校长大。所以她与生父和继母之间感情淡漠，不过她说家里在经济上还是尽了抚养责任……"

外爷急切地问："她的家到底在哪里？她现在为什么独自一人住在汤池这间老屋？"

钟鸣："她说母亲生前随其父从湖北迁居京城离休，她的小时候住在京城。我也不清楚她如今为何独自住在这里。好像这间老屋是她的母亲出嫁前居住的地方……我猜她是因病休学在此疗养，因为她平时读书看的都是大学教材，但她对此讳莫如深。您看她大热天穿长衫长裤很奇怪吧？我却不敢问她原因。"

外爷思考："这孩子似有难言之隐。从她的气色看并无器质性疾病，她可能是被功能性慢性疾病困扰？"

爷孙俩一路说着返回森林农舍。

钟鸣一进门就大声呼唤少女，少女不应，她的卧室房门紧闭，久叩不开。

钟鸣侧耳靠近门缝，听见少女在房内低泣。

9

第二天早上，少女离家出走。她给钟鸣写了一张留言条：

右足跨海或左足遇蛇：

*　　我走了。永远不再回来。*

*　　我去寻找那条美丽的花蛇。我宁可相信她就是民间传说中的白娘子现身，则我愿做心无旁骛伴随她身边的小青。而你，其实连许仙都不是。*

*　　我的真名叫秦琴。母亲遗留的日记本上说，我随母姓，我的外祖母叫秦岚。*

*　　这把历经岁月沧桑的古筝是外祖母留下的唯一遗物。临行前我思忖再三，决定把它留在这个世界上，作为外祖母、母亲和我的汤池故事的见证。就委托你保管吧，也算你我兄妹相逢的纪念。*

*　　　　　　　　　　　　　　左手抱琴或右手牵狼留*

钟鸣捧着字条看懵了。外爷催问再三，钟鸣才慢腾腾读了一遍。外爷又接过字条，戴上老花镜亲自看了一遍，也懵了。

半晌，外爷才跺足捶胸："原来这个姑娘，秦琴，她，她是我的外孙女呀！"

钟鸣默默走进敞开的闺房，只见那把古筝静静地卧在床头。他正欲伸手去拿，外爷颤巍巍跟进来，抢先捧起琴抚看。古铜色的琴身都磨亮了，光可鉴人。琴颈处泛黄发白，那是抚琴人左手长久握抱所致。琴箱上隐约可见镌刻着两个字：秦岚。

"是它，就是它。当年秦岚对它爱惜如命，怕我毛手毛脚，不许我碰它。临近毕业前夕，我发现琴不见了，问她，她说托人带到一个安全地方暂存。后来才知道，她是防备投奔新四军的路上有闪失，事先托人送走了……"

睹物思人，外爷柔肠寸断："世事无常，而苍天有眼，物归其主，这把琴又传到我的外孙女手上。可是，可是，外孙女她——她不原谅我呀！"

外爷号啕大哭，声嘶力竭。

钟鸣慌了，恐外爷伤心过度发生不测，急忙相劝。可是他愈劝，外爷愈哭。钟鸣正不知如何是好，外爷的哭声骤然而止："糟了！秦琴不仅恨我，而且还误会我了。其实你和她并非真正的兄妹！"

钟鸣头脑里一团乱麻尚未理清："外爷，我听不懂您说的什么意思。"

外爷说："你不是我的亲外孙！"

钟鸣："外爷，您是不是一时伤心过度，糊涂了？"

外爷："唉！你的母亲是我收养的义女。当年在汤池，我得知秦岚不幸牺牲的噩耗不久，一个躲藏在农家的新四军孕妇难产，接生婆没办法，又不敢送到我们医院来。我闻讯赶去救治已经迟了，婴儿倒是救活了，但产妇大出血死亡。我听说这个女婴的父亲也已牺牲，当即征得农家房东同意收养了这个孤儿。在康复医院女医护人员的帮助下，我的义女——你的母亲在汤池顺利成长到 9 岁，1949年随我到了台湾——所以你并非我的亲外孙，你和秦琴也就不是兄妹。"

钟鸣怔怔地听着，一时还是转不过弯来。

外爷急了："你赶紧去找秦琴！她绝望了！你想想，她意外得知她还有个外祖父尚活在人间而且遇见了，可我这个外祖父却是抛弃外祖母，连累她和她母亲遭孽的仇人！她深深爱上了你，却突然发现你和她是血亲兄妹！在接踵而至的双重打击下，可怜的孩子怎么经受得住哇！"

钟鸣这才如醍醐灌顶，他狠狠拍了一掌脑门心："糟了！她一定去绿林寨了！她要去外祖母牺牲的地方祭祀亲人，然后——然后她说她要去寻找那条漂亮的花蛇——那条咬过我的花蛇？哎呀！外爷您刚才说她绝望了？对，她厌世、愤世，她不再留恋这个伤心的世界了？"

钟鸣说着匆忙将旅行包挎在肩上："外爷，您留在这里照顾好自己。我立刻出发去寻找她。您放心，我一定要抢在她前面赶到绿林寨去拦截她，把她接回来。"

10

钟鸣心急如火骑单车赶到公路上，拦截住一辆空货车，说服司机把他带到了京山县城。这时开往绿林寨乡的最后一趟班车已发车一个小时了，他不敢耽搁，骑上山地车，沿起起伏伏的盘山公路奋力蹬踩着脚踏，忘记了左腿伤口初愈，只感觉山风灌耳，挥汗如雨。

天煞黑时，他的山地自行车竟追上了班车，同时到达绿林寨山麓的小乡镇。但秦琴不在这趟班车上。

上一趟班车是两个小时前到达的，她是否已找了一家旅店住下了呢？钟鸣略一思忖，来到上次下榻的农家旅店，向店主大叔求助。大叔听了马上吩咐家人，随他分头去周围各家旅店打听。一个小时后，大叔回来说找遍乡镇大小十几家旅店，并无一个叫秦琴的年轻姑娘住宿。

钟鸣不甘心，想亲自去各家旅店再仔细查找询问一遍。大叔劝阻说，不必了，除了县林业局来的两个干部和你这三个男人外，绿林寨乡各家旅店没有第四个客人。

钟鸣听了焦虑不安起来：难道秦琴滞留在京山县城？想想不可能，她比他提前将近半天行程，再慢也该在中午抵达了京山县城。她心事重重，不可能不慌不忙安心待在县城等明天再上路。她很可能在傍晚前就坐班车抵达这里了，既然未在此逗留，肯定是直接上山了！

想到这里，钟鸣决定连夜上山找人。大叔劝阻不住，便为他准备了火把和一张往年上山打猎采药时手绘的山路图，嘱咐他注意野兽出没，尤其小心防狼。

钟鸣谢过大叔，孤身一人登上夜色中的山林盘山公路。熊熊燃烧的火把只能将黑黢黢的密林和嶙岩怪石照得若隐若现，更显原始森林神秘莫测的恐怖。而钟鸣的胸腔里鼓荡着一股勇气，勇气使他忘记了恐惧，心里只装着秦琴，并把她从心里呼喊出来："秦琴——你在哪里？"他边爬山边呼唤，回答他的是群山空谷的回音。他反复呼喊，回音反复回荡，结果引来了狼群。十几只狼从山林中窜到盘山公路上来，拦在前头，瞪着一串绿得发蓝的狼眼挡住了他的路。

钟鸣迅速折断路旁一根粗实的枯树棒子执在手上，一手高举火把，一手抡起棒子敲得山路咚咚作响，边敲边步步进逼，硬是逼退了狼群。

当火把渐渐燃尽时，前方山顶现出微弱的曙光。钟鸣一鼓作气，登上了绿林寨主峰。

太阳慢慢升起来，照见了朦胧的烽火台，照见了烽火台后树冠如伞的雌雄联体连根古银杏。阳光穿透枝叶，照见了树下纠缠的藤蔓、葳蕤的草丛和鲜艳的野花，甚至照见了昨夜悄悄冒头的蘑菇和早起觅食的各色爬虫，却没照见一个迷失在山林的姑娘。就像上次邂逅的那条漂亮的花蛇这次却隐匿不见一样——左手抱琴——秦琴，她无踪无影。

钟鸣熬得通红的双眼急得似要冒出火来，这才想起昨夜店主大叔递给他的一张山路图。他急忙打开山路图，找出通往绿林寨主峰的一条条路径分析判断。他仔细回顾昨夜和上次攀登盘山公路的经过，记起盘山公路在半山腰拐弯处分出了一条岔路，岔路通向山林中小径。他猜测，秦琴可能沿岔路走进林间小径，在山林里迷路了。

钟鸣浑身一激灵，立即按山路图的标识，从烽火台墙脚悬崖边一条隐蔽的窄路侧身爬过去，钻进了原始森林中若有若无的林间小径。

钟鸣又开始呼唤，改而呼唤秦琴的网名："左手抱琴——我来了！我知道你就在附近！"他的呼唤惊飞了林中群鸟，却依然无人应声。但他越喊声越高，越喊劲越大，他似乎嗅到了秦琴身上的气息。

当他走过一片林中沼泽时，他发现了一行凌乱的脚印。再往前走，他发现了陷在泥水里的一只女式旅游鞋和一只空矿泉水瓶。

钟鸣警惕地观察了一遍周围环境后，朝前方奔跑过去。跑着跑着他突然站住了：秦琴双手抱胸缩坐在一个枯树洞里，浑身被森林的夜露湿透，她昏迷过去了……

钟鸣急忙背起昏迷的秦琴，踉踉跄跄地沿来路返回。可他毕竟跋涉了一夜，身体再棒的小伙子也已精疲力竭，加之见秦琴体温烫人，在高烧中陷入深度昏迷，他一时急火攻心，竟也有一种强烈的眩晕感。他坚持着一步一个泥窝地挪出沼泽地后，突然眼前发黑，接着就扑倒于地，再也爬不起来了。

幸亏农家旅店店主大叔带着几个壮汉和民警及时赶到。原来凌晨时店主大叔见钟鸣彻夜未归，担心发生不测，一面报警一面吆喝了几个热心快肠的汉子，和民警一道找上山来。众人七手八脚扎了两副担架，把两个不知为何冒冒失失闯进原始森林的青年男女救下山来……

11

当秦琴苏醒过来时，她已躺在京山县医院的病房。她一睁眼便看见钟鸣守候在病榻前，他的额头上还缠着绷带，他也负伤了。

秦琴张嘴想说什么，钟鸣先开口了，他眼中噙着热泪，努力微笑着："我去问过那条漂亮的花蛇，她不愿见你，她嫉妒你比她更美丽。她说她不会吻你，因为你不是小青，与她难成亲如姊妹的伴侣。而外爷也证实，你我并非兄妹，但你我情义将胜过手足兄妹……"

正说着，外爷颤颤巍巍走进病房，走近病榻。突然，他扑通一声跪倒在秦琴床头："我的外孙女！我唯一的骨肉亲人！外爷向你、向你的母亲、向你的外祖母——我唯一的、永远的妻子忏悔，请求你们原谅我造成的罪孽！"

秦琴大骇，犹如背后被蝎子蜇了一口似地惊坐起来，并从病床上翻滚下来，与惊慌失措的钟鸣一起搀扶起外爷。三人搂在一起抱头痛哭。

外爷终究经受不住这剧烈起伏的感情波澜，一时悲伤过度，昏厥过去。

幸亏医生早有准备，迅速施救。

见外爷转危为安，钟鸣这才哽咽着告诉秦琴："我也是昨日才知，我的母亲是外爷当年在康复医院收养的新四军遗孤。外爷 1949 年随国军某部撤退至台湾后，晋升为少校军衔时才三十出头，军内外很多年轻漂亮的女人追求他，他都婉言谢绝了。又过了十年，外爷以医学研究成就在岛内外声名鹊起，他的一位研究助手对他十分倾慕，这位小他十岁的留美女博士人品、相貌都很出色，她主动照顾外爷的生活。正当同事们估计有情人终成眷属时，外爷却向女助手袒露心迹说，他此生此世难以忘怀汤池温泉的初恋情人，并将忏悔一生，故而他无法接受女助手的爱情。女助手痛哭一场后，表示理解外爷的心情，愿继续做他工作和生活的助手，别无他求。而外爷却建议女助手斩断情丝去寻求新爱，为此他狠心辞掉了这位女助手，逼她到别的医学研究单位另谋职位。外爷的同事们唏嘘不已，外爷却心如止水，只将父爱倾注在我母亲身上，一心一意关心我母亲的身体健康和学业进步，直至母亲长大成人，恋爱结婚生育了我。外爷退休退役后，父母担心外爷晚年寂寞，试探着为外爷物色一位理想的老伴，遭到外爷的严词拒绝。外爷对母亲说：'我发誓终身不再娶，青年、壮年都能做到心如止水，晚年更是心如死潭。纵然寂寞如潮水淹没了我，我也会在无边的寂寞中更深切地怀念汤池之恋。岂能晚节不保，再次辜负温泉的初恋情人？'……"

钟鸣娓娓述说着外爷刻骨铭心的汤池绝恋。

秦琴听得热泪直流，心灵受到强烈震撼，眼前仿佛呈现了60年前生离死别的一幕：她的外祖父母如约在深夜12时准时相聚在温泉边，外祖父的臂膀是那么雄健有力，拥抱却何其短暂；外祖母泪如山洪倾泻却沉寂无声。两心相许，两情相悦，偏偏握别陌路，分道扬镳，酿成绝恋悲剧……

昏睡了几个时辰后，外爷慢慢睁开眼，期待地望着守候一旁的秦琴。

秦琴捧起外爷青筋鼓暴的手贴在她自己的脸腮上，慢慢地说："外爷不必自责。至少，我的外祖母——秦岚女士，也可以含笑九泉：她的初恋情人，就是她一辈子都忠贞不渝的丈夫！"

12

外爷康复出院，钟鸣和秦琴陪护老人回到汤池温泉秦琴的农舍。

钟鸣又恢复了往日的快活和风趣。这天晚餐过后三人在前庭月光下乘凉，钟鸣故作沮丧状说："人贵有自知之明，如今我的地位大不如从前，很难再在外爷面前得宠。因为外爷的爱，都转移到嫡亲的外孙女秦琴身上去了。尊敬的秦琴小姐，为了讨好你，我决定送你一份礼物！"

秦琴笑道："钟鸣你不要小肚鸡肠嫉妒我，我相信外爷会一如既往爱你。当然，外爷多了一个外孙免不了有比较，你应该比以前表现更出色，对外爷尽更多的孝心才对！你不必讨好我，无功不受禄，我谢绝你的礼物。"

外爷听得开心，频频点头，眉开眼笑。

钟鸣神秘地说："是否接受我的礼物请勿匆匆决定，你总要先看看我赠送的是什么。"说着转身进屋，取出一个包装精致的礼品盒，郑重其事地捧给秦琴。

秦琴打开层层包裹的礼品盒，盒里装着满满几百片银杏叶。她不解地望着钟鸣。

钟鸣解释说："那天夜里我上山到绿林寨去寻找你，黎明时分我再次去拜谒了雌雄联体连根银杏树，在树下拾了许多银杏叶。外爷说，需要足够多的银杏叶……"

外爷接过话头："孩子，你在县医院苏醒之前，我请皮肤科的医生和我一起会诊了你颈部及肩部的顽固性皮癣。这种症状，可能是长期精神忧郁和植物神经紊乱导致周身浅表毛细血管障碍。这种皮肤病虽然少见，但以外爷从医一辈子的临床经验看，是可以治愈的。"

秦琴见自己十分忌讳的隐秘病情被外爷说破，不免有些羞恼有些尴尬，但这种心情很快被求医的希望所取代，她聚精会神地听外爷说下去。

"温泉有利于治疗各种皮肤病没错，银杏叶可以调节血液循环也没错。但温泉疗法讲究控制水温、适应季节变化甚至每天气温变化，银杏药浴要求足够的剂量。我猜测你取 24 片银杏叶是想当然地以自己的年龄自估的剂量?"

秦琴不好意思地点点头。

外爷接着说："得天独厚的汤池温泉水浸泡原始森林的千年银杏叶药浴，固然疗效可期，却美中不足，还需要辅以其他药石功效。你们可听说过蒲骚三宝?"

"蒲骚三宝?"秦琴和钟鸣都摇头。

"应城古称蒲骚之地。北魏著名地理学家郦道元考察长江流域，来到应城古镇汤池，曾在温泉洗涤旅途风尘，在其伟大著作《水经注》中说：'蒲骚之西，有一汤池。'汤池温泉，是蒲骚一宝也。而应城石膏是蒲骚第二宝。古人早就发现石膏有广泛的用途，应城石膏乃石膏中的上品，用作药石，其性甘平清凉，消炎祛火，民间验方多用于外治药引。蒲骚第三宝便是闻名遐迩的应城矿盐，矿盐细腻雪白，与海盐相比，有不同的食用价值和疗效，尤其是美容洁肤佳品，比如现在国外流行的盐浴……你已经在尝试的温泉疗法只用了蒲骚一宝，还需借用蒲骚另外两个宝物辅助。外爷来指导你如何巧用温泉达到最佳药浴效果。另外，外爷还要为你配制一剂中草药方内服。外爷诊断，坚持三个月疗程的内服外浴，就可根治痊愈，还我外孙女冰清玉洁的肌肤!"

秦琴听了大喜过望，顿觉浑身上下有一种彻底释然的轻松感，不禁喜形于色，忍不住搂着外爷的额头响亮地亲吻了一口。

钟鸣听了，也解开了心中的谜团：原来 24 片银杏叶的秘密可以蒲骚三宝揭开呀！想想他又打趣道："秦琴呀，难怪你明明拥有魔鬼般的身材却偏要把浑身上下裹得像个修女哩。我私下里曾骂你暴殄天物，辜负美神呢！"

秦琴娇嗔地啐了他一口。

外爷看着两个可爱的年轻人，慈眉善目地笑了，感慨道："一方水土养一方人。以蒲骚之阳物华天宝，人杰地灵，老夫故地重游，恨不能时光倒流，发少年之狂，与孩子们同乐！"

13

钟鸣接到母亲从台湾打来的电话，说台北美术馆催促钟鸣尽快完成有关佛光题材的摄影计划交稿，并希望他早日返回台湾商量他的摄影作品展开幕时间和剪彩仪式。

钟鸣不愿回台湾，他在电话中告诉母亲，已经成功抓拍了一组佛光作品，可以发电子邮件回去委托台北美术馆冲洗放大，至于开幕时间和剪彩仪式，也可以一并委托台北美术馆筹办，他就不参加展览开幕式了。他要和外爷一起留在汤池，直到秦琴完成三个月疗程彻底康复后再回去。

母亲在电话中批评他沉溺于儿女情长而对自己的事业前途不负责任，说台北多家媒体都将出席他的摄影作品展开幕式并采访他，他怎么能缺席呢？母亲还说，外爷也该回台湾了，敦促并陪护外爷安全返回台湾是他应尽的责任。

母子俩在电话中发生了争执。

外爷和秦琴在钟鸣身旁听着他在电话中与母亲争得面红耳赤，直到台湾海峡那边的电话收了线。

外爷不语，似在思考什么。

秦琴说："我认为你母亲的意见是对的。你打算全程照顾我疗养三个月，我很感动。我何尝不希望你日日陪伴身旁？但男子汉大丈夫应以事业为重。何况，两情相悦，两心相许，又岂在朝朝暮暮？外爷也该回去了，尽管我舍不得外爷。虽说你我都小心照顾着外爷的起居饮食，毕竟外爷只有回到家里才能更适应习惯了的生活规律。你放心，我按照外爷的医嘱坚持内服外浴，会自己照顾自己。"

秦琴说到这里，问外爷："外爷，您说我的话对不对？"

外爷赞许地点头："孩子，你的考虑合情合理。爱情是浪漫的，而恒久的至美的爱情还需要理智，说再见难也得再见。我也主张钟鸣马上回台北。而且我也决定，和钟鸣一起走，倒不是我想家了……"

外爷顿了顿，对钟鸣说："这几天我一直在琢磨为秦琴开中草药方的配伍，有一味中药我拿不准，我得回家去查阅行医日记才能定夺。为了稳妥起见，我回台湾后亲自去药铺抓药，尽快邮寄给秦琴。秦琴只需严格照我的嘱咐煎药按时按量服用，必有疗效。"

钟鸣听了不情愿地点头。

于是，秦琴立即帮助钟鸣打点行装。

第二天，秦琴把外爷和钟鸣送到武汉天河机场。临别道不尽的依依不舍，秦琴免不了哭一场，惹得外爷也老泪纵横，忙得钟鸣两边劝慰。

爷孙三人约定，金秋时节钟鸣再陪外爷来汤池与秦琴相聚，相信那时秦琴已经痊愈。

14

秦琴独自回到汤池后，便被无边的寂寞包围了，她强烈地感觉到孤单和冷清。她试图以琴为伴，抚琴却走了调。她告诫自己要坚强，当务之急是疗养治病，便收紧心猿意马，一心一意，严格遵照外爷的医嘱，每日先行盐浴，再在浸泡过银杏叶和石膏的温泉里泡浴，耐心细致地调控水温和泡浴时间。

不到半个月，外爷配制的中草药也寄到了。秦琴便照方煎服，不料这中药才服了两三天就坚持不下去了。中药苦涩秦琴倒是不怕，良药苦口利于病嘛，哪怕它苦比黄连，半碗黄汤，眼一闭眉一皱，仰起脖子咕咕噜噜就灌进肚子里去了。问题是秦琴管不住它又从胃里呕吐出来。作怪的是那药汤奇腥，闻之尚不觉得，入口便腥味刺鼻，进胃便倒海翻江，服用一次呕吐一次，吐得她肠胃痉挛，回回都吐出了胆汁，吐出了泪水，吐出了牵肠挂肚的思念之情。

秦琴无奈停了药。停了两三日，又担心耽误了疗程，辜负了外爷和钟鸣。她想了想，摊开一服未煎的中药，将十几味药草逐一嗅闻，发现一味乳黄色动物骨骸状中药有强烈的腥膻味，便将这味药一片片一粒粒挑拣出来弃之一旁，再煎药试服，果然没了腥味。药汤苦涩依旧，她一日三餐含涩茹苦，便将这日复一日的苦涩，当作思念外爷、思念钟鸣的滋味反复品尝，等待苦过回甘……

初秋的一天，秦琴接到外爷的电话，说他提前来大陆已到了北京，请她明天去武汉天河机场接他。秦琴高兴之余心有疑问，外爷在电话中没说钟鸣是否同行，她想打个电话给钟鸣问问，转念一想又打消了念头。钟鸣刚回台湾的那个月与她频繁通电话，后来他说影展筹备进入布展阶段，很忙碌，索性在美术馆搭了行铺，夜不归宿。两人的联络方式就改为隔三差五上网 QQ 聊天。最近这上十天，联络方式又变成偶尔在 QQ 上留言了。昨天钟鸣有一条留言，只说影展即将开幕，并未提及外爷启程来大陆的事。

第二天秦琴早早动身赶到天河机场，离接机时间还有两个小时，她坐在候机大厅咖啡座里，点了一杯卡布奇诺，一点糖也不要，一边细细品味着苦涩中的清香，一边心事重重地等待外爷。

从北京飞来的班机准点降落在天河空港。外爷果然是一个人来的，他看上去消瘦了许多，虽然依然是笑声爽朗，但清癯的笑脸上却写满更多岁月沧桑。

刚坐上出租车，秦琴来不及问候外爷旅途身体状况，外爷就先问起秦琴两个月疗程的疗效，边问边用那一双医生的目光仔细端详秦琴脸上的气色。

秦琴局促不安，吞吞吐吐地说："疗效……尚好，只是……不明显。"

外爷的脸色顿时严峻起来，仔细询问秦琴内服外浴过程的细节，并叫她伸过手腕为她把脉。

秦琴迟疑地说："内服中药汤汁有一股强烈的腥膻味，服用后剧烈呕吐，我被迫……我只好……"

没想到一向和蔼的外爷竟气得吹胡子瞪眼睛，声色俱厉地训斥道："你竟敢擅自改动我开的处方？真是胆大妄为！你可知那是一味名贵中药？可知它的功效是活血化瘀，促进毛细血管循环？你你你……你不只是胆大妄为，你简直还愚不可及。中医讲究辨证施治，中药配伍讲究药性平衡，连每一味中药的剂量都锱铢必较，差之毫厘失之千里，你懂不懂？你竟敢自作聪明不懂装懂，擅自剔除我煞费苦心配制的一味中药……"

见外爷大发雷霆，秦琴吓得哭起来。

回到汤池后，见外爷还在生闷气，加之舟车劳顿，秦琴不敢多话，小心服侍外爷早早睡下了。

翌晨，秦琴绝早起床，准备去给外爷道歉，却见外爷起得更早，在后庭温泉边静坐着沉思。秦琴小心翼翼上前，向外爷问安，请求原谅。

外爷说："孩子，我给你讲一个故事吧。在大洪山的原始森林中，翱翔着自由自在的雄鹰。有一种栖息在绿林寨山峰上的雄鹰叫岩鹰，寿命长达 70 年，可与人类生命周期媲美。但岩鹰搏击长空 30 年以后，鹰喙退化，难以在物竞天择的丛林法则中猎取食物，鹰翅老化难以背负苍天在风云雷电中自如飞翔。岩鹰就飞到绝顶的悬崖峭壁上重新修行。岩鹰伸出尖长的鹰喙飞扑着猛烈撞击坚硬的岩石，一次又一次撞得嘴脸鲜血淋漓，直至撞脱老喙壳，以便等待重新长出锋利的新喙。然后岩鹰又轮番用两只鹰爪一根根拔光两翼的羽毛，拔得遍体鳞伤，以期重新长出崭新的羽毛。经过七七四十九天苦练的修行，岩鹰重新获得一双钢铁般坚硬的翅膀和一只尖钩状锐利的新喙。岩鹰这才得以延续造物主赐给它的后半生生涯，雄猛无比，随心所欲地飞舞于天地之间……"

秦琴闻所未闻，听得如痴如醉。

外爷说："我希望你学习岩鹰不惧苦难磨炼的修行精神。同理，传说中的玉女炼丹，她是壮志未酬被迫自焚玉体而沸腾温泉的，你要有继承玉女解除百姓疾苦遗愿的大志。自己尚且讳疾忌医，何以积善行德报苍生？你说不怕苦只怕腥，终究只是借口；若胸中有了修行的信念，何惧剧烈的呕吐反应？孩子，你还是心里有事，心理作用在作怪呀！外爷提前来汤池的目的，一是诊问你的疗效，二是看你有没有修行者的胸怀抱负。须知，这世间愈是美好的事物愈是历经曲折磨难……"

秦琴仔细琢磨着外爷话中的深意。

15

说也奇怪，秦琴听了外爷讲的岩鹰修行故事，再服用中药汤时便无呕吐反应了。她由此多少明白了一些参禅悟道的玄机，难怪当年外祖母信仰笃定敢于牺牲，修行靠的是精神意志力量，排除心中杂念才能坦荡自若。

在外爷的精心指导下，秦琴心无旁骛，内服外浴，疗效显著。

正在爷孙俩欣慰欣喜之时，秦琴突然收到一封台湾来信，却不是钟鸣寄的。

写信人是钟鸣的母亲。

> 秦小姐：
>
> 你好！顷闻贵体小恙，正在疗养中，祈愿早日康复。
>
> 作为钟鸣的父母，我们得知小姐品貌姣好，深得钟鸣倾慕，且已与钟鸣的外爷互认血亲关系。为人父母者，我们欣慰之余，郑重与小姐共商涉及今后婚姻和继承大事如次：
>
> 一则需请小姐就本人与生身父母、生身父母与秦岚女士之间的血缘关系，通过大陆司法机构鉴定并出具有法律效力的公证文件。为谨慎起见，届时大陆方面出具的公证文件将交由台湾司法机构再行鉴证。
>
> 二则烦请小姐就由大陆因婚嫁向台湾移民事宜，咨询大陆有关机构，务请周详了解各项具体手续函告我们。
>
> 请小姐不要误会。想必小姐已知，钟鸣与外爷并非血亲，但因本人与养父之间的互相监护赡养关系已是既定历史事实，故钟鸣的继承人地位无可争

议。外爷略有遗产，如小姐确系外爷血亲，则外爷百年之后，面临遗产分割继承问题。鉴于大陆与台湾分隔现状，为避免今后法律纠纷伤及亲友之情，趁外爷健在早日厘清关系为好。又因时有耳闻冒充后人骗取遗产事例，我们不得不有所防范，相信小姐可以体谅。

而婚姻大事，成家立业尤为重要。届时小姐能否顺利移民赴台安居就业，关乎婚姻成败。为钟鸣的幸福计，亦为小姐的幸福计，未雨绸缪才好……

秦琴读信读得面红耳赤，只觉得浑身的血都涌到脸上来了，刚刚平静了几天的心，又被彻底搅乱了。

外爷知道是台湾来信，叫秦琴把信给他看。秦琴不肯给，外爷坚持要看，秦琴无奈，只好将几张单薄轻飘而又沉重如山的信笺递给外爷。

外爷读信读得天旋地转。在一旁轻声低泣的秦琴慌忙搀住他，扶进房内躺下，帮他服了一粒硝酸甘油救心丸。为了保险起见，秦琴又拨了120求救电话。

应城市医院的救护车迅速赶来，将外爷送到医院监护室日夜监护。

见外爷的病情平稳下来，秦琴便在外爷的病床旁给台湾复信：

尊敬的夫人：

您好！顺请问候先生好！谢谢你们关心我疗养身体。

度尽劫波亲人在。苍天有眼，汤池有情，让我在孤苦伶仃24年后与外爷相逢相认。我和外爷的血脉亲情，有母亲的日记作证，有外婆的古琴作证，有外爷忠贞不渝的爱情作证，有我的心灵感应作证，更有见证历史的汤池温泉作证。真水无香，真情无价。拥有外爷这个人我已满足，纵使外爷百年之后，汤池温泉仍将证明外婆、外爷、母亲与我一脉相承，这已足够。从此我不再孤单，外爷已赐给我一笔精神财富，除此我不需要外爷身外之物，故我不需要任何司法鉴定及公证。

我与钟鸣互相倾慕，已成知音。我爱他更爱他的朴实和童真。不过迄今我们尚未互许终身。既未订婚何论婚嫁？即便将来有情人终成眷属，未必只有安家台湾一种可能。如今大陆欣欣向荣，钟鸣来大陆发展也有前途，安知我们不将爱巢筑在汤池温泉，尽情享受温馨甜蜜……

秦琴奋笔疾书，写完复信，征询外爷的意见后，大声朗读给外爷听，读得慷慨激昂。

外爷听了心情大悦："文气贯通，文采斐然。犹如良剂一方，外爷的病去矣！出院，回家！"

16

当晚，秦琴将复信以 QQ 留言方式，上网传给钟鸣代收，委托钟鸣下载信件转交他的母亲。

第二天清晨她收到钟鸣的 QQ 回话："来信收到，遵嘱马上转交母亲。我忙于影展，对母亲给你写信之事一无所知。我对母亲的唐突无礼深感不安，应该由母亲本人向你道歉，而我请求你原谅我的母亲。我决定不等影展结束就飞赴大陆，不日我将赶到汤池与外爷和你见面……"

不几天，钟鸣果然来了，见过外爷问安之后就忙不迭向秦琴赔罪："母亲委托我先代她向你道歉，为了表示诚意，她托我带来一份道歉礼物，她还郑重承诺，她等待机会来汤池看你，再当面向你道歉……"

"行了行了，"秦琴有点过意不去，"钟鸣你能不能说点别的，说说你的影展吧！观众反应如何？"

钟鸣一听顿时眉飞色舞："展览相当成功！应观众要求，展期一再延长，要延长到中秋节呢。门票收入可观，美术馆可高兴了，主动提出拿出一部分门票收入为我出版展览的影集。台湾几家大报采访我后都刊登了我的佛光作品。对了，你还记得我在后院温泉边偷拍的一组你的逆光照片吗？我冲洗放大后作为补充作品拿去参展，《宝岛时报》选中其中一幅，刊登出来了！你在台湾成了公众人物了！"

"未经我许可，你这不是侵犯了我的肖像权吗？"秦琴佯怒。

"爱美之心人皆有之嘛。不仅《宝岛时报》的记者有审美眼光，连参观影展的观众，都在你的玉照面前流连不去，真正是惊鸿一瞥哩！"钟鸣得意忘形，又开始调侃打趣起来。

秦琴把钟鸣拉到一旁，悄悄讲了外爷住院的前后经过。

钟鸣听了不免后怕，忙拿出父母捎带来的大包小包的滋补保健品给外爷看，并说："外爷，母亲说她等您回去后严厉训斥她一顿呢，只求您千万别气坏了身子骨。"

外爷说："岂能不气？不过，是秦琴的复信让我消了气。回头看你母亲的冒失来信，坏事变成了好事，它考验了秦琴的爱情。只是，尚不知秦琴怎样考验你的爱情呢？"

钟鸣急了："我该怎样做才能经受秦琴的爱情考验呢？"

外爷说："傻孩子，若外爷能代替秦琴告诉你答案，就不算是考验了。不过外爷可给你忠告：让她相信你可以托付终身，长相厮守，相濡以沫。她自幼孤苦伶仃，而我来日无多……你母亲错就错在想当然地以为秦琴是大陆一般爱虚荣的女孩，自以为台湾有多大吸引力。不，秦琴热爱故乡，难舍汤池……"

钟鸣明白该怎么做了，他到秦琴的闺房找她长谈："……《宝岛时报》一再聘请我出任驻北京摄影记者，我决定应聘。你疗养康复回北京继续学业，我们同城工作，可以互相照顾，也方便定期探视你年事已高的父亲，即便没有感情，毕竟有亲情和尽孝义务。将来……将来我们就在北京成家立业！我看中了一套四合院。而这幢温泉老屋正好是我们度周末的别墅。至于台湾的家，我的父母年龄不算大，都很健康，况且还有妹妹陪伴左右。你只需逢年过节随我回台湾去看望公爹公婆就行了！"

秦琴笑骂："你真厚颜无耻啊！我说过要嫁给你吗？"

她脸上的笑容突然僵住了："你倒是计划周详，却疏漏了最重要的外爷！外爷怎么安排？我舍不得外爷！如果外爷回台湾我不能跟随我会日夜牵挂！可是我又难舍母亲和外祖母的故乡，难舍这汤池老屋哇，呜呜呜……"

外爷走进来："落叶归根，入土为安。外爷我思虑再三，决定回大陆定居，就在这汤池老屋颐养天年！钟鸣，我已经给你父母打电话告诉了我的决定。你母亲虽然心里难受但理解体谅我。她说她将每年往返穿梭于海峡两岸，兼顾妻子、母亲和女儿的责任……"

钟鸣和秦琴听了又是惊喜又是伤感，一左一右偎在外爷的肩膀旁沉思。

17

金秋十月，汤池景色愈显成熟的美丽。稻菽丰收，瓜果上市，湖鲜收网。古镇街市的酒肆菜馆、家禽野味，炊香诱人。而相对于田野的花谢草黄，温泉林地的常青树依然郁郁葱葱，绿阴匝地，泉水更显水温宜人。

秦琴和钟鸣的恋爱也进入成熟季节。原来钟鸣的母亲托他带给秦琴的致歉礼物，是父母代表儿子在台北最大的珠宝行挑选的一枚订婚钻戒。经不住钟鸣的再三央求，加之外爷的劝说鼓励，秦琴羞涩地伸出左手无名指，听任钟鸣喜滋滋给她戴上。

有医术精湛的外爷的耐心问诊，又有钟鸣殷勤备至甘当男护士，秦琴信心百倍地内服外浴，疗效极佳。

外爷满意地说："心情是药引，信念是药剂师，外孙女将成就我行医一生最成功的一个医案！"

钟鸣则像一个等待奇迹出现的痴情顽童。他从台湾带来了满满一旅行箱流行的时尚女装。他也不怕秦琴羞恼，一件件展示给她看：吊带无袖衫、露脐背心、超短牛仔裙、羽纱连衣裙……

秦琴倒是不恼，她先是将这些显露身材肌肤的新款时装关起闺房门独自试穿，过了十天半月，她就敢打开闺房门，像从舞台的幕后走向T台的时装模特，一件件变换着服装穿给钟鸣看，因为她周身肌肤上的皮癣已消退干净。

外爷说："还要坚持半月疗程，最终将有脱胎换骨般的疗效，彻底还我外孙女冰清玉洁的肌肤！"

秦琴听了喜出望外，更是乖乖地按外爷的医嘱不厌其烦地一日三餐服药，一日两次盐浴、药浴。

半月之后应验了外爷的预言。惯常穿一件连衣裙式泳装在后庭温泉游泳的秦琴，这天出水芙蓉般从温泉池中出水时，穿的是三点式比基尼。当珍珠翡翠般的水珠从她的胴体上滚落之后，露出的肌肤宛如凝脂，纤毫毕露的皮肤竟像婴孩一般光滑圣洁却又透出成熟葡萄一般诱人的光泽，活脱脱一个冰清玉洁的今朝玉女！

钟鸣看呆了，半晌才惊呼怪叫："天哪！丑小鸭变成白天鹅了！"

秦琴骄傲地回敬他："我原本就不是丑小鸭，而是一只小天鹅。是外爷抚慰了我心灵的创伤，帮我梳理了羽毛，呵护我成长为一只更漂亮成熟的白天鹅了！"

钟鸣哂笑道："你也太不懂谦虚了。既然你对自己的身材肤色如此自信，我建议你干脆去做职业服装模特，到T台走秀！最好做专职内衣模特，比如做文胸模特或丁字裤模特，足令巴黎时装发布会的美女模特花容失色，落荒而逃！而我就当你的私人摄影师，拍出你在T台上的千姿百态，然后满世界去巡展你的写真照，迷死天下帅男，气死天下美眉！"

秦琴笑得直不起腰来："你这张嘴可真会损人！你就由着性子损吧，损烦了我就真去做模特。万一我被T台下走火入魔的看客抢走了，那你可是自找的！"

钟鸣一脸坏笑："如果我没有翩翩风度吸引力，你不死心塌地跟随我，那我就再去绿林寨原始森林找那条美丽的花蛇幽会去！她的吻曾令我魂飞魄散，刻骨铭心！而你吝啬得至今尚不肯赐我甜蜜一吻！"

秦琴笑岔了气："好你个心怀鬼胎的花心色狼！也罢，今天我就成全你！过来！闭上眼！噘起嘴巴，看我不啃烂你这张饶舌的嘴！"

钟鸣信以为真，心想激将法奏效了，便走近温泉边，闭眼努嘴仰起脸，等待销魂一吻。

不料秦琴趁其不备，猛一推搡将他推进温泉池中。他不小心呛了一口水，扑腾着双臂像个落汤鸡。

钟鸣湿淋淋爬出水来，一不做，二不休，脱得赤条条只剩一条内裤，一把掳住尖叫着的秦琴拖下水去。

秦琴叫喊着挣扎了几下就安静下来，任由钟鸣搂住她的脖子狂吻她，而她柔软的四肢蛇一般纠缠住了他。

18

转眼已是深秋。钟鸣的父母再来电话催促钟鸣护送外爷返台，并邀请秦琴也去台湾过冬。钟鸣的母亲查阅了有关气象资料，湖北应城在长江以北，属大陆北方气候，冬季甚为严寒，她担心外爷的身体。

而外爷另有打算，应该说外爷还有心事未了。他在电话中回应钟鸣的母亲说："汤池温泉四季恒温，冬天热气蒸腾，正是御寒避冷的好地方哩！"

而他私下里多次向钟鸣打听绿林寨的海拔高度和烈士陵园的地理位置，只说秦琴康复结束疗程，他也省心了，趁着腰腿还能活动，想去大洪山原始森林看看今冬初雪，想象那必是一派雄壮肃穆景象！

钟鸣揣摩外爷的话中深意，与秦琴密商后打电话给父母，说外爷想去绿林寨烈士陵园凭吊，于秦岚烈士墓前祭祀。说他和秦琴决定帮助外爷了却心愿。

钟鸣和秦琴制订了一个周密的陪护外爷出行计划，紧张而不事声张地作着准备。

这时钟鸣的父母又打来电话，告诉钟鸣和外爷一个重要决定：他们决定来大陆陪同外爷去大洪山旅游，然后接外爷回台湾过春节。他们说，自连战和宋楚瑜先后访问大陆后，台湾当局对公职人员赴大陆观光考察的限制有所松动，他们申请利用公休假来大陆观光考察已获批准。家中亲友和外爷过去的同事也想到汤池温泉度假，已相约组成一个旅游观光团。

钟鸣的母亲很激动："汤池也是我出生的故乡，我也该来凭吊父母的在天之灵。义父在汤池收养了我这个孤儿，抚养我长大成为人妻、人母。义父在汤池与外孙女重逢，便是上苍赐给了我一个义女。何况她还将成为我未来的儿媳。我只有亲赴汤池迎接她参加我们的家庭，才能表达我的诚恳心意！"

十多天后，一个秋高气爽的下午，钟鸣的父母及台湾同胞观光考察团一行二十余人光临汤池温泉风景区。

外爷高兴得像个孩子，左携秦琴右牵钟鸣迎上前去，手舞之，足蹈之，一边与亲朋好友寒暄，一边导演了一场喜剧：安排羞羞答答、扭扭捏捏的准儿媳向公婆鞠躬问安，安排脸上笑成一朵花的公婆向准儿媳送见面礼。

礼毕，钟鸣的母亲一把将秦琴搂进怀里，笑着笑着忽放声大哭起来。

客人们睹之闻之，感慨不已，叹道："真真是月有阴晴圆缺，人有悲欢离合。"

秦琴和钟鸣临时客串导游，引领客人们参观温泉风景区的风景名胜、历史建筑和新建的亭台楼榭、新开业的休闲娱乐场所。

两人又带领客人穿过小桥流水、花团锦簇的林荫道，来到一泓仿造海浪的露天大温泉池。钟鸣介绍说："温泉区共有 108 个大小温泉池子，这是最大的一个，可以容纳 200 多人一起沐浴。就像大陆人喜欢在一个大厅里吃饭图个热闹一样。"客人边听边看，但见雾气缭绕中碧泉清澈见底，而水面漂浮着瓣瓣五色菊花。

见客人啧啧赞叹，秦琴便介绍说："汤池温泉乃大陆最负盛名的温泉之一，有三大特点，一是储量大，地热水的动储量每昼夜约 1 万吨；二是水温高，最高有 70 多摄氏度；三是水质好，属低矿化的含硫酸钙型氡水，最适宜洗浴疗养……"

客人们纷纷拿出照相机和摄像机，都说要珍藏这人间仙境，带回台湾与亲友同事欣赏。

拍摄完毕，客人们蹲在温泉边，有的伸手试水温，有的掬水洗脸，而孩子们则吵嚷着要跳进温泉戏水……

钟鸣见状笑道："女士们先生们，祖国有句成语，'临渊羡鱼，不如退而结网'。我篡改一下，'临泉羡水，不如亲水体验'。诸位，玉女汤就在眼前，请'赴汤蹈火'吧！"

客人们恍然大悟：我们跨海峡涉山水，不就是冲着眼前温泉来的吗？现在不泡进去，更待何时？于是，大家纷纷更衣，争先恐后地下到水里。

钟鸣拦住客人中几对年轻情侣，诡谲地眨着眼睛说："靓仔靓妞们且慢，告诉你们一个更好的去处，假山的那一边，还有不同造型的鸳鸯温泉池呢！"

19

台湾同胞观光考察团在汤池温泉疗养休闲一周后，打算就近再觅一个旅游胜地游玩后去北京，从北京返台。究竟选哪个旅游目标客人们意见不一，便来征求外爷的意见。

外爷和秦琴在温泉农舍的庭院里设宴，以土酒野菜款待客人。

席间，外爷告诉大家："我们一家计划明日去大洪山森林公园攀登绿林寨主峰。钟鸣及父母陪同我和秦琴去烈士陵园祭祀亲人。而绿林寨正是大陆眼下兴起的红色旅游线路上的一个热门景点，这是一个好去处，有古代烽火台遗址，有抗日战争战场遗址，更有莽莽原始森林。山区冬天来得早，如果有幸赶上初雪，可以饱览山林雪景……"

客人们听了兴趣盎然，一致要求随同外爷一家到绿林寨观光旅游。

好在钟鸣和秦琴做好了准备，早已请京山县文史单位的史志专家确认了秦岚烈士的墓址并重新修墓立碑；还雇请了一位随行的保健医生，物色了一位经验丰富的山区司机，包租了一辆性能优良的旅游车。

当晚只需准备干粮饮料和鲜花美酒。

第二天早晨全体出发，钟鸣自任向导，轻车熟路，于黄昏时分顺利抵达绿林寨山麓。安排客人们分住周围农家旅店休整，品尝农家山珍，看暮山雾岚，听山泉叮咚。

翌晨驱车沿盘山公路蜿蜒而上，沿途枫树红遍，层林尽染。中午时分，众人弃车，鱼贯登临绿林寨主峰，果然就遭遇高山初雪，瞬间万千雪蝶飞舞，山峦莽林银装素裹。客人们一片欢呼，又举起照相机、摄像机抢镜头。

钟鸣和秦琴搀扶着外爷，招呼着父母，悄悄从烽火台一侧台阶拾级而下，来到烈士陵园，默默走到秦岚烈士墓前。

在无数白色精灵的飞舞中，秦琴跪行上前献上鲜花。钟鸣肃穆地把盏献酒三巡。

外爷按照事先与秦琴和家人的节哀约定，没有过度悲恸。他在钟鸣父母的搀扶下默哀致敬后便坐下来，靠在秦岚的墓碑上喘息。他喃喃地说："今日谒陵，告慰亡灵于九泉。从兹我不再漂流海外，就近守灵于汤池，只待落叶归根，泉台相会……"

20

观光考察团返回汤池，只逗留一夜。

这是依依不舍的惜别之夜。外爷和钟鸣一家都要随团经北京返台。外爷回台湾办定居大陆手续，钟鸣去与《宝岛时报》签订应聘合同，准备赴京上任。

秦琴婉谢了钟鸣父母的邀请，不日她也将去北京回校复学。她在大学英语专业攻读了三年后因病休学，复学后再攻读一年即可完成本科学业。她告诉钟鸣，一年后毕业了她就报考本校历史专业研究生，一边学习历史，一边整理母亲的日记出版，她相信母亲的日记忠实记录了父母一辈历经的政治风云、社会经济生活和文化背景，极具史料价值。研究生毕业之后呢？她说她想当一个自由撰稿的作家，写她的汤池奇遇，写外爷外婆的爱情悲剧，写美丽的故乡汤池温泉。钟鸣说他支持她，还要当她的助手，帮她整理资料，搜集图片。钟鸣说不了三句正经话，刚表示愿当作家的助手，便声明届时要分稿费，逗得秦琴哭笑不得。

明晨就要分别了。外爷和钟鸣的父母在前庭月光下聊天。钟鸣在秦琴的闺房听她抚琴一曲后，牵起她的手悄悄来到后庭，双双泡进温泉……

月光如水倾泻在温泉里。温泉如沸水煮沸腾了两颗年轻的心，只是听得见看不见。看得见的是水面上的两颗头颅像凫游的鸳鸯，而水面下，两人的双腿蛇一般纠缠在一起。惜别之夜，千言万语，归于无言。两张沉默的嘴同时噘起来伸向对方，紧紧胶合在一起。

这个长吻，仿佛漫长得经过了一个世纪。两人都有些憋得喘不过气来。

钟鸣终于打破沉默："原来你就是那条美丽的花蛇呀！你的吻，像毒蛇的信子，麻醉了我的心！"

秦琴反唇相讥："你是一条色狼！你擅自闯进我的闺阁骚扰我，还偷走了我的心！"

（选自《长江日报》2005 年 9 月连载）

人　猴

一

　　猴群集体越狱，逃出猴山的消息都上了电视新闻的时候，园长还在他的办公室里间的单人床上赖床呢。

　　说来也凑巧，今天是周末，市电视台专题部的记者带着摄像机来湖山公园，抓拍市民双休日休闲娱乐镜头时，突然遭遇猴王率领一百零七只猴头神兵天降，大闹公园。那厮拦截游客强讨食物不说，还掀起一个十八岁美女的裙子撩妹，美女惊得花容失色，尖叫、哭骂、哄笑声乱作一团。记者当机立断，抓拍了群猴造反闹事镜头赶回电视台，即时新闻栏目"现在播报"立马就播了。

　　这一切都把园长蒙在鼓里，彼时他正在睡回笼觉。

　　幸亏猴二赶来报信。

　　迷迷糊糊中，忽闻有人急促地拍打窗棂。园长惊跳下床，警惕地掀开窗帘一角察看。原来不是人，是一只猴爪。

　　园长判断：肯定是猴群出事了！急忙半开窗扉放猴二进来。

　　果然，猴二一边轻声尖叫，一边比画猴爪，辅以面部表情和肢体语言，竭力表达了猴群出逃的重要情报，当然，园长是半听半看半猜才弄明白的。

　　猴二告密后留下警哨，慌慌张张翻窗离去。

二

　　猴二记得园长的救命之恩。

　　去年这个时候，正是发情季节，猴二挑战猴王惨败。按照猴国规矩，猴二应该被驱逐出境，或者它自我流放，离群索居。可是这群猴毕竟是人为圈养的，猴山封闭，猴二无处可去。猴王无奈，却难消心头之恨，遂令他的两个亲兄弟猴哥、猴弟严密监控。每到饭点就左右挟持猴二不准进食，企图活活饿死它。

那猴哥、猴弟并不情愿，因为连累他俩顿顿吃残羹剩饭，便每在禁食的最后关头有意无意被猴二挣脱，争抢猴后、猴妃油水多的份饭。

　　猴王大怒，改令猴后、猴妃接替重任，并在每天开饭时，让这两只母猴与它一起先行用餐。优先吃饱喝足的猴后、猴妃对猴王愈加忠心耿耿，待猴群集体进餐时，猴后便从背后拦腰缚住猴二死死箍紧，猴妃便执一节竹棍，狠狠敲打猴二挣扎的四肢。

　　连饿三日后，猴二头昏眼花，瘫坐于地不再反抗。

　　猴后仍不懈怠，也坐在猴二身后箍住它不放。那姿势很滑稽，像是一只徐娘半老的母猴亲热地怀抱着一只青壮年公猴。事实上，在这个发情季节，它和身前猴子身上都有微妙感觉。

　　猴妃却放松了警惕，转过身去，朝端坐在王座石上居高临下睃巡的猴王抛媚眼，献飞吻。

　　于是猴妃扭动的红屁股便在猴二眼前晃来晃去。猴二虽然饿得半死却性情犹在，被刺激得双眼冒火，色胆包天，竟伸出手爪去够近在咫尺的诱惑。却差一点够不着，仿佛猴妃在故意撩它。刹那间，它胸中的仇恨火种被欲火点爆了，抓起猴妃弃地的竹棍，狠狠戳进它的私处。

　　"唧——呀！"

　　猴妃惊嗥怪叫一声，屁股里夹着那节竹棍惊窜到猴王面前。

　　群猴呆若木鸡，失色噤声。

　　猴王见状也是惊懵了，半晌才缓过神来，在宝座上一蹦三尺高，龇牙咧嘴令猴哥、猴弟、猴后、美眉分别扭住猴二的四肢，摁在地上。

　　猴王亲自搬起一块沉甸甸的石头。它为了帝王的荣誉和雄猴的尊严，被迫对猴二施以极刑。

　　群猴欢呼雀跃，蹦跳舞蹈，激情四溢，兴奋地围观一场久违的仪式。

　　送餐后尚未远离的哑巴夫妇发现了险情，急得呜里哇啦乱叫，冒险打开铁锁，试图推门进笼，阻止一场他俩将难辞其咎的猴类屠杀。

　　但众猴死死抵住铁门不让他俩进去。

　　棱角锋利的石块抵近猴头，眼看猴二就要脑浆迸溢。

　　几只小猴子吓得用手爪蒙住眼睛。

　　危急关头，园长突然出现。他手执一柄黑亮的电棍冲过来。

　　众猴抱头鼠窜。

　　猴头们领教过电棍的厉害。园长曾当着它们的面用小狗演示，击一棍，小狗倒地四肢抽搐，再击一棍，小狗伸腿瞪眼，一命呜呼。

园长的电棍直指猴王。

猴王乖乖地放下石头，直立着高高地举起两前爪，投降求饶。

但园长并不饶它，毫不迟疑地朝它腰肋戳了一棍。

它弹跳起来跌倒，呻吟着在地上打滚。

园长用电棍指点着它说："赏你一棍是让你长记性。你若胆敢再起杀心，别说猴王当不成了，连猴命都保不住！"

说着他当面把电棍交给哑巴夫妇，又把一只报警铁哨挂在猴二脖子上。

猴二当即朝园长磕头如捣蒜。

三

园长捏着猴二退还的警哨思忖片刻，转身看见主任来了，他忍不住打趣道："幸亏猴二走了，不然撞见你只怕会动心！"

主任反唇相讥："幸亏来报信的不是猴妃，不然面对你岂不投怀送抱？"

主任边在电脑上打字边说："刚才我已经用你的手机给局长发了短信，中午之前你写好报告赶去向他负荆请罪。"

园长将下巴搁在主任的肩胛上，瞄了一眼屏幕上冒出的一行字：关于我园猴山猴群意外越界的紧急报告。

园长点燃一支烟，沉思着口授：

"……今晨驯猴员照常送餐完毕，转身反锁铁门时，猴群突然蜂拥挤开铁门。两驯猴员阻挡不住，群猴悉数潜入猴山外山林。"

"我园已启动突发事件预案，紧急动员院内值班员工跟踪监控。目前尚未发生猴群严重骚扰游客事件。因湖山公园三面环湖一面依山，园门已临时管制，故猴群实际上仍在封闭区域内，估计今夜明晨即可回归猴山。"

"初步查明，猴群出走系因部分游客不听劝阻，屡向猴山内大量投食，所投芝麻香蕉、咖喱苹果和巧克力，吃刁了猴子的胃口，嫌送餐伙食不够好。加之有不良游客故意投掷药物……"

"扑哧！"主任忍不住笑出声来，停住在键盘上梭动录入的手指说："亏你编得出来！"

园长却不苟言笑，一本正经地继续口授：

"眼下正值发情季节，猴群误食催情药物后骚动不安……

"这次事件，暴露了我园管理工作的疏漏，园长某某某同志应负主要责任……客观上也暴露出猴山硬件设施薄弱环节。我园已多次打报告，请求拨款修缮年久失修的猴山设施……"

主任录入完毕："打印几份？"

"只打一份。我希望就这一份也只攥在局长手上，不到处传阅。"

园长运筹帷幄："多发电子文本。现在就发几处电子邮箱：局长、局办、宣传部新闻处……嗯，电视台，几家报社。"

主任趁打印机自动工作的空当朝园长努努嘴："快十一点了，赶到市区路上得个把小时呢。你抓紧装订吧，我去洗漱一下。"

主任从洗手间出来后变成了一个淑女。一身剪裁得体的灰黑色职场套裙，将她的匀称身材包装得恰到好处。一串雪白的珍珠项链显眼地衬托了她那张耐看的脸面。

园长把装订好的报告递给她。

她不接，不解地问："给我干什么？你自己带着它去见局长呀！抓紧时间走吧，经过万达广场时我下车去逛街，然后在名典咖啡等你的电话。估计要到下午四五点钟才能见面，你和局长中午的见面酒起码要喝三个小时。"

"这回用老套路恐怕有闪失……我们不能掉以轻心！你亲自出马更保险！"

"我怕局长那双色眯眯的眼睛。"

"他的眼睛总不会把你吃了吧？"

"说不定会被他啃几口！他现在肯定在园林局。他的办公室里间那张床是电动的，可以升降、倾斜……哦，我是听别人说的。"主任似乎意识到失言，又揶揄一句说："你小心赔了夫人又折兵！"

园长心里咯噔了一下，脸上却坏笑着说："我若是赔了夫人不折兵呢？还可以带兵去夺回来！"

见主任脸色突变，他忙赔笑说："我相信你智勇双全，是美女也是女汉子！"旋即话题一转："你我兵分两路，你闯虎穴，我捣狼窝。我好不容易谋到手的两只百年湖龟，送到局长夫人家里去。"

四

猴二刚跳下窗台，忽闻竹林深处隐约传来一阵呼啸声。它机警地站立起来，以一手爪于额上搭凉棚眺望。但见竹梢无风乱颤，似一阵波浪从远处推涌过来。

"猴群过来了！"它低吟一声，机敏地潜入一块大石后面的草丛。

果然，窸窸窣窣中夹杂着此起彼伏的猿啼猴鸣呼啸而至。猴王一马当先，猴后、猴妃紧随其后，美眉和猴哥、猴弟次之，猴群浩浩荡荡从竹林上空掠过。众猴轻舒猴臂，左右两手爪交替够着前面的竹梢，借助竹竿弓力轻巧荡过去，如履平地，又像是一群鹰鸶扑棱着翅膀挂在树梢。

待大部队过去后，猴二探出头来，看见掉队的老猴拖着后肢残疾的猴娃，艰难地追赶着猴群。它趁机跳将出来，一臂将猴娃揽在怀里，一臂牵扯着老猴，奋力撵上集体。

猴群在一片隐蔽的桃林边停下来。

猴后、猴妃挑中一棵桃树下向阳的缓坡草地，麻利地扒开碎石落叶。

猴王瞪了美眉一眼，美眉慌忙拢去牵引着猴王坐在桃树下休息。

这时老猴和猴娃才在猴二的帮扶下磕磕绊绊赶来。

猴王狐疑地盯了猴二一眼，便向老猴和猴娃下达驱逐令：

"我猴群虽然逃离樊笼解放了，大锅饭也没了。今后东奔西走、风餐露宿是家常便饭。本王念尔等跟着大部队多有不便，放尔一条生路，自食其力去吧！"

老猴慌忙摁着猴娃朝猴王磕头作揖，诚惶诚恐："大王，我等老弱病残，离开集体庇护则形单影只，更难生存啊！"

"你两个本是耍猴戏的，被城管逮着误入我群。还是去寻耍猴人重操旧业吧。"

"老朽已年迈体衰，哪能再上街头卖命？何况人海茫茫，耍猴人杳无音信……"

猴王烦了，转而问众猴："它二猴行动迟缓，常常暴露我们大部队行踪。本王估计，园长这几天就要来围捕我们。你们说如何是好？"

"撵它们走！"

"立即驱逐出境！"

"别啰嗦！快滚蛋！"

众猴叫嚣着，捡起碎石、树枝、土坷垃雨点般砸过去。

老猴涕泗滂沱。

猴娃泣如婴啼。

而猴王和众猴不相信眼泪。

老幼二猴只得互相搀扶着，落荒而逃。

众猴停止喧哗，便觉饥肠辘辘。日已过午，而各猴只是早上找游客讨得一两枚花生或一两粒糖果，滋味倒是不错，却更能勾出肚中馋虫。正如猴王刚才说的，再没了大锅饭，奈何？

猴王起身沿着桃林间小径巡视一番。

虽说才是初夏，桃树上的毛桃多数还只长到板栗大小，还青涩着，可少数稍大的也有核桃大小了。更有个别出类拔萃的约有鸡蛋大小了，还点染了浅浅的红晕呢。

猴王钻出桃林挥挥手爪，众猴一哄而上，纷纷钻进桃林。

一会儿工夫，猴们捧着各自采摘的果实出林，排成纵队鱼贯而行，依次向猴王献桃。

猴王并不理睬走拢来献殷勤的众猴，它眯着眼不屑一顾。

自有猴后和猴妃从每只猴子捧来的桃子中挑出一个个大的。

只在年轻可爱的小母猴献桃时，猴王才睁眼起身，漫不经心地瞄瞄桃子，便把目光落在小母猴身上，仔细打量，看它光滑的皮毛，丰腴的腰臀。

这时猴王感觉得到周围羡慕、嫉妒乃至仇恨的目光，但它很坦然。猴国王法规定，一个族群所有母猴都归猴王所有。其他公猴并无交配权，除非猴王睁一只眼闭一只眼默许。

众猴献桃完毕，猴王跟前堆满大个的毛桃。

这时猴二才钻出桃林，它循规蹈矩捧着桃子过来。

猴后、猴妃正欲上前挑桃，却被猴王拦住。

猴王亲自从猴二的手爪上挑选。不止挑一个，个大的扔给猴后、猴妃，个小的扔在地上。

待猴王挑完，猴二蹲下身去，捡扔在地上的小毛桃。不料却被猴王一脚蹬倒，跌坐在地上。

猴王问："你的警哨呢？"

猴二答："逃出猴山那天，慌张中丢了。"

"那么，本王就不再怕你找人类来干涉内政啰？"猴王嘲笑地问道，并用双脚爪交替将扔在地上的小毛桃踩得稀烂。

众猴一边围观猴王惩戒猴二，一边啃着猴王挑剩的小毛桃充饥。

猴王乜斜猴二一眼，转身招呼猴后、猴妃和美眉，与它们围坐在一堆大个桃子周围，共同享用臣民的供奉。

即便贵为猴王，它也不会秀矜持，改不了猴急的习性，左右两爪并用，各胡乱抓起一桃，左顾右盼着，瞅准红艳多肉处只啃一口便扔了，边抓边啃边乱扔一气。

啃过的毛桃骨碌碌滚到猴二脚下，或砸在它身上。

砰！一枚烂桃疾射过来，准确地击中它的猴脸。

众猴哄笑。

猴二抹一把猴脸上的桃汁，面无表情地爬起来，拍拍屁股，奓着胯子，举着两前肢一步步走开，走到桃林下才伏下前肢，一头钻进桃林。

看来它是饥渴难耐，又去寻找群猴摘漏的小毛桃去了。

猴王在众妃的侍候下享用够了个大肉多的甜桃，便摩挲着饱胀的肚皮，倚靠在桃树干上，嘴里衔着一根细树枝剔牙。

猴后、猴妃一左一右靠拢去，认真地用猴爪梳理着它肩背上的皮毛捉虱子。

猴王惬意地闭眼享受，旋即睁眼，见美眉还在贪吃，便龇牙呵斥一句，招手叫它过去。

美眉怯生生地拢去。猴王一把揽它入怀，帮它捉虱子。

猴后、猴妃不约而同地抬头，瞪了美眉一眼。

美眉害羞而紧张，不情愿地扭过身子，把背对着猴王。

猴王也不恼，它心猿意马，春心荡漾。

众猴貌似目不斜视，其实都以猴眼余光偷窥着。

猴王佯装低头寻辨虱子，将胸腹紧紧贴在美眉的后背上，小肚子火烧火燎，像是急着寻水浇灭火似的，贴上了美眉……

猴类不同于人类，猴王行使性权力无须像人王那样隐蔽在遮人耳目的内宫。但一般情形下，猴王也会选择与它的臣民保持一定距离的山岩、树丛行乐。

今天猴王显然是得意忘形：解放了，要命的电棍威胁解除了，忤逆的猴二乖乖俯首称臣了，美眉越发妩媚了。

桃树下，青草上，斑驳的阳光洒在美眉身上，确实流光溢彩。她褐黄嫣红的皮毛像光滑的绸缎，她娇小的母猴体型仿佛是一只魅力迷人的红狐。

奇怪的是，此刻她身上似乎闪耀着珠光宝气。难道猴王赏赐了它什么宝贝不成？

原来是猴眼里溢出的两滴泪珠。

美眉虽无人类的羞耻之心，却也有禽兽本能的荣辱观。猴王在群猴环视下拿它当玩物炫耀，毫不悯惜地糟蹋了它的青春，它委屈得无声地哭了。

与它这团油光水滑的皮毛形成反差，猴王的皮毛像一团乱麻，褐黄发黑，灰暗陈旧，而且一绺绺脱毛，像人类秃顶的癫痢。

猴王老态龙钟，它在位时间够长了。猴二是第二个挑战王位者，虽然败北，其实猴王是侥幸险胜，它力不从心了。

但猴王很自信，它认为自己是永远的王，象征权力的宝刀不老，像猛男。就如此刻，它随心所欲驾驭美眉，驰骋在曼妙的桃园。

时值初夏午后，空气中弥漫着草叶的清新味、桃汁的甜味和一丝暧昧的荤腥味。

刚才还叽叽喳喳的群猴忽然安静了。只有咀嚼酸涩毛桃的吧唧声，似乎气味和声音在相互发酵、酝酿着……

猴王倚靠的那棵桃树，树冠无端地颤抖起来，没风。

悄悄飘落一片树叶，又一片树叶，砸在兴致勃勃的猴王头上，很轻。

再次砸到猴王头上的是猴二，像一块碣石，伴随着一声尖锐的嘶鸣。

猝不及防的猴王当即被扑倒。它还没愣过神来，猴二已经骑到它的肩背上，死死掐住了它的脖子。

幸亏猴后、猴妃机敏，不待猴王下令便已同时扑过来，合力掀翻了猴二。

三猴滚成一团。

猴王弹跳而起却又跌坐于地，它感觉不妙，似乎腰塌了。它以左前爪撑腰忍痛，挥舞着右前爪，龇牙咆哮着，指令猴哥、猴弟上前，协助猴后、猴妃擒拿反贼。

猴弟习惯性应答遵命，却被猴哥拖住，假意去寻找树枝、石块作武器。

猴王见猴哥、猴弟磨蹭，急了，厉声向群猴发出战斗号召。

群猴应答着，嘶鸣着，摩拳擦掌冲上去，却裹足阵前，紧张而兴奋地围观一场突如其来的厮杀。

这本是猴国的潜规则。猴类察言观色、见风使舵的本事不比人类逊色。当挑战和卫冕发生，众猴先是围观，并不贸然参战，只在看得出哪一方渐占上风时才出手，做擒王或起义的大多数。识时务者为俊杰嘛。

只有美眉参战了。但它攻击的对象却是猴后、猴妃。是的，美眉反水了，勇敢地与猴二并肩战斗。

猴王见状目瞪口呆，它奋勇爬起来，欲御驾亲征，却再次跌倒。它的腰椎骨断裂了。

严格来说，这是一场挑战猴王地位的决斗，前戏不过是引子和借口。群猴紧张而沉着地等待着。

眼下的胜者显然将是猴二。虽然它的猴脸已被两只母猴抓挠啃咬得像个血饼，但它已将两个对手打得趴下，由美眉胯下夹一只、前肢摁着一只看管。它抹一把血球似的猴头猴脑，朝猴王逼过去，欲给予致命一击，除非猴王求饶逊位。

众猴欢呼雀跃，准备庆祝新猴王的诞生。

不料，这时猴哥出马了，它以一根猴胯子粗的树枝为戟，从斜方冲过来迎战猴二。

猴弟紧随其后，搬着一块棱角尖锐的石头。

众猴哑巴了，面面相觑，倒抽一口冷气看左右夹击的变局。

美眉见猴二危险，料知自身也将危险了，只能孤注一掷，便撇下两只败将，硬着头皮冲过来助阵。

却被猴二拦住了。

猴二并不迎战，它在猴哥、猴弟的步步紧逼面前节节后退，仰天叹息一声，像个人似地直立起来，高举两前肢，投降求饶。

猴哥也懒得恋战，令猴弟与它一起扔掉武器，宣布胜利。

但众猴却不依，一拥而上，团团围住美眉。有的卡脖子揪毛发，有的掰胳子扭脚爪，有的拧嘴打脸，更多的去拍屁股……

这情形，说是胜利的狂欢也罢，说是猴界的陋习也罢。谁叫美眉不忠不义参与谋反呢？虽说老王也败了，可美眉卖身投靠指望的新王也没上台呀！那么美眉就是逆贼的母猴，是俘虏，对它的惩罚便是对众猴的犒赏。

有恶作剧的猴子找来石杵，捡来树棍……

美眉绝望地、痛苦地惨叫着，陷入万劫不复的深渊……

已经退避到桃林边的猴二再次仰天叹息，忽如一匹被逼到死角的野狗反扑过来。众猴还未反应过来，它已抢到猴哥、猴弟放弃的武器，左前肢执树戟，右前肢举石斧，扯破喉咙嘶吼着冲向肆虐的猴群。

此时的猴二如有神力相助，骁勇善战，挥舞树枝扫倒三五个猴子后，又以树枝作标枪，投倒两三个猴子。再双臂高举石块，吓跑两三个猴子。它轻舒猴臂拉起美眉，架在肩背上，杀出重围，遁入桃林。

众猴欲追，猴哥制止了："穷寇勿追。"

一场突如其来的厮杀又戛然而止。

众猴茫然地向猴哥行注目礼，目光中充满疑惑的询问。

老猴王呻吟着匍匐过来，向猴哥俯首称臣。

众猴恍然大悟，欢呼雀跃拥戴新王。

新猴王借助猴弟一臂托力，攀上近前一株桃树高枝，居高临下清点猴数。

原有一百零八猴，除去被驱逐的老猴和猴娃，再除去逃离的猴二和美眉，应有一百零四猴。可是反复清点，只有一百零三猴。

新猴王大怒，令众猴互相清查。结果查出失踪的一猴是靓仔。

五

园长和主任兵分两路果然凯旋，却也不敢掉以轻心，毕竟那群泼皮还在猴山外撒野。

"当务之急是把猴群弄回猴山！"园长沉思后说。

"围捕？招安？"主任问。

"围捕成本太高，还容易发生人、猴伤亡事故，只能招安！"

"哦？"

园长胸有成竹，他乔装游客跟踪猴群一上午。趁猴群午休时，他慢慢接近，脱去伪装，当着众猴的面将电棍掷在地上，搬起一块石头将电棍砸碎，向猴群示好。

他又招招手，让跟随其后的哑巴夫妇抬来一筐香蕉，现场发给猴子们。

猴子们一边吃香蕉，一边警惕地看他的表演。

他手舞足蹈，竭力以肢体语言、面部表情告诉他的观众："你们离家出走这几天，猴山已修葺一新，很舒适。你们在山外风餐露宿，饥一顿饱一顿很辛苦，还是回家吧，家里有吃有喝有人伺候……"

这些猴爷们听得似懂非懂，有的哂笑着，有的矜持地不屑一顾，有的交头接耳，还有的干脆把香蕉皮掷在他身上。

他不恼不怒，心里说："装蒜！老子在猴山摆下山珍海味，羡死你们！"

园长不惜血本，真的在猴山买了芝麻香蕉、咖喱苹果、带壳花生，甚至撒了一把巧克力。

可惜美食计被刁猴识破，它们将计就计。

先是，园长再三嘱咐哑巴夫妇："严格按往常开饭时间送餐，敞开猴山铁栅栏大门。时间一过，无论猴群来进餐否，立即关门，严防死守，不得有误！"

可是一连三天九餐，餐餐投送的美味佳肴都被馋猴们享用精光，却连一根猴毛都没留在猴山。

园长恼了，追究哑巴夫妇，他们呜里哇啦的哑语成了哑谜。

主任揭开了谜底。她这几天一直在隐蔽处观察，发现在进餐时间虽然敞开了猴山铁门，却并未出现一只猴影。铁门关闭之后猴影乍现，十几只青壮年神猴从天而降，连吃带拿，风卷残云。只三五分钟工夫，便消失得无影无踪。

园长听了主任的描述，神情紧张："从天而降？神猴？"

主任忧心忡忡："好像它们是攀缘峭壁石缝出没……"

园长有一种不祥的预感，嘴角抽搐得半边脸都痉挛起来。

第二天早上，市电视台再次播报猴群大闹公园的消息，是游客用手机拍的视频。

一个少妇的自拍杆被毛猴抢去，毛猴模仿少妇的动作自拍后又主动归还。少妇急忙翻看手机相簿，毛猴的自拍照活灵活现。少妇忍俊不禁，将手机屏幕出示给围观游客看，众人捧腹大笑。

一对坐在草坡上亲热的情侣遭到泼猴偷袭，泼猴抢走女人的坤包，男人追赶，那泼猴上树将坤包挂在高高的枝桠上，扬长而去。

一只刁猴拦住一辆婴儿车，向推车的母亲讨要饼干。因吓哭了车上婴儿，母亲恼怒拒绝。刁猴也恼了，一把抢过婴儿车拽着飞奔，婴儿和母亲一起尖利哭喊。虽然众游客拦下了婴儿车，那母亲却因惊吓过度而昏厥，救护车呼啸而来。

市民闻讯都去公园看猴子，好几路公交车人满为患……

园长看着录放的电视新闻视频，急得搔首挠耳。

电视新闻的传播影响力之大，超出了想象。

在市委常委扩大会议上，市委书记脸色铁青：

"我市连续三年苦争全国文明城市称号，总是功亏一篑，三连败。今年全市人民使出了洪荒之力，誓夺全国文明城市光荣称号。据悉中央评估组的专家已经进入我市微服私访。全市机关事业单位干部几乎倾巢出动，走上街头严防死守。不料，半路上杀出几只妖猴……"

会后分管副市长召见园林局局长，失态拍了桌子。

局长大汗淋漓："我明天就带调查组进驻公园，三天内拿出调查报告和整改方案！"

"明天？三天？今晚市政府工作组就进驻，公安、城管、公交一把手统统去。你马上去农大请个专家，最迟明早赶到。限明天之内解决问题！"

不料第二天清晨，突然发生医闹抬尸阻断交通要道事件。

全市启动紧急预案，副市长把现成的工作组调走了，只扔下园林局局长。

局长松了口气，仍不敢懈怠，如约去农大请专家。

农大生物学院颇负盛名，却并无走兽专业学科和专家，只有一个研究飞禽的专家准备筹建禽兽专业学科。学校只能推荐这位教授陪局长走一趟。

局长把教授交给园长。

园长安排主任带教授去看猴子。

教授兴致勃勃。他看到猴群挂在树梢上行走，如履平地。看到游客纷纷与猴子合影，猴子主动配合以换取游客的花生。看到专售猴食花生袋的小贩已应运而生。贼机灵的猴子甚至先找摊贩赊一两袋花生，再物色合适的游客为它买单。

这时，出现了感人的一幕。

一位老太太掏钱买猴食时，笨手笨脚把拐杖落在地上，俯身欲拾却弯不下腰背。好几只猴子见状助人为乐，有的抢着捡起拐杖递给老太太，有的左右搀扶老太太，还有一只有些年岁的猴子老到地为老太太捶背呢。乐得老太太当即在路旁石凳上坐下来，掏出一张粉红色大钞票，递给猴儿们去买花生分享。

教授目睹此情此景感慨不已："人猴如此和谐相处，得益于二者之间樊篱的消失。故而，放养与圈养，个中学问大矣。"

教授盯着主任姣好的脸蛋说，眼睛大放异彩："我刚从洪湖考察回来。湖州上的土著渔猎户前几年以养野鸭卖野鸭为生。因圈养的野鸭肉质野味渐失，销路不畅。近年他们反其道而行之，将家禽放归芦林野养。家禽始祖乃鸟类，天性喜啄虫衔草而栖于林梢枝桠之上。如此禽肉禽蛋野味十足，远销各地。芦林的啼鸣家禽又吸引来野雉和各种鸟类，堪比城市公园鸟语林，渔猎户在芦洲上办起农家乐，食客趋之若鹜……"

见主任听得认真，教授更来劲了："我考察回校就写了篇论文——《试论放归自然的生态意义和意外收获》。《奥妙》杂志的编辑对我的文稿评价甚高，嘱我润色后他尽快安排编发，认为发表后必将在学界引起强烈反响！"

主任听了若有所思："教授，真是敬佩您的学问。不知能否学习一下您的大作呢？"

"当然。美女愿读拙著是我的荣幸嘛！我现在就可以把电子文本发给你，发你的QQ邮箱？"

"学生先扫您的二维码，再加QQ好友，便于学生多渠道请教您这位德高望重的师长。"

主任已以弟子自居。

"哦……好好好，我就收下你这个关门弟子。"

主任在线浏览了教授的论文，试着将文中关键词"家禽、芦林、鸟语林、农家乐"置换成"猴子、猴山、公园、游客"，再回复电子文本给教授，请他浏览。

教授不解地浏览："这……风马牛不相及嘛……嗯……有相似性啊……本质上同理！"

主任拿出一个牛皮纸信封："老师，求您帮学生做篇论文发表。这是一万元约稿费，稿酬另付。"

"嗯……写好办，发表嘛……要得急吗？"

主任眼巴巴地望着教授，微微颔首。

"我先打个电话问问吧。"教授边刷屏拨号边走到一边去。

"搞定。"教授返回说。

"实不相瞒，《奥妙》编辑部主任是我的同学。他同意把我那篇原稿放一放，先发你这篇。如果想抢在近日即将出版的这一期发表，最迟今晚要把稿子发过去。今晚我得开夜车，这一期已经三校完毕，撤稿换稿挺麻烦的，版面费不得少于五万元。不含作者稿费，稿费另加，一并转账过去……你看呢？"

"我们愿一共付十万元。我先垫付，我现在就转账给您代收。学生一切拜托老师代办。"

"你们？你？"教授不解，"虽说我是帮你做论文，但毕竟是我执笔，用的也是我的原创立意构思，著作权还是我的。所以我还得署名，且署名顺序必须是第一作者，你是作为第二作者署名在后。其实我无所谓，这是编辑部的要求。他们要的是我的身份、名气，如果还有人想在这篇论文上署名的话……那只能排第三，我还得再给同学打个电话通融一下。"

"老师，您误会了。我们的意思不是争署名，我也不署名。只希望您原创、独著的这篇论文尽快发表，以正视听。"

"我明白了。其实在我名字后面带一两个署名是可以的，有利于今后评奖、评职称呢！这可是国家核心期刊，权威。"

"太感谢老师了。我们肯定不署名，事实上这就是老师的个人劳动成果。学生只是作为助手，帮老师整理了素材。"

一周后，最新一期《奥妙》显眼地摆在市委书记的办公桌上。

书记翻开杂志目录，在"探索"栏目找到标题：《试论放归自然的生态意义和意外收获》，翻开内文，低头浏览文章内容。

他抬头望望宽阔的写字台对面，副市长正襟危坐，等待他发话。

"这篇论文怎么写得像个剧本？"

"我也读出一股捉刀代笔的味道。"

副市长连连点头："刊物是园林局局长拿来的，他不敢见我，托人送来摆到我的办公桌上。"

"作者是什么人？"

"农业大学的一个教授，据说是国内颇有名气的飞禽研究专家。"

书记莞尔："飞禽与走兽连起来是一个词组嘛。"

书记最近心情不错。医闹堵塞交通事件迅速平息，有惊无险，全国文明城市评选专家组非常客观公正，既高度评价了本市市政建设的难得成就，又严厉批评了城市管理的短板，认为瑕不掩瑜，终于将三度落选的文明城市称号授予本市。

他在杂志上信笔批示："也算一种创新吧。"

六

靓仔一直暗恋美眉。那天众猴肆虐美眉时，靓仔撕心裂肺的痛楚可想而知。

他并未看见猴儿杀进重围解救美眉那一幕，早知道它说不定会助一臂之力。在那之前，它眼睁睁面对邪恶丑陋却无能为力，痛苦到绝望，趁乱逃离了。

靓仔穿过桃林，疾奔通往公园大门的路边，远远看到大门口游客排成两行长队，从铁栅栏隔成的狭窄甬道鱼贯进出。五六个保安戒备森严。

它正犯踟蹰，一辆香槟色敞篷跑车从公园深处驰过来，缓缓停下。

香车主人是一位妙龄女子，副驾座上坐着一只雪白的萨摩耶。

人、狗下车，仪态万方地走到桃林边。女子为萨摩耶拍照。

靓仔躲进一丛灌木偷窥。

那只萨摩耶委实漂亮，瓜子脸酷似白狐，尤其一双双眼皮狗眼迷人。它也乖巧，摆出蹲、立、趴、躺各种姿势，任主人抓拍。

女子拍着拍着，突然一把搂住犬脖子蹲下去，与狗头狗脸耳鬓厮磨，伸长另一只手臂端正手机屏幕，给她自己和萨摩耶拍了一张合影。

女子端详着屏幕上人狗亲密无间的照片，脸上挂满扑簌簌的泪珠。她又将照片递给狗瞧，狗乜斜着眼，朝照片中的自己汪了一声。

女子破涕为笑，搂着狗在草地上打滚。

三三两两的行人驻足，观看人狗疯闹的一幕。

女子起身拍拍身上的草屑，又拍拍狗身上的草屑，旁若无人地走向她的跑车。

在跑车启动的一瞬间，靓仔箭似地射过来，窜进跑车后座。

女子从后视镜看得分明。靓仔蹲在后排座的踏板上，埋头屈身像个褐色的皮球。她迟疑片刻，猛踩油门，从专用通道驶出公园。

跑车停在公园外远远的环湖大道旁。女子勾头仔细打量已蹲在后座上的靓仔："好漂亮的一只毛猴逃犯！你是打算去浪迹天涯呢，还是愿跟我回家避难？"

靓仔观察着女子的微笑表情听懂了她的话。它一个弹跳蹦到萨摩耶的座位旁，讨好地将着狗的背毛梳理，猴脸努力模仿着女子的笑脸表情。

"你可真会卖萌！那么我开车喽！哈哈！"

女子是个宠物控。她曾养过一条蟒蛇，被邻居报警，公安消防如临大敌，来了一个车队，把蟒蛇捕走了。其实是人工驯化过的蟒蛇，无毒无齿。后来她养了一窝兔子，金老板嫌骚味难闻且到处打洞，带人来一网打尽了。她大哭大闹，金老板无奈，花十几万元买了一只纯种藏獒。可她不领情，说它没有狼的苗条俊俏，又没有狮的高贵威风，体态臃肿，令她浑身起鸡皮疙瘩。金老板便由她自己挑选了这只媚态可掬的萨摩耶。从此她与狗形影不离像夫妻。

而今天天上真的掉馅饼了，一只萌萌的毛猴主动投怀送抱。于她而言不啻是一场艳遇。

跑车停在一栋别墅前。

"到家了。"女子说着下车。

靓仔忙跟下车，机灵地牵起女子一只手。

萨摩耶冲在前头，直奔家门。

严格地说，女子并不是别墅的女主人。她的公开身份是别墅的家庭教师。

她辅导的女生读初二，其母其兄已移民澳大利亚。其父是开金矿的老板，恰巧姓金。

一天，女生拿了一纸金老板起草的合同草案，给女教师看。合同大意是男女双方亲密交往五年，期满男方将这套别墅及轿车过户给女方。合同期间女方月工资涨一倍至两万元，女方不另交男友，不怀孕，不干预男方私生活。

女教师不惊不讶。一年多前她敢来应聘这个辅导土豪千金的职位，就做好了各种思想准备。不久前她无意中发现浴室有一个隐蔽的针孔摄像机。看来从她入住别墅那天起，金老板就得到了她的胴体，只不过暂没占用罢了。就像他卧室那尊真人大小的白瓷雕塑《泉》，是他的摆设和玩物。

她将合同期改为三年，将别墅改为中心城区一套两室一厅，将月工资改为三万元，并增加男方合同期间不得带女友到别墅过夜条款。

金老板同意修改后的合同，双方在交友协议上签字画押……

作为别墅新成员，靓仔原本是一只极其聪明伶俐的灵猴，却也难以弄清它的新主人与这栋豪宅主人之间的微妙关系。

当晚他就吓得险些逃跑。

女教师把它和萨摩耶引进浴室洗澡。

她率先脱得一丝不挂，与萨摩耶一起站到花洒下冲淋，并一再招手唤它过去。

它吓得躲在浴室角落瑟瑟发抖。

女教师过来拉它，它恐怖地躲避着尖叫，不小心把她的玉手挠了一道血痕。她皱皱眉头，意识到毛猴可能没有洗澡的习惯，得慢慢调教。

女教师关了花洒，往她自己和萨摩耶身上涂抹沐浴露，尽情地摩挲着。

一旁的靓仔呆呆地看着。在它的猴眼里，女教师浑身沾满白色泡沫，毛茸茸的，仿佛与萨摩耶是同类。

女教师用一条浴巾把萨摩耶裹起来，抱进卧室。

靓仔连忙跟进去，看着她将萨摩耶平放在床上，一手拿个电吹风吹着，一手梳理着湿漉漉的犬毛。萨摩耶时而伏卧时而仰躺，惬意地享受着主人的打理。

靓仔见吹干狗毛是个花时间的耐心慢活，便试着接过电吹风，模仿女教师的动作继续给萨摩耶吹毛。

女教师甚是满意，欣慰心情浮现脸上。

第二天靓仔就学会了洗澡。

从此，人、猴、狗同吃同住，同浴同眠，过了一段其乐融融的好日子。

这天傍晚，女教师临时去城区办事，她交代女生说："办完事可能很晚了，我就在城区的那套二室一厅过一夜，顺便打扫一下卫生，明早我就回来。毛猴和狗狗自理能力都很强，只麻烦你吃晚餐时给它们一份膳食。"

女生说："你放心去吧，正好我也想陪它们玩玩呢。"

晚餐后女生别出心裁，从网上下载了几段各种宠物狗走秀和猴子玩杂技的视频，用客厅的电视机放映给两宠物看，果然它们对同类的表演很感兴趣。

女生玩够了便撇下两个畜生去洗澡。不料她的浴室里花洒坏了，便到女教师的浴室来洗浴。

客厅里，萨摩耶还在津津有味地看电视，靓仔却机敏地听到熟悉的浴室传来熟悉的声响，条件反射般蹦过去，推开浴室门。

正在冲凉的女生先是惊讶，毕竟赤身裸体被一只莽撞的毛猴看了隐私。毛猴目不斜视、萌态可掬，还向她大献殷勤，麻利地递过沐浴露、毛巾、拖鞋，见机行事，恰到好处。

她忍不住问它："你是天生聪明能干，还是被老师调教的？"

靓仔猜她是在夸奖它，便牵起她的一只玉手行了个吻手礼。

女生咯咯笑着缩回手臂："去去去，毛茸茸的好痒！你拖一下地面吧，免得老师回来看了批评我不收拾。"她披上浴巾，指指门角的拖把。

靓仔点点头，待她一出浴室，便拽出拖把胡乱拖一气，虽然干得毛毛躁躁，却也走完过场。

它又到女教师卧室里拿出一瓶薰衣草精油，轻手轻脚推开女生的卧室。

女生已换了睡衣，半躺半坐靠在床背上玩手机。她正在与早恋的男友视频聊天呢，情窦初开的小姑娘已略谙风情，故意浅露酥胸，与其说她在挑逗小鲜肉，不如说她在尝试挑逗自己。

她全然不察那只毛猴贴近闺床。直到靓仔举起精油瓶，在她眼前摇晃。

"噫，你怎么又跑到我的卧室来了？"

靓仔把精油瓶递给他看。

"神马宝贝东东？精油啊？"

女生伸手欲接，靓仔不给，摇摇头，又蹦上了床。

女生被吓得叫起来,声调放肆而尖利。

平素十天半月难得回家一趟的金老板,偏偏这天晚上回来了,一进门就被女儿呼救般的喊叫声惊呆了。

他愣过神来,飞快地登上楼道,奔过走廊,一脚踹开女儿的房门。

他又惊懵了。

他看见一只猴子在非礼他的女儿。

他再次缓过神来,大吼一声扑上去,一把卡住靓仔的后脖拎起来,大踏步奔下楼去。

靓仔只能扑棱着四肢徒劳地挣扎。他的喉管声带都被卡住了,连一声呻吟都哼不出来。

金老板像拎一条癞皮狗似的把靓仔领到后院。

后院有一座太湖石垒的假山隔开了别墅后门和后花园。假山上有亭台楼榭,半山腰一块突兀的山石平展光滑,状如铁砧。

金老板高高举起靓仔,展臂把它抡起来,像抡榔头。

噗!一声闷响。

噗,噗。

第三声闷响后,靓仔被扔在铁砧石上。

它皮开肉绽,鲜红的血液浸染在褐黄的皮毛上,有点像孙悟空腰上围的虎皮裙。

而它的头脸完好无损,眉眼间弥漫着误入人间的困惑。

七

园长接连逢凶化吉,仍不敢掉以轻心,生怕猴子再惹祸。

他以招聘猴山保安的名义,雇用了一位太极高手。此人轻功非凡,面试时当场演示过飞檐走壁,身手敏捷。尤其是他自称年轻时有过驯猴、耍猴经历,通猴性。

猴山保安的职责简单明确,每天从早到晚看护猴群,防止游客伤猴、猴伤游客。

开始两天呢,猴保安果然称职。他执一竿丈余长的细竹,竹梢系一团火苗似的红绸,亦步亦趋紧跟猴群。即便猴群故意甩开他钻进树林,他总可以凭判断绕到前方拦截。猴群不动时,他也在近处找个草坡躺下休息。

活像个牧猴人。

但跟完第三天后，猴保安就找园长辞职。

"这群猴子是不是都得了多动症？我当年养的猴子乖得像狗，成天跟着人转。你这些猴子倒好，反过来把我当狗，让我成天跟着它们瞎跑。再这么跑两天非得把我累死不可……"猴保安一脸委屈，"我是通猴性的，还特地自掏腰包买了一只鸡，当着猴子的面剁了鸡头，谁知没吓着它们，那猴王还朝我龇牙咧嘴抗议呢……"

园长越听越烦："原来你就是这么通猴性的？你这是激怒它们，只会把它们惹毛了！"

不料猴保安也被激怒了："我没得金刚钻就不会来揽这个瓷器活！领导，锦囊妙计要不要？不要我就拍屁股走人！"

"说来听听。"

"岂不闻擒贼先擒王？"

主任眼睛一亮："愿闻其详。"

"领导你得亲自出马，顶替那个卖猴粮的小贩。不卖给游客，直接把袋装花生扔给猴子。只管多扔，任猴群哄抢。之所以得领导出面，是因为猴王生性多疑，对生面孔格外防备。而对领导你它们熟视无睹，根本不把你放在眼里……"

主任面露不悦之色。

猴保安见状忙解释："我的意思是……它们会放心大胆抢花生。趁其懈怠，我乔装打扮，背着一网兜水果接近猴王，倒出水果后突然撒网。一网网住猴王押回猴山，猴群自然乖乖跟着回去。"

"万一失手，后果不堪设想。那新猴王年轻力壮，精明强悍。而且，猴子的报复心极强，群猴救主时会抓挠撕咬人的头脸。"

园长似乎已被吓着了，一脸紧张。

猴保安不屑地笑了："我说过我通猴性。一旦我把猴王网住，顺势收网打捆踩在脚下。猴杂种们一看准傻眼，那时我才是猴王，都得听我指挥！实话告诉你吧，其实我不是驯猴出身，而是打鱼出身。大风大浪中的渔划子险不险？我稳立船头，飞网一撒……"

"停，停！"园长懒得再听他胡吹，"你嫌工作累就辞职吧。"

翌晨，园长自己背了一大网兜水果找到猴群。他脸上堆满笑，走进猴群约丈余处便止步，解开网兜摊开水果，又后退十几步，比画着手势，请猴王率先用餐。

新猴王率几只年轻力壮的猴头，左右巡视着走近水果兜，警惕地围着水果转了几圈，又狐疑地绕着园长转了几圈。

新猴王朝猴弟点头示意。

猴弟跑过去抓起一只香蕉，过来递给新猴王。

新猴王捏起香蕉嗅嗅，剥皮咬一口尝尝。

群猴众星拱月一般，仰望着新猴王，观察它的表情。

新猴王眨巴着眼睛，咀嚼、品味。

没有异味，没有疑点。新猴王席地而坐，三口两口吞咽了香蕉。

众猴一拥而上，围住了水果兜。

水果瓜分殆尽，露出兜底的几瓶红酒和几只纸杯。

猴王好奇地亲自上前，抓起一瓶红酒端详。它知道这是琼浆玉液，园长和主任躲在山洞里享用过。现在它也想享用，可是它不会开启瓶塞。它用牙齿衔着瓶嘴咬，无济于事。

于是它望望园长。

园长抛过来一个起瓶器。它全神贯注捣鼓了半天，不会用。

这时园长已慢慢走过来，伸手示意要起瓶器。

它犹犹豫豫地抛回起瓶器。

园长也席地而坐，熟练地打开一瓶红酒，注满两只纸杯。他自己先饮了一杯，将另一杯递给它。

它这回毫不犹豫地接过。嘬一口，又嘬一口，酸甜的滋味令它愉悦。

园长挥挥手。

躲在不远处的哑巴夫妇抬来一箩筐花生。

众猴欢呼，迎上去接过。

新猴王彻底放松了警惕。

园长又开启了一瓶酒，注满几只纸杯。

新猴王将一杯杯酒赏赐给它的几个妃子和猴弟，与园长共饮。

园长喜形于色。他炒了猴保安的鱿鱼，却偷留了猴保安的锦囊妙计。妙计之妙，在于用计之人。他要收买新猴王，借猴王之力，一网打尽全部猴头。

他将最后两瓶酒开启，不再分给众猴，自己左手执一瓶，人嘴对着瓶嘴豪饮，右手执一瓶递给新猴王。

果然，新猴王也模仿他的姿势，猴嘴对着瓶嘴豪饮。

这时的园长和新猴王，蛮像猴国的两个号手，仰着脖子憋着气吹喇叭。

许是酒不醉人人自醉，园长已处于微醺状态。

他去路边折了一枝垂柳，编成桂冠，戴在新猴王头上。

他相信新猴王够聪明，明白他这是为它举行加冕礼，承认它的猴山新猴王地位。他料定新猴王会识时务，跟他走。

想必新猴王也醉了。它取下桂冠，嬉笑着瞧瞧，友好地戴在园长头上，好似禅让。

众猴山呼万岁。

这一幕仿佛是发生在花果山……

园长精心算计，偏偏没算到自己居然会醉。他是被哑巴夫妇搀扶着回去的。

回去前，一个又一个游客闻讯赶来，用手机抓拍了一个人类率众猴狂欢的镜头。

当天晚上，人猴共饮视频刷爆全市各阶层微信群。

第二天早上园长才醒酒。他躺在办公室里间那张床上，努力回忆昨天断片的场景。

主任撞门冲进来，披头散发，面目狰狞。

她一言不发，揪着衣领揪起园长，啪啪，扇了两记耳光。

园长懵了："你疯了？"

"你才疯了！"

她从他胸前衣袋里掏出手机，打开微信视频扔给他看。

原来一夜之间，人猴共饮资讯已经覆盖了全国网络，各大门户网站不断刷新内容。

哑巴夫妇的哑语已被聋哑学校的老师破译：猴群出逃是因为园长克扣猴粮。他勾结水果市场、粮油市场老板，长期以腐烂水果和霉变玉米供给猴山。

网友通过搜索引擎刨根问底，查出哑巴夫妇是局长的亲戚，园长以人力资源、残协等上级部门文件为借口，违规聘用哑巴夫妇为猴山饲养员。网友还搜索到公园办公室主任学历可疑，她与落马副省长的司机之间有复杂的资产关系。

摄影爱好者抓拍到猴山峭壁上有一个可疑的隐蔽洞口。

资深驴友发现湖山公园山林有天然溶洞贯通猴山，洞口被精心伪装遮蔽。怀疑这里正是猴群出逃通道。

匿名人士曝光，猴山峭壁洞口内发现望远镜、摄像机和酒瓶酒杯。

山洞有洞中洞，藏匿着录像机、刻录猴王临幸猴妃镜头的光盘。

……

副市长再次召集工作组，紧急进驻湖山公园。工作组在会议上一致同意，当务之急是抓捕。

抓人简单，园长和主任分别被"双规"。

捕猴谈何容易。工作组责成园林局第一副局长牵头，拟定周密的围捕方案。

围捕方案几经修改才定稿，报给副市长。副市长一看动员围捕力量的范围已超出他的职权，便报给常务副市长。常务副市长也不敢批示，再报给市长。市长为谨慎起见，以副书记的身份，在市长办公会上增加了一个议题。

围捕方案终于通过审议：

以城管为第一梯队，组织精干力量，配备器械装备，先多处布网再围捕，执行抓捕任务；

以武警和消防队员为第二梯队，把守公园所有进出口和园内道路；

以公安局特警为第三梯队，在公园外围布防，卡住所有路口和环湖公路沿线绿化带；

先行演习，确保万无一失。

执行抓捕时，闭园三天。

八

老猴和猴娃被逐出猴群后举目无亲，只好重返猴村。它俩昼伏夜行，跋山涉水三天三夜，终于到了。

眼前景象却令老猴惊呆：村子荒凉凋敝，没有少年和青壮年，也不见一只猴影，甚至不闻鸡犬之声。只有几个耄耋老人枯坐在门槛上打发时光。

该不是走错了村庄吧！

当年的猴村家家户户以驯猴耍猴为生，村里终日锣鼓喧嚣，人欢狗蹦，生机盎然。不过，如今各户门前狼藉一地的破旧锣鼓、倾覆的戏箱、褪色的旗幡和断裂的猴竿，还有飘浮在尘埃中的猴毛和猴骚味，分明证明这就是猴村啊！

老猴原本已成精怪了，懂得一些人语。在猴山怕惹祸深藏不露，如今紧要关头也不怕了，便学人语询问一位长者。

长者见怪不怪，气呼呼答道："城市越来越膨胀，挤占了耍猴人的立锥之地。车站、码头、街道都不让耍猴了，城管赶尽杀绝，断了猴村人生路……"

"哦。"老猴记得，它和东家就是前年在火车站广场耍猴时被城管抓捕的。城管把它和他塞上一辆面包车，开到郊外把东家扔下，再把它和别处抓来的猴娃送到公园猴山，猴王勉强收留了它们。

长者接着说："本来呢，天无绝人之路，在城郊、县城和大乡镇，耍猴人也勉强能养家糊口。可是如今的年轻人都不愿子承父业耍猴了。唉，干这一行长年流浪江湖，餐风宿雨，也确实受罪。青壮年都跑到城里打工去了，那些手脚尚还利索的半老人，也跟进城去帮儿女看家带孩子去了。猴村就剩下我们几个老得没用的等死喽……"

老猴听得唏嘘不已，又打听它的东家何在。

"你的东家更不幸。他儿子媳妇去北京打工，被人拐走了孙子，找遍天下，终于在深圳找到了，那孙子却已被弄残双腿，像个脏猴子被人操纵在街头乞讨。儿子媳妇一气之下拒不认领，远走新疆，杳无音信。你东家于心不忍，去深圳认领孙子，去了一个多月也该回来了。"

老猴和猴娃在猴村等了两天，果然等回了东家。东家衣衫褴褛，牵着一瘸一拐的孙子，见了老猴却喜形于色："老天还没瞎眼哩！我们两个老家伙，加上两个小东西，也算一家人呢！"

老猴帮着东家收拾家什，告别猴村，携着孙儿牵着猴娃，又捡了一条流浪狗，重新开始了走江湖耍猴戏的生涯。

起初一段日子人猴相安无事。

久了，老猴发现东家性情大变。以前流浪卖艺，东家拿它当搭档当朋友甚至当同类，连吃饭都是共锅共碗，有肉分肉无肉分粥。如今东家不把它和猴娃当数了，每天都是他和孙子吃饱喝足了，才让它和猴娃及流浪狗吃残羹剩饭。生意不好时就克扣猴粮狗粮。最可气的是动辄骂它，打猴娃和流浪狗。

老猴尽量憋着忍着。它体谅东家经历了大苦大难、大悲大恸，菩萨心还在。东家不弃便是恩，不然人间哪有它和猴娃的活路？

这五个老弱病残搭的草台班子，如今也只能勉强演一出猴戏，叫"马上封猴"。以犬为马，猴娃冠羽翅官帽，执缰立于马背，驭马跑圈。孙儿敲锣吆喝，捧锣讨赏钱。老猴照场子望风，盯着路口及早发现城管出现就报警。东家当导演，发号施令。

戏常常演砸。流浪狗是条瘦不拉叽的京巴，勉强驮起猴娃就四腿打战。残腿猴娃相当于以一条半腿立在京巴脊背上，立稳已不易，遑论驾驭奔跑？尽管苦练了几多回，但每次表演跌跌撞撞绕场子跑个大半圈就不错了。

这天好不容易拉起十来人观众的场子，开演时猴娃竞技状态不佳，颤颤巍巍站上狗背，没跑几步就摔下来，再上再摔，如此再三。

观众嘘声一片。

气得东家拿起明晃晃的大刀片儿，狠割猴娃的脖子。这原本是闹眼子，做给观众看的，刀锋钝得有韭菜叶子宽，却也勒得猴娃的脖子生疼，以至于它重演时连狗背都爬不上去了。

东家真老了，执起牛筋鞭闪电般抽了一鞭。

叭！猴娃从鞭梢滚落在地上抽搐。

东家却以为它是装佯，扬鞭欲再抽。

老猴看不过眼，忍不住夺过鞭子，用力抛到场外人群后面。

观众便喝倒彩。

东家恼羞成怒，去抢大刀片。

老猴迟了一步，却眼疾爪快，与东家同时执起大刀一端。

双方互相争夺。

猴娃爬起来，搂住老猴后腰助力。

孙儿见状，哐当扔了没讨到一分钱的铜锣，也去抱着东家的胳膊助力。

京巴急得汪汪乱叫，围着拔河双方团团转。

观众捧腹大笑，击掌，终于一哄而散。

晚上，一座在建立交桥下的工棚里，人、猴、狗一家重归于好。

东家买了三张烧饼。他和孙儿各吃一张，将一张撕成三份，给老猴、猴娃、京巴分食。

老猴不知从哪儿弄来半瓶二锅头，殷勤地向东家劝酒，劝得东家酩酊大醉。

老猴以京巴扮马的马缰捆绑了孙儿，往他嘴里塞了一只臭袜子。

东家躺着不省人事，任老猴从他的鞋垫、腰带、裤衩里搜寻钞票。

老猴将搜寻的钞票拢成一沓，将角票、元票抛掷一地，点数五元、十元票，约莫有一二十张。它将钞票卷成一团，塞进东家的旱烟袋，套在自己的脖子上。

猴娃舍不得，麻利地将地上的零钞捡拢，一把塞进旱烟袋。

老猴携起小猴欲逃。

孙儿动弹不得，望望鼾声如雷的爷爷，努嘴呜呜地朝京巴示意。

京巴便吠着扑向老猴，一口咬住老猴的左前爪。

老猴以右前爪抓起敲锣的木槌，连击狗头。

京巴便奄拉下狗头倒在地上，一声不吭。

猴娃悲悯地扶起狗头察看伤势，被老猴一把掳起就走。

钻出工棚，老猴回望一眼东家，叹了口气。它转身进去，从烟袋里点数了五六张十元钞票，拉出孙儿嘴里的袜子，把钞票塞了进去。

逃亡路上，猴娃问："我们再往哪儿呀？"

"唉，我们猴类是群居动物，在这人间形单影只难以生存啊！只好回猴山，把这些钱财奉献给猴王，哀求它容我俩归队吧。"

三天后，老少两猴重返公园，才知猴国改朝换代了。

新猴王接过钞票，胡乱点数了一下："这几个钱也只够买几袋猴粮支撑几天。我们这大一群猴嘴，也是饥一餐饱一餐呢。"

老猴谄笑着巴结："跟着大王您，我们成群结队又多了两个猴数，谅他公园不敢不管我们……"

老猴怕说错了惹麻烦，连忙换话题："我回来还有重要情报向大王禀报，那逆贼猴二带着美眉远走峨眉山，投奔山中一个猴群，猴王不接纳，它们逗留在山下转悠。因势单力薄，不敢上路拦游客讨食，只得在垃圾箱寻食充饥。隔天山上猴群突然下山，掠走了美眉。猴二拼死相救，怎奈众寡悬殊，战败后跳崖自杀了。靓仔死得更惨……看来凡离开我族我群的，都没好下场。"

众猴围成一团，跟着新猴王一起听，听了半信半疑。

"你怎么知道的？"

"你是在煽情吧？求大王可怜你？"

老猴答道："猴二、美眉的遭遇，是我的东家流浪中亲眼所见。靓仔的尸身扔在路旁，是我和猴娃亲手埋葬。"

众猴默然。

半晌，新猴王冒出一句："可惜我族我群不是野猴。"

众猴莫名其妙。

才入秋，公园不多的果树，都被猴子提前收获了果实，连野果、草籽，也采摘一尽。更要命的是，卖猴粮的摊贩被公园管理处取缔了。那个园长失踪了，而园长的下属们都冒出来了，千方百计阻止游客投食。看来，分明是有人在有计划有组织地为难猴群啊。

早晚温差也大了。猴山有保暖避寒的巢穴，离开住惯了的巢穴，猴们才发现祖传的耐冷基因退化了。

这天夜晚，猴群在树林里抱团取暖。

挤在最中央的新猴王悄声询问老猴："返回公园时，可曾去猴山打探过动静？"

老猴早看出新猴王的心思：它欲重返猴山，又怕众猴嘲笑它自投罗网，损害王位未稳的威信。老猴答非所问："猴村村长以蚕豆豌豆权衡大事。当众摆出一只陶罐，同意者投蚕豆一枚，反对者投豌豆一枚。倒罐清点豆数，以多者为准，无人敢说闲话。"

翌晨，新猴王拉着猴弟与它并肩坐在山坡高处，对坡下众猴宣布：

"本大王借鉴扑克王国治国方略，封猴弟为小王！"

猴们听了，纷纷鼓掌拥戴。

大王又宣布：

"既然猴山原本是我族我群家园，何不回归记住乡愁？愿意跟本王回去的，举起一只前爪；不愿意回去的，翘起一只后爪。各猴自愿，本王绝不为难各位。"

小王和老猴抢先举起一只前爪。

猴王的几个妃子慌忙跟着举起一只前爪。

众猴恍然大悟，齐刷刷举起一只前爪。

竟没有一只翘后爪的猴子。

大王龙颜大悦。

这时，从树林里钻出三只流浪猴。一看便知是一对猴夫妻和一只猴小子。

三猴蓬头垢面，跌跌撞撞跑过来，不住地朝大王磕头作揖，恳求加入麾下。

大王大度地收留了它们。

许是天意，经过一季内战外争，湖山公园重新聚齐了一百单八只猴。

大王一马当先，小王和猴妃紧随其后，众猴簇拥而上，老猴率老弱病残殿后。

一大群猴兵猴将，摆成锥形阵势，浩浩荡荡，重返猴山。

（选自《参花》2017 年第 6 期）

人　犬

一

水灯蹲在门槛上，喝筒子骨藕汤过早。

肥黄在一旁吵闹着也要吃，水灯便拈起碗里一根骨头扔给它。它吧唧吧唧舔尽骨头上的汤汁，再咬断骨头吮干骨髓，不满地说："光溜溜的连一点肉筋子也没啃的！"

见水灯不睬它，它便踮起两条后腿，把两只前爪搭在他端碗的胳膊上，伸长鼻子往碗里嗅。

水灯呵斥着站起来，再拈一块藕塞进嘴里，将剩的小半碗倒进狗钵。

肥黄感激地鸣了一声，说"谢了"，便埋头津津有味地嚼起来。

岔巴子从巷子口过来，右手一根油条上穿着两个面窝，左手指点着水灯："你半年才煨一次汤喝吧？还舍得分一杯羹给狗？"

水灯懒得理他，只顾跟肥黄说话。

"老子这是克扣自己省给你哩，吃了多长点膘啊！"

肥黄正忙着吃，鼻子里哼出一声："嗯嗯，呜呜。"

左邻右舍都探身出门看热闹，听了乐不可支。

水灯养狗像养猪，每年养一条，年底杀狗吃肉。排骨红烧，脊骨煨汤，"蹄髈"腌腊肉。

水灯养的是土狗，旱码头一带称为菜狗子。不是名犬、烈犬就无须圈养、拴养，水灯放任土狗到处撒欢撒野。

水灯也像养宠物狗一样备有狗项、遛狗绳，说起来他宠狗并不比年轻的宠物控们逊色。一般宠物控们爱给狗吃香肠喝牛奶，把狗打扮得花枝招展牵到街上炫耀，这无非是舍得花钱，其实打理侍候主要是宠物店代劳。而水灯是躬身亲为，从给刚断奶的狗娃喂米汤开始，他和狗在同一只碗里吃饭，同一张床上睡觉。狗娃长大睡狗窝了仍跟他撒娇，人狗耳鬓厮磨，亲如兄弟。

肥黄的狗项是水灯儿时戴过的一个铜项圈，还缀着长命锁。遛狗绳则是水灯割开好几个旧轮胎用剥出的牛筋索子编织的。那条织成丁香结的狗绳很少拴在肥黄项上，更多时候是绾在水灯的手腕上当狗鞭。

是的，狗鞭是用来驯肥黄的，水灯驯狗是一把好手。如果简单说水灯养狗是一心只为吃肉，那是冤枉他。他养狗的首要目的是呕心沥血培养一匹战狼，打遍旱码头周遭，方圆几十里无敌手。

为了培养肥黄，水灯几次冒险从汪家墩机场铁丝网底下掏洞钻进去，人和狗双双伏在草丛中偷艺，看警犬基地的驯犬员怎样调教警犬。几个月下来，在水灯的狗鞭挥舞下，肥黄把飞叼、扑咬、撕扯的看家本领学得烂熟。

水灯犹不满意，还要强化对肥黄的勇敢和忠诚度训练。他把肥黄带到铁道上，人、狗各立铁道两旁，当一列呼啸的列车飞速驰来，逼近到只剩三五米距离时，他突然挥鞭下令："肥黄过来！"开始几次肥黄畏惧那个轰轰隆隆的庞然大物，匍匐着等铁龙驰过后才跳过来，遭到水灯一顿鞭笞待候。水灯打了又摸，抚狗头拍狗屁股安慰鼓励它。犹豫两三次后，肥黄能抓住时机，在车头险些撞击狗屁股之前的一瞬间飞过来。发现险情的列车司机来不及反应，缓过神来气得猛拉汽笛，放一股强烈的水蒸气猛喷这一对恶作剧的狗东西。

水灯却迎接战友一般拥抱着肥黄，骄傲地笑了。

从此肥黄不怒自威。它在水灯面前乖得像兔子，转身面对同类和人类时就很骄横，狗眼瘆人。生人遇见它就绕开走，狗们撞见它便夹着尾巴仓皇逃命。

二

肥黄不战而成名，卷毛很不服气。

卷毛小水灯几岁，才搬来旱码头住了几个月，有点不识黑。

卷毛在三角横巷租了间房子，养了一条能繁母狗，做卖狗娃生意。刚开始生意不顺，来要狗娃的街坊说："我们养狗好玩，你这又不是名犬，捉个土狗娃还要一百块钱？"卷毛见狗娃不好卖，就打主意收配种钱。他养的是一条很漂亮的年轻母狗，每天都有公狗找来搭桥。

卷毛找上门去向公狗的主人讨债。

狗主烦了："你搞错没有？花鸟宠物市场是有收配种费这一说，但那是牵母狗去借公狗配种的才付钱。你自己的狗到处撩骚，我没有找你收借种钱，你反倒要找我收配种钱？"

卷毛便认为旱码头人欺生。他托人弄回一条退役警犬，是灰白色雄性狼狗，虽长相显老却凶巴巴的蛮吓人。人仗狗势，街坊再跟卷毛打交道就客气多了。

那条狼狗专宠卷毛的母狗，绝不让杂种野狗们拢来嗅一点母狗的骚气。母狗下的混血崽也好卖了。卷毛也不呆板，若是旱码头街坊想要狗娃呢，他就半卖半送。

路上的流浪狗看似多了，其实真正能自由交配的野狗越来越少了。旱码头那些家养、半家养的发情公狗熬不住，狗主只好牵来找卷毛的母狗交配。卷毛也卖人情，凡街坊一律半价收配种费。

卷毛的生意好了，他认为都是狼狗的功劳，便百般宠它，供它吃好喝好不说，还为它订制了春夏秋冬四季马甲。都说人靠衣妆，经过穿戴打扮的狼狗也不显老态了。

卷毛以为他的狼狗系出名门，有警犬服役资历，可以在旱码头睥睨狗辈。不料却听说肥黄在此地风头无两，也打听到水灯的身世和斗狗历史。他佯装路人到三角左巷去观察过肥黄，虽然它长得肥壮却臃肿，毕竟只是一只土狗，与他的身形矫捷的狼狗相比，不可同日而语。

卷毛尚不认识水灯，便托人去为狗约架。

水灯正愁肥黄找不到对手呢。往年立秋前斗狗仪式就完成了，他一心一意为狗贴秋膘。眼下都秋分了，幸亏有个卷毛送上门来，他欣然应约：

"那就叫卷毛把他的狼狗牵来斗一回好玩。不是肥黄要靠搬门框子抖狠，旱码头就我们左巷最宽最长，狗的本事施展得开，围观的街坊也可以站远点，提防狗咬疯了伤人。"

消息传开，那天狗还没露脸，旱码头七八条街都空了巷子，街坊们接踵摩肩涌到三角左巷来看热闹。

岔巴子兴奋地预言："肯定是水灯赢哟！那个卷毛真是找死！"

水灯朝他翻白眼："是斗狗还是斗人？要不，你替肥黄跟卷毛打一架？"

岔巴子讪笑着改口："斗狗斗狗，肥黄赢肥黄赢。"

"听说那条狼狗当警犬时扑倒过杀人犯，咬伤过毒贩子……"有人担心地说。

岔巴子立刻接过话茬子："赌不赌？半斤烧麦、四两口杯酒。肥黄赢了你出血，狼狗赢了我出血。"

"烧麦？"卧在门槛上的肥黄似乎嗅到了诱人的香味，耷拉着的双耳立刻竖尖了。其实，它是听见另一条狗腿子踢踏而来的声音。

巷子那头，狼狗像是牵着狗链子后头的卷毛，一马当先过来了。

肥黄像一根弹簧蹦跳而起，箭一般朝对手射出去，把缩着狗绳的水灯扯拽得趔趄了一下。

卷毛连忙收紧狗链跑到狼狗前面，满脸堆笑朝水灯抱拳致意。

水灯微微颔首："放狗吧。"随即蹲下身去准备解开肥黄的狗项。

一场好戏即将开锣。

不料，半路杀出了王婆婆。

"闪开闪开！"王婆婆搡开人群挤进来，一双小脚稳笃笃走到巷道中央，递出手上捏的一卷纸筒：

"岔巴子，你帮忙把居委会的安民告示贴在墙上！从今天起，往后严禁在街巷斗狗！"

"王婆婆，哦……王主任，斗个狗就是让街坊们看个热闹好玩一下，也算是我们旱码头的传统文体活动哩……"

岔巴子嘴里犟着，手上却连忙接过纸筒。

"你瞎说！斗狗太不文明，斗得鸡飞狗跳，乌烟瘴气，影响了旱码头在外头的名声。街坊也嫌吵闹，居委会这才下决心出面制止！"

岔巴子还欲说什么，围观的街坊先嬉笑嚷开了：

"我们旱码头在外头的名声是不好，主要是公厕太臭了，居委会也下决心改善一下哟！"

"哪个嫌吵闹搬到东湖山庄去住哟！搬到汉街雅园去住哟！"

"王主任，两条狗都不依，您家高抬贵手，今天就让它们斗一回算了，下不为例！"

"……"

王婆婆见众声滔滔，她擒贼先擒王，几步逼到水灯跟前："水灯，把肥黄牵到屋里头去！把门关起来！"

水灯蹲着不吭声。

这时，水灯家里屋传出赵爹爹断断续续的斥骂声："水灯……你个砍脑壳的……王主任的话……你敢不听？"

岔巴子故意打岔："王主任，您家说把安民告示贴到哪个屋的墙上呢？难道就贴在水灯屋的墙上？"

水灯霍地站起来，朝岔巴子撒气："你信不信？我叫肥黄把你的手咬断！"

他话狠人却乖乖转身，把狂吠的肥黄拽进家门，哐当关上门板。

卷毛懵了，他不明白水灯为何怕一个婆婆，他可是听说水灯在旱码头傲得很。他来之前甚至有点后悔，不该冒冒失失为狗约架。故刚才拱手作揖，谄媚笑着怕得罪水灯。

见卷毛牵着狂躁不安的狼狗发呆，围观的街坊也起哄，聚集在巷道不肯散去。

邵户籍不失时机地出现了。他把挂在裤腰带上的手铐解下来，杂耍一般将锃亮的手铐朝上抛过头顶，左右手轮换接住再抛，一言不发。

三

斗狗改在铁轨上进行。

旱码头毗邻货运列车编组站。密如蛛网的铁轨最外侧，有一条备用铁轨，一端插在一座小山丘似的土包上。长满狗尾巴草的山丘变成了坐山观虎斗的看台，而红锈斑斑的铁轨、棱角尖锐的碣石和涂满乌黑沥青的枕木成了斗兽场，开阔又逼仄。

肥黄和狼狗狭路相逢，展开了一场铁石与骨肉的碰撞。

看台上人头攒动，紧张而兴奋的呐喊助威声，更刺激了两条狗为主人的荣誉拼搏的斗志。

开始几个回合双方不分胜负。两条狗个头相当，肥黄略壮硕，狼狗稍矫捷。但狼狗毕竟是屡经实战的警犬，渐渐在扑腾撕咬中占了上风，瞅准一个机会把肥黄掀了四脚朝天，死死压在它身上。

卷毛得意地把右手食指勾起来衔在嘴里，吹了一个悠长的口哨。

被众人拥在山坡最高处的水灯，猛然操开众人冲下山坡，站在铁轨尽头，抖开缠在手腕上的牛筋鞭，凌空甩了一个响鞭。

只见肥黄如遇神助，它收缩四肢，突然似狡兔仰腿蹬鹰的动作，将狼狗蹬得像个皮球，骨骨碌碌砸在铁轨上打了个滚才站稳，而肥黄已翻身扑了上来。

偏偏这时一声震天动地的长啸，一列货车在紧邻的铁轨上轰轰隆隆驰过。肥黄熟视无睹，狼狗却被这个庞然大物吓呆了，惊魂甫定已来不及了，肥黄一口咬住它的一条前腿，把它半叼半拖到铁轨边沿，摆头狠狠一甩。

狼狗伴着落石，哗哗啦啦滚下高高的铁路基堤，遍体鳞伤，哀嚎着仓皇逃命。

肥黄朝堤下的狼狗狂吠了两声，便撒蹄朝铁轨一端的水灯奔去告捷。

水灯张开双臂迎接它凯旋，人狗双双拥抱着庆祝胜利。

看台上一片赞叹欢呼声。

卷毛气急败坏冲下山坡，冲到水灯跟前："你这是毛鄙（耍赖、违规）！"

水灯抚摸着肥黄的头说："明明是你吹口哨在先。"

"你狗仗人势！"

"你人仗狗势！"

四

冬至这天，水灯一大早就把昨天买的一只鸡架骨煨好了，又倒进半碗陈饭搅拌了，一锅统统倒进狗钵。

肥黄见水灯又给它打牙祭了，埋头猛吃。它将最后一根骨头渣子嚼尽后，才伸长舌头舔着喝鸡汤，高高撅起的两半肥硕的狗屁股惬意地扭动着。

水灯把牛筋鞭绳系在狗项上，打了一个牢靠的丁香结。

水灯牵着肥黄在巷道里来回奔跑着玩耍了几趟，便牵到门前歪脖子柳树下，伸手把绳端搭过树脖子，轻轻拽着把肥黄吊起来。这种游戏肥黄陪他玩过几多回，它配合着踮起两条后腿直立起来，颀长的狗身几乎与水灯齐头并肩，狗头与人脸相对，仿佛一对同胞兄弟交头接耳。

但水灯继续扯拽绳索，一直扯到肥黄的两条后腿离地悬空尺把高才住手，把绳索缠在树干上系紧。

肥黄这才察觉不妙，扑棱着四肢挣扎，却已经迟了。

水灯接过岔巴子递来的半碗水。肥黄已明白水灯杀心毕露，咬紧牙关，惊恐地鼓爆出灯泡似的狗眼，眼睁睁看着水灯又接过被岔巴子磨得锋利锃亮的匕首，轻轻撬开它的狗嘴，耐心喂婴儿服药似的，将半碗水缓缓灌进它的喉咙。

岔巴子在一旁双手合十念叨："肥黄肥黄你莫怪，你是人间一道菜……"

水灯不耐烦地搡开了岔巴子："你莫嚼牙巴骨！肥黄若要怪我，也要怪你这个帮凶！"

岔巴子正尴尬着，围观的路人、街坊响起一片啧啧称奇声："它连哼都没哼一声！"

岔巴子摆脱窘态，接过话茬子说："这叫安乐死。水灯有爱心又有水平，先让肥黄饱餐一顿，再用半碗水灌进气管……"

他乜斜了水灯一眼，改变话题："我到华南市场看过杀狗，太野蛮了！一大群狗关在铁笼里，远远地伸出一根长铁叉，叉住狗头撬出铁笼，再用一根长木棒砸狗头，当着那么多狗那么多人的面，砸得狗血四溅，狗头像被砸烂的西瓜，太残忍了！我恨不得去告他们犯了虐待动物罪……"

他正说得起劲，见水灯已过去扶起奄拉的狗头察看，连忙打住，端来一个大脚盆接在狗腿下。

水灯亮出匕首，从肥黄的鼻尖下刀，沿鼻梁到额心轻轻划开第一刀，一刀刀剥开狗的头皮，再沿狗的下巴尖、脖子依次向下划刀，对准中线划开狗的肚皮，直至狗尾、四肢，熟练而耐心地剐着。

至中午时分，水灯剥下了一张完整的狗皮，连四蹄、双耳都完好无缺，黄灿灿、毛茸茸的像一张花纹漂亮的虎皮。

围观者再次发出赞叹声，看着水灯在岔巴子的帮手下，将湿漉漉的狗皮抖开抻平，反钉在墙上。

乍看之下，吊在柳脖下的肥黄成了一头被刨光溜了的白条猪，它的形态贴到墙上了，雪白而血红，像一幅写意画。

岔巴子摇晃着头欣赏着："水灯的刀法太傲了！简直像庖丁解牛！"

卷毛不知是何时挤进人群看热闹的，他看得很解气，忍不住接茬说："好哇！千刀万剐！"

见水灯怒目而视，他讨好地一笑："我是夸你好刀功！凭这么娴熟的刀技，完全可以把整副狗骨架也解剖下来，风干后再把狗皮缝上去，制成标本，卖个好价钱！"

岔巴子听了一惊一乍："那肥黄不是又再现了？万一它又活过来了呢？"

水灯勃然大怒，狠狠一刀捅进狗的胸窝，开膛破肚，狗的五脏六腑哗哗啦啦流进脚盆。他在腥热蒸腾中扯住一条狗后腿，几刀卸下来，扔给岔巴子："岔巴子，你的嘴巴真岔呀！"

岔巴子讪笑着接过："好肥的一条'蹄髈'！我今年也学你，吃一半腌一半，留半条过年吃腊狗！"

五

水灯小时候叫尿（suī）墩。

赵爹爹是旱码头最早的一批土著，他挨着先来一步的邻居王婆婆家的山墙搭了个偏厦，结婚时才把偏厦斜坡屋顶升平。随即岔巴子的父母也迁来，接通着他家的山墙搭了个偏厦。

水灯是早产儿，他的姆妈（妈妈）那天半夜突然发作，隔壁王婆婆临危授命，幸而母子平安。翌晨王婆婆以恩人的骄傲姿态把新生儿递给赵爹爹看时，赵爹爹感恩戴德地俯下身去接，不料新生儿朝他脸上屙了一泡尿。

赵爹爹抹了一把脸上的尿水，接过新生儿瞧着笑骂："你长得像你妈个尿（suī）墩！"

王婆婆颐指气使："给你儿子起个名字哟！"

"就叫个尿(suī)墩吧!"

王婆婆击掌称妙:"好好好,名字越贱越好养!"

虽然尿墩无病无灾长到了三岁,他的姆妈却突然撒手人寰。赵爹爹只好一手牵着他一手挽个篮子,早出晚归,当爹又当娘。

篮子里躺着一个约两尺长、碗口粗的墨绿色酒瓶,像一枚沉默的炮弹。瓶颈枕着一个包裹得方方棱棱的蜡纸包,浸透了油渍的蜡纸包里是卤制的豆干、藕片和鸡爪子、鸭脖子。

这就是赵爹爹赖以养家糊口的营生。他牵着尿墩,挽着篮子,走街串巷乃至跑到村庄生产队的田头叫卖:"喝酒啰!喝酒啰!"

招徕酒客,掏两毛钱可以喝一小杯五钱酒,佐以一块豆干、两块藕片,或替选一截鸭脖和一个鸡爪二者其一。只舍得掏一毛钱的酒客,赵爹爹另摸出一只更小的三钱酒杯倒满,拈两块藕片给他。遇到馋酒却只掏得出五分硬币的酒客,赵爹爹便叹口气,仍倒满三钱酒给他,却从衣兜里摸出一个小扁瓶,倒出两颗花生米打发。

在那个物资非常匮乏、经济十分拮据的年代,赵爹爹的篮子和卖麦芽糖小贩的篓子一样,是难以抵挡的诱惑。不同的是后者哄小伢,前者哄成年男人。难怪街坊说赵爹爹不起眼的小生意赚大钱呢,他凭这个篮子在旱码头搭了偏厦,讨了老婆,生了尿墩。

而个中艰辛苦涩,又有几人得知。

好不容易揽到一个酒客,蹲在篮子旁津津有味品酒尝菜时,三岁的尿墩便狗娃似地伸出舌头羡得涎直滴。但尿墩再馋也绝不敢伸手张嘴讨要,怕赵爹爹一巴掌呼得他晕头转向。

有一天从早到晚没揽到一个酒客,赵爹爹怏怏不乐。尿墩却欢喜得不得了,他在回家路上捡了一条狗娃,煞是可爱,便抱回家养起来。那几天生意都不好,正值溽暑大热,眼看油纸包里的卤菜都快馊了,赵爹爹只好当晚餐和尿墩分食了。尿墩大快朵颐,还分了一个鸡爪给他的狗娃,夜里睡着了又笑醒了。

第二天早上,那只狗娃不见了,尿墩看见赵爹爹正在把肥鸡腿似的四条小狗腿往油纸里包,他霎时明白了,哇哇地哭得天昏地暗,哭完了却香喷喷地吃了赵爹爹盛给他的一碗狗肉,又跟着上路去叫卖。

尿墩长到六七岁时,就不是赵爹爹牵着他叫卖,而是他牵着狗娃跑在前头,嫩声稚气地吆喝:"喝酒啰——喝酒啰!"

他牵的那只狗娃总长不大,隔几个月,至多半年,便又换了一只狗娃。

这时候旱码头搭积木般不断搭起的偏厦,已搭成七八条纵横的巷子,竹木砖石混搭的鸽子笼般的棚户，形成鳞次栉比的居民区规模。说起来这里麇集的蝼蚁般的人群却又个个生龙活虎，还养了成群的鸡鸭猫狗相伴，生气勃勃。铁路货运编组站高架的电缆线上仿佛被织了蛛网，横七竖八地织到旱码头屋顶上。深埋的铸铁水管被挖开了，接头处被人擅自改装了三通，分蘖出数不清的支管通向旱码头街巷。辖区街道办事处不得不正视这个城郊死角的存在，开始整治交通水电，命名街巷，编排门牌号码，逐户登记造册上户口。

一天，邵户籍抢在赵爹爹出门前拦住他，问了老子问儿子。

"贵姓？"

"免贵姓赵。"

"他叫个么事(什么)？"

"叫尿(suī)墩。"

"学名？"

"还没上学哪来的学名呢？"

"这是要上户口的名字。您家把他叫个木墩、石墩、土墩我都照录的，叫个尿墩？他马上该上学了，那老师、同学都要叫他尿墩？"

"那么样办哩？"

邵户籍咬咬笔帽："就叫个赵……水灯吧。"

水灯没把小学读完就辍学了，无论老师怎么上门苦劝，赵爹爹怎么打骂，他死活不去上学受憋，他从小跟着赵爹爹到处跑野惯了。

可是赵爹爹的拎篮生意却做不成了。王婆婆说，凡城市单干户，就连修鞋、补胎、打气的都得加入合作社才能营业，赵爹爹得加入合作餐馆。

赵爹爹不乐意，就带着水灯跑到城郊之外的地界叫卖，结果一篮子酒菜被水利突击队吃得精光却不给钱，还说赵爹爹投机倒把，放恶狗撵人。

当时水灯带的一只半大的狗，竟被恶狗咬死了。少年水灯从此有了养一条勇猛好狗的执念。

王婆婆见这爷俩没了饭碗，她晓得街道办主任特别喜欢吃卤菜，就去说赵爹爹是居委会积极分子，每次熏蚊子、投鼠药苦差事都是他包揽，而且此人做的卤菜堪称一绝。街道办主任听了，就说让他到街道食堂来当临时工吧。

水灯无须当赵爹爹的跟班了，就一门心思去寻觅好狗娃。相中了机灵、健壮、品相好的狗娃就悉心喂养、调教，狗长到半大就牵着翻越铁路，到狗多的菜农生产队里找狗试斗。若他的狗斗输了他就淘汰，重新物色培养狗娃。若他的狗斗赢了，他就调教狗娃撵兔子、勾鳝鱼、捉克蚂(青蛙)，甚至教狗爬树掏鸟窝，先把狗训练成猎犬，再把狗磨炼成战狼，寻访方圆几十里狗主，与敢应战的猛犬约架。

岔巴子虽然说话蛮岔，有时说的话也蛮在理："水灯养狗，好比好色男人喜新厌旧，他只喜欢风华正茂、血气方刚的年轻狗。所以他每年换狗，狗是扔不掉的，只好杀它吃肉。按说他三天两头总吃得着野味，并不馋荤，但他从小就尝惯了狗肉滋味，吃上了瘾。"

水灯就这么与狗厮混着混到了男大当婚的年纪。与他同龄的岔巴子都结婚了，他视若不见。他虽然读书少，却从小跟着赵爹爹走城闯乡见识甚广，焉不知男女之事？但他依然我行我素，与狗为伍。

有一天王婆婆试探他："水灯，我给你介绍一个对象吧？她瓜子脸，双眼皮，梅花脚，长得蛮灵醒！"

水灯听了扑哧一笑："王主任，我每年都娶回一个这样的老婆，您家还要再帮我介绍一个？"

赵爹爹从街道食堂退休了，他不愁水灯娶不到老婆，却愁水灯这么游手好闲下去怎么办，临时工的微薄退休工资养不活两个大男将呀。世道变了，又可以干个体经营，他就想让水灯继承他的衣钵重操提篮叫卖旧业。

水灯说："老头子呃，您家老糊涂了吧？如今路边的大排档都卖靠杯酒了，再说现在时兴喝啤酒，哪个还稀罕您家篮子里几块干子？"

赵爹爹说："那你就啃老？我死了你怎么办呢？"

水灯烦了："那我们爷俩明天就分灶开伙吧？我保证不占您家一分钱便宜！"

水灯说这话也有点底气，他带狗出去收获的野味，父子俩吃不完的，赵爹爹就拿去换钱换粮票。

见父子谈崩了，王婆婆诲人不倦："水灯，你其实长得还是蛮标志的，方圆脸，浓眉大眼，就是牙齿有一点龅，但不明显。凭你这长相身材，找个漂亮姑娘冒得一点问题。但你总得有个正经事做，要不我到街道反映一下，安排你到哪个单位去当保安？"

"我岔惯了，受不了那个憋。"

"那你就先把你爸爸的厨艺学到手再说，不提篮子摆个摊子可以吵？我去帮你办个证。"

"这个我可以听您家的。但您家再莫提给我介绍对象的事，统共巴掌大一个屋，后头只摆得下一张床，前头一个灶台一张饭桌挤得满满当当。如果我找个老婆，她愿意跟我爬暗楼(平房低矮的隔层)当床？"

于是水灯用心跟赵爹爹学会了卤菜手艺，还学得一手娴熟的好刀功，切出的卤猪耳像金银条，切得薄薄的卤牛肉片花纹像花瓣。

但他却不耐烦去摆摊侍候食客，就把饭桌搬出来摆在门槛外。赵爹爹找出那只古董般的竹篮洗净晾干，都磨亮了的篾片古色古香，盛满一篮色香味俱佳的卤菜搁在桌上，倒是诱人，吸引来远近巷子的买菜客。

水灯却三天打鱼两天晒网，或者任那一篮卤菜摆在桌上无人看管，时不时牵上他的大黑到铁道外去撒野。

这天水灯早起开门，把桌子摆到门口，又打着呵欠把昨夜卤到半夜的一篮卤菜拎到桌上。这时岔巴子用一根竹签串着两个欢喜坨两个糯米鸡走过来，瞥见看见大黑正从水灯的暗楼上爬楼梯下来。

大黑是肥黄的接班狗，一条正值青春期的母狗，乌黑浓密的黑毛油光水滑，像一匹黑绸缎。水灯严防死守盯着它，不许公狗拢它的边。它无处发情，便像一条鼻涕虫，成天缠着水灯撒娇。

岔巴子见状，便揶揄水灯："大黑昨天晚上该不是跟你睡了一觉吧?"

水灯反唇相讥："大黑是不是跟我睡了一觉关你屁事? 只要你不打它的主意就行了。你要是敢跟它睡觉，我就敢跟你老婆睡觉!"

岔巴子的老婆哐当一声开门出来，一边捂着肚子笑岔了气，一边指着水灯骂："水灯，你个畜生! 你胆敢跟老娘睡觉，老娘就敢把你胯里四两骚肉割下来，喂你的大黑!"

左邻右舍的街坊闻声纷纷出来，哄笑一片。

水灯就这么嘻嘻哈哈熬过了而立之年，熬到了不惑之年。

说他惑吧他不惑，说他不惑吧他还像个伢似地斗狗逗狠。

这不，他又牵着大黑找上门去与卷毛约架。但卷毛挂了免战牌。

卷毛冷冷地说："我的狼狗已老态龙钟了，甘拜下风。"

六

水灯的卤菜篮子生意日渐冷清，顾客抱怨卤菜味道越来越差。

其实不怪水灯卤艺没学精，是卤水配方缺了一味佐料。

原来赵爹爹的独门卤方中关键配料是罂粟壳，这是许多名小吃、老字号店铺的共同秘诀，这些年已成为公开的秘密。就连生意格外好的早餐店，粉面高汤中都用罂粟壳佐料提味。于是罂粟壳供不应求，加之稽查警员从源头下手，在云南边陲的瑞丽、畹町一带层层设卡严查，贩卖罂粟壳的地下渠道就断了货。

赵爹爹眼见卤菜篮子不吃香了，便替水灯发愁，犹豫数日后，摸出一把比花椒颗粒还小的罂粟籽递给水灯："这是我多年从罂粟壳中一粒粒拣出来积攒的，也不知种子死了没有。你远远地找个避嫌的野地试种，如果出芽，最多保留上十株，结了果也够管用两年。多出的芽都掐了，种多了怕惹祸。"

铁路货运编组站往西的出站口，两股铁道间有一条隐蔽的深沟，是构筑铁道堤基施工时挖的。高高的沟坡上头，两边扎了护堤铁丝网，即便站在备用铁轨尽头的山顶上也看不见这条沟缝。水灯是带着大黑撵兔子时无意中发现的。

他悄悄带着大黑溜下土山背坡，钻进荆棘丛爬到沟底，把罂粟籽撒在沟边缓坡上。

才个把星期就出芽了，一个多月后苗子就冒出尺把高，再过十几天就长出花茎花苞，一朵朵像郁金香。

水灯舍不得掐死多余的，让它们在沟底开出灿烂的一片。

这天早上，邵户籍突然找上门，脖子上挂了一架照相机："赵水灯，有人举报你私自种植毒品。现在你跟我去配合警方调查取证，如不服从，后果自负！"

水灯愣住了。赵爹爹腿脚已不利索，颤颤巍巍从里屋出来，正欲开口求情，被闻讯跟进门来的王婆婆拦住了："水灯，你乖乖配合邵户籍。凡事不怕犯错，就怕错了还犯糊涂，关键看态度。"她说着朝也跟进门来的岔巴子递了个眼色。

岔巴子一把扯住水灯的胳膊："走走走，我陪你们去一趟，有么事我也好当个见证人。"

来到现场，岔巴子惊呆了，一朵朵娇艳的罂粟花像火苗子，闪耀得他睁不开眼。

邵户籍的脸板得像一块铁："赵水灯，你好大的胆子！"

水灯哑口无言。

邵户籍下意识地往四周巡视一遍，除了他们三个人和跟来的一条狗，再无旁观者。他大喝一声："快点都拔起来，用脚踩烂，扔到沟里去！"

水灯恍然大悟，发疯似地拔出一棵棵拢成一堆，踩烂，搂成一抱往沟里扔。

岔巴子也愣过神来，捡起几块石头砸到水沟里，把浮在水面的罂粟压沉。

水灯很快拔得差不多了，只剩下沟头上十株。邵户籍拦住他，举起相机咔嚓咔嚓拍照取证。

水灯搓着手上的泥草，等候邵户籍发落。

邵户籍走拢去，双手拍拍他的双肩，慢慢滑到他的两条胳膊上，突然将他的手臂扭到背后，眨眼就把他铐起来了。

大黑不解，朝邵户籍咆哮着狂吠，被水灯喝止住。

岔巴子满脸堆笑："邵户籍，水灯以为是郁金香，好看，种着好玩。"

"好看怎么不种在家门口的花钵里呀？赵水灯，你现在跟我去派出所。岔巴子,你回去带个信给赵爹爹,叫他也莫太担心。估计水灯要被行政拘留三到七天。"

赵爹爹等了三天没等回水灯,等到第七天,却等来了一张逮捕证。

原来分局收到一封匿名举报信,信封里装着一张照片,拍的是深沟罂粟被拔毁之前的全景。估计要判水灯两年刑。连邵户籍也被连累了,他因取证不当有包庇嫌疑,背了个行政严重警告加提前一年退休的处分。

岔巴子说:"水灯这是与谁结了仇?"

赵爹爹说:"怪我怪我,是我害了他……"说着头往后一仰就倒地不醒了。

水灯剃了光头,穿着囚服回来看了赵爹爹一眼。临走时他瞄见门口摆的花圈有一个是卷毛送来的,便飞起一脚踹倒,双脚交替跺着花圈,跺得稀烂。

水灯临上囚车前,大黑突然蹿过去,用两前爪从背后拦腰箍住水灯,并扭头朝押送的狱警咆哮着,露出锋利的犬牙。

两个狱警见状,一个掏出手枪,一个举起电警棍。

岔巴子冲过去,从背后抱起大黑,拔萝卜似的把它从水灯身上拔下来。

水灯上了囚车后朝岔巴子嘶喊:"我把大黑托付给你了!"

七

水灯是冬至前一天吃的牢饭,转年三伏那天就刑满释放了。

他两次立功减刑。一次是牢头给新犯人下马威下手太重,眼看快打死了,他看不过眼出头劝阻,得罪了牢头被打得鼻青脸肿,却救了新犯人一条命,不然从监狱长到狱警都逃不脱干系。一次是放风时配电房短路起火,他冒死冲进去,用一把木椅子拉下总电闸。

水灯回到旱码头,未进家门先跪到王婆婆面前:"王主任,我晓得是您家给我的老头子送的葬。您家就是我的再生父母!"

王婆婆抹了一把眼泪:"快起来快起来。苫大一筒的,大庭广众下跪也不怕丑。再说是岔巴子当孝子捧的骨灰盒。我现在不当主任了,现在也不兴叫居委会改叫社区了。不过我好歹还当着顾问。你这种情况可以先申请吃低保,再慢慢找工作。"

说着她掏出一个戒指:"你爸爸死的时候拳头捏得紧紧的,我掰开他的手掌,他掌心握着这个金箍子。估计是你姆妈当年留给他的。"

水灯不起身,突然嚎了起来:"我的个姆妈呃——我的个爸爸呀!我活得像一条狗哇!"

他边嚎边磕头，额头磕破了，血流满面。

大黑闻声从屋里跑出来，学着他用两前爪作揖。

街坊邻居无不动容。

大黑咬着水灯的裤腿把他拉回家，狗窝里一条灰白的狗娃爬出来叼住了它的一个乳头。

水灯这才注意到，他的年轻漂亮的大黑，变成了个又丑又邋遢的狗婆娘，肚子上两排乳头像生锈的拉链。他火冒三丈，从炉膛里掏出那把剐狗的匕首，问跟进门的岔巴子：

"是哪条野公狗强奸了大黑？我去把它宰了！"

岔巴子摇摇头："你走的第二天大黑就不见了，我找遍大街小巷找不着。两三个月后它才自己跑回来，肚子已经大了。我估计不止一条公狗跟它配了种……上个月才下崽，一窝五个，一条黄的，一条黑的，两条花的和这条灰白的……对了，这条灰白的该不会是卷毛的狼狗的种吧？"

嗖！水灯扬手将匕首掷飞镖似地掷到门板上叮着。

"不会不会！"岔巴子连忙改口，"卷毛嫌狼狗跟肥黄打输了丢了他的脸，又日渐老了没用了，就把它撵走了。他花两万元又买了一条藏獒狗娃，现在也长大了。"

"哦？"水灯来了兴趣，眼珠子交替打量着大黑和灰白的狗娃乱转。

水灯见状又改变了话题："四只狗娃都被街坊抱走了，还有人想把小灰也抱走。对了，我给它起名叫小灰，我不让抱走，我说得给水灯留一只。说来也巧，大黑独宠小灰，那四只狗娃都断了奶，只由着小灰赖着它的奶头不松口。"

小灰正偎在大黑肚皮下，一边贪婪地吸吮狗奶，一边竖耳偷听着岔巴子说话，它窃笑着，一双贼机灵的小狗眼里流露出狼一般狡黠的目光。

水灯把金戒指贱卖变现，去超市扛回几箱火腿肠和牛奶，扔在狗窝旁任由大黑岔吃岔喝。他用软管把水龙头牵到户外，用花洒肥皂水给大黑洗澡，学着年轻的宠物控们，耐心地用电吹风吹干大黑湿淋淋的狗毛，用梳子把它一绺绺的乱毛梳顺。

只几天工夫，享受了贵妇人待遇的大黑便有了少妇的迷人神态，油光水滑的皮毛恢复了黑绸缎的光泽，精气神十足地教导它的儿子小灰学习腾挪扑咬。

这天，水灯抱起小灰，召唤大黑跟着来到三角横巷。

"卷毛，大黑要跟你的藏獒斗一回。"

卷毛望着不速之客沉思半响才开口："水灯，恭喜你出来了！我们去找一家好点的馆子，今天我为你接风洗尘。"

"我是来与你约架的。"

"你知道藏獒是烈性犬，你看，我平时都是给它戴着嘴笼的。"

用铁链拴在门口的藏獒早就焦躁不安了，尽管套着皮革嘴笼，仍扯着铁链朝水灯和大黑咆哮。

大黑也吠起来，它收缩四肢贴在水灯腿旁，随时准备扑上去。

卷毛呵斥着藏獒，解开拴着的铁链把藏獒往门内拉。

水灯突然把怀里的小灰扔到藏獒头上，藏獒偏头躲过，愤怒地举起前爪抓捕小灰。大黑闪电一般冲上去。

但卷毛已抢先把藏獒拽进门内，他挡住门口："既然你执意要斗，我只好奉陪了。在这里斗怕伤着人，我们还是到铁道上去斗吧。"

"走吧。"水灯重新抱起小灰。

岔巴子闻讯赶来。

邵户籍及时出现了。他现在是派出所返聘人员，带着两个协警在旱码头设了一间社区警务室。他板着脸呵斥围观人群散开，径直走向卷毛：

"你豢养大型犬、烈犬，办了养犬证没有？"

卷毛满脸堆笑："是听说最近市里有新规，居家养大型犬要申办养犬证。我是准备去申办的，就是还不知道该到哪个部门去申办。"

"具体申办程序你去街道办事处咨询吧。现在你把这条狗交给我，我要牵到派出所去寄养起来。你办妥养犬证后凭证来领狗。"

卷毛不情愿，关上一扇门板，只留一扇门缝，用自己的身体堵住。

邵户籍解开挂在腰带上的电警棍，执棍在手拉开架势："请不要妨碍我执行公务！"

卷毛无奈，磨磨蹭蹭地把铁链一端递给邵户籍，眼睁睁地看着他把藏獒牵走。

围观人群尚未散去，只见邵户籍又转来了："刚牵出巷子口，那狗突然挣脱链子，无端扑倒一个小学生，紧急情况下，我只好用电警棍电死了那个畜生。你去收尸吧。"

卷毛脸色惨白。

邵户籍转头对水灯说："你这条虽不属烈犬，但也是大型犬，去办证吧。"

八

水灯怏怏不乐。

740

岔巴子安慰他:"如果藏獒不死,肯定是大黑的手下败将。我猜着你的决胜险招了,先把小灰当诱饵,藏獒伤害了小灰后,大黑必殊死一战为小灰复仇,任它藏獒人高马大是烈犬也没用,大黑哀兵必胜!"

见水灯似听非听,他换个话题:"其实卷毛是个孬头,不值得继续跟他赌气。"

"你什么意思?"水灯来了兴趣。

"他原先不叫卷毛叫假华侨,因为天生的卷发像烫了的。他从小就不合群、小气,小学同学、街坊伢都嘲笑欺负他,唱骂他:'假华侨,华侨假,你是一坨臭粑粑。'他不敢回骂,怕挨打,家人为了他搬家转学。中学时他家里养了一条大狗子跟他做伴,从此他养成了借狗壮胆的习惯……"

水灯听了像个泄气的皮球:"莫说了,我好烦!"

从此水灯变了个人似的,成天蔫不拉叽的,爱发呆,也不驯狗、喂狗了。大黑饿得到处找屎吃他也懒得管。

这天岔巴子过来说:"刚才路上碰到邵户籍,他让我带信给你,限一周内去申办养犬证,逾期就把狗捉走,送到流浪猫狗集中站去。"

水灯烦了:"不办证!老子杀它吃了算了!"

"瞎说瞎说!三伏天吃狗肉?你不怕流鼻血发痔疮?"

"你怕你不吃吵。"说着水灯就找出匕首磨起来。

一直在他膝下蹦跶的小灰,听了打个寒战,惊跑出去找到大黑,交头接耳低吠着。

第二天早上,水灯给大黑拴上牛筋绳,牵着遛了几圈后,按老套路把它吊起来。

岔巴子请出王婆婆来劝阻:"水灯,溽暑天杀狗吃肉,你不怕发痧?你是不是馋荤?我冰箱里还有两个猪蹄髈吃不动,你帮忙,拿去红烧或者卤了下酒。"

"王主任,我虽然人出狱了,可心好像还在坐牢,快憋屈死了。又不能杀人出气,只好杀狗出气……"

水灯说着一拳砸在树干上:"……要说馋荤我还真馋,您家不晓得牢饭几难吃!苞谷面馒头硬得像石头,寡味寡得我恨不得把自己胳膊上的肉啃一块!我日盼夜盼,就盼着出狱杀狗吃肉……"

水灯从不曾一口气说这么多话,他像是在回答王婆婆,又似在向围观的街坊、路人演讲。

当大黑的两条后腿被吊得够不着地面时,它并不扑棱,它似有预感,懒得作徒劳的垂死挣扎。但当水灯端起半碗水灌它时,它还是本能地咬紧牙关。

水灯照例用匕首撬开牙关，才灌了小半碗水它就呛死了，四肢和狗头都耷拉下去。水灯犹担心它尚未咽气，将剩下的水继续灌，水不往喉管里流，却往上涌，从眼眶和鼻洞冒出来。

看上去，大黑涕泗滂沱。

小灰在现场，眼睁睁目睹了大黑绝命的全过程。它惊恐地尖吠着，扯拽着水灯的裤管撕咬，却无能为力。

水灯家无冰箱。他将狗肉剁成一块块焯水后，浸泡在冷水盆里一块块挤净血水，再用清水漂着，一天换几道水。用一个破电扇对着水盆日夜吹。

往年宰狗烹狗，他要盛好几碗馈赠左邻右舍街坊。谅今年街坊谁也不敢吃，他只把熬好的一钵狗油搁在门外茶几上，任邻居来一勺一勺舀去贮藏在瓶罐里，冬季狗油敷冻疮有奇效。

水灯一日三顿，顿顿啖狗肉，大快朵颐，安然无恙。

他也给小灰盛了一狗钵。小灰第一天不吃，饿得头昏眼花也不闻不嗅。第二天它耐不住饥饿，明知是大黑的血肉它也下口了，开始时吃得迟疑，吃着吃着便忘了顾虑，狼吞虎咽。

剐下来的狗皮依然反钉在墙上。因为不到季节，走街串巷收皮毛的贩子不见踪影。那张凝结了血肉的狗皮散发出刺鼻的腥臭味，逐臭的绿头苍蝇密密麻麻叮满了一整张狗皮的边边沿沿。绿得发蓝的蝇群在烈日下闪闪熠熠，近看像蠕动的蜂巢，嗡嗡振翅声犹如密集的信息密码传播着声光信号。远看则像一只奇形怪状的无名鸟展翅欲飞，蝇头似鸟翼上斑斑点点的花纹。

小灰自大黑被宰当日起就夜不归宿，也不远走，就守在门外过夜。深夜它借着昏黄的路灯盯着墙上的狗皮看，不时低吠着，似乎在与大黑对话。

岔巴子起夜时发现了小灰的诡异举动，惊讶地说给水灯听，要他把狗皮揭下来扔了算了。

水灯不听。

街坊邻居都有意见了。王婆婆便出面要求水灯，不能影响街巷的环境卫生。

水灯弄来一桶生石灰，把狗皮揭下来铺在巷道上，均匀地撒上生石灰，用一根长擀面杖在狗皮上反复擀碾，有如擀一张又圆又大的面片。当他把一桶生石灰碾完，血肉模糊的狗皮变得白净、平展、熨帖，看得清细密的纹路肌理。原来大黑的皮囊乌黑而雪白，正反面形成鲜明对照。

水灯说，即便这时皮毛贩子找上门来他也不卖了，他要留着做个斗篷。

九

眼看小灰长成个棒小伙子了，水灯又有了好伙伴，成天带着它出去打猎。

小灰的狩猎本领比大黑更胜一筹。野兔但凡在它眼前晃过，就逃不脱它的爪牙。水灯是用竹竿线饵钓青蛙，它是直接扑进水田用嘴叼。它甚至会学着水灯，用前爪掏鳝鱼洞，只是分辨不清哪是鳝鱼哪是蛇。

水灯只管和小灰玩得忘乎所以，全然不顾旱码头将要发生翻天覆地的变化。

拆迁的消息恰似空穴来风，尽管社区、街道办事处一再辟谣，街坊们却传得有鼻子有眼。先说是有大型超市看中了这块地，又说是政府把开发商请来在这里复制商业奇迹，尔后再说是铁路货运站扩建为客货综合站，旱码头要建成站前广场……众说纷纭，七八条巷子几百户人家各怀心思，蠢蠢欲动。

忽然在一天早上，来了一群拎着油漆桶、拿着大排刷的民工。街坊们都以为这回拆迁传闻坐实了，各户墙壁上都要刷上"拆"字了。可是这些刷漆工并不刷墙，而是在各户前后门门槛前刷红线。城管的告示贴出来了："即日起禁止一切翻修施工。凡移动现有建筑逾越红线一律强制拆除！"几个路口也设了关卡，严禁水泥、砂石等建筑材料进入。

原来，街道办事处借鉴别处经验教训，未雨绸缪，抢先一步杜绝乱搭乱盖违章建筑。

街坊们打的小算盘落了空，却不甘无所作为。旱码头清一色木框架平房，各户约二三十平方米面积，以薄木板"鼓皮"为隔墙。有人挖出四至六根墙脚木柱，锯断腐烂部分，用千斤顶一寸寸顶升，用砖头一匹匹垫高，再用一米长的大口径钢管套住升高的木脚柱。于是平房长高成了楼房，暗楼变成了明楼。一户带头，户户效仿，旱码头平房"长势"一片。事态出乎意料，各户都未压红线，街道办事处和城管局一时拿不出应对措施。

岔巴子也随大流把房子升高了。他见水灯无动于衷，便劝水灯也抓紧动手。

水灯淡然一笑："我听说真要拆迁了，最少也要还我一个小一室一厅。我住一室，狗住客厅，够了。难道还要为狗准备一间卧室？"

水灯的意思是，后半生他继续单身过。但说媒的甚至自媒的纷至沓来，似乎他忽然变成了钻石王老五。

据说拆迁补偿价格为每平方米两万元，如果是补偿还建房，另补过渡费、装修费。算下来水灯可以拿到四五十万，或者到手一个小套房加八九上十万。而水灯是单身未婚，才五十出头且上无老下无小。在很多三四十岁女人眼里，水灯成了香饽饽。

她们向水灯开出了明码实价，于拆迁日登记结婚，还建房产权和拆迁补偿款夫妇共同拥有。

水灯问："如果不拆迁呢？你们要不要我？要不要我的狗？"

不料孙阿姨说她要。

孙阿姨在右巷住了三十年。前几天她姐姐去世了，已经出嫁几年的侄女撵她走人，怕她沾拆迁的光。

孙阿姨说："喂狗三天，狗记恩三年；喂人三年，人记恩三天。我真的喂了她三年奶！姐姐生了她没奶水，月子里姐夫暴毙，我可怜姐姐，舍下乡里的家来给她当奶妈。姐姐坐完月子后就出去做工养家，我一泡屎一泡尿把她带大。我当保姆当佣人当了三十年，如今她却要赶我回乡下……"

见水灯似听非听地戏弄着他的小灰，孙阿姨干脆单刀直入："水灯，拆迁呢，你我先去做婚前财产登记，还建房只登在你名下，我只要求居住权；不拆呢，你把里间简单装修一下。你同意我就随时陪你去领证。"

王婆婆说："水灯，是得有个人帮你照顾这个家了。等以后老了也有个伴。"

岔巴子说："孙阿姨快人快语，我看她和水灯的性格合得来。"

左邻右舍的街坊纷纷附和。

水灯再也不能装聋作哑了："孙阿姨，难得您家瞧得起我。恐怕您家还是考虑不周，我怕您家闻不得我这一身狗味。"

他说着给孙阿姨作了一个揖，牵着小灰去训练叼飞盘。

小灰禀赋异常。水灯抛出飞盘的一刹那，小灰就飙了出去，呈抛物线旋转着降落的飞盘离地两米高时，它腾空而起却不急于接盘，而做了一个前空翻的动作，在空中打了一个360度的滚，翻滚到飞盘之上，用两前爪稳稳接住飞盘，这才叼在嘴里飞奔过去递给水灯。水灯接过顺手再甩出去，它竟以一个后空翻转身，从容地去撵飞盘。这简直是在炫技，而水灯并没教过它空翻技术。

水灯见小灰身怀绝技，便领着它去铁道外林地捕鸟。他和它先爬上一棵大树，蹲在树桠上潜伏着，偶有飞禽路过，小灰便伸展开有蹼般的四肢飞扑过去，每每得手。

于是水灯的餐桌上不再只有野兔、鳝鱼、田鸡，时有斑鸠、鹌鹑，还有大雁、老鹰之类的大鸟、猛禽。

水灯有口福，也舍得与小灰分享。他说小灰的伙食是养过的狗中最好的。

却不见小灰长膘。已是秋天了，水灯尝试过给小灰买一些狗粮、狗罐头、火腿肠贴膘。它倒是来者不拒，一概享受，却不长肉，苗条得像一个刻意保持骨感身材的美女，尤其是细腰楚楚动人。而一旦奔跑腾挪起来，那矫捷的腰身又似一条利索滑溜的蛇。

立冬这天，街道办事处在旱码头大街小巷贴出安民告示：即日起暂停办理户口迁入、房产证变更、营业执照申领手续。租赁到期的房屋也不得延期或再招租。等候进一步通知。

小道消息又满天飞起来，纷纷猜测年内就要拆迁了。

冬至前一天，邵户籍上门告诫水灯："小灰已长成大型犬了，必须去办证。而且办证后也只能拴养，严加看管以防伤人。否则你将承担法律责任！"

跟他来的协警把他这话录了音，并给小灰拍了照。

邵户籍一走，水灯决定杀狗。

岔巴子说："小灰不像一只普通土狗，杀了可惜。"

水灯答道："我也舍不得杀它。可是哪怕去办个证，往后这世道恐怕也难容它。以它的习性，估计也受不了憋屈。"

"能不能寄养到别处？或者干脆卖了它买条贵宾？贵宾讨人喜欢，以后住还建房邻居也不会有意见。"

"那我更舍不得。不如我痛快杀了它，再痛快吃最后一回狗肉。"

小灰躲在门后听得一清二楚，一对狗眼珠子骨碌碌乱转。

当天夜晚，小灰栖息在那棵歪脖子柳树上。它一会儿望望那一面钉过大黑皮毛的墙，一会儿仰望星空，陷入了深深的思索。

翌晨，水灯照常牵着小灰在巷道来回奔跑。玩过各种游戏后，他驾轻就熟地把它引到树下，将牛筋绳鞭的一端搭过歪脖子树桠，缓缓拉扯着把小灰吊起来。

这一过程中，水灯没注意到小灰的双眸，眸中已燃烧成两块炉火纯青的炭。

见小灰的后腿已经悬空，离地两尺高，水灯便把绳头在树枝上绾两圈系紧。

见水灯已端起半碗水，执着明晃晃的匕首逼近，小灰赶紧闭上双眼，假意咬紧牙关迷惑他。

水灯按屡试不爽的套路，以匕首撬开小灰的牙关。当他往狗嘴里灌水时，小灰配合着主动吸吮了一大口，含在嘴里，猛然喷向水灯的嘴脸。

猝不及防的水灯扔了碗，腾出一只手去抹鼻眼嘴巴上的水珠。

小灰趁机一个后空翻，攀上树桠，咬断绳索。

水灯大惊失色，哎呀一声冲上去，试图用匕首制服小灰。

小灰并不躲避，迎面相撞扑下来，扑倒水灯，一口死死咬住水灯握刀的手腕。

水灯听见嘎吱一声，他腕部动脉血管被咬断了，看见他的血像喷泉往上射。

小灰犹豫着松了口，退一步，冷冷地看着他艰难地伸出另一只手捂住手腕，疼得打着滚在地上抽搐。

岔巴子惊呼着赶来，身后跟着一群街坊。

邵户籍闻讯赶来，边跑边打电话报警求援。

在警笛声和救护车的鸣叫声中，小灰张开血盆大口，衔起水灯脱手的匕首，横冲直撞逃出巷道，逃向远方。

十

临近年关，旱码头的街坊们没等来拆迁，却等来一桩稀奇事。

这天风雪交加。左巷外侧的张公堤公路上，一辆大卡车被流浪猫狗救护站的志愿者拦停了。覆盖车厢的油布被掀开一角，车厢的铁笼子里关着上百只老弱病残狗。

志愿者要求司机把车开到救护站，司机不同意。

"我只是个运货的，无权把货交给你们。货主找我索赔怎么办？"

"那么你联系货主吧，请他来，我们与他谈。"

司机看上去是个还算老实本分的中年人，他哭丧着脸说："我也不晓得货主是谁，甚至不晓得把货运到哪里。一切听中间人电话指挥，只告诉了我往南开的大概方位，到时候有人接车转货。估计往返大几百公里，我颠簸这一趟统共就赚两千块钱，包括路桥费和不小心违章罚的款。"

司机说着掏出驾驶证、行车证和一纸证明："我两证齐全，这里还有一张鲜活农产品运输证明……"他突然想起了什么：

"请问你们有执法证吗？"

"你这张运输证明肯定是伪造的。我们承认没有执法证，但我们救护站是合法登记的民间组织。要不你报警吧！不过我们得事先说清楚，警察来了我们就要严格督促警察立案，你有义务配合警方追查货主。警方可能不会让我们把这些狗接走，但肯定会连车带货扣留。"

司机恼了、烦了："我才买了这辆二手车，贷款都未还清。我老婆是糖尿病三期，我儿子才上初中，一家人就靠这辆车过活！你们救护流浪猫狗也不能断了穷人的活路！"

志愿者不急不躁："师傅，我们也理解、体谅你的难处，但我们首先要同情这一车老弱病残狗。你这是把它们往死亡之路上送，等待它们的是屠杀！而且，它们被宰杀后将和死猪、死猫甚至死鼠一起送进绞肉机绞碎，再制成香肠害人！"

司机无语，把自己关闭在驾驶室生闷气。

在双方的僵持中，出现了意想不到的第三方。

已近黄昏时分，风雪中远处闪现一团灰白的精灵，近了，是小灰。它裹挟风雪之势冲向卡车，径直跳上车厢，在笼内群狗惊喜的吠叫声中啃咬着铁笼。

志愿者和司机开始都愣住了，半晌才缓过神来，企图上前制止。

小灰边啃咬边不住地回头，龇出锋利的犬牙，狂吠着警告别靠近它。

众人吓得退避三尺。

"这是狗还是狼呀？"

"它的眼睛发绿，凶光毕露！"

"大家不要轻举妄动，它咬不开铁笼的。"

是呀，铁笼是用小指头粗的钢筋焊接的，任小灰咬得牙龈出血，却是徒劳。

但它不依不饶地啃咬着。

水灯不知何时出现了，手腕上还缠着绷带。他大步流星掠过诧异的众人，不理睬众声究问，擅自拉开驾驶室车门，操出一根撬杠跳上车。水灯帮助小灰撬断了一根钢筋。

铁笼洞开，狗们蜂拥挤出铁笼，接二连三跳下车厢……

一群狗把一群人逼退到车头躲避。

小灰警惕地望着手持撬杠的水灯，发现他披着一件黑皮毛斗篷。它表情复杂地嗅着斗篷的味道，绕着水灯转了几圈。然后，它高吠着招呼同类，带领它们奔下张公堤，朝远处的田野奔去。

水灯久久地凝视着，小灰像一只头狼消失了。

（选自《梓山湖笔记》崇文书局 2021 年 8 月版）

人　豕

花花和朱老师

在花花的眼里，主人朱老师和它这头小花猪长相差不多。它说："一样的刀削脸，一样的抬头纹像波浪。"

猪自然不会说人话，但山猪冲人似乎从花花的哼哼声中听懂了，他们都笑话朱老师，说："连尖屁股也一模一样！"

朱老师听了也不恼："没吃过猪肉也见过猪跑呀，咱不晓得猪是个吃货？可买不起猪饲料哇！"

花花也不怨朱老师不会养它。它也听山猪冲人说过，如今米糠、玉米碴、豆饼一天一个价，莫说养猪，村民连鸡鸭都不敢多养了。朱老师只能挖点野菜，剁几个自家田地的红苕、土豆，用淘米水拌了煮给它吃。

花花晓得，其实朱老师养它很上心。他开年就及早从集镇猪市捉回它，眼巴巴盼望把它养成一头肥年猪。

花花听说朱山还是条单身狗，在南方城里打工。他打从前年秋天回家给他妈小英送葬后，连着两个春节没回家过年。他说没挣着几个钱省点路费。

它听见朱老师嘀咕说："哼，朱山还怕拿不出打发外甥的压岁钱！"

朱山有两个姐姐一个妹妹，都已出嫁生娃。

去年大年初二，朱老师的三个女儿一起回娘家，给妈烧清香，给爸拜年。朱老师憋着一股气说："你们都分别给朱山打个电话，就说今年春节挣没挣着钱都得回家，杀年猪过个团圆年。"

花花清楚朱老师的盘算，到时候一家人吃年饭时他就开口，让朱山的三个姐妹分头托人给他介绍对象，东方不亮西方亮。他甚至计划好杀了年猪不腌腊肉，匀分给三个女儿带走送人情……可是他指望的花花就是不长膘。

比花花不长膘更闹心的是，他怕偷猪贼惦记。前些年偷牛贼猖獗，敢半夜开着卡车到山村来偷牛，现如今偷猪贼不得了，估计这些毛贼是偷狗的改行了，使用诱饵、麻醉药甚至农药下手，每次只以一头猪为猎杀目标，方便得手后逃脱。

朱老师不放心花花独自待在猪栏，系一根绳子把花花拽到堂屋拴养。

花花不情愿，也斜着小眼珠叫唤："嗯，嗯……咱也不是你老婆，不稀罕你这个不敞气的大窝！你这是拉郎配呀？"

朱老师也鼓起小眼珠使劲拽："咋的，保护你还不领情？"

花花顶撞道："保护我？保护你的心头肉吧？你爱我，与我无关！"

据说夫妻老了长相趋同的原因，是同在一个屋顶下居住，同在一口锅里吃饭，起居环境和食谱使然。朱老师的主食也是红苕和土豆，偶尔熬点大米稀饭解馋。他吃完了就把剩饭剩菜倒进锅里，图省事在同一口锅里煮猪食。他这么与花花相守相伴，日子长了，长相接近也不奇怪。

尽管朱老师每日打扫清理，屋里猪骚味总是难闻，尤其夏天到了，简直要熏死人。但朱老师不介意，他介意的是，等了多少天等不来劁猪佬。花花是一头母猪，再不劁的话，待它发情就更不长肉了。

这天朱老师要到集镇上去打听劁猪佬的行踪，临出门前不忘检查了拴猪绳，这才反锁了大门。

花花在门内大声哼着："我又不是看门狗，你老把我拴着干啥？女大不中留，知道不？"

见朱老师不理它，大步流星走了，花花心想：我可不能让他把我给劁了，哼！

待朱老师返回，花花不见了。他仔细察看现场，不是毛贼偷走了，是花花自己挣断绳索，拱开后门逃跑了。

朱老师寻遍山猪冲和邻村各户猪栏，又跑到山林边去寻，均不见花花的踪影。他不甘心，第二天揣了一块馍在怀里，拿了一根打狗棍防身，打算到山林深处去寻。这时朱山闻讯打电话回来，警告他："山林深处有山猪出没，别把老命丢了！"朱老师挂了电话，老泪纵横。

不料个把月后，一天清早朱老师忽然听见猪拱门声。开门一看，花花自动找回家来了。

原来花花怀孕了，拖着个大肚子。不久，它下了一窝猪崽。

朱老师由悲转喜，又喜又愁，愁养不起这些猪娃。他只顾盘算得等多少天后花花断奶才可以卖仔猪，却没想过，花花是自主婚嫁给谁配的种。

花花在一旁暗自窃笑。

一天，朱老师把断奶的猪娃捉进两个猪笼，挑到集镇上去售卖。猪娃活蹦乱跳叫得欢，只当是帮着朱老师在吆喝，吸引来很多人围观，一袋烟工夫就卖得只剩两只了。

这时，同村的光棍宋老二说要买一只，他已在猪笼旁蹲着瞅了半晌。

朱老师不情愿："你晓得猪是个吃货，一天至少得给它煮两顿。你每天能给自己煮一顿都不容易，养猪不是害性命？"

宋老二不答话，执意从猪笼中抱起一只才说："咱看中这猪娃格外生猛，肯定命大好养。咋的，就只兴你养猪发财，不兴咱跟你学沾点光？"

"你有闲钱买猪娃？"朱老师狐疑。

"咱赊一只。养大卖了分一半钱给你，不卖杀了分半爿猪肉给你。划算不？"

宋老二边说边把猪娃拢宝贝似地拢进怀里，走了。

朱老师望着宋老二的背影，无奈地摇摇头。又望望笼里最后一只猪娃，它野得竟像一只猴娃，攀在猪笼顶上倒挂金钩。他耳边响起宋老二刚才说的话："咱看中这猪娃格外生猛，肯定命大好养。"

朱老师决定不卖了，挑起一担一头空着的猪笼，把一只猪娃又挑回家。

花花见了甚是欢喜，拱着长嘴在它的娃儿身上乱舔一通，竟由着已断奶的娃儿又叼起了它的乳头。

谁知宋老二养猪养了个把月就后悔了，找上门来退货。

"你这猪娃不对头！前几天喂食时它把咱拱倒一回，今天它又把咱的手指头咬了！你看它的尖嘴像锥子，看它的牙齿多长，只怕是山猪崽！"

朱老师听了一愣。其实他也注意到猪娃野性十足，而今被宋老二说破。

"那你就把猪娃还给咱吧，原本你是赊的。"

宋老二不依："咱白养了个把月？起码你得赔医药费吧！"

"你这人咋不讲理？"

"要不，咱就在你家吃住几天养伤？那你得请村诊所的医生来给咱挂吊瓶打针，万一伤口发炎咋办？"

朱老师叹口气，掏出一张五十元票子递给宋老二。

宋老二得寸进尺，出院门时顺手抓了一只鸡："咱得喝点鸡汤补补血。"

朱老师和小英

花花晓得，朱老师不是怕宋老二，而是可怜他，尤其感念他的一饭之恩。

准确说是一瓢之恩，一瓢猪食中的精华。这一切都是花花的母亲告诉它的。

朱老师的父亲是私塾先生，解放后改当山村小学老师，顺便把他教到小学毕业。这在当年的山猪冲已属于高学历、高才生了，他便接过父亲的教鞭谋生，及早娶妻生子，以为会像父亲一样把清贫却也安逸的日子过下去。

不料一场运动的风暴从城市刮到农村，竟在闭塞的山猪冲掀起波澜。大队揪斗"地富反坏右"分子，刚由小队长升任大队长的宋老大，看不惯朱老师的老婆小英，说她是富农子女且好逸恶劳不出工，开社员大会批斗她，并令朱老师陪斗。

小英性子刚烈，脖子上挂着"黑五类"牌子还敢当众顶撞宋老大，揭短说他公报私仇。宋老大恼羞成怒，取下她脖子上挂的牌子改挂筊箕，往筊箕里装石头。眼看小英的脖子扛不住了，朱老师接过筊箕挂在自己脖子上代妻受过。结果双双瘫倒在批斗台上。

台下社员发出唏嘘之声。

宋老大见状想收场下台阶，便令小英认错改口。

小英却犟："那年你缠着咱谈对象，咱不答应你就记仇了，如今公报私仇！"

朱老师也不会说话："宋大队长，你不念同窗之谊也不能欺人太甚！"

宋老大气急败坏："'黑五类'分子胆敢污蔑革命干部，把二人关到猪场去，明天继续批斗！"

宋老大安排两个民兵守在猪场门口，严禁任何人出入。又安排宋老二守在猪场里头盯着，防止二人翻猪栏逃跑。

朱老师夫妇躺在猪圈角落一垛稻草上熬到半夜。小英开始发烧，朱老师摸她的额头热得烫手，便想带她逃出去。可是他饥渴难耐，浑身乏力。他尝试着站立起来，却头昏眼花跌倒了，喘息片刻，咬紧牙关爬到猪槽前，想喝一口潲水。可是因为饲养员也被拦在猪场外，没人给猪煮晚餐，猪猡们已把猪槽舔得干干净净。

宋老二看在眼里，不吭声跑到灶屋，掀开煮猪食的大敞锅，见锅底还有剩的，便撇开猪菜舀了一瓢米糠糊糊，过来递给朱老师。

稀稀溜溜的米糠充了饥解了渴，朱老师身上渐渐有点力气了。他见宋老二坐在猪圈外的后门槛上睡了，便扶起小英，掏开猪栏门栓，从后门逃出去。

其实宋老二是假寐。他和宋老大是同胞，兄弟二人与朱老师夫妇同学三年，他还跟小英同过桌。他觉得他哥做得太过分。小英分娩时大出血，遵医嘱多坐了一个月月子，没出工却也没拿工分呀！哥这不是找碴儿吗？他得帮哥留一手人情，便故意开了后门。

朱老师逃出后不敢回家，扶着小英从村口山坡下到山谷，躲进河边的山猪洞。

山猪洞洞口开阔得像个窝棚，洞底深不可及，越深越狭窄。洞底是朝上延伸的，一直伸展到山林深处。往年山猪成群结队钻洞来到小河边，在河滩泥沙中打滚洗泥浴。近年山猪躲人退避到更高的山林深处，很少见它们从山洞钻出来洗澡了。但山猪神出鬼没，山猪冲人轻易不敢进洞。

朱老师顾不得怕了，他扶小英躺下，用破瓦罐舀来河水，脱了衣袖蘸湿，为小英冷敷额头降温。

挨到天明，小英退烧了，两人都饥肠辘辘。

山猪冲村其实坐落在山坳，沿一条山谷两边的山腰，分布着百十户人家。谷底小河边有一小块山洪造就的冲积平原，种了十几亩水稻。在以苞谷、土豆为主粮的山猪冲，稻米是稀罕细粮，每年收获后，各户依劳力、人口多少可分得上十斤不等的谷米。

朱老师嗅着稻香来到金灿灿的田边，掰几粒稻谷咀嚼尝试，稻穗已灌浆饱满，再晒几日便可开镰了。嘴里新谷米激活味蕾，更刺激了他的胃口。他在田埂边找到一个破篾箕，脱下衣衫铺在田边，把篾箕反扣在衣衫上，掰来一把谷穗，放在篾箕背上使劲搓。

他像是在搓板上搓洗衣裳，又像是在砧板上揉面团，双手反复搓着，全然不顾稻芒和篾片毛刺似针尖，无数针尖扎进双手十指，割破手掌，沁出血来。

殷红的血水中搓出了金黄的谷粒，继而搓裂了谷壳，搓出了雪白的谷米。

朱老师得意地笑了。他原本是个本分人，饥渴生盗心，落难忘廉耻，这笑意，既有偷窃得手的满足感，也有发泄愤懑的快意。

他估摸已搓出约二斤谷米，捧到河边掏去谷壳，垒石为灶，拾些柴来，用破瓦罐煮了满满一罐米饭。

珍珠般晶莹洁白的新米饭香糯可口，他和小英吃得直打饱嗝。

第二天，去公社开会的老支书回队了，派民兵找到山猪洞，押回朱老师夫妇。

老支书勒令朱老师戴罪继续教书，监视劳动；发配小英到猪场当饲养员，劳动改造。

宋老大说："这对狗男女还盗窃了田里稻谷。"

老支书说："那是饿急的山猪从洞里钻出来拱的。"

宋老大不再吭声，他晓得老支书曾是朱老师的父亲的私塾弟子。

朱老师当了一辈子山村教师。但他是没有编制的民办教师，历次转正机会他都错过了。先是政审通不过，再是考试外语、理化不及格，后来是学历不够格，最后一班车是年龄过了线没赶上趟。到他退休那年就没退休金可拿，县教育局和乡政府都爱莫能助。

朱老师跑乡里跑县城白搭了车费，气得成天躺在床上生闷气，话都懒得说。一日三餐都是小英端到床头喊他，他也只哼哼两声，吃完倒头再睡。

小英晒笑说："咱这是多养了一头猪咧！"

不料朱老师听了扑哧一笑，一个激灵爬起床，抖擞精神不再生气。

他说："咱教书几十年，除了那点可怜的工资，还吃了学生送的几千枚鸡蛋、几百斤腊肉哩！古人把它叫束脩。咱只当是把退休工资都提前吃掉了，可见咱也是个吃货，挨刀也够本了！"

小英听了乐不可支："咱可舍不得杀你这头老种猪。没人娃可教了，就指望你给咱养的猪娃配种呢！"

小英已是养猪能手。大队猪场被宋老大承包后，她回家自己养了上十头猪，每年出栏、补栏，直到把三个女儿送出嫁，把放下教鞭的朱老师迎回家。

前年秋天，正当雄心勃勃的小英盘算用上十头大肥猪为朱山积攒翻盖新房和聘礼钱时，一场猪瘟从天而降。先是由邻县传到本镇的猪瘟殃及乡镇屠宰场，其实距离山猪冲还远隔百把里。虽然风声鹤唳，小英自家猪栏却全然无恙。她也密切关注疫情，十几年来防治猪瘟的兽医知识她已烂熟于心，总能化险为夷。

不料县防疫站一声令下，染疫屠宰场周边两百华里内所有活猪一律扑杀。村里抢在限期内控好深坑，就挖在小英的猪栏旁山林边。

小英养的上十头猪，不问青红皂白，统统被赶到活埋坑前。那些猪可怜地尖叫着，死活不肯往坑里跳。

小英不听朱老师劝阻，坚决要为她的猪送葬。朱老师无奈，只好搀扶着泪眼婆娑的她，跟在猪屁股后头走过来。

那些猪猡忽然像遇见救星似的，反向冲破执着铁锹锄把的执法人员的阻挡，团团围住小英，咬住她的裤腿，有的还站立起来把两条前腿搭在她的背上，昂起猪头，眼巴巴望着她求救。

村长见状，厉声喝令围观的宋老二过来帮忙，与朱老师一左一右架起小英，挣脱了猪的包围圈。

小英扭头回望，眼睁睁看着铲车把她心爱的猪们铲石头似地铲起来，掀下坑去，再把成堆的生石灰掀下去。

小英一病不起，个把月后就死于猪殇。

当时小英没看见，其他人也没注意到，铲车铲漏了一头小母猪。当生石灰掀下坑去，呛鼻的粉尘似烟雾升腾起来，如同无声的爆炸，弥漫开去。小母猪趁机从人群缝隙里钻进山林。

后来小母猪到处流浪，被邻村一户人家收养。它就是花花的母亲，当它下崽后，阴差阳错，朱老师在镇上猪市的猪娃群里看中了花花，把花花捉回家。

宋老大和宋老二

山猪冲人有个说法，说起先呢，宋老二是怨恨宋老大的，后来恨不起来了，因为如今宋老大过的日子，简直像人龛。

其实这话最先是花花说的，只是人们听不懂。

花花逃跑后，在宋家老宅的仓房躲了一阵子。宋老二从来不关后门，也鲜少取粮开火，仓房里堆着半烂的红苕、土豆，便于它吃了睡，睡了吃，也方便它偷窥宋老二的私生活，听他说梦话。

当年农村兴起土地承包，生产队解散，宋老大没选上村长。他不服气，说他带领社员修水渠，带头爬悬崖摔断了一条腿，理应补偿照顾他，便抢先承包了猪场。他主要是看中了猪场的三间砖瓦房，还没签承包协议就抢先搬家过去占住了。

村委会来与他签承包合同，说他承包的是猪场的土地设施，猪场还有三头半糙子猪，须作价由他交款给村集体。他说没钱，到年底交一头出栏猪给村里抵款。

宋老大自封猪场场长，还印了名片到处散发，可是猪场没有一个员工。他老婆小翠得打理几亩承包山地，还得烧火煮饭洗衣裳。他儿子宋军虽已人高马大却好逸恶劳，指望不上。凭他这个场长拄着拐杖去侍候三头吃货，恐怕猪得饿死。

他便打宋老二的主意："老二呀，分给你的承包田还不到一亩，又挨在我的田地一起，干脆让小翠帮你种田算了，还愁收不了一年口粮？你来和我搭伙承包猪场，养猪总比种田清爽些。"

宋老二听他说下去。

"到年底三头猪出栏了，你一头，我一头，一头换一窝猪娃补栏。到明年再出栏了，你我对半分。你挣的钱就足够娶一个俊俏媳妇了。"

宋老二不吭声。他晓得他哥吆喝着指挥众人做事可以，自己脚踏实地做事反而不如众人。既然他哥求他了，他也想帮帮自家人。再说，前两年爸妈先后殁了，打从他哥一家突然从老屋搬走，他也不好意思厚着脸皮跟过来混饭吃，每天就是烤几个土豆、红苕充饥。长此以往哄不住肚皮。

宋老二迟疑着说："那你得跟嫂子说清楚，咱来帮你养猪，你得管饭。咱可不是吃闲饭!"

宋老大忙说:"那是当然!不就是添一双筷子吗?"

两兄弟都没养过猪,但听说过,窍门就是憨吃傻睡苫长肉。宋老大只动嘴不动手,宋老二每天煮三锅猪食往槽里倒。凑合养到年底,三头猪各长到了百十来斤,不瘦也不肥。

村长怕动手迟了,宋老大把猪都卖了,亲自带人来捉走了一头。

宋老二见他哥并不阻拦,疑惑地看着宋老大,看他咋个说法。

宋老大说:"过两天咱把这两头猪捉到镇上去卖了,买一窝猪娃回,剩下的钱算是你的工钱。"

第二天早上,宋老二到猪场去煮猪食时,那两头猪不见了。

原来宋老大昨夜就租来一辆拖拉机,今晨绝早就喊宋军帮忙,把两头猪捉到镇上去了。

猪娃倒是捉回了一窝,说好的另一头猪的工钱没了。

宋老大说:"老二呀,宋军昨夜才跟咱说,他处了个对象,打算过年时就结婚,催咱今晨就去提婚送彩礼。咱怕那头准备算你工钱的猪卖不出好价钱,干脆系根红绳子牵到女方家去了。"

宋老二咧咧嘴欲说还休。

宋老大叹气:"唉!宋军这娃催婚也忒急了些。老二呀,亲兄弟明算账!咱一时拿不出工钱给你,就与你嫂子合计了,把老屋咱那一半产权都算给你,也好让你放心粉刷了准备当婚房!等来年年底这窝猪娃出栏了,卖的钱一半归你,哥托人给你介绍个对象,趁过年就把喜事办了!"

宋老二终于开口了:"哥,既然你和嫂子早已算计好了,把老屋都让给咱,那你得写个字据,把白纸黑字的条子给咱,咱拿到村委会盖个章证明一下。"

宋老大一愣,半晌才说:"中,咱写。不过咱得把话说清楚,咱那一半产权可远不止一头猪钱。咱可是看在兄弟情分上!"

宋老二已把猪食煮好了,正准备往桶里舀,听到这里,他哐当扔了铁勺,拍拍手走出灶屋,回头说:"哥,那咱兄弟就两清了。"

宋老二不干了,宋老大就指望儿子和媳妇。他跟宋老二说的也不全是假话。过年时他真给宋军办了喜事,因为儿媳美美的肚子已经大了,再不办婚事就遮不住丑了。

婚礼第二天,宋老大就跟宋军、美美描绘猪场的美好前景:"栏里这窝猪有十二头,到年底出栏后咱家就是有钱人了!有钱了你俩想咋花就咋花……就是你妈实在忙不过来。我和你妈合计了，往后田里的活和烧火洗衣家务事，她统统包了。但你俩得帮咱把猪场办好！你俩年轻有文化，往后还可以扩大猪场规模……"

美美还算长得俊俏，脸色却不好看，听了一半就噘着嘴巴走开了。

宋军耐着性子听完："爸，您让咱俩新婚夫妇去养猪？您不怕把咱俩熏死？那您总得怕把你的孙子熏死在美美的肚子里吧？咱俩也合计了，正想开口找您要点钱，咱俩到镇上开个店铺做生意。等咱俩生了娃，就把孙子给您送回来。您和咱妈就只管把孙子带好，咱俩在镇上咋过，您就别瞎操心了！"

宋老大像被一口干馍噎住了，半晌才咽下去："你、你、你……为了给你娶媳妇，老子不要脸赖了你叔的那头猪钱不说，还把你妈的箱底翻了个底朝天，再到哪里找钱给你去开店铺？"

"爸，咱岳母可说了，您用一头猪就换走她的闺女也罢了，您给儿子媳妇准备结婚新房可是天经地义的！咱俩没吵着要住新房，您好歹给一笔钱让咱俩到镇上去安家，往后您和咱妈，咱老丈人也都可到镇上走亲戚，多好！要不然，她娘家可不答应！"

不待宋老大再开口，小翠已按捺不住了："不答应咋了？难不成要把他家闺女送还回去？"

不待宋军接话，美美也跳将出来："天下没那么便宜的事！咱可是黄花闺女嫁过来的！你们得赔偿咱的青春损失费！"

宋老大自然不会认怂依了宋军、美美，认怂他也真没钱给他们。

宋军、美美自然也不会给猪场场长打工。

场长怕十几头猪娃饿死了，只好拄着拐杖当员工。幸亏场长夫人也来帮忙。

宋老大心想，先这么将就着，从长计议吧。

但将就不下去。

先是美美说闻不得猪骚味，听不得猪哼声，逼着宋军在住人的砖瓦房和猪栏之间砌了一道隔墙。

接着美美回娘家，一去不返。宋军去接人，碰了几回壁后，美美松了口，退而求其次："你爸妈同意分家，咱就回去。"

美美的意思是，三间砖瓦房归小两口，权当是给他俩添置的婚房。老两口搬到隔壁灶屋去住，灶屋蛮宽敞，空着也浪费了。

听了宋军捎回的话，宋老大当即举起拐杖，要打这个忤逆不孝的窝囊废，却被小翠拦住了，她认定美美是狐狸精、丧门星，如不及时了断，后患无穷。

宋老大夫妇搬到了灶屋，以求平安。

美美终于回来了。但她逼着宋军，沿房后的隔墙砌一圈围墙，把分给小两口的砖瓦房围成了院子。隔壁的灶屋原本是搭着砖瓦房的山墙建的，美美嫌煞风景，不惜拆了灶屋前后两截墙，隔开重砌。

美美说："咱命苦嫁错了郎。想去镇上过日子是指望不上了，那咱就在村里住个花园别墅，回娘家也好给咱穷老公长长脸。"

宋军便听话地在院子里种上花花草草。

山猪冲父老乡亲闻讯都来参观宋军、美美的花园别墅，啧啧咋舌。

宋老大毕竟当过大队长，曾经威风八面。如今见来看热闹的人络绎不绝，各种风凉话不绝于耳，他臊得躲在灶屋不敢露面，只敢把自己的额头朝煮猪食的灶台上撞，撞得头破血流。

小翠见宋老大自虐自残，也万念俱灰，说："咱不想活了！"

宋老大听了立马停止撞头，抹抹头上的血水说："眼看美美快解怀了，咱作孙子看，不跟他俩一般见识。"

立春那天美美分娩了，生了个胖小子叫贝贝。宋老大和小翠以祖父祖母的身份，在儿子媳妇的砖瓦房里为贝贝摆了满月宴。

山猪冲人以为，这一家的父子、婆媳矛盾总算缓解了。

不料美美只给贝贝喂了几个月奶就强行断奶了，说再喂下去她的胸就成了布袋子丑死了，又说如今时兴买进口奶粉育儿。见当爷爷奶奶的不睬她，没有给钱的意思，她一气之下把贝贝塞到宋军怀里，又回娘家了。

宋军便把贝贝塞给小翠。小翠无奈，用一根宽布带子把贝贝兜在胸前绑住，像一只母袋鼠，袋装贝贝去干活。

这天早上，小翠兜着熟睡的贝贝冲奶粉。谁知暖瓶没温水了，她只好先烧开水，摊凉。等她侍候完了小少爷，再去煮猪食、喂猪时，那窝猪已饿得发疯般叫唤。

小翠兜着贝贝，拎着一桶猪食刚进猪栏，猪们一哄而上围拢来。小翠慌忙托起桶底往槽里倒猪食，弯腰时，贝贝的小脚丫子就垂到猪槽上头。

都立夏了，天气热，贝贝只穿了夹衣，赤裸着双脚，粉嫩的脚趾头像几枚香芋头。

一头该死的猪一口啃住了贝贝的脚丫子。

幸而伤势不重。那头咬人的猪其实还是一只半大猪娃，咬伤了贝贝的右脚背。村医清创、敷药、包扎后，又打了破伤风针剂。村医说："若不放心，明天你们再抱到镇上医院去瞧瞧。"

美美闻讯赶回来已是第二天上午了，小翠正抱着贝贝在村诊所给他吊瓶打点滴。

美美像一头山猪冲进诊所，扑向小翠："你好狠心！为了报复我，你故意把你孙子的脚丫子喂猪！"

她哭喊着，突然在小翠的肩头咬了一口。

半夜里，小翠爬到宋军、美美花园别墅的铁栅栏门上，解开裤腰带上了吊。

铁栅栏门很高大，小翠是面朝铁门爬到最上沿系带子套脖子的。

是花花最先发现的。它从宋老二的仓房跑出来溜达，游荡到花园别墅跟前，先看见的是小翠部的下半身。她的长裤脱落在地上，露出肉色的秋裤，紧绷在臀部和大腿上，乍一看像赤裸的皮肉。双脚上的皮革鞋插进栅格里，只露出鞋后跟，似硬硬的蹄子。

宋老二过来帮着宋老大把丧事办了。他说："哥，你把猪娃都卖掉吧。往后你田里庄稼哪怕望天收，也不至于饿死。"

宋老大沉思半晌："留两只个大的猪娃吧，熬到年底出栏，你捉一头去，算还你的工钱。"

宋老二连连摆手："咱可没再指望你的猪，你也别再指望咱！"

他说着便转身，生怕被连累上似地跑了。

宋老大只好指望自己。养两头吃货也不容易，他拄着拐杖打猪草、剁猪菜、挖红薯、煮猪食。猪猡见他喂得苦，也努力成长着，半年后也长了些肉了。

这天下了大雨，猪棚漏得厉害，渍水把多日未清理的猪粪泡溶了，宋老大一手拄着拐杖，一手拎着一桶猪食从灶屋后门出来。后门连着猪栏走廊，但屋檐与猪棚连接的几块石棉瓦被小翠揭了，揭成了一米多宽的长豁口。打从搬到灶屋住，骚臭味太重，揭个豁口好敞气。宋老大拐出后门再钻进猪棚的分把钟之间，豁口倾注的雨水淋得他睁不开眼，他一脚踩在猪粪上，连人带桶一起跌倒，咔嚓一声，好腿的膝盖骨磕碎了。

他疼得嚎叫着，挣扎着坐起来，欲挽起裤腿查看膝盖伤势，可是满脸雨水迷糊了眼睛。他急得双手乱抓着抹脸，却把两手的泥粪都抹在脸上，糊满鼻子、眼睛和耳洞。

当时朱老师牵着花花路过猪场，在屋檐下躲雨。打从花花逃走又返家下崽后，朱老师见它身价涨了，更是把它拴得紧紧的。但也怕它憋屈，便每天遛宠物狗似地遛它一趟。

朱老师听见猪场内猪的号叫声异常，细听不是猪嚎是人嚎，急忙牵着花花进去查看。

朱老师看见，宋老大成了人彘。

花花此前不晓得啥是人彘，它看见宋老大像一头猪在洗泥浴。

朱老师赶紧去拍宋军花园别墅的铁门，无人应声。他只好跑去把宋老二喊来。

宋老二提几桶水泼着把宋老大冲洗了，找来一辆破板车，在朱老师的帮助下，把宋老大送到了村诊所。

村医给宋老大清创、敷药、绑了支架后说："咱这是临时救护措施，你这腿伤得送到县医院救治。要动手术，打钢钉、上螺丝。"

村长派人到镇上把宋军找回村。

宋军哭丧着脸说，他没钱给他爸治腿。

小翠上吊后，美美老梦见婆婆变成一头山猪追着她咬，吓得她把贝贝扔给娘家，到镇上时装店打工。老板见她长相、身材还可以，就让她当衣架子，穿上水货时装站在店门口，吸引大姑娘、小媳妇的目光。宋军也跟去给老板搬货、守夜，小两口就在店铺阁楼上滚地铺。挣的工钱倒是够两人吃喝玩乐了，却没有剩的。

宋军说："咱把三间砖瓦房贱卖了吧，换钱给咱爸治腿。反正咱也没打算再回村过日子。"

村长说："那是村集体财产，你没处置权，只有承包期间使用权。"

"那咱转包行不？谁愿意给点治病钱咱马上转让。"

"转包村委会可以批准，得连猪场一起转包。问题是谁愿意接手呢？"

扳着指头盘点人头，山猪冲没有一个能接手的，有点能耐的都下山做小生意、打工去了。再说，如今几间砖瓦房已不稀罕，村里有几户已盖了两层楼房。

宋军便耍赖："村长，你把咱的腿卸一条给咱爸吧！你要是不卸，咱现在就回镇上去。"

宋老大解了围，他说："宋军呀，打从你妈上吊那天起，咱就不认你这个儿子了。咱这腿不治了，你滚蛋吧！咱还有个儿子可指望哩。"

宋老大躺了三个月。他托宋老二把两头半大猪娃卖了，买了些饼干、饮料和药品堆在床头。

三个月后他感觉腿不怎么疼痛了，就起床找了个废轮胎，剪成两片橡胶做护膝。天晴时就手足并用爬上山坡，在自家承包田旁捣鼓。村里已没几个行动利索的闲人了，老弱病残一般都不上山，多数承包地都撂荒了，所以没谁注意他在捣鼓什么。

只有宋老二有时远远地瞧着了，见宋老大埋头翘臀趴在山坡上忙碌，像一头猪在拱食，以为他在田地劳作，便大声喊着劝阻："哥吔——，你这是何苦呢？没土豆、红苕了，咱就给你扛半袋去！"

宋老大笑笑回应："闲得无聊，咱做点长久打算。"

其实宋老大不是在田地劳作。他家的坡地旁是一道山壁，石壁上有一个浅浅的洞穴，他在洞口垒石头。

在山猪冲乃至方圆几十上百里的山村，历史上就有洞穴石墓习俗，行将就木的孤寡老人自埋自葬，趁还有一口气时辟谷更衣，把自己封在石洞里等死，山石帮助省却一副棺材钱和殡葬花销，民间称谓：山儿子。

原来宋老大说的还有一个儿子可指望是这个意思。他已经好几天没进食了。这天半夜，他摸索着擦洗了头脸身体，换了一身干爽衣裳，出门爬上山坡，钻进半封的洞穴，用堆在洞里的石头把洞口封好等死。

可是等死也不容易。他饥渴难耐却神志清醒，在洞穴里半躺半坐着熬过了三天三夜。透过石缝，他看见一头下山觅食的山猪在洞口外嗅来嗅去，听见宋老二在山下朝山坡呼唤的声音。

他怕宋老二找上山来发现了他。第四天凌晨，他推倒石块爬出洞穴，沿着山坡爬到石壁顶上。石壁另一边是几十丈高的悬崖。

宋老大以一个俯卧撑姿势，从悬崖上翻滚下去。

宋老二和女人

宋老大之死警醒了宋老二，他要换个活法。

宋家老宅破烂不堪，却不至坍塌。虽是土坯房，但墙脚扎实，石块砌的地基冒出地面两尺高。堂屋两边是二老和宋家兄弟的卧室，堂屋后面是宽而浅的仓房，连着后门外的偏厦灶屋。

那年宋老大要结婚，二老才把仓房隔成两半，隔出一间无窗的后厢房给宋老二当卧室。后来二老相继去世，宋老二担心日渐长大的宋军占房，不跟宋老大打招呼就搬进了二老住过的左厢房，他是打算日后粉刷了当婚房的。

而今宋老二独占了老宅却无修缮翻新的雄心，也没这个能力，他安于现状，准备独身终老。那天他要宋老大给他立个字据，是担心他哥反悔。万一他哥要在老屋宅基地上给宋军翻盖新房，他可拿不出一份钱保住左厢房，恐怕也得住灶屋了。

宋老二原本也是个有七情六欲的好汉。年轻时他也暗恋过小英，见哥已经出人头地当上小队长都没打动小英的芳心，他便掐死了心中念头。他跟那时还在世的爷爷学过打猎，宋老大帮他争了个民兵排长的头衔。

当民兵是发枪的，人手一支部队淘汰下来的步枪，枪刺锃亮。当然，每次完成了训练、巡查任务后立即上交，严格入库。宋老二每次领到枪就格外兴奋，认真带领手下民兵出操训练，很是威风。

一天，他指挥民兵在山林练习拼刺刀动作，在树干上绑稻草人突刺，杀声震天。不料惊动了草丛中一头山猪，气势汹汹朝他们冲来。

宋老二听爷爷说过，山猪的凶悍就在一股冲撞劲，千万不能迎头硬顶，也不能傻逃，你跑不过山猪。

他立即喝令："别惊慌，各人闪开躲到一棵大树后头，把枪握紧！"

人群刚散开，那头山猪便一阵风似地冲过来，席卷枯枝败叶哗啦作响，却扑空冲过了头。

宋老二再下令："拼刺刀！"他一马当先，民兵们紧跟，从山猪背后和两侧包围上去。待那山猪猛然刹住四蹄，回过头来，虽然青面獠牙可怖，但它来不及发动第二次冲撞了。宋老二已抢先跨步突刺一枪，紧接着十几把枪刺都捅到山猪身上。

公社表彰了宋老二和民兵排，给宋老二戴上大红花，让民兵们抬着战利品，敲锣打鼓游行庆祝。宋老二便颇有点打虎好汉武松的荣光。

邻村小华便崇拜上了模范民兵宋老二，她深情地做了一双绣花鞋垫，托人捎给宋老二。可是宋老二嫌她没有小英好看，甚至不如嫂子小翠看得顺眼，他辜负了小华的一片心意。

后来民兵解散了，时兴土地承包，分到宋老二名下的是不到一亩贫瘠山坡地。二老逼着宋老二扛两匹红绸子绿缎子去求小华，小华却不睬他了。

每年春天刀耕火种随意播下口粮种子后，同龄人都下山去打工。宋老二难舍民兵生活，他找出爷爷留下的那杆土铳，琢磨着配制了火药，心想不当民兵当个猎人也不孬。

他一直没猎着山猪，但常常猎获山鸡、野兔和麂子。再不济放一铳也可以打落几只斑鸠和鹌鹑。猎物拿到集镇上总能卖一点钱，卖剩的再拿回家也能开荤打牙祭。

谁知好景不长，先是国家颁布了法令，把山猪列为保护野生动物，接着是禁猎令、缴枪令。那些日子，警察和村干部像追查犯人一样跟踪他，直到他交出藏在山洞的土铳和火药。

这不啻是致命一击，从此他萎靡不振，拒绝任何相亲谈对象的话题。二老先后殁了，宋老大搬家走了后，他不知不觉中打起了光棍，人的模样也变邋遢了。适龄女人看不中他，他也奇怪，如狼似虎的年龄却不想女人。

如果宋老大诚心待他，兄弟俩齐心协力办好猪场，说不定他后半辈子不用打光棍。可是宋老大耍了他。

那天，他拿着宋老大写的老宅归属字据，气咻咻回家，躺到床上生闷气。这一躺就昏睡了三天三夜。等气消了，肚子也瘪得像个空壳子，只好起床炕土豆吃。狼吞虎咽填饱了肚皮，却又无所事事，加之天寒地冻，他便又偎到床上取暖。

从此他吃了睡，饿了吃，吃了再睡，浑浑噩噩，不看窗外是白天还是黑夜。

腊月里下了一场大雪。这天，他起床炕土豆时，才发现仓房里堆的土豆吃光了。他瞅瞅窗外，大雪纷飞，便重新躺回床上，想睡个回笼觉糊弄肚皮。可是饥肠辘辘哄不住，辗转反侧睡不着，他只好再次起床，扛起锄头，硬着头皮上山挖土豆。

走到自家田地跟前他愣住了，上次偷懒未挖完的土豆都被山猪拱了。

他愣怔了好半晌，直到雪花把身上都落成一个雪人了，他才打了个寒战猛醒，自言自语道："咱就这么憨吃傻睡，活得不也像咱哥一样，如一头猪吗？"

天晴后宋老二就下山了。

他来到镇上，漫无目的地逛集市，看热闹。遇上路人临时需要搭手借力的，他也顺手帮个忙。帮了几次忙，打短工的活路就主动找到他头上了，给运货司机装货卸货，给盖房人家当小工。有人请他参加红白喜事凑人头当食客，还有人雇他戴袖章站街当志愿者。

宋老二很感慨，觉得以前活得太死板了。

晚上他到录像厅过夜。十块钱一张门票进去看够，上半夜看武侠片、警匪片，下半夜看三级片、毛片。看乏了就困在破沙发上睡到天明。

毛片太刺激，看多了就慢慢唤醒了宋老二的本能，他熬不住了就回山猪冲。每次回村前他都要洗澡理发换衣裳，脱胎换骨般回去。

山猪冲早就没有青壮年男人，却还有些留守的中年妇女。她们顶替离家的男人顽强支撑着家庭，干农活、赡养老人、侍候幼童。但她们也有支撑不住的时候，比如在寂寞的夜间。

宋老二回山猪冲后，就主动帮半老徐娘们干活，捡漏呀、补墙呀、垒灶呀、捅烟囱呀、修猪棚呀，都是些急活和难干的活。

他干活不要工钱，只要东家管两顿饭。中餐简单，有下饭菜管饱就行。晚餐有讲究，得一碗苞谷酒、几块蒸腊肉和一盘炒鸡蛋。

晚餐时，宋老二一边津津有味地喝酒，一边和东家主妇聊天。他先听女人喋喋不休说够，女人多是诉苦叫累，他便宽慰："可别累坏了身子，累病了更遭罪。活是干不完的，晚上早点躺下歇息。"

他顺着话茬子问："就怕睡不好，你床底下有老鼠洞没？有的话咱吃完饭就去给你掏掏。"

如果女人听出他心怀鬼胎，便说："咱家有猫，那只猫可厉害，老鼠敢钻洞出来就咬死它！"

宋老二听了就不啰嗦，吃完抹嘴走人。

如果女人听出弦外之音，说："可不，夜里总有老鼠钻洞出来，扰得咱睡不安神。"

宋老二听了便兴奋地操起一个锄头把，钻到女人床底下去掏老鼠洞。

他在床底下捣鼓半天，等着女人也蹲下来问他："咋的，还没找着老鼠洞呀？"

他便大胆挑逗："天哪，那老鼠洞只怕藏在你身上！"

女人便笑骂："你这头山猪！你是想拱咱身上的枣馍吧？"

于是就拱到女人床上去了。

遇上特别中意的女人，他会留下从镇上带回的廉价香水或首饰，哄着女人下次再雇他干活。

几年来，宋老二给山猪冲许多女人家掏了老鼠洞。不过，他绝不去大姑娘小媳妇家，他怕惹祸。其实他敢去也没门，山猪冲别说没有大姑娘小媳妇，连小姑娘也没有。打从朱老师退休后，村小学就关了门。读小学的男娃女娃都去了镇上住读，毕业后还想升学接着读的去了县城。

宋老二就这么在镇上过几天，回山村过几天，周而复始。他觉得这和他当年打猎的生活差不多，放一铳换个地方，有猎获的时候，也有失手的时候，落了个快活自在。至少，总比他哥宋老大过得强。

但在花花看来，宋老二过的也不过是一头种猪的生活。它从朱老师家逃出来后，每天夜里在山村游荡，宋老二半夜从哪个女人家出来它看得清楚。后来它返家了，可它嗅觉灵敏，一双招风耳也格外聪慧。

朱山和朱老师

咬过宋老二手指头的山猪娃，被朱老师养大了。

朱老师加固、增高猪栏,提防野性十足的山猪娃越狱。山猪娃一天天长大,野劲却减少了,就是吃相凶,叫声刺耳。

花花在一旁哼哼地说:"咱的娃只有一半山猪血统,自然要温顺些。你把咱也放回猪栏吧,咱还可以帮你照看着它们。"

朱老师便把猪栏隔成两间,让花花单独住一间。他又敞开后门搭了连通猪栏的走廊,方便夜里监听猪栏的动静。

花花虽然自在了,却已习惯每天按时出门溜达,到时辰了就把猪栏门拱得山响。

朱老师骂道:"看把你惯得!小心咱宰了你!"骂着却打开猪栏,给花花套上脖绳,牵出去散步。

村民见了便笑:"你这是把猪当宠物狗养呀?"

朱老师也笑:"花花的肚子是猪娃银行哩,咱能不宠着它?"

"哎哟,你发财了?买得起猪饲料啦?"

"有三个闺女轮流送猪饲料来,她们等着杀年猪分肉呢!"

刚进腊月朱山就回来了。他说打工的厂子提前停工了,产品卖不出去,老板要省工钱,撵工人回家过年。

那天他刚到家,连门都没进,直奔猪栏看山猪。

朱老师跟上去说:"早回来了正好帮忙,两头山猪该出栏了,过几天就提一头去镇上卖掉,留一头杀年猪过年。"

"真是山猪娃长大的?"朱山仔细瞅着两头猪凶巴巴的模样,见那猪嘴长得像大象的鼻子,猪鬃硬得似钢针,便掏出手机,拍了照片又拍视频。

第二天朱山就去了县城,找到名气最大的小白鲸大酒店,把照片和视频给老板看。

老板很精明,看了后简单问了几句山猪的来历,便知道今年预订年夜宴有了广告噱头,当即安排汽车跟朱山回家,捉走了两头山猪。

朱山把两头猪卖出了四头猪的价钱,他从镇上买回半爿猪肉过年。

初二朱家吃团年饭时,朱山给三个外甥包了大红包。

朱老师趁着喜气洋洋,向三个闺女开口了:"朱山老大不小了,当姐姐妹妹的给兄弟介绍个对象吧。你们仨,都给他介绍一个,一个不中看第二个,再不中看第三个,总有一个能中!"

不待姐妹们答话,朱山抢先开口了。

"爸,咱也听说了宋军和美美的婚事。那美美坚持要到镇上去过日子,要求不算高。如今谈对象,女方开口就要求在县城买房。您不怕女方把你逼成宋老大？"

朱老师听愣了，三个姐妹听了也一时语塞。

朱山接着说："估计开年后，咱打工的那家厂子也开不了工，咱干脆不去了。咱琢磨，就在家再养一窝山猪娃，到年底出栏了，差不多就能挣到在县城买房的首付款。到时候咱有了本钱再谈对象。"

三个姐妹纷纷夸赞朱山有志气。

朱老师摇头苦笑："嘻，那山猪是你想要就有的？咱早打算过了，开年就牵花花去镇上配种，可镇上的种猪并不是山猪呀？"

朱山胸有成竹："咱自有办法。"

原来朱山已做足了功课。花花怀上山猪种，在山猪冲是稀罕事，在别处已是见怪不怪。县畜牧站就有山猪娃卖，是第二代山猪与能繁母猪杂交的猪苗，品质优良。

朱山把自家的承包田和挨在一起的承包林用尼龙网围起来，把山泉引进围子里，还挖了泥塘，却不建猪棚，只搭了几个简易茅庵。

朱老师不解："朱山哪，你这是干啥呢？"

朱山说："这叫生态养猪场，猪娃都放养，让它们自己觅食。当然，咱还得在田里随便种些苞谷、土豆和红苕给它们拱。咱每天只投食一次。等它们出栏后，咱这一头猪得卖三头猪的价钱。"

"庄稼都给猪拱了，咱人吃啥？"

"咱把屋后的猪栏拆了翻地，种点啥也够咱爷俩吃了。"

"毛贼来偷猪咋办？"

朱山指着几棵围成一圈的楝树说："咱在树上搭个树屋来守夜。再说，毛贼也捉不住放养的山猪。"

收拾妥了，朱山就到县里买来一窝山猪娃，当天就放进了他的生态养猪场，任猪娃乱跑，还在瞭望哨似的树屋上放起了音乐。

朱老师心有疑虑，不敢把花花交给朱山。

朱山说："咱也没打算把花花跟山猪娃混在一起养。爸，您别把花花弄到镇上去配种了，它怀上了下的猪崽也不适宜放养。把花花放到野林子去吧，说不定它还能怀上山猪种回来。"

朱老师便把花花牵到更高的山林边，却用一根长绳拴在树上。

这时朱山也跟上来了，说："爸，上次您那叫塞翁失马，焉知非福。这次咱叫不入虎穴，焉得虎子。"

他说着就解开绳结放了花花。

花花嘿嘿一笑，一头扎进蒿草丛中。

朱山放养的山猪娃很快适应了环境，顺利度过了春夏。到了秋天，都长大成半糙子猪了。

小白鲸的老板是接班的富二代，与朱山年龄相仿。他见朱山去年卖给他的两头山猪货真价实，今年也鼓励朱山再养，付了点订金说他还要。两人便不时在微信上聊天联系。

中秋节前夕，老板在微信上@朱山：

"今年中秋节和国庆节假期叠加，订婚宴的客户多，咱想提前去你那里捉两头山猪回来做招牌菜。"

朱山回复："可是咱这些山猪还都只是半糙子猪呀，还得催肥两个月，才够出栏体重呢。"

"等不及两个月了。小白鲸上半年生意清淡，就指望下半年挣点钱，从现在起你准备陆续交货吧。只要婚宴客户舍得下菜单，咱就按出栏猪的价格与你算账。"

朱山忙回复："行啊，咱听老板的，也谢谢你照顾咱。"

"那就明天吧，明早咱就安排一辆厢式皮卡过去。你提前捉两头个大的拴好，司机到了你负责弄上车厢就算交货了。"

"好的，老板放心！"

第二天早上，朱山从家里扛了一袋精饲料上山，拌上苔藤和土豆疙瘩直接倒进猪槽。朱山从不煮猪食，他说山猪天性原本该拱生食，不煮还省却了多少累活。

忙完了这些，朱山身上汗涔涔的。估摸等了两个小时车才到，他抬头瞅瞅，红日头烧成白火球了，猪猡们都在泥塘里洗泥浴，他便也蹚进山泉沟里，痛痛快快洗了个泉水浴。

浴后朱山用两根绳子系了两个盆大的圈套，摆在猪槽里，两脚踩住两截绳端，示意朱老师上树屋打开录音机。

听见莺歌燕舞、泉水叮咚的音乐声，洗泥浴的山猪们立刻爬出泥塘，争先恐后奔向猪槽，享受它们每天一顿的美味佳肴。靠近圈套的两头猪只犹豫片刻，便把头拱进圈套里大快朵颐。

朱山提起一根绳索，慢慢套住一头猪脖，递给朱老师牵着，又提起另一根绳索再套住另一头猪脖。

两人同时用力拽紧绳索，中套的两头山猪受惊了，嚎叫着、挣扎着窜出去。

朱山提醒朱老师："抓紧绳头！"

可是迟了，绳头已从朱老师手上滑脱了。

朱山眼疾手快，跨步一脚踏住绳头抢在手里，左右手各握一根绳头拉住。

那两头被勒住脖子的山猪怒了，顿显十足野劲，竟将两前蹄腾空跃起，就像桀骜不驯的烈马，嘶鸣着使蛮力挣脱了朱山手攥的绳头。

槽头的山猪都受了惊吓，惊惶四散逃开，又一窝蜂似地聚在一起，朝一个方向逃窜。

朱山下意识地追撵过去，却追不及。

猪猡们从一棵树根下鱼贯钻出尼龙网。

原来那里早就被猪们拱开了一个隐蔽的网洞。朱山一般只在早晚巡查清点，不曾注意到，山猪时常在半夜悄悄钻出网外觅食玩耍，天明后又钻洞回来。

朱山曾经盘算过，在尼龙网外面再围一层铁丝网。但耗费太大，他手上还得留足饲料钱，便犹豫着拖延了。

其实，即便他及时加了铁丝网，也经不起野性发作的山猪冲撞啊。

朱山追到网洞前，眼睁睁看着他精心放养的山猪钻进网外的荆棘丛中，不见了。

花花和山猪

一个小时前，花花和它相好的山猪，在不远处高高的山崖上，俯视朱山放养的半大山猪们在泥塘洗澡，看朱山在山泉洗澡。

那朱山巡视四周，见无外人，便无所顾忌地脱光衣衫，赤条条卧进泉水里，又仰躺过来，放松四肢，尽情洗浴。

花花对山猪说："你看，人类脱光后的模样与咱猪类也差不多。"

山猪被朱山在阳光下白晃晃的胴体耀得睁不开眼："不过人类的身体确实光滑细腻，他们咋活得这么精致？"

花花不屑地撇撇嘴："咱们禽兽都有自洁自净功能，人类可不行，他们每天都得耗费大量清水资源清洗头脸、手脚和屁股。可是人类那张臭皮囊，一辈子永远也洗不干净。如果他们不清洗，你说该有多肮脏？"

"这倒也是……不过人类确实会享受生活。"

"咱承认人类智商确实要高一点，但咱算看透了，人类也是地球上的动物，他们在生命本质上与禽兽没多大区别，都是活着。他们老爱说咱们是吃货，而他们，不过是吃货加穿货。"

"咋没区别呢？人类不是还会识字、画画，捣鼓各种奇怪器物吗？"

"那都是为了活得舒服一点。"

花花接着说："咱住在朱老师堂屋那阵子，常陪他一起看电视。有一部电视纪录片叫《天地玄黄》，只有画面和音乐，没有人说话也没有字幕，倒是方便咱也看懂了。"

"你看懂了啥？"山猪感兴趣地听着。

"大城市的十字街头，熙熙攘攘的人头攒动，各色人群朝四面八方走来走去。镜头拉远、加快，那密密麻麻的人的个头就变得像咱猪的个头大小，四处乱窜，就像大群的猪猡在急急忙忙觅食、拱食……"

花花接着说："镜头拉得更远、更快，人群变小，变得连猪猡都不如了，变得像极了弥漫的蝗虫在盲目地乱飞。"

山猪听得好笑："你也太会糟鄙人类了！"

花花也笑了："电视画面的视觉效果真是这样的！这会儿反正没人听见，就算听见了他们也听不懂咱们的猪语……好了，这些日子咱和你在一起又怀上了，该下山回家了。"

"噫！你刚才还在嘲笑人类，咋又想回去和人类待在一起啦？"

"咱得承认，和人类在一起吃得好些，住得好些。再说了，咱若不回去，生娃后咋奶娃？咱坐月子期间，朱老师可是顿顿煮精饲料喂咱的。"

山猪不舍地说："咱知道留不住你。走吧，咱送你一程。"

它俩刚上路，就迎面碰上了逃上山来的那群半大山猪，有两头脖子上还拖着绳索。

逃跑者不认识大山猪，却认识花花，七嘴八舌诉说着刚才的遭遇。

花花听了不无同情地说："真没想到朱山和朱老师会把事情弄得这么糟糕……"

花花低沉地说："咱早有预感，如今猪瘟一波接一波，有关部门为了阻断动物与人之间的传染链条，禁止各地人工繁殖销售野生动物。即便朱山今天不出事，他这条活路迟早要走进死胡同……"

大山猪打断了它："你真是咸吃萝卜淡操心呀，人类咋活关咱屁事？"

花花伸伸舌头，讪笑："现在不是时兴说命运共同体吗？共同体就是地球呀！其实人类并非地球主宰，这世上所有动物、植物的命运都系于地球的安危……"

见大山猪不愿听它啰嗦，花花赶紧打住："你是咱老公，咱听你的，你说咋办？"

"还能咋办？你只好死了回朱家的心！"大山猪又朝半大山猪们说："你们如

果还想活下去，只能跟咱们在山林里拱食、山洞里睡觉了。"

脖子上拖着绳索的两头半大山猪异口同声："咱回去不是找死吗？"

其他半大山猪嚷嚷着："咱们回去迟早也是个死，不如跟着大王您闯荡山林！"

大山猪神色凝重地点点头。

于是，大山猪领头，一众猪猡们跟着，哼哼唧唧地钻进了深山老林。

（选自《参花》2022 年第 2 期）

钱鹏喜　著

钱鹏喜文集

❸

武汉大学出版社
WUHAN UNIVERSITY PRESS

《芳草文库》序

刘醒龙

　　武汉有一批年纪不算太老，但肯定不再年轻的作家，既往作品每出无不风行江汉，后来平淡了些。二〇一五年年初，恰逢一场小聚，其间有老朋友提议给这些在文学创作上颇有成就的作家出版文集，且当场做出关键决策。老朋友提及的作家也是我的朋友，他们的处境很有代表性。

　　世事流逝到今天，说一点不残酷是不真实的，说太残酷似乎也不科学。值此宁翔雁前羞跟牛后世风，普天之下莫不借口追求日新月异，其实是乡下俗语说的，人人都想一锄头挖出一口井。宁肯臭名远播，哪管丑态百出。忘却不该忘却的，强化不该强化的，是世情中一大不敬。这几年为一位已故作家出版文集，好不容易才成，一来二往之间，见识了足够多的现世生态。似这等才华出众的作家，若非上苍失察，弃之英年，敢不是当今文坛大旗一帜？同理，那些在喧嚣背后悄然尘封的作品，谁能说不是日后人有所诵的典范？天地同根，不是没有高下之分，而是天有天的高度，地有地的厚重。

　　常住武汉三镇之人，最能体会大江东去、流水落花深意。也是体恤的缘故，又于旷野之间留下高山流水千古知音，以为勉励，兼作念想。朋友提议，饱含诗情，深藏灵性。没有太多商量，三言两语之间，就达成共识，以《芳草》杂志名义，逐年排选，将这批作家的代表性作品编成文集出版。只是由于执业所限，本套书只能以《芳草文库》相称，名头虽小，相信分量不轻。

　　哲学教会人们认知正确与错误，自然科学是要让人懂得成功与失败。然而，短短人生，包罗万象，其善其美，何止兴衰胜败！文学的存世与流传，其意义正是超然前二者，不以成败对错为目的，也不以卑微尊贵定价值。人非草木，却如同草木，这是文学理由之一，生命不能永恒，却绝对永恒，这是文学理由之二。文学根本理由是，协助芸芸众生在庞杂得无可把握的宇宙间，在神与鬼、灵与欲、虚与实等一切冲突与对立之间，寻找适合每一个体的美妙平衡。

二〇一五年十月十五日

钱鹏喜文集

③

目　录

游　记

札　记

回　忆　录

笔　记　系　列

游　　记

天上的草原

一到乌兰巴托，我明显感觉天格外蓝，云特别低。先前在祖国的青藏高原、天山南北，尤其在呼伦贝尔，也曾欣慰地发现非常鲜亮的蓝天白云，心想，虽然山川异域，毕竟云彩同天，希冀哪天这般纯洁的白云也飘到我的家乡。而今我得承认乌兰巴托的蓝天白云更胜一筹。固然月是故乡明，奈何云是他乡好。

乌兰巴托的蓝天更近，白云就挂在树梢上，覆在不高的草山坡上，似乎伸手可及。

不料走出乌兰巴托那云更低了，几乎垂手俯拾。

我们准驴友一行的路线是借道乌兰巴托，深入草原腹地的哈拉和林。当旅行车驰入瀚海般起伏的草原时，马上发现蓝天与绿原的地平线近在咫尺，或者说，地平线在北纬47度消失了，天与地浑然一体。

是的，白云混淆在羊群中，牛马撒蹄在蓝天上。

平生第一次与高贵的白云如此接近，感觉它仿佛环绕在我们胸前身后悠然飘逸。定睛捕捉时，它却又躲藏到小山那边半坡上。你若想把满天云彩看得真切，就得奔向山头，不是仰视是俯视，鸟瞰足下雪花、棉絮、绫缎般的白云。

再仰首回顾，湛蓝天空与碧绿草原像一个巨大的琥珀，完美地镶嵌、凝固，晶莹剔透。白云缓慢地飘于浑圆的琥珀中，天地之间不分上下。

于是草原在天上。草原是飘浮的，白云是激荡的波涛；草原是飞翔的，蓝天是重叠的映象。

原来天上的草原是彩色的，绿色只是草原的背景、基调。停车小憩时，同行的人们忙着抓拍风景抢镜头。我只身走进草原深处，立定，坐下来，仰躺下去，再翻身伏卧。无限贴近、亲近草原，就会发现草原五彩缤纷。那么多不知名的野花，集合了世间所有花容花色，乍看不起眼，细瞧密密麻麻点缀在一棵棵青草丛中，矜持而羞涩地微笑着。青草成了护花使者，在娇小的花骨朵的映衬下，青草挺拔而伟岸。

看似浅浅的草原，其实茂密葳蕤，深不可测，并不逊色于神秘的原始森林。仅用眼观察是不够的，还得用心去辨认、想象。成群结队的蚂蚁像骏马奔驰，而牛羊马群像庞大的恐龙；五颜十色的蘑菇像蒙古包，而蒙古包像巍峨的宫殿；蚱蜢蜻蜓像苍鹰秃鹫，而鹰鹫像雷鸣电闪乌云滚滚……此情此景引人遐想深思，人类若能放低妄自尊大的身段，以谦卑的视角看待世界，才能认识自然的伟大，才能理解动植物界一切生命的尊严。

在天上的草原，牛、羊、马和骆驼这些食草动物，是草原的索取者也是奉献者。比如羊群，我以前认为它们从早到晚只知低头啃草，真是一群十足的吃货，活该任人宰割。其实羊群收割草原也耕耘草原，它们在啃扯津甜的草根的同时拱松了沙土，它们排泄的黑豆般的粪球均匀地撒在草地上，只待风雨来催化滋养草原。

生生不息的草原，浅绿而深绿，嫩绿而老绿，绿得发蓝，绿得令人肃然起敬，正是牛羊马群这些草原的精灵，与草原共同演绎着生命的轮回。

往返哈拉和林的两天行程，途经七八百公里草原，旅途中不时发现牛羊的尸体。鹰鹫是草原的天葬师，及时吞噬了尸体的血肉，遗下骨架躯干和皮毛，它们风干成一具具标本，陈列在草原上，默默地诠释着一种意象。随处可见的垒石堆上挂着彩色经幡，证明在土著牧民的心目中，草原是神灵所赐，草原上的一切，包括石头、草芥乃至死亡的牛羊，莫不寄寓了灵性。

天上的草原是神秘的，也是童话般单纯的，单纯到即便是牛马便溺的一摊尿水，也如同一泓泉水般清澈，明镜似地映照出蓝天白云。而草原的河流细柔、绵长，在铺天盖地的茵茵绿毯的衬托下，乳白色的河水像汩汩的牛奶，像醉人的马奶酒。

草原之夜的月出仿佛日出，金黄的一轮骨碌碌滚出，硕大、明媚似太阳。夜风酷肖剽悍的蒙古汉子，铁炉柴火宛若温柔的蒙古姑娘。蒙古包好比轻盈的折叠伞，随意支撑在苍穹之下莽原之上……

先前总觉得天堂虚无缥缈，遥不可及。在草原之夜我忽然明白了一个道理，如果信仰自然，回归纯朴，崇尚天籁，膜拜天地，则草原就是天堂。

（选自《和平降临》长江文艺出版社 2017 年 4 月版）

澳 洲 两 题

悉尼歌剧院

悉尼歌剧院举世闻名，2007 年列入《世界文化遗产目录》。未亲眼见证前，世人都说它是帆形建筑，摄影画面和摄像视频展现的建筑外观是一组船队扬帆启航的造型。而 2019 年夏天我去瞻仰时，身临其境看到的悉尼歌剧院却是贝壳形状，似一大群贝壳簇拥着：四对贝壳成串排列在西边，其中三对朝北一对朝南；另四对贝壳平行站在东边；还有两对贝壳倒立在西南边。三群贝壳组合成三个三角形，构筑了奇妙的殿堂。而殿顶更酷肖贝壳，我无限接近坡顶察看并尝试触摸，发现它是由百万块扇贝纹路的马赛克镶嵌拼贴的，仿佛吸附、麇集了无数贝类海生物。

如此别出心裁的设计者是丹麦建筑设计家约恩·伍重。当年澳洲面向全世界发起设计竞赛，此人的设计从来自 30 多个国家的 200 余件参赛作品中脱颖而出。而这位在 2003 年获得普利兹克建筑奖的设计者却说，他的灵感来自一只剥开一半的橙子。

船帆，贝壳，橙子，这三者之间原本风马牛不相及。

我凝视着这些巨大而鲜活的贝壳。它们前两群互相倚靠着，仿佛面向大海环抱，后一群则背向大海侍立，更像几只张开壳盖倒悬的蚌贝……

令我意想不到的是，约恩·伍重虽留下传世巨作，他本人却不曾目睹自己的心血之作。当年他下定决心把自己的设计工作室从丹麦搬迁到悉尼全身心孕育他的"孩子"，不料在旷日持久的具体设计建筑工程中与新一届澳洲政府产生不可弥合的分歧，毅然决然离开，直至以九旬高龄辞世，都没来看一眼已声名大噪的悉尼歌剧院成品。而且，他的青史留名的设计有缺陷，施工过程中发现原设计方案有不切实际之处，又聘请英国著名建筑专家对原设计方案做了重要修改。并且，新颖的设计并不等同于顺理成章的建筑，就在今春刚去世的建筑工程师之一乔·伯托尼，在这一宏伟工程施工期间，靠他的手工计算了 20000 多道方程式，可以说是他，具体设计了悉尼歌剧院的拱形顶部及内部支撑结构。甚至，悉尼歌剧院的名称有点名不副实，当初约恩·伍重规划的室内最大的有 2679 个席位的歌剧厅，被议员政客以上座率为由修改设计成音乐厅，将原规划的小得多的只有 1547 个席位的音乐厅改成了歌剧厅。

知悉长达 16 年的设计、建筑内幕后，我反复围绕着这座耀眼的艺术殿堂徜徉，寻思许多……

这世界上的建筑奇迹往往匪夷所思。万里长城是史上七大奇迹之一，其设计者却没料到，用血汗搅拌白骨构筑的坚固工事，几千年来非但未能抵御外敌，反而成为长城内军民的桎梏；兵马俑的发掘令世人叹为第八大奇迹，其创意应属秦始皇，传说他死后躺在浮于水银江河上的睡棺里遨游八极，仰望星空，意在凭借地下千军万马的恢宏阵势永葆秦朝万年江山，偏偏历史不循他的设计演变，竟二世而亡；古埃及的法老为自己设计坚如磐石的金字塔，却成了后世顶尖考古学家探秘木乃伊的掘墓地标；传说玄妙的空中花园巧夺天工，却是巴比伦国王为取悦宠妃而建，他忤逆自然地理气候情势大费周章，精心的设计坍塌成连遗迹也难觅其踪的尘埃；圆明园和罗马斗兽场的设计者万难料到，断壁残垣比轰然崩溃前的辉煌更具历史价值……凡此种种，即便鬼斧神工创造的自然奇迹，也历经造化力量在亿万年间于必然和偶然叠加中，反复设计演变。

当我的思绪与花岗岩基座下汹涌的海浪合拍，便认为眼前这座近乎完美的艺术殿堂，它固然是约恩·伍重的旷世杰作，同时也是自然、地理、历史、艺术家和科学家、澳洲人和地球人集体智慧的结晶。

我登上悉尼海港大桥，从坎伯兰街的桥梯拾级而上，攀爬到领略悉尼海港全景的最佳位置，从这个视角俯瞰悉尼歌剧院，这座"凝固的音乐"便是动态的。远看它确实更像起伏在海浪中的船队扬帆启航。有音乐如天籁之声飘来，造诣匪浅的悉尼歌剧团正在殿堂内演出。可以想象，著名歌唱家比才（Bizet）、普契尼（Puccini）、罗西尼（Rossini）逐一登台展现迷人歌喉，慷慨激昂而缠绵悱恻的咏叹调陶醉了室内观众，排山倒海的掌声感染了更多室外游客。这一幕幕都记录在海面和蓝天白云上。而横亘在海天中间的海港大桥，其流畅的线条仿佛拉出了纤细的五线谱。从早到晚来自世界各地的观光客熙熙攘攘、络绎不绝，密匝匝的人头攒动着，看恍惚了便以为是五线谱上下颤动的音符。

十二门徒岩

来到墨尔本，驻足南大洋岸边凝视沧海的感受，与在别处看海的情境全然不同。别处看到的是柔软的沙滩铺垫的大海，如水银泻地般无孔不入，淹没天地，浑然一体。而这里的海岸线是高达五十米的悬崖峭壁，恰逢那天海风凌厉，海浪猖獗，耳际轰然作响，便有如临深渊、如履薄冰的心境，视线也立刻被近海突兀的一串岛礁所屏障。这般态势，令脑海中翻涌出曹操的千古绝唱："东临碣石，以观沧海。水何澹澹，山岛竦峙。树木丛生，百草丰茂。秋风萧瑟，洪波涌起……"

对比眼前喧嚣的大海和耸立的岛礁，不见大树，灌木却葳蕤，藤蔓纠缠，没膝的杂草在海风中凌乱着，像是在描述着混沌之初创世纪的故事。

这里是著名的坎贝尔港国家公园，看点正是这一组穿出南大洋海面的赫然入目的巨型岩石，被称为"十二门徒岩"。据勘探，这些奇形海岩成因是海水对石灰岩的侵蚀，历经千万年海水风浪的共同作用，石灰岩悬崖形成洞穴，逐渐扩大成拱门。十二座拱门形态各异，被想象成人或禅的头脸面孔，岩石上下褐黑的环线和岩顶褐黄的灌木仿佛黑黄相间的服饰，于是虔诚的教民笃信这是耶稣十二门徒的化身。

而眼前分明只有八位门徒的天然雕像，询问导游才知，原来缺失的四座石雕已然被大海吞噬殆尽，似乎恪尽职守的布道者不惧为教义捐躯殉道。

成群的海鸥仿佛是风的化身，在我眼前盘旋、啼鸣，讲述着耶稣和十二门徒的故事……

耶稣眼力非凡，他挑选的十二门徒，除了那个出卖他的叛徒犹大另当别论，个个道行高深。耶稣信任地授予他们职权，他们皓首穷经，孜孜矻矻，把心智和血肉之躯一并奉献给了布道事业。

大弟子彼得由一个穷困潦倒的渔夫成长为宗教领袖，面对邪恶的酷刑，他选择倒钉十字架。而他的亲兄弟安得烈，则是被扭曲着躯干斜钉在十字架上。同胞双双以流尽最后一滴血的方式罹难，宗教史称"圣彼得""圣安得烈"；更惨烈的门徒是拿但业，他是被剥皮后钉在十字架上的；门徒约翰创作了不朽的经典《启示录》，为《圣经》画上完美句号，亦惨遭酷刑；名气最大的门徒是马太，因为他著作了《马太福音》，其实他的另一部巨著《新约圣经》更著名，名气未能挽救他死于非命……传说耶稣摒弃犹大后另外补选一个门徒，而十二门徒悉数被邪恶力量折磨而死。

眼前承受千万年风吹浪打的礁岩不仅是天然雕像，还是意味深长的寓言。

由宗教史上的囚徒和刑罚联想到澳洲的历史，据说这个原大英帝国殖民地的国度，是一批被流放的囚徒创建的。我对此说有疑问，流放者中有无政治犯、思想犯？有无科学家、艺术家？有无传教士、探险者？当年俄国沙皇流放到西伯利亚的十二月党人，其中有多少志士仁人！党人的妻子义无反顾追随丈夫同赴苦难的凄美故事，无端地使我好奇人间正道布道者的人格魅力。如今的澳洲划为西方发达工业国家行列，而我此番澳洲之行，感受的分明是一个田园牧歌国度，创造这片乐土的先驱者中，少不了十二门徒式的奉献者、牺牲者。

进而联想到澳洲的土著，这片沃土原本是他们的故乡。在澳洲城乡，在新西兰，此行我参观过大洋洲原住民的村庄，瞻仰过他们的神祇，见识过他们的图腾。几年前澳洲政府还在为当初掠夺式殖民的历史欠债买单，补偿不断抗争的原住民。那么，殖民先行者是创业者也是侵略者，是布道者也是忏悔者、赎罪者。

如同扑面而来的海潮，我的思绪是纷杂凌乱的。眼前或隐或现的十二门徒岩，在我的仔细端详中不像人或神的头脸，它们的形状、质地和纹路更像欧洲的古城堡，像中国山海关绵延至海滨的长城遗址，像胶东半岛荣城天尽头处的礁石栈道。

当然，城堡也罢，长城也罢，栈道也罢，作为遗址，它们统统都是大自然的殉道者，是造物主的信徒。

（选自《白云苍狗》长江文艺出版社 2014 年 12 月版）

新马泰所见

泰 国

我曾在《声色犬马之旅》中写过对泰国人妖、色情和酒吧的印象。十余年过去，其间，除了有更多中国大陆游客如潮水般涌去看人妖，这个国家还发生过频繁的政权更迭，以及黄衫与红衫两大阵营的街头斗争。令人眼花缭乱的局势可能会给旁观的外国人一个印象：这是一个色情泛滥的国家，还是一个政治险恶的国度。

这只是一种错觉。"旁观者清"的说法，在某些时段、位置是一种不明就里的荒唐。在我看来，这分明是一个民风淳朴的国家。

泰国全民信佛，据我所知，无论政界、商界、知识界，还是城乡百姓、社会底层，都笃信佛教，没有教派冲突。寺庙、观音、莲花是这个国家的象征。从城市大街小巷到乡间村庄，神龛随处可见。在莲花盛开的季节，泰国乡下的妇女每天清晨冒着晨雾下塘采莲，商贩趁着新鲜急匆匆把沾着露珠的莲花往城里市场送。他们可不像中国大陆的菜农菜贩抢早市图利润，供市民尝新鲜饱口福。这些莲花是祭祀品，是纯洁高贵的象征，是奉献给佛的礼物，当然，也是在敬神仪式过程中陶冶普通人心灵的精神享受。我注意到大街小巷那些看上去寒酸的人家，也买来一两枝新鲜莲花做祭祀。想必那莲花价格并不昂贵，因为它成为普通民众的日常开支项目。在我这个"外国人"眼里，这是一大奇观，一种高贵的生活方式。

最让我感慨的，是河里优哉游哉的鱼。人类早在茹毛饮血的穴居时代就以狩猎为生，上山打虎，下河捕鱼，天经地义。千万年过去，如今的人类不惜竭泽而渔。而泰国人不食河里肥美的鲶鱼。我们乘木筏观光时，两舷旁浮在河面的鲶鱼成群结队，恰如中国大陆公园水池里常见的金鱼。这些鲶鱼丰硕肥大，每条都有一尺多长，触手可及，令人艳羡，而掌舵撑船的泰国船工视而不见。问导游，才知泰国人认为这些鱼儿是泽国修行者，捕食它们会冒犯神灵。须知泰国是个相对贫穷的国家，尤其泰国农民的生活是相当贫困的，而面对家乡河里的美味却不动邪念私心，泰国人的仁慈善良，由此可见一斑。

早就听说泰国男孩都要出家当几年和尚，觉得大千世界怪事多。及至亲眼在泰国各地寺庙看到了那些小和尚，才恍然大悟：这事才不奇怪呢，此乃成人的洗礼，成年前的磨砺。寺庙真正是修身养性的好学校，在朗朗念经声中，在晨钟暮鼓中，在清苦单调的衣食住行环境下，在庄重肃穆的氛围里，淘气愚顽、不谙世故的孩童一天天成熟了。准确的说法是，泰国一般男童多到寺庙修行半年，有的父母愿意让孩子修行一年至数年，再还俗上中学、大学或者去谋职安身立命。

泰国乡村和一般小城市的中小学校都建在寺庙里，寺庙学校的科目设置与世俗学校相比并无二致，也有体育和游戏课，学生统一着深色校服。我在芭堤雅一间寺庙学校门前凝思良久，感觉在佛像面前，在佛教音乐中，那些男女生有如唱诗班的圣童。

马 来 西 亚

那年，我们旅行团到达吉隆坡当晚，正赶上"9·11"事件，下榻宾馆的电视新闻反复滚动播报美国"双子塔"遭飞机袭击的画面，我们听不懂马来西亚语，也看不懂英文字幕，起初以为是美国大片或电视剧呢。直到宾馆服务员以汉语说明，才知美国发生了惊天动地的大事。惊魂甫定，忽闻吉隆坡警方截获情报，恐怖分子在吉隆坡的"双子塔"安放了炸弹，警方紧急疏散人群排险。事后方知是有人恶作剧，虚惊一场却影响了我们旅行团的行程，安排到"双子塔"观光的活动取消了，改去广场看民族英雄纪念碑。

吉隆坡作为马来西亚的首都，广场气派可想而知，民族英雄纪念碑巍然耸立，令人仰视。广场四周大树繁花，大理石花岗岩一尘不染，正值烈日当空，游人稀少，给人一种空旷陌生的印象。

我们知道，任何陌生的地方，真实的人间风景在街道闾巷。晚餐后，我和同伴去逛街，选择了一条小巷，走到一间华人开的杂货铺门前。有五六个中老年男人正在那里闲聊，他们手里都握着一个矿泉水瓶，边说话边饮一两口。矿泉水瓶里装的显然不是矿泉水，是黄澄澄的液体，猜想许是自酿的生啤吧？

我和同伴花10元人民币买了一瓶当地啤酒，店主热情地递过两个纸杯，我们便就着柜台斟酒饮酒，旁听众人聊天。他们并不介意两个不速之客，继续聊着未竟的话题。虽说他们都是操华语的华侨，我们却听得似懂非懂，那腔调像粤语又像闽南语，我们半听半猜，他们说的是医保话题，大意是马来西亚最近颁布了国民医疗保健新政，他们这些二代华侨的医疗费用总算有了基本保障，大家为此庆幸不已。

我们在店主的"翻译"下，听懂了他们之间对话的大概意思，也看出了矿泉水瓶中的端倪，原来那不是自酿的生啤，而是从自家茶壶中灌的花红茶水。店主晒道："他们这是将茶水冒充啤酒解馋，学年轻人潇洒的样子。"

我们恍然大悟，便让店主又开启两瓶啤酒，斟满五六个纸杯。众人惊喜谢过，和我们一起举杯，共同度过马来西亚华人小街的盛夏黄昏。

我们在这里邂逅的侨胞，所谓海外华侨，他们在东南亚诸国的生存状况并非中国大陆人想象得那么优越，他们的生活也是拮据的。他们如果回国省亲，表面的光鲜是做给故里乡亲看的。矿泉水瓶里装的是酸涩滋味。

走马观花式的旅游，没有机会近看普通马来西亚人的生活场面。只从浮光掠影中看到，这个东南亚国度的普罗大众生活简朴。首都吉隆坡之外，大城市之外，更多马来西亚人生活在简朴得有些原始的田园。田园生活必定辛苦，却也美丽。旅行团的大巴在公路上奔驰时，我看不够窗外的绿色风景，热带树木、灌木藤蔓和田野庄稼多层次构造成立体的绿色世界，在蓝天白云下绿得令人陶醉。每一片枝叶都干净得像清洗拭擦过一样绿得发亮，看得我自惭形秽。

新 加 坡

这个"花园国度"给我的印象像中国大陆的一座公园，花团锦簇、莺歌燕舞、小桥流水……与园外喧嚣杂乱的世界隔绝。而它是一个国家，而且是一个以华人为主、国家领袖也是华人的主权国家。我很钦佩新加坡的"国父"李光耀，佩服他的睿智、儒雅，佩服他的政治家胆识、风度，也佩服他的战略家权谋和政治权术。

我想李光耀和他的同僚深谙"治大国如烹小鲜"之妙。新加坡闻名于世的鞭刑，原来并不是我们想象的彪形大汉执皮鞭对犯人鞭笞酷虐。"鞭打者"是一台机器，被鞭者身旁站着紧张的医生，随时诊查鞭击伤势和受刑耐受力。其实机器执鞭同样打得人皮开肉绽，甚至比人执鞭更心狠手辣，新加坡却给酷刑披上了一层人道的色彩。鞭刑的威慑力是显而易见的，新加坡社会秩序井然，犯罪率很低，从某种程度上说，拜鞭刑所赐。

烹小鲜说白了就是做适合百姓口味的家常菜。给我印象很深的一个细节是，新加坡人横穿马路时，可以自主操控斑马线边的红绿灯按钮。我们抵达新加坡当晚，电视新闻正在议论一项民情提案，当局受理了将居民社区大门口的遮阳遮雨棚延伸到公交车站的申请。

　　新加坡禁赌禁毒禁色情交易有严刑苛律。而导游却带领我们旅行团去看路口一边的红灯区街景，原来禁止的是暗娼暗嫖和性交泛滥。我们去的那一年据称新加坡绝无赌场，却有公海赌博。赌客多是老年人，养老薪水高得花不完的老年人，晚上登上豪华游轮，游轮行驶到公海上开赌，翌晨再开回来。

　　且不论公海赌博是否钻法律漏洞，烹小鲜讲究口味不腻人，煎豆腐要两面都煎黄才可口，却是家常菜的真谛。

　　我不一味溢美新加坡。去过多年之后的今天，一则中国大陆司机雇员在新加坡受歧视的消息使我愤然。同工不同酬且薪水极低，罢工抗争竟然违法，又驱逐出境，是何道理？

　　　　　　　　　　（选自《白云苍狗》长江文艺出版社 2014 年 12 月版）

路过菲律宾

　　水火难容是一般常识。从物理学角度说，当火是液态，火便像水一般流动。比如岩浆迸泻，就是奔流的火，燃烧的水，是水与火的高度融合。这种景象，只有在火山爆发时才可能出现，通常人们也难以目睹奇观。因为火山爆发的壮美便是人类躲避的灾难，至多能从新闻报道中看到震撼人心的电视画面。

　　在去中国台湾的旅途中路过菲律宾，想象火山爆发是因为参观菲律宾的一座活火山。火山口像天坑，也像我在中国内地见过的露天矿山，是一个巨大的深深的空洞，看恍惚了有一种崩溃塌陷的失落感。火山口底部积蓄了一层浅水，估计水不是从地底冒出来的而是从天顶落下的未蒸发完的雨水。我问导游，怎么才能看出这是一座活火山？它应该有一些特征吧？导游显然不具备地质专业知识，他说现在活火山在休息，当它开始活动，火山口底部的水就冒水泡，进而沸腾起来。游客听了开玩笑，说看来敢参观活火山的都是不怕死的，明知它是活的，谁知何时它像锅底的水开了，逃跑还来得及吗？

　　路过菲律宾想写一篇短文记行，开头写火山并非随意跑题。火山距菲律宾首都马尼拉很近，似不到半天车程。就这么短距离的时空，我依稀看到水火难容而又容纳交错的景象。

　　旅行车驶近、驶进马尼拉，不断抢夺我的目光的是纸房子——纸板搭盖的穷人的住房，它们搭在高架公路桥下，搭在临街建筑伸出的屋檐下，搭在墙头拐角处，随处可见，成为一道街景。我想，纸板房居然能够支撑着，与钢筋水泥混凝土建筑物争夺地盘一起生存，估计也拜这里的气候条件所赐。正值夏季，纸房子内外，许多人都是袒胸露背半裸的，在街边玩耍的三四岁甚至还大一点的男孩女孩，都一丝不挂全裸。导游说，这些纸房子的主人，是彻底舍弃故乡举家迁徙繁华首都的农民。真正的马尼拉居民，都是居者有其屋的。

　　导游带我们去看马尼拉的民居——坐马车逛华侨城。华侨城像中国内地小城市的老街，狭窄曲折的街道两旁清一色是商铺，而商铺楼上多半是店主家人的住所。据我们所知，华侨在菲律宾一般都属于中产阶级，拥有属于自己的房产和打理生意的店铺。我们昂头打量店铺上方的招牌幌子，都是中文汉字，便疑心走进了广州的老城旧街。华侨城与马尼拉普通居民的住所是隔离的，隔离带是一条宽阔的污水河。这条明河显然是中下层民众的生活污水排泄渠道，恶臭冲天，几乎令人窒息，而华侨城就在河岸一侧。遥望河岸另一侧，是鳞次栉比的民居。

与之形成鲜明对比的是马尼拉中心城区的街头公园，花草树木整洁得像一幅画，画中几无行人，宁静肃穆。

人都到哪里去了呢？当然都打拼生活去了。我在马尼拉街头看到的一种小型公共汽车类似中国内地城市的"中巴"。车头外形很讲究，像如今中国人用来做婚车的古董老爷车，车内却似货车厢，撑着帆布顶篷，没有固定座位。先上车的人有小马扎坐，后上车的挤作一团，凭招手和喊声上下乘客，一两张皱巴巴的小额纸币就是"车票"。

活火山，纸房子，美丽的田园风光和污浊的臭水河，豪华车头配简陋车厢的老爷车……路过这个东南亚国家，留给我这些碎片似的印象。

（选自《白云苍狗》长江文艺出版社 2014 年 12 月版）

看 日 本

去日本之前，对日本的印象已在不断修正中。比如以前老说小日本，说日本人矮小，但早在 20 世纪八九十年代，有关数据已证明日本青少年的平均身高超过中国青少年的平均身高。说日本是小岛国，但它由四岛构成的国土主体四周环海，算上海洋国土面积，称得上幅员辽阔的大国。若比较人口数量，它也是位居世界前列的人口大国。

2009 年夏天，我随武汉作家协会一行去日本，先到东京。导游带我们去看皇宫，准确地说，是在宫墙外远眺皇宫模样，皇宫并不对外开放。皇宫外大树参天，绿草遍地，开阔而静谧。导游指点着树荫下草地随处可见席地而卧的日本青壮年男人说，这些人都是白领，他们每天早晨西装革履、衣冠楚楚地出门上班，却到公园草地上消磨一整天时光，晚上再随着下班人群回家，打起精神对家人说："我回来啦！"其实他们失业了，却爱面子不愿对亲友和邻居说破自己身陷窘境。当时日本已在经济衰退中挣扎了十年。如今又过去了三四年，日本经济困境愈显严重。然而，在欧元极其疲软的今天，日元是世界上仅次于美元的坚挺货币，是当今全球经济危机中各国金融投资者趋之若鹜的避险货币，哪怕日本刚刚遭受了地震和海啸的重创！这意味着什么？尽管日本已被中国赶超，降为全球第三大经济体，且不论经济总量概念的具体含义，作为美、中、日三大经济体之一，从全球角度看，这个经济国度怎能"小"？

从东京到京都再到横滨，此番日本行跑了四五个城市，也体验了著名的新干线。说到城市建筑如高楼大厦，我国的"北上广"几可与之媲美；若论交通设施，中国最发达的城市与之差距也很小了。但从普遍的城乡建设规划看，日本对地上空间和地下空间的充分利用，这个国度的容量——它的立体面积，是不能用简单的平面测量方法计算的。我们在三十年前就听说过，日本将从中国进口的煤炭用集装箱沉在近海海底贮藏起来；而在五十年前就听说过，日本将机场建在海面上，并谋划在东南亚多国租地移民养老，开拓多处海外飞地。而日本以高科技为后盾的制造业，仅在中国就建了许多工厂……凡此种种，日本国界的外延之大，可以想象。

导游带我们去参观东京的一所大学，才知日本的大学是没有围墙的。我们如入无人之境，没有遇到任何人询问、登记、检查，直奔大学图书馆，浏览了开放式阅览室后，乘电梯登上图书馆楼顶，在大学最高建筑的顶端眺望东京街景，一览无余，便感觉大学之大，感叹没有画地为牢、排除藩篱障碍的无边无际和自由自在。

东京之夜导游带我们到京郊一家旅馆下榻。说是京郊，我看就是农村，去了一家农民开的旅店。店倒不小，有七层，所有客房都是单人间。房间虽小得可怜，却设施齐全，抽水马桶有大便后冲洗肛门的喷头，很好用。日本的酒店旅社房间内一律有不准在室内抽烟的提示标牌，不过若站到阳台上去抽烟也没人干预。正值盛夏，我浴后到阳台上点燃一支烟，俯视楼下田野和穿插在田野与村庄之间的纵横乡间道路，惊讶于田地与道路的界线泾渭分明，尺许宽的路边与田埂距离间并无特别的隔离屏障，道路上却不见泥土、枝叶杂草和任何垃圾，干净得像用水龙头冲刷过。路边一间便利店灯火通明，我看了许久，没有一个顾客光临，店主是个中年妇女，她始终静静地立在柜台后面，神情泰然。这种便利店都是 24 小时营业，我半夜起床小解时再去阳台上俯视，那间便利店依然是店门洞开，灯光明亮，依然不见一个顾客，店主依然静静地立在柜台后面。

看日本的确不能忽视平面之上的立体空间，空间看似无形实则有容，或者叫虚拟空间、意象空间，内容丰富。国民素质也是衡量一个国家综合资源多少的重要因素，尤其在灾难面前。日本近年来的大地震、大海啸及引发的核电站事故，民众承受灾难的韧劲，也在一定程度上显示了它的应对空间和战略纵深。

这么看日本可能有点冒险，但不能欺骗眼睛，视而不见。

（选自《白云苍狗》长江文艺出版社 2014 年 12 月版）

美丽的和平

　　1999 年春天，应广西作协邀请，我参加中国作家代表团访越，访问了越南四大城市中的三个：海防、下龙湾、河内。越南是一个美丽的国家，随处可见的椰子树和法式小洋楼组合的风景画令人疑为那不是高官巨贾的别墅就是海市蜃楼，但它却是普通民居。著名的"海上桂林"和胡志明公园更是令人流连忘返。而我更欣赏越南的田园风光、日常光景，试图从战争与和平的交替中考察这个国度的社情民风。

　　我们从东兴海关出境，刚踏上越南国土芒街就被三五成群的擦皮鞋少年包围了。他们像机灵的猴群般绕膝不去，不由分说就给你擦皮鞋，毛手毛脚却也麻利敏捷，须臾便将皮鞋擦得锃亮，然后伸手索要价值 1400 越南盾的报酬！无需惊慌，这笔巨款只折合人民币 1 元。导游告诉我们，不必兑换越币零用，因为人民币在越南广为流通，更受欢迎。我仍想兑换一点越南盾作藏品玩，便用 10 元人民币讨价还价兑了 18800 崭新的越南盾。一再更迭发行的越南盾现在最小面值为100，买卖一个椰子之类的小交易也动辄以成千上万计算。我们惊讶的是，以导游小姐阿雅弱不禁风的纤纤玉体，她竟敢只身携带一只装满现金的大号密码箱，引领我们在各大城市穿行，一日数次镇定自若地搬出成捆成垛的越南盾向沿途旅行社和酒店支付食宿开支。用巨额现金结算琐碎开支麻烦归麻烦，亦可见战后和平年代越南社会的安全稳定。

　　抵达河内的当晚，我约同伴去逛街了解夜市商情，问街头杂货店的啤酒售价，守店姑娘能说几句英语也能说几句汉语，她组合两种外语表达说："1 美元一瓶，人民币则要 10 元一瓶。"看来美元在许多国家都是更坚挺的货币。我们下榻的东方酒店是三星级，客房冰箱里的听装啤酒仍以越南盾标价，在我们看来那几乎是个天文数字，折算半天，约合人民币 48 元一听。

　　越南的通货膨胀令人咋舌，照常理想象普通百姓岂不民不聊生了？奇怪的是，所见所闻越南人民的生活倒也还安逸。有人说河内像中国发达地区的一个大集镇，然而这里毕竟是首都，总有灯红酒绿的大都市风情。深夜街市有酒吧、歌舞厅。临街的餐厅食客盈门，多是青少年男女，成双成对骑摩托车兜风而来，点一份鲜活的对虾闷在火盆里烧烤，嘴对着酒瓶喝越美合资品牌啤酒，当然，佐酒助兴的还有流行音乐。想必一餐消费价格不菲。看来年轻人的乐观潇洒是无国度的，也未必有贫富之别。据说新新人类的口号之一是倾囊消费，花完再挣。遗憾此行签证限制去西贡，据说西贡比首都更摩登，摩托车多如过江之鲫，无处不在的美国商品令人眼花缭乱。而这一切，都是和平带来的啊。

　　沿途导游反复告诉我们，越南乞丐很多，不要施舍，否则会引来麻烦，结果我还是惹了麻烦。那天瞻仰胡志明墓出来，我坐在旅游车上被乞丐缠住了。一个上十岁的小女孩在车下隔着车窗盯住我，她不开口也不伸手，只用噙泪的两眼乞讨。我于心不忍，便在身上摸零钱，可是没有，向同伴借也没有。由于中越货币比值悬殊的缘故，一路旅游到河内后，我们身上的零钱都花完了。我再搜寻挎包，搜出一枚 5 角硬币，便抛给她。谁知她竟不接，低头瞧瞧落在她脚前的硬币便朝我摇头，硬币被她身旁一个擦皮鞋的男孩拾起冲我得意地一笑跑了。她可能不认识这枚硬币？按比值算这也值 700 盾哩。这时旅行车缓缓开动了，小女孩噙着的两颗泪珠便扑簌簌落下来，她不甘心，终于伸出小手撵着汽车追我。我鼻头一酸，掏出一张 50 元人民币递出车窗，小女孩抓住钞票便破涕为笑了。我明知小女孩的可怜相是佯装的，而她那双泪眼是美丽的，我相信她的童心也是美丽的。我联想起美国战地记者于越战期间抓拍的镜头：背景处炸弹从天而降，血肉横飞，一个上十岁的越南女童赤身裸体，一丝不挂，她的脸恐惧得变形，惊呼着奔逃。当年这幅获普利策奖的摄影作品曾震惊世人，相比之下，眼前这个同龄女孩虽然流浪街头乞讨，但她也是幸福的，因为她生长在和平年代。

　　虽然战争已经远去，而越南民族久经战火的创伤却随处可见。最显眼的是一片片烈士陵园，镶在公路两旁田野中央。从疾驰的车窗远远望去，墓屋碑塔密密麻麻，鳞次栉比，恍惚中以为那是被田园包围的一座座小城镇。陵园多是因为战争不断，成年男人多死于战场，致使如今男女比例严重失调。我注意到烈士陵园与普通公墓是混在一起的，或许是烈士陵园太多政府无法隔离管理？或许家家都有烈士，死者的亲属愿与烈士相处长眠？看来越南也同中国一样讲究厚葬，动用钢筋混凝土和瓷砖、琉璃瓦营造坚固华丽的故人墓园。新陵墓不及纪念碑高大，但纪念碑简陋，新陵墓华丽气派。陵园本是沉默之地，可这混淆而又对比强烈的冥界建筑，是死者向生者见证着战争与和平的演变。

　　越南之行，最令我们感到新奇的是民居。越南是个从未有过福利分房的社会主义国家，城里人包括政府官员和农民一样，都是自建私宅。越南北方受法国殖民文化影响最大的是建筑风格。殖民固然是一段历史罪恶，而殖民文化带来的典雅建筑艺术却被越南人民吸纳。乡村民居也按法式风格设计，两三层的小洋楼精致华丽而坚固实用。导游带领我们访问一户普通农家，别墅式的小洋楼后面是篱笆围墙，椰树荫蔽的院内水井、牛栏、猪舍、鸡笼井然有序。捣蛋的只有乱窜的看门狗，还有一口半亩大的池塘，塘中有几只优哉游哉的麻鸭白鹅。当全民皆兵的可怕岁月过去，和平赐给越南人民的福祉是如此宁静和美丽。

（选自《学问》2001 年）

越南的边境

仅凭一张边境证，就可以深入越南首都河内，这是许多中国人的亲身游历。

那年访越归国，我写过一篇《美丽的和平》游记，但总觉得所言未尽。记得那时有一位走红作家也写过一篇访越观感，说越南很苗条：国土苗条、姑娘苗条、房子苗条，说得很形象很风趣。说越南姑娘苗条是赞美她们，估计越南人听了很高兴。但若说越南国土苗条，虽然说得好听，恐怕越南人听了不高兴。越南国土地形虽然狭窄细长，然而海岸线长，领海也是国土，依海洋国土界线重画地图，越南人认为很"肥胖"，有大国气度。在许多越南人眼里，国土边境应该在很遥远的前方。

那天傍晚，我在越南北方工业重镇海防的海滨散步。这里有一片美丽的海滩浴场，成群结队的越南少女穿着比基尼，大胆围堵中国来的男性游客，用半生不熟的汉语贩卖青春。她们苗条的腰肢的确楚楚动人。而"商女不知亡国恨"，我感觉四周有无数双越南男性的眼睛盯着中国游客，那仇恨的目光中饱含"亡国"的忧虑。我大步甩开骚扰者，踏上海滩一条栈桥，长长的栈桥空无一人，方便我走到伸向海水的尽头眺望辽阔的海天，也许那虚无缥缈处才是越南人心目中的边境线。

我忽然想起在中国清朝以前，称越南为安南。"安南"者，安定南边的一块地盘也，与取"西宁""定远"之类地名用意相同。如果越南人尤其是对历史不甚了解的越南年轻人听说了这个地名，不知会不会暴跳如雷。

此番越南行我既感觉到越南青年对中国访客的热情，也感觉到他们对我们的冷漠。在越南四大城市之一的下龙湾，我爬上公园一座山头俯瞰城市景色，一群越南男女青年主动用汉语与我攀谈。原来他们是在校大学生，且都是学的中文专业，抓机会找我练口语呢。他们对中国大城市的向往溢于言表，打算毕业后争取到中国留学，然后回国打拼自己的事业，个个踌躇满志。而在河内，我们进一家烧烤店，见越南青年围坐在火盆周围，将一只只大虾焖在炭火灰中烧烤，感觉有趣，意欲加入他们同饮啤酒。不料他们冷眼相看，没一个吱声表示欢迎的。再换一群年轻人表达我们的意愿，也碰壁了。

第二天在旅行车上，我告诉导游小姐阿雅在烧烤店的冷遇，她思忖着说，每天光临河内的中国游客太多了，多得令人担忧害怕，尤其在巨大人群涌入别国国境的时候。越南人目睹这般情形，如果心生芥蒂也不奇怪。至于滚滚中国游客人流带给越南滚滚财源，则是另一个话题，我们作为中国人不能为此以恩人自居。

说到越南的第三个苗条即房子苗条，我们亲眼所见的情形是，每栋房子的门面很窄却很深，房屋内的纵深大约有中国旧时民宅的三进房长度。越南的房屋地产从来都是私有化的。在农村，少年成年后即可获得一块临街临路的狭长宅基地，一般都建成两三层欧式风格的小洋楼，远看一栋栋像田野庄园别墅。近看小巧玲珑，甚至有微缩建筑、搭积木景观的感觉。实则内里深邃，空间之大超出想象。如同越南人体形精干，多数瘦而不高，而他们的心思却很远很高。

这就说到著名的越南新娘，如今中国内地男人也到越南去娶新娘了。越南姑娘借跨国婚姻"放鸽子"的是少数，多数是真心实意愿意嫁到中国的。她们不仅苗条可爱，还把勤勉耐劳的品行也带到了中国婆家。但据中国媒体报道的资料，除结婚时的聘金外，娶回中国的越南媳妇每年的花销数额不小，比如每月昂贵的国际长途电话费，比如每年回国的省亲费用，越南媳妇们花婆家这些钱是不心疼的。可以揶揄说，在这些越南少妇眼中，越南的边境在她们的中国婆家。

（选自《白云苍狗》长江文艺出版社 2014 年 12 月版）

港 澳 印 象

香港回归，使得这个著名的港口，一夜之间成为普罗大众为之怦然心动的尤物，就像一间金碧辉煌的百宝店，或一家醉生梦死的夜总会，只待攒一笔钱去潇洒一回。而回归之前，它真的只是一颗"东方之珠"，多少人可望不可即。

自 2001 年以来十年间，我多次进出香港。以过境居多，往往只待一夜，有两次逗留了一两日。去过旅行社安排的景点，看过迪士尼乐园和海洋公园，但大部分时间是身不由己随团队扫街逛商店。浮光掠影，拼凑的香港印象竟如同地名：这里就是一个港口、一个码头，不过转运的货色多是香艳奢侈品，故而空气中弥漫着呛鼻的香气。当然，转运最多的还是人群，且不说繁忙的空港是中国乃至亚洲的门户，只看大街上潮水般形形色色的人，绝大多数是旅客。即便香港本地人，也像是匆匆过客。

我第一次去维多利亚港那天是周日中午，紫荆花广场地面和盘旋几层的观水平台被聚集的菲佣占满，像是一支密密匝匝的行军队伍临时止步、席地待命。原来这天是菲佣从港府争来的法定休息日，这么多菲佣竟不约而同选在路边度假休闲，可见她们实在无处可去。正值盛夏，她们备了凉席或塑料布，铺在地上，摆出干粮、水果和饮料。这情形完全不像是在度假，倒像是内地车站码头等车船的民工。看来她们打算在这里干坐一老天直至天黑，看看维多利亚港的夜景再走。

维多利亚港的确是香港最值得流连的地方。尤其在晴朗的夜晚，凭栏临风，环顾朦胧的海面和海滩周围的摩天大楼，陆离的灯光与天幕上的繁星浑然一体，夜航的和停泊的海船动静对照，海风和海浪浅吟低唱，仿佛童话境界。只是过多的赏景人群，扰乱了原本静谧的气氛。

而在赏景人群中，不见香港本地居民身影。猜测当地人也没有别的更赏心悦目的去处，他们无奈地躲避日夜川流不息的外地游客。又猜测当地人没心情也没时间，都在写字楼为升职奋斗，或在蜗居里上网炒股炒楼吧。

说蜗居并不寒碜港人。绝大部分普通港人的住所之逼仄，恐怕是内地人难以想象的，卫生间的门只能半开，稍用劲门板就会撞在马桶上。而半开门敞出的空角，要挤进一个洗漱池。各家的厨房，相当于内地住宅楼的一个封闭阳台。

当然香港没有内地的棚户区，没有乱搭滥建和野蛮拆迁，更没有露宿在桥孔的民工和流浪者。香港还真做到了大庇天下寒士，居有其所，老有所养，保障做人的起码尊严。

有了起码的生活保障，方便港人安心做发财梦。我与一位做导游的香港小姐聊过，她说大多数职场港人都炒股炒楼。我问，以香港楼价之贵，一般职场人炒得起吗？她答，通过炒股来炒楼嘛，买地产股票。再不济的，也要买马彩、六合彩，谁手上挤不出几个活钱呢？比如港府"派糖"的钱，很多人尤其是退休在家的老人，都拿它去买彩票了。

我素不爱逛商场，导游恨得牙痒却无可奈何，央求说，给一点面子，让我跟着大家进去伴逛一圈，马上就出来等他们行不行？我便给导游面子，进去东张西望，旋即出来。却不站在商场门外傻等，利用等的时间去观察附近的港人社区。我发现许多港人居住的社区往往就是一幢楼。不过这独栋建筑体量相当大，底层挑空成了马路，二楼以上是密密麻麻的居民单元，有超市、菜场、杂货铺和迷你型的街心花坛穿插、夹杂在各层。我没看见，但估计诊所和幼稚园必定也是有的。也就是说，在一般情况下，不在职场打拼的居民，可以日复一日不走出这幢楼房。事实上，我注意到好几个在街心花坛或杂货铺门前发呆的老妪老叟，从面部表情看，他们在百无聊赖地打发时光。

港人作为香港特区居民其总体素质是高的。我看见一个晨起遛狗的老太婆，手捏一沓过期报纸，在她的狗蹲下排便之前，及时而熟练地将几层报纸铺在狗屁股下，承接的狗便顺手一包裹，握在手上继续往前走，经过一个垃圾箱，顺手扔进去。我还见过一个卖臭豆腐的中年男人，所有的家什都装在一辆手推平板车上，只在社区周围的马路边游走，绝不往主干道和繁华街道移动。照样是又臭又香的味道，照样是油锅、竹签和纸杯、快餐盒，而臭豆腐摊子上下了无污痕。

世人皆知香港，其实有两个香港。铜锣湾、李嘉诚、影视明星们是一个香港，芸芸众生是另一个香港。或者说，一个码头，两个香港。当然，我并没说这个或那个香港不好。

澳门以赌闻名于世。名气之大，盖过美国赌城拉斯维加斯，马来西亚的云顶也未能后来居上。我2001年首次去澳门时，那里还是赌王何鸿燊在"赌界"一统天下。后来澳门特别行政区政府重新洗牌发牌，外资进入争夺地盘，赌场气势更不可一世。到2009年我再去的时候，导游专门安排游客去参观新建的赌城，那建筑恢宏巍峨的气派，委实令人咋舌。单说室内营造的穹顶天幕，仰头望去，蓝天白云以假乱真，真正是别有洞天。

而这般巧夺天工的建筑，就是为了让你没去之前一心向往，一旦进去就流连忘返、乐不思蜀。我等一行下榻的宾馆在老街区葡京赌场附近，晚餐后去左邻右舍几个老赌场看热闹，我注意到，为应对新赌城咄咄逼人的气势，老赌场这几年不甘落后，囿于老建筑格局难改，便在装潢上下足了功夫，在厅堂回廊处增添了大量摆设，简直就是把金银珠宝、古玩字画都搬出来炫耀，件件价值连城，显然是以斗富的气魄与对手竞争。

　　而关于五花八门的赌具和玩法，那些令人眼花缭乱的博彩游戏，倒感觉与八九年前相比没有多大变化，与当年我在云顶所见相差无几。我无缘去拉斯维加斯开眼界，但上网浏览过美国赌城的图文资料，发现赌局方式和游戏规则与澳门赌场大同小异。看来做赌博生意的庄家们早就挖空心思，穷尽了吸引赌客的花样，这才开始变着法子把赌城建成商城、游乐宫和博物馆、百宝库了。

　　那年新马泰及港澳游，我写过一篇《声色犬马之旅》，形容了澳门赌场里赌客的几种情状。而今目睹如潮水般涌进涌出的赌客，倒无新的感慨，走马观花所见，是不能准确描述这种趋之若鹜的赶赌现象的。我多年前的那篇肤浅文章里还写过澳门赌场为赌客助兴的色情表演，没有写清楚的是，这里色情表演的裸露程度，比泰国有过之而无不及。

　　当赌场成为一种风景，当赌博成为一种时尚，身临其境，很难洁身自好。譬如我几次进这个赌场，都掏了几百元换筹码玩过。是赌身家性命的赌徒和玩一把的赌客，一起成全了澳门赌场的热闹繁华，后者比前者贡献更大。

（选自《白云苍狗》长江文艺出版社 2014 年 12 月版）

鲍照台怀古

一

清明时节，鄂东匡山山麓梯次层出的油菜花已开得炫目醉心，而东冲山山谷飘忽回旋的料峭春风也冰凉砭骨。在这个温馨多情而又令人冷静的季节，我作为筹划中一部电影的编剧，随制片、导演、摄像一行来到匡山风景区，踏勘外景拍摄地。而我心中的目的地是东冲山一尖峰，去寻访向往已久的鲍照读书台。登山途中，触景生情，自然联想到孟浩然的诗："人事有代谢，往来成古今。江山留胜迹，我辈复登临……"

读书台下说读书，痛感书到用时方恨少。我不掩饰自己的浅薄无知，过去一直把耳熟能详的"旧时王谢堂前燕，飞入寻常百姓家"中的"王谢"误读误写成"王榭"，想当然理解为"帝王的亭台楼榭"。近年因习字而读诗写诗，才偶然发现读写错误，"王谢"是当年的贵族大姓。更惭愧的是，关于古人读书处，只知书斋和书院，全然不知还有读书台一说。

行前心虚，上网百度了一下，才知真是孤陋寡闻。原来天下有名气的读书台多达六处。前五处是：董仲舒在德州广川门的读书台、昭明太子萧统在襄阳的读书台、顾野王在亭林的读书台、段文昌在川西龙华寺的读书台、尹和靖在虎丘的读书台。这第六处便是我们今天正登临前往的在东冲山第一尖的读书台，位于大别山东走支脉，地处古浔阳苞兴，今湖北武穴，历朝历代的地名有苞兴、永宁、广济等多种称谓。此地乃三省七县通衢，而读书台远离市井喧嚣，隐藏在深山老林。

北魏一个未致功名的年轻书生，为何不投奔京师名门却隐身高山密林苦读？千余年后，明朝的张元爵曾为鲍照读书台作长赋，其序曰："照……选胜搜奇，筑台东冲上，以为游心坟素区。"明明是隐居读书台，何以反而名闻天下？

登山之路犹如朝觐，未抵鲍照读书台，心中有许多迷惑猜疑。

二

我的心路先于步履走到距今 1600 年之前。

鲍照，字明远，生于公元 412 年(北魏道武年间)，山西太原人，幼年随父迁居东晋(江苏)。他出身寒微而自幼聪慧过人，少年时便立志行万里路读万卷书。公元 432 年春年方二十的鲍照辞别父母，游历名山大川，至浔阳苞兴(今湖北武穴)东冲山一尖峰，寄居妙严庵，每日清晨便登顶山巅忘我读书。

查清康熙六年(1667 年)《广济县志·古迹》：读书台在东冲(山)第一尖(山顶)。同年，《广济县志·艺文》记载有广济明末三良之一刘养微所著大量诗文，其中一首《游东冲山》诗云："鲍子读书处，危峰坐翠微。六朝孤石老，千载到人稀。衡岳通元气，匡山对落晖。登台重回首，怀古一沾衣。"又有明末清初广济名士张仁熙作《鲍照读书台记》，文中除概述鲍照读书台千百年春秋，还逐一罗列史上五大读书台做对比，将鲍照与董仲舒、萧统、顾野王、段文昌、尹和靖五大鸿儒相提并论，足见历史公认鲍照的学术地位及鲍照读书台的文史价值。

史载毕竟语焉不详，民间传说的佐证更生动。那鲍照 20 岁时布衣褐巾旅行到浔阳，某日，他在东冲山七大山峰间跋涉，"行到水穷处，坐看云起时"，陶醉于周遭景色，于冥冥中感知一种召唤的力量，认定这里就是走遍千山万水苦寻不得的清静绝佳的读书好地方。这时他忽闻梵音，四顾巡望，见不远处妙严庵香烟缭绕，众僧诵经如天籁之声。他便于山涧处沐浴更衣，进寺庙拜佛谒神。他虽衣着寒酸，一身穷骨头却支撑起轩昂仪表。寺庙住持慧定一眼看出此人非等闲之辈，两人一见如故。

慧定真是慧眼识英才。这位长老年轻时跟随师傅由建安(南京)云游至此，师徒分道扬镳。师傅继续西行，去香火鼎盛的道教名山武当修行，他则留在一尖峰结庐修行化缘，一砖一瓦建成妙严庵，五十年香火传承不绝。他渡人渡己，普渡众生，如今他要渡一位少年才俊。

鲍照在慧定的禅室聆听一番禅机，认定慧定道行高深，文德武功非凡，当即叩首拜师。慧定允诺以居士收留他，可不念经，不受寺院清规戒律束缚，每日自去寺外觅清静之处读书。

妙严庵建在一尖峰南面山腰，山门处一峰独立如筑台祭坛，南临悬崖峭壁，山下风光一览无余。崖顶平坦光滑，又有巨石围拥如屏，恰如鬼斧神工凿就石室石案，这便是鲍照翻山越岭、披荆斩棘觅得的读书台。

三

自此，鲍照凭借读书台发奋苦读，博览春秋、战国、西汉、东汉、西晋、东晋群书，举凡诸子百家，天文地理，尽收囊中。明朝张元爵的《鲍照读书台赋》对鲍照潜心研读情形有生动描绘："于是曳轻裙，岸巾帻，携尘尾，著蜡屐。拾级而登，冷然坐石。列周孔之图书，展羲皇之坟籍。旁涉猎于庄骚，时渔佃于更册。乃支顾而讽诵，旋锐心以寻绎。罗万轴于心中，信开卷而有益。"

鲍照读书如痴入醉，皓首穷经，终至学问博大精深，名声日隆。当朝文人谢灵运（385—433）、颜延之（384—456）慕名前来访问，三人便在读书台交流研讨，在高高的筑台之上清谈、雅诵、激辩，每有真知灼见，名震东晋、北魏文坛，史称"元嘉三大家"。

鲍照振聋发聩的读书成就，体现在他的卓越著述上。张元爵的《鲍照读书台赋》对此也有绘声绘色的描述："有时浏览既周，吟兴感触，泼墨成扶风之歌，拂纸著萧史之曲。吐哀音于芜城，抽藻思于舞鹤。得景阳之俶诡，含茂先之曲缛。姿雄浑以凌颜，性沉挚而轹陆。泃怒潮以回谰，自敲金而戛玉。"他拟诗、作赋、填词，才华横溢，自成一家经典。后世评价，自汉乐府以后，他是唐诗鼻祖，是诗仙李白、诗圣杜甫佩服得五体投地的先师。

就是在鄂东东冲山一尖峰的读书台，鲍照创作了代表作《拟行路难》十八首，篇篇佳作，字字珠玑，传诵千古读来仍意味深长。

首篇《拟行路难·其一》纲举目张，高屋建瓴："奉君金卮之美酒，玳瑁玉匣之雕琴。七彩芙蓉之羽帐，九华蒲萄之锦衾。红颜零落岁将暮，寒光宛转时欲沉。愿君裁悲且减思，听我抵节行路吟。不见柏梁铜雀上，宁闻古时清吹音？"浅读感觉辞藻华丽，意象繁美，深读领会破题自然，发问警醒，反复吟诵，便怡悦其文采斐然，体悟其意境幽深。

《拟行路难·其四》深切主题："泻水置平地，各自东西南北流。人生亦有命，安能行叹复坐愁？酌酒以自宽，举杯断绝歌路难。心非木石岂无感？吞声踯躅不敢言！"默读鲍诗，沉吟再三，一颗心揪得紧紧。诗人对当时门阀社会的不满和怀才不遇的痛苦溢于言表。我仿佛看到读书台上鲍照掩卷掷笔，仰天太息，脸上写满报国无门的愤懑和理想幻灭的悲哀。

鲍诗艺术风格俊逸豪放，奇矫凌厉，直接继承了建安传统。再读《拟行路难·其六》："对案不能食，拔剑击柱长叹息。丈夫生世会几时？安能蹀躞垂羽翼！弃置罢官去，还家自休息。朝出与亲辞，暮还在亲侧。弄儿床前戏，看妇机中织。自古圣贤尽贫贱，何况我辈孤且直!"这一首转换成纯乐府体，已是激愤之作，读来如见其人，如闻其声。

通读《拟行路难》十八首，深感诗人激情澎湃，一抒胸臆，酣畅淋漓。油然联想到《胡笳十八拍》，联想到《蜀道难》，联想到如泣如诉的戏曲，如歌的行板，响遏行云。愤怒出诗人，鲍照目睹世事艰难有感而发，袒露不平之心，其思想内容与题旨高度契合，难怪当年广为传颂，共鸣强烈。

《拟行路难》是乐府诗，乐府诗是唐诗宋词之前中国诗歌的第一个巅峰，乐府诗朴实清新，零距离接近民歌民谣，远离赋的华而不实，为市井百姓喜闻乐见，胜过后来逐渐成为文人孤芳自赏之作的诗词。而鲍诗又是乐府诗中的上乘之作，其形式有三言、五言、七言和杂言，立意深沉含蓄，意境清新幽邃，语言容量大，节奏变化多，辞藻华丽流畅，抒情淋漓尽致，对后世影响深远。鲍照之后，唐代声名鹊起、群星闪耀的诗人如李白、岑参、高远、杜甫，他们的诗风诗骨都遗传了鲍照的基因。如杜甫的"三吏三别"，其忧国忧民之心，几与鲍照一脉相承。

谒鲍照读书台，读鲍诗，始知史记鲍照上承魏晋风骨，下开唐宋先河的依据。

四

由造就鲍照的读书台，联想到造就无数先贤的书院。古人的读书台好比是为天才量身定制的精神王国，是天马行空、独来独往的御座；而古人的书院则恰似俊杰群体的自由联邦，是银河遨游、流星闪耀的星座。

在鲍照读书台周遭，鄂东蕲州(今蕲春县蕲州镇)、黄州(今黄冈市)的书院星罗棋布。历经百年以上岁月考验的，就有大林书院、墨庄书院、金陵书院、阳明学院、沧浪书院、子贡书院、黄州书院等十几家。书院是文人深造的学府，相当于今日的大学。而书院的自修反省，师从授受，访学设坛，训诂辩理，今日的大学已不能及。书院除讲究修身齐家治国平天下、学有专攻之外，兼及琴棋书画、赋诗填词，造就全才、通才，其致仕后往往是国家栋梁或文坛俊杰。

许是有鲍照读书台和鄂东书院群这样人杰地灵的"风水宝地"，故鄂东古今大师级人物层出不穷，多得令人惊讶，觉得不可思议。远古的先贤且不论，明清以降，除了医圣李时珍，名声、著述、医道不相上下的还有两朝御医万密斋，鄂东神医杨际泰。清末有上书光绪的翰林编修周锡恩。现当代大师级人物粗略统计便有孙纪、居正、黄侃、聂绀弩、废名(冯文炳)、熊十力、李四光、冯天瑜、张培刚，等等。其辉煌成就涉及社会科学和自然科学、人文艺术各个领域。尤其是京剧泰斗余三胜和本焕大和尚，更引领国粹艺术和宗教艺术至巅峰位置。他们其中多数是各地书院的学长和少年才俊，由鄂东访学交游中华各地，有的负笈远洋，学成归来。

如此，不免要问今日高等学府不及当年书院，更远逊于读书台的原因。当然不是简单的师长无才无德，学子愚顽不用功，是积弊已久，沉疴日久。至少，今人普遍缺乏古人潜身沉心、笃定虔诚的心态作为，难舍红尘名利诱惑，耐不住做学问的清苦寂寞。今人聪慧未必不及古人，不及的是志趣、性情和信仰。

且不论当下争议纷纷的中国高等学府的得失，如今中国人普遍不读书现象已是可以运用大数据详细分析论证的不争事实。读书是需要有信心的，我认为重拾读书信心必须有信仰的力量支撑。而白岩松说，坚持读书，总可以读出一些信仰。这就陷入了悖论的困境。

我也是读书时间、数量每况愈下的中国人之一。我忽然觉得自己像一个困境中的囚徒，背负着沉重的惶惑和希冀，一步步走近鲍照读书台。

五

东冲山山脉连绵起伏，耸成七座主峰，直刺青天。一尖、二尖……的峰名，显然源自土著山民的形象叫法。当我们的车队沿着盘山公路爬上一尖峰终点时，已临近暮色苍茫时分。而空谷贯穿回荡的山风呼啸而上，其势愈烈，使此番登临谒拜陡添肃穆行色。

鲍照读书台的准确方位在一尖峰山坳南面一峰独自兀立的崖顶，东、北、西三面为群峰怀抱，南面豁然开朗，仰视远眺天际长江，俯瞰广济梅川田畴村庄。沿石阶拾级而上时，心中似有疑虑，张望环顾四周，荆棘藤蔓攀爬的山岩上只见碗口粗的杂木和毛竹，不见大别山系处处葳蕤葱茏的苍松翠柏、银杏老槐和古杜鹃林。这里已不再是深山老林，植被是砍伐后的次生林。

终于登上崖顶，终于来到鲍照读书台，眼前景象却令我一度失望：没有石碑铭文，没有鲍照的履痕笔迹，没有历代文人骚客的刻石题诗，没有石案石器，甚至没有凭栏驻足之处。仅有的只是在石坪地上辨认出的"读书台"三字，字痕笔迹历经风吹雨打，已经磨损剥蚀得模糊不清了。石坪左右宽不盈丈，前后进退不过数尺，南面悬崖峭壁，北背一块石屏已经倾圮坍塌。石屏一侧裂缝处似一摞书籍的岩层还插在那里，任野草棘刺侵袭缠裹……鲍照读书台的荒废凋敝情状与古人诗云"山鸡啼彻九天闻，万仞芙蓉五色云。台下青青书带草，至今人识鲍参军"相去甚远。

据史志记载，千百年前鲍照是在崖顶"筑台"读书的；百十年前，后人是在读书台上构造了石亭的："清乾隆年间，有台榭建筑，四方石柱，鼎立台榭，八面景致，尽入台中。"如今四方石柱的筑基凿印尚在，可见两个寸许深的方石槽孔，另两个压在倾覆的石屏下。而那些石柱石栏、石檐石瓦，连同亭内必有的石案石几、石砚石鼎，统统荡然无存。可能毁于天灾兵燹，也可能毁于人祸洗劫，连同那些伴随的千年古树化为灰烬了。现在这里不过是遗址的废墟。

而失望过后，又觉得鲍照读书台状态如斯也好。唯其倾圮荒废，更显真迹难得。比起各地真真假假、半真半假、以假乱真的所谓历史遗迹、人文景观，鲍照及其读书台无须勒石摩崖，自在历史的时空永垂不朽。没有修饰的鲍照读书台更堪后人凭吊。

我在读书台石坪上席地而坐，闭目冥想，想象当年鲍照在此苦读三年的情形。虽说崖顶有无限风光，戴日月星辰，披四季景色，游目驰怀，清静自在，但毕竟前临深渊，后据石屏，坐立腾挪空间极其有限。这种自律苦读需要多么坚定的意志，何等顽强的毅力？我仿佛看见他每日埋头伏案，挥毫扼腕久了、倦了，便起身止步于悬崖边上远眺，仰俯之间，天上人间尽收眼底。他旋即转身踱向石屏，面壁打坐，按慧定师傅传授的秘诀气沉丹田，打通任督二脉。然后打腹稿，在胸中构思他的壮丽诗篇。

其实石屏就是一堵石壁。即便转过身来，面对危崖，不能越雷池半壁，依然如一堵无形的石壁。鲍照每日都在面壁。参禅悟道者所谓面壁十年图破壁，鲍照是凭借他的文胆诗心破壁的。

公元435年，由苞兴县县令举荐，鲍照离开读书台参军入伍。朝廷封他为"前军参军"，掌书记印，史称"鲍参军"。此去军旅生涯竟长达21年。幸亏史载他练过武功，还有一身硬骨架。无论鲍照是托请县令举荐还是被举荐，他的无奈和不平，他为生计所迫为妻儿家室担当，他的报国报民之心和扬名立万之抱负，都是可以理解的。只可惜难为了一个大儒大诗人，整日戎马倥偬。最令人痛惜悲哀的是，公元466年，一代天才鲍明远，不幸受害于乱军刀枪，殁年约51岁，正值英年……

凭吊至此，我接着默吟孟浩然那首诗的后半阕："……水落鱼梁浅，天寒梦泽深。羊公碑尚在，读罢泪沾襟。"

吟罢意犹未尽，胸中仍有块垒未消，便在心底嘶喊着唱读陈子昂的《登幽州台歌》："前不见古人，后不见来者。念天地之悠悠，独怆然而涕下。"

（选自《和平降临》长江文艺出版社2017年4月版）

八大山人猜想

三江笔会之行，参观八大山人纪念馆印象颇深。馆长破例为来自武汉、长沙的作家开放戒备森严的库藏，让我们有幸一睹八大山人的几件书画真迹。

我对八大山人不甚了了。年轻时孤陋寡闻，想当然猜以为，就像竹林七贤，八大山人是八个怀才不遇或愤世嫉俗的山林隐士。及长，好读书不求甚解，方知八大山人是一个很会写字画画的和尚，弄懂他这个奇怪的名号，后人连缀笔画目之为哭之笑之。又觉得这是汉字的拆字、猜字游戏。

如今我早过不惑之年，已年届花甲，读书渐知八大山人兼善诗书画。他的诗风格古怪而晦涩，深奥难懂；而他的书法源于颜真卿、王羲之，能以秃笔写出孤傲神态和流畅格调；他的绘画更是自成一格，其写意花鸟以象征意味、夸张手法、简朴笔墨，绘出前无古人的画境，对后世影响深远……这些都是东鳞西爪的阅读记忆，还有道听途说。

直到这次参观八大山人纪念馆，总算了解了这位神秘人物的生平。八大山人真名朱耷，生于明朝天启六年（1626 年），是明皇室贵胄、王子王孙。明亡清兴之际，避难至江西南昌，改名易姓隐居梅岭，以鬻字卖画为生。许是为了隐瞒身世，他佯狂玩世，疯疯癫癫，直至康熙四十四年（1705 年)去世，享年 80 岁。

我十分好奇他的和尚经历。别人是看破红尘，半路出家，他却反其道而行，年纪轻轻 23 岁就出家为僧，40 岁时又不当和尚还俗了。为什么呢？是耐不住寺庙孤灯黄卷的清苦吗？可是他明明已修行了 17 年，熬过了心猿意马的青春期，年届不惑。再说肠胃和耳目恐怕再也消受不了酒肉和声色了。是开始怀疑和反叛宗教信仰吗？可他的画，每一根线条每一抹色彩都是佛心流露；他的字，每一笔画都在阐释禅意。他还俗后也远离尘世，隐居山林。那么是忍受不了清规戒律吗？这倒有可能。以八大山人的狂狷性格，在等级森严的庙宇中，他难被上司和同行宽容。另外，估计他写字画画的功夫比念经用得多。

更可能是他大彻大悟。渐悟本心即佛，顿悟大隐隐于市，于是挣脱晨钟暮鼓、打坐敲木鱼的形式束缚，落得个随心所欲、自由自在。

可以肯定的是，他桀骜不驯。他斩断尘缘却斩不断满腔悲愤和家园之痛，日夜念兹在兹，索性就还俗了。

那天馆长打开库藏，我们看到的八大山人手迹原作虽只有几幅，但我看第一幅时就有一种揭晓谜底的微妙感觉。画面上那寥寥几笔勾勒得极简约的老树上，一只鸟犹如精灵。它竟先勾头看见我并迎接我的目光。也许是心理作用，千真万确，那幅陈旧的、渍有黄斑的故纸上的那只画鸟，它竟有目光射过来。它用眼神与我对视、碰撞、交流，我身上顿时有一种过电的反应……八大山人分明是将鸟拟人化了，那种活脱脱的逼真，不是中国画所谓写意、神胜于形、留白的说法能准确描述的。

都说八大山人的画是禅画，这无疑。但参禅也有各种途径和浅薄深厚的不同，我猜他画的是一种心绪，一种寄托，一种意念，一种空灵。

费心猜疑难免感慨。我感慨的是，无论僧俗，无论身份，无论贵贱，无论行当，人生在世，安身立命，套用时下的流行语，是否幸福，衡量的"幸福指数"应该是达到八大山人那般自由的心灵境界。

（选自《白云苍狗》长江文艺出版社 2014 年 12 月版）

拉萨履痕

去拉萨之前，听腾格尔的《回拉萨》不是很理解，总觉得扯着嗓子吼叫嘶喊固然有摇滚狂放不羁的魅力，却少了些音乐的曼妙韵味。去年秋天到拉萨走一遭之后，忽然对腾格尔情不自禁的吼唱心领神会，感悟那是一个游子重回故乡的陶醉、宣泄和倾诉，还有一种扑进母亲怀抱时无拘无束的放肆和轻狂。

身为游客，我虽无游子的心境，但一下飞机，我的心就莫名地战栗，仿佛拉萨似曾相识，有一种历尽沧桑、看厌红尘的疲惫旅人忽然遇见梦中精神家园的恍惚感觉。

首先让我觉得新奇的是日月同天而穹隆有别，天空蓝得慷慨，蓝得酷似蓝宝石镶嵌而成；云彩白得炫目，白得让人发呆，让人自惭形秽。于是我不觉肃穆起来，不敢轻信贪婪而轻浮的眼光，用心去一步步印证眼中景象。

之前知道对拉萨的描述性称谓很多：西藏首府、雪域明珠、喇嘛之城、圣城、天堂等。而在我看来，这里就是一个天人合一、城乡合一的"地方"，而不像城市。毋宁说这里是一个民风淳朴的千年古镇，镇上住着终日祈祷布施的善男信女。对外来人而言，这里是一个客栈，是洗去精神污垢、歇息心灵的驿站。要说是城市，则是朝拜祷告之城、希望之城。

因为这里看不到现代化大城市的摩登建筑，没有都市的虚荣华贵，也就没有奢侈、虚伪和冷漠，更无尔虞我诈及种种城市痼疾。这里甚至谈不上阔绰气派，东西向和南北向，横竖只有几条街道而已。

城中有牦牛车和骡马车悠然驶过，有帐篷、牛栏和羊圈，还有糊在土坯墙上的湿漉漉冒着热气的牛粪饼。

拉萨也有乞丐，比内地城市更多。在布达拉宫，在大昭寺、小昭寺、哲蚌寺，男女老幼乞讨者随处可见。他们静静地立在寺院内外、山门两旁，虔诚地向所有过往客人鞠躬作揖，表情善良而安然，绝无欺骗和伪装，更不拦路强行索要。许多男女乞丐将刚刚讨到手的纸钞和硬币，转身拿去兑换成酥油，添进供奉着佛像的香炉，或者干脆将手上尚有余温的钱币直接投进神龛下的功德箱。

拉萨最繁华的地带是布达拉宫山下的商业街，交易繁忙，人流熙攘，红尘滚滚。而喧嚣的市声之上，就是布达拉宫。我无数次从影视书刊画面中见过布达拉宫，而今亲眼所见，与想象一致的是它的雄伟壮丽，如天门城楼；而与想象不同的是它平凡朴实的一面。这座神秘的佛教宫殿其实是由普通的建筑群落组成，依山而建，从山脚傍山腰拔节而上，至山顶而巍然矗立，犹如鳞次栉比的民居。我进宫瞻仰时看到宫殿在进行局部修缮，发现殿堂天棚之上都是平屋顶，覆盖的是黏性红土。一群藏女，正在殿堂顶上唱着夯歌在夯土。

诚然，布达拉宫金碧辉煌，藏有无数奇珍异宝，仅黄金器皿之多就难以计数。但支撑这座伟大殿堂的构架却只有原始的石头、泥土和原木。走近细看粗粝而坚实的墙壁、廊柱和拱梁，再登顶鸟瞰整座宫殿建筑群落，便联想到燕子衔泥、精卫填海，是勤劳而智慧的藏民千百年来用血汗和虔诚一点一滴堆砌成这座旷世杰作。宫殿雕梁画栋，色彩绚丽，极尽精巧，而建筑骨架是拙朴的。唯其拙朴，更具真实，神秘的宗教庙堂处处可见人间烟火的烟印。它是拉萨的标志性建筑，象征这座城市的灵魂；而拉萨又是它的寄托，是它永远的故乡。

而赋予拉萨生命活力的是拉萨河。拉萨河是雅鲁藏布江的使者，从雪山冰川而来，贯穿拉萨城的血脉，往崇山峻岭而去。拉萨河宽处是恣肆汪洋，窄处是涓涓细流，清澈碧透，水质洁净得可直接掬一捧解渴润心。连接两岸的一道道五色经幡，远看像一座座彩桥，这是拉萨人对生命之河的敬畏、感恩和朝拜。

蓝天白云下，一座宫殿，一道河流，几条街道，街道两头遍布着帐篷、牛羊、草原和青稞地，这就是拉萨。当然，还有拥抱这座城市周围的连绵的群山，峰峦叠嶂，最高峰是白雪皑皑的雪峰。走在拉萨街头仰头可见，似近在咫尺。群山和雪峰从空间上延伸了这座城市，与这座城市浑然一体，它们是这座城市更高的标志性天然建筑。由此可说拉萨是世界上最"大"的城市，迄今人类文明创造的城市无可与之匹敌。

（选自《新闻信息报》2003 年）

凤 凰 杂 想

　　天下风景大同小异。虽然山川异域，毕竟日月同天，湘西也不例外。此番凤凰行，憧憬的不是自然风景，而是沈从文笔下的边城风情。近年几次去过江西婺源，看过庄园乡宅，一派田园牧歌印象。心想凤凰是县城，应该别有一番边城古镇长街小巷风情。

　　抵达当晚便随众去逛导游说的老城旧街，暮色苍茫中却走进一片仿古新建筑的大集市，早早亮起灯光的商铺一家挨一家，密密匝匝，一如各大城市所谓的步行街、商业街、黄金地段，与心中想象大相径庭。逛了几家商铺便兴趣索然，走到被包围在街市中间的小广场休息。这时夜幕已垂，广场正中有一圆形水池，池中屹立着一尊凤凰雕像。朦朦胧胧中，周遭商铺五色灯火余光辉映在雕塑上，将凤凰羽翼映照得光怪陆离，似隐含着神秘色彩，令人生出一些联想。

　　一夜暴雨，翌晨雨势稍缓，导游带领我们冒雨再游古城。我直奔街市广场，再次端详雨中凤凰。她虽然沐浴在雨雾中，毕竟是白昼，清晰可见，昨夜笼罩的神秘色彩荡然无存。我无意逛街，便循着圆形水池徐徐散步，慢慢环视眼前这座城市的象征。这是一尊金属雕像，褐色中透出黄亮的光泽，是铜雕吧。但不是浇铸制造的实体，是镂空线条式的，看上去尺寸、分量似轻巧了些，或因造型过于具象，给人美中不足的感觉，缺乏展翅飞舞的气势。许是雨天心情压抑的缘故，脑海中不知怎么浮出一句俗语，"落架的凤凰不如鸡"。我当即自责目光苛刻了，作为慕名而来的游客，应该有景仰沈从文笔下边城的赞美态度。

　　凤凰，美丽的地名。中国各地很土很俗的地名多，如当今石家庄人一直对他们的城市名字耿耿于怀。而很雅很美的地名也很多，如云南，彩云之南，极富诗意。那里还有楚雄、德宏、大理、丽江、畹町、曲靖等一串引人遐想的地名。云南是少数民族聚居地带，这些美妙的汉语地名，恐怕多半是文人"意译"而取的。湘西美而雅的地名也多，除凤凰，还有吉首、常德、桃源等，都很特别。我没查阅当地地方志，估计这些风雅名字总与哪朝哪代的文人相关。

　　而凤凰地名，无疑源自中国最古老最美丽的神话传说。凤凰集香木自焚，浴火重生，化为神鸟。神话千百年口口相传，凤凰成为唯一能与龙的符号比肩的中华图腾，有道是龙凤呈祥。

图腾必有自然原型，比如传说中的龙形，是狮头、牛角、蛇身、鸟翼、鱼尾的组合。而凤凰的原型，我以为就是雄雉，或者是雄性雉、孔雀的复合体。自然界的禽类，体貌美的莫过于开屏的孔雀，但形态有些呆笨。而雄雉轻灵、艳丽，美轮美奂。事实上，眼前广场上这尊凤凰雕塑的造型，基本取材于雄雉的特征。我这样判断并不是贬低它的雕塑艺术，相信在一般游客的眼里，它形神兼备，高山仰止。

当然，雉是凡界俗物，凤凰是仙境灵鸟。比如鹅，很富态，矜持、高傲，曲项向天歌，终究俗无品位；而天鹅则高贵无比，二者判若云泥。又比如人，有贫穷、富贵之分。富贵也有别，且不论古人，只说今人。如今的富人，如大款、大腕、大老板乃至一些大官，富得昂首挺胸，却难改卑贱品相。社会上不是流传着一句刻薄话吗，据说还是富人自嘲——穷得只剩下钱了，而且有的钱还来路不明。富虽富矣，却未必贵。因为富是一种物质存在，而贵是一种精神自在，贵在品性、人格和文化修养。富贵之间是隔着一条河的，这条河往往大浪滔天，难以逾越。

凤凰行，有些失落，也颇有收获。躲在仿古建筑群角落的沈从文故居保护得较好，我心仪多年，这回遂了瞻仰心愿。还有意外惊喜，拜访了陈寅恪故居。我孤陋寡闻，以前只知陈寅恪是中外语言大师、国学大儒、文学大家。今朝来凭吊，追溯生平，才知其兄陈师曾是大画家，其父陈三立是大诗人，其祖父陈宝箴是晚清大官，也是著名的思想家、维新革命家。在湘西边城，在这个小巷小院落里，竟然居住过一个思想、文化、艺术世家！陈寅恪的祖上在戊戌政变后被革职，晚景凄凉，谈不上高官厚禄、福荫子孙，祖孙几代却是世袭的精神贵族！

到凤凰访名人故居，虽斯人已去，而风采宛在，存在的是一种高贵风度，一种精神气质，如凤凰翔舞。

（选自《武汉作家》2011 年）

芜湖看桥

　　早在仲春四月，《桥梁建设报》的余总编就邀请我们去参观即将竣工通车的芜湖长江大桥。好事多磨，挨至盛夏七月，终于成行。8 月 4 日，我们从万里长江第一桥出发，驱车经过武汉长江一桥、二桥，黄石长江大桥，铜陵长江大桥。不曾想到这次旅程要通过四座大桥去看第五座大桥，一路上过桥看桥说桥，而我对前方那座大桥依然满怀期盼和向往。万里长江上每一座大桥都是一道百看不厌的风景，而芜湖长江大桥更是一座处女桥，可以想象她横空出世之初，犹如惊鸿一瞥，大江上下，惊涛骇浪也将顿失颜色。

　　8 月 5 日上午去看芜湖长江大桥，是从南岸江边桥侧的脚手架攀登上桥的。港台建筑行业将高层建筑脚手架称为鹰架形容其高，我们今天攀爬的脚手架四周虽然罩着安全网，攀上去一颗心仍是颤悠悠的。仰头望去，天井状的框架内铁梯曲曲折折，仿佛飞架云霄的天梯，足见双层的芜湖长江大桥之高。我们手足并用，奋力攀登，一个个呼哧呼哧喘得像吼兽，大汗淋漓，却有一种淋漓的痛快和兴奋。终于登上大桥下层的铁道桥面了。上层的公路桥面像一顶长长的天棚挡住了似火骄阳，江风自桥下盘旋而上，我的身体好像也盘旋起来，仿佛置身于一个电脑虚拟的三维空间，眼前身后全是横竖斜交的钢铁结构，这些坚固的结构又是开放的透明的，面对包容我的庞然大物，我又低头看见脚下就是万丈深渊，感觉自身渺小轻飘得手足无措，无以把握自己。我按捺紧张而激动的心情，告诉自己，虽然有飘在半空的感觉，却是脚踏实地立在桥工打造的实实在在的钢铁世界中。但我一时仍无法确认眼前的桥景。人们喜欢将桥比作彩虹，而虹太轻飘；人们也惯常将桥比作长龙，而龙太虚幻。我现在置身其间的，就是飞悬于江水之上的钢铁通道，两条笔直锃亮的钢轨，射线般从通道这头射向北岸，射向无限遥远的前方，望过去令人遐想。我忽然感觉眼前这长长的钢铁甬道就像是时间隧道，沿着隧道追溯过去，可以通向人类建桥史的深处，去看开斜拉桥先河的旧金山金门大桥，看饱经抗日烽火洗礼的卢沟桥，看先辈巧夺天工的赵州桥和人类始祖的独木桥、藤索桥……一座桥就是一座时代的丰碑，她不仅标志着当前工业、建筑业和科学技术的最高水平，也是当下政治、经济、文化、艺术的综合体现。这钢桁梁上密密麻麻的铆钉，就是铭刻的碑文吧？

从铁道桥面再攀到上层的公路桥面，立刻有置身火海的感觉。炎炎烈日当顶，烤得桥面燎起缕缕青烟，电焊枪喷射着蓝色的火焰和金黄的火星。高空作业的桥工攀缘在耸立云霄的主塔墩上，惊险万状却泰然自若。这热火朝天的施工场面，使我们参观者的心和身体一起发热、燃烧。公路桥面平直无坡，只看眼前桥面，以为它就是陆基上高速公路的延伸。但环顾四周，俯瞰桥下，顿觉云蒸霞蔚，气象万千。南北两岸，莽莽群山，广袤田野，城市像一堆儿童搭的积木；东西两头，不尽长江滚滚西来，浩浩东去。东西南北都因这座大桥的崛起而毗连一片，四通八达。

我兴致勃勃地走到桥中央，看城堡般的主塔墩，看钢铁巨臂般的斜拉钢索。据说每一根钢索竟有 860 吨重的拉力！简直不可思议。总工程师文博士说，这座桥是新材料、新技术、新工艺的集大成者，仅科研经费就达 1200 万元。我对他讲的深奥的科技名词和力学术语很难听明白。但我心里明白，最先进的科技源于最简单的原理。桥工用他们的血肉之躯托举起来的这座巨桥，耗费了 100 万吨钢材和 50 万吨水泥，这分明是两座钢铁和砂石的大山呀！我们常说人是伟大的，而面对这座钢铁天桥，相形之下，人是何等渺小如蚁。来自天南海北的建桥工人和工程师，正是靠蚂蚁啃骨头的拼劲，搬来两座大山，鬼斧神工地创造了泅泅天堑上的奇迹。可以想见，桥下的江水，漂走了他们多少血汗！

想到这里，我再看桥就有一种朝圣的虔诚心情。迄今为止人类建筑史上最伟大的杰作应该是跨越江河海洋的大桥。诚然，金碧辉煌的宗教建筑更具观赏性和征服力，人们可能更醉心于西藏的布达拉宫、印度的米纳克希神庙、法国的巴黎圣母院和土耳其的蓝色清真寺，可那些都是祭祀神灵的虚无殿堂。而铺平天堑鸿沟的大桥是引渡人世间芸芸众生的福祉。与基础在陆地的各种建筑相比，大桥建筑在汹涌波涛之上，工程艰险且不说，大桥像是动态中的静态雕塑，以动衬静，以静镇动，动与静呈十字交叉，直线与曲线构织的美是自然美与文明美的高度和谐。要说建筑是凝固的音乐，大桥便是这无声音乐中最激动人心的乐章。比如眼前这座芜湖长江大桥，她的每一处钢筋混凝土构件都是一个奇妙音符，她的结构的严谨、舒展和险要、圆满，演奏着响遏行云的英雄交响曲。

（选自《彩虹》2000 年）

病　树

南方的树真是婀娜多姿。

仅一棵榕树就令人怦然心动，浮想联翩。挺拔丰腴的树腰，浓密葱茏的树冠，千丝万缕气根静垂轻飘，姿色足以倾城倾国。谁说独木不成林？一株伟大的榕树，一旦气根接地通天，便生发出无数株儿女般的新秀，蓬勃葳蕤，蔚然成林，华盖遮天蔽日。

椰皇的伟岸也不由得人不瞻仰。明明是长相一模一样的椰树却高傲地不结椰子。据说这是公椰树，长得更高挑，母椰树得到它的青睐才开花结果。

凤凰树之美堪称惊鸿一瞥。令人猜疑古人所谓玉树临风、树影婆娑、金枝玉叶之类褒奖词都是为它生造的。轻风荡漾中，一羽凤凰枝叶宛若一尾孔雀开屏，而一株凤凰树仿佛传说中的神鸟翩然而至。而且它艳而不俗，清一色绿得发蓝，纯粹，清爽，那种高雅气质，让衣冠楚楚的人类自惭形秽。

……

我在南宁街头公园徜徉，观赏仪态万方的南方树木。赏心悦目之际，一株病树赫然入目！我几乎不相信自己的眼睛，这是一株带着吊瓶的树。是的，就是我们这些人在医院输液打点滴的吊瓶。树干上吊了三个塑料药瓶，缠着纵横的塑胶管，一如重症病人身上插满导管。

我看得讶然发呆。显然这株树病得不轻，枝叶萎靡，靠瘦骨嶙峋的躯干强撑着。这一定是棵名贵树木，园丁在努力救治。但我疑窦丛生，疑虑多多，关于病灶、病因、预后、代价等，正如面对一个重症病人立刻想到的问题。

车水马龙的街头，巴掌大一块地方，集中了这么多珍稀树木，固然使我等人类一饱眼福，然而它们是土著吗？如果是乔迁者，迁徙尊重过它们的意愿吗？背井离乡，流落人间是否水土不服？

不是我爱发牢骚，这些年来，关于大树进城，行道景观树背后隐藏的景象，呼吁刀下留树……的故事太多。

树木原本有顽强的生命力。我两次去新疆，游历了南疆北疆，两次都顶礼膜拜胡杨。我面对胡杨发呆，戈壁滩上，天地之间，胡杨一千年不死，死了一千年不倒，倒了一千年不腐。当地人告诉我的。

即使倒下了，一棵横列的胡杨，或者哪怕是一截斜插的胡杨枝，都是一尊天然木雕。苍穹下，大漠上，马鸣风萧，孤烟夕阳，倒下的胡杨铁骨铮铮，它生命凝固的造型，从任何角度看都是一种象征，一种寓意。

难道能把活着的或者死去的胡杨迁移到城市来提升城市形象吗？

如果说胡杨的例子太极端，那就谈谈普通平凡的树木吧。在我的乡愁里，汉水之滨城乡遍植杨柳，寻常百姓门前屋后，阡陌间巷街头巷尾，随处可见。杨柳亲民且耐受力极强，除了遮阳挡雨，还任由大人攀折小孩攀爬。可编柳条筐，编柳帽，拽晒衣绳，荡秋千。哪怕折腰断桠甚至电灼雷劈，杨柳也不屈不挠，春来鸣条万千，夏至遮荫一片。蚁穴蝉蜕或者讨厌的毛毛虫，都是孩童鲜活的玩具。

如今杨柳在城里消失了。试问园林主政者，难道将土著杨柳赶尽杀绝，是为了给南橘北枳圈地皮吗？

为一棵病树挂吊瓶精神可嘉，但其实死一棵树也没什么大不了的，哪怕是名贵珍稀树木。抢救黄山迎客松无须大惊小怪，炒作之下，过去质朴好客的黄山主人而今变成笑容可掬的迎宾小姐。

植物自然死亡天经地义，病树前头万木春。媒体总是片面报道世界各地森林火灾，夸张为浩劫。其实一场适度的天然大火是森林世界的生命轮回。毋宁说森林之火是赐予生命的血与火的洗礼。淘汰，平衡，看似惨烈的灰烬是未来森林的沃土。

又联想到近年愈演愈烈的乌木之争。乌木原本是埋藏于地下的植物化石，因其质地功能及人文价值，进行考古发掘是可取的。但如今民众争利，诉讼纷纷，粗暴地打扰了安息于地下的植物先辈。我推测地下未发现的乌木很多，那么人们是否打算挖祖坟、拆房子发乌木财呢？

从南宁到北海再到河内，沿途看到一棵又一棵红木倒下。它们不是病倒的，是被伐倒的。最大的一棵长三十几米，直径超过两米，据说是亚洲迄今发现的最大红木。它们被肢解，制成精美贵重的红木家具。人类真是心灵手巧，在红木家具上雕龙刻凤，栩栩如生。

但人类虽以万物之灵自诩，未必就是天地间至尊无上的精灵。我看人不如树，人不过活几十上百年，树能活几百上千年，谁见的世面多？更遑论形象、大小。若比感知能力，树浑身上下遍布感官，上天几十米，入地几十米，纵横交错构造缜密的生命网络。树也必定有自己的语言和思想，只是它的生命密码人类尚无解。

树有病，人或知；人有病，天知否？

（选自《和平降临》长江文艺出版社 2017 年 4 月版）

京津马车夫

1985 年冬天，我去渤海湾采访，住在紧傍津塘公路的渤海饭店。津塘公路由天津市区直通渤海湾的明珠城塘沽，连接着我国最大的外贸口岸新港。这条颇具高速公路规模的坦直大道上，日夜奔驰着集装箱大卡车。但更惹我这南来旅人注目的却是那些穿梭不绝的马车。

北方的马车快如风。一辆车至少套两匹马，一般都套四匹，最多有套六匹的，二十四只铁蹄扯动四个胶轮子，风驰电掣一溜烟。赶车人是各色各样的。那急匆匆去装货的，跷着二郎腿侧坐在车前，一杆磨亮的鞭儿甩破拂晓霜天。那满载上路的，高高骑在垒成小山的货垛上，紧揿着马缰亮开嗓子吆喝，涨得紫红的脸庞像刚从山尖上爬起的一轮日头。而那卸了货返家的就悠闲了，倒坐或仰卧在空车厢里，一顶毡帽捂着脸，哼着赶车调儿，任由识途之马笃笃地踏月自归。在这帮车技娴熟的赶车人中，有豪爽粗犷的汉子，有憨厚勇敢的后生，还有泼辣辣的小媳妇和俊闺女哩。

漫长的公路上有马车夫们的驿站。在公路旁白雪皑皑的草岗上，隔几里便可看见一个简陋的草棚，顶着朔风顽强支立着。棚前垒石灶，青烟袅袅，棚后储有一袋袋寸金草料。

一日黄昏，我掀开草帘钻进一个驿站，见地上稻草铺成的床上，坐着几个汉子，正捧着一个塑料旅行酒壶轮饮，一个后生兀自蹲在一隅听着迷你型录音机自得其乐。马车夫们好健谈，一边将酒壶递过来，一边说，他们跑短途的，往返于天津、塘沽之间，一日足可。说跑长途的奔波于天津、北京两都，就赖驿站打尖歇马了。有时错过驿站，只好在车上与马伴宿。赶大车真可谓风餐露宿，艰苦得很。不过他们也自在逍遥，收入颇丰。听录音机的后生踌躇满志地说，到年底他可卖掉马车换拖拉机了。一个瓢嘴大叔斜睨了他一眼，说他的娃去年就开上了卡车。"那是你爷俩自个的车吗？"后生愤愤地问。"自然，是运输联营公司的，可咱家入了股！""算有个轱辘是你的了，咱明年要驾四个轱辘都是咱自个儿的卡车！"

南返前，我去新港，发现马车队竟一直赶到了这个我国最大的集装箱港口。

原来马车夫们不仅揽运木材、砂石、粮草、干果，还以极具竞争力的价格承运进出口的土特产直至现代化的彩电、冰箱。难怪马车夫们能与集装箱大卡车和皇冠、丰田们在京塘公路上并驾齐驱。

马车夫们很快都揽足了货物，炸响一串鞭花，疾驰而去了，呜呜的风送来一阵远远的马嘶。不一会儿，我便只瞧得见一杆杆鞭鞘上缀着的红缨。那红缨火团似地跳跃着，跳进公路两旁的一簇簇芦缨丛中……

（选自《冰上猎与舞》中国文学出版社 1993 年 10 月版）

冰上猎与舞

海河从天津闹市区穿过。冬日的海河未免太冷漠，在热闹的都市冻结了一道寒气逼人的冰甲屏障。

但天津人似乎不在意这冷漠，对严酷的冰河依然一往情深。

我就是在这条冰河上看见了凿冰捕鱼人。他们的悠闲雅致，与书画影视中描绘的冒着寒风踩着冰凌的瑟瑟发抖的渔夫大相径庭。捕鱼人踏在冰河上以铁锤钢钎凿冰，叮咚、叮咚地磕着冰河的酣梦。冰河便睁开了水盈盈的眼醒来，继而露出一张满月般的脸盘望着捕鱼人笑。凿至冰洞有瓷盆大时，捕鱼人便得到一个水波似银光闪亮的聚宝盆了。从无底宝盆里能否逮得银鱼，却要看猎鱼者摆弄猎具的手段。亮出一杆两三尺长的带轮轴的古色古香的精巧渔竿，在钩线上缀以肥美的诱饵沉进冰洞。然后在活动支架椅上正襟危坐，收回心猿意马，一心一意守在水洞前修炼渔道。我想，甘愿忍受阴冷的冰凌之啮咬，这大约是所谓志不在猎一片鱼鳞，而在猎一种志趣和性情。这时，两岸车水马龙、人群如蚁，现代化的都市喧哗着它的全部噪音。此情此景，使我联想起一句古诗："结庐在人境，而无车马喧。"似有所悟。

垂钓者并非只有清闲的老叟和知天命而不惑的壮年、中年人，更多妙龄男女乐于此道，还有稚气满脸的中小学生。我瞄见一个小伙子一口气凿了三个冰洞，在连环洞口里埋伏了三副渔竿。人谓狡兔三窟，看来猎者更狡，此当谓狡猎三窟了。守候着活蹦乱跳的希望的，是猎犬似地屏声静气蹲在冰洞旁的塑料桶。塑料桶有红绿黄蓝诸色，无数只在冰清玉洁的原色之上星罗棋布，如雪莲绚烂……好一幅浪漫的凿冰猎鱼图！而放眼望去冰河又如一尊天然的白玉基座，白玉上雕塑着红男绿女、老翁壮汉、少年童稚的垂钓群像。

然而冰河未能被修身养性者独霸。许多青年脚踏冰鞋旋风般舞来，又把一条渔猎之河变成舞蹈之河。三寸高跟的玲珑皮鞋和具有骑士风度的长筒靴都在冰河上失宠了，清一色的运动鞋成了诱惑舞男舞女们发魔的红舞鞋。魔具是绑在鞋底的锃亮的冰刀，驱使一双双颀长健美的大腿舞成轻盈的燕子、舞成矫捷的苍鹰、舞成潇洒的仙鹤了……

我险些被自我的想象蒙住了，原来那些垂钓者并非都超脱到了清虚境界。心旌摇动的是构成狩猎队伍多数的青年，他们每每钓起鲜活的一尾或拽起的钩线空空如也时，便扔了鱼竿，加入冰上舞蹈者的行列，去舞狂热奔放的迪斯科、霹雳舞、太空舞，与方才的恬静形成鲜明对比。猎而起舞，舞罢复猎。我忽悟道，其实猎本身也是一种静态的舞，舞其心；舞本身也是一种动态的猎，猎其乐。于是，传统的与新潮的，古老的与时髦的，躁动的与深沉的，都当仁不让地麇集于冰冻三尺之上。冰河便是一面明镜，映照着当今都市人的心态和生活色调。

　　看来我说海河冷漠是错怪了。海河用蓄了一冬的冷劲将胸膛的热血凝固起来，又袒露襟怀铺成这片溜冰场和围猎场。瞧那乳白色的冰层被锋利的冰刀划开的一道道雪白的轨迹，还有那点点串串的冰洞，酷似多情的冰河叛离了天寒地冻的冬季，融于舞者猎者们血管里的春河了，这才翻起一层层浪涌，旋开一圈圈涟漪。

（选自《冰上猎与舞》中国文学出版社 1993 年 10 月版）

庐 山 女

　　九曲十八回的石梯逶迤而下，滑漉漉似晃悠的井绳。我小心翼翼地用脚尖点数完一千三百级古石，探身谷底来寻匡庐绝景三叠泉。我在紫气白烟缠绕中环顾：数峰耸成铜墙铁壁，交臂围出个古井般深潭。这洞潭阔比石宫地殿，幽深处又豁开一道石门，门槛外云涌雾腾。啧啧，好潭！真真的洞天之内别有洞天！轰鸣声中，仰见瀑布似从天河倾注九叠谷，两次飞泻于大盘石上，折而复注，形成三叠。上叠缓如飘云拖练，中叠急似碎银摧冰，至足下化作山涧，紧傍潭壁，朝怪石悬岩凿出一道五尺宽汹汹沟壑，于百步外跌下悬崖，复为第三叠瀑布。

　　潭顶一线天微明。我窃喜早行，独霸了偌大个洞潭细细赏玩，忽见洞畔早有一山女在生炊熬粥。我买一碗粥，打量着这芳龄少女。她两泓眼水好清亮，转眸时轻轻飘漾出来，直如那第一叠瀑布。许是灵山圣水赋予她的？我想起神话传说，便涉过洞去抚看绝壁上一组组鬼斧神工的雕塑。耳后有喧哗，到了一群妙龄男女。他们也涉过洞来，恣情摄取俯拾皆是的美景。

　　暴雨忽来，一束阳光竟同时与雨帘挂起，交映于瀑布，幻成奇观。我们欢呼忘神，猝然不防洞水猛宽盈丈。糟！山洪来了！瀑布滚为怒龙吼着扑来，逼得我们贴身绝壁，抠紧石缝，任水鞭雨链狂笞而不敢稍动。一时寒气袭，阴风侵，水刺骨，壁如冰。大家浑身战栗，渐不能支，恐随时会被山洪劫进第三叠瀑布摔为齑粉！洞那边不会有救援人，后继游客必因暴雨而却步。难友号啕起来……

　　洞那边的岩石下猛然奔出一人！是那山女，她奋力推倒粥棚，迅捷解下一节节绳索接成长缆。缆绳甩过来，晃过去，终于被一只手抓住。山女将绳端拴在石柱上，双脚蹬稳石凹处，仰倒身去，拼力拽过第一个人……最后我也被拽过来，那山女弓步涧边，一把搀住我。她的胳膊上勒满血痕，那双眼碧波迸发，急切如那第二叠瀑布。

　　脱险的人们只顾怨山咒水。头顶忽霹雳大作，雨更猛，涧浪涌起数尺，大有灌漫洞潭之势。众人如惊弓之鸟，哄嚷着爬石梯逃去。

　　撇下的山女默默走到倒塌的粥棚前，久久立望着锅倾粥淌、碗碎瓢翻的小桌。雨洗礼得她周身线条毕露，一如三叠泉的壮美在山洪中裸露。她眼潭泪珠飞滚，像第三叠飞珠滚玉的瀑布。

山女收拾杂物，挑起担子，我帮她扛起小桌。才爬了几十级石梯，我便爬得比蹬天梯还艰难了，只得由她接过小桌先去了。

一个沉重的遗憾压坠了我的头。

憾什么呢？我说不清。我仰望高高的头上，山女的绿格衣背上撕裂了一道豁口，闪露出一段冰肌玉骨，极像一条美的瀑布挂在青秀的山脊上。

（选自《冰上猎与舞》中国文学出版社 1993 年 10 月版）

拾贝与食贝

一行人马住进黄海渔村，才有机会下海赶潮。第一晨，我和罗君不约而同早起，捷足先踏海滩寻拾贝壳。眼疾手快的罗君的衣袋鼓鼓囊囊，已是捡了银子没纸包，仍为一枚小海螺与我相争不让。我笑他贪心，他坦言，作为人父他是受一个孩子之托来采集大海标本。我内心说，作为长者我更是为两个孩子之愿来祈祷大海恩赐，一个是我的儿子，另一个是儿时的我。其实我也未免忒贪。

贪者活该遭嘲弄，当天我俩被同伴们一日三笑。原来三餐餐餐食贝，餐桌上贝壳堆积如山，何需去寻拾？

贝宴，大饱口福前先让人大饱眼福。一盘盘一碟碟牡蛎、扇贝、大小海螺、各种各样的蛤蜊，种类之多连主人也不能一一说清贝名。贝的形状、图纹和色泽各异其趣，真所谓琳琅满目，令人把玩再三而不忍食之。

不忍并非不欲，斯文过后便比赛谁的箸快。有道是筵之上乘乃山珍海味，我们则荣幸地霸占了华筵的一半饕餮。慷慨的主人说，桌上有几种珍贝是本地人也难得尝到的，听了我们就咀嚼得更起劲。海味之鲜美，内地最鲜活的河虾湖蟹、名贵淡水鱼也难比其妙。不过，要吃得过瘾最好抓一根大葱啃着佐味，得有在哈哈朗笑中"哈酒"的胶东人的豪性。连素不沾酒的管用和先生也以酒润喉，在满席击节声中慷慨高歌。

一日，池莉女士忽然喊我炫耀她选的贝壳。啧啧，这位近年声名鹊起的女作家选贝也独具匠心，她独选扇贝中的一种自成扇贝系列。扇贝堪称贝壳中最美丽者，可能以其形似扇得名，其实形状更似孔雀开屏，色泽也奇艳多变，或深红而浅红，或浓黄而淡黄，或老绿而嫩绿，还有半灰半银和乳白如脂的等。

我嫌扇贝轻薄易碎，重点收藏海蛎贝壳。餐桌上的油渍贝壳一概不要，宁可舍近求远去寻拾浪淘砂磨的洁物。海蛎的形状和大小极不规则，蛎壳厚重，色泽一般呈浅黄或乳白。贝壳凸面横卧似千丘万壑，竖立如险峰奇岩。凹面则洁白光滑，可作墨池或笔洗。我不虑再遭奚落，塞得旅行袋胀如牛肚。我想，宝贝宝贝，贝之为宝，宝在宝物之心，宝在审美取向。

半月来大啖贝肉，鲜固然鲜也，却也渐嫌腥。尽管佐以生葱还啃起生蒜坨来，仍不禁莫名其妙地联想到蜗牛。这也无妨，洋人早已视蜗牛为珍馐。糟糕的是，又联想起某种实在不宜说破的拖曳出白而黏爬痕的软体爬虫。都窃窃私语："现在最馋的是武汉的小白菜。"明知贝类滋补价值极高，偏偏笃信萝卜白菜才延年益寿。

食贝乏味了，我拾贝的兴味不减。每到一个渔村，早晚偷空去海滩寻寻觅觅，图谋珍贝。大海不负我心，我侥幸拾到一枚海胆贝，翠绿色，颗粒结构，酷肖一顶微型贝雷帽。

归途经青岛，发现海水浴场旁酒肆摊群招徕游客的活贝，比著名的海族馆更值得一看。还发现小贩兜售的一种熟蛤蜊似半寸螺钉。莫知其名，食客以纸卷成喇叭筒状包裹了，两指拈起一颗送齿间磕破吮肉去壳，我戏谓之：瓜子蛤蜊。

又见卖工艺贝的，编贝为猫为狗为鼠，栩栩如生，游客踊跃抢购。贝是海的生灵，贝壳是海的结晶，却被人为做成泥土俗物来附庸风雅，委实可笑。不如收藏浑然天成的贝，返璞归真才好！

回汉后不出所料，儿子喜欢的是海螺和扇贝，把海蛎贝撇给我敝帚自珍。我取一枚最大的作镇纸，很显古朴。每至夜阑人静，案头乱纸纷卷、文思紊乱时，镇纸便抚慰吾心镇定自若。

那枚海胆珍贝，还不敢贱送顽儿戏弄。我自作多情地视她是海女神的赏赐，密藏不露。我既得海之胆，当图海之志。

（选自《冰上猎与舞》中国文学出版社 1993 年 10 月版）

在宜良啖烤鸭

今春旅行至滇西南，走过苍山洱海、乃古石林、边境傣寨，免不了大饱眼福。而我津津乐道的，是有一回于野趣盎然中大饱口福。

那是在宜良啖烤鸭。宜良烤鸭与北京烤鸭不可同日而语。北京烤鸭我有幸享受过一回，或许是我这个土包子品不出洋滋味，总觉得它从现代文明的火炉烤出后，掺了太多的虚荣华贵味道。据说它飞到美国后，更是从微波炉乔装打扮登堂的，越发中看不中用了。而宜良烤鸭，乃以滇西南高原松林落下的松针绞的草要子炙烤出来的！

那天我们慕名寻到小渡口，下车但见公路两旁一长溜十几家烤鸭店，正思忖该去哪座"庙"门烧香求"鸭"，忽见一店老板拄帚门前以古礼迎送，便蜂拥而入。

当是时也，山风扑来，松涛吼响，飞沙走石，店门前弥漫着一派野趣。店老板亲自主厨，在众目睽睽之下将一只只刚宰杀拔毛的鸭脖子衔在嘴里，对准鸭气管鼓吹一气，眨眼间把个肥鸭吹成了胖鹅。再将气鼓鼓的鸭逐只挂上横梁架，蘸着蜂蜜往鸭子肢体上反复涂抹，直把个裸鸭抹得油光水滑、晶莹剔透，其白皙细腻敢与俏娘们比肌肤之美。

旋即，厨师抱来一捆松针草要子，在筑有站台的炉膛生火。一时狼烟滚滚，松香氤氲，众人贪婪嗅闻，精神为之一振。明火过后，厨师执一米长铁钩钩起鸭子吊进炉膛悬空挂烤，反复移动着烤。袅袅青烟便升腾起肉香味，扑面而来。

我们这帮食客正垂涎欲滴，那烤鸭已出炉。只见厨师钓鱼般猛扬铁钩，钩出沉甸甸的金黄耀眼的一团，大步直趋内堂。铿铿锵锵，一阵刀剁声后，厨师将斫开的整鸭连鸭头带鸭掌和盘托出，急切切端到食客面前。一个小姑娘踩着碎步紧跟其后，将小碟佐料蘸汁一一摆在每个食客面前。匆匆客套几句后，一老一小唯唯退去。

我们未免纳闷，厨师何至于如此猴急？忽闻后堂传来催促之声："客人快趁火候！"大家恍然大悟，定睛细看：嗬，托盘上的烤鸭还有丝丝青烟在冒呢。遂顾不得斯文，一齐举箸，刀枪剑戟般朝托盘格杀过去。那鸭皮竟是焦的脆的，嚼得咯嘣作响，那鸭肉却细嫩如膏，含在嘴里便化了。

那小碟的佐料蘸汁中也大有烤鸭的奥妙，生姜蒜泥中拌有青翠可辨叶状的芫荽，还有一种状似八角、陈皮的奇异香料，在滇西路上很遇见过几次，对身体绝无坏处，为烤鸭锦上添花，真是妙不可言。

宜良烤鸭闻名遐迩，今日方知名不虚传。

（选自《冰上猎与舞》中国文学出版社 1993 年 10 月版）

尽善尽美的歌舞

听说今年云南泼水节最热闹的去处是 4 月 10 日在芒市举行的大典。我们驱车风急火急赶到芒市中心广场时，已是当天下午 4 时许，典礼刚刚结束。来得正是时候，典礼无非是拉开帷幕，正好看人们涌上大街泼水的劲头。那真所谓瓢泼大雨，还可以说是沸反盈天，淹没了西斜的日头。而这种狂欢到了晚上就变成了狂舞。

最先舞起来的是乐队。当亚热带夏夜穹隆的星火月焰都燃烧起来，剽悍的傣族汉子，挎起圆筒鼓舞着擂起来，擎起金盘似的铍舞着拍起来，抬起编钟般排列的铜锣舞着敲将起来。眨眼间广场上尘雾腾起，欢呼雷鸣，数不清的舞男舞女拱隆起两条长长的龙脊，龙首正是那支威武乐队。这时，夜风乍起，天空中星火月焰摇曳跳跃，大地上繁灯万盏忽明忽暗，跳舞的人群似乎不复存在，唯见两条舞龙蜿蜒逶迤，牡牝相邀，阴阳互伴，在天地间同舞共蹈。

我们看得如痴如醉。这不是一种轻歌曼舞，而是一种热烈而庄重的虔诚之舞，令观舞者肃穆。我依稀看见一位舞神飘临这滇西南高原的夜空，点化了这群热爱跳舞的人类，使之心灵追踪舞步，灵魂与身体共舞，淋漓尽致地舞出生命的韵律。

使我感慨不已的是，这群舞得何等整齐和谐的男女，舞服的款式、色彩却如此驳杂相差。傣族男女皆着筒裙，旋舞成万花筒；景颇族少女的霓裳胸前背后的银佩舞得叮当作响，令人眼花缭乱。奇怪的是还混杂着与民族风格迥异的外来服装：有严谨讲究的西装领带革履，也有放荡不羁的牛仔服，还有袒胸露背的港台流行女装。这实在太惹眼了。开始我以为是些外地来宾情不自禁地跟着手舞足蹈，仔细观看发现，确实有不少来宾在凑热闹，但绝大部分穿奇装异服的是当地傣族、景颇族爱俏的少男少女们。这似乎不可思议。再倾心观舞，心领神会舞蹈的真谛时也就释然了。正如他们歌舞的自由自在，这里民族的性格是豁达开放的，奇装异服正体现了他们兼收并蓄的壮美，舞出磁石般吸引人参与同舞的魅力。个别地看，其实舞蹈动作很简单，进两步退一步，举手投足转体而已。偏偏他们跳得入迷入魔，观者也如痴如呆，奥妙大约就在他们自豪地舞出了民族的风格和信念。

从芒市经畹町到瑞丽，沿途处处可见泼水节的狂欢狂舞场面，但我发现中老年人无缘参与同乐。据说有条规矩，你可以舀干天河尽情泼，却不能朝老人和母婴身上洒一滴水。这虽然是一种尊老爱幼的风尚，但老人和母亲也就失去泼水的欢乐。舞场似也只属少年和青年男女，当然壮年男子可以在乐队中大出风头。而中年妇女和老人只好退在舞场外羡慕地瞧着，我猜想他们在边看边回忆自己的青春舞姿而叹时光不再。

14 日晚上在瑞丽看了一场夜舞，才知我的看法错了。

在旅社吃完晚餐过后，同伴三三两两去逛夜市，我独自在房间看书。忽闻楼下舞乐骤起，我好奇地下楼观看，原来是一群中老年舞女登门造访。旅社经理亲自迎接她们入门厅，我们各房间的旅客自动在门厅四侧沙发落座当观众，门厅便成了一个很不错的舞厅。

自天而降的歌舞就这么开始了。两个约 50 岁的妇女前后抬起锣，执钹在前的一妇约有 60 岁了，三妇率先击器起舞，一招一式如男人般粗犷有力，于是众妇鱼贯相随而舞。一圈舞毕，执钹老妇昂首挺胸，引吭高歌。众舞女抢在我们观众之前鼓掌，"吔吔"地欢呼，开怀大笑。接着再舞，再唱，每人轮流抬一回锣，执一回钹，唱一支歌。这些容颜已褪的傣女在众目睽睽之下旁若无人地自娱自乐自得，真是玩得潇洒。尤其独唱都唱得荡气回肠，忽高如吟如叹，忽低如泣如诉。我一句也听不懂唱词，但我分明听懂了音乐语言，那是爱情之歌，是傣乡傣寨的山水之音，是神明之颂。

而且我听醉了，听得钦佩不已。面对能歌善舞的少数民族，实在令我们这些内地汉族的来客汗颜。要说内地大都市的歌舞楼台，已是司空见惯了，近几年卡拉 OK 舞厅也多如大街小巷的酒肆杂货店，明明存在于凡人间，却总像与世隔绝的。虽早已褪去了象牙塔的神秘色彩，恐怕人们又把它们看成异教徒的礼拜堂了。总之，多数人是不歌不舞、呆板拘谨地过日子的。

我喜欢芭蕾舞的精美绝伦，可惜那是阳春白雪，一般人不敢企及。我也赞赏交谊舞，交谊舞在十多年前的重新流行实在是中国民众的大幸，它几经讨伐，几度枯荣，总算生存下来，但远未流传开去。迄今为止的参与舞者不过多是逢场作戏，更没见过真正自发地聚会载歌载舞的民间庆典，这实在是一个民族的缺憾。

而我在滇西南所见的歌舞，是生活的内容，是生命的需要，可以在大庭广众之下随心所欲地大唱狂跳，人人争相以歌舞表现自我，又歌舞出心心相印的人际群体和谐美感。这才是一种尽善尽美的歌舞。

（选自《冰上猎与舞》中国文艺出版社 1993 年 10 月版）

逛大理文物地摊

去年旅滇，由昆明往边陲瑞丽。4月8日途经大理白旗自治州，急忙去看心仪已久的苍山洱海，不料身临其境忽心有旁骛，以致冒出一些门外汉考古的感慨。

心血来潮始自蝴蝶泉山下，未见蝴蝶云集、首尾相衔的奇观，却撞见铜钱满天飞、银圆遍地滚的趣事。银圆当然是白花花的袁大头，铜钱正是外圆内方的古币。有清朝道光、乾隆、雍正、康熙年代的，也有明朝崇祯、万历、嘉靖年间的，还有难得的唐天宝、开元时铸的孔方兄，更有罕见的汉币和刀币，都摆在沿路地摊待价而沽，其数量之多品种之齐全令人生疑。

看出破绽是在大理三塔。地摊上有只青铜镜，镜面光可鉴人，背面绿锈斑斑，守摊老叟信誓旦旦地说是亲自从塔脚地下掘得。可是我们接着发现附近几处地摊都摆有青铜镜，摊主皆执"掘地得宝"说。这时，云南陪同我们观光的王同志赶来，一语道破天机：这些青铜镜是从化粪池捞出的。他说城外有许多仿制古币的作坊，假币铸出后再浸在尿池沤过。

我们听得惊讶不已，摊主们却泰然，脸上毫无尴尬神色，反作哂笑状，看来个中必另有蹊跷。再往古城楼走，渐渐从沿路地摊看出奥妙。

妙就妙在假中有真，真中有假，真真假假，看你有眼识否金镶玉。其实除少数需要专家甄别，真假币的质地、色泽、形状并不难比较，何况你看破后还有一个价格验证，真假币卖价悬殊。真品或残全不全、字迹模糊，或磨砺剥蚀、单薄如纸，却也有完好无损的。我相信，从容走遍大理所有地摊，一天所获可抵内地藏家数年苦苦搜罗。

而我们只走马观花两个小时。幸而一周后从瑞丽返回，日夜兼程，终于赶上大理"三月街"。在我这个内地汉人眼里，闻名遐迩的白族节日的最大特色是地摊文物，密匝匝铺遍全城。

仿佛迷走在神秘的九曲闾巷，脚下鱼目混珠，璞石杂错，扑朔迷离。真假钱币之外，还有真假银器、真假铜器、真假玉石瓷器。铜器皿最多，有铜佛、铜铃、铜算盘、铜壶、铜杯盏。与钱币故意混淆真假不同，"假"的铜器即新铸的金光闪闪，真品则被当地称为老货，都磨亮了，黄澄澄而白晃晃，有的斑痕累累，不知经过几多人世沧桑；银器主要是首饰，稀罕的是少数民族独有的服饰银佩，其中假的一目了然，铝制品是也；对瓷器的真假我实在不敢妄言，但见皆厚胎、浓釉，图案和形状粗糙笨拙而不失古朴韵致，我猜其中不少出自明清民间土窑；玉玩珠宝琳琅满目，不胜描述，以赝品居多，而其中真品是无法伪造的。

总之，"三月街"的真假古董光怪陆离，大理城内云诡波谲。难怪游客趋之若鹜，常住人口仅十余万的大理市，"三月街"期间人多得如飞蝗麋集，人群中混杂许多海外不速之客。

王同志说，据有关部门统计，如果将所有地摊文物集中起来，相当于一个规模可观的博物馆。这话我深信不疑。但他认为文物之多的原因是因为大理乃历史文化名城，而我认为原因在城外。过去滇西南交通闭塞，人迹罕至，所谓地老天荒的蛮夷之地，恰恰保护了山山寨寨的传统文化。

我对深山远寨的少数民族父老兄弟，从妻女的绚丽服装上摘下佩饰、从老人孩子的颈项和手足上取下佩饰，为衣食计将传代信物拱手交给花言巧语的文物贩子，而惋惜遗憾。不过买卖自由，愿打愿挨，终究是无可奈何的事。

由大理联想到故宫。几年前有人呼吁，说故宫开放如何损坏严重，还计算出每日参观人数的步履对铺地青砖的磨损程度。我看这实在有些危言耸听。故宫真正敞开大门也不过才几十年的历史，寻常百姓总算有了开眼界的机会。依危言者之意，最好再尘封故宫一如皇帝老儿的禁城。

我购得一铜砚、一铜锁、真假钱币一串和几块老玉。最得意的是购得那个铜水烟壶，镂有纤细图案，磨砺如镜。有一套线装石安明诗，共20卷，宝蓝布裱硬纸壳封套，少许残页。惜是要价甚高，抱恨离去。就为这些破铜烂铁，丢了几张"蓝精灵"，还向同伴借了债。以我一介穷书生，今生今世不敢言收藏，然谋几件玩物自赏自乐可也，故而尽管有人说我这几件破烂上不了文物档次，返汉后又遭妻儿奚落，我独不悔，真是敝帚自珍了。

忘说的还有一件红玛瑙鼻烟壶，买时估摸八成是"假"的，只花了5元，自以为值得。由此说到假古董，准确说是赝品、仿制品、复制品，这不足为患。譬如古画，有借名的，有捉刀的，有临摹的，还有从一幅真迹上剥离出两幅难定孰真孰假的。又譬如集邮，有藏新票有藏戳票，还有专门印制供赏玩的"假票"。古董仿制品不能简单地等同于伪劣商品。赝品也有巧夺天工的，大理地摊上的仿银雕花镂空梳妆匣就令人爱不释手。没有审美没有甄别，文物的神秘色彩也就荡然无存。

（选自《冰上猎与舞》中国文学出版社 1993 年 10 月版）

瑞丽珠宝夜市

如果传说中遍地珠宝的地方人间真有，那么就是瑞丽。

一路风闻瑞丽珠光宝气，我们4月14日刚抵达这个滇西南边陲城镇，就将行李扔在旅社，兴冲冲去寻宝观奇。倒是很快找着著名的珠宝市场，却见满街充斥法国香水和春药摊档，珠宝摊点并不多。红宝石绿宝石也不少，土产杂货般堆着，在阳光强烈的辐射下黯然失色。问价，或贵得惊人或贱得可疑，加之向导再三提醒谨防假货，大家走马观花一趟败兴而归。其实怪我们性急，不知"灯下看美人"。

当夜色为瑞丽蒙上一层神秘面纱时，市场喧嚣起来。珠宝商人如无数萤火虫般闪闪烁烁地出现了，天南海北来的觅宝者更多如趋光的飞蛾。这时的珠宝市场与白日光景迥然不同，有点像高速公路，被密匝匝的珠宝摊档隔成全封闭的两条通道，四侧摊贩叫卖，看宝客聚集围观，拐来绕去总处于眼花缭乱的迷宫中。脚下果真遍地珠宝，宝石堆在毗邻一片的摊档上，铺在摊档前的地摊上，高低错落，琳琅满目。有玛瑙、琥珀、水晶，有各种玉石：翡翠绿、红玉、白玉、黑玉、乳白和褐色相间的老玉。这些宝石琢磨成形形色色的首饰和玉如意、玉观音、杯盏器皿及栩栩如生的花鸟虫鱼。鸡血石最多，晶莹剔透，乳白、雪白或水白中透出状如鸡血丝状的奇妙结晶图案。

珠宝商以当地傣族、景颇族人居多，也有不少在瑞丽安家落户的汉族人和从中原远道而来的商人。最神秘莫测的珠宝商是越国境而来的，有眉宇正中点上颗红痣的印度妇女，有一手抚胸一手摊掌的巴基斯坦汉子，有面容慈祥而乞丐般衣衫褴褛的缅甸老人，还有会说几句汉语的混血少年。这些商人何以拥有如此众多的珠宝？他们都会念"芝麻开门"的咒语吗？我们询问的每一个珠宝商都闪烁其词，说法扑朔迷离。

夜色朦胧。天朦胧，地朦胧，气根如悬丝的大榕树朦胧，连接中缅两国的瑞丽江朦胧。朦朦胧胧中，夜色仿佛是一座大山，我们钻进了狭长的山洞，忽然，眼前流光溢彩，璀璨夺目……这就是逛瑞丽珠宝夜市给人的奇妙感觉。而灯光摇曳、烛光跳跃、人影晃动，忽明忽暗，氤氲出另一种光怪陆离的意境。更妙的是，这块神话般的宝地袒露在热带夏夜，宝蓝色的天空恍若低垂在头顶咫尺之上，仰头看天，群星似玉石飞撒，伸手可摘；俯首看地，地上似流星陨雨，随意拾起。仰俯之间，天地浑然一体了。

还有，构成珠宝夜市景观的一大活宝，当是我们这些瞧宝贝瞧得眼羡心痒的游客自己。在令人怦然心动的珠宝面前，犹信犹疑，徘徊再三，煞似撞着千载难逢的机遇又面临倾家荡产的危险，喋喋不休地争论真假。买得芥粒似的一个小玩意也被奚落说上当受骗，未买的又懊悔不甘。盘桓至夜深总算省悟真假在其次，要紧的是囊中羞涩，临渊羡鱼又不能退而结网，这才一步一回头归去。

我也动了心也动了思，我亲眼见一缅甸老汉怀揣砖头般偌大一块璞玉，剖面闪熠如夜明珠，而我也看出许多冒充的琉璃球或玻璃弹子。我寻思，自古以来珠宝商号的货都是来路不明和真真假假的，大概正因为这样，神秘兮兮的珠宝才演绎出种种人间传奇。又想，爱宝就是爱美吧？美的极致或许在虚无缥缈间？再想，珠光宝气有时是佛光有时是鬼火。真宝无价亦无家。这世界上掘宝人得不到宝，江洋大盗不识珠宝价值，富豪霸占奇珍异宝却锁箱深埋。一般人能有幸一睹宝贝的姿色光彩其实就算是拥有了。今夜我未得宝石的粉齑末屑，而我贪婪的眼睛尽摄瑞丽夜市珠宝之光，满足地珍藏于心底。

（选自《冰上猎与舞》中国文艺出版社 1993 年 10 月版）

白河呓语

与白河不期而遇是在 1991 年夏，我去鄂西参加笔会，吉普车翻山越岭下维谷，突然扑入白河的臂弯，成全我亲睹了这条梦里萦怀的河。可是白河与我的想象大相径庭，我陡然而生失望感，仿佛谁掏空了我的五脏六腑，空落落而痛苦难言。

1

我在长篇小说《河祭》中写了许许多多、逶逶迤迤的河，也深情地描绘了心中的白河。记不得有多少读者朋友问过我了："你一定去过白河吧?"我说没去过，但我可以想象白河美丽的容貌。

以前我从不曾见过白河，可白河总是在我耳际哗哗流响，那是祖辈和父辈把白河挂在嘴上念叨出的水声，于是白河从他们的眼里流入我的心中，直到我背脊宽厚得可以横隆成一道河岗，白河便在我的胸脯上激荡着晶莹的浪花。

2

外祖母说白河是一条好汉河。我未曾谋面的外祖父，秉烛焚香与白河八拜成交。他是船老大，统领一群船夫日夜厮守在白河上，挣的血汗钱够女人娃子一家人吃香的喝辣的穿圆圆的。那些懦夫孬种们干羡慕却不敢去汹汹白河上弄潮搏浪。武汉沦陷的第二年，外祖父的船在唐白河口遭日舰扫射，他胸腹饮弹，硬撑着摇起血淋淋的大橹把船摇回白河。连日寇也惧怕白河，不敢追着外祖父的船打进白河。而他的儿子——我的父亲接过大橹，又是一条凛凛然白河的好汉。

母亲的说法有所不同，她说白河是一条饭碗河。白河人一顿饭靠山，一顿饭靠水；早晨上山采香菌挖药材，傍晚下河赶集打鱼。集市紧傍河滩延连到毗邻一片的船帮甲板上，沿河的酒肆茶馆人流熙攘。山外商贾也来争吃这口白河饭，循着河流进入深山，运来花布洋油香胰子而载走山货。

她们相同的说法是，白河由无数山溪汇成一条清泉河。那水碧似釅茶，撩起来却晶白雪亮。男人们担着木桶提着瓦罐去汲水，女人们挽着竹篮拎着棒槌去浣衣。牛羊和庄稼也靠白河滋润，白河穿过的莽莽大山皱叠里，荡出一些河滩平原，种满夹岸的麦谷和高粱，巨大的水车缓缓旋转，像在天上滚动……

3

白浪滔天、好汉高歌的白河在哪里？丰腴肥厚、如脂如膏的白河在哪里？

我的眼前分明是一条枯瘦贫瘠的黑河。河面沉寂得甚至没有一张亮眼的白帆，滚满乱石的河滩上，一群衣衫褴褛的汉子佝偻着腰默默拉纤拽着一船沉重的碎石。夹岸的山腰间，一幢幢土坯茅顶农舍如历史的断壁残垣；荒凉的山坡上，望天收的玉米秸瓣不满几碗果腹的苞谷米；高悬于河岸的栈道旁，失学的孩童背负着一架小山似的柴篓……

我四处寻辨浣衣女的棒槌声，却听见撕裂大山胸膛的爆炸声。传说中没有的碎石机向白河倾泻着灰沙弥漫的碎石，溅起浑黄的、泛着乌黑泡沫的浊浪。

车停白河县郊午餐时，我踱步河边，见沿河小街一户人家正在建房，砖和瓦都用岩层风化的片石代替。泥瓦工都是自家男女老幼和亲友，歇工开饭了，各自原地蹲在料石、泥浆旁，端着小盆似的粗瓷碗，喝着满满一碗苞谷糊糊，菜呢？就是浇盖在苞谷糊上的煮南瓜。我看得潸然泪下。

是外祖母诳了我吗？是母亲蒙了我吗？

白河，恳请你回答。我原本是你的一线血脉呵，我是远道而来的凭吊者。你这饱经沧桑的老人河，能向我一诉衷肠吗？

4

原来外祖母的白河是在酒缸里酿过的，原来母亲的白河是在蜜罐里泡过的。而岁月的流逝又褪去了一层白河的本色。

而且祖辈和父辈关于白河的故事并没有讲完，未完的一半本应早该由我来寻找，并由我来接着讲下去。

今天我要讲了。我把白河的故事原汁原味地讲给妻子和儿子听，坦诚地告诉我的读者朋友。我忠告人们，眼睛的责任是从美丽中发现丑陋，从丑陋中寻找美丽。

但很可能我讲的时候，已不知不觉地把白河在黄连中浸泡过了。

这也难怪，人在饥寒的时候向往美好，而在饱暖的时候则反思苦难。

5

前辈的白河故事，说到底，只是童话。然而浅显的童话往往比深奥的哲学流传更广更久。

别了，白河！我仍不玷污外祖母和母亲的如画的白河。其实我也是不敢亵渎心中童贞的生命源泉之河呀。

我只好贮藏愿望，但我放飞思想。

思想生来就是不系之舟，我把思想留在白河泛舟。白河迟早要载着轻舟冲出重重大山的屏障，汇入大江大河，奔腾到海洋。

（选自《冰上猎与舞》中国文学出版社 1993 年 10 月版）

黄 龙 滩

在秦岭东麓、鄂西北出口，连绵群山中隐藏着一个黄龙镇。这里距十堰闹市中心不过半小时车程，而古镇老街景象却恍若隔世。我是在今年九月末一个秋风羽、秋雨纷纷的上午来到黄龙镇，穿过老街尽头的断壁残垣，几个向导引领我和同行看当年的汉口会所、黄州会所。眼前建筑虽凋敝荒凉，而有着雕梁画栋、石刻浮雕，层层华宇气势犹在，见证着当年黄龙镇的繁华。

其实引我感慨的不是黄龙镇而是滋润它的黄龙滩。如果没有黄龙滩汇集千山万壑涓涓细流，如神龙起舞般澎湃成一条汹汹陡河，就没有陡河码头，也就没有黄龙镇，甚至没有后来的十堰市。

这就说到了黄龙滩水电站。早在1959年，黄龙滩水电站工程就开始立项，经过长达十年的勘探、论证、设计，于1969年破土动工，又经过五年艰难建设，在1974年竣工发电。水电站的使命就是为新兴城市十堰和规划中的东风二汽送水送电。

据史料记载，当年黄龙滩水电站工程规模之浩大，堪比红旗渠，动员了全国各地万余名水电工人，并在原郧阳地区各县招募了六千多名民工会战。付出了血和泪的代价是可以想见的，巍巍大坝固若金汤也是不争的事实。迄今几十年过去，当年的两台发电机组已扩建成四台机组，不舍昼夜运转着，其发电、蓄洪、抗旱功能，早已兑现成莫大功勋，造福于十堰和周边各县千百万苍生。

于是我联想到红旗渠，联想到万里长江第一桥。红旗渠是百万林县人民勒紧裤带，舀尽粮缸里最后半瓢粟米，拼完吃奶的劲头建成的。长江大桥虽有苏联专家援建，毕竟也是会集全国各地能工巧匠，得亏武汉人民以蚂蚁啃骨头的精神建成的。历史已证明，这些工程是共和国不朽的建筑丰碑，工程质量也历经了岁月考验。今人如果一概否定改革开放前的建设成就，无异于数典忘祖，是对前人忘恩负义。

黄龙滩的传说是神奇的，陡河演变成堵河的河名也引人遐思。而此番黄龙滩之行，感叹最多的是美景。这里是厂区吗？是水电站工房吗？如果不是与山峦浑然一体的大坝屹立眼前，真以为我们步入了世外桃源。正值仲秋，漫山遍野，层林色彩斑斓。而秋汛中的水库，万顷碧波，恰逢秋雨蒙蒙，一眼望去竟有海的辽阔气势。一片片杨梅林、樱花林、银杏林，则是水电站人在自然境界中锦上添花。他们告诉我，这里是 3A 景区，并正在申请 4A 景区。这话提醒了我，我注意到黄龙滩水电站的厂区是开放的，游客任意出入，不然不能谓之景区。

由黄龙滩水电站开门揖客之举，容易联想到一个时髦的词语：资源共享。无论城乡，但凡祖国大地，都应还天下美景于人间。

黄龙滩，令人浮想联翩的黄龙滩……

（选自《武当风》2011 年）

沧 水 天 色

走遍天下，便有天下山水略同之慨。山川异域，日月同天，虽说造物主将北国山川造就得更阳刚雄壮，将南国河山雕琢得更阴柔秀丽，而在观光猎奇游人的眼里，不过大同小异。我想，迷恋山水而情有独钟者，大约多是托山水寄怀，一手指天，一手指地，看重的天地间一道风景却是自己。真正认识并崇拜自然之美而进入物我两忘妙境者，从古至今能有几人？因此我相信山水之美不在附丽于它的姿色，而在它原始的本真的魅力。

1996年初夏沧水风景区之行，看过被地质学家惊呼为新发现的"华夏第一奇洞"新神洞和"天下奇泉"仙女井，感慨依然。所见无非是从前有座山，山上有个洞，洞里有一段神话，洞外有一泓泉水而已。以我凡胎肉眼，只看了个热闹。

而令我怦然心动进而陶醉忘形的，却是沧水自身的天真本色。沧水之清纯、洁净，到了"水至清而无鱼"的程度。5月10日下午我乘艇往返穿梭水面两个多小时，竟未发现一条渔船帆影，连日来早晚在水滨散步，甚至没看见一只啄鱼水鸟的翅膀，更没看见一蓬像滇池里泛滥成灾的浮萍或水草、芦苇，那类乱糟糟的水中植物是靠吸吮水面漂浮的富营养物质繁殖的。可知沧水正是清清白白、干干净净，如同守护着童贞的圣洁处女。

沧水不仅清洁，而且清亮、清纯，清得晶莹剔透以致有质无色、有神无形，面对沧水仿佛面对空灵而虚无缥缈的神水。

我首次登上高40余米的土坝，倚着坝上女墙放眼沧水是在暮色苍茫时分。凝神远望，但见浩浩汤汤，滚滚荡荡，水天相接，浑然一体，恍若沧水便是倾覆的苍天，苍天便是弥漫的沧水，充盈天上天下的，皆沧水气势。有风乍起，湿漉漉的风裹挟着清馨的沧水气息扑面而来，直灌五脏六腑，透彻骨髓，精神为之一爽，顿觉心旷神怡。回首一望是堤内坝下，田野小如棋盘，人畜大如蝼蚁，居高临下，我飘飘然以为羽化登仙了，几欲御风飞去，扑入沧水怀抱。这时，我注意到沧水呈烟色，一如天上漫卷的云烟。

而翌晨再次登临大坝眺望沧水时，发现沧水是青白色的，略似东天的一抹鱼肚白。及至天光敞亮，蓝天白云之际，沧水也变色了，由青白渐而转变成青蓝，进而湛蓝、蔚蓝。烈日当顶时，浼水深处浓酽如宝蓝、紫蓝。显然，水本是无色透明的，浼水更是晶亮清冽毫无杂色，它以天色为本色。

到了下午，浼水是碧绿的。仔细分辨水色，绿的又有不同层次，远望老绿，近看新绿，浅水处是一片嫩绿。有风过或有雨来时，浅绿处又泛起一层淡淡的鹅黄。这是由于青山的缘故，37平方公里的浼水中有400多个绿岛青山，山上没有人影骚扰，只有茂密的林木葳蕤蓬勃，绿得如痴如醉，将蓝天染成碧空，将浼水染成翡翠。

而在晚霞满天时刻，落日倒映，浼水摇曳荡漾，折射出七彩光色。如霓虹拱隆，如佛光现世，如水晶宫的变色龙扑腾出水面，光怪陆离，神秘莫测，令人遐想无穷……而异彩纷呈也罢，雷鸣电闪也罢，璀璨夺目过后，终将归于平淡，浼水一任天颜变幻，尽摄眼底，以一色映百色，以不变应万变，足见浼水的博大宽厚和本色的力量。

入夜，浼水又溶于天体的黑色，它恬然入睡，睡得坦荡而安详。

而我睡意索然，我独自伫立在浼水之滨，在堤坝夜色中徜徉。夜已很深了，可我下榻的浼水山庄，舞厅的狂歌劲舞还没有休止的意思，我不堪忍受噪声污染和光电污染，宁可面对黑暗的浼水静思默想。我想我没有惊扰浼水的静谧，而我确实想轻轻唤醒浼水，向它诉说些什么。我相信一个回归大自然的人可以与一条河流默契相处，甚至可以互相倾听互相沟通。而这也正是斯时我面对浼水的危思所在。开发浼水风景区、开辟旅游观光热线，让大都市游客都来观赏、享受浼水美色，这愿望本是善良的，其功利目的也可以理解。我担忧的是，都市来的文明人的每一个步履、每一个举止愈是文明，愈可能给浼水带来一种文明的污染——浼水，天真质朴的浼水，面对人们发现新大陆般的青睐和宠爱，你作何感想呢？我问浼水，而浼水不语。

浼水似乎一觉醒来，夜风降临，狂飙四起；惊涛拍岸，巨响轰然；墨浪滔天，黑花覆地；横溢世界，荡涤乾坤。我的惊讶之心，莫可名状：以浼水的温柔含蓄，竟也有大海般粗犷豪放的气势！它迸发的天然音色，较之刚才舞厅的灯光音响，是何其雄浑美妙，而不可同日而语。并且，这惊心动魄的浼水音色虽然真切，却朦朦胧胧看不见，只能倾听着想象。于是我笃信，浼水之美并不在附丽于它的姿色，而在它蕴含的自然本真的魅力。但愿来日的游客能以返璞归真之心去体会、认同浼水的天趣。

（选自《良友》1997年第8期）

姹紫嫣红鸳鸯河

鸳鸯河发源于大洪山主峰——宝珠峰山麓的白龙池，又名鸳鸯溪，素有"九曲鸳鸯溪，十里水画廊"美誉。鸳鸯溪漂流据说是全国最具人气的浪漫漂流，可以夜漂。俊男靓女趋之若鹜，爱情之舟出双入对，活脱脱演绎着鸳鸯戏水的万种风情。

说起来鸳鸯溪只有六七公里，其实鸳鸯河源远流长。绵延起伏的大洪山系，千丘万壑，涓涓细流汇聚白龙池，又经过鸳鸯河发散开去，滋润绿林山崇山峻岭的山涧、瀑布、深潭、幽泉，皆是鸳鸯河清澈碧透的生命之源。

鸳鸯溪香艳如琼浆玉液，美女如云。而我宁愿绕开鸳鸯溪，上溯下探，去寻访鸳鸯河两岸天生丽质的奇花异木，她们才是我心目中的女神。

时值中秋，鸳鸯溪上游十余里处，河畔两株古桂已开花溢香，沁人心脾。两桂堪称桂王。同高十五米许，树围约八十厘米，共由一株结出石斑的主干顶撑着，柯如青铜，花似赤金，形若骨伞，树荫遮天蔽日，蔚为壮观。最奇的是这对姊妹桂一年之间同时开花两次。民间传说，两桂原是一对情深意笃的孪生姐妹，矢志追求真爱不得，相约守身如玉，毅然投身鸳鸯河，化作桂树再现英姿，迄今已四百年矣。

或许绿林山山神有感于两烈女的殷殷之情，慈悲点化，距两桂上游一箭之遥，又有兄弟柏。两株相距四米，冠高三十米，树围一米，伟岸挺拔，紫铜色的树皮呈几何图形般整齐规范，竟无虬结斑痕。兄弟柏的年岁有六百年，尚值风华正茂的青春期。如此阳刚英俊，这般玉树临风，可是等待了姊妹两百年？

此柏彼桂，携骆驼峰下的太阳松、六房嘴的古银杏，并称鸳鸯河畔"绿林四宝"。

那太阳松的芳名就令人遐想。蓝天之下，莽林之上，太阳女神以金色大氅怀把她的赤子，寄养在绿林山之巅。日神约月仙昼夜眷顾，赤子茁壮成长为太阳松，铁骨铮铮，柔情凝翠，引来漫山遍野百花为之绽放，如痴如醉。

而古银杏在我心目中的地位至神至圣。凡人在高大古朴的银杏树下瞻仰，密密匝匝的银杏叶，每一片都是一朵翡翠花。即便谢落，也是赐给人间的宝贝，你可以收藏为标本，还可以炮制成一剂治疗人间疾苦的良药。银杏开银白之花，颜色庄重圣洁。结白果；状如硕大珍珠。今春我带学生来绿林山写作，山民赠以鲜嫩白果，佐以西芹清炒，微苦暗香，回甘清爽。

蹀躞鸳鸯河畔，艳遇太多。比如昨日在美人谷邂逅的紫薇，几令老夫心旌摇动。先是一大片红得发紫的彩云扑面而来，瞬间亮瞎了双眼。炫目过后定神细看，原来是偌大一片紫薇林。紫薇，诗一般的名字，诗一般的身姿，诗一般的容貌。这种在城市公园偶尔一睹芳容的尤物，在这深山野谷却多得令人惊讶、震撼。紫薇属乔木，生长缓慢，枝干质地坚硬如铁。花骨朵看似弱不禁风，实则柔韧坚贞，不惧痴蜂浪蝶、风吹雨打，花期长达一季之久，羡煞多少梦想红颜常驻的美女们。而紫薇花兀自笑着绽着，她在世人眼里是花仙，世人在她眼里是花痴。毋宁说她是为了鸳鸯河才燃烧美丽。

鸳鸯河畔，姹紫嫣红……

（选自《长江日报》2017 年）

驴行野村谷

如今游山逛水盲目从众者多，而会玩的往往另辟蹊径。比如驴友，深谙控险探秘之妙，玩的是一种野趣。

资深驴友徐先生说野村谷野趣盎然，再三邀约，我便好奇地随他去寻访。

发现野村谷

野村谷，顾名思义，一座野趣迷人的村庄隐藏在群山环抱的山谷中。这连绵环绕的山群有一个美丽的名字，叫白龙山。它与木兰山一脉相承，是巍巍大别山系的余脉。

白龙山山势恰如白龙乘云驾雾，腾挪间闪耀浑身珠光宝气，抖落漫山翡翠，顺山坡骨碌碌滚出一颗熠熠明珠，却躲进山野幽谷。犹如璞玉待琢，野村谷静待世人慧眼识珠。

寻访者初来乍到，但见野村谷幽深莫测，层峦叠嶂，山水迂回，果然不识真面目。便延聘长期担任过此地村支书的王主任为向导，先沿山麓攀缘而上，登高望远辨明方向。

仿佛爬上龙脊，眼前的白龙山盘旋于天地云间，神龙不见首尾。我们驻足的山巅四峰并肩排列，依次为观音殿、晓山顶、头木山、陡坡峰。观音殿为主峰，海拔304.7米，位于北纬31°、东经114°处。

伫立在山顶一块天台般的巨石上，举目环顾，木兰山在东北隔谷相望，木兰湖在正东山下遥相呼应。眺望正北方，黄陂城区鳞次栉比的高楼大厦似乎一箭之遥。而鸟瞰之下，木兰草原、三台寺、玫瑰花园、胜天农庄、美丽乡村、锦鲤园、华夏祖庭等景区一览无余，众星拱月般分布在野村谷周围。近处的村庄田畴，远方的山川苍穹，历历在目。

山风乍起，云蒸霞蔚。青天白日之下，气象万千……

向导说，须夏秋晴朗日，傍晚至繁星满天时分，于斯处观武汉城市远景，清晰如画，忽如海市蜃楼缥缈于云雾之上，忽如流光溢彩的天上人间。那般情景，足使观赏者陶醉，恍若羽化登仙。

野村谷山上野气弥漫，野劲十足：野树野藤，野果野草，野石野径；没膝的蒿草，没头的芦苇，荆棘丛生，菖蒲如剑。

山林中早年有豺狼虎豹出没，如今仍是狐猴獾鼬的乐园，时有野猪现身。只是它们潜伏在悬崖峭壁的密林深处，警惕地与人类保持足够安全的距离。至于野雉和云雀、黄鹂、杜鹃等，这些飞禽本是山林常客。

向导回忆，"文革"期间生产队在山腰瀑布下就着水潭拦坝筑水库，有年轻鲁莽社员以铁笼囚缚一条巨蟒。村中长者闻讯赶来劝诫，说这是一条雌蟒，断然不能伤害，不日必有雄蟒寻来。第二天果然潭中又冒出一条巨蟒，隔着铁栅栏与雌蟒缠绻不去。长者威颜厉声："此乃护山护水神蟒！尔等不信神灵总要信生灵吧？蛇精成蟒，生翼化龙，龙潭祸福无常。修水库造福一方，囚蟒蛇却可能祸害一方！"年轻鲁莽社员闻罢，唯唯诺诺将巨蟒放生……

向导指点山坳中水潭所在位置，说，古人相信龟蛇同寿，奉为图腾，故庙堂常见龟蛇一体的石雕。水库已年久失修了，而那雌雄双蟒，或许还潜在潭中，也未可知。

说野村谷野，又怎一个野字了得。向导引领我们翻山越水，攀岩走壁，甚至披荆斩棘，不惧胳膊腿划拉出道道伤痕，寻找美不胜收的自然景观下掩藏的人文景观底蕴。一处处城墙、石堡、石桥、梯田、磨盘、摩崖图案、碑刻、墓冢、石塔，多为断壁残垣，遗址废墟赫然在目。就连小径荒草中的瓦砾，随便俯拾一块，也是接近秦砖汉瓦年代的文物。

仿佛冥冥中有山神启迪，我们分明领悟到荒野中宝藏所在，不是庸俗故事中所说的藏宝洞，这里没有金山银山，胜似金山银山，便是人杰地灵的深厚蕴藏。

于是，寻访野村谷更像是一次田野调查，一番考古发掘，一场民间采风。

我们的见闻不仅是与一处旖旎风光、绝色美景的艳遇，还是一连串悲欣交集的传奇、扑朔迷离的哑谜和精彩迭出的故事。

白龙寺传奇

与野村谷的亭台楼榭隔山相邻的白龙寺，因白龙山得名。考证黄陂保存最久的县志和白龙寺村《王氏宗谱》，发现如下记载：

"黄陂东乡三十里有一山名曰白龙岗……南窥江汉，北顾中州，黄麻在东，孝安接西……山下有白龙寺……

"白龙寺乃黄陂八大寺之一，始建于唐代，五代毁于兵火，其后屡建屡毁。

鼎盛时寺院有上中下三重，大雄宝殿三尊铸铁佛像高达 10 米，重万吨……

"善男信女，络绎不绝。除黄陂本县信众，外县黄安、新洲、孝感、安陆……乃至外省河南信阳、光山信徒，也来朝觐……

"乡绅佃户皆捐香火……东乡寺富白龙最，僧尼枕着银子睡……"

可见白龙寺名气之大，不让黄陂名刹木兰山。究其原因，原来与三个皇帝、四个重臣和好几个文人骚客有关。

相传隋末某年某月某日，秦王李世民与军师徐茂公率兵征战，途经白龙山。秦王对此地山水风光赞叹不已，却对民不聊生很困惑。军师不便说破百姓苦于战乱、天灾两害，只说洪涝肆虐："白龙山虽乃风水宝地，却有恶龙兴风作浪，是故生民不得安宁。"秦王问降龙之计，军师答："灾害频仍催生巧取豪夺恶徒，致人心不善。唯佛法无边，可以除恶扬善，普渡众生。"

李世民称帝，于登基的贞观元年（627 年）即命鄂国公尉迟恭往白龙山下建白龙寺，塑巨大佛像，并在佛像底座铭刻"尉迟恭奉旨监制"字样。寺庙开光之日，有高僧乘白龙而来，从此风调雨顺，百姓无不礼佛向善，一方安泰。

白龙寺声名远播，天下文人骚客慕名而来。当时定居安陆的李白，专程来参禅悟道，留下"黄鹤楼前晴川阁，白龙寺下普安桥"的诗联。这座以整块青石板铺成的石桥，当年是南来北往商贩的必经之道，历经千年风雨，如今依然保存完好。

到了元代至正二十二年（1362 年），朱元璋屯兵白龙山白龙寨，与山下元军对峙数月，问计军师刘伯温。刘伯温踏勘山势，谓此山有龙脉通王气，不日将克敌制胜。朱元璋称帝后对白龙山的龙脉耿耿于怀，唯恐江山坐不稳，派御林军到白龙山挖断龙脉，掘成深坑，将一巨大铁桩打进龙脉深处，史称"斩龙潭""屠龙剑"。白龙冤魂不散，斩龙潭喷出乌红龙血，经久不止，附近百姓惶惶不可终日。幸有白龙寺僧尼日夜超度，才逢凶化吉。奇怪的是，至今在斩龙潭南端岩石上，确有锈红水渍浸润，当地人说五百年未曾干过。

又千百年，乾隆皇帝下江南，遍访名山名刹，到白龙寺敬香求签。那皇帝虽微服私访，却被白龙寺高僧看出来历，也不说破，只管祭出上上签哄他开心。乾隆果然龙颜大悦，口占一联赠予白龙寺："黄鹤楼上吹玉笛，白龙寺内撞金钟。"至今这副楹联，还挂在寺庙大门上。

时值秋高气爽，白龙寺村的村民忙着在山门石桥上翻晒收获的柿子和荞麦。跟随在乾隆身边的风流才子纪晓岚见状，即兴吟了一句上联："白龙寺寺前柿日晒柿红寺不红"，想考考高僧。话音未落，高僧已对出下联："普安桥桥上荞风吹荞动桥未动"。纪晓岚不信，随高僧去桥头看究竟，果见桥上农妇撮起一簸箕荞麦，在顺风中扬弃荞屑。

这些传说，当然都是民间穿凿附会。但千百年间口口相传，却也演绎了生动有趣的故事。

而史志资料可以印证，白龙寺无论兴废，香火不绝。至明初，江西九江承天院高僧旮月和尚挂单木兰山，重建上古禅寺后，遣弟子灏公一源复建白龙寺。明末清初，白龙寺再遭张献忠、洪秀全所部兵将破坏。清末至民国，僧众和民众协力修缮。直到中华人民共和国成立初期，白龙寺依然寺庙可观，佛像庄严，可惜"文革"期间被彻底毁坏。

白龙寺现任住持释惟亮说，从1986年起，附近村民以山石垒成几间简陋庙房守护遗址。海内外善男信女纷纷捐资重建白龙寺，而今已按当年规模建成大雄宝殿，整座寺院全面修复指日可待。

而晨钟暮鼓早已在白龙山山谷回响，野村谷梵音缭绕，佛光普照。

观音殿之谜

野村谷有一条盘旋而上的傍溪石阶山道，直通观音殿。观音殿在山上，白龙寺在山下。山上山下，晨钟暮鼓遥相呼应。那么，观音殿是白龙寺的组成部分，还是另一座寺庙呢？

有人说，观音殿就是当年白龙寺的大雄宝殿。因山头面南矗立着一尊观音像，故而得名。其实在史志记载中，白龙寺的学名就叫观音殿。

有人反驳，当年的观音殿也是三重庙宇，沿山坳筑阶层而上，气势恢宏。鼎盛时期有僧侣近百，住持是高僧慧清法师。

众说纷纭，莫衷一是。

观音殿还有一连串难解之谜。

立在巅峰察看，白龙山大大小小的山头如波浪起伏。民间传说，此山本是当年助唐僧西天取经的坐骑白龙马，功德圆满后回归东海，历经沧海桑田，在千万年地壳变化中逐渐南移，因一次剧烈的造山运动崛起为白龙山。当年朱元璋派御林军来挖断龙脉后犹不放心，亲自赶来，执屠龙剑斩断龙头，抛于东南山崖下。龙头不腐，借日月之光华，吸天地之甘露，炼成化石。

传说固然不可当真，但千真万确的是，在白龙山主峰东南悬崖峭壁下，偏偏就有一圆形巨石，光滑晶莹如白玛瑙，与此山石质截然不同。若非龙首化石，那么它是天外飞来的陨石吗？此谜一。

观音殿寺院里有一眼古井，青石铺砌，一丈见方，深浅莫测。水质清澈，掬捧可饮，甘甜冰凉。在海拔三百多米的山上，井水为何一年四季不溢不涸？庙宇周围方圆几里未见山瀑石溪，千百年来，地下活水的源头在哪里？此谜二。

观音殿也是屡建屡毁。历朝历代，哪怕是庙宇毁灭仅剩一地废墟，总有虔诚坚毅的出家人守着残存的瓦砾不肯离去。远近的善男信女与僧人齐心协力，燕子衔泥一般，一砖一瓦重建庙宇。鼎盛之年，除了方圆几十上百里来的香客络绎不绝，还有南来的云游僧，北往的苦行僧，外县的挂单和尚，本地新剃度的出家人，僧侣最多的时候几近百人，却从未超过九十九人。

这里的和尚人数为什么不能上百呢？一说"九九"谐音"久久"，是谓吉祥安稳；一说观音殿建于白龙山山脊龙脉之上，循帝王之制尊九九数位；一说观音殿最早的住持乃白龙寺高僧门徒，上山建寺之日，遵师嘱领取衣钵度牒限九十九套，以免施主信众负担过重。各种说法都是猜测，此谜三。

观音殿之谜，还有一连串。比如，悬崖下的摩崖石刻是谁的手笔？巨石上的饮水槽是否鬼斧神工？幸存的锈铁钟字迹模糊难辨，它是铸于哪朝哪代？

谜底掩埋在尘封已久的废墟下……

观音殿最后一次倾圮是1937年，罪魁祸首是日寇。驻守黄陂城关的日军以观音殿有抗日游击队出没为由，出动大队人马上山扫荡，不仅火烧庙宇，掠走庙中经卷、字画、法器，还将住持慧清法师和僧侣、居士近百人全部杀害。

惊闻观音殿遭劫噩耗，四乡善男信女纷纷赶上山来，但见庙宇佛像已化为灰烬，血流成河，横尸遍野。信众捶胸顿足，号啕怒吼。掩埋了罹难者遗体后，青壮年男人当即就告别了父老乡亲，往大别山深处投奔八路军游击队，誓与日寇死战复仇。而许多年迈的长者就留在山上不走了，清理废墟，以山石干砌垒成一间石庵，从灰烬中扒出残存的石佛石鼎石香炉。他们叩天为佛，跪山为殿，就地摆开法场超度亡灵。

见证日寇罪恶的灵魂不死，从山巅到山谷，漫山遍野，密林里、石缝中、草丛间，都隐藏着日寇抹杀不了的观音殿神灵之谜：西北面山坡上有高僧坟茔，南山峭壁下保存着和尚石塔，山谷水潭中潜伏了许多石碑和奠基石……

迄今几十年过去，观音殿遗址上简陋的石庵又多了几间。香火不绝如缕，朝觐的善男信女逐年增多。

据常年守护在观音殿修行的七旬长者梅居士说，时有远道香客来参禅礼佛，还有不愿透露身份的学界、商界人士上山踏勘测绘。一切迹象表明，重修观音殿的规划一直在默默进行中。

许多哑谜，将在开光之日昭然若揭。

三隐书院状元楼

野村谷山那边有三隐书院。由白龙寺翻过山脊，几棵古树下有一个院落的断壁残垣，这便是当年闻名遐迩的三隐书院遗址。

相传明洪熙年间，白龙山下十几个村湾的村民自愿凑了一笔盘缠，资助公认的三个品学兼优的学子赴京赶考。三人不负众望，在殿试中囊括了状元、榜眼、探花三甲，都留在京城当了大官。但三人在官位上坐了几年却如坐针毡，目睹官场腐败和百姓民不聊生，他们深感再继续做官就是助纣为虐，愧对家乡父老乡亲。他们毅然决定辞官返乡隐居，在白龙山山脊创建三隐书院回报乡梓，广招白龙山下乃至整个大别山乡亲的贫寒学子，在山上半耕半读，自食其力。

三个隐士皆满腹诗书，讲学几年，三隐书院就与黄陂的二程书院、甘露书院和新洲的问津书院齐名。三位先生，从英年才子慢慢变成白发苍苍的老先生。几十年间培养了一代又一代文才武略的国家栋梁，终于灯油耗尽，于同一年先后倒在讲坛上，皆嘱学生将骨骸就近掩埋在书院墙角，以便继续聆听琅琅读书声。

三位隐士姓甚名谁，民间传说无从考证。而可以考证的是，在白龙山村村湾湾间和紧邻的城关内外，自宋朝至明清年代，黄陂学子在科考场上屡屡金榜题名的何止三人：

宋庆历年间（1058 年），程颢进士及第，累官至监察御史，后辞官与弟程颐专门讲学，翌年，程颐考进士未中，却当上了帝师，兄弟二人皆北宋大儒，是二程理学的奠基人；

明嘉靖二十九年（1550 年），郑佶进士及第，成为当朝名宦；

明万历年间（1554—1609 年），张涛被神宗金榜题名，官至御史；

清顺治十六年（1659 年），叶封和姚缔虞两位同乡同时成为己亥进士，后来一个是顺治名诗人，一个是康熙名臣；

清嘉庆己未年（1799 年），曾大观荣登榜眼；

清嘉庆辛酉年（1801 年），刘彬士再登榜眼；

清道光戊戌年（1840 年），金国均三登榜眼；

清咸丰二年（1852 年），周恒淇进士及第；

……

以上说的多是文人文官，白龙山下也出武状元。在野村谷周围的村湾里，九门提督王正起将军的名字家喻户晓，他是邻湾田铺嘴人。史志记载，他以治理黄河、平定倭寇建功，被皇帝封为振威将军，官阶至正一品，其母被诰封为一品夫人。在野村谷，关于他们的传奇很多。

据说慈禧的宠信太监安德海无法无天，连皇帝也畏他三分。一次慈禧命安德海下江南置办御用丝绸，他一路狐假虎威、为非作歹，官民皆敢怒不敢言。皇帝趁机急下密诏，令巡抚丁宝桢将安德海逮捕问罪。丁宝桢派出的大将程某尾随安德海三日不敢下手，改派王正起出马。王正起星夜追捕安德海，并以持刀拒捕、辱骂皇上的罪名将其先斩后奏，皇帝闻报大喜。

又传说王正起衣锦还乡时，金银珠宝装满18辆大车。他有18个妻妾，子嗣遍及大江南北。他于1890年去世时，出殡以18口棺材分埋各地，至今不知真墓冢所在，唯田铺嘴湾的故居，石墙犹在……

如今我们猜想，这些文武状元、榜眼和探花中，可能就有三位是三隐书院的隐士先生，也可能还有几位是三位隐士先生的高才生。其实具体是谁并不重要，重要的是他们的人品学问和经世济民的功德，是他们为白龙山留下了三隐书院遗址。虽然只是一堆废墟，却见证了历史的过程。

由三隐书院往上，登顶观音殿眺望，邻峰晓山顶近在眼前，峰头竖着高高的电信铁塔。野村谷长者说，那里当年曾是一座状元楼。楼高三层，翘檐珠顶，云霞穿窗而过。令人遐想古人在楼上吟诗抚琴，舞文弄墨……

斯楼不在，书院倾圮，而遗址尚存。蓬蒿中静静躺着瓦砾，每一块断碑、石雕和木刻都是野村谷密码，可以解译三隐书院和状元楼的故事。

白龙寨英雄谱

从野村谷仰望白龙山主峰观音殿，依稀可见若隐若现的白龙寨。寨墙以山石干砌而成，沿山势盘旋起伏。山寨在东西南北险要地段建有寨门，以巨石垒堡，圆木筑门。如今东西两面寨门倾圮坍塌，南北寨门半损毁，石墙壁垒尚在，宽厚坚固。可以想象当年石堡森严，易守难攻。

考证有关史料并走访当地长者得知，白龙寨始建于元朝至正年代（1350年）前后，既是官兵防御农民起义的军营，也是百姓躲避战乱兵匪的自卫堡垒。

斑驳的寨墙见证了中国历史长卷在白龙山演绎一幕幕战与火的史诗：

……自唐宋以降，战乱频仍。明末，红巾军起义，徐寿辉屯兵白龙寨，占据了大别山所有山头称帝；陈友谅剿灭徐寿辉的天完皇朝后，又与朱元璋争天下，激战白龙寨；清朝张献忠和洪秀全多次攻克白龙寨，捻军王双如在白龙寨大败清军……

而白龙寨成为红色堡垒，则要从鄂豫皖红军创始人吴光浩说起。

吴光浩的名字也许不够响亮，那么，李先念、许世友、陈再道、张体学、刘华清……这些名字如雷贯耳吧？他们都曾是吴光浩的部下或继任人。

在野村谷邻村蔡吴湾，男女老幼皆以家乡出了个大英雄吴光浩为傲。他是黄埔军校高才生，叶挺独立团的连长，北伐中在贺胜桥一战成名。国共两党分道扬镳后，吴光浩奉命赴鄂南组织农民起义，又率起义军转战鄂东，在故乡热土上抛头颅洒热血，在父老乡亲面前捧出报国报民的赤子之心，留下可歌可泣的故事。

吴光浩牺牲后，噩耗传到白龙寨，传遍白龙山、木兰山根据地，红军战士和父老乡亲失声痛哭，悲情撼天动地。

观音殿僧侣绝食三日，日夜诵经超度亡灵，山下信众和百姓纷纷涌上白龙寨吊唁。当观音殿撞响致哀钟声，山下的白龙寺、隔山的木兰山上古寺和不远的三台寺也同时撞钟，轰鸣声在山谷久久回荡。

太子桥和香枫树

太子桥在野村谷大门口。驴友一路寻访至野村谷，迎面与一座石砌木雕的门楼相遇，只顾仰望它高大巍峨的气派。而太子桥静悄悄地横亘在门楼左侧的堰河上，乍看不起眼。

走近细观，太子桥是遥远年代的古人以两块长石板铺就，石板两端的桥基是用干垒法筑的石墩。桥面上碾出两道石槽般深深的车辙。可以想象，这座小石桥千百年来碾过了多少木轱辘的牛车、马车、独轮车。如今看似沟渠的窄窄一条堰河，当年应该是山谷里汹涌的溪涧，两岸险峻的山道必是南来北往的商贩和方圆百十里村庄村民上山下山的必经之路。

石桥头有两棵古香枫树，树干笔直，华盖参天。眼下正值枫叶红了的中秋时节，五角枫叶在朝阳夕晖的笼罩下，像一树闪闪的红星。

野村谷一带的村民，将这两棵树奉为神明。他们说，用枫叶和果实熬水洗浴，不但可以治疗皮肤瘙痒和疮痂，疗效神奇，还可驱邪健身，吉祥平安。

这两棵为过往旅客和当地百姓遮阳挡雨、造福桑梓的神树，是谁栽的呢？

原来，石桥那头，山径拐弯处有一座太子庙。说是庙，其实就是一个云游和尚搭的茅庵。和尚自称药僧，每日白天上山采药，晚上念经，他还饱读药书，能将《黄帝内经》和《汤头歌》倒背如流。凡周遭百姓来拜佛问诊，药僧望闻问切后，送一包草药，药到病除，不收分文。年复一年，远近善男信女感佩和尚的功德医道，捐谷捐粟，兑成碎银，打算积少成多，为药僧，也为父老乡亲自己建一座砖砌瓦盖的庙宇。

眼看庙宇奠基指日可待了，可是突发一场山洪，肆虐村庄，也冲垮了山道上唯一的独木桥。村民的田地颗粒无收，大家饥肠辘辘，哪来财力修复垮桥？而桥断路堵更加重了灾情。

药僧便将香客捐赠的建庙银子悉数捧出，交给村民修桥筑路。村民自发出义工，建成坚固的石板桥，命名药僧桥。药僧翻山越岭挖来两株香枫树苗栽在桥头，继续栖身茅庵，安之若素。

不料某日天降横祸，大队清兵突然包围村庄，挨家挨户搜捕药僧，把山林都搜遍了。而药僧已人去庙空，了无踪迹。

有谁通风报信吗？没有，药僧已是得道高僧，昨夜他念经时，忽有一阵阴风吹灭油灯，远处隐隐传来杀气腾腾之声，茅庵外险象环生。他当机立断，连夜出走，云游四方去了。

官兵扑了空，恼羞成怒，一把火烧了茅庵，悻悻撤兵。

村民一时不明就里，猜疑纷纷，便询问三隐书院的秀才。时任书院山长是辞官归隐的七品县官，他说药僧并非凡人，乃前朝崇祯皇帝的三太子，当年躲过李自成杀戮后逃出京城，隐名埋姓，不问世事，栖身山野修行。而当朝清帝不放心，视为心头大患，前后几个皇帝都在搜捕追杀，必欲置之死地而后快。百姓闻言，纷纷祈祷三太子吉人天相，改口把药僧桥叫太子桥。

史料记载可以佐证民间传说并非空穴来风：崇祯十七年(1644年)甲申之变后，李自成率大顺军攻入北京，崇祯自缢前令三个太子出宫匿于王侯府中求庇护。长子出宫后走失于民间，三子和四子双双藏进嘉定府，却被嘉定侯出卖。其中四子朱慈炤即永王，因在太子中排行第三，民间称三太子，他面对李自成临危不惧。

"十九日，闯王入，求上及皇太子……永王拒不行君臣礼，只长揖。闯王问：'若父何在？孤必无杀意，何不出一见孤？'永王答：'不能面受卿辱，自缢宫中。'"

"四月九日，复入朝，闯王命跪，永王不屈：'何不杀我？'闯曰：'汝无罪，如免。'"

李自成撤离北京后，永王与其兄逃出嘉定府失散。永王逃到河南乡村耕田自食其力。清军闻讯追捕至河南，永王又逃至安徽凤阳他的祖宗朱元璋的故乡，被王姓乡绅收留，改名王士元。王乡绅去世后王士元被其后人猜忌，无奈流浪到湖北大别山落发为僧，云游到野村谷搭茅庵修行，悬壶济世。不料当朝皇帝又追杀过来，再逃到浙江余姚，在一废弃的古庙栖身……

康熙四十七年(1708年)，已经75岁且已还俗成家再次改变身份的明代末朝三太子——永王朱慈炤在山东被捕，全家处斩。

民间传说和历史记载往往是相辅相成的。在野村谷，太子桥和古香枫树演绎的三太子变茅庵药僧的故事，有眉有眼，有根有梢，令到此一游的驴友平添思古之幽情。

山肩上的野村

从野村谷山下仰望，观音殿和晓山顶两峰携手并肩，仿佛自然界两个好兄弟，齐心协力抬起一副人文景观重担。是的，山肩上承担着一座古老的野村落。

上得山来，但见芦花如絮，菖蒲似剑，一丛丛艾蒿散发着浓郁的清香，却不见古村落的蛛丝马迹。

原来，秘密掩藏在两山相连的肩胛处，一幢幢石头房屋遗址被纵横的荆棘遮蔽了。

向导带领我们拂开炫目的蒲公英，涉着没膝的茅草，披荆斩棘探索。先找到一间坍塌的石屋遗址，从墙基走向可以看出房间结构布局。又找到一间，再找到一间……在山势平缓的向阳背阴处，有二十余幢石屋毗邻隔户，足以想象当年鳞次栉比、错落排列的村落模样。缓坡下，是一片片梯田遗址，垒得方方正正的石阶原貌还在。

接着，又发现了一眼古井、一个大磨盘和引水石槽、勒石符号。满地陶钵瓦罐碎片俯拾皆是……荒山野岭上分明保存着一个完整的古村落野址。

我们驻足凝视，透过眼前弥漫的芦花飞絮，依稀看见炊烟袅袅，恍若听闻鸡鸣狗吠，有衣衫古朴的村夫农妇影影绰绰。

考证这座山野村落的村史，据史料记载，一说始建于元朝至正年，另一说早在南宋末年，因山势险要，易守难攻，便有山大王聚啸山林。几百年间，山头变幻大王旗。其中最著名的是大别山人徐寿辉（1320—1360年），他先是杀了恶吏投奔白莲教，因骁勇善战取教主而代之，易帜为红巾军，以大别山系各大山峰为大本营，号称三十六堡七十二寨，大败元兵而自称天完皇帝，又与朱元璋争夺天下战败而亡。白龙山上的寨墙石屋，正是他当年屯兵攻防的兵营之一。其后山寨兵营屡毁屡建，清朝爆发捻军起义，白龙山人王正起就在此山兵寨与捻军激战立功，官至正一品振威将军。

笔者认为史料失之偏颇。回顾历史，山寨城堡和山上村落，也是战乱频仍中白龙山一带黎民百姓躲避战火、抵抗兵匪的防灾家园。而且无论是谁盘踞山上，这里的一砖一石、一草一木，尤其是那整齐的梯田，想必多是勤劳辛苦的白龙山农民用血汗建造的。往更远古处说，是世世代代生于斯长于斯的白龙山原住民的祖先，筚路蓝缕，以启山林，在山肩上缔造了延续几千年的农耕文明村落。

臆想山肩上的野村模样，在相对平安无事的年代，这里五谷丰登，六畜兴旺，山民"不知有汉，无论魏晋"。偶有山下访客商贩上山，便如陆游那首脍炙人口的《游山西村》所云："莫笑农家腊酒浑，丰年留客足鸡豚。山重水复疑无路，柳暗花明又一村。箫鼓追随春社近，衣冠简朴古风存。从今若许闲乘月，拄杖无时夜叩门。"

银杏庄园的幻象

野村谷一大特色是一行行、一片片的银杏林。事实上，这里原先的地名就叫银杏庄园。两万多棵银杏树从山庄大门外公路两侧英姿飒爽地排列入园，齐刷刷挺立在纵横交错的盘山道和星罗棋布的园林阡陌上。

银杏有"国树"之称，但凡古老村落，少不了银杏的身影。过去有个说法，中国有九大银杏林，分别在浙江的湖州、富阳和终南山，广东南雄，云南腾冲，广西桂林，贵州妥乐，辽宁丹东及湖北安陆。随州人指出，这个说法说漏了我们的家乡，大洪山的一对千年古银杏举世无双。

而野村谷人说："我们正在打造湖北的银杏之乡。"野村谷的银杏很年轻，不过八九上十年树龄。唯其年轻，正朝气蓬勃，前景令人遐想。

眼下到野村谷观赏就够令人遐想无穷了。正值深秋，白龙山万山红遍，层林尽染，而山谷与山上唱反调，满谷尽带黄金甲。密匝匝的银杏树林荫道上，飘落的银杏叶铺成一条黄金地毯，铺向山谷纵深地带。明黄的，暗黄的，深黄的，浅黄的，细辨又有金黄、橙黄、谷黄、鹅黄……黄得恣意放肆的银杏叶，在穿林阳光的照射下，折射出精灵古怪的色泽，炫耀出令人迷醉的黄金世界幻象。

银杏叶色泽漂亮，功能也很神奇，可制茶、入药。用银杏叶做的枕头还可治失眠，平衡血压。

银杏树又名白果树，果实剥壳后呈乳白色，与西芹清炒，翠白相间，赏心悦目，佐酒最妙。而银杏木材质坚硬，木纹细密，材形笔直，是打造高档家具的好材料。

当然，野村谷的名贵树木不只有银杏。万亩山林中，珍稀树种、植物比比皆是。白龙山属大别山一支，绿色基因库资源一脉相承。野村谷山林深处的原始森林，古木参天，藤蔓缠绕，奇花异草深藏其间。如果驴友有意进行一次密林探险之旅，务必先做好攻略，带齐装备，则可能在原生态的野山野水野林中发现许多新奇的标本。

而野村谷作为名副其实的花果山，驴友不必冒险深入就能体验。比如大别山特有的古杜鹃花群，春天在野村谷周边的山坡上随处可见，大片大片的，开得如痴如醉。果实有板栗、核桃、樱桃、猕猴桃、杏、枣、苹果、梨、葡萄等，还有野味十足的山楂、罗汉果、桑葚、松茸、木耳……若来得是时候，应季果实可以亲自采摘，品尝起来就别有一番滋味在心头。至于春茶，不仅随你背起茶篓走进茶园，半天才捋得一捧雀舌般的嫩芽尖，而且任由你自行去茶坊炒茶。只要你把火候掌握好了，就可以自斟自饮一杯自采自焙的炒青……

凡此种种，野村谷的确是厌倦了都市喧嚣的中老年人向往自然、回望乡野、返璞归真的好去处。

野村谷也有令青少年怦然心动的奇妙景象，那就是萤火虫之夜。

近年时常听闻某地举办萤火虫晚会活动，听起来美妙诱惑，其实是举办方花钱雇人从异地捕捉了一些萤火虫拿来放飞，数量少得可怜，而且戕害生灵，被强制迁徙的萤火虫难以在异地生存。据说还有公司专以捕捉萤火虫盈利，这是破坏生态的违法经营。科普常识告诉我们，萤火虫不能迁徙，即便在它的故乡，它也只能在特定区域生存繁殖。

小驴友不妨到野村谷来看萤火虫。从盛夏到初秋，在野村谷的半山坡上，当夜幕降临，繁星满天，先是一只两只萤火虫冷不丁冒出来，如星星之火，像流星划过，稍纵即逝。接着，一串串，一团团，一片片，无以数计的萤火虫集群像火花绽放，银河倾泻，看得人眼花缭乱。这些黑夜的精灵打着小灯笼在林木花草间曼妙起舞，舞姿流光溢彩，一如金星闪烁，银屑飞溅，与天上繁星遥相呼应……

酒窖和楚樽阁

近年时兴埋藏酒。有人把瓶装的好白酒、红酒和坛装的粮食酒埋藏在自家阳台、小院的花圃里，或者寄埋在农家田园，说是要埋它十几年、几十年，等儿女婚嫁或者自己六十大寿再挖出来开怀畅饮。其实，并非什么酒都是越陈越好，勾兑的白酒和许多红酒，品牌再好也不宜久藏。能藏的酒也对温度、湿度和通风条件有严格要求。藏酒有道理，埋酒是笑话。

若果真欲藏酒，何不藏到野村谷去？

野村谷有酒堡，酒堡底下是酒窖，酒堡上头高张的酒幌子，"酌道酒庄"四个大字赫然入目。

酌道酒庄专事藏酒，这在武汉三镇乃至周边城郊目前恐怕独一无二。这里藏酒明码标价，论斤论坛，纯粮固态发酵的四种标号高度酒，一坛子从二十斤到二百斤不等，藏家选定即编码定格，记录姓名年份，在恒温恒湿的地窖密封久藏，直至预定的出窖开封日。

无须问道于牧童，嗅着诱人的酒香容易找到一座半地下式城堡。穿过古色古香的石桥，拾级而上，城墙上方草坪中央，矗立着高大的杜康塑像。酒神举杯遥祭苍天，仿佛一个升帐点名的酒元帅，而他的兵马是城墙上下、酒堡周围一排排一列列井然有序的酒坛子。坛颈封口的红布和坛肚子上菱形的酒字帖，像将士们威武的盔甲。不见杀气腾腾，但闻酒香氤氲。

野村谷景色以野趣取胜，驴友赏心悦目之余，不妨往酌道酒庄走一遭，品一盅地道的窖藏烈酒，更感慨这里的山水野劲十足。

酌道酒庄的康庄主以酒代茶款待客人，酒案上一溜精致小巧的白瓷杯斟上度数不同的白酒，请客人逐杯品尝。

"请问，品出了不同滋味吗？"

不待客人回答，康庄主接着说："品酒，其实是品时间的味道。"

他这话像是玩深沉，乍听以为是酒徒醉话，想想却也颇有道理。凡饮酒者都是成年人，总有些年纪了，以酒助兴也好，借酒消愁也罢，杯中物不过是媒介，借助它回味走过的人生，品评明天的旅程，说白了，泛在心头的都是时光的滋味。

"这些纯正的粮食酒绝无勾兑，各杯不仅酒精度不同，而且窖藏年份也不同。按烈度由低到高，年份由短到长依次排列。想必您已品出不同，最先品出淡雅清香，渐次品出沁脾芬芳，最后品出浓郁醇厚，回甘无穷。"

经他一点拨，虽然客人并非行家，却也品出了种种人生况味。

接着，康庄主引领客人下酒窖参观。不看不知道，一看更觉挖坑埋酒荒唐可笑。这里洁净干燥，冬暖夏凉，严格掌控气温变化，一排排一摞摞的藏酒架像博物馆的博古架和图书馆的书橱。可想而知，一坛好酒是如何在舒适的环境里经年累月，酝酿成时光的琼浆玉液。

酌道酒庄是野村谷的园中园，酒堡背倚山峦。在城堡墙头仰望，一片平缓的山坡开阔地延连到高处密不透风的山林。康庄主展开了厚厚一本图文并茂的蓝图，这是规划中的楚樽阁模型。

原来野村谷并不满足于只有一个可以藏酒的酒庄，正在以酒堡为起点精心设计，雄心勃勃地打造一座美酒古城。

康庄主描述说，楚樽阁将以藏酒、品酒为主题渐次布局，亭台楼榭和园林景观尽显楚风楚韵，再现荆楚历史风貌。而酒宴礼仪、音乐舞蹈则将不同历史时期、地域的风格兼收并蓄，运用声光电科技追求美轮美奂的效果，在这里充分演绎中华几千年博大精深的酒文化。

假以时日，再来野村谷的驴友就可以访问楚樽阁这个小小的酒文化王国了。届时"入境"可能要入乡随俗，比如沐浴更楚服，焚香执楚礼。品一樽美酒时，佐酒的是古琴古乐、楚辞九歌。

返璞归真耕心田

游野村谷，如果不是像文人骚客那样发思古之幽情，翻山越岭去凭吊历史文化遗址，驴友会以为这里与寻常景区大同小异，无非山水园林，亭台楼榭，小桥流水外有游艇画舫，鸟语花香处有曲径长廊。

其实不然，野村谷另辟蹊径，为驴友打造了一片田园风光。在这里驴友可以反客为主，款待亲友，"开轩面场圃，把酒话桑麻"，是的，这是孟浩然诗作《过故人庄》中的句子。诗中描述说："故人具鸡黍，邀我至田家。绿树村边合，青山郭外斜。开轩面场圃，把酒话桑麻。待到重阳日，还来就菊花。"且看野村谷的一处田园像不像诗中描绘的故人庄：

山林绿道旁一大片肥沃的田地，用篱笆隔成棋盘似的方格。每一块方格是一垄精耕细作的熟地。依四季不同，大小不同的长方形、正方形田埂里长着应季时令蔬菜。但凡爬藤的、挂果的、梗叶的、块茎的，青红白黄各色蔬果，绿油油长势喜人。田畴外斜坡上，依次排列着锹、锄、镰、耙、犁、瓢等十八般农具。田间纵横的小径，统统通向围在菜地中央的一口池塘。塘边一头等待套犁耕田的水牛在漫不经心地啃着地上青草，而塘中一群不干活的鸭子正在悠闲戏水。四五块木跳板搭在塘沿四周，随时等待耕田人来担水浇灌或洗濯。跳板一端备有木桶、扁担和竹篮、簸箕……

目睹这般田园光景，难免唤醒一些驴友尘封心底的愿望。感慨乡愁难系也好，希冀诗与远方也罢，说到底，城市来的驴友怅然若失，缺失的其实就是一小块自主拥有、自由耕耘的心田。无论种菜栽花，亲自收获的才是不枉此生的精神慰藉。然而滚滚红尘的匆匆过客，即便在城里拥有豪宅，终究上无片瓦下无立锥之地。中老年游客触景生情，感慨尤多。

而游历野村谷，庶几可以了却心愿。在篱笆墙里随便挑选一个小方格，你便拥有了一块田地，包租下来春播秋收，自耕自食之余馈赠亲友，其乐无穷。无暇无力亲自耕耘的也可以只当地主，雇请当地农民代耕，约定严禁施农药化肥，确保绿色无公害的收成。

一声悠长的牛哞将驴友唤进菜园，随心所欲摘一篮新鲜蔬菜，挽篮拾级而上，山坡上便是亲子厨房。厂房车间式的开放厨房宽敞明亮，有石垒砖砌的灶台，铁锅劈柴烟囱，一应俱全的灶具。驴友可以一试身手卖弄厨艺，也可以现学烹饪，请教一旁的村夫农妇做农家菜。所以说在野村谷反客为主不是诳语，驴友竟能像故人邀孟浩然一样邀约游伴，把盏话耕耘。

厨房旁的高坡上有豆腐坊。驴友上去切一块纯手工循古法打的老豆腐，欲煎一盘两面焦黄的小葱豆腐款待同伴、犒劳自己，不期却把浸豆、磨粉、滤浆、点卤的过程全参观了，顺手舀一瓢嫩滑香甜的豆腐脑品尝了，还可以看到一些稀罕器皿。

豆腐坊刻意打造成了一座农耕文明博物馆。这里陈列着风车、水车、独轮车、磨盘、石碾、铁铧、木犁、对臼、陶罐……最难得的是，这里还收藏了一套榨坊设备，目睹光滑油腻的木质榨具，耳际恍若响起沉重有力的撞击声，眼前仿佛浮现光裸着油光水滑的脊梁的农家壮汉，他们凭借胳膊上鼓爆的铁疙瘩似的肌肉的力量，神奇地榨出晶亮黏稠的油汁。

其实每个人都有一块心田，是任其荒芜，还是灌溉它、耕耘它，取决于各人的志趣和能力。驴行野村谷，看够了野景，难免滋生几分野心：此生能否当一回拥有一块土地的农场主，哪怕只谋得半亩、几分田地？同行的驴友徐先生说，或许不久的将来，有创意的耕耘是一种体面的职业和生活方式。

（选自《梓山湖笔记》崇文书局 2021 年 8 月版）

札　　记

藏品、书联及其他

平生看重藏家。且不论成气候的大藏家，即便一般收藏爱好者，大抵多少有不流俗的艺术趣味和审美眼光。眼下世人藏金银聚财宝，也时兴金屋藏娇，其实藏匿的不过是过眼云烟，还付出了要钱不要脸不要命的代价。何不如收藏精神财富落得个内心世界的满足而安逸？

由看重而羡慕，我也依自己的兴趣收藏几件小玩意，是些旧文物、动物标本和异域风情的工艺纪念品之类，全是这些年走南闯北旅途所遇所得。藏之陋室，明知都上不了文物"档次"，仍敝帚自珍，闲暇时把玩，亦赏心悦目。前年有景德镇友人来汉，赠我一白瓷青花香炉，友人信誓旦旦咬定是嘉庆民窑出品，我淡笑作谢，说这玩意如没几百年历史有几十年也不错。自鸣得意的是自己搜罗的一个白铜水烟壶，那是 20 世纪 90 年代初去西双版纳途中，以区区四十元从一傣族老妇手中换得，铜烟嘴上有陈年咬痕，铜炉体都被手掌磨亮了，光可鉴人。

而蔽书房虽有些藏品，却徒有四壁。倒是有两三件书画轴收藏在书柜中，乃管用和、周翼南、李乃蔚诸先生赠予，都算是名家手笔。还有一幅大名家并非大书法家的书法，是马季先生亲笔手书的"艺德"条幅，虽只两字，裱成立轴后看过的朋友都称气派。那是 1993 年采访马季他谈到抄遍唐诗三百首苦练书法时，趁他谈兴正浓请他当即挥毫写就。记得我当时还有点脸红，只是高兴的马季不察。

我这人秉性不喜索取，虽视书画为雅品，却绝不愿附庸风雅去书画圈凑热闹乱伸手。有些托我的朋友不知情，说我在文艺界混饭吃，文、艺一家，我何以没得几件书画藏品？我说倒是另藏有一幅墨宝，是武汉家喻户晓并在中央电视台声名远播的著名曲艺表演艺术家何祚欢先生的大手笔。说来还是他主动送我的，不仅郑重题款钤印，书法的文字内容还拿我和我的小说说事。是一副书联：

西峡风物船民悍气有情处心赏河祭
南湖烟雨钱郎秀质无声处耳闻涛声

"西峡风物"一句，是说他对我的《河祭》的错爱，"南湖烟雨"一句，是说我继第一部获奖长篇小说《河祭》之后来到南湖写第二部长篇小说《不远的木屋国》，他继第一部获奖长篇小说《养命的儿子》之后也来到南湖写"儿子系列"第二部《舍命的儿子》。两人相逢汉阳纺织疗养院，且常在一起谈小说，于南湖烟雨中遥想江河涛声。

　　记得那次长篇小说笔会期间，笔友之间互相取诨名冠雅号，大家口口声声称何祚欢先生"何大师"。出口成章的何大师在小说创作上却十分谦虚。他写成《舍命的儿子》一个章节后，郑重其事地委托我当第一读者。我仔细读完后，他又专门约我到他住的一号楼去做客，听我的阅读感受。我由着自己多年当文学编辑的习惯说了一大通，他真正是态度诚恳地听我置喙。末了，他将一写好的书联展示我看，同一书联，用宣纸誊写了两副。他说伏案创作之余研习书法，这副书联写毕犹不满意，又书写了一遍，左看右看，不知哪副好，请我挑看得顺眼的一副拿走。

　　我是书画的门外汉，不期而遇的馈赠令我欣喜，欣喜之余，只觉得何大师的字很耐看，有柳体的飘逸又有隶书的凝重，还有些魏碑的遒劲。

　　事后听何大师说，长篇笔会的笔友得知我收受了墨宝，未免有些"嫉妒"，抱怨他心眼未免太偏，只主动题赠一人，而且赠的是诗联兼书法，更过分的是一式两副。

　　我听了十分得意，并声明我手头只收藏有一副。当时何大师让我挑选一副，我承认将两副都卷走了，其中一副借花献佛转赠给了第二故乡的一位朋友，剩下一副收藏至今。

（选自《书法报》2002 年 3 月 26 日）

怀念黑暗

一

中年以后，我莫名地开始怀念黑暗。

这或许令人疑惑。而我却疑惑世人的看法，质疑"黑暗"这个贬义词的属性。

古人云，"世无仲尼，万世如长夜"，虽武断却也精辟。然而，按照逻辑反推，长夜的黑暗是造就仲尼的前提。正是在漫如长夜的乱世中思考，才诞生了伟大的思想家、哲学家孔子。同理，那句广为流传的诗"黑夜给了我黑色的眼睛，我却用它寻找光明"，不也承认眼睛是黑暗赐予的吗？

黑暗与光明，原本是一对兄弟，或是一个如蜗牛般雌雄同体的循环构造。没有黑夜，何来黎明？没有黑暗的衬托，何来光明的炫耀？

如果说白色是原色，那么黑色就是本色，甚至是母色。

往生物起源上说，黑暗是土壤，人类生命孕育过程便是在母腹的黑暗中。神秘的大海深处有无数已知、未知的生命，而深处暗无天日。人的三分之一时光刻在休眠的黑暗中。某些动物冬眠的黑暗过程更漫长。

穷究下去，死与睡是一对兄弟，睡是假死，死是长睡，黑暗是他们庄重的大氅。无视黑暗、漠视黑暗便是搅扰睡、亵渎死，显然愚蠢而无知。休养生息以黑暗为依托，在黑暗的庇护下生死相依，才能生死循环，生生不息。

二

本能地畏惧黑暗只是人性的一面，另一面其实是依赖黑暗的。

记忆中少年时代的黑暗是一种神秘意象，浓稠如外婆泡得很酽的一碗红糖茶，黏滑如父亲在书案上耐心研磨的一砚香墨，厚实如绚丽的舞台上开幕闭幕的黑色金丝绒帷幕。那是一种静谧的黑暗，营造万籁俱寂的氛围，听得见一根绣花针落地的声音。

当然，当黑暗还只似一层薄纱飘来时，免不了有些担忧、恐惧。狼外婆的故事已经唬不住一天天长大的我们了，接着听的故事是女鬼把头颅搬下来搁在膝盖上，用一把骷髅牙床梳子梳理她的满头青丝。而惊悚过后便是月桂和玉兔的童话，是大海和摇篮的梵音，是蛙鼓虫鸣，是天籁神曲。这一切是在伸手不见五指的漆黑的夜色中进行的。当白炽灯拉线开关咔嚓关闭，如潮水漫灌的黑暗是温馨的。尤其冬夜的黑暗是多么温柔宁静。我们从耳际和眼皮子底下坠入梦乡了，白日所见所闻、所吃所喝都成了养分，少年在黑暗的滋润下悄悄成长，一如拔节分蘖的芦苇。

那种黑暗是多么安全，多么值得信赖呵。

如果当年的黑暗是天机云锦织成的黑绢，如今只能痛惜它那绫罗绸缎般的纯质是再也找不到了。

不知从什么时候开始，人世间已然失却一种纯粹的黑暗。即便是深夜，即便在私密的卧室，灯光已无孔不入地侵袭了静如处子的黑暗。哪怕关闭了室内所有光源，仍有多种电器光刺在闪。你可以气恼地拔掉所有电源插头，可插座上还有磷火般的荧光，直射的、反射的，无处不在的像鬼眼在眨。

还有几层厚窗帘也遮挡不住的室外灯光，尤其是天上地上机车的轰鸣声裹挟的似有似无的潜光，令人无可奈何。

于是我有一种被剥夺的感觉，享受黑暗原本是天赋人权。便有一种绝望的愤慨，愤慨之余是哀叹，光亮怎么反而使花朵黯然失色？光亮怎么反而泯灭了人性的光芒？

强光、泛滥光成了世间主宰，谁也无可逃遁。那种一根火柴划破黑暗，一灯如豆点缀黑暗的情景，成了美好回忆。

三

黑暗也有味道。如果说阳光的味道如麦香，则黑夜的味道如幽兰。

乡愁如今成了时尚热词，其实它是个浸透了体味和土腥味的词语。怀念故乡的人，并不仅仅是进城打工者和莘莘学子之类的漂泊一族。回不去故乡的，在生于斯长于斯、世代栖居于斯的城市土著中，大有人在。因为故乡在本质上是精神栖所，是自然自在自由的乐园，它只可能存在于遥远的天真少年之乡。

于是所谓乡愁就是一种怀想思念，千丝万缕，化作无尽的回忆和向往，灵魂出窍，企盼挣脱躯壳，梦游心中的故乡。

人生旅途上，所有人都是流浪者。只是乡愁不同，缘于际遇、心路不同，各怀心事，有的想探望恩师、诤友、发小，有的想看一眼青梅竹马的初恋情人，向故人倾诉，感恩或忏悔……

而回得去故乡的唯一途径就是记忆。所谓记得住乡愁，就是静思、怀念、冥想、反省。说白了，就是穿越，穿越传说的时光黑洞。这个黑洞是科学描述的，也是虚幻的。凡夫俗子不可能进入时光黑洞，只能借助黑暗，慢下脚步、静下心，指望在黑暗中躲避纷扰，思考一番。这不是故作深沉，是聆听内心深处的呼唤。

可是当代人希望寻找一片黑暗已是奢侈念头。

生态恶化、污染肆虐的现象之一是城市的喧嚣。很多人都抱怨噪声污染已接近生理忍耐的极限。在我看来，噪声污染是从光污染开始的。那些噪声与乱光如影随形，恰似狼狈。科技发明灯光照明的初衷，原本是设想像北斗、灯塔一样方便人们的生活，如今却适得其反，混乱的光照成了破坏黑暗、迷乱眼睛的讨厌光怪。

不懂黑暗，也就糟蹋了光明。那些奢靡无度的人造光亮恃着奇技淫巧，却亵渎了自然界的色谱。比如，缺德地给树木花卉通电扎灯，无异于粗暴的绑架和强奸。

即便在农村，恐怕也难得觅一弯明月、七星拱斗的质朴的黑暗了。

难怪现代人回不去故乡了。怀念故乡首先得怀念黑暗，我日益觉得这是一种刻骨铭心的怀念。

（选自《梓山湖笔记》崇文书局 2021 年 8 月版）

虎 皮 鹦 鹉

虎皮鹦鹉的个头只有麻雀大小，名字叫得威武是因为它的羽毛纹路色泽很像壮美傲人的老虎皮毛。这种以高贵的蓝颜、生动的绿彩为本色的飞禽确是鸟中尤物。个中还有羽翼花纹似云朵的谓云斑鹦鹉，又有白化或黄化的称珍珠鹦鹉、蛋白鹦鹉……虎皮鹦鹉又名娇凤，溢美之名多矣，皆因小精怪的长相太抢眼夺目，美得令衣冠楚楚的人类自惭形秽。那小东西不施粉黛，素面朝天，却害得多少精心打扮的美女自叹弗如而黯然神伤。

我这么夸奖虎皮鹦鹉，不仅是相貌，还赞许它们的性情习性。它们的心灵之美，简直可以与忠贞不渝的恩爱情侣、担当责任的大丈夫和无私哺育的母亲相提并论。

我养虎皮鹦鹉成功养活到第三代，见证了一对鹦鹉生儿育女，雏鸟展翅恋爱结婚，鸟孙子问世与祖父母比翼嬉戏的全过程。

鹦鹉用情专一，纵使身边多有俊男靓女，一对情侣也心无旁骛，只对原配忠心耿耿。小两口也够黏乎的，大庭广众众目睽睽之下，兀自耳鬓厮磨，缠绵悱恻。即便食罐近在雌鸟喙下，雄鸟也要大献殷勤，自告奋勇帮雌鸟去啄食。鹦鹉食粟谷，像嗑瓜子一样一粒粒啄着吐谷壳。我曾试着直接供给粟米，它们反而不领情。只见那雄鸟努力点头啄了十几粒，便去嘴对嘴给雌鸟喂食。雌鸟受用了便奖赏雄鸟，主动为雄鸟啄洗羽毛。雄鸟很享受地听任雌鸟耐心地啄点绒毛，衔着羽根仔细梳理，表情陶醉，并得寸进尺地将自己的喙难以够到的颈脖、后背凑到雌鸟喙下，憨态可掬。

最有趣的是它们做爱。暮春初夏时节，虎皮鹦鹉发情了，蜜月期长达半年，足以任它们爱得忘乎时光，缠缠绵绵到天涯。那哥们示爱时，那姐们便乖巧地蹲下去伏低了身体，方便他跃上她的背，他压尾，她翘尾并将尾翼摆向一边。你眨巴眼睛还未看清楚，人家已经不客气地完成了交尾动作。虽说也是赤裸裸的交媾，呈现的场面却不庸俗，甚至高雅曼妙，极具美感。你想想，人家不用脱得赤条条一丝不挂，依旧是矜持的华衣盛装。取上位的雄性以征服者的姿势高傲伟岸地屹立着，取下位的雌性以背负生命种子的姿态欣慰满足地卧伏着。于是，两团美丽的化身融合一气，组合成一团令人惊艳的美好意象。

它们做爱一场虽然短暂，却可以连续做三五次，做得酣畅淋漓，足以挥洒激情，满足快感。尤其是雌鸟，同为禽类，与母鸡被踩水时的淡漠、心不在焉，有时还要狠啄一口从它背上滑下的公鸡截然不同的是，当雌鸟驯服伏身的片刻，羽毛霎时格外柔顺光滑，双目迷离微闭。我分明看见了它眉眼间荡漾着陶醉的笑意，不禁联想到脍炙人口的《长恨歌》中的精彩诗句："回眸一笑百媚生。"

做爱播下了生命的种子。鸟笼上方筑有鸟屋，雌鸟产蛋后就像个恪尽职守的母亲将蛋孵在羽翼下守护，日夜不出鸟屋，哪怕饥肠辘辘也绝不离开片刻去进食。这时，雄鸟给雌鸟喂食的意义就不是示爱邀宠了，而是一日三餐的厨师、送餐员和保姆，任劳任怨一直干到雏鸟破壳。而且儿女诞生了也不歇气，继续帮着雌鸟轮流哺育。

第二年，小鸟翅膀硬了也懂得男欢女爱了。那对老情侣并看不出老相，依然我行我素，长相厮守。

虎皮鹦鹉并不学舌，它自然没法与黄莺比歌喉。多数时间它们是安静的，默默立在枝头，像个标本，像一幅画。而在无人注意、无人倾听的时候，它们却活泼泼、脆生生地啼唱起来。我躲在一旁聆听，似说似唱的鸟语当然听不懂，唯其听不懂，更显奇妙神秘。我想，这就是所谓天籁之声吧。

我并不将虎皮鹦鹉看作宠物。我从不觉得它们是打发无聊的玩物，而是每日阅读、写作、遐想生活的一部分。养鸟也需付出心血代价，几乎每天都必须清扫一遍粟壳和鸟粪，每周都需去采购一次新鲜粟谷。我捍卫它们生命的尊严，它们给我以审美具象，甚至，它们引渡我到精神境界。

这绝非矫情。我出身于平民家庭，我的兄弟姐妹中，也有当过小学校长、中学书记的，不过我可能是钱氏家族中当得最大的"官"，居然混到了县处级。这委实是个误会。我的个性是较真、实在、自尊心强、疾恶如仇，不愿打官腔说假话、套话，不会见风使舵，反感形式主义。我自以为，以我的良知和学养，当个刊物主编还是绰绰有余的，毕竟我从学生时代起就长期担任学生干部，知青岁月时还是学生领袖角色。孰料在特定官场生态下，我这号笨人当个单位行政一把手，如临深渊，如履薄冰，这不是活受罪吗？每当我郁闷、沮丧、急躁、愤慨的时候，冥冥中总能感应到鹦鹉的召唤。我竭力控制情绪回家，我的鹦鹉像参透世事的长老淡然迎接我，左顾右盼似在审视我的失态。不知从何日开始，我发现，我能与它们用眼神交流了。那碧泓里两枚珍珠般的眸子，有光波如静电辐射我的心胸。心灵感应令我冷静自省，渐而坦然、超然，步入自由自在境界。恍然中，我以为它们是神鸟。或许鹦鹉真是天使也未可知。

这世道，谁不好色？无论男女、无论贫富，皆目迷五色。我承认鄙人也难逃是个好色之徒。戏谑地说，可叹无权无钱无胆去猎色，只好弄一对艳丽的精怪圈养起来，色眯眯欣赏。

而我要尊重地说，如果我曾经暗慕过哪位女神，宁肯她是虎皮鹦鹉。

（选自《梓山湖笔记》崇文书局 2021 年 8 月版）

正 反 梦

常闻世人慨叹人生如梦，我对此话总有疑虑，觉得说颠倒了，应该是梦如人生。并非我抬杠，如无人生经历，何来梦中情景？

对梦的解析研究，古今中外大有人在。医学家和心理学家一直在做试验找答案，迄今并无定论。一种观点认为，梦是人脑进入半休眠状态时，梦者入睡不深，脑神经在大脑皮浅层兴奋活动的产物。另一种观点认为梦恰恰是大脑在完全休眠状态下的自由活动，梦者酣睡，脑神经趁机放纵，自动"放电影"，例如专家用催眠法寻找记忆、测谎。我认为这两种观点在实质上并不矛盾。

古代哲人说得好："日有所思，夜有所梦。"但凡世人都做过梦，且多半是两类梦境：好梦和噩梦。人们总是把好梦留在心里慢慢消受，尤其春梦不便启齿，只宜自我陶醉。愿意诉之于人的往往是不解的噩梦，诉者那种梦魇缠身的惊悸惶恐令听者也感同身受。噩梦不足为奇，人生曲折坎坷，难免有一段或悲伤或愤怒或恐怖或险恶的经历在脑海里留下难以磨灭的印象，就像有意无意保留的一张旧底片，情绪不稳定时随时可能在夜的暗室翻拍出来。

以我的体验，青少年时期的梦往往是彩色的，梦中情节相当完整，可以一梦做到太阳晒屁股，即使半夜中断梦境起床小解，接着再睡还能延续前半截梦境做下去。醒来喜欢回忆也能完整复述。这种梦其实是潜意识主观导演的。而年届不惑以后的梦经常是黑白电影似的，梦境零碎，像蒙太奇镜头。醒来并不在意也不容易回忆清楚。

记得孩提时代常听老人说梦，普通民众对梦的看法与前述古哲人对梦的见解相反。平民中上了年纪的女人对梦很感兴趣，喜欢琢磨，她们认为"梦是反的"。比如梦见死人、棺材并非倒霉而是好事，预兆亲人可能升官发财；而梦见洞房花烛夜之类的好事却是坏事，往往是凶兆。如此解梦固有强烈的迷信色彩也很庸俗，但我认为其中不乏合理成分，体现了劳动人民的智慧和朴素哲学思想，隐藏着社会底层弱势群体对世道不公的诅咒和渴盼改变苦难命运的人生观。

我相信持正梦说和反梦说见解的人，都能旁征博引找出一大堆千奇百怪的梦例支持各自的观点。以我的人生阅历和做梦经历，我认为正反梦说各有道理。由此我联想到，许多影视、文学作品的导演和作者，对梦的描述和演绎，总是采取简单生硬的直译、明喻手法，这种拙劣的艺术处理，忽视了梦是大脑信息密码的折射和隐喻，造成许多无意中违背生活常识和故意误导观众、读者的错误，若认真追究起来是会穿帮的。往严重处说，这是对梦——此乃人类精神文化现象之一种——的篡改，从而是对人性的漠视和歪曲。

梦本身当然是虚拟的虚妄的，故而有醒世恒言：痴人说梦、白日做梦，云云。但梦的本质又是真实的隐蔽，应以严肃态度认知、解析它。

试举正反两个梦例佐证我的"梦话"，说自己的梦，谈亲身感受。

正梦例。20世纪70年代初我还是个中学生，以学生骨干身份就校团委书记杨老师办隔离学习班，"三陪"杨老师：陪吃、陪睡、陪学毛著和两报一刊。杨老师的"政治问题"其实是经济问题，一次例行查账发现由他负责收缴、上交和留成使用的团费短缺90余元，这在当时相当于一般干部两个月的工资。而他说不清，只声泪俱下、反复信誓旦旦地坦言绝无贪污挪用一分钱。有一次我去帮他打饭，往返大约十分钟，回来时见他的宿舍的门窗紧闭，推不开喊不应。我攀住门框上方做了个引体向上动作，探头朝门上的玻璃窗内一望，结果几乎与室内门后的杨老师脸贴脸——他用细麻绳在门后上吊，面部表情痛苦狰狞，舌头已拖了出来。我尖叫一声跌落于地不省人事。清醒后才知杨老师已停止呼吸，将他从绳套上解下来时还有体温。当晚我就逃回家中过夜，夜里做了一个儿时听老人讲吊颈鬼故事后做过的噩梦：我在路上撞见一个青面獠牙吊着尺许猩红舌头的鬼头，掉头飞逃又在相反方向与这个吊颈鬼撞了个满怀……这个噩梦一直纠缠住我不放，直到告别校园下放农村才解脱。

反梦例。这是个梦中梦。我梦见我是个有博士学历的年轻漂亮的单身女干部，虽然四周有无数男人邪淫的眼睛盯着我，但我八面玲珑、左右逢源，谙熟官场套路，由副处到正局连升三级。升官宴上我酩酊大醉，醺醺然走出红尘步入深山，在溪涧旁吟着《快乐王子》中的诗句"死是睡的兄弟"，用野玫瑰的刺挑破手腕动脉，雪白的血水流过手掌，调皮地在手心搔痒痒，痒得我咯咯笑着将手臂和全身浸淫在血流中，溶进溪流，漂向江河大海……梦中的一切与我的现实境况相反，性别、年龄、性格、文凭、仕途，无不南辕北辙。然而反解此梦，却感慨良深，恕不过细唠叨。

死是睡的兄弟，梦是死与睡的姐妹！睡是假死，死是长睡，梦是遁身隐形出世的寄托。而世人又明知梦是虚幻的，只好在睡与醒、死与生、梦与现实之间艰难选择，小心权衡。人生实在太没意思又太有意思了！人性的直率虚伪、诚实狡猾、善良邪恶等，是多么难分难解地纠缠在一起，那么梦也是复杂的。

或问："尔之正梦反梦说姑妄听之，那么无梦若何？"愚以为人生无梦很可惜甚至很可怕。报载，医生正在为丧失流泪功能的患者试用人造眼泪。没有眼泪就不能清洗眼睛滋润眼神，更糟的是不会流泪的人尤其是女人如何表现悲喜情感？同理，梦也是思想和感情的衍生物，尽管做梦说梦有些麻烦、琐碎和无聊。又见报载，某名老中医痛心疾首地说，现代人逐渐不会放屁、流汗、打喷嚏，等于是丧失了健康三大法宝。事同此理，人同此心，梦和眼泪、汗水及不雅观的臭屁、喷嚏同等重要，无论是正梦还是反梦。

（选自《人生留梦》湖北人民出版社 2003 年版）

葡 萄 架 下

葡萄架不是我搭的。前年我买来自住的这处二手房，四楼楼顶平台有现成的、建筑商搭建的葡萄架，是那种钢筋水泥浇筑的、像公园里凉亭花径回廊的葡萄架，在楼顶东侧从北端到南端搭了小半边楼顶。换句好听的话说，我的住宅楼顶有个空中花园。

我倾家荡产卖屋举债买下这处二手房，就是冲着这个私家空中花园来的。

楼顶面积大概近一百平方米，大半搭成了木头玻璃房，剩的葡萄架下这窄窄一长溜空间，经营一个小花园足矣。说实在的，以我等平民身份，这已经有些奢侈。

我在葡萄架一侧用竹竿篾片围了两尺高的花坛。楼顶上荒芜了四五年，我过了大半年"筚路蓝缕，以启山林"的日子，披荆斩棘，捧土垒石，双手十指伤痕累累。前房东植下的紫藤不惧抛荒弃养，自承日晒夜露，历经酷暑严寒，顽强地存活下来。我自然要尊重它的生命意志，任其继续葳蕤蓬勃。野菊猜测是麻雀或者狂风种植的，也任由它蔓延。我种了松，植了桂，养了竹，插了月季，蓄了茶花，还移栽了一株棕榈树。如是，葡萄架下便满目绿色，半爿木板半爿玻璃的小屋旁俨然有小小丛林，春夏秋冬变幻着老绿新绿、嫩黄苍黄、浅红褐红的叶色，我便是那朝夕相处的守林人了。

高的是林木，矮的是花草。养花种草，最难侍候的是君子兰。大前年我从恩施山沟里捧回的两钵君子兰，百般照顾它却不领情。其中一钵羞羞答答开过豆芽般弱不禁风的两串小花，我正窃喜，不料才三五天那花便蔫萎了，进而叶片枯黄，决绝而去，令我好不伤心。另一钵时而崭露新叶，时而无精打采，欲死还生，终日怏怏不乐，苟延残喘至今。我且看它还能娇生惯养几日。

名贵花木养不起，我就侍弄泼辣大方不矜持的。我的盆栽花卉有文竹、吊兰、茉莉、薄荷、杜鹃、仙人球、芦荟、橘子、石榴、薰衣草等。花坛里冒出的几株不知名的野花草芽，我也小心翼翼地把它们移到盆里蓄养起来。可想而知，无论哪个季节，我的花园里总有几朵花显眼地开着，总有几只果炫目地挂着。当然，最灿烂的还是春夏季节，紫藤的喇叭花一串一串地鸣放，密密匝匝的月季花红得令人陶醉。那种色，那种香，那种味，比所谓美女养眼怡神，即便只比感官的快感和愉悦程度，也羞煞后者。

葡萄架下如此这般曼妙，我却还没说葡萄。去年早春，我在花鸟市场谋得一株茎干有两个拇指粗的葡萄树。卖家问我，是要先挂果的还是先爬藤的？我说先爬藤的吧，我要让我的葡萄架名副其实爬满青藤。当年那棵葡萄树真的就不结一颗葡萄，却撑起一片绿荫。今年葡萄挂果了，密密匝匝挂了几十串。超乎预期的是，挂果很早，成熟太快，还是初夏，晶莹剔透的葡萄就开始成熟坠落。美中不足的是葡萄颗粒不大，像一粒粒大珍珠。这般早熟而袖珍，不知是品种原因呢还是泥土原因。我想，囿于楼顶平台限制，泥土太少太浅恐怕是原因之一。今秋葡萄落叶后，我尽量扩大了葡萄根周围的土基，期盼来年葡萄有个好收成。

忘了说，今年我收获的葡萄虽然早熟，个不大，味道却蛮不错，酸酸甜甜，无籽。葡萄熟了的那些日子，我每天清晨或者傍晚，端一瓷盘仰立葡萄架下，伸臂够手，摘两三串就装满一盘。碧绿圆润的葡萄盛在乳白瓷盘里，煞是好看。

我说过，空中小花园旁是半边玻璃木屋，屋顶一半是玻璃。坐在屋里宽大的木椅上，透过玻璃看夜色朦胧的葡萄架，再看葡萄架之上的夜空，夜空仿佛天庭的葡萄架，挂满葡萄般晶莹的星星月亮。

（选自《白云苍狗》长江文艺出版社 2014 年 12 月版）

南 北 篱 笆

敝舍四楼南北各一阳台，阳台的天花板从四楼楼顶平台上看，便又是南北两个阳台，只是没有护栏。楼下阳台的铁栏杆已是锈迹斑斑，若重刷漆也管不了一两年会再生锈。我原本打算拆掉铁栏杆换成不锈钢的，顺便把楼顶平台的两个阳台也装上护栏。不料动工前跟小区物业公司打招呼时，他们答复支支吾吾，说是阳台外观要保持统一，等待云云。我懒得等，暂不管楼下生锈的栏杆，灵机一动，把楼顶平台的两个阳台用竹篾片围成了篱笆护栏。又请来泥瓦匠，在篱笆内用青砖砌了两个泥土池——是的，我计划在篱笆墙内填土造田。虽然大兴土木一场也难得造出半亩的十分之一田地来，却可开垦出正儿八经、方方正正的两块田地来，大有可为！

没想到弄点泥巴还蛮费神，城区内根本就没有干净土可挖，只好到很远的郊外去谋。说起来只有巴掌大的两块地，测算起来掘一立方米的土都不够，对我这个城内楼房的居民来说，可谓工程浩大。我铁了心，哪怕是燕子衔泥、蚂蚁啃骨头、猴了掰苞谷、竹篮打水，我也要"征服"一块属于自己的土地。

取土过程千辛万苦，最远的取自江夏乌龙泉一带的橘园和金口村庄的田垄地沟，最近的也取自古田二路的汉水河边。纸箱子装，旧衣服包，塑料袋提，我甚至用双手捧回一团看上去很纯净的黄泥巴黏土。与泥土打交道的狼狈模样可想而知，常常弄得浑身泥泞，鞋子陷在泥地里拔出了一双泥靴子。

取土代价也不小。动用儿子媳妇的私家车耗油不便宜不说，还把他们的宝贝座驾变成了广东人形容的"泥头车"。屡次试图雇工取土不成，取回的土搬运上楼请"扁担"倒是不难，但工钱不菲。俗话说，豆腐盘成肉价钱，我是不是把泥巴盘成了"稀土"价呢？有一回，帮我搬土上楼的"扁担"师傅一本正经地说："您驾真会想办法过日子，如今的青草几贵呀！莫小看您驾这两块地，自己种菜够一家人吃了，几划得来！"我听了哑然失笑，心里说："算上竹篾、砖砂、水泥材料和工钱，再把我自己日夜劳动的力资成本算进去，我就是在这几坨泥巴里面朝黄土背朝天播种几年，年年季季大丰收，也不知猴年马月才能收回成本呢，更遑论白赚青菜钱了。"

我四处搜刮来的地皮，真可谓五色土，有橘园的红土，菜地的黑土，河边的青沙土，工地深坑的黄泥土，还有同事帮我捡来的蜂窝煤的煤灰饼，是褐色的。还有朋友拿来了一包手磨咖啡豆的渣子，我把它撒胡椒面似地撒在田土里了，是咖啡色的。不知耕耘这几种掺和在一起的五色土，能有几分收获？

　　我没有种田经验但有经历。少年时代，我曾在武汉十七中操场旁的池塘边开荒种白菜。高脚白长势很好，忽在一夜间被同一条巷子的街坊偷得一棵不剩。十一二岁的我号啕大哭，刚强的母亲鼓励我拭干眼泪再去复垦，用行动而不是用骂街来羞辱小偷。我自幼、天生有务农情结、种植兴趣。后来高中毕业下放至湖北监利农村，在聂河公社中学任教，曾带领学生种田、种棉花，从营养钵把秧苗移栽到大田做起，种的棉花由结青桃到绽白花。种黄豆，从播种开始，一直到用竹梿枷把黄澄澄的豆粒从豆荚中打出来，过秤入库。当然这些亲身经历的种田本领都忘记了，如今的我依然是个四体不勤、五谷不分的城里人。

　　我备齐了小锄小锹、水桶水瓢，要在我的篱笆田里圆一回我的田园梦。

　　此前我已小试牛刀，在花盆里试种蔬菜。种白菜那是小菜一碟，种茄子每盆一株可结三五个或六七个果实，乌红而紫黑，煞是好看。还种过豆角，搭架爬藤后豆角便长出来，在风中摇曳拖荡。但好景不长，豆角招虫，专拣最嫩的茎叶产卵，密密麻麻，难以计数。虫卵又招来蚂蚁，成群结队来聚餐。我才采摘了十几根豆角呢，还不够炒一碗，剩下的都被虫蚁糟蹋了。

　　而今我拥有了"大片"田地，自然也有雄心勃勃的种植计划。在这个秋冬之交，我在南边篱笆田里撒的半边白菜籽已发芽。另半边已移栽了韭菜、红菜薹、莴苣。北边篱笆田里，撒种的香菜和茼蒿也已出苗，还移栽了几株包菜。

　　田里这些青菜，到明年春暖花开时节我将全部收割复耕。在南边篱笆里种辣椒和西红柿，在北边篱笆里种茄子和南瓜，精心浇灌培育。待到它们挂果时，既可观赏又可享用，岂不美哉！

　　其实无须期盼来年收成，眼下我已收获多多。我可随意一会儿踱步南边篱笆，凭栏仰望白云红日、星星月亮，看鸟听风；一会儿踱步北边篱笆，倚栏俯瞰菜地招引来的蚂蚁、蚯蚓、蛾蝶和偷嘴的麻雀。

　　于是我可以自诩地主、农夫、田叟、耕读人家、隐士，还可以文绉绉地自号篱笆斋主。嘻嘻，哈哈。

（选自《白云苍狗》长江文艺出版社 2014 年 12 月版）

锦衣·尚飨

锦　衣

一想起古人竟有锦衣夜行者，便叹服今人会显摆，穿了光鲜的、名牌的衣裳不但在光天化日下招摇过市，而且自拍了晒到朋友圈炫耀。

近些年穿戴变化之大近乎脱胎换骨的倒不是年轻人，而是中老年男女，尤其是被媒体称为"中国大妈"的群体。她们真敢穿，大红、大紫、大绿、大花、明黄、弹力踩脚贴腿裤、像芭蕾演员穿的连裤连袜紧身衣，都是出街行头。全然不顾身体是否臃肿了，是否发福了。

如同龙袍加身还得戴皇冠，锦衣盛装不能不化妆，于是又文眉，再做头发。在公交、地铁、超市里，人头攒动中忽见一堆火焰、一把青草或一蓬金毛的染发中老年女士并不稀奇。

中老年人爱时尚说明社会进步了，生活富裕了，个性张扬了，不必说三道四。问题是，锦衣昼行，众目睽睽，穿的人泰然自若，目光躲不开的旁人却尴尬。最碍眼的是那些锦衣往往不合身，长了或者短了，大了或者小了。说白了，那些华丽衣裳多半不是量身定制的，明显是年轻人淘汰的二手货，猜得出是"逆袭"，继承了儿子儿媳、女儿女婿的"衣钵"，因为舍不得扔。更节约的，索性将年轻人抛弃的手袋、披肩、发卡、围巾统统拿过来混搭，自我感觉还蛮好。合时宜却不合身份，只顾抢眼出风头的，有点像马戏团演员。

或曰，人家老外的穿戴不也很花哨吗？七老八十的还臭美呢！咱中老年人多是五零后、六零后，艰苦朴素了大半辈子，不该潇洒走一回吗？

须知老外穿得再花哨也是得体的，剪裁合身、做工精良、质地考究，而且那种花哨与老头老太的举止容貌搭配，与场合兼容，与环境没有刺眼的反差。

有些人未必明白，服饰不仅与色彩、质地、款式有关，而且与修养、气质、文化传统、价值观念和审美习惯有关。虽说人靠衣装，三分长相七分打扮，却有沐猴而冠之虞。

窃以为，如果有些中老年人的穿戴失态了，他们的儿女要负一半的责任。请把你们淘汰的衣物捐出去或者扔远点。

另一半责任在中老年人自己。要自知老态龙钟了，也要自信长相更睿智仁慈庄重了。你的养老积蓄不是都留给子孙的，量身定制一套自己的行装，莫辜负了历经沧桑的形骸。

尚　殓

清明去敬供的扫墓人，恐怕多半不知古人写过一首打油诗讽刺敬供。余大约记得："黄昏祭祀了，弟子闹吵吵。祭肉分肥瘦，馒头争大小。子路开口骂，颜回低头笑……夫子太息曰：'当年困于陈，不见此饿莩。'"挖苦得够狠，敢拿权威的孔府师生开涮。

如今的敬供者可能不以为然：这是讥讽馋相和分配不均，也说明当年孔子师徒太清苦。我敬供的烧鸡、卤菜和肉包子摆在墓碑前没人争抢。莫借古讽今嘲笑孝心，小心冒犯神灵！

你振振有词，但你忘了把供品打包带走，尽管你无需用它祭牙。

前些年清明，余总是提前一两周去扫墓，后来成千上万扫墓人都提前，近年余只好延后一两周去扫墓，却发现墓园太恐怖。光天化日，人声鼎沸，还怕撞见鬼？不怕鬼却怕人，怕扫墓人敬的供品。经过风吹、雨打、暴晒，那些盛在塑料袋、方便盒里的鸡鸭鱼肉、蔬果点心，像真被饿莩厉鬼饱餐过后的残羹剩饭一般，杯盘狼藉，油污四溢，馊味扑鼻，苍蝇乱飞……这情形不仅令人毛骨悚然，而且令人窒息作呕，好端端的墓园真的成了人间地狱。

不文明行为会影响到阴界，多少有些出人意料。以前只知影响到境外，媒体老是炒作国人出国游如何如何不文明。事后冷静分析，有的是夸大其词，有的是吹毛求疵，还有的是故意丑化国人的，皆因有的行为毕竟是坐实了，损坏了国人的名声。

令人担忧的是，境外媒体记者的鼻子比狗还灵敏，一旦嗅到公墓来，把墓园的肮脏恐怖景象曝光，闹得在全世界丢人，还"丢鬼"。

估计有人会反驳："清明扫墓，敬供烧香乃传统，摆供品表孝心，千百年如此，岂容你逆忤？"

须知前人多是土葬，家族祖坟各处一隅。即便是公墓或乱葬岗，坟头之间也有距离，有回旋余地。各家摆的供品，隔夜就被飞禽走兽蝼蚁分餐了，最后还有山岗林地、灌木花草自然分化。如今公墓是钢筋水泥构造，墓碑密密匝匝，毫无吸收净化功能。今昔不可同日而语。

　　而今朝墓园比之往昔坟茔也有许多好处、优势。以武汉的两处著名公墓石门峰和扁担山为例，林木参天，山峦叠翠，小桥流水，鸟语花香，墓园像公园了。即便是寻常草民谢世，安葬的墓穴虽昂贵了些却也够体面排场，这大可安慰逝者亲属。如此风水宝地，怎忍心弄脏它？

　　扫墓扫墓，你是去扫墓的，不能反而把垃圾弃于墓碑旁。

　　墓园是宁静肃穆之地，必也圣洁，这是常识。余冒天下之大不韪吐槽，不惧得罪凡人，万一神灵误解，余愿以诚实作供品，敬献给列祖列宗乃至一切逝者。

　　九泉之下，天堂之上，尚飨！

（选自《和平降临》长江文艺出版社 2017 年 4 月版）

接　龙

庚子岁末，我在空旷的校园踯躅。梅南山上，往年一向杂树生花、尽显植物多样性的自然山林，今冬居然冻成一片白花花的雾凇，而汤逊湖拍岸的湖浪，也沿湖岸凝固成一圈晶亮的冰凌。严冬气氛亦因疫情越发显得阴沉肃杀。新冠肺炎疫情似有死灰复燃之势，河北、辽宁、吉林、黑龙江……传来的消息日益吃紧，历经去冬今春疫情煎熬的武汉，人们如临大敌的心情可想而知。

幸而大学生们在元月十四日前后考完最后一门功课就陆续离校返家了。设想如果再挨延几天，如果疫情加重，如果成千上万归心似箭的大学生滞留在封闭的校园，那时城里的思乡情绪和故乡盼归情绪互相滋长蔓延，还有师长、领导的焦虑和社会大众的关注，千丝万缕，只怕会织成一张密不透风的网，网里网外，能裹缠住多少纠结的心！

这个冬季确实格外冷，我为抢救院子里的几株果木花卉，双手指头冻裂了好几个口子，一沾水就刀割般疼痛。而比疼痛更揪心的，是眼下的疫情。

即使学生都安全离校了，学校也难释怀，牵挂不已。启程稍慢的学生还在路上呢，一场异地"接龙"就在师生之间展开了。每天早晚，由各年级各班老师或班长牵头，人人在各自的手机上刷屏接龙："1. 某某某，某省某市，全家健康；2. 某某某，某省某市，全家健康……"寥寥几行接龙文字，包含的信息量却极大：如果每个学生都健康正常，从学校角度判断，则该生全家正常，则所在社区正常，则所在区域正常，则全校师生员工正常……即时传输给大数据总揽防控大局。这般情形，令人联想到历史上的古街长巷、山村水乡的更夫，每日晨昏巡路敲竹梆，"平安无事啰——"的吆喝声此起彼伏，连绵不绝，让千家万户听了释然安然。

"接龙"的说法，据考证源于江浙一带，当旱灾肆虐，大地干裂，人畜饥渴，人们去山野深处寻觅隐蔽的沼泽，挖掘到几尾难得的泥鳅，奉为神明，小心翼翼地捧回供养于寺庙水缸中，祈盼其早日显现天龙真身，呼风唤雨，拯救苍生。

而接龙游戏，据说发端于川人的纸牌玩法。我认为击鼓传花也类同接龙，而成语接龙、诗歌接龙普及了接龙游戏。当智能手机普及后，人们在微信、QQ上以接龙方式发起聚集、团购、捐赠、支援、救助活动，方便而快捷。在学校，接龙游戏演变成签名报到、讨论表决的集体学习生活方式，卓有成效。

由接龙游戏而一呼百应，井然有序，成为我校抗疫成功的法宝之一。听说类似游戏在全国各大中小学都在"玩"，大同小异，师生、家长高度默契。推而论之，吾国吾民能在瘟疫肆虐全球的惊慌中稳定人心，虽先遭创伤而独善其身，以管窥豹，接龙所体现的传承意志、龙马精神，既是一种游戏规则，也是一股协同力量。

虽然隔着千山万水，在看不见的空间，庞大的接龙队伍紧密衔接，互相呼应。于是，虽然北风呼号，寒气凛冽，而疫情笼罩的校园却安宁祥和。

我爬上高高的情人坡，登临光明顶，但见亭廊拱卫的一泓碧池已然冻成了一块偌大的绿玻璃。而玻璃屏障之下却影影绰绰，美丽的锦鲤优哉游哉，鱼贯而行，宛若也在玩接龙游戏。

接龙，这个词的内涵外延引人遐思，油然联想到龙图腾、龙的传人、龙飞凤舞、蛟龙入海、鲲鹏飞天……还有神龙不见首尾一说，酷肖十几亿人接龙的壮观和奇妙。相形之下，新冠肺炎病毒再猖狂狡猾，终将自惭形秽，化为粉齑。

于是我在春节将至的校园迎接春寒料峭，祝愿我的接龙的学生康宁，祝愿亲友、故乡和祖国福祉常在。

（选自《梓山湖笔记》崇文书局 2021 年 8 月版）

酸涩的猕猴桃

获取果实大约是人的本能，这可以追溯到远古先人采摘果实充饥果腹。今人获取果实的意味变得有些说不清了，有时只是一种形而上的追求，甚或只是朦胧向往和盲从，往往收获的乐趣大于享受，比如采折花果，又比如钓鱼、狩猎。但我总是不经意发现，人们图谋果实的本能并未淡化，时而流露出更强烈的占有欲望，那份贪婪总是超过自己的胃口所需。

我两次体会过亲自采摘猕猴桃的酸甜苦涩滋味。第一次早在 1984 年，日本青年访华团来汉，我随团去华农采访中日青年交流活动。华农的一项安排是请日本青年参观猕猴桃园并随意采摘果实带走。记者沾光，我不客气地摘了满满一袋。当晚我兴冲冲地将意外收获送到岳母家，妻子和三岁的儿子住在那里。我照华农专家的说法鹦鹉学舌，大讲了一通猕猴桃的好处才赶回报社写稿。事后我念念不忘，询问妻子猕猴桃滋味如何，谁知妻子支吾道，那袋宝贝搁久后发霉扔了，因为太涩口。一瓢冷水泼得我忿忿然复悻悻然。

几年前我去鄂西参加笔会，那天在崇山峻岭上疾驶的吉普突然刹车，当地司机指给我们看悬崖边的一株野猕猴桃树，枝头挂满一串串诱人果实。我们四五个同行不顾危险，学猴群水中捞月姿势互相搂腰抱腿搭人梯，终于拽得一枝扭到路边，争相采摘，满载而归。到住所我兴头顿减，想起多年前妻子扔掉的猕猴桃。幸亏司机向我传授贮藏食用方法。笔会一天换一处住所，几天前抢摘猕猴桃的几个同行都嫌带它累赘，毫不怜惜地扔了。我悉数带回家，按司机所嘱贮藏。儿子被我描述的深山老林采摘经历所激动，贮藏期一到，就吵着要品尝猕猴桃，谁知酸涩依旧，我尴尬不已，儿子安慰我，再等一天吧。第二天依旧酸涩。第三天儿子不吱声了，但我发现他在偷偷试尝。结果那袋猕猴桃又被妻子悄悄扔了。我佯装不知，心里不再忿忿然，唯悻悻然而已。

两次采摘猕猴桃的过程都给我愉悦，而愉悦过后的失望和尴尬常令我思索。人们一心希望的东西很多是无望得到的，可是有些人偏不甘心，宁愿欺骗自己常抱奢望。即使苦苦追求的东西一旦得到，如果享受态度和方法不当仍然会失去它，可能还要落个暴殄天物的罪过。而如果不择手段巧取豪夺，获得果实就是获得罪恶了。

　　我不知有几人尝过猕猴桃的酸涩滋味，但我猜想世人都咀嚼过各种果实的酸甜苦辣味道。即使是形而上的追求，看似高雅，也容易浪得虚名，沽名钓誉，流露的还是形而下的贪婪胃口。

（选自《世象杂记》大众文艺出版社 2004 年 10 月版）

绿 色 困 惑

四月下旬去鄂西山区开笔会，住在房县桥上乡野人洞下的听雨山庄。

一日，冒雨去游白云庵峡谷。据说峡谷深处多年前曾有法号白云的老尼结庵修行，故而得名。这是一条名不见经传的小峡谷，说小却大，大在气象万千，溪涧、飞瀑、深潭，应有尽有；溶洞、悬崖、峭壁，蔚为壮观，可谓一步一景。加之春雨淅沥，草木滴翠，姹紫嫣红的杜鹃花反衬得漫山遍野的绿色如起伏的波澜，我等一干人便似蹚入碧涛海洋，仿佛整个身心都染得绿酽酽了。想如今城市人时兴旅游，意在暂时逃避绿色匮乏的城市。去亲近一下原色的山水草木，出行的目标都是几大名胜景区，趋之若鹜，结果人多成灾，形形色色的人影遮尽绿色，失望透顶。何似我等如今置身万绿丛中，优哉游哉，如此接近地一睹"养在深闺人未识"的绝色美景，几可肌肤相亲，这般"艳遇"，说是惊鸿一瞥也不为夸张的。

不料大煞风景的是，行至峡谷深处，便发现几处伐木烧炭的残骸，和一处浓烟滚滚的工棚。工棚外堆满盘根错节的树蔸，树根形状千奇百怪，作狮虎状、虬龙状、飞禽状等。

看来这些都是几十上百年大树的生命之根，此情此景看了令人痛惜而气愤。一个被炉火熏得黑汗淋漓的青年山民，满脸委屈地辩解说，他们并没有伐木，这些树蔸是雇用他们的老板收购来的，他们只管将树蔸锯碎后熬炼一种树脂油，由老板卖给南方的商人。这显然不能自圆其说，有树蔸就有大树的血肉躯干被肢解了，这一棵棵树蔸就是一颗颗流尽绿色血液的头颅呀！

可是，痛惜之余愤慨之后，再看看这些衣衫褴褛的山民，看看工棚里简陋得令人心酸的餐具和行铺，又生出许多困惑。眼前这一张张憨厚的面孔固然也有些狡黠，却看得出山里人比平原人更本分，比城里人更质朴。而且他们大多数敬畏山神，相信大山的一草一木都有生命。他们为什么会如媒体报道时所形容的"贪婪而残酷"地砍伐山林呢？

靠山吃山，靠水吃水，这是劳动人民世世代代恪守的古训。如果说，傍江河而居的民众饮水灌溉、结网捕鱼是天经地义的，那么，栖息在大山深处的山民刀耕火种，靠伐木、采集和狩猎为生又何错之有？果真要断了山民靠山吃山的生路，就必须给一条切实可行、立即见效的出路。否则，再严厉的禁伐令，三令五申，都是枉然。可以禁伐，却不可以剥夺生存权。

其实，千百年来，山民一直在"吃山"。而山外人尤其是城里人，则在"吃山民"。我们享受的山珍，如木耳、香菌、花菇、名贵药材，多是山民在一根根段木上辛勤培育的，不伐木是不可能的。这种互相"吃"，原本是大自然食物链中间的几节链条而已。慷慨而富饶的大山，原本有足够再生能力承受食物链拉力。人类害山害己，过度砍伐拆断了环环相扣的食物链。是怨山民"吃山"的胃口比过去大了吗？

看来山民是在代人受过，明明是城市太贪婪了，是城市人在假山民之手乱砍滥伐。因为成片的森林虽然躺倒在山区，却消失在城市。山区人民，尤其深山野坳的山民，住的是土坯房，房顶盖的是风化成一片片的片石。而城市的钢筋水泥高楼本来就是以耗费木材为代价支撑起来的，如今还要奢侈地用木材里里外外包裹装饰一层。并非我偏激，古人云："富贵若亭榭，时来则有之；品德若林木，非素修弗能成。"城市绿化，在公园和名胜景点移植一些珍贵树种是必要而可以理解的；而企图不劳而获，通过移植森林来弥补城市缺陷，是虚荣而愚蠢的。

城市不能觊觎城外已经不多的森林。拥有绿色的正当做法是从育苗开始，植树植草。近来有专家针对各大城市一窝蜂地建草坪广场提出批评，理由是城市本来就拥挤，草坪广场太浪费寸土寸金的土地，且城市水也稀贵，浇育草坪成本太高。专家呼吁改种草为种树，认为种树耐旱易活，比种草划算。我对专家这种唱反调的新鲜见解，是既佩服又疑虑。如今的城市又缺草又缺树，就像患了肝炎和糖尿病并发症的病人，诊治十分棘手，种树种草二者都不可偏废。各大城市忽然热衷建大而不当的草坪广场，攀比摆阔，有的还标榜为"民心工程"，确实害人。不过城市的草坪还是多多益善，比如将建一个大草坪的资金用来建十个小草坪，才得民心。许多城市，本来草坪少得可怜小得可气，草坪四周还到处写着像"小心地雷！"一样的"请不践踏！"的警示牌，令人看了心情紧张而不舒服。这是将草坪画地为牢，铁栏就像双面牢墙，既将绿色封锁在牢墙之内，又将渴盼绿色的人们封锁在牢墙之外。

我孤陋寡闻，近来才听说培育草坪学问深奥，学府里还有专门攻读草坪学的草博士。看到星级酒店庭院、豪华商家门前培植的洋种草坪，惊羡它出身名门贵族的姿色风采之余，觉得那些精心栽培的没有一根杂草的洋草单纯得太单调了，让人疑心它就像塑料花草一样是假的。引进一些洋草供人观赏当然可以，但大面积的草坪广场有必要引种像弱不禁风的娇花一样需要倍加呵护、培育成本昂贵的洋草吗?草坪广场的本义就是供游人散步、供行人席地小憩、供孩童嬉闹青年运动、供情侣缠绵的地方。不允许人们自由进入亲近草坪,恐怕是一件咄咄怪事。我们常见草坪周围的警示牌还有另一种写法:"小草也有生命,望您足下留情!"看似礼貌客气、温情脉脉,其实也是不通情理的废话。小草是娇嫩的,同时小草也是生命力极强的。岂不闻"野火烧不尽,春风吹又生"的千古传唱?它甚至不需要培育,自有风儿鸟儿播种,阳光雨露滋润。普通的草虽然有些芜杂,有些盘根错节,有些葳蕤过头,但人工剪草的成本相当低廉。而这些无需特别培育的野草可以开放各色野花,可以招徕蜂蝶和各种有趣的草丛生灵,将给城市带来一道何等亮丽可爱的风景。为什么视而不见呢?真不知有些城市人怎么了。

渴望绿色的城市人对绿色的理解,不如以绿色为生命寄托的山乡人。在白云庵峡谷所见所思,使我油然而生深深的绿色困惑。

(选自《武当风》2000 年)

回 忆 录

汉口的里弄

汉口的吉庆街近年闻名三镇。又因名作家池莉的小说《生活秀》写了一个在吉庆街卖鸭脖子的汉口女人来双扬，更招徕一些外省食客而声名远播。吉庆街的来历，笔者考证，街名有三种同音不同字的写法：吉庆街、集庆街、积庆街。街名源于里弄：积庆里。

如果说，北京的传统民宅建筑是四合院，上海的传统民宅建筑是石库门，则汉口自开埠以来的传统民宅建筑可以说是里弄。19世纪末汉口辟为对外通商口岸，商业发展带来人口剧增，房地产业应运而生。兴建里弄由是发端，房地产投资商看准毗邻租界的繁华商业地带大兴土木。参考各种方志史料记载，可以将汉口里弄建筑的形成归为三次开发建设热潮。最早的里弄建于19世纪末，如生成里、德兴里、长兴里、长清里、三德里、海寿里等里弄，就是那时最早的一批商品房；第二次大规模兴建里弄在1914年至1918年间，在今江汉路、南京路一带建成义成里、长怡里、长乐里、长寿里、长康里、保和里、保安里、保成里、昌年里、德润里、坤厚里、永贵里、坤元里、辅仁里、辅义里等。积庆里的诞生，约在1920年前后。此后十年间相继建成方正里、辅德里、辅义里、金成里、大陆里、宁波里、汉安里、公德里、焕英里、贯中里等。到1949年武汉解放前夕，汉口共兴建了200多个里弄，里弄建筑多达3000余栋，形成老汉口商业区民居和商铺合二为一的独特市井景观。里弄建筑历经沧桑，至今还幸存一些。希望有关方面在改造旧城区时手下留情，像北京、上海保护四合院、石库门一样保护里弄。

老汉口居民又称里弄为里份。里弄建筑多为二至三层砖木结构楼宇，一律临街而建，临街一面设店铺，街后为住房。大门结构近似上海的石库门，一个大门内数户组成居住单元，单元与单元之间毗邻，形成一条里弄。每户住宅都有一个天井采光通风，有的住宅还有屋顶晒台。可以说里弄民宅当年是其主人身份地位的象征，在无缘居住里弄的另外一些汉口人眼里，里弄人家是老资格的、更地道的汉口人。因为里弄人家的父辈、祖辈闯汉口来得更早，才挣下了里弄家业。里弄人家的这种优越感，直至20世纪70年代末才没了感觉。其实在里弄居住也是劳动阶层能屈能伸的活法，里弄建筑受街巷走向限制，朝向不一，后房光线较暗。尤其一个单元内楼上楼下多户共住，一般只有一间厨房和一间厕所公用。所以旧汉口有钱的大商人和官僚是不住里弄的，他们住公馆住别墅。

里弄是老汉口普通市民的家园，是老人和孩子的乐园。里弄的结构体现了兼容、共处的功能，使得邻里和睦相处，互相关照，尤其方便串门聊天。所以里弄最显市井风情，街上车水马龙，市声不绝于耳；里弄摇鼓货郎、敲锣卖糖人穿行其间；长者在一棵梧桐或樟树下唠叨家长里短，幼儿则嬉戏在天井下……相形之下，现代的住宅楼虽说居住功能在舒适性方面大大提升了，却设计得极端封闭，缺乏与自然和人际的交流空间，以楼道为沟壑，以门窗为屏障，邻里间互相防范。人情味消失的原因既有现代人自身的毛病，也有现代建筑设计上的致命缺陷。所以怀旧的汉口人，常常念叨里弄的好处。

（选自《今日武汉》2003 年）

梦里依稀故园影

怀 想 怡 园

笔者在拙著长篇小说《花会》中，试图凭借想象力，描绘在武汉历史上有过确凿记载却在地理上消失得无影无踪的怡园概貌。怡园曾是当年武汉三镇最蔚为壮观的园林，堪与苏州园林媲美，又多了些江汉平原的开阔气派。笔者在小说中的描绘也并非凭空想象，而是检索查阅了大量武汉方志史料，旁征博引，怀想梦中怡园。

小说是假的，史实却是真的。据史料记载，清中叶，在汉口南岸，汉阳东门外，有一处名园曰怡园。怡园凿深池以蓄水，澄澈晶莹；垒危石以成山，巍峨壁削。环林萦映，芳草平敷。层构蹑虚，交错如星罗棋布；异花争致，繁艳如云蒸霞蔚。车马无喧，琴棋自乐。闲暇登高阁，仰望巍巍鹤楼，俯视浩浩长江……怡园历经战乱兵燹、江河改道和城市变迁，至清王朝倾圮颠覆，已湮没消失。笔者曾尝试到街道间巷请教老武汉人，连世居于斯的老汉口、老汉阳也摇头叹息，今皆不知遗址所在了。

许是写小说沉于构思的缘故，笔者常在梦中见到世外桃源般的怡园，醒来嗟叹武汉一块风水宝地的消失。据说在武汉老一辈的园林建设者中，有人认为汉阳公园是模仿怡园设计建造的，又有人质疑此说。现如今的汉阳公园倒是人们随时可去游赏的，它像不像怡园就无人知晓了，所谓"不知有汉，无论魏晋"。愚以为它与怡园大相径庭。还是让武汉人留着对家乡故园的美好想象吧。

寻 觅 刘 园

早在中山公园尚未兴建之前 30 年，汉口最好的近现代园林当是刘园。那时刘园堪称三镇绝景，推算起来那是清末年间的事情。笔者前年因一项创作计划跑图书馆查资料，无意间查阅到多处城建园林方面的方志史料记载刘园概况。刘园全称刘家花园，始建于 1901 至 1905 年间，起初是武汉地皮大王刘歆生的私家花园。

我试着从零星的文字记载中寻觅刘园之美：高处垒山，低处掘湖，形成湖山之胜。山石奇巧玲珑，而湖水浩大，夏日碧荷随风荡漾，莲花红白交映……一眼无尽。一条侵满野芳的长长小路蜿蜒通向湖中半岛，有苏堤韵致。环湖遍插杨柳，莺歌燕舞；柳林掩映花圃，群芳飘香。小桥流水，一步一景。亭台楼榭有翠寒亭、清研亭、浮碧轩等。浮碧轩建在园林中央地带，轩堂乃歇山式重檐翘角，玻璃窗玲珑剔透，可环视三面湖水。据说刘园还曾设围养豹，开动物园风气之先，亦可见刘园地势开阔……后来地皮大王家道中落。辛亥革命爆发时刘园惨遭清军炮火破坏。1913 年刘园由汉口一家公司租赁，修复后对外开放，游人如织，成为公园的刘园这才真正欣欣向荣。可是好景不长，此后刘园历经军阀、日寇霸占糟践，最后毁在国民党军队手里。一代名园，化为乌有，连"旧时王谢堂前燕"的遗址都不曾留下！读史忆旧，委实可惜可恨。

刘园原址究竟在何处呢？笔者按图索骥，找到现江汉路步行街北端、循礼门十字路口。史料记载，今武汉船舶工业公司围墙内就是当年刘园原址。但再询问附近居住的老汉口人，老圃街上的几位长者说，当年刘园山重水复，更兼林地草场，占地几十亩。现在的武汉船舶工业公司所在地只是当年刘园大门处，刘园由此向北延伸，直到解放大道以北……

由此说来，当年开武汉近现代园林先河的鸟语花香、万紫千红的刘园所在，如今却是车水马龙的交通要道的十字路口。寻觅至此，怎不叫人平添沧海桑田之慨。

（选自《今日武汉》2003 年）

烧饼·碉堡

水煮烧饼

这是几十年前的事了。汉正街的马家姆妈养了五个儿子，都是正吃得的年龄，她说个个都是饭桶。有一年凭购粮证定量供应的粮食按大米一半面粉一半搭配，搭配面粉让不善面食的武汉人有些为难。像马家姆妈这样的人家，都是先把大米吃完就开始发愁面食的做法了。这天上午，她正为"无米之炊"发愁，五个儿子相继奔回来报喜："邻巷烧饼铺子开张了，快去换烧饼。"马家姆妈犹豫说："还不到 10 点钟呢!"儿子们说："得排队等呀!"她便按每人半斤定量，撮了三斤面粉。五个儿子便欢天喜地捧着面箩去换烧饼。时候尚早没有几个人排队，十多分钟后他们便换到了十二个焦脆喷香的烧饼。哥五个一路回家一路狼吞虎咽，走到家门口，面箩里只剩下两个烧饼了。"饭桶们"肚子里尚无着落呢，却不敢再吃剩下的烧饼了。那是姆妈的午饭，再说五个分两个也分不匀。

马家姆妈见午饭竟提前变成了儿子们的点心，免不了臭骂一顿。挨骂无所谓，可畏的是到了中午，"饭桶"们的肚子又咕咕叫起来。马家姆妈也无办法，她就喝一杯开水吃了一个烧饼，将另一个给儿子们"五马分尸"，虽然一人只吃一口，也可以哄哄肚皮，算是补了午餐。

第二天，马家姆妈吸取教训，挨到午饭前夕才撮了面粉亲自去换回烧饼。她望着面箩里的烧饼叹气道："每人两个实在不够儿子们充饥的。"便悄悄从后门回家，将烧饼切成条状，添两瓢水在锅里煮，又洗了一把白菜丢进锅里，这才喊儿子们开饭——各自去锅里盛饭。儿子们揭锅见焦脆的烧饼被水煮了，一致抗议，赌气集体绝食。马家姆妈装聋作哑，兀自盛一碗津津有味地吃。

儿子们赌气赌到下午两三点钟，不争气的肚皮就叛变了，一个个溜进厨房盛水煮烧饼吃——其实如果午饭时趁热吃还有嚼头，类似北方烩饼，这时锅里已是一锅面糊了。几个儿子各盛了半碗，皱着鼻子勉强咽下，半碗下肚便鼓胀不想吃了。马家姆妈见状乐不可支："好哇，我的儿子们变斯文了，锅里剩的明天中午还可管一顿哩。"

明 碉 暗 堡

武汉三镇，汉口历史上以商贸通达三江四海著称，六渡桥、江汉关和长江北岸各国领事馆建筑群落便是明证。其实汉口还是一座战城。不是说武汉是一座具有光荣革命传统的城市吗？史实之一是汉口的碉堡。记忆中我见过的有十多座，这在全国大城市中，恐属少见建筑。

最早知道龟山有碉堡还是小学年代，我便约了胆大男生去看稀奇并用书包当炸药包玩打仗游戏，"挂彩"而归。不期读中学时读进了一座由碉堡阵构成的城堡。武汉四中原是英国人办的教会学校，校园四周深挖壕沟，东西南北方各有一座碉堡，壁垒森严。待我入学时碉堡已毁两座，只见到校园西南角和北操场边各一座，方形堡顶上杂草葳蕤，四壁青苔如绒，满目沧桑。那年月时兴学工学农，校园成了菜园，"守卫"碉堡的是被打成"牛鬼蛇神"的教师，碉堡里的"兵器"是锹锄扁担。一次约同学郊游，从汉西火车站西向铁轨破堤处爬上张公堤，发现前方耸立着一排三座碉堡，间距二至三公里。及近，看见碉堡上弹痕累累。牧牛老农指向第三座碉堡以东告诉我们，那里以前也依次排着几座碉堡，后来都毁了。这三座碉堡生产队保护下来当了牛棚。我们听了，从无限想象中平添少年壮志和几分莫名惆怅。

成年后才知如今闹市街巷多处可觅当年碉堡遗迹。现在解放公园路口的交警岗亭，似建在一座碉堡遗址上。西马路往北通向原黄孝河的中途，有一座半埋在地下的碉堡，而建设大道武汉晚报报社右侧，拆迁拆出了一座保存完好的碉堡，矗立在一个新建社区门前，仿佛一尊雕塑作品……想必老武汉人还知道一些我尚不知的明碉暗堡。

碉堡也是武汉的文物。无论是出自解放战争、抗日战争、北伐战争抑或更遥远的辛亥革命战争年代的碉堡，也无论当年碉堡据守者是敌是友，如今它们都是这座城市历经战火洗礼的光荣见证，弥足珍贵。愚以为应该保护、抢救、恢复碉堡遗址。

（选自《武汉晚报》2001 年）

父亲的日子和儿子

端午节时我去看望父亲，父亲对他的儿子我抱怨说，他一年多未见到我的儿子了。其实春节时孙子去给爷爷拜过年，时隔不到半年。那天大家庭团聚，老人家看儿孙满堂看花了眼，又多喝了一口，过后他记不清究竟见到过哪几个儿孙。

与父亲讨论有关记忆力的问题是不礼貌的也是徒劳的，不如吩咐我儿子再来看望爷爷，可是父亲不知儿子和孙子的难处。他的孙子连周六都要上全天外加晚上的课。周日这天倒是不上课却更忙，什么采访呀编校报呀郊游呀踢足球呀……还有得熬到深夜的作业呢。我安排孙子去见爷爷的时间计划一次次推迟，只好一次次搪塞父亲。今年国庆破天荒连休七天，儿子的七天被学校活动和同学约会占了六天半。我与儿子商量，用这半天去看望祖父接着再去看望外祖父母。

十月一日上午，我和妻子先从武昌来到汉口我家老屋。过了中午还不见儿子的踪影，我心中不免慌张焦虑起来，不时拿眼光偷瞄父亲，幸亏他老人家身边还有另外几个儿孙在分散他的注意力。这时我的呼机响了，儿子在东湖边告诉我，他信守约定，已提前离开正在聚会的同学们，在往汉口赶。一小时后儿子满头汗水地赶来了。喊一声爷爷，应一声，祖孙简单问答几句，双方就无话可说了。我在一旁摇头默叹："这代独生子女，唉……"何况我儿子已到接近成人的年龄，他与我待在一起尚有代沟隔膜，横亘在他与祖父之间的鸿沟可以想象。然而我却看到，我父亲那饱经沧桑的脸上，分明流露了心满意足的甚至有点羞涩的笑容！我心里的一块石头落了地。

孰料国庆过后我出差一趟回来，去看望父亲时，他竟又念叨着要见孙子了。我惊诧地问："不是国庆节刚见过吗？"父亲不满地瞪我一眼："什么刚见过？都一两个月了呢！"他说着突然剧烈咳嗽起来，咳得撕心裂肺，咳得佝偻的腰背和手脚曲成抽搐的一团。我心里直犯酸楚，眼睛也模糊了，我仿佛看到父亲像个面临生死考验的虚弱的婴孩，显得多么孤立无助。而相形之下，他面前的儿子，我这个堂堂男子汉显得格外强大。曾几何时，当我还是我儿子这么大时，我那个粗犷彪悍、刚强孤傲的水手父亲，到哪里去了？

父亲喘息良久，缓缓说："这几天格外冷，我感觉浑身上下都不对劲……我每晚睡前都从头到脚梳洗穿戴得干净整齐，做好睡着了就再也醒不来的准备。早晨一睁眼，便知又多赚了一天时光，能多看一眼的就想多看一眼……"

这时父亲像个神情肃穆的预言家，七十八岁老人的预言令我无言以对。在我看来父亲还能蹒跚着走动，生活尚能自理，身边也时常有儿女去看护。但我却是大大地疏忽了：父亲强撑着的这架老旧的生命机器，是以分秒来计算继续运行时间的呀！

我要回去告诉儿子："你有生以来就永远失去了看望祖母的机会，今后你想去看望你父亲的父亲，也是没得几次机会了。"

我想我还得提醒自己："你看得见你父亲的机会又还有几次呢？"

（选自《武汉晚报》1999 年）

在野的兄弟

我有三兄一弟，我称他们为在野的兄弟。相对地，我"在朝"，虽没当个大官，好歹有行政级别，有技术职称，享受着体制内事业单位的好处。而我的兄弟们，或从国企退休领很低的社保金，或自缴社保，经济生活完全自食其力，社会生活也未参加任何所谓"群团组织"或自诩"民间组织"的活动——其实这些组织都有官方背景或体制色彩。所以我认为我的兄弟真正在野。

在野的兄弟虽然都有城市户籍，有蜗居，不至于像偏地农民那样饥寒交迫，像农民工那样背井离乡、颠沛流离，但他们无疑属于弱势群体，他们默默承受着历史、政治、体制问题造成的种种不公，和亿万苍生一起，逆来顺受地栖居在城市底层。他们的生存环境难言体面，而他们个人的生存状态是有尊严的。我的在野的兄弟甚至活得很精彩，常令"在朝"的我自叹弗如。

长兄命运多舛。他十八岁以水手之子的身份进船厂当铁匠，当过兵打过仗，险些把命丢在抗美援越的战场。复员回厂免不了当个基干民兵的排长，作为工人阶级带队干部还带领知识青年下乡驻队。返城后先后干过行政科长、基建科长，后来又调任上级公司门市部经理。他在工厂忙碌几十年，从小伙子忙成老头子，带头当兵，带头下乡，带头承包亏损的门市部，到头来却落个失去"单位""吃低保"的下场。肇因是作为发包方的顶头上司不讲信用违背承包合同，长兄认死理却胳膊拧不过大腿，愤而离开单位，为争一口气不惜掷掉"铁饭碗"。在改革开放之初，此类合同纠纷甚多，很多人不惜以卵击石之前是多少挣了一些钱，甚或赚了第一桶金的，长兄却是两手空空离开。他昂头不屈的代价是后来几乎穷困潦倒，但他从不后悔。如今长兄已然七十出头，多种疾病缠身，可他活得很充实，精神状态良好，头发茂密，声如洪钟。他说他每天的时间安排很紧张，除了晨练，他孜孜不倦地读报、剪报，还在江堤边开垦了一块菜地，忙得不亦乐乎。他如此发愤耕读，不知是否准备出山问政？抑或是打算著书立说？处江湖之远而忧其"君"，我揣摩长兄心中的"君"不是一个人也不是一个神，而是历尽坎坷人生后认定的一种"公道"。它不是一种物质形态，属精神范畴。当长兄寄身于精神世界，就不在意日常物质生活的拮据。

二哥是我们大家庭的侠客。他先是"进步青年"，初中未毕业就报名当了祖国冶金战线的一名新兵，头一个月领的十几元学徒工工资，都拿去买回一摞《论共产党员的修养》《布尔什维克简明教程》《邢燕子》之类的思想政治普及读本。后来他是"热血青年"，运动中加入一派工人组织，经历过扛枪、冲锋、对峙突围等惊心动魄事件。不过他很快就当了"逍遥派"，练功，自学中医，每天捧着一本《汤头歌》朗读背诵。二哥临近退休时，我问过他今后的打算，他说学古侠客游历名山大川，带上行囊和小锄头，边走边寻挖中药材。遗憾的是，二哥的愿望未能实现。他退休后不久突然中风，虽大难不死却落下行动不利索的后遗症。幸亏他性格中"侠"的一面帮助了他，经过几年豁达而顽强的康复训练，他的身体已基本行动自如。其实，如不能身体力行地去游历名山大川，也可以神游。二哥现在几乎每天都要去文物贩子摆的地摊逛一逛，淘一些小玩意。无论真迹赝品，只要心仪已久便出手，在把玩中想象小玩意当年所在的大时空，神游畅想，名山大川尽收眼中。

三哥是钱氏家族的传奇。他先只是一个传说：幼时求医付不起药费，被抗战后留华的一名日本军医强行收养。遣返日侨那年他与养父永别，和医生养母一起度过童年和少年时期。尽管兄弟们都生活在同一个城市武汉，却咫尺天涯。三哥的中学年代赶上了"文化大革命"，养母受到的冲击可想而知。三哥从小学到中学一贯品学兼优，这样的学生当年多数成为红卫兵领袖，三哥亦然。当年他影响校园的革命行动之一，便是在红卫兵战友的簇拥下寻找生母，以示鲜明的阶级立场和原本根正苗红的家庭出身。那时我少不谙事，大哥、二哥和大姐远在部队、云南和新疆，三哥回家一事对我们兄弟姊妹的影响并不大。后来三哥冷静了、成熟了，与历尽磨难的养母相依为命，再后来他上山下乡了。我依稀记得，对身边众多儿女都顾及不过来的母亲，对三哥主动回归怀抱陶醉过后，曾撇下沉重、繁琐的家务负担再次去寻找三哥（她曾在他读小学时去寻找过），终因种种主客观原因失去联系，直到母亲英年早逝。我为母亲撰的长挽联中有一句"抚七八堂堂儿女"，"七八"二字既是为了与下联中"万千"对仗的概数，也是实数。母亲有八个儿女，实际在她身边的只有七个。

与三哥重逢、重聚是在 20 世纪 90 年代末。那时父亲还健在，他老人家带领我们把盏庆祝了好几回。"渡尽劫波兄弟在"，"相逢一笑"过后却是不胜唏嘘，兄弟们都是一大把年纪了，三哥已过知天命之年。逐渐才知道，三哥过得很坎坷，很艰难。他从农村返城后的一段经历与长兄相似，曾凭能力和事业心干到二轻局一家工厂的厂长。也是因为承包与违反合同的上级领导发生严重分歧、冲突，幸而他通过一场马拉松般的诉讼为自己赢回职工权益，才免于成为"三无"

人员。

三哥可谓怀才不遇。前些年他同时兼任三四家公开出版刊物的终校，可见其文字功夫非同一般。一般编辑有点怕他校对时的较真，说他像个训诂学专家。他藏书甚多，各种版本的字典信手拈来。他读帖，习书法，研究金石，还写过诗歌、小说。他的兴趣和做派，与一般文人毫无二致。偏偏命运没给他这个文人一点机会。想想那些粗通文墨甚至胸无点墨的人，居然就能捧着文人的饭碗吃香的喝辣的，三哥只能无语。

不过怀才不遇也成全了隐士的安逸潇洒，有道是高人在民间。恃才傲物者往往浅薄，得意忘形者难藏丑陋，而真人不露相，才气内敛的人再不济也是一块璞玉，不为名利所累。我不溢美自己的三哥，但如今的他真的很恬淡自在，每日随心所欲读几页书写几行字，时常与闲散的胞兄胞弟相约小酌，世事人生都付笑谈中。

弟弟行八，说是老幺，其实也年过半百。地道的武汉人这几年流行说一句方言俚语："我信你的邪！"我常对外地人解释这句话的大概意思："我算是服了你！"我也信老八的邪！他为什么还有心情写诗？我不理解，不仅仅因为我觉得那是年轻人凭借激情消耗过剩情绪的勾当，还因为我认为写诗应有心情有雅兴有闲暇。当然我这个说法是有前提的，不包括长期从事诗歌创作的专业、业余诗人们。我是指身负生活重荷，日夜为衣食琐事忙碌的人。

弟弟读高一时报名入伍，复员后继承父兄事业当了一名出没风波的水手。他在拖轮上一直干到大管轮的身份资格，却因国企亏损下岗，更以区区两三万元被买断工龄。当人们都在感叹退休工人社保金太低时，弟弟却还得为六十岁后去领这"太低"的社保金，每月去自缴社保，一直要缴将近十年。于是他成了个到处找活干的临时工。由于他拥有的专业技术很难找到对口专业，这些年他经历的各种工作岗位可谓艰难困苦。而我的兄弟都挺过来了熬过来了，居然有闲情逸致吟诗写诗。我怎能不佩服他？

范仲淹在《岳阳楼记》中感慨万端地说："居庙堂之高则忧其民，处江湖之远则忧其君。"那是说的当官的、曾经当官的、士大夫、有从政之心施政抱负的文人知识分子们。我的在野的兄弟们，从未进过庙堂，老是处在江湖之远，却总有一颗忧国忧民之心，他们是我的仁兄贤弟。

(选自《白云苍狗》长江文艺出版社 2014 年 12 月版)

渡尽劫波本我在

我被开膛破肚，像是有一头狼扑在我身上，撕咬我的五脏六腑⋯⋯

这是我第一次住院动大手术时的情形。没有痛感却有撕扯搅拽感，心似蹦到了嗓子眼，憋闷到恨不得呕吐出来。医生在给我施行胃切除手术，由于只是局部麻醉，我意识清晰，那种没有剧烈痛楚的难受感，那种隐痛，难以形容。

切除的五分之四胃体盛在白搪瓷托盘里，主刀大夫郑重其事地端给我二哥过目。我竭力从床上勾起头来要看，医生和二哥不约而同地坚决制止我，绝不容许我目睹从我的身体上割裂的那一盘淋漓血肉。

虽说做胃大部切除手术生命无虞，而我在术中失血过多，经过紧急输血抢救，也算是与死神打了个照面。尤其麻药消退过后剧烈痛楚立刻袭来的过程，不啻被劫持到炼狱折磨了一夜。

那一年我 25 岁，尚未婚娶，身体就元气大伤了。那是我被招工回城的第三年。此前我任职县知青办，是全县近十万知青仰慕的"知青代表"。点招我回城进厂的驻具带队干部是央企副厂长，他退休了，我被分配到翻砂车间⋯⋯生命是脆弱的，生命也是顽强的。术后我重回车间，并从车间走向分厂，走向总厂，走出工厂。

第二次住院突如其来。

1998 年夏天我从防汛大堤归来，例行体检时查出高血压。我难以接受这个诊断，自行到另一家医院重查，岂料测量的舒张压超过 110 毫米汞柱，而正常值应在 80 毫米汞柱左右。医院当即"扣留"我，通知单位和家属办住院手续。管床医生警告我："你最好日夜平躺在病床上，在我们为你诊疗用药前，尽量减少起身站立。否则随时有危险。"

我听了不禁悲从中来。当年我 44 岁，创作势头正旺盛，接手《芳草》主编工作才两年，事业可谓如日中天。不料一桶凉水劈头浇下来，凉透心底。那几天度日如年，我咬牙把嘴唇都咬破了，跑到医院僻静处握拳擂墙，擂得手指头贴满创可贴。

待我的情绪平稳下来，医生告诉我，我是原发性高血压，希望我协助医生从遗传方面查找病因。我躺在病床上冥想，像个思想家、哲学家，开始思考家族史、血缘、基因、寿命、秉性、气质这些抽象的问题，感慨良深。我的父系前辈都是长命寿星，而母系前辈一方面体现了生命力极其坚韧顽强的鲜明特征，一方面又明显受到生命节律的掣肘。这就是我兄弟姐妹八个历经生活磨难，个个安然于世的生命秘密所在。父亲赐给我们以生命，而母亲代表命运之神教给我们学会承受生命的苦难。如今我的长兄已活到接近父亲的岁数，小弟已过知天命之年，而我们同胞都为生命付出了代价。

分明是母亲的在天之灵，提醒我经受生命考验。

思考使人睿智，出院时我已心如止水。

第三次住院最"悲催"。先是左眼视物模糊，进而眼球外突、下坠，症状来得太突然，几乎没有任何征兆就已形成令我难以置信的事实。我四处求医问药，找遍武汉市各大医院，访遍亲友同事介绍的十几个眼科专家。北京的一位著名作家朋友，还托人帮我预约到同仁医院的一位眼科权威接诊。我的寻医见闻是绝妙的小说素材，我近距离耳闻目睹医生的医德医术，用一只右眼看透庸医的装腔作势、唯利是图和敷衍塞责。当然我也遇到了一两位诚实、仁义的良医。

无数次重复诊查和频繁的打针服药反而加重了病情。左眼的外突下坠程度已到脸上破相的地步，我自己感觉到头脸模样已丑陋狰狞。我就是在这种险恶情形下狼狈住院的。

我由衷感激武汉爱尔医院的院长先生。他只接诊一次，未要求我再做任何仪器检查，就建议我立即做手术。事后回首，直到术后多年的今天，关于我的眼疾病因也没有具体确诊的说法。久病成良医，我认为我自己可以推断眼疾的大致病因，比那些庸医靠谱。当时院长先生没有穷究病因，侧重分析诊断了病灶现状和预后，建议分两步做手术：先做眼球矫正复位术，这个手术很简单，眼球基本复位，略显外凸，术后视力会有所恢复；第二步，切削内直肌使眼球完全复位，但手术有风险，而且要锯开眼眶骨。

术后三天我就出院了。院长先生忠告我慎重考虑是否做第二步手术，我不假思索地放弃了。诚如院长预判，左眼视力术后马上有所恢复，重新验光配镜后不久，我报名去考驾照了。我又躲过一劫。

第四次住院是在今年夏天。先是初夏单位组织高知体检，一个多月后发下来厚厚一沓体检报告，其中一项查出血色素反常，建议复查。我没在意，直到赴内蒙古参加笔会前夕，才到六医院抽血化验。结果四项指标反常，尤其血红蛋白只有正常值的一半。医生要求我马上住院，但我是内蒙古笔会合办单位负责人，临时变卦会导致费尽周折筹办的笔会夭折。医生在病历上写了八个字："拒绝住院，后果自负。"让我签字画押留下证据。从内蒙古返汉后我再去查血，血红蛋白指标已低至 5 克多一点，医生开出的住院单，入院状况选项栏勾的是"紧急"。眨眼间我从门诊转到住院部，病床头已挂上了输液瓶，护士已经等待。医生说："重度贫血，随时可能昏厥！你居然还敢开车？"

根据我的病史，医生把有疑点的内脏都检查了一遍。在残胃里做胃镜检查的滋味实在难受，而做结肠镜检查，术前先得受一场肠胃洪水泛滥、括约肌失控溃堤的罪。当我戴上吸氧罩失去知觉前一刹那，才意识到这是全身麻醉检查。苏醒过来已躺在病床上，看见妻子泪眼红肿。她说我在手术室内痛苦得嘶喊吼叫，她在室外惶恐担心，失声痛哭。而我根本不记得我曾喊叫过，可能是麻醉过程中身体下意识的本能反应吧。

这次住院历时 22 天。出院时医生直言不讳："开始我们是把你当绝症患者诊查的。既然主要疑点逐一排查，目前暂时诊断为胃功能缺陷的营养摄入缺乏和缺铁导致的重度贫血。建议你每年做一次胃镜和肠镜。一个月后如果你的血色素指标仍不能缓慢恢复，你还得来住院。好自为之吧。"

幸甚至哉！一个月后化验证明我又过关了。

四涉险河，四渡劫波，使得老夫我不是把生命看重了，而是看轻了，生命不过是命运河流的浮游微生物罢了。

何谓生命？何谓身体？身体是外壳，是形式；生命是内涵，是真谛。过去人们常说身体是革命的本钱，这话太"左"了，最好说身体是生活和工作的本钱。而这"本钱"的价值是生命。在天地之间，在万般生灵中，在命运长河里，个体生命又是如此轻飘渺小，偏偏它还要承受难以承受的生命之重和生命之轻。奈何？奈何！

幸而身体的主人是自我，生命的主宰是本我。身体依附的生命是客观的，而"我"是主观的，是自由自在的。尊重生命而完成生命，是自我的人生使命，过程不在长短，而在生命与本我雌雄同体的自由自在程度。此时此刻，我的思绪宁可避开"生命意义"这个歧义太多的词组概念。

来日方长，如果再有一轮劫波袭来，我行我素，任生命天马行空，任身体闲庭信步。

（选自《白云苍狗》长江文艺出版社 2014 年 12 月版）

遥祭长河忆当年

拙著长篇小说《河祭》，发表于《当代作家》双月刊 1989 年 2 月号，翌年由长江文艺出版社出版单行本。那是一个多事之秋，发表前一年，央视播出电视纪录片《河殇》，收视率很高，引起当时的所谓左右两派激辩并震动上层人物。凑巧《河祭》获奖上了电视，产生了一定社会影响，使我这个籍籍无名的业余作者有了一点知名度，导致读者将《河祭》与《河殇》名称混淆。其实二者风马牛不相及，书名与片名词语上的相关性在特定社会背景下引起的联想，只能说是冥冥之中的一种暗示。

《河祭》题材表现的是此前文学作品鲜少涉及的汉水文化，主旨是表达船帮文化。小说开宗明义描述的祭河仪式，正是水上部落世代遵循的生存信仰，以雄鸡为牺牲祭祀河神水妖。危急关头无以牺牲就毅然断腕，以血淋淋冠状手掌抛撒于惊涛骇浪，祈求显灵止怒，平息风波。小说描绘的水神杨泗、杨泗庙、船帮规矩和帮主威权、纤夫号子、自绑自杀情形及一些奇异风俗，虽然都极具传奇色彩，却都有据可考，当然多出于地方史志记载和船民口口相传。

阅读过拙著的读者可能有疑问，船行于江河之上，临时何来鲜活的雄鸡献祭？难怪读者质疑，历史上的船帮作为水上部落，实际上是一个类似村落的社会群体。小说刊行时，美编配的插图有一幅像江浙一带的乌篷船，我当时看了摇头苦笑。船帮中船只大小不一，最小的船也比划子似的乌篷船大。而高桅大船长三丈余，宽盈丈，后置的舵舱即驾驶室也是船民一家的厅堂、餐室。舵舱下层是女船主和老幼家眷的卧舱，稍后有厨房和洗涮间。船首下层是男船主和青壮年男眷及水手雇工的卧舱。这种大木船就是现代铁驳轮的雏形。舵舱顶上覆土，利用难得的一块水上田地种菜种花，养鸡养鸭。诚然，巴掌大，小得可怜，它更是颠沛流离的船民对绿洲的向往。

船帮文化虽然已经湮灭，但它在历史上源远流长。由于江河水系都是交汇贯通的，历史上与汉水船帮关系密切的就有湘江帮、川江帮、下江帮和唐河帮等。

有帮派就有争斗。江湖上所谓"打码头"的说法，首先是说船帮争泊位港口，其次才是指岸上商贩和搬运夫争夺船运货物的集散地。故拙著写河也写河两岸。

所谓汉水文化，严格地说应为汉水流域文化。汉水从发源地至入江口，流经三省十余县市，流域之广可想而知。其沿岸风土人情囊括了中国北方和南方的概貌，说汉水文化兼具黄河文明和长江文明特征也不为过。事实上，世纪之交时，有一批学者研究了大量文物和考古资料，提出过汉水才是与黄河文明齐头并进的长江文明发祥地的学说。

船帮部落虽然生活在水上世界，却与岸土有千丝万缕的联系。故拙著写船帮文化也写码头文化、乡村文化，小说人物广泛涉及农夫、商贩、土匪、河盗、娼妓、赌徒和青帮汉流掌门人及喽啰。当然主要是塑造水手、纤夫，努力逼真地描摹船夫形象，刻画他们剽悍而粗犷的性格。

小说将时代背景置于抗战前夕至1949年间，不可避免地涉及抗日战争和解放战争，打腹稿时我就认定，唯在兵荒马乱和惊涛骇浪交错的环境中写船帮生态和船民生活，才更真实也更精彩。如小说叙述的沙洋大轰炸、武汉沦陷、渡江战役及海岛战争都是史实，写水手以血肉之躯在枪林弹雨、激流险滩中挣扎搏斗就更还原真相，小说中的大量情节、细节描写，评论家李运抟先生称之为"原生态"小说写法。

在小说语言上，我同时大量运用了河南方言和武汉方言。因小说是循时空经纬顺序演绎的，这种在一部小说中同时采用两套语言体系的写法，读来并无南腔北调的违和感。

小说发表后，在武汉文坛颇有知名度的文学评论家李运抟先生评价最高，主动写了长文评论《河祭》。当时我对武汉文坛并不熟络，且个性拘谨，不善也不愿炒作。董宏猷先生、彭建新先生、曾庆伟先生等人都主动写了评论文章。

小说出笼后，恭维者谬赞小说写得才华横溢，也有极少嘲讽者，说无非是模仿《红高粱》。拙著在笔法的大胆上，可能有意无意受到莫言先生那种粗犷甚至粗野写法的影响，而拙著从题材、题旨到语言风格，都与其相去甚远。尤其在语言特点上，尽管莫言先生后来已是大名鼎鼎的诺奖得主，本人却不妄自菲薄，拙著在叙述描写中大段大段使用了散文甚至散文诗式语言，与莫言先生的小说语言迥然不同。

倒是拙著创作、发表之际，所谓"寻根文学"方兴未艾，其时"伤痕文学"已经退潮，"反思文学"也已式微，而"新写实主义"刚刚萌芽。文坛这些划分阶段的说法，却又都是事后研究者贴的标签。

最早读到拙著手稿的是谭文祥、李正武两位先生，前者是我的《武汉青年报》同事，后者是拙著的责任编辑。我至今钦佩两位的眼力。送审稿杀青时，二审张正平先生鼓励我："继续以大胆笔法补充、完善若干细节。"三审周季胜先生很快签发并拍板决定，准备出版单行本。

虽然我对自己的这部长篇处女作敝帚自珍，但《河祭》能获奖出乎我的意料。我已回忆不出是如何申报参评的，不记得填写过申报表格，因为当时的生活、工作环境都很逼仄，无暇顾及。可能是当时《河祭》刚开过研讨会，武汉市文联推荐列为参评作品。

获奖奖项叫做"武汉市首届优秀长篇小说奖"。时下评奖一般在一、二、三等奖奖次之下再设优秀奖若干，是一种末等的鼓励奖，但当时这个奖项不分等次，总共评出了五部长篇小说。按获奖作品之一《风流巨贾》作者王仁昌的说法，是"同科五进士"。除他和我是无名之辈外，另三位很著名：《一百个中国孩子的梦》作者董宏猷、《养命的儿子》作者何祚欢、《九月菊》作者杨书案。

其实本人更看重自己的第二部长篇小说《不远的木屋国》，那是我五部长篇小说中分量最重的呕心沥血之作，可惜读过的人太少。不过，既然大家都把《河祭》看作本人的代表作，我也只好听之任之。

应《香槟丛刊》之约，回忆如上。

（选自《香槟丛刊》电子版 2021 年）

笔 记 系 列

临湖傍山结庐

——梓山湖笔记之一至五

之一

去武昌南一小时车程，有梓山湖，凡百六十平方公里，堪称浩瀚。湖滨万亩梓山林，故得名。又因东面斧头山，别名斧头湖。

斯湖嵌于江夏、咸宁、嘉鱼之间，系古云梦泽一部分。天地之间，物换星移，梓山湖历经沧海桑田变化，仍秉承千秋古朴水源，幸免工业文明浸染，清澈碧透，掬捧可饮。纵然湖北号称千湖之省，以梓山湖处女本色，无出其右者。

临湖羡水，流连忘返。古人云，上善若水。又云，仁者乐山，智者乐水。余曾行走鄱阳湖，凭吊昆明湖，泛舟洞庭湖，客居洪湖；也曾慕名玩赏西湖，寻访喀纳斯湖，怀想纳木错湖……然而，"凉亭虽好，不是久留之处"。梭罗能在瓦尔登湖潜心写作，固有与世隔绝的勇气，亦少不得在湖畔有安身立命一席之地。

余早在赋闲之前已有学闲云野鹤之心，却无游山逛水之兴，盖因不愿盲从旅行社导游走马观花。而囊中羞涩，难以模仿徐霞客当自由自在的旅行家。又囿于体力，不能跟驴友为伍。力所能及、可以尝试的，唯有走出城市藩篱，觅得依山傍水一隅结庐，零距离接触大自然，每日耕读以度暮年时光。

梓山湖有半岛，天高云低，空气清新；湖岸曲折，湖波拍岸；丘陵起伏，草木葳蕤。信步湖畔，放眼田野阡陌，风拂荷露，鸟掠芦花，天籁之音，野趣盎然。余向往之，憧憬之。

丁酉初夏，先是，吾儿在梓山湖碧桂园物色一居所。有前庭后园，草坪从房前至屋后延成一片。余专程去踏勘后寻思良久，既然梦寐以求的院子已浮现眼前，何不倾囊相助，哪怕节衣缩食？便与夫人商议，将养老储蓄帮凑购置。遂为梓山湖居民。

有道是叶落归根。而当今都市人的寄托都虚无缥缈，皆因居所一律为空中楼阁，无承天露，不接地气，可谓"上无片瓦，下无立锥之地"，徒叹乡愁无以为系。老夫居然可以弃城出走了，上山下湖，即将栖身院落，随心所欲耕耘一小块泥巴地和心田，不免偷喜窃笑。噫嘻乐哉，夫复何求？

于是，一寸寸测量荒芜的草地，反复盘算谋划。吾当重整草坪，让绿地尽可能宽敞。沿院墙犄角开垦菜园，不浪费旮旮旯旯巴掌大空当，指望采摘自给自足的果蔬。不刻意垒假山筑亭台，养花种草但不侍弄花团锦簇的花园，避免雕琢粉饰。吾乃凡夫俗子，更热衷收拾一个自然朴素有野趣的院子。倒是准备掘一泓小池塘，植几许莲叶、芦苇，期待荷塘月色和蛙鼓蝉鸣。

后院边陲是所在住宅小区界墙，石柱铁栅栏。通透的界墙外是隆起的草坡。亦即吾家后院与界外丘陵草林延连一片，视野开阔，私下可将越界小山坡统统视为自家院落范围，满足貌似小地主的虚荣心。拟构筑鸡笼搁置边界石下，放逐鸡们入草坡山林，衔虫草啄野果。

依屋檐搭一排葡萄架，且不止于栽几株葡萄。踱蹀院落，丈量草地，顿时野心滋生，暗忖可沿院墙与左邻界线依次栽培橘树、桃树、石榴树、梨树、樱桃树各一棵，加上院内已挂果的一棵枇杷树，俨然是一个小果林。居不可一日无竹，有人承诺帮助在院墙右邻处植一行翠竹。余自己动手培育了几株芭蕉，将择时移栽。

一旦拥有小菜园、小池塘、小果林，吾不惭以农夫、园丁自居。每日劳作之余，于茵茵青草席地小憩，或躺或卧，发呆、冥想到黄昏。任思绪如乌云翻滚，乱麻缠绕，临睡前信笔涂鸦，早起时写东鳞西爪。如此胡乱翻书，率性命题，持之以恒记录点滴，敷衍字句，状无题于有名，曰：梓山湖笔记。

之二

迁徙梓山湖，收拾一个栖身的院子简单，无非淘神费力，花功夫图舒适。而守护一处养心的庭园殊为不易。出窍的灵魂不食人间烟火，吾下意识地感觉到，它久久盘旋于头顶审视，寻觅的乃精神领地。

向闻诗人声称，诗意地栖居。而现实生活种种情状粗俗不堪，嘲笑诗人一厢情愿。唯在精神世界，诗意地栖居是当然必然的，彼岸生存必需品非衣食也，乃思想自由与缪斯矣，一如空气与水。

佛家有偈云，相由心生。既天赐梓山湖一隅予鄙人寄居，吾当听从心灵指点，努力拓展一方自由自在的空间。

自由自在之日，便是自觉自省之时。在湖北红安天台山，庙宇院墙上铭刻着修行者之问："衣乃我所有，不是我；身乃我所有，不是我。我是谁？谁是我?"在梓山湖，耕耘之余，闲来无事，吾日三省吾身，慨叹自知天命以降，萦绕于怀的疑问总有十年之久：世人太多凡夫俗子，比如鄙人，貌不出众，才不夺群，如此活该安分守己，随波逐流，浑浑噩噩打发一生？可否持几根穷骨头自重，不忌惮世俗冷嘲热讽，狂狷而特立独行，自封自袭一个精神贵族的爵位，庶几安慰一颗孤傲的心？至少，凡人亦有良知悟性，被动历经所谓二十张狂、三十而立、四十不惑、五十知天命，无可奈何之后，何妨做一回叛逆庸常、反诘世俗的哲人？

是故，吾将在梓山湖畔自家院子里，遵从吾心做一个王者，天地人间为自由王国，睥睨四野，颐指气使，放浪形骸，问物是人非以求真知灼见几许。

少年时读鲁迅的《从百草园到三味书屋》，便憧憬一块天真的心田。彼时老师动员种蓖麻，说是开花结果提炼航空润滑油，于国于民功莫大焉。懵懵懂懂而热血沸腾，以一颗虔诚的童心播种，一日三视盼出芽，精心呵护幼苗成长，终于结出硕果。然而不见老师安排收获上交，听任调皮学生将小蛋卵似的蓖麻籽玩各种游戏糟蹋了。虽然童心被忽悠戏弄，而体验生命种子成长的过程刻骨铭心。及长，当知青教师带学生历练了一株棉花从营养钵育种到采摘雪白果实的本领，从此固知一衣一饭来之不易，更崇尚田野的绚丽色彩和厚实底蕴。如今老夫解甲归田，犹如游子回归故乡。梓山湖是意境，亦是意象。并非浪漫，分明天真，我欲重垦少年心田。

想象中的园地可以火中取栗埋下生命种子，虽然发芽的希望渺茫，幸而耕耘的汗水甘之如饴。于是，吾将承认恶之花往往艳丽，见证善之果常常丑陋，同情罂粟是沦落人间的国色天香。吾将发现比昙花一现更惊艳的是缪斯祖呈的胴体。她重约李白，再邀明月，对影五人醉歌；她与屈子互拜，同吟九歌，请教诗人之问，哲学家之问。

是矣，柴扉篱笆内可以消闲忘情，可以养心寄志。不修边幅，蓬头跣足，嬉笑怒骂，佯狂轻癫。故意将草丛中的蚂蚁看成奔驰的骏马，笃信其貌不扬的飞蛾是翩翩的天使。敢问化缘乞食的和尚："汝以一衣一钵苦行天下布道苍生，甚至舍身饲虎，何以庙堂金碧辉煌、穷奢极侈？何故不惑色相的长老坐化升天的皮囊还要黄金装身？何因罗汉们个个肥头大耳、大腹便便？"质疑敢把皇帝拉下马的英雄："汝为民请命振臂一呼，一呼百应者抛头颅洒热血的代价，是汝理直气壮霸占金銮殿的筹码？"追究语焉不详的天体物理学家："起源于大爆炸的宇宙是谁于何处引爆？宇宙纵然无边无际，它又是依托哪个空间膨胀弥漫开去？"

梓山湖畔小院，野渡无人，不系之舟，园丁入梦……

之三

自于梓山湖觅得小院迄今，时有友人关切询问："汝果欲北辞武汉，南迁梓山湖隐居？"

初闻讶然，再闻哑然失笑：余不过乃小文人一个，赋闲后更等同一介草民，于茫茫人海若有若无，原本属可以忽略不计族群、几近大官大款大腕大人们视而不见的隐形人，何须再隐？自视渺小体量、卑微形容何以堪隐？

余确已在打点行装，俟室内装修完工即可搬迁。在梓山湖的院子已忙碌数月，栅栏围了，藤廊架了，小塘挖了，菜园开辟了，只待余去耕耘劳作矣。

然而兹去不敢侈谈归隐。

显然，城里原有住所维系着三代人与这个社会复杂的经济、人际交往，是子孙就职求学的依托。此乃传统意义上的家室，还得由老伴留守。于本人而言，恐怕也是时常进城栖身之所在。城市日益光怪陆离，流浪、淘金者目迷五色。吾得承认鄙人少年的乡愁在城市一隅，那里曾是梦想闯荡天下的客栈。

如此看来，今后应是在湖畔小院的时日居多，余将成为这座城市的稀客。不辞而别之际，难免思绪凌乱，自问可否了无牵挂离去？仰望斗转星移，俯察物是人非，慨叹时不我待，事无我当。思忖良久，始知心中隐约作祟、羁绊去意的，无非名利二字耳。

于是自我排遣忧心，屈指盘算：早在2015年年中，余便从杂志社法人代表、副总编辑任上卸职，年底市作协换届挂名十几年的副主席头衔变成了顾问。2016年年底又从市文学院专业作家岗位退休，至2017年7月，终于领得一纸退休证。行头卸得干净轻松，解甲归田正当时。不过，赋闲之初，余又应邀揽了两事在身，一在一家文学刊物任专栏特约主编，一在一所大学任教。杂务缠身，如今迁居在即，奈何？

扪心自问，此仍心中有鬼的借口而已。今日读书颇有心得：有修行者决绝地告别妻子往深山修行，毕竟还得食人间烟火，便毗邻山村，村邻为其结庐。修行者以两幅粗布代替衣裳，不料换洗的一幅为鼠啮，恐另一幅又遭啮。村邻赠猫御鼠，然猫以牛奶为食，又赠其奶牛，然牛食草，又为其拓荒地以种草谷。然修行者无能耕耘，村邻只好又媒以寡妇。寡妇年轻，耕炊伴读，修行者好之，遂要妻生子……读着不免窃笑，为修行者汗颜。

又读钱穆先生著作。先生认为，生命中之第一层次即生活方面，接近自然，人与其他动植物生命相差并不远。孟子曰："人之所以异于禽兽者几希。"人为了维持生命而生活，并非生命为着生活，而是生活为着生命。可见生活在外层，生命在内部；生命是主，生活是从；生命是主人，生活是跟班。物质、生命、心灵，三者之间的动作程序，就人类而言，又像是心灵最先，次及生命，再次及身体即物质。据此观点，宇宙间心灵价值实为最高，生命次之，而物质价值却最低……

阅读至此，心中已然透亮，作祟的鬼魅羞愧遁去。

是矣，些许名利虚荣的羁绊都必须根除，不然有负天赐梓山湖小院的大好时光。余甚至考虑过辞去现任教职，辞去一个微信群群主虚职，以示决绝。唯恐旁人误解，自劝暂缓。而兹去必离武汉都市交际圈远了，正好与常打交道的某些名利场上的得意之徒保持距离。虽耳顺之年益加宽容，然以往对无耻无知无聊做派的一忍再忍以后可以少忍，少了虚与委蛇和顾虑，岂不清静许多？

近来常在梓山湖小院独酌。朦胧夜色遮蔽了形骸，倚一块石头席地而坐，置一壶酒于石面，偶尔对着壶嘴啜一口，任思绪信马由缰。微醺时轻吟陶渊明的《饮酒》："结庐在人境，而无车马喧。问君何能尔？心远地自偏……"窃以为陶公所谓"心远"，意即心清矣。

如此则了无牵挂，套用时髦网语谓裸奔，心无旁骛，幸甚至哉。耕田之余，笔耕"梓山湖笔记"，率性命笔，积篇成什，不亦乐乎。

之四

但凡城里人都有优越感，认为乡下人寒酸。其实多数市民上无片瓦、下无立锥之地，寄居在空中楼阁逼仄框格中，比之农夫村妇更贫乏，不过以光鲜服饰、体面言语强撑无奈无趣生存状态而已。

余以迟暮之年不再强撑，不惜砸锅卖铁助力犬子，在郊野觅得小院。虽方寸之地，四顾茫然，愿效仿渡鸟衔枝，寄希望于彼岸。于是荷锄执镐，躬身耕耘。

于小院掘井乃心血来潮之举。先是掐尺掐寸挖了一口小池塘，引自来水注满，意欲植莲叶几片，种芦苇几株。人心不足，得陇望蜀，又欲有鱼尾泛涟漪，蛙虫时鸣其间。近邻有种菜翁，讥余曰："吾浇灌尚以沟渠雨水，汝无源头活水，何以滋润池塘生机？"余沉思良久，决意掘井，汲源源不绝地下泉水，注池塘一缕清泉。

遂延聘谙熟此处地理的打井师傅，踏勘开掘，深入十米不得水文迹象，再深进三米，便有地泉浸沁，汩汩不绝。仅一昼夜，已然满溢井口。打井师傅谓，曾在距离十余米处掘井，深入十七八米，至今彼井仍枯。此井好风水矣，水量充沛。

筑井台，架辘轳，小院平添一道景观。近日有群友主动问余井口尺寸，愿以石雕井沿相赠。如此老夫淘神费力打造的一眼水井，更像模像样。从附近村庄弄来几只陶罐，半爿磨盘磨刀石，还谋得一柄棒槌。

京城胡同称谓，本义源自蒙语，水井也，里弄巷道通向之地，足见生民生命之源的崇高地位。余胡思乱想，冥想成真，活生生折腾出一口不合时宜的井来，盖因乡愁使然。乡梓情怀犹如不系之舟、风雨浮萍。故乡并不遥远，在本省汉川。而余浮生六十载从未返乡，非不愿也，实不能矣。老家只是户口簿上的一个籍贯符号。祖辈自儿时起便背井离乡，流浪江湖。若论家族血统，一半长江一半黄河。乡井何在？父亲生前余曾试问，可否寻访故里，哪怕了无踪迹，庶几了却心愿。父亲老泪纵横，言既无宅基，亦无坟茔，祖父是随家族迁徙而去的，隐约记得祖父乳名的长辈早已入土湮灭，能寻觅的，徒伤悲耳。余闻之无语，唯想象故里是虚无缥缈中的一口千年古井，近前不得。

而今余固执地开掘一眼新井，饮水思源，井水源自大地深处。纵横交织的地泉之河必然贯通家族血脉的江河，连接曾祖的生命之井。故而，小院新井亦老井古井，余奉若神明，鞠躬汲水，举杯遥寄父辈、祖辈、列祖列宗。辘轳旋转，思绪缱绻，颤悠井绳绾游子之心。

拥有一眼水井，天赐一泓清波、一潭清泉，取之不尽，用之不竭，满足的体验煞是美妙。清冽甘甜的井水不仅滋养了池塘，还滋养了居家生活，方便饮用、洗濯、灌溉，激浊扬清，鼓励回归朴素生活本质，追溯生命本真，再问生存本义。

或问："醉翁之意不在酒，汝无非借井说事乎？"答曰："借井水洗头，濯足，涤眼前污渍，浇胸中块垒。"每自尘世蓬头垢面归来，效古人照井顾影，知嘴脸丑陋，洗面洗心。

之五

近读网上一则段子，哑然失笑。

乡下人蜂拥进城看樱花，车满为患的道路愈加拥堵，城里人啧有烦言："乡巴佬凑热闹，樱花宁充饥乎？"城里人蝗虫般下乡看油菜花，鸡犬不宁，乡下人反唇相讥："城鬼佬真无聊，菜花有甚看头？"

城乡人互嘲互掐由来已久，如今反串角色颇有意味。在限制自由迁徙的割据现实下，乡巴佬见市面属思想觉醒，而市民向往田园风光亦属心灵觉悟。

受段子手启发，余在井台旁兴土木，筑灶台，竖烟囱。到镇街老杂货铺购置一口大敞锅，以及铁铲、火钳、笤箕、篾帚、丝瓜瓢子、葫芦瓢等一干稀罕的农家炊具。又爬上院外山坡，拾来枯倒的树干枝桠，锯成段木，于灶旁码成井字形劈柴垛。于是院墙一隅又添几许农户光景。

砌灶师傅欲在灶台表面镶嵌白瓷砖，余断然阻止，一任粗粝的红砖尽显简陋本色。

当灶膛薪火冉冉，炊烟袅袅，余心中油然滋生一股平庸的舒坦情绪。从兹柴火锅巴稀饭成为家常，还有小院篱笆的菜秧子，使锅灶不当摆设派用场。

闲读《论语》，子曰："一箪食，一瓢饮，在陋巷，人不堪其忧，回也不改其乐。"

自然联想到佛经故事，"弱水三千只取一瓢"。信哉斯言。人间山珍海味，琼浆玉液，珍馐佳肴，无可穷尽。岂不闻民谚说得俏皮："癞蛤蟆想吃天鹅肉是妄想，老虎吃天却是无从下口。"宦官财阀华筵不散，终不过是暴殄天物的饕餮之徒；而草民布衣，土灶陶罐，自食其力，甘之如饴。

或曰，尔不过小文人，如此酸文，必不得志也。武汉亦乃大都市，英雄大有用武之地，汝背道而驰，无才无志，躲避乡野小院苟活偷安而已。

余闻之拊掌讪笑。余性本愚钝，一生枉为城市人，在职场屡屡败北。幸得保全囫囵身躯，不愿再躲闪明枪暗箭，不如归去。承认吃不着葡萄嫌葡萄酸，兀自在自家小院支灶架锅，汲井水，煮炊气，烹日月，饮晨昏。心无旁骛，添柴火读闲书，陶然于灶台。

新宠与旧爱

——梓山湖笔记之六、七

之六

闲居小院，每日耕读之余，不免睬几眼手机，刷几屏微信。

古人云："时无英雄，遂使竖子成名。"余戏谑曰："世无美人，遂使微信迷魂。"曾几何时，书籍、报刊、影视、信函、电话、晤谈等阅读鉴赏、消遣交流媒介统统失宠，独钟微信，无论官商百姓、鸿儒白丁，概莫能外。这般光景，犹如天下风流男士忽然发现各色美人均已人老珠黄，唯青楼翘楚仪态万方，趋之若骛。一时间微信集万千宠爱于一身，实乃古今中外奇观。

微信聚"群"，极大地扩展了其汉字的延伸义。血缘群、裙带群、职场群、利益群、志趣群、同行同窗群等，这些界定均无以涵盖微信群里、群间的复杂微妙关系。它像怪兽吸盘在强力吸聚人际关系的同时，亦将传统族群撕裂得血肉淋漓。

每日刷屏者浑然不觉，微信恰似镜子，清晰映照芸芸众生相。

区区一条微信资讯，透过屏面图文，可见发送者的志趣、素养、品行性情乃至思维逻辑和心智。近朱者赤，近墨者黑，不同利益、阶层、年龄的"群友"，往往屁股决定脑袋，自觉不自觉成为族群代言人，不足为奇。奇怪的是，诸多社会时政资讯的发送者的立场观点矛盾，足见其价值取向混沌。譬如所谓"五毛"与"美分"，二者势不两立，却有活跃分子甲群"五毛"乙群"美分"，昨日"五毛"今日"美分"，言语"五毛"行动"美分"，甚至"五毛""美分"一并挥霍。至于伪善、装×、假侠、真傻、文痞文盲，逐一显现。更有活宝，不分青红皂白，转发的资讯自己并不读，只为冒泡刷存在感。潜水者和醉心鸡汤、笃信秘诀者暂且不论。

朋友圈滥用朋友一词，谓熟人圈也近半数缘悭一面，似乎可称"呼啦圈"，东扯西拉牵连在一起呼啦叽喳，自话自说。偶有好图文，是默默真布道者。

余浏览朋友圈鲜少点赞，总觉得那个心形符号容易引起误会，不像赞许像表白、调情、献殷勤。或者似儿童撒娇卖萌，成人模仿有点装嫩。余发现点赞者往往并非点赞对方发送的图文内容，而是点赞对方本人，奖赏耶？笼络耶？回报耶？即便点赞对方的发送内容，这个笼统符号承载的也多是敷衍和客套。故余浏览到好帖偶尔表态，宁用大拇指，有时点评一两句。

朋友圈晒出的东西无奇不有，乍看似乎晒错地方，应是晒给亲友、闺蜜、死党看的。再视错愕，故意把私宅客厅等同酒店大堂，甚至将自家卧房浴室与旅馆客房温泉圈在一起，全无隐私概念。自恋自爱无可厚非，而旅游不看风景看自己，忸怩作态且浓妆艳抹，匪夷所思。

逛微信朋友圈莫愁前路无知己，玩 QQ 群寻觅知音更是朋友遍天下。刷屏画面精彩迭出，俊男靓女，艳帜高张；谵言呓语，嘈杂喧嚣。却又忌讳网警，敏感地带，忽然噤若寒蝉。线上线下，令人迷惘。

刷屏淘神费目，不如读书自在。读《楚辞》："世溷浊而不清：蝉翼为重，千钧为轻；黄钟毁弃，瓦釜雷鸣；谗人高张，贤士无名。"

余断无视微信为洪水猛兽之意。毋宁说余认为它是天借科技赐予升斗小民的法宝，使向来唯唯诺诺者亦能发声主张好恶。余不过觉得微信刷屏酷似一面镜子而已。

之七

蛰居小院，闲读杂书，浏览而已，不求甚解。因老眼昏花，亦借助百度检索，以免误读误解。

今翻阅六朝骈文代表作《哀江南赋》，果然绮丽："西瞻博望，北临玄圃。月榭风台，池平树古。""践长乐之神皋，望宣平之贵里。渭水贯于天门，骊山回于地市。""虽复楚有七泽，人称三户；箭不丽于六麋，雷无惊于九虎。"

难怪作者庾信堪称骈体代表，此赋形式对仗精美，内容苍凉雄劲，恭维他大手笔有气魄亦不为过。然而其却只得意一时，终究不能与其后唐诗宋词大家比肩。即使较其前汉赋，也黯然失色。皆因骈文这种字句两两相对成篇的四六句文体装饰性太强，形式大于内容，此风盛行时连官家公文都照此格式，民间叫苦不迭，骈文不速朽才怪。

又翻阅《女与回也孰愈》，此乃明清文坛奇葩八股文范文，据云尚浅显，余试读："……将谓回不愈女，女不愈回乎？此可与论过犹不及之师，商而女之回也，固非其例。将谓回有时愈女，女有时愈回乎？此可与论退与兼人之由，求而女与回也，又非其伦……"八股文之文本格式固定为八部分，后四部分各须以两股排比对偶行文，以上所引是其第七部分"后股"的排比对偶，像绕口令。而且八股文必须以孔孟腔调鹦鹉学舌，不能逾矩。如此禁锢作者思维、愚弄读者智商的文体，除在科场逞能，民间断难容忍，故遭世人耻笑摒弃。

然而臭婆娘的裹脚布总有癖恋三寸金莲者好之，至白话文时代，中国共产党领袖毛泽东还撰文痛斥"党八股"。兹后，1958 年文风随"浮夸风"肆虐，"文革"期间"檄文"横行。拨乱反正之际，相声演员姜昆曾辛辣讽刺"假大空"腔调，观众莫不捧腹。

不料四十年后，奇葩文体死灰复燃。始作俑者，疑为无良记者、编辑。渐至标题党泛滥，"吓尿体"风行，从主流媒介到自媒体，凡报刊、广播电视、微博微信，千篇一律，门户网站尤甚。大有骈体与八股粉墨登场之势。

标题党、"吓尿体"以剪辑、装饰固定格式的文本为形式，或以插图掩饰文字的苍白，以哗众取宠为旨趣，常以厉害、神器、吓尿（吓哭、懵逼、惊慌……）为关键词。譬如，北斗卫星定位系统或深潜器是我国努力赶超世界科技水平的重大新闻事件，本应以准确文字严肃报道，却偏要描述成前无古人后无来者的神器，厉害到令某国某人吓尿吓哭，以期达到刺激读者神经、煽动受众情绪的效果。此类文体，目前比比皆是，习以为常，其行文手法，无非断章取义、借题发挥或偷换概念，夸张恐吓，文风恶劣较之骈体和八股文，有过之无不及。

权威官媒见实在太不像话，便发声批评。挨批后似乎收敛了，又移花接木，貌似公允、客观，却以狡辩、诡辩思路行文，尤其某度、某条的国际时事述评，似乎是在糟蹋汉语，强词夺理，逻辑混乱。尤其那些网红专家不思悔改，翻新辞藻愚弄受众，其喋喋不休的说辞，仍是四六句、八股文旧爱模式，唯恐丧失哗众取宠的话语权断了名利来路。

诗云："清风不识字，何故乱翻书。"不才好歹识得几字，乱翻书以免老来昏聩任人愚弄。而世上大字只识一箩筐的人多矣，原本也够用了，只怕被人愚弄了还信以为真。小院昨夜又东风，乱翻的书中世事洞明。比如，翻阅《壶天录》与《楚辞》比照："噫！鼠辈鸱张，其若是哉！黄钟毁弃，瓦釜雷鸣，蠢兹么幺，毒害乃尔。"

世 无 丑 人

——梓山湖笔记之八、九、十

之八

许是梓山湖真乃风水宝地，余在院子里开垦的红土处女地，首次播种便有好收成。收获最丰的是豆角。清明前后，沿铁丝网格院墙点种的豇豆，小满时秧藤便爬满院墙，开出蝶状豆花，芒种时摘了第一茬嫩豆角尝鲜。夏至豆角疯长，傍晚采摘了，几乎一夜之间又千丝万缕挂满墙头。红白相间和青翠碧绿的一根根在骄阳下交相辉映，煞是可爱。

吃不了的豆角除了让亲友分享些，多的统统制作酸豆角。酸豆角向来乃武汉寻常百姓的热天当家菜。夫人烹饪酸豆角的技法与众不同，烧一壶沸水将青豆角浇透，只浸泡半日便捞出，青色尚在。切小段后佐以蒜瓣、红青椒爆炒，青红白三色相间，略酸微甜偏咸，兼具青菜和咸菜品质。此乃酷暑溽热季节首选菜肴，食绿豆稀饭、馒头时佐餐最妙。

种葫芦颇有趣。葫芦秧长到尺许便像顽皮小子急于攀爬，爬上墙头还不罢休，竟将余移栽的一棵歪脖子柳树绕缠覆盖。一场暴雨过后，冷不丁冒出独一个小葫芦，像个白炽灯泡，一天天膨胀至足球大。余不忍心采摘，不料密密匝匝的藤蔓中悄悄冒出一串葫芦娃，荡秋千似地随风起舞。余便将大葫芦摘了剖开，一半清炒，一半煨汤。葫芦性状味道近似瓠子。瓠子原是余之偏好，甘甜清爽，不似丝瓜软绵而黏。而葫芦又比瓠子略脆，耐咀嚼。先前收获的三五个葫芦，自家食用了两三个。来小院玩耍的群友王君乐滋滋采走一个。还有两个硕大无朋的，余以丝线加固藤蒂留待长老，一个做酒葫芦，一个当葫芦瓢。而纠缠于柳枝的藤蔓上还挂着一串葫芦娃呢，乍看像葫芦树。

小院菜园的青椒、番茄、茄子均有可观收成。代价是把余晒得乌漆麻黑。夫人揶揄说："你这般模样哪像个教书先生？分明是个乡下丑老头子！"

值得一书的是那棵垂柳。去年秋天网购了一棵垂柳，连运费耗资八百元，到货时却是一根碗口粗、两米长、光秃秃的树桩，栽种后至今年春分毫无反应，以为上当吃亏了。不期惊蛰过后它迅速出芽抽条，丝丝缕缕，成为菜地池塘旁的一道风景。待明春，余将采摘自家园子独有的一道菜尝鲜：柳芽。

尝闻民间有养生诗云："立春五芽炒，立夏杏苏草，立秋杞冬地，立冬参芪草。"诗中所谓五芽，乃指绿豆芽、黄豆芽、黑豆芽、蚕豆芽、豌豆芽。而余几年前偶闻，五芽另有所指。其中之一指椿芽，一般人都吃过，另一当指柳芽，恐很少人吃过。还有另三芽呢？余孤陋寡闻，又是生长在城市，委实不知，愿借此求教于方家。余倒是有幸品尝过荷芽，不知是否在五芽之列。七八年前的一个夏天，应洪湖作者之邀，荡舟洪湖野荷深处，系舟于湖心一艘渔船就餐。渔家以鲜嫩荷芽炒鸡蛋，清香非凡。又以含苞待放荷花勾茨油煎，焦脆而细腻。当然，免不了还有野藕野鱼野鸭……听说过却未品尝过柳芽，余心痒嘴馋，意欲一试。

花圃菜地，池前柳下，明年早春当采一把柳芽，炒一盘翠柳斩蛋佐酒，又恐惊扰了枝头黄鹂，骂老夫吃相丑陋。

之九

常读群友曾庆伟先生写的美食文章，常看群友陈谢先生晒的美食图，津津有味。余在小院艳羡不过，心生恶作剧念头，反其道说说丑食。

遥忆二十多年前的拙著《不远的木屋国》，这部长篇小说第二章题目是《丑食》。其中一个情节乃余亲身经历。外婆带着上十岁的我和街坊一起去郊外挖野菜。田头满满的化粪池凝固成了干壳子，其表面落了一条腊肉皮子。街坊顽童用竹竿探出肉皮甩来甩去，不小心甩到外婆的菜篮里。外婆顺手没收了，不顾街坊哄笑和恼羞成怒的我大声抗议。回家后外婆反复清洗肉皮，放在锅里，扔进一颗据说可以去毒的锈铁钉，将肉皮煮烂后切丝佐以姜蒜干尖椒爆炒。尽管我再三声明，绝不吃来自粪窖的肮脏东西，但当黄里透白的油滋滋香喷喷的肉皮子装盘上桌时，我的鼻子和眼睛彻底投降，出卖了馋荤已久的嘴巴……

外婆的丑食刻骨铭心。而小说中没写出的另一种丑食至今令余反胃。余青少年时期家住武汉十七中和山鹰小学附近，邻近处有一口臭水塘。每日方圆几十公里的工业垃圾、生活垃圾、畜牧垃圾源源不断地运来往臭水塘倾倒。某日，翻斗车倾倒了一车养猪场的死乳猪，虽时值严冬，犹恶臭扑鼻。拾荒人中有一老妪，在众目睽睽之下从死猪堆中翻拣出十余只圆圆、个大的猪娃，在臭水塘清洗血污后悉数拎走。拾荒人多为附近街坊，而老妪来路不明，就在垃圾场搭席棚栖身。她将死猪娃再用清水洗净后撒盐腌渍在瓦罐里。应是冬至过了，十余天后她将腌猪娃挂在席棚檐下晾晒腊肉。一具具白里透红的乳猪尸首挂成一排，令人联想到一丝不挂的死婴，情形恐怖，拾荒人躲瘟神似地躲避老妪，她却泰然自若。

那时余已下放农村，这一幕系临时返城短暂逗留所见。余在知青生涯中有一个特殊身份——县知青办公室知青代表，故那段时间频繁出差返汉。从腊月至正月，老妪席棚檐下的死乳猪腊肉干少了一条又一条，而拾荒老妪安之若素。此后臭水塘填满了，拾荒人包括老妪统统消失了，而那悬挂的一排死乳猪腊肉干像是一个个问号，几十年来成为我眼前挥之不去的阴影。

子曰"割不正不食"，谚云"宁吃鲜桃一口，不吃烂杏一筐"。富人食不厌精，脍不厌细。穷人粗茶淡饭，苟且偷生。较之吞食观音土甚至易子相食、人相食的饿殍，老妪食用死乳猪又当如何？

外婆是河南人，来汉多年仍惜水，她有一句口头禅："只有人恶水，哪有水恶人?"老人家在天之灵，倘能知晓外孙尝遍人间酸甜苦辣后退居小院，守着一口池塘一眼水井自食其力，必含笑九泉。

世上本无丑食，或有丑人。其实哪怕五官搭配再不协调的人，看习惯了也顺眼。故余断言，世无丑人，只有丑态。而丑态乃丑陋的心态使然。

之十

今秋收获完夏令蔬果，计划播种萝卜。余曾在汉口家中露台试种过红皮圆头萝卜，而今还要学种一些胡萝卜。

胡萝卜情结缘于少年的敏感嗅觉。暑假时邀约街坊玩伴去郊外钓克蚂(青蛙)、摘菱角，顶着炎炎烈日，赤足穿行于田野，酷热干渴难耐。倏忽微风暗起，余闻到一股带甜味的芳香，脱口而出："胡萝卜!"玩伴环顾左右晒笑："想得美!"余嗅着气息前行几十步，果见前方有一大块胡萝卜田，青翠的胡萝卜缨子在微风中曼妙轻舞，绿缨下露出的胡萝卜头仿佛致命的诱惑。身后的伙伴不约而同一拥而上，就如土匪劫道、恶狗捕食，拔出萝卜带出泥，撩起衣襟将胡萝卜拭得透明，大快朵颐啃起来，津甜、脆崩，顿时觉得天下第一美味莫过于此。

胡萝卜缨子许是青菜谱系形状最美的菜叶，乍看似芹菜，细辨绿缨如花絮，茎叶颀长纤细单薄，似凤尾雏羽，又似桂华兰叶。尤其品质芬芳醇厚，散发馨香之气。

一般印象中胡萝卜缨子的用途不如白萝卜叶子，后者盐渍成腌菜，乃穷苦百姓一年四季不断顿的佐餐咸菜。其实胡萝卜缨子在民间巧妇手上可烹饪出各种佳肴，可粉蒸、凉拌或清炒，只是各地各有小窍门对付炒不烂和青涩味。

家母独辟蹊径，做的胡萝卜缨子米饭真正是色香味俱佳。将当年新米淘洗干净，置柴灶鼎锅中以旺火煮沸，以文火熬至米香弥漫，米汤酽稠，而米粒约七成熟火候。以筲箕捞米滤尽沥干米汤，将切成细段的新鲜胡萝卜缨子均匀拌撒于糯软而不黏团的松散米粒中，以竹篾蒸笼架敞锅上蒸。当米香融汇缨香随着蒸汽袅袅升腾，便揭盖子。于是蒸笼里云蒸霞蔚，珍珠般雪白的米饭中闪耀着翡翠般碧绿的缨屑。这般景象，可以联想到白沙滩上的云母片在阳光下熠熠闪烁。

记得贪吃如我，往往连逮三大碗，且拒绝拈餐桌上的任何下饭菜，生怕坏了碗中的原汁原味……

自古种瓜得瓜、种豆得豆，余自信勤劳种一茬胡萝卜会有收获。诚然，即便备齐土灶铁锅，竭力模仿，断难再做出慈母那双魔仙般的巧手造化出来的珍珠翡翠。幸而当胡萝卜缨子灵动轻飏起来，余嗅着清香在小菜园磨磨蹭蹭。虽说世无丑人，也得承认世上多少有些美人。余喜欢质朴美人，如小家碧玉，耐看，养眼。老来也不敢随意偷眼了，只好视眼前英姿飒爽的胡萝卜缨子为小家碧玉，贪婪地看，不害臊地吸吮她的体香。

佐 酒 物

——梓山湖笔记之十一

"读书人"群友荆南楝翁，邀余为其主编之文言杂志《文思》撰稿。余自忖写半文半白语句尚可，若以纯粹古文笔法，恐笔力不逮。再者暑期以来余蛰伏梓山湖小院，一意耕耘，心无旁骛，搜肠刮肚，文思索然。

荆南先生主笔之《文思》，乃海峡两岸暨香港、澳门的唯一文言杂志，其志在起吾国文言之衰，复传统礼乐之废。先生曰："岂能无动于衷乎?"余钦佩不已。自省此生胸无大志，淡泊名利，自《芳草》致仕后更离群索居，绝不写趋炎附势文字。然先生所言极是，纵移情花木菜圃，总难物我两忘，每耳闻目睹世态众生相，常心有戚戚焉，辄有诉诸笔端冲动。

梓山湖笔记搁笔久矣，近日，余步出小院，蹀躞梓山湖畔，欲开启文思，寻访可资续写笔记之物事。

但见湖波浩渺，荷田荡漾，芦花摇曳。远眺彼岸滨湖村庄，掩映于云蒸霞蔚处，俨然蓬莱仙境。遂绕湖疾行数十里，登半岛、渡湖洲探访。近前才发现湖村荒凉凋敝，几乎户户门户锁闭。偶见门户半开者，仅老妪老叟呆坐门槛，木讷滞语。村头街尾，鲜见孩童，更无青壮年身影。询问偶过路人，谓皆背井离乡寄身城市檐下打工去矣，抛弃之家园甚至不闻鸡犬之声。

此番境况，与余近年行走大别山、大洪山及江汉平原所见大同小异，远观如诗如画之村庄，近察污秽不堪，满目疮痍。

不免自嘲迂腐，读古诗自作多情，幻想渔樵壶酒相逢，林叟谈笑忘归。时下乡野，所谓仙风道骨、闲云野鹤已然绝迹，亦无新鲜物事可言。

隔日返汉办事，不期在市井遇见一位与众迥然不同长者，庶几记述几笔。

汉口花桥街坊口，早点摊旁一七旬有余翁，兀自以稀粥佐酒。此翁端坐于桌边花坛石阶，身旁搁一碗透明塑料碗盛的白米稀粥，手执一瓶二两半容量毛铺苦荞白酒，一口酒一口粥，浅酌慢饮，旁若无人，泰然自若。

早餐饮酒并不罕见。江汉平原农村习以为常，农夫清晨起床即往田间劳作，至上午九时许返家喘息饮酒，凭借这顿酒力再务农至午后。市井中亦不乏早起贪杯之徒,武汉方言谓之"酒麻木"。其实多乃出重力挣血汗钱的苦主,嗜酒如命,却是以酒养命,以一碗热干面佐酒,津津有味,品哂艰辛生活。亦有家境宽裕好逸恶劳者,早餐喜以重油烧麦佐酒,醺醺然挨过半日时光。

余好奇花桥早饮翁者非其酒也,乃错愕其佐酒物也。视翁穿着尚属整洁,以平民闾巷消费水平,一瓶酒加一碗粥价格不菲。借清汤寡水之米粥助酒兴,此翁不随俗,显得另类。

街邻见怪不怪,谓翁日日如此早饮。问翁身世,街邻语焉不详,只道其子乃民工领班,举家迁徙进城,于斯赁房寄居经年……

联想前日湖村所见,姑妄揣测,此翁许是曾出没梓山湖风波里之剽悍渔翁也未可知,则率性善饮乃其固有本色,海量惊人。

向闻世上贪杯之徒必也大快朵颐。江湖好汉,大碗喝酒,大块吃肉;官宦巨贾,食不厌精,脍不厌细;风流才子,纨绔子弟,醇酒妇人,艳色可餐。凡此种种,琼浆玉液不离丰腴肥厚佐配。极端者如梁山好汉一类,酒逢知己却不逢佐酒物,可以割人股肉炙烤或者蘸蒜汁生唉。

而民间饮酒,多以耐咀嚼吸吮食物佐之,深谙"鱼脑壳,鸡爪子"精髓,花生米更是经典佐品。即便雅爱小酌之文人士子,买醉之意不在酒在情趣,那情趣中亦缺不了茴香豆滋味。

余六旬过后亦雅爱小酌,钟情之佐酒物乃带壳花生、砂炒豆类、瓜子或水果,不喜以丰腴肥厚物佐酒。试问:"佐酒者,岂不以酒为主,佐物次之?"时下以满桌山珍海味饮酒作乐,不应称之为佐酒,酒不过乃饕餮之徒的借门而已。今人奢靡之风盛行,其舍本逐末、买椟还珠种种行状,实则糟污了美酒的品质品味。

故余较欣赏西人的餐前酒和餐后酒,品酒客手执一杯,浅酌慢饮,佐酒的是音乐、歌舞,而非餐桌上的算计和交易。即便是酒徒,影视宣传片中美国大兵佐酒的是女人,多少也应了"秀色可餐"些许意思,俄罗斯酒鬼佐酒的是西北风,也有几分豪气。

国粹亦值得自豪。诗仙、酒仙李白置一壶酒花间,与明月对酌,佐酒的只有沁入心脾的花香。而民间好酒高人多矣,如江河水手,素来习惯喝寡酒,佐酒的是朴素、剽悍的勇气。

独眼前此翁以米汁佐酒,淡然,淡定。如此胃口,这般口味,不经意间由酒徒转为酒仙,多少有几分仙风道骨,与世俗格格不入。

余观时下世道,不唯铜臭味重,香醇气息亦浓郁。成语"干柴烈火"原义喻难以抵挡男女身体相交,延伸义可以形容以"吃货"自诩者对美食的贪婪。今人重口味已成风气，由周黑鸭风靡全国到小龙虾蹿红网络，管中窥豹。口腹之欲，欲壑难填，必逞口舌之快，及至目迷五色，耳溺五音。俊男靓女，趋之若鹜。所谓"中年油腻男"，油腻岂止嘴脸？而"中国大妈""中国大爷"种种行状，较之中青年有过之而无不及。

呜呼！《老子》曰："五色令人目盲，五音令人耳聋，五味令人口爽，驰骋畋猎令人心发狂。"

信笔记述至此，念及栋翁先生激励，便努力学习古人笔法如下：

尝闻沪上有京剧泰斗，设宴款待至交，嘉宾满座。泰斗晨起沐浴焚香，遣私厨绝早备食材，精心烹饪。至午时开席，捧出珍藏数年陈酿，菜肴仅一味：白灼绿豆芽。

妙哉，大道至简，真水无香。绚烂至极，归入平淡矣。

奉良知为圭臬

——梓山湖笔记之十二、十三

之十二

己亥春节始于过小年日期之争的热闹。不南不北之武汉人，在微信群中边互相祝福边争吵得面红耳赤。民间有讥诮说话不靠谱的人之妙语："信他的话，年都要过错！"而小年究竟是哪一天，靠谱的说法是，北方习惯过腊月二十三，南方习惯过腊月二十四。

记得母亲的说法不同："军三民四灶王五。"母亲乃北方人，来汉数十年坚持我家腊月二十三过小年。母亲谓，中原地带几千年战事频仍，平民久经战乱，学会在战争与和平的缝隙中顽强生存，故与军人同日过小年。而灶王爷在军民都过完小年的腊月二十五上天，向玉皇大帝禀报民间善恶疾苦。是故，军民皆祭祀灶王，巴结它上天说好话。小年者，祭灶节，春节序曲也。

腊月二十三这天，余推辞了年前一切社交应酬，与家人前往梓山湖小院，洒扫庭除，张灯结彩备年货。

院子露天的灶台敞锅派上大用场，烹鸡卤野，开油锅，炸了肉丸炸翻饺。顿时灶火熊熊，炊烟袅袅，年味浓郁。

这般隆重是余刻意主张，取悦孙子。余还驱车到镇街上买了一大包烟花焰火。在咸宁，城区也是禁鞭的，而梓山湖在城区外，不禁鞭乐坏了孙子。每晚肆无忌惮炸鞭放炮，春节是他的狂欢节。

民谚有云："小伢盼过年，大人盼种田。"老夫趁年前几天难得闲暇，翻耕菜园，为花卉果木除草施肥，盘算来年的播种收成。忙碌之余心血来潮，专程去超市货架上寻找到杂糖、酥糖，憾未找到京果。夫人揶揄："嘴馋？"余讪笑不答，心底却有一丝恐慌，年关怀旧，回味难已，廉颇老矣，尚能饭否？

按天干地支纪年法，每隔六十年过一个己亥春节。想六十年前余方四岁，是汉江汉口杨家河码头一个船夫之子。白驹过隙，倏忽间垂垂老矣！此生平庸，凡夫俗子，碌碌无为。所幸虽命如蝼蚁，却奉良知为圭臬，疾恶如仇，自视甚高。曾著短文《渡尽劫波本我在》，宣称在精神世界自由自在，直至如今在梓山湖小院自封为王者。

而六十年后的己亥春节，余已一百二十四岁矣。其中多少年头当为冥寿余并不在乎。向来不信种种养生秘诀，反感蛊惑的心灵鸡汤。须知考量生命的不仅有长度，还有高度、宽度和厚度。

除夕夜守岁祭祖，余躬身示范，令孙子以曾孙身份行大礼，向曾祖父母遗像三叩九拜，焚香举杯。礼毕，四野鞭炮声大作，除旧迎新时刻到了。余搬出一箱焰火置院子草坪中央，犬子点燃引信，一瞬间如火箭发射，飞珠迸玉。爷孙手舞足蹈，欢呼梓山湖小院灿烂的夜空。

之十三

今秋桂子姗姗来迟。

院中桂树虽亭亭玉立却格外沉静，中秋节不闻花讯，重阳日亦不见桂子倩影。余难免心生惆怅，蹀躞于梓山湖畔，望穿秋水。

犹忆去岁中秋，"桂子月中落，天香云外飘"，小院盛满芬芳，浓郁醇厚。家人唯恐不谙风情的秋风将这芳华挥霍一空，便折了桂枝收藏，遍插客厅、餐厅、书房、卧室，花瓶不够用就插在坛坛罐罐，连厨房卫生间亦成藏娇花屋。至春节前夕，插花枯萎，花絮落为齑粉，而余香仍绕梁不去。

余知今朝气候险恶，酷暑久旱虐待了嘉木。忧心如焚，勉力浇灌，祈盼桂子展现芳容，即使昙花一现，露脸略微一笑亦好。

己亥九月十五黎明，余早起洒扫庭除，忽然呼吸到院落隐约浮动祥瑞气息，感觉前院桂树陡添几分妩媚。近前辨看，果然枝叶中悄然冒出桂子青而白的头脸，虽微而不显，却密密匝匝，成串缀满，脉脉含情，一如处女犹抱琵琶半遮面。

又三五日，满树调皮的桂子便龇牙咧嘴、嘻嘻哈哈地绽放了，在微风中摇曳着，散发氤氲撩人心魄的奇香。原本端庄矜持的桂枝华丽变身，似天意专宠，独赐其一树瑞雪，又若日月偏爱，将光华尽洒一株，于夜露晨霜中凝成一树雾凇。如此玉扮银妆，当阳光穿透树冠，千丝万缕，狂蜂浪蝶，游戏其间，幻成仙境意象。

余心旌摇动，欣欣然如花痴，左顾右盼不够，索性执酒一杯，放浪形骸，醺醺然徜徉于桂君眉眼下胡思乱想。

寻思桂木许是世间最羞涩腼腆花卉，不似百花傲然枝头，张扬显摆，唯桂羞答答藏于枝叶底下，花瓣微薄轻巧，花蕾细如纤毫；相比群芳众声喧哗，桂子花语呢喃；一众花草争奇斗艳后疲态毕露，惨不忍睹，枯萎堕落，而桂子一边默默绽放，一边慷慨地将鲜嫩花絮挥洒……

花卉乃世间尤物，自有其品格。若赋予桂子人格，花魂现身，当愧煞多少俊男靓女？

王维诗云："人闲桂花落。"余愚钝，难以参透诗中禅意。而隐居梓山湖小院几年，与世无争，乐于耕耘，手足胼胝，庶几接通地气，常得气定神闲，便能聆听桂子落地之声响，淅淅沥沥。

声音微妙，有如天籁。惊喜之余，闪念将小院桂雨拍个视频，分享到微信朋友圈。转念再想，罢了。如今朋友圈倒是奇葩花园，千奇百怪，应有尽有：搔首弄姿的，装嫩卖萌的，指鹿为马的，阿谀奉承的，愚昧恶俗的，凡此种种，乌烟瘴气。多事之秋，天下纷扰，不如远避，切莫亵渎了桂子的守身如玉。

余钦佩古人审美观，咏桂诗词不胜枚举。而张九龄的《感遇》，最堪反复诵读："兰叶春葳蕤，桂华秋皎洁。欣欣此生意，自尔为佳节。谁知林栖者，闻风坐相悦。草木有本心，何求美人折？"隐居山林磨炼意志的修行者，其铁石之心，亦崇尚美之真谛。此诗耐琢磨之处多矣。

其实桂树平凡，公园常见，路边时或邂逅。而在自家小院独拥有一株，朝夕相处，互为守护，在云诡波谲的秋日，多了一分坦然。近来独居郊野小院，家人皆在城里忙于生计。便不忍再折桂枝，只以一张宣纸覆盖桂下草地，承接桂子率性抛撒的美意，掬成一捧。去镇街酒坊沽得一坛土窑烧的五十八度谷酒，小心翼翼地将桂花注入坛中酝酿，拧紧木塞，再以黄泥封闭坛口。

待秋去冬来，寒意逼人时，余便开封，自斟自饮。或有文客访友，亦不吝捧坛分享："此乃桂子惠赠，宁饮一杯无？"

一切生灵皆在修行

——梓山湖笔记之十四

阳春三月，又带学生前往大洪山绿林寨实习。

绿林寨亦称两王寨，乃西汉末年绿林起义首领王匡、王凤建寨扎营的山头。自2016年迄今，余一年一度四番上山虚度光阴，原来老夫这些年被剪径的山大王剪走了不少本该读书思考的时间，难怪愈加愚蠢了。

所谓实习，其实就是封闭写作。汉语言文学专业写作方向的学生，必须写出十万字的习作和三万字的毕业答辩作品，躲到深山老林来苦写。余作为创作指导老师，无非做些点拨批阅的事，也不多干扰学生。

学生整日搜肠刮肚、绞尽脑汁，余倒是清闲，每日晨昏便在人迹罕至的山径漫无目标地行走。于荒山野岭中佯装野人，故意放浪形骸、忘形忘事。偏偏脑筋不听话，不时冒出"云淡风轻近午天，傍花随柳过前川""行到水穷处，坐看云起时"之类的诗句。

难免胡思乱想。近来如一团乱麻塞在脑洞的，是群友对"读书人"群的诘问，尽管多是善意的。

问余最多的是："汝历经四载，三易群主，两更群名，却一朝夭折，做何感想？"

余难免惋惜。故在几位群友的再三鼓励下重邀"读书人"群，另觅谈资。

又问："何以不见群友中一些熟悉面孔？"

确实，除一二早先主动离开者，"读书人"群尚未再邀原群友中一些故人友人，其中亦有与余过从甚密者。主要是顾虑如今加群已成负担累赘，恐打扰兴趣不大者。事实上，一些群友是私聊余申明要求留下的，一些是余慎重询问后才保留的。当然余承认有避免率性发言者授人以柄的考量。假以时日，余当恭迎仍怀旧的老群友。总之，"读书人"群不以亲疏取舍群友，而以旨趣探讨公约数大的聊天话题。

又问："汝鼓励群友晒个人作品，但是否会被其他群友轻视、忽视？"

余认为没有必要顾虑。群友们看或不看你晒的作品都应理解，看的也多是浏览而已。文化快餐时代，连读经典也囫囵吞枣，而刷屏总强过尘封。晒出个人作品的意义更多在勇于发表。读者青睐新媒介自媒体而冷落传统纸媒已是不争事实，即便你的作品已在某个报刊露过脸，未必比晒在群里知晓的人多。

再问："自荐文学作品是否配图配乐更好？"

悉听尊便。依愚见，图文并茂当然好，但是很多图文不符，效果适得其反。余不主张配乐，太过矫情反而糟蹋了一篇质朴真挚的文章。毕竟好文依靠文字的力量，凭借阅读的眼力。由此说到如今时兴朗读文学作品，窃以为偶尔为之可以，多了则有作秀嫌疑。与跳喧嚣扰民广场舞之大妈大爷相比，热衷朗诵确实文雅一些。但朗诵毕竟是一种文艺表演，与文学相去甚远。如果朗诵小说，那叫说书；如果朗诵散文，那像学生朗读课文。即便诗歌，它也是用来读的，不是用来听的。读是默读、轻吟，是解读、琢磨、感受语言文字的魅力。千古传诵的经典，凭借的乃意境、意象，而绝非无病呻吟。

群友还有一问，余几乎无言以对："汝如此认真，安知此群能聊多久？"

顺其自然吧，岂不闻话不投机半句多？投机又如何？读书无禁区，话题有忌讳。如今群多多如蚊蚁，众声滔滔，垃圾资讯避之不及。但愿群友洁身自好，聊天如翻阅一册文学艺术、社科文史类有品位的杂志。

聊不下去了抑或不让聊了也无所谓，无非离群索居。

今日爬山寻一古庙遗址不得，唯见长天鹤唳，空谷泉鸣，恍若梵音。于是索性将满山日晖看作佛光，笃信一切生灵皆在修行。

山村吊桥桥头有文昌寺，几年前新建的，寺前有香炉铁鼎。寺门楹联上联照录了明东林党领袖顾宪成的名句："风声雨声读书声声声入耳"，下联不知是谁杜撰的："山色水色云霞色色色皆空"，虽与上联不可相提并论，却也是佛界行话。

寺门紧闭多年，余打听，文昌寺空有寺庙，并无住持或挂单僧人，甚至没有居士值更看守。可否与兴建文昌寺的东家商量，租借与余栖身，余以每日虔诚焚香添油拂尘卖力抵房租，做一天和尚撞一天钟。读经书也读闲杂书，还是一个读书人。

补笔：几度以更名重建方式维系的"读书人"群，前后历经"聊斋志趣""梓山湖书院""葫芦娃"时期，终究于2019年年底因故群友失联。故翻捡出约两年前为更名写的这篇短文纪念之。

余烬化灰蝶

——梓山湖笔记之十五、十六

之十五

岁末寒气逼人，冒寒邀几位文友去野村谷撰楹联，以便与《野村谷游记》一并完稿交差。余对诗联并无研究，幸好同行的小熬浆糊等人颇有心得，且有年轻女诗人翟锦壮行色。巧合的是诗人解智伟以微信发来近作《我就是一座孤岛》助兴，一路话题便与诗词联赋有关，冷冽中倒生出几分热闹的暖意。

解的诗像郑重其事的宣言："我就是一座孤岛/打坐在大海上/修炼自己的灵魂/其实，哪一个人/不是在孤独中终老一生"。诗人说他"替一只鸟啄食内心的寂寥"，以"一座火的石雕"自诩，愿"在海水里孤独地燃烧"……

解氏作诗，重抒情，亦宜朗诵，颇能感染文学造诣一般之读者。其实这些诗句偏传统，句法略老套，料时下诗坛有些名气的新潮诗人看不上。

余也眼拙，反而看不上一些新潮诗人之大作，自觉站队"一般读者"之列。看不上亦因看不懂、看不惯，感觉那些很出风头的诗，写得轻飘、空洞、晦涩、矫情，明明肤浅，貌似深沉。

或许新潮诗人会揶揄说："你就像没有音乐细胞一样没有对诗的悟性，幸亏你多少有点感觉，感觉空灵才是好诗。"

诚然，解的诗太沉重，字字句句一如秤砣，忒实在，拽得紧，坠得重。

然而，唯其有分量，方能触摸到质感。

如今树上随便飘落一片叶子，可以戴在三个诗人头上当桂冠。恁多致仕尊长和得志才俊出口成章，令人佩服得五体投地，却不敢恭维那些应景取悦的旧体、新体大作。

诗者歌也，应是凝固之音乐，恰如记录心声之乐谱。解的诗断不无病呻吟，亦不"为赋新词强说愁"。其诗较真，率性，似乎童言无忌，又似乎是老叟寅夜辗转反侧思索时的咳喘，语句从肺腑中吐出来。虽然不是字字珠玑，却有粗犷雄浑的诗骨和苍凉的诗味，也有点生硬。诗人谓："其实我很幸福/我可以用整个海沐浴自己的灵魂"。揣测这种幸福滋味，大约是修行者在咀嚼一种意念。

某日，原《武汉青年报》一位老同事微信私聊问余："手头有无书评类短稿？"余便将上面几段诗评转发给他看。他看后不说拙文好坏，却说不喜欢这种写法不中不西的诗句。余素来看重这位老同事的眼力和极恬淡简朴的文笔，却认为他对解诗的评价未必确当，须知如今一些自视甚高的诗人，写不出这般有质感的诗句。若说他的句式和语调学了西方风格倒是中肯。

野村谷归来，气候晴暖二日，抵近十二月底的特殊日期，气氛复肃杀严峻，便回梓山湖龟缩于小院，温一壶黄酒驱寒，以《恶之花》佐酒。沉吟法国诗人波德莱尔的《人与海》："海是你的镜子，你在波涛无尽、奔涌无限中静观你的灵魂，你的精神是同样痛苦的深渊"。

之十六

梓山湖小院毗邻一座土山，余在后院开启一扇柴扉。穿过丝网篱笆墙，拾级而上，山坡上有树木、芦苇，灌木葳蕤。小院临湖，坐落于湖滨半岛，步行十余分钟至湖畔，湖水浩浩汤汤。彼岸是远方田野，更远的远方是蓝天白云红日。诗和远方历历在目，可谓诗意栖居矣。

惜乎余虽乃一介小文人，却缺乏诗人之才气，偶尔心血来潮，搜肠刮肚亦憋不出几句诗文。今春带武昌理工学院写作班学生赴大洪山封闭写作，当了十几日山人，每日晨昏独自徜徉于深山老林，看澹岩绝壁，听鸟语溪鸣，恍然与世隔绝。忽然心生就此结庐不归之念，却又挂念梓山湖小院，惦记院中花草菜圃。嗟夫！回想当山人、做湖叟之前城市光景，不禁悲从中来，感慨系之，趁四野无人，浅吟低唱：

其一
归隐固知百事了，几多意绪一概抛；
但憾英年未习武，白费胸中不平刀。
黄粱曾经谁无梦？蓬莱仙境有渔樵；
兹去忘却恩怨事，方寸之间任逍遥。

其二
四十犹惑一笨夫，五旬莫能知天命；

酩酊十载仍倥偬，不羡权贵慕哲明。
称心失意一念起，弄舟乘桴两难行；
宁歃我血祭夙愿，耻与宵小叙旧情。

其三

看人看戏看风景，熬生熬死熬筋骨；
眸中碧泓已干涸，心底暗河犹咽鸣。
仗剑未允仗秃笔，栽花不开栽葫芦；
养活一团穷意思，自觉自在读闲书。

余自知这些句子在平仄上有待推敲，从韵律、意蕴上尚欠斟酌，然毕竟直抒胸臆，庶几慰藉吾心，便不再雕琢，录为《无题三首》，不揣浅陋，投给《参花》刊行了。

说来余写过几本小说、散文，此前从未发表过诗歌，如今突冒酸文，胡诌几句，未知是否落为笑柄。

其实余在青少年时代曾经狂热写诗。那时动辄写几十行长诗，写毕便唱诵，过目不忘，倒背如流，常引来同学围观、旁听。诗兴延至知青岁月，直至招工返城余兴犹在，恋爱季节和初为人父亦写诗纪念，抄录在一个厚厚的日记本里。20世纪80年代末某日，在不可抑制的悲愤与绝望中，猛然发觉那些所谓诗作幼稚、浅薄甚至愚蠢，便于某夜至暗时刻，毅然决然自焚了那本青春之歌的记录，一任余烬化作灰蝶飞舞，仿佛在祭奠一颗少年诗心。从兹不再写诗，开始通宵达旦苦写第一部长篇小说。苍天有眼，看到一颗死去的诗心化作《河祭》苏醒。有论者谓拙著是散文笔法，其中有些段落似散文诗，殊不知余是将心底苦吟的短句连成长行。

余陆续写小说、散文凡三十余年，其间任《芳草》文学编辑，审读诗稿无数，却始终不敢涉猎诗歌写作，总觉得写诗除了得有才气和激情，还得具备古代诗人的情怀，纵不似杜鹃泣血，亦应如春蚕吐丝，以消耗生命能量为代价。近闻有诗人竟能于玩乐间隙写诗千百行，这般诗才，岂不愧煞李白，气死贾岛？

便自叹少壮不努力，老大徒伤悲，捋华发，暗思量，多少也凑几行长短句，糊弄读者，敷衍自己。

凑巧，去冬余应邀为野村谷写游记，完稿后又受托为其亭台楼榭写楹联。余于诗联词赋并不在行，便邀约文朋诗友任蒙、小熬浆糊、朱建林、翟锦，凭借大腕手笔。其中小熬浆糊对楹联素有研究，自己撰联之外帮助文友推敲字句。郑重起见，又将各位所撰文稿拿到余供职的学院，请中文系老师字斟句酌一遍才交稿，拟请几位书法家来书写。遗憾的是，因未谈妥润笔费，不敢劳动书家，作家的楹联也搁置了。

诸位所撰楹联各有韵趣，当年在群名为"读书人"的微信群分享了。

小熬浆糊为新建廊桥题名"霏微桥"，并为桥头两端撰联：

野霭迷溪径　　村烟笼阡陌

巅峰云霞犹缱绻　　壑谷岚气欲霏微

任蒙题荷池凉亭：

一池碧水摇荷影　　半壑清风送蛙声

朱建林题听鸟桥：

凭栏看苍鹰　　信步听黄鹂

翟锦题梅影亭：

芳亭拥玉树　　倩影对梅花

余受小熬浆糊启发，又蒙学院老师指点，勉力撰了一副长联：

千年胜迹，野村独好，聆白龙寺黄钟大吕，寻三隐书院问贤圣，
登状元楼，瞻木兰山黛影朦胧，指点香枫树，太子桥上遥想，
值村翁把壶说古；
万亩莽林，空谷唯幽，饮观音殿老井清泉，沿四面山门访英豪，
闯烽火寨，瞰木兰湖波光潋滟，徜徉银杏林，楚樽阁里微醺，
谒杜康执爵论今

此联大致对仗，未敢言工整。好歹尝试过诗联词赋，明白了诗家、词人的头衔好听却不是那么好当的。

犹忆儿时折柳枝编桂冠，年少张狂，读过普希金的《致大海》，便誓言也要

当桂冠诗人，却不知普希金视人格尊严重于诗名，不惧死于决斗。

且不论诗人，即便饱食终日无所事事之普通人，若不随波逐流，便自寻烦恼一生，甚者追求思想自由而痛不欲生。子曰："朝闻道，夕死可矣。"多数人却是身不由己，浑浑噩噩至死。悲剧如是，何来诗意栖居？

比如，梓山湖小院在旁人眼里或有几分田园牧歌意思，余却不情愿冒充诗人，宁可当一个终日戴草帽劳作的花丁田叟。

几年前情不自禁，写过一首十四行诗，未几日，揉碎扔进了字纸篓。依稀记得其中几句：

> 燃烧的目光已然阅尽人间春色
> 我从此只信仰女神的真谛
> ……
> 痛饮一杯野酿的胆汁烈酒
> 凝视一颗流星死亡的美丽

野　湖

——梓山湖笔记之十七

自己亥岁末至庚子立秋，余避居梓山湖小院，任寒暑易节，晨昏更替，只管循时令播种耕耘，依阡陌寻觅湖畔山坡野趣，忘却岁月荏苒，不觉已大半年矣。

劳顿之余亦率性读写上网，不时刷屏浏览身外世界演绎悲喜节目，冷眼旁观人间种种荒诞不经人间闹剧。近日留意一段微信视频，网红李子柒采莲藕摘荷花为炊，画面美不胜收。虽看得出编导刻意美化，却也逼真地表现了田园野居之质朴情趣。其实此视频去岁已广为流传，今网民不厌再看再传，足见纵然世风日下，世人皆乱了方寸，目迷五色，耳溺靡音，而人性终究尚存向往返璞归真的一面。

据悉李子柒凭借田园背景推销原生态农产品无不爆款，余却疑虑她和编导、摄像极力粉饰过的画面，非身临其境体验，终究临渊羡鱼不如退而结网。

李子柒表演的油炸荷花瓣，乃余餐桌家常菜。略胜一筹的是，咱家更将雪白的槐花串在面粉浆汁中蘸过，在油锅中煎炸成金黄的撸串。

槐花是去采莲时，顺手在湖边槐林捋的。捋过后远眺梓山湖浩渺烟波，巡睃辽阔的湖际线连缀曲折湖汊、平坦沼泽。浅水处野荷铺天盖地，无数荷花在烈日下似炫目火把，漂浮水面的荷叶于涟漪中如滚珠溅玉的托盘，而冒头露脸的莲蓬在高举的荷伞阵中随风摇曳，时藏时现，仿佛旋转的陀螺，火辣辣地刺激湖畔观荷人的眼睛。这境界，远比李子柒采莲的种植荷田壮观。

一旁孙儿垂涎欲滴，余绾裤腿挽衣袖下水，蹚进荷荡，贪婪地搂得一抱荷花莲蓬。而起岸时已是落汤鸡模样，水草荆棘在胳膊腿上勒出道道血痕，蚊虫在头脸上叮出一串肿包，这般狼狈不堪，绝无美女李子柒的轻巧优雅。

翌日，顽孙嘱余执长竿挂铁钩再去采莲，终究鞭长莫及，收获寥寥。孙心有不甘，致电其父从武汉网购一艘充气橡皮舟寄来，配有双桨外另备电动螺旋桨。爷孙荡舟荷中，恣意采摘，堆满船舱。收获太多吃不了，便熬莲子汤，晒莲子干。始知野莲滋味，不可与城市街头售卖之莲蓬相提并论。

野莲之外有野菱。原来立于湖畔望见的荷荡边际一片暗绿色不是湖藻，是藤蔓丝网一般半浮半沉的菱叶，捞起一根查看，四角野菱已长成蚕豆大小，假以时日，咱家采莲船便改成采菱船了。

野湖这般富饶，老夫也够贪婪，索性连湖水带湖泥，将湖景搬进两口大缸，沉入小院水池中。于是，小院锦上添花，十几只荷盘簇拥着三五朵荷花、两三支莲蓬，与漂在水面的睡莲互为观照，锦鲤游弋其间，引来青蛙和水蜘蛛。今夏，余夜间便枕着荷塘月色，闻着蛙鼓入梦。

梓山湖原生态资源之多，着实令余喜出望外。除已记述的竹笋、芦笋、艾蒿、菖蒲和水芹、地菜之类野味外，果树之多亦令人心满意足。

各户院落皆有一株枇杷树，人间四月天的枇杷熟了，金黄硕果如插满一树冰糖葫芦串，早熟的在无主院子坠落一地。忙煞无所事事的童叟，拾了满篮满篓的往家里拎。新鲜的吃腻了，便熬枇杷膏，泡枇杷酒。

院落外杨梅树随处可见，此君姿态优美，树干于一米高处分桠，旁生枝节，树形若巨大盆景，伞状树冠遮天蔽日。杨梅成熟在农历五月，果实由青绿变为浅红，渐次深红、紫红，密密匝匝缀满枝头，伸手可及，路人皆可享用。

各户庭院自成一个小果园，由着户主兴致选种不同果树。除常见的苹果、梨、桃、葡萄外，余留意巡视，看见石榴、柚子、柿、杏、枣和柠檬、樱桃……看得眼花缭乱，恍若进入花果山。虽说名花有主，珍果徒羡，而隔栏观赏，望梅止渴，未尝不赏心悦目。

余辛勤耕耘蔬果亦有新斩获，初种芋头，芋叶如观赏植物龟背竹。试将一个发芽的土豆切成四块埋入土中，春雨滋润后长势葳蕤，新土豆现挖现以清水煮熟，蘸以酱汁香油佐料，品质味道与市售土豆迥然不同。又学种秋葵，茎粗叶壮似蓖麻，硕大花朵围绕直茎开放，果实酷似青椒，层出不穷。

尤其得意培育成功几个大西瓜。买了四株西瓜种苗，两株爬藤开花结蒂。第一个西瓜长至皮球大时，以为是打瓜种已成熟，孙子催促摘了，切开却是生瓜蛋子，便宜了几只鸡鸭，它们倒是啄得起劲。第二个西瓜长到比篮球大了，瓜肚浑圆，拍之嘭嘭作响，抱回搁在茶几上观赏，不忍破瓜。奈何馋嘴孙吵闹不休，便吊在篮中沉入水井浸得冰凉，起篓开瓢，居然是沙瓤，乐得顽童龇牙咧嘴狂啃。

受李子柒烘烤荷泥叫花子鸡启发，余雇来泥瓦匠，在原有的柴灶旁拼砌了一个烘烤炉。又添置了篾筛、筲箕、簸箕。再托匠人去村庄谋得一个榆木砧板，厚如木墩，榆皮纹路紧密。去岁收获的葫芦已然风干，锯成葫芦瓢挂在井架上。夏日炎炎，当在菜地花圃劳作累了、渴了，便摇轱辘汲一桶井水，舀一瓢痛饮，再掬一捧洗脸，清爽凉快。

子曰："一箪食，一瓢饮，在陋巷，人不堪其忧，回也不改其乐。"余可模仿，土里刨食，井水瓢饮，在乡野，人不堪其苦，余也不改其乐。或问："何所乐也？"答曰："离群索居，远避红尘纷扰，无须敛衽逢迎名人权贵，毋庸看小人嘴脸，不屑听伪君子聒噪。忘却名利，自由自在，自诩庄主自封邑，岂不乐哉！"

坏蛋联想

——梓山湖笔记之十八

去岁梓山湖防疫措施解除当天，憋闷已久的犬子便携顽孙出门逛街。逛了本镇贺胜桥，又去了邻镇横沟桥，撞见一间抱坊，孵抱出的鸡雏毛茸茸煞是可爱。便捉回上十只，放牧于后院草坪。

以小院主人自居的小黄猫，忽然发现猎物，兴奋不已，动辄乘人不备偷袭鸡雏。在绒球般的鸡雏眼中，小猫如虎，而小狗似狼。余尚未养狗，却有邻院小狗不时串门，以绒球为攻击目标。目睹虎狼环伺，鸡雏危矣，孙子自告奋勇当牧童，执鞭在手，随时警告驱离，保护茵茵绿毯上一团团憨态可掬的精灵。

于是，小院鸡犬之声相闻，狸猫上蹿下跳，生趣盎然。

顽皮子孙只顾一时热闹好玩，却不虑长远后果。不日各自皆须返汉上班上学，小院即将上演空城计。谚云猫有九命，可放任其野蛮生长，奈何鸡雏弱不禁风，岂能误了卿卿性命？

余便倚靠后院栅栏筑鸡舍，乍看似小木屋。又以丝网沿院外山坡圈了一块狭长草坡，使鸡雏们有了不被猫狗侵扰的食邑领地。不料，又有黄鼠狼来犯，光天化日之下，忽如随风刮来黄毛妖怪，轻巧地在丝网和鸡舍上飞檐走壁，寻觅缝隙，图谋不轨。余与猫狗合力围歼，那厮倏地若一缕黄烟逃遁了。惊魂甫定，余赶紧加固丝网，补牢篱笆，防范不测。

雏鸡快乐成长，眨眼间绒毛换硬翅，拳大一团变成拃长一羽。家人陆续离去，余亦有教职在身，不得已掩了小院柴扉。临行备足一周饮水和鸡饲料，周末返回添加，来回奔波，难免辛劳。思量挨到中秋节，横下一条心都宰了，与家人、亲友分享纯以稻谷、青草、虫子喂养的正宗靠谱土鸡汤。

临近节日，不待余磨刀霍霍，那些鸡们抢先"个个大、个个大"打鸣起来，一周可捡十几枚货真价实的土鸡蛋。余实在不舍亦不忍操刀矣。

今年气候诡异，春季淫雨泛滥，光照不足，入夏雷暴肆虐，阴晴无常。加之余每周数日在汉口住所与汤逊湖校园之间疲于奔命，难免临时耽误，以致逾八九上十天才得空去一趟梓山湖，小院疏于打理有些荒芜，蔬果歉收不说，连鸡蛋也来不及捡拾。

某日余提篮捡蛋，一次捡得二十多枚，且喜且忧，因蛋壳色泽已不新鲜，举蛋摇晃有声，疑因天气炎热变质。拎到厨房磕破一枚，打到碗里查看，果然蛋黄稀成一摊黄水。再打两枚，皆为坏蛋。

余惋惜地将半篮坏蛋统统倒进垃圾桶，打在碗里的三枚坏蛋却犹豫着没扔。因为余无意中瞥见，碗里黄白蛋汁虽然浑浊，却也依稀映照出余头脸影像。再端详，蛋碗忽如魔镜，反射出一副少年模样。

那少年一手端一只空碗，一手捏着向母亲讨要的两毛钱，追赶刚从家门口巷道驰过的一辆臭烘烘的三轮车。车上载一搪瓷大桶，桶里晃荡着大半桶臭鸡蛋汁。骑夫乃"公家"菜场职工，在那个年代是身份优越的"八大员"之一，骑行着走街串巷叫卖臭蛋汁，两毛钱舀一瓢。

少年小心翼翼地端着一满碗臭蛋汁回家。母亲将红尖椒剁碎，掺进臭蛋汁搅拌均匀，倒进油锅煎炒，将臭不可闻的坏蛋烹成香辣可口的美味佳肴。那是物资极度匮乏的年代，那个有幸打牙祭的少年，便是如今的老夫。

其实当年母亲凭经验烹制的这道菜有菜谱，称为"尖椒斩臭蛋"。盖因其化腐朽为神奇，不唯贫寒人家解馋，富裕家庭也品尝。所谓闻之臭食之香，个中奥妙，如同臭腐乳、臭鳜鱼者。尤其臭豆腐干，至今仍风行于大街小巷的烧烤店。

惜是如今臭豆腐干风味大不如往年。商贩急功近利，腌制的臭豆腐干只做表面文章，内质与普通白豆腐无异且泛酸味，哝之寡淡。或许商贩有心无力，传统腌制手艺已然失传，只会往白豆腐干上涂抹一层卤水。据云唯江浙一带少数商贩尚保留腌酿绝技，其阁楼暗藏大缸，贮存百年卤水，外人若贸然揭开缸盖，刺鼻臭味能熏其窒息。其中名堂，一如可口可乐的秘方，绝不示人。

犹记得当年正宗的臭干子，切开后它的质地密实干爽，色泽如皮蛋，黄中透绿发紫。

说到皮蛋，虽无臭味，其腌制过程的发酵变质原理，似乎类同自然发臭的鸡蛋、人为变臭的干子。约二十年前，有外媒评选世上十大恶心食物，竟将皮蛋列为首位。吾国一个蛋业协会类组织严正声明回应，痛斥外媒无知。

余并非民族、民粹主义者，亦非极左、极右分子或喷子，却也觉得此番外媒之恶作剧，充满恶意偏见。其实皮蛋是在蛋壳完好状态下，以生石灰为主要成分腌制，就杀菌去污效果而言，极其洁净卫生，何谓恶心？许是外媒被皮蛋发酵后变绿呈黑的色泽吓坏了。然而以视觉效果推问：只煎至五成熟的牛排尚布满血丝，恶心否？烤乳猪的情状可怖否？

忽然由禽类坏蛋联想到人类坏蛋。饶有意味的是，世人譬指心术不正、劣迹斑斑者谓坏蛋。坏蛋者，非笨蛋、混蛋也，后者比喻笨拙、愚蠢、糊涂之众，而前者形容良知泯灭、行为险恶之徒。民间俚语刻薄却逼真，坏蛋往往头上长疮、脚底流脓。若解剖坏蛋究其本质，则心如蛇蝎、血如毒汁。

可悲复可怖的是，人间坏蛋犹似蛋壳未磕破的禽卵，表面光滑圆润，非但不散发污浊气息，反而伪装成彩蛋、金蛋招摇过市。自人类伊始，坏蛋亦传宗接代。暂不论远古，现代史上天字第一号坏蛋恐非希特勒莫属。据云此人有艺术天赋，还是情种，原本可以做一枚好蛋，偏偏一肚子坏水，祸害人类性命以百万、千万计。试想此人万一在第二次世界大战中胜出，更将殃及人类不知凡几。此人其貌不扬却尤喜臭美，自诩元首蒙骗万众崇拜，自画形容印发张贴，高张艳帜，一时圈粉无数，可谓坏蛋中的极品。

令人震惊的是，近有居心叵测之徒，竟与坏蛋极品比坏，敢以十数亿苍生主宰自居，妄言以十亿庶民、半壁河山为代价，不惜核战对决。其言肆无忌惮，细思极恐。

然震惊之余亦释然。如今网络舞台跑龙套的丑角不在少数，有如破筐倾覆，骨碌碌滚落一地坏蛋。假设这些人形坏蛋如禽类坏蛋尚有剩余价值，无非沦为良善人类之笑柄……

由一枚坏蛋联想许多，看时辰不早，余打定主意，趁独处小院无夫人约束之便利，将碗中三枚坏蛋打牙祭以怀旧。恰好菜圃植有一株朝天椒，摘一把掐去蒂把，连籽囫囵剁碎，倒进蛋碗搅拌了，以猛火辣锅爆炒，顿时香辣弥漫。

斟一杯自酿的杨梅酒置于小院石桌，佐酒的不只有朝天椒斩臭蛋，还有院中光景：那猫偷鸡不成，改邪归正去捕鼠，已生养一群猫崽。眼前大小虎们与雉鸡群和平相处，直把小院草坪当作草原森林，尽情撒欢撒野，观之更撩高老夫酒兴。但谨防坏蛋在肠胃中作祟，保险起见，余又剥了一瓣生蒜镇邪祛魅。

植 树 志

——梓山湖笔记之十九

辛丑年六月二十八，老夫离汉来梓山湖小院避暑，屈指已挨过一旬有余。盖因小院树荫次第，引微风徐来，可以乘凉消夏。

小院植有一棵老柳，一棵新柳。

老柳乃打井师傅由村野沼泽掘来。余托他寻垂柳，他却寻来一棵歪脖老柳。余见那树躯干根部半截枯裂，豁成树洞，黢黑的鳞状树皮坚硬遒劲，树干上端扭成歪脖却枝桠纵横，颇有老树新枝之沧桑感。便暗忖歪打正着，恰好给小院添几分古旧光景，于是植于井台旁。

新柳系网购的垂柳树桩，小碗口粗、五尺高，植于池塘边。

几年过去，二柳树梢已高过屋顶，树冠荫庇小半院落。余每每驻足小木桥，凭栏旁观歪脖柳恣意歪到院墙外，闲瞧垂柳柳辫轻巧拂过池面，很是惬意。

小院当然不止于植柳，经年累月，余多方谋树源，托朋友寻找，请当地村民转让，去花木市场选购或网购。陆续在小院植下两棵柿树、两棵橘树、两棵石榴树，以及桃树、枣树、柚树、樱桃树和枇杷树各一棵。

樱桃树迟迟未挂果，而柿树果实累累如小灯笼。枇杷果肉细嫩酸甜，枣粒不大却津甜。柚子果其貌不扬，水分充盈，微苦回甘，当地人称乃清火佳品。橘树是朋友从江夏橘园送来的优质品种，但挂果稀少并酸涩，有些南橘北枳的味道，一憾。

果树之外，另植有桂、竹、槐、桑和紫薇。诸树大小不一，树干直径如盆、碗、杯的口径不等。

今年早春，余见别处梨花如雪，甚是羡慕，再托打井师傅去村庄寻觅梨树。等到暮春初夏，他才从江夏法泗移来一棵有大碗口粗的梨树，道是卖家声称能结铃形鸭梨忍痛割爱云云。其实余并不过望挂果，唯愿小院增添一树梨花压海棠景致，但忧时令已过难以栽活。虽悉心照顾，又剪去几节枝桠，减少根须输送水分营养的负担。然而满树梨叶在连日暴晒下逐渐脱落，却未见生发新叶。余犹不死心，仍浇育护理，寄望它明春苏醒。如果希望破灭，余当前仆后继，再植一棵雪梨。

栽梨之地，是掘走一棵烂根桃树腾挪的位置。桃树是余从汉口堤角花木市场费力搬来的，结过几枚酸涩毛桃。余曾尝试嫁接油桃，失败后在房前屋后各植桃苗一棵取代。

植梨代价不菲。纵然淘神费力，殷勤侍候，历年时有不领情的树木，或夭于旱涝，或折于宠溺。余浪费血汗钱不在少数，虽不致心疼，却难免懊恼和郁闷。

诚然，认真植树犹如亲历植物根茎挣扎过程，向死求生，期望复失望，欣喜复忧伤，萌生复泯灭……一如人生顺境与逆境交替。

小院生命力最旺盛者莫过于芭蕉树。多年前余前往神农架开笔会，途中停车小憩时，以十元币请路旁人家挖了一株芭蕉苗，带回汉后在晒台上培育长大，不期遭遇严冬冰雪冻死，根部劫后余生冒出新芽，余精心呵护至尺余高，再移植到小院。芭蕉苗不负余，历几载风雨，长成两簇十余棵芭蕉树，蔚然成林。其阔长叶片撑起偌大绿伞，夏日炎炎时格外醒目。若起风时，芭叶起舞如凌波荡桨，逢走暴时，雨打芭蕉似鞭炮噼啪作响。

诸树皆植于院墙周边，围成小院绿色屏障。小院院落面积虽近五百平方米，终究场地有限，加之葡萄、金银花、牵牛花、凌霄和紫藤等藤蔓挤占空间，余又保留一块尽量完整而宽敞的草坪，故土地殊为紧缺。

今春，子媳见余植树颇有成就，又网购十余棵果苗，只好植于后院外山坡。有核桃、板栗、杏、李、无花果等，经历春涝夏旱，庆幸多数成活了。假以时日，将来的小院敢以果园自诩，愿后院外是花果山。

现状余犹不满意，拟淘汰重复的柿树、橘树、石榴树各一棵，腾出土地换植苹果树、杨梅树和梧桐树各一棵。苹果树意象令人向往。而杨梅树树形如巨型盆景，密匝匝的弹珠般红果如一树红星闪烁。梧桐树干光洁碧翠似玉树，难怪有招引凤凰传说。

余自知实现种植计划不容易。理想很丰满，现实很骨感。仅杨梅一树就树冠开阔，恐嫌小院天地太小。

率性而言，余甚至幻想植一棵凤凰树。几年前余在广西见识过凤凰树，算是领教了何谓玉树临风，令人自惭形秽。余曾在拙文《病树》中写过人不能妄自尊大，至少就阅历而言，人不如树，人活几十上百年，树活几百上千年。

小院固小，幸而心田广袤。余且将心仪之树植于心田。

老夫垂垂老矣，日后再欲行至水穷处，坐看云起时，恐心有余而力不足。幸而居于小院，与嘉木为伴，远离市井，不闻宵小聒噪，落得耳根清净，此乃拜满院树木所赐。

年少时读《儒林外史》，依稀记得书中一联有意味，大概字句是："富贵如台榭，时来则有之；名节若树木，非素修弗成。"欲翻书查对，可是书在汉口住所。改而上网查阅，始知典故出自苏轼的《雪堂联》，如下：

台榭如富贵，时至则有；
草木似名节，久而后成。

是为之志，时梓山湖波光潋滟。梓山万亩梓林，如绿色火焰在燃烧。

垒 石 志
——梓山湖笔记之二十

辛丑年八月初五，临近中秋矣。托打井师傅从村野沼泽挖来两方长条石，各长约五尺，宽尺许，石形、线条笔直，纹理细密。揣测许是几十上百年前大户人家的门槛、窗楣石，又或许是大族祠堂的台阶、勾栏石。余以先前谋得的三个廊柱基石垫在条石下，在前院垒成石花架。基石雕琢有形，莲花座、石鼓座、狮头座各一，一座有破损，两座尚完整。三座托起锈红色条石，沉重庄严，余观之心中甚是踏实笃定。

古人云居不可一日无竹，而竹下少不了石。余避居湖滨一隅，拓小院栖身，小院何所有？无非草木竹石耳。

故余六七年来，游走各地时留心搜罗大小石头，又托人寻找农家弃用的石器，陆续搬运到小院。皆无奇石灵璧，尽属河边山脚路人不屑一顾之顽石。余亦非敝帚自珍，不过给小院添置几个实用物件和填空的摆设而已。

几块天然大石，从江夏采石场搬来，摆成石桌石凳。十几块普通山石，是采写《驴行野村谷》时，从施工的挖掘机铁铲下搬到自驾车的后备厢里，再移到小院垒成小假山。几枚篮球大的鹅卵石，是自驾途经县乡小道时，从沟渠河滩捡拾的，用以压稳遮阳伞的脚架。半爿磨盘来自拆迁的村庄，竖埋在井台旁当磨刀石。

几款看似不起眼的农家石器，得来却大费功夫，历经不知几人接力转手，有石磨、石槽、石臼。余较为得意的收获是一对有品相的石碾，竖立在前院花池左右，当作镇院石。

亦有十几块太湖石、钟乳石，劳累兄弟从拆迁的建筑废料堆中翻拣出来，以自行车一块块驮回。虽是些没有品相的残石，余却稀罕它们，在草丛花间和池塘边堆垒叠砌，随意构筑石景。

有过客观之认为寒酸，问何不破费几两银子购名山奇石？以院落场地之阔绰，足以容下一座镶金嵌银、飞珠溅玉的大假山。

余闻之讪笑不语。

有道是，山不在高，有仙则名。余戏谑曰，石不在奇，有骨则神。神在这些于小院随意游走、逗留的顽石疙瘩，它们朴素的形态和坚硬的质地，冒出一股刚直不阿的骨气。

世有奇石，更有奇石玩家，掌上把玩的石中尤物，动辄价值连城，那是藏家和投资人之做派。余非石迷、石痴，亦非行家，搜罗的是没有交换价值的笨重陋石，且兴趣不只在石头本身，还在寻石、搬石、垒石过程。乐此不疲，意在与沉默的石头对话。石头看似冥顽不化，实则皆有个性且身世非凡，往往历经山洪和岩浆之水与火洗礼，其阅历非吾人类见识可以比拟。纵然是陋石几块，余也不过草民一个，有缘来小院共处，相互守望着打发光阴，在余眼中它们就不仅是摆设，更是一种寄托。

不唯躬身垒石，当初筹划小院布局，余就谢绝了园林公司的图纸，因余想要的并非一个亭台水榭的私家花园，而是一个宜居的农家庭院风格的小院。故余亲自设计，因地制宜垦菜园、掘池塘、打井筑台、砌柴灶、竖烟囱、垒石为桌凳。小院既成，余蹀躞其间，整日与草木土石打交道，常常打量石头沉思，琢磨它们的来历。

从女娲炼彩石补天之传说看，古人以为苍天是一块巨大无比的拱石。如今世人皆知天非石，却未必清楚地为何物。依愚见，大地就是一个石球的演化。土壤下面是岩层，则土壤可能是石之粉齑，石可能是土壤之凝固。前人以海枯石烂喻事物恒久难变，而事实是海可以枯竭隆成山峦，石头腐烂的速度也超出常人想象。20世纪90年代，余前往湖北竹溪参加笔会，钻过深山老林，见过林场农工将林间风化的碎石当落叶一般的肥料，扫到树根下堆培，待碎石腐烂供养树根。余俯拾一块细辨，那石质像一层层单薄的烘糕，稍用力一捻便粉碎。

当然，石类如人类种种色色，坚硬顽固者有花岗岩，稀缺名贵者有钻石，亦有可塑性强的柔石，性状各异。以其物理性，说它维系、支撑着青天白日下这个地球的运转也不为过，不然，人类凭借什么从旧石器、新石器时代进化到工业文明时代？

故石头的奥妙令人遐想。自古迄今，追求宝石者不知凡几，而珠光宝气的美玉，究其本质不过是一块石头。真正采日月精华、承天地甘露的奇异灵石，藏在山川之间，与大自然浑然一体，个人不可能据为己有。

柳宗元谪官贬居穷乡僻壤，却于穷山恶水之间饶有兴致地寻觅美好事物，成就《永州八记》，尽写山上水中石头。后人评价："清莹秀澈，锵鸣金石。"其文笔惊世骇俗，笔下却不避讳世间俗物，鲜少描绘美轮美奂之玉石。如《石涧记》：

"……亘石为底，达于两涯。若床若堂，若陈筵席，若限阃奥。水平布其上，流若织文，响若操琴。揭跣而往，折竹箭，扫陈叶，排腐木，可罗胡床十八九居之。交络之流，触激之音，皆在床下；翠羽之木，龙鳞之石，均荫其上。古之人其有乐乎此耶？后之来者有能追予之践履耶？"

余虽不才，斗胆揣摩柳宗元心境，敢引先圣为知己。余此生也屡遭诽谤构陷，遍尝世态炎凉，好歹全身而退，避居乡野。便也视小院石头为家什甚至玩伴，虽不足与外人道，却欣欣然自得其乐也。

是为垒石志。

铜 锡 志

——梓山湖笔记之二十一

辛丑年九月初九，岁岁重阳，今又重阳。古人逢今登高望远，佩插茱萸，焚香更衣而祭祀神明。

余独居小院，闲来无事，便出小院后门，登土山，寻采茱萸不得，遥望湖岸天际，油然联想到王维的《九月九日忆山东兄弟》，觉得那句"遍插茱萸少一人"容易误读，彼时非众人发现少了他王维，而是他思乡心切，怕兄弟、乡党忘了他，多少有点自作多情。余这般寻思，兀自莞尔，遂回小院沐浴更衣，暗忖：且焚一炉檀香，沏一壶菊花茶，慰问一番被世人遗忘在乡野湖畔的、自称为"我"的某人如何？

便翻箱倒柜找出闲置已久的铜香炉，拂拭尘埃，顺手将十几件铜锡器物也都揩了一遍，擦出锃亮的金属本色。于檀香氤氲、烟缕袅娜中一件件把玩，辨看岁月烙在器物上的痕迹。

铜器皿有烟壶、水壶、暖壶、灯盏、烘笼、砚盒等用具和佩戴、供奉、祭祀物。锡器皿有水壶、酒壶、烛台、蒸笼等。这些物件虽年代久远，却也上不了文物档次，只可称之为老货、旧物，且多数有品相缺陷，在行家眼里恐怕只是破铜烂锡一堆。

而在余看来，它们是余一生俯拾的时光沉淀、岁月记忆，不经意间成了旅途的打卡符号。人与人之间，君子之交也罢，同仁之谊也罢，恋人之情也罢，相忘于江湖易，不易忘的是行走江湖的履痕，有些深陷的履迹甚至凝固成了不可磨灭的化石。在或多或少开始恐惧被时代遗忘的年龄，回首抚看，不免感慨系之。

水烟壶乃赴云南参加笔会时，在大理集市文物地摊以五十元交易所得。水烟壶系白铜打造，扁筒状、缀细链，烟杆似弓，烟嘴处有凸凹咬痕。壶身不知被哪位彝族、白族、傣族的汉子或女人之手磨玉了，光可鉴人。恰好旅伴同事购得一布袋上等云烟烟丝，余探囊取物，拈一撮塞满烟胆压实，注旅行杯茶水入斗，点燃烟锅，衔往烟嘴吸吮，顿时壶中烟水咕咚作响，白烟冉冉。余作吞云吐雾状，一众旅伴捧腹哂笑。

水烟壶在书架上搁了几十年，其间时有来客问可否转让，余不舍，总觉得壶壁隐约有铭文，记录了余"彩云之南"的经历，西双版纳、香格里拉、苍山洱海，历历在目，难忘那面如核桃、手似鹰爪的老叟老妪，手捧铜质或竹质水烟壶轻吸缓吐的安逸神态。

那时余三十出头，正值血气方刚年纪。虽一向身体羸瘦，手无缚鸡之力，却常有不平之心。翌年，余"拔刀相助"，落得一柄铜鞘弯刀。周日，余去汉口江滩花鸟市场闲逛，彼处文物贩子和企图捡漏淘宝者接踵摩肩。先是一黑脸壮汉着藏服却满口北方汉人腔，举一柄带鞘弯刀厉声叫卖，声称祖传宝刀，要价五百。一看客羡慕，接刀观之，刀长二尺许，铜鞘锃亮，刀柄、鞘面镂有祥云图案，嵌彩石，造型精致，成色似有年头。围观者众，皆赞好刀。看刀客仔细端详后嫌贵，奉还卖家。卖家不接，催请看刀客出价，看刀客不语。卖家虎着脸咄咄逼人："美人配英雄，宝刀识好汉，俺这把宝刀只认您了！四百可好？"

看刀客讪笑不语。余观其容貌腼腆拘谨，许是囊中羞涩，并无买意，徒羡而已。卖家不依，恶语逼迫："三百？二百？一百？"看刀客大窘，推刀于卖家怀中，扭头便走。卖家一把擒住看刀客肩膀，瞪眼跺脚："五十！"议论纷纷之围观者顿时鸦雀无声，众目睽睽。看刀客手足无措，面红耳赤。

余旁观至此，挤进人群，应声接话："成交。"说着递过五十元币，不由分说抓住鞘身拿过刀。卖家愣怔，一时无语。看刀客解围了，朝余揖手，疾步而去。余亦不语，并不看刀，夹于腋下，大步流星离场。及远，抽刀出鞘查看，刀刃钢锻，应是机械批量生产。而铜鞘实属匠人手工制作后，再将成色做旧。

余揣测卖家原本预期成交价在三百元左右，怨看刀客耽误生意，打扰了他营造的人气卖场，赌气发怒，欺人过甚。几十年后余六十花甲时，曾咏打油诗一首述怀，其中有句："但憾英年未习武，白废胸中不平刀。"每睹此刀忆当年，彼时余并无野夫拔刀相助之怒，却有文弱书生之不平也。

铜鞋拔有一段啼笑皆非故事。某年某月某日，余前往汉口香港路文物市场，被一初中小子拦在市场门口。小子怯生生地向余兜售藏在袖口的物件，亮出比画道："此物当是古代朝臣觐见皇帝手持礼器。"余见过物哑然失笑："汝所谓称笏板，汝所持乃鞋拔。汝且据实告知，此物何来？"小子坦承："瞒着祖母从她的一个青瓷扁罐取来。"余再问："罐中另有何物？"答曰："针头线脑及纽扣。"余告诉小子，针线罐本身可能比他的这块铜片值钱。小子哭丧着脸道，慌张中失手摔碎了罐子。余摇头叹息，见小子沮丧而狐疑，不知何为鞋拔，余便接过铜片，弓身踮脚插入鞋后跟演示。小子大失所望，愿交换五元钱去买游戏机币，余略思忖，给了十元买过。

遇彼事余已届不惑之年，却对世道人事困惑诸多，甚至一度陷入抑郁。鞋拔小子无意摔碎祖母的扁罐，余似他这个年龄更是一个浑小子，故意砸烂、丢弃母亲的坛坛罐罐，嫌它们碍手碍脚，盛满寒酸味道。而今余居梓山湖小院，又四处搜罗坛坛罐罐，置于书架、井台、门槛。呜呼！母亲在天之灵，宁不笑予？

　　锡酒壶颇堪玩味。乍看积垢深厚，灰不溜秋，细观造型考究。六边形壶身，六面铭刻四季花木图案，壶嘴上弯处镂有浮雕花纹，壶盖把柄塑为狮子形状。犹忆中学数学老师教学子以谐音背诵圆周率：山巅一狮一壶酒……余那时就凡事犯琢磨，钻牛角尖，认为此谐音句隐藏一种寓言：山巅之上，雄狮与酒壶对峙欤？狮子饮酒欤？猛士饮酒斗狮欤？如今心血来潮时，便将锡酒壶以沸水烫了，注入半壶谷酒，不时啜一口，品锡壶味道。

　　至所谓知天命之年，余仍不知天命唯知老成，遇物事不再想入非非，只问本源，常虑生计。游绍兴专寻陈年花雕，过诸暨偏走老街旧巷，果然在杂货铺找到紫铜暖壶。壶形如地雷，坚固而保温时间长，绝无渗漏之虞，夫人视为冬夜宝贝。又于鄂东林家大湾偶然谋得老旧黄铜烘笼，冷季烧木炭，置案头，暖手暖心。

　　六十花甲后余无意吃斋念佛，亦不装模作样以为抄经便是参禅。不过，余确实留意收藏了几件礼佛、祭祀法器和图腾物。绿铜小沙弥来自印尼巴厘岛，青铜双修佛来自拉萨布达拉宫山门口，均为有年头的旧铜器。一个手持铜转经筒倒是簇新的，系 2015 年在藏南色达由同事赠予，据云此法器已经五明佛学院高僧开光。余在意绪纷乱时，便手执转经筒轻摇着在书房踱步。当经筒旋转，心猿意马随之消遁，不再介意自己忘了谁，谁忘了自己。其实，遍插茱萸又如何？高朋满座又如何？终究止于一时一事，过眼云烟散尽，充实自己这副皮囊的，还是“我”的意志。

　　是为铜锡志。尝闻，金木水火土谓五行，金银铜铁锡谓五金，世间物事，无非循环演化。

木 簌 志

——梓山湖笔记之二十二

辛丑年十月初三，今日立冬。前院桂树迟至霜降前夕才绽出满树花絮，花瓣雪籽般，淅淅沥沥洒落半月。昨夜寒风乍起，馨香弥漫中透出冬季冷冽气息。

幸而余已趁日炽花盛时，置簌箕于桂下，承接落英，盛满后以筛子筛去茎须，再倒入筲箕，汲井水，以葫芦瓢舀入木盆淘洗滤干，复倒入簌箕，晾晒数日成干花，升斗量之，约有一升桂花干，足可酿一坛桂花酒御寒矣。

小院木簌用具还有搓板、棒槌、木槌、木锅铲、竹锅刷、树墩砧板、竹篮、簌篓、箩筐、竹扫帚等，更有一个直径近五尺的木仓桶。这些物件，或购自附近集镇，或乃多年四方求索积攒，或偶然谋得。如棒槌、升斗、已十分稀罕。余用来得心应手，方便打理庭院，料理小院居家日常。

另有一架风车派不上用场，徒为小院摆设。先是，余托打井师傅寻找老旧板车轮毂，其问："作何用途？"余笑答："无用，挂于墙作'壁上观'。"对曰："恐板车在村庄绝迹久矣。"余闻之颔首复摇头感叹："皮之不存，毛将焉附？"

打井师傅满脸困惑，料其难以理解木轮板车在余记忆中不可磨灭。余少年时曾下放湖北监利农村，解放牌卡车将余等一干"青春燃烧"青少年送到公社那天，已是暮色苍茫时分。被黄土公路沙尘涤荡得蓬头垢面的我等，改乘一辆木轮木轴牛车进村。那情景绝无"牛铃响叮当"之轻快，唯有嘎吱嘎吱声刺穿耳洞，弥漫于夜幕四野，仿佛笨重迟缓的轮毂，在撒满浪漫种子的心田碾过深深车辙。

打井师傅寻木轮毂不得，却寻来一架风车。余再托试寻一架木犁，他似有所悟："汝为收藏乎？此物本地村庄亦已绝迹，或可远至通山、崇阳一带山村寻得。"余闻之连连抱拳揖手。

在余看来，木犁结构特别，造型酷似书法大篆笔势。当年余见过农家为牛犊套轭头挂木犁，以老牛示范，牛鞭教训，谓之"教犊"。余目睹牛犊浑身战栗，哞哞哀鸣，认为真正教牛犊耕田并使其从此鞠躬尽瘁一生的，其实乃其肩背拉扯的偌大一个大篆汉字。人生何尝莫如此？及早便桎梏加身，羁绊一生，忍辱负重，只为挣扎着拖拽身后沉甸甸的衣食名利之犁。

有用途余却舍不得派它用场的是一对箩筐，篾片编织精细紧密，桐油漆得锃亮，呈褐红色泽，品相完好，观其成色应有几十年光景，庶几乃一双古董。若云箩筐系盛物驮运器具，此说恐欠肤浅，彼乃升斗小民承担身家性命之载体，它负担稻菽、鸡鸭猪猡，天灾战乱年代亦承担逃荒流浪之家当，承担幼稚儿女，承担血汗与求生念头……而今余将其空置，摞于风车上，却怀疑它并非空空如也，想必它默默承载着小院岁月光阴，盛满时下风雨、云雾和老夫万千思绪。无论余情愿或否，均须咬牙担当，一箩是良善和希冀，一箩是罪恶和绝望。

余对木本器物情有独钟，觉得它自带秉性，独具质感：朴厚、沉稳，真实得本质纹理纤毫毕露。较之铁器冰冷坚硬，木器柔韧有温度；较之塑料品的轻飘、空虚、膈应，木器厚重、笃实而称手。

莫名的木头情结，许是与水手父亲有关。船家有谚，"驾船三年成木匠"，盖因木驳船所用舀桶、锚车、桅樯葫芦、跳板、桨舵等皆为木器，时需维修，故船上备有齐全木匠工具。父亲乃与风浪搏斗一辈子的老舵手，早年却读过半年私塾，一手好字胜过读书十几年的不肖子。不过他一生阅读局限于七侠五义、三国水浒之类，不能区别演义与正史差别。然而他能区分各种各类木材，但凡桃、梨、楠、杉、松、樟、檀等，看一眼、掂一掂，便能判断木质、树名和产地。

父亲的木匠手艺谈不上高明，而他将积攒多年的樟木板打造的樟木箱，却令母亲欣慰不已。仅在扫盲运动中学会写自己姓名三字的母亲，凭借一双绣花手在樟木箱上描蜡梅以求锦上添花。须知彼时寻常百姓家最贵重家当便是樟木箱，木质芬芳，虫鼠不侵。

余幼年最钦佩父亲以桃木削成雌雄双剑，悬挂床头帐顶。民间信仰桃木能驱邪祛魅。读宋人王安石诗作《元日》："爆竹声中一岁除，春风送暖入屠苏。千门万户曈曈日，总把新桃换旧符。"诗中所谓新桃旧符，即乃桃木制作之吉祥物。

余努力将小院收拾成农家篱笆院落风格，除了宜居，亦因没有能力添置名贵景物家当。譬如红木、金丝楠木、梨花木、檀木，乃官商权贵之专利品，制作家具是尊贵耐用之传家宝，平凡人家徒羡无益。

而爱美之心，人皆有之。珍稀木材不唯名贵，其品质坚如铁石，打磨后光彩如珠玉。难怪自古迄今，收藏者费尽心机图谋，不择手段。犹忆"文革"后期，虽严厉整肃商贩，仍有人走街串巷收购秤杆。余虽出身贫寒人家，却见暗楼尘封着五六杆丈长秤杆，不见秤砣。可以想知父辈、祖辈也曾拥有高桅大船，装船卸货，少不了以大抬秤称重货物计算运费。可惜大船毁于战火洪汛，以至将秤砣卖废铁糊口。一日，余经父母同意，喊住收秤人，取出五六杆秤杆试卖。收秤人一一辨看、掂量，竟未看中一杆。余质问："汝不是吆喝着收秤吗？此秤岂非秤？"

收秤人不应，径直离去。余大惑不解，父亲一语道破："彼醉翁之意不在酒，借收秤之名欲谋极度稀缺檀木秤杆，而这些只是普通杂木秤杆。"余恍然大悟。

近年阴沉木又成木中新贵，一经发现，官家与民间争夺，诉讼不断。唯利是图者乱挖滥掘，不惜破坏生态环境。余以为，阴沉木性质接近化石，乃自然资源，属故乡家园根基所在。人为窃所己有，无异于盗墓之徒、掘祖坟之辈。好阴沉木者，实好财也。

君子好木，取之有道。余寻思再为小院添置一张竹床，老旧的恐难寻觅，只能寻访竹乡老篾匠订购。时人忆说竹床，只说当年户外竹床阵情形，忽略了单张竹床的具体魅力。寻常百姓家竹床，先在生石灰池浸泡，不生虫蠹。不仅用作纳凉卧床，亦当消夏餐桌、坐凳、躺椅、屏风。使用经年，被手足、躯体磨、擦、拭、揩得光洁平滑，被汗水、露水浸润成古铜色，光可鉴人。

著名诗人管用和，曾考证武汉方言"刮器"一词来历，谓其形容男女长相光洁俊俏，比喻像竹器经刮刷打磨后光滑亮丽。余认同管老说法。以老夫年纪，已不羡慕刮器人，只羡慕一张刮器竹床而已。

一旦得来，夏日置于葡萄架下，或卧或躺，摇蒲扇，执痒挠，读闲书。忽然记起当代有一文品人品皆不错的作家，其笔名"木心"，颇有寓意。胡思乱想后，吟郑板桥之《竹》："一节复一节，千枝攒万叶。我自不开花，免撩蜂与蝶。"再吟张九龄之《感遇》："兰叶春葳蕤，桂华秋皎洁。欣欣此生意，自尔为佳节。谁知林栖者，闻风坐相悦。草木有本心，何求美人折？"

竹床之上，肆无忌惮放纵思想，袒露形骸，岂不惬意而痛快哉！是为木篾志。

油 水 记 忆

——梓山湖笔记之二十三

　　小院邻居隔着栅栏院墙与余闲聊，云其打算在后院外山坡种植油菜，一则添一道油菜花景观，二则自榨菜籽油以免地沟油之虞。余询问得知，市售小型榨油机，上口注入待榨种籽，下口即可出油，唾手可得。

　　余闻之油然联想到榨房情景。当年余下放至湖北监利农村，曾身临其境感受榨油过程之艰难缓慢……巨木雕凿的笨重榨槽，以粗绳悬于梁上的沉重撞木，木质已磨砺得光可鉴人。热气蒸腾中，榨夫几近赤裸，浑身上下仅着一条短裤，油光水滑的胴体上，密匝匝的汗珠汇成小溪流淌，浓酽油汁于沉闷榨击声中如血汗般汩汩沁出。

　　榨的是棉油。监利农田分水田、白田，水田种水稻，一年三季稻；白田种棉花，间植大麦轮季。故当地食用油以棉油为主，色泽褐黑，泡沫丰富，老农认为尤其润肺。以当今营养、卫生标准看，实乃杂质未经提炼过滤的油脂，而在当年却是稀缺紧俏的油中上品。大队榨坊每年只开榨一次，因统购统销政策下必须缴足公粮公棉，允许大队自留籽棉极其有限，棉籽颗粒弥足珍贵。故开榨日有如盛典，各小队及早担来油篓排队，翘首以盼。油篓担回小队后，以瓢舀分给各户社员，管用一年炊事。各户紧巴巴却省吃俭用积攒一壶，五斤售十元，买家是知识青年。城里人的食用油更紧缺，凭油票供应。知青凡年节返城，家人亲友每每托回乡后走村串户求购棉油。城里凭户口和粮证发给普通市民的油票，余记得最大面额是半斤，最小面额是半两。而最近刷屏浏览微信资讯，有人道说江浙城市油票最小面额小到一钱、两钱，可以想知当年一滴油水的分量。

　　城里另外配给普通市民肉票。家大口阔经济拮据者，凭肉票只购肥肉煅猪油，以煅过的猪油渣解馋。余家所在居民区，曾发生过一起贪污案：国营菜场猪肉售货员称肉时故意缺斤少两，顾客见秤杆低垂分量不足正欲发声，该售货员已再割一小块槽头肉弥补，使秤杆高翘分量稍超，以此贪污槽头肉与猪身肉之间差价，积少成多，日久贪污数额可观。而顾客被欺骗却满意，盖因以为占了一坨槽头肉的便宜可多煅一匙猪油矣。

由油票、肉票说到粮票。地方粮票限制在各省市地域流通，全国粮票才能跨省市流通，并不配给，唯出差的公务在身人员方可凭单位介绍信和证明文件限量兑换。流通中自然沉淀到个人手中的相当于硬通货，几与钞票等值。全国粮票"含金量"高最重要的因素，乃其"含油"。谁也不会拿全国粮票去本埠粮店购买米面，只会用它到外地餐馆、酒店、商店消费或交伙食费，而这些消费品的生产制造过程需要耗费食用油。

余也曾目睹单位食堂食用油之紧缺程度。约在1961至1962年间，余才五六岁，母亲带余去长江天兴洲船厂农场垦荒。食堂主食是红薯米粥和苞谷，菜肴是煮南瓜。开饭时炊事员将一木盆煮南瓜从厨房抬到餐厅，当着职工的面将油倒满一锅铲，再倒入南瓜盆搅拌均匀，彤红南瓜汤中便泛起几滴淡黄油星。此举意在公示：油水公开公平分配，防止个人私自揩油。

一日，母亲从农场食堂打回红薯米粥、苞谷棒和南瓜汤，母子俩刚吃完，家门口来了一个路人。路人从军绿色帆布挎包中取出一斤筒装挂面，请求母亲帮他煮一碗面条："只煮三两，您家做好事给点丢锅菜。"母亲答："可是我们都是吃食堂伙食的，家里只有腌菜。""蛮好蛮好！您家多丢一点！"路人说着望望正好奇地打量着他的我："煮四两吧。"面条煮熟，母亲悉数挑到碗里递给他，锅里只剩下腌菜面汤。路人道谢接过，挑一大筷子面条放回锅里："求您家滴几滴油星吧！"母亲叹息一声，拿出油瓶往他碗里滴了几滴。

母亲将锅里的剩面剩菜稀稀汤汤给余盛了半碗加餐，余得陇望蜀，去取油瓶欲也滴几滴，母亲夺过油瓶，朝余的后脑勺狠狠扇了一巴掌。

说起船厂食堂一次蒸笼倾斜事故令人唏嘘。方形木蒸笼共三层，底层是职工家属自助送取的各式蒸饭碗盆，中层是凭菜票供应职工的蒸菜，上层是凭饭票供应职工的钵饭。那日新船下水，按惯例有蒸肉专供相关车间职工。揭蒸笼时，俩炊事员抬中层一人不慎失手，将中层倾斜在底层上，蒸肉碗皆倾倒，油水汤汁泼洒到底层。家属闻讯蜂拥而至，争先取各自蒸饭碗盆，一半沾得油水者为猪油拌饭欢呼雀跃，另一半未沾光者唉声叹气，竟有人当众伤心落泪。

猪油拌饭，为常年饮食寡淡人家的一种奢侈吃法。坊间时有传闻，某后娘虐待养子，克扣饭菜油水，以汤匙舀猪油暗埋入亲子饭碗，偏袒亲子吃猪油拌饭。

余年少时读小说，书中人物将小块生猪板油挂于门后，出门前将猪油擦嘴唇，以示外人自家不缺油水而挣脸面。余认为那是小说家凭空虚构，竭尽糟鄙人物之能事。然而，余历经几十年人间熬炼，耳闻目睹，渐知世有人相食、饿殍遍野之惨状，屡见压榨民脂民膏、敲骨吸髓之恶行。杨继绳所著《墓碑》等诸多史料佐证，饥荒年代，庶民百姓饥肠辘辘致毙命者之多令人后怕，何况面呈菜色者渴盼油水？始信长辈所言并非谵语：有贫穷人家，偶得一小刀肉不舍食之，略抹盐悬于梁，待其腐败生蛆，以碗接坠蛆，烹菜解馋，谓之肉蛆。

1976 年，余随返城知青进厂上班。几年间工厂通勤车早晚途经武昌梅家山，辄闻恶臭刺鼻，气味源自附近皮革厂。某日忽闻皮革厂剐猪牛羊皮炼油，作为福利分发职工。职工吃不完变卖，声称炼油过程高温杀菌，加盐防腐，但食无妨。时有缺油人家购买。

迄至 20 世纪 90 年代初，余采访途经陕鄂交界山区，见山民的食用油仍以集镇小卖部所售煅猪油为主。以油脂厂淘汰的铁油桶贮存，瓢舀罐装，浓稠褐黄如奶酪，或许比皮革油强似几分罢。

诸多油水记忆，恐当下人以为乃余诳语。诚然，如今是患油水肥厚而非患寡，不然何以"三高"人群尤其高血脂人群日增？尤其土豪、权贵在酒肆会所穷奢极侈，暴殄天物；寻常餐馆亦过度挥霍荤腥，油水四溢，以致"地沟油"之徒屡屡得手。

而在山寨乡村，留守儿童以盐水拌饭，孤寡老人以土豆红薯充饥，即便城市，贫困大学生以咸菜就馒头，网上线下，时有所闻。相形之下，红男绿女春风满面却泛出油腻，可知油水固然能润滑五脏六腑，使之丰腴肥厚却未必能保持皮囊清爽干净……

小院邻居忽然因故挂牌转让其院落，种植油菜意向随之落空。余寻思何不劳动一番，在自家后院外山坡播种油菜花籽，不图炼油，只为添一道养眼怡神的明黄景观。

塑　造

——梓山湖笔记之二十四

小院因白蚁滋扰改造鸡舍，将小木屋翻盖成红砖布瓦房，又以老布瓦将柴灶墙头铺砌成龙脊，顺便翻修绕草坪碎石路，重垒石花架……雇工匠之外，余亦躬身亲为，不慎致肩臂劳损。夫人为余敷膏药时不免抱怨："汝将庭园折腾成农家杂院，又将自己身体劳累得屡屡受伤，这是何苦？"

余讪笑，心里却道："非余折腾小院，乃小院改造余矣。"君不见肌肤经日晒风吹呈麦粒色，筋骨活泛腰背板直？尤其耕耘劳动之乐充盈心田，溢于言表，皆拜小院所赐，令余脱胎换骨、判若两人。

小院倚山临湖，天庭地殿，四季风云变幻历历在目，居其间心境眼界与以往迥然不同。

造化弄人，而造化往往匿形于环境。自然环境打造人形，社会环境塑造人格。古人所云"时势造英雄""时无英雄，使竖子成名""识时务者为俊杰"之类，这些说辞各表其义，在余看来含义有相近相通之处。

老夫年过花甲后回首往事，常常忏悔，时有觉悟。

20世纪60年代，余十余岁，粗茶淡饭养成五尺男人身，论年龄却未成年，尚不能称"小伙子"，武汉方言谓"半糙子伢"。当年还流行另一句方言"坯子"，其本意应为毛坯，待打磨的铸型、脱模物件。引申义为贬义，指某人未经人生磨炼，不成熟、不通情理。故当年骂人常云"坯子"，指斥对方"夹生半铫子货"。彼时吾侪年龄已届"糙子伢"的一代人，不仅乃潜在的"坯子"群体，亦属身体力行热衷造"坯子"的团队。

"坯子"们人人都争当雕塑家，塑伟人石膏像。流行佩戴的金属伟人像章再多，因互相炫耀、攀比仍紧缺，于是石膏伟人像应运而生。从江汉河滩寻找上游冲刷下来的石膏石，焚烧碾粉打浆，以大号金属伟人像章为模型，注成石膏像凹板，再以凹板为模注成凸板，一尊浮雕式伟人石膏像便大功告成。

但塑造成功率不足一半。石膏粉碾磨程度、水度、浇注速度、揭分凸凹板技巧和力度等诸多因素皆影响塑形成败。其中最难在于分离凸凹板，须沿嵌合缝隙边浇水冲刷边磕掰，稍不慎即破裂。即使顺利揭开，却发现凸板和凹板有局部粘连，伟人像塌鼻、豁嘴甚至瞎眼，造成损坏伟人形象既成事实，极易授人以柄酿祸。

彼时，"坯子"们梦寐以求之时尚标配，乃一身绿军装，斜挎军书包，腰束武装带，须是正宗军用服饰。而多数糙子伢、半糙子伢无缘谋得齐全"行头"，若能佩戴其一亦很荣耀。便不择手段谋取，一时"抢军帽"成风，胆大腿长者公然抢劫，得手后溜之大吉。余因长兄系抗美援越光荣军人，幸福地拥有过一顶货真价实之草绿色军帽，却不幸被陌生路人抢走，曾痛心疾首。羡慕正宗武装带而不得，可以仿制。"雕塑家"们摇身一变，俨然铸造工人，以拆卸的武装带扣头、扣框为模型，去码头露天货场盗取红砂，钉木盒填砂压模。剪断故障路灯电缆剥出铝线炼铝水。冶炼炉以自行车铃之上铃碗取代。车铃下铃碗铆在自行车龙头上，上铃碗以螺纹丝口旋拧扣住下铃碗，故上铃碗可轻易反旋拆卸。一时间盗铃成风，车主防不胜防，只得停车离开前自卸上铃碗随身携带以防贼。盗铃者将铃碗架煤炉上烧红，投入铝线熔化，当银白色铝水沸腾，以老虎钳钳住铃碗，往砂模木盒预留的浇铸口注入铝水铸型，冷却凝固后拆盒取出铝胚，略事打磨便是一副锃亮武装带扣件。

铃碗碗底圆心嵌有商标，酷似一枚分币，在高温作用下不确定何时脱落，则铃碗铝水随时可能突然穿孔泄漏，潜伏灼伤危险。而"坯子"们无所畏惧，不时有人的胳膊、腿脚、胸腹被铝水灼伤。留下刺目疤痕，仿佛一枚枚构图古怪的肉质纪念章。多年后有人回忆这一代人行状，道是某红卫兵毅然将伟人像章的别针直接别在赤膊皮肉上，以示赤胆忠心……

自然联想到鲜为人知的重庆红卫兵墓园。若在暗夜或风雨如晦之际去凭吊，难免有恐怖阴森气氛，而若在艳阳高照日去怀旧，则会思考那里是否塑造了一代人之"悲催"形象。

老夫果然垂垂老矣，不然何故动辄怀旧忆往？幸而尚能饭也。踮脚瞻仰史上古稀长者，孔圣豪言："道不行，乘桴浮于海。"于今人而言，那是幻想，是浪漫主义者的向往。余虽亦属上述一代人范畴，偷得岁月幸存至今，终不过是卑微一草民，才疏学浅，胸无大志，多少有自知之明。困惑于世事纷扰、众说纷纭，退避再退避，甘居小院自得其乐，已然饱经风霜的身坯任由小院晨昏打磨，冠草帽，荷粪耙，不为旁人顾及形象，听从自然塑造。"六十而耳顺，七十而从心所欲不逾矩。"

菜 皮 谭

——梓山湖笔记之二十五

小院后院坐北朝南而开阔，冬日阳光富裕，光波覆盖余之面额，淹没细密发梢，浸润每一寸肌肤。光线穿透骨骼，在血脉管舒畅流淌。当是时也，余以牛皮席铺于草坪，躺平而肆意挥霍阳光。手头不免握一卷书，漫不经心翻阅《菜根谭》。明朝还初道人洪应明编著的文字，时有佳句打眼："鱼得水逝，而相忘乎水；鸟乘风飞，而不知有风"，"遍阅人情，始识疏狂之足贵；备尝世味，方知淡泊之为真"……

其实以前也读过这些句子，怦然心动过后便忘了。今朝沐日再读，触景生情，寻思此书专言菜根，换作当下说法叫草根论、草民论。佛家有偈："衣乃我所有，不是我；身乃我所有，不是我。我是谁？谁是我？"余愚钝，想不透，仅知母亲只生余之身，光辉照亮余心田的，只可能是太阳、月亮，绝非其他物事。而哺育滋养余成长的，仍是至贤至惠的母亲，她那一双巧妇难为无米之炊的巧手，常常化腐朽为神奇，种种为母表率行状，堪为《菜根谭》作注脚。

享受阳光浴这几日正值元旦假期，犬子在小院学做了一道菜肴"油炸葱根"，让余品尝。犬子素喜烹饪，无师自通，余见其面呈得意之色，偏不褒奖，因余尝一口却咀嚼出满腹辛酸："此乃汝祖父拿手菜矣！"

当年余家大口阔，父母迟至腊月二十九晚上才开油锅，炸完数量极其有限的肉丸、萝卜丸、鱼块、藕夹后，立即全部置入竹篮高悬于梁，紧系全家老小翌日年饭和整个过年期间的渴望。当晚也打牙祭，趁油锅炒一大盘"十样菜"：将红白萝卜、豆腐干、千张、白菜梗、芹菜及葱姜蒜等切细丁，拌猪油渣混炒，色香味俱佳，乃迎接大年三十的一顿美味佳肴。而母亲犒劳辛苦忙碌一场的主厨父亲的下酒菜，便是他自己用锅底剩油炸的葱根：将洗净之小葱根须在面粉浆汁佐料中蘸过，下油锅翻炸成虾状，色泽黄而白，口感焦而酥，别具一番风味。即便仅此一味下酒菜，父亲也不能独享，还必须拈给候在他身旁的余和一帮小馋鬼分享。

《菜根谭》浅俗亦深奥，个中人情世故胜过《天方夜谭》之稀奇古怪。菜根者，贫困百姓之命根矣。天灾人祸年代，饥肠辘辘之难民，穷尽菜根、草根、树根度命。余幼年常随玩伴翻过铁路，去郊野收割苔田挖苔根，那便是滋养天真少年之快乐零食。

草根阶层不唯穷尽菜根各种吃法，还发明菜皮烹饪窍门，以至吃腻了大鱼大肉、山珍海味之大户人家，亦学吃菜皮尝鲜。

凉拌萝卜皮往年乃京城餐馆一道传统名菜，当然食材须取北方特产青头萝卜，削皮盐渍，拌以香油佐料，脆而嫩，辣而甜，回味长，是上得了正席之冷碟。而粗鲁百姓将萝卜当水果吃是须剥皮的，故有歇后语："吃萝卜剥皮，吃一截剥一节。"饿急生吃萝卜充饥者则不剥皮，肚皮填饱却反胃，反复打嗝，故又有民谚："吃了萝卜打倒屁。"

凉拌黄瓜皮与凉拌萝卜皮有异曲同工之妙。民间黄瓜皮有多种烹制法，各具特色。名声久远之酱黄瓜，倘若将那种小黄瓜削皮后再酱制，恐不成其为酱黄瓜了，可见某些菜皮乃菜之精华。

冬瓜皮亦是小户人家精打细算吃法，削皮切细丝，略盐渍后佐以尖椒、蒜瓣爆炒，色香味不输冬瓜肉。

犹记得母亲乃街坊邻居间菜皮烹饪高手，她将削下的莴苣皮剥出反面白色筋络，盐渍后晾至半干，切丝爆炸，食之有嚼劲，类似萝卜干。茄子皮焯水沥干后亦可依法炮制。不是菜皮类似菜皮的芝麻叶，焯水晾干后形似枯枝败叶，煮面条时代替青菜丢锅，有韧劲更有芝麻香味……

西瓜皮制泡菜不稀罕，余师从母亲学得清炒西瓜皮，切除残留红瓤和青绿外皮，留青白色中间皮层，切成条状薄片，盐渍半日后控水，佐以青红椒、蒜瓣爆炒，起锅后红、绿、白相间，微甜略酸偏咸，介于青菜与咸菜之间。余虽懒惰远庖厨，每逢夏季啖瓜时节必亲自操刀，乐此不疲。

余虽孤陋寡闻，亦略知民间依地域、贫富差异，对菜皮、果皮之认知和取舍五花八门。比如苹果是否该削皮，几十年前已争议不休。以余亲身经历，广西人食田鸡是不剐皮的，日本人烹制青椒时保留籽核和蒂把，而经过饥馑年代的长辈认为吃蚕豆吐皮是浪费粮食，罪过。

余曾目睹有人生啃辣椒皮，少年时代随街坊去郊外挖地米菜，附近农田正在收获新鲜辣椒的年轻社员，摘一枚猩红辣椒撕开，揪去椒核，抖净椒籽，剥掉辣椒皮里层网状筋络，大口啃着，边啃边倒吸凉气，道是剥掉辣筋后味道像水果，很甜。但余分明看见他的额头辣出一层细密汗珠……

《菜根谭》曰："咬得菜根，百事可做。"余作《菜皮谭》，狗尾续貂："啖得菜皮，百馐无味。"何也？盖因"非丝非竹而自恬愉，不烟不茗而自清芬"。

妄议足球

——梓山湖笔记之二十六

小院草坪较宽敞，扔一个足球在草皮上无须收拾，任其日晒夜露、风吹雨打，方便余闲暇时随意踢几脚。孙子来度假时，爷孙不免要比试几脚踢法。孙子才读小学六年级，身高已有一米七且不胖，估计他会长成一米八之身手敏捷小伙。而余并不希望他初中课余踢足球，建议他不妨打打篮球，莫辜负天赐好身材。

这般体量原本是踢足球的好料子，余却担忧孙子天赋恐被足球糟蹋。早在2002年韩日世界杯之前十年，有作家曾断言："中国足球五十年没戏。"如今年头已过大半，恐其一语成谶。而余意并非足球没戏则孙子成为球星之希望渺茫，而是担心其学艺不成荒废学业并染上足球圈恶习，宁愿孙辈虽高大魁梧却是足球门外汉。

慨然命笔并非心血来潮，公元2022年2月1日，即农历壬寅年正月初一，国足在世界杯亚洲区预选赛小组赛中，以1∶3完败越南队，并打破自1965年以来逢越不败的历史纪录。舆论哗然，段子手们再次获得调侃国足之绝妙素材，欧洲球星、李大眼和主流官媒皆为此发声，球迷们更是掀起又一轮哀其不幸怒其不争之狂欢……

而余陷入沉思，琢磨赛后新闻发布会上首秀教头李霄鹏种种说辞中的一句："赛前过度激励……"

关于中国足球之症状，有技不如人说、缺乏斗志说、团队精神说、球星灵魂说、教练水平说、战略战术说、人种体质说、体制机制说、普及基础说，等等，真正是众说纷纭，莫衷一是。依愚见，此类说法似是而非，盲人摸象。余略举几例，便可轻易驳倒其中说法一二。

当年伊拉克队由萨达姆亲子主宰，以死刑、苦役惩罚不忠、胆怯、犯错球员，将球队置之死地而后生，球员焉不冒死相拼？然而伊拉克队与仇雠美国队之战仍折戟沉沙。试问：若是役伊队侥幸取胜又当如何？能挽救萨达姆灭亡命运？能使伊队成为世界强队？

韩日世界杯韩国队勇夺第四名，虽裁判有争议，而韩国队员有如神助之拼劲和体力，竟令欧洲强队黯然失色，持人种体质说者作何感想？名列第九之日本队，依愚见总体实力与韩国队难分伯仲，其种族、体质、体态特征岂不更近乎中国队耶？

朝鲜队来华参加某场赛事，有作家观战发现其队员两人平分一瓶矿泉水，撰文大发感慨教诲国足队员。然而决定队伍强弱的是后勤保障物资多寡吗？可以猜知朝鲜队惩戒严苛、纪律严明，而其体制机制与中国队相当近似，何以大小赛事中该队总能占中国队上风乃至略胜一筹？

凡此种种，不胜枚举。

或曰，中国足球症状并非单一，乃上列种种症状之综合症。此乃废话矣，犹如自诩杏林高手给重症患者号脉，道是体质虚弱致邪毒百侵，须壮阳滋阴恢复元气。

余自谅哪怕当个准球迷亦未必够格，知天命之年后已不熬夜看球，记不住几个英超、西甲、德甲球星名字。胆敢妄议几句足球，算是吃瓜群众，亦自忖乃局外冷眼旁观者。

当年湖北队被周总理震怒解散令人唏嘘。余在曾拥有两个足球场、两堵足球墙的武汉四中，看过一场湖北队迎战某非洲国家队赛事。全场比赛始终压在对方半场进行，球基本上过不了中线，无所事事的鄂队守门员几乎站到中圈弧附近。试想，如果当年这支湖北劲旅未被解散而延续至今，又当如何？

从地缘、秉性、历史、传承看，如今武汉队多少有当年湖北队之影子。戚务生执教武汉队时，无论主客场，无论胜负，此队每场必有五至十分钟打得出神入化，攻击对方阵地如入无人之境。队长张斌是球队灵魂人物，脚法娴熟，每有建树。余一直认为，此人未入选国家队乃中国足协失职。据云也曾考察过他，恰逢那阵子他发低烧状态不佳。张斌的接班人也相当有能力，是这支命运多舛球队之顶梁柱，也是说一不二的老大。坊间传闻，队员场上场下唯其马首是瞻，唯唯诺诺，亲疏分明。教练、领队乃至俱乐部老板，也须察其脸色行事。

传闻不足信亦不可忽视。几十年来，关于国家队和地方队，关于球员、教练、裁判、官员和俱乐部老板之令人错愕传闻，各色人马种种匪夷所思行状，无不证明足球圈首先是江湖，深不可测，是当下社会生态逼真写照。

由是联想到容志行。当年他以一种万念俱灰斩断尘缘的决绝，毅然远离足球名利场，以布道之虔诚，全身心投入培养娃娃球员。余孤陋寡闻，莫知容先生近况，只知当年娃娃球员也该成长壮大了，却泥牛入海无消息。类似牺牲奉献者并非孤例。有人卧薪尝胆培训贫困山村女子足球队，有人前赴后继默默栽培新合村小学一茬茬少年足球队，结局均如泥牛入海。岂不闻"人在江湖飘，哪能不挨刀？"

20世纪80年代初，武汉武昌有几个影迷自发成立拒观国产影片小组。余读报读过一篇影评，作者认为国产影片内容、人物之所以虚假，首先是因为现实生活中人物做派虚假。此论一针见血而流血不多，不足以警醒读者和观众。

余冒天下之大不韪说破真相：中国足球种种症状，归根结底尽在四字：社会环境。种种病灶，皆社会环境使然。

必有人质疑：排球、篮球等团队居于同一社会环境，为何不似足球如此不堪？须知足球与之差异极大，虽同属场地团队对垒游戏，足球所占时空过大，比赛过程变数太大，球势变幻莫测，再高明的教练也难以时刻掌控，用兵如神也取代不了场上将士即兴发挥。

余将欧洲足球赛喻为"锦上添花"，团队为锦，高度默契，力捧球星之花出尽风头。而这种团队精神，又是以每个球员独立自主、自尊自信为前提，不能有丝毫犹豫、猜忌、嫉妒、计较，这何其难也！若无深厚足球生态底蕴、正义宽容之社会环境，则不可想象！

余甚至认为，规则设计日臻完善之现代足球，其战略战术堪比人类战争史上的经典战役，而江湖足球之旁门左道不可比拟。

江湖足球一大角色是球迷。中国多数球迷包括所谓铁杆球迷都是伪球迷，其对足球理解非常肤浅，仅满足于感官刺激和狭隘生理快感，鲜少有从运动美学、生理科学和真善美价值观欣赏足球。即便涂抹民族主义色彩，也不过是始乱终弃好色之徒。

故而欲救中国足球，先治社会环境，"功夫在诗外"矣。而"裁剪妙处非刀尺"，与其宠溺球员莫如培养球迷，任你百般挑选，毕竟十几个球员来自千万球迷。否则，缘木求鱼矣。

陶 瓷 志

——梓山湖笔记之二十七

　　辛丑年腊月二十四，今日小年。余洒扫庭除，张灯结彩。小院修缮后剩余老布瓦码齐于后院门外石阶备用，此乃窑佬绝品，不舍丢弃。恰逢纸坊友人来电，云其维修老屋山墙时掘出一截墙基老红砖，有铭文图案。余欣然前往踏勘，悉数搬回小院。老砖布瓦，见证红与黑流年时光。

　　江夏民窑历史悠久，尤其湖泗窑宋朝已闻名遐迩。虽窑址荡然无存，经文物贩子几轮搜索，民间旧陶器几乎绝迹，但总有漏网之鱼。十余年前余往金口一村庄做客，顺手牵羊淘回一陶坛，筒状，虽属寻常人家常用粗陶，坛高约两尺余，直径约半尺余，细长坛身却镂有四幅人像，衣着古朴，线条简约流畅。约五年前，友人邀余往乌龙泉茶场品江夏碧舫新茶，于路旁池塘拾得一泥罐，洗净却是一只两耳带壶嘴陶水壶，壶身铭有偌大寿字。余置之茶案下接洗茶水甚是般配。

　　窑佬在鄂东亦为古老职业，田野遍布窑场遗址。2015 年前后余几度往大别山采风，在一废弃村庄拾得一陶罐，擦拭污垢后发现乃一只品相完好南瓜罐，十瓣褐红色瓜瓣构成罐身，浅黄色罐口绘精细花纹。

　　小院陆续搜罗几十个大小坛罐，少数用作花钵水罐，多数派不上用场，任意摆于屋檐、井台日晒夜露，落满尘埃。看似空置，而余相信近年物理学家们发表之暗物质理论、量子纠缠学说，则空洞坛坛罐罐充盈着未知宇宙秘密。至少，小院这些不起眼容器盛满混杂于世间之良善与邪恶，坛嘴罐口有玄机，于无声处听惊涛骇浪。

　　约在 2010 年前后，余经景德镇往婺源开笔会，听闻紫砂壶之紫砂资源已枯竭，便于路途陶器市场寻觅，经讨价还价，以三百元打包价悉数购尽摊主摆出的上十把紫砂壶。同行同事恐余上当竭力劝阻："此必人工做旧，难有真正旧壶。"余笑答："非旧壶总归乃真壶，不妨置于案头，玩于掌间。"其中一把六面菱形温酒壶，壶中有壶，外壶注沸水，内壶注酒，冬日温酒甚妙。壶提以竹简编织，紧密细致，观壶提此壶应有不短年头。余甚好此壶。

　　此行还购得一个青花瓷蟋蟀罐，罐身缕桃花繁枝图案，察成色品相乃陈年旧器无疑，虽非王公贵族遗物，猜想系某纨绔子弟宠玩。罐盖无盖柄把手，有二孔，余穿以红绸绳系带，倒无违和感。

书架上有三只青花瓷鲤鱼盘。一只购于汉口江滩花鸟市场，另二只是出差荆门在地摊偶遇。估计此款瓷盘属尚存民间旧瓷器中甚多的大路货，为当年寻常百姓家普遍餐具。余寻思若能再谋一只，凑齐四菜盘，便濯净用于居家一日三餐粗茶淡饭，于使用中领略质朴简约之生活本真，方才显得拥有青花瓷旧器皿之意义，而不必一味以收藏名义束之高阁。

余另有三只青花瓷小酒盅，小巧古朴，多年前淘自云南边陲小城畹町地摊。余一直在使用它们，独酌或邀一两位至交，不置菜肴，几粒葵花籽或西瓜籽佐酒，一口一盅，高谈阔论或沉默对饮，甘绵醇厚全拜碗状三盅所赐。

刷屏看过一个微信视频，美国一藏家收藏了从建筑、家具到器皿、字画的大量文物，他并未将其深藏于博物馆、密室，而是自己直接居于价值连城的文物之间，于日常起居生活中，给所有精美绝伦之藏品派上实际用场。

勉强可称道之青花瓷器余倒有一件，为文友所赠，花卉虬枝盖罐。与民间青花瓷罐多为扁圆状不同，此罐呈直筒状，造型不俗。罐底有篆体铭文，从磨损程度看，不似人为故意做旧的赝品，来历有待行家考证。不过余只是稀罕而已，并不认为它是待价而沽的收藏。

所谓收藏，实误人不浅。民间收藏热，延烧几十年高烧不退。有人收藏了不少所谓当代名家自我炒作之陶瓷字画作品，价格惊人，余高度怀疑其艺术、收藏价值。而电视"鉴宝"类节目，一次复一次打破普通藏家之收藏梦。汝秘藏不露之宝贝，往往不过是赝品，即便真乃旧器老物，亦多半上不了文物档次。更可怖的是"鉴宝"专家不仅常常眼拙，而且串谋使诈，指鹿为马，巧取豪夺，玩弄民间收藏者于股掌之间。惜是执迷不悟者众，不知除非祖传或盗墓，所谓淘宝，无非白日梦耳。须知收藏不仅是一种行为，更是一门深奥学问和艺术，还得仰仗雄厚财力。似马未都般藏家，天时地利人和，集三者大成，成功者亦不过万一。平凡人士可以有收藏情怀，凭借兴趣收藏时光记忆，收藏人世喜怒哀乐、酸甜苦辣而已。

父亲遗留一件藏品，常令余琢磨。那是一把豁嘴断耳陶壶，似一残缺毛坯，勉强能看出壶之轮廓，毛糙坯胎经过不知几多年浪打水淘，已经过薄。父亲只道泊船抛锚、蹚水系船缆时从泥沙中顺手拾得，未详叙时间地点。余便想象那是在落日照长河之沙洲，几片破碎陶瓷在无数云母的映照下闪闪熠熠，提醒父亲泥沙中半埋半露着一个囫囵陶物。余揣测父亲收藏这个模样近乎丑陋物件之原因，不外乎它历经磨砺，有久远不明来历。水手父亲生前言语短少，一向沉默，却难得地给余讲过一个故事：

> 某年某月某日，汉江一群纤夫拉纤至黄昏，于河滩燃篝火取暖熬夜。夜风作浪，浪头将一陶盆打上岸来。一年长纤夫拾陶盆舀河水，架于篝火欲烧水烫脚。水盆甫一端上篝火，须臾间盆水沸腾。众大惊，泼掉沸水再舀凉水试烧，眨眼水沸，如是再三。众惊骇莫名其妙，一壮年莽汉疾呼妖怪，执木棒奋力砸碎陶盆。纤夫中有略识字者俯拾陶盆残片辨看，见盆底铭刻四字：诸葛孔明。其仰天叹惜："此当年诸葛亮军帐所用，虽流落人间，亦非吾等凡夫俗子有缘享用……"

父亲所述，无非民间种种穿凿附会传说之一。而余相信，父亲被他自己讲述之故事所感动，他肯定亦将故事讲给母亲听过并亦感动了母亲。常年奔波于江河湖泊的父亲，将其收藏托付母亲，母亲郑重其事藏之于箱底。母亲去世后父亲又托付余保存至今。

显然，因为一个故事，父亲对一个来历不明的残缺陶壶有许多好奇和些许希冀。他的收藏其实是一种际遇、记忆，一种朦胧的信念。作为屡经大风大浪考验的父亲之不肖子，余上述搜罗的几件陶瓷劳什子，其收藏意义在于收藏本身。是为陶瓷志。

字 画 志

——梓山湖笔记之二十八

  小院车库闲置，初欲改造成一间书画室，后寻思余并非书家画家，勉强算个读书写作、养花种菜、收藏驳杂的杂家，虽偶尔研墨习字，自知断难成气候，弄个书画室并不适用。便搁一张乒乓球台，方便家人尤其孙子锻炼玩耍。若文朋诗友来多了，铺上毡子亦可写字画画，或围坐成高谈阔论的议席。又在墙壁钉上长木条，便于随时钩挂字画。

  余时常轮换张挂几幅收藏的字画，漫不经心打量，阅字读画久了，若有所思……

  某日同事、朋友来访，见壁上仅上十幅字画，询问："汝仅只收藏了这几幅字画吗？"

  其实一直有人就此话题问余，认为余在书家画家扎堆的单位供职几十年，想必收藏甚丰。坊间时有传闻，单位某同事藏有某炙手可热名家大家之作，令人艳羡。

  余淡然回应："个人从未主动开口向单位任何书画家索求墨宝。因公、受托到府上拜访或邀约到杂志社，请书画家创作倒有几次，另当别论。"某次饭局，单位某同事流露其藏有某名油画家早年作品，语气不无炫耀，满桌啧啧羡赞，独余置若罔闻。余不善交际书画名家故一无所得，一则秉性使然，二则对时下收藏风气向不以为然，质疑普遍相信的收藏价值，认为趋之若鹜者或为盲目淘金押宝，或为附庸风雅。

  当然，书画家们主动相赠，文友馈赠或余因赠阅拙著、代笔而获回赠的字画，总有几幅。余亦珍视这些文人交谊的墨迹。

  历经几十年，不觉手头积累的名家或无名人士或过从甚密文友的字画，也有大几十幅。款式不一，从横直大幅到斗方、小品、册页，多数未装裱。装裱吧，无处张挂；扔掉吧，不舍又可惜，且辜负文友交谊。便随手塞进一个小木箱。每年春夏之交须打开晾晒除霉，顺手展开翻阅浏览，发现其中又有书画家已然作古。便感叹，何年何月老夫亦作古后，恐儿孙会将这些字画视为废纸，与垃圾一并清除。

这些字画中，很有几幅京城名家和所谓"汉上大家"的作品。据说如今评判书画价值，当先区分"名人书画"与"书画名人"，则小木箱中各有一二吧。

马季先生是明星人物，1992 年他来汉参加夏雨田作品讨论会，余领命去宾馆采访他时，他大谈书法，乘兴现场写了大字条幅赠余。彼时他已在南洋诸地举办过书法展，展后标价转让展品，润格很高。他不出演时便在京城寓所潜心写字，一本《唐诗三百首》已书写完毕。他笃信书法养生，能祛病延寿。然则仅几年后，先生竟坐在马桶上停止呼吸，令为他写过长篇专访的余唏嘘难已。

著名曲艺家何祚欢先生，文学创作也成就斐然。20 世纪 90 年代初，余有幸与他同住汉阳纺织疗养院，参加武汉市首届长篇小说笔会。某晚他邀余去他房间试读他近日写成的初稿，顺便赠余一幅墨宝，书联中嵌入了余和拙著的名称，真乃不胜荣幸之至也。

著名诗人管用和先生，晚年专门从事书画创作。余记得他曾自嘲，谓其作品属"名人书画"。管老师第一次赠画给余是 1995 年，那时余调到《芳草》杂志社也才几年，虽办公室与管老师同楼层，近在隔壁几间，并不敢轻易打扰管老师套近乎。一日管老师主动邀余去他的办公室，赠余一幅已装裱的画。余正诧异落款日期为 1959 年，管老师笑曰："装裱后才发现笔误，索性不改了，五九年时我写诗之外也画画呢！"余连连致谢，亦笑答："若后人考证此画，发现当年赠予者是青年才俊，受赠者是几岁顽童，足证一段忘年交矣！"

隔行如隔山，余不谙汉上书画界对名气和实力的讲究。很有名气的如陈先生、周先生、徐先生、黄先生、李先生、江先生、樊先生等，余多少沾了点先生们的墨迹，多是小品、册页，亦有几幅斗方。不记得是如何收藏的，多半是文友间互相转赠而辗转流传沉淀在余这里的。

张少华先生为余第三部长篇小说《花会》题写了书名。

易志群先生、落子先生为余画了漫画肖像。

"梅花大王"程生达先生赠余一幅梅花大扇面，笔法精致细腻，并非敷衍应酬之作，若装裱嵌镜框必光彩照人。余珍藏数年后，虽心有不舍，仍转赠支持余筹办书院的文友了。

"姚家山水"宗主姚伯齐老，屡在国内外举办画展，闻名遐迩。因湖北监利是余第二故乡之缘分，幸得姚老赠予大幅山水《西陵峡中行》，焦墨笔法，气势磅礴。

《书法报》主编兰干武先生是交往几十年之素友。其书法作品已入选成都碑林，可谓勒石青史，扬名立万。兰先生先后赠余斗方、条幅，而余独钟书信往来间他的一幅手札。

陈谢先生是余近年过从甚密的文友，其擅画虎，雅号"老虎"。余手头不免赚得几幅他的字画，得意之余酒后失言，谓其画不如其书，其书不如其文，开罪于他，幸亏此兄性情乐天并不当真。而余最得意的两幅，是他对《梓山湖笔记》的书写。

另有几幅据说也算省内外大腕手笔，姑妄说之，姑妄听之，余不介意。倒有一幅宜昌无名版画家的《赶狐狸》，甚喜其题材，拟装裱挂墙。

余既乃书画门外汉，偶去看书画展只是瞧热闹。而看多了似乎也能看出一点破绽，比如粗犷失之粗糙，写意写成随意，留白留掉了底蕴。书法、国画乃国粹，如今"国学热"高烧不退，以中国各色人物数量之多，自诩书家画家者不知凡几，个中托手炒作、自我炒作者亦不知凡几，热衷收藏者更不知凡几。

据云汉字是世上所有文字中唯一能通过书写进行艺术创作之文字，又据云书画同源。余对此类说辞存疑。即便汉字因象形结构而独特，书写之第一要义是表达。书法经典《兰亭序》《寒食帖》《祭侄儿稿》等之所以为后人公认，余以为首先是其文字表达的世理人情，其次才是其书法造诣。前者赋予后者以艺术魅力，而非相反。

及至纯粹意义上的中国画，古人画作已登峰造极，高山仰止者至多延至近现代齐白石一辈，及其前后几人而已。余不敢否定当代国画，只是以为，如果不从观念及绘画技法、画材、画具上做颠覆性创新，就永远只能模仿、重复古人。

循此，余怀疑识得当代字画价值的藏家不复存在。当然，时下藏家形形色色，其中留意字画如同惯常读书、藏书者，不失为一种修为。

壬寅年二月初十，早春时节忽连日暖似暮春。小院不唯鸟语花香，庶几有些书卷气息，是为字画志。

茧　房
——梓山湖笔记之二十九

后院一株桑苗长势葳蕤，只两年工夫，其枝桠竟阻挡柴扉，挤压鸡舍。余便趁早春时节移栽至侧院犄角处。路人劝阻，谓桑谐音丧，不吉利。余却不迷信，梨谐音离，桃谐音逃，皆不宜栽乎？恰因其乃桑，配伍果木菜圃，成全小院农桑气息。

而余独钟翡翠般桑叶，色泽嫩黄而浅青，碧绿而苍翠，引人回忆。

五十年代，人虽少年多艰辛，却亦有豢养宠物之时光，赐余丁点快乐的便是蚕宝宝。记得那时最愁的是缺桑叶，虽早晚时有小摊贩在校门口兜售，却时常断供，况且囊中羞涩的少年极难从衣兜掏出几枚镍币。故方圆十几里若发现一株桑树，则犹如少年眼中沙漠绿洲。桑树则视少年为江洋大盗，连刚冒出的嫩桑芽都被少年劫掠精光，怎能比得如今老夫院里这株桑树安然无恙？

彼时少年以贴胸衣袋孵化蚕卵，观察一只蚂蚁变形为小青虫、胖白虫全过程，最不解蚕宝宝何以作茧自缚，又破茧而出、化蛹为蛾。正惊喜莫名，却又见飞蛾艰难挣扎，短暂交尾产卵，轰轰烈烈拼命而死。少年捧着巴心巴肝摘来的剩桑叶，眼中之困惑，心底之悲伤，难以言表。

及长，始知李商隐所谓"春蚕到死丝方尽"说法有误，那蚕之小命尚在，只是变异为蛹，进而羽化登仙，死去的只是蛾的躯壳，它将生命寄托给了下一代。

纵然明白蚕之生命过程，却未必领悟其生命意义。其实，无论作为宠物主人的少年，抑或作为养蚕谋生的成人，两者生命过程在本质上与蚕并无二致，不过长短不同罢了。人终其一生忙忙碌碌蚕食岁月，呕心沥血构筑安身立命家室，孜孜矻矻编织人际交际圈，何尝不是作茧自缚？一些人浑然不觉，一些人若有所悟，待其不甘自囚茧房，企图挣脱时，生命能量已然耗尽。曾有人以《人生》为题作诗，全诗仅一个字：网。余写的第四部长篇小说篇名拟为《蚕人》，便是喟叹人生如蚕。

世人特别关注蚕短暂生命的吐丝结茧阶段。当蚕白得通体透亮停止进食时，便是要"上山"了，须给以草把、棉梗供其攀爬上去吐丝织网。若未及时指引其

"上山"途径，蚕则迫不及待自寻山路，在纸盒、簸箕边缘角落吐丝编织茧房。所筑椭圆形茧房状如鸟卵，洁白如银或明黄似金。如此美丽形色，蚕却弃之于外，兀自将全身封闭在黑暗茧房内，对外界信息不管不顾。

于是前人编词造句，使作茧自缚的成语流传至今。而时下网络热词"信息茧房"又为成语添加了新注脚，喻指只接收单一信息者对投其所好的专供信息深信不疑，面对多渠道多信源资讯置若罔闻，自闭于茧房失聪失明，人际沟通水火难容，即便交流对话犹如鸡同鸭讲。

信息茧房说法始于近年，而信息茧房现象早已存在。当人以"群"聚，有意无意中已在编织各群信息茧房，在群内交流便捷的同时，群际隔膜亦在积累。各群之间先是信息不对称，再是相互排斥信息。每每由社会热点事件引起争议，一次次分裂族群，进而撕裂人情乃至友情亲情。尤其在近年来国际形势风云变幻之背景下，各族群对同一信源之解读竟南辕北辙。究其原因，更多人因思维惯性而抛弃事实逻辑，只顾立场逻辑、观念逻辑甚至强权逻辑、好恶逻辑。自以为是者嘲笑对方囿于信息茧房时，往往不知己方亦自囚于另一信息茧房。无形的网络在提供即时、海量资讯的同时，千丝万缕编织着头绪纷杂的樊篱，人们深陷其中难以自拔，致使维系社会关系的人际基本信任崩塌。长此以往，人间漠视和对抗危如累卵。

人类苦于种种困境久矣，如今再陷新困顿。苟自救，自诩万物之灵的人类恐怕还得学卑微的蚕，破茧挣脱，化蛹为蝶。蚕的生命历程不啻是造物主赐予人类之寓言，乃神谕。

故而余扪心自问："汝作为众之一者，是否亦困于无形之信息茧房？"余致仕后应邀往高校任教，不觉已六七年了，与莘莘学子一同读书论道，固然有授业解惑之乐，然心房缠绕的困惑却愈发多了，寅夜心绪不宁。或许该停歇忙碌，清静心境，常居小院梳理紊乱思绪。

或可重操少年旧业，凭借院落这株桑树养蚕。养它一大簸箕，每日晨昏殷勤采桑布施，于劳作中感受生命节律之蠕动；聆听生灵声音之微妙；收获蚕蛹，品尝原生态佳肴美味；洞察爬虫羽化之质变……余自知此生平庸，难逃如蚕人生宿命，而在贴近体验春蚕生死相依、向死求生的过程中，努力渐悟、顿悟，突破思维障碍，只为探头茧房外，把世界看个明白。

鸟　事

——梓山湖笔记之三十

　　后院外土山不高却长，带状山脊连绵千余米。山上杂树、灌木茂密。真所谓林子大了什么鸟都有，老夫徜徉山林，常遇麻雀、喜鹊、乌鸦，邂逅画眉、白头翁、黄鹂，三五只或成群结队，唧啾声声，一如步入动物园鸟语林。众鸟亦做客小院，不客气地啄食熟透柿子及西红柿，且往池塘啜饮、洗濯，其撩水、湿羽、抖翅状，憨态可掬。

　　山林中偶有野雉出没。一日清晨，余发现刚搭盖好的鸡舍网笼中有一只雌雉，貌似麻鸡婆。估计它是昨夜误入，此刻正急急巡睃网格缝隙企图逃离。余堵塞网底草丛漏洞，投以食物，希冀它引来雄雉，一睹风采，却不见踪迹。至翌晨，雌雉逃逸。

　　余曾与雄雉艳遇。那是去同事杨君在关山农村的山腰别墅做客时，同事们餐后打牌，余独自登临山头。蓦然撞见几米外草丛中有雄雉掠过，长五尺，火红羽毛上有金黄、银白、天青、海蓝诸色花纹，斑驳绚丽，雄赳赳而亮闪闪。显然它先于我发现对方，受惊腾飞如凌空起舞，倏忽不见踪影。

　　约在2013年，余往湘西凤凰县参加笔会，慕名瞻仰凤凰雕塑很是失望，觉得塑像太小气，委屈了神鸟壮观形象。凤凰传说虽源自雄雉，学名红腹锦鸡者，而先民崇拜之图腾与神龙并驾齐驱，其飘逸颀长之羽翼，亦如神龙不见首尾。

　　据《山海经·大荒北经》曰："大荒之中，有山名曰北极天柜，海水北注焉。有神，九首人面鸟身，名曰九凤。"另从古诗文亦可阅得类似记载，则凤凰诞生与九头鸟出现之说同一渊源，皆云神鸟，吉祥之兆也。

　　而民间关于九头鸟说法与史传不同。有认为怪鸟，乃不祥之兆；有认为其行状刁钻，奸猾成性；更多认为其九首强悍，敏捷善变。从古人凭空想象的画像看，其九条触须般的长颈上冒出九个鸟头，虽未丑化，却也可怖。世有双头蛇，类似连体人，应属胚胎分裂或基因突变差错所致。而世上并无九首之鸟，实乃人类臆想脑袋异常发达之超人，思维能力碾压凡人。故有民谚："天上九头鸟，地上湖北佬。"是恭维更是调侃讥讽。余在湖北监利当知青时，便听说过这句民谚的续句："三个又奸又狡的湖北佬，抵不过一个监利憨巴佬。"

近日刷屏，从微信上看到一则配图资讯，断言九头鸟之说纯属以讹传讹，真正的九头鸟确乎存在于自然界。论者亮出证据图，是摄影爱好者于神农架抓拍到的一种小巧彩鸟，其在颔首左顾右盼间，鸟头羽毛不断变化颜色，色变竟有赤橙黄绿青蓝紫之多，貌似在不断变头，故有九变之说，认为这才是九头鸟现了真身。

余收藏了这则资讯中的视频，估计影像没有作假。但余认为资讯作者混淆了物象与意象之区别。世上虽并无真正意义上的九头鸟，但确有九头鸟神话亦乃不争事实。图腾原本是精神世界的存在，何苦在物质世界捕风捉影？

不知鸟类学家此前是否发现过，神农架冒出了一个鸟类新物种？小精灵也确乎够神奇，变头变脸犹如变魔术，令人眼花缭乱。已知世上有变色龙，有形形色色动植物之变形，生物学家将其解释为：生物在特定生态环境下进化的特殊本能，皆为求生求偶避险。则这只变色的"九头鸟"亦概莫能外。

而余叹服此鸟之善变，堪比川剧变脸术。戏剧脸谱是国粹，但川剧变脸术迟至20世纪末才借影视传媒广为国人见识，皆惊奇不已。以至于刘德华为之倾倒，三顾茅庐拜变脸大师彭登怀学变脸术。此乃二三十年前之事，未知如今刘德华学成绝技否？而两三年前，在读小学三四年级的孙子却教会余弄懂了变脸术奥妙所在，不过是在一张脸谱面具反面暗设机关，以一根藏于衣袖的按钮开关线操控光电变色而已，说明神乎其神的变脸术只是魔术，不足为奇。

倒是人际变脸，源自内心深处，发乎算计，察于世态炎凉，脸谱款式复杂，翻脸如翻书。噫嘻危哉！令人察言观色而生畏。

故而人脸之善变，不输九头鸟。即便普通人，亦不得不常备两三副面具，才能在世上生存。试想，那些左右逢源、广得人脉者，其行囊中预备了多少套面具行头？

鸟事关乎人事。鸟谐音近乎屌，梁山好汉好爆粗口，动辄骂鸟人、出鸟气。隐约记得当年京城一女作家，撰文回忆少不更事，偏要与街坊野小子玩耍，一次跟着起哄去"捉鸟掏蛋"，俟知鸟为何物后羞红了耳根。余读来忍俊不禁，觉得那才是天真。现如今天真丧失殆尽，而故作天真却恬不知耻之红男绿女不在少数。

拙文杂写鸟事，或不合章法。而老夫居小院几年以来，总是率性命笔，东鳞西爪，自娱也。时下瘟疫气氛压抑，而重重藩篱更令人窒息，油然联想到笼中鸟，不吐不快。但恨老朽少年不再，聊发少年狂，且吟魏晋少年才俊曹植之《野田黄雀行》撂笔：

高树多悲风，海水扬其波。
利剑不在掌，结友何须多？
不见篱间雀，见鹞自投罗。
罗家得雀喜，少年见雀悲。
拔剑捎罗网，黄雀得飞飞。
飞飞摩苍天，来下谢少年。

野　味

——梓山湖笔记之三十一

梓山湖湖岸曲折，湖汊纵横，贯通或串连于大湖外之小湖塘，星罗棋布。余守望在湖畔毗邻而居，拜湖所赐有大啖湖鲜的口福。野鱼鲜美丰腴，其滋味较市售家鱼如何？不可与夏虫语冰也。即便近年梓山湖亦开始禁渔，而周边湖汊沼泽天然的小鱼小虾也野味十足。

渔猎禁令禁不住猎奇的步伐和目光。余得空便去湖滨漫步或闲坐，呆看芦荡野鸭凫水，蒿丛野兔疾奔。湖鸟不知人间令，率性掠过湖面，叼起一条闪耀的银鳞。

放眼远处梓山，猜想人迹罕至密林深处是禽兽撒野乐园。梓山有万亩之广，绵延连带小院外土山也野趣盎然。除曾有野雉自投罗网外，余还用捕鼠笼逮到过一只小刺猬。此乃意外猎获，原本想给孙子煨一陶罐野味汤，一则怜悯小动物，二则提防瘟疫感染，心有不甘地放生了。

余老来猎奇心态未减，好吃本能愈显。常叹时下似乎食物丰盛，却味同嚼蜡，每每怀念少年时光。彼时虽食物匮乏，而少年伙伴使出浑身解数，总能打得野食，甘之如饴。

记得爬树掏鸟蛋乃一般少年皆有本领。以一圈细麻绳套在赤脚双足弓处，利索攀爬上树梢鸟窝，掏得鸟蛋捧回家去，在父母赞许目光下煮熟剥壳，得意地狼吞虎咽。鸟蛋味腥却盖不住香气，少年吃得打嗝捧腹，乐不可支。

本事更高明的少年，调和面粉揉成面筋粘知了，徒手捉蚱蜢。折一根柳条剥皮后串穿猎物，就在野外燃篝火炙烤，烤至焦黄时香气扑鼻，少年熟练地剥虾般剥壳吃肉。那般烤野味，如今街头烤串不可与之同日而语。

彼时坊间清贫人家能大快朵颐的是青蛙。虽然学校课本上说青蛙是益虫，菜市场并未较真禁售。而以当年物价收入比，其售价家大口阔者也买不起。少年便在家长默许下各显神通去郊外捕蛙。白天以索线系虫饵钓青蛙；夜晚以手电筒照，青蛙若被光束罩住便一动不动，手到擒来。而胆粗鲁莽的浑小子以细竹梢为鞭，到菜农椒田鞭击青蛙。青红椒逗来蟋蟀，蟋蟀引来青蛙。"螳螂捕蝉，黄雀在后"，黄雀便是竹鞭。浑小子踩准夏日正午时间点，椒田无人青蛙多，竹鞭飞舞处，青蛙血肉横飞，尸陈椒田，殃及辣椒。舞鞭者速战速决，很快捡满一布兜开溜。

蛙肉老少咸宜，肉质细嫩如鱼。坊间戏言："都是瘦肉，没一点肥膘可煨油，好吃却费油。"烹饪方法可爆炒红烧，亦可煲汤，汤汁乳白浓酽。

青蛙俗名田鸡，可见千百年来它原本是草民的"人间一道菜"。农人未必不知它是消灭蚊虫的帮手，而在自然生态尚能保持动态平衡的环境下，"一道菜"对青蛙种群繁衍之影响微小，不足挂齿。

水性好的少年，敢深潜到湖塘底下摸蚌蛙。蚌肉土腥味浊重，须以尖椒烧透去腥，而熟透的蚌肉又似牛皮筋难以嚼烂。少年仗着牙口好，每当馋荤时便去摸蚌壳打牙祭。年长牙松者亦馋，只好以蚌肉汆汤，味虽腥涩，好歹也算是尝了肉羹。

在那食品极度匮乏年代，面呈菜色的人们最欠缺油荤。故打野食者不唯少年，中老年但有一技之长亦热衷猎捕。钓鱼之外，摸螺蛳、捉泥鳅、掏鳝鱼。还有以当时并不管制的气枪打麻雀的，穷尽猎获野味手段。

近邻麻雀从来都是人和猫犬共同觊觎的目标。不过猫犬茹毛饮血，人以文明手法将其装饰为食物。武汉汉阳钟家村附近有一家老字号餐馆"野味香"，据说曾有京城领导光顾过。其招牌菜有一道"糖溜荔枝"，将整只麻雀煎炸后，再入锅以红糖熬炼的糖浆翻炒，类似拉丝荸荠的做法，出锅装盘后，其形色又似未穿串之冰糖葫芦。以筷子拈时，却是大小两个圆果连在一起，细辨方知是一整只蜷缩成球状的麻雀。据称这道招牌菜的奥妙是微咸而酸甜，内酥外脆，可吸吮，耐咀嚼，余味长。

"野味香"大约是在20世纪80年代关门大吉的，而它的这道招牌菜在关张之前就因不合时宜销声匿迹了。余尚记得，当年约几个同窗去琴台访古，中午凑份子潇洒，冒失地闯进这家馆子，被"糖溜荔枝"菜名诱惑，待端上桌来才看出囫囵麻雀形状可怖，竟都不敢动筷子，浪费了朝工资菲薄父母讨的血汗钱。

成年后走南闯北，看过、听说过、吃过的野味五花八门，始知当年少见多怪，小巫见大巫，"糖溜荔枝"不过尔尔。

比如南方某地以活乳鼠做的菜"三吱儿"，外地人不仅觉得恐怖还恶心不已。余之兄长在云南服兵役时，见过驻地居民捉壁虎盐渍后装坛当咸菜，嚼之咔嘣有声，如吃腌制脆萝卜干。而活敲猴脑吸脑汁，更是南方菜谱史上一道著名禁菜，令人毛骨悚然。

皆云南方人嗜野味过于生猛，依愚见北方人不遑多让。如果世上第一个吃螃蟹者是南方土著，则估计首次享用熊掌者当属北方猎户。揣测率先食虎者亦乃北方彪形大汉，啖其肉寝其皮，且剔骨泡酒，真正是敲骨吸髓。

为了猎取野味，各地种种奇葩甚至残忍烹饪法，究根溯源，其初衷并非尝鲜，而是充饥抗寒。毕竟人类始祖只能以狩猎求生存之道，情有可原。当今生态环境日趋恶化，人类总算明白，善待生灵，保护濒危动植物，其实是自我救赎。故而节制口舌之欲是理智，亦是良知。然而一概杜绝野味知易行难，皆因种种冠冕堂皇说辞，解释不了人类困境和人性悖论。

譬如海鲜，除极少数人工繁殖饲养的，绝大部分不是野生动物吗？则法国蓝虾、澳洲龙虾将来会否比大熊猫更稀罕？富豪权贵们享用鲟鱼卵鱼子酱是否比活取猴脑更残忍？

再譬如昆虫，早在三十年前就有国外营养学家呼吁，食用昆虫以对付粮食短缺和营养不良难题。其实蚂蚱、知了等飞虫和蝎子、蜗牛等爬虫早已在中外食谱。然而，当昆虫成为美味佳肴和网红时尚之日，蝗灾不再，人祸恐怕比蝗灾更可怕？

又譬如，近年人造肉工艺技术有长足进步，以氧气与水分合成淀粉、蛋白质的科技正在实验室进行。当"喝西北风"成为现实，岂不是对一贯倡导之绿色健康食品的反动？所谓原生态食品，应属自然动植物，其本质是野生的，则野味何错之有？

继续思考下去就涉及"食色性也"的人生意义了。余无意纠结于生命哲学难题。自量才疏学浅，无能为力。然而，笛卡尔说："我思故我在。"思考是绕不过去的。近日国外有部门公开颁发转基因食物通行证，余虽从不在激烈的转基因争论中站队，此刻却忧心忡忡。余居小院虽然自由自在，以极大的虚荣心彰显"我"的人身自主权，然而，"我"的肉身并不能擅自做主，管不住"我"的思想信马由缰。

似老夫这般凡夫俗子，经历大自然恩赐的杂粮野食填喂，才成长了如今酒囊饭袋的丑陋形骸。习惯使然，老来到底经不住野味诱惑，也不犯忌，姑且采几株野芹，割一把野韭，再摘几枚野果佐酒，不亦乐乎。

豌 豆 花

——梓山湖笔记之三十二

余居小院种菜几年，颇有心得。种过的冬瓜大到搬不动，种过的西瓜甜得腻人。五六年间种过的应季蔬菜不下十几种，而余最钟情种豌豆。一豆四吃，先是掐豌豆尖，清炒或下面条时丢锅；再是摘豌豆荚，清炒类似荷兰豆，滋味比有青腥气的荷兰豆平和；三是剥青豆米，颗粒大小、色泽深浅不一，不如市售大棚青豆米饱满好看，却比之味道更浓郁正宗；四是吃枯豆，盐砂炒崩豆乃经典零食⋯⋯而余更在意的，是收获豌豆花。

秋后，沿院落篱笆下撒一路种子，再挥洒几串汗珠，春来它便回报你一堵花墙。攀爬上篱笆的豌豆藤，忽然在晨曦中冒出繁星般花蕾，待艳阳高照时，又变成歇满绿萝的花蝴蝶。小巧玲珑花骨朵，仿若西南边陲苗族、瑶族、布依族姑娘巧手蜡染、扎染的织锦。看花瓣边沿明明是乳白底色，却渐次往中间浸泅桃红、茄紫、靛蓝之颜，斑斓一片，于微风中翩然起舞。

作为豌豆花果的主人，余颇有成就感。

小院邻居中更有种菜高手，将菜圃打理得胜过花坛。与余志同道合者，其年龄、性别、职业身份各异，初衷却相似，虽也在意亲手种植蔬菜之新鲜、绝无农药化肥之虞，更看重的却是劳作苦中之乐，耕耘的分明是心田。

有光顾小院之客人或读过《梓山湖笔记》之读友谓余："种植花卉亦乃耕耘，且更优雅浪漫，汝何不将小院遍植四季应景花，打造花团锦簇之私家花园？在花草木石环境中种菜，多少总有点煞风景。"

似乎看风景是一种觉悟。按佛家说法有三种境界：看山是山看水是水，看的是一种天真；看山不是山看水不是水，看的是一种经历；看山还是山看水还是水，看的是一种了悟，虽然返璞归真，其眼中山水到底不是初见。

余试着反复辨看豌豆花参禅。盯着不眨眼看就是花，看花了眼变成蝴蝶，如是再三。可见余愚钝，参不透禅机。不过亦有些许觉悟，悟出奥妙在凝神与出神之间，凝神便是豌豆花，是余肠肚中的盘中菜；出神便是蝴蝶，是余脑袋中的精神食粮。

故而，看风景者，志趣也。设想有人别出心裁打造出豌豆花海之绝景，一如油菜花铺天盖地之气势，慕名而至观光客却通宵达旦打牌，再蒙头大睡补觉，则既没一睹豌豆花风采，更不可能联想蝴蝶意象。

　　从艺术眼光往往由物象到意象而论，平凡无奇之桃树、梨树一旦开花，其渲染的繁美意象，在群芳谱中绝不逊色。尤其明晃晃亮瞎眼的油菜花海，更令人想入非非。是故，余在井台旁植几株黄花菜，不食用只观赏。当节制食欲不动手，它便盛开超出黄花菜常态，灿烂到极致给余看。

　　豌豆花香沁人心脾，花色妖艳妩媚，不唯悦人，亦迷醉自然界生灵。且不说采花大盗狂蜂浪蝶，豌豆粉以其独特香味是制鱼饵首选原料，更高明者以豌豆花瓣为诱饵。虽说上钩鱼贪图的是口舌之欲，亦难说个中没有几分好色原因。

　　说到垂钓者，许多钓翁之意不在鱼。其中少数深谙钓道者，常年风雨无阻，长途跋涉去荒野僻静处，对河堰湖塘水文地理极为讲究，冷板凳枯坐一天，干馍充饥，凉水解渴，乐此不疲，何苦来哉？只为躲避尘世庸常琐事，在山水自然间找个位置安顿肢体，便也安稳了心神意绪，其出神状态，钓的是鱼，亦是钓自己的形骸。

　　鱼和熊掌兼得，孰轻孰重，在于心态。余钟情豌豆花亦如是也。不食人间烟火会是一具饿殍，只食人间烟火也不过是行尸走肉，多少还得食一点幻象。

　　可知浑身腥臭味的钓夫中有高手玩家，养一钵染指甲花的俗人亦有雅兴。

　　故余不认同玩物丧志说。世上纨绔子弟和游手好闲之徒纵情声色犬马，不过是挥霍光阴，于醉生梦死中寻求感官刺激，有几个真正会玩？斗蟋蟀也有学问和礼仪讲究。但凡花鸟虫鱼、古玩字画，玩出名堂的必乃才俊，腹有诗书。草包饭桶辈绝无可能冒出有品位玩家。玩物有志，玩的乃物我两忘境界。

　　近来关注了一个公众号"思想国"，其主笔熊先生的文章以前在别处也浏览过，感觉虽有主见内容却较空洞，多为形而上的议论。这般写法恐不合当今网民胃口。但作者还有些拥趸，证明好几亿低学历的市侩网民中，幸存了一批有智商亦有情商的上网、刷屏者。前日浏览了作者近作《当人不再以幻象为食》后，又通读了一遍。摘录几句，以飨一直关注本号拙文的读者：

　　"在人性起落不明的光辉与幽暗中，我们每日以幻象为食，饥饱唯有自知。"

　　"仅仅依靠粮食，人是无法安度一生的。"

　　"回顾往昔，我知道自己在不断的自我驯化中丢掉了一些宝贵的东西，比如必要的愤怒、必要的不宽容、必要的疾恶如仇。"

　　……

　　犹记得余年轻时也是喜欢读"思想火花"类断章文字的，觉得言简意赅。不知是从哪年开始的，当警句名言被打包成"心灵鸡汤"亵渎后，抖音和快手可以批量贩卖笑话，风趣和幽默便一文不值。

如果良知可以喂狗，这世界将恶俗不堪。

承认理想很丰满，现实很骨感。但当理想灰飞烟灭，人将形销骨立。

眼下已是暮春初夏，小院篱笆上的豌豆花香消玉殒。幸而希望的种子和土壤尚在，秋后余将继续播种，期待来年的豌豆花。余虽无宋人以梅为妻、以鹤为子的才气和狂狷，亦敢在豌豆花丛中以幻象为食，饥饱自知。

闲 话 行 伍

——梓山湖笔记之三十三

迁居梓山湖小院那年，余曾吟小诗纪念：

> 兹去固知百事了，几多意绪一概抛；
> 但憾英年未习武，白废胸中不平刀。

余早年曾遗憾，此生履痕缺乏行伍经历。而习武不一定从戎，侠客多非行伍出身。可知余今生今世所憾，有二矣。

往事不堪回首，却也难忘职场岁月。从学生身份算起，余从事过农民、工人、职员（企事业单位机关干事、秘书）、记者、编辑和大、中、小学教师职业。几十年身份变换不可谓不多，独缺诸多亲友、同窗、同事有过之军人身份。

可是，余又感觉，从懵懂少年至耄耋老夫，此生几番出入营盘，屡经磨炼。这般感同身受，并非错觉也⋯⋯

当年因年龄赶不上趟，未当成三字兵，与大串联擦肩而过。那时怨爹娘未早生余几年，扼腕叹息甚至痛心疾首，恨不能趁串联走南闯北，逛遍大好河山，经世面长见识。几年后又侥幸不已，幸亏年龄不够格，不然以余小学、中学一直是"校级"学生干部的身份和执拗性格，若当上了三字兵，势必成为两大敌对阵营中的一员，焉知能否保住性命？抑或身陷囹圄？

不过，余好歹当过红小兵，戴过红袖章，扛过红缨枪，穿过仿制绿军装。汗流浃背军训过，慷慨激昂游行过。

及至中学，彼时共青团组织活动尚未恢复，选拔甚严格之红哨兵，俨然成为先进学生团队，余是首批红哨兵人选之一。后来红哨兵无限扩员，人人皆兵。班级称排，年级称连，余初中所在连队，人马众多达三四百，余竟被擢升为"指导员"，当兵又当官。

红哨兵偃旗息鼓后，民兵取而代之。那是高中，余是最早的老兵油子，扛过枪，尝过长途拉练脚底磨起泡的滋味，吃过行军锅煮的夹生饭。也曾以刻钢板、编油印小报为借口开过小差。

民兵搬弄真刀枪。虽是部队淘汰的三八大盖、汉阳造，但扳出枪刺练刺杀时，刺刀不见红也寒光瘆人。半夜三更在野营地惊醒轮岗，帐篷外是东湖之滨芦荡，十五六岁的哨兵硬着头皮看到的、听到的，尽是风声鹤唳，怦怦乱跳的心，提到了嗓子眼。

余曾参加过两次实弹射击。靶场在戒备森严的高级步兵学校，如今那个军校改名为海工大。记得余两次射击成绩不俗。虽是取保险最稳定的卧姿射击，且每个民兵身旁有一名军人监护指导，仍有人射脱靶，更有女民兵闭眼扣扳机，仰枪朝天把自己射哭。而余两次均射中靶心，弹孔均在六七环之间。

而印象殊深一次，是在工厂当基干民兵打飞靶。

彼时余被招工回城进了军工大企业，民兵建制是高炮师。余所在分厂编为高炮连，四大车间各拥有一门高射炮。平日糊上一层厚厚机油，穿上炮衣，封存于炮库。每年一度训练周拖炮出库，反复擦拭得光可鉴人。虽属部队淘汰之老式高炮，成色仍有七成新。一门炮配五名炮手，靠前一二三炮手司职摇炮、校准、踩射，由老资格民兵担任。余系新民兵，只能当最末五炮手，亦称填弹手。

实弹射击日，出征场面气吞山河。由解放牌卡车牵引炮车队，在长江南岸江堤上浩浩荡荡。正值深秋拂晓时分，余和炮手们站立于车厢，扶着厢板前瞻后顾，但见钢铁洪流恍若神龙不见首尾。一串车灯强烈光束，剑戟一般刺穿黎明前黑暗；鸦雀无声行军令，愈显马达声和车轮摩擦声聒噪。

靶场在梁子湖，炮车在滩涂荒野构筑阵地抬升炮膛。上午十时许，湖天之上一架战机缓缓掠过，拖曳着银白色气球飞靶，拖绳足有百米长。预备令下，几十门高炮摇动炮管瞄准飞靶；射击令下，轰隆声中几十枚火球射向飞靶。余手忙脚乱往炮膛填进沉重的炮弹后，站在五炮手位置抬头仰望，明明看见每一枚火球都在距离飞靶甚远的低空熄灭了，飞靶安然无恙飘过，渐渐消失在远空。但很快传来战报，依据对空炮击科目考核测量标准，全部高炮均命中目标。顿时，炮兵阵地一片欢呼雀跃。

几分钟前，万炮齐发有震天动地威力，一瞬间整个炮兵工事淹没在黄尘烟雾中。余观察到，巨大爆炸声浪将平静的湖面卷起层层波澜。硝烟弥漫中，每个人的头发、身上蒙上厚厚一层黄土混杂草屑，眉毛、眼凹、鼻孔和嘴角涂满褐色油烟。民兵们真正切身体验了炮火连天情境。

余几临开枪打炮现场，亦算一种资历欤？

据云，有人入伍几年不过学开车、筑路而已，更有人参军养猪几年后光荣复员。余之兄弟服役是在河南信阳当通信兵，而余同窗之兄弟应征赶上了对某国自卫反击战,直接开拔到前线……同属行伍出身,营房大相径庭,解甲后人生际遇殊为不同。

谚云:"铁打的营盘流水的兵。"却也有营盘流动兵不动。在2010年前后,余去西北边疆采风,再次体验了另类军旅生涯。邀请方是驻奎屯的农七师文联,文联主席人脉广,带领余等来自京、津、陕、鄂的作家、编辑深入边陲连队采访,钻当年上海、武汉支边青年栖身的地窝子,甚至踩过国境线,爬上高高的边防瞭望哨所,与全副武装的将士攀谈。

生产建设兵团不属严格意义上的军队编制,而亦工亦农亦兵团职工,分明又是按部队番号编列的行伍成员。时过境迁,当年戍边拓荒的任务一再改变调整。如今当地连级干部,推算应是几十年前的兵没流动。他们自嘲说,现在是四不像:军事管理、事业编制、企业经营、农业生产。枪械早已入库,每年农闲时节军训,有严格的实弹射击考核科目。则目前这支队伍,与当年内地基干民兵相差无几。

相形之下,如今大学军训,其实只是一种队列训练,操练的是基本体能和纪律。十天半月军训结束,有心的大学生会留藏军服纪念,但不知日后他们敢不敢炫耀曾经的军旅生活?

余孤陋寡闻,早年只知有义务兵、志愿兵、预备役之分,后来才知这世上还有外籍兵、雇佣兵,近年更知另有合同兵、临时兵。原来有的国家最短兵役期只有几个月,联想到泰国男孩出家当几个月和尚之信仰和风俗,则行伍在某种意义上是否算一种修行?

便回忆当年错过报名当兵的原因。记得只有一次机会,1975年某部到湖北监利农村,从下放知青中遴选新兵,而那时余刚刚从大队学校奉调到县城。当年个人的事业和前途全凭组织安排,给余的新身份是:县革委会知青办知青代表,其实就是一个文员、宣传干事。按政策待遇是亦工亦农干部,也就没了"亦兵"的缘分了。从此,枪杆子没弄成,弄了个小文人的笔杆子虚度一生。

故而,文友小雨看了拙句"但憾英年未习武,白废胸中不平刀",便将"野夫怒见不平处,磨损胸中万古刀"发给余,意思是揶揄余活用了唐代诗人刘叉的名句。余便讪笑。余居乡野小院,草帽遮颜,不修边幅,庶几仿同野夫模样。眼下尚可躬身劳作,聊以锹锄镰耙比作十八般武器,却莫知日后尚能饭否,遇见不平处也无可奈何。

而毕竟都有过踌躇满志少壮年华,说起人间种种行伍事,总是感慨良多。

隐语或黑话

——梓山湖笔记之三十四

余乃一介布衣，一生始终不渝信奉东林党人顾宪成的处世态度：风声、雨声、读书声，声声入耳；家事、国事、天下事，事事关心。只不过年少笃信时，不知天高地厚空怀抱负，年迈犹不悔，不甘浑浑噩噩了此余生矣。

小院清静却也闭塞，读书之余，幸亏可上网、刷屏浏览微信资讯，维系文友之间交流。不料，某日余之微信账号突然不能正常使用，顿时有失聪失明感觉。余自我检讨、反省在微信上发布、转发的图文、音视频，并不知何处违规，便欲向有关方面提出申诉。

有群友力劝，道是与其徒劳争辩，莫如策略规避：将资讯图文截屏变成图片再分享交流，必要时加以涂抹、变形，尤其聊天时须以谐音字、错别字代替关键词。

余听之很是困惑，此乃障眼法吗？可是余并无不可告人的亏心事需瞒天过海呀！便联想到近来冒出的网络热词"润"，据云这个单字单音词新的引申义项，包括出走、离去、辞别、逃脱等多重微妙意思，总之是一句不便明说的隐语。

近年来网络热词不仅花样翻新，而且愈加晦涩难懂。"蓝瘦香菇的杯具"已属陈词滥调；"马纳戈壁滩上一万匹草里马"亦已通知禁用；"躺平"成为官民咸宜的词语新宠；"恶意"作为定语或状语引申出了颠覆性词义；"赋"字由本义、引申义，再引申蜕变出了魔幻义项……使人陷入云里雾里，难辨真相，有如原本是虚拟的数字货币，竟然也出现了数字伪钞。

老夫迂腐，担忧某些网络热词影响了汉语言文字的准确性，误导中小学生和低学历群体，甚至亵渎民族文化尊严，始作俑者中别有用心者，涉嫌违法犯罪。

其实一些网络热词，无非是隐语、暗号、黑话改头换面，此乃自语言文字诞生就有的伎俩。

红色经典《智取威虎山》中，解放军侦察英雄杨子荣化装成国军某部少校副官，与座山雕的八大金刚唇枪舌剑，精彩对话全都是隐语、暗号、黑话。

粤语尤其是港式粤语方言，称警察为条子，称帮派小喽啰为马仔，称依附某男人的年轻女子为马子。很形象却有侮辱性。

"文革"年代，地痞流氓认人叫对麦子（看准对方的模样），找年轻女伴叫玩枪（以下体行为特征代指年轻女性）。最恶劣的黑话是"打分"，无端对大街上路过的青少年女性的相貌进行评判打分，下等两分、中下等三分、中上等四分、上等五分。打分过程中故意大声喧哗让路过女性听见，肆无忌惮……

凡此种种，隐语、暗号、黑话原本是特定时期、特殊场合、特别身份之产物，却在当今主流社会日常交流、沟通中死灰复燃，令人深思。

据云外交辞令有专门解读密码。双方坦率交谈意即分歧很大；交换意见是各说各话，充分交换意见就是争吵；持保留态度意味着拒绝；遗憾表示不满，不愉快说明激烈冲突；严重关切暗示可能干预，不能置之不理，明示即将干预；不谓言之不预，意思接近宣战前最后通牒。

外交辞令可以理解，毕竟国际交流非同小可，豆腐倒了架子还得端着。哪怕双方打得不可开交，也不能像泼妇打架撕破脸皮。

但非外交事务似不宜"弯弯绕"。当年，某位新闻人物答记者问，一句"你懂的"被誉为绝妙好辞。余当时很不理解，此语含义分明是不能明说、不敢明说，只能意会不能言传，如此岂不暗示都不透明，鼓励猜测？

尤其普罗大众之民间语言应该"说人话"。如果说体谅人格多面、社会复杂，言不由衷的托词尚可理解，而"躲猫猫"式的隐语、黑话却将贻害无穷，因为它使人人互相揣摩、猜忌、算计，则人际基本信任丧失殆尽。

便又联想到青梅煮酒故事，情节皆隐藏在一首诗中："勉从虎穴暂栖身，说破英雄惊煞人。巧将闻雷来掩饰，随机应变信如神。"

小院亦有梅子酒，亦有风雨雷电。可以说古论今，却不论英雄论苍生。但有访客来把盏对话，不必顾左右而言他，宜率性直言。

米 面 人 生

——梓山湖笔记之三十五

　　有客访小院，索购拙著《梓山湖笔记》。茶叙寒暄之余，不免聊几句时下战乱引起各国粮食告急的话题，浅聊辄止。因所见不同，又互相客气，唯恐失礼。访客忽有所悟，改话题曰："在微信公众号上读过几篇《梓山湖笔记》，饶有兴趣，可有续篇先闻为快？"

　　余略思忖，讲了一段如今听来匪夷所思的往事：

　　"20世纪60年代末期，武汉汉水北岸一老街陋巷，有一户少女起夜，错将米罐当尿罐，长尿一泡后重入梦乡。翌晨其母发觉，一边厉声斥骂女儿，一边慌忙将米罐搬至巷道，在公共水龙头下反复淘洗。米晾干后仍有尿味，其母为炊时将杯量之米，重新淘洗再三才下锅。待生米煮成熟饭，给儿女们各盛一碗。女儿皱着眉头含泪吞咽，几个儿子却扔碗掩鼻，齐呼：'蛮骚！蛮骚！'……"

　　此并非段子，事主乃余母亲的同事，她亲自讲给母亲听的。其痛惜者不仅是几十斤米钱，更是几十斤粮票。

　　那时余的母亲亦将米罐藏在床下。据余所知，老城区街道间巷平民家庭，一般都将最贵重的财产米罐子，置于当家主妇床下。防盗窃也防家庭成员，严防擅自超计划舀米，还防磕碰损坏米罐。小户人家，卧榻之下是最安全最隐蔽地方，故那里也存放尿罐或马桶。

　　余家米罐容量四十斤，米正好装至罐口。故家母习惯，米罐告罄后再一次籴米四十斤。一日，余遵母嘱以米袋从粮店驮回定量米，倒入米罐却未装满。余急禀母亲，母亲过来伸手入罐探量，所欠差距约等于她的拇指长度，便道："少了两斤多米呢。"当时余只是一个读小学四年级的小儿，急得请母亲做主带余去粮店交涉。母亲犹豫了一会儿，长叹一声作罢。此后每次籴米，米罐再没满过。

　　记得当年米价每市斤一角三分七，系陈米，时有一角四分二每市斤的米，仍属陈米，但品种、质量优于前者，口感不同。居民讨论过粮店为何从不售新米，结论是新米必须入库替换出陈米，每年轮换以保证大米质量。

　　亦有质量不保的陈米，大多供应给工矿单位大食堂。几百、几千人进餐的食堂，以铁锹为炒菜锅铲，以细篾箩筐盛米，牵橡胶软水管淋一遍便算淘洗了，再以铁勺分舀至陶钵上蒸，蒸熟的米饭表面浮起一层膨胀的如蛆的米虫。进餐职工早已习惯，年轻人用筷头将饭钵连虫带饭拨去一层扔掉，年长者惜米，夹起筷子一只只挑出米虫。

余初中参加学工劳动，一次分配到食堂帮厨，问过炊事员师傅："何不以大笤箕淘米去虫？"答曰："人手有限，如费工夫误了开饭时间是大事，再说，过度淘洗挑拣会减少钵饭分量，如果进餐职工怀疑被克扣，谁承担得起损耗责任？"余听了似懂非懂。

钵饭分四两、半斤两种，有食量大的职工一次端走两个四两饭钵。当年定量口粮以粮票按月发放，工矿单位一般随薪水走，职工领到手后再兑换菜票、饭票。户籍在册人口粮票定量，未成年人18斤，一般居民21斤，工矿职工28斤。不同工种岗位另有补贴，特殊重体力工人定量加补贴可多达42斤。

今人可能认为，计划经济年代分配口粮并不少嘛，以今人食量绰绰有余。须知，那是物资匮乏年月，几乎没有副食品，蔬菜品种、数量也甚少，且油荤紧缺，一般家大口阔者普遍吃不饱。同理，一角三分七米价，并不比如今市价便宜。

近来微信有一曲艺视频广为流传——湖北大鼓《借米》，表演的是1973年的尴尬、伤心事，引起普遍共情。如果再早五六年，在余母亲和她的女同事眼里，借米不足为奇。唯有她们，才深谙人是铁饭是钢的道理。

更早年间，公社大办食堂后期，发明过双蒸饭。将分量减半大米加少量水蒸一次，再加足水蒸第二次，可以蒸出满满一钵米饭，饭粒膨化如爆米花，米香散失殆尽却可糊弄肚皮。

余未吃过双蒸饭，却吃过碎米饭。粮店偶尔售半粒、小半粒碎米，系清库陈米再加工所碾碎，一斤粮票可购两斤。碎米蒸饭难掌控水分，兑水稍多便蒸成黏稠米粥，兑水稍少则蒸成夹生含浆饭。而持家主妇认为碎米划算，磨成米粉炒熟，以沸水冲食当早餐。

米粉亦可做菜团子。将湿米粉揉捏成拳大椭圆形，裹以菜馅蒸熟。余在湖北监利当知青时品尝过，不敢恭维。菜团馅无非青菜或咸菜，奢侈的加几根粉丝，连豆腐干子丁都没有，更无油荤。菜团皮黏沾牙，菜团馅寡淡忒咸。当地却视菜团为一年一度节令食品，早稻开镰后，提前几天舂谷泡米磨粉，老幼奔走相告，村邻互相馈赠。监利与洞庭湖隔江相望，历史上号称八百里洞庭芦荡沼泽，地理上与洪湖延连一片，是著名鱼米之乡。而在"以粮为纲"时期，鱼虾无踪无影，仅剩一年抢种三季稻米，不种一棵小麦。故面粉稀缺，农人逢年节或有贵客才去供销社，以稻米兑换机器轧制的挂面。郑重其事做菜团子，许是一种以米代面的祭牙仪式吧。

物以稀为贵，当年南方人视面粉为美味佳肴，一如北方人视大米为珍珠玉碎。不是主食自然不擅烹饪方法，笨妇能将面条做成糨糊，憨夫可将米饭做成锅巴。

偏偏粮店捉弄饮食男女，突然告示：每户每月计划口粮按米面六四成搭配供应。事出蹊跷，坊间传闻，此乃我国与法国谈成的一笔大生意：我方以一袋五十千克大米换对方两袋各五十千克装面粉，此谓易货贸易，总数规模不详。当时国内面粉市价每市斤一角七分，法国佬何以做亏本生意？原来，一则时任法国总统戴高乐将军，敢与美国唱反调向我国示好；二则法国是小麦主产地之一，愿以卖不完的小麦换成我国优质大米以改善彼国生活。小民议国事原本滑稽，却又事关千家万户的锅碗勺瓢，传说有鼻子有眼。余亦找到一个旁证：余之父亲供职国营水运公司，那段时间他上班的驳轮装卸的尽是面粉。

国家占了便宜，善良民众固然高兴。但瞧着近一半面粉主食，闾巷主妇煮夫们却是抓了瞎。于是烧饼店应运而生，巷道排起了面粉换烧饼长队。邻居某户有几个狼吞虎咽男儿，主动帮其母排队，换得十个烧饼，在回家路上便啃光了五六个。其母慌了神，下顿亲自去换烧饼，换回切成条块状，加青菜下锅炒煮。此乃北方烹调法，谓烩饼。只是其母手艺欠佳，儿子们绝食抗议。其母冷眼旁观，待儿子们熬不住饿，揭开锅盖时，烩饼已烂成面糊。

有大胃汉抱怨面食不经饿，半夜饥肠辘辘，爬起来吃夜宵，将面粉兑水搅成面糊，以筷子挑到沸水锅中煮，谓"面疙瘩"。面疙瘩特别费面，导致寅吃卯粮，令当家主妇叫苦不迭。

便有见多识广者出主意，说新疆维吾尔族有面食烹饪秘诀，做馕，类似压缩饼干，经久不变质，进餐时只撕一小块，耐咀嚼，筋道，像牛肉干，再饮几口水就饱胀了。听者羡慕不已，可是谁也不会馕的做法。

当城里人为米面纠结时，很难同时体谅农村人播种稻菽之艰辛。20世纪60年代末，产粮农村的米面紧缺程度远甚城市。而追溯十年，农民们曾颗粒无收陷入绝境。余通过阅读或听闻长辈描述之印象，以为饥馑年代农村总比城市好过一些，好歹有瓜菜野果，房前屋后见缝插针也能种几个南瓜红薯果腹救命。亦听说过城里人家将老幼暂送乡下老家躲灾度命的。然而史实是，三年饿殍遍野现象只发生在农村，只是学界对饿毙人数有争议。

读到一篇民间史文章，当年某社队干部搜查农户粮食未果，竟令各户将全家老幼大便装罐送检，大便呈绿色者放过，大便呈黄色者认定私藏粮食，严加追查处罚……余读得毛骨悚然，呜呼！被城里人嘲笑的乡巴佬，不唯是城里人的衣食父母，更是救命恩人！

遥想千年，东晋陶渊明不为五斗米折腰，掼了彭泽令的乌纱帽，宁可去南山东篱采菊。而他的勇气和底气，毕竟来自有桃花园可耕。

余居小院几年，搜罗了谷筐、米桶、箩筛、石臼、石磨等老旧农家粮具。还谋得一个罕见的升斗，不知是使用过多少年的老物，已磨损且有蠹蚀。余甚稀罕，置于书架，常在把玩时琢磨民谚"升米恩，斗米仇"之含义。

一升约合当今斤半，十升为一斗约合当今十五斤，五斗米值七十五斤矣。米是硬通货，每月就算拿一半去交换，生活也很优渥，何况还有外快。后人虽赞陶公不为五斗米折腰，却疑为叶公好龙。世相百态，明明折腰者众，不折腰者，凤毛麟角乎？

常闻世人喟叹，人生如梦、人生如戏。依愚见，人生首先如米面，如米经受反复煎熬，如面承受百般拿捏。

寡皮和露馅

——梓山湖笔记之三十六

余虽地道武汉人，并不习惯每天上街过早。尤其居小院以来，愿意在家以清汤挂面或白米粥进早餐。三天两头也吃饺子，但有讲究，偏好自家包的、水煮的、青菜拌猪肉馅的饺子，味道平和，不冲。

传说饺子是东汉名医张仲景发明的。时伤寒肆虐，贫寒百姓隆冬冻伤耳朵，红肿溃烂。张仲景怜悯苍生，倾其所有购驱寒药材和羊肉，以面皮裹成耳状，露天支锅灶熬祛寒娇耳汤，广济路人。

传说有依据，中医食疗法以形补形，认为鱼眼明目，核桃补脑，牛鞭强肾，等等，至今笃信者众。此亦中医屡遭诟病、授人以柄之一。

余怀疑传说穿凿附会。流传后世的《伤寒论》，所论明明是内症，而外伤冻疮民间有多种对症下药敷治单方。传说恐怕是渴盼喝羊肉汤者扯到医圣身上找借口。

饺子最早应该是以麦面为主食的北方人的烹饪出的，猜测它应在馅饼、包子之后才出现。流传开来又细分为饺子和馄饨两种烹调技巧。

在余看来，还有第三种厨艺，介于饺子和馄饨之间，北方人谓扁食。估计会有人反驳，说扁食不过是饺子的别称，如同馄饨在武汉称水饺，在重庆称抄手，在两广称云吞。但以余之认知、体验，扁食与前二者有明显区别。

首先，扁食面皮比饺子皮薄，比馄饨皮厚。手工擀面，切成梯形面皮，包馅后呈元宝状，并非饺子的月牙形、耳朵形。

其次是馅子料理，这可能是私家窍门。以余母亲的手艺为例，在缺乏肉馅的条件下，也不以青菜、咸菜、野菜拌馅，因此乃一日三餐家常菜，早已吃厌。母亲将干子、粉丝、白萝卜、胡萝卜、芹菜、生姜、大葱切细丁，混锅以文火炒熟。撮一锅铲猪油渣剁成粉麄，若有贵客，还得购一两根油条细细切碎，统统倒进馅锅继续翻炒。炒成的馅子颗粒松散，如一盘什锦砂糖五颜十色。起锅后可以当一碗菜，谓开荤菜。待包扁食时，才将一两块豆腐碾成泥末，拌入馅子中增加黏度。这种制馅法有私家诀窍但并非独创，母亲籍贯河南，这是她青少年时期继承的唐河、驻马店一带普通人家的传统。母亲说，若有长者做寿或幼儿抓周，就盛一碗馅子另加两个鸡蛋，供长幼专享。可见包扁食有一种仪式感，包的是耐心、仁慈心、孝敬心。

再次是火候。记得母亲以铁灶铁锅煮扁食，她全神贯注，以沸水武火将生扁食下锅后，两三分钟内点水两次，迅速釜底抽薪改文火，起锅时扁食才八九分熟，连汤带水舀，扁食盛到碗里还在翻滚，最后一两分熟是在动筷子之前完成的。这样煮熟的扁食不进水、不露馅。吃扁食时并不蘸酱汁，葱花佐料撒在碗中汤水里，如同馄饨连吃带喝。

这般功夫的扁食可以嘲笑饺子："死面坨子！恁厚的面皮，还不时进水、露馅！"

然而，功夫了得的扁食却不知饺子的无辜：它若形状狼狈时，不唯是主人的烹饪手艺问题，还因人品、道德使然。

20世纪80年代初市场经济兴起，引车卖浆者之流获准重上街头。各色小吃摊点丰富了市民的饮食生活，摊主们也赚得盆满钵满。民谚道是"小生意，赚大钱"，尤其在当时绝大部分体制内职工工资极其菲薄的比较下，一个不起眼的面食摊主，往往就是腰缠万贯之万元户，搁如今应称之为大亨、大咖。可是人心不足蛇吞象，武昌火车南站有一水饺摊主便是。武汉小餐馆的水饺做法，原本就是不包馅的，仅以木匙或木条挑少许肉馅，裹在方形水饺皮上对折再左右一折，抽出木匙或木条便大功告成。这种水饺虽肉馅极少，但以高汤加虾皮提鲜，也算食客青睐的特色风味，尤其严寒季节享用可以点心暖胃。故奸狡的水饺摊主，必将满满一盘新鲜肉馅置于摊头打眼处招徕食客，其实木匙木条挑起的只是豌豆大一坨肉馅，起到黏合饺皮的作用。当然，食客多少总能尝到一点肉馅味道。然而上述贪婪水饺摊主，却连一星半点肉末也舍不得，竟以酱油调生粉黏合水饺皮，卖寡皮水饺。上当食客多是匆匆旅客，吃了哑巴亏也忍气吞声走人算了。不料某日撞上了本地食客，怒而投诉媒体曝光，水饺摊主这才露馅出丑。

好比卖寡皮水饺迟早会露馅，时下光耍嘴皮子的各路大神小鬼，面对悠悠众口，却信口胡诌托词。自以为巧舌如簧，其实一张口就说漏嘴，露馅了。

闲居小院乱翻书，翻阅谌容的幽默小说，书中人物每天上班一开口，同事马上就知道他在家又吃了什么馅子的饺子，因为他张嘴就露出了牙慧。

盛 夏 记 忆
——梓山湖笔记之三十七

溽暑时节，小院亦骄阳似火。幸而有环绕院墙的树荫，覆盖院落的草坪。池塘、水井、葡萄架和芭蕉树，在云蒸霞蔚下氤氲出清凉意象，心中便少了一些燥热，平添几分冷静。

今夏炎热非同寻常年份。因过去几夏"蒸笼"感觉不再，媒体便断言武汉已从"四大火炉"城市的称号中摘帽。不料虎年杀了回马枪，媒体只好改变话题谈消暑，炒作当年的竹床、蒲扇和冰棒、汽水、酸梅汤。更有商家，趁机摆出竹床阵招徕顾客。

在余看来，这些说辞和做派，与当年大多数市民的消夏体验相去甚远。

当年余未见过竹床阵，只见过长长的竹床栈道。盖因街巷居民麇集，巷道狭窄，不可能有宽阔场地将竹床摆成阵式。确有将竹床搬至宽敞大马路乘凉的，但也只是摆到马路牙子上。有胆大者占据马路靠边一股车道摆竹床，却是为了沾光，事先往马路上泼了水，等候过往车辆带起一阵凉风。

夕阳将尽时，各户纷纷搬出竹床，抢占自家门前巷道。家大口阔者搬出两张甚至三张竹床，难免多占地盘，便与邻里发生争执乃至吵架。不过终归各自按捺火气，达成默契，画定界线，确认各户竹床领地。晚炊缭绕时，各户与隔壁左右及对门摆出的竹床，在巷道里几乎无缝对接，延连成竹床栈道，贯穿长长巷道首尾。过往行人只能侧身而过，若有负荷大包物件的，则抱歉一声，踏上竹床踩过。

竹床质地亦有讲究。做工精致牢固的老竹床，纳凉功能与新竹床差异甚大。使用多年的老竹床，因反复揩拭摩擦光可鉴人。其呈古铜色，长辈认为是汗水和夜露浸润使然，尤其吸热透凉。

竹床在巷道摆一通宵，翌晨才撤去。前半夜，它是坐榻而非卧榻，街坊邻居相对相邻而坐，开始夸天。与川人摆龙门阵一人主讲不同，武汉人夸天爱抬杠。余更喜欢听以抬杠方式聊天，在问答、反问和追问中夸天夸地，把人世间夸得透彻明白。余最早两部长篇小说拙著《河祭》和《不远的木屋国》，便从竹床获得灵感，从呀天中偷得人物故事。

后半夜，老幼都从竹床上起身回室内。那时气温再高但昼夜温差明显，半夜降夜露，竹床凉性大，贪凉伤身。青壮年即便彻夜卧于户外竹床，半夜须起身加垫篾席或褥单，不然清晨醒来浑身酸软，四肢仿佛瘫痪。

记忆中20世纪六七十年代的气温记录是高于当下的。余不明白专家们何以认定如今气温逐年升高，甚至提出了"热寂说"，可能专家测算的是全世界平均气温。而余很早就明白国内气温预报从来就不真实，比如那时三伏天，气象台连续十几天始终预报39℃不变，似乎高温升到一个临界值就戛然而止了。而气温预报糊弄不了人们的感官，与火炉、蒸笼抗争的人们懒得与其较真，再热也得熬，大汗淋漓忙生计。

唯少年对酷暑燠热貌似无感，反而视夏天为盛大节日。放暑假真正是放了鸭子，成群结队扑棱聒噪着，享受痛快淋漓的大好时光。

少年们一日戏水三次。早上胡乱写完当天暑假作业，便三五相约去了汉水河边，玩水不玩到饥肠辘辘不归家。夕阳落长河时再去，泡进清澈碧透的河中不愿起岸。晚餐过后又跟着家人或邻居去游一回，顺便带上毛巾肥皂把澡洗了。

武汉有一位作家胡先生，是余在武汉文学院时的同事。他的作品多数余读过，印象殊深的有一篇《怀念寒冷》。受其启发，余曾冒出过写一篇《怀念酷热》的念头，但因一段刻骨铭心的记忆而犯踌躇。

当年的夏季的确有值得怀念的快活。比如丰盛的时令蔬菜换着花样吃不赢，在没有反季节青菜的当年，那是百姓厨房难得的奢侈，更有各色瓜果可以大快朵颐。

少年犹不满足，跑到郊野湖泊池塘去采菱角，摘野苦瓜。金黄的野苦瓜比乒乓球略小，当弹珠在手掌把玩至柔软熟透后，苦汁神奇地酿成了蜜汁，一口一个，酸甜解渴。收获最多的是莲蓬和荷花。将荷花包一瓣瓣剥开，剥出带穗絮的小莲蓬，以一米长细索线缠绕根蒂，再抖线放松，明黄乳白的小莲蓬便陀螺般旋转下坠，绽开菊花般穗絮。那般情趣，远比如今瞬间熄灭的仿菊烟花好看好玩。

少年个个都是赤足大仙，趁夏季甩掉束缚天足的履壳，享受脚掌与大地亲近的痛快。但远足郊外原野需要走过沥青路、砂石路，还得翻越铁道，在铁轨、枕木上疾行一段路程。正午的路面已被烈日烤起白烟，光脚丫子踏上去犹如在烧红的铁板上炙烤。少年以赴汤蹈火的勇气走一阵子，脚掌耐受力达到极限，终于熬不住尖叫一声，踮脚蹦跳到一片树荫下坐起，龇牙咧嘴捧起脚丫，查看脚底板上的肉皮子烤红到什么程度。搁如今看，差不多已经烤熟，近乎鸭掌鸡爪，再撒点孜然粉佐料就可撸串了。

近日看到一个视频，有人试验将一枚鸡蛋磕破在刷黑路面煎鸡蛋，须臾煎熟。而当年的某些沥青路材质不过关，烈日当头时路面沥青被晒得稀软，留下车辙和脚印泥泞，程度严重的如陷入沼泽。如果拿鸡蛋试验，恐怕只能蒸鸡蛋糕。

而忙于生计的成年人没这般好心思。尤其是搬运工人，正在烈日下挥汗如雨。如今江汉二桥北岸一带，当年是货运码头，装卸砖瓦沙石和煤炭、木材。北向约十公里处是汉西货运列车编组站，搬运工人以人力板车为运载工具，在码头与车站之间负重往返。他们一律赤膊，脖子上搭一条揩汗毛巾，如牛马般弓背拉车爬行，喘息着停车绞拧毛巾上的汗水。路途每隔约千米有一只防暑降温饮料木桶，盛着冬瓜汤，人力车夫靠它补充水分和盐分。饮料桶无人值守，汤桶上浮着一个竹筒舀勺，任路人舀喝。少年嘴馋，尝试偷饮，一尝却滚烫忒咸。

少年也曾好奇地尝过郊区菜农的降温饮品。那是汲井挑来的一担凉水，搁于田间地头，队长从胸袋掏出一个小纸包，将白色粉末撒进水桶，以葫芦瓢搅匀。原来那是糖精，使田间劳作的社员解渴时能尝到一点甜头。

如今媒体和怀旧网文提到的酸梅汤，当年并非普通市民家可制作。酸梅膏可能大商店有，而制冰厂生产的桌面大的冰块，只供给企事业单位。只有少数供职大单位的职工，不时以热水瓶拎一瓶回家给家属享用。

那时冰棒三分钱一支，雪糕五分钱一支。小贩并不蹲守摊点，而是沿街叫卖。街道间巷居民，家境好的才每天给少儿买一支，经济拮据的家长，隔几天才舍得掏几枚镍币给孩子解馋。而冰棒雪糕只能图一时口舌凉爽，并不解渴。百姓消暑的当家饮料是花红茶。杂货店有售，物美价廉。以沸水冲泡的花红茶叶，汤汁清亮，浅红泛黄，微苦回甘，茶水有败火化瘀功效。摊凉后饮用，爽口生津，润肺利尿。可惜如此好茶，今日城里已难觅。

而汽水约在20世纪70年代早中期，才少量出现于市面。此前它是大企业的高温岗位饮品，分甜咸两种口味，属企业自制。当二厂汽水品牌于江城闻名遐迩，已是70年代末、80年代初的事了。

彼时余在武昌一家军工企业供职，先当车间工人，后任厂部文职。每日乘工厂通勤车，经长江大桥往返于汉口与武昌之间。通勤车是解放牌卡车，冬季才蒙油布篷挡风寒。敞篷车好看风景，尤其热季，余凭栏巡看三镇夏景。但见整座城市犹如一座巨大的烟熏火燎的熔炉，而一整城人，似乎都背诵熟了孙悟空在太上老君炉内的避火诀，路人熙熙攘攘，泰然自若。余观一路千姿百态人群、物象，每有心得。

长江大桥北岸引桥沿龟山脚下形成漫长拐弯坡道，坡陡车多，且大小客货车、公交车、自行车、三轮车混行。上坡时自行车、三轮车艰难踩行，而下坡时自行车、三轮车可借坡势滑行。胆壮者车速飞快，谨慎者下车捏着刹把推行。盛夏时节，上下班骑行者的车上多了一种物件，那是一个或几个西瓜，单位分发的降温福利。

余一向有些书呆子气，连看了几天上下桥情形便心生感慨。余忽略了眼前骑行者个人具象的身份符号，一概视之为抽象的、笼统的忙碌路人。感觉他们每天一边勉为其难地把西瓜往桥上驮，一边又小心翼翼地把西瓜往桥下搬，便联想到西西弗斯推石上山的神话故事，悲天悯人地叹惜世人成日淘神费力，循环往复，徒劳无用，这是何苦？

一日下班，因一辆公交车抛锚，余乘的通勤车堵在引桥下坡中段。坡头一位短发苍白的精瘦汉子，骑着满载西瓜的三轮车，一手扶龙头，一手紧握刹把缓慢下滑。滑过通勤车车头时，似乎刹车失灵，三轮车突然加速飞快下滑。在路人的惊呼声中，三轮车撞向右侧灯杆倾覆，骑行者向前栽倒，一车西瓜骨骨碌碌滚落一地。这时道路堵塞缓解，通勤车徐徐经过事故现场。余近距离目睹骑行者扑倒后一动不动，前额沁出的血液与满地破碎的西瓜瓜汁混淆，猩红一片，难以辨认人血与瓢汁的区别。还有三五个囫囵西瓜继续朝下坡滚滑，其中稍小的一个像被谁怒射的足球。余一瞬间鼻子发酸，眼眶潮润，分不清眼前哪是头颅，哪是西瓜……

盛夏的记忆色彩斑斓，一如余避暑的小院，有各色花卉和草木，亦有枯枝败叶和干死的野蒿。盛夏的记忆悲欣交集，一如人们一边诅咒日头，一边又仰赖它照耀的万物生存。

造神或装神

——梓山湖笔记之三十八

余居小院，只在方格书架供奉父母油画肖像。古人云，身体发肤，受之父母。余来人世一场，虽渺小如草芥，好歹属大千世界生灵之一。而七尺男儿性命，全赖父母所赐。故父母是余心目中唯二的神，再无他者。

汉口家中不免也有观音罗汉塑像、先贤画像和图腾器物之类，但余视之为藏品，各有吉祥、尊敬、纪念等寓意，却无信奉、崇拜、迷信之意思。至于帝王将相、英雄豪杰、大亨明星等一路古今大神，余活到如今这把年纪，是一概不膜拜的。其中或有可尊重、可佩服者，但与盲目景仰是两回事。所谓敬鬼神而远之。

天真幼稚年代，余不仅笃信书本上的英雄，还险些亲笔写出一个英雄来。小学四五年级着迷作文，搜肠刮肚找素材。一日路过武汉四中门前，见大字报专栏贴出一张讣告，道是革命小将某某某，黉夜刻印战报，电线短路起火，为抢救刚印出的战报和国家财产，壮烈葬身火海，云云。余看完很是激动，遂以此为素材，完成一篇老师布置的自由拟题作文《烈士永垂不朽》。老师批阅评语照旧多有肯定，打分甚高，却未如往常当范文在班上朗读。

两年多后余升学进了武汉四中，接手学长刻印校园小报。无意中翻捡出一沓废弃的档案资料，记录校方询问多位当事人、目击者的火灾经过，所谓牺牲校友，实乃学生争斗两派之一派成员，当晚在擅自占用的办公室以废纸为薪炒黄豆当零食，不慎引燃堆满房间的大字报和标语纸张，逃生不及以致窒息而死。侥幸逃生的室友和本派头目为了搪塞火灾起因，预防对立一派攻讦，编造讣告欺世盗名。

余得知真相后汗颜不已，从此不再轻信白纸黑字，进而怀疑豪言壮语。大约在初二前后，学校请来一派守厂英雄作报告，其慷慨激昂讲述敌众我寡，准备点燃乙炔气瓶与敌同归于尽时，吓退顽敌的英勇故事。报告者头上还包扎着绷带，余心中却充满狐疑。彼时各地各色英雄模范层出不穷，事迹说辞千篇一律，破绽百出，只为造神。一如庙宇泥菩萨，形塑泥胎的是匠人，贴金念经的是僧人，敬奉香火的是众人。

造神者之外，还有装神者。"烈火英雄"传闻不久，一日某工厂两派械斗，一派溃散后重新集合50余人，虽是晴天却一律穿长筒雨靴，执晒衣篙，列队出发去反攻对方。经过小学门前巷道时，余目睹其列为五纵十横方阵，握枪般斜执长篙于胸前，跺脚前行，边行边声嘶力竭呐喊，整齐划一踏步声笃笃有致。

余当时看得十分纳闷：此地乃居民麇集巷道，借道穿行尚可理解，但目的地远在几公里外的解放大道临河一侧，何苦把体力精力耗费在路途？再者，长筒雨靴厚底或便于踹踢对手，然竹篙长丈余，不碍于格斗吗？多年之后余才明白个中奥妙：虚张声势，示威给路人看并给自己壮胆，装神而已。且装得连自己都信以为真，认定自我为勇士了。

当时有一些胆大街坊尾随队列，跟去看热闹。余和邻居青少年被家长严加呵斥阻止，怕沾了火星，未能看到队列冲向对方格斗场面。不过尾随又返回的街坊说，目的地不见对方踪影，雨靴竹篙队列也作鸟兽散了。

装神弄鬼自古有之，造神以吓唬世人夺天下者屡试不爽。《史记》记载："陈胜、吴广喜，念鬼，曰：'此教我先威众耳。'乃丹书帛曰"陈胜王"，置人所罾鱼腹中。卒买鱼烹食，得鱼腹中书，固以怪之矣。"刘邦造神技高一筹，其醉酒行路遇蟒蛇，恃酒勇拔剑斩断蛇头，酒醒后指使手下编造神话，说一老妪忽然现身痛哭蛇死，曰："吾子，白帝子也，化为蛇，当道。今为赤帝子斩之。"于是刘邦就变身为真命天子了。兹后，帝王或觊觎帝王位者造神已懒得大费周章，天象地势、飞禽走兽皆是造神说辞。

民间亦热衷造神，以神医、侠客、狐仙为多，造幻象慰藉多灾多难人生。西施、潘安的相貌固然耐看，更被有钱有闲文人涂脂抹粉，美化为沉鱼落雁的女神和玉树临风的男神。而劳苦大众的审美情趣不同，他们心中的男女神祇是老态龙钟的土地爷爷和慈眉善目的观音娘娘，崇拜千百年，深信不疑。

现代人造神却见异思迁，频繁替换偶像。这也与"神话"不断穿帮有关，比如这些年国人造就的许多男女影视明星相继人设崩塌。在田园风光中出镜的某女形象，起初被打造得令观众耳目一新，随后被爆料，原来是资本力量精心导演的被动走秀；直播带货间造出的另一女神，自毁于偷逃巨额税款；当抗日神剧沦为恶作剧，战神的把戏迟早会被观众的雪亮眼光戳穿。

大众造神，止于娱乐，无伤大雅。而精英界造神贻害无穷。不可一世的地产大亨原形毕露，象牙塔学术超人丑态百出，语不惊人死不休的经济学家被沦为笑柄。近两年一个理科男成为霸屏霸麦新星，余也甚感兴趣，常在授课时援引其关于物理、化学、生命科学的精彩言论。不料一位治学严谨的饶姓学者发声，驳斥了他信口开河的神奇论调。可见余虽然自以为理智，却也在为神坛添砖加瓦。

更为可怖的是在伦理、良知上装神弄鬼。譬如，出于亲情神化一个二舅情有可原，借此愚弄千万个二舅则是罪过。

造神者何许人也？有全心全意的粉丝，有假心假意的水军，还有无知无畏盲从者。要害在于，假造出的大神们，有如上文所说雨靴长篙勇士，当真以为自己是天降大任之斯人，信口雌黄，仗着人多势众为所欲为，博取流量，名利双收。

眼睁睁看着大神气焰嚣张有一种绝望感，幸而绝望中往往孕育希望。想当年，"奋斗青年"希特勒，虽然其貌不扬，在千百万德意志人心目中却是光芒万丈之神，其一呼百应，纵横捭阖，最终还原成面目狰狞的厉鬼。

三十年前，一位权姓作家把圣人请下了神坛。三十年后，造神者又跃跃欲试，而渎神者前仆后继。周而复始乃世事常态，明辨事理者选择做一个堂堂正正的凡人。因为，神，作为一个汉字单词，它的一个主要义项指人的神态、神情，即精神状态，可以引申为人的灵魂所在。

好心当了驴肝肺

——梓山湖笔记之三十九

余居小院以来，侍弄花木蔬果之余，自由自在翻书，随心所欲写字。不料近来写的文字发不出去。早知写作有禁区，史有文字狱，今有敏感词汇。只是不明白以往并不犯忌的字句，时下何以涉嫌冒犯？何况余煞费苦心思考，搜肠刮肚行文，不过只是记录一些真实的良知话语。无可奈何搁笔，却又手痒，尝试写一些脱敏文字。

1975年，余在湖北监利柘木公社中学任教。公社一把手新官上任，循"张书记河、李书记堤"风气，决定重新规划水利工程，掘一条通江河渠。我校一教师领命，在隔道相望的校墙和公社院墙刷标语。这壁厢刷的是"战天斗地，引江开河"，那壁厢刷的是"灌溉万亩，马到成功"。那教师见围观者众，即兴发挥，将繁体马字下面的"四点水"笔画写成一个"火"字。新官也踱出办公室来观看，标语底稿乃其亲拟，且其恰好姓马，一见马字变形，勃然作色："郎搞？火烧马腿呀？嚼瑟你了！"遂叫来校长，训了个狗血淋头。校长恼羞成怒，令全校师生集合于操场，戳指着那教师斥骂："你是骆驼翻跟头——两头翘呀！"意指那教师在校内恃才傲物常"翻橇"，不料在校外又弄巧成拙，在公社书记面前惹了祸。

下半年，上头一声令下，大队小学"戴帽"办初中班。余作为知青教师，插队落户户籍所在民主大队，向公社文教组要人，余便回大队小学任教。这时余胃疾复发，疼痛难耐。一学生家长原乃屠夫，公社禁止私屠散宰后，改任供销社驻队肉案售货员。见余甚喜其子聪慧好学，他从供销社谋来一只猪肚，嘱余漂洗后以陶罐炖熟，不得沾丁点油盐佐料，分三顿每晚空腹连汤带水食用，打包票治愈余之胃疾。晚上，余饿着肚子就着食堂灶膛余烬架陶罐，待猪肚炖熟，余已被猪肚腥臊气熏得头昏脑胀。硬着头皮啃一口，强烈的恶心令余反胃，干呕不已，遂置之不食。几个本地教师过来问道："良药苦口利于病，你是否再犟着吃几口试试？"余双手紧捂胸腹，坚决摇头。几个见状，麻利地滤尽陶罐汤水，捞出猪肚切片，凑几角钱打来半碗酱油半斤酒，尽情分享了猪肚。翌晨屠夫得知后，在校门口对面的肉案上，将剁肉刀拍得哐当作响："好心当了驴肝肺！我求爹爹告奶奶才讨来一个猪肚子，你却便宜了几个馋鬼！我算是眉毛上头挂钥匙——开眼了，还是老师哩，脱裤子上吊——死不要脸!"余和几个教师都不敢吭声……

令余不忘这两段往事者，乃构成故事的成语、谚语、歇后语也，回忆每每忍俊不禁。

成语并不陈旧，在当今人际语言交流中仍鲜活生动。只是，有人奉为圭臬，有人当了借口，有人借做狡辩理由，皆因成语的歧义导致的含糊性、矛盾性使然。

最具歧义的成语是"舍不得孩子套不住狼"。近乎"官宣"版本的解释是，"孩子"乃"鞋子"方言谐音之误，套狼须翻山越岭，费鞋。余不认同这种自圆其说。"套狼"应指下套，猎人布置的陷阱，是在狼出没地带"守株待兔"，不必也不可能长途跋涉去追狼、寻狼，不费鞋。"舍"字如何解读不能全仗训诂，还得融会贯通民间语言的使用习惯。依愚见，合适的解读是：不失去孩子，就不会痛下决心套住狼。

类似的还有"三个臭皮匠，顶个诸葛亮"，有专家认为，"皮匠"系"裨将"谐音之误。余认为这样的解读不唯是自圆其说，还涉嫌投机取巧。裨将者，副将，武夫也。成语言谋非言勇，明明是三个脑袋瓜子总强过一个脑袋瓜子的意思。

同理，余对教科书关于"量小非君子，无毒不丈夫"的诠释也有质疑。尽管其旁征博引了梁萧、吴度的民间故事和关汉卿的《望江亭》，但至少，由"量小非君子，无度不丈夫"到"量小非君子，无毒不丈夫"并非以讹传讹，而是有意为之。而且，对"毒"字也不宜作狭义解读，它实际上有一个引申义项接近"狠"。对麾下士兵再仁慈的将军，面对敌兵也毫无怜悯之心，岂不闻一将功成万骨枯？诚如"人不为己，天诛地灭"是一句大实话，而"毫不利己，专门利人"是反智、反人性的说辞。

尤其令余不解的是，今人对成语不仅误读而且歪曲。"只要功夫深，铁杵磨成针"被嘲笑为愚蠢、笨拙，忘了新石器时代先民磨石为刃、磨骨为针。试问："十年磨一剑"精神是否也该衰落？

更有甚者，成语"愚公移山"原本是神话、寓言，却被当代智叟再次愚弄，则美丽神话"精卫填海"有被亵渎之虞。循此逻辑，"女娲补天"的远古故事也可以颠覆，因为她很可能错误地封闭了"天窗"。按照"宇宙大爆炸"理论和天体物理学家关于宇宙还在膨胀的新学说，打破砂锅问到底："究竟宇宙于何处爆炸？依托何处时空膨胀?"恐只能解释为"天外有天"，则女娲是否好心办坏事，堵塞了人类一窥天外秘密的通道？

凡此种种，今人虽伶牙俐齿，且不时生造花里胡哨新词语，却多有无知、浅薄者，不仅糟蹋了汉语沉淀的成语精华，还退化了听与说功能，更遑论读与写能力。

小院无驴，小文亦无敏感词语，幸勿好心当了驴肝肺。

生命魔方

——梓山湖笔记之四十

余独处小院时日居多，却并不孤单。另一个"我"灵魂出窍，伴随余之形骸，晨昏促膝对谈，助余盘点过往光阴，推算季节、年景，在院落丈量生命的长短。

近年来各种养生延寿说大行其道。有论者指出，生命不唯看其长度，且应看其宽度。余以为然，但仍片面，还应看其厚度。从三维空间看，长度关乎年龄；宽度从物质层面衡量生命质量，譬如健康状况和享受生活程度；而厚度诠释阅历、见识，例如非凡的人生际遇，或者一个骨灰级驴友，哪怕穷游，也逛遍祖国河山，周游了半个世界。暂不论卓有建树的艺术家和科学家。

则生命是一个立方体。鉴于生命平等和尊严，其长度、宽度和厚度之间宜无高下、贵贱之分，则生命是一个正方形立方体，且可以任意旋转，随机旋扭下每一个主立面各有不同。长命百岁者，无论其生命的宽度、厚度如何，其生命力的韧性已经优胜，尊称人瑞。

如是，形象地说生命是一个七色魔方。人生色彩斑斓，人性好色。命运以一双无形手，玩弄生命于股掌之间。而人类的无知和狂妄又自以为可以掌控人生魔方，能翻手为云覆手为雨，演绎了多少悲欢离合故事。浑然不知，在无形之手的导演下，某人只是一个提线玩偶般角色。人当然也有主观能动性，表现的不过演技高低而已。

魔方有游戏规则，在旋扭过程中，需不断选择，反复试错，最终达到一个立面的色泽一致。这难免考验智商和取舍心态。

但世间所有游戏规则背后都有潜规则。魔方能显示生命的一面原色，却不能解析生命的奥妙。

迄今中外养生专家的学说无不互相矛盾，破绽百出。且不论去年国内一个网红养生专家英年早逝，究竟生命在于运动还是在于安静的基本问题尚且众说纷纭。在剧烈运动的健将大多短寿的证据面前，静态修行的修女、僧侣难以长寿也是不争的事实；肉食者尤其饕餮之徒可能于天地万物不仁，素食主义者却涉嫌反智、自戕……

不过魔方的色块驳杂给人一种启迪，生命哲学的真谛在于色谱的多样性和调色板的和谐性。生命密码大约藏在动静平衡之间，生命活力许是在纵欲与节欲的微妙处汲取源泉。不然何以世界各地普遍女性比男性更长寿？生命的答案指向新陈代谢，屡经生产阵痛的孕妇，更长寿者大有人在。当生命的难题难以攻克，宜取中庸之道，保持身体和心态均衡。任魔方高手眼疾手快，一旦一个立面色块单一，游戏也就结束。

余进而想象，如同魔方的六个立面每一面都由九个小立方体构成，生命并非一个简单的立方体，它亦是诸多小立方体的组合。人生经过三阶段，由青年步入中年，渐渐感知眼力、听力、腿力、忆力的退化，至老年更明显感知全身不同部位的器质性、功能性衰退。而生命指征的每一个指标，依然有长、宽、厚三个维度。譬如眼睛始终明亮者可能是睁眼瞎，突然失明者未必不能洞悉世界，更多人的眼力实际上处于明暗之间，能看路观物，却不能真正识人。又如听力，一直耳尖者可能偏听偏信，不幸失聪者未必不能辨听人间声音，更多人实际上处于半聋或装聋状态。一个鲜明例证是，史蒂芬·霍金虽然全身瘫痪，但从三维角度看，他却是眼观六路、耳听八方的完美人杰。

依此类推，构成生命魔方的每一个立方体，物质层面如颜值、身高和健康状况，精神层面如兴趣、性格、智商，等等，这些具象和抽象的人格特征都是三维的，勾勒出长度、宽度、厚度轮廓。故而生命魔方是各种生命元素立方体的叠加，这正是它百般旋转变化的魔力所在。

小院虽小，却也通天接地。东承白昼，西载黑夜，南傍山林，北临湖泊。故小院亦四方三维，容渺小如生命细胞的余，在院落空间感知生命节律，感受造物的魔幻和生活的庸常。

（梓山湖笔记系列选自《参花》《幸福悦谈》《武汉文学》等报刊和"梓山湖书院"公众号）

附录：钱鹏喜著作年表

长篇小说《河祭》
《当代作家》1989 年第 2 期全文发表，长江文艺出版社 1990 年出版单行本

综合文集《让我们与历史对话》（与彭建新、董宏猷合作编著）
新华出版社 1993 年出版

散文集《冰上猎与舞》
中国文学出版社 1994 年出版

长篇小说《不远的木屋园》
《当代作家》1995 年第 5 期节选发表，武汉出版社 1996 年出版

长篇报告文学《龙马负图》
长江文艺出版社 1999 年出版

长篇小说《花会》
《中华传奇》1998 年发表，《武汉晚报》1999 年连载，作家出版社 2000 年出版

长篇小说《蚕人》
《武汉晚报》2001 年连载，《胶东文学》2001 年转载，作家出版社 2002 年出版

散文集《世象杂记》
大众文艺出版社 2004 年出版

长篇小说《最后诊断》(根据同名电视剧改编，与范又琪合作编著)
大众文艺出版社 2004 年出版

小说集《鹏喜中短篇小说》
长江出版社 2005 年出版

长篇报告文学《中国光纤之路》(与杨中标合著)
《芳草》2009 年第 12 期专号发表，武汉出版社 2011 年出版

散文集《白云苍狗》
长江文艺出版社 2014 年出版

《梓山湖笔记》
崇文书局 2021 年出版

《钱鹏喜文集》
武汉大学出版社 2023 年出版

后　记

笔者不够勤勉，加之愚钝，迄今创作发表的作品只有 300 万字左右。这套三卷本文集，篇幅约为 120 万字，算是选集。

承蒙编者信任，文集可谓作者自选集，选入三部长篇小说、十几篇中短篇小说和部分散文随笔。既是选集，理应从已发表篇什中选辑相对更成熟、作者和读者及论者都较满意的作品。但笔者思忖再三，仍选入了一些早年创作的不够成熟甚至幼稚的中短篇小说和散文，以期尽量客观、全面地记录自己的创作经历和心路历程，不虑袒露自我真实的笔力。如此，文集限于篇幅，也就割舍了一些自己很看重的作品，比如先后发表于《当代作家》《芳草》的中篇小说《穷赌》《拆迁户》。笔者的第二部长篇小说《不远的木屋国》，原本就是在上述两篇中篇小说的基础上再创作的，这次编文集校对时重读，仍唏嘘不已。

郑重感谢《芳草》主编刘醒龙先生。作为曾长期在《芳草》杂志社从事编辑工作的老人，笔者从武汉文学院退休后，应聘在高校任教打发时光，偶尔写些散文随笔以缓释毕生文学情怀，而晚年时笔者的主要作品能入选"芳草文库"，有一种归属感。

在此一并致谢《芳草》同事刘益善先生、张德华先生、彭新女士，他们对文集出版多有指教和帮助。

诚挚致谢责任编辑杨欢女士、武汉大学出版社主编及有关编辑，谢谢他们严谨的编审工作。

钱鹏喜

2022 年 10 月